HEYNE BÜCHER

Von Eric Van Lustbader
sind als Heyne-Taschenbücher erschienen:

Der Ninja · Band 01/6381
Schwarzes Herz · Band 01/6527
Teuflischer Engel · Band 01/6825
Die Miko · Band 01/7615
Ronin · Band 01/7716
Dolman · Band 01/7819
Jian · Band 01/7891
Dai-San · Band 01/8005
Shan · Band 41/3
Zero · Band 41/12
French Kiss · Band 41/19
Der weiße Ninja · Band 41/24
Moichi · Band 01/8054
Shan · Band 01/8169
Teuflischer Engel/Schwarzes Herz · Band 23/54
Zero · Band 01/8231
French Kiss · Band 01/8446

ERIC VAN LUSTBADER

SCHWARZE AUGEN

Roman

Aus dem Englischen
von Sepp Leeb

WILHELM HEYNE VERLAG
MÜNCHEN

HEYNE ALLGEMEINE REIHE
Nr. 01/8780

Titel der Originalausgabe
ANGEL EYES

Redaktion: Werner Heilmann

Printed in Germany 1993
Umschlagillustration: Bildagentur Mauritius/Moosbauer, Mittenwald
Umschlaggestaltung: Atelier Ingrid Schütz, München
Gesamtherstellung: Ebner Ulm

ISBN 3-453-06418-6

Wer darf steigen auf des Herren Berg,
wer sich hinstellen
an seinen heiligen Platz?
Wer reine Hände hat
und ein lauteres Herz.

Psalmen 24,3–4

Die Menschen müssen ein wenig an der Natur
herumgepfuscht haben.
Denn obwohl sie nicht als Wölfe geboren wurden,
sind sie Wölfe geworden.

Voltaire

Asyl

Buenos Aires / San Francisco

Immer wenn Tori Nunn sich langweilte, reiste sie nach Buenos Aires. Zum Teil lag das daran, daß sie in Buenos Aires nie beruflich zu tun gehabt hatte und deshalb dort niemand wußte, was sie einmal gewesen war. Eine wesentliche Rolle spielte dabei aber auch der Umstand, daß Buenos Aires einer der wenigen Orte war, an denen sie, wenn auch nur vorübergehend, Greg vergessen konnte. Ganz besonders war das der Fall, wenn sie im Sonnenschein unter der breiten Krone eines Jacarandabaums saß, dessen leise rauschende Blätter ständig sich verändernde Schattenmuster über ihr Gesicht warfen. Aber vor allem kam sie vermutlich deshalb in diese chaotische Stadt, weil nur hier der fortschreitende psychische Zerfallsprozeß, der von ihr Besitz ergriffen hatte, zum Stillstand zu kommen schien; nur hier hatte sie das Gefühl, allmählich wieder Konturen anzunehmen.

Tori liebte das bunte Treiben, das in den Straßen von Buenos Aires herrschte, der Stadt der *porteños*, der Hafenbewohner, wie die Einheimischen sich selbst nannten. Und sie liebte diese atemberaubend schönen und sinnlichen Menschen, deren unerschütterlichem Stolz nicht einmal die tiefsitzende Beschämung etwas anhaben konnte, daß sie *Süd*amerikaner waren. Was ihre Rolle in der Welt betraf, waren diese Menschen zutiefst verunsichert. Wenn deshalb jemand vorhatte, nach New York zu fliegen, sagte er ausnahmslos: ›Ich fliege nach Nordamerika.‹

Und genau das war es, was Tori so sehr an den *porteños* faszinierte: Wie eine Schildkröte, die sich bei Gefahr in ihren schützenden Panzer zurückzieht, versuchten diese Menschen ihre tiefsitzenden Minderwertigkeitskomplexe durch einen besonders stark ausgeprägten Nationalstolz zu überdecken, den sie wie einen schützenden Schild vor sich hochhielten. Bester Beweis dafür war das Publikum in den zahlreichen Straßencafés der Stadt wie dem La Biela und dem Café de la Paix. Mochten die elegant gekleideten Flaneure auch noch so sehr nach importiertem Sonnenöl oder Parfüms von Calvin Klein und Jean Patou duften, so vermochte das doch nur oberflächlich ihren wahren Geruch zu überdecken: eine unverkennbare Mischung aus dem stechenden Rauch von Zigarren und dem süßen Duft von Marzipan.

Das war der Geruch ihrer wahren Geschichte – so, wie Jorge Luis Borges sie beschrieben hat und wie ihre Vorväter sie gelebt hatten. Es war eine Geschichte, in der große Illusionen, ähnlich dem schweren Rauch einer Zigarre, die Vergangenheit im selben Maß erst schaffen geholfen hatten, wie sie die Gegenwart vernebelten. Seinen Wohlstand hatte das Land vor allem den Jahren unmittelbar nach dem Zweiten Weltkrieg zu verdanken, als das Fleisch der argentinischen Rinder und die Ernten der fruchtbaren Pampa auf den Märkten des vom Krieg schwer heimgesuchten Europa reißenden Absatz fanden. Bis zur Mitte der fünfziger Jahre hatten die Exzesse der Peróns das Land jedoch in den Bankrott getrieben und Buenos Aires und mit ihm ganz Argentinien ins Chaos gestürzt. Aufgrund der horrenden Inflationsraten von jährlich bis zu 12 000 Prozent und wegen der daraus fast notgedrungen erwachsenden Unruhen in der Bevölkerung hatte sich keine der demokratisch gewählten Regierungen lange halten können. Das wiederum öffnete dem zunehmend um sich greifenden Terror vom rechten wie vom linken Rand Tür und Tor und spaltete das Land immer tiefer in zwei feindliche Lager, was schließlich zu der Machtübernahme durch die Militärs führte. Das Land stand also ohne Übertreibung am Rand des endgültigen Ruins, als es den Dinámicas, den zwei mächtigsten Frauen der argentinischen Politik, nach langer Zeit wieder gelang, eine einigermaßen stabile Regierung zu bilden. Ihre Partei, die Union der demokratischen Mitte, hatte es zu ihrem Hauptanliegen erklärt, endlich einen Schlußstrich unter Argentiniens lange diktatorische Vergangenheit zu ziehen und Reformen einzuleiten, die dem einzelnen wieder umfassende persönliche Freiheiten einräumen und zugleich die lähmende Einflußnahme der Politik auf die Wirtschaft unterbinden sollten. ›Der Beginn einer freien Marktwirtschaft‹, lautete ihr erfolgreicher Wahlslogan, ›ist das Ende der Inflation.‹ Eine ihrer ersten Maßnahmen bestand demzufolge auch darin, die offizielle Landeswährung in

US-Dollar zu konvertieren, was zu einer sofortigen Stabilisierung der galoppierenden Inflation führte.

Trotz ihrer von unsäglichem Leid geprägten Vergangenheit haben die *porteños* nie den Mut und die Hoffnung verloren; im Gegenteil: vielleicht sind sie sogar gestärkt aus dieser schweren Zeit hervorgegangen. Nicht umsonst heißt es, daß es vor allem Mythen sind, die jedes argentinische Herz zum Schlagen bringen – und was sind Mythen schließlich anderes als lindernder Balsam für leidgeprüfte Seelen?

Nur zu häufig sind Mythen jedoch auch nichts anderes als Illusionen. Die bittere Wahrheit, die hinter jeder Illusion lauert – die Wahrheit, der kein *porteño* ins Gesicht zu blicken wagt –, ist nichts anderes als die schmerzliche Erkenntnis, daß hinter der großartigen Fassade, mit der man die Außenwelt zu beeindrucken sucht, nur gähnende Leere herrscht.

Nur zu deutlich war sich Tori dessen bewußt; sie kannte die *porteños* fast ebensogut, wie diese sich selbst kannten. Deshalb erfüllte es sie auch immer mit leichtem Unbehagen, wenn sie die breiten Prachtstraßen der Stadt entlangschlenderte oder inmitten von gutaussehenden, sonnengebräunten Menschen an einem der herrlichen Strände in der Sonne lag; denn ganz gleich, wo sie sich in dieser Stadt auch aufhielt, umgab sie auf Schritt und Tritt eine allgegenwärtige Aura des Versagens, durchwirkt von einer fast greifbaren Sinnlichkeit und einem beispiellosen Gefühl für Stil und Eleganz.

Die *porteños* trugen ihren Schmerz genau wie Tori – mit Würde und tief in ihrem Innern. Dennoch konnte Tori hinter der eleganten Fassade, mit der sich diese Menschen umgaben, ihre lähmende Verzweiflung mit schmerzhafter Deutlichkeit spüren.

Tori hob die Hand, um noch eine Tasse von der heißen Schokolade zu bestellen, die hier so gehaltvoll und aromatisch war wie sonst nirgends auf der Welt. Dazu würde ihr der Kellner ein silbernes Schälchen mit Süßigkeiten bringen, so verlockend wie die glühenden Blicke der *chantas*, die mit ihren Mädchen für ein oder zwei Stunden in die Cafés kamen, um sich von einem nachmittäglichen Schäferstündchen zu erholen.

Eine leichte Brise, die den typischen Geruch der Stadt mit sich trug, fuhr leise rauschend durch die langen Zweige der Jacarandabäume, und Tori spürte, wie die überschüssige Feuchtigkeit ihrer saftstrotzenden Blätter wie ein feiner Regen auf ihre Schultern herabrieselte.

Toris ganz besonderes Interesse galt den *chantas*, den Geschäftemachern von Buenos Aires. Sie hatte sich sogar von ein paar dieser abgebrühten Burschen verführen lassen, um sie dann allerdings durch ihre Angewohnheit, sie auch bei den intimsten sexuellen Handlungen genauestens zu beobachten, so tief zu verunsichern, daß sie schnell wieder auf Distanz gingen.

›Was soll das?‹ war die Frage, die Tori bei diesen Gelegenheiten ausnahmslos zu hören bekam. ›In Momenten wie diesem muß man sich gehen lassen – nicht konzentrieren.‹ Wie hätten diese Männer auch verstehen sollen, daß der Liebesakt mit ihnen etwas war, das es mit äußerster Aufmerksamkeit zu beobachten galt, um hinter ihre eleganten Fassaden blicken zu können und dort das Wesen ihrer tiefsitzenden Scham und Verletzlichkeit zu erforschen und es mit ihrer eigenen zu vergleichen. Diese seltsam konzentrierte Wachsamkeit, die ihre Liebhaber so verunsicherte, war für Tori ebenso süß und verlokkend wie die heiße Schokolade im Café La Biela.

Diese ›Eigenart‹, wie die *chantas* diesen Wesenszug nannten, war jedoch keineswegs der einzige Grund, weshalb sie Tori mit unverhohlener Zurückhaltung begegneten. Dazu kam noch das Wissen, daß diese ungewöhnliche Frau nicht nur barfüßig die gewaltigen Iguazu-Fälle erklommen, sondern auch noch den männlichen Mitgliedern ihrer Expedition geholfen hatte, als diese vor Entkräftung nicht mehr weiterkamen. Es hieß, daß Tori Nunn ebenso couragiert wie hartnäckig war. Was sie sich einmal in den Kopf gesetzt hatte, führte sie auch durch. Und das war es, was trotz allem sonst den besonderen Reiz dieser Frau ausmachte.

In ihrer Eigenart – dieser für eine Frau so ungewöhnlichen Kraft und Energie – suchten die *chantas* eine Antwort auf all jene Fragen, die sie seit jeher nachhaltig beschäftigten: Wer sind wir? Woher kommen wir? Warum sind wir solche Versager?

Tori nippte an ihrer Schokolade und schob sich genüßlich eine Praline in den Mund. Irgendwo auf der Avenida Quintana spielte ein Mann auf einem Bandoneon eine typische Tangomelodie, jene bittersüße Mischung aus lateinamerikanischem Machismo, unerwiderter Liebe und finsterer Blutrache.

Die Avenida Quintana, in der es um diese Tageszeit von flanierenden *porteños* und fotografierwütigen japanischen Touristen wimmelte, war eine der Hauptstraßen des noblen Recoletaviertels. Entstanden war die Recoleta gegen Ende des letzten Jahrhunderts, als sich die Reichen und Vornehmen wegen einer schweren Gelbfieberepidemie aus den südlichen Stadtbezirken nach Norden zurückgezogen hatten. Das war zu einer Zeit gewesen, als in der Recoleta noch die Schlachthöfe der Stadt lagen und sich die Straßen während des schweren Winterregens vom Blut der Rinder rot verfärbten. Doch inzwischen brach mit dem Winter nur noch tiefe Melancholie über die Stadt herein – und ein wachsendes Gefühl fortschreitender Auflösung. Um diese Zeit war Buenos Aires ein Ort, den man lieber mied.

Nachdem sie auch ihre zweite Tasse heiße Schokolade getrunken hatte, beschloß Tori, sich auf den Weg zu machen. Tief stand die Sonne bereits am Himmel und tauchte die wuchtigen weißen Hochbauten der Recoleta in ein glühendes Blutorangenrot. Die langgezogenen blauen Schatten lagen in den Straßen wie Tote oder unerwünschte Reminiszenzen an die ›Verschwundenen‹ – die Opfer der berüchtigten Todesschwadronen der Geheimpolizei. In den siebziger Jahren hatte es bereits genügt, Lehrer oder Gewerkschaftsmitglied zu sein oder als Intellektueller zu gelten, um einem sogenannten *proceso* unterzogen zu werden, einem Prozeß ohne Anwalt oder Geschworene; das war nicht selten damit verbunden, daß man einfach spurlos verschwand.

Bevor sie noch länger solch düsteren Gedanken nachhing, griff Tori nach ihrer Handtasche und ihrem kleinen Einkaufsbeutel. Sie wollte gerade aufstehen, als sie Estilo entdeckte. Er war ein deutsch-argentinischer *chanta*, einer der wenigen, der nicht nur ein sexuelles Interesse an ihr hatte. Das war jedoch nicht der einzige Punkt, in dem er sich von den anderen unterschied. Er war Anfang Fünfzig, mit einem energischen Kinn, langem stahlgrauem, nach hinten frisiertem Haar, einem gepflegten Schnurrbart und einem Stilgefühl, wie es bei einem reinrassigen Deutschen nur schwer vorstellbar gewesen wäre. Sein Benehmen war zwar oft schroff, aber er sagte wesentlich öfter als die anderen *chantas* die Wahrheit, und allein das war für Tori Grund genug, über alles andere hinwegzusehen.

Lächelnd kam Estilo auf ihren Tisch zu. Er schien ebenso erfreut wie überrascht, sie zu sehen. In seiner Begleitung befand sich ein schlanker, breitschultriger Mann, den Tori auf Mitte Dreißig schätzte, also so alt wie sie selbst. Sein attraktives Gesicht hatte die tiefe, wettergegerbte Bräune eines typischen *estanciero*, eines Ranchers. Bekleidet war er mit einer weiten Seidenhose und einem sportlichen Leinenjackett, unter dem er ein am Hals offenes Hemd aus Waschseide trug. Er hatte dichtes schwarzes Haar und die schwerlidrigen Augen eines typischen *porteño* von rein lateinamerikanischer Abstammung.

Estilo entgingen Toris bewundernde Blicke keineswegs. »Tori, mein Engel!« rief er aus und schloß sie stürmisch in die Arme. »Warum hast du mir nicht Bescheid gesagt, daß du in Buenos Aires bist?«

»Du kennst mich doch«, erwiderte Tori. »Ich habe mich wieder ganz spontan in letzter Minute entschieden, hierher zu kommen.«

Estilo sah sie leicht vorwurfsvoll an. »Für jemand, der sich so früh zur Ruhe gesetzt hat, bist du einfach zu chaotisch.« Er schnalzte mit der Zunge. »Ich versuche dir schon die ganze Zeit klarzumachen, daß du dich nach einer Tätigkeit umsehen sollst, die dich wirklich ausfüllt.« Als er dabei lächelte, kamen große, nikotinverfärbte Zähne zum Vorschein. »Andernfalls stehe ich selbstverständlich immer noch zu meinem Angebot, daß du jederzeit in meine Firma einsteigen kannst.«

»Was ist das eigentlich für eine Firma?« wollte Tori wissen.

Estilo warf den Kopf in den Nacken und lachte. Dann packte er seinen Begleiter am Ärmel und zog ihn neben sich auf einen Stuhl an Toris Tisch nieder. »Tori Nunn, darf ich dir einen guten Freund von mir vorstellen – Ariel Solares. Ariel ist ein *nor-*

teamericano, der die meiste Zeit hier verbringt. Es ist sein sehnlichster Wunsch, ein echter *porteño* zu werden, stimmt's, Ariel?«

»Mein Freund übertreibt wieder einmal maßlos«, erklärte Ariel Solares. »Im Grunde genommen möchte ich die *porteños* lediglich *verstehen* lernen. Ich komme vor allem deshalb nach Buenos Aires, um das unvergleichliche Flair seiner mythischen Vergangenheit aufzusaugen.« Er holte tief Luft und ließ sie wieder entweichen. »Können Sie es nicht riechen? Es erfüllt die Luft wie der Duft einer Rose.« Er hob die Schultern. »Meine eigene Vergangenheit – mein ganzes Leben bis zu diesem Augenblick – hätte nicht prosaischer sein können. Deshalb komme ich immer wieder nach Buenos Aires, um mich von dieser Stadt berühren, ja, wenn möglich, sogar verändern zu lassen.«

»Unsinn«, fiel ihm Estilo ins Wort. »Du kommst nur hierher, um Geschäfte zu machen.« Dennoch entging Tori nicht, daß das, was Ariel gesagt hatte, nicht ohne Wirkung auf ihn geblieben war. Wie alle *porteños* fühlte sich auch Estilo von Mythen und ihren faszinierenden Manifestationen unwiderstehlich angezogen. Für ihn waren die Regenwälder und die Pampa von archaischen Gottheiten bewohnt, und selbst in der Stadt wimmelte es von unzähligen Geistern, die wie gotische Wasserspeier auf den Simsen der Hochhäuser hockten. So stark war hier die Kraft des Mythischen.

»Sie sprechen von Buenos Aires wie von Lourdes«, sagte Tori. Plötzlich überkam sie das Bedürfnis, Ariel aus der Reserve zu locken. »Als würde diese Stadt über wunderbare Heilkräfte verfügen.« Wenn das für sie zutraf, warum nicht auch für ihn?

Nachdenklich legte Ariel Solares den Kopf auf die Seite. »So habe ich das, ehrlich gestanden, noch nie gesehen. Aber möglicherweise ist daran etwas Wahres. Ich bin mir allerdings nicht sicher, ob ›Heilkräfte‹ in diesem Zusammenhang die richtige Bezeichnung ist. Ich bin nicht krank; ich langweile mich nur.«

»Aber ich bitte Sie, mein Freund«, schaltete sich Estilo wieder ein und ließ seinen Blick von Ariel zu Tori wandern. »Jeder Mensch braucht ein Ziel. Ein Leben ohne Ziel ist sinnlos, und das wiederum hat zur Folge, daß der Mensch von einer Krankheit befallen wird, die unmittelbar an seine Substanz geht.«

Tori war sich deutlich bewußt, daß Estilos letzte Worte ganz allein auf sie gemünzt waren. Betreten wandte sie den Blick ab. Die Tangomusik, deren wehmütige Klänge die breite Prachtstraße erfüllten, hatte einen zusehends bittereren und selbstquälerischen Beigeschmack angenommen, Vorbote einer letzten Eskalation der Gewalt, die auf einmal unausweichlich schien.

»Ich fühle mich eigentlich recht gut«, sagte Tori leise. Dabei sah sie jedoch nicht die beiden Männer an; nein, es war eher, als blickte sie mitten ins Herz des düster schweren Tangos.

»Aber gewiß doch, meine Liebe«, versicherte ihr Estilo und tätschelte tröstend ihre Hand. Er hatte große Hände, derb und kräftig. »Etwas anderes wollte ich damit auch gar nicht andeuten.« Tori war jedoch davon überzeugt, daß genau das der Fall war. »Ich dachte nur, daß ich dir vielleicht behilflich sein könnte, etwas gegen deine Langeweile zu tun. Du würdest mir jedenfalls eine große Freude machen, wenn ich dich heute abend als Gast in meinem Haus begrüßen dürfte.« Seine Schnurrbartenden bogen sich nach oben, als er lächelte. »Ich gebe dort eine kleine Party – nur meine besten Freunde sind eingeladen.« Er machte eine kurze Pause. »Ariel wird selbstverständlich auch da sein.«

Tori sah noch einmal Estilos Begleiter an. Seine Haut war von Wind und Wetter gegerbt. Sie konnte sich gut vorstellen, wie er durch die endlose Weite der Pampa ritt oder, einen Poloschläger schwingend, über den Rasen der Palermo Fields sprengte. Aber irgend etwas an ihm war anders; er war kein typischer *porteño* und versuchte auch nicht, diesen Anschein zu erwecken. Und das reizte sie.

»Also gut«, sagte Tori.

»Großartig!« Estilo strahlte übers ganze Gesicht, als er sich vom Tisch erhob. »Dann also bis heute abend.«

Für einen Moment saß ihr nur noch Ariel gegenüber. Eindringlich ruhte der Blick seiner kaffeebraunen Augen auf den ihren. Dann ergriff er ihre Hand, drückte einen zarten Kuß darauf und wurde schon im nächsten Augenblick von Estilo durch die Menge davongezogen.

Nachdem die beiden Männer verschwunden waren, blieb

Tori noch eine Weile sitzen und ließ sich einen Cognac kommen. Für sie haftete diesem Getränk etwas zutiefst Melancholisches an; es rief in ihr Erinnerungen wach an gebrochene Versprechen, zerstörte Träume, die Asche verrauchter Lust.

Als sie sich schließlich von ihrem Platz erhob, war die eindringliche Melodie des Tango verstummt; statt dessen war die Straße nur noch von chaotischem Großstadtlärm erfüllt.

Estilo bewohnte das ganze oberste Stockwerk eines unscheinbaren Wohnhochhauses in der Recoleta, das nur wenige Blocks vom Friedhof entfernt lag. Die Tatsache, daß es sich um eine der begehrtesten Adressen von ganz Buenos Aires handelte, sagte vielleicht mehr über die *porteños* aus als alles andere. Die Toten waren in dieser Stadt so gegenwärtig, daß sie in gewisser Hinsicht weniger tot waren als die Toten anderer Kulturen.

Die großzügige Wohnung war ganz im neuesten italienischen Stil eingerichtet; sie zeugte in gleicher Weise von Geschmack wie von Geld. Jedes Möbelstück war in flachen, eleganten Linien gehalten und mit typischen Ungaro- und Missoni-Stoffen bezogen.

Eingerichtet hatte die Wohnung Estilos Lebensgefährtin Adona, eine schwarzhaarige Schönheit aus der argentinischen Oberschicht, die Tori in mancher Hinsicht sehr ähnlich war. Adona hatte sich nicht damit zufriedengegeben, für Estilo nur das Heimchen am Herd zu spielen; statt dessen hatte sie hartnäckig darauf bestanden, ihn auf allen seinen Geschäftsunternehmungen begleiten zu dürfen, obwohl diese ihn nicht selten in die unwegsamsten und gefährlichsten Urwaldgebiete Südamerikas führten. Mit ihrem einnehmenden Wesen verstand sich Adona wie keine zweite darauf, in anderen Menschen Vertrauen zu erwecken; das ging sogar so weit, daß sie selbst einige von Estilos erbittertsten Feinden für sich hatte gewinnen können.

Gerade in einer so snobistischen Stadt wie Buenos Aires war Adona eine höchst ungewöhnliche Gastgeberin; aus einem tiefen und völlig ungekünstelten Interesse für andere Menschen heraus war sie stets darum bemüht, die individuellen Wünsche jedes einzelnen ihrer Gäste zu befriedigen. Zur Begrüßung umarmte sie Tori so herzlich wie eine Schwester, der sie nach langer, langer Trennung wieder begegnete.

Vertraulich zog sie Tori beiseite. In der Küche bereiteten gerade die Servierinnen die riesigen Silberplatten mit dem Essen vor. Adona schenkte ihnen keine Beachtung.

»Du siehst müde aus, Tori.«

»Vermutlich bin ich das auch. Aber das ist nur die Trägheit des Nichtstuns.«

Adona nickte. »Ich weiß. Dir fehlt die Leidenschaft. Kein Mensch kann ohne Leidenschaft leben. Was mich betrifft, so habe ich die Beziehung zu Estilo. Aber wem gilt deine Leidenschaft? Einem Leben am Rand des Abgrunds?« Über ihr Gesicht legte sich ein besorgter Zug. »Das kann doch auf Dauer nicht gut für dich sein.«

»Etwas in der Art hat heute nachmittag auch Estilo zu mir gesagt.«

Adona lächelte. »Estilo mag dich sehr.« Sie lachte – eine wundervoll musikalische Abfolge von Tönen. »Wußtest du, daß ich anfangs fürchterlich eifersüchtig auf dich war?«

»Aber dazu bestand doch keinerlei Anlaß.«

»Findest du? Estilo ist, weiß Gott, kein Engel. Aber wer ist das schon? Ich etwa? Oder du?«

»Ich bestimmt nicht.« Unwillkürlich mußte Tori an Greg denken, wie er engelsgleich durch den Weltraum schwebte; wie plötzlich, als er sich nach dem Verlassen der Raumkapsel an deren Außenhaut vorantastete, sein Raumanzug undicht wurde, so daß ihm von der gähnenden Leere des Alls in Sekundenschnelle aller Sauerstoff aus den Lungen gesaugt wurde. Von einem Moment auf den anderen war aus seiner Himmelfahrt ein Höllensturz geworden, und nur das kalte blaue Sternenlicht war Zeuge gewesen. ›Tod durch Hypoxie‹, hatte die ärztliche Diagnose gelautet – kalt, nüchtern, steril. Nicht mit einem Wort war dabei von seinem vereisten Körper die Rede gewesen, den das todbringende Vakuum des Alls zur Unkenntlichkeit entstellt hatte.

»Tori, was hast du denn?« Besorgt faßte Adona sie am Arm.

»Hier, trink einen Schluck Brandy. Du bist ja plötzlich ganz blaß geworden.«

»Danke, es geht schon wieder.« Trotzdem leerte Tori gehorsam das Glas, das Adona ihr reichte.

Adona schüttelte den Kopf. »Es gab einmal eine Phase in meinem Leben, in der ich mir nichts mehr gewünscht habe, als genau so ein Leben zu führen wie du – bis auf die Zähne bewaffnet durch den Dschungel zu streifen, in dem Wissen, daß der Feind irgendwo in der Nähe sein mußte. Allein durch diese Vorstellung fühlte ich mich – wie soll ich sagen? – ungeheuer lebendig, energiegeladen und stark.« Sie nahm Tori das leere Glas aus der Hand. »Aber die Zeiten ändern sich, und vor allem habe *ich* mich geändert. Tatsache ist, daß ich mich nur dann wirklich wohl gefühlt habe, wenn ich eine MAC-10 in den Händen hielt und ein Messer im Gürtel stecken hatte. Nur dann fühlte ich mich den Männern ebenbürtig. Natürlich habe ich mich sexuell und emotional weiterhin als Frau gefühlt. Aber ich hatte das Gefühl, einem Mann in keiner Weise unterlegen zu sein. Männer können töten. Aber das konnte ich nun auch. Ich wurde plötzlich geachtet und als ebenbürtiger Partner betrachtet. Zumindest in diesen Momenten bestand kein Unterschied mehr zwischen uns.«

Tori sah sie fragend an. »Ist das denn jetzt nicht mehr so?«

Adona hob die Schultern. »Die Welt dreht sich unablässig weiter, die Jahreszeiten vergehen, der Tag weicht der Nacht. Wer kann da schon mit Sicherheit sagen, ob wirklich eine Veränderung eingetreten ist? Jedenfalls glaube ich zu der Erkenntnis gekommen zu sein, daß das, wonach ich all die Jahre so hartnäckig gestrebt habe, in Wirklichkeit gar nicht existiert; daß ich eigentlich immer nur einer Illusion hinterhergejagt bin. Eines Tages bin ich nämlich zu der Einsicht gelangt, daß ich zunehmend mehr von der Welt der Männer vereinnahmt wurde, je mehr ich ihren Anforderungen gerecht zu werden versuchte. Mir wurde auch bald klar, daß ich das nicht wollte.«

»Und was sagt Estilo dazu? Er hat dich im Dschungel kennengelernt; dort habt ihr euch ineinander verliebt.«

»Estilo weiß nichts davon.«

»Dann solltest du ihm aber unbedingt davon erzählen«, drängte sie Tori. »Estilo liebt dich; ihm liegt sehr viel daran, daß du glücklich bist.«

Adona sah Tori in die Augen. »Ja, er liebt mich. Aber ob ich glücklich bin – das ist eine andere Sache. Estilo ist mit Leib und Seele Geschäftsmann – er kennt nur das Geschäft, und ihm ist ganz gleich, womit er seine Geschäfte macht. Jedes Geschäft ist für ihn eine genau definierte, fest umrissene Angelegenheit; und das gilt auch für die Welt, in der Estilo lebt. Ich habe unendlich viel Zeit und Mühe darauf verwendet, Teil dieser Welt zu werden. Und jetzt, nachdem mir das endlich gelungen ist, bin ich für ihn nicht mehr daraus wegzudenken. Er könnte unmöglich von mir lassen. Dazu ist meine Rolle viel zu sehr festgelegt. Wenn ich ihn verlassen würde, risse das ein klaffendes schwarzes Loch in seine Welt; mit einem Mal gäbe es dort wieder eine Lücke, ein nicht näher bestimmbares Vakuum. Und das könnte er einfach nicht ertragen.«

»Aber willst du ihn denn überhaupt verlassen?«

Ein zaghaftes Lächeln kräuselte Adonas Lippen wie der schwache Schein einer Kerze bei Einbruch der Dunkelheit. »Das weiß ich nicht.«

»Du darfst ihn nicht verlassen«, redete ihr Tori ins Gewissen. »Er ist ein guter Mann.«

»Zumindest ist er ein bißchen gut.«

Unvermittelt beugte sich Adona vor, um Tori auf beide Wangen zu küssen. »Aber jetzt mach dir einen vergnügten Abend. Wenn man zu lange solchen tiefschürfenden Gedanken nachhängt, dann schlägt einem das nur aufs Gemüt.«

Tori drückte Adona die Hand und ließ sie in der Küche zurück, wo sie sich nun um die Vorbereitungen für das Büfett kümmerte. In dem bunten Treiben, das in den anderen Räumen der Wohnung herrschte, machte Tori einige der bekanntesten Künstler, Models und *chantas* von Buenos Aires aus. Doch trotz des dichten Gedränges hatte Estilo sie sofort entdeckt. Er kam auf sie zu, drückte ihr ein Glas Kir Royal in die Hand, küßte sie auf die Wange und flüsterte ihr auf deutsch etwas Nettes ins Ohr. Er sprach nur selten Deutsch – und meistens nur, wenn er bereits etwas angeheitert war und niemand ihn hören konnte. Er war schließlich Argentinier und hatte seinen eigenen Mythos zu hegen.

Er hakte sich bei Tori unter und sagte: »Es sind Zeiten wie diese, in denen ich München ganz besonders vermisse.« Tori wußte, daß er mehrmals im Jahr nach Deutschland reiste. »Hast du zufällig mal im Aubergine gegessen?«

»Ich war nie in München«, erwiderte Tori mit einem seltsamen Gefühl von déjà vu. Es war nicht das erste Mal, daß sie diese Unterhaltung führten.

»Einfach unbeschreiblich, auf den Maximiliansplatz hinauszusehen und sich mit all diesen Köstlichkeiten verwöhnen zu lassen!« Estilo schüttelte den Kopf. »Trotzdem ist natürlich Buenos Aires mein Zuhause. Außerdem ist München nicht annähernd so geheimnisvoll. Und die Deutschen – mein Gott, die Deutschen werden sich wohl nie ändern. Das soll ihre große Stärke sein. Aber ich hatte für Stahl und Beton noch nie viel übrig.«

Er führte sie auf die Terrasse hinaus, von der man einen herrlichen Blick auf die ganze Stadt hatte. Ganz deutlich war im Westen der Stadtrand zu erkennen, wo das nächtliche Lichtermeer abrupt in tiefes, undurchdringliches Dunkel überging. Dort lagen die endlos weiten Ebenen der argentinischen Pampa, wo die Gauchos und Viehzüchter ihr hartes und entbehrungsreiches Leben führten.

Auf dieses undurchdringliche Dunkel deutete Estilo nun. »Dort draußen bin ich geboren, meine Liebe. Nicht in Deutschland wie mein Vater. Er hat die Tochter eines *estanciero* geheiratet, und ich wiege mich gern in dem Glauben, das Licht der Welt auf dem Rücken eines Pferdes erblickt zu haben.« Er begann unvermittelt zu lachen. »Aber das ist auch nur einer der Mythen, mit denen ich mich fortwährend umgebe. Meine Analytikerin meint, daß mein Leben viel zu sehr von solchen Mythen geprägt ist. Aber sie versteht natürlich überhaupt nichts von solchen Dingen. Ich bin zur Hälfte Deutscher, und deshalb brauche ich diese Mythen noch mehr zum Leben als selbst die *porteños* – schon allein aus dem Grund, um es überhaupt in meiner Haut aushalten zu können. Ich weiß nicht, was mein Vater während des Krieges getan hat, und wenn ich ganz ehrlich bin, möchte ich es auch gar nicht wissen. Glaubst du etwa, ich könnte das meiner Analytikerin begreiflich machen?« Er zuckte mit den Schultern. »Aber warum auch? Ehrlich gestanden, würde ich viel lieber mit ihr ins Bett gehen, als bei ihr auf der Couch zu liegen.« Estilo sah Tori plötzlich forschend an. »Und du? Was geht eigentlich in dir wirklich vor?«

»Ich dachte, wir hätten uns auf etwas geeinigt«, erklärte Tori ausweichend.

»Ich weiß. Stell mir keine Fragen, und ich erzähle dir keine Lügen. Wir haben uns in der Vergangenheit bei mehreren Gelegenheiten gegenseitig geholfen, ohne daß der eine dem anderen Rede und Antwort stehen mußte, weshalb er nun eigentlich auf die Hilfe des anderen angewiesen war.« Er hob die Schultern. »Das heißt allerdings nicht, daß er es nicht trotzdem wußte.« Estilos Miene wurde plötzlich ernst. »Ich muß dir gestehen, daß ich mir manchmal richtig Sorgen um dich mache, Tori. Ich hatte nie Kinder, habe auch nie welche gewollt; dazu bin ich viel zu egoistisch. Trotzdem bist du manchmal fast wie eine Tochter für mich. In solchen Momenten überkommt mich plötzlich das unwiderstehliche Bedürfnis, deinen Beschützer zu spielen – obwohl ich natürlich weiß, daß das das letzte wäre, was du von mir oder sonst einem Menschen willst.«

Auf einmal begriff Tori, daß Estilo Angst hatte, ihr zu nahe zu treten. Unwillkürlich erinnerte sie das an Greg, der auch nur einen Wunsch gekannt hatte: sie zu beschützen. Dieser Gedanke versetzte sie in so heftige Gefühlswallungen, daß ihr für einen Moment fast der Atem abgeschnürt wurde. Um dem entgegenzuwirken, konzentrierte sie sich sofort auf ihre *prana*-Atmung, durch die ihr Körper wieder verstärkt mit Sauerstoff versorgt wurde.

»Das ist wirklich sehr nett von dir«, erwiderte sie schließlich. Die Lichter der Großstadt flimmerten durch die Nacht und brachen sich an den tiefhängenden Wolken. Die Luft fühlte sich plötzlich schwer und drückend an; bald würde es regnen. »Und du bedeutest mir sehr viel.« Sie warf ihm ein zaghaftes Lächeln zu, in dem zugleich ein Anflug von Ironie mitschwang. »Aber schließlich seid ihr *porteños* diejenigen, die so große Stücke auf ihre Analytiker halten.«

»Nach all den Jahren, die ich nun schon auf dem Buckel habe«, entgegnete Estilo, »bin ich schließlich zu der Einsicht gelangt, daß früher oder später niemand darum herumkommt, sich einmal ausgiebig mit sich selbst zu befassen. Du magst zwar eine in jeder Hinsicht außergewöhnliche Frau sein, Tori, aber in diesem Punkt bist auch du keine Ausnahme.«

Lächelnd küßte ihn Tori auf die Wange, umarmte ihn herzlich und sagte auf deutsch: »Danke, Papa.«

Als Estilo ihr darauf tief in die Augen schaute, mußte sie unwillkürlich daran denken, wie Ariel sie an diesem Nachmittag im Café La Biela angesehen hatte. Das machte ihr ganz deutlich bewußt, welch unterschiedliche Gefühle die beiden Männer in ihr weckten.

Als könnte er ihre Gedanken lesen, sagte Estilo: »Ariel sucht schon die ganze Zeit nach dir. Ich glaube, du hast einen nachhaltigen Eindruck auf ihn hinterlassen.«

»Er sieht sehr gut aus«, mußte Tori zugeben.

»Und vor allem wäre er die beste Medizin, die ich mir im Augenblick für dich denken könnte.«

Tori mußte lachen. »Du hörst dich ja wie ein Wahrsager an. Was macht er eigentlich beruflich?«

»Ach, alles mögliche«, erwiderte Estilo. »Er handelt mit Rindfleisch – eine ziemlich langweilige Angelegenheit, wie er sagt. Allerdings glaube ich, daß es für seinen Aufenthalt hier noch einen anderen Grund gibt: die Verschwundenen. Wenn mich nicht alles täuscht, stellt er geheime Nachforschungen über die Greueltaten an, die hier im Namen der Gerechtigkeit begangen wurden.«

»Hört sich ja sehr interessant an.«

»Es hätte mich auch sehr gewundert, wenn du das nicht gefunden hättest«, meinte Estilo und dirigierte sie behutsam wieder in das Gedränge der Party zurück. »Sieh zu, daß du ihn findest, bevor er vor Sehnsucht nach dir vergeht.« Letzteres mußte

Estilo fast brüllen, um die Musik und das laute Stimmengewirr zu übertönen.

Ariel war in schwarzer Abendgarderobe. Als Tori ihn in der Menge entdeckte, sah er für einen Moment aus wie ein Engel, von dem sie einmal geträumt hatte. Allerdings hatte er keinen Heiligenschein, und als er sie bemerkte, öffneten sich seine Lippen zu einem strahlenden Lächeln. Im selben Augenblick war das Bild auch schon wieder verflogen. Engel – zumindest in Toris Vorstellung – lächelten nicht.

»Ich dachte schon, Sie hätten es sich doch noch anders überlegt«, sagte Ariel, als er durch das Gedränge auf sie zukam. »Ehrlich gestanden, wäre ich todunglücklich gewesen, wenn Sie nicht gekommen wären.«

»Haben Sie denn keine *adivina* konsultiert?« erwiderte Tori betont sarkastisch.

»Ich will Ihnen ein Geheimnis verraten«, sagte Ariel, als er dicht vor ihr stehen blieb. »Ich halte nichts von Wahrsagern. Aber erzählen Sie das bloß nicht meinen *porteño*-Freunden. Sie würden das nie begreifen.« Er grinste verschwörerisch. »Wahrsager und Analytiker sind hier heilig – wie in Indien die Kühe.«

Überrascht darüber, wie wohl sie sich in der Nähe dieses Mannes fühlte, brach Tori in amüsiertes Gelächter aus. Dennoch konnte sie das nicht darüber hinwegtäuschen, daß sie in ihm auch eine Bedrohung sah, und sei es auch nur für ihren Entschluß, sich auf keinerlei engere Kontakte mit anderen Menschen – und vor allem mit Männern – einzulassen. Vielleicht war doch etwas Wahres an dem, was Estilo gesagt hatte. Vielleicht litt sie tatsächlich an einer Krankheit, für die es keinen Namen gab. Aber gab es dann überhaupt ein Heilmittel dagegen?

Ariel sagte etwas, was sie in dem allgemeinen Lärm nicht verstehen konnte. Als sie darauf achselzuckend auf ihr Ohr deutete und den Kopf schüttelte, legte er seine Lippen an ihr Ohr und flüsterte: »Lassen Sie uns woandershin gehen.«

Zehn Minuten später betraten sie den Friedhof von Recoleta, wo die hochgeschätzten Vorfahren der *alta sociedad* unter blumenbewachsener Erde und reich verziertem Marmor zur letzten Ruhe gebettet lagen. Sie befanden sich hier in einer Totenstadt, einer barocken Nekropole, in der unzählige Mythen der *porteños* ihren Ursprung hatten. Vom Tod zum Leben – zumindest in argentinischen Augen haftete dieser Sicht der Dinge etwas sehr Poetisches an.

Bisher rührte das leichte Tröpfeln nur vom Saft der Jacarandabäume her, aber nicht mehr lange, dann würde es zu regnen beginnen. Die Luft war von einem tiefen Grollen erfüllt, dessen Echos sich ins Unendliche fortzupflanzen schienen.

Ariel bewegte sich mit einer Zielstrebigkeit, als fühlte er sich hier wie zu Hause. Das Dunkel zwischen den pompösen Grabstätten mit ihrem neoklassizistischen Prunk wich mehr und mehr einem seltsam flimmernden Lichtschein.

Plötzlich standen sie vor einer großen Grabanlage. Obwohl sie von wildwachsenden Blumen überwuchert war, hatte man sie auch noch mit unzähligen Kränzen und Blumengebinden geschmückt. Unter der dichten Krone eines Baums, geschützt vor dem Regen, brannten Hunderte von flackernden Kerzen. In die Deckplatte der Gruft waren nur zwei Worte gemeißelt: EVA DUARTE.

»Hier ruht die Quintessenz aller Mythen dieses Landes«, sagte Ariel und deutete auf die letzte Ruhestätte von Eva Perón. »Über diese Frau ist – meiner Meinung nach völlig zu Unrecht – mehr geschrieben worden als über jeden anderen Bewohner dieses Landes. War sie eine Heilige oder eine Teufelin?«

»Vielleicht war sie keines von beidem«, erwiderte Tori, »sondern nur eine ganz normale Frau.«

»Passen Sie bloß auf, daß Sie kein *descamisado*, kein Hemdloser, hört.« Damit waren die treuen Anhänger der Peróns in der argentinischen Arbeiterschaft gemeint. »Das wäre ihnen eindeutig zu wenig.« Ariel sah Tori fragend an. Es hatte zu regnen begonnen. Das schwache Tröpfeln unter den Bäumen rief schmerzhafte Erinnerungen an unzählige Abschiedsszenen auf Flughäfen und Bahnhöfen wach. »Sie können das nicht verstehen? Immerhin ist es das einzige, was ihnen geblieben ist.«

»Sogar ihre Kinder wurden ihnen genommen«, murmelte Tori, »ihre Zukunft.«

»Und das nicht nur in übertragenem Sinn. All jene, die während der Zeit der Schreckensherrschaft verschwunden sind, werden nie wieder zurückkommen. Die Verschwundenen sind nur noch stumme Zeugen der blutigen Geschichte dieses Landes. Die staatliche Unterdrückung hat ihre Stimmen für immer zum Verstummen gebracht.« Wehmütig ließ Ariel seinen Blick über den schwülstigen Prunk der Gräber wandern. »Es ist wirklich ein Jammer.«

Tori und Ariel waren umringt von steinernen Engeln, deren Flügel zerfressen wurden von den Abgasen der Stadt. Wie Tränen troffen die Regentropfen über ihre marmorglatten Wangen, während sie mit gesenkten Häuptern der Toten gedachten. Der blanke Marmor der Nekropole schien im flakkernden Schein der Kerzen von innen heraus zu leuchten.

»Bedeutet die Verehrung, die diesem Grab entgegengebracht wird, daß der Perónismus nach so langer Zeit noch am Leben ist?«

»Nur in gewisser Hinsicht«, erklärte ihr Ariel. »Im Grunde genommen ist das Ganze ein Hirngespinst. Die *descamisados* haben zwar den Glauben an ihre perónistischen Ideale noch immer nicht aufgegeben, aber ihre Führer sind mehr oder weniger nur noch damit beschäftigt, mit ständigen Richtungswechseln um ihr politisches Überleben zu kämpfen, statt sich endlich einmal der Tatsache zu stellen, daß die Grundidee des Perónismus im heutigen Argentinien einen hoffnungslosen Anachronismus darstellt.«

Nachdenklich blickte Tori in die flackernden Flammen der Kerzen. »Hier mußten die Kinder für die Sünden ihrer Väter büßen.« Sie wandte sich Ariel zu. »Wo bleibt da die Gerechtigkeit?«

»Wir befinden uns hier in Argentinien«, erwiderte Ariel darauf. »In diesem Land wird die Gerechtigkeit bestenfalls mißverstanden.«

Der Regen löschte die Kerzen, und die Totenstadt lag wieder in tiefem Dunkel. Plötzlich hatte Tori das Gefühl, daß sie und Ariel ganz genau wußten, was die Gerechtigkeit schlimmstenfalls war: eine Waffe, um die Schwachen zu unterdrücken, und ein Deckmantel, um die Schuld der Mächtigen zu vertuschen.

Ariel schauderte, als hätte plötzlich ein kalter Windstoß wie der Hauch eines Toten seinen Nacken gestreift. »Vielleicht war es ein Fehler, heute nacht hierher zu kommen.«

»Meinen Sie, zu Estilos Party oder auf den Friedhof?«

Ariel lächelte, und Tori wurde sich plötzlich bewußt, daß sie sein Gesicht anziehend fand. Wenn er einen neutralen Gesichtsausdruck aufgesetzt hatte, wirkte es abweisend und fast ein bißchen einschüchternd: streng, energisch und entgegen seiner Behauptung in keiner Weise gelangweilt. Wenn er allerdings lachte, wich seine abweisende Miene einem jungenhaften Charme, den sie unwiderstehlich fand.

Das fand sie ebenso ungewöhnlich wie beunruhigend. Es war lange her, daß sie einen Mann unwiderstehlich gefunden hatte.

Ariel sah sie an. »Sie haben die außergewöhnlichsten Augen, die ich je gesehen habe«, sagte er. »Heute nachmittag dachte ich, sie wären grün, mit einem Stich ins Türkis. Aber jetzt sind sie von einem tiefen Kobaltblau.«

Tori lachte. »Mein Vater nannte mich immer Engelsauge. Mein Bruder und ich, wir hatten dieselben Augen.«

»Hatten?« Ariel war der angespannte Zug, der sich plötzlich über ihr Gesicht legte, nicht verborgen geblieben.

Tori senkte den Blick. »Mein Bruder ist tot.«

»Das tut mir leid.«

Tori holte tief Luft. »Er war ein wundervoller Mensch. Man könnte sogar ohne Übertreibung sagen: ein Auserwählter. Wie ein Engel schwebte er über den Himmel, bevor er starb. Und wie einem Engel lag ihm die ganze Erde zu Füßen.« Als Ariel sie fragend ansah, lächelte sie wehmütig. »Mein Bruder war Astronaut.«

Ariel schnippte mit den Fingern. »Nunn. Einen Augenblick. Doch nicht etwa Greg Nunn? Der amerikanische Astronaut, der auf einem gemeinsamen Marsflug mit den Russen ums Leben gekommen ist? Das ist noch nicht so lange her.«

»Achtzehn Monate.«

»Greg Nunn war Ihr Bruder?«

»Ja.«

Das war zwar kaum mehr als ein Flüstern. Aber es sprach Bände. Zum Glück war Ariel einfühlsam genug, an dieser Stelle das Thema zu wechseln. »Estilo hat angedeutet, daß Sie sich bereits aus dem Berufsleben zurückgezogen haben. Was haben Sie vorher gemacht?«

Was sollte sie darauf antworten? »Ach, Familiengeschäfte eben«, erwiderte Tori – nicht ganz wahrheitsgemäß, aber auch nicht völlig falsch.

Ariel schnaubte. »Davon könnte ich Ihnen auch ein Lied singen. Solange mein Vater die Firma leitete, hat mir die Arbeit noch Spaß gemacht. Ich konnte mehr oder weniger tun und lassen, was ich wollte. Aber als mein Vater starb und ich die Firma übernehmen mußte, wurde mir plötzlich bewußt, wie tödlich langweilig der Handel mit Rindfleisch ist. Sobald ich die ganze Last der Verantwortung zu tragen hatte, verlor die Aufgabe sehr rasch ihren Reiz für mich.«

Sie hatten inzwischen das Friedhofstor erreicht. Kaum befanden sie sich wieder auf der Straße, hatte Tori das seltsame Gefühl, als fiele ein unerklärlicher Druck von ihrer Brust – als wäre selbst die Luft auf dem Friedhof erfüllt gewesen von den Geistern der Toten und sie könnte plötzlich wieder frei durchatmen. Sie warf einen letzten Blick auf die steinernen Engel zurück, und ihr war, als könnte sie ihre Flügel im Wind leise flattern hören.

»Die elterliche Firma zu leiten füllt Sie also nicht aus«, sagte Tori, um Ariel einen Einstieg zu ermöglichen, ihr über die wahren Gründe seines Aufenthalts in Buenos Aires zu erzählen.

»Eigentlich habe ich keine Lust, auf die Party zurückzugehen«, sagte Ariel, als hätte er ihre Frage gar nicht gehört. »Es regnet, und das Klima trägt nicht gerade dazu bei, meine Stimmung zu heben.«

Tori fragte sich, ob er mit Klima das Wetter meinte oder die Atmosphäre auf dem Fest. Aber ob so oder so: ihr sollte das nur recht sein. Auch ihr war nicht danach, sich noch einmal in das Partygewühl zu stürzen.

Sie gingen ins Café Tortoni, einen bekannten Jazzclub in der Avenida de Mayo.

»Sind Sie ein typischer Nachtmensch?«

»Nur wenn ich auf Reisen bin.« Ariel hob die Schultern. »Ich weiß nicht, woran das liegt, aber alle meine Geschäftsfreunde scheinen geradezu süchtig zu sein nach der *vida nocturna*, dem Nachtleben.«

Auch Tori war in zwei Phasen ihres Lebens eine begeisterte Nachtschwärmerin gewesen. Als junges Mädchen hatte sie sich dank ihres hervorragenden Aussehens selbst zu den exklusivsten Bars und Clubs von Los Angeles mühelos Zutritt zu verschaffen gewußt. Jahre später, weit von ihrer amerikanischen Heimat entfernt, hatte das geheime Nachtleben von Tokio noch einmal einen ähnlichen, mit dem Hauch der Gefahr verbundenen Reiz auf sie ausgeübt. Aber zu diesem Zeitpunkt war sie bereits ein völlig anderer Mensch gewesen – oder vielleicht doch nicht?

Das Jazztrio bestand aus einem schwarzen Saxophonisten, einem Drummer aus der Karibik und einem langfingrigen blonden Bassisten. Zu den wilden Klängen, die sie ihren Instrumenten entlockten, tranken Tori und Ariel Zuckerrohrschnaps. Das Geräuschchaos, das die drei Musiker produzierten, hörte sich zwar nur sehr entfernt nach Musik an, aber die anderen Anwesenden schien das nicht im geringsten zu stören.

In der Pause sah Ariel auf seine Uhr. »Schon Mitternacht vorbei. Sind Sie müde?«

Tori schüttelte den Kopf.

»Gut.« Er zahlte. Als sie auf der Straße waren, stiegen sie in ein Taxi, und Ariel sagte zum Fahrer: »La Manzana de las Luces.« Achselzuckend fuhr der Mann in Richtung Innenstadt los.

Der Platz der Erleuchtung, der zwischen den Avenidas Peru und Bolívar an der Kreuzung mit der Avenida Julio Roca liegt, war einer der geschichtsträchtigsten Orte der Stadt und konnte mit einer ganzen Reihe historisch bedeutsamer Bauten aufwarten. Unter anderem befanden sich dort auch die Redaktionsbüros von *La Prensa*, Argentiniens bekanntester Zeitung.

Nachdem sie in der Avenida Peru ausgestiegen waren, führte Ariel Tori auf den Eingang des Hauses Nummer 222 zu. Die prunkvolle Fassade war zwar im typischen Zuckerbäckerstil des

Fin de Siècle gehalten, aber das Gebäude selbst war, wie Ariel ihr versicherte, über hundert Jahre älter.

»In seiner langen Geschichte hat dieses Haus unter anderem zwei Zeitungen und die Universität von Buenos Aires beherbergt«, führte Ariel aus. »Als es 1767 auf Anweisung von König Karl III. erbaut wurde, geschah dies ursprünglich für den Ordensgeneral der Jesuiten. Aber auch schon davor haben sich an dieser Stelle einige höchst erstaunliche Dinge abgespielt.«

»Wie zum Beispiel?«

»Kommen Sie«, forderte Ariel sie auf. »Das werde ich Ihnen gleich zeigen.«

Er führte sie in eine dunkle Durchfahrt an der Seite des Gebäudes. Dort stiegen sie eine uralte, stark abgetretene Steintreppe hinunter. Tori entging nicht, daß sich Ariel trotz der Dunkelheit mit traumwandlerischer Sicherheit bewegte.

Wenig später hörte sie ein Geräusch, das sich anhörte, als würde ein alter Schlüssel in einem noch älteren Schloß umgedreht. Auf rostigen Angeln öffnete sich knarzend eine schwere Holztür. Aus dem Innern schlug ihnen feuchter Modergeruch entgegen.

»Dürfen wir das denn überhaupt?« fragte Tori besorgt.

»Haben Sie noch nie etwas Verbotenes getan?«

Seine Stimme war kaum mehr als ein körperloses Flüstern. Sie antwortete ihm nicht.

»Vorsicht.« Ariel nahm sie an der Hand, zog sie nach drinnen und schloß die Tür hinter ihnen.

Dann führte er sie durch undurchdringliches Dunkel. Nach einer Weile hörte sie, wie sich quietschend eine zweite Tür öffnete. Ariel flüsterte ihr ins Ohr: »Jetzt müssen Sie den Kopf einziehen.«

Sie stiegen noch einmal eine Treppe hinunter. Die klamme Kälte, die ihnen entgegenschlug, mußte ein idealer Nährboden für jede Art von Schimmel und Flechten sein. Die Treppe war steil und eng. Es roch nach Kalkstein und feuchter Erde. Wie in einem Grab, dachte Tori unwillkürlich, und für einen Moment stellten sich ihr die Nackenhaare auf.

»Dieses verzweigte Gängesystem stammt aus dem achtzehnten Jahrhundert.« Tori fragte sich, warum Ariel noch immer flüsterte. Wer hätte sie hier unten schon hören können?

»Heute sind diese unterirdischen Gänge eine beliebte Touristenattraktion«, fuhr Ariel fort. Seine Lippen streiften dabei ganz zart ihr Ohr. »Die Führer erzählen den Touristen, daß diese Gänge zum Schutz gegen feindliche Angreifer gebaut wurden. In Wirklichkeit dienten sie den Jesuiten jedoch dazu, ungestört ihren Schmuggelgeschäften nachgehen zu können. Wie alle anderen spanischen Kolonien durfte nämlich laut einem königlichen Erlaß auch Buenos Aires nur mit dem spanischen Mutterland Handel treiben. Auf Drängen der geschäftstüchtigen Jesuiten gingen jedoch auch Schiffe anderer Nationalität im Hafen vor Anker – unter dem Vorwand, Ausbesserungsarbeiten vornehmen zu müssen. In Wirklichkeit schafften aber die Jesuiten durch diese geheimen Gänge ihre Fracht hierher.«

Ariel knipste eine Taschenlampe an. Sie befanden sich in einem weitverzweigten System von Gängen mit altertümlichen Deckengewölben. An den Wänden waren in regelmäßigen Abständen Lampen angebracht; der Boden war betoniert.

Der Gang machte eine Biegung, weitete sich zu einer Kammer und führte über eine weitere Steintreppe noch tiefer in die Erde hinab. Hier unten wirkte das Mauerwerk älter und primitiver, aber vielleicht lag es auch daran, daß sich hier die Folgen des Zerfalls stärker bemerkbar machten. Die Luft war stickiger, und es gab keine Wandlampen und keinen betonierten Fußboden mehr. Immer wieder knirschten lose Steine unter ihren Sohlen.

Plötzlich blieb Ariel stehen. Der Strahl seiner Taschenlampe zuckte über einen Haufen aus Gerippen und Knochen. Entsetzt wurde Tori bewußt, daß es sich dabei um menschliche Skelette handelte.

»Das ist alles, was von den Verschwundenen übriggeblieben ist«, flüsterte Ariel. »Das heißt, von einigen. Die armen Teufel. Man hat sie einfach hier unten verrotten lassen.«

»Was . . .«

Ariels Hand legte sich über ihren Mund. Abrupt erlosch der Lichtstrahl seiner Taschenlampe.

Von irgendwoher drangen gedämpfte Geräusche durch das Dunkel. Ariel stand wie angewurzelt da; sogar sein Atem schien stillzustehen.

Die Geräusche kamen rasch näher. Nach einer Weile angespannten Lauschens konnte Tori hören, daß es sich dabei um Männerstimmen handelte. Sie sprachen japanisch.

»Vielleicht hätte uns Rega noch von Nutzen sein können«, sagte eine Stimme.

»Davon kann gar keine Rede sein«, erwiderte darauf eine andere. »Schon der geringste Anlaß hätte ihm genügt, uns zu verraten.« Ein Lachen. »Außerdem war es ein herrliches Gefühl, ihm den Lauf in den Nacken zu halten und abzudrücken. Einfach so. Peng! Wie man in einer Kirche eine Kerze auslöscht. So etwas bedeutet immer wieder von neuem einen unvergleichlichen Reiz – dieser seltsame Kitzel, gegen eines der elementarsten Gesetze des Lebens zu verstoßen.«

»Ich bin Schintoist«, sagte die erste Stimme, »und glaube nicht an Gott oder Teufel. Das sind alles nur Hirngespinste, Erfindungen der menschlichen Fantasie – nichts als Illusionen.«

»Ich bin Katholik«, entgegnete darauf die zweite Stimme. »Und als solcher bin ich mir der Bedeutung von Strafe – und Sünde – sehr deutlich bewußt.«

»Das verstehe ich nicht. Wie kannst du Katholik sein und trotzdem sündigen?«

Wieder dieses Lachen. »Weil ich nicht erlöst werden kann, wenn ich nicht gesündigt habe. Deshalb tue ich mein Bestes, gegen alle Gesetze zu verstoßen. Wie dir außerdem nicht entgangen sein dürfte, übt es einen geradezu unwiderstehlichen Reiz auf mich aus.«

»Dann laß uns jetzt lieber weitermachen«, sagte die erste Stimme.

Es war unmöglich festzustellen, von woher die Stimmen kamen. Vielleicht waren sie noch ziemlich weit entfernt; vielleicht waren sie aber auch schon ganz nahe. In diesen unterirdischen Gängen war die Akustik völlig unberechenbar.

Tori konnte sich des Eindrucks nicht erwehren, daß Ariel ähnliche Gedanken durch den Kopf gingen. Offensichtlich wollte auch er so schnell wie möglich weg von hier; aber zugleich fürchtete er, entdeckt zu werden.

Plötzlich ging ein Licht an. Von der Helligkeit geblendet, konnte Tori nur die dunklen Umrisse, aber nicht die Gesichter der zwei Gestalten erkennen, die an ihnen vorübergingen.

»Da!«

»Wer zum Teufel . . .«

Ein kurzes Aufblitzen, stumpf und bedrohlich, von zwei Maschinenpistolen.

»Madre de Dios!« hauchte Ariel. Hastig packte er Tori an der Hand und zerrte sie aus dem Licht. Dann zogen sie sich tastend durch das Dunkel zurück.

Unruhig zuckte der Lichtkegel von Ariels Taschenlampe über die kahlen Wände des Gangs und warf ihre grotesk verzerrten Schatten auf das grobe Mauerwerk. Hinter ihnen ertönten rasche Schritte.

»Sie sind hinter uns her!« stieß Tori hervor.

Ohne ein Wort zerrte sie Ariel weiter hinter sich her. Atemlos rannten sie eine Treppe hinunter. Währenddessen wurden die schweren Schritte und der keuchende Atem ihrer Verfolger immer deutlicher hörbar; sie kamen unaufhaltsam näher. Mein Gott, schoß es Tori durch den Kopf, in was hat mich Ariel da nur hineingezogen!

»Schneller!« zischte er. »Wenn sie uns erwischen, bringen sie uns um!«

Sie werden uns in jedem Fall einholen, dachte Tori, als sie an einem offenen Durchgang vorbeihetzten. Spontan hielt sie Ariel zurück.

»Was . . .?«

»Hier hinein!« flüsterte sie ihm ins Ohr und duckte sich durch die Öffnung. Dahinter war es völlig dunkel.

In der Luft hing fauliger Modergeruch, und Tori konnte das Scharren winziger Krallen auf nacktem Stein hören. Wie ein Blinder tastete sich Ariel mit weit von sich gestreckten Händen durch das Dunkel.

Das plötzliche Aufflackern eines Lichts ließ sie wie angewurzelt stehenbleiben. Im nächsten Augenblick war es jedoch bereits wieder verschwunden, so daß sie sich weiter durch das undurchdringliche Dunkel vorantasteten, bis sie eine zweite, kleinere Kammer erreichten.

Zum erstenmal hatte Tori das Gefühl, als stünde die Luft zwischen den bedrückend engen Wänden des Gangs völlig still. Nicht auszudenken, wenn sie hier in eine Sackgasse geraten waren. Aber zumindest war es ihnen gelungen, ihre Verfolger abzuschütteln.

Auf dem Hauptkorridor näherte sich ein Licht, und es wurden zwei Männerstimmen hörbar, die sich auf japanisch unterhielten. Der Lichtschein wurde immer heller und fiel schließlich in den Seitengang, in den sie sich zurückgezogen hatten.

Hastig sah sich Tori in der Kammer um. Sie hatte richtig vermutet: Hier ging es nicht mehr weiter. Um wieder nach draußen zu kommen, hätten sie an den beiden Japanern vorbei gemußt, die hinter ihnen her waren.

In dem schwachen, unsteten Licht konnte sie an der Rückwand der Kammer einen dunklen Haufen erkennen. Sie riß sich von Ariel los, um ihn näher in Augenschein zu nehmen. Es waren menschliche Skelette.

Verschwundene. Mehr, als sie zählen konnte. In einem kurzen Aufflackern des schwachen Lichtscheins leuchteten ihr aus dem grausigen Gerippehaufen ein Paar kleiner roter Augen entgegen.

Das Licht wurde stärker, aber die Stimmen waren inzwischen verstummt. Das konnte nur eines bedeuten: Ihre Verfolger wußten, daß ihre Beute nicht mehr weit sein konnte.

»Kommen Sie!« Kurz entschlossen packte Tori Ariel an der Hand, zerrte ihn auf den Gerippehaufen in der Ecke zu und wühlte sich mit ihm durch den Berg aus menschlichen Skeletten. Ein kurzes erschrecktes Quieken, und die roten Augen waren verschwunden. Der Verwesungsgeruch war so unerträglich wie in einem Grab.

Als Tori die Wand erreichte, rollte sie sich zu einer Kugel zusammen. Ariel folgte ihrem Beispiel. Angespannt spähten sie durch das dichte Gewirr aus menschlichen Gebeinen auf den Eingang der Kammer, wo jeden Augenblick ihre Verfolger auftauchen mußten. Überdeutlich war sich Tori der Wärme von Ariels Körper bewußt, der sich dicht an den ihren drängte. Wie zwei Liebende lagen sie inmitten von Toten und harrten mit angehaltenem Atem ihrem eigenen Tod entgegen.

Ein Lichtstrahl fiel in die Kammer und wanderte zuckend über den Berg aus Gerippen. Unaufhaltsam tastete er sich immer tiefer durch das undurchdringliche Knochengewirr voran.

Und dann! Entsetzt mußte Tori mitansehen, wie ein verirrter Lichtstrahl auf ihre Haut fiel. Fast unerträglich hell schien sie unter all den bleichen Knochen aufzuleuchten. Geblendet schloß sie die Augen. Mein Gott, wenn sie die beiden Japaner jetzt entdeckten! Zugleich verspürte sie plötzlich ein seltsames Gefühl der Verbundenheit mit den namenlosen Toten, unter deren Gebeinen sie Zuflucht gesucht hatten. Wenn eure Geister noch hier unten weilen, begann sie in ihrer Verzweiflung zu beten, dann helft uns. Steht uns bei!

Sie atmete ganz ruhig, schaltete ihr Denken aus und verminderte auf diese Weise ihr *wa*, ihre innere Energie; wenn diese beiden Japaner eine ähnliche Ausbildung erfahren hatten wie sie, hätten sie ihre Anwesenheit möglicherweise aufgrund ihres *wa* spüren können, selbst wenn sie sie nicht sehen konnten.

Ariel lag so reglos wie ein Toter neben ihr. Auch er wußte also, wie man sich in so einer Situation zu verhalten hatte.

»Hier ist doch niemand!« brummte einer der Japaner.

»Von wegen«, korrigierte ihn sein Begleiter. »Die Toten sind hier.«

»Stumme Zeugen. Gehen wir.«

Aber die beiden Männer rührten sich nicht von der Stelle. »Die beiden haben uns gesehen«, meinte der erste Japaner. »Wir dürfen sie auf keinen Fall entwischen lassen.«

»Aber hier sind sie nicht.«

Noch immer rührten sich die beiden dunklen Gestalten nicht vom Fleck. Noch immer zuckte der Strahl der Taschenlampe suchend über den Gebeinehaufen. Dann wurde er plötzlich heller, und die Stimme des ersten Mannes war so nahe, daß Tori fast das Herz stillstand.

»Na, ich weiß nicht. Hast du nicht eben auch dieses Geräusch gehört? Fast so, als würde jemand atmen. Und ich glaube nicht, daß es mein Atem war – oder deiner. Ich werde das Gefühl nicht los, daß außer uns noch jemand in diesem Raum ist.«

Tori brach am ganzen Körper der Schweiß aus. Sie hatte in dem Sprecher den Kerl mit der philosophischen Ader wiedererkannt, der sich damit gebrüstet hatte, daß es für ihn nichts Schöneres gab, als gegen alle Gesetze der Menschlichkeit zu verstoßen. Er war wesentlich gefährlicher als sein Begleiter; nicht nur, weil er offensichtlich vor nichts zurückschreckte, sondern auch, weil er cleverer und gerissener war.

Ein metallisches Klicken, kurz und scharf, hallte übernatürlich laut von den Wänden der engen Kammer wider. Und unwillkürlich mußte Tori an die Maschinenpistolen denken, die die Männer bei sich hatten.

»Das läßt sich ganz einfach feststellen«, sagte der erste Japaner. »Dazu brauche ich nur kurz auf diesen Knochenhaufen draufzuhalten.«

Toris Herz drohte fast ihren Brustkorb zu sprengen.

Ein lautes Scharren wie von einer Schuhsohle. »Bist du verrückt geworden?« hielt ihn sein Begleiter zurück. »Diese Stätte gehört den Toten.«

»Na und?« entgegnete der andere Mann schroff.

»Diese Toten sind nicht bestattet worden. Ihre Geister haben noch keine Ruhe gefunden. Sie zu stören, wäre eine Sünde, die nicht einmal du auf dich nehmen würdest.« Und nach einer kurzen Pause. »Warum gibst du nicht zu, daß uns die beiden entwischt sind? In diesem unterirdischen Labyrinth könnten sie sich doch an allen möglichen Stellen versteckt haben. Oder willst du anfangen, blindlings in jedes dunkle Loch hier unten zu schießen? Nicht auszudenken, was das für einen Lärm gäbe. Komm jetzt endlich. Wenn wir noch mehr Zeit verlieren, versäumen wir nur unsere Verabredung. Außerdem möchte ich so schnell wie möglich wieder aus diesem Rattenloch heraus.«

»Aber die beiden . . .«

»Was sollen sie schon groß gesehen haben? Sie können unmöglich wissen, was wir vorhaben. Was sollten wir also von ihnen zu befürchten haben? Vermutlich waren es sowieso nur ein paar Touristen, die sich aus reiner Abenteuerlust so spät nachts noch hier unten herumgetrieben haben.«

»Na, ich weiß nicht.«

Trotzdem wurde es mit einem Mal dunkler, und die Kammer war nur noch von diffusem Licht erhellt, das langsam schwächer wurde. Wenige Augenblicke später hatte sich vollends wieder undurchdringliches Dunkel über den Raum gelegt. Aber Ariel und Tori rührten sich nicht von der Stelle.

Als sich Ariel nach einer Weile vorsichtig zu bewegen begann, legte ihm Tori behutsam eine Hand auf die Schulter und drückte ihm ihren Zeigefinger auf die Lippen.

Im selben Moment kam über den feuchten Boden der Kammer die Ratte wieder auf sie zugehuscht. In ihren kleinen Augen schimmerte ein seltsames Licht – ein Licht, in dem Tori sofort die Möglichkeit des Verrats erkannte. Wenn die Ratte jetzt ein leises Quieken von sich gab und wenn die Japaner, wie sie vermutete, mit ausgeschalteten Taschenlampen hinter dem Eingang der Kammer auf der Lauer lagen, dann hätte ihnen dieses Geräusch verraten, daß in dem Gerippehaufen nicht nur die Geister der Toten verborgen waren. Nichts hätte sie dann noch daran hindern können, von ihren Maschinenpistolen Gebrauch zu machen.

Mit angehaltenem Atem beobachtete Tori, wie die Ratte vorsichtig schnuppernd näher kam. Kein Zweifel, das Tier hatte sie bereits gewittert. Und es war hungrig.

Die Augen zu zwei schmalen Schlitzen verengt, lag Tori auf der Lauer. Ihre rechte Hand ruhte völlig entspannt auf Ariels Hüfte. Inzwischen hatte sie die Ratte fast erreicht. Und dann, ohne daß sich ein anderer Teil ihres Körpers bewegte, schoß Toris Hand plötzlich blitzartig vor und brach der Ratte mit einem gezielten Schlag das Genick.

Quälend langsam verstrichen die Sekunden. Wurden zu Minuten. Tori schaltete ihr Denken völlig ab. In diesem halbbewußten Zustand, in dem ihre Sinne noch mehr geschärft waren, konnte sie nach einer Weile das leise Scharren von Sohlen auf steinigem Untergrund hören. Die Japaner verließen ihren Hinterhalt und kehrten durch die Windungen des Seitengangs in den Hauptkorridor zurück.

Toris Lippen streiften Ariels Hals, und gemeinsam standen sie von den Toten auf.

Ariel und Tori standen auf einer der zwei terrakottagefliesten Terrassen von Ariels Haus auf dem Russian Hill in San Francisco, auf dessen Gipfel es eine Bar gab, in der sich vor hundert Jahren Ambrose Bierce, Bret Harte und Mark Twain regelmäßig getroffen hatten.

Seit dem Zwischenfall in den unterirdischen Gängen des ehemaligen Jesuitenkollegs von Buenos Aires waren noch keine achtundvierzig Stunden vergangen. Da Ariel wegen dringender Geschäfte wieder nach Hause zurückkehren mußte, hatte er Tori eingeladen, ihn zu begleiten; sie hatte die Einladung angenommen, da ihr Buenos Aires mit einem Mal ebenso verleidet worden war wie die Lust am Alleinsein. Außerdem übte Ariel eine unwiderstehliche Anziehungskraft auf sie aus – eine Tatsache, die sie sich jedoch nur widerstrebend eingestand; widerstrebend vor allem deshalb, weil sie sich schon seit einiger Zeit dazu entschlossen hatte, sich auf keinen Fall wieder auf eine Beziehung mit einem Mann einzulassen, und sei sie auch noch so unverbindlich und oberflächlich. Doch nun stand sie vor einem Rätsel: Was hatten die zwei japanischen Yakuza-Killer in dem Gängesystem unter dem ehemaligen Jesuitenkolleg von Buenos Aires zu suchen gehabt – und woher hatte Ariel Solares gewußt, daß sie dort auf diese beiden Männer stoßen würden?

Bewundernd blickte Tori auf San Francisco hinab, das sich auf sanft gewellten Hügeln unter ihr ausbreitete; sie ließ ihren Blick weiterwandern auf das graue Wasser der Bucht hinaus, wo zahllose Schiffe, umspielt von unsichtbaren Delphinen, ihre Bahn zogen. Von der anderen Terrasse des Hauses hatte man einen herrlichen Blick auf die Lombard Street, die sich in steilen Serpentinen nach North Beach hinunterwand.

Ariels riesiges Wohnzimmer beherbergte eine herrliche Sammlung präkolumbischer Kunstwerke aus den verschiedenen alten Kulturen des südamerikanischen Kontinents: glasierte Keramiken, Steinstatuen in Tier- und Frauengestalt, hauchdünne Holzpfeile mit kleinen schwarzen Eisenspitzen, von denen Tori wußte, daß sie vor dem Gebrauch in tödliches Gift getaucht worden waren.

»›Im Lauf der Jahre‹«, zitierte Ariel Solares den großen südamerikanischen Dichter Jorge Luis Borges, »›bevölkert ein Mann einen Raum mit Bildern von Provinzen, Königreichen, Bergen, Buchten, Schiffen, Inseln, Fischen, Zimmern, Arbeitsgeräten, Sternen, Pferden und Menschen.‹«

»Ein geeigneterer Platz ließe sich dafür kaum denken«, mußte ihm Tori bewundernd beipflichten. »So fernab von allem – so unendlich weit über den Dingen.«

»Das einzige Problem ist«, gestand ihr Ariel mit unverhohlenem Bedauern, »daß ich mich nicht annähernd so oft hier aufhalten kann, wie ich das gern möchte.« Er schenkte ihr Champagner nach. »Kennst du dich in San Francisco ein bißchen aus?«

»Kaum.« Tori nahm einen Schluck von ihrem Glas. »Fast fürchte ich, daß auch ich nicht ganz frei von den gängigen Vorurteilen bin, die fast alle Bewohner von Los Angeles gegen diese Stadt hegen.«

»Für eine amerikanische Stadt ist San Francisco wirklich nicht übel. Einem Vergleich mit Paris hält es natürlich nicht stand, aber ich muß schließlich auch berufliche Rücksichten nehmen.«

»Essen die Franzosen denn kein Rindfleisch?«

»Zumindest nicht annähernd soviel wie wir Amerikaner. Außerdem ist mit den Franzosen nicht gut Geschäfte machen. Was importiertes Fleisch anbetrifft, sind sie ziemlich heikel. Da komme ich sogar mit den Japanern besser zurecht.« Er lachte. Im selben Moment strich ein kühler Luftzug durch sein Haar und ließ ihn schaudern. Vor wenigen Minuten war die Sonne untergegangen. »Sollen wir nicht lieber hineingehen?«

Tori hatte zwar für San Francisco selbst nie viel übrig gehabt, aber um so mehr hatte es ihr Ariels Haus angetan. Sie war bisher nie auf dem Russian Hill gewesen; dort ein Haus zu haben, war dasselbe wie an der Royal Mile von Edinburgh zu wohnen. Die grandiose Aussicht hier oben in dieser luftigen Höhe war einfach unbezahlbar. Vor allem strahlte dieses Ambiente einen weltentrückten Frieden aus, dessen Wirkung sich schwerlich jemand hätte entziehen können.

Sie gingen ins Haus und blieben vor dem breiten Aussichtsfenster stehen. Tori konnte ganz deutlich sehen, wie sich der tief violette Abendhimmel in Ariels braunen Augen spiegelte, als er sich nach einer Weile ihr zukehrte. Er schien etwas sagen zu wollen, wandte sich aber wortlos wieder ab.

»Ist etwas?« fragte sie.

Erst sagte Ariel nichts, doch dann faßte er sich ein Herz: »Eigentlich würde ich dich gern fragen, ob du mit mir ins Bett gehen möchtest. Aber ich weiß ganz genau, daß ich das nicht tun sollte.«

Tori lachte. »Das ist etwas ganz Neues – ich meine, eine ganz neue Masche.«

»Das ist keine Masche, sondern die Wahrheit.« Ariel schien sichtlich verlegen.

Das hinderte Tori jedoch nicht im geringsten daran, nun erst recht nachzuhaken. »Ariel, du hast vom ersten Augenblick an keinen Zweifel daran gelassen, daß du dich von mir angezogen fühlst«, sagte sie ernst. »Ich habe deine Offenheit sehr zu schätzen gewußt. Wäre ich sonst etwa hier? Und erzähl mir bloß nicht, du wüßtest nicht, wie stark auch ich mich von dir angezogen fühle. Was ich allerdings nicht verstehe, ist dieses halbherzige ›Eigentlich sollte ich es nicht tun‹. Warum machst du plötzlich einen Rückzieher, nachdem du schon so weit gegangen bist?«

»Weil du mir sowieso nicht glauben würdest. Ich . . .« Er brach mitten im Satz ab. »Könnten wir nicht vielleicht beide vergessen, was ich eben gesagt habe?«

»Das bezweifle ich«, sagte Tori und rückte näher an ihn heran. »Du solltest besser lernen, dir über deine Gedanken klar zu werden, bevor du den Mund aufmachst. Wer weiß, in welche Schwierigkeiten du dich eines Tages mit deinem Gerede sonst noch bringen wirst.«

»Ich glaube, ich habe auch so schon genug Probleme.«

»Mit wem?«

Ihre Brüste streiften über den Stoff seines saloppen Seidensakkos.

»Na, mit dir natürlich«, sagte Ariel. »Normalerweise kann ich mich eigentlich gut verstellen. Aber du bringst unweigerlich meine besten – oder auch meine schlechtesten – Seiten zum Vorschein.«

»Armer Ariel.« Tori reckte ihm ihr Gesicht entgegen. Sie konnte seine Erregung deutlich spüren. Ihre Lippen öffneten sich und wollten nur noch eines: von den seinen verschlungen werden.

Nachdem einmal alle inneren Barrieren hinweggefegt waren, mit denen sie ihre Gefühle bisher in Schach gehalten hatte, fiel es ihr nicht leicht, sich wieder von ihm zurückzuziehen. Aber nach einer Weile wandte sie sich doch von ihm ab und entfernte sich in den rückwärtigen Teil des Raums. Dort blieb sie vor einem der hohen Wandregale stehen und ließ ihren Blick über die Buchrücken wandern. Allerdings nahm sie nicht wirklich Notiz von den Titeln, die an ihrem Auge vorbeizogen. Wirklich wahr nahm sie nur das heftige Schlagen ihres Herzens und ein Dröhnen in den Ohren.

»Warum hast du das getan?« hörte sie Ariel hinter sich sagen.

Ohne sich umzudrehen, stieß sie heftig hervor: »Komm keinen Schritt näher!« Ihr war längst klar, daß sie dem allem ein Ende machen mußte, bevor ihr die Dinge endgültig aus der Hand gerieten. Ariel hatte ihr etwas vorgemacht; er hatte genau gewußt, was er tat, als er sie nachts in die unterirdischen Gänge geführt hatte. Alles, was es jetzt noch herauszufinden galt, war, was er ihr dort eigentlich hatte zeigen wollen.

Und doch konnte sie deutlich spüren, wie ihre Erregung immer stärker wurde – sie spürte sie bis in ihre Fingerspitzen. *Schluß damit!* redete sie sich zu. *Konzentriere dich lieber auf dein Vorhaben.*

»Warum lebst du eigentlich hier und nicht in Virginia?« sagte sie schließlich. »Besteht denn Slade neuerdings nicht mehr darauf, daß man ihm persönlich und unter vier Augen Bericht erstattet?«

Darauf erwiderte Ariel lange nichts. Schließlich ertönten leise Schritte, und wenig später drang Musik durch das ganze Haus. Melissa Etheridge sang ›Chrome Plated Heart‹.

Wenige Augenblicke später stand Ariel wieder dicht hinter ihr und flüsterte ihr ins Ohr: »Woher wußtest du, daß ich für den CIA arbeite?«

Tori schloß die Augen. »Dafür gibt es mehrere Gründe. Da waren zum einen die beiden Japaner in den unterirdischen Gängen. Du hast über sie gesagt: ›Wenn sie uns entdecken, bringen sie uns um!‹ Zum anderen hast du gerade eine Bemerkung fallengelassen, daß du lieber mit den Japanern zusammenarbeitest als mit den Franzosen. Woher solltest du schon etwas über die Japaner wissen? Dein größter Fehler war allerdings, daß du nicht genügend Überraschung darüber gezeigt hast, wie ich mich bei unserem nächtlichen Ausflug in diesen unterirdischen Gängen verhalten habe – ich meine, wie ich ein Versteck für uns fand, wie ich die Ratte getötet und wie ich dich daran gehindert habe, frühzeitig unser Versteck zu verlassen, als uns die beiden Japaner am Eingang der Kammer aufgelauert haben.« Erst jetzt drehte sie sich um und sah ihn an. »Ich glaube, es ist langsam an der Zeit, daß du mir erzählst, was das Ganze eigentlich soll.«

»Später«, erwiderte Ariel. »Wenn wir mehr Zeit haben.« Im selben Augenblick senkten sich seine Lippen auch schon auf die ihren herab, und diesmal wußte sie sofort, daß sie nicht die Willenskraft aufbringen würde, sich noch einmal von ihm loszureißen.

Wild schlangen sich seine Arme um sie und drückten sie an seinen harten, muskulösen Körper. Ihr war, als würde sie von einem mächtigen Strudel erfaßt, dessen Urgewalt sie unbarmherzig mit sich fortriß. Sie hatte jede Kontrolle über sich verloren, und dennoch wurde sie von einem überschwenglichen Jubel erfüllt, der sie alles vergessen ließ, was um sie herum geschah – alles außer Ariel.

Fast verzweifelt drängte sie sich mit ihrem Körper an ihn, spürte, wie sich ihre Brustwarzen lustvoll versteiften und die lange schlummernden Säfte zwischen ihren Schenkeln plötzlich wieder mit verstärkter Intensität zu strömen begannen.

Und während ihr zitternder Körper unter seinen zärtlichen Berührungen in wilder Gier entflammte, erfüllte ihren Mund nur noch der Geschmack der Lust, und alle Vernunft, längst auf den Flügeln der Leidenschaft davongetragen, war einer unstillbaren Sehnsucht gewichen. Ihr Herz, das so lange leer gewesen war, kannte nur noch einen Wunsch – wieder erfüllt zu werden, schneller zu schlagen beim Anblick eines geliebten Mannes, sich nach seiner Liebe zu sehnen wie nach dem Herannahen der Nacht und sich dann von ihr durchströmen zu lassen wie von einem Gebirgsbach in der Frische des ersten Frühlingstags.

Selig schluchzend ließ sie ihn gewähren, als er sie küßte – ihre Brüste, ihre zitternden Schenkel, ihr feuchtes Geschlecht. Und unter zärtlichen Liebkosungen nahm sie auch ihn in ihren Mund und spürte, wie er größer und größer wurde.

Als er schließlich in sie eindrang, gruben sich ihre Nägel unter einem lustvollen Aufschrei tief in die Haut seines muskulösen Rückens. Heftig atmend küßte er ihre Ohren, ihre Nase, ihre Augenwinkel, sog gierig den Duft ihrer Halskuhle ein, ließ suchend und tastend seine Zunge über ihre schwellenden Brüste gleiten.

Tori verfiel in einen unbeschreiblichen Taumel der Lust. Es war nicht nur die Lust, die aus dem Verschmelzen ihrer Körper entsprang – nein, es war auch das befreiende Gefühl, sich endlich wieder einmal ganz gehen zu lassen, wie im Regen zu tanzen oder nackt in der Brandung zu schwimmen.

Als er sich schließlich heftig erschaudernd über ihr aufbäumte, wurde ein Punkt ganz tief in ihrem Innern angesprochen, und alles, was bisher gewesen war, schien in tausend Stücke zu zerspringen, als wäre sie durch einen Spiegel geschritten und in einer neuen Dimension der Wirklichkeit angelangt, deren Existenz sie bisher nur vage geahnt hatte.

»Oh, mein Gott . . . oh!«

Eine Weile lag sie nur da – unfähig, sich zu bewegen. Als sie sich dann bewegte, tat sie es in einem Takt, den ihr Herz gemeinsam mit dem seinen schlug. Dieses Gefühl war so beglükkend, daß ihr von neuem die Tränen kamen. Endlich fühlte sie sich wieder ganz wie eine Frau, zart und verletzlich. Das war von Grund auf anders als all das, was bis vor kurzem ihr Leben bestimmt hatte: Sie hatte sich zum Ziel gesetzt, so hart zu werden wie ein Mann – und war schließlich sogar noch härter geworden; sie hatte jedes Gefühl durch logisches Denken ersetzt – und hatte an seine Stelle schließlich den reinen Instinkt treten lassen; sie hatte unermüdlich an sich gearbeitet, um ihre ganze Person bis in die spontansten Reaktionen – Bewegungen, Gedanken, Worte – nach ihren Idealvorstellungen zu formen, bis es eines Tages in ihrem Leben für spontane Gefühlsreaktionen gar keinen Platz mehr gegeben hatte. Statt dessen war es nur noch nach Gesichtspunkten absoluter Zweckmäßigkeit, Effektivität und Kontrollierbarkeit ausgerichtet.

Das hatte unweigerlich zur Folge gehabt, daß alle anderen Regungen mehr und mehr verkümmert waren. Darin hatte sie bisher einen Prozeß der Läuterung gesehen, der sie von all den Giften, die sich im Verlauf ihres bisherigen Lebens in ihr angesammelt hatte, befreite. Diese Sehnsucht nach Reinheit war es auch gewesen, die sie nach Japan getrieben hatte, in ein Land, dessen Grundhaltung dem Leben gegenüber der ihren so diametral entgegengesetzt war wie sonst etwas. Bis zu diesem Moment.

Denn plötzlich sah sie auch die Kehrseite der Medaille. Durch die unerbittliche Schule ihrer körperlichen und geistigen Ausbildung war sie sich selbst, mit all ihren guten wie auch schlechten Eigenschaften, zusehends mehr entfremdet worden. Und nun war sie Ariel Solares zutiefst dankbar dafür, daß er ihr einen Teil ihres Selbst wieder zurückgegeben hatte, ohne den sie, wie sie jetzt wußte, auf Dauer hätte unmöglich leben können.

Sie wollte ihn noch einmal lieben – jetzt sofort, bevor sich wieder zu viele Gedanken in ihr trunkenes Herz schlichen. Aber ihre Blase ließ ihr keine Ruhe. Nackt erhob sie sich vom Sofa und huschte auf bloßen Füßen ins Bad am Ende des Flurs.

Sie spritzte sich gerade etwas kaltes Wasser ins Gesicht, als sie das Geräusch hörte – oder vielmehr spürte. Ihr erster Gedanke war: ein Erdbeben. Spontan klammerte sie sich mit beiden Händen am Rand des Waschbeckens fest. Ariels Zahnputzbecher klirrte in seiner Halterung, eine Flasche mit Parfüm zerbrach auf dem gefliesten Boden des Bads.

Nur ganz leise glaubte Tori den Nachhall einer Detonation hören zu können. Erschrocken riß sie die Tür auf, sprang über die Glassplitter auf dem Boden hinweg und rannte den Flur hinunter.

Alle ihre Sinne waren zum Zerreißen gespannt. Dichter Rauch hing in der Luft, vermischt mit feinem Mörtelstaub und Brandgeruch. Heftig würgend rang sie nach Atem. Dann stach ihr auch noch der unverkennbare Geruch von Plastiksprengstoff in die Nase.

»Ariel?« rief sie in die Wolke aus Qualm und Staub hinein. Und dann noch einmal: »Ariel?«

Zusammengekrümmt lag er auf der anderen Seite des Raums. Von dem Sofa, auf dem sie sich eben erst geliebt hatten, war nur noch ein qualmendes, verkohltes Etwas übriggeblieben, dessen einzelne Bestandteile in weitem Umkreis über den Fußboden verstreut waren. Die Türen, die auf die Terrasse hinausführten, waren nach außen zerborsten. In den Glassplittern brachen sich die Lichter der nächtlichen Stadt. Ein Stück daneben klaffte ein gähnendes Loch in der Wand. Ungehemmt fuhr der kalte Abendwind in die zerfetzten Vorhänge und spießte sie auf die eisernen Spitzen der indianischen Speere.

Tori warf sich neben Ariel zu Boden. Er war am ganzen Körper mit Blut überströmt und rang verzweifelt nach Atem. Doch als sie ihn in ihre Arme zu schließen versuchte, riß er sich von ihr los. Erst jetzt bemerkte sie, daß er mit letzter Kraft an etwas heranzukommen versuchte. Verzweifelt tasteten seine Finger nach dem Griff einer Schranktür. Doch kaum hatte er es mühsam geschafft, sie zu öffnen, verließen ihn plötzlich die Kräfte. Seine Arme versagten ihm den Dienst, und schwer sackte sein Kopf auf den Teppich nieder.

Nur mit Mühe konnte Tori einen lauten Aufschrei unterdrücken, als sie ihn vorsichtig auf den Rücken drehte. Seine Brust war nur noch eine riesige klaffende Wunde. Wie er in diesem Zustand überhaupt noch atmen konnte, geschweige denn eine Schranktür aufbekommen, war ihr ein Rätsel.

Sie vermochte das alles noch immer nicht zu fassen. Es war wie in einem entsetzlichen Alptraum. Nur gab es aus diesem Traum kein Erwachen. In ihrem Kopf herrschte ein wildes Chaos. Was war passiert? Wie hatte es überhaupt dazu kommen können? Sie hatte den Raum doch nur für wenige Momente verlassen.

Eines stand jedenfalls fest: Ariel Solares lag im Sterben. Aber das schien ihn nicht im geringsten zu interessieren; er hatte andere Sorgen. Während Tori ihn zärtlich in ihren Armen hielt, schlug er mit seinen Armen so lange um sich, bis er im Innern des Schranks einen Gegenstand zu fassen bekam.

Er zog eine kleine hölzerne Schatulle heraus, die er Tori mit letzter Kraft in die Hand drückte. Seine Lippen bewegten sich stumm, sein Blick suchte den ihren.

In hilfloser Verzweiflung beugte sich Tori über ihn. »Was ist denn, Ariel?« Und dann ein gequälter Aufschrei: »O Gott, nein!«

Denn plötzlich füllte sich sein ganzer Mund mit Blut, in seinen Mundwinkeln bildeten sich rote Bläschen, und er erstickte an seinen eigenen Körpersäften. Tori konnte nichts mehr für ihn tun, als ihn in den Armen zu halten und voll Zärtlichkeit anzusehen. Unwillkürlich mußte sie dabei an den letzten Satz der Stelle aus Borges denken, die Ariel kurz zuvor zitiert hatte.

Kurz vor seinem Tod stellt er fest, daß das geduldige Labyrinth aus Linien das Bild seines eigenen Gesichts beschreibt.

Erstes Buch

DIE WEICHE ZELLE

Männer der Tat
sind letzten Endes nur die Werkzeuge
von Männern des Geistes.

nach Heinrich Heine

1

Auf dem Land in Virginia / Los Angeles

»Sie sollte gefeuert werden – und sie *wurde* gefeuert.«

»Sie sollten lieber sagen, daß *Sie* sie gefeuert haben.«

»Sollte ich das?«

»Ja. Darum geht es hier in erster Linie.«

Die zwei Männer – der jüngere schwarzhaarig, hakennasig und mit durchdringenden blauen Augen, der ältere schlaksig, mit hängenden Schultern und einem Kranz aus Zuckerwattehaar – blieben auf dem gepflasterten Weg stehen, der sich in konzentrischen Kreisen um den tadellos gepflegten englischen Garten zog.

Die späte Nachmittagssonne spitzte durch das dichte Laub der Ulmen und Erlen und tauchte hier ein paar Hyazinthen, dort die Ranken des wilden Weins in tiefgoldenes Licht. Das herrschaftliche alte Tudorhaus im Hintergrund war von leise rauschenden Buchen, schlanken Zypressen und üppigen Magnolienbüschen umstanden.

»Ich weiß nicht recht, wie ich das verstehen soll«, sagte der jüngere der beiden Männer. Der Kragen seines weißen Hemds stand offen, die Ärmel waren über den kräftigen Armen hochgekrempelt, und seine Jeans steckten in blauen Tony-Lama-Cowboystiefeln aus Schlangenleder. Sein Gürtel war mit silbernen Navajo-Conchos besetzt.

»Tatsächlich nicht?« Der ältere Mann hätte dem noch hinzufügen können: ›Das ist aber seltsam‹, tat es aber nicht. Sein Gesicht wies die typischen Wesensmerkmale eines geborenen Befehlshabers auf: Entschlossenheit, scharfer Verstand und entwaffnender Charme. Im Laufe der Zeit waren seine Wangen jedoch immer hohler geworden, das Haar lichter, und unter dem dünnen Pergament seiner Haut zeichnete sich das Zucken eines nervösen Ticks ab. Nur seine Augen sprühten noch immer von ungebrochenem Tatendrang und jugendlicher Unbekümmertheit.

»Als ich jünger war, als Sie jetzt sind«, fuhr der ältere Mann fort, »habe ich längere Zeit bei meinen Cousins in London verbracht.« Er deutete auf die Weißdornbüsche, die Kirschbäume und das Meer aus roten und blauen Azaleen, die sich vor ihnen im Wind wiegten. »Damals habe ich meine Liebe für Gärten entdeckt.«

»Aber nicht für die damit verbundene Arbeit«, konnte sich Russell Slade, der jüngere der beiden, nicht zu bemerken verkneifen. »Die Engländer sind nämlich auch versessen auf die Gartenarbeit.«

»Völlig zu Recht.« Bernard Godwin, der ältere, nickte zustimmend. Sein sommerlich leichtes Henry-Poole-Jagdsakko war ebenso tadellos gepflegt wie sein Garten. Seine derben John-Lobb-Countryschuhe blitzten in der Sonne. »Wenn das bißchen Land, das einem gehört, sehr klein ist, ist es doch nur naheliegend, daß man es mit besonderer Liebe und Sorgfalt pflegt.« Unvermittelt drehte sich Godwin zu Slade herum und sah ihn direkt an. Slade wußte, daß er jetzt auf keinen Fall den Blick abwenden durfte; Godwin hätte das nur als ein Zeichen von Schwäche aufgefaßt. »Allerdings sind wir hier in Amerika, Russell, und Platz haben wir in diesem Land mehr als genug. Nicht umsonst ist unser Kontinent für seine unendliche Weite berühmt. Was die ersten Siedler noch schmerzhaft am eigenen Leib erfahren mußten, ist heute unser größter Vorteil gegenüber den Engländern und den Europäern und natürlich vor allem auch gegenüber den Japanern.«

»Wie – unser Land?«

»Nicht unbedingt die reine Flächenausdehnung unseres Landes, sondern eher die Tatsache, daß wir in diesem Land soviel Platz haben, was unser ganzes Denken und Handeln prägt. Hierin sehe ich übrigens auch unsere einzige echte Gemeinsamkeit mit den Sowjets.« Bernard Godwin sagte nie Russen. Für ihn waren es immer die Sowjets – und er legte großen Wert auf diese Unterscheidung. Russen waren nur die Bewohner der Sowjetrepublik Rußland. Dagegen gehörten zur Sowjetunion auch noch die baltischen Republiken Lettland, Estland und Litauen sowie Georgien, Armenien, die Ukraine und die zahlreichen moslemischen Gebiete, die mehr denn je eine Welt für sich darstellten. Godwin hatte sich sehr ausführlich mit ihnen befaßt – genauso übrigens wie auch Slade, den diese gründliche Beschäftigung mit der Sowjetunion allerdings zu ganz anderen Schlüssen geführt hatte als Godwin. Seiner Ansicht nach konnte den Amerikanern gar nichts Besseres passieren, als daß die einzelnen Republiken für ständige Unruhe im riesigen Staatenverband der Sowjetunion sorgten. Auf diese Weise war die sowjetische Zentralregierung so nachhaltig mit internen Problemen beschäftigt, daß sie sich auf internationaler Ebene keine allzu großen Eskapaden mehr erlauben konnte. Um so weniger konnte Russell verstehen, daß Bernard Godwin diese Sicht der Dinge nicht mit ihm teilte. Allein die Tatsache, daß die Zentralregierung in Moskau immer noch glaubte, diesen ständig gärenden Konflikt noch einmal in den Griff zu bekommen, war in Slades Augen Beweis genug, wie sehr man in der sowjetischen Führung den wahren Ernst der Lage verkannte. Glasnost hin oder her – mit einem durch innere Unruhen geschwächten Rußland ließ sich seiner Meinung nach noch immer am besten leben.

»Das sowjetische Volk ist, Gott sei Dank, nicht mit dem russischen identisch«, sagte Godwin, der die Gelegenheit nutzte, um sich wieder einmal über sein Lieblingsthema auszulassen. »Die sowjetischen Minderheitenrepubliken sind wie reife Früchte; eines Tages werden sie ganz von selbst vom Baum abfallen. Es ist nur noch eine Frage der Zeit, bis in der Öde, die diesen Baum umgibt, ein ganzer Wald von Bäumen aus dem Boden schießt.«

Russell Slade schüttelte den Kopf. Bernard wußte doch, daß er beim CIA mit dieser Meinung überall auf taube Ohren stieß. Warum mußte er immer wieder von neuem damit anfangen? Statt dessen sagte er jedoch: »Damit wären wir trotzdem wieder bei Tori Nunn.«

Godwin machte eine flatternde Bewegung mit seiner auffallend femininen Hand, deren Rücken von Altersflecken übersät war. »Tori Nunn war von Anfang an Ihre Angelegenheit, Russell. Und sie ist es auch jetzt noch.«

Die Schärfe dieser kurzen Erwiderung gab Slade ganz unmißverständlich zu erkennen, daß er einen Schritt zu weit gegangen war. Sofort zog er sich wieder auf sichereres Terrain zurück – und sah seiner Strafe wie ein Mann entgegen. Er nickte einlenkend: »Na schön. Ich gebe zu, daß es vielleicht ein Fehler war, sie so zurückzuholen.«

»Für Solares ganz bestimmt.«

»Ja. Wirklich ein Jammer, so einen guten Mann zu verlieren.«

»Darf ich Sie bei dieser Gelegenheit vielleicht noch einmal daran erinnern«, erklärte Godwin beißend, »daß es sich hier nicht um ein Baseballmatch handelt. Das war kein Treffer, den uns die Gegenseite beigebracht hat. Den haben wir uns selbst zuzuschreiben.«

Das also ist der Grund, dachte Russell Slade, weshalb mich der alte Herr in seinen Sommersitz auf dem Land bestellt hat. Altes Mauerwerk und strohgedeckte Dächer, Vogelgezwitscher und Blumen – eine Idylle wie aus dem Bilderbuch. Auf den alten Herrn traf das jedoch ganz und gar nicht zu; er war so gallig und ungenießbar wie eh und je.

Slade sah Bernard Godwin forschend an. Falls er je geglaubt haben sollte, mit seiner offiziellen Ernennung zum Direktor des CIA stünde er nun tatsächlich an der Spitze dieser mächtigen Organisation, so war das hier der beste Beweis, daß dem keineswegs so war.

Bernard Godwin, der Mann, der den CIA ins Leben gerufen hatte, hatte trotz aller Gerüchte über seinen angeblich schwer angegriffenen Gesundheitszustand die Zügel noch immer fest im Griff. Noch immer liefen alle Fäden in seiner Hand zusammen, und die damit verbundene Macht schien ihm trotz seines hohen Alters ungeahnte Kraft zu verleihen.

Es gab nichts, was sich Russell Slade mehr wünschte, als sich einmal selbst im Besitz dieser Macht zu befinden. Durch Hinterlist, Gerissenheit und Tücke – eben jene Trinität von Eigenschaften, die auch Godwins Schattenseiten ausmachten – war es Slade gelungen, in dem undurchschaubaren hierarchischen Geflecht von Bernard Godwins Organisation schneller und höher aufzusteigen als sonst ein Mitarbeiter außer Godwin selbst. Niemand verstand es besser als Russell Slade, die unzähligen Informationsfetzen, die von den über den ganzen Erdball verstreuten Agenten eingingen, in einen sinnvollen Zusammenhang zu bringen und auf diese Weise oft die erstaunlichsten Erkenntnisse über die neuesten Verschiebungen der weltpolitischen Lage zu gewinnen. Man brauchte ihm nur ein noch so winziges Teilchen des Puzzles in die Hand zu geben, und früher oder später hatte er daraus ein stimmiges Bild rekonstruiert. Darüber hinaus verfügte Slade über außergewöhnliche organisatorische Fähigkeiten; niemand verstand es besser als er, die nötigen Gelder zu beschaffen und aus den ihm zur Verfügung stehenden Mitteln das Beste herauszuholen. Godwin war sich dieser speziellen Begabung Slades schon früh bewußt geworden und hatte sie entsprechend gefördert.

Dennoch konnte sich Slade des Verdachts nicht erwehren, daß ihm der alte Herr insgeheim noch immer mißtraute. Trotz seines hohen Alters weigerte er sich beharrlich, die Zügel der Macht vollends aus der Hand zu geben. Und das, obwohl Slade etwas hatte, was der alte Mann nicht hatte, was er ganz zwangsläufig nicht mehr haben konnte: Jugend. Obwohl Slade längst mit allen Abläufen innerhalb des Geheimdiensts vertraut war, enthielt ihm Godwin noch immer das Entscheidende vor: das streng geheime Wissen über seine weltweiten Kontakte, die ihm zu einer Machtposition verhalfen, der sich letzten Endes sogar der Präsident selbst hätte beugen müssen.

Der CIA und sein Pate, Bernard Godwin, hatten sich seit jeher ihre eigenen Gesetze gegeben, und diese Macht war es, die Russell Slade mehr begehrte als alles andere auf der Welt. Jetzt endlich ist es soweit, dachte Slade und beobachtete den alten Herrn, wie er mit zusammengekniffenen Augen die penibel gestutzten Eiben begutachtete. Verdammt noch mal, warum legst du nicht endlich in meine Hände, was mir, Slade, schon lange zusteht!

»Russell, darf ich Ihnen an dieser Stelle vielleicht einen guten Rat geben?« fuhr Godwin fort. »Sobald man einmal die Kontrolle über Leben und Tod seiner Agenten verloren hat, ist der Zeitpunkt gekommen, ernsthaft mit sich ins Gericht zu gehen.«

»Wenn man Sie reden hört, könnte man meinen, das wäre der erste Verlust, den wir zu beklagen haben.«

Wieder dieses wegwerfende Flattern der femininen Hand. »Natürlich hatten wir auch schon früher Verluste zu beklagen. Aber zu meiner Zeit wurden diese Männer nicht wegen Lappalien geopfert. In diesen Fällen wurde das Für und Wider einer solchen Entscheidung sorgfältig abgewogen, und es mußten dafür schwerwiegende Gründe vorliegen. Oder möchten Sie das vielleicht in Frage stellen?«

Zu seiner Zeit – das allerdings! Slade wußte nur zu gut, daß Godwin notfalls über Leichen gegangen war. Wie schnell würde er wohl ihn abservieren, wenn ihm der Boden unter den Füßen zu heiß wurde? Hatte er bereits einen möglichen Nachfolger für ihn ins Auge gefaßt? Aber so schnell würde er sich das bisher Erreichte nicht streitig machen lassen.

Er durfte sich jetzt auf keinen Fall aus der Ruhe bringen lassen. Genau das hatte Godwin nämlich mit seinen Sticheleien bezweckt. Nicht umsonst war er bekannt dafür, daß er kein gutes Haar an seinen Mitarbeitern ließ; denn nur unter Druck ließ sich seiner Meinung nach das Beste aus jedem einzelnen von ihnen herausholen – und wem das nicht paßte, hatte beim Geheimdienst nichts zu suchen.

Ohne sich etwas anmerken zu lassen, was tatsächlich in ihm vorging, erwiderte Slade ruhig: »Soll ich Ihnen etwas sagen, Bernard? Meiner Meinung nach haben Sie in letzter Zeit einfach zuviel mit diesen Wahrheitsverdrehern aus der Politik zusammengesteckt. Diese modernen Hofschranzen, die sich heute freilich Präsidentenberater nennen, tun doch nichts anderes, als sich die jüngste Geschichte so zurechtzudeuten und zu biegen, wie es ihnen gerade in den Kram paßt – ein verhängnisvoller Fehler, in den seit neuestem auch Sie verfallen zu sein scheinen. Denn zu meinem Bedauern muß ich feststellen, daß Sie die erheblichen Verluste, die uns durch die KGB-Operation Bumerang beigebracht worden sind, ganz bewußt unter den Teppich zu kehren versucht haben.«

»Das ist doch alles Schnee vom letzten Jahr«, schnaubte Godwin ärgerlich.

»Finden Sie wirklich? In meinen Augen hat es inzwischen schon etwas Zwanghaftes an sich, mit welchem Nachdruck Sie sich für die Unterstützung der sowjetischen Dissidenten einsetzen. Diese fixe Idee hat uns immerhin schon zehn hervorragende Leute gekostet – lauter wichtige Agenten, die wir an den KGB verloren haben, der allerorten in der UdSSR angebliche Widerstandsgruppen aufgebaut hatte. Mit diesem Trick hat der KGB eine ganze Menge Leute aufs Glatteis geführt – darunter auch einen so großen Rußlandexperten wie Sie.«

»Das war natürlich ein schwerer Schlag für uns«, mußte Godwin notgedrungen zugeben. »Und ich brauche Sie wohl nicht extra darauf aufmerksam zu machen, daß mir das einige schlaflose Nächte beschert hat. Letzten Endes war dieses Malheur allerdings nur darauf zurückzuführen, daß ich mich in einem bedauernswerten Anflug von Sentimentalität für einen Moment nicht mehr von meiner zutiefst zynischen Weltsicht habe leiten lassen.«

Slade war sich des Zynismus von Godwins Antwort sehr deutlich bewußt, als er kopfschüttelnd erwiderte: »Nein, Bernard, Ihr entscheidender Fehler war, daß Sie Ihren sowjetischen Freunden zu blind vertraut haben.«

»Aber sind es denn letzten Endes nicht einzig und allein seine Freunde, die einen Mann zu dem machen, was er ist?«

»Selbst in der Schattenwelt, in der wir uns bewegen?« Slade sah ihn skeptisch an.

»*Vor allem* da.« Nie hatte Godwin undurchschaubarer gewirkt als in diesem Augenblick. Er hatte einen seltsam menschlichen Zug um die Augen, der spontanes Vertrauen weckte. In Wirklichkeit verbarg sich dahinter jedoch eine zutiefst zynische Seele. Trotzdem fühlte man sich versucht, ihm vorbehaltlos zu glauben – selbst wenn man ihn im Verdacht hatte, daß er einem etwas vorzumachen versuchte. »Ich weiß nicht, wie das bei Ihnen ist, Russell. *Mir* ist es jedenfalls lieber, ich habe einen Freund am Apparat, wenn nachts um drei das Telefon klingelt, weil gerade wieder einmal in Istanbul oder Prag oder sonst einem Krisenherd die Kacke am Dampfen ist. *Ich* möchte mich in einem solchen Fall jedenfalls lieber nicht auf einen Agenten verlassen müssen, der vielleicht gerade das Lager gewechselt hat, während ich kurz in die andere Richtung geschaut habe.«

Nach kurzer Pause fuhr er mit einem ironischen Lächeln fort, das Slade sofort heftigstes Magengrimmen verursachte: »Hin und wieder vergesse ich ganz, daß Sie über keinerlei Außendiensterfahrung verfügen.« Ein versteckter Tadel oder simples Erwähnen einer Tatsache? Bei Godwin konnte man nie wissen. »Zu meiner Zeit wäre so etwas noch nicht möglich gewesen; da mußte man sich erst mühsam hochdienen. Aber Sie haben natürlich Ihre eigenen Vorzüge, Russell, und denken Sie bitte nicht, daß ich sie nicht gebührend zu schätzen wüßte. Trotzdem sehne ich mich gerade in Zeiten wie diesen hin und wieder nach den vergleichsweise unkomplizierten Verhältnissen zurück, wie sie früher geherrscht haben.«

»Ach was«, versetzte Slade bestimmt. »Ich weiß ganz genau, daß meine Entscheidung richtig war. Für mich stand von Anfang an fest, daß Ariel Solares der optimale Köder für Tori war. Und einen kleinen Anreiz mußten wir ihr schließlich bieten; sonst hätte sie unter den gegebenen Umständen nicht angebissen.«

»Natürlich hätte sie das nicht.« Unnachsichtig bohrte Godwin weiter in der Blöße, die sich Slade mit diesem Eingeständnis gegeben hatte. »Das alles hätte sich jedoch vermeiden lassen, wenn Sie es verstanden hätten, sie sich zur Verbündeten zu machen, als sie noch für Sie gearbeitet hat. Wenn Sie sie damals nicht so plump düpiert hätten, würde sie jetzt aus freien Stücken für uns arbeiten, und Solares wäre noch am Leben.«

Wenn Godwin einen verbalen Tiefschlag austeilte, war es das beste, ihn einfach zu ignorieren. Denn wenn sich der alte Herr von etwas beeindrucken ließ, dann waren es gut plazierte Treffer und nicht wütende Proteste wegen mangelnden Fairplays. Deshalb führte Slade zu seiner Rechtfertigung an: »Solares sollte sie ködern, indem er ihr gerade soviel Einblick in die Hintergründe seiner Mission gewährte, daß ihre Neugier geweckt wurde. Da außerdem noch fraglich war, ob sie ihrer Aufgabe überhaupt gewachsen sein würde, sollte er sie in eine Situation bringen, die den vollen Einsatz ihrer körperlichen und geistigen Kräfte erforderte. Er sollte dabei genauestens darauf achten, ob ihre Fähigkeiten nachgelassen haben. An dem Plan war nicht das geringste auszusetzen; er war psychologisch bis ins kleinste durchdacht. Aber dann muß Solares wohl ein Fehler unterlaufen sein, und jemand hat ihn ausgeschaltet.«

»Solares war Ihr Mann, Russell. Er war Ihnen direkt unterstellt. Ich hoffe, Sie stimmen im nachhinein wenigstens insofern mit mir überein, daß Sie aufgrund Ihrer mangelnden Außendiensterfahrung die Lage falsch eingeschätzt haben. Da diese Angelegenheit in Ihren Zuständigkeitsbereich fiel, habe ich mich bisher nicht weiter eingemischt. Doch jetzt ist der Zeitpunkt gekommen, Ihre Beweggründe etwas näher unter die Lupe zu nehmen. Solares war Ihnen doch nur deshalb direkt unterstellt, weil Sie Tori Nunn mit seiner Hilfe aus ihrer selbstgewählten Isolation locken und wieder voll unter Ihre Kontrolle bekommen wollten?«

»Was übrigens Ihre Behauptung betrifft, *ich* hätte Tori Nunns Entlassung veranlaßt«, setzte Slade zu seiner Rechtfertigung an. »Wenn ich mich recht entsinne, waren *Sie* es doch, der dafür ausdrücklich seinen Segen erteilt hat.« Das hätte er nicht sagen sollen. Bei dem Versuch, den Verlauf des Gesprächs wieder selbst zu bestimmen, war er unversehens in eine von Godwins verbalen Fallen getappt.

»Ich habe nur meine Zustimmung zu dieser Entscheidung erteilt, Russell. Nicht mehr und nicht weniger.« Der alte Herr gab nicht einen Fußbreit Boden auf. »Aber die Verantwortung dafür lag einzig und allein bei Ihnen.«

Slade sah ihn eindringlich an. »Soll das heißen, Sie haben meine Entscheidung damals nicht gutgeheißen?«

»Wollen Sie eigentlich absichtlich nicht begreifen, worauf ich hinauswill?« Geschickt umging Godwin durch diese Gegenfrage eine Antwort, wie Slade sie zu provozieren versucht hatte. »Es war *Ihre* Entscheidung. Sie allein haben sie getroffen. Jetzt haben Sie auch die Folgen zu tragen.«

»Welche Folgen? Wir haben die Lage fest im Griff.«

»Unsinn. Ihr Verhältnis zu Tori Nunn ist alles andere als entspannt. Gewiß, was Solares betrifft, haben Sie völlig richtig entschieden, aber Sie haben diese Entscheidung aus den falschen Gründen getroffen. Die Lage, die Sie angeblich so fest im Griff haben, ist auf geradezu beängstigende Weise mit psychologischen Unwägbarkeiten befrachtet.«

»Lassen Sie Tori Nunn nur meine Sache sein«, versetzte Slade aufgebracht. »Sind Sie jetzt endlich zufrieden?«

»Ich möchte nur, daß sich mein Direktor in dieser wichtigen Angelegenheit keinen Illusionen hingibt«, erklärte Godwin einlenkend und sagte dann, um der angespannten Atmosphäre etwas von ihrer Schärfe zu nehmen, eine Weile nichts mehr. Niemand verstand es besser, ein Gespräch zu orchestrieren, als Bernard Godwin. »Was gibt es Neues von den Hausmeistern?« Bei den Hausmeistern handelte es sich um die Spezialisten, die nach einem Anschlag für die Spurensicherung und -auswertung zuständig waren.

»Bisher noch nichts«, antwortete Slade. »Vorerst tappen wir hinsichtlich der Identität von Solares' Mördern noch völlig im dunkeln.«

»Haben Sie denn schon einen Verdacht?«

»Spekulationen sind meine Sache nicht«, erwiderte Slade gereizt. Der alte Herr konnte es einfach nicht lassen, ihn ständig auf die Probe zu stellen. »Das haben Sie mir doch selbst beigebracht, Bernard. In der Regel verleiten einen Spekulationen nur dazu, falsche Schlüsse zu ziehen.«

Godwin nickte. »Sie haben vorhin gesagt, Solares wäre ein Fehler unterlaufen.« Er war stehengeblieben, um mit der Hand über einen windzerzausten Azaleenstrauch zu streichen. »Natürlich gibt es auch noch eine andere Möglichkeit.« Fasziniert beobachtete er, wie eine Hummel, die Beine dick mit Pollen bestäubt, aus dem Kelch einer Blüte aufflog. »Irgend jemand ist Ihnen einen Schritt voraus.« Er sah Slade von der Seite an. »Eine ziemlich beunruhigende Vorstellung – finden Sie nicht auch, Russell?«

»›Beunruhigend‹ hielte ich in diesem Fall für ziemlich untertrieben. Eher käme das schon einer Katastrophe gleich.«

Mißbilligend legte sich die Stirn des alten Herrn in Falten. »Sie wissen doch, daß ich solche Ausdrücke auf den Tod nicht leiden kann, Slade. Sie schmecken mir zu sehr nach Resignation. Und Resignation ist etwas, das sich nur Schwächlinge leisten können – nicht Leute unseres Schlags. Was wir jetzt brauchen, ist eine bestens durchdachte Offensivstrategie.«

»Natürlich«, stimmte Slade zu. »Jede Situation hat ihren Meister, jede Spezialdisziplin ihren *sensei*. Wir sind dringend auf Tori Nunns Mitarbeit angewiesen. Das Problem, mit dem wir gerade nicht mehr weiterkommen, ist sozusagen ihr Spezialgebiet.«

»Ja«, stimmte ihm der alte Herr zu. »Und Sie haben sich freiwillig dafür angeboten, Sie wieder als Mitarbeiterin zu gewinnen. Denken Sie nicht, ich wüßte das nicht zu schätzen. Sehen Sie aber auch zu, daß es nicht nur eine hohle Geste bleibt.«

Mit einem Mal wurde Slade bewußt, wie raffiniert er dazu gebracht worden war, diese Angelegenheit zu seiner ganz persönlichen zu machen – und das, obwohl er genau wußte, wie gefährlich und potentiell tödlich jede Form von persönlichem Engagement in diesem Geschäft werden konnte. Seiner Meinung nach hatten Gefühle in der Schattenwelt der Geheimdienste nichts verloren – ein Standpunkt, den er Tori Nunn immer wieder klarzumachen versucht hatte; allerdings ohne den geringsten Erfolg. Nicht zum erstenmal, aber deutlicher denn je zuvor kam ihm plötzlich zu Bewußtsein, daß sein Gefühl, den Geheimdienst fest unter seiner Kontrolle zu haben, in viel größerem Umfang illusorischen Charakters war, als er bisher hatte wahrhaben wollen – eine Erkenntnis, die ihn um so schwerer an dem Joch tragen ließ, das die Abhängigkeit von Bernard Godwin für ihn bedeutete.

»In diesem Zusammenhang gilt es vor allem zu berücksichtigen, *wie* Solares ums Leben gekommen ist«, fuhr Godwin indessen fort. »Wer auch immer ihn getötet hat, hat ihm nicht einfach nur einen Revolver an den Kopf gedrückt. Diese Leute haben eine Menge Radau gemacht. Sie hatten es ganz bewußt darauf angelegt, daß auch wir an der Ostküste sofort Wind von der Sache bekommen würden. Alles deutet darauf hin, daß sie uns mit dieser Aktion einschüchtern wollten.« Er riß eine Azaleenblüte ab und begann mit übertriebener Sorgfalt, die einzelnen Blütenblätter mit Daumen und Zeigefinger glattzustreichen. »Das läßt uns nur eine Wahl.« Er schüttelte die Blüte, und eine Hummel plumpste vor seinen Füßen zu Boden. »Jetzt heißt es, aufs Ganze zu gehen.« Bedächtig steckte sich Godwin die herrliche Azaleenblüte ins Knopfloch. »Glauben Sie mir, das ist die einzige Strategie, die wirklich etwas taugt, wenn man in die Enge getrieben wird.«

Während er unverwandt auf die reglose Hummel zu seinen Füßen starrte, überlegte Slade, wie er endlich das Joch seiner Abhängigkeit von Bernard Godwin abschütteln und zugleich in den Genuß seines geheimen Wissens gelangen könnte. Er würde schon herausfinden, wer Ariel Solares ausgeschaltet hatte. Aber zugleich würde er dabei auch seine eigenen Ziele verfolgen. Was sollte daran schon auszusetzen sein? Machte es der alte Herr mit seinen sowjetischen Dissidenten denn nicht genauso? Was Bernard Godwin konnte, konnte Russell Slade schon lange.

Tori erwachte vom Gezwitscher einer Amsel. Als sie sich auf die Seite drehte, konnte sie den Vogel in den Bougainvilleen vor dem Schlafzimmerfenster ganz deutlich sehen.

Einen Augenblick lang wußte sie nicht, wo sie war. Doch dann fiel es ihr wieder ein. In Los Angeles. Zu Hause.

Was für ein herrliches Gefühl, wieder einmal in ihrem großen weichen Bett zu liegen. Sie reckte sich gerade genüßlich, als die Schlafzimmertür aufging und ihre Mutter mit dem Frühstück hereinkam. Sie trug einen eleganten Morgenmantel aus Seide und Chenille sowie Pantoffeln aus feinstem Kalbsleder.

Sie bedachte Tori mit einem strahlenden Lächeln. »Du bist ja schon wach.«

Wie komme ich eigentlich hierher? Von der Morgensonne geblendet, schloß Tori blinzelnd die Augen, und dann fiel ihr alles wieder ein ...

... dicke Schwaden von Zigarrenrauch und süßlichem Marzipanduft, stinkende Auspuffgase und teure Sonnencremes. Moderndes Erdreich und Schimmel. Licht und Schatten, ein wahnwitziger Flickenteppich aus sich überstürzenden Bildern, ein wildes Chaos aus Geräuschen ... Das Quieken einer Ratte ... Der Schweiß der Angst, als sie lebendig begraben wurden ...

Ich will nicht zurück.

... die Aromen der Liebe, intime Ausdünstungen, ein köstliches Fallenlassen aller Hemmungen, berauschender Wein, aufgesaugt durch alle Poren. Und dann ... Ein Totenkopf, wieder der Gestank der Angst, näher und immer näher ... Eine gewaltige Explosion, und tot am Boden ihr Geliebter, in Schutt und Asche ihr luftiger Zufluchtsort, ihr wiedergefundener Seelenfrieden, ihre Erlösung von den Leiden der Vergangenheit ...

Ich will nicht zurück.

»Wenn du wüßtest, wie ich mich freue, daß du wieder einmal zu Hause bist, Liebling.« Lächelnd stellte Laura Nunn ihrer Tochter das Tablett mit dem Frühstück in den Schoß. »Wir haben uns solche Sorgen gemacht, als du gestern angerufen hast. Wie um alles in der Welt bist du nur auf eine Polizeiwache geraten? Und das in San Francisco?«

Aber da war vor allem ein Gedanke, der Tori nicht aus dem Kopf gehen wollte: Du darfst nicht tot sein, Ariel. Bitte, komm wieder zurück. Nachdem mir schon Greg genommen worden ist, darfst du mich nicht auch noch verlassen. Womit habe ich das verdient?

Als fürchtete sie, jeden Augenblick unter der Last ihrer schrecklichen Erinnerungen zusammenzubrechen, verbannte Tori jeden Gedanken an die gräßlichen Vorkommnisse der letzten Stunden gewaltsam aus ihrem Denken. Dann setzte sie sich auf und fragte nicht ohne einen Anflug von vorweggenommener Enttäuschung: »Wo ist Dad?«

»Im Büro.« Laura Nunn schob einen Zipfel der Bettdecke unter das Tablett, damit es nicht kippen konnte. »Er läßt sich entschuldigen. Du kennst ja deinen Vater. Ein richtiges Arbeitstier. Es wird mir wohl ewig ein Rätsel bleiben, wie jemand mit drei Stunden Schlaf am Tag auskommen kann. Aber Ellis ist eben auch ein Gewohnheitstier. Er schläft jeden Tag von drei bis sechs. Keine Sekunde länger.«

Tori sah ihre Mutter prüfend an. Laura Nunn hatte die Schönheit einer jungen und die Eleganz einer reifen Frau. Auch mit Anfang Sechzig war ihr üppiges, langes Haar noch immer von demselben warmen Kastanienrot, ihre Augen von demselben leuchtenden Grün und ihre Haut von derselben faltenlosen Makellosigkeit. Das Alter schien keinerlei Spuren an ihr hinterlassen zu haben. Typisch L.A., dachte Tori. Mit Hilfe guter Erbanlagen und noch besserer Schönheitschirurgen hatten die Glücklichen, die sich hier niedergelassen hatten, das Alter ebenso sicher aus ihrem Leben verbannt wie Gott einst Adam und Eva aus dem Garten Eden. Mit einer Ausnahme: In diesem weltlichen Paradies wurde die Sünde geduldet, ja, mehr noch: als notwendige Begleiterscheinung des Erfolgs sogar bewundert. Nicht umsonst lautete einer von Ellis Nunns Lieblingssprüchen in Verballhornung einer geläufigen Redewendung: *Nichts gedeiht in Los Angeles besser als die Sünde.* Solange man sich nur an die Spielregeln hielt, fand hier niemand etwas daran auszusetzen, wenn man wie eine sich häutende Schlange seine Vergangenheit einfach abstreifte. Hier konnte jeder völlig ungestraft auf all den Leuten herumtrampeln, von denen er nicht abhängig war, solange er nur denen die Stiefel leckte, von denen er abhängig war.

Laura Nunn nahm eine frisch gestärkte Leinenserviette vom Frühstückstablett und breitete sie über die Bettdecke. »Wenn du wüßtest, wieviel Mühe sich Maria mit dem Frühstück gemacht hat.«

Wehmütig ließ Tori ihren Blick auf dem blütengemusterten Limoges-Porzellan und dem Tiffany-Silberbesteck aus den dreißiger Jahren ruhen. All das rief schmerzhafte Erinnerungen an ihre Jugend wach, an die Zeit des Heranwachsens in Dianas Garten, dieser fest umgrenzten heilen Welt, die sich ihre Eltern zu schaffen versucht hatten.

Indem sie Toris Zögern falsch deutete, erklärte Laura Nunn aufmunternd: »Es wäre wirklich eine Sünde, diese Köstlichkeiten stehen zu lassen. Du weißt doch, was für eine fantastische Köchin Maria ist und wie sehr sie dich schon immer verwöhnt hat.«

Statt einer Antwort setzte Tori nur ein vages Lächeln auf, mit dem sie sich ihre Mutter schon seit frühester Kindheit so oft vom Leib gehalten hatte, daß sie sich seines maskenhaften Charakters kaum mehr bewußt war. Doch kaum hatte sie den ersten Bissen zu sich genommen, erwachte auch ihr Appetit.

Hingerissen beobachtete Laura Nunn, wie sich Tori mit sichtlichem Heißhunger über ihr Frühstück hermachte. »Ellis hat mir fest versprochen, heute abend etwas früher als sonst nach Hause zu kommen. Und *du* versprichst mir jetzt bitte, dich nicht wieder mit ihm zu zanken.«

»Als ob *ich* mich je mit *ihm* gezankt hätte«, maulte Tori wie ein aufmüpfiger Teenager.

Laura Nunn stand auf. »Vielleicht möchtest du lieber eine Weile allein sein.«

»Nein.« Tori zog ihre Mutter wieder aufs Bett zurück. »Ich bin nur ein bißchen – durcheinander.« Sie lächelte. »Natürlich werde ich mich nicht mit Dad zanken. Das ist längst vorbei. Ehrenwort.«

»Na, wunderbar.« Laura Nunn lächelte. »Dann zu dem, was wirklich zählt. Dein Glück. Wie ich sehe, bist du immer noch allein. Fast hatte ich gehofft, du würdest vielleicht mit einem Freund – oder wie du es nennen willst – vorbeikommen.«

Tori spürte, wie sich ihr Herz zusammenkrampfte. »Mutter, ich weiß, daß du es nur gut mit mir meinst. Aber ich glaube, daß ich vorerst von Männern genug habe.« Als sie sah, wie ihre Mutter erbleichte, fügte sie rasch hinzu: »Nein, nicht, was du denkst. Ich wollte damit nur zum Ausdruck bringen, daß ich bis auf weiteres allein bleiben möchte.«

»Aber Kind«, seufzte Laura Nunn. In *Possessed*, einem ihrer Filme, hatte sie die Mutter eines unschuldigen Outcast gespielt, und Tori fand, daß ihre Mutter auch im wirklichen Leben nur zu gern immer wieder in diese Rolle schlüpfte. »Du kannst dich nicht einfach aus jeder menschlichen Gemeinschaft zurückziehen – niemand kann das. Das ist etwas genauso Wesentliches wie Wärme oder Licht, ohne das kein Mensch auf Dauer leben kann.«

Wie gewohnt, dachte Tori, vertrat ihre Mutter genau die Meinung, die alle Welt vertrat. Aber vielleicht war sie doch zu hart mit ihr. Trotzdem war nicht zu leugnen, daß Laura Nunn all ihre enttäuschten Hoffnungen nachträglich in ihrer Tochter erfüllt sehen wollte – als könnte sie sich so darüber hinwegtrösten, daß in ihrem Leben nicht alles so gelaufen war, wie sie es sich vorgestellt hatte. »Aber es gibt doch genügend Menschen, die uns Tag für Tag genau das Gegenteil vorleben«, entgegnete Tori nicht sonderlich überzeugt.

»Und wenn schon«, versetzte Laura Nunn. »Das heißt noch lange nicht, daß es auch richtig ist. Ich will doch nur, daß du glücklich wirst. Das ist alles, was ich mir immer schon gewünscht habe – für dich und für Greg.«

»Während Dad . . .«

»Vergiß nicht, was du mir gerade versprochen hast. Du kennst doch deinen Vater. Wenn er sich einmal etwas in den Kopf gesetzt hat . . .« Laura Nunn sah ihre Tochter liebevoll an und schloß sie in die Arme. »Ach, Tori, wenn du wüßtest, wie ähnlich du ihm manchmal bist.«

»Vielleicht hat er deshalb ständig etwas an mir auszusetzen.« Eigentlich hätte das ganz beiläufig und scherzhaft klingen sollen. Dennoch war die Bitterkeit unüberhörbar.

Laura Nunn ergriff Toris Hände. »Wie kannst du nur so etwas sagen, meine Liebe! Du verstehst ihn völlig falsch. Es ist nur, daß er so – so bitter enttäuscht war, als Greg die hohen Erwartungen, die er in ihn gesetzt hatte, nicht erfüllen konnte.«

»Mutter, ich bitte dich! Das Problem war wohl kaum, daß Greg die Erwartungen, die Dad in ihn gesetzt hat, nicht erfüllt hat. Greg kam schlicht und einfach ums Leben.«

»Nun ja, dein Vater . . .«

»Ich weiß. Für ihn hat da nie ein Unterschied bestanden.« Mit einem Mal wurde ihr bewußt, wie zart sich die Finger ihrer Mutter im Vergleich zu ihren schwieligen Händen anfühlten.

»Tut mir leid, daß ich wieder damit anfangen mußte, Liebling. Das wollte ich nicht.«

Welche Rolle spielte ihre Mutter jetzt plötzlich wieder, fragte sich Tori unwillkürlich. Doch sie sagte nur: »Das ist doch nicht weiter schlimm«, und ließ sich in die Kissen zurücksinken. »Ich bin nur ein bißchen müde.« Wenn ihre Mutter mit ihren Beschönigungen zu jonglieren wußte, warum nicht auch sie?

»Natürlich.« Laura Nunn stand auf und nahm das Tablett

vom Bett. »Dann versuch noch mal ein bißchen zu schlafen. Ich habe bereits allen gesagt, daß du auf keinen Fall gestört werden willst. In diesem Stockwerk wird heute nicht staubgesaugt.«

Sieh mal einer an, dachte Tori. Ihre Mutter war berüchtigt dafür, daß sie verlangte, daß täglich, auch sonntags, das ganze Haus gesaugt wurde. Tori hatte sich nie des Verdachts erwehren können, daß sie darauf ursprünglich nur deshalb bestanden hatte, damit die Kinder am Wochenende nicht so lange schliefen. Lange zu schlafen war nämlich in Laura Nunns Augen ein untrügliches Zeichen von Faulheit.

»Bist du heute nachmittag zu Hause, Mutter?«

Laura Nunn lächelte. »Leider habe ich um drei einen Termin im Studio.« Sie sagte noch immer ›im Studio‹, ganz gleich, ob es bei Paramount oder Warners oder Disney war. Wie in alten Zeiten. »Sicher herrscht um diese Zeit wieder fürchterlicher Stau. Die Börsenmakler werden auch heute wieder wie Lemminge in ihre Fitneßcenter und Tennisclubs strömen, so daß ich schwerlich vor sechs zurück sein werde. Aber ich werde Maria sagen, daß sie dir vorher etwas zu essen aufs Zimmer bringt.«

»Nein, das ist nicht nötig«, winkte Tori ab. »Ich warte lieber, bis du wieder zu Hause bist, und komme dann zum Essen nach unten.«

Laura Nunn setzte das berühmte Lächeln auf, das Millionen von Kinogängern auf der ganzen Welt kannten. »Ganz wie du meinst, Liebling. Und jetzt versuch noch mal ein bißchen zu schlafen, ja?«

Als sie allein war, stieß Tori einen langen Seufzer aus – gerade so, als hätte sie die ganze Zeit, während ihre Mutter im Raum gewesen war, die Luft angehalten. Fast im selben Atemzug fragte sie sich, wie es wohl ihr Vater all die Jahre an der Seite dieser Frau ausgehalten hatte, die eine so erstaunliche Macht auf andere Menschen auszuüben verstand.

Schauspieler waren nicht wie andere Menschen. Sie wechselten die Rollen, wie andere die Kleider wechselten. So unabdingbar solch eine schillernde Persönlichkeitsstruktur für den Erfolg auf der Leinwand war, so beängstigende Züge konnte sie im familiären Zusammenleben annehmen. In Gegenwart eines solchen Menschen fühlte man sich nicht selten schon nach kürzester Zeit wie in einem Spiegelkabinett.

Schon früh hatte Tori feststellen müssen, daß das Problem mit Schauspielern darin bestand, daß sie nie aufhörten, eine Rolle zu spielen. Bei ihnen wußte man nie, ob eine Gefühlsäußerung echt war oder nur glänzend gespielt. Grund genug, um ihren Vater nicht um das Leben an der Seite ihrer Mutter zu beneiden.

Luftig streiften die Spitzenvorhänge gegen das Fensterbrett und trugen den Duft von Jacarandabäumen, Fliederbüschen und Bougainvilleen in den Raum. Vorhänge, wild gegen die Scheiben gepeitscht von einem heftigen Luftzug, der durch ein Loch in der Mauer fährt ... Verkohlter Stoff, versengte Haut ... Der Hauch des Todes, penetrant und zäh wie Pollen in der Nase ... Ariel, wir standen doch erst ganz am Anfang ...

Mit einem heftigen Ruck riß Tori die Bettdecke zurück und sprang aus dem Bett. Um gegen das heftige Schwindelgefühl anzukämpfen, das sie befallen hatte, versenkte sie sich unverzüglich in *prana* und begann tief und ruhig zu atmen.

Sie fühlte sich, als wäre sie die ganze Nacht unterwegs gewesen – von San Francisco nach Los Angeles, vom Dunkel ins Licht, von monochromer Fluoreszenz zu grellbuntem Neonflimmern. Die Sonne schien ihr ins Gesicht. Sie schloß die Augen und sog die in der Luft schwebenden Düfte so gierig ein, als wären sie Erinnerungen – an Autos und Chrom, an Miniröcke und überdimensionalen Modeschmuck, an waghalsige Verfolgungsjagden im Valley, an wildes Geknutsche auf dem Rücksitz, an Lippenstift so grell wie Neonreklamen und an Lidstriche so schwarz wie Pech: lauter verzweifelte Versuche, der erdrückenden Traurigkeit ihres goldenen Käfigs zu entkommen – Dianas Garten.

Ich will nicht zurück.

Sie zog sich aus, duschte erst heiß, dann kalt. Schlüpfte in ein Paar Shorts und ein ärmelloses Hemd, trug ein wenig Make-up auf und verließ das Zimmer. Im Haus war es seltsam still. Es hätte sie nicht gewundert, wenn die Angestellten Anweisung erhalten hätten, auf Zehenspitzen durchs Haus zu schleichen, um sie nicht zu wecken. Sie schloß ihre Finger um das altehrwürdige Mahagonigeländer und blickte auf die weite Eingangshalle hinab. Überall teuerster Carraramarmor, Bronzebüsten von Cesare Borgia, Niccolo Macchiavelli, Cosimo de Medici – Ellis Nunns Pantheon der florentinischen Renaissance. Jedesmal konnte Tori nur verständnislos den Kopf darüber schütteln, daß in diesem hehren Kreis ein Michelangelo oder Leonardo da Vinci ebenso fehlte wie Fra Angelico, Donatello oder Cellini – gerade so, als wäre die italienische Renaissance vor allem wegen ihrer Errungenschaften auf dem Gebiet der Staatskunst und der Kriegführung von so nachhaltiger Bedeutung für die Menschheitsgeschichte gewesen.

Tori ging bis ans Ende des Flurs und öffnete die Tür zum Arbeitszimmer ihrer Mutter; das ihres Vaters lag im anderen Flügel des Hauses. So gut wie nichts hatte sich hier verändert; alles war, wie es schon immer gewesen war und wohl auch immer bleiben würde. Die Wände waren mit unzähligen schwarzen Lackschichten überzogen, deren stumpfer Glanz von ganz tief innen heraus zu kommen schien.

Die Wände und der Stutzflügel, der antike Kirschbaumsekretär mit der dazu passenden Kommode und die Beistelltische zu beiden Seiten des mit geblümtem Chintz bezogenen Sofas waren übersät von unzähligen gerahmten Fotos, die meisten in Schwarzweiß, ein paar in Farbe. Auf allen diesen Fotos, bei denen es sich entweder um Studioporträts oder Standfotos von alten Filmen handelte, war immer nur eine Person zu sehen: Laura Nunn.

Toris Mutter war darauf in ein seltsam ätherisches Licht getaucht, das ihr etwas traumhaft Entrücktes verlieh. Wie sträflich die Fotografie doch als künstlerisches Ausdrucksmittel unterschätzt wurde, mußte Tori beim Anblick dieser beeindruckenden Porträts unwillkürlich denken. Kein Wunder, daß so viele Männer sich unsterblich in ihre Mutter verliebt hatten – und so viele Frauen sie so sehr beneidet hatten.

Im *Hollywood Reporter* war Laura Nunn einmal als ›die letzte der großen Leinwandgöttinnen‹ bezeichnet worden. Auch nach all den Jahren war die Wirkung ihrer großen Filme nicht verblaßt; im Gegenteil, einige davon waren noch mehr in der Wertschätzung des Publikums gestiegen, und das nicht nur wegen der Tatsache, daß Alfred Hitchcock, Howard Hawks oder John Huston Regie geführt hatten. Vielmehr wurde an diesen Klassikern der Filmkunst auch deutlich, wie sich eine Frau erfolgreich von den vorgefertigten Klischees löste, in die die großen Filmstudios sonst ihre weiblichen Stars zu zwängen versuchten. Laura Nunn war nicht nur eine atemberaubende Schönheit gewesen, sondern auch eine begnadete Schauspielerin. Vor allem diese seltene Mischung war es gewesen, die ihren außergewöhnlichen Ruhm begründet hatte.

Tori gab sich alle erdenkliche Mühe, in den Zügen ihrer Mutter nicht ihre eigenen wiederzuerkennen; aber wie immer gelang ihr das auch diesmal nicht. Seit ihrer Kindheit war sie von der fixen Idee besessen, daß sie, wenn sie so aussah wie ihre Mutter, eines Tages auch genauso werden würde wie sie. Im Zuge ihrer Ausbildung in Japan war ihr zwar die Absurdität dieser Vorstellung deutlich vor Augen geführt worden, aber solche weit in die Kindheit zurückreichenden Ängste saßen meist zu tief, um sich so ohne weiteres wieder von ihnen befreien zu können.

Tori verließ das Arbeitszimmer ihrer Mutter und betrat den Raum auf der anderen Seite des Flurs. Gregs Zimmer. Ausgerechnet hier fiel ihr zu ihrem Erstaunen eine Veränderung auf. Natürlich waren in dem Raum noch immer die männlich kräftigen Blau- und Weißtöne vorherrschend, die Greg so gemocht hatte, die Wimpel vom Cal Tech, die Medaillen und Pokale, die Siegerurkunden von den Landesmeisterschaften im Kunstspringen, im Langstreckenlauf und im Lacrosse. Und dazwischen die üblichen Fotos von ihrem älteren Bruder. Aber etwas war dazugekommen.

Tori hatte plötzlich ein Gefühl, als wäre die Zeit stehengeblieben, als sie auch sich selbst auf diesen Fotos sah – der Inbegriff des strahlenden California Girls, das lange blonde Haar von der Sonne gebleicht, der durchtrainierte Körper schlank, aber mit breiten Schultern und kräftigen Schenkeln, die weit auseinanderstehenden grünen Augen leuchtend vor Ehrgeiz und Tatendrang und zugleich so offen, daß sie keiner Verstellung fähig schienen. Zum erstenmal wurde ihr bewußt, daß die lichtdurchflutete Atmosphäre, die diesen Aufnahmen fast etwas Unwirkliches verlieh, nicht nur auf die strahlende Sonne Kaliforniens zurückzuführen war, sondern vor allem auf das helle Flimmern, mit dem das Sonnenlicht vom Wasser des Swimmingpools zurückgeworfen wurde.

Der Pool in Dianas Garten war im selben Maß ein Ort der Geborgenheit wie eine Rumpelkammer mit den Versatzstücken ihrer Vergangenheit. Eine Art Museum des Geistes. Seltsam klar stiegen beim Anblick der alten Fotos die Erinnerungen wieder in ihr auf: das Warten, die Anspannung an der Kante des Sprungbretts, der schwerelose Flug, das Drehen und Wirbeln, ein kurzer Blick nach der Wasseroberfläche, und dann das Geräusch ihres Atems in den Ohren, der Schaum in ihrer Nase, das kühle Wasser, das ihr das Haar an den Kopf klatschte, und ihr Vater, der ihr über den Beckenrand gebeugt zurief: *Fast so gut wie Greg, mein Engel. Fast ...*

Ich will nicht zurück.

Und wie von einer unsichtbaren Kraft wurden ihre Blicke plötzlich auf die zwei vergilbten Zeitungsausschnitte gelenkt, die in der Ecke eines Bilderrahmens steckten. Das Herz schlug ihr bis zum Hals, als sie sie herausnahm und auseinanderfaltete. Bei dem ersten handelte es sich um ein Pressefoto von Greg und dem russischen Kosmonauten Viktor Schewtschenko; die Hände triumphierend über dem Kopf schüttelnd und voll Zuversicht in die Kamera lächelnd, befanden sich die beiden in ihren Raumanzügen mit der Aufschrift NASA-CCCP auf dem Weg zu der gigantischen SL-17 Energija-Raumfähre, mit der sie vom sowjetischen Raumfahrtzentrum Tijuratam/Bajkonur in wenigen Minuten zum ersten bemannten Marsflug der Menschheitsgeschichte aufbrechen sollten.

›TIJURATAM, UDSSR, 17. Mai (AP) – Die Geschichte der Raumfahrt trat heute mit dem erfolgreichen Start des amerikanischen Astronauten Gregory Nunn und des sowjetischen Kosmonauten Viktor Schewtschenko in eine neue Phase ein.

In ihrer Odin Galaktika II-Kapsel befinden sich die beiden Männer auf dem ersten bemannten Flug zum Mars.

Einzigartig ist dieses Projekt auch insofern, als sich die beiden Supermächte aufgrund der immens umfangreichen Vorbereitungen, die für die Durchführung dieses Vorhabens nötig waren, zum erstenmal mit vereinten Kräften an eine so schwierige Aufgabe herangemacht haben. Schon seit mehr als einem Jahr sind deshalb Wissenschaftler und Techniker der NASA am Raumfahrtzentrum von Tijuratam stationiert, um an den Vorbereitungen für dieses große Ereignis . . .‹

Tori hörte zu lesen auf. Sie kannte den Wortlaut der Zeitungsmeldung längst auswendig. Statt dessen wandte sie sich nun wieder dem Foto von Greg und Viktor Schewtschenko zu. Wieder mußte sie mit Erstaunen feststellen, wie ähnlich sich die beiden Männer waren – gutaussehend, durchtrainiert, voll Zuversicht. Als ob Raumfahrer eine eigene Spezies wären, für die so kleinliche Unterschiede wie die der Rasse oder Nationalität keine Bedeutung hatten. Aber vielleicht lag es auch nur daran, daß Greg genau wie Tori russischer Abstammung war – eine Ironie, der sie sich deutlicher denn je bewußt war.

Wie stolz sie damals auf Greg gewesen war. Wie gebannt war sie den ganzen Tag vor dem Fernseher gesessen und hatte auf dem Bildschirm verfolgt, wie die riesige Raumfähre in den strahlend blauen Himmel über Tijuratam aufgestiegen war, bis sie nur noch als ein winziger Lichtfleck zu erkennen gewesen war, ein einsamer Stern, den nicht einmal das Licht der Sonne zu überstrahlen vermochte. Widerstrebend faltete sie das Foto zusammen und steckte es an seinen alten Platz zurück.

Noch bevor ihr Blick auf den Artikel mit dem offiziellen NASA-Foto von Greg fiel, wußte Tori, was der zweite Zeitungsausschnitt enthielt. Wie aus einem verborgenen Hang zum Masochismus heraus las sie ihn trotzdem noch einmal durch.

›MOSKAU, 11. Dezember (AP) – Wie die sowjetische Nachrichtenagentur TASS gemeinsam mit den zuständigen Stellen der amerikanischen Botschaft verlauten läßt, ist der amerikanische Astronaut Gregory Nunn, der sich zusammen mit seinem sowjetischen Kollegen Viktor Schewtschenko auf dem Flug zum Mars befand, offiziell als tot gemeldet worden.

Gregory Nunn war im Mai dieses Jahres zusammen mit seinem sowjetischen Kollegen zum ersten bemannten Marsflug der Menschheitsgeschichte gestartet. Dieses ehrgeizige Unternehmen mußte jedoch vor sechs Wochen abgebrochen werden, als Gregory Nunn ›aufgrund bisher noch ungeklärter Ursachen‹ ums Leben kam und an der Außenhaut der Odin Galaktika II-Kapsel schwerer Sachschaden entstand.

Nachdem das defekte Raumfahrzeug unbeschadet wieder in die Erdatmosphäre eingetreten ist und in den frühen Morgenstunden des gestrigen Tages glücklich geborgen werden konnte, hat sich der Tod von Gregory Nunn offiziell bestätigt. Über den Gesundheitszustand von Viktor Schewtschenko ist bisher noch nichts bekannt; fest steht jedoch, daß er den Flug überlebt hat.

Die Bergung der Odin Galaktika II wurde nach ihrer Notlandung im Schwarzen Meer durch schwere Winterstürme so stark behindert, daß für eine Weile sogar zu befürchten stand, die Raumkapsel könnte ein Raub der Wellen werden. Als die kleineren Bergungsschiffe infolge der schweren See und der schlechten Sicht bereits zum Aufgeben gezwungen waren, traf zum Glück gerade noch rechtzeitig der schwere sowjetische Kreuzer *Potemkin* an der Landestelle ein ...‹

»Mein Gott«, hauchte Tori und steckte die Zeitungsartikel wieder in den Rahmen zurück. Mit einem Mal ertrug sie den Anblick der mit Wimpeln und Erinnerungsfotos behängten Wände nicht mehr. Dem Ersticken nahe, floh sie aus dem Raum und ließ sich schwer atmend gegen die geschlossene Tür sinken.

Später an diesem Tag – die Strahlen der kalifornischen Sonne stahlen sich durch das Filigran der Limonenbäume und Oleanderbüsche – wurde Tori zu ihrem Vater gerufen. Während sie durch den Park auf das Haus zuschritt, wurde ihr mit Erstaunen klar, wie schnell dieser Ort sie wieder in seinen

Bann geschlagen hatte. Sie konnte sich schon beinahe nicht mehr vorstellen, daß außerhalb der heilen Welt ihres Elternhauses noch etwas anderes existierte. Genau wie in den alten Zeiten.

Ellis Nunn erwartete sie unter der wuchtigen Teakholzpergola neben dem Swimmingpool. Sie war überwuchert von weißen und lavendelblauen Glyzinien, die wegen ihrer Widerstandsfähigkeit und Unempfindlichkeit zu den wenigen Pflanzen gehörten, deren Schönheit Ellis Nunn etwas abgewinnen konnte.

Beim Anblick Toris legte sich ein strahlendes Lächeln über die Züge ihres Vaters, und er schloß sie auf seine täppisch bärenhafte Art herzlich in die Arme. »Willkommen zu Hause, mein Engel.« Wenigstens hatte er sie nicht auf russisch begrüßt, wie er das trotz Toris wütender Proteste häufig tat – eine Marotte, die er meistens mit dem Hinweis entschuldigte: ›Damit du deine Herkunft nicht vergißt.‹ Er roch nach Tabak und Rasierwasser – eine Düftekombination, die Tori seit ihrer Kindheit in angenehmer Erinnerung hatte.

Obwohl er sich große Mühe gab, sich betont amerikanisch zu geben, war Ellis Nunn allein aufgrund seines Äußeren seine russische Herkunft immer noch anzusehen.

Bevor er sich um einen Studienplatz in Stanford bemüht hatte, hatte er erst einmal seinen Namen geändert. Stanford war damals zwar noch nicht die Eliteuniversität, aber dennoch gelangte er dort auch damals schon in den Genuß einer hervorragenden Ausbildung. Er nannte sich nicht so sehr deshalb Ellis Nunn, weil er sich seines richtigen Namens geschämt hätte; vielmehr war er von Amerika so begeistert, daß er unbedingt auch einen Namen tragen wollte, den er für typisch amerikanisch hielt. Tori war sich allerdings noch immer nicht recht klar, was eigentlich ein typisch amerikanischer Name war.

Ellis Nunn war ein großer, kräftiger Mann und trotz der Tatsache, daß er bereits auf siebzig zuging, in bester körperlicher Verfassung. Nicht umsonst schwamm er täglich eineinhalb Stunden im Pool von Dianas Garten seine Bahnen. Sein Haar war zwar inzwischen mehr grau als blond, aber es war noch genauso dicht wie in seiner Jugend. Seine leicht mandelförmigen grauen Augen standen leicht schräg und sein breiter Mund war sehr ausdrucksstark.

Sein auffallendster Gesichtszug war jedoch seine Nase, die in Toris Augen nicht recht zu seinen markanten slawischen Zügen paßte. Kein Wunder – Ellis hatte sie sich in seiner Jugend korrigieren lassen, so daß sie nun aussah wie der Inbegriff einer angelsächsischen Nase. Auch das hatte weniger mit Eitelkeit zu tun gehabt als mit dem tiefsitzenden Bedürfnis, sich ganz seiner neuen Umgebung anzupassen.

Ellis Nunn war ein Mann des Lichts – *der* Mann des Lichts sogar, wie manche behaupteten. Er hatte die kleine Glühbirnenfirma seines Vaters übernommen und sie mit dem Wissen, das er sich in Stanford angeeignet hatte, zu *dem* marktbeherrschenden Unternehmen auf dem Gebiet der Filmbeleuchtungstechnik ausgebaut. Wenn man eine besonders realistische Nachtszene zu filmen hatte oder einen besonders großen Set auszuleuchten, wenn man einen spektakulären Explosionseffekt brauchte oder geheimnisvoll funkelndes Mondlicht für eine Liebesszene, dann gab es nur eine Adresse, an die man sich wenden konnte: Ellis Nunns Magic Moment. Inzwischen hatte das Unternehmen Zweigstellen in fast allen größeren filmproduzierenden Ländern der Welt: in Italien, Frankreich, Spanien und sogar in Hongkong.

Ellis Nunns Reichtum beruhte also ganz auf seiner eigenen Hände Arbeit. Er hatte nie zu den sogenannten Bel-Air-Spaniels gehört, wie böse Zungen die Ehemänner von Filmstars nannten, die von den stupenden Gagen ihrer Gattinnen lebten.

Während Tori mit ihrem Vater am Rand des stattlichen Fünfzig-Meter-Beckens entlangschlenderte, kam ihr wieder in Erinnerung, wie oft sie ihn hier mit Greg auf und ab gehen gesehen hatte. Wie oft hatte sie sich damals gefragt, was die beiden wohl Wichtiges zu bereden hatten und weshalb ihr nur so selten das Privileg zuteil wurde, ihrem Vater unter den üppig blühenden Glyzinien Gesellschaft leisten zu dürfen.

Als sie eine Stelle erreichten, wo die Sonne durch den dichten Bewuchs der Pergola fiel, blieb Ellis Nunn stehen. Als könnte er Toris Gedanken lesen, sagte er: »Weißt du eigentlich, warum ich diesen Platz so sehr liebe? Weil mich hier niemand sehen und hören kann.« Er lachte. »In meinem Haus gibt es für meinen Geschmack zu viele Fremde.« Achselzuckend setzte er seinen Weg fort. »Aber natürlich hätte es keinen Sinn, sich dagegen aufzulehnen. So ist es schon immer gewesen. Deine Mutter wollte es so. Was mich persönlich betrifft, kann ich keine Fremden im Haus ausstehen. Woher weiß man schon, wer sie wirklich sind und was sie treiben, wenn man einmal nicht aufpaßt.« Er grinste. »Aber wenigstens wissen *sie* auch nicht, was *ich* treibe, wenn ich hier bin.«

»Schließt das auch Mutter ein?«

»Aber sicher. Sie ist am neugierigsten von allen. Das Problem mit ihr ist, daß sie alles unter ihrer Kontrolle haben möchte. Aber wer kann das schon? Trotzdem hat sie das immer noch nicht begriffen. Andererseits waren gerade die einfachsten, elementarsten Dinge des Lebens noch nie ihre Stärke. Darum braucht sie auch ständig so viele Leute um sich herum. Was sie vor allem beschäftigt, ist doch die Frage: Wer soll ich heute wieder sein? In welche Rolle könnte ich zur Abwechslung diesmal schlüpfen? Das war schon so, als ich sie kennengelernt habe. Daran hat sich auch in all den Jahren unserer Ehe kaum etwas geändert. Eigentlich ist sie immer noch die alte – zumindest unter der Oberfläche.«

Im Mittelpunkt des Kreises aus Licht, den die Sonne auf das Pflaster unter der Pergola warf, stand eine steinerne Statue der Göttin Diana, bei der es sich um eine Reproduktion der bekannten Figur in Mexico City handelte.

Ellis Nunn deutete darauf. »Hier hast du sie, deine Mutter. Diana, die Göttin der Jagd. Wußtest du übrigens, daß sie ursprünglich Diana Leeway hieß? Nein? Ehrlich gestanden, überrascht mich das nicht im geringsten. Es hätte mich im Gegenteil eher gewundert, wenn sie es dir gesagt hätte – zumal es beim Film sowieso kaum mehr jemand gibt, der sich noch erinnern kann, wie sie früher hieß. Keine Ahnung, wer eigentlich auf die Idee kam, sie Laura zu nennen. Den Produzenten gefiel der Klang von Laura Nunn jedenfalls, und so wurde sie eben Laura Nunn – im wirklichen Leben ebenso wie auf der Leinwand. Soweit man im Fall deiner Mutter überhaupt davon sprechen kann, daß sie weiß, was das wirkliche Leben ist.«

»Wie hast du es eigentlich all die Jahre mit ihr ausgehalten?« fragte Tori. »Ganz zu schweigen davon, daß du dich nicht von ihr hast kleinkriegen lassen – du bist im Gegenteil sogar regelrecht aufgeblüht.«

»Na, ich weiß nicht, ob ich tatsächlich aufgeblüht bin . . .« Nachdenklich legte er den Zeigefinger an seine Lippen. »Kennst du eigentlich diese Geschichte von dem Zen-Polizisten? Nein? Komisch, obwohl du so lange in Japan gelebt hast.«

»Dad . . .«

»Mein Gott, Tori, sieh dich doch nur an!« Mit dem Vornamen sprach er sie immer dann an, wenn er wütend auf sie war. »Du bist inzwischen sechsunddreißig, und was hast du bisher vorzuweisen? Keine feste Stellung, ganz zu schweigen von einer Karriere. Und was eine eigene Familie betrifft – wir wollen mit diesem Thema erst gar nicht anfangen. Wie lange willst du dir eigentlich noch in die Tasche lügen, Tori? Du hast bisher noch nichts zustande gebracht, und doch stehst du hier vor mir, während Greg . . .« Für einen Moment versagte ihm die Stimme, und es dauerte eine Weile, bis er seine Fassung wiedererlangte. »Du bist doch diejenige, die fernöstliche Philosophie studiert hat. Kannst du mir vielleicht sagen, wie es möglich sein konnte, daß ausgerechnet Greg, der die glänzendste Karriere vor sich hatte, so etwas passieren mußte?« Er strich sich mit der Hand über das Gesicht. »Mein Gott, Tori, er wäre als erster Mensch auf dem Mars gelandet. Warum mußte ausgerechnet er diesen Unfall haben? Warum mußte er sterben?«

Tori schwieg. Was hätte sie darauf auch antworten sollen?

»Greg war zu großen Dingen bestimmt – das wußte ich von dem Augenblick an, als er geboren wurde.« Inzwischen schien wieder alle Verbitterung von Ellis Nunn gewichen; er war nur noch von tiefer Fassungslosigkeit beherrscht. »Warum wurde er uns genommen? Deine Mutter sagt, es war Gottes Wille. Nun, wenn dem tatsächlich so ist, dann ist dieser Gott ein unvorstellbar grausames, launisches Wesen.«

Plötzlich spürte Tori, wie sich die Worte wie von selbst in

ihrem Innern formten und gegen ihren Willen aus ihr hervorbrachen. »Das ist es also, was du von meinem Leben hältst! In deinen Augen habe ich also *nichts* getan und *nichts* erreicht! Eines steht jedenfalls fest: Ich bin nicht das geworden, was du wolltest – eine Astronautin. Ich bin nicht wie Greg. Du hast ihn von klein auf so dressiert, daß er irgendwann tatsächlich nur noch das wollte, was du ihm sein Leben lang eingeimpft hast. Ihr wart immer schon ein Herz und eine Seele. Wie stolz du auf ihn warst! Und vor allem wußtest du immer ganz genau, was in ihm vorging. Greg zu verstehen, bedeutete für dich nie ein Problem. Warum allerdings ich nach Japan gehen wollte, um dort zu studieren, konntest du nie begreifen. Wie hättest du auch? Du hast dein ganzes Leben hier in L.A. verbracht, in einer Stadt, die in gewisser Weise genauso fernab vom wirklichen Weltgeschehen ist wie die Fidschi-Inseln. Und selbst in dieser Traumwelt von L.A. hast du dir in Gestalt dieses Hauses noch einmal deine eigene heile Welt zu schaffen versucht. Ist es da ein Wunder, daß du nicht begreifen kannst, was in mir vorgeht? Wie gut kann ich mich noch erinnern, wie du damals gesagt hast: ›Japan? Was willst du denn in Japan?‹ Du hast meine Gründe für diese Entscheidung nie verstanden – ganz abgesehen davon, daß du das auch gar nicht wolltest!« Sie schüttelte resigniert den Kopf. »Kein Wunder, daß du so enttäuscht von mir bist.«

Die Blicke ihres Vaters ruhten auf den steinernen Falten von Dianas fließendem Gewand, die in der Abendsonne ganz besonders plastisch hervortraten. Über seinen Zügen lag ein seltsam geistesabwesender Ausdruck, wie er ihn manchmal auch während besonders langer Geschäftsbesprechungen aufsetzte. Zugleich sprach daraus eine tiefe Traurigkeit, die Tori hin und wieder auch an Greg bemerkt hatte, wenn er sich unbeobachtet glaubte.

Niedergeschlagen ließ Tori den Kopf sinken. Zu spät war ihr eingefallen, daß sie ihrer Mutter versprochen hatte, nicht mit ihrem Vater zu streiten. Andrerseits ging es bei diesen Auseinandersetzungen sowieso nie um sie oder ihren Vater, sondern immer nur um Greg. Es gab nichts, was sie daran hätte ändern können. Während die Dämmerung lautlos durch den Garten kroch, ergriff sie mit einem Mal ein Gefühl tiefer Niedergeschlagenheit. Sie war nicht nur auf ihren Vater wütend, sondern auch auf sich selbst. Immer wieder ließ sie sich von ihm so weit aus der Reserve locken, daß sie darüber alle ihre guten Vorsätze vergaß und sich doch wieder auf eine Diskussion zu diesem leidigen Thema einließ.

Nach einer Weile sagte sie schließlich: »Wirst du mir nun eigentlich die Geschichte von dem Zen-Polizisten erzählen oder nicht?«

Ellis Nunn nickte. Allerdings war ihr nicht klar, ob das in Bejahung ihrer Frage geschah oder in stillschweigender Hinnahme ihres gespannten Verhältnisses.

»Vor vielen, vielen Jahren«, begann er schließlich, »lebte in China ein junger buddhistischer Mönch, der sich auf die Wanderschaft nach Tibet begab, um dort seine spirituellen und philosophischen Kenntnisse zu vertiefen. Unter anderem hatte er auch ein Empfehlungsschreiben seines Abtes bei sich. Als er schließlich nach langer mühevoller Wanderschaft sein Ziel erreichte, mußte er feststellen, daß das Kloster so hoch oben in den Bergen lag, daß er sich am Fuß des Himmelsgewölbes angekommen glaubte. Entsprechend dauerte es einige Zeit, bis sich seine Atmung auf diese schwindelerregende Höhe eingestellt hatte.

Der junge Mönch fand zwar im Kloster Aufnahme, aber es dauerte ein paar Tage, bis er dem Obersten Lama vorgeführt wurde. Der Vorsteher des Klosters wirkte steinalt.

›Wenn ich recht unterrichtet bin, bist du trotz der Tatsache, daß du Mönch bist, zu der Überzeugung gelangt, daß dein spirituelles Wissen noch der Vervollkommnung bedarf.‹

›So ist es, Ehrwürdiger‹, erwiderte der junge Mönch.

›Und was ist es, das du hier zu lernen wünschst?‹ fragte der alte Lama weiter.

›Alles, was es zu lernen gibt‹, erwiderte der junge Mönch vorschnell.

Darauf sah ihn der alte Lama lächelnd an und sagte: ›Du hast dir viel vorgenommen, junger Mann. Doch zuerst sollst du hier im Kloster Wache halten. Du wirst die ganze Nacht kein Auge zudrücken.‹

Sichtlich verwirrt erwiderte der junge Mönch: ›Aber ich habe zwei Monate gebraucht, um hierher zu kommen. Ich weiß, wie weitab das Kloster gelegen ist. Welche Gefahr könnte euch hier von irgendwelchen Feinden drohen?‹

Doch der Lama sagte nur: ›Der Mönch, der dich in meine Zelle gebracht hat, wird dir auch zeigen, wo du heute nacht Wache halten sollst.‹

›Aber ich bin Mönch, kein Wächter‹, protestierte der junge Mann. ›Außerdem bin ich Buddhist. Ich habe gelobt, keinem Lebewesen Schmerz zuzufügen. Aus Angst, auch nur einem Wurm oder einer Larve ein Leid anzutun, würde ich nicht einmal die Erde pflügen.‹

›Du weißt noch nicht, wer oder was du bist‹, entgegnete der Lama. ›Nur deshalb bist du hier.‹

In besagter Nacht wurde der junge Mönch zu einer Stelle geführt, die genau im Mittelpunkt des Klosters lag. Hier sollte er Wache halten. Man legte ihm ein Sitzkissen auf den Boden. Da die Stelle genau im Schnittpunkt der vier Hauptkorridore des Klosters lag, konnte man von diesem Punkt fast alle der winzigen Schlafzellen der Mönche sehen.

Quälend langsam verstrichen die Stunden. Nichts geschah. Immer schwerer lastete die Stille auf den Lidern des jungen Mönchs. Ein paarmal ertappte er sich sogar dabei, wie er heftig aus dem Schlaf hochschreckte. Heftig gähnend reckte er sich dann jedesmal, um wieder ganz wach zu werden. Zugleich begann er sich zu fragen, weshalb er eigentlich in dieses Kloster gekommen war und ob er hier überhaupt am richtigen Ort war.

Und dann stand er plötzlich auf. Wachsam zuckten seine Blicke von einem Gang zum andern. Er war ganz sicher, daß er gerade ein Geräusch gehört hatte. Aber jetzt lag wieder nur lastendes Schweigen über den Mauern des Klosters, so schwer und drückend wie in einem Grab. Erst jetzt kam ihm zu Bewußtsein, daß dieses Geräusch eigentlich gar kein Laut, sondern eher wie ein gespenstisches Huschen gewesen war. Blitzartig wirbelte er herum.

Eines stand fest: Er war nicht allein. Im Westkorridor war etwas. Und dieses Etwas kam direkt auf ihn zu. Im flackernden

Schein der Schilffackeln konnte er jedoch nicht erkennen, was es war.

Aber es kam näher und näher, und plötzlich sprang es ihn an wie ein heftiger Windstoß. Schaudernd fuhr er zusammen. Dieses Wesen war so transparent wie die Flügel eines Insekts. Ganz deutlich war der Korridor dahinter zu erkennen; es war *durchsichtig*.

Das Wesen huschte an ihm vorbei und verschwand in einem anderen Gang. Doch schon wenige Augenblicke später wimmelte es um ihn herum von unzähligen solcher Wesen. Manchmal schien es ihm sogar, als hätten sie Gesichter, Körper, Hände und Füße. Dann wieder waren sie nur gestaltlose Wesen aus purer Energie.

Der junge Mönch wurde von lähmender Angst gepackt. Was waren das für Wesen? Hatte er es hier mit den Feinden der tibetischen Mönche zu tun? Und wenn dem so war, wie sollte er sie bekämpfen, obwohl er sich doch zur Gewaltlosigkeit verpflichtet hatte? So wild und durcheinander, wie die seltsamen Geistwesen durch die Gänge des Klosters schwirrten, schossen ihm diese und ähnliche Fragen durch den Kopf. In seiner Angst spielte er bereits mit dem Gedanken, seinen Posten zu verlassen und die Flucht zu ergreifen. Doch wie in einem Traum war er unfähig, sich von der Stelle zu bewegen. Er wußte nicht, worum er mehr fürchten sollte: um seinen Verstand oder um sein Leben.

Doch plötzlich machte er eine seltsame Feststellung. Die Angst kam direkt aus ihm selbst. Sobald er sich wieder auf seine spirituellen Kräfte besann, kam ihm zu Bewußtsein, daß von diesen seltsamen Wesen keinerlei Bedrohung auf ihn oder die Bewohner des Klosters ausging.

Sobald ihm das einmal klargeworden war, machte er sich daran, Ordnung in das Chaos zu bringen, das sie verursachten. Er stellte fest, daß er mit der nötigen Konzentration immer näher an die pfeilschnellen Wesen herankam. Im Lauf der Zeit lernte er nicht nur zu spüren, wohin sie unterwegs waren, sondern er war schließlich sogar fähig, sie in eine ganz bestimmte Richtung zu lenken.

An diesem Punkt erkannte er schließlich in einem der Wesen den Mönch wieder, der ihn erst in die Zelle des Lamas und dann zu seinem Wachposten geführt hatte. Im selben Moment fiel es dem jungen Mönch wie Schuppen von den Augen.

Diese seltsamen Wesen waren die Geister der Mönche. Im Schlaf plötzlich befreit, nicht mehr eingespannt in die harte tägliche Arbeit, gaben sie sich nun hemmungslos dem Chaos hin, das tief im Innern selbst des diszipliniertesten Geistes lauert. Alles was sie brauchten, war eine einzige wache Seele, eine Art Zen-Polizist, der sie in die rechten Bahnen lenkte und sie notfalls in ihre Schranken wies, wenn das Chaos überhandzunehmen drohte.«

Tori und ihr Vater hatten inzwischen das Ende der Pergola erreicht. Ellis Nunn drehte sich um, warf einen letzten Blick zurück auf die Dianastatue, die sich inzwischen in den Mantel des Zwielichts gehüllt hatte, und sagte nach langem Schweigen: »Ist das eine befriedigende Antwort auf deine Frage, wie ich es hier so lange ausgehalten habe? Mir wurde ziemlich bald klar, daß ich mich ändern mußte, wenn ich mich gegen die Dämonen behaupten wollte, wie sie nun einmal notgedrungen mit der ganz speziellen Begabung deiner Mutter einhergehen.«

Darüber dachte Tori lange nach. Wirklich eine bemerkenswerte Geschichte. Noch bemerkenswerter war, daß sie ihr ausgerechnet ihr Vater erzählt hatte. Soviel Einfühlungsvermögen hätte sie ihm gar nicht zugetraut. Außerdem warf diese Geschichte nicht nur auf die Beziehung ihrer Eltern ein interessantes Licht, sondern auch auf einige ihrer eigenen Kindheitsängste. Vorsichtig begann sie deshalb: »Manchmal habe ich richtig Angst . . . Hin und wieder habe ich in Mutters Gegenwart das Gefühl, nicht mehr ich selbst zu sein. Ihre Ausstrahlung oder ihr *wa*, wie es die Japaner nennen würden, ist manchmal so stark, daß ich mich von ihr regelrecht an die Wand gedrückt fühle.«

Ruhig erwiderte ihr Vater: »Du solltest dir mehr Mühe geben, sie zu verstehen. Du würdest staunen, zu welchen Einsichten du dabei gelangen wirst.«

»Ich weiß nicht recht, ob du mich richtig verstanden hast.« Entweder hatte er sie tatsächlich mißverstanden oder er tat nur so. Deshalb versuchte sie weiter, ihm ihren Standpunkt klarzumachen. »Eigentlich weiß ich so gut wie nie, was tatsächlich in ihr vorgeht.« Sie sah ihren Vater an. »Liebst du Mutter eigentlich?«

Erst jetzt wandte sich Ellis Nunn seiner Tochter zu. »Ich kann sie zumindest verstehen, Tori. Im Fall deiner Mutter dürfte das so ziemlich dasselbe sein wie sie zu lieben.«

»Findest du?«

»Ich lasse mich von dir gern eines Besseren belehren – aber welche andere Möglichkeit siehst du, ein Idol zu lieben? Wie will man etwas so Monumentales, so von aller Welt Vergöttertes seiner eigenen kleinen Welt einverleiben? Am besten, man versucht es erst gar nicht; es wäre die reinste Zeitverschwendung. Statt dessen versucht man lieber, Zugang zu *ihrer* Welt zu finden.«

»Das . . .«

»Nimm doch nur einen Punkt: Im Gegensatz zu den Ehen von DiMaggio und Arthur Miller hat die meine gehalten. Schon das ist wesentlich mehr, als ich erhoffen konnte.« Er warf einen Blick zum Pool hinüber, als wünschte er sich, jetzt dort zu sein. »Deine Mutter braucht das, was sie geworden ist, genauso zum Leben, wie du und ich die Luft zum Atmen brauchen. Sobald du das einmal verstanden hast, wirst du alles verstehen.«

Tori sah ihm in die Augen. Es war gerade noch so hell, daß von den Reflexionen auf der Oberfläche des Pools genügend Licht auf sein Gesicht fiel, um seine Züge deutlich erkennbar hervorzuheben. Unwillkürlich wurde sie dadurch an die Fotos von Greg erinnert, wie er nach einem Wettbewerb im Kunstspringen mit strahlendem Siegerlächeln am Beckenrand stand. Greg. Selbst nach seinem Tod drehten sich noch alle ihre Gedanken und Gespräche ausschließlich um ihn. Es war, als würde ihrer aller Leben auch jetzt noch von dem einen großen Ziel bestimmt: dem leuchtenden Versprechen in seinen Engelsaugen gerecht zu werden.

»Eben hast du gesprochen wie ein richtiger Zen-Polizist«, sagte sie mit aller Ironie, der sie im Augenblick fähig war.

Der Abend naht. Hinter den schweren Eichentüren der Bibliothek, den Blicken ihrer Mutter entzogen, empfindet Tori ihr Elternhaus wieder einmal mehr denn je wie ein Gefängnis, wie einen goldenen Käfig, aus dem es kein Entrinnen gibt. Erinnerungen an eine ganz bestimmte Phase ihrer Jugend steigen in ihr auf. Sie fühlt sich wie eine Gefangene in dem riesigen Haus ihrer Eltern, in dem ewigen Sonnenschein, in ihrem schlanken, braungebrannten Körper. Die fest umrissene Zukunft, die ihr aufgrund ihres blendenden Aussehens bereits unausweichlich vorgezeichnet scheint, droht sie von innen heraus zu ersticken – eine Zukunft, die sich ihr Vater so sehr für sie ersehnt und die ihr nach Meinung der Jungen in ihrem Alter sogar bereits gewiß ist. Sie stimmen seltsam überein, diese Vorstellungen, die sich andere von ihrer Zukunft machen; und sie lenken ihr Leben in ebenso feste Bahnen wie die Gelübde einer Nonne.

In Dianas Garten hat sie alles, was ihr Herz begehrt, und es scheint nichts zu geben, was sie dazu bewegen könnte, jemals wieder einen Schritt über die Grenzen dieser heilen Welt hinauszutun.

Bis sie eines Tages bei einer Party, die ihre Eltern für sie veranstaltet haben, erkennen muß, wie sehr sie bisher die Augen vor den Realitäten des Lebens verschlossen hat. So ziemlich alles, was in Hollywood Rang und Namen hat, hat sich zu dem feierlichen Anlaß eingefunden. Wohin man auch sieht, erblickt man bekannte Gesichter. Das in festlichem Lichterglanz erstrahlende Haus ist voll von reichen und mächtigen Männern mit schönen und jungen Frauen an ihrer Seite.

Der Klatsch, die einzige Form der Kommunikation bei derlei Anlässen, dreht sich um Fragen wie: Wer schläft gerade mit wem und wer ist gerade von wem schwanger? Zunehmend deutlicher wird Tori bewußt, daß selbst das Liebesleben dieser Reichen und Schönen ganz und gar im Zeichen ihrer beruflichen Karriere steht. Sexuelle Abenteuer, Liebesaffären, Ehen – je nachdem, welche Spielart der Liebe gerade gefragt ist –, all das ist bei diesem seltsamen Völkchen nur so lange von Dauer, bis der nächste Film abgedreht ist. Man lernt sich auf dem Set kennen und läßt sich genauso aufeinander ein, wie man sich auf seine jeweilige Filmrolle einläßt. Um jedoch überhaupt noch zwischen Traum und Wirklichkeit unterscheiden zu können, überkommt einen fast unweigerlich das Bedürfnis, seiner Liebe füreinander, wenn auch nicht unbedingt der damit verbundenen Verantwortung, konkrete Gestalt zu verleihen. Und wie ließe sich das besser bewerkstelligen als in Form eines Kindes? Doch ebenso sicher, wie der Tag auf die Nacht folgt, verliert die Liaison, der es entsprungen ist, ihren Glanz, sobald es einmal auf der Welt ist. Eine Mutter ist nun einmal nicht annähernd so aufregend und begehrenswert wie eine Geliebte; die plötzliche Dreisamkeit erweist sich der Glut, wie sie der Zweisamkeit entspringen kann, als eher abträglich.

Zumindest soviel ist Tori jedenfalls schon bewußt: Sie kann diese Leute nicht ausstehen; fast fühlt sie sich durch ihre Anwesenheit bedroht. Es sind so viele von ihnen; sie haben das ganze Haus vereinnahmt – den Wohnraum, das Arbeitszimmer, die Bibliothek. Es ist, als raubten sie ihr die Luft, die sie zum Atmen braucht. Fluchtartig verläßt sie das Haus. Aber auch im Park wimmelt es von Berühmtheiten. Nicht einmal hier kann sie frei und ungehindert atmen.

In ihrer Verzweiflung taumelt sie blindlings weiter zu ihrem Wagen, einem neuen Thunderbird. Wie unter Zwang dreht sie den Zündschlüssel herum und braust unter lautem Motorengeheul in die Nacht davon. Aber nicht in Richtung Beverly Hills oder Westwood, sondern der neonerhellten Nacht von Los Angeles entgegen, dorthin, wo die Menschen nicht reich, verwöhnt und privilegiert sind, sondern tagsüber hart arbeiten und nachts ihren eher schlichten Vergnügungen nachgehen.

Weder kann sie die seltsame Unrast, die sie vorantreibt, erklären noch in den Griff bekommen. Fest steht nur, daß sie durch ein Gefühl von Versagen und tiefer Beschämung hervorgerufen wird – gerade so, als hätte sich ein Teil ihrer Mutter verselbständigt und wie eine vergiftete Pfeilspitze in ihr Gehirn gebohrt.

Am meisten verbittert ist sie über dieses tiefsitzende Schamgefühl. Denn vor allem die Scham ist es, die sie daran hindert, die Unrast als etwas zu ihr Gehörendes zu betrachten und auf diese Weise schließlich auch begreifen zu lernen. Solange sie dieses unbestimmte Drängen nicht an sich heranläßt, behält es den Status eines seltsamen Artefakts am Rand ihres emotionalen Horizonts, eine archaische Schrifttafel voll rätselhafter Hieroglyphen, deren Bedeutung sich ihr hartnäckig verschließen. Dennoch ist sie fest entschlossen, ihr Geheimnis zu entschlüsseln. Noch in dieser Nacht.

In rasender Fahrt geht es die Serpentinen des Mulholland Drive zum Freeway hinunter, den Lichtern des Valley entgegen, die nur verschwommen durch den dichten Smog dringen. Die enorm verschmutzte Luft, die durch die für Los Angeles typische Inversion am Abziehen gehindert wird, legt sich wie ein klebrig zäher Film über Toris Haut. Obwohl ihre Augen vom Fahrtwind bereits heftig tränen, drückt sie das Gaspedal noch weiter durch, und immer schneller schießt der Horizont auf sie zu.

Unter lautem Reifenquietschen hält sie schließlich neben ein paar Harley-Davidsons, die wie vorsintflutliche Monster auf dem Parkplatz einer zwielichtigen Bar aufgereiht stehen. Ohne auszusteigen, sitzt sie in ihrem Thunderbird und lauscht den Geräuschen des heißgefahrenen Motors, als wäre es das Schlagen ihres eigenen Herzens. Tiefe Traurigkeit mischt sich in ihre Wut, und sie wünscht sich, Greg wäre bei ihr – Greg, der ihr immer aufmerksam zuhört und sie als einziger so akzeptiert, wie sie tatsächlich ist. Aber Greg ist im CalTech und bereitet sich dort auf das Abschlußexamen vor.

Ich bin ganz allein, denkt Tori. Die rätselhafte Schrifttafel mit ihren unentzifferbaren Hieroglyphen kommt immer näher auf mich zu.

Sie betritt die Bar und schüttet einen Drink nach dem anderen in sich hinein. Sie ist noch minderjährig, wird aber immer für älter als achtzehn geschätzt. Zudem müßte der Barkeeper erst noch gefunden werden, der ihrer Schönheit widerstehen könnte. Noch nie ist sie nach ihrem Ausweis gefragt worden, und immer hat sie bekommen, was sie bestellt hat.

Aus der Musikbox dröhnt ›The Loco-Motion‹, und es wird wild getanzt. Ihr Blick gleitet über die allgegenwärtigen schwarzen Lederjacken, Tätowierungen, langes, fettiges Haar, breite, nietenbesetzte Gürtel und Armbänder. Ein Rocker trägt ein Lederband mit einem Minitotenkopf um den Hals. Als ihn ein Mädchen etwas fragt, befühlt er den Totenkopf lachend mit seinen Fingern und übertönt prahlerisch die Musik: »Klar ist der echt. Hat 'ner Ratte gehört, die dachte, sie könnte sich in meiner Küche einnisten.« Das Mädchen kichert, halb schaudernd, halb amüsiert. Wie gebannt starrt sie weiter den grausigen Talisman an.

Aller Blicke, auch die der Mädchen, sind auf Tori gerichtet. Sie sticht aus dieser Umgebung heraus wie eine Rose aus einem Zwiebelfeld. Jemand deutet durchs Fenster auf ihren nagelneuen Thunderbird. Sofort beginnt aufgeregtes Getuschel. Das seltsame Artefakt, vor kurzem noch am Rand ihres Horizonts, ist inzwischen so nah, daß sie es fast mit Händen greifen kann

Der einzige Mann, der noch nicht auf sie aufmerksam geworden ist, ist der Kerl mit dem Rattenschädel am Hals. Er sieht nicht gut aus, hat auch sonst nichts Anziehendes an sich, aber alles das zählt jetzt nicht. Ihn und keinen anderen will Tori haben. In ihm brennt dieses Feuer, das sie so gut kennt – und doch nicht verstehen kann: die Wut und Unrast eines Raubtiers im Käfig, eingeengt durch die Konventionen einer zutiefst verlogenen Gesellschaft. Er soll ihr Stein von Rosette werden; von ihm erwartet sie sich den Schlüssel, der ihr hilft, die Hieroglyphen ihrer lange aufgestauten Wut zu entziffern.

Er tanzt mit dem Mädchen, das ihn nach dem Totenkopf gefragt hat. In ihren Augen lodert ein Feuer, das Tori nur zu gut kennt – ein Feuer, das auch sie spüren kann. Aber bisher hat sie es unnachsichtig unterdrückt, um nur den Frieden in der heilen Welt von Dianas Garten nicht zu stören. Dieses Feuer ist etwas ganz Elementares und Unverfälschtes und steht für all das, was Tori nicht ist.

Ohne jede Vorwarnung packt Tori das Mädchen am Handgelenk, reißt es zur Seite und beginnt selbst mit dem Rocker zu tanzen. Er ist groß und riecht nach Schweiß und Leder – eine Mischung, die sie in ihrer urwüchsigen Primitivität unwiderstehlich anzieht und tiefsitzende animalische Triebe in ihr weckt.

»Hey! Was soll das?« Das Mädchen taucht wieder an ihrer Seite auf. Ihr Haar ist zerzaust, das Gesicht zu einer wütenden Maske verzerrt.

»Verpiß dich!« faucht sie Tori an. »Jetzt bin ich da!«

»›Du . . .« Unbeholfen versucht das Mädchen nach Tori zu greifen, aus der plötzlich die ganze lang angestaute Wut herausbricht. Ohne zu überlegen, schlägt Tori dem Mädchen mit der Faust ins Gesicht. Ruckartig zuckt ihr Kopf von der Wucht des Schlags zurück, bevor sie rücklings zu Boden geht.

Als wäre nichts geschehen, tanzt Tori einfach weiter mit dem Kerl. Sie hat ihm kein einziges Mal in die Augen gesehen. Das hat sie auch nicht vor. Seine Augen interessieren sie nicht.

»Hey!« brüllt er sie an. »Hey!«

Ohne darauf zu reagieren, tanzt Tori einfach weiter. Sie merkt kaum, daß er stehengeblieben ist.

»Für wen hältst du dich eigentlich?« fährt er sie an. Und dann, so beiläufig, wie man nach einer Fliege schlägt, drischt er ihr mit der Handkante gegen die Nase, daß sie bricht . . .

Völlig reglos sitzt Tori in dem schweren Ledersessel in der Bibliothek. Es ist lange her, daß sie das letzte Mal an diese Nacht im Valley gedacht hat. Weil ihre Nase danach leicht krumm war, hatte ihre Mutter sie zu ihrem Schönheitschirurgen geschickt. Nachdem sie sich jedoch die Auswahl der neuen Nasen angesehen hatte, die er ihr hätte verpassen können, hatte sie sein Sprechzimmer fluchtartig verlassen und war nie wieder dorthin zurückgekehrt. Von da an war ihre schiefe Nase ihr Markenzeichen geworden – eine ständige Reminiszenz an etwas, was sie nie gehabt hatte und mehr als alles in der Welt haben wollte.

Freiheit . . .

Um was zu sein? Sie wußte es selbst nicht. Aber Adona hatte recht gehabt: Was ihr fehlte, war echte, tief empfundene Leidenschaft. Denn ohne Leidenschaft verdiente ihr Leben diesen Namen nicht.

»Tori?« Laura Nunn steckte ihren Kopf zur Tür der Bibliothek herein. Zu einer Jeans mit glasperlenbesetzten Taschen und

Beinnähten trug sie ein schlichtes weißes Männerhemd; beides hatte sie gerade in dem irrigen Glauben, dieser legere Aufzug könnte ihr die Annäherung an ihre Tochter erleichtern, in einer der sündhaft teuren Boutiquen am Rodeo Drive gekauft. Aber selbst dieser Versuch, ihrer Tochter ein Kumpel zu sein, war nichts weiter als eine Rolle – ein Gedanke, der Tori zutiefst deprimierte.

»Ach, da bist du ja, mein Schatz! Ich dachte schon, du hättest dich in Luft aufgelöst.« Laura Nunn setzte ihr Tausend-Watt-Lächeln auf. »Da ist jemand, der dich gern sprechen würde.«

»Tatsächlich?« Tori sah von ihrem Buch auf. Sie war barfuß und trug nur ein Paar abgeschnittener Jeans und ein CalTech-T-Shirt. Ihr rechtes Bein hing lässig über die Lehne des wuchtigen Ledersessels, in dem sie es sich bequem gemacht hatte. »Aber es weiß doch niemand, daß ich hier bin.«

»Trotzdem ist er hier.«

»Wer?«

»Russell.«

»Russell wer?«

»Na, welcher Russell wohl, meine Liebe? Russell Slade.« Laura Nunn hielt ihr Lächeln so unerbittlich, als wartete sie darauf, daß der Regisseur endlich ›Schnitt!‹ rief.

»Der hat mir gerade noch gefehlt!« Wütend klappte Tori ihr Buch zu und sprang auf. »Du hast ihn doch hoffentlich sofort wieder weggeschickt oder ihm zumindest gesagt, daß ich nicht zu Hause bin?«

»Ganz im Gegenteil. Ich habe ihm zu verstehen gegeben, daß es mir eine große Freude wäre, ihn in meinem Haus begrüßen zu dürfen – was ja auch der Wahrheit entspricht. Ich habe ihm gesagt, ich würde dich gleich holen. Und jetzt . . .«

»Mutter, Russell Slade ist der Mann, der mich *gefeuert* hat!«

»Das war sicher nur ein Mißverständnis – vermutlich eine interne Angelegenheit. Ich bin jedenfalls fest davon überzeugt, daß diese Entscheidung nicht das geringste mit deinen Leistungen zu tun hatte. Du weißt ja, wie das ist, wenn plötzlich die Führung ausgewechselt wird. Dann will natürlich jeder seine eigenen Leute mitbringen. Das ist doch völlig normal. Wenn du wüßtest, wie oft ich das schon in den Studios erlebt habe. So etwas darf man auf keinen Fall persönlich nehmen.«

»Was hast du dir dabei eigentlich gedacht, Mutter? Seit meiner Entlassung vor eineinhalb Jahren habe ich mit Russell kein einziges Wort mehr gewechselt.«

»Nicht einmal, als wir letztes Jahr in Washington waren?«

»Auch da nicht.« Auch wenn es Toris Mutter nicht aussprach, war damit der Besuch in Washington gemeint, bei dem ihnen vom Präsidenten persönlich die Ehrenmedaille des Kongresses für Gregs Verdienste um das Vaterland überreicht worden war. Laura Nunn hatte den Orden zwar mit nach Hause genommen, ihn aber dort sofort in einer Schublade weggepackt. Sie sah darin weniger eine ehrenvolle Auszeichnung als eine Reminiszenz an die Tragödie von Gregs Tod.

»Ich kann wirklich nicht verstehen, warum ihr eure Differenzen nicht längst beigelegt habt«, ließ Laura nicht locker. »Er ist doch ein sympathischer Mann. Einfach ideal!« Etwas wie ein sechster Sinn ließ sie abrupt verstummen. Sie warf einen Blick über ihre Schulter zurück, und mit vor Begeisterung fast überschnappender Stimme stieß sie hervor: »Liebling, schau nur, wer da ist!«

Im selben Augenblick drängte sich auch schon Russell Slade durch die Tür der Bibliothek und raubte damit Tori jede Möglichkeit, sich der Konfrontation mit ihm zu entziehen.

»Hallo, Tori«, begrüßte er sie in einem Ton, als wäre nie etwas zwischen ihnen gewesen.

Sprachlos sah Tori für einen Moment ihre Mutter an, die ihr kurz einen flehentlichen Blick zuwarf und dann leise die Tür hinter sich schloß.

Russell Slade sah sich im Raum um. »Schon ziemlich lange her, daß ich das letzte Mal hier war. Schön, deine Mutter wieder zu sehen. Wirklich kaum zu glauben, wie gut sie immer noch aussieht.«

»Was bildest du dir eigentlich ein?« fuhr ihn Tori an. »Was willst du hier?«

»Könnte ich vielleicht etwas zu trinken haben? Die Fahrt vom Flughafen hierher war recht anstrengend.«

Ohne ihn zu fragen, was er wollte, ging Tori an die Bar und machte ihm einen Tom Collins. Als sie ihm sein Glas reichte, nickte er nur stumm. Er war mit salopper Eleganz gekleidet. Dunkelblaues Polohemd, Leinenhose, leichtes Seidensakko. Das machte Tori plötzlich bewußt, daß sie selbst barfuß und nur mit Shorts und T-Shirt bekleidet war. Allein das schien sie von vornherein in die Position der Unterlegenen zu bringen – wie ein unartiges Kind, das von seinem strengen Vater zur Rede gestellt wurde.

»Ich bin gekommen, um eine kurze Lagebesprechung mit dir abzuhalten.«

»Mit *mir*?«

Er nickte. »Jemand mußte es schließlich tun. Warum also nicht ich? Ariel Solares war einer meiner besten Leute. Da du dabei warst, als er starb, ist es gängige Standardprozedur, daß du über die näheren Umstände befragt wirst.«

»Daß ich nicht lache! Ausgerechnet du als Direktor fängst plötzlich an, persönliche Lagebesprechungen mit dem Außendienstpersonal abzuhalten.«

Ohne auf ihre sarkastische Bemerkung einzugehen, fing Slade noch einmal an: »Wie gesagt, war Solares einer meiner besten Leute. Deshalb hielt ich es für das beste, selbst mit dir zu sprechen.«

»Das kannst du jemand anderem erzählen, Russell. Du bist nur gekommen, weil ich dabei war, als es passiert ist.«

»Ich kann deinen Ärger gut verstehen, aber . . .«

»Du verstehst überhaupt nichts, was mich betrifft!« fiel ihm Tori aufgebracht ins Wort.

Slade nahm einen Schluck von seinem Tom Collins und sah sie über den Rand des Glases hinweg aufmerksam an, bevor er schließlich sagte: »Ich muß dich jedenfalls dringend sprechen.«

»Ich arbeite nicht mehr für dich.«

Seufzend ließ er sich auf das Ledersofa neben Toris Sessel nieder und griff nach dem Buch, in dem sie eben noch gelesen hatte. ›*Die Würde des Scheiterns.*‹ Er sah wieder zu ihr auf. »Ich kenne dieses Buch. Es handelt von den großen Heroen der japanischen Geschichte.« Ohne den Blick von ihr abzuwenden, ferderte er sie auf: »Tori, bitte, setz dich wieder. Ich kann natürlich verstehen, daß du wütend bist, weil ich hier einfach so hereinplatze. Aber Solares' Tod ließ mir keine andere Wahl. Das müßtest eigentlich sogar du einsehen. Tu' mir also den Gefallen und laß uns das Ganze so schnell wie möglich hinter uns bringen.«

»Wie einfach doch alles klingt, wenn man dich so reden hört.«

Tori wandte sich von ihm ab und ging noch einmal an die Bar. Sie nahm ein großes Glas, schaufelte ein paar Eiswürfel hinein, goß einen Fingerbreit Single-malt Scotch darüber und gab etwas Wasser dazu. Eigentlich wollte sie gar nichts trinken, aber sie wollte Zeit gewinnen, um ihre Fassung wiederzuerlangen.

»Als erstes möchte ich von dir wissen«, hörte sie ihn hinter sich sagen, »ob du Verletzungen davongetragen hast. Angesichts der Heftigkeit der Explosion dürfte das doch anzunehmen sein. Laut Aussagen der Polizei von San Francisco hast du jedoch jede ärztliche Hilfe abgelehnt.«

»Ganz einfach – weil ich keine gebraucht habe.« Tori nahm einen Schluck Scotch. Dann erst drehte sie sich zu ihm herum.

»Wie ich sehe, hast du nicht einmal einen Schock erlitten.« Er betrachtete sie kurz prüfend, nickte dann und sagte schließlich mehr wie zu sich selbst: »Hätte mich auch gewundert, wenn es anders gewesen wäre. Du hast ja schon immer größten Wert darauf gelegt, alles selbst in die Hand zu nehmen.«

»Erzähl mir bitte nicht wieder . . .«

»Ich weiß, ich weiß. Laß uns bitte nicht wieder damit anfangen.«

»In welche Rolle bist du eigentlich heute geschlüpft, Russ?« Tori ließ sich neben ihm auf das Sofa nieder. »In die Rolle des tollen Organisators oder in die des großen Strategen, der einen Stein nach dem anderen auf dem blutigen Feld der Ehre opfert, das er selbst nie beschritten hat? Oder sollte es etwa deine Lieblingsrolle sein: die der rechten Hand von Bernard Godwin?«

Slade nippte an seinem Tom Collins. »Die hast du doch am meisten gehaßt.« Noch während er das sagte, kamen ihm wieder Bernard Godwins Worte in Erinnerung: *Ihr Verhältnis zu Tori Nunn ist alles andere als entspannt.* »Nicht umsonst wurden wir beide in diese Rivalenrolle gedrängt. Du hast dich ebenso als Bernards potentielle Nachfolgerin gesehen wie ich. Er hat keine Kinder, und deshalb hat er uns dazu gemacht.«

Mit einem verächtlichen Schnauben ließ sich Tori in das Sofa zurücksinken. Selbst durch den Stoff ihres T-Shirts fühlte sich das Leder angenehm kühl an.

Slade stand auf und begann in der Bibliothek auf und ab zu gehen. Das war typisch für ihn. Ganz gleich, wo er war, nahm er sofort den gesamten zur Verfügung stehenden Raum in Besitz; das verhalf ihm fast automatisch zu einer gewissen Überlegenheit. Nicht umsonst ging er deshalb bei der Wahl der Orte, an denen er wichtige Besprechungen abhielt, mit der größten Sorgfalt vor.

Tori sah, wie er an dem französischen Kirschbaumsekretär vorbeikam. Scheinbar beiläufig strich er mit der Hand über die dunkle lederbespannte Platte, die Messinglampe mit dem grünen Schirm, das Zigarrenkästchen aus ziseliertem Silber, das Toris Vater von Samuel Goldwyn geschenkt bekommen hatte. Fast unvermeidlich näherten sich seine Finger dabei auch der Schatulle, die ihr Ariel Solares im Sterben in die Hand gedrückt hatte. Tori hielt den Atem an. Sie hatte nicht die Absicht, Slade von ihrer Existenz zu erzählen, weder jetzt noch in Zukunft. Sie sah in diesem Kästchen Ariels Vermächtnis, das sie hüten würde wie ihren eigenen Augapfel.

Slade wandte sich wieder Tori zu. »Was ist nun eigentlich in San Francisco passiert?«

»Das würde ich gern von dir hören.«

»Ich fürchte, ich verstehe dich nicht recht.«

»Ariel Solares war hinter mir her.«

Slade zuckte mit keiner Wimper. »Was du nicht sagst. Dann muß er, was Frauen betrifft, einen besseren Geschmack gehabt haben, als ich ihm zugetraut hätte.«

Gegen ihren Willen lachte Tori. »Eines muß man dir lassen, Russ: Du hast dazugelernt.« Sie stand auf und ging auf ihn zu. »Du weißt ganz genau, daß Ariel hinter mir her war. Weil du ihn selbst auf mich angesetzt hast.«

»Wie kommst du denn darauf?«

»Ganz einfach. Weshalb sonst wärst du persönlich hierher gekommen, um mich nach den näheren Umständen seines Todes zu befragen? Dafür gibt es nur eine Erklärung: Ariel war dir direkt unterstellt.«

»Zufällig hat Solares einen Fall der Dringlichkeitsstufe eins für uns bearbeitet. Eigentlich wollte ich schon jemand anderen damit beauftragen, mit dir zu sprechen, aber dann bin ich doch zu der Überzeugung gelangt, daß das eigentlich meine Pflicht ist – schließlich trage ich eine gewisse Verantwortung für Ariels Tod.«

»So etwas Absurdes konnte auch nur dir einfallen – die lächerliche Geste eines typischen Schreibstubenhengsts, der keine Ahnung von den Gefahren des Außendiensts hat.«

»Werde jetzt bitte nicht albern, Tori. Tatsache ist: Meine Leute tun, was sie tun, weil sie sich aus freien Stücken dazu entscheiden – nicht, weil ich sie dazu zwinge.« Er stellte sein Glas neben die Schatulle, die Ariel Tori gegeben hatte. »Das weißt du genauso gut wie ich.«

»Ich weiß nur, daß Ariel für dich gearbeitet hat und daß unser Zusammentreffen in Buenos Aires kein Zufall war. Er hat mir dort absichtlich aufgelauert.«

»Auch wenn sich das alles sehr interessant anhört, ist es trotzdem nicht richtig. Für meinen Geschmack eine Spur zu berechnend.«

Tori lachte wieder. »Was du nicht sagst.« Sie trank ihren Scotch aus. »Und weshalb war Ariel dann in Buenos Aires?«

Slade hob die Schultern. »Wie du es anscheinend siehst: um dir aufzulauern und dich in seine Fänge zu bekommen.«

»Was war zum Beispiel mit diesen Yakuza-Killern in den unterirdischen Gängen? Ariel wußte, wer sie waren und weshalb sie sich dort herumtrieben. Demnach müßtest auch du das wissen.«

»Natürlich tue ich das. Nur ist diese Sache streng geheim. Ich brauche dich wohl nicht ausdrücklich daran zu erinnern, daß du nicht mehr für mich arbeitest.«

»Gott sei Dank«, murmelte Tori. »Manchmal frage ich mich übrigens, ob du in der Zwischenzeit einen gleichwertigen Ersatz für mich gefunden hast.« Sie sah ihn lächelnd an. »Ehrlich gesagt, halte ich das für ziemlich unwahrscheinlich. Ich weiß sehr genau, daß ich über Fähigkeiten verfüge, die mich unersetzlich machen.«

Slade lehnte sich zurück und sah an die Decke. »Darüber magst du denken, was du willst – trotzdem bin ich davon ausgegangen, du seist dir darüber im klaren, welch wichtige Rolle du bei der Auffindung von Solares' Mördern spielst.« Er legte eine gewichtige Pause ein. »Wenn du schon nicht bereit bist, uns zu helfen, warum tust du es dann nicht wenigstens für ihn?«

Tori lächelte. »Für wie blöd hältst du mich eigentlich, Russell? Glaubst du tatsächlich, mit der Masche kämst du bei mir noch durch? Einfach kurz an den Teamgeist appellieren und sehen, ob ein Dummer darauf hereinfällt?«

»Ich glaube, du verstehst mich völlig falsch. Du hältst mich doch hoffentlich nicht wirklich für so berechnend und zynisch?«

Tori stand auf, ging noch einmal an die Bar und schenkte sich ein Glas Mineralwasser ein. »Wie geht es Bernard?« fragte sie. »Hat er sich weiterhin aus dem aktiven Dienst zurückgezogen?«

»Von wegen zurückgezogen!« Slade faßte sie scharf ins Auge. »Bernard nimmt nach wie vor eine Art inoffizieller Beraterfunktion ein – eine Regelung, die übrigens sehr zur Zufriedenheit aller Beteiligten ist.«

»Bestelle ihm bitte schöne Grüße von mir.«

»Selbstverständlich.« Slade zog ein kleines Tonbandgerät aus der Innentasche seines Jacketts und schaltete es ein. »Könnten wir jetzt das Ganze endlich hinter uns bringen?«

»Na schön«, nickte Tori. »Ich werde dir alles sagen, was ich weiß.«

Als sie geendet hatte, fragte Slade: »War das auch wirklich alles?«

Tori nickte. Allerdings hatte sie ihm nichts von der Schatulle erzählt, die ihr Ariel gegeben hatte – oder daß sie mit ihm geschlafen hatte.

Slade schaltete das Tonbandgerät wieder aus. »So, das hätten wir«, erklärte er in einem Ton, als hätte er gerade alle nötigen

Formalitäten für eine Beerdigung erledigt. »Glaubst du, wir könnten uns wenigstens auf eine Art Waffenstillstand einigen?«

»Wie kommst du darauf, das sei nötig?« erwiderte Tori und stand auf.

Doch als sie an ihm vorbeiging, legte er behutsam seine Hand auf ihre linke Hüfte und sagte: »Wie geht es dir denn wirklich?«

Tori versetzte sich in *prana*; sie atmete tief und ruhig. Trotzdem brauchte sie eine Weile, bis sie ihre Fassung wiedererlangt hatte. Jede Sekunde, die sie in peinlichem Schweigen verstreichen ließ, trug ein Stück mehr zu Russell Slades stillem Triumph über sie bei. »Eigentlich denke ich kaum mehr an diese Geschichte«, log sie.

»Ein gutes Zeichen«, meinte er. »Du bist also schon darüber hinweggekommen.« Er zog seine Hand zurück, aber sie rührte sich nicht von der Stelle. »Nur noch eine Frage: Sind eigentlich deine Fähigkeiten durch den, äh, Zwischenfall beeinträchtigt worden?«

Plötzlich fiel es ihr wie Schuppen von den Augen. Die kleinen scheinbar disparaten Mosaiksteinchen, die sie bis jetzt in keinen schlüssigen Zusammenhang hatte bringen können, fügten sich mit einem Mal zu einem sinnvollen Ganzen zusammen. Sie drehte sich um und sah Slade durchdringend an. »Du hast Ariel also nicht nur auf mich angesetzt, um mich wieder für den Geheimdienst zu gewinnen; er sollte mich auch auf die Probe stellen. Ist es nicht so? Das war der Grund, weshalb er mich in diese unterirdischen Gänge hinabgelockt hat. Er wußte ganz genau, daß wir dort auf diese Japaner treffen würden. Das war auch der Grund, weshalb er die ganze Zeit nicht eingegriffen hat – um mir Gelegenheit zu geben, meine Fähigkeiten unter Beweis zu stellen. Wie eine Ratte bei einem Labortest.« Sie sah ihn fassungslos an. »So war es doch?«

»Deine Fantasie ist jedenfalls noch immer so blühend wie eh und je.« Lächelnd steckte Slade das Tonbandgerät wieder ein. »Aber zu deiner Beruhigung: Ich habe keine Ahnung, weshalb dich Solares in die unterirdischen Gänge geführt hat. Im Gegenteil, ich finde sein Vorgehen sogar unverzeihlich – dich in eine extreme Gefahrenzone mitzunehmen! So etwas stellt einen strikten Verstoß gegen die Sicherheitsbestimmungen dar. Kein Wunder, wenn ihn diese Unachtsamkeit am Ende sogar das Leben gekostet hätte.«

»Ich halte es für reichlich deplaziert, Russ, im nachhinein die Schuld auf Ariel abzuwälzen.« Sie sah Slade finster an. »Es hat keinen Sinn, mir etwas vorzumachen. Du hast nicht die leiseste Ahnung, warum oder von wem Ariel ermordet worden ist – sonst wärst du nicht hierher gekommen, um mit mir zu sprechen.« Nein, mein Lieber, dachte sie, du bist hier, weil du mich dringend *brauchst.* Ich habe die Aufnahmeprüfung bestanden, und jetzt willst du, daß ich wieder für dich arbeite.

Slade schüttelte den Kopf. »Wenn du dich nach dem Zwischenfall wenigstens von unseren Spezialisten hättest behandeln lassen! Begreifst du denn noch immer nicht, daß du die Aufdekkung unseres gesamten Agentennetzes riskiert hast, als du dich von diesen japanischen Ärzten hast behandeln lassen? Bei diesen Leuten war doch in keiner Weise gewährleistet, daß sie auch wirklich dichthalten würden. Durch dein Verhalten hast du mir gar keine andere Wahl gelassen, als dich unverzüglich abzustoßen. Letzten Endes hast du dir das alles nur selbst zuzuschreiben.«

»Was ich getan habe, habe ich nur zu meinem Besten getan«, erklärte Tori bestimmt. »Ich wußte absolut nichts über *deine* Spezialisten; um so besser kannte ich dafür die *meinen.* Es sind Freunde von mir, ganz zu schweigen davon, daß es wohl auf der ganzen Welt keine besseren Spezialisten auf diesem Gebiet gibt.«

»Das mag ja alles schön und gut sein, aber . . .«

»Wann willst du endlich einmal begreifen?« Entnervt schüttelte Tori den Kopf. »Ohne diesen Körper und ohne seine außergewöhnlichen Fähigkeiten wäre ich ein Nichts. Wenn ich sie verloren hätte, wäre das kein Leben mehr für mich gewesen.«

»Ich kann deine Sorge um deinen Körper sehr gut verstehen, Tori. Trotzdem hätten unsere Leute ihre Sache sicher genauso gut gemacht wie deine japanischen Chirurgen, und vor allem hätten sie nicht das geringste Sicherheitsrisiko dargestellt. Nicht auszudenken, was du ihnen unter Narkose alles hättest verraten können. Schließlich mußte ich dabei an *alle* meine Leute denken, nicht nur an dich.«

»Das hört sich zwar überzeugend an«, mußte ihm Tori zugestehen. »Trotzdem nehme ich es dir nicht ab. Du hast es verstanden, dir diesen Zwischenfall geschickt für deine Zwecke zunutze zu machen, aber er war nicht der wirkliche Grund, weshalb du mich gefeuert hast. In einem Punkt hast du jedenfalls recht. Wir waren tatsächlich wie Kinder für Bernard. Du hast in mir eine gefährliche Konkurrentin gesehen. Deshalb wolltest du mich aus dem Weg haben. Schließlich verhält es sich auch mit dem Geheimdienst nicht anders als wie mit allen anderen Berufen: Er ist eine reine Männerangelegenheit, in der für Frauen eigentlich kein Platz ist.«

»Sonderliche Führungsqualitäten hast du auch tatsächlich nie bewiesen«, versetzte Slade sarkastisch. »Jetzt übernimmst du nicht einmal mehr Außendienstmissionen. Dieses Leben muß dir doch auf die Dauer ziemlich langweilig werden.« Er sah sie durchdringend an. »Was deine Hüfte betrifft . . .«

»Die Prothese, die mir die japanischen Chirurgen eingesetzt haben, ist aus einem Material, das wesentlich dauerhafter ist als menschlicher Knochen. Außerdem ist es zehnmal so elastisch und hundertmal widerstandsfähiger.« Sie bedachte ihn mit einem eisigen Lächeln. »Und da du schon danach gefragt hat: Selbst an Tagen mit naßkalter Witterung spüre ich keine Schmerzen, nicht einmal ein leichtes Reibungsgefühl – nichts, was darauf hindeuten könnte, daß einmal meine ganze Hüftpartie gebrochen war. Ich bin sogar noch beweglicher als vor dem Zeitpunkt, zu dem mir die Prothese eingesetzt wurde.«

»Jedenfalls scheinst du die Situation in diesen unterirdischen Gängen hervorragend gemeistert zu haben.« Das war seine Art zu sagen, daß er ihr glaubte. Zugleich bestätigte er damit jedoch auch ihren Verdacht, daß Ariel den Auftrag gehabt hatte, sie auf die Probe zu stellen.

Sie sah Slade forschend in die Augen. »Du wirst nie zugeben können, daß ich völlig richtig gehandelt habe, als ich mich von meinen japanischen Freunden behandeln ließ und nicht von euren Spezialisten.«

»Darum geht es doch gar nicht. Entscheidend war in diesem Zusammenhang vielmehr, daß du dich – wie schon einige Male zuvor – ganz von deinen Gefühlen hast leiten lassen anstatt von deinem Kopf. Und was noch schlimmer ist: Du warst dir in keiner Weise bewußt, mit welchem Sicherheitsrisiko es verbunden war, dich von Ärzten behandeln zu lassen, die nicht dem Geheimdienst unterstanden. So leid es mir tut – aber du hast mir gar keine andere Wahl gelassen.«

»Wie gut du es doch verstehst, im nachhinein alles so hinzudrehen, wie es dir in den Kram paßt.«

»Jeder von uns glaubt nur, was er glauben möchte, Tori.«

»Außer Bernard.«

»Da überschätzt du Bernard aber gewaltig. Aber das ist kein Wunder – schließlich hat er dich angeworben. Er war dein Mentor. Allerdings hat Bernard die Zügel längst an mich weitergereicht. Das konntest – oder wolltest – du leider nie verstehen. Du hast mir von Anfang an mißtraut.«

»Mir war einfach deine berechnende Art zuwider, andere Menschen für deine Zwecke einzuspannen.«

Slade lächelte. »Du vergißt, daß Bernard Godwin auch mein Mentor war.«

Darauf trat längeres Schweigen ein. Diese Pause nutzte Tori, um sich über die neue Richtung, die das Gespräch plötzlich genommen hatte, klar zu werden. Schließlich sagte sie: »Tut mir leid, Russ, aber es gibt nichts, wodurch du mich dazu bewegen könntest, meine Entscheidung rückgängig zu machen.«

»Welche Entscheidung?«

»Nicht mehr für den Geheimdienst zu arbeiten.«

»Das ist nicht der Grund, weshalb ich dich aufgesucht habe.«

»Tatsächlich nicht?« Um Toris Lippen hatte sich ein ironisches Lächeln gelegt. Insgeheim hatte ihr Herz jedoch längst schneller zu schlagen begonnen. »Um so besser für dich. Dann hast du den weiten Weg zumindest nicht umsonst auf dich genommen.«

»Gut, daß du mich daran erinnerst«, sagte Slade. »Ich wollte deine Gastfreundschaft auf keinen Fall überstrapazieren.«

»Du hast sowieso keinerlei Anspruch darauf.«

Er lachte. »Jedenfalls vielen Dank für den Drink. Du warst eine perfekte Gastgeberin.«

Tori sagte nichts.

»*À bientôt*«, verabschiedete sich Slade. Bis zum nächsten Mal.

»Da kannst du lange warten.«

Die Bibliothek, in der man sich im hellen Licht des Tages geborgen fühlte, war inzwischen von den langen Schatten der Dämmerung durchzogen; das Nahen der Nacht ließ sie düster und abweisend erscheinen.

Zusammengekrümmt saß Tori in dem wuchtigen Ledersessel; sie konne Russell Slades Anwesenheit noch ganz deutlich spüren. Für einen Moment überkam sie heftige Panik. Ihre Hüfte! Hoffentlich hatte Russell ihrer Mutter nichts davon erzählt. Tori hatte ihren Eltern bisher verschwiegen, daß sie einen Unfall gehabt hatte und daß ihr anschließend ein künstliches Hüftgelenk eingesetzt worden war. Sie konnte sich gut vorstellen, wie Russell zu ihrer Mutter sagte: Es freut mich für Sie, Mrs. Nunn, daß sich Ihre Tochter wieder so gut von den Folgen ihres Unfalls erholt hat. Aber dieses Risiko wäre er vermutlich nie eingegangen. Da er ganz auf Sicherheit bedacht war, hatte Russell noch nie ein Wort zuviel verloren. Er war der vollendete Spion; seine Art, die Unwahrheit zu sagen, beschränkte sich fast ausschließlich aufs Verschweigen.

Nachdem sich ihre Befürchtungen wieder zerstreut hatten, stand Tori auf und ging zum Schreibtisch. Behutsam griff sie nach der Schatulle, die ihr Ariel im Sterben in die Hand gedrückt hatte. Sie klappte sie auf, nahm ein Farbfoto heraus und sah es lange an. Es war ein Schnappschuß von Ariel, eindeutig jüngeren Datums, vermutlich erst wenige Wochen vor seiner Abreise nach Buenos Aires aufgenommen. Im Hintergrund waren Bäume, ein Weg, ein paar Bänke zu erkennen; vermutlich einer der kleinen Parks von San Francisco. In der Ferne glaubte Tori im Dunst sogar den Russian Hill ausmachen zu können. Demnach mußte der Park in unmittelbarer Nähe von Ariels Haus gelegen sein. Sein Gesicht lag zwar halb im Schatten, aber die Aufnahme mußte an einem sonnigen Tag gemacht worden sein, da seine Augen wegen der Helligkeit zusammengekniffen waren. Er lächelte. Unmittelbar hinter ihm war etwas zu sehen, das wie eine bronzene Sonnenuhr aussah; dahinter spielte ein Kind. Am Rand des Bilds kam ein Paar auf den Fotografen zu, und etwas mehr im Vordergrund war ein einzelner Mann zu sehen. Alle drei Personen waren jedoch zu weit entfernt, um ihre Gesichter erkennen zu können.

Unzählige Male hatte Tori den Schnappschuß schon aus der Schatulle hervorgeholt und nach Anhaltspunkten abgesucht, weshalb ausgerechnet dieses Foto so wichtig war, daß Ariel es ihr im Augenblick seines Todes in die Hand gedrückt hatte. Doch sie konnte nichts Ungewöhnliches darauf entdecken. Es war nichts weiter als ein Foto von einem Mann in einem Park. Ariel. War das alles, was von ihm bleiben würde – sein ganzes Vermächtnis?

Ein leises Klopfen an der Tür, und Laura Nunn betrat die Bibliothek. »Liebling, es ist schon spät. Das Abendessen steht bereits auf dem Tisch.«

Tori sah auf ihre Uhr. »Aber es ist doch erst halb sieben.«

Laura Nunn lächelte. »Halb acht. Heute morgen wurden die Uhren umgestellt – wegen der Sommerzeit.« Sie legte den Kopf zur Seite. »Du bist sicher hungrig.«

Tori legte das Foto von Ariel beiseite und sagte: »Ich komme halb um vor Hunger.«

Apropos Zen-Polizisten, dachte Tori, als sie sich ein paar Stunden später auf ihr Zimmer zurückgezogen hatte. In ihrem Leben gab es eine große Vaterfigur: Bernard Godwin. Die Begegnung mit ihm hatte ihr Leben von Grund auf verändert – wie ein Blitz, der direkt neben ihr eingeschlagen hatte, oder eben wie ein Zen-Polizist.

Sie saß an ihrem Art-deco-Schminktisch, einem Geschenk ihrer Mutter. Ganz deutlich konnte sich Tori noch daran erinnern, wie sie ihr vor diesem Tisch mit bunten Bändern das Haar hochgebunden hatte, um die Tochter zum perfekten Ebenbild der Mutter zu machen. Schaudernd fuhr Tori mit der Bürste durch ihr dichtes Haar. Beim Anblick des Gesichts, das ihr aus dem Spiegel entgegenstarrte, stiegen Erinnerungen an längst vergangene Zeiten in ihr auf . . .

Vor fast zehn Jahren war sie, wie man es damals nannte, ein schwieriges Kind gewesen; im Japan des sechzehnten Jahrhunderts hätte man das einen Ronin genannt, einen herrenlosen Samurai.

Das waren die Zeiten gewesen, in denen sich Tori mit Vorliebe in den zwielichtigen Bars herumgetrieben hatte, in denen das Treibgut der Tokioter Gesellschaft gestrandet war.

Es hatte damals so viele unerforschte Stellen in Toris Bewußtsein gegeben, daß sie den Schlaf mit allen Mitteln mied. Im Zustand der Ruhe, wenn die Kontrolle durch ihr Bewußtsein ausgeschaltet war und sich mit einem Mal die dunkle Welt ihres Unbewußten Geltung verschaffte, wurde sie unweigerlich mit Dingen konfrontiert, die sie lieber für immer von sich ferngehalten hätte. Ihr Leben war in dieser Zeit ein fortwährender Tanz am Abgrund des Todes. Nur das verlieh ihr das Gefühl, überhaupt am Leben zu sein.

Sie hatte damals auch nie so etwas wie Heimweh verspürt. Natürlich vermißte sie ihren Bruder Greg, aber das war in ihren Augen völlig normal. Dagegen verspürte sie nicht das leiseste Bedürfnis, ihren Vater wiederzusehen und von ihm vielleicht doch noch einmal das Gefühl vermittelt zu bekommen, daß er auch ihre Leistungen zu schätzen wußte und auf sie genauso stolz war wie auf Greg. In einer Familie, in der sich alles immer nur um Greg, den großen Piloten und Astronauten, drehte, war für sie nie Anerkennung abgefallen. Irgendwann hatte sie deshalb lieber alle Hoffnung aufgegeben, als sich immer wieder aufs neue bitter enttäuschen zu lassen.

Tatsache war allerdings, daß Tori ihren Vater genauso abgöttisch liebte und bewunderte wie ihren Bruder Greg. Nur hätte sie sich das nie eingestanden. Eigentlich waren sich Vater und Sohn sehr ähnlich. Doch Toris brennender Wunsch, von ihrem Vater wenigstens etwas Anerkennung zu finden, machte es ihr unmöglich, ihn genauso objektiv zu beurteilen wie Greg.

Das Seltsame daran war, daß sie es ihrem Bruder nie zum

Vorwurf machte, daß er ständig im Mittelpunkt stand und die Liebe und Anerkennung seiner Umgebung so sehr auf sich lenkte, daß für sie nichts mehr abfiel. Auf einen derartigen Gedanken wäre Tori nie gekommen. Vielleicht liebte und bewunderte sie Greg tatsächlich so vorbehaltlos, daß sie einfach unfähig war, etwas Schlechtes über ihn zu denken. Gewiß, sie beneidete ihn um sein enges Verhältnis zu ihrem Vater. Doch so sehr sie unter dieser Zurücksetzung auch litt, gab sie daran immer nur ihrem Vater die Schuld, nie Greg.

Aber wie hätte sie diese ungleiche Verteilung der Liebe ihres Vaters auch ihrem Bruder anlasten sollen? Schließlich war Greg ihr einziger Verbündeter in den Auseinandersetzungen mit ihren Eltern; ihn aus ihrem Herzen zu verbannen, hätte für sie geradezu lebensbedrohliche Ausmaße annehmen können.

Aber sobald Greg einmal nicht mehr zu Hause lebte, kannte Tori nur noch einen Wunsch: Los Angeles und alles, was sie damit verband, so weit wie möglich hinter sich zu lassen.

Japan.

Dort wartete ein Feuer auf sie, das im Dunkel ihrer Nacht geduldig brannte.

Vielleicht hatte der *sensei* dieses Dunkel in ihr gespürt. Allerdings hatte er sich nicht dazu geäußert. Der *sensei* glaubte vor allem an harte Arbeit. Disziplin, hatte er Tori einmal gesagt, ist die Lösung jedes Problems.

Entweder hatte er sich in diesem Punkt getäuscht, oder Tori war die wahre Bedeutung dessen, was er damit sagen wollte, entgangen. Jedenfalls schloß Tori – übrigens als einzige Frau – die harte Ausbildung in seiner Schule erfolgreich ab, ohne daß sie je die Konfrontation mit den Gespenstern, die in den dunklen Winkeln ihres Wesens lauerten, gesucht hätte.

In dieser geistigen Verfassung war sie Bernard Godwin begegnet: unberechenbar, die Nerven zum Zerreißen gespannt, auf einer ständigen Gratwanderung zwischen Leben und Tod und geradezu süchtig nach dem Kitzel der Gefahr.

Wenn sie an die näheren Umstände ihrer ersten Begegnung mit Bernard Godwin zurückdachte, war immer das herausragendste Moment, daß er ihretwegen beinahe ums Leben gekommen wäre.

Er hatte sie in einem *akachochin* mit dem klangvollen Namen ›The Happily Ever After‹ kennengelernt. Die Bar lag im falschen Teil von Nihonbashi – weiß Gott, wie Bernard sich dorthin verirrt hatte. Wenn man seinen Fuß über die Schwelle dieses Bumsladens setzte, war das, als würde man vom Mahlstrom der Verderbnis erfaßt.

Damals machte Tori ein Yakuza-Unterboß den Hof, der wegen seiner hünenhaften Gestalt den Spitznamen Godzilla hatte. Was Tori jedoch vor allem an ihm reizte, waren seine Tätowierungen. Seine Haut war übersät von wild züngelnden Flammen – ein reinigendes Feuer, das alles verschlang, was sich ihm in den Weg stellte: Götter, Dämonen, Fabelwesen und tollkühne Schwertkämpfer.

Kurz bevor Bernard Godwin die Treppe des ›Happily Ever After‹ herabgestiegen kam, war Tori gerade über einem Brief an ihren Bruder gesessen: *Es geht mir gut, Greg. Ich strenge mich mächtig an.* Dabei sah sie lächelnd zu Godzilla auf, ihrem japanischen Gangster mit dem flammenumzüngelten Körper. Mein Gott, dachte sie, es gibt nichts, wovor Godzilla zurückschrekken würde. Er ist mit allen Wassern gewaschen. Und er gehört ganz mir.

Und plötzlich war Bernard Godwin an ihrem Tisch aufgetaucht und hatte sich ihr vorgestellt. Nicht gerade im günstigsten Augenblick, wie man sagen muß. Weder Tori noch Godzilla wollte in diesem Moment gestört werden. Als Bernard Godwin dann auch noch damit anfing, daß er Tori etwas Wichtiges zu sagen hätte und sie doch einen Moment mit ihm nach draußen kommen sollte, war plötzlich der Teufel los.

Godzilla war nicht nur riesengroß, sondern auch blitzschnell. Das war seine Stammkneipe. Hier hatte es noch keiner gewagt, ihm dumm zu kommen. Und nun kam dieser alte Amerikaner daher und glaubte, sich aufspielen zu müssen. Ohne lange zu fackeln, packte der Yakuza Godwin am Kragen und begann ihn so heftig zu schütteln, daß ihm fast die Zähne herausfielen.

»Hör auf!« fuhr Tori dazwischen.

Aber Godzilla hörte nicht auf sie. Statt dessen blitzte eine kleine Klinge in seiner linken Hand auf und schnellte auf Godwins Kehle zu.

Tori blieb keine andere Wahl. Sie stieß Godzilla ihre abgewinkelten Fingerknöchel in den Bauch und rammte ihm das Knie in den Unterleib. Darauf geschah erst einmal einen Augenblick lang nichts. Dann begannen Godzillas Augen zu tränen, sein Unterkiefer sackte nach unten, und er ließ Godwin auf den nicht gerade sauberen Boden fallen.

Tori zögerte nicht lange. Sie faßte Godwin unter und verließ fluchtartig mit ihm das Lokal.

In Roppongi, am anderen Ende der Stadt, in einer wesentlich respektableren Umgebung, betraten sie ein vierundzwanzig Stunden geöffnetes Sushi-Restaurant. Auf dem Schild über der Tür war ein runder, stachliger Fisch abgebildet.

»Ich nehme doch an, Sie laden mich ein«, sagte Tori, als sie an einem der Tische Platz nahmen. »Das sind Sie mir schuldig.«

»Es ist mir sogar ein ausgesprochenes Vergnügen«, erwiderte Godwin und verneigte sich dabei auf eine altmodische, aber der Situation durchaus angemessene Weise. Zu Toris Überraschung schien ihn das kleine Abenteuer keineswegs aus der Fassung gebracht zu haben.

Tori bestellte für sie beide: erst Babyaal, dann verschiedene Sushi, unter anderem mit Abalone, Fliegende Fische-Rogen, Seeigel und als krönenden Abschluß gegrillten *fugu*. Das tat sie natürlich nicht ohne Hintergedanken – der bekannte Japantest, dem auch Tori nach ihrer Ankunft unterzogen worden war. Warum also nicht auch Bernard Godwin? Ganz bewußt hatte sie ihn in eines der Restaurants geführt, die über eine Lizenz verfügten, den berühmt-berüchtigten Kugelfisch zu servieren, dessen Genuß bei unsachgemäßer Zubereitung tödliche Folgen haben konnte.

Zur Begrüßung bekamen sie dampfend heiße Handtücher überreicht. Dann wurde der Sake serviert. Als sie bei der zweiten Flasche angelangt waren, wurde der Babyaal aufgetragen – winzige, weiße Würmer in einer klaren Brühe. So wenig appetitanregend die kleinen Aale aussahen, so köstlich schmeckten sie. Tori sprach ihnen jedenfalls mit sichtlichem Appetit zu – und war etwas enttäuscht, als auch Bernard Godwin zugriff, ohne mit der Wimper zu zucken. Aber warte nur, dachte sie nicht ohne einen Anflug von Schadenfreude, das Beste kommt noch.

Alle Sushi, die sie bestellt hatte, waren mit Lebensmitteln zubereitet, die einer gewissen Gewöhnung bedurften, um ihre geschmacklichen Qualitäten wirklich schätzen zu können. So war es zum Beispiel ein offenes Geheimnis, daß selbst viele Japaner Seeigeln nichts abzugewinnen wußten. Um jedoch Besucher aus dem Ausland zu beeindrucken und ihnen die Überlegenheit und Einzigartigkeit ihrer Kultur zu demonstrieren, aßen sie sie trotzdem und taten dabei so, als handelte es sich um die köstlichste Delikatesse.

Zu Toris wachsender Verärgerung machte sich Godwin auch über die Sushi mit erstaunlicher Kaltschnäuzigkeit her. Er bat sogar um etwas mehr eingelegten Ingwer und *wasabi*, den höllisch scharfen grünen Rettich.

»Ich habe einmal gelesen«, bemerkte er dazu, »daß der Ingwer als natürlicher Schutz gegen schädliche Mikroorganismen dient, die der rohe Fisch unter Umständen enthalten könnte. Haben Sie davon auch schon gehört?«

Das verneinte Tori.

Als der *fugu* kam, erklärte sie ihm erst einmal, worum es sich dabei handelte. Godwin warf einen kurzen Blick auf den Fisch und machte sich dann achselzuckend darüber her. Als sie beide fertig waren und Tori die sechste Flasche Sake bestellt hatte, sagte er: »So, nun hätten Sie vielleicht die Güte, mir zu verraten, wie ich abgeschnitten habe.«

»Wie bitte?«

»Ich meine in dem Test, dem Sie mich eben unterzogen haben. Habe ich ihn bestanden?«

Tori sah ihn kurz an und fing dann zu lachen an, bis ihr die Tränen kamen. »Mein Gott«, prustete sie schließlich heraus. »Sie sind wirklich unschlagbar.«

»Komisch«, erwiderte Godwin völlig ernst. »Genau dasselbe habe ich eben über Sie gedacht.«

Anschließend nahm ihn Tori in ihre Wohnung mit – im Grunde genommen nur ein winziges Zimmer in einem häßlichen Gebäude, das aussah wie eine hochkant gestellte Packung Kekse. Trotz aller Enge war es dort sehr gemütlich.

Godwin schien jedenfalls nichts daran auszusetzen haben. Überhaupt war er ein ungewöhnlicher Mensch. Unwillkürlich fühlte sich Tori durch ihn an Julius Cäsar erinnert: das markante Gesicht, beherrscht von der langen aristokratischen Nase, das energische Kinn, der gebieterische Blick des geborenen Befehlshabers, streng und doch humorvoll. Es war ein gutes Gesicht, einschüchternd und zugleich mild. Und dem, der es richtig zu lesen verstand, schien dieses Gesicht zu sagen: Wenn du mein Freund bist, werde ich immer für dich da sein; doch wenn du mein Feind bist, werde ich dich vernichten, ohne daß du dir dessen überhaupt bewußt wirst.

Erst viel später sollte sie auch die Hinterlist in diesen strahlend blauen Augen entdecken, die dort lauerte wie ein abgebrochener Pfahl unter der Wasseroberfläche.

Tori nahm zwei Flaschen Kirin-Bier aus dem Kühlschrank, öffnete sie, reichte Godwin eine. Es gefiel ihr, daß es ihm nichts ausmachte, aus der Flasche zu trinken. Er trug eine dunkelblaue Hose, ein Polohemd in derselben Farbe, eine Jacke aus weichem, schokoladenbraunem Lammleder und auf Hochglanz polierte John-Lobb-Schuhe, die beim Gehen nicht den leisesten Laut von sich gaben.

Tori mochte die Art, wie er sich bewegte – ohne Hast, aber geschmeidig und zielstrebig. Nichts war ihm anzumerken von all den gängigen Marotten und Manierismen eines jungen Mannes, noch weniger von denen eines alten. Ganz im Gegenteil. Wie es schien, hatte Bernard Godwin seine Jahre gut genutzt und aus vielen Quellen gelernt. Das fand Tori sehr ungewöhnlich. Überhaupt ging von diesem Mann eine nachhaltige Faszination aus. Nachdem sich jedoch gezeigt hatte, wie mühelos er sie durchschaute, hütete sie sich, ihn das merken zu lassen. Eines stand jedenfalls fest: Er wollte etwas von ihr. Im Augenblick standen seine Chancen ziemlich gut, daß er es bekam. Aber den Preis wollte sie bestimmen.

»Sie wollten mir doch einen Vorschlag machen.« Tori kam auf den eigentlichen Grund seines Besuchs zurück und ließ sich neben ihm auf den zusammengerollten Futon nieder, der ihr zugleich als Sofa und Bett diente.

»Ach ja, richtig.« Godwin hatte seine langen Beine von sich gestreckt und an den Knöcheln übereinandergeschlagen. Seine Lider wirkten schwer, als beginne er nun doch den Sake zu spüren. »Es handelt sich dabei um etwas, das Sie sicher interessieren dürfte.«

»Erst würde ich gern wissen, wie Sie ausgerechnet auf mich kommen.«

Godwin nahm einen Schluck Bier. »Die Yakuza nennen Sie das ›Wilde Kind‹, aber es gibt auch Leute, bei denen Sie unter dem Namen ›Weiblicher Ronin‹ bekannt sind.« Er drehte den Kopf zu ihr herum und sah sie an. »In gewissen Kreisen scheinen Sie fast so etwas wie eine Berühmtheit zu sein.«

»Ein Star sozusagen.« Tori stand auf und schaltete die Stereoanlage ein. Jefferson Airplane. Stampfender Rhythmus, psychedelisch fließende Harmonien. Und darüber sang Grace Slick ›White Rabbit‹. Ja, dachte Tori, zeig's ihnen nur, Grace. Wer konnte schon ahnen, welche Bösartigkeiten in den Herzen der Männer lauerten?

Als Tori sich wieder neben Godwin setzte, sagte sie: »In welchen Kreisen?«

»In meinen Kreisen«, antwortete er mit schläfriger Stimme. »Und vermutlich auch in Ihren.« Er nuckelte an seinem Bier.

»Was Sie nicht sagen. Wie kommen Sie denn darauf?«

»Soll ich ganz offen mit Ihnen reden? Gut. Sie sind eine ebenso talentierte wie ungebärdige junge Frau, die nach einer Richtung, einem Ziel sucht. Deshalb sind Sie im Augenblick geradezu süchtig nach dem Kitzel der Gefahr. Kein Risiko ist Ihnen zu groß, solange es Ihnen nur das Gefühl verleiht, am Leben zu sein. Deshalb machen Sie auch keinen Unterschied, wofür Sie dieses Risiko eingehen. Ich bin hier, um Ihnen klarzumachen, daß es sehr wohl einen Unterschied macht, wofür Sie solche Risiken eingehen. Einen ganz gewaltigen sogar.«

»Warum?«

Darauf sagte Godwin erst einmal eine Weile nichts. Schließlich beugte er sich vor, stellte die Bierflasche auf den hypermodernen Couchtisch aus Glas und Eisen und stützte die Ellbogen auf seine Knie. »Es ist schon lange her«, begann er schließlich, »daß ich einen jungen Mann kannte, der etwa so alt war wie Sie – vielleicht sogar ein paar Jahre jünger. Seine Mutter war gerade gestorben, und bei ihrem Begräbnis kannte er nur den einen Wunsch: daß auch sein Vater noch erscheinen würde, um ihr – und sei es auch nur für eine Minute – die letzte Ehre zu erweisen.

Der Vater des jungen Mannes hatte seine Frau verlassen, als dieser gerade fünf Jahre alt war. Ob das daran lag, daß er sich in eine andere verliebt hatte oder es einfach nicht lange bei einer Frau aushielt, kann ich nicht sagen. Jedenfalls hatte der junge Mann seinen Vater in all den Jahren kein einziges Mal mehr gesehen. In seiner Verbitterung und Enttäuschung hatte er auch immer geglaubt, daß er das gar nicht wollte.

Doch als der Geistliche nun am Grab seiner Mutter von dem angeblich so erfüllten Leben der Verstorbenen sprach, konnte ihn das nicht darüber hinwegtäuschen, daß das alles nur eine fromme Lüge war. Gleichzeitig wurde ihm klar, daß er seinen Vater unbedingt noch einmal sehen mußte.

Kurz nachdem seine Mutter also zu Grabe getragen worden war, fuhr der junge Mann nach Chicago, wo sich sein Vater inzwischen niedergelassen hatte. Er aß in einem großen Restaurant für Schwarze in der South Side zu Mittag. Die schwarze Bedienung hatte Holzasche im Haar. Dann ging er zu Fuß zu dem Gebäude, in dem sein Vater arbeitete.

Sein Vater war Zeitungsreporter, und als sein Sohn in der Redaktion nach ihm fragte, sagte man ihm, er wäre gerade auf Recherche unterwegs. Niemand wußte genau, wo er war oder wann er zurückkommen würde.

Der junge Mann erklärte, er wäre der Sohn des Reporters und hätte seinen Vater schon Jahre nicht mehr gesehen; er wollte deshalb auf ihn warten. Niemand hatte dagegen etwas einzuwenden.

Man zeigte ihm den Schreibtisch seines Vaters. Er setzte sich in den alten, abgewetzten Drehstuhl, der bei der leisesten Bewegung durchdringend zu quietschen begann.

Das Chaos auf dem Schreibtisch seines Vaters erinnerte ihn unwillkürlich an das Chaos, das er im Leben seiner Mutter hinterlassen hatte. Beim Anblick der alten IBM-Schreibmaschine mußte er daran denken, wie oft sich seine Mutter danach gesehnt hatte, etwas von seinem Vater zu hören, und seien es auch nur ein paar Zeilen. Jedesmal ließ der morgendliche Gang zum Briefkasten stille Hoffnung in ihr aufkeimen. Um so niedergeschlagener kehrte sie danach wieder zurück. Ihrem Sohn blieb das nicht verborgen. Er litt darunter fast ebensosehr wie sie.

Dieser junge Mann zog nun, eine nach der anderen, die Schubladen im Schreibtisch seines Vaters heraus – gerade so, als hoffte er, darin die Geister der Vergangenheit zu entdecken, nach denen er sich auf die Suche gemacht hatte. In der untersten Schublade stieß er schließlich unter einer Packung Papiertücher auf ein gerahmtes Foto, auf dem seine Mutter und er selbst als kleiner Junge abgebildet waren. Er konnte sich nicht mehr erinnern, wann die Aufnahme gemacht worden war. Unsicher, ob der kleine Junge auf dem Foto überhaupt er war, legte er es wieder an seinen Platz zurück.

Die Zeit verging. Es wurde Abend. Der junge Mann schlief am Schreibtisch seines Vaters ein. Als er erwachte, stand sein Vater vor ihm und sah auf ihn herab.

›Mein Junge‹, sagte der Vater. ›Was machst du denn hier?‹«

An dieser Stelle hielt Godwin einen Moment in seiner Erzählung inne. Sogar Grace Slick verfügte über das nötige Feingefühl, um kurz zu verstummen. Tori rührte sich nicht, aber sie hatte das starke Bedürfnis, das Schweigen mit Musik zu brechen.

Schließlich stand Bernard Godwin auf und holte zwei weitere Flaschen Bier aus dem Kühlschrank. Das leise Schnappen der Kronkorken war wie Musik in Toris Ohren. Godwin reichte ihr eine Flasche, aber sie nahm nicht gleich einen Schluck daraus.

»Eigentlich war die Sache ganz einfach«, fuhr Godwin schließlich fort. »Mein Vater war ein ausgemachter Dreckskerl. Leute, die ihn besser kannten als ich oder meine Mutter, behaupteten, daß er einfach so sein mußte, um ein guter Reporter sein zu können. Für mich war das freilich nur ein schwacher Trost. In meinen Augen war er nichts als ein jämmerlicher Versager. Aber letztlich bleibt es natürlich jedem selbst überlassen, sich darüber ein Urteil zu bilden.«

»Vielleicht sind wir gar nicht so unterschiedlich, wie es auf den ersten Blick erscheinen mag«, sagte Tori schließlich.

Nachdenklich nahm Godwin einen Schluck Bier. »Wenn ich im Leben etwas gelernt habe, dann folgendes: Mit der Wahrheit ist das so eine Sache. Jedesmal wenn man sie am Schwanz gepackt zu haben glaubt, ist sie einem bereits wieder zwischen den Fingern entglitten und beißt einen in den Arsch.«

Tori lachte. Aber sie wußte, daß das sein voller Ernst war.

Als das graue Ende der Nacht zum perlblauen Beginn eines neuen Tages wurde, schlenderten Tori und Bernard Godwin durch die langsam erwachende Stadt. Die Luft vibrierte vom Brummen unzähliger Lkws, und vom Sumida-Fluß drang das laute Tuten der Fischerboote auf dem Weg zum Tsukiji-Fischmarkt herauf.

Erst jetzt kam Tori zu Bewußtsein, daß Godwin nicht die leiseste Reaktion gezeigt hatte, als sich Godzilla auf ihn gestürzt hatte. Zum erstenmal begann sie sich zu fragen, was wohl passiert wäre, wenn sie nicht eingeschritten wäre. Sie war keineswegs mehr so sicher, ob Godwin wirklich auf ihre Hilfe angewiesen gewesen wäre. Jedenfalls hätte sie Bernard Godwin gern einmal in Aktion gesehen.

»Dieser Augenblick ist sicher auch nicht schlechter als jeder andere, endlich mit Ihrem Vorschlag herauszurücken«, sagte Tori. So früh am Morgen wirkte der Himmel über Tokio wie blank gefegt, und die Stadt selbst schien riesig, wie eine Welt für sich.

»Ich möchte, daß Sie für mich arbeiten«, erklärte Godwin ohne Umschweife.

»Ist diese Tätigkeit legal?«

»Ich rechne es Ihnen hoch an, daß Sie das fragen.« Godwin nahm einen letzten Schluck aus seiner Flasche und rülpste verhalten. »Entschuldigung.«

Tori mußte grinsen.

»Was ich tue – und auch was Sie tun werden, falls Sie sich bereit erklären sollten, für mich zu arbeiten –, ist sozusagen im weitesten Sinn des Wortes legal.«

»Könnten Sie sich vielleicht deutlicher ausdrücken?«

»Anders ausgedrückt: Ganz gleich, was wir in Zusammenhang mit unserer Tätigkeit tun werden – wir werden deswegen nie vor Gericht gestellt.«

»Aber . . .«

»Was wir tun, ist in gewissem Sinn amoralisch. Wir bewegen uns außerhalb der Gesetze, die sich die Menschen selbst geben. Das heißt jedoch nicht, daß wir gesetzlos sind. Ganz im Gegenteil. Wie die Japaner, die Sie offensichtlich so sehr bewundern, schaffen wir uns unsere eigenen Gesetze.« Godwins Lider hatten sich inzwischen fast gänzlich über seinen Augen geschlossen, als sei er kurz vor dem Einschlafen. »Und? Sind Sie interessiert?«

Um ein Haar wäre Tori herausgeplatzt: Aber sicher, wann kann ich anfangen? Statt dessen trank sie jedoch erst ihre halbe Flasche Bier leer und ließ ihren Blick an den Fassaden der gigantischen Wolkenkratzer hochwandern, bevor sie sagte: »Ich werde es mir überlegen.«

Drei Tage später gab Tori Bernard Godwin die Antwort, die für sie vom ersten Augenblick an festgestanden hatte. Nur der Umstand, daß sie eigentlich keine Lust hatte, in die Vereinigten Staaten zurückzukehren, hatte sie zögern lassen.

»Darin sehe ich nicht das geringste Problem.« Godwin konnte sie beruhigen, als sie ihm ihre Bedenken gestand. »Es war von Anfang an unsere Absicht, Sie hier in Japan zum Einsatz zu bringen. Wir haben in diesem Land niemand, der auch nur annähernd die Voraussetzungen mitbringt, wie Sie das tun. Es ist uns bisher trotz aller Bemühungen nicht gelungen, einen halbwegs brauchbaren Agenten in die japanische Unterwelt einzuschleusen. Sie dagegen haben bereits Zugang zu diesen Kreisen. Sie werden dort nicht nur respektiert, sondern sogar gefürchtet.«

»Glauben Sie nicht, es sollte eher anders herum heißen?«

»Das wird sich zeigen«, entgegnete Godwin darauf nur.

Das wird sich zeigen.

»O Gott«, seufzte Tori leise. »O Gott.« Und während sie in ihrer Erinnerung noch immer den leisen Nachhall von Bernard Godwins Stimme hören konnte, tastete sie bereits nach dem Telefon und wählte eine Nummer, die sie wohl nie vergessen würde.

Sie mußte ziemlich lange warten, bis sie endlich durchgestellt wurde. Als schließlich Russell Slades vom Rauschen eines Funktelefons überlagerte Stimme aus dem Hörer drang, sagte sie: »*À bientôt.* Du hattest recht. Ich komme.«

2

Tokio / Moskau

Außer Honno Kansei wußte niemand, daß Kunio Michitas Stellvertreter vorhatte, rituellen Selbstmord zu begehen. Als Privatsekretärin von Kunio Michita, einem der mächtigsten Konzernchefs ganz Japans, hatte Honno Einblick in die neuesten wirtschaftlichen Entwicklungen, wie zum Beispiel wichtige Vertragsabschlüsse, Firmenfusionen und Beteiligungen. Obwohl sie sich mit Hilfe dieser Informationen an der Tokioter Börse eine goldene Nase hätte verdienen können, machte sie von ihrem Wissen nie Gebrauch. Denn wenn es galt, ein Geheimnis zu hüten, war auf Honno hundertprozentig Verlaß – eine Tugend, die in ihrem Fall langer Not entsprungen war. Denn schon von klein auf hatte sie ein Geheimnis zu hüten gehabt, das sie ganz persönlich betraf: das schreckliche Wissen, daß sie im Jahr *hinoeuma* geboren war. Natürlich war das Ganze versehentlich passiert. Honnos Vater hatte die Schuld an dieser ungewollten Schwangerschaft einzig und allein ihrer Mutter zugeschrieben und ihr sein Leben lang einen stillen Vorwurf daraus gemacht, und falls er je so etwas wie Liebe oder Zuneigung für Honno verspürt hatte, hatte er das ihr gegenüber nie gezeigt. Statt dessen hatte er ihr immer nur das Gefühl vermittelt, eine *soto* zu sein, eine Ausgestoßene in ihrer eigenen Familie.

Und warum das Ganze? Nach dem chinesischen Horoskop war *hinoeuma* ein Jahr des Pferdes, das nur alle sechzig Jahre wiederkehrte. Im Volksglauben hieß es, daß im Jahr *hinoeuma* geborene Mädchen später ihre Ehemänner töten würden. Das hatte zur Folge, daß in Japan in jedem *hinoeuma*-Jahr die Geburtenrate merklich zurückging.

Honno hatte sehr unter den Folgen dieses Aberglaubens zu leiden gehabt. Von klein auf war sie mit den fortwährenden stummen Vorwürfen ihrer Eltern konfrontiert gewesen, und um ein Haar wäre sie an dieser fortwährenden psychischen Belastung zugrunde gegangen. Zugleich wurde dadurch jedoch ihre

Sensibilität enorm geschärft, und wenn sie das feine Gespür, das sie so für die geheimsten Regungen ihrer Mitmenschen entwikkelte, auch lange als einen Fluch betrachtete, sollte es sich später als ihre größte Stärke entpuppen, indem es ihr Zugang zu den streng gehüteten Geheimnissen anderer Menschen verschaffte.

Wie zum Beispiel dem Wissen, daß Kunio Michitas Stellvertreter Kakuei Sakata vorhatte, Selbstmord zu begehen.

Auch Sakata war in unzählige Firmengeheimnisse eingeweiht gewesen – eine Last, an der er im Lauf der letzten vier Jahre immer schwerer getragen hatte. Doch was hatte ihn nun plötzlich unter dieser Last zusammenbrechen lassen? Wäre er Mitglied einer anderen – sagen wir einmal: westlichen – Gesellschaftsform gewesen, wäre Sakata angesichts der bevorstehenden Aufdeckung eines weitreichenden Wirtschaftsskandals einfach von seinem Posten zurückgetreten; vor Gericht hätte er sich durch ein paar belastende Aussagen gegen seinen Chef Straffreiheit erkauft und anschließend an den Veröffentlichungsrechten für seine sensationellen Enthüllungen ein Vermögen verdient.

Aber Kakuei Sakata war nun einmal kein Europäer oder Amerikaner, sondern Japaner; er lebte in einem Land, in dem sich das Selbstwertgefühl eines Menschen vor allem über seine gesellschaftliche Stellung definierte. Wie Yukio Mishima sah auch er in seinem Tod die wirkungsvollste Methode, seine ureigensten Überzeugungen auf eine Weise zum Ausdruck zu bringen, daß sie sich der breiten Öffentlichkeit seines Landes für immer unauslöschlich einprägen würden.

Diese und ähnliche Gedanken gingen Honno durch den Kopf, als Sakata zu ihr sagte: »Es ist soweit. Ich wünsche Ihnen Glück, obwohl ich bezweifle, daß Ihnen das angesichts der auf uns zukommenden Katastrophe etwas nützen wird.«

Welche Katastrophe?

Während sie in Sakatas entspanntes Gesicht blickte, fragte sich Honno, was wohl in diesem Moment in ihm vorging. Was waren es für Enthüllungen, die die angekündigte Katastrophe auslösen würden? Handelte es sich dabei um dunkle Machenschaften, denen er eben erst auf die Spur gekommen war? Oder wußte er schon länger über solche belastenden Vorgänge Bescheid und brachte es nun bloß nicht mehr über sich, dieses Wissen länger für sich zu behalten?

Er war nach Sengakuji gekommen, um zu sterben; dessen war sich Honno ganz gewiß. Dieser Ort war dem Andenken der siebenundvierzig Ronin geweiht. Mit ihrem gemeinsamen Freitod hatten diese Männer im Japan der Feudalzeit das unehrenhafte Verhalten all derer angeprangert, die ihren Herrn in den Tod getrieben hatten. Auf diese Weise hatten sie dafür Sorge getragen, daß ihrer letzten gemeinsamen Tat mindestens ebensoviel Bedeutung beigemessen wurde wie ihrem ganzen Leben.

Etwas ähnliches hatte auch Sakata vor. Einerseits war es ihm nicht mehr länger möglich, mit dem Wissen um die Dinge zu leben, die seiner Verschwiegenheit anvertraut waren; zugleich verbot ihm jedoch auch sein Verantwortungsgefühl, sein Geheimnis preiszugeben. Ein Verrat an seiner langjährigen Freundschaft mit Kunio Michita war unvorstellbar; die damit verbundene Schande wäre nicht nur für ihn unerträglich gewesen, sondern auch für seine ganze Familie. Aus dieser verhängnisvollen Situation gab es nur einen ehrenhaften Ausweg: rituellen Selbstmord. Das wußte auch Honno. Sie unternahm deshalb auch keinen Versuch, Sakata von seinem Vorhaben abzubringen. So etwas Unehrenhaftes und Respektloses wäre ihr nie in den Sinn gekommen.

Hatte sie Sakata, der als Mittelsmann zu höchsten Verwaltungs- und Regierungskreisen fungiert hatte, schon immer die allergrößte Bewunderung gezollt, war er aufgrund seines jüngsten Entschlusses nur noch höher in ihrer Achtung gestiegen.

Es war ein herrlich milder Frühlingstag. Die Gräber der siebenundvierzig Ronin waren mit Blumen übersät. Kein Lufthauch regte sich. Kerzengerade stieg der Rauch der Räucherstäbchen in den Himmel. Ihr Duft war von überwältigender Intensität. Ihre ganz spezielle süßlich-modrige Geruchsmischung würde Honno von diesem Tag an wohl für immer mit dem Tod in Verbindung bringen.

Was waren es wohl für Geheimnisse, die Kakuei Sakata nicht mehr länger für sich behalten zu können glaubte? Soweit Honno über die Vorgänge in der Firma informiert war, deutete absolut nichts auf unsaubere Machenschaften hin. Angesichts ihrer guten Beziehungen zur gefürchteten Tokuso, der Tokioter Sonderermittlungsbehörde, wäre ihr sicher nicht verborgen geblieben, wenn dort ein Verfahren gegen Michita oder Sakata angestrebt worden wäre.

Es war ein weiter Weg vom Zentrum Tokios, wo Sakata und Honno arbeiteten, zu den altehrwürdigen Gräbern von Sengakuji hinaus. Absichtlich hatte Sakata als Zeitpunkt die frühen Abendstunden gewählt, wenn der Schrein nach dem Trubel des Tages fast menschenleer war.

Er war ganz in Weiß gekleidet, die Farbe des Todes. Scharf zeichneten sich in der untergehenden Sonne die Umrisse seiner Gestalt gegen das Blütenmeer auf den Gräbern der Ronin ab. Eine leichte Brise fuhr flatternd in die Beine seiner weiten Baumwollhose. Der Kontrast zwischen der bunten Farbenpracht der Blüten und dem reinen Weiß von Sakatas Anzug sollte sich unauslöschlich in Honnos Gedächtnis eingraben.

Stumm sah sie zu, wie Sakata mit dem Rücken zu ihr niederkniete und den zeremoniellen Dolch aus seinem Gürtel zog. Für einen Moment brachen sich die Strahlen der untergehenden Sonne so hell in der leicht gekrümmten Klinge, daß Honno geblendet die Augen schloß. Als sie sie wieder aufschlug, war das Blitzen erloschen, und Sakata war vornübergesunken. Aufgrund der stark abgewinkelten Haltung seiner Arme wußte Honno, daß seine Hände, die den Griff des Dolchs umklammerten, bereits mit aller Kraft gegen seinen Bauch gedrückt waren.

Dann zuckte abrupt sein Kopf hoch. Sie konnte sehen, wie seine Schultern heftig zitterten, als er die tief in seinem Körper steckende Klinge von links nach rechts zu reißen versuchte, um sich nach typischer Samuraimanier zu entleiben.

Sakatas Geist wurde einer grundlegenden Läuterung unterzogen; er wurde befreit von aller Schuld, die er im Zug treuer Pflichterfüllung auf sich geladen hatte. Doch selbst die stärkste Hand konnte versagen. Obwohl es Sakata in keiner Weise an Entschlossenheit mangelte, versagte ihm sein schwer verwundeter Körper den Dienst.

Honno entging nicht, daß es ihm im Angesicht des Todes an der nötigen Kraft fehlte, den entscheidenden Schnitt zu Ende zu führen. Er setzte zu einem neuen Versuch an. Vergeblich.

Honno konnte nicht mehr länger zusehen. Rasch trat sie hinter der großen Japanzeder hervor, hinter der sie sich Sakatas Blicken entzogen hatte, und kniete neben ihm nieder.

Die untere Hälfte seines Anzugs war dunkelrot verfärbt. Die Adern an seinem Hals traten hervor wie Seile, und die Augen drohten vor Anstrengung aus ihren Höhlen zu quellen.

Honno beugte sich über ihn, schloß ihre Hände um die seinen, die noch immer den seidenumwickelten Griff des Dolchs umklammert hielten, und drückte mit aller Kraft in der Richtung, in der auch er preßte. Ruckartig schnellte die scharfe Klinge quer über seinen Bauch.

Sakatas rot unterlaufene Augen suchten die ihren und blieben auf ihnen haften. Für einen kurzen Moment leuchtete so etwas wie Dankbarkeit in ihnen auf. Dann sackte er kopfüber in das Meer aus duftenden Blumen, die zum Gedenken der Toten ausgestreut waren.

Irina Viktorowna Ponomarewa erwachte. Einen Augenblick lang wußte sie nicht, wo sie war – in Mars' großer, dunkler Wohnung am Wosstanija-Platz oder in Valeris helleren, aber spartanischer eingerichteten Räumen in der Kirow-Straße. Sie setzte sich auf und sah durch das Fenster auf die schmale Telegrafenstraße hinaus. Vom Erziehungsministerium, wo sie arbeitete, wanderte ihr Blick weiter zur Kirche des Erzengels Gabriel. Irinas Arbeitskollegen nannten sie zwar den Menschikow-Turm, aber für sie war es, zumindest im stillen, immer noch die Gabrielskirche.

Das war insofern nicht verwunderlich, als Irina auch sonst nicht viel mit den anderen Mitarbeitern des Erziehungsministeriums gemein hatte. Sie war gerade von einem längeren Studienaufenthalt in den Vereinigten Staaten zurückgekehrt und hatte den Kopf voll neuer Ideen, ausgelöst vor allem durch die Konfrontation mit dem amerikanischen Bildungswesen.

Die Wochen nach ihrer Rückkehr hatte sie damit verbracht,

einen langen und ausführlichen Kommentar über mögliche Verbesserungen des sowjetischen Bildungswesens zu verfassen. Das Papier hatte zwar ordnungsgemäß alle zuständigen Stellen des Ministeriums durchlaufen, ohne jedoch auch nur die leiseste Resonanz hervorzurufen.

Als Irina deshalb schließlich um eine Unterredung mit dem Minister persönlich gebeten hatte, schwatzte der zwanzig Minuten lang um die Tatsache herum, daß alle ihre Thesen verworfen worden waren. Die herablassende Art, mit der er das getan hatte, hatte Irina ganz unmißverständlich zu verstehen gegeben: Bleiben Sie lieber bei Ihren Computerprogrammen und Ihren Statistiken, und bedienen Sie sich dieser neuen amerikanischen Methoden bestenfalls, um das mittelalterlich anmutende Archivierungssystem des Ministeriums etwas mehr dem neuesten Stand anzugleichen – deshalb hat man Sie ja auch in die Vereinigten Staaten geschickt. Aber überlassen Sie die wirklichen Reformen bitte den Fachleuten – das heißt den Männern.

Zumindest brauche ich mir keine Sorgen mehr um meine Zukunft zu machen, dachte Irina. Wenn ich wollte, könnte ich bis an mein Lebensende auf diesem Posten vor mich hin dämmern, ohne mir um mein Auskommen Sorgen machen zu müssen. Während sie geistesabwesend auf die Gabrielskirche hinausschaute, wußte sie plötzlich, wo sie war. In der Kirow-Straße, in Valeris Wohnung.

Ihr Herz schlug immer noch rasend schnell. Auch die Gedanken an ihre Arbeit, an die zermürbende Eintönigkeit ihres Büroalltags hatten sie nicht beruhigen können.

Wieder war sie aus demselben Alptraum hochgeschreckt: Sie ertrinkt an ihrem Eßtisch. Sie springt auf, stürzt ans Fenster, versucht es aufzureißen. Aber die Straßen sind überströmt von Blut. Als sie entsetzt zum Mond aufblickt, ist er vergittert. Sie weiß, sie muß unbedingt ins Freie. Draußen auf der Straße geschieht etwas Entscheidendes. Wenn sie nicht rechtzeitig nach draußen kommt, wird diese Chance für immer vertan sein. Aber sie ist unfähig, sich zu bewegen, und als sie an sich hinabblickt, muß sie zu ihrem Entsetzen feststellen, daß sie am Boden festgekettet ist . . .

Für einen Moment schloß Irina die Augen, um dann wieder aus dem Fenster zu schauen, auf die Kirche hinaus, deren Anblick immer etwas seltsam Tröstliches für sie hatte. Es war, als müßte sie sich erst noch vergewissern, daß sie tatsächlich wach war, daß ihr Alptraum tatsächlich nur ein Traum gewesen war. Gewaltsam riß sie sich schließlich von ihren quälenden Gedanken los.

Mars' Wohnung lag in der Sadowaja, einem Außenbezirk Moskaus; Mars bestand nämlich darauf, dort zu wohnen, wo auch das Volk, die einfachen Leute, wohnten. Trotz ihrer wenig exklusiven Lage gab Irina Mars' Wohnung gegenüber der von Valeri den Vorzug. Vielleicht lag das auch nur daran, daß sie Mars lieber hatte als Valeri. Schon das allein hätte nicht einer gewissen Ironie entbehrt.

Aber auch Valeris Wohnung hatte ihre Reize. Irina liebte es, morgens beim Erwachen als erstes einen Blick auf die Überreste des Kirchturms hinaus zu werfen, der vor einigen Jahren bei einem heftigen Unwetter zerstört worden war. Er erinnerte sie daran, daß es selbst etwas so Zerbrechliches wie der Glaube immer wieder schaffte, in feindlicher Umgebung zu überleben. Wenn die Kirche hier überleben konnte, hatte sie sich vor einiger Zeit zum Vorsatz genommen, dann konnte sie das erst recht. Es bestand keinerlei Grund, daß auch sie so würde enden müssen wie ihre Eltern.

Erst jetzt, als sie den Blick vom Fenster abwandte, wurde Irina bewußt, daß Valeri bereits in der Küche hantierte. Was machte er wohl zum Frühstück? Es gab zwar Brot, aber Butter und Milch waren schon seit mehreren Monaten in ganz Moskau nicht aufzutreiben. Unwillkürlich fühlte sich Irina an die Erzählungen ihrer Mutter vom Krieg erinnert, als es außer roter Bete, Runkelrüben und vielleicht einem Kohlkopf oft monatelang nichts zu essen gegeben hatte. *Mein Gott,* hatte ihre Mutter einmal gesagt, *was wir nicht für ein Stück Fleisch oder frisches Gemüse getan hätten! Wir hätten uns bedenkenlos gegenseitig umgebracht.* Obwohl Gerüchte kursierten – und Mars hatte ihr ihre Richtigkeit bestätigt –, daß es Tag für Tag in allen Teilen der Sowjetunion zu schweren Unruhen kam, war Irina der festen Überzeugung, daß sich manche Dinge nie ändern würden.

Trotz der Perestrojka war es noch immer genauso schwierig, wenn nicht sogar unmöglich, die elementarsten Dinge des täglichen Lebens zu bekommen, wie zum Beispiel Seife, Brot, frisches Gemüse oder Toilettenpapier. Das war in den Jahren vor dem großen Umbruch wesentlich besser gewesen. Wie es schien, wollte niemand der Tatsache ins Auge sehen, daß das alte, zentral gesteuerte Wirtschaftssystem so tief in der russischen Gesellschaft verwurzelt war, daß nicht einmal der Präsident seinen Abbau auch nur in die Wege zu leiten imstande war. Obwohl längst völlig außer Zweifel stand, daß die privat angebauten Produkte frischer und besser waren als die der Kolchosen, scheute sich selbst der Präsident davor, der traditionsgemäß verpönten Marktwirtschaft das Wort zu reden.

Da solche tiefgreifenden strukturellen Veränderungen natürlich mit erheblichen politischen Risiken einhergegangen wären, beschied man sich lieber damit, gar nichts zu tun. In der typischen Zweischneidigkeit russischen Denkens wurden alle freiheitlicheren Entscheidungen sofort wieder von den entsprechenden Maßnahmen zur Beschneidung dieser Freiheiten begleitet.

Für die meisten Amerikaner wären das ziemlich deprimierende Aussichten gewesen. Auf die meisten Russen traf dies jedoch angeblich nicht zu. Die Härten des täglichen Überlebenskampfes, die langen, bitterkalten Winter und das noch kältere Herz des allgegenwärtigen Staatsapparats hatten die Bevölkerung der Sowjetunion gegen jede Form von Enttäuschung unempfindlich gemacht. Wo wenig Hoffnung ist, sind der Depression notgedrungen Tür und Tor geöffnet. In gleichem Maß steigt auch der Alkoholkonsum, der wie nichts anderes hilft, den Körper zu wärmen, den Geist abzustumpfen und jegliche Initiative im Keim zu ersticken.

Irina reckte sich, stand auf und ging ins Bad. Natürlich gab es wieder kein warmes Wasser, aber sie war es gewohnt, eiskalt zu duschen. Trotzdem riß sie im ersten Schock die Augen auf und stieß einen leisen Schrei aus.

Nachdem sie sich abgetrocknet hatte, holte sie ein paar frische Sachen aus der untersten Schublade der herrlichen Mahagonikommode, die Valeri aus England mitgebracht hatte.

Als sie fertig angezogen war, schminkte sie sich mit dem amerikanischen Make-up aus dem Berioska-Laden des Viertels, wo privilegierte Bürger wie sie bestimmte Importartikel kaufen konnten. Sie war eine zierliche, feingliedrige Frau mit schön geformten, festen Brüsten, einer schlanken Taille und schmalen Hüften. Ihre wohlgeformten Beine waren auffallend muskulös und durchtrainiert; auch wenn sie längst aufgehört hatte, von einer Karriere als Tänzerin zu träumen, nahm sie noch immer dreimal in der Woche Ballettunterricht. Ihr Gesicht hatte etwas von einer Katze an sich – dreieckig, mit großen lohfarbenen Augen, einer kleinen Nase, vollen, sinnlichen Lippen und eng anliegenden Ohren. Das tiefschwarze Haar trug sie für russische Verhältnisse ungewöhnlich kurz. Alles in allem betrachtet, war sie mit ihrem Aussehen wesentlich zufriedener als die meisten anderen Frauen in ihrem Bekanntenkreis.

In der Küche saß Valeri Denisowitsch Bondasenko bereits über seinem Toshiba 5200 Laptop, den er illegal ins Land geschmuggelt hatte. Anstelle des sonst üblichen voluminösen Monitors hatte der handliche Computer nur noch ein flaches, in den Deckel integriertes Plasma-Display. Der Akku – in einem Land, in dem Stromausfälle an der Tagesordnung waren, ein absolutes Muß – stand seitlich ein Stück aus dem Keyboard hervor.

Irina spähte über seine Schulter auf den Bildschirm, über den gerade ein neues Rezept flimmerte, und küßte ihn aufs Ohr.

»Bin gleich fertig«, murmelte er geistesabwesend. Valeri Bondasenko war ein Hüne von einem Mann, mit den breiten, massiven Schultern eines Catchers und den kräftigen Unterarmen eines Schwerarbeiters. Als Irina zum erstenmal mit ihm ins Bett gegangen war, hatte sie ohne Übertreibung ein bißchen Angst vor ihm gehabt. Sein Gesicht und seine Stimme waren nicht weniger einschüchternd als seine Statur. Wenn er wütend war, konnte sie die in der Luft liegende Spannung genauso deutlich spüren wie vor einem aufziehenden Gewitter.

Sie hatte damals eigentlich nicht mit ihm schlafen wollen, aber da sie nicht wußte, wie er auf ihre Weigerung reagieren würde, hatte sie sich ihm gefügt. Kennengelernt hatten sie sich bei einem typischen Staatsempfang, an dem sie nur teilgenommen hatte, weil sie dazu verpflichtet war; insgeheim hatte sie jedoch die ganze Zeit nur davon geträumt, in der Stille der Gabrielskirche zu knien und dort um Gottes Beistand gegen ihre wachsende Mutlosigkeit zu bitten.

Und dann war Valeri Bondasenko auf sie aufmerksam geworden. Trotz seines einschüchternden, fast bedrohlichen Äußeren hatte er sich als ein sympathischer, ja sogar charmanter Mann entpuppt. Ungeachtet dieser einnehmenden Fassade war sich Irina jedoch auch deutlich einer anderen Facette seines Wesens bewußt – der des gefürchteten Machtpolitikers. Kein Geringerer als Valeri war es nämlich gewesen, der die brutale Niederschlagung der separatistischen Bestrebungen in der Ukraine veranlaßt hatte, und das, obwohl er selbst aus der Ukraine stammte. Darüber hinaus war er auch maßgeblich am Zustandekommen der heftig umstrittenen Kompromißlösung mit den Führern der baltischen Sowjetrepubliken beteiligt gewesen, die erst die Niederschlagung ähnlicher nationalistischer Bestrebungen in der Ukraine möglich gemacht hatte. Es hieß, daß jeder Schritt, den Bondasenko unternahm, bis ins kleinste durchdacht war. Irina war intelligent genug, um sich zu fragen, was ein Mann wie er wohl von ihr wollte.

Sie hatte sehr deutlich gespürt, daß er stark an ihr interessiert war. Und es war allgemein bekannt, daß Valeri alles bekam, was er haben wollte. Daß er Irina wollte, stand völlig außer Zweifel. Zudem verfügte sie nicht über den nötigen politischen Einfluß, um sich ihm zu widersetzen. Das tat niemand. Dennoch war es ziemlich bitter für sie gewesen, am eigenen Körper erfahren zu müssen, wie wenig sie sogar über ihr ganz persönliches Schicksal bestimmen konnte. Als sie zum erstenmal nackt auf der Kante seines Betts gesessen war, hatte sie insgeheim um das nötige moralische Rückgrat gebetet, sich ihm in letzter Sekunde doch noch zu versagen. Aber dann hatte sie sich eine verirrte Träne aus dem Gesicht gewischt und sich zu ihm gelegt. Die

Hitze, die von ihm ausging, war wie die eines Brennofens. Sie hatte schreckliche Angst, er könnte sie mit seiner immensen Körperfülle erdrücken. Doch zu ihrer Überraschung entpuppte er sich als ein außergewöhnlich zärtlicher und einfühlsamer Liebhaber – gerade so, als wäre der Valeri Bondasenko, mit dem sie ins Bett ging, ein ganz anderer als der gerissene Machtpolitiker, der seinen Einfluß im Kreml von Tag zu Tag weiter auszubauen verstand und all jene das Fürchten lehrte, die es wagten, sich ihm in die Quere zu stellen.

Diese überraschende Erkenntnis hatte Irina wieder Hoffnung schöpfen lassen. Entgegen ihrer Befürchtung war er ihr körperlich keineswegs zuwider gewesen. Im Gegenteil – es hatte sie sogar überrascht, wie rasch sie sich vom Sog seiner Lust hatte mitreißen lassen. Außerdem sollte sie rasch lernen, wie sie in dieser Liaison – sowohl in sexueller als auch in sonstiger Hinsicht – auch selbst auf ihre Kosten kam. Daran konnte auch der Umstand nichts ändern, daß sie auch bei Valeri, wie bei allen ihren bisherigen Liebhabern, im Moment der körperlichen Trennung ein Gefühl tiefer Leere und Niedergeschlagenheit verspürte.

Eines Nachts – der Schneeregen klatschte schwer gegen die Fensterscheiben von Valeris Wohnung – wurde sich Irina einer neuen Dimension ihrer Beziehung bewußt. Er war noch immer in ihr, steif und heiß. Ihr Puls hämmerte noch immer im Takt seines und ihres rasenden Herzschlags.

»Ich muß dir etwas gestehen«, flüsterte sie ihm ins Ohr. »So schön wie mit dir war es noch mit keinem anderen.« Zärtlich strich sie ihm das Haar aus der Stirn. »Bist du dir eigentlich bewußt, wie einschüchternd und bedrohlich du auf andere Menschen wirkst? Du machst ihnen regelrecht Angst. Deshalb war auch ich im ersten Moment wie gelähmt, als du mich auf dem Empfang, auf dem wir uns kennengelernt haben, angesprochen hast. Ehrlich gestanden, hatte ich damals einfach nicht den Mut, dir einen Korb zu geben – aus Angst, schon am nächsten Morgen die Kündigung auf meinem Schreibtisch liegen zu sehen.«

»Hast du dich denn nicht auch ein bißchen von mir angezogen gefühlt?«

»Natürlich, aber ich ... Versteh mich bitte nicht falsch, Valeri, aber wie sich herausgestellt hat, war das Bild, das ich mir anfänglich von dir gemacht habe, überwiegend von meinen Vorurteilen gegen dich geprägt. Erst habe ich nur getan, was du von mir wolltest, nicht mehr und nicht weniger. Als wir zum erstenmal ins Bett gingen, hatte ich schreckliche Angst, ich könnte dir nicht gut genug sein. Und dann ...«

»Ja – und dann?«

»Dann habe ich plötzlich einen ganz anderen Valeri Boncasenko kennengelernt – einen Valeri, den sonst niemand kennt. Das hat mir – ich weiß nicht, wie ich es sagen soll – das Gefühl gegeben, als wäre ich etwas Besonderes. Unter all den unzähligen Frauen in Moskau war deine Wahl ausgerechnet auf mich gefallen.«

Valeri lachte. »Ist das schon dein ganzes Geständnis?«

»Nein.« Irina schwieg eine Weile und lauschte dabei dem Schlag ihrer Herzen, als versuchte sie ihre geheime Botschaft zu entschlüsseln. »Für einen kurzen Augenblick fühlte auch ich mich im Besitz deiner Macht. Nicht nur als ihre Nutznießerin, sondern so, als könnte ich genauso über sie verfügen wie du selbst. Aber jetzt sagst du sicher, ich rede nur dummes Zeug.«

»Ganz im Gegenteil. Dein Geständnis, wie du es nennst, erleichtert mir die Entscheidung, die ich schon eine ganze Weile mit mir herumtrage, ganz erheblich. Ich spiele nämlich mit dem Gedanken, dich in einer außerordentlich wichtigen Angelegenheit um deine Mithilfe zu bitten. Eigentlich wollte ich diesen Punkt schon seit einiger Zeit zur Sprache bringen, aber ich war mir nicht recht sicher, ob ich meinem gefühlsmäßigen Eindruck wirklich trauen sollte.«

Irina schmiegte sich noch enger an ihn. »Und worum handelt es sich dabei?« Deutlicher denn je spürte sie die Macht, die von ihm ausging und sie wie eine wärmende Decke von allen Seiten umhüllte. War es ihr denn zu verdenken, daß sie ins Zentrum dieser Macht vordringen wollte?

»Ich möchte wissen, was Mars Petrowitsch Wolkow tatsächlich vorhat«, begann Valeri schließlich. Er war ihr jetzt so nahe, daß seine Lippen beim Sprechen die ihren streiften. »Wolkow macht mir im Kongreß der Volksdeputierten zusehends mehr zu schaffen. Es ist ihm gelungen, genügend Parteifunktionäre für seine Ziele zu gewinnen, um seine Wahl durchzusetzen. Ich kann mich natürlich noch immer auf eine breite Mehrheit stützen, aber trotzdem macht mir Wolkow seit seinem Einzug im Kongreß das Leben schwer. Seit es schon fast zum guten Ton gehört, von Reformen zu reden und an allem Kritik zu üben, verlieren einige Leute jegliches Maß für ihre Grenzen. Einer von ihnen ist auch Wolkow. Zu allem Überfluß hat er sich auch noch mich als Zielscheibe auserkoren. Anscheinend hat er nichts Besseres zu tun, als mich als einen neuen Napoleon hinzustellen und mir zu unterstellen, ich wollte der nächste russische Kaiser werden. Zugleich versteht er es geschickt, sich selbst als den großen Mann des Volkes darzustellen – gerade so, als ginge es ihm im Gegensatz zu mir nur um die Interessen der Bevölkerung und nicht auch um seine eigenen. An sich ist das sein Problem; aber er hat es glänzend verstanden, es immer mehr auch zu meinem zu machen.« Trotz der Dunkelheit konnte Irina seine Augen leuchten sehen. »Um Mars Wolkow wirksam begegnen zu können, muß ich wissen, was er vorhat. Die Erfahrung hat mich gelehrt, daß es bestimmte Dinge gibt, zu denen Männer nicht oder nur sehr schlecht imstande sind. Das ist so eine Situation. Deshalb bin ich in dieser Sache auf deine Hilfe angewiesen. Du mußt mit Mars Wolkow tun, was ich mit dir getan habe.«

»Du möchtest, daß ich ihn verführe?« Über Irinas Züge legte sich ungläubiges Staunen. »Das kann ich nicht. Dazu bin ich nicht der Typ.«

»Charakter«, erwiderte Valeri, »ist keine Frage der Geburt, sondern der Umstände. Ich werde dir alles beibringen, was du dazu wissen mußt.«

»Du glaubst doch nicht im Ernst, daß ich mich für so etwas hergebe!« versetzte Irina aufgebracht.

Man mußte Valeri zugute halten, daß er ihre Entrüstung sofort spürte. Er drückte ihr einen Kuß auf die Lippen und fuhr lächelnd fort: »Der Witz an der Sache ist, daß in Wirklichkeit du mich verführt hast, Irina. Glaubst du etwa, du wärst die letzte in einer langen Reihe meiner Eroberungen? Nein. Du weißt, in welchem Ruf ich stehe. Ich habe aus meinem Privatleben noch nie ein Geheimnis gemacht – damit erst gar keine Mißverständnisse entstehen, die meine Gegner gegen mich verwenden könnten.«

»Aber von unserer Beziehung weiß doch niemand«, rief ihm Irina in Erinnerung. »Dafür hast du doch ausdrücklich Sorge getragen.«

»Das ist natürlich richtig. Aber der Grund dafür war ein anderer, als du bisher dachtest. Auch ich habe dir ein Geständnis zu machen. Nach dem Tod meiner Frau mußte ich feststellen, daß mir nicht nach sexuellen Abenteuern war. Während unserer letzten Ehejahre hätten wir beide gern ein Kind gehabt. Das war uns leider nicht vergönnt. Als dann meine Frau starb, war ich fast froh darüber. In einer Welt wie dieser kann sogar ein Kind gegen einen verwendet werden.«

Er legte sich auf den Rücken und zog sie auf sich. »Ich bin mir der Risiken dessen, worum ich dich bitte, sehr deutlich bewußt, Irina. Du solltest dir deine Antwort also genau überlegen. Vor allem solltest du dir auch in aller Deutlichkeit die Vorteile bewußt machen, die damit für dich verbunden wären.«

»Was für Vorteile? Eine bessere Stelle? Geld? Geschenke aus der Berioska? Damit kannst du mich nicht beeindrucken.«

»Das weiß ich.« Er sah sie im Dunkel an und lachte noch einmal. »Ich hätte dir diesen Vorschlag nie gemacht, wenn ich nicht vom ersten Augenblick an einen ungewöhnlichen Wesenszug bei dir gespürt hätte. Der Grund, weshalb ich mich nicht scheue, dich zu bitten, Mars Wolkow zu verführen, ist ganz einfach: Ich weiß sehr genau, welche Macht dir das verleihen wird. Die meisten Frauen sind völlig damit zufrieden, sich im Abglanz der Macht ihrer Männer zu sonnen. Doch in deinem Fall trifft das nicht zu, Irina; in diesem Punkt bist du eine Ausnahme. Du willst dich selbst im Besitz dieser Macht befinden. Und ich kann dir dazu verhelfen.

Du wirst also das Bett mit Mars teilen, du wirst ihn auf diese Weise auch persönlich näher kennenlernen, und du wirst mir alles berichten, was du über ihn herausgefunden hast. Du wirst es sogar gern tun, Irina. Glaub mir.«

In diesem Moment überkam sie ein seltsames Unbehagen – als sei plötzlich ihr tiefstes Inneres bloßgelegt worden, das sie bisher sogar vor sich selbst verborgen gehalten hatte. Valeri hat recht, mußte sie sich eingestehen; ich bin versessen auf diese neue Welt, zu der er mir Zugang verschaffen will. Dann ist endlich Schluß mit Irina, der blaustrumpfigen Akademikerin, mit Irina, der Computerspezialistin, mit Irina, der Erziehungswissenschaftlerin, für deren Ideen sich kein Mensch interessiert.

Als Irina nun Valeris Küche betrat, stieg ihr der Geruch von Zwiebeln und, erstaunlicherweise, auch Schalotten in die Nase, die in einer kleinen Pfanne vor sich hin dünsteten. Sie setzte sich an den Eßtisch mit der marmorierten Resopalplatte, der aus einer amerikanischen Wohnung der fünfziger Jahre hätte stammen können. Valeri hatte ihr Joghurt aus der Ukraine besorgt, und ihren Tee süßte sie mit zwei Stück Zucker, was angesichts der Zuckerknappheit in der Sowjetunion einen unvorstellbaren Luxus darstellte.

Sie beobachtete, wie Valeri vorsichtig ein paar Eier in der heißen Pfanne verrührte. Das war noch einer der Vorteile, die die Nächte mit Valeri mit sich brachten: Es gab nichts Schöneres für sie, als sich nach dem Aufstehen an den fertig gedeckten Frühstückstisch setzen zu können. Da sie selbst eine ausgezeichnete Köchin war, wußte sie es um so mehr zu schätzen, wenn auch sie einmal von einem guten Koch verwöhnt wurde. Allerdings war dieses Vergnügen nie ganz ungetrübt, da sie jedesmal von neuem ein schlechtes Gewissen bekam, daß sie angesichts der allgemeinen Lebensmittelknappheit in der Sowjetunion in den Genuß solcher Privilegien kam. Sie hatte lange Zeit in Amerika verbracht und dort nicht nur die neuesten Strömungen im Bildungswesen untersucht, sondern auch das Leben im Westen mit all seinen Vor- und Nachteilen kennengelernt. Hin und wieder, wenn sie angesichts der Lage in der Sowjetunion vollends die Hoffnung auf eine bessere Zukunft zu verlieren drohte, überkam sie sogar der Verdacht, sie könnte bereits durch den Westen infiziert worden sein. Immer wieder ertappte sie sich dabei, wie sie zwischen Boston, wo sie sich vorwiegend aufgehalten hatte, und Moskau ihre Vergleiche anstellte, bei denen Moskau ausnahmslos sehr schlecht wegkam. Durch die Zeit in Amerika war ihr Glauben in das kommunistische System, wie es in der Sowjetunion praktiziert wurde, zutiefst erschüttert worden – eine Erkenntnis, an der sie in letzter Zeit immer schwerer zu tragen hatte. Und dies um so mehr, als kein Mensch erfahren durfte, welch umstürzlerische Gedanken sie tief in ihrem Innersten hegte. Am allerwenigsten Valeri.

Mit allem patriotischen Eifer, den sie noch aufbringen konnte, fragte sie Valeri: »Hast du bei deinen Bemühungen, ein paar Leute in die Organisation Weißer Stern einzuschleusen, schon Fortschritte gemacht?«

Valeri stieß einen wüsten Fluch aus. »An dieses separatistische Gesindel ist einfach nicht heranzukommen. Es ist mir völlig unerklärlich, wie sich dieses Pack in unserem Land überhaupt eine solche Machtposition aufbauen konnte. Eigentlich gibt es dafür nur eine Erklärung: Diese Leute müssen vom Westen unterstützt werden. Wie sonst ließe sich erklären, daß es uns bisher nicht gelungen ist, auch nur eine einzige ihrer konterrevolutionären Zellen aufzudecken?«

»Bist du denn sicher, daß diese Organisation auch tatsächlich existiert?«

»Und ob es den Weißen Stern gibt!« Das Geräusch, das er dabei machte, hörte sich halb wie ein Lachen, halb wie ein verächtliches Schnauben an. »Das ist keine dieser Tarnorganisationen, wie sie in der Vergangenheit von staatlicher Seite immer wieder ins Leben gerufen worden sind.« Er machte eine wegwerfende Handbewegung. »Nein, nein. Die einzige Frage, die sich in diesem Zusammenhang stellt, ist nur, ob tatsächlich der Weiße Stern für das ständige Zunehmen der nationalistischen Bestrebungen verantwortlich ist, die inzwischen in Georgien, Usbekistan, im Baltikum und sogar in der Autonomen Republik der Baschkiren immer beängstigendere Ausmaße annehmen. Eines steht zumindest fest: Die Aufständischen in diesen Regionen sind hervorragend organisiert und noch besser bewaffnet – Handfeuerwaffen, Maschinenpistolen und seit neuestem Granatwerfer gehören für diese Leute zur Standardausrüstung. Irgend jemand muß ihnen diesen ganzen Krempel doch liefern.«

»Liegt Ufa, wo sich erst kürzlich dieses schreckliche Zugunglück ereignet hat, nicht in der baschkirischen Sowjetrepublik?«

Valeri nickte. »Der Zusammenstoß hat mehr als zweihundert Todesopfer gefordert. Die Unfallursache ist eindeutig auf Sabotage zurückzuführen. In einem der beiden Züge befanden sich mehrere hochrangige Generäle der Roten Armee. Sie waren unterwegs zu einem streng geheimen Militärstützpunkt im Ural. Nicht einer von ihnen hat das Zugunglück überlebt.«

»Das war Sabotage? Davon wußte ich gar nichts.«

»Bisher wurde das auch streng geheimgehalten.« Valeri räusperte sich. »Tatsache ist, daß seit dem Reaktorunfall in Tschernobyl solche terroristischen Sabotageakte immer mehr überhandnehmen. Eine interne Untersuchung hat ergeben, daß auch die Ursachen für die Katastrophe von Tschernobyl in einem Sabotageakt zu suchen sind. Es war zwar der erste Zwischenfall dieser Art, aber das Ausmaß der damit verbundenen Katastrophe hätte uns eigentlich vor Augen führen müssen, daß es diesen Leuten ernst ist – ganz abgesehen davon, daß sie völlig verrückt sein müssen. Aber die Mühlen der Bürokratie mahlen bekanntlich auf der ganzen Welt langsam, und ganz besonders trifft das natürlich auf unser geliebtes Mütterchen Rußland zu.«

»Mein Gott, ist das tatsächlich dein Ernst?«

»Leider bist du nicht die einzige, die auf diese Enthüllung so reagiert. Wenn du wüßtest, wieviel Mühe es mich gekostet hat, den Präsidenten von der Notwendigkeit einer antiseparatistischen Sondereinsatztruppe zu überzeugen – und daß diese Einheit keinem anderen als mir unterstellt werden sollte.«

»Aber die Organisation Weißer Stern soll sich doch nur aus ukrainischen Nationalisten zusammensetzen.«

Valeri ließ sich die unausgesprochene Frage, die mit dieser Feststellung einherging, eine Weile durch den Kopf gehen, bevor er antwortete: »Das ist völlig richtig: Die Leitung des Weißen Sterns liegt in den Händen von Ukrainern. Obwohl auch ich Ukrainer bin, könnten meine Ziele nicht gegensätzlicher sein. Während diese Leute nur für sich selbst eintreten, fühle ich mich der Sowjetunion in ihrer bisherigen Form verpflichtet.

In letzter Zeit haben sich nun gewisse Anzeichen bemerkbar gemacht, daß der Weiße Stern weniger wählerisch geworden ist, was die Aufnahme von neuen Mitgliedern betrifft. Vieles deutet darauf hin, daß es sich dabei inzwischen um die erste Dachorganisation nationalistischer Gruppen handelt, zu denen sich neben den Georgiern, Esten, Letten und Litauern sogar die moslemischen Minderheiten gesellt haben. Das bedeutet für den Weißen Stern selbstverständlich nicht nur einen erheblichen Machtzuwachs, sondern stellt zugleich auch eine zunehmend ernstere Bedrohung für den Fortbestand der Sowjetunion dar.

Das Schlimme daran ist, daß diese Leute nicht wissen, was sie eigentlich wollen. Anstatt am dialektischen Prozeß einer fortschreitenden Konsolidierung des sowjetischen Staatenbundes mitzuarbeiten, verbreiten sie nur Anarchie und Chaos. Falls es ihnen also tatsächlich gelingen sollte, die angestrebte Autonomie zu erhalten, werden sie diese nur dazu benutzen, um sich gegenseitig zu bekriegen. Das würde nichts anderes bedeuten als einen Rückfall ins tiefste Mittelalter. Gerade aufgrund der Tatsache, daß ich selbst Ukrainer bin, fühle ich mich ganz besonders dazu berufen, diese Leute mit allem Nachdruck auf die verheerenden Konsequenzen ihres Tuns aufmerksam zu machen.«

Irina wußte nicht, ob sie Bewunderung oder Ekel für Valeri empfinden sollte. Vielleicht auch eine Mischung aus beidem. Ein gewisser Wahrheitsgehalt war dem, was er eben gesagt hatte, nicht abzusprechen. Die Motive dieser Dissidenten waren häufig verworren und irrational, da sie doch aus der lange aufgestauten Wut über die jahrzehntelange Unterdrückung gespeist wurden. Leider bewahrheitete es sich auch immer wieder, daß die nationalistischen Revolutionäre, sobald sie einmal in den Besitz der Macht gelangt waren, nichts damit anzufangen wußten und meistens ein nur noch tieferes Chaos verursachten. Trotzdem fühlte sie sich versucht, Valeri entgegenzuhalten: Kannst du denn nicht begreifen, daß der Weiße Stern ein Symbol für das Streben der nichtrussischen Völker nach Freiheit ist? Siehst du darin denn kein Zeichen, daß es zu einem Wandel kommen muß – genauso, wie das im übrigen Osteuropa bereits der Fall gewesen ist? Bist du und deinesgleichen denn wirklich so weit vom Machtdenken der Zaren entfernt?

Wenn sie nur einen Menschen gehabt hätte, dem sie wirklich vertrauen konnte. Manchmal empfand sie es als nahezu unerträglich, ihre geheimsten Gedanken und Gefühle immer nur für sich behalten zu müssen. Ein Alptraum. *Ihr* ganz persönlicher Alptraum. Eine Gefangene in ihrem eigenen Land. Wie sehr sehnte sie sich danach, wenigstens einmal einem anderen Menschen ihr Herz ausschütten zu können. Aber da war niemand, dem sie genügend vertraut hätte, nicht einmal dem Geistlichen in der Gabrielskirche. Und ganz sicher nicht Valeri Denisowitsch Bondasenko. Also behielt sie ihre Gedanken für sich und spielte weiter die Rolle der braven, hundertprozentig auf die Parteilinie eingeschworenen Genossin. »Dein Pragmatismus ist wirklich nicht mehr zu übertreffen«, sagte sie ruhig.

»Wundert dich das? Schließlich bin ich mit Leib und Seele Kommunist, und was ist Kommunismus schon anderes als Pragmatismus in Reinkultur. So, und jetzt komm – das Frühstück ist fertig.«

Er stellte die Omeletts und sein Glas mit schwarzem Tee auf den Tisch. Wie üblich hatte er seine Portion Joghurt bereits gegessen, während er das Frühstück zubereitet hatte.

»Ah, köstlich«, schwärmte Irina, als sie ein Stück von dem selbstgebackenen Schwarzbrot abbrach.

Valeri brummte: »Das Rezept habe ich aus der *New York Times.* Aber leider konnte ich keine Butter auftreiben. Pierre Franey hat allerdings ausdrücklich darauf hingewiesen, daß die Butter für das Gelingen von entscheidender Bedeutung ist. Leider mußte ich mir mit Öl behelfen.«

»Es schmeckt trotzdem vorzüglich«, versicherte ihm Irina. »Außerdem ist Öl gesünder als Butter. Es enthält nicht soviel Cholesterin.« Sie war gerade dabei, ihre Gabel zum Mund zu führen, als sie abrupt innehielt. Mein Gott, schoß es ihr durch den Kopf, wenn man uns so reden hört, könnte man denken, wir seien verheiratet. Sollte ich mich tatsächlich schon so an dieses Leben in ständiger Verstellung gewöhnt haben? Gott bewahre. Zugleich fiel ihr schaudernd wieder ein, was Valeri über ihren Wunsch nach Macht und Freiheit gesagt hatte.

»Was hast du denn?« fragte Valeri besorgt. »Du bist ja plötzlich ganz blaß geworden.«

Um Zeit zu gewinnen, schob sich Irina eine Gabel Omelett in den Mund. »Ich ... Ich mußte an heute nacht denken – und an Mars.«

Valeri stieß einen deftigen Fluch aus. »Dieser Dreckskerl will mir an den Kragen. Er kann es gar nicht erwarten, mich abzuservieren. Jetzt hat er sich sogar erdreistet, meinen Vorschlag, mit den baltischen Staaten einen Kompromiß zu suchen, in Frage zu stellen.«

»Aber begreift er denn nicht, daß dein Kompromißvorschlag die einzige vernünftige Lösung des Konflikts darstellt? Zum einen könnten wir dadurch dem Rest der Welt beweisen, daß wir es mit unseren Reformen ernst meinen, und deinen Kollegen im Politbüro würde dadurch endlich einmal in aller Klarheit die Notwendigkeit einer gewissen Flexibilität vor Augen geführt. Abgesehen davon weiß doch jeder – auch wenn es niemand auszusprechen wagt –, daß das Baltikum nie wirklich zur Sowjetunion gehört hat. Vielmehr wurden uns Estland, Litauen und Lettland erst 1939 im Zug des Hitler-Stalin-Pakts zugesprochen – eine Maßnahme, die jeder völkerrechtlichen Grundlage entbehrte. Wodurch wäre also zu rechtfertigen, daß wir überhaupt so lange an ihnen festgehalten haben? Wäre es nicht im Gegenteil längst an der Zeit, sie in die Unabhängigkeit zu entlassen?«

Um Valeri Bondasenkos Lippen legte sich ein ironisches Lächeln. »Ungeachtet der Tatsache, daß sich Lettland und Litauen bereits für unabhängig erklärt haben, ist das Zentralkomitee nach wie vor nicht zum Einlenken bereit. Es spricht hartnäckig weiter vom Virus eines nationalistischen Sezessionismus und sucht verzweifelt nach einer Möglichkeit, die baltischen Republiken wieder der Sowjetunion einzugliedern – und zwar um *jeden* Preis.«

»Das halte ich für ziemlich übertrieben«, entgegnete Irina. »Ich meine, wir würden es deshalb doch auf keinen Fall zu einem bewaffneten Konflikt kommen lassen.«

Valeri wischte sich den Mund ab. »Lenin hat einmal gesagt: ›Die Interessen des Sozialismus stehen über dem Recht der Völker auf Selbstbestimmung.‹ Das ist nichts weiter als die konkrete Ausformulierung des Marxschen Gedankens: ›Der Proletarier hat kein Land.‹«

Irina konnte es nicht ausstehen, wenn Valeri dogmatisch wurde. Wie konnte er, ein Ukrainer, so vorbehaltlos der reinen marxistisch-leninistischen Lehre anhängen, obwohl sie doch die Geschichte – und gerade die Geschichte *seines* Volkes – so augenfällig als falsch erwiesen hatte?

»Wie dem auch sei«, fuhr Valeri fort, »wir können die Grenzen der Welt nicht einfach neu festsetzen, wie das der amerikanische Präsident Roosevelt in Jalta getan hat. Wir haben Estland nicht aufgegeben. Wir werden trotz aller nationalistischen Propaganda auch an der Ukraine und Georgien, an Armenien und Moldawien festhalten. Und genau das ist der Punkt, den Mars Wolkow immer ausklammert, wenn er auf mich einhackt. Er wiederholt sich genauso wie eine Rock-and-Roll-Platte.«

Gegen ihren Willen mußte Irina lachen. »Mein Gott, Valeri, manchmal vergesse ich ganz, wie altmodisch du in manchen Dingen sein kannst.«

»Mich interessiert nur die Politik«, entgegnete er nur.

»Eines Tages wird dir deine Engstirnigkeit noch zum Verhängnis werden. Wenn man Scheuklappen aufgesetzt hat, kann man seinen Feinden nicht immer einen Schritt voraus sein.«

»Sollte die von dir empfohlene Erweiterung meines Horizonts auch dekadente westliche Rock-and-Roll-Musik einschließen?«

»Vielleicht.« Irina sah ihn an. »Jedenfalls eignet sie sich ganz gut als Beispiel. Im Westen spielt die Rockmusik eine enorm wichtige Rolle. Nicht nur, daß sie längst ein wichtiger Wirtschaftsfaktor ist, übt sie auch einen nicht zu unterschätzenden Einfluß auf die Jugend aus. Die gesamte Jugendkultur ist in einem ganz wesentlichen Maß durch die Rockmusik geprägt, und da sich die latente Unzufriedenheit, die in der Jugend im Westen zweifellos gärt, vor allem in der Musik Ausdruck verschafft, kann gerade die Rockmusik oft erstaunliche Kräfte freisetzen.«

»Bis die Armee eingreift und jeden Widerstand im Keim erstickt«, brummte Valeri sarkastisch.

»Das wird nur so lange möglich sein, als die Jugend nicht ihre eigene Armee wird.«

Das ließ sich Bondasenko eine Weile durch den Kopf gehen. Er wußte, daß Irina aufgrund ihrer Position im Erziehungsministerium mit den neuesten Trends und Moden in der westlichen Jugend bestens vertraut war – ein Fachgebiet, über das er selbst so gut wie nichts wußte. Es konnte also nicht schaden, ihren Rat nicht von vornherein in den Wind zu schlagen. »Na schön, deine Kritik mag durchaus berechtigt sein. Zumindest ist sie konstruktiv. Aber mit dieser ständigen Miesmacherei, wie sie Mars Wolkow betreibt, muß es endlich ein Ende haben.« Ohne den Blick von ihr abzuwenden, stand er auf. »Halte dir das bitte immer vor Augen, wenn du dich heute nacht zärtlich an ihn schmiegst.«

Zwei Tage nach Kakuei Sakatas rituellem Freitod fand Honno Kansei einen quadratischen Umschlag aus dickem, handgeschöpftem Papier in ihrer Post, als sie auf dem Weg zur Arbeit in den Briefkasten sah. Der Brief war von Kakuei Sakata.

Abgestempelt war er am selben Tag, an dem sich Sakata getötet hatte, und er enthielt einen mehrfach gefalteten Notizzettel. Honno öffnete ihn in der U-Bahn nach Kasumigaseki und stellte fest, daß er nur einen kleinen Schlüssel enthielt. Sonst nichts. Keine Erklärung, keine Nachricht.

Dennoch hatte sie das seltsame Gefühl, als komme plötzlich ein eisig kalter Wind auf – erster Vorbote der Katastrophe, von der Sakata gesprochen hatte. Während der letzten zwei Tage waren die Zeitungen voll gewesen von Fotos und Berichten über den Tod von Kakuei Sakata. Natürlich wurden unzählige Spekulationen angestellt über diesen symbolbefrachteten Akt sozialer Verantwortlichkeit. Honnos Chef, Kunio Michita, war im

Fernsehen ausführlich zu den möglichen Hintergründen der Tat befragt worden – ganz ähnlich übrigens, wie man vor einigen Jahren dem damaligen Premierminister vor aller Öffentlichkeit nachhaltig auf den Zahn gefühlt hatte. Nur zog sich Michita wesentlich eleganter aus der Affäre, so daß er, weit davon entfernt, sein Gesicht verloren zu haben, sogar eher gestärkt aus dem Ganzen hervorging. Ein Sender nahm kurzfristig sogar eine beliebte Serie aus dem Programm, um statt dessen eine halbstündige Live-Sonderübertragung vom Schauplatz von Sakatas Selbstmord zu senden.

An diesem Morgen erschien Honno wie gewohnt zur Arbeit und brachte Kunio Michita als erstes die Morgenpost und eine Tasse Kaffee. Den Schlüssel in ihrer feuchten Handfläche haltend, beobachtete sie verstohlen, wie ihr Chef, ein kleiner, gepflegter Mann mit silbergrauem Haar und sorgfältig getrimmtem Schnurrbart, die Post durchging. Nachdem er ihr ein paar Briefe diktiert hatte, erinnerte sie ihn an seine zahlreichen Termine für den bevorstehenden Arbeitstag. In der Abgeschiedenheit seines Büros, den Blicken der Öffentlichkeit entzogen, gab Michita etwas widersprüchliche Signale von sich. Während er einerseits über den unerwarteten Tod seines Stellvertreters tief bestürzt schien, erweckte er zugleich den Eindruck, als komme ihm das rege Interesse, das ihm die Medien entgegenbrachten, sehr gelegen. Er verstand es hervorragend, sich gut zu verkaufen, und war sich dessen auch offensichtlich bewußt. So war ihm anläßlich seines ersten Fernsehinterviews landesweit eine breite Welle der Sympathie entgegengetragen worden, die sich unter anderem auch in geschäftlicher Hinsicht positiv auf sein Unternehmen auswirkte. Honno konnte sich jedenfalls des Eindrucks nicht erwehren, daß Michita erst jetzt zu seiner wahren Begabung gefunden hatte.

»Unser Angebot für Osaka Ceramics wurde akzeptiert«, erklärte Kunio Michita. »Setzen Sie bitte unsere Vertragsabteilung davon in Kenntnis.« Er rieb sich die Hände. »Das wäre nun schon der sechzehnte erfolgreiche Abschluß, den wir in diesem Jahr verbuchen können.« Er reichte ihr einen dicken Ordner. »Außerdem habe ich beschlossen, unsere petrochemische Abteilung zu schließen. Wir müssen unbedingt die Aktivitäten bei Michita Satcom ankurbeln, um mit den Terminen für den Satellitenempfang nicht in Verzug zu kommen. Wenn mich nicht alles täuscht, wird uns die Regierung für unsere Bemühungen einen Zuschlag erteilen, der sich sehen läßt.« Er händigte ihr eine weitere Akte aus. »Heute mittag habe ich einen Termin mit den Kaga-Leuten. Sorgen Sie also bitte dafür, daß alle nötigen Unterlagen fertig zur Unterzeichnung vorliegen. Dieses Joint Venture mit Kaga wird sicher ganz erheblich zu unserem Ansehen in der Öffentlichkeit beitragen.« Er hatte Honno noch immer nicht angesehen. »Ach, und noch etwas.« Er fuhr sich an die Stirn, als wäre ihm gerade noch etwas eingefallen. »Sehen Sie zu, daß Sie mir noch irgendwo einen Termin einschieben können. Ich muß heute mittag unbedingt Aoki von Tandem Polycarbon treffen. Unser neu entwickelter Einfärbungsprozeß bringt geradezu die idealen Voraussetzungen für ihren neu geplanten Produktionszweig mit sich.«

Honno war überwältigt. »Ich danke Ihnen.«

»Wie bitte?« Erst jetzt sah Michita zum erstenmal zu ihr auf. »Was soll das heißen?«

»Nun ja, bei der Vorstandsbesprechung letzte Woche habe ich darauf hingewiesen, daß ich von diesem neuen Produktionszweig bei Tandem gehört hätte. Außerdem habe ich in diesem Zusammenhang die Meinung geäußert, daß unser neuer Dipol-Färbungsprozeß dafür geradezu ideale Voraussetzungen bietet.«

»Tatsächlich?« Michita war in Gedanken schon bei ganz anderen Dingen. »Daran kann ich mich beim besten Willen nicht mehr erinnern. Vielleicht haben Sie sich getäuscht. Ich habe hier eine Notiz von Fujinami. Eben erst erhalten. Zeugt von einer fundierten Kenntnis der Marktlage. Wenn es tatsächlich zu einem Abschluß kommt, hat er sich eine Beförderung verdient. Erinnern Sie mich doch zum gegebenen Zeitpunkt daran, ja?«

»Aber . . .«

»Halb neun«, sagte Michita nach einem kurzen Blick auf seine Schreibtischuhr. »Zeit für die erste Konferenz. Sie haben doch alles Nötige vorbereitet?«

Honno verließ Michitas Büro. Herr Fujinami hatte an der Besprechung letzte Woche teilgenommen, hatte ihren Vorschlag gehört und ihn als seine eigene Idee ausgegeben. Sie hätte ihren Antrag in schriftlicher Form einreichen sollen. Dann hätte sich Michita vielleicht daran erinnert, daß er in Wirklichkeit von ihr stammte.

Als Honno hinter ihrem Schreibtisch Platz genommen hatte, öffnete sie langsam ihre Faust und starrte auf den Schlüssel in ihrer Handfläche. Er glänzte vor Schweiß.

Unwillkürlich begann sie, sich die Vorzüge aufzuzählen, die ihr augenblickliches Leben mit sich brachte. Sie wohnte und arbeitete in Tokio, dem einzigen Platz auf der ganzen Welt, an dem sie sich zu Hause fühlte. Sie war die Chefsekretärin eines der erfolgreichsten Konzernchefs ganz Japans und stand bei ihren Freunden, Bekannten und Arbeitskollegen in hohem Ansehen. Gerade im Zug des enormen Aufschwungs, den Michita Industries während des letzten Jahres erfahren hatte, hatte sie sich besonders glücklich schätzen können, Mitarbeiterin eines derart aufstrebenden Unternehmens zu sein.

Manchmal war es ihr fast unheimlich vorgekommen, wie Kunio Michita ständig neue, höchst lukrative Aufträge für von öffentlicher Hand geförderte Projekte an Land gezogen hatte. Die günstige Auftragslage, wie sie zum Beispiel im Augenblick gerade bei Michita Apparel herrschte, war nur ein weiterer Beweis dafür, wie hervorragend sich Michita darauf verstand, einen ansehnlichen Teil des Kuchens staatlicher Förderungsmittel für Wachstumsindustrien für die verschiedenen Tochterunternehmen seines Konzerns einzustreichen. Noch vor einem halben Jahr war Honno der festen Überzeugung gewesen, Kunio Michitas Glück würde auch auf sie abfärben. Das hatte sich jedoch nicht bestätigt.

Und was war eben wieder geschehen? Sie hatte Kunio Michitas Büro in der festen Absicht betreten, ihm von der Existenz des Schlüssels zu erzählen und ihm damit eine Gelegenheit zu bieten, ihr die Hintergründe von Kakuei Sakatas Selbstmord zu erklären. Doch inzwischen wußte sie, daß sie das nicht tun würde.

Der einzige Mensch, dem sie davon erzählen wollte, war ihr

Mann Eikichi; denn ihr sechster Sinn sagte ihr, daß es sich hier um einen Fall für die Tokuso handelte. Ihre Kontakte zur Tokuso, der Tokioter Sonderermittlungsbehörde, waren sehr persönlicher Natur. Eikichi Kansei, ihr Mann, war der stellvertretende Leiter dieser wichtigen Wirtschaftskontrollbehörde, und wenn er ihr von seiner Arbeit erzählte, bekam sie immer wieder diesen einen Satz zu hören: ›Es vergeht kein Tag, an dem wir nicht in einen neuen Fall von Vetternwirtschaft, Bestechung und Erpressung auf höchster politischer Ebene eingeschaltet werden.‹

Eikichi Kansei war ein außerordentlich korrekter und gewissenhafter Mann, der einer der besten Familien Tokios entstammte und sowohl dank seiner eigenen Tüchtigkeit als auch aufgrund der einflußreichen Stellung seines Vaters die richtigen Schulen besucht, die richtigen Kontakte geschlossen und schließlich den richtigen Posten erhalten hatte. Er war alles das, was einen hochangesehenen Bürger ausmachte: seriös, geachtet und erfolgreich.

Als Kind war Eikichi von seiner Mutter über alle Maßen verwöhnt worden. Da er jedoch zugleich auch von dem brennenden Ehrgeiz besessen war, den hochgesteckten Erwartungen seines Vaters unter allen Umständen gerecht zu werden, entwikkelte er einen fast zwanghaften Fleiß. Seit er die Universität unter den Besten seines Jahrgangs abgeschlossen hatte, hatte er sich ganz auf eigene Faust durchs Leben geschlagen, wobei ihm jedoch zugute kam, daß er sich infolge der großzügigen Unterstützung durch seinen Großvater um sein Auskommen keine Gedanken zu machen brauchte.

Eikichis Leben hatte sich stets um zwei Dinge gedreht: Geld und Macht. Über beides hatte seine Familie schon immer im Überfluß verfügt. Man hätte ohne Übertreibung sagen können, daß Eikichi diese beiden Dinge als etwas völlig Selbstverständliches betrachtete und nicht als ein außerordentliches Privileg.

Honno war bereits bestens über Eikichi informiert, als sie ihm durch einen gemeinsamen Bekannten vorgestellt wurde, und es waren vor allem diese geregelten und gesicherten Lebensumstände gewesen, durch die sie sich von Anfang an so unwiderstehlich zu ihm hingezogen gefühlt hatte. Da sie selbst nie halbwegs gesicherte familiäre Verhältnisse gekannt hatte, übte die Vorstellung, mit einem Mann wie Eikichi verheiratet zu sein, einen starken Reiz auf sie aus. Zudem sollte bereits das Prestige, das sie als Eikichis Braut genoß, ihr Leben über Nacht von Grund auf verändern. Von dem Augenblick an, als sie vor neun Monaten Mann und Frau geworden waren, war ihr Telefon nicht mehr stillgestanden, und um die Flut von Einladungen, die an sie und Eikichi ergingen, überhaupt noch bewältigen zu können, hatte sie sich schon bald einen Anrufbeantworter zulegen müssen.

Eikichi vereinte all die Eigenschaften in sich, die sich Honno von einem Ehemann erhoffte. Er verhielt sich ihr gegenüber sehr distanziert und zurückhaltend, zeigte also alle Anzeichen von *ittai*, jener ganz speziellen Form von Intimität, die der totalen Verschmelzung zweier Geister entsprang. Er war weit davon entfernt, sie anzuhimmeln oder gar zu vergöttern; das wäre in seinen Augen dasselbe gewesen, als sich selbst zu loben. Und das wäre unvorstellbar peinlich gewesen. Seine häufigen Perioden tiefen Schweigens und seine Zurückhaltung ihr gegenüber waren nur Beweis ihres *ittai*-Gefühls, ihrer extremen Nähe. Im Gegensatz zu ihren gleichaltrigen Freundinnen nannte sie ihn zu Hause nie bei seinem Namen, sondern immer nur Oto-san – Papa. Das entsprang weniger ihrem persönlichen Bedürfnis als vielmehr dem Diktat altüberkommener Konventionen. Abgesehen davon wäre es Honno sehr schwer gefallen, das Wesen ihrer Beziehung zu Eikichi in Worte zu kleiden oder auch nur gedanklich klar zu umreißen. Es war *ittai.*

Eikichis Privatleben war ebenso straff organisiert und geregelt wie sein berufliches. Ganz selbstverständlich ging er davon aus, daß die Mahlzeiten pünktlich auf den Tisch kamen und daß Honno ohne vorherige Absprache wußte, was er an welchen Tagen bevorzugt aß. Wenn sie eingeladen waren, lenkte Honno das Gespräch immer in die Richtung, die Kansei ihm verlieh, und vor allem wenn es um geschäftliche Dinge ging, achtete sie sorgsam darauf, im rechten Moment in Schweigen zu verfallen. Falls sie dazu trotzdem eine eigene Meinung hatte –

immerhin war sie die Chefsekretärin von Kunio Michita –, so stand für sie völlig außer Frage, daß sie diese gefälligst für sich zu behalten hatte. Jeden Monat gab Eikichi in seinem Haus eine Einladung für seine Kollegen und Geschäftsfreunde. Von Honno wurde erwartet, daß sie hierfür die nötigen Vorbereitungen traf und sich dann wie eine Geisha unauffällig im Hintergrund hielt.

Obwohl Honno also ihrer Frauenrolle nach außen hin bis ins kleinste gerecht zu werden versuchte, war ihr dennoch ein gewisser Hang zur Starrköpfigkeit nicht abzusprechen. Hatte sie dieser Wesenszug schon daran gehindert, ihrem Chef von dem Schlüssel zu erzählen, hielt er sie nun auch davon ab, ihren Mann in ihr kleines Geheimnis einzuweihen. Dazu kam noch, daß sie Eikichi nie von ihrer Freundschaft mit Kakuei Sakata erzählt hatte – wie hätte sie ihm das auch beibringen sollen?

Der Schlüssel. Alles schien sich um diesen Schlüssel zu drehen. Er war sozusagen Kakueis Vermächtnis an sie. Wie eine schwere Bürde lastete die damit verbundene Verpflichtung, *giri*, auf ihren Schultern. Warum nur hatte Kakuei Sakata ausgerechnet sie mit der Erfüllung seines Letzten Willens betraut? Warum nicht einen Mann, der dafür wesentlich besser geeignet gewesen wäre? Das waren Fragen, deren Beantwortung für Honno vorläufig noch völlig im dunkeln lag. Aber vielleicht würde sie klarer sehen, wenn sie in Erfahrung bringen konnte, wozu dieser Schlüssel gehörte.

Kakuei Sakata war ein Mann mit einem außerordentlich vielschichtigen Charakter gewesen. Im Lauf ihrer zahlreichen Gespräche hatte er sich auch als ein vorzüglicher Kenner der weiblichen Psyche entpuppt. Im Gegensatz zu den meisten anderen Samurai betrachtete er Frauen keineswegs nur als Menschen zweiter Klasse. ›Die Zeiten haben sich geändert‹, hatte er sich dazu einmal geäußert. ›Früher galten die Frauen als unrein. Mein Vater war Sakebrenner, und aus Angst, den Sake zu verderben, hielt er sich in den entscheidenden Phasen der Sakeherstellung oft monatelang von meiner Mutter fern.‹ Er hatte gelacht. ›Samurai neigen notgedrungen dazu, sehr stark in der Vergangenheit zu leben. Allerdings war die Vergangenheit oft ganz anders, als sie sie gern haben möchten.‹

Sakata hatte es nie für nötig befunden, sich in Honnos Gegenwart in langes, typisch männliches Schweigen zu hüllen. Im Gegenteil, er unterhielt sich mit ihr über die unterschiedlichsten Themen und schien diesen Gesprächen sogar ausgesprochenes Vergnügen abzugewinnen – als wären sie für ihn eine ganz spezielle Form von Intimität. Honno hatte ihm dabei immer aufmerksam zugehört, sehr offen auf seine Fragen geantwortet und auf sein Drängen hin gelegentlich auch ihre eigene Meinung geäußert. Auch sie hatte das Zusammensein mit Sakata sehr genossen, ohne daß sie sich freilich je so recht über die Gründe dafür klargeworden wäre. Jedenfalls fand sie es ungewöhnlich, daß sich ein Mann so häufig und ausführlich mit ihr unterhielt und offensichtlich auch sehr viel auf ihr Urteil zu geben schien. Kakuei Sakata war ein begeisterter Befürworter des modernen Japan. ›Wir sind wesentlich flexibler geworden‹, erklärte er Honno einmal, ›und sind deshalb viel besser in der Lage, neu an uns herantretende Probleme zu bewältigen. Gerade für jüngere Menschen wie Sie tun sich mit einem Mal Möglichkeiten auf, die wir älteren uns nur erträumen konnten. Nur wenn diese neue Flexibilität mißbraucht wird und der Korruption Vorschub leistet, trauere ich wie Yukio Mishima hin und wieder dem alten Japan nach, das in gewisser Weise so unbeugsam und kompromißlos war wie die Klinge eines *katana*.‹

Tatsache war: Die beiden verband ein ungewöhnlich enges und herzliches Verhältnis, und Honno zählte Sakata zu ihren wenigen Freunden. Um so mehr Grund also, das in sie gesetzte Vertrauen nicht zu enttäuschen.

Die nahende Katastrophe, auf die Sakata durch seinen Tod mit solchem Nachdruck aufmerksam gemacht hatte, erfüllte Honno mit wachsender Beklemmung. Was verbarg sich hinter den dunklen Gewitterwolken, die so plötzlich am Horizont aufgestiegen waren und Sakata in den Tod getrieben hatten? Welche Auswirkungen würde eine Katastrophe dieses Ausmaßes auf ihr eigenes Schicksal haben, nachdem ein Samurai wie Sakata bereits ihren ersten Vorboten zum Opfer gefallen war?

Eines stand jedenfalls fest: Es gab kein Zurück mehr für sie. Von dem einmal eingeschlagenen Weg war kein Abweichen mehr möglich. *Giri* verpflichtete sie, die Gründe für Kakuei Sakatas Freitod aufzudecken.

Was sollte sie mit dem Schlüssel machen? Allein würde sie in dieser Angelegenheit auf keinen Fall weiterkommen. Doch an wen sollte sie sich um Hilfe wenden?

Honno fiel nur eine Antwort auf diese Frage ein – eine Antwort, die sie zu Tode erschreckte.

Mars Petrowitsch Wolkow war aus gänzlich anderem Holz geschnitzt als Valeri Bondasenko. Zum einen war er kein Ukrainer oder sonst ein Angehöriger einer ethnischen Minderheit. Er war in Moskau, der Weißen Stadt, geboren und aufgewachsen, nicht einmal weit von der Stelle, wo Valeri Bondasenko jetzt wohnte. Dementsprechend verfügte er über die für die Moskowiter typische Nonchalance, die vermutlich sonst nur einer aus Paris oder aus New York wirklich begreifen kann. Wäre Mars Wolkow nicht ein so charmanter Unterhalter und aufmerksamer Zuhörer gewesen, wäre er mit dieser ganz speziellen Art von Arroganz, wie sie ihm als gebürtigem Moskowiter mehr oder weniger schon in die Wiege gelegt worden war, sicher bei den meisten Menschen auf ganz entschiedene Ablehnung gestoßen.

Mars Wolkow sah sich weniger in der Rolle des altgedienten Politikers oder Parteimitglieds, was er natürlich auch war, sondern mit Vorliebe in der des Krisenmanagers und Konfliktvermittlers. ›Ich bin wie einer dieser Dechiffrierexperten des KGB‹, hatte er bei ihrem ersten Treffen zu Irina gesagt. »Ich hocke in irgendeinem Kellerloch der Lubjanka und versuche auf Teufelkomm-raus, dem Unbegreiflichen so etwas wie einen Sinn zu entlocken – mit einem Unterschied: Im Gegensatz zu meinen blutleeren Kollegen habe ich es mit wirklichen Menschen zu tun.‹

Genaugenommen war das jedoch keineswegs die ganze Wahrheit – oder vielmehr war der Sachverhalt nicht so simpel, wie er ihn darstellte. Denn Mars Wolkow versuchte nichts Geringeres, als subversive Tendenzen in patriotische umzuwandeln und ganz in den Dienst des Vaterlands zu stellen. Wie Valeri beschäftigte auch er sich vorwiegend mit den zahlreichen Grauzonen des sowjetischen Alltags. Vor allem wollte er darüber entscheiden, mit welchem neuen Anstrich der zunehmend mehr abblätternde Putz des alten Systems übertüncht werden sollte.

Genau das war aber der Punkt, an dem er und Valeri sich von Grund auf unterschieden. Mars war nämlich ein vehementer Befürworter der Meinung, daß der alte Anstrich nicht einfach neu übertüncht, sondern von Grund auf erneuert werden sollte – eine Idee, die Valeri bestenfalls gefährlich, schlimmstenfalls subversiv fand.

Irina war über die jüngsten Gerüchte bestens auf dem laufenden. Mochte sich Valeri über Mars' wachsenden Einfluß im Kongreß noch soviel den Mund fußlig reden, für Irina stand dennoch nie in Zweifel, wer bei diesem Machtkampf eindeutig die besseren Karten in der Hand hielt: Valeri Denisowitsch Bondasenko. Auch wenn sich Mars noch so sehr bemühte, den Rest des Politbüros von der Richtigkeit seiner Anschauungen zu überzeugen, so war dennoch klar, daß er letztlich ebensowenig eine Chance gegen Valeri hatte wie dessen frühere politische Gegenspieler. In Irinas Augen war es deshalb nur noch eine Frage der Zeit, daß Mars sein Sitz im Volksdeputiertenkongreß wieder entzogen wurde und er weit weg von Moskau, dem Sitz der Macht, in ein Provinznest versetzt wurde, wo sein Einfluß bestenfalls noch von regionaler Bedeutung war. Wie früh es dazu kam, hing zum Teil davon ab, wie erfolgreich sie ihrer Aufgabe nachkam.

Mars Wolkow sah aus wie ein Filmstar. Ein russischer zwar, aber trotzdem wie ein Filmstar. Groß und schlank, hatte er die hellen Augen und hohen Wangenknochen, wie sie für die Bewohner der unwirtlichen Tundren typisch waren. Sein tiefschwarzes, auffallend glattes Haar war streng nach hinten gekämmt. Er hatte einen breiten Mund mit schmalen Lippen und ein energisches Kinn. Das einzig Ungewöhnliche waren seine relativ kleinen Ohren. Doch dieser kleine Mangel verstärkte eher noch die Wirkung, die er auf andere ausübte. Er war mehr als nur attraktiv: er war unwiderstehlich.

Das erleichterte Irina ihr Vorhaben ganz erheblich, obwohl es am Anfang kaum eine Rolle spielte. Was sie antrieb – wie recht Valeri doch gehabt hatte! –, war vor allem dieses Gefühl totaler Freiheit, das sie verspürte, als sie den Kontakt zu Mars Wolkow herstellte. Sie ging seine Verführung mit einer Kaltschnäuzigkeit an, als wäre sie geradezu geschaffen für diese Rolle. Als sie zum erstenmal miteinander ins Bett gingen, erfüllte sie diese neu entdeckte Freiheit mit einem Gefühl stillen Triumphs. Zugleich ängstigte sie die Genugtuung aber auch, die sie diesem falschen Spiel abgewann.

Sie war nicht mehr länger eine unter vielen Mitarbeiterinnen des Erziehungsministeriums – ein Blaustrumpf, eine graue Maus, die mit ihrer Initiative und ihren Verbesserungsvorschlägen auf wenig Gegenliebe stieß und ansonsten die Arbeiten übernehmen mußte, für die sich die Männer zu schade waren. Bis zu diesem Moment der Befreiung hatte sie sich nie über ihre berufliche Stellung definiert, sondern ausschließlich über das Selbstwertgefühl, das sie als Tochter ihrer Eltern oder als Frau ihres Mannes, der jedoch schon kurz nach ihrer Heirat bei einem Manöver ums Leben gekommen war, gewonnen hatte. Trotzdem hatte sie schon immer mit ihrem Schicksal gehadert. Immer beharrlicher und häufiger hatte sich eine innere Stimme zu melden begonnen und sie mit Fragen bedrängt wie: *Soll das schon alles sein, was das Leben zu bieten hat? Ist das wirklich alles, was in Irina Viktorowna Ponomarewa steckt?* Inzwischen wußte sie die Antwort auf diese Fragen – genauso, wie auch Valeri das instinktiv gespürt hatte. Es gab tatsächlich eine andere Irina – unabhängig, selbstbewußt und voll Freiheitsdrang. Im Augenblick ihres größten Triumphs, im Moment der Gewißheit, daß Mars Wolkow sich in sie verliebt hatte und sie mehr begehrte als jede andere Frau, in diesem Moment war sie sich zum erstenmal des ungeheuren Potentials bewußt geworden, das tatsächlich in ihr steckte. Mit einem wohligen Schauder war ihr plötzlich klargeworden, daß es das wahre Gesicht der Irina Viktorowna Ponomarewa erst noch zu entdecken galt.

Allein die Tatsache, daß Mars als Vertreter Moskaus in den Volksdeputiertenkongreß gewählt worden war, stellte einen beachtlichen Erfolg dar. Zu seinem Wahlkreis gehörte unter anderem auch ›Sternstädtchen‹, das Kosmonautenausbildungszentrum Swesdnij Gorodok. Die große Beliebtheit, deren er sich gerade dort erfreute, mochte auch darauf zurückzuführen sein, daß er schon seit Jahren maßgeblich an der Projektierung des großangelegten sowjetisch-amerikanischen Raumfahrtprogramms beteiligt war.

Jedenfalls fand Irina, daß Valeri allen Grund hatte, vor Mars Wolkow auf der Hut zu sein. Die politischen Zielsetzungen der beiden Männer hätten nicht unterschiedlicher sein können – ein Umstand, der noch ganz erheblich dadurch verschärft wurde, daß Mars alle Züge einer charismatischen Führerpersönlichkeit in sich vereinigte. In einem Land wie Amerika hätte es Mars angesichts solch glänzender persönlicher Voraussetzungen auf jedem Gebiet weit gebracht, aber er lebte eben nicht in Amerika, sondern in der Sowjetunion, wo man jeder Form von Charisma mit unverhohlenem Mißtrauen begegnete.

Während Valeris Macht hauptsächlich auf unnachsichtiger Strenge und berechnendem Kalkül beruhte, verstand es Mars, andere Menschen vor allem durch seinen unwiderstehlichen Charme für sich einzunehmen. Während Valeri konträre Meinungen ohne größere Mühe abzuwiegeln und seinen Zielsetzungen unterzuordnen wußte, mußte Mars um jeden Zentimeter politischen Bodens hart und erbittert kämpfen. Seinen eigenen Worten zufolge focht er immer nur einen ständigen Kampf gegen die in der Bevölkerung tief verwurzelte Angst vor Valeri Bondasenko. »Ich komme mir vor wie ein Lachs«, erklärte er Irina in jener ersten Nacht, nachdem sie ihn gefragt hatte, warum er das Essen nicht angerührt hatte, das sie für ihn gekocht hatte. »Immer schwimme ich gegen den Strom. So sehr ich mich auch anstrenge, werde ich Valeri Denisowitsch genauso unterliegen, wie ihm bisher auch alle anderen unterlegen sind.« Er sah mit einem müden Lächeln zu ihr auf. »Es heißt, daß sich unter dem Kreml ein riesiges Kellerloch voller Skelette befindet. Das ist alles, was von seinen Gegnern übriggeblieben ist.«

»Aber wer wird denn gleich die Flinte ins Korn werfen«, versuchte Irina ihn aufzumuntern.

»Seltsamerweise habe ich heute nacht mehr denn je das Gefühl, keine Chance zu haben.«

»Morgen . . .«

»Morgen werde ich die Sache wieder in einem ganz anderen Licht sehen, wolltest du vermutlich sagen.« Er sah sie fragend an und zuckte dann mit den Schultern. »Wer weiß, vielleicht hast du sogar recht.«

Sie setzte sich neben ihn und ergriff seine Hand. »Erzähl mir, was passiert ist.«

»Nein. Das ist zu langweilig – und zu deprimierend. Für heute habe ich genug von unerfreulichen Dingen. Laß uns lieber ausgehen, gemütlich essen und uns betrinken.«

Das taten sie. Dabei überließ Irina das Reden vorwiegend ihm. Er schien auch in der Stimmung dafür. Sie konnte ihn auf diese Weise näher kennenlernen. Begierig saugte sie jedes seiner Worte auf.

Er erzählte ihr von seinen Eltern, die in Moskau lebten und denen er bei seinen sonntäglichen Besuchen kleine Geschenke mitbrachte – Kaviar, frischen baltischen Hering, Dinge, die sie sich selbst nie hätten leisten können. Er erzählte ihr von seinem Bruder, der bereits gestorben war, und von seiner Schwester, die verheiratet und Mutter dreier Kinder war. »Manchmal«, sagte er und schenkte ihr Wodka nach, »kann ich mich des Eindrucks nicht erwehren, daß es meine Schwester mit Abstand am besten von uns allen getroffen hat. Sie führt ein einfaches, bescheidenes Leben, und ihre Sorgen beschränken sich auf die üblichen kleinen Probleme des Alltags. Mit ihrem letzten Kind gab es zwar anfangs Schwierigkeiten – es wurde mit einem leichten Herzfehler geboren. Aber inzwischen ist es ganz gesund. Meine Schwester geht ganz in der Sorge für ihre Familie auf und ist damit vollauf zufrieden. Ich weiß allerdings nicht, wie es wäre, wenn sie ihren Mann und die Kinder nicht mehr hätte.«

Später fügte er dem noch hinzu: »Weißt du, mit meiner Schwester ist das wirklich eine komische Sache. Wir konnten früher eigentlich nie viel miteinander anfangen. Während mein

Bruder und ich unzertrennlich waren, hat sie immer nur eine Außenseiterrolle gespielt. Überspitzt ausgedrückt könnte man sogar sagen: Sie war für uns der Feind. Wir haben sie zum Beispiel nie in unsere Geheimnisse eingeweiht – aus Angst, sie könnte sie unserer Mutter verraten. Und nun stell dir meine Verblüffung vor, als sie mir Jahre später beim Begräbnis meines Bruders gestand, daß sie über alle unsere kleinen Geheimnisse genauestens Bescheid wußte. In Wirklichkeit war sie nämlich wesentlich cleverer als wir Jungen. Aber obwohl wir sie von allen unseren Spielen und Unternehmungen ausgeschlossen haben und ihr gegenüber manchmal auch ziemlich gemein waren, hat sie uns nie verraten. Inzwischen hat sich unser Verhältnis deutlich gebessert. Wir stehen uns jetzt sehr nahe, und ich genieße die wenigen Stunden, die ich mit ihr verbringe. Sie ist für mich wie eine Oase der Ruhe und Geborgenheit inmitten der verrückten Welt der Politik, in der ich mich Tag für Tag bewege. Ihre rührende Liebe für das Prosaische – für dieses Land und ihre Kinder, die eines Tages in die Partei eintreten und ihren Beitrag zum Wohl der Gemeinschaft leisten werden – ruft mir immer wieder die Wichtigkeit dessen in Erinnerung, was ich mit meinem politischen Kampf zu erreichen versuche.«

Eigentlich wollte ihn Irina fragen, was das war; statt dessen sprach sie nur weiter dem Wodka zu. Sie hatte bereits das feine Gespür eines echten Profis, wann sie Fragen zu stellen und wann sie zu schweigen hatte. Derselbe Instinkt war auch Grundvoraussetzung für jeden guten Feldherrn: Der Angriff mußte ganz den Erfordernissen der Verteidigung und des Rückzugs untergeordnet werden – und zwar nicht nur, um die Verluste möglichst gering zu halten, sondern um sie möglichst ganz zu vermeiden.

Wer angriff, gab sich notgedrungen Blößen, und dafür hielt Irina den Zeitpunkt noch für verfrüht. Trotz des vielen Wodkas war Mars noch zu sehr auf der Hut. Auch wenn auf seinen Wangen bereits eine kräftige Röte, in seinen Augen ein überschwengliches Blitzen lag, spürte sie deutlich, daß sein scharfer Verstand noch in keiner Weise getrübt war.

Das war allerdings nicht mehr der Fall, als sie in seine Wohnung zurückkehrten. Der Alkohol hatte nun doch seine Wirkung gezeigt, und sein Verlangen nach ihr hatte längst die Oberhand über alle Vernunft gewonnen.

Wie üblich liebte er sie mit dem Tempo eines D-Zugs – als könnte er es nicht erwarten, zum Ende zu kommen, oder als könnte er die Lust, die er dabei empfand, nicht länger ertragen. Das war Irina gleich von Beginn ihrer Beziehung an eigenartig vorgekommen – und das um so mehr, als Mars ein Mann war, der in ihren Augen durchaus zu tiefen Empfindungen fähig und auch wesentlich offener und direkter war als Valeri. Ob es nun an seiner abrupten Art im Bett oder an ihr selbst lag, jedenfalls fand sie mit Mars keine Erfüllung. Statt dessen tat sie nur so, als ob sie zum Höhepunkt käme. Das erfüllte sie auf Dauer mit tieferer Scham als die Art und Weise, auf die sie sich seine Zuneigung erschlichen hatte. In letzterem Fall war das so, als stünde sie auf einer Bühne und spielte ihrem Publikum – in diesem Fall einer einzigen Person – eine Rolle vor, während sich in ersterem alles auf einer wesentlich intimeren Ebene abspielte.

Jedenfalls fühlte sie sich danach niedergeschlagener und einsamer als zuvor, so daß sie im Lauf der Zeit ein ganz bestimmtes Bild mit diesem Zustand zu verbinden begann. Sie sah sich dabei als einen farbenprächtigen tropischen Fisch, der in einem Goldfischglas unablässig im Kreis schwamm. Diese Vorstellung ließ sich auch nicht aus ihrem Kopf vertreiben, wenn sie ganz fest die Augen schloß. Sie drehte sich dann immer so lange im Kreis, bis sie durch das dadurch hervorgerufene Schwindelgefühl ihre entsetzliche innere Leere vergessen konnte.

Danach rauchte Mars eine türkische Zigarette nach der anderen und trank dazu Mokka, dickflüssig wie Honig und immer mit einem kräftigen Schuß Wodka. Nackt an seinem dänischen Schreibtisch sitzend, einem schrecklich modernistischen Kiefernmöbel, hatte er die Leselampe mit dem langen Teleskoparm ganz nah zu sich herangezogen, um in ihrem hellen Licht die Unterlagen zu studieren, die er in seinem abgewetzten Diplomatenkoffer mit nach Hause genommen hatte. Wenn er vierundzwanzig Stunden am Tag hätte arbeiten können, dachte Irina, hätte er das getan.

Obwohl sein Gesicht hinter einer Wolke aus dichtem Zigarettenqualm halb verborgen war, beobachtete ihn Irina, bäuchlings auf dem Bett liegend, mit gebannter Aufmerksamkeit. »Die einzige gute Nachricht in dieser Woche war«, brach Mars schließlich das lange Schweigen, »daß die Unterstützung für die von den USA eingebrachten UNO-Resolutionen einen historischen Tiefstand erreicht hat. Vielleicht gelingt es uns doch noch, die Vereinigten Staaten auf internationaler Ebene zu isolieren.«

Irina spürte instinktiv, daß Mars im Augenblick so gelöst und entspannt wie selten war – vielleicht nicht der schlechteste Zeitpunkt, um einen Schritt weiter als sonst zu gehen und zu sehen, ob er Verdacht schöpfte. »Und was sind das für schlechte Nachrichten, die dir die Laune verdorben haben?« fragte sie betont beiläufig.

»Hier«, schnaubte Mars und schlug mit dem Handrücken heftig auf das vor ihm liegende Dossier. »Sieh dir das an.«

Natürlich hätte Irina nichts lieber getan, als einen Blick in diese Unterlagen zu werfen. Aber es wäre eindeutig zu riskant gewesen, das jetzt schon zu versuchen. Das hätte verheerende Folgen haben können. Gähnend fragte sie deshalb nur: »Wie meinst du das?«

Mars klappte den Ordner zu und drehte sich zu ihr herum. Er zog mit fast provokativer Gemächlichkeit an seiner Zigarette und sah sie lange forschend an, so daß Irina bereits zu fürchten begann, er könnte alles über sie wissen. Unsinn! Das war völlig ausgeschlossen.

Wortlos griff Mars schließlich nach einer anderen Akte und begann darin zu blättern. Erst jetzt wurde Irina bewußt, daß er sie gar nicht angesehen hatte – er hatte völlig geistesabwesend durch sie hindurch geschaut. Ihr fiel ein Stein vom Herzen.

»Hafnium.«

Irina blinzelte verständnislos. »Wie bitte?«

»Hafnium«, sagte Mars noch einmal. »Das ist ein Metall, aus dem vor allem Brennstäbe für spezielle Kernreaktortypen hergestellt werden – zum Beispiel an Bord von Atom-U-Booten.« Er blätterte eine Seite weiter, als lese er ihr direkt aus den vor ihm liegenden Unterlagen vor. »Wir benötigen dringend Hafnium. Unser Bedarf an diesem hochwertigen Metall ist nicht annähernd gedeckt. Aber die Westmächte beziehungsweise COCOM« – dabei handelte es sich, wie Irina wußte, um den Koordinationsausschuß für multilaterale Exportkontrollen – »haben ihren Mitgliedsstaaten ausdrücklich untersagt, uns mit diesem strategisch außerordentlich wichtigen Metall zu beliefern, da es auch für militärische Zwecke eingesetzt werden kann.«

Mars steckte sich am brennenden Stummel seiner letzten Zigarette eine neue an. »Nach jahrelangem Suchen konnten wir schließlich trotzdem eine Hafnium-Quelle im Westen auftun. Es dauerte jedoch nicht lange, bis die COCOM sich einschaltete und Japan, unserem Lieferanten, weitere Lieferungen untersagte. Oder zumindest dachten wir das, da unser Hafnium-Nachschub unmittelbar nach dem Eingreifen der COCOM zum Erliegen kam.«

Er stand auf und schenkte sich Kaffee und Wodka nach. Nachdem er wieder an seinem Schreibtisch Platz genommen hatte, saß er erst einmal lange rauchend und kaffeetrinkend da, so daß Irina schon dachte, er hätte den Faden verloren.

Deshalb sagte sie nach einer Weile: »Was geschah mit dem Hafnium, das eigentlich für uns bestimmt war?«

»Tja.« Mars stellte seine Tasse ab. »Erst dachten wir, es wäre von der Tokioter Polizei konfisziert und an die Tokuso überstellt worden; das ist die Tokioter Sonderermittlungsbehörde. So ist das in Japan sonst üblich. Eine Woche später erfuhren wir jedoch aus zuverlässiger Quelle – und kurz darauf sollte sich das auch noch von anderer Seite bestätigen –, daß die letzte Lieferung Hafnium bereits zu uns unterwegs gewesen war, als die Sache aufflog. Das Problem war nur, daß diese Lieferung nie bei uns ankam.«

Irina setzte sich im Bett auf. »Du hast vorhin gesagt, unsere Nachschublinien wären irgendwo unterbrochen worden.«

Mars legte die Unterlagen beiseite, stand auf und kam zum Bett. »Das ist in gewisser Hinsicht richtig.« Er sah auf sie herab. »Als wir ein paar unserer Leute damit beauftragten, der Sache auf den Grund zu gehen und Nachforschungen anzustellen, wo die letzte Lieferung geblieben war, war alles, was sie fanden, der

Tod. Allen wichtigen Verbindungsmännern war die Zunge herausgeschnitten und in den Hals gestopft worden. Ersticken ist weiß Gott keine angenehme Todesart, aber so etwas ist einfach barbarisch.«

Irina erschauderte. Zugleich ergriff jedoch auch eine seltsame Faszination von ihr Besitz, als sie nachhakte: »Weißt du denn inzwischen, was aus dem Hafnium geworden ist?«

»Das ist, wie es die Amerikaner nennen, die Eine-Million-Dollar-Frage.« Mars setzte sich neben sie aufs Bett. Gemächlich wanderten seine Blicke über ihren nackten Körper, und schon nach kurzem konnte Irina sehen, welche Wirkung das auf ihn hatte. Sie spürte seine Erregung so deutlich wie ein Lied im Dunkeln. »Angesichts dieser mysteriösen Begleitumstände war natürlich die naheliegendste Erklärung, daß Terroristen das Hafnium in ihren Besitz gebracht hatten. Deshalb haben wir in dieser Richtung weitreichende Nachforschungen angestellt, die jedoch zu keinem Ergebnis geführt haben. Inzwischen sind bereits wieder drei Wochen vergangen, ohne daß wir in dieser Sache auch nur einen Schritt vorangekommen wären.«

»Und wo ist nun das Hafnium geblieben?« Irinas Finger schlossen sich um die größer werdende Schlange zwischen seinen Schenkeln. Sie beugte sich vor und küßte ihn. »Das weißt du doch, oder nicht?«

»Ja«, hauchte Mars mit belegter Stimme, »und nein.« Er schloß die Augen. »Das Hafnium befindet sich jedenfalls hier, irgendwo in der Sowjetunion.« Sein Atem ging zusehends rascher. »Aber das Komische – und Beängstigende – ist: Wir wissen nicht, wer es hat.«

Honno Kansei hatte sich geschworen, Big Ezoe nie wieder unter die Augen zu treten. Aber die jüngsten Entwicklungen ließen ihr keine andere Wahl. *Karma.*

Big Ezoes Hauptquartier lag in einem großen Fabrikgebäude am östlichen Stadtrand von Tokio. Allein die Tatsache, daß er in einer Stadt wie Tokio über soviel Platz verfügte, deutete darauf hin, daß Big Ezoe sehr wohlhabend sein mußte. Das war jedoch nicht weiter verwunderlich, da er der *oyabun*, der Chef, von Tokios mächtigstem Yakuza-Clan war. Die Yakuza waren Gangster, die die gesamte Tokioter Unterwelt kontrollierten. Sie hatten sich in streng hierarchisch gegliederten Gruppen zusammengeschlossen, hatten ihre eigenen Gesetze und bildeten eine eigene kleine Welt für sich. Da sie aufgrund ihrer enormen Macht weithin gefürchtet waren, haftete ihnen in den Augen der breiten Öffentlichkeit zugleich auch etwas Mythisch-Legendäres an.

Waren die Yakuza also die Bewohner einer ganz besonderen Art von Unterwelt, dann war Big Ezoe der sagenhafte Fährmann Charon, der gewiß schon mehr nichtsahnende Seelen über den Styx in das verhängnisvolle Totenreich der Yakuza übergeführt hatte als jemand sonst. Eine dieser verdammten Seelen war auch Honno Kanseis Vater gewesen.

Auch wenn Honno nie endgültige Gewißheit erlangt hatte, deutete dennoch alles darauf hin, daß Big Ezoe ihren Vater auf dem Gewissen hatte. Honnos Vater war dem Glücksspiel verfallen gewesen. So sehr Honno und ihre Mutter auch immer wieder versucht hatten, ihn von seinem Laster abzubringen, hatte doch alles nichts geholfen. Immer wieder trieb es ihn in die Spielhöllen der Yakuza, und immer höher wurden seine Verluste. Als sie eines Tages so hoch waren, daß er seine Schulden auf keinen Fall mehr hätte zurückzahlen können, war er eines Tages an einer dichtbefahrenen Straße vom Gehsteig gestolpert und direkt vor einen Bus gestürzt. Honno hatte sich von Anfang an des Verdachts nicht erwehren können, daß dabei jemand nachgeholfen hatte. Wie dem auch sei, ihr Vater wurde von dem vollbesetzten Bus überrollt und blieb mit gebrochenem Rückgrat blutüberströmt am Straßenrand liegen. Er starb auf dem Transport ins Krankenhaus.

Mit schmerzhafter Deutlichkeit kam Honno ihr erstes – und einziges – Treffen mit Big Ezoe wieder in Erinnerung, als sie sich nun ein zweites Mal seinem Hauptquartier näherte. Bei ihrem ersten Besuch hatte sie höflich, aber bestimmt verlangt, Big Ezoe sprechen zu dürfen. Als man sie nicht vorlassen wollte, hatte sie kurzerhand erklärt: ›Sagen Sie ihm, Noboru Yamatos Tochter ist hier, um die Schulden ihres Vaters zurückzuzahlen.‹

Drei Minuten später stand sie in Big Ezoes geräumigem Büro. Der gefürchtete *oyabun* begrüßte sie mit einem freundlichen Lächeln. Einen Augenblick lang sah Honno den Mann, den sie für den Mörder ihres Vaters hielt, durchdringend an. Dann zog sie eine kleine Pistole und richtete sie genau auf seinen Kopf.

Big Ezoes Lächeln geriet keinen Deut ins Wanken – nicht einmal, als sie sagte: »Sie haben meinem Vater das Rückgrat gebrochen – im übertragenen wie im buchstäblichen Sinn. Wie können Sie da dann noch so lächeln?«

Darauf erwiderte Big Ezoe: »Weil es unehrenhaft wäre, im Angesicht des Todes Furcht zu zeigen.«

Erst in diesem Augenblick wurde Honno die volle Tragweite dessen bewußt, was zu tun sie sich anschickte. Im selben Moment wurde ihr auch klar, daß sie dazu nicht imstande war. So sehr sie der sinnlose Tod ihres Vaters schmerzte, so wenig sinnvoll erschien es ihr mit einem Mal, ihn auf diese Weise zu rächen.

Stumm hatte sie deshalb die Pistole wieder sinken lassen und auf Big Ezoes Schreibtisch gelegt.

Und nun, kaum ein Jahr später, trieb sie die Verzweiflung noch einmal an diesen Ort. Es kostete sie unendliche Überwindung, Big Ezoe ein zweites Mal aufzusuchen. Aber nur er verfügte über genügend Macht, um ihr helfen zu können.

Beim Betreten des Fabrikgebäudes hatte Honno das Gefühl, in eine andere Welt versetzt zu werden – als ließe sie mit diesem Schritt unwiederbringlich all das hinter sich, was ihr in ihrem bisherigen Leben lieb und teuer gewesen war.

Die weite Eingangshalle war von einem riesigen Oberlicht überspannt, unter dem ein herrlicher Steingarten angelegt war. Der leise plätschernde Bach, der die Anlage durchfloß, war umstanden von einer Gruppe Farne und einem Zwergahorn. Für die nötige Asymmetrie innerhalb dieser harmonischen Ausgewogenheit sorgte ein smaragdgrüner Moso-Bambus, der kontrapunktisch in einer Ecke plaziert war.

Durch ein labyrinthisches Gewirr von Gängen wurde Honno in Big Ezoes Büro geführt, dessen geschmackvolle Einrichtung sie auch jetzt wieder überraschte. Jeder einzelne Gegenstand im Raum zeugte von höchstem ästhetischem Stilempfinden – die wundervoll ätherische Celadonvase, die imposante Samurairüstung aus dem siebzehnten Jahrhundert und der Holzdruck der Großen Woge von Hokusai, der über einem Brunnen von Noguchi hing, dessen gemächlich rieselndes Wasser ebenso tiefschwarz wirkte wie der schimmernde Stein, über den es floß.

Unwillkürlich ertappte sich Honno bei dem Gedanken: Wie kann sich ein Mann von so niederträchtigem Charakter mit soviel Schönheit umgeben?

Big Ezoe sah Honno lange schweigend an, nachdem sie sein Büro betreten hatte. Auch dann sagte er noch nichts, sondern zog statt dessen nur eine Schublade seines Schreibtisches heraus, entnahm ihr die Pistole, die Honno damals auf ihn gerichtet hatte, und legte sie auf den Schreibtisch.

»Ich nehme an«, sagte er schließlich, »Sie sind deswegen zurückgekommen.«

Wie gebannt starrte Honno auf das schimmernde Metall der Pistole. Vorsichtshalber hatte Big Ezoe die Waffe so auf den Schreibtisch gelegt, daß der Griff von ihr abgewandt war. Wie in einem Spiegel stiegen im blankpolierten Stahl der Pistole die Bilder aus der Vergangenheit wieder auf. Der Tod ihres Vaters schmerzte plötzlich wieder so heftig wie eine offene Wunde.

»Falls noch immer der Haß an Ihnen zehrt«, fuhr Big Ezoe gelassen fort, »haben Sie noch einmal eine Chance, ihn zu stillen.«

Aber das wäre eine Lösung gewesen, die Honno nur in noch tiefere Verzweiflung gestürzt hätte. »Behalten Sie die Pistole«, entgegnete sie deshalb mit belegter Stimme. Es dauerte lange, bis sie sich wieder unter Kontrolle bekam. »Vielleicht finden Sie eine Verwendung dafür.«

Big Ezoe nickte. »Wie Sie meinen.« Seine riesige Pranke schloß sich um die zierliche Waffe. Er ließ das Magazin herausschnappen. »Sie war nicht geladen. Aber das konnten Sie nicht wissen. Doch mir war es dadurch möglich, einen Blick in

Ihr tiefstes Inneres zu werfen.« Er lachte. »War das schon alles?«

Honno hob den Kopf und sah ihm in die Augen. Dann holte sie tief Luft und sagte: »Könnte ich bitte Tee haben?«

Kaum merklich hob sich eine von Big Ezoes Augenbrauen. Aber alles, was er sagte, war: »Selbstverständlich.« Er drückte auf einen Knopf seiner Sprechanlage und sagte kurz ein paar Worte. Dann lehnte er sich wieder zurück und sah Honno mißbilligend an: »Wenn Sie weiter die Stirn so in Falten ziehen, werden Sie frühzeitig altern. Ich kann mich noch gut erinnern, wie meine Mutter meiner Exfrau beigebracht hat, wie man lächelt.« Er mußte lachen. »Vielleicht sollte ich Sie mit nach Hause nehmen und meiner Mutter vorstellen.«

Der Tee kam. Big Ezoe servierte ihn selbst. Nachdem sie, wie es sich gehörte, die erste Schale in tiefem Schweigen geleert hatten, begann Honno ohne Umschweife: »Ich brauche Ihre Hilfe.«

Über Big Ezoes Gesicht legte sich ein fast wehmütiger Zug. »Meine Hände sind schmutzig. Ich bin ein Gangster, und Sie sind der festen Überzeugung, daß ich Ihren Vater ermordet habe. Wie könnte *ich* Ihnen behilflich sein?« Er schüttelte den Kopf. »Hier sind Sie an der falschen Adresse. Sie sollten lieber zur Polizei gehen. Oder zur Tokuso.«

Er weiß also von meiner Heirat mit Eikichi, schoß es Honno durch den Kopf. Bei genauerer Überlegung war das jedoch nicht weiter verwunderlich. Informiert zu sein war in Big Ezoes Position alles.

Sie faßte sich ein Herz. »In diesem Fall wäre mir weder mit der Polizei noch mit der Tokuso gedient. Nur Sie können mir helfen. Ich möchte die in mich gesetzten Erwartungen nicht enttäuschen, aber ich habe Angst davor, eine so schwere Aufgabe ganz allein bewältigen zu müssen. Ich bin durch *giri* gebunden, doch ich bin eine Frau in einer Männerwelt. Werden Sie mir helfen?«

Big Ezoe sah sie lange an. Er war ein großer, kräftiger Mann Anfang Fünfzig. Vor lauter Muskeln schien sein teurer Seidenanzug jeden Augenblick aus den Nähten zu platzen. Er hatte ein breites, offenes Gesicht, zu dem man, so seltsam das auch scheinen mochte, spontan Zutrauen faßte. Um seinen Mund und sein Kinn spielte jedoch auch ein aggressiver Zug. Er hatte stachliges, kurz geschorenes Haar und einen penibel getrimmten Schnurrbart, in den sich die ersten silbernen Fäden eingeschlichen hatten. Eigentlich sah er mehr aus wie ein Vertreter des Gesetzes als wie ein Yakuza-*oyabun*.

Er breitete seine mächtigen Hände aus. »Entschuldigen Sie die Frage – aber warum sollte ich Ihnen helfen?«

Darauf war Honno vorbereitet gewesen. »Sie meinen doch wohl eher, was für Sie dabei herausspringt.« Damit öffnete sie ihre Handtasche und zog einen dicken Umschlag mit Yen-Noten heraus. »Ich habe Ihnen Geld mitgebracht. Soviel ich beschaffen konnte.«

Big Ezoes Stirn legte sich in Falten.

»Ist es denn nicht genug?« fragte Honno niedergeschlagen.

»Stecken Sie das wieder weg. Ich nehme kein Geld von hübschen Mädchen, die es eigentlich besser wissen sollten.«

»Müssen Sie denn über alles Ihre Witze machen?« Honno war der Verzweiflung nahe. Was sollte sie tun, wenn Big Ezoe ihr nicht half? »Ihre Hilfe . . .«

Big Ezoe kam hinter seinem Schreibtisch hervor. »Meine Hilfe, meine liebe Frau Kansei, läßt sich nicht kaufen. Nur verdienen.« Er sah ihr in die Augen. »Sie haben eben selbst gesagt: Sie sind eine Frau in einer Männerwelt. Genau, wie meine Mutter immer zu meiner Exfrau gesagt hat: Du mußt erst noch den Beweis erbringen, daß du auch tatsächlich hierher gehörst. Wenn ich mich bereit erkläre, Ihnen zu helfen, gehe auch ich eine schwerwiegende Verpflichtung ein. Diese Angelegenheit beträfe mich dann nicht weniger als Sie. Deshalb schlage ich vor, daß Sie sich die Sache noch einmal in aller Ruhe durch den Kopf gehen lassen, bevor Sie weitersprechen.«

»Ich habe bereits alles reiflicher Überlegung unterzogen«, erwiderte Honno ohne Zögern. »Wenn Sie sich bereit erklären, mir zu helfen, stehe ich in Ihrer Schuld. Sie machen sich keine Vorstellung, wie tief ich mich dadurch in meiner Ehre gekränkt fühle.«

»Jetzt beleidigen Sie mich aber. Sie haben eine etwas ungewöhnliche Art, andere um Hilfe zu bitten.«

»Ich bin verpflichtet, den Letzten Willen eines toten Samurai zu erfüllen«, erklärte Honno mit erstaunlicher Entschlossenheit. »Ich habe ihn als einen Freund betrachtet. Und er war ein Ehrenmann. Ich habe ihm geholfen, einen ehrenhaften Tod zu sterben. Nun hat er mich um einen letzten Dienst gebeten. Die Ehre – die seine nicht weniger als die meine – verpflichtet mich, ihm seinen letzten Wunsch zu erfüllen. Mir ist allerdings bewußt, daß ich dazu allein nicht imstande bin. Aus diesem Grund bin ich hier.«

»Ein Samurai, sagen Sie?« Big Ezoe zupfte an seiner Unterlippe. Es schien, als beginne er sich für die Sache zu interessieren. »Soll das heißen, Sie haben Kakuei Sakata in Sengakuji assistiert? Haben Sie ihm geholfen, die Klinge zur Seite zu drücken, als ihn die eigenen Kräfte verließen?«

»Ja.«

»So ist das also.« Er versank in tiefes Nachdenken. »Ein Yakuza, der das gefallene Banner eines Samurai aufgreift – diese Vorstellung entbehrt nicht einer gewissen Pikanterie.«

»Sie werden mir also helfen?«

Big Ezoes nach innen gekehrter Blick richtete sich wieder auf Honno. »Wissen Sie, Frau Kansei, ich hatte von Anfang an das Gefühl, Sie noch einmal wiederzusehen. Vor einem Jahr sind Sie hier zur Tür hereingekommen und haben mich mit einer Pistole bedroht. Für eine Frau war das ziemlich ungewöhnlich. Vielleicht war es auch nichts als pure Naivität. Aber andererseits haben Sie genügend Intelligenz bewiesen, am Ende doch nicht abzudrücken. Hätten Sie das getan, hätten meine Leute Sie auf der Stelle getötet. Und jetzt . . .«

»Ich werde alles tun, was Sie von mir verlangen.«

»Ich weiß nicht. Ich wage zu bezweifeln, daß Sie sich der vollen Tragweite dessen, was Sie da eben gesagt haben, wirklich bewußt sind.« Big Ezoe sah sie eine Weile nachdenklich an. Dann nahm er die Pistole und legte sie auf seine offene Handfläche. »Wer weiß, wohin dieser Pfad Sie führen wird oder was man unterwegs von Ihnen verlangen wird?« Er kam einen

Schritt auf sie zu. »Ein Samurai nimmt sich nicht wegen einer Lappalie das Leben. Sie stehen jetzt an der Schwelle zu einer neuen Welt, und in dem Dunkel, das sich dahinter auftut, lauern unbekannte Kräfte – und vor allem auch böse Kräfte, wie ich meinen möchte. Seien Sie also auf alles gefaßt.« Er wog die Pistole in seiner Hand und krümmte den Finger um den Abzug. »Überlegen Sie sich diesen Schritt gut. Es ist noch nicht zu spät, Ihre Entscheidung rückgängig zu machen.«

Honno nahm den Schlüssel heraus, den Kakuei Sakata ihr mit der Post zugeschickt hatte. Sie zeigte ihn Big Ezoe und sagte: »Damit fangen wir an.«

3

Auf dem Land in Virginia / Machine Gun City

Russell Slade holte Tori in seiner gepanzerten Limousine ab. Es war noch dunkel, und selbst die Vögel wurden erst langsam wach.

Er war sich seiner Sache so sicher gewesen, daß er erst gar nicht aus Los Angeles abgereist war, sondern gleich am Flughafen gewartet hatte, daß sie anrief. Slade hatte drei solche Panzerlimousinen – kugelsicher, über zweihundert Stundenkilometer schnell und mit den besten Kommunikationseinrichtungen ausgestattet; eine in Washington, eine in New York und eine in Los Angeles. Sie waren ein wichtiger – fast könnte man sagen, lebenswichtiger – Bestandteil seiner Arbeit, eine Art mobiles Büro, in dem er nicht selten auch aß und schlief, wenn eine wichtige Mission seine permanente Erreichbarkeit erforderte. Russell Slade hatte eine fast zwanghafte Abneigung, sich zu lange an einem Ort aufzuhalten. Diese Eigenheit hatte er zweifellos von Bernard Godwin übernommen, der einmal in einem Bonner Hotel nur mit knapper Not einem Anschlag des KGB entronnen war. Slade haßte Hotels, und zwar schon aus dem einfachen Grund, weil dort keine Möglichkeit bestand, hundertprozentig wirksame Sicherheitsvorkehrungen zu treffen. Zum einen hatte dort jeder nach Belieben Zutritt; es gab zu viele Nebeneingänge, Lieferanten und Zweitschlüssel; und nicht zuletzt herrschte dort Tag und Nacht ein ständiges Kommen und Gehen, das die wirksame Sicherung eines Hotelzimmers zu einem Ding der Unmöglichkeit machte.

Was die Angelegenheit mit Tori betraf, mußte man Slade zumindest eines zugute halten: Ihr Einlenken erfüllte ihn nicht, wie vielleicht zu erwarten war, mit stillem Triumph; er nahm es vielmehr als etwas völlig Selbstverständliches hin.

Auf dem Flug nach Washington hatte Tori ausreichend Zeit zum Nachdenken. Natürlich verfügte Slade über einen eigenen Privatjet. Die Maschine war mit derart vielen Sicherheitsvorrichtungen gegen eine mögliche Entführung ausgestattet, daß ein Learjet dafür nicht mehr genug Platz geboten hätte, sondern nur noch eine wesentlich größere 727 in Frage kam. Eigentlich wollte Tori schlafen. Doch immer wieder hatte sie denselben schrecklichen Traum: Ariels Haus auf dem Russian Hill, die Couch, die von der Bombe in Fetzen gerissen wurde, der stechende Schmerz, der ihr von einer anderen Explosion noch in lebhafter Erinnerung war, die ihr die Hüfte zertrümmert hatte und sie um ein Haar sogar das Leben gekostet hätte . . .

Immer wieder schrak sie schweißgebadet und mit heftigem Herzklopfen aus dem Schlaf hoch. Wenn sie dann die Augen aufschlug, sah sie Slade auf dem gegenüberliegenden Platz sitzen und ein Fax nach dem anderen an die CIA-Zentrale in Virginia schicken. Als Tori noch für den Geheimdienst gearbeitet hatte, hatte Slade noch geraucht; inzwischen beschränkte er sich darauf, auf der Kappe seines Filzstifts herumzukauen.

Irgendwo über Ohio oder Missouri wurden ihnen Sandwiches und Kaffee gebracht – eine willkommene Abwechslung in der Eintönigkeit des langen Fluges. Tori war die Lust am Schlafen vergangen. Sie wollte auf keinen Fall wieder in diesen schrecklichen Alptraum verfallen, wo sie gefangen war in einem nie endenden Kreislauf aus Angst und Schmerz.

Als sie zu Ende gegessen hatten, sagte Slade: »Stehst du eigentlich noch immer in engem Kontakt mit dieser japanischen Version der Mafia?«

Tori ignorierte seinen sarkastischen Tonfall. Mein Gott, woher nahm Russell nur diese arrogante Selbstsicherheit? Wie ähnlich es ihm doch auch gesehen hatte, daß er am Flughafen erst gar nicht an Bord seiner Maschine gegangen war, sondern gleich in seinem Wagen auf ihren Anruf gewartet hatte. Am liebsten hätte sie ihm ins Gesicht geschlagen. Statt dessen konzentrierte sie sich jedoch auf ihren Plan. Irgendwann, kurz vor Anbruch der Dämmerung, war ihr klargeworden, daß es sehr wohl eine Möglichkeit gab, ihr Vorhaben in die Tat umzusetzen, ohne dafür ihre Seele an den Teufel verkaufen zu müssen. Es waren zwei Dinge, die sie sich zum Ziel gesetzt hatte: Das war zum einen ihre Wiederaufnahme in den Geheimdienst, und zwar unter ihren Bedingungen; zum anderen wollte sie sich an

Russell Slade rächen, daß er damals ihre Entlassung angeordnet hatte. Was sie sich für Slade ausgedacht hatte, war wesentlich raffinierter und wirkungsvoller als lediglich ein verunstaltetes Gesicht, obwohl auch die Vorstellung, Slades Kinn könnte nur noch von einem komplexen Geflecht aus Drähten zusammengehalten werden, nicht eines gewissen Reizes entbehrte.

Lächelnd erwiderte Tori deshalb: »Falls du damit die Yakuza meinst – ja, ich stehe noch immer in Verbindung mit ihnen.«

Russell nickte – fast so, als hätte sie gerade eine Art Test bestanden. »Gut. Die Yakuza haben nämlich mehr Finger in dieser Geschichte stecken als jeder von ihnen an den Händen hat.«

»Meinst du damit den Mord an Ariel Solares?«

Russell stieß den Arm der Leselampe beiseite und preßte seine Fingerspitzen gegen seine Augenlider. Sein Gesicht lag jetzt im Dunkeln. Dicht unter dem Bauch des Flugzeugs schossen die Wolken vorbei.

»Sicher kannst du dich noch an die beiden Yakuza-Killer erinnern, die du mit Ariel in den unterirdischen Gängen belauscht hast«, begann Slade. »Sie sind nur ein schwacher Vorgeschmack auf das, was in nächster Zeit noch auf uns zukommen wird. Wenn mich nicht alles täuscht, sind wir da in eine verdammt unangenehme Geschichte hineingeraten.«

»Und die Japaner spielen dabei eine ganz maßgebliche Rolle? Kein Wunder, daß du dich persönlich nach Los Angeles bemüht hast, um mit mir zu sprechen. Du brauchst jemand, der auf diesem Gebiet Erfahrung hat.« Sie sah ihn mit gespieltem Mitgefühl an. »Es ist also echter Schweiß, was ich da auf deiner Oberlippe sehe – oder nicht?«

»Jetzt laß deine dummen Witze.«

Wie Tori nicht ohne Schadenfreude feststellte, war er ziemlich wütend.

»In welchem Umfang sind die Japaner tatsächlich in diese Sache verwickelt?« wollte sie schließlich wissen.

Slade sah sie finster an. »Deine japanischen Freunde können einem wirklich ganz schön auf die Nerven gehen. Sie halten sich einfach partout nicht an die Spielregeln.«

»Das tun sie sehr wohl«, entgegnete Tori. »Das Problem ist

nur, daß du genausowenig wie sonst jemand in den maßgeblichen Regierungskreisen auch nur die leiseste Ahnung hast, wie diese Spielregeln lauten.«

Slade sah sie befremdet an – etwa so, wie man vielleicht ein modernes Kunstwerk betrachten könnte: schockiert, verwirrt und ein bißchen ärgerlich.

Bevor er jedoch etwas erwidern konnte, war Tori bereits aufgestanden und in die Toilette verschwunden, um sich dort umzuziehen und frisch zu machen. Zwanzig Minuten später kam sie in einer eierschalenfarbenen Spitzenbluse und einer naturfarbenen Mohairjacke wieder heraus. Dazu trug sie einen rehbraunen Wildlederrock, braune Krokodillederschuhe und schwere mattgoldene Ohrringe.

»Ganz schön aufgetakelt«, lautete Slades einziger Kommentar.

»Da sieht man eben wieder den verderblichen Einfluß von L.A.«, entgegnete Tori leichthin. »Dort ist das ganze Leben nichts anderes als eine einzige Show.« Sie lächelte. »Im Gegensatz zu dir wird es Bernard sicher gefallen.«

Vom Potomac stieg dichter Nebel auf, als sie in Washington landeten. Auf dem Rollfeld wartete bereits eine andere von Slades Speziallimousinen auf sie, der starke Motor im Leerlauf leise summend, die dunkel getönten Fenster hochgekurbelt, was sowohl gegen die Feuchtigkeit wie gegen die Kugeln eines Attentäters gedacht war.

Auf dem offenen Land in Virginia ließ Tori trotz Slades Protesten das Fenster auf ihrer Seite herunter. »Ich möchte die Vögel singen hören.« Wenig später mündete die Straße in einen vierspurigen Highway, von dem sie nach etwa fünf Meilen in ein riesiges Einkaufszentrum abzweigten. An Tori glitten die großen Bauten der Kaufhausketten vorbei, wie sie in solchen ländlichen Gegenden vorwiegend vertreten waren: Sears, J. C. Penney, Radio Shack, Filene's. Am Ende des weitläufigen Einkaufszentrums fuhr die Limousine in eine Tiefgarage und hielt schließlich vor der Rückwand des untersten Parkdecks. Vor ihnen lag nichts mehr als eine gewaltige Wand aus nacktem Beton. Sie mußten eine Weile warten, bis ihr Wagen die Sicherheitskontrolle durchlaufen hatte. Als schließlich auf der kleinen Konsole an Slades rechtem Arm ein grünes Licht aufleuchtete, tippte er eine zehnstellige Codenummer ein. Ein Teil der Betonwand hob sich, und lautlos glitt die Limousine durch die Öffnung.

Dahinter befand sich ein Tunnel mit einer zweispurigen Asphaltstraße, an deren Seiten in regelmäßigen Abständen orangefarbene Leuchtstreifen angebracht waren. Sonst war in dem Tunnel außer nacktem Fels nichts zu sehen. Zehn Minuten später stieg die Straße leicht an, und als sie schließlich wieder an die Oberfläche kamen, befanden sie sich auf dem sechzig Hektar großen Gelände einer Pferdefarm. Die CIA-Zentrale.

Am Eingang der Hauptdirektion wurden sie bereits von Bernard Godwin erwartet. Sein Gesicht leuchtete auf, als Tori aus dem dunklen Innern der Limousine stieg. Er schien seit ihrem letzten Treffen um keine Sekunde gealtert zu sein. In seinen Zügen vermischten sich die Tatkraft und das Durchsetzungsvermögen des geborenen Strategen mit der Gerissenheit und dem sicheren Kalkül eines großen Staatsmanns. Noch nie hatte Tori einen Mann kennengelernt – auch Russell nicht, *vor allem* Russell nicht –, dem die Macht so gut zu Gesicht stand. Für Bernard war die Macht genauso wichtig wie für andere die Luft zum Atmen; er brauchte sie ebenso dringend wie Toris Mutter die unzähligen Rollen, die sie wechselte wie andere Frauen die Kleider. Man hätte Bernard Godwin nur diese Macht zu nehmen brauchen, und er wäre in sich zusammengefallen wie eine Marionette, der man alle Fäden kappt.

»So wahr ich hier stehe, Tori: Sie sehen wesentlich besser aus als vor eineinhalb Jahren, als Sie sich an derselben Stelle von mir verabschiedet haben.« Godwin schloß sie herzlich in die Arme. »Schön, daß Sie wieder bei uns sind«, sagte er dann so leise, daß nur sie es hören konnte, und an Slade gewandt: »Sie haben gut daran getan, Russell, sie wieder zurückzuholen.«

Wichtige Lagebesprechungen wurden in der Regel in einer gemütlichen Suite abgehalten, die ringsum von den mächtigen Generatoren umgeben war, die für die Stromversorgung der Zentrale zuständig waren. Was die Energieversorgung betraf, war die ganze Anlage völlig autark. Das war zwar mit erheblichen Kosten verbunden gewesen, aber gerade auf diesem Punkt hatte Bernard Godwin bei der baulichen Konzeption der CIA-Zentrale mit besonderem Nachdruck bestanden. Der etwas ungewöhnliche Standort der Suite für die Lagebesprechungen war bewußt deshalb inmitten der mächtigen Stromgeneratoren gewählt worden, weil ihre Räumlichkeiten auf diese Weise unter keinen Umständen abgehört werden konnten.

Die einzelnen Räume der Suite waren ganz im Stil eines gediegenen Herrenclubs eingerichtet – gemütlich, männlich-robust, mit der Patina des Alters überzogen. Genau das war einer der Gründe, weshalb sich Tori für diesen Anlaß so betont feminin gekleidet hatte. Achtzehn Monate war es her, daß sie ihren Fuß zum letztenmal in dieses Zentrum geheimer Macht gesetzt hatte. Um so deutlicher sollten sich nun die Männer, die hier das Sagen hatten, ihrer Anwesenheit bewußt werden.

Zusammen mit Godwin und Slade nahm sie an dem auffällig gemaserten Besprechungstisch Platz, auf dem bereits Sandwiches, Obst und verschiedene Säfte für sie bereitstanden. Beim Anblick dieses verlockenden Imbisses mußte Tori feststellen, daß sie jedes Gefühl dafür verloren hatte, ob sie nun hungrig war oder nicht. Sie aß aus reiner Gewohnheit, und ganz automatisch griff sie auch zu den Blaubeeren; sie gehörten zu einer Reihe von Lebensmitteln, die in Geheimdienstkreisen als ›Einsatzessen‹ bezeichnet wurden. Da sie ein Enzym enthielten, das für kurze Zeit die Sehfähigkeit erhöhte, hatten Kampfflieger im Zweiten Weltkrieg unmittelbar vor ihren Einsätzen immer Blaubeeren zu essen bekommen.

Tori sah Bernard Godwin an. Aber der sagte nur: »Russell, Sie haben das Wort.«

Russell Slade schlug einen gelbbraunen Ordner auf. Tori sah, daß er die Aufschrift EISCREME trug und durch einen leuchtend roten Streifen quer über der rechten oberen Ecke gekennzeichnet war; das hieß, daß er Dokumente der obersten Geheimhaltungsstufe enthielt, die weder fotokopiert noch aus dem Büro entfernt werden durften; außerdem brauchte man eine Ermächtigung von seiten des Direktors persönlich, um Einsicht in sie nehmen zu dürfen.

Slade räusperte sich, bevor er begann: »Wie ich bereits im Flugzeug angedeutet habe, ist die Lage sehr ernst, Tori. Ich habe also keineswegs Witze gemacht oder übertrieben. Es geht um einen weltweit operierenden Rauschgiftring.«

»Kokain?«

Slade und Godwin tauschten einen kurzen Blick aus. »Ja«, erwiderte Slade und wandte sich wieder Tori zu. »Und nein. Es war schon schlimm genug, als sich die südamerikanischen Drogenbosse des stillschweigenden Einverständnisses ihrer Regierungen versichern konnten, als sie den Anbau, die Weiterverarbeitung und den Handel mit Kokain in geradezu industriellem Umfang zu betreiben begannen. Doch inzwischen hat sich die Lage auf dem Rauschgiftmarkt durch die Entwicklung einer völlig neuartigen Droge noch erheblich verschärft, und das zieht natürlich gerade für uns in den Vereinigten Staaten katastrophale Folgen nach sich.«

An dieser Stelle machte er eine kurze Pause, um einen Schluck Orangensaft zu nehmen. Bei dieser Gelegenheit fiel Tori wieder ein, daß Russell Slade schon immer über ein ganz außergewöhnliches rhetorisches Feingefühl verfügt hatte. Sein Timing war einfach unübertroffen.

»Die ersten Hinweise, was da auf uns zukommen würde«, fuhr er schließlich fort, »erhielten wir vor einem Jahr. In Washington kam ein junges Mädchen ums Leben. Hört sich nicht sonderlich dramatisch an, ich weiß. Aber je mehr die Ermittlungen zu dem Fall vorankamen, desto verrückter erschien die ganze Sache und desto beängstigendere Ausmaße nahmen die daraus erwachsenden Konsequenzen an. Zuerst einmal: Dieses junge Mädchen – sie war fünfzehn Jahre alt – war keineswegs schwarz, sondern *weiß*; und nicht nur das: Sie stammte aus einer angesehenen und wohlhabenden Familie. In gewisser Weise war das unser Glück. Hätte es sich dabei um irgendein Ghetto-Kid gehandelt, wären wir vermutlich nie auf die Sache aufmerksam geworden.

Nun verfügt der Vater des toten Mädchens jedoch nicht nur

über die entsprechenden finanziellen Mittel, sondern auch, und das ist in diesem Fall wesentlich wichtiger, über enormen Einfluß. Er heuert einen forensischen Experten an – einen ehemaligen New Yorker Gerichtsmediziner in leitender Funktion, der sich vor kurzem aufs Altenteil zurückgezogen hat, um seine Memoiren zu schreiben. Diesem alten Fuchs muß wohl einiges spanisch an der Sache vorgekommen sein; jedenfalls beginnt er ein bißchen tiefer zu graben. Als er dem Vater einen ersten vorläufigen Bericht vorlegt, ist dieser so schockiert, daß er sich unverzüglich mit einigen seiner Freunde in Verbindung setzt, die allesamt in höchsten Regierungskreisen sitzen. An diesem Punkt leuchtet auf unserem Computerbildschirm ein rotes Licht auf, und ich schicke einen unserer Leute – Ariel Solares – los, um mit den Hauptbeteiligten zu sprechen.«

Slade nahm ein Blatt aus dem Ordner heraus und schob es Tori über den Tisch zu. »Das ist der Bericht des Gerichtsmediziners. Ich kann dir allerdings auch mündlich eine kurze Zusammenfassung seines Inhalts geben. Dieses fünfzehnjährige Mädchen starb nicht an einer Überdosis, wie die ursprüngliche Diagnose lautete, sondern an chronischem Kokainmißbrauch.«

Darauf trat erst einmal längeres Schweigen ein, das Tori nur in der Einsicht bestärkte, daß Slade seinen Sinn fürs Theatralische nicht verloren hatte.

»Beginnst du nun langsam zu begreifen, worauf das Ganze hinausläuft? Eine Fünfzehnjährige stirbt an langjährigem Kokainmißbrauch. Zugleich versichert uns der Arzt, der diese Diagnose gestellt hat, daß sie mindestens zehn Jahre lang regelmäßig Kokain hätte nehmen müssen, um die bei ihr auftretenden körperlichen Symptome hervorzurufen. Das ist ein Widerspruch in sich. Dennoch wird in dem uns vorliegenden Bericht schlüssig bewiesen, daß alle Anzeichen genau darauf hindeuten.«

Als Slades Hand in seiner Jackentasche verschwand, wußte Tori, daß er dort nach einer Zigarette suchte. Da er jedoch nicht mehr rauchte, schenkte er sich statt dessen Saft nach. »Der Gerichtsmediziner, den der Vater des Mädchens angeheuert hatte, brauchte sechs Wochen, bis er schließlich auf des Rätsels Lösung stieß. Eines muß man dem alten Fuchs jedenfalls lassen: Er hat nicht lockergelassen. Das Mädchen hatte tatsächlich Kokain genommen, aber nur drei Monate lang.« Slade sah Tori fast beschwörend an. »In nur drei Monaten hatte sie körperlich so stark abgebaut, wie das sonst nur nach zehn Jahren schwersten Kokainmißbrauchs der Fall ist. Wie war das möglich? Die Antwort darauf lag in der Art des Kokains. Auf den ersten Blick war es nicht von den gängigen Sorten zu unterscheiden, aber bei einer genauen Molekularanalyse ließen sich dann doch gewisse Abweichungen feststellen. Erst schienen diese Veränderungen zwar nicht von nennenswerter Bedeutung zu sein, doch als wir dann in unseren Labors eine solche Substanz rekonstruierten und Mäusen eingaben, zeigten die Versuchstiere höchst besorgniserregende Symptome. Zuerst einmal handelt es sich bei dieser Substanz schlicht und einfach um ein Gift – allerdings kein Gift im üblichen Sinn, das sofort zum Tod führt. Im Gegenteil, das Rauschgefühl, das diese Droge hervorruft, macht den Benutzer binnen kürzester Zeit psychisch abhängig, während sie gleichzeitig seinen Körper in wenigen Monaten von innen heraus auffrißt. Wenn man also diese neue Wunderdroge nimmt, ist das ebenso, als würde man eine Zeitbombe schlucken.«

Das ließ sich Tori kurz durch den Kopf gehen, bevor sie sagte: »Das also war die Spur, der Ariel in Buenos Aires nachgegangen ist.«

»Ja.«

»Und die zwei Yakuza in den unterirdischen Gängen?«

Slade sah erst Godwin an, dann Tori. »Ariel ging davon aus, daß sie Mitglieder eines Rauschgiftrings waren. Doch dann stieß er, soweit wir das seinem letzten Lagebericht entnehmen konnten, auf eine Spur, derzufolge es noch wesentlich brisantere Zusammenhänge zwischen den Japanern und diesem Superkokain geben muß.«

»Einen Augenblick«, unterbrach ihn Tori. »Soll das heißen, diese Superdroge wird von den Japanern hergestellt?«

»Genau das scheint der Fall zu sein«, nickte Slade.

»Woher hatte Ariel diese Informationen?« wollte Tori wissen. »Wer waren seine Kontaktleute?«

»Das wissen wir nicht«, mußte Slade zugeben. »Er konnte mich davon überzeugen, daß wir in diesem Fall ausnahmsweise einmal auf die üblichen Sicherheitsvorkehrungen verzichten würden müßten, wenn er sich erfolgreich an diese Leute heranmachen wollte. Das hieß in diesem Fall: keine täglichen Rücksprachen, keine kurzfristigen Lageberichte, keine Hintermänner, keine Auffangmaßnahmen, nichts. Seinen Aussagen zufolge war er in eine rote Zone eingedrungen, und wenn sie auch nur den leisesten Verdacht geschöpft hätten . . .« Slade senkte den Blick auf die vor ihm liegende EISCREME-Akte. Doch Tori entging nicht, daß er in Wirklichkeit geistesabwesend ins Nichts starrte. Vielleicht dachte er – ob wohl mit Bedauern? – an Ariels Tod.

»Und genau aus diesem Grund sind wir dringend auf dich angewiesen«, fuhr er schließlich fort. »Du bist bestens mit der Mentalität der Japaner vertraut. Erfindungen waren noch nie ihre Stärke, aber gib ihnen einen Prototyp in die Hand, und sie machen mehr aus dieser Grundidee, als das sonst jemand auf der Welt könnte.«

»Es stimmt nicht, daß die Japaner nichts erfinden können.«

»Aber Sie wissen doch, was er meint, Tori«, schaltete sich zum erstenmal Godwin ein. »Hier handelt es sich nicht um eine synthetische Droge. Um diese hochgefährliche Substanz – oder sollte ich besser sagen: Waffe – herzustellen, braucht man nach wie vor den Rohstoff Kokain, und der läßt sich bekanntlich nicht auf chemischem Weg im Labor erzeugen.«

»Das ist doch völliger Wahnsinn.« Fassungslos schüttelte Tori den Kopf. »Weshalb sollten die Japaner diese Superdroge produzieren? Wenn es ihnen nur um die damit zu erzielenden Gewinne ginge, könnte ich das Ganze ja noch verstehen; aber dieses tödliche Gift als Waffe einzusetzen, ist einfach unvorstellbar.«

»Ganz meine Meinung«, pflichtete ihr Bernard Godwin bei. »Bekanntlich gibt es in unserer Regierung schon lange gewisse Gruppierungen, die der festen Überzeugung sind, daß die Japaner einen regelrechten Wirtschaftskrieg gegen uns führen und vor nichts zurückschrecken werden, um uns eines Tages endgültig in die Knie zwingen zu können.« Er spitzte die Lippen, wie er das meistens tat, wenn er über komplexe Sachverhalte nachdachte. »Dieser Meinung hänge ich persönlich zwar nicht an, aber Sie würden staunen, wer das alles im Weißen Haus und auf dem Capitol Hill tut.« Seine Züge strahlten noch immer Zuversicht und Entschlossenheit aus. »Dank Ariels Hinweisen wissen wir im Augenblick nur, daß diese Superdroge von den Japanern entwickelt wurde. Alles Weitere sollen Sie für uns herausfinden. Wer stellt es her, an wen wird es verkauft und warum? Zum Schluß sollen Sie den ganzen Laden auffliegen lassen – und zwar so, daß nichts mehr davon übrigbleibt.«

»Sie tun Russell unrecht, Tori«, sagte Godwin. »Er ist ein guter Mann.«

»Er hat mich gefeuert«, war Toris einzige Antwort.

»Gewiß. Mit meinem Segen.«

»Mit . . .«

»Tori, ich habe Sie persönlich ausgebildet, und Sie wissen, wieviel mir an Ihnen liegt. Ich war es, der Sie für den Geheimdienst angeworben hat, und ich kann nicht leugnen, daß ich mir der damit verbundenen Risiken durchaus bewußt war. Allerdings war ich sicher, daß Ihre außergewöhnlichen körperlichen Fähigkeiten und Ihr scharfer Verstand Ihr rebellisches Wesen, Ihre Unberechenbarkeit und Ihren Hang zur Insubordination mehr als wettmachen würden.

Das ändert jedoch nichts an der Tatsache, daß der Geheimdienst eine Organisation ist, die dem Militär nicht unähnlich ist. Das dürfte selbst Ihnen nicht entgangen sein. Wie im Fall des Militärs werden auch bei uns alle organisatorischen Abläufe durch strenge Vorschriften und Bestimmungen geregelt. Auf keinen Fall darf sich ein einzelner nach eigenem Ermessen über eine dieser Bestimmungen hinwegsetzen. Genau das haben Sie jedoch getan, Tori; dementsprechend haben Sie auch die Konsequenzen zu spüren bekommen. In seiner Funktion als leitendem Direktor blieb Russell keine andere Wahl, als Sie zu entlassen. Deshalb sollten Sie endlich damit aufhören, ihm deswegen Vorwürfe zu machen.«

Sie schlenderten an den Koppeln mit den buntgestreiften Hindernissen für die Springpferde entlang. Obwohl weit und breit niemand zu sehen war, hielten sie sich in unausgesprochenem, langer Berufserfahrung entsprungenem Einverständnis immer in der Nähe von Bäumen und Büschen, die seit jeher die besten natürlichen Barrieren gegen elektronische Abhörvorrichtungen waren.

»Na schön«, lenkte Tori ein. »Vielleicht habe ich ihm in diesem Punkt Unrecht getan. Trotzdem ändert das nichts an meinem Entschluß.«

»Und der wäre?«

»Ich möchte nur unter meinen eigenen Bedingungen wieder einsteigen.«

»Um dem zustimmen zu können, müßte ich erst wissen, was das für Bedingungen sind.«

Tori dachte kurz nach. »Ich möchte mich keineswegs über die Vorschriften hinwegsetzen. Ich möchte sie nur etwas flexibler handhaben. Ich möchte nach eigenem Ermessen vorgehen . . .«

»Ausgeschlossen.«

»Aber Sie sind auf meine Mitarbeit angewiesen.«

Godwin blieb stehen und drehte sich zu ihr herum. Sein Blick traf sich mit dem ihren. »Wir kennen uns zu gut, um uns etwas vorzumachen, Tori. Tatsache ist: Sie brauchen mich genauso, wie ich Sie brauche. Wenn Ihnen das nicht klar ist, hat es keinen Sinn, noch länger über eine Wiederaufnahme Ihrer Tätigkeit zu verhandeln; solange Sie sich nämlich selbst etwas vormachen, werden Sie notgedrungen auch uns etwas vormachen. Auch wenn das nicht unbedingt mit Absicht geschähe, würde allein diese Möglichkeit ein zu großes Sicherheitsrisiko für unsere Organisation darstellen. Sie lieben die Gefahr und die Risiken, die dieser Job mit sich bringt – ja, sogar das Blut, das dabei manchmal vergossen wird. Nein, machen Sie sich erst gar nicht die Mühe, das zu leugnen – Sie wissen ebensogut wie ich, daß es die Wahrheit ist. Sie leben nur dann wirklich, wenn Sie sich am Abgrund des Todes bewegen. Und es gibt niemand, der sich auf diese Gratwanderungen besser versteht als Sie.«

Darauf trat langes Schweigen ein, durchbrochen nur durch den klagenden Ruf einer Schnepfe. »Wenn Sie mich hätten ausreden lassen«, sagte Tori schließlich, »hätten Sie mir meine Bitte vielleicht gewährt.«

»Das wage ich zu bezweifeln«, erwiderte Godwin. »Aber bitte, schießen Sie los.«

Sie setzten ihren Weg fort. Erst unter einer Gruppe hoher Ahorne blieben sie wieder stehen. Es war kühl und dunkel unter den Kronen der schattigen Bäume. In der sonnenüberfluteten Ferne konnten sie eine Gruppe von Pferden weiden sehen. Ein Bild des Friedens.

»Ich möchte eine generelle Genehmigung des Direktors, die mir nötigenfalls ohne lange bürokratische Prozeduren Einblick in wichtige Geheimdokumente ermöglicht«, sagte Tori schließlich. »Und ich möchte, daß Russell endlich einmal seinen Schreibtisch verläßt und mich auf dieser Mission begleitet.«

Die Stille, die darauf eintrat, war so tief, daß Tori das Schnauben eines mehrere hundert Meter entfernten Pferdes hören konnte. Das war ihre Rache an Russell Slade: Sollte sich dieser eingefleischte Schreibstubenhengst endlich auch einmal die Hände schmutzig machen; sollte er dem Feind endlich einmal von Angesicht zu Angesicht in die Augen blicken und, noch besser, vielleicht sogar dem Tod.

Sie hatte sich durch Godwins Einwände nicht einen Moment von ihrem Standpunkt abbringen lassen. Nicht umsonst wußte sie, daß der alte Herr ursprünglich Schauspieler gewesen war. Er verstand es, neben zahlreichen anderen Talenten, auch ganz hervorragend, andere zu manipulieren. Durch lange und bittere Erfahrung hatte Tori jedoch gelernt, sich nicht mehr hinters Licht führen zu lassen.

»Der Platz eines Direktors ist nicht im Feld«, erklärte Godwin schließlich.

»Trotzdem . . .«

»Das kann ich auf keinen Fall zulassen.«

Tori salutierte. »Dann sprechen wir uns vielleicht in achtzehn Monaten wieder.«

»Tori, Sie brauchen uns genauso dringend, wie wir Sie brauchen.«

Sie wandte sich zum Gehen. Godwin streckte die Hand nach ihr aus und hielt sie zurück. »Also schön, Sie sollen diese Genehmigung kriegen.« Er schloß seine Hand um die ihre. »Sie wissen doch, daß ich Sie nie um etwas gebeten habe, Tori. Doch jetzt tue ich das zum erstenmal. Wir brauchen Sie – wesentlich dringender sogar, als Russell hat durchblicken lassen. Schließlich ist auch er nur ein Mensch; auch er hat seinen Stolz.« Er nahm ihre Hand in die seine. »Vielleicht brauchen auch Sie uns mehr, als Sie sich eingestehen wollen. Jetzt stellen Sie sich doch nicht so an. Sie wissen ganz genau, was ich meine.«

Tori hielt seinem Blick stand, ohne auch nur mit einer Wimper zu zucken. »Ich möchte, daß mich Russell begleitet, Bernard.«

»Warum?«

»Hier kann ihm doch absolut nichts passieren – auf dieser hermetisch von der Außenwelt abgeriegelten Ranch, in seinen gepanzerten Limousinen, in seinen entführungssicheren Jets. Er hat jeden Realitätsbezug verloren. So sind Sie nie gewesen, Bernard. Denken Sie doch nur zurück. Sie haben Ihre Erfahrungen nicht nur hinter dem Schreibtisch gesammelt. Hin und wieder muß man sein Ohr ganz unmittelbar am Puls der Zeit haben und nicht nur am Kopfhörer eines Funkgeräts. Wenn Russell, wie er sich das vermutlich vorgestellt hat, bei dieser Mission nur hinter seinem Schreibtisch sitzt und per Funk seine Anweisungen erteilt, stellt er ein ganz erhebliches Sicherheitsrisiko für mich dar. Genau wie er damals Ariel aus sicherer Entfernung dirigiert hat, würde er diesmal mich dirigieren. Aber da mache ich nicht mit. Soll er ruhig am eigenen Leib erfahren, wie der Alltag eines Agenten aussieht. Das bißchen praktische Erfahrung kann ihm auf keinen Fall schaden, und ich könnte jemand zur Unterstützung brauchen.«

»Ich weiß nicht, ob ausgerechnet das die richtige Mission für ihn ist, um sich die Hände schmutzig zu machen.«

Nun war es an Tori, in die Offensive zu gehen. »Im Klartext heißt das doch: Mich im Feld zu verlieren, können Sie sich leisten, aber nicht Russell.«

»Im Augenblick kann ich es mir nicht leisten, irgendeinen von Ihnen beiden zu verlieren«, erwiderte Godwin, sichtlich aus dem Konzept gebracht.

»Ebensowenig können Sie es sich leisten, daß diese neue Wunderdroge bei uns Verbreitung findet. Im übrigen liegen Ihnen bereits die ersten Hinweise vor, daß das bereits der Fall ist. Ist Ihnen eigentlich klar, was das bedeutet? Falls diese Mission nicht unverzüglich durchgeführt wird, war das vielleicht Russells letzte Chance, überhaupt eine Mission zu starten.«

»Wie konnten Sie sich von ihr zu so etwas überreden lassen?« wollte Russell Slade wissen. »Das kann doch unmöglich Ihre Idee gewesen sein.«

»Passen Sie lieber auf, was Sie sagen«, entgegnete Godwin schroff. »Immerhin habe ich meinen Segen dazu erteilt.«

Slade schnaubte. »Sie hatten schon immer eine gefährliche Schwäche für Tori.«

»Völlig zu Recht, würde ich sagen – wohingegen Sie, mein lieber Russell, Toris Talente nie in gebührendem Maß zu würdigen wußten.«

»Das lag vor allem daran«, führte Slade zu seiner Rechtfertigung an, »weil ich ihr nie hundertprozentig vertraut habe. Das meine ich natürlich nicht im üblichen Sinn des Wortes. Aber sie ist einfach unberechenbar. Als Sie sie angeworben haben, dachten Sie noch, ihr ausgeprägter Hang zur Eigenmächtigkeit würde sich im Lauf der Zeit schon geben. Aber wie inzwischen selbst Sie haben einsehen müssen, fehlt es ihr noch immer an der nötigen Reife.«

»Ich weiß nicht, ob ›Reife‹ in diesem Fall das richtige Wort ist. Sie hat eine tiefsitzende Abneigung gegen jede Form von Unterordnung. Allerdings muß ich gestehen, daß ich das in ihrem Job zusehends mehr als etwas Positives zu sehen beginne.«

Slade schnaubte verächtlich.

»Wenn Sie einmal von Ihrer persönlichen Abneigung gegen sie abstrahieren könnten«, fuhr Godwin unbeeindruckt fort, »würden Sie sehr wohl verstehen, was ich damit meine. Ihr ausgeprägter Hang zur Selbständigkeit und die damit verbundene Abneigung gegen jede Form von Unterordnung unter die Ziele einer Organisation macht sie in gewisser Weise hundertprozentig sicher. Oder können Sie sich etwa vorstellen, daß irgendein anderer Dienst sie abwerben könnte? Zumindest in dieser Hinsicht ist also hundertprozentig auf sie Verlaß – und das einzig und allein wegen ihres ausgeprägten Bedürfnisses nach Unabhängigkeit.«

»Das ist doch alles ausgemachter Quatsch«, erwiderte Slade ärgerlich. »Wäre ja noch schöner, wenn ich mich plötzlich als Agent versuchen würde und vielleicht auch noch Befehle von ihr entgegennehmen müßte.«

Bernard Godwin faßte den jüngeren Mann an den Schultern. »Jetzt hören Sie einmal gut zu, Russell. Sie werden tun, was ich sage. Vor allem würde ich Ihnen auch raten, die Sache nicht auf die leichte Schulter zu nehmen. Wenn Sie nämlich das tun, kann ich Ihnen jetzt schon garantieren, daß Sie spätestens in sechsunddreißig Stunden ein toter Mann sind. Wir haben im Augenblick niemand, der auch nur annähernd so gut ist wie Tori Nunn. Niemand. Um wieder für uns zu arbeiten, hat sie sich ausbedungen, daß auch Sie sich einmal die Hände schmutzig machen. Und diese Bedingung habe ich ihr zugesagt.«

»Was hat sie sonst noch von Ihnen gefordert?«

»Lassen Sie das ruhig meine Sache sein. Dabei handelt es sich nur um Detailfragen. Jetzt möchte ich, daß Sie sich dieser Kokainaffäre annehmen. Ich selbst habe schon mit dem Weißen Stern mehr als genug zu tun.«

»Ist das Ihr Ernst, Bernard? Diese alte Geschichte beschäftigt Sie tatsächlich immer noch?«

»Der Weiße Stern stellt bisher unsere einzige Verbindung zu einer sowjetischen Untergrundorganisation größeren Stils dar. So eine einmalige Chance kann ich auf keinen Fall ungenutzt verstreichen lassen.«

»Aber Sie können doch mit keiner finanziellen Unterstützung für dieses Projekt rechnen. Es wird schon überall gemunkelt, daß sich das Ganze als ein ähnliches Fiasko entpuppen wird wie vor ein paar Jahren die angebliche Untergrundbewegung, die in Wirklichkeit vom KGB selbst ins Leben gerufen worden war.«

»Müssen Sie mir denn ständig mit diesem Debakel kommen?« versetzte Godwin gereizt.

»Ich will doch nur Ihr Bestes. Etwas ganz ähnliches hat die Vorgängerorganisation des KGB in den zwanziger Jahren bereits mit der Gründung des sogenannten Syndikats versucht, das sich angeblich den Sturz Lenins zum Ziel gesetzt hatte. Das Ganze war in der Tat so perfekt inszeniert, daß eine ganze Menge sowjetischer Emigranten darauf hereinfielen; sie ließen sich durch diesen Trick in ihre Heimat zurücklocken, um dort in die Hände von Geheimdienstchef Felix Dscherschinskij zu fallen, der diese angebliche konterrevolutionäre Organisation selbst ins Leben gerufen hatte. Das sieht doch alles nach demselben Schema aus, Bernard, und der KGB ist bekannt dafür, daß er sich gern wiederholt. Der Weiße Stern . . .«

»Diesmal bin ich der festen Überzeugung, daß der Weiße Stern tatsächlich ist, was er zu sein vorgibt«, erklärte Godwin bestimmt. »Diese Organisation strebt einen losen Staatenbund unabhängiger Republiken an – ein Modell, nicht unähnlich dem unserer Bundesstaaten.«

»Ein loser Staatenverband sozialistischer Sowjetrepubliken?« Um ein Haar hätte Slade laut losgelacht.

»Nein, nein. Eben nicht sozialistisch. Das ist der springende Punkt. Der Weiße Stern strebt eine demokratische Konföderation von unabhängigen Teilrepubliken an, was gleichbedeutend mit dem Ende des Sozialismus in seiner bisherigen Form wäre. Ich bin der festen Überzeugung, daß das für die Sowjetunion die einzige Möglichkeit ist, den Schritt ins einundzwanzigste Jahrhundert als ein moderner und wirtschaftlich konkurrenzfähiger Staat zu schaffen. Davon hängt letztlich auch ihr Überleben ab. Die Sowjets haben gar keine andere Wahl mehr, als mit allen Mitteln zu versuchen, den wirtschaftlichen Anschluß an Staaten wie Japan, Taiwan oder Korea zu schaffen. Allerdings sind ihnen dabei durch ihr sozialistisches Planwirtschaftssystem Hände und Füße gebunden. Die Sowjetunion braucht den

Übergang zur freien Marktwirtschaft ebenso dringend wie die Befreiung der Teilrepubliken vom Joch Moskaus. Dessen ist sich die Führung des Weißen Sterns in aller Deutlichkeit bewußt. Nun besteht allerdings die Versuchung, sich zu vorschnellem Handeln hinreißen zu lassen. Das hätte jedoch nur zur Folge, daß frühzeitig unerwünschte Aufmerksamkeit auf diese Bewegung gelenkt würde.« Er machte eine wegwerfende Handbewegung. »Doch genug vom Weißen Stern. Im Augenblick stehen wichtigere Dinge an.«

Godwins Position schien sich wieder gefestigt zu haben, als er auf den eigentlichen Grund ihrer Unterredung zurückkam. »Mag sein, daß Sie mir, was Tori Nunn betrifft, eine gewisse sentimentale Voreingenommenheit unterstellen. Doch glauben Sie mir, Sie werden sich sehr bald eines Besseren belehren lassen. Nach einer nochmaligen Durchsicht der Akten ist mir klargeworden, daß Sie ihr Potential nur in den seltensten Fällen voll ausgeschöpft haben.«

»Das ist *Ihre* Meinung.«

»Es ist immerhin die einzige, die zählt.« Godwin nahm seinem Ton jedoch sofort wieder die Schärfe. »Zufällig bin ich in diesem Fall wesentlich objektiver als Sie. Ganz gleich, wie oft Sie es auch abzustreiten versuchen, Russell – Tori Nunns Courage war Ihnen von Anfang an nicht geheuer. Ich weiß auch, warum. Sie wissen ganz genau, daß sie an Ihrer Stelle zum Direktor ernannt worden wäre, wenn sie etwas mehr ›Reife‹ gezeigt hätte, wie sie es fälschlicherweise nennen. Genausogut wissen Sie auch, daß sie auf dem richtigen Weg ist. Dagegen sind Sie auf dem besten Weg, vollends zu versauern, wenn Sie nicht endlich einmal hinter Ihrem Schreibtisch hervorkommen. Wenn Sie so weitermachen, werden Sie weder mir noch dem Geheimdienst etwas nützen. Und das wollen wir doch beide nicht – oder?«

Die beiden Männer setzten ihren Spaziergang fort. Sie hatten inzwischen fast die Stelle erreicht, wo Godwin mit Tori gesprochen hatte. Es war jedoch schon später am Tag, und die Pferde waren nicht mehr auf der Weide. Ohne sie wirkten die Hügel einsam und verlassen.

»Jetzt schneiden Sie doch nicht gleich ein Gesicht«, fuhr Godwin nach einer Weile fort. »Seien Sie lieber froh über die Chance, Ihre Fehler aus der Vergangenheit wiedergutzumachen. Das ist wesentlich mehr, als die meisten erwarten können.«

»Trotzdem hätte ich gern irgendeine Garantie«, ließ Slade nicht locker. »Es besteht zumindest die Möglichkeit, daß Sie sich in ihr getäuscht haben. Sie könnte wieder gegen die Vorschriften verstoßen und uns damit alle in Gefahr bringen.«

»Das ist durchaus möglich«, stimmte ihm Godwin bei. »Und es ist auch mit ein Grund, weshalb ich möchte, daß Sie diese Mission gemeinsam mit ihr durchführen. Wer könnte schließlich besser entscheiden als Sie, Russell, wann ihr ein gravierender Fehler unterläuft?«

»Und wenn sich herausstellt, daß Sie sich tatsächlich getäuscht haben?«

»Ganz einfach«, sagte Bernard Godwin und lenkte seine Schritte wieder in Richtung Hauptdirektion zurück. »Dann sind Sie ermächtigt, sie zu beseitigen.«

»Da unsere erste Station Japan ist«, sagte Slade auf dem Weg zum Flughafen, »brauche ich dringend eine kurze Einführung in die wichtigsten Sitten und Gebräuche des Landes, in die gerade gängigen Trends und Modeströmungen, sprachliche Eigenheiten und so weiter.«

»Wir fliegen nicht nach Japan«, korrigierte ihn Tori. »Zumindest nicht sofort.«

»Aber es sind doch die Japaner, die . . .«

»Wenn wir in dieser Angelegenheit je ans Ziel gelangen wollen, müssen wir dort beginnen, wo die ganze Sache angefangen hat«, klärte ihn Tori auf. »Es hat keinen Sinn, irgendwo auf halber Strecke einzusteigen. Woher sollen wir dann wissen, in welcher Richtung wir weitermachen sollen – flußaufwärts oder -abwärts?«

»Aber an der Quelle sitzen doch eindeutig die Japaner. Demnach ist es nur logisch, bei ihnen anzufangen.«

»Diese Art von Logik mag vielleicht hinter deinem Schreibtisch ganz nützlich sein«, entgegnete Tori. »Aber wenn es hart auf hart geht, verlasse ich mich lieber auf meinen Instinkt. Mit Logik kommt man in einem solchen Fall nicht weit.« Sie hatte bereits von der Zentrale ihren Freund Estilo in Buenos Aires angerufen, um ihn um Hilfe zu bitten. Sie hatten lange miteinander telefoniert, und Estilo war dabei auch auf Ariel Solares zu sprechen gekommen. Aber er hatte sich nicht das geringste anmerken lassen, wie tief ihn sein Tod getroffen hatte. Das war jedoch nicht nötig. Tori verstand auch ohne große Worte, was in ihm vorging. Dessen war sich auch Estilo bewußt. Für ihn hatte noch nie der geringste Zweifel bestanden, daß Tori fühlte und dachte wie eine echte *porteña.*

»Na schön.« Slade zuckte mit den Schultern. »Wohin soll es dann gehen?«

»Nach Machine Gun City.«

»Nach Medellín?« entfuhr es Slade. »In Kolumbien?«

»Ganz richtig«, sagte Tori, als sie an Bord der 727 stiegen. Ihr Fahrer verstaute ihr Gepäck im Bauch der Maschine.

»Ist dir eigentlich klar, daß diese Stadt selbst für amerikanische Botschaftsangehörige strikt tabu ist? Daß es dich dort etwa achtzig Dollar kostet, ein Mariachi-Orchester für den Abend zu mieten, aber nur zehn, um jemand von einem *sicario* umbringen zu lassen?« Damit waren die halbwüchsigen Berufskiller gemeint, die man mehr oder weniger an jeder Straßenecke anheuern konnte. »Dieses Rattenloch hat die höchste Mordziffer von allen Städten der Welt, in denen nicht Krieg herrscht.«

»In Medellín *herrscht* Krieg«, entgegnete Tori seelenruhig. »Weißt du, Russ, Japaner hin oder her – wir haben es hier mit einem Rauschgiftring großen Stils zu tun. Deshalb werden wir direkt an der Quelle zu graben anfangen.«

»Klar.« Slade nickte und warf einen letzten Blick auf Washington zurück. Er vermißte bereits sein bequemes Büro, seinen gewohnten Alltagstrott. »Dann also rein ins Getümmel.«

Medellín lag nicht weit von der Pazifikküste in einem dicht bewaldeten Tal der kolumbianischen Anden. Die 727 mußte erst eine ganze Weile über der Stadt kreisen, bevor sie schließlich zu ihrem waghalsigen Landeanflug in das enge Tal hinab ansetzen konnte. Das ließ Tori und Slade ausreichend Zeit, die herrliche Umgebung der Stadt mit der imposanten Bergkulisse der Anden in aller Ruhe zu bewundern; in der strahlenden Morgensonne wirkte alles so idyllisch und einladend wie in einem Reiseprospekt. Ganz deutlich waren die spektakulären Terrassenanlagen der riesigen Orchideenplantagen zu erkennen – Medellíns zweitwichtigstem Exportartikel.

Als die Maschine nach der Landung eine Weile auf dem Rollfeld warten mußte, ging Tori ins Cockpit, um mit dem Piloten zu sprechen. Sämtliche Besatzungsmitglieder waren ausgebildetes Geheimdienstpersonal.

Fünfzehn Minuten vergingen. Slade wurde zunehmend ungeduldiger. Er stand auf und begann unruhig in der Kabine auf und ab zu gehen. »Laß uns doch endlich von hier verschwinden!« meinte er und barst schier vor Ungeduld.

»Aber du willst den Flughafen doch nicht etwa durch die Ankunftshalle verlassen, Russell?« Über Toris Lippen legte sich ein ironisches Grinsen. »Die *sicarios*, die sich dort herumtreiben, würden auf den ersten Blick den Gringo in dir erkennen und sich an dich heften wie die Blutegel.«

»Was sollen wir dann tun?«

»Vorerst gar nichts«, sagte Tori und deutete aus dem Fenster. Mit hochoffiziellen Mienen kamen zwei uniformierte *paisas*, Einheimische, über das Rollfeld auf die Maschine zugeschritten, trabten lässig die Gangway hoch und betraten die Kabine.

»Deinen Paß, bitte«, wandte sich Tori an Slade.

Nachdem er ihn ihr in die Hand gedrückt hatte, stand Tori auf und ging auf die beiden Männer zu. Als sie sich dann in leisem Spanisch mit ihnen zu unterhalten begann, hörte sie sich wie eine Einheimische an. Das hätte Slade kaum von sich behaupten können, obwohl er neben verschiedenen anderen Sprachen auch Spanisch fließend beherrschte. Allerdings besaß er nicht Toris außergewöhnliches Gespür für die feinsten Nuancen einer anderen Sprache. Ganz gleich, in welchem Land sie sich gerade aufhielt, sprach sie die Landessprache immer wie eine Einheimische.

Slade beobachtete, wie dicke Bündel mit Dollarscheinen den Besitzer wechselten. Ihre Pässe wurden abgestempelt, und im nächsten Augenblick waren die beiden Uniformierten bereits wieder nach draußen verschwunden, ohne Slade auch nur eines Blickes zu würdigen.

Als ihm Tori darauf aufmunternd zunickte, stand er auf und stieg mit ihr die Gangway hinunter. Von den beiden Uniformierten war nichts mehr zu sehen. Gierig sog Slade die würzig frische Luft ein; nichts war hier von der stickig heißen Schwüle zu spüren, wie sie in den Tropen für Städte in geringer Meereshöhe typisch ist.

Tori hatte einen Beutel aus Fallschirmseide bei sich. Während sie und Slade noch im Schatten der 727 standen, war die Besatzung bereits mit dem Auftanken und der technischen Routineüberprüfung der Maschine beschäftigt.

Nach kurzem Warten kam über das Rollfeld ein blauer viertüriger Renault auf sie zu. Tori hatte ausdrücklich diesen Wagentyp angefordert, da er geräumiger war und einen stärkeren Motor hatte als die sonst gebräuchlichen Mazdas oder Toyotas. »Bist du bewaffnet?« fragte sie.

Slade schüttelte den Kopf.

»Dann geh noch mal in die Maschine zurück«, forderte ihn Tori auf, »und laß dir vom Piloten etwas geben. Er ist auch unser Waffenmeister.« Währenddessen nahm sie auf dem Rücksitz des Renault Platz.

Leicht verärgert kam Slade ihrer Aufforderung nach. Wirklich zu dumm, sich von ihr über die Funktionen seiner eigenen Leute belehren lassen zu müssen. Langsam begann er zu bereuen, daß er sich auf diese Wahnsinnsidee eingelassen hatte. Aber hatte er denn eine Wahl gehabt? Nein, dachte er niedergeschlagen, Bernard Godwin hatte ihm keine gelassen.

Als er schließlich neben Tori auf dem Rücksitz Platz genommen hatte, fuhr der Wagen los. Der Fahrer, ein durchtrainierter Mann mit silbergrauem Haar und Schnurrbart, trug eine dunkle Sonnenbrille, ein leichtes Baumwollhemd und eine Leinenhose. Es war kein anderer als Estilo.

»Willkommen in Metra-lin, Señor Slade«, begrüßte er Slade.

Er bediente sich der inzwischen gebräuchlichen Verballhornung des Namens Medellín, die der Stadt zu ihrem ominösen Spitznamen Machine Gun City verholfen hatte.

Slade wandte sich Tori zu. »Warum nehmen wir keinen Hubschrauber?«

»Die letzten, die das versucht haben«, klärte ihn Tori auf, »wurden von ein paar *sicarios* ziemlich unsanft auf die Erde zurückgeholt.« Sie zuckte mit den Schultern. »Soviel also zur Gringo-Alternative. Wir wählen lieber die *paisa*-Methode – wie es auch die Einheimischen machen würden.«

Mit atemberaubendem Tempo brauste der Renault über die kurvenreiche Straße, die sich an den dicht bewaldeten Berghängen entlangschlängelte. Slade warf einen verstohlenen Blick auf den Tacho. In Anbetracht der Straßenverhältnisse fuhren sie für seinen Geschmack mindestens dreißig Stundenkilometer zu schnell. Darauf wollte er den Mann am Steuer gerade aufmerksam machen, als der sich kurz umdrehte und sagte: »Da ist jemand hinter uns.«

Slade riß so heftig den Kopf herum, daß seine Nackenwirbel knackten. Im Rückfenster waren zwei chromblitzende schwarze Motorräder zu sehen, die rasch näherkamen. »Mein Gott«, hauchte er. »Tolle Sicherheitsvorkehrungen.« Er entsicherte die Pistole, die ihm der Pilot gegeben hatte. Aus der Nähe war die Wirkung der großkalibrigen Waffe, die sogar auf mittlere Entfernungen noch tödlich war, absolut verheerend.

»Versuch die Kerle abzuhängen«, forderte Tori Estilo auf. Im selben Augenblick machte der Renault einen wilden Ruck nach vorn und brauste unter dem lauten Protest der Reifen noch waghalsiger über die kurvenreiche Strecke. Durch die Seitenfenster war nur noch ein grünes Huschen zu erkennen, und von vorn schossen die dicht bewaldeten Berghänge mit beängstigendem Tempo auf sie zu. Slade sah aus dem Rückfenster. Nachdem die Motorräder vorübergehend zurückgefallen waren, holten sie nun rasch wieder auf.

»Die hängen wir nie ab«, stieß er nervös hervor.

»Das war auch nie unsere Absicht«, erwiderte Tori trocken und wandte sich dem Fahrer zu. »Du kannst jetzt wieder langsamer fahren, Estilo.« Und nach einer kurzen Pause: »Du weißt ja, was du zu tun hast.« Estilo griff zwischen seine Beine.

»Bist du verrückt geworden?« Fassungslos sah Slade zu, wie Tori den Reißverschluß ihrer Reisetasche aufzog. »Diese *sicarios* schießen uns in Stücke.«

In diesem Augenblick hatten die Motorräder den Renault eingeholt. Auf jedem saßen zwei bis an die Zähne bewaffnete Jugendliche. Keiner wirkte älter als siebzehn. In den Bergen rings um Medellín gab es regelrechte Schulen, in denen obdachlose Jugendliche zu eiskalten Killern ausgebildet wurden, um dann, vollgepumpt mit Kokain, auf die Menschheit losgelassen zu werden. Slade erhaschte einen Blick auf zwei MAC-10-Maschinenpistolen und zwei Schrotflinten mit abgesägten Läufen, die sich direkt auf ihren Renault zu richten begannen.

Im selben Moment zuckten auch schon zwei blendende Feuerblitze in den Läufen der Schrotflinten auf, und Estilo stieg so heftig auf die Bremse, daß der Renault unter durchdringendem Reifenquietschen heftig ins Schleudern geriet. Der wild schaukelnde Wagen war noch nicht ganz zum Stehen gekommen, als Tori bereits die Hintertür aufriß, nach draußen sprang und wie nach Lehrbuch beide Arme hochriß.

Auf dieses unerwartete Manöver waren die jugendlichen Killer auf den Motorrädern nicht vorbereitet gewesen. Sie schossen ein Stück an ihnen vorbei und konnten das Feuer auf den Renault erst wieder eröffnen, nachdem sie gewendet hatten und wieder auf ihn zurasten.

Tori hatte eine Pistole mit einem auffallend langen Lauf – offensichtlich ein neues Modell, das Slade noch nicht kannte. Sie drückte zweimal ab, und die beiden *sicarios* auf dem ersten Motorrad wurden rücklings aus dem Sattel gehoben, während ihre Maschine wild schleudernd von der Straße abkam und krachend in das dichte Gestrüpp am Straßenrand schoß. In die würzige Bergluft mischte sich plötzlich öliger Rauchgeruch.

Rasend schnell kam das zweite Motorrad auf sie zugebraust.

Zu Slades Verwunderung machte ihr Fahrer, den Tori mit Estilo ansprach, jedoch keinerlei Anstalten, seine Waffe zu ziehen; entweder war er nicht bewaffnet oder vor Schreck wie gelähmt. Slade zögerte nicht lange. Mochte er in Toris Augen auch der typische Schreibstubenhengst sein, so hatte er auf dem Schießstand doch immer mit hervorragenden Leistungen aufwarten können. Auch im unbewaffneten Zweikampf stellte er bei den regelmäßigen Trainingsstunden im *dojo* seinen Mann.

Er riß seine Pistole hoch und wollte sich gerade aus dem Fenster lehnen. Doch Estilo wirbelte herum, drückte den Lauf der Waffe energisch nach unten und erklärte dazu lakonisch: »Befehl.«

»Aber . . .«

»*Paciencia.* Warten Sie erst ab.«

Tori warf die Wagentür, die ihr bisher als Deckung gedient hatte, zu und rannte von der Straße.

»Um Himmels willen!« Slade wirbelte herum. »Tori, was zum Teufel . . .« Verzweifelt versuchte er die Pistole Estilos Griff zu entreißen. Vergeblich. Er hörte das laute Krachen einer Flinte. »Lassen Sie endlich los, Sie Idiot! Diese Kerle bringen sie um!«

Das zweite Motorrad hatte inzwischen die Straße verlassen und nahm Toris Verfolgung auf. Die MAC-10 ratterte los.

Die schwere Maschine hatte sie fast erreicht. Gleich würde sie an ihnen vorbeischießen, und dann war es zu spät, Tori zu Hilfe zu kommen. Unter Aufbietung aller Kräfte versuchte Slade, dem Fahrer seine Pistole zu entreißen, aber es war, als hätte er es mit einer Krake zu tun; außerdem war er den unbewaffneten Kampf auf so engem Raum nicht gewohnt. In der Enge des Wageninnern war es ihm nicht möglich, die Schlagtechniken und Griffe, die er im *dojo* gelernt hatte, zum Einsatz zu bringen.

Ganz deutlich konnte er bereits die Gesichter der beiden *sicarios* sehen, ein breites Grinsen auf den Lippen, das lange Haar im Fahrtwind flatternd, und ein mordgieriges Blitzen in den Augen. Der Renault und seine Insassen schienen sie überhaupt nicht zu interessieren. Sie waren nur noch hinter der Frau her, die ihre Kameraden getötet hatte. Die MAC-10 ratterte los.

Kurz bevor die jugendlichen Killer auf gleicher Höhe mit dem Renault waren, feuerte Estilo aus dem offenen Seitenfenster und stieß gleichzeitig die Wagentür auf.

Das Motorrad war viel zu nahe, um dem plötzlich auftauchenden Hindernis noch ausweichen zu können. Mit einem ohrenbetäubenden Knall krachte es gegen die offene Wagentür und riß sie aus den Angeln. Dann stellte sich die schwere Maschine wie ein bockender Mustang mit dem Vorderrad auf, überschlug sich und raste mit wild aufheulendem Motor in das dichte Unterholz.

Estilo war bereits aus dem Wagen gesprungen. Tori hatte kehrtgemacht und rannte wieder zurück. Mit einem gezielten Tritt stieß Estilo dem toten Fahrer des Motorrads die MAC-10 aus der Hand.

Als schließlich auch Slade aus dem Wagen sprang, konnte er ganz deutlich das Einschußloch in der Schläfe des *sicario* sehen. Er traute seinen Augen kaum. Estilo hatte voll ins Schwarze getroffen.

Um zu verhindern, daß der zweite *sicario* seine Flinte zu fassen bekam, stieg ihm Estilo aufs Handgelenk. Aus dem rechten Ohr und aus der Nase des jungen Burschen floß Blut. Niemand sagte ein Wort, bis Tori sie erreicht hatte. Russell entging nicht, daß sie nicht einmal außer Atem war.

Sie kniete neben dem letzten noch lebenden *sicario* nieder und fuhr ihn an: »Wer hat euch geschickt?«

Als ihr der junge Bursche statt einer Antwort nur ins Gesicht spuckte, drückte sie ihm den Lauf ihrer Pistole gegen die rechte Kniescheibe – und drückte ab. Der *sicario* zuckte heftig zusammen. Sein Gesicht wurde totenbleich, seine Augen begannen unkontrolliert zu rollen. Vor Schmerz flossen ihm Tränen über sein schmutzverkrustetes Gesicht.

Tori beugte sich tiefer über ihn. »Wenn ich das nächste Mal abdrücke«, zischte sie, »wird es nicht deine Kniescheibe erwischen.«

Der jugendliche Killer sagte nur ein Wort. »Cruz.« Der Stier. Dann begann er zu zittern wie unter einem heftigen Malariaanfall.

Bei ihrer Ankunft hatte die Corrida bereits begonnen. Sie hatten zwar den Einzug der Drogenbosse und ihrer Leibwächter und das anschließende Singen der Hymnen von Kolumbien und Medellín versäumt, aber Blut war in der Arena noch keines geflossen. Das war ein gutes Zeichen.

Da sie nur noch Sitze auf der in der Sonne liegenden Seite der Arena bekommen hatten, war es unerträglich heiß. Es roch nach altem Stein, rotem Staub und Kampffieber. In der Arena stand der Stier mit rot unterlaufenen Augen einem hageren Matador gegenüber.

»Könntest du mir vielleicht verraten, was wir hier sollen?« sagte Slade zu Tori, als sie sich mit Estilo auf ihrem Platz niederließen.

»Als Ariel und ich in den unterirdischen Gängen waren«, erwiderte sie, »haben wir die Unterhaltung zweier japanischer Yakuza belauscht. Das war, bevor sie auf uns aufmerksam geworden sind. Sie hatten gerade einen gewissen Rega umgebracht; vermutlich hat es sich dabei um einen ihrer südamerikanischen Kontaktmänner gehandelt. Das schien mir ein guter Anhaltspunkt. Um herauszufinden, wer dieser Rega war, habe ich Estilo eingeschaltet.«

Der mißtrauische Blick, den Slade dem grauhaarigen Mann an ihrer Seite zuwarf, war Tori keineswegs entgangen. Aber sie sagte nur: »Estilo ist ein Freund von mir. Mehr brauchst du nicht zu wissen.«

»Von wegen. Wir wissen doch überhaupt nichts über diesen Mann. Wer weiß, für wen er in Wirklichkeit arbeitet.«

»Keine Sorge. Auf Estilo ist hundertprozentig Verlaß.«

»Tori, ich warne dich. Wenn du glaubst, diese Mission schon wieder für deine persönlichen Eskapaden mißbrauchen . . .«

»Am besten, du fliegst auf der Stelle wieder nach Hause, Russ«, stieß Tori aufgebracht hervor. »Wie es scheint, habe ich mich doch nicht in dir getäuscht. Du hast hier tatsächlich nichts verloren. Verkriech dich ruhig wieder hinter deinen Schreibtisch und laß mich in Ruhe meine Arbeit tun.«

In diesem Augenblick setzte der Stier mit gesenktem Kopf zum Angriff an. Der Matador parierte mit einer eleganten Veronica, so daß das linke Horn des stampfenden Fleischkolosses nur wenige Zentimeter an seinem Bauch vorbeischoß.

»Kommt überhaupt nicht in Frage«, entgegnete Slade entschlossen. »Ich werde diese Sache bis zu Ende durchstehen. Du kannst mich nicht einfach nach Hause schicken. Aber dieser Mann da . . .«

»Immerhin hat uns dieser Mann da soeben das Leben gerettet.« Tori warf Slade einen vernichtenden Blick zu. »Wenn du nur einen Funken Verstand im Kopf hättest, wüßtest du, daß das ein viel eindrucksvollerer Beweis für seine Zuverlässigkeit ist als ein Test mit deinen dämlichen Lügendetektoren.«

Ein tiefes Raunen ging durch die Menge, als der Stier ein zweites Mal auf den Matador losstürmte. Der begnügte sich jedoch diesmal nicht nur mit einem geschickten Manöver, sondern trieb dem angreifenden Tier auch noch mit einem gezielten Stoß eine Lanze in den Nacken.

»Einfach barbarisch«, schnaubte Slade kopfschüttelnd. »Wie kann man nur an einem solchen Gemetzel seinen Spaß haben?«

»Tut mir leid, Señor Slade«, schaltete sich an dieser Stelle zum erstenmal Estilo in die Unterhaltung ein. »Aber Sie haben es hier mit der Kunst des Todes in ihrer höchsten Ausprägung zu tun. Die Schönheit und der Tod – das ist es, wofür Medellín weithin bekannt ist. Was Sie dort unten sehen, hat nichts mit Gewalt zu tun – nur mit Eleganz und einer ehrenvollen Art zu sterben. Das ist der Grund, weshalb diese Menschen hierher gekommen sind; das ist es, was sie an diesem Schauspiel fasziniert.«

Slade schüttelte den Kopf. »Das werde ich nie begreifen.«

»Estilo hat für mich herausgefunden, wer Rega war«, knüpfte Tori wieder an ihre bisherige Unterhaltung an. »Er war ein kolumbianischer Rauschgifthändler, der für die Drogenkartelle von Medellín gearbeitet hat. Diese Kartelle sind wie riesige Familienbetriebe. Das ist auch der Grund, weshalb sie so schwer zu zerschlagen sind. Nun kann Estilo allerdings ebensowenig wie ich verstehen, warum die Japaner diesen Rega ausgeschaltet haben. Die Japaner sind schließlich auf das Rohkokain der Kolumbianer angewiesen, um ihre Superdroge zu produzieren. Warum sollten sie sich also ihren eigenen Rohstoffnachschub abschneiden? Das ergibt einfach keinen Sinn, und solange wir dafür keine einleuchtende Erklärung gefunden haben, kommen wir in dieser Sache nicht weiter.«

»Und was hat das alles mit der Corrida zu tun?«

»Wir müssen herausfinden, für wen Rega gearbeitet hat: für Cruz, das mächtigste Kartell von Medellín, oder für die Orolas, ihre schärfsten Rivalen aus Cali? Zuerst werden wir Cruz auf den Zahn fühlen, weil er die vier *sicarios* auf uns gehetzt hat. Um an ihn heranzukommen, ist hier der beste Ort.« Sie deutete auf einen dicken Mann, der auf der gegenüberliegenden Seite der Arena an der Grenze zwischen Licht und Schatten saß. Er war von einer Schar bis an die Zähne bewaffneter *sicarios* umringt. Neben ihm saß eine schöne Frau mit großen, dunklen Augen, die gerade in einem kleinen Spiegel ihr Make-up überprüfte.

Estilo deutete auf die Frau an Cruz' Seite und sagte: »Medellín gilt zwar als die Stadt der gefährlichsten Männer; aber die schönsten Frauen kommen aus Cali – eine Behauptung, für deren Richtigkeit Cruz' Frau Sonia wohl den eindrucksvollsten Beweis darstellt; sie stammt nämlich aus Cali. Es heißt, daß Cruz nur an seine Erzrivalen, die Orolas, denkt, wenn er ihren in Cali geborenen Körper unter sich hat.«

»In Anbetracht der jüngsten Ereignisse«, warf Slade ein, »kann ich mir nicht vorstellen, daß dieser Cruz ein Interesse daran hat, mit uns zu sprechen.«

»Und ob er das hat«, versicherte ihm Tori. »Er weiß es nur noch nicht.«

Unten im Sand der Arena verließen den Stier allmählich die Kräfte. Als er diesmal zum Angriff überging, hielt er den Kopf tief gesenkt, und triumphierend stieß ihm der Matador seinen Degen so tief in den Nacken, daß sein Herz durchbohrt wurde. Der Stier ging in die Knie und sackte dann mit wild rollenden Augen seitlich zu Boden. Im selben Moment brach auf den Tribünen die Hölle los; unter stürmischem Applaus sprang die Menge von ihren Sitzen auf und ließ einen bunten Blütenregen auf die Arena niedergehen, wo sich der Matador mit triumphierend erhobenen Armen langsam im Kreis drehte, um die begeisterten Ovationen huldvoll entgegenzunehmen.

Währenddessen ließ Tori die Frau an Cruz' Seite keine Sekunde aus den Augen. Etwas an der Art, wie sie in ihren Spiegel sah, hatte ihre Aufmerksamkeit erregt. Als Tori darauf ihren Blick über die Personen in ihrer Umgebung wandern ließ, stach ihr plötzlich ein Mann in die Augen, dessen dunkelhäutiges Gesicht wie durch einen extrem starken Punktscheinwerfer in blendend helles Licht getaucht war.

Tori beugte sich zu Estilo hinüber und flüsterte ihm etwas ins Ohr. Slade konnte sehen, wie Estilo darauf in die Richtung schaute, in die Tori gedeutet hatte. Er nickte und sagte etwas zu Tori, das Slade nicht verstehen konnte.

Die beiden standen auf. »Bleib hier«, flüsterte Tori Slade zu.

»Aber . . .«

»Solange du dich nicht von der Stelle rührst, hast du nichts zu befürchten.« Sie sah ihn eindringlich an. »Hast du mich verstanden?«

Widerstrebend nickte Slade. Als Gringo unter all diesen Einheimischen war es vermutlich besser, nicht zuviel Aufmerksamkeit auf sich zu lenken.

Tori und Estilo zwängten sich die Sitzreihen der Tribünen entlang auf die andere Seite der Arena. Der Mann, den Cruz' Frau im Spiegel beobachtet hatte, hatte inzwischen seinen Platz verlassen. Tori wußte, daß sie nicht mehr viel Zeit hatten. Zum Glück schenkte ihnen in dem allgemeinen Begeisterungstaumel niemand Beachtung.

»Wie sollen wir vorgehen?« fragte Estilo.

»Du näherst dich ihm von hinten«, zischte Tori leise. »Ich werde versuchen, zwischen ihn und Cruz zu kommen.«

Estilo nickte, und die beiden trennten sich. Indem er sich mühsam zwischen den johlenden *aficionados* hindurchzwängte, kletterte Estilo die Sitzreihen der Tribüne hinauf.

Währenddessen hatte sich Tori dem dunkelhäutigen Mann so weit genähert, daß sie bereits das mörderische Aufleuchten seiner Augen sehen konnte. Wie gut sie diesen Blick kannte – die angespannte Konzentration, das Blickfeld immer weiter eingeengt, bis es sich nur noch auf einen einzigen Punkt beschränkte: das Opfer. In diesem Fall Cruz.

Estilo hatte in dem dunkelhäutigen Mann ein Mitglied des Orola-Clans erkannt, also von Cruz' erbittertsten Rivalen.

Der dunkelhäutige Mann war nicht mit einer Flinte oder einer MAC-10-Maschinenpistole bewaffnet, sondern nur mit einem kleinkalibrigen Revolver. Was der Mann vorhatte, war glatter Selbstmord; aber solche Himmelfahrtskommandos waren ganz im Stil der Orolas. Dagegen hatten Cruz' Leute für eine solche fast chirurgische Präzision wenig übrig; die *sicarios* von Medellín ließen mit Vorliebe gleich ein halbes Stadtviertel in die Luft fliegen, um ihr Opfer kaltzustellen.

Als Tori den dunkelhäutigen Mann fast erreicht hatte, blieb sie für einen Moment völlig reglos stehen und konzentrierte sich auf ihr *wa*, bis ihr Körper ganz von Energie durchströmt war. Der Attentäter hatte nur noch Augen für sein Opfer: Cruz. Auf Cruz' Leibwächter zu achten, war nicht mehr nötig; sie hielten sowieso nur nach auffälligen Waffen Ausschau. Und auch was seinen Fluchtweg betraf, brauchte sich der Attentäter keine Gedanken zu machen. An Flucht war bei diesem Himmelfahrtskommando sowieso nicht zu denken.

Der Jubel der Menge nahm noch einmal orkanartige Ausmaße an, als der Matador mit feierlicher Geste den Degen aus dem Herz des zu Boden gestreckten Stiers zog. Über den blitzenden Stahl der Klinge floß ein dünnes Rinnsal Blut.

Tori wartete, bis der dunkelhäutige Mann seinen Revolver zog. Er hob den Arm und zielte direkt auf Cruz' Herz. Mit einem gellenden *kiai*-Schrei schnellte Tori vor, und im selben Augenblick sauste auch schon ihre Handkante mit solcher Wucht auf den ausgestreckten Unterarm des Mannes nieder, daß er auf der Stelle schlaff nach unten sank.

Gleichzeitig konnte sie aus dem Augenwinkel erkennen, wie sich Cruz sofort duckte, während sich der Kreis seiner Leibwächter blitzartig enger um ihn zog und die Läufe ihrer Flinten nervös über die Personen in ihrer Umgebung zuckten. In der Menge wurden laute Entsetzensschreie laut, und in Windeseile breitete sich vom Zentrum des Geschehens nach allen Seiten hin eine Welle heftiger Panik aus.

Für Tori bestand nun kein Grund mehr zur Eile. Mühelos

entwand sie dem zitternden Mann den Revolver. Von dem Schock war sein Kopf schlaff auf seine Brust gesackt. Durch den Anblick seines wehrlos vornübergebeugten Nackens wurde Tori unwillkürlich an den Stier erinnert, der in seinem eigenen Blut im Staub der Arena lag. In diesem Punkt, fand sie, hatte Estilo unrecht gehabt; von Schönheit konnte hier keine Rede sein. Der Tod war eine Welt für sich, endgültig und unwiderruflich. Wenn er kam, dann gab es nichts mehr, was ihn noch aufhalten konnte. *Finis.*

Cruz erteilte seinen Leibwächtern ein paar knappe Befehle, worauf sie sich geschickt zwischen den davonstürzenden Zuschauern hindurchschlängelten und auf Tori zukamen, die den dunkelhäutigen Mann noch immer fest im Griff hatte.

Als auch Cruz sie erreicht hatte, packte sie den dunkelhäutigen Mann wortlos am Haar und riß seinen Kopf zurück, so daß Cruz in sein Gesicht blicken konnte.

»Kennen Sie diesen Mann?« stieß der mächtige Drogenboß heiser hervor. Die Gefahr, der er eben entronnen war, steckte ihm noch tief in den Knochen.

»Er ist aus Cali«, antwortete Tori, »und sollte ein Geschenk der Orolas überbringen.«

»Ein tödliches Geschenk, wie es scheint«, sagte Cruz und nahm ihr den Revolver aus der Hand. Nachdem er die Waffe kurz untersucht hatte, sah er wieder Tori an. »Um mir damit etwas anhaben zu können, hätte er dicht an mich herankommen müssen. Er wäre nicht mehr lebend hier weggekommen.«

»Wohl kaum.«

Cruz hob den Revolver an den Hinterkopf des Mannes und drückte ab. »Das will ich doch meinen.«

Cruz bewohnte das riesige Penthouse eines luxuriösen Apartmenthauses in Poblado, Medellíns exklusivster Wohngegend. Der ganze Block wurde von seinen Leuten bewacht, und am Eingang seiner Wohnung waren zwei mit Schrotflinten bewaffnete Wächter postiert. Der Wohnraum war mit Bären- und Leopardenfellen ausgelegt, an den Wänden hingen flämische Wandbehänge, und überall standen seine Leute herum.

Die Tatsache, daß Cruz den Orola-Attentäter kurzerhand erschossen hatte, ohne ihn vorher zu verhören, hatte ihn merklich in Toris Achtung sinken lassen. Andererseits hätte es natürlich auch einen erheblichen Gesichtsverlust für ihn bedeutet, wenn er den Mann nicht auf der Stelle getötet hätte. Das konnte er sich in seiner Position auf keinen Fall leisten.

Trotz seines breiten, flachen Gesichts sah Cruz ganz passabel aus. Er hatte starke Geheimratsecken und trug sein langes schwarzes Haar glatt nach hinten frisiert, wo es sich über dem Hemdkragen ölig kräuselte. Die Tatsache, daß dieser Mann insgeheim der uneingeschränkte Herrscher über Medellín war, bildete jedoch nicht den einzigen Grund, weshalb den Orolas soviel an seiner Beseitigung lag. Erst vor drei Monaten hatte Cruz am Straßenkontrollpunkt El Cerrito mit zehn seiner *sicarios* dem jüngsten der Orola-Brüder aufgelauert. Der hatte nämlich die Dreistigkeit besessen, Cruz seine bolivianischen *cocaleros* abzuwerben; das waren die Coca-Bauern, die die Pflanze anbauten, aus der das Kokain gewonnen wurde. Prompt hatte Cruz auf die für ihn typische Art zum Gegenschlag ausgeholt. Dem fünfminütigen Kugelhagel aus den MAC-10 seiner *sicarios* war nicht nur Orola selbst zum Opfer gefallen, sondern auch seine drei Leibwächter, ein Dutzend Lastenträger mit hundert Kilo Rohkokain im Marschgepäck und vier unbeteiligte Personen, die sich zufällig in der Nähe aufgehalten hatten. Cruz brüstete sich noch Wochen danach mit dieser Aktion.

»Das war nicht der erste Anschlag, den die Orolas auf mich geplant haben«, versicherte Cruz seinen Gästen großspurig, nachdem sie in seinem riesigen Wohnraum Platz genommen hatten. »Aber diese Stümper verstehen eben nichts von der hohen Kunst des Tötens.«

Als Tori dem mächtigen Drogenboß ihre Begleiter vorstellte, hörte dieser höflich, aber, wie es Tori schien, auch ein bißchen gelangweilt zu. Das würde sich schnell ändern lassen. Aber alles zu seiner Zeit.

»Ist Ihnen eigentlich klar, wie es in diesem Land aussehen würde, wenn es hier keine Leute wie mich gäbe?« Mit einem selbstgefälligen Lächeln ließ Cruz seinen Blick über die Gesichter seiner Gäste wandern. »Wir könnten einpacken.« Er lachte. »Fragen Sie meinetwegen die Wirtschaftsexperten, wenn Sie mir nicht glauben. Die kolumbianische Wirtschaft steht kurz vor dem Zusammenbruch. Ohne den Drogenhandel ginge es mit diesem Land so rapid bergab, daß kein Mensch sagen könnte, wo die Talfahrt schließlich enden würde. Aber fragen Sie lieber nicht die Wirtschaftsexperten; das sind doch sowieso nur ein Haufen *maricones.* Fragen Sie den einfachen Mann auf der Straße. Dort werden Sie am ehesten die Wahrheit erfahren. Die Menschen dieses Landes haben die Nase gestrichen voll von ihrer Regierung und deren sogenannten Reformen. Und ich habe die Nase voll davon, ständig in Postämtern und Regierungsgebäuden Bomben hochgehen lassen zu müssen. Meiner Meinung nach ist die Regierung dieses Landes schlicht und einfach handlungsunfähig – oder, um es noch drastischer auszudrücken: tot.«

Von soviel Selbstgefälligkeit konnte einem fast übel werden, fand Tori. Wenn dieser Großkotz so weitermachte, wurde ihr tatsächlich noch schlecht.

Cruz' Frau Sonia sah währenddessen beflissen nach dem Wohl der Gäste und bot allen Anwesenden etwas zu trinken an. Tori fand, daß sie trotz ihrer tiefen Bräune ein wenig blaß wirkte.

Tori saß mit Slade auf einem ausladenden, mit Pferdefell bezogenen Sofa. Auf dem Couchtisch aus Kristallglas stand eine kostbare chinesische Vase. Ihr fiel auf, daß die halb zugezogenen Brokatvorhänge mit Metallfolie unterlegt waren. Sollte das zum Schutz gegen feindliche Kugeln dienen oder auch gegen mögliche Abhörmaßnahmen? »Weißt du eigentlich, worauf du dich da eingelassen hast?« flüsterte ihr Slade zu.

»Ich hoffe, du verstehst dich aufs Improvisieren, Russ.«

»So, und nun sind Sie also hier«, brummte Cruz. Sein Ton und sein Benehmen ließen wenig Zweifel daran, daß diese kurze Einladung alles war, was sie an Dank dafür erwarten konnten, daß sie ihm das Leben gerettet hatten. Jedenfalls erweckte er den Eindruck, als hätte er seine Besucher am liebsten hinauskomplimentiert. Vielleicht war er inzwischen so sehr von seiner eigenen Unsterblichkeit überzeugt, daß er ihr Einschreiten als völlig unnötig betrachtete. Oder er war durch seine unumschränkte Macht schon so weit verdorben, daß er in jeder Hinsicht ein Schwein war.

Tori war jedenfalls fest entschlossen, das Selbstbewußtsein dieses aufgeblasenen Fettsacks etwas ins Wanken zu bringen. Sie wußte genau, daß es im Grund genommen nur zwei Dinge gab, die Kerle dieses Schlags interessierten: Macht und Sex, und zwar in dieser Reihenfolge. Andererseits hatte für Leute wie Cruz Sex auch viel mit Macht zu tun, und eigentlich waren diese beiden Aspekte sogar untrennbar miteinander verknüpft.

Seine Frau Sonia spielte eine wichtige Rolle in seinem Leben. Sollte das einmal nicht mehr der Fall sein, würde er schleunigst dafür sorgen, daß sie von seiner Seite verschwand. Dann würde sie wie ein Stück Dreck in der Gosse landen. Doch vorerst ließ er noch zu, daß sie sich im Glanz seiner Macht sonnte. Umgekehrt umgab sie ihn dafür mit der Aura ihrer enormen erotischen Ausstrahlung. Aber das war noch nicht alles, was Sonias Bedeutung für Cruz ausmachte. Wie ein Spieler, der gerade eine Glückssträhne hat, war Cruz der festen Überzeugung, das Glück für immer auf seiner Seite zu haben. Verkörpert wurde dieses Glück für ihn in der Gestalt Sonias. Sie war somit mehr als nur eine schöne Vorzeigepuppe; denn zugleich war sie auch sein Talisman, Garant seiner Macht und magisches Unterpfand seines Glücks. Nie wurde seine Macht als ungekrönter Herrscher Medellíns deutlicher, als wenn er sich mit Sonia in der Öffentlichkeit zeigte und dabei von allen Seiten von den halb bewundernden, halb neidischen Blicken verfolgt wurde, die der atemberaubend schönen Frau an seiner Seite galten.

Als Cruz bereits zum zweitenmal demonstrativ auf seine Uhr sah, stand Estilo auf und sagte: »Sind wir hier auch wirklich sicher?«

Cruz sah ihn erstaunt an. »Sicher? Was meinen Sie mit sicher?«

»Vor den Orolas natürlich«, erwiderte Estilo. »War dieser Mann bei der Corrida der einzige Killer, der hier in Medellín für sie unterwegs ist?«

Cruz schnaubte verächtlich. »Für wen halten Sie mich eigentlich?« Theatralisch legte er seine Hand auf die Brust. »Sehen Sie, hier ist mein Herz. Das ist das Zentrum meiner Macht. Die Orolas sind nichts als ein elender Haufen Dreck. Sie sind noch nie etwas anderes gewesen. Sie haben nicht die *cojones*, sich bis hierher vorzuwagen.«

Als sich Sonia kurz darauf entschuldigte, stand auch Tori auf und verließ den Raum. Sie folgte Sonia einen langen Flur hinunter, und als sie gerade die Tür zum Bad hinter sich zuziehen wollte, klemmte Tori ihren Fuß dazwischen, drückte die Tür wieder auf und zwängte sich hinter ihr in den Raum.

Das Bad war so groß wie ein Fußballfeld und ganz mit Marmor ausgekleidet. Alles war in doppelter Ausführung vorhanden, angefangen bei den Waschbecken bis zu den Whirlpools und Zimmerpalmen. Tori schloß die Tür hinter sich und sah Sonia durchdringend an. »Ihre Tage hier sind gezählt«, sagte sie eisig. »Jede Wahrsagerin könnte Ihnen das sagen.«

»Eine hat das schon getan«, erwiderte Sonia überraschend ruhig. »Ihr Gesicht wurde kreidebleich, als sie mir aus der Hand gelesen hat.« Sie sah Tori eine Weile forschend an. »Hat Cruz Sie geschickt?« Ihr Ton war eher herausfordernd als ängstlich.

Tori lachte. »*Madre de Dios*, nein.«

»Aber Sie sind doch mit ihm befreundet.«

»Ich will etwas von ihm. Das ist nicht dasselbe.«

»Aber fast.« Ihre Schultern sackten plötzlich nach unten. »Sie sind also auch nur hier, um Geschäfte zu machen.«

»Schon möglich«, nickte Tori. »Aber nicht mit Cruz.« Sie lehnte sich mit dem Rücken gegen die Tür. »Wessen Geliebte sind Sie?«

Die Abruptheit, mit der sie das gesagt hatte, ließ Sonia stutzen. »Welcher der Orola-Brüder ist es, mit dem Sie ein Verhältnis haben?«

»Sind Sie verrückt geworden?«

»Einer in diesem Raum ist tatsächlich verrückt. Aber nicht

ich. Ich habe genau gesehen, wie Sie dem Killer in der Arena ein Zeichen gegeben haben. Was haben Sie sich dabei gedacht? Das ist kein harmloses Spiel.«

»Natürlich nicht«, zischte Sonia. Ihr schönes Gesicht war haßverzerrt. »Ruben Orola, den Cruz in Cerrito ermordet hat, war mein Geliebter. Als darauf sein Bruder mit diesem Plan an mich herantrat, habe ich nicht eine Sekunde gezögert. Weshalb hätte ich auch? Was ist mir jetzt noch geblieben? Nichts. Nichts als die Rache. Wenigstens habe ich jetzt ein Ziel.«

»Was für ein Ziel?« Tori faßte Sonia an den Schultern und drehte sie herum, so daß sie sich im Spiegel sehen konnte. »Schauen Sie sich doch an. Sie sind nichts weiter als Cruz' Marionette.«

Sonia fuhr sich mit der Zunge über die Lippen. »Ich sehe nur zu, daß ich ihn einigermaßen bei Laune halten kann. Dieser Mann ist verrückt.«

»Das sind viele andere auch.«

»Sie begreifen gar nichts. Dieser Mann ist völlig wahnsinnig. Alle Drogenbosse sind das. Das muß an der Luft hier liegen – oder an der Macht, nach der sie so verrückt sind. Cruz stellt eine tödliche Gefahr dar – für Sie nicht weniger als für mich. Und wenn man es mit einem Verrückten zu tun hat, dann versucht man ihm möglichst nicht in die Quere zu kommen. Basta.«

»Oder man findet eine Möglichkeit, ihm das Handwerk zu legen.«

Sonia starrte Tori im Spiegel an. »Sobald Cruz tot ist, halte ich mir einen Revolver an die Schläfe und drücke ab.«

Tori riß sie herum. »So wenig ist Ihnen Ihr Leben wert? Nicht mehr als das Leben dieses armseligen Killers, das Cruz ausgelöscht hat wie das einer Fliege? Wenn Ihnen tatsächlich so wenig an Ihrem Leben liegt – warum haben Sie dann Cruz nicht schon längst umgebracht? Wie oft hätten Sie dazu schon Gelegenheit gehabt, wenn er schlafend an Ihrer Seite lag?«

»Selbst nachts, wenn wir uns geliebt haben, wenn ich ihn leise neben mir schnarchen höre – selbst dann wage ich es nicht, ihn zu töten. Ich bin von seiner Macht wie gelähmt; sein Reichtum umgibt mich wie ein goldener Käfig; er ist für mich wie ein Gefängnis, in dem ich zu ersticken drohe.« Sie hob die Schultern. »Aber das können Sie natürlich nicht verstehen.«

Genau das tat Tori jedoch besser, als sich Sonia vorstellen konnte. »Aber es muß doch eine Möglichkeit geben, diesen Bann zu durchbrechen.«

»Sie begreifen gar nichts. Cruz ist längst tot; er weiß es nur noch nicht. Aber es ist das *Wie* seines Todes, worauf es Rubens Brüdern vor allem ankommt.«

»Sozusagen in Form einer öffentlichen Exekution? Wie heute nachmittag bei der Corrida?«

»Warum haben Sie sich eingemischt? Sie sind doch keine Freundin von Cruz.«

»Aber er befindet sich im Besitz von Informationen, die wichtig für mich sind. Sobald ich bekommen habe, was ich von ihm haben will, können Sie meinetwegen mit ihm machen, was Sie wollen. Dann mische ich mich nicht mehr länger in Ihre kleine Privatfehde ein.«

Sonia bedachte sie mit einem kalten Lächeln. »So einfach, wie Sie glauben, ist die Sache leider nicht. Sie sind längst in diese Geschichte verwickelt – ob es Ihnen paßt oder nicht. Das gilt nicht nur für Sie, sondern auch für Ihre Freunde.«

Als Tori darauf nichts erwiderte, fuhr Sonia fort: »Sagen Sie mir, was Sie von Cruz wollen, und ich werde dafür sorgen, daß Sie es bekommen. Aber als Gegenleistung müssen Sie und Ihre Freunde mir helfen, ihn zu töten.«

»Welches Interesse sollte ich daran haben? Das ist Ihre Vendetta, nicht meine. Ich kann von Cruz viel einfacher bekommen, was ich will; dazu bräuchte ich ihm nur die Wahrheit über Sie zu erzählen. Es dürfte ein ziemlicher Schock für ihn sein, wenn er erfährt, daß Sie mit den Orolas unter einer Decke stecken. Aus Dankbarkeit für diesen kleinen Tip würde er mir sicher jeden Wunsch erfüllen.«

»Da kennen Sie Cruz nicht.« Sonia nahm eine Zigarette aus einem silbernen Etui, zündete sie aber nicht an. Statt dessen studierte sie aufmerksam Toris Gesicht. »Er nimmt, was er bekommen kann, aber glauben Sie nicht, daß er von sich aus etwas herausrückt. Wenn Sie etwas von Cruz bekommen wollen, dann nur gegen entsprechende Bezahlung.« Achselzuckend legte sie die Zigarette auf den Schminktisch und schlitzte sie der Länge nach auf. »Außerdem bin ich hier nicht die einzige, die mit den Orolas unter einer Decke steckt. Jorge, einer von Cruz' Leuten, arbeitet ebenfalls für sie. Zum Glück sitzen die Orolas nicht so auf ihrem Geld wie dieser Geizhals Cruz. Jorge weiß zwar nichts von mir, aber um so besser bin ich über ihn im Bild.«

Estilo hat völlig recht, dachte Tori. Diese Leute kennen nur einen Gott: Geld. »Wie kommen Sie darauf, ich könnte mich Ihnen oder den Orolas verpflichtet fühlen?«

»Weil Sie mir etwas schuldig sind«, erwiderte Sonia. »Sie haben mir etwas genommen, was mir gehört: Cruz' Tod. Und jetzt sind Sie verpflichtet, das wiedergutzumachen.«

Erst jetzt wurde Tori bewußt, wie wichtig ihre Rache für Sonia war. Auch wenn sie daran zugrunde gehen würde, war sie das einzige, was ganz allein ihr gehörte. Wie es schien, hatte sie bereits mit ihrem Leben abgeschlossen.

Sonia legte ein Blättchen Zigarettenpapier auf den Schminktisch, schüttete den Tabak darauf und streute ein weißes Pulver darüber – Kokain, wie Tori annahm. Dann rollte sie das Zigarettenpapier zusammen, befeuchtete den Rand mit der Zunge und verklebte die beiden Enden miteinander. Schließlich zündete sie das Ganze an und nahm einen tiefen Zug. Im selben Augenblick legte sich ein trüber Glanz über ihre Augen, und ihre Pupillen weiteten sich.

Tori überkam das spontane Bedürfnis, Sonia tröstend in die Arme zu schließen und ihr klarzumachen, daß ihr Leben nicht erst durch Leute wie Cruz oder die Orolas oder durch die Rache für ihren ermordeten Geliebten Ruben einen Sinn bekam. Aber dafür war es längst zu spät. Für Sonia gab es keinen Ausweg mehr aus dieser Situation. In dem Augenblick, in dem sie sich bereit erklärt hatte, mit den Orolas gemeinsame Sache zu machen, hatte sie ihre Seele dem Teufel verschrieben. Nun gab es kein Zurück mehr für sie. Tori wurde sehr schnell klar, daß sie für diese Frau nur noch eines tun konnte: ihr das, was ihr bevorstand, so leicht wie möglich zu machen.

Für Tori stellte sich nun die Frage, wie weit sie irgend jemand in Cruz' Umgebung trauen konnte. Vertrauen konnte man eigentlich nur Menschen, aber das Gesindel, das sich hier herumtrieb, konnte man bestenfalls als seelenlose Roboter in menschlicher Gestalt bezeichnen, die von nichts anderem angetrieben wurden als Machtgier, Geilheit und Rachsucht. Von dem kokaindurchsetzten Rauch, der sich langsam im Raum ausbreitete, wurde ihr fast übel. Überall stank es hier nach Korruption und Verfall.

»Also schön«, nickte Tori. »Ich werde Ihnen helfen.« Insgeheim durchlief sie jedoch ein kalter Schauder. Sie hatte sich mit diesem Angebot auf eine ziemlich zweischneidige Angelegenheit eingelassen – das Riskanteste, was man überhaupt tun konnte. Vielleicht half sie ja tatsächlich nur einer Frau in Not, aber mit Sicherheit hatte sie eben einen Pakt mit dem Teufel geschlossen.

»Ihr scheint euch ja blendend zu unterhalten«, ertönte plötzlich Cruz' lachende Stimme durch die Badezimmertür. »Was treibt ihr da drinnen eigentlich? Männer treffen sich in der Regel jedenfalls nicht auf dem Klo, um sich ihre Pimmel unter die Nase zu halten. Was haben sich also zwei so hübsche Mädchen wie ihr da drinnen zu zeigen?« Offensichtlich fand er diese Art von Humor zum Brüllen komisch. Zumindest war er nach dem Mord noch immer in Hochstimmung. Auf manche Männer hat Blut eine solche Wirkung.

Tori öffnete die Tür und blieb vor Cruz stehen. »Sonia und ich haben gerade etwas Wichtiges besprochen.«

»Was Sie nicht sagen.« Cruz machte aus seiner Verachtung keinen Hehl. »Und was war so furchtbar wichtig? Ein neuer Duschvorhang vielleicht?« Er schnitt eine Grimasse, worauf seine Leute wie auf Kommando loswieherten.

Tori sah den Drogenboß durchdringend an und sagte: »Sonia hat einen Ihrer Leute beobachtet, wie er dem Killer bei der Corrida ein Zeichen gegeben hat.«

»Ist das wahr?« fuhr Cruz seine Frau so heftig an, daß sie zusammenzuckte. »Warum hast du mir das nicht gleich gesagt?«

»Ihr war erst nicht klar, was das Ganze zu bedeuten hatte«,

kam ihr Tori zu Hilfe. »Das wurde ihr erst bewußt, als ich sie deswegen zur Rede gestellt habe.«

»Das ist völlig ausgeschlossen!« brüllte Cruz.

»Ganz im Gegenteil«, erklärte Tori ruhig. »Nur so war es dem Attentäter möglich, nahe genug an Sie heranzukommen, um von seinem Revolver Gebrauch machen zu können.«

Darauf sagte Cruz erst einmal nichts.

»Überlegen Sie doch«, redete Tori weiter auf ihn ein. »Nur so ergibt dieser Anschlag auf Sie überhaupt einen Sinn. Die Orolas haben einen ihrer Leute in Ihre Organisation eingeschleust.«

Cruz starrte Tori finster an. »Weshalb sollte ich Ihnen das glauben?«

»Wenn man einmal davon absieht, daß ich Ihnen bei der Corrida das Leben gerettet habe, fällt auch mir kein Grund ein, weshalb Sie das sollten.«

Cruz bedachte sie mit einem lüsternen Blick. »Sollten Sie mir vielleicht aus einem ganz bestimmten Grund das Leben gerettet haben, *chica*?« Er rieb Daumen und Zeigefinger aneinander.

Ohne auf seine Zweideutigkeiten einzugehen, erklärte Tori: »Unter Ihren Leuten befindet sich jemand, der für die Orolas arbeitet.«

»Das behaupten *Sie*.«

Tori tat so, als denke sie nach. Schließlich sagte sie: »Vielleicht können wir Ihnen noch einmal einen kleinen Gefallen erweisen.« Sie deutete auf Slade. »Señor Slade ist Spezialist für Maulwürfe.«

»Für was?« Cruz sah sie verständnislos an.

»Maulwürfe«, schaltete sich nun Slade ein. »Feindliche Agenten, die in Ihre Organisation eingeschleust worden sind.«

»Aha.« Cruz starrte Slade finster an. »Und was haben Sie mit Maulwürfen zu tun?«

Slade fiel wieder ein, was Tori eben gesagt hatte. *Ich hoffe doch, du bist gut im Improvisieren.* »Ich jage sie«, sagte er deshalb, stand von der Couch auf und schlenderte gemächlich an Cruz' Männern entlang. Dabei sah er jedem von ihnen forschend in die Augen. Einige starrten mit offener Feindseligkeit zurück, andere nur mit neugierigem Interesse. Keiner wich seinem Blick aus.

Cruz brummte: »Sehr interessant.«

Darauf machte Tori dem Drogenboß folgenden Vorschlag: »Señor Cruz, ich werde Ihnen jetzt den Namen des Mannes ins Ohr flüstern, den Sonia dabei ertappt hat, wie er dem Attentäter in der Arena ein Zeichen gegeben hat. Ohne den Namen zu kennen, den ich Ihnen gleich nennen werde, wird Señor Slade den Maulwurf ausfindig machen.«

»Trauen Sie sich das tatsächlich zu?« wandte sich Cruz an Slade. »Wie machen Sie das? Woran erkennen Sie den Mann, der für die andere Seite arbeitet?«

Slade war sich darüber klar, daß er Tori jetzt auf keinen Fall ansehen durfte. Dann hätte Cruz sofort Verdacht geschöpft, daß es sich dabei nur um einen billigen Trick handeln konnte. In seinem Kopf begann es fieberhaft zu arbeiten. »Als ich einmal einen sowjetischen Agenten zu verhören hatte, habe ich den Kerl einfach so lange in die Mangel genommen, bis er schließlich umgekippt ist. Das hat fast dreißig Stunden gedauert – in einem Stück, wohlgemerkt –, aber zum Schluß hat uns der Mann alles erzählt, was wir von ihm wissen wollten.«

»Und was war das?«

»Zum Beispiel alles, was er über die verschiedenen Operationen des sowjetischen Geheimdienstes wußte.«

Cruz zuckte mit den Schultern. »Ich bin bereits ziemlich gut über die Pläne der Orolas im Bilde. Aber es könnte natürlich nicht schaden, noch Genaueres darüber zu erfahren, was sie gegen mich im Schild führen.« Nun war es Cruz, der die Reihe seiner Männer abschritt und dabei mit finsterer Miene am Griff seines Jagdmessers spielte. »Und wie haben Sie diesen Maulwurf schließlich überführt, Señor Slade?«

»Ganz einfach. Im Lauf des Verhörs sind ihm ein paar kleine Fehler unterlaufen. Dagegen ist auch der gerissenste Agent nicht gefeit – vor allem, wenn sich ein solches Verhör lange hinzieht. Außerdem bin ich ganz speziell dafür ausgebildet, auf solche kleine Schnitzer zu achten.«

Cruz nickte. »Inzwischen ist es fast vier Monate her, daß ich Ruben Orola ausgeschaltet habe. Seitdem haben seine Brüder drei Anschläge gegen mich verübt. Den letzten heute.« Er wandte sich wieder Slade zu. »So kann das nicht mehr weitergehen. Ich muß unbedingt wissen, wer der Mann ist, den die Orolas in meine Organisation eingeschleust haben. Sie sollen mir dabei helfen.«

Als Tori darauf dem Drogenboß etwas ins Ohr flüsterte, begann Slade die Reihe von Cruz' Männern abzuschreiten. Obwohl er keine Ahnung hatte, wonach er eigentlich Ausschau halten sollte, ging von der Situation ein seltsamer Reiz aus. Je nervöser Cruz' Männer wurden, desto deutlicher wurde er sich der enormen Macht bewußt, die plötzlich in seinen Händen lag. Je länger er mit den einzelnen Männern sprach, desto mehr wurde sein Blick dafür geschärft, wie sich auf der Stirn des einen ein dünner Schweißfilm bildete oder unter der Gesichtshaut eines anderen ein Muskel nervös zu zucken begann.

Als er schließlich bei dem letzten Mann in der Reihe anlangte, war ihm klar, daß er Cruz gleich einen Namen nennen mußte – und möglichst denselben, den Tori dem Drogenboß ins Ohr geflüstert hatte. Aber er hatte nicht die leiseste Ahnung, welcher Mann der Verräter war.

Deshalb blieb er neben dem letzten Mann in der Reihe stehen, als wollte er ihn noch einmal näher in Augenschein nehmen. Zugleich hatte er von dieser Stelle jedoch auch Tori im Blickfeld. Im selben Moment sah er, wie sie kurz unauffällig den Zeige- und Mittelfinger ihrer linken Hand ausstreckte. Der zweite Mann.

Slade stellte dem letzten Mann noch ein paar Fragen und ging dann wieder zum Anfang der Reihe zurück. Vor dem zweiten Mann blieb er stehen.

»Das ist der Maulwurf«, erklärte er ohne Zögern.

»Jorge«, erklärte Tori triumphierend. »Genau, wie ich Ihnen gesagt habe.«

»*Lavaperro*!« (Hundewäscher) brauste Cruz auf, packte den Mann am Hemd und schleuderte ihn wutentbrannt gegen die

Wand. Jorge beteuerte zwar verzweifelt seine Unschuld, aber Cruz hörte ihm gar nicht mehr zu.

»Das Messer«, zischte er statt dessen nur und streckte seine Hand aus. Einer seiner Leute trat vor und reichte ihm ein KA-BAR, wie es zur Standardausrüstung der US-Marines gehört.

Cruz packte das Messer und schlitzte dem Verräter damit die Kehle auf. Während sich aus der klaffenden Wunde bereits ein heftiger Blutschwall über ihn ergoß, riß Cruz dem Mann den Mund auf und schnitt ihm die Zunge heraus. Leblos sackte Jorge zu Boden.

Wie eine Jagdtrophäe hielt Cruz die Zunge hoch. In seinen Augen lag ein ähnlich triumphierendes Flackern, wie es in denen des Matadors aufgeleuchtet war, als er den Degen aus dem Nakken des toten Stiers gezogen hatte. Er wandte sich seinen Männern zu: »Das könnt ihr den Orolas schicken. Und daß ihr es auch gut in Trockeneis verpackt! Sie sollen es ganz frisch bekommen – wie in einem guten Restaurant.« Er brach in wildes Gelächter aus. »Nur schade, daß ich ihre Gesichter nicht sehen kann, wenn sie das Päckchen öffnen.«

Er wandte sich Estilo zu. »Fühlen Sie sich jetzt sicherer?« Sein altes Selbstbewußtsein war wieder zurückgekehrt. Grinsend ließ er den Blick zu Slade weiterwandern. »Ich stehe tief in Ihrer Schuld, Señor. Wie kann ich mich dafür erkenntlich zeigen? Nennen Sie mir einen Wunsch, und er wird Ihnen erfüllt. Geld? Kokain? Ein Boot? Ein Hubschrauber? Oder vielleicht ein Flugzeug? Sie sind hier in Medellín. Hier ist nichts unmöglich.« Sein Grinsen wurde noch breiter. »Sie werden schon bald feststellen, Señor Slade, daß hier in Machine Gun City die Geschäfte Tag und Nacht geöffnet sind. Auch der Preis stimmt immer.«

»Auch wenn wir Ihr großzügiges Angebot selbstverständlich zu schätzen wissen«, entgegnete Slade, »möchten wir Sie doch um etwas anderes bitten, Señor Cruz. Wir sind vor allem an gewissen Informationen interessiert.«

»Ach?« Cruz' Miene ließ keinen Zweifel, daß er über diese Wendung des Gesprächs nicht sonderlich erfreut war. »Was sind das für Informationen? Um keine Mißverständnisse aufkommen zu lassen: Ich handle nicht mit Informationen.«

Bevor sich seine Miene noch mehr verdunkeln konnte, stellte sich Sonia zwischen die beiden Männer. Sie blieb ganz dicht vor Cruz stehen und zog eine Goldkette mit einem kostbaren Stein aus ihrem Ausschnitt. Dann nahm sie die Hand ihres Mannes ganz behutsam in die ihre und drückte ihm den Stein in die Handfläche. »Hör zu, *corazón*«, flüsterte sie eindringlich. »Diese Leute bringen uns Glück. Das kann ich ganz deutlich spüren. Verflogen ist der Todeshauch, den die Orolas hier verbreitet haben. Genauso wird nun auch die Pechsträhne, die uns seit Regas Ermordung heimgesucht hat, ein Ende nehmen. Diese Leute sind ein Zeichen, daß sich für uns von jetzt an alles wieder zum Besseren wenden wird. Spürst du das denn nicht, *corazón*? Merkst du nicht, wie das Geld bereits wieder zu fließen beginnt?«

Tori, die als einzige nahe genug gestanden war, um diese Worte hören zu können, beobachtete Sonias abgekartetes Spiel mit einer Mischung aus Faszination und Ekel. Sonias Stimme, ihre Haltung, ihr Blick – in all dem schwangen so eindeutig sexuelle Untertöne mit, als hätte sie ihren Mann vor aller Augen zu verführen versucht.

Einen Schritt waren sie bereits weitergekommen. Rega hatte also für Cruz gearbeitet. Aber warum hatten ihn die Yakuza getötet? Was hatte der eine der beiden Japaner gesagt? *Wir haben keine Verwendung mehr für ihn.*

»Als die Orolas Rega ausgeschaltet haben«, sagte Cruz nachdenklich, »kam es zum offenen Krieg. Und am Krieg profitieren bekanntlich nur die Waffenhändler.«

»Señor Cruz«, fiel ihm Tori ins Wort. »Rega wurde nicht von den Orolas ermordet.«

Stirnrunzelnd sah er sie an. »Woher wollen Sie das wissen?«

»Zufällig sind mir in Buenos Aires Regas Mörder über den Weg gelaufen. Um ein Haar hätten sie auch mich getötet. Es waren japanische Gangster.«

»Japaner?« Cruz lachte ihr ins Gesicht. Doch schon im nächsten Augenblick legte sich seine Stirn in Falten. »Wollen Sie mich auf den Arm nehmen?«

»Ich glaube nicht, daß sie das will«, schaltete sich an dieser

Stelle Sonia wieder ein. Sie hielt ihr Amulett noch imm[illegible] Hand gedrückt. »Überleg doch einmal. Rega war dir stets [illegible] ergeben. Unter anderem hat er vor nicht allzu langer Zeit einen Abnehmer aufgetan, der nicht nur enorm große Mengen abnahm, sondern auch fast jeden Preis dafür zahlte. Das war mit ein Grund, weshalb du ihn – und nicht irgendeinen x-beliebigen Mann – nach Buenos Aires geschickt hast. Ich bin ganz sicher, *corazón*, diese Frau sagt die Wahrheit. Siehst du denn nicht, wie diese unerklärlichen Vorfälle plötzlich einen Sinn ergeben?«

»Aber weshalb sollten die Japaner soviel Kokain kaufen?« fragte Cruz.

»Um das herauszufinden, sind wir hier«, erklärte Tori.

»Siehst du, *corazón*«, flüsterte Sonia eindringlich. »Diese Leute bringen uns Glück.«

»Zuallererst stellt sich dabei die Frage«, schaltete sich Slade ein, »warum die Japaner Rega ausgeschaltet haben. Immerhin war er ihr Verbindungsmann zu Ihrem Kartell.«

Das ließ sich Cruz einen Moment durch den Kopf gehen, bevor er antwortete: »Dafür gibt es eigentlich nur zwei vernünftige Erklärungsmöglichkeiten: Entweder sie brauchen keinen Stoff mehr oder sie haben eine bessere Quelle aufgetan.«

»Sie brauchen ganz sicher noch mehr Kokain«, versicherte ihm Slade. »Das steht außer Zweifel.«

»Wäre es möglich, daß die Orolas den Japanern ein besseres Angebot gemacht haben?« wollte Tori wissen.

»Bei diesen Liefermengen?« Cruz schüttelte den Kopf. »Davon hätte ich längst etwas erfahren. Falls die Japaner eine neue Quelle aufgetan haben, dann ist es jedenfalls nicht das Cali-Kartell.«

»Wer dann?« hakte Slade nach.

Cruz zuckte mit den Schultern. »Vielleicht ist gar nichts an der ganzen Geschichte. Sie wissen ja, was die Leute alles reden – vor allem hier. Andererseits . . . Während der letzten paar Monate hat sich hartnäckig das Gerücht gehalten, daß in den *llanos* der Provinz Meta, auf der anderen Seite des Manacacias, eine neue Kokainfabrik entstanden sein soll. Diese Gegend liegt zwar nicht weit von hier entfernt, aber sie ist so wild und unweg-

Wahrheitsgehalt dieser Gerüchte nur schwer Wir haben diese Geschichten bisher als Ge- «

dieses Territorium?« fragte Slade.

e Schultern. »Nicht mir und nicht den Orolas. Datur die Armee zu stark präsent – und die DAS.« Damit war die kolumbianische Sonderbehörde zur Bekämpfung der Drogenkriminalität gemeint, die speziell zu dem Zweck ins Leben gerufen worden war, die Kartelle und die Kokainlieferungen der bolivianischen *cocaleros* in den Griff zu bekommen. »Sie richten dort zwar nicht viel aus, aber gefährlich können sie uns trotzdem werden.«

»Niemandsland also«, warf Estilo ein.

»*Llano negro.*« Schwarzer Dschungel. Cruz nickte. »Eine Region, die seit jeher in tiefes Dunkel gehüllt ist. Nicht umsonst geht das Gerücht, daß die starke Präsenz der Armee und der DAS in diesem Gebiet nicht dem Zweck dient, diese Fabrik auszuheben, sondern sie im Gegenteil sogar vor unerwünschten Übergriffen zu schützen.« Er zuckte mit den Schultern. »Aber solche Gerüchte sind meistens nichts als bloße Hirngespinste. Zwischen Erfindung und Wahrheit kann man da meistens nicht mehr unterscheiden.«

Eine Möglichkeit gab es trotzdem, um sich darüber Klarheit zu verschaffen. Tori, Slade, Estilo und Sonia sahen sich an. Für sie stand längst fest: Nirgendwo anders als im *llano negro* war die Antwort auf die Frage zu suchen, was es mit diesem seltsamen Yakuza-Rauschgiftring auf sich hatte.

Keine vierundzwanzig Stunden später brachen die drei in einem von Cruz' Bell JetRanger III-Hubschraubern zum *llano negro* auf.

Unmittelbar vor dem Start nahm Sonia Tori unauffällig beiseite und flüsterte ihr leise zu: »Vergessen Sie nicht: Sie haben mir fest versprochen, Cruz zu vernichten.«

»Das habe ich nicht vergessen«, versicherte ihr Tori. »Aber erst, wenn wir zurück sind.«

»Wenn Sie zurück sind«, stimmte Sonia zu.

Sonia sagte noch etwas, aber ihre Stimme ging im lau
denden Knattern der Rotoren unter. Trotzdem glaubte T
kennen zu können, wie sich ein Ausdruck des Zweifels übe
schönen Züge legte.

Sie trugen alle Tarnanzüge, und jeder war mit einer Mach
einem KA-BAR-Messer, einem 45er Revolver und einer U
Maschinenpistole bewaffnet.

Im Innern des Hubschraubers war es dunkel, und das starke Vibrieren der Kabine war am ganzen Körper zu spüren. Slade unterhielt sich vorn im Cockpit mit dem Piloten, der sie vierundzwanzig Stunden, nachdem er sie am Zielpunkt abgesetzt hatte, wieder abholen sollte. Falls sie bis zu diesem Zeitpunkt nicht am verabredeten Treffpunkt eingetroffen waren, sollte er einen Tag später noch einmal zurückkommen. Estilo hatte sich auf einer der Bänke entlang der Kabinenwand schlafen gelegt. Erschöpft ließ auch Tori ihren Kopf gegen den kühlen Stahl zurücksinken und schloß die Augen.

»Was machen Sie denn für ein besorgtes Gesicht, Señor Slade?« sagte Estilo ein paar Stunden später. »In Argentinien gibt es ein Sprichwort: Wenn der Teufel sich aufs Eis wagt, fällt er auf die Schnauze.«

Über wen macht er sich eigentlich lustig? dachte Tori, als der JetRanger heftig schwankend auf einer winzigen Lichtung niederging. Ihr schwante nichts Gutes.

Llano negro. Der schwarze Dschungel, das Reich der Schatten, wo vielleicht die Guten auf der Seite der Bösen standen. Vor allem ein Gedanke ging ihr dabei immer wieder durch den Kopf: Dieses Gebiet gehörte weder Cruz noch den Orolas. Wem gehörte es dann?

4

…loskau / Tokio

…n Büro an und bat sie, ihm in der Mittagspause …en Nr. 1 in der Gorki-Straße ein paar Dinge zu …die er am Wochenende seinen Eltern mitbringen …Da er den ganzen Tag über wichtige Besprechungen …, konnte er sich nicht selbst darum kümmern, und wenn er … zum nächsten Tag gewartet hätte, wäre der frische Stör vermutlich schon wieder ausverkauft gewesen.

Irina erklärte sich gern dazu bereit. Sie liebte das großstädtische Flair der Gorki-Straße mit den teuer gekleideten Touristen, den vielen Geschäften und den großen Luxushotels; aber am meisten hatte es ihr der Feinkostladen Nr. 1 angetan. Jedesmal kam sie sich wie im Schlaraffenland vor, wenn sie den Blick über das reichhaltige Warenangebot in den Regalen wandern ließ. Hier gab es alles zu kaufen, was das Herz begehrte – nicht nur Lebensmittel aus allen Teilen der Sowjetunion, sondern überall aus der Welt. Dementsprechend lang waren auch die Schlangen an den Kassen. Aber in diesem Fall störte Irina das lange Anstehen überhaupt nicht; es ließ ihr mehr Zeit, die hier herrschende Atmosphäre von Luxus und Überfluß in vollen Zügen zu genießen.

Sie kaufte frischen geräucherten Stör, mehrere Dosen Kaviar und – aus einem spontanen Impuls heraus – ein halbes Pfund Räucherlachs aus Nova Scotia. Das war zwar ein ausgesprochener Luxus, aber sie war sicher, daß sich Mars über den Lachs sehr freuen würde.

Froh, der düsteren Enge ihres Büros entronnen zu sein und etwas frische Luft schnappen zu können, machte sie anschließend noch einen kurzen Schaufensterbummel auf der Gorki-Straße. Von frischer Luft zu sprechen, war zwar angesichts des Abgasgestanks etwas übertrieben, aber wie alle Großstadtbewohner nahm ihn Irina gar nicht mehr wahr.

Sie war gerade ein Stück hinter der Druschba-Buchhandlung vor einem Schaufenster stehengeblieben, als sie Valeri aus dem

Eingang kommen sah. Sie hatte schon den Arm gehoben, um ihm zuzurufen, aber er hatte sich bereits abgewandt und in die andere Richtung entfernt. Kurz entschlossen rannte ihm Irina hinterher.

Sie folgte ihm die Gorki-Straße hinauf, vorbei am Feinkostladen Nr. 1, über den Platz des Obersten Sowjet mit dem Denkmal von Fürst Dolgorukij, dem Gründer Moskaus. Ein paar Straßen weiter verschwand Valeri schließlich in einem kleinen, grün gestrichenen Gebäude, das das Moskauer Künstlertheater beherbergte. Vor vielen Jahren hatte hier Stanislawski die Schauspieler nach seiner berühmten Methode zu unterrichten begonnen und damit die Entwicklung des modernen Theaters entscheidend geprägt.

Auf dem Spielplan standen *Die drei Schwestern* von Tschechow, und in der Schautafel waren neben den Spielzeiten auch mehrere Probenfotos von den Schauspielern ausgehängt. Irina betrat das Gebäude. Im Foyer war es kühl und feucht. Obwohl leise Stimmen zu hören waren, konnte Irina niemand sehen.

Sie betrat den Zuschauerraum. Auf der hell erleuchteten Bühne probten gerade ein paar Schauspieler eine Szene. Irinas Augen mußten sich erst an das Dunkel im Saal gewöhnen, so daß es eine Weile dauerte, bis sie Valeri entdeckte. Er saß in einer der hintersten Reihen. Spontan machte sie ein paar Schritte auf ihn zu, blieb dann aber wie angewurzelt stehen.

Neben ihm saß eine atemberaubend schöne Frau. Sie hatte blondes Haar, blaue Augen und eine Nase, für die Irina über Leichen gegangen wäre. Irina erkannte in ihr Natascha Majakowa wieder, eine der Hauptdarstellerinnen der gerade laufenden Produktion.

Irina wußte nicht, wie lange sie völlig reglos im Dunkeln gestanden war. Ganz deutlich schossen ihr plötzlich wieder Valeris Worte durch den Kopf: *Der Witz an der Sache ist, daß in Wirklichkeit du mich verführt hast, Irina. Glaubst du etwa, du wärst die letzte in der langen Reihe meiner Eroberungen? Das bist du keineswegs.* Was sollte sie nun davon halten? Natürlich konnte es für dieses Treffen auch berufliche oder rein freundschaftliche Gründe geben. Aber eine innere Stimme sagte immer wieder nur beharrlich: Nein, nein, nein. Er hat dir etwas vorgemacht. Dieses Treffen hat weder berufliche noch freundschaftliche Gründe. Hier handelt es sich ganz schlicht und einfach um ein Stelldichein.

Die beiden saßen eng nebeneinander und hatten die Köpfe zusammengesteckt. Ganz deutlich konnte Irina Valeri sagen hören: »Ach, wenn ich nur nicht ständig unter diesem Zeitdruck stünde, *koschka*. Aber dieses Problem kennst du wahrscheinlich nicht.« Natascha Majakowas einzige Antwort war perlendes Gelächter.

Er nannte sie *koschka*, Schatz. Am liebsten wäre Irina Hals über Kopf aus dem Saal gestürmt. Aber sie war nicht imstande, sich von der Stelle zu bewegen. Es ging ihr wie dem unbeteiligten Beobachter eines Unfalls; unfähig, den Blick abzuwenden, fühlte sie sich von dem entsetzlichen Anblick geradezu unwiderstehlich angezogen. Je länger sie Zeuge dieser unmißverständlichen Szene wurde, desto tiefer traf sie Valeris Verrat.

Erst Minuten später, als sie wieder in der vertrauten Umgebung ihres Büros war, wurde ihr allmählich bewußt, wie wütend sie auf Valeri war. Aber wie hatte sie andererseits je so naiv sein können, etwas anderes von ihm zu erwarten? Hatte er denn nicht alles, was er bisher im Leben erreicht hatte, durch Einschüchterung, Erpressung, Hinterlist und Tücke zustande gebracht? Wieso hätte das in ihrem Fall anders sein sollen?

Allerdings konnte sie dieser psychologischen Einsicht keinerlei Trost abgewinnen – im Gegenteil, ihre Niedergeschlagenheit wurde dadurch noch verstärkt. Daran vermochte sie auch nichts zu ändern, als sie sich für den Rest des Nachmittags wie eine Besessene in ihre Arbeit stürzte. Der Tag – und die Laune – waren ihr endgültig verdorben.

»Lachs aus Nova Scotia!« rief Mars aus. »Heute werde ich aber verwöhnt!« Er küßte sie überschwenglich. »Eigentlich sollte ich den Fisch für meine Familie aufheben, aber ich fürchte, dieser Versuchung kann ich nicht widerstehen. Hol ein bißchen Brot, Irina. Das wird ein Festmahl werden!« Sie waren in der Küche von Mars' Wohnung. Obwohl es draußen erst dämmerte, hatten sie schon das Licht eingeschaltet.

»Fang ruhig ohne mich an«, sagte Irina. »Ich habe keinen rechten Appetit.«

»Aber du mußt doch halb umkommen vor Hunger.« Mars nahm ein paar Teller aus dem Küchenschrank. »Es ist schon acht vorbei, und wie ich die Verhältnisse im Feinkostladen Nr. 1 kenne, mußtest du dort sicher so lange anstehen, daß du nicht mehr zum Mittagessen gekommen bist.«

»Ach, so schlimm war es heute gar nicht«, sagte Irina. »Ich hatte sogar noch genügend Zeit, um das hier zu besorgen.« Sie reichte Mars einen Briefumschlag.

Er sah sie kurz fragend an, bevor er ihn öffnete. »Karten für *Die drei Schwestern*!« Er strahlte übers ganze Gesicht. »Heute werde ich aber verwöhnt! Womit habe ich das nur verdient?«

Wenn du wüßtest, dachte Irina niedergeschlagen.

Mars legte die Eintrittskarten beiseite. »Aber warum so traurig, Irina? Probleme im Büro? Nein, nein, du brauchst nicht darüber zu sprechen, wenn du keine Lust hast. Ich weiß, wieviel dir an der Wahrung deiner Privatsphäre liegt. Aber wenn dich nicht einmal dieses köstliche Essen aufmuntern kann, dann laß uns wenigstens ausgehen!«

Das war Mars' Standardlösung für alle Probleme: essen gehen, unter Leuten sein, sich betrinken und dabei das Leben in all seiner Vielfalt an sich vorbeiziehen lassen, bis man sich seinem Sog nicht mehr länger entziehen konnte und einfach davon mitgerissen wurde.

Er führte sie in ein kleines georgisches Restaurant, das er erst vor kurzem entdeckt hatte und wo man auch noch nach neun Uhr etwas zu essen bekam, wenn in den meisten anderen Lokalen die Küche längst geschlossen hatte. Gleich beim Betreten des kleinen Restaurants schlug ihnen eine ausgesprochen anheimelnde Atmosphäre entgegen, und das ausgelassene Gelächter der Gäste, in Verbindung mit den verlockenden Essensgerüchen, hatte selbst Irina schon nach kurzem in ihren Bann gezogen. Sie aßen Hühner-*tabaka*, tranken Wodka, und was das wichtigste war: Mars ließ sie nicht eine Sekunde zum Nachdenken kommen.

»Erzähl mir von deiner Familie«, drang er in sie. »Wie war das Leben bei euch zu Hause?«

»Ziemlich schlimm«, erwiderte Irina. »Mein Vater war ein typischer Quartalsäufer. Kein Wochenende und kein freier Tag, an dem er sich nicht bis obenhin vollaufen ließ. Aber trotzdem ist er jeden Tag pünktlich zur Arbeit erschienen. Inzwischen ist er schon lange tot. Er war Ingenieur in einem Kernforschungsinstitut, aber er hat nie Arbeit mit nach Hause gebracht oder auch nur darüber gesprochen. Ich vermute, er trank vor allem deshalb, weil er als Kind mitansehen mußte, wie seine Eltern in einem besonders strengen sibirischen Winter erfroren sind. Das konnte er sich offensichtlich nie verzeihen.«

»Wieso?«

»Weil er überlebt hat, während sie sterben mußten. Er hat seiner toten Mutter den Mantel abgenommen, seinem Vater die Schuhe. Ich kann mich noch gut erinnern, wie er immer sagte, daß er sich noch ganz deutlich an seine Füße erinnern könnte. Sie waren ganz blau vor Kälte und schrecklich angeschwollen. Er hat eine halbe Stunde gebraucht, um ihm die Schuhe auszuziehen. Einmal hat er mir erzählt, diese Kleidungsstücke hätten ihn zwar vor dem Erfrieren gerettet, aber diese schrecklichen Erlebnisse zu vergessen, hätten sie ihm nicht zu helfen vermögen. Er war elf Jahre alt, als es passiert ist.«

»Was für ein Schicksal«, murmelte Mars betreten. »Aber immerhin hatte er noch sein ganzes Leben vor sich.«

»Ich glaube, ein Teil von ihm ist mit seinen Eltern in der sibirischen Eiswüste gestorben.«

»Das ist wirklich tragisch.«

Alles in Irina sträubte sich dagegen, noch länger diesen Gedanken an die Vergangenheit nachzuhängen. Aber unüberhörbar hatte sich tief in ihrem Innern eine Stimme zu Wort gemeldet. Je mehr sie ihre Ohren vor ihrem hartnäckigen Rufen zu verschließen suchte, desto eindringlicher wurden ihre Worte:

KGB. Ruhe bewahren. Der sibirische Winter. Gitterstangen vor dem Mond. Das ganze Land ein gigantisches Gefängnis. *Er ist tot.*

»Vielleicht wäre alles anders gekommen, wenn mein Bruder Jewgenij nicht gestorben wäre.« Noch während sie diese Worte aussprach, wurde sich Irina voller Scham bewußt, wie wenig sie eigentlich daran glaubte. »Er wurde gar nicht weit von hier ermordet, am Ufer der Moskwa, in einer kalten, klaren Vollmondnacht. Er hatte sich mit kriminellen Elementen zusammengetan und verkaufte – genau weiß ich es nicht – vermutlich Schmuggelware. Er wurde erstochen; ob von einem Kunden oder einem Rivalen, haben wir nie erfahren. In Anbetracht dessen, was mein Bruder war, hat sich die Polizei verständlicherweise nicht allzuviel Mühe gegeben, seinen Mörder zu fassen. Sie haben es gar nicht erst versucht. Ich glaube sogar, daß sie froh waren, daß er tot war.«

»Und wie haben deine Eltern darauf reagiert?«

»In unserer Familie ging es sowieso drunter und drüber. Mein Vater war damals schon mehrere Jahre tot. Im nachhinein glaube ich, daß nicht viel gefehlt hätte, und wir wären alle in der Gosse gelandet. Die Nachricht von Jewgenijs Tod schlug jedenfalls ein wie eine Bombe. Ich kann mich noch deutlich erinnern, wie die Polizei in unsere Küche kam. Das war damals der einzige Ort, an dem ich so etwas wie Wärme und Geborgenheit spürte – im Grunde genommen haben wir uns unser ganzes Leben lang nur in der Küche aufgehalten. Als dann die Polizei meiner Mutter die Nachricht von Jewgenijs Tod überbrachte, drehte sie plötzlich durch. Ohne Mantel stürzte sie blindlings in die Nacht hinaus. Sie schlug sich verzweifelt die Brust und raufte sich die Haare; so rannte sie zu der Stelle, wo Jewgenij noch immer blutüberströmt und mit einem Messer zwischen den Rippen am Boden lag, und warf sich schreiend über ihn. Ich weiß noch, wie ich sie gewaltsam von ihm losreißen mußte. Sie war völlig hysterisch und warf mit den wüstesten Beschimpfungen um sich, von denen ich nicht im Traum gedacht hätte, daß sie sie überhaupt kannte. In ihrer Verzweiflung hat sie mich sogar zu beißen versucht.

Ich glaube, sie hat in diesem Augenblick nicht mehr gewußt, wer ich war.«

Als Irina darauf verstummte, drang Mars nicht mehr länger in sie, sondern überließ sie eine Weile ganz ihrem Schmerz. Die warme und anheimelnde Atmosphäre des Lokals stand plötzlich in seltsamem Gegensatz zu dem tiefen Schweigen, das sich lastend über sie gelegt hatte. Am liebsten hätte Irina losgeschrien: Still! So hört doch endlich auf zu lachen! Warum müßt ihr so glücklich sein!

Schließlich fragte Mars: »Lebt deine Mutter noch?«

»Wenn man dieses stumpfe Dahinvegetieren noch Leben nennen kann . . .«

»Das tut mir aufrichtig leid.« Mars ergriff Irinas Hand und strich mit dem Daumen sanft darüber. »Manche Dinge lassen sich nur schwer in Worte fassen.«

Als ihm Irina darauf tief in die Augen sah, wurde sie sich eines feinen, aber entscheidenden Unterschieds bewußt. Es war, als beträte sie einen Garten, der ihr so vertraut war, daß sie jeden Stein darin kannte. Als sie nun feststellte, daß ein Stein kaum merklich verrückt worden war, erschien ihr der ganze Garten wie durch einen geheimen Zauber mit einem Mal in einem gänzlich anderen Licht. Sie sagte: »Manchmal kommt es nicht auf Worte an. Dann zählt nur, einfach da zu sein.« Etwas an ihrer Beziehung zu Mars hatte sich verändert. Aber was?

Am Samstag darauf lud Mars sie ein, ihn zu seinen Eltern zu begleiten. Ohne recht zu wissen, warum, erklärte sich Irina einverstanden. Eigentlich versprach sie sich davon bestenfalls einen langweiligen Nachmittag.

Sie sollte sich jedoch gründlich täuschen. Mars' Eltern lebten in einem schönen alten Haus in der Bolschaja-Ordinka-Straße, das von hohen Linden umstanden war. Nicht weit davon befand sich die dreihundertfünfzig Jahre alte Nikolaus-von-Pischi-Kirche, bei deren barockem Prunk sich Irina unwillkürlich an eine Hochzeitstorte erinnert fühlte.

Mars' Eltern waren zwei reizende alte Leute, die Irina in ihrer herzlichen Art sofort das Gefühl vermittelten, als gehörte sie bereits zur Familie. Irina ertappte sich dabei, wie sie die beiden immer wieder verstohlen beobachtete. Obwohl sie sich nur selten ansahen oder berührten, war die tiefe Zuneigung, die sie auch nach all den Ehejahren verband, deutlich zu spüren.

Sie waren begeistert über die Delikatessen, die Irina und Mars mitgebracht hatten, und Mars ließ es sich nicht nehmen, ausdrücklich darauf hinzuweisen, daß der Lachs ein Geschenk von Irina war. Als sich die beiden Frauen nach einer Weile in die Küche zurückzogen, um das Essen vorzubereiten, stellte sich zwischen Irina und Mars' Mutter sofort ein enger Kontakt her. Sie tauschten alle möglichen Küchentips und Kochrezepte aus und lachten viel zusammen.

Kurz bevor das Essen fertig war, kam auch Mars' Schwester mit ihrem Mann und den Kindern. Sie war eine auffallend schöne Frau und sah Mars sehr ähnlich. Aber sie wirkte seltsam schüchtern und unnahbar. Als jedoch Irina näher mit ihr ins Gespräch kam, gestand sie ihr, daß sie wegen ihrer breiten Hüften und ihrer dicken Beine todunglücklich war. »Ich sehe genauso aus, wie in amerikanischen Zeitschriften eine typische Russin dargestellt wird«, klagte sie Irina ihr Leid.

Ihre Kinder, zwei Jungen und ein Mädchen, waren gut erzogen und liebten ihren Großvater abgöttisch. Er machte sich einen Spaß daraus, sie mit allen möglichen Tricks hinters Licht zu führen. Ihre Spiele wurden jedenfalls immer wieder von ausgelassenem Gelächter unterbrochen.

Der Mann von Mars' Schwester war Architekt. Als er erzählte, daß er in der Regel nur riesige Wohnblöcke entwarf, dachte Irina insgeheim, daß das kaum weniger langweilig sein konnte als die Tätigkeit eines Busfahrers, der Tag für Tag dieselbe Strecke abfuhr. Er machte auch einen ziemlich unscheinbaren, fast unbedarften Eindruck, und nur wenn er seine Kinder beim Spielen beobachtete, machte sich in seinen Zügen eine merkwürdige Veränderung bemerkbar.

Der Nachmittag verging wie im Flug, der Abend wurde immer später, und ehe sich's Irina versah, hatte sie die anheimelnde Atmosphäre von Mars' Elternhaus gänzlich in ihren Bann geschlagen. Schon lange nicht mehr hatte sie sich so gelöst und entspannt gefühlt. Und dann, mit einem seltsamen Prickeln in der Magengrube, wurde ihr bewußt, daß es mehr war als nur das: Sie fühlte sich in dieser Umgebung rundum zufrieden.

Mit einem Mal sah Irina Mars Petrowitsch Wolkow in einem anderen Licht. Was machte es schon, daß es sexuell nicht hundertprozentig zwischen ihnen klappte? Hatte er ihr dafür nicht so viel anderes zu bieten? Und nicht zuletzt gerade das, wonach sie sich schon immer so sehr gesehnt hatte? Mit seiner Hilfe würde sie eines Tages vielleicht sogar erfahren, was es hieß, eine Familie zu haben.

Der Innenstadtbezirk von Tokio, in dem Honno arbeitete, hieß Kasumigaseki; das bedeutet ›Verhangenes Tor‹. Bisher hatte Honno geglaubt, dieses Viertel recht gut zu kennen. Aber nun lernte sie durch Big Ezoe ein paar neue Seiten von Kasumigaseki kennen, von denen sie sich bisher nicht einmal hätte träumen lassen, daß es sie überhaupt gab.

In den steilen Straßenschluchten von Kasumigaseki hatte man auch bei Tag das Gefühl, als bewegte man sich in einer Welt unter Wasser. Das wenige Licht, das seinen Weg zwischen den ringsum aufragenden Wolkenkratzern hindurchfand, hatte eine seltsam wäßrig-diffuse Qualität, wie sie Taucher gut kennen. Ansonsten ließen sich die seltsamen Lichtbedingungen, die dort herrschten, vielleicht damit vergleichen, wie wenn man seine Umgebung wie durch eine Flasche aus grünem Glas betrachtete.

Big Ezoe hatte zu Honno gesagt: »Kakuei Sakata war ein Samurai. Also müssen von nun an auch wir denken wie ein Samurai. Wenn es uns nicht gelingt, uns in Sakata hineinzuversetzen, werden wir das Rätsel, das seinen Tod umgibt, nie lösen.«

Immer und immer wieder hatte Big Ezoe den Schlüssel, den Sakata Honno zugeschickt hatte, in seiner Hand gedreht. »Ein Geschäftsmann hätte ein Schließfach im Tresorraum einer Bank, ein Yakuza eine abschließbare Schatulle unter dem Tatami in seinem Schlafraum. Wo würde wohl ein Samurai seinen kostbarsten Besitz aufbewahren?«

Honno sah ihn an. »Das weiß ich nicht.«

Über Big Ezoes Züge legte sich ein breites Grinsen. »Aber ich glaube es zu wissen.«

Und so hatte er sie aufgefordert, sie nach Kasumigaseki zu begleiten, dem Verhangenen Tor, mitten im Herzen Tokios. Die Luft war erfüllt vom Abgasgestank der Fahrzeuge, die Nacht erhellt vom grellen Flimmern der gigantischen Neonreklamen an den Fassaden der hochragenden Bürobauten.

Doch in einer engen Seitenstraße verborgen, fast zwergenhaft klein neben all den kalt funkelnden Zeugen von Japans unaufhaltsamem wirtschaftlichem Aufschwung, behaupteten sich noch die Relikte einer anderen, ganz der Vergangenheit verhafteten Welt, in der das Leben durch die strengen Konventionen jahrhundertealter Tradition bestimmt wurde und nicht durch das Diktat wirtschaftlicher Rentabilität.

»Hierher hat sich Kakuei Sakata immer zurückgezogen, wenn er allein sein und mit den *kami* seiner Welt Kontakt aufnehmen wollte.« Big Ezoe deutete auf einen schintoistischen Schrein. Dann streckte er die Hand aus, zog einmal kurz an einem Strick, und im selben Augenblick hallte der tiefe Klang einer Bronzeglocke durch die großstädtischen Straßenschluchten. »Wacht auf, ihr Geister, die in den Wäldern und Flüssen hausen!« rief Big Ezoe lachend. »Ob es wohl auch moderne *kami* gibt? Geister, die in Expreßaufzügen oder gigantischen Neonreklamen hausen, die dem großen Gott SONY huldigen?« Über seine Züge legte sich ein schelmisches Grinsen. »Jedenfalls sollten diese Geister besser nicht an Höhenangst leiden.«

Honno fand das gar nicht witzig. »Wie können Sie nur so respektlos sein!«

»So bin ich nun einmal«, erwiderte Big Ezoe. »Vermutlich ist mir das angeboren.«

Honno wußte nicht, ob das sein Ernst war oder ob er sich nur wieder über sie lustig machen wollte. Jedenfalls hatte sie für diese Art von Humor nichts übrig. »Unsinn«, widersprach sie deshalb heftig. »Als Sie geboren wurden, war alles, was Sie konnten, weinen, essen, schlafen und die Notdurft verrichten. Nur diese wenigen elementaren Dinge waren Ihnen wirklich angeboren. Alles andere haben Sie gelernt.«

»Schon möglich«, erwiderte Big Ezoe amüsiert. »Dann muß

es wohl meine Großmutter gewesen sein, die mir beigebracht hat, die Welt nicht allzu ernst zu nehmen. Sie war es nämlich, die mich aufgezogen hat. Ich kann mich noch gut erinnern, wie sie mir einmal gestanden hat, warum sie so oft und gern über diese verrückte Welt gelacht hat: Weil sie nämlich sonst vor lauter Kummer schon längst Harakiri begangen hätte.«

»Fangen Sie schon wieder damit an!« versetzte Honno ärgerlich. »Ich bin ganz sicher, daß Ihre Großmutter nie so etwas Verrücktes gesagt hätte.«

»Hat sie aber«, versicherte ihr Big Ezoe ernst. »Das werde ich doch wohl besser wissen als Sie. Wie kommen Sie außerdem darauf, über die Welt zu lachen, wäre verrückt?«

»Weil kein vernünftiger Mensch so etwas tut. Kein Wunder, daß Sie Gangster geworden sind.«

»Ich glaube nicht, daß jemand etwas *wird*«, brummte Big Ezoe. »Am allerwenigsten Gangster. Meine Angehörigen sind Yakuza; also bin auch ich Yakuza.«

»Nein.« Energisch schüttelte Honno den Kopf. »Sie sagen das, als hätten Sie keine andere Wahl gehabt. Aber das hatten Sie sehr wohl. Mir ist inzwischen klargeworden, warum Sie Gangster geworden sind – weil Sie dieses Leben nämlich lieben. Sie wollen es gar nicht anders.«

»Das kann durchaus sein«, erwiderte Big Ezoe nachdenklich. »Immerhin wäre das mehr, als Sie von sich behaupten könnten. In meinem Leben gäbe es dann zumindest schon etwas, was ich liebe.«

»Ich liebe meinen Mann«, kam es wie aus der Pistole geschossen.

»Dieses Spatzenhirn?« lachte Big Ezoe. »Was gibt es bei dem schon zu lieben?«

»Das geht Sie nichts an. Was wissen Sie außerdem über meinen Mann Eikichi?«

»Mehr als Sie sich vermutlich vorstellen können.« Über das Dach des Schinto-Schreins hinweg sah Big Ezoe an den Fassaden der himmelragenden Stahlbetonbauten von Kasumigaseki empor. »Ich gehe natürlich nicht davon aus, daß Sie mir etwas über Ihr Privatleben erzählen werden. Trotzdem würde ich gern wissen, was Sie eigentlich an Eikichi Kansei so anziehend finden.«

Darauf gab ihm Honno zwar keine Antwort, aber sie fühlte sich dennoch verpflichtet, ihren Mann gegen die beleidigenden Bemerkungen dieses Gangsters in Schutz zu nehmen. »Er ist ein zutiefst ehrenhafter Mann«, erklärte sie deshalb. »Außerdem braucht er mich. Er strahlt etwas Solides aus, was mir ein starkes Gefühl der Sicherheit verleiht.«

»Aha, Sicherheit. Jetzt kommen wir der Sache schon näher. Meinen Sie mit Sicherheit in Wirklichkeit nicht Unterwerfung? Hat es für Sie demnach etwas Lustvolles, sich ganz dem Willen eines anderen Menschen zu unterwerfen – ganz ähnlich den Lustgefühlen, die eine Mutter angesichts der Opfer verspürt, die sie für ihre Kinder bringt?« Fast schien Big Ezoe mit sich selbst zu sprechen. »Gewiß, Eikichi mag Ihnen aufgrund seiner Seriosität und Korrektheit ein Gefühl von Sicherheit verleihen. Aber zu Hause spricht er kaum mit Ihnen. Wenn er etwas will, ruft er nur *oi*!, he! Im Grunde genommen ist er nichts anderes als ein großes Kind.« Big Ezoe schaute noch immer an den Fassaden der Wolkenkratzer empor. »Er braucht Sie also. Na schön. Und wozu braucht er Sie? Damit pünktlich das Essen auf dem Tisch steht, wenn er abends von der Arbeit nach Hause kommt, und damit am Morgen seine Kleider bereitliegen, bevor er das Haus verläßt. Für ihn ist es die selbstverständlichste Sache von der Welt, daß Sie das alles für ihn tun – und das, obwohl Sie selbst genauso Ihrem Beruf nachgehen wie er. Wie früh müssen Sie eigentlich aufstehen, Honno, damit Ihr Mann alles so vorfindet, wie er es wünscht?«

»So ist es keineswegs«, protestierte Honno.

»Ach? Und wie ist es dann?«

»Sie verdrehen einem jedes Wort im Mund«, stieß Honno aufgebracht hervor. »Alles drehen Sie so hin, wie es Ihnen in den Kram paßt. So geschickt bin ich leider nicht.«

»Kennen Sie zufällig das *Hagakure*, das Buch der verborgenen Blätter? Ja? Dürfte ich Sie dann vielleicht an eine Schlüsselstelle dieses Werks erinnern? Sie befaßt sich mit der Frage, was das Wesen eines wahrhaft weisen Samurai ausmacht. Wenn ein

Samurai genügend Erfahrung gesammelt hat, stellt er, sehr zu seinem Mißfallen, fest, daß all die komplizierten Regeln und Vorschriften, nach denen er bisher sein Leben ausgerichtet hat, nichts weiter sind als Hirngespinste, Illusionen ohne jede Bedeutung. Zudem rät das *Hagakure* dem Samurai, niemand von diesem Wissen zu erzählen; es darf nämlich all jenen, die diese tiefgreifende Erfahrung noch nicht gemacht haben, auf keinen Fall frühzeitig enthüllt werden.«

Darauf sagte Honno eine Weile nichts. Unerklärlicherweise hatten sich ihre Wangen vor Scham heftig gerötet. Big Ezoe war ihr in diesem Augenblick mehr zuwider als je zuvor. Als sie ihre Fassung einigermaßen wiedergewonnen hatte, sagte sie: »Woher wissen Sie, daß Sakata-san hier gebetet hat?«

Big Ezoe sah sie lange forschend an. »Frau Kansei, Sie müssen lernen, etwas von der Last abzugeben, an der Sie so schwer zu tragen haben. Sonst werden Sie eines Tages noch unter ihr zusammenbrechen.« Er trat unter das holzgedeckte Schindeldach des Schreins. »Die Antwort auf Ihre Frage ist ganz einfach. Ich habe nicht nur viele Freunde, sondern auch ein weitreichendes Netz von Beziehungen. Vermutlich wurde Sakata des öfteren gesehen, wenn er hierher kam, um zu beten.«

»Gibt es eigentlich etwas, das Sie nicht wissen?«

»Natürlich«, nickte Big Ezoe und nahm den Schlüssel aus ihrer Hand. »Was Sakata zu verbergen hatte.« Er bückte sich und hob das Tuch hoch, das um eine Art Altar im Mittelpunkt des Schreins geworfen war. An seiner Seite kam eine kleine Tür zum Vorschein, und in ihr Schloß steckte Big Ezoe nun den Schlüssel.

In dem kleinen Hohlraum dahinter befanden sich zwei dicke Geschäftsbücher, wie man sie für die Buchhaltung benutzte. Big Ezoe nahm sie heraus und reichte sie Honno. Sie schlug eines der Bücher auf und überflog die eng beschriebenen Seiten. Im zweiten Buch dasselbe. Die Schrift war nicht *kanji* oder eine andere Schriftform, die Honno kannte.

»Was ist das?« fragte sie schließlich.

Big Ezoe blickte über ihre Schulter auf die dicht beschriebenen Seiten und sagte: »Keine Ahnung, aber ich nehme an, eine Art Geheimschrift.«

»Großartig«, seufzte Honno. »Und was soll ich nun mit diesen Büchern? Ich weiß nicht einmal, was in ihnen steht.« Doch plötzlich mußte sie an Giin denken, und sie wußte, was sie zu tun hatte.

Als sich Honno und Giin vor fast zehn Jahren kennengelernt hatten, hatte er eine hohe Stellung in einem Ministerium bekleidet, in welchem, hatte sie nie erfahren. Eigentlich hätte sie Giin heiraten sollen. Das hätte sie auch getan, wenn er nicht, wie ihr Vater, ein Spieler gewesen wäre.

Wie jung sie damals noch gewesen war und voll von Ressentiments gegen ihren Vater ... Das hatte sich von Grund auf geändert, seit er vor einem Jahr gestorben war. Von da an war ihr Vater in ihrer Erinnerung plötzlich ein besserer und vorbildlicherer Mensch geworden, als er das in Wirklichkeit gewesen war. All die bitteren Vorwürfe, die sie ihm wegen seiner Spielleidenschaft gemacht hatte, waren mit einem Mal vergessen, und alles, was sie jetzt noch für ihn empfand, waren tiefe Zuneigung und Verehrung. *Hinoeuma*-Frau oder nicht, sie war trotz allem ihres Vaters Tochter.

Es hätte damals nicht viel gefehlt, und sie hätte ihre Liebe noch einmal einem Mann geschenkt, der dem Spiel verfallen war – einem Mann, der sie Tag für Tag an ihren Vater erinnert hätte. Auch wenn Giin wesentlich intelligenter als ihr Vater war, hatten die beiden Männer dennoch viele Gemeinsamkeiten. Beide waren ausgesprochen zwanghafte Persönlichkeiten, beide verhielten sich Untergeordneten gegenüber unduldsam und geradezu tyrannisch und beide frönten demselben Laster: Sie waren hemmungslos dem Spiel verfallen.

Das ging sogar so weit, daß ihre ganze Persönlichkeit von dieser Spielleidenschaft geprägt wurde, von der sie sich auch trotz immer größerer Verluste nicht abbringen ließen. Je mehr sie verloren, desto mehr waren sie von der fixen Idee besessen, *den* großen Gewinn an Land zu ziehen und damit alle ihre bisherigen Verluste wettzumachen. Aufgrund ihrer Persönlichkeitsstruktur war es für beide Männer von größter Wichtigkeit, sich als Gewinner fühlen zu können; ohne dieses Gefühl konnten sie einfach nicht leben.

Noboru Yamato sollte schließlich an seiner Spielleidenschaft zugrunde gehen – ein Schicksal, dem auch Giin nur mit knapper Not entronnen war. Über Umwege hatte Honno erfahren, daß Giin nicht mehr im Staatsdienst war; ob er allerdings aus freien Stücken aus seinem Amt geschieden oder schlicht und einfach entlassen worden war, wußte sie nicht. Jedenfalls hatte es einige Zeit gedauert, bis er schließlich eine neue Stellung gefunden hatte.

Er lehrte mittlerweile an der Tokioter Universität Philosophie, was nicht einer gewissen Absurdität entbehrte. Mit Ausnahme ihres Vaters war Giin so ziemlich der unflexibelste Mensch, den Honno je kennengelernt hatte. Wenn man nun berücksichtigte, daß gerade die Philosophie ein ständiges Jonglieren mit Gedanken, Lehrmeinungen und Ideologien erforderte, gab es in Honnos Augen wohl kaum jemand, der für diese Tätigkeit ungünstigere Voraussetzungen mitgebracht hätte als Giin.

Obwohl Big Ezoe sie unbedingt zu ihrem ehemaligen Verlobten begleiten wollte, hatte Honno darauf bestanden, ihn allein aufzusuchen. Es wäre ihr schrecklich peinlich gewesen, nach zehn Jahren plötzlich in Begleitung eines Yakuza-*oyabun* vor Giin zu erscheinen.

Sie fand sich am späten Nachmittag nach der letzten Vorlesung in seinem Büro ein. Als seine Sekretärin dem Professor ihre Ankunft meldete, hatte sie plötzlich ein seltsam flaues Gefühl im Magen – gerade so, als würde sie gleich vor einen strengen Richter geführt, der sie mit den Worten begrüßte: ›Nun, meine Liebe, und was hast du aus deinem Leben gemacht, seit du mich verlassen hast?‹

In Wirklichkeit sagte Giin jedoch gar nichts. Er saß gerade über den Seminararbeiten seiner Studenten, als sie sein Büro betrat. Genaugenommen handelte es sich dabei nur um eine enge, fensterlose Kammer, in der vor lauter Büchern, Skripten und Nachschlagewerken kaum mehr Luft zum Atmen war.

Giin saß hinter einem schmucklosen Schreibtisch. Er trug einen unansehnlichen dunklen Anzug, sein graues Haar war ordentlich gescheitelt, und seine runde Brille blitzte im Schein der harten Deckenbeleuchtung. Honno fand es ausgesprochen unhöflich, daß er nicht einmal aufsah, als sie eintrat. Das machte die Sache nur noch schlimmer für sie. Zugleich wurde ihr dadurch aber auch bewußt, wie peinlich dieses Treffen erst für Giin sein mußte.

Sie hatte ihn damals ganz plötzlich und ohne Ankündigung verlassen – und das, obwohl er sie bereits seiner Familie und seinen Freunden als seine Braut vorgestellt und sich offiziell mit ihr verlobt hatte. Und was das Schlimmste war: Sie hatte sich ohne ein Wort der Erklärung von ihm getrennt. Aber wie hätte sie ihm auch beibringen sollen, daß sie keinen Spieler heiraten wollte? Das wäre zu beschämend gewesen – für ihn nicht weniger als für sie.

Gegen ihren Willen stieg Honno mit einem Mal heftige Schamesröte ins Gesicht. Da stand sie nun vor ihrem ehemaligen Verlobten, der in einem winzigen Büro die Seminararbeiten seiner Studenten korrigierte, von denen vermutlich nicht einer auch nur ahnte, mit welchem genialen Geist er es hier eigentlich zu tun hatte. Sie nahm schweigend Platz und wartete geduldig, bis er das Schweigen brach, mit dem er wenigstens einen Teil des Gesichts, das er vor zehn Jahren verloren hatte, wiederzugewinnen hoffte.

Als er schließlich genügend Zeit in vorwurfsvollem Schweigen hatte verstreichen lassen, begann er: »Du hast also geheiratet. Bist du glücklich?«

»Natürlich bin ich das.« Im selben Augenblick bereute Honno ihre Worte jedoch schon wieder. »Das heißt, Eikichi Kansei ist mir ein guter Mann.«

Erst jetzt schaute Giin auf. Ganz deutlich konnte Honno hinter den dicken Gläsern seiner Brille seine Augen sehen. Er starrte sie so durchdringend an, daß sie schon fürchtete, unter seinem Blick dahinzuschwinden. Für einen Moment bereute sie sogar, daß sie Big Ezoe nicht gestattet hatte, sie zu begleiten. Aber ihr wurde rasch bewußt, daß sie eigentlich kein Recht hatte, Giin böse zu sein. Um sich ihre Verletztheit nicht anmerken zu lassen, setzte sie deshalb jenes unpersönlich ausdruckslose Gesicht auf, mit dem alle Japaner schon von klein auf ihre wahren Gefühle zu verbergen gelernt haben.

»Es freut mich, dich nach so langer Zeit wiederzusehen«, setzte sie zaghaft an.

»Ja, das liegt nun schon lange zurück«, erwiderte er steif. Es kostete Honno alle Beherrschung, nicht unter seinem Blick zusammenzuzucken. »Für manche sogar ein ganzes Leben lang.«

»Wie ist es dir inzwischen ergangen?« Voll banger Erwartung sah Honno seiner Antwort entgegen.

Giin hob die Hände und deutete auf den engen Verschlag, der ihm als Büro diente. »Du siehst ja, was aus mir geworden ist.«

»Hast du geheiratet?«

»Dafür bestand keine Notwendigkeit mehr, nachdem du mich verlassen hast.«

»Ich . . .« Betreten ließ Honno den Kopf sinken. Was hätte sie angesichts von soviel Bitterkeit auch entgegnen sollen?

»Es freut mich, daß sich dein Leben nun doch noch in feste Bahnen gefügt hat«, fuhr Giin in leichterem Ton fort. »Wie verloren und orientierungslos du damals gewirkt hast . . . Ich habe mir zwar redlich Mühe gegeben, dir eine Stütze zu sein, aber vermutlich habe ich nie recht begriffen, was damals in dir vorging.« Als er dabei zum erstenmal lächelte, glaubte Honno plötzlich wieder den Mann vor sich zu sehen, den sie einmal geliebt hatte. »Daß so etwas ausgerechnet mir passieren mußte, obwohl es doch meine Spezialität war, die schwierigsten Probleme zu knacken. Aber natürlich hatte ich es in meiner damaligen Stellung nicht mit den Rätseln der menschlichen Psyche zu tun, sondern mit der Entschlüsselung von Geheimschriften, Codes und dergleichen mehr. Das waren Probleme, die rein theoretischer Natur waren. Tatsache ist, daß ich nie sehr gut mit Menschen umgehen konnte oder viel Verständnis für sie aufbrachte. Vielleicht war das der Grund, weshalb es mit uns nicht geklappt hat.«

»Ja«, murmelte Honno verlegen. »Vielleicht.«

»Das ist auch der Grund, weshalb ich diese Professur angenommen habe«, fuhr Giin nach einer Pause fort. »Hier bin ich zum erstenmal gezwungen, mich wirklich mit Menschen auseinanderzusetzen. Für mich ist das Ganze ein Versuch, aus meinen Fehlern zu lernen und noch einmal von vorn anzufangen.«

Als Honno darauf nichts erwiderte, fuhr er fort. »Ich bin dir sehr dankbar dafür, daß du meine Einladung zum Abendessen angenommen hast. Ich war eben sehr unhöflich zu dir. Aber ich wußte einfach nicht, wie ich mich dir gegenüber verhalten sollte. Die Scham über das, was zwischen uns war, steckt mir noch zu tief in den Knochen.«

Honno zwang sich, ihn wieder anzusehen.

»Ich habe inzwischen aufgehört zu spielen«, sagte er nach einer Weile. »Irgendwann habe ich begriffen, daß es so nicht weitergehen konnte. Ich hätte mich sonst endgültig ruiniert. Immerhin hatte mich meine Spielleidenschaft bereits meine Stellung und einige meiner besten Freunde gekostet. Als mir eines Tages klar wurde, was aus mir geworden war, galt mein erster Gedanke dir; ich verspürte fast so etwas wie Erleichterung darüber, daß du mich verlassen hast. Auf diese Weise blieb es mir wenigstens erspart, auch dir noch Schande anzutun. Das hätte ich mir, glaube ich, nie verziehen.«

»Ich ... Ich weiß wirklich nicht, was ich darauf sagen soll«, erwiderte Honno. Giins unerwartetes Geständnis hatte einen heftigen Aufruhr von Gefühlen in ihr ausgelöst. Mein Gott, schoß es ihr durch den Kopf, da war sie wieder, die alte Anziehungskraft; zwar tief verschüttet, aber keineswegs erloschen. So sehr Honno darüber auch schockiert war, so war sie dennoch außerstande, sich über die Intensität ihrer neu erwachenden Gefühle hinwegzutäuschen. Ich bin doch glücklich verheiratet, rief sie sich verzweifelt ins Gedächtnis zurück. Aber das schien nichts zu nützen. So hatte sie sich dieses Wiedersehen nicht vorgestellt. Überdeutlich konnte sie die Liebe spüren, die ihr auch nach all den Jahren noch aus Giins Augen entgegenstrahlte, und etwas in ihrem Innern schmolz dahin wie der letzte Schnee unter der wärmenden Frühlingssonne.

»Du brauchst jetzt nichts zu sagen«, erklärte Giin lächelnd.

»Ich bin schon vollauf zufrieden, wenn du mir nur die Freude deiner Anwesenheit machst.«

»Sie haben *was* getan?« brauste Big Ezoe auf.

»Ich habe ihm die Bücher gegeben«, erwiderte Honno.

»Sind Sie denn noch zu retten?«

Es war der Abend nach ihrem Besuch bei Giin. Honno hatte Big Ezoe in seinem Büro aufgesucht.

»Aber genauso hatten wir es doch abgesprochen«, brachte sie zu ihrer Rechtfertigung vor. »Ich sollte ihm die zwei Bücher geben.«

»Sie sollten ihm lediglich sagen, daß diese Bücher *existieren*, um zu sehen, ob er den Code vielleicht für uns knacken kann.«

»Und als er sich dazu bereit erklärt hat«, erwiderte Honno, »habe ich sie ihm gleich dagelassen. Hören Sie auf, mich so anzubrüllen.«

»Ich werde erst wieder aufhören zu brüllen«, tobte Big Ezoe weiter, »bis wir die Bücher wieder haben.«

»Sie hätten Giin sehen sollen – dieses begeisterte Aufleuchten in seinen Augen. Er war sofort Feuer und Flamme und konnte es gar nicht erwarten, seine alten Fähigkeiten wieder einmal unter Beweis zu stellen. Das war auch der Grund, weshalb ich ihm die Bücher gleich dagelassen habe.«

»Sie sollten erst einmal Ihre Augen leuchten sehen«, knurrte Big Ezoe finster. »Einfach lächerlich.«

Honno lachte. »Sie haben kein Recht, so über mich zu sprechen. Und was geht Sie das überhaupt an? Oder sind Sie etwa eifersüchtig?«

»Auf wen? Diesen abgewrackten Spieler?«

»Er hat mit dem Spielen aufgehört«, erklärte Honno steif.

Big Ezoe kniff die Augen zusammen. »Woher wissen Sie das?«

»Giin hat es mir selber gesagt. Er hat mir gestanden . . .«

Big Ezoe stöhnte laut auf. »Und die Liebe hat Sie tatsächlich so blind gemacht, daß Sie ihm geglaubt haben?«

»Natürlich. Ich . . .«

»Nicht zu fassen!«

»Was unterstehen Sie sich . . .«

»Jetzt hören Sie mir gut zu!« unterbrach sie Big Ezoe energisch. »Was Sie getan haben, ist wirklich absolut unverzeihlich.«

Allmählich kamen Honno nun doch gewisse Bedenken. »Würden Sie mir jetzt bitte endlich erklären, worauf Sie eigentlich hinauswollen?«

»Ganz einfach. Er hat sie hereingelegt.«

»Aber ich kenne Giin.«

»Und ich kenne mich mit Spielern aus. Sie ändern sich nie. Sie erzählen nur ständig, daß sie sich ändern wollen. In punkto Menschenkenntnis müssen Sie jedenfalls noch einiges lernen, meine Teuerste.«

»Müssen Sie denn immer gleich alles über einen Kamm scheren?« versuchte Honno ihren Standpunkt zu behaupten.

Fast mitleidig schüttelte Big Ezoe den Kopf. »Ihnen muß man wohl alles mit dem Holzhammer beibringen. Wissen Sie, wo dieser Giin lebt?« Als Honno nickte, knurrte er finster: »Dann bringen Sie mich dort hin.«

»Jetzt?«

»Jetzt sofort!« Big Ezoe packte sie am Arm und zerrte sie aus seinem Büro.

»Er scheint nicht zu Hause zu sein«, sagte Honno, nachdem sie zum drittenmal an Giins Tür geläutet hatte. »Vielleicht ist er essen gegangen.«

»Sicher«, schnaubte Big Ezoe ärgerlich, zog einen dünnen Metallstreifen aus seiner Hosentasche und schob ihn in das Türschloß. Als er behutsam damit zu manipulieren begann, fragte Honno: »Was machen Sie denn da?«

»Was glauben Sie wohl?« Big Ezoe drehte am Türknopf und öffnete die Tür.

Als sie die Wohnung betraten, flüsterte Honno: »Ist das denn nicht verboten?«

»Da müssen Sie schon die Polizei fragen«, brummte Big Ezoe.

Er schloß die Tür hinter ihnen und knipste das Licht an. Honno hielt den Atem an. Big Ezoe fluchte: »Scheiße!«

In Giins Wohnraum sah es aus wie im Zentrum eines Hurrikans. Die Möbel waren umgestürzt, sämtliche Schubladen herausgerissen und über die ganze Wohnung verstreut, die Kissen aufgeschlitzt und sogar Teile des Teppichs herausgerissen. In den anderen zwei Räumen der Wohnung sah es nicht viel besser aus.

»Um Himmels willen!« stieß Honno hervor. »Was ist denn hier passiert?«

»Kein Giin, keine Bücher«, brummte Big Ezoe und sah Honno finster an. »Sie sind beide verschwunden.«

»Sehen sie jetzt endlich, daß Sie ihm Unrecht getan haben? Jemand hat ihn zusammen mit den Büchern entführt. Mein Gott, das hat er alles nur mir zu verdanken! Nicht auszudenken, wenn ihm etwas zugestoßen ist . . .« Mit einem Mal verschaffte sich die Vergangenheit, die sie so lange verdrängt hatte, doch ihr Recht. Honno schlug die Hände vors Gesicht und brach in haltloses Schluchzen aus.

»Hast du dich bei meinen Eltern einigermaßen amüsiert?« fragte Mars Wolkow Irina. »Oder hast du dich sehr gelangweilt?«

»Ganz im Gegenteil. Ich habe schon lange nicht mehr einen so netten Abend verbracht.«

Sie standen während der Pause von Tschechows *Drei Schwestern* im verrauchten Foyer des Moskauer Künstlertheaters. Irina hatte Natascha Majakowa sofort wiedererkannt, als sie zu ihrem ersten Auftritt auf die Bühne kam. Das Kostüm und die Schminke verliehen ihr etwas finster Undurchschaubares, ähnlich der Marquise de Merteuil aus dem Film *Gefährliche Liebschaften*, den sie bei ihrer Rückkehr aus Amerika auf einer Videokassette durch den Zoll geschmuggelt hatte.

Am liebsten hätte Irina diese Natascha Majakowa mit ihren Blicken getötet, obwohl sie nicht recht verstehen konnte, weshalb sie eigentlich so wütend auf sie war. Was konnte ihr Valeri Bondasenko jetzt noch bedeuten? Nichts, versuchte sie sich einzureden. Absolut nichts. Trotzdem hatte während des ganzen ersten Akts eine seltsame innere Unruhe von ihr Besitz ergriffen, die sich erst in der Pause wieder zu legen begann.

»Manchmal können meine Eltern ganz schön anstrengend sein«, erklärte Mars. »Aber vermutlich empfinde das nur ich so.«

»Du siehst deiner Mutter sehr ähnlich«, sagte Irina. »Obwohl sie für eine Frau etwas sehr Selbständiges und Energisches an sich hat, hat sie dennoch einen stark ausgeprägten Familiensinn – eine Mischung, die ich sehr bewundere. Was mich betrifft, werde ich wohl nie viel Familiensinn entwickeln, und mein Selbstbewußtsein ist größtenteils auch nichts anderes als Show.«

»Es ist nicht jedermanns Sache, sich für den Rest seines Lebens festzulegen und eine Familie zu gründen«, erwiderte Mars lächelnd.

Als sie sich darauf eine Weile über das Stück unterhielten, kam Irina auch auf die schauspielerische Leistung von Natascha Majakowa zu sprechen, um Mars auf diese Weise vielleicht eine kurze Bemerkung zu entlocken, ob auch er sie als Frau attraktiv fand. Aber anstatt weiter darauf einzugehen, machte er nur eine seiner scherzhaften Bemerkungen, so daß Irina unwillkürlich lachen mußte. Doch fast im selben Atemzug wurde ihr in einem Anfall heftiger Panik bewußt, daß sie ihm um ein Haar ihr Geheimnis verraten hätte: ihre Beziehung zu Valeri und ihre Entdeckung, daß er sie mit der Schauspielerin betrog. Wie hätte wohl Mars reagiert, wenn er erfahren hätte, daß sie ihn auf ganz ähnliche Weise mit seinem Erzrivalen Valeri Bondasenko betrog?

Trotzdem war das in ihrem Fall nicht ganz das gleiche. Sie hatte Mars nie Hoffnungen gemacht. Sie hatte ihn auch nie belogen. Allerdings gelangte sie zusehends mehr zu der Überzeugung, daß sich das nicht mehr lange umgehen lassen würde.

Was sie tat, tat sie einzig und allein für sich selbst, für Irina Viktorowna Ponomarewa. Oder vielleicht doch nicht? Hatte sie sich hinsichtlich ihrer Beziehung zu Mars und Valeri die ganze Zeit nur etwas vorgemacht? Was war dieses Spiel, das sie die ganze Zeit trieb, denn anderes als Betrug? Bis vor drei Tagen hatte sie sich nichts weiter dabei gedacht. Das hatte sich erst geändert, als Mars sie zu seinen Eltern mit nach Hause genommen hatte. Eine ganz wesentliche Rolle hatte dabei auch gespielt, daß ihr plötzlich klargeworden war, wie wenig sie Valeri in Wirklichkeit bedeutete und wie schamlos er sie die ganze Zeit ausgenutzt hatte.

Aber das wird sich ab sofort ändern, nahm sich Irina fest vor.

Es war, als sähe sie Mars Wolkow plötzlich mit ganz anderen Augen. Nachdem nun nicht mehr kalte Berechnung und Machtgier ihren Blick trübten, hatte sie mit einem Mal einen Mann vor sich, der nicht nur gutaussehend, intelligent und charmant war, sondern auch etwas sehr Bodenständiges und Heimatverbundenes hatte. Obwohl er wie ein Löwe darum kämpfte, seine Stellung im Politbüro und im Volksdeputiertenkongreß trotz des massiven Drucks von seiten Valeri Bondasenkos nicht zu verlieren, war er im Gegensatz zu diesem nicht so sehr in die Macht verliebt, daß er sie um jeden Preis zu erhalten versucht hätte.

Eines Tage würde Mars seine eigene Familie gründen; und Irina war fest davon überzeugt, daß ihm das zu seinem Glück vollauf genügen würde – ein Gedanke, bei dem ihr ganz warm ums Herz wurde.

Zusammen mit dieser Erkenntnis kam ihr noch eine andere: Als Valeri sie beauftragt hatte, sich Mars Wolkows Vertrauen zu erschleichen, war es ihm keineswegs darum gegangen, daß sie in ihrer beider Beziehung nicht auf ihre Freiheit zu verzichten brauchte; im Gegenteil, das Ganze sollte ihm nur als Rechtfertigung dienen, wenn er es auch selbst einmal mit der partnerschaftlichen Treue nicht so genau nahm.

»Irgendwie stimmt mich Tschechow immer sehr nachdenklich«, sagte Irina – nicht nur, weil dem tatsächlich so war, sondern auch um ihre innere Aufgewühltheit zu verbergen. »Das ist vermutlich auch der Grund, weshalb seine Stücke viel mit modernen Gemälden gemein haben; sie fordern den Betrachter dazu auf, das Bild nicht einfach nur als etwas Fertiges auf sich einwirken zu lassen, sondern es mit seinen eigenen Eindrücken und Erfahrungen auszufüllen und zu ergänzen.«

»Aber eigentlich galt dein Hauptinteresse gar nicht dem Stück selbst«, sagte Mars. »Es war eher diese Schauspielerin, diese Natascha – wie heißt sie doch gleich wieder?«

»Es hat mich einfach interessiert, was du von ihr hältst. Sie ist sicher ein Typ, den viele Männer sehr attraktiv finden.«

»Um das sagen zu können, war sie viel zu stark geschminkt.« Im selben Moment kündigte das Klingelzeichen das Ende der Pause an. »Man konnte doch vor lauter Schminke gar nicht erkennen, wie sie wirklich aussieht.«

Durch die Fenster von Mars' Schlafzimmer fiel vom Wosstanija-Platz bläuliches Licht herein. Es war schon so spät, daß der Lebensmittelladen im Erdgeschoß geschlossen und die Anzeigetafel des Kinos gegenüber nicht mehr beleuchtet war. Der Nachthimmel war von bleiernen Wolken verhangen, und obwohl es längst Frühling war, lag eine seltsam melancholische Stimmung in der Luft, als würde es gleich zu schneien beginnen. Vielleicht war es auch nur das Theaterstück gewesen, das sie so traurig gestimmt hatte, dachte Irina beim Ausziehen. Es konnte jedenfalls unmöglich der Anblick von Natascha Majakowa allein gewesen sein.

Insgeheim hatte sie gehofft, bei der Aufführung Valeri zu begegnen. War vielleicht das der Grund gewesen, weshalb sie die Theaterkarten gekauft hatte? Vielleicht hätte Stanislawski eine Antwort auf diese Fragen gewußt, dachte sie bitter; aber er war längst tot. Jedenfalls hatte sie sich den ganzen Abend immer wieder vorzustellen versucht, was für ein Gesicht Valeri wohl gemacht hätte, wenn er sie an Mars' Seite gesehen hätte. Nachdem es jedoch nicht zu diesem Zusammentreffen gekommen war, hinterließ der Abend einen zunehmend schaleren Nachgeschmack bei ihr. Trotzdem konnte sie ihre Niedergeschlagenheit nicht recht verstehen. Sie war doch jetzt hier, bei Mars, von dem sie alles bekam, was sie sich immer schon erträumt hatte – oder genauer: fast alles. Dennoch mußte sie ständig an Valeri denken. Im Augenblick wollte sie nur ihn. Alles in ihr sehnte sich danach, sich an seinen mächtigen Körper zu pressen, ihre Schenkel um ihn zu schlingen und sich ihm ganz zu öffnen.

Unwillkürlich ließ sie die Intensität ihrer Gefühle erschaudern. Es war, als hätte sie endgültig die Kontrolle über sich verloren. Liebte sie Mars wirklich? Aber wie konnte sie sich dann gleichzeitig nach Valeri sehnen? Warum war sie wegen

Natascha immer noch eifersüchtig auf ihn? Was wollte sie eigentlich wirklich?

Als sie sich auf dieses Doppelspiel eingelassen hatte, war für sie völlig außer Frage gestanden, wer auf der richtigen Seite stand und wer auf der falschen. Das war jedoch nicht der einzige Grund gewesen, weshalb sie sich von Valeri so bereitwillig für seine Zwecke hatte einspannen lassen. Eine entscheidende Rolle hatte dabei auch gespielt, daß er ihr die Augen dafür geöffnet hätte, daß sie mehr war als nur ein namenloses Gesicht in der Menge, unauffällig und von keinem beachtet. Was für ein erregendes Gefühl war es gewesen, von einem so mächtigen Mann wie Valeri Bondasenko umworben zu werden! Sie hatte rasch Geschmack an diesem neuen Lebensgefühl gefunden, und als er ihr auch noch Hoffnungen gemacht hatte, daß das noch lange nicht alles war, was ihr das Leben zu bieten hatte, war sie bereit gewesen, Mars Wolkow für ihn auszuspionieren.

Aber das war gewesen, bevor sie Mars näher kennengelernt hatte, bevor sie gesehen hatte, was für ein wundervoller Mensch hinter der Maske des allseits gefürchteten Oppositionspolitikers in Wirklichkeit steckte. Längst hatte sie in ihm einen ganz anderen Mann kennengelernt als den, den zu verführen sie sich vorgenommen hatte. Je deutlicher sie sich dessen bewußt wurde, desto tiefere Scham empfand sie über den Verrat, den sie an Mars beging. Das falsche Spiel, das sie mit ihm trieb, belastete sie inzwischen so sehr, daß sie in ihrer Verzweiflung bereits mit dem Gedanken spielte, Mars alles zu gestehen. Aber gerade das durfte sie auf keinen Fall tun. Damit hätte sie sich nicht nur seine, sondern auch Valeris Liebe vollends verscherzt. Was das bedeutet hätte, war ihr nur zu deutlich klar. Schon allein der Gedanke, wieder eine so trostlose Existenz in unscheinbarer Anonymität zu führen, wie sie das noch bis vor kurzem getan hatte, schien ihr unerträglich. Je mehr ihr die Notwendigkeit, sich für einen der beiden Männer zu entscheiden, bewußt wurde, desto schwerer fiel ihr diese Entscheidung.

Plötzlich spürte sie, wie Mars von hinten an sie herantrat.

»Was stehst du nur immer so lange am Fenster?« flüsterte er ihr ins Ohr. »Wie eine Katze starrst du oft stundenlang ins Nichts. Was siehst du dort draußen, das ich nicht sehen kann?«

Irina drehte sich zu ihm um. »Ich habe nur nachgedacht.«

Mars sah ihr forschend in die Augen. »Du hörst dich so ernst an, und es ist doch schon viel zu spät, um noch so ernst zu sein, *koschka.*« Schatz. Genauso hatte Valeri auch Natascha Majakowa genannt.

»Macht dich die Dunkelheit nicht auch manchmal ernst und nachdenklich?«

»Ich weiß nicht.« Mars legte den Kopf auf die Seite. Ihr entging nicht, daß er gern gewußt hätte, was in ihr vorging. »Jedenfalls kann ich nachts am besten nachdenken.«

»Na, siehst du.«

»Aber das liegt nicht am Dunkel, sondern an der Stille – an dem Gefühl, daß alles um mich herum schläft.«

»Und wenn auch du irgendwann schläfst, Mars – von was träumst du dann?«

»Von elektronischen Schafen, angetrieben von kleinen Kernreaktoren.«

Erst jetzt wurde ihr bewußt, daß er sich über sie lustig machte. Allerdings tat er das auf eine nette, keineswegs verletzende Art, die lediglich dazu dienen sollte, sie aufzuheitern.

Er schloß sie zärtlich in die Arme. »Was ist nur plötzlich in dich gefahren? Hat dich etwa Tschechow mit seinem Hang zum Brüten angesteckt? Bedrückt dich etwas? Kann ich dir helfen? Glaub mir, Irina, ich würde dir gern helfen.« Seine Lippen streiften ihr Ohr. »Weißt du eigentlich, daß meine Familie bisher noch mit keiner Frau einverstanden war, die ich ihr vorgestellt habe – bis auf dich. Von dir waren sie regelrecht begeistert. Und zwar alle, ohne Ausnahme.«

Irina stockte der Atem. Ob er wohl das Pochen ihres Herzschlags hören konnte?

»Mir liegt unendlich viel an dir.«

Ihr wurden die Knie weich. Seit dem Abend, an dem er sie seiner Familie vorgestellt hatte, hatte sie insgeheim immer nur davon geträumt, daß er genau das sagen würde. Eine Familie, dachte sie voll Wehmut. Wieviel hätte sie darum gegeben, einen Vater und eine Mutter zu haben, die sie wirklich liebten ...

Widerstandslos ließ sie sich von ihm vom Fenster fortziehen. Solche Sicherheitsvorkehrungen gegen mögliche Abhörmaßnahmen waren ihm längst so sehr in Fleisch und Blut übergegangen, daß er sie ganz automatisch machte. Er führte sie ins Bad und drehte sämtliche Hähne auf. Es kam sogar heißes Wasser.

Nackt stiegen sie in die Wanne und ließen sich in das angenehm warme Wasser gleiten. Vom leisen Plätschern des einlaufenden Wassers ging eine angenehm beruhigende Wirkung aus. Die Beine umeinander geschlungen, saßen sie sich erst eine Weile wortlos gegenüber und sahen sich an.

Leise lachend küßte Mars sie dann auf die Nasenspitze und sagte: »Wie dir vielleicht nicht entgangen ist, verspüre ich in letzter Zeit ein immer stärkeres Bedürfnis, dich ins Vertrauen zu ziehen, Irina. Für jemand in meiner Position ist das ein ziemlich riskantes Bedürfnis, vor allem, wenn man einen so mächtigen Mann wie Valeri Denisowitsch zum Feind hat. Trotzdem wird mir in letzter Zeit immer deutlicher bewußt, daß es mich geradezu unwiderstehlich dazu drängt, dir Dinge zu erzählen, die ich sonst keinem anderen Menschen erzählen würde. Ganz schön verrückt, findest du nicht auch?« Seine Lippen schlossen sich um die ihren, und unter einem leisen Aufstöhnen ließ Irina ihre Zunge nach der seinen tasten.

»Wieso verrückt?« flüsterte sie, die Augen halb geschlossen. »Ist das nicht völlig normal, wenn man verliebt ist?«

»Aber das ist es doch gerade«, erwiderte Mars. »Für einen Mann wie mich gibt es nichts Gefährlicheres, als sich zu verlieben.«

»Warum?«

»Weil du dann mein empfindlichster Angriffspunkt wirst.«

Unwillkürlich mußte Irina daran denken, wie ihr Valeri einmal seine Erleichterung gestanden hatte, daß seine Ehe kinderlos geblieben war, da man in der unbarmherzigen Welt der Politik nicht einmal davor zurückgeschreckt wäre, seine Kinder gegen ihn auszuspielen. Wie ähnlich sich die beiden Männer doch waren, und zugleich auch wie verschieden, wenn man einen Blick hinter ihre Fassaden warf. Beide verbargen ihr wahres Wesen hinter einer Maske – nein, hinter unzähligen Masken. Für Irina ging ein seltsamer Reiz davon aus, einen Blick hinter diese Fassaden zu werfen und zu sehen, was in den beiden einflußreichsten Männern Rußlands tatsächlich vor sich ging. Nun war einer von ihnen, wenn nicht sogar beide, in sie verliebt. Das damit verbundene Machtgefühl erfüllte sie mit stillem Triumph; erst allmählich begann sie zu begreifen, über welchen Einfluß sie verfügte und erst recht verfügen würde, wenn sie den Geheimnissen auf die Spur kam, die jeder dieser beiden Männer tief in seinem Innern verborgen hielt. Sie gab sich keinen Illusionen hin; auch Mars war kein Heiliger. Ohne ein gewisses Maß an Korruption konnte auch er nicht in seine gegenwärtige Position aufgestiegen sein.

Allein ein solcher Gedanke hätte Irina noch vor kurzem mit tiefer Scham erfüllt. Aber sie war nicht mehr die Frau, die sie einmal gewesen war. Die Macht hatte sie zutiefst verändert. Ihr war längst klargeworden, daß für sie – genau wie für Valeri und Mars – andere Gesetze galten als für die breite Masse der Bevölkerung.

Als Irina nun Mars in die Augen sah, stand ihr Entschluß plötzlich fest: Unter keinen Umständen würde sie ihm gestehen, daß Valeri sie auf ihn angesetzt hatte. Auf keinen Fall würde sie auf die ungeheure Macht verzichten, die ihr dieses Wissen über beide Männer verlieh.

»Irina, ich muß dir etwas verraten. Aber du mußt mir versprechen, niemand etwas davon zu erzählen.«

»Ich werde schweigen wie ein Grab.«

»Schließlich weiß ich nur zu gut, wie Valeri Denisowitsch reagieren würde, wenn er je erfahren sollte, daß ich im stillen mit dem Weißen Stern sympathisiere.«

Die Augen zu schmalen Schlitzen verengt, sah ihn Irina durch den Dampf abwartend an. Mit einem derartigen Geständnis hatte sie nie gerechnet, und um so entwaffnender war die Wirkung, die es auf sie ausübte.

»Wie du sicher weißt«, fuhr Mars fort, »strebt Valeri Denisowitsch angeblich einen Kompromiß mit den abtrünnigen baltischen Republiken an. Aber in Wirklichkeit bietet er ihnen bei diesem Kuhhandel nur ein paar Scheinfreiheiten an. Während er in den Augen der Öffentlichkeit als der große liberale Reformer dasteht, geht er im selben Atemzug mit unerbittlicher Härte gegen die ukrainischen Separatisten vor – seine eigenen Landsleute, wohlgemerkt.« Er strich Irina zärtlich übers Haar. »Trotz aller tiefgreifenden Umwälzungen, die im Augenblick das Bild der Welt von Grund auf verändern, ist das Thema Nationalstaaten im Kreml noch immer absolut tabu – einen solchen Gedanken auch nur auszusprechen grenzt an Hochverrat. Einige Leute vertreten sogar die Anschauung, daß der Präsident die Demokratisierungsbestrebungen im übrigen Osteuropa nur deshalb geduldet hat, um den Druck abzuschwächen, den der Westen wegen des Baltikums auf uns ausübt.«

Mars nahm ihre Hand in die seine. »Ich möchte, daß du dir vor allem über eines im klaren bist: Falls sich die Führer des Weißen Sterns als ernstzunehmende Verhandlungspartner entpuppen und nicht nur als ein Häufchen fanatischer Eiferer und Terroristen, muß diese Organisation unbedingt sobald wie möglich offizielle Anerkennung finden. Sieh dir doch nur die Entwicklung in Polen an. Der Einfluß der Gewerkschaft (Solidarität) ließ sich auf Dauer einfach nicht mehr verleugnen. In ihrem unaufhaltsamen Machtzuwachs kam ganz unmißverständlich zum Ausdruck, daß die breite Mehrheit der Bevölkerung mehr Demokratie und Freiheit will. Auch wenn die Zentrale in Moskau das noch immer nicht wahrhaben will, ist letzten Endes auch unsere Stärke nur das Volk – oder genauer: die Völker, die im Staatenbund der Sowjetunion zusammengeschlossen sind. Je länger wir sie jedoch in ihrem Drang nach Freiheit und Selbstbestimmung unterdrücken, desto mehr verscherzen wir uns ihre Kooperationsbereitschaft. Anstatt sie gemeinsam stärker zu machen, knechten und unterdrücken wir sie nur. Das alles ließe sich ändern, wenn man den Weißen Stern als politische Kraft akzeptieren würde. In Anbetracht der daraus erwachsenden Chancen halte ich auch das damit zweifellos verbundene Risiko für gerechtfertigt.«

Irina sah in Mars' dunkle Augen. »In diesem Punkt kann ich dir nur voll zustimmen.«

Mars lächelte. »Das habe ich gewußt.« Er wischte ihr ein paar Wassertropfen aus dem Gesicht. »Deshalb bin ich auch sicher, daß du mir helfen wirst, die führenden Köpfe des Weißen Sterns ausfindig zu machen und mit ihnen Kontakt aufzunehmen.«

»Ich? Wie kommst du darauf, ich könnte dir dabei helfen?«

»Ganz einfach. Es wäre doch möglich, daß du während deines Amerikaaufenthalts zufällig den einen oder anderen Weißen-Stern-Sympathisanten kennengelernt hast. Zumindest würde es mich doch sehr wundern, wenn es in den Vereinigten Staaten nicht eine ganze Menge von Befürwortern dieser Organisation gäbe, die sie nach Kräften zu unterstützen versuchen – sei es nun in Form von Geld und Waffen oder indem sie einfach nur für ihre Ideen werben.«

»Das mag durchaus richtig sein«, erwiderte Irina. »Nur habe ich mit niemand dieser Art Bekanntschaft gemacht.«

»Na schön, aber es hätte zumindest sein können.« Lächelnd rutschte er ein Stück näher. »Dann werde ich mich da eben allein durchschlagen müssen.«

»Warum?« Behutsam begann Irinas Hand unter dem Wasser nach ihm zu tasten. »Wenn wir uns doch auch gemeinsam durchschlagen können.«

Irina schrak aus dem Schlaf hoch. Im Raum war es dunkel und still. Alles, was sie hören konnte, war Mars' ruhiger Atem. Eine Weile lag sie völlig reglos da und starrte an die Decke, die von einem feinen Gewebe aus fahlem Licht überzogen war. Schließlich stand sie auf und ging lautlos ans Fenster.

Sie sah auf die dunkle, verlassene Straße hinaus und dachte lange über die verschiedenen Möglichkeiten nach, die ihr durch ihre neu entdeckte Macht eröffnet wurden. Auf keinen Fall durfte sie sich jetzt zu einer überstürzten Entscheidung hinreißen lassen. Nach langer und reiflicher Überlegung faßte sie schließlich den Entschluß, Mars bei dem Versuch, mit dem Weißen Stern Kontakt aufzunehmen, zu unterstützen. Wie es schien, gewann diese Organisation, in der sich alle separatistischen Gruppierungen innerhalb der Sowjetunion zusammengeschlossen hatten, von Tag zu Tag größere Bedeutung. Nicht umsonst waren deshalb Mars und Valeri so brennend daran interessiert, Näheres über den Weißen Stern zu erfahren – wenn auch aus ganz unterschiedlichen Gründen. Während Mars die Organisation mit allen Mitteln unterstützen wollte, ging es Valeri in erster Linie um das verschwundene Hafnium.

Mit einem Mal spürte Irina, wie die seltsame Faszination, die vom Weißen Stern ausging, auch von ihr mehr und mehr Besitz zu ergreifen begann. Fast betrachtete sie es als einen Wink des Schicksals, daß Mars sie ausgerechnet an diesem Abend in sein Vertrauen gezogen hatte. Sie war fest entschlossen, ihn bei seinem Vorhaben nach Kräften zu unterstützen. Nicht zuletzt waren es nämlich gerade Valeris und Mars' recht unterschiedliche Einstellungen dem Weißen Stern gegenüber gewesen, die ihr wieder den Blick dafür geschärft hatten, was eigentlich Recht und Unrecht, Gut und Böse war. Wenn sie außerdem die Völker des Weißen Sterns in ihrem Freiheitskampf unterstützte, würde sie vielleicht auch den Sinn in ihrem Leben wiederfinden, der ihr seit ihrer Rückkehr aus Amerika zusehends mehr abhanden gekommen war.

Sie nickte zufrieden. Wenn auch noch sehr verschwommen, begann sich nun doch ein Ausweg aus ihrem schrecklichen Dilemma abzuzeichnen. Sie würde Mars auch weiterhin in Valeris Auftrag ausspionieren, aber nur zum Schein. Denn ab sofort würde sie an Valeri nur soviel weitergeben, daß Mars nicht zu sehr belastet wurde und Valeri keinen Verdacht schöpfte. Umgekehrt nahm sie sich vor, nun auch Valeri ganz systematisch auszuforschen und ihm nach und nach alles zu entlocken, was er über den Weißen Stern wußte. Aber erst brauchte sie noch eine Rückversicherung.

Sie gab sich keinen Illusionen hin. Mit Valeri Denisowitsch Bondasenko doppeltes Spiel zu treiben, konnte gefährlich werden; wenn sie dabei nicht mit äußerster Vorsicht vorging, konnte das verheerende Folgen für sie haben. Unwillkürlich mußte sie an ihren Traum von den sibirischen Wintern denken, und schaudernd wurde ihr bewußt, daß es nur eines Fingerschnippens von seiten Valeris bedurft hätte, sie für immer dorthin zu verbannen. Kein Mensch hätte es gewagt, dagegen zu protestieren. In diesem Fall hätte sie nicht einmal mit Mars' Unterstützung rechnen können.

Sie war keineswegs so naiv, um sich nicht im klaren darüber zu sein, daß es für diese Entscheidung auch persönliche Gründe gab. Valeri genauso zu betrügen, wie er sie betrogen hatte, würde sie zumindest in einem gewissen Maß über die Kränkung hinwegtrösten, die er ihr durch seine Liaison mit der Schauspielerin zugefügt hatte. Damit sah sich Irina jedoch erneut vor die Frage gestellt, weshalb sie Valeris Untreue überhaupt so tief hatte verletzen können. Wieso wollte sie sich unbedingt an ihm rächen, obwohl ihr doch eigentlich gar nichts an ihm lag?

Was auch immer die Gründe dafür sein mochten – sie mußte sich auf jeden Fall absichern, bevor sie in dieser Angelegenheit etwas unternahm. Obwohl Valeri behauptet hatte, keine Geheimnisse zu haben, war Irina der festen Überzeugung, daß das nicht stimmte. Jeder hatte ein paar dunkle Punkte in seiner Vergangenheit, die er lieber vor aller Welt verbarg. Weshalb hätte ausgerechnet Valeri in dieser Hinsicht eine Ausnahme sein sollen?

Trotz seiner scheinbar unanfechtbaren Machtposition mußte auch er einen schwachen Punkt haben. Die Frage war nur, wo dieser Punkt zu suchen war. Geistesabwesend starrte Irina in die düstere Moskauer Nacht hinaus. Die Luft war schwer und drückend, fast so beengend wie die Atmosphäre im Foyer des Moskauer Künstlertheates.

Und plötzlich wußte Irina, wo sie anzusetzen hatte. Bei Natascha Majakowa.

»Was ist, wenn Giin bereits tot ist?« stieß Honno verzweifelt hervor.

»Dann werden wir ihn eben begraben müssen.« Lachend fügte Big Ezoe hinzu: »Dieses verliebte Leuchten in den Augen steht Ihnen übrigens vorzüglich.«

»Ich bin nicht in Giin verliebt, falls Sie das andeuten wollen«, konterte Honno. »Oder haben Sie schon wieder vergessen, daß ich mit Eikichi verheiratet bin?«

»Mag sein, daß Sie mit Eikichi Kansei verheiratet sind. Aber das heißt noch lange nicht, daß Sie auch in ihn verliebt sind.«

»Was soll dieses dumme Gerede eigentlich!« fuhr Honno auf. »Sakata-sans Bücher sind abhanden gekommen, und wir stehen hier herum und reden über mich und Giin.«

»Warum eigentlich nicht? Meine Männer tun ihr Bestes, sie wiederzubeschaffen. Warum sollten wir uns also nicht so lange mit einem gemütlichen Plausch die Zeit vertreiben? Nur wir zwei allein.«

»Was sollen eigentlich diese ständigen Anzüglichkeiten? Gehört das bei einem Yakuza zum guten Ton?«

»Ganz richtig, Frau Kansei; es ist sozusagen unser Markenzeichen.« Über Big Ezoes Züge legte sich ein breites Grinsen. »Und jetzt beruhigen Sie sich wieder. Wenn Sie noch länger wie ein aufgescheuchtes Huhn herumrennen, kriegen Sie einen Herzinfarkt.«

Honno blieb stehen. Ihr lag bereits eine bissige Bemerkung auf der Zunge. Aber da an diesem ungeschlachten Menschen jede feinere Ironie unweigerlich verlorenging, behielt sie sie lieber für sich und nahm schweigend Platz.

Sie befanden sich in Big Ezoes Büro. Ringsum herrschte hektisches Getriebe. Honno hoffte, daß es vor allem auf die fieberhafte Suche nach Giin und den verschwundenen Büchern zurückzuführen war. Sie wußte, daß an allen strategisch wichtigen Stellen von Big Ezoes Hauptquartier seine Leibwächter postiert waren; aber ihr war auch klar, daß sie unmöglich alle von ihnen würde ausmachen können.

Honno hatte bereits zwei Nächte außer Haus verbracht. Um sich auch weiter ungestört mit Big Ezoe treffen zu können, mußte sie sich unbedingt etwas einfallen lassen, damit Eikichi nicht Verdacht schöpfte. Deshalb rief sie in der Firma an und nahm sich ein paar Tage Urlaub. Allerdings mußte sie als Ersatz zwei Frauen beschaffen, die sie während dieser Zeit im Büro vertraten.

In der Regel kam Eikichi abends immer spät nach Hause, da

er nach Dienstschluß meistens noch mit ein paar Kollegen ausging, um sich nach einem langen und anstrengenden Arbeitstag etwas zu entspannen. An den Abenden, an denen das nicht der Fall war, ging er selbstverständlich davon aus, daß das Essen auf dem Tisch stand, wenn er zur Tür hereinkam. Nicht auszudenken, wenn das nicht so gewesen wäre – oder noch schlimmer: wenn auch Honno nicht zu Hause gewesen wäre.

Um es dazu also erst gar nicht kommen zu lassen, sagte Honno ihrem Mann, daß sie für ein paar Tage verreisen müßte, weil ihre Tante in Osaka schwer krank geworden wäre. Da Eikichi wußte, daß es sich dabei um Honnos Lieblingstante handelte, hatte er gegen diesen Besuch nichts einzuwenden.

Big Ezoe schüttelte den Kopf. »Wenn Sie sitzen, wirken Sie sogar noch nervöser, als wenn Sie ständig auf und ab gehen.« Er kam hinter seinem Schreibtisch hervor. »Das ist nicht der richtige Ort für uns.« Seine Hand glitt unter seine Anzugjacke und tätschelte seine Hüfte. »Ich habe einen Piepser. Sobald es Neuigkeiten gibt, werde ich sofort verständigt. Sie sehen jetzt erst einmal zu, daß Sie etwas von Ihrer überschüssigen Energie loswerden. Kommen Sie.«

In seinem gepanzerten grauen Mercedes fuhren sie darauf in die Ginza, allerdings nicht in den Teil, in dem das Straßenbild vor allem von Scharen von Touristen, Großkaufhäusern und Neonreklamen geprägt wurde. Statt dessen hielten sie in einer ruhigen Nebenstraße, die von alten Ginkobäumen gesäumt war. Durch ein Tor in einem hohen Holzzaun betraten sie einen winzigen, aber tadellos gepflegten Vorgarten mit einem üppigen Zwergbambus, mehreren moosüberwucherten Findlingen und einer leise plätschernden Quelle.

Hier, in dieser Straße lagen Tokios nobelste Clubs, und sie waren eben im Begriff, den exklusivsten von ihnen zu betreten. Demgemäß wurden sie mit größter Zuvorkommenheit empfangen. Der Geschäftsführer kam persönlich aus seinem Büro geeilt, um sie in der ganz mit weißem Marmor ausgekleideten Eingangshalle zu begrüßen.

Ein Mann im Smoking spielte Erik Satie an einem weißen Konzertflügel, auf dem eine weiße Porzellanvase mit einem

Strauß leuchtend roter Pfingstrosen stand. Dahinter öffneten sich moderne shoji-Schiebetüren aus Glas und Reispapier auf einen Innenhof. Das ausgesprochen kunstvolle Arrangement aus Moos, Farnen und Zwergazaleen, durchsetzt von kleinen Bächen und vereinzelten Felsen, weckte im Betrachter unwillkürlich Assoziationen an hohe Berge, Zeitlosigkeit und unendliche Weite.

Sie betraten einen Lift aus poliertem Stahl und fuhren eine Etage tiefer. Dort trennten sich Honnos und Big Ezoes Wege. »Wir treffen uns dann im *dojo*«, verabschiedete sich der Yakuza von Honno, als sie von einer Frau in einen zedernholzgetäfelten Umkleideraum geführt wurde und dort einen weißen Baumwoll-*gi*, die traditionelle Kampfsportkleidung, ausgehändigt bekam. Nachdem sie auch das Bad gezeigt bekommen hatte, kehrte sie wieder in den Umkleideraum zurück und schlüpfte in ihren *gi*.

Big Ezoe erwartete sie bereits im *dojo*. Wände und Decke waren mit kyoki-Holz verkleidet, und von der Decke hingen mehrere Banner der *daimyo*, der feudalen Kriegsherren des alten Japan. Der Fußboden war mit Tatami-Matten ausgelegt, und dank der indirekten Beleuchtung herrschte im Raum ein angenehm diffuses Licht.

»Was haben Sie sich dabei eigentlich gedacht?« fragte Honno. »Woher wissen Sie außerdem, daß ich Kampfsport treibe?«

»Für so etwas habe ich ein ziemlich gutes Auge«, entgegnete Big Ezoe ungerührt. »Sie können mir ruhig vertrauen.« Als Honno darauf schallend loslachte, fügte er hinzu: »So gefallen Sie mir viel besser. Und jetzt sehen wir zu, ob sich gegen Ihre Nervosität nicht vielleicht doch etwas machen läßt.« Im selben Moment begann er sie bereits zu umkreisen und dabei jede ihrer Reaktionen aufmerksam zu beobachten. »Sie haben Jiu-Jitsu gemacht«, sagte er nach einer Weile. »Ein bißchen Tai Chi. Und ihrer Handhaltung nach zu schließen, auch Aikido.«

Und dann, ganz plötzlich und mit erstaunlicher Schnelligkeit, machte er einen Ausfall nach ihren Knien. Honno fing den Angriff mit einer *irimi*, einer Abwehrtechnik, geschickt ab, und während Big Ezoe noch damit beschäftigt war, dieses Manöver zu parieren, ging sie völlig automatisch zum Gegenangriff über. Im selben Augenblick spürte sie auch schon, wie sich ihr *[illegible]wa*, ihre Basisenergie, zu entfalten begann. Das war ein herrlich befreiendes Gefühl – als würde sie sich wie ein Ballon völlig schwerelos in die Lüfte erheben.

»So ist es viel besser«, sagte Big Ezoe zufrieden und griff wieder an.

Trotz seiner Körperfülle war er erstaunlich flink und gelenkig. Aber Honno hatte seine Taktik rasch durchschaut; er versuchte den Gegner durch seine pausenlosen Angriffe so lange zu zermürben, bis ihm schließlich ein Fehler unterlief. Zugleich wurde ihr auch der schwache Punkt dieser Taktik bewußt. Zwischen den einzelnen Angriffen gab sich Big Ezoe immer wieder eine kurze Blöße, die sich der Gegner für einen Überraschungsangriff zunutze machen konnte. Der mußte allerdings zum genau richtigen Zeitpunkt erfolgen, wenn er Aussicht auf Erfolg haben wollte.

Honno ließ ihn also erst einmal kommen und wehrte seine pausenlosen Angriffe mit den entsprechenden *irimi* ab. Allerdings verzichtete sie darauf, auch eigene Angriffe zu starten. Statt dessen versuchte sie herauszufinden, was er jeweils als nächstes vorhatte.

Als sie schließlich feststellte, daß er schon mehrmals hintereinander mit derselben Schritt- und Schlagkombination angegriffen hatte, glaubte sie den richtigen Zeitpunkt für gekommen. Sie wehrte Big Ezoes ersten Angriff ab, dann den zweiten, und bevor er zum dritten ansetzen konnte, stürzte sie sich mit aller Kraft in die sich öffnende Bresche.

Doch noch ehe sie sich seine vermeintliche Blöße zunutze machen konnte, mußte sie überrascht feststellen, daß Big Ezoe dieses Manöver genau vorhergesehen hatte. Zu spät wurde sie sich der Falle bewußt, in die er sie geduldig gelockt hatte. Im nächsten Augenblick lag sie auch schon rücklings auf der Matte, seine schwielige Handkante genau über ihrer Kehle.

Mit einem tiefen Brummen richtete sich Big Ezoe wieder auf und zog sie dabei an den Armen hoch. »Nicht übel, Frau Kansei. Aber doch nicht gut genug.«

Eineinhalb Stunden später trafen sie sich im Restaurant des Clubs wieder. Honno hatte in der Zwischenzeit gebadet, sich einölen und massieren lassen und dann noch einmal gebadet. Als sie danach in den Umkleideraum zurückkehrte, lagen dort bereits ihre Kleider frisch gewaschen und gebügelt für sie bereit.

Im Gegensatz zu der marmorweißen Eleganz der Eingangshalle war die Atmosphäre im Restaurant ganz von rohem grauem Granit bestimmt, dessen farbliche Eintönigkeit jedoch durch die unendliche Vielfalt seiner Oberflächenstrukturen wettgemacht wurde. Durch eine lange Reihe schmaler Fenster sah man auf die starr geometrische Architektur der Stadt hinaus, die in ihrer minimalistisch beschränkten Strenge schon fast wieder etwas Hochartifizielles hatte.

»Haben Sie schon Nachricht aus Ihrem Büro erhalten?« fragte Honno, als sie Big Ezoe gegenüber Platz nahm.

»Sie müssen noch lernen, Geduld zu üben, Frau Kansei«, erwiderte er. Ein livrierter Kellner schenkte ihnen gut gekühlten Weißwein ein. »Es war vor allem Ihr Mangel an Geduld, der Ihnen im *dojo* zum Verhängnis wurde.«

Honno legte die Speisekarte beiseite. »Ich möchte wissen, was aus Giin geworden ist. Ich möchte auch diese Bücher wieder zurückhaben.«

Big Ezoe nahm einen Schluck Wein und sah sie forschend an.

»Bevor wir weiterreden, sollten wir vielleicht erst einmal einen entscheidenden Punkt klarstellen. Was ist Ihnen wichtiger: die Bücher ihres toten Freunds Sakata oder das Leben dieses Professors Giin?«

»Beides natürlich.«

»Aber angenommen, es ließe sich nicht vermeiden, daß Sie vor diese Wahl gestellt werden«, sagte Big Ezoe in einem Ton, als versuchte er einem kleinen Kind etwas zu erklären. »Für was würden Sie sich dann entscheiden?«

»Ist das Ihr Ernst?« fragte Honno. »Oder nur wieder einer Ihrer geschmacklosen Scherze.«

»Es ist mein voller Ernst«, versicherte er mit Nachdruck.

»Trotzdem kann ich Ihnen diese Frage beim besten Willen nicht beantworten.«

»Das können Sie sehr wohl.«

»Was sind Sie nur für ein Mensch!« entgegnete Honno aufgebracht. Und dann: »Darauf gibt es nur eine Antwort. Giins Leben ist mir natürlich wesentlich mehr wert als ein paar Bücher, die mit unverständlichen Hieroglyphen vollgekritzelt sind.«

»Ist das tatsächlich so?« Big Ezoe sah sie über den Rand seines Glases forschend an. »Und was ist mit dem Versprechen, das Sie Sakata-san gegeben haben?«

In Honno stieg tiefe Scham auf. In ihrer Sorge um Giins Leben hatte sie völlig vergessen, wie sehr sie auch dem Andenken Kakuei Sakatas verpflichtet war. »Aber das ist doch ein rein theoretisches Problem«, erklärte sie deshalb ausweichend. »Und meine Antwort trägt nicht wirklich etwas zur Lösung bei.«

»Ganz im Gegenteil.« Big Ezoe stellte sein Glas ab. »Ich habe Ihnen eben ein Zen-Rätsel gestellt. Und wenn Sie denken, seine Lösung wäre nichts weiter als eine belanglose Gedankenspielerei, täuschen Sie sich gewaltig. So ein *koan*, Frau Kansei, ist nichts anderes als eine Tür, durch die man Zugang zu den Widersprüchlichkeiten seines eigenen Geistes finden kann.

Wie ich Ihnen schon bei einer früheren Gelegenheit klarzumachen versucht habe, müssen Sie auf alles gefaßt sein. Sie haben mir damals versichert, das wären Sie. Doch kaum kommt eine kritische Entscheidung auf Sie zu, weichen Sie ihr aus, oder Sie versuchen sich mit einer erschreckend unüberlegten Antwort aus der Affäre zu ziehen. Das ist nicht der Weg des Kriegers, Frau Kansei. Was, glauben Sie wohl, hätte Ihr verstorbener Freund Sakata-san dazu gesagt?«

Bestürzt verbarg Honno ihr Gesicht in ihren Händen und brach in Tränen aus. Big Ezoe wartete geduldig, bis ihre zarten Schultern wieder zu zittern aufhörten. Doch dann drang er unnachsichtig weiter in sie: »Also – was haben Sie sich dabei eigentlich gedacht?«

»Ich habe mich offensichtlich maßlos überschätzt, als ich aus einem Gefühl von *giri* heraus glaubte, Sakata-sans Letzten Willen erfüllen zu müssen«, erklärte Honno mit zitternder Stimme.

»Wie ich inzwischen feststellen mußte, ist diese Bürde viel zu schwer, als daß eine Frau sie allein tragen könnte. Dazu bedarf es der Stärke eines Mannes.«

»Unsinn«, winkte Big Ezoe barsch ab. »Zur Erfüllung von *giri* bedarf es einzig und allein der Entschlossenheit eines Kriegers. Und ob man ein Krieger ist, hängt nicht davon ab, wie alt man ist oder welchem Geschlecht man angehört. Sie haben den Geist eines Kriegers, Frau Kansei. Das habe ich im *dojo* ganz deutlich gespürt. Mir ist keineswegs entgangen, mit welcher Entschlossenheit Sie gekämpft haben. Ich weiß auch, mit welcher Befriedigung Sie das erfüllt hat.«

»Aber der arme Giin«, stieß sie atemlos hervor. »Ich muß ständig an ihn denken. Ich mache mir solche Sorgen um ihn ... Nicht auszudenken, wenn er ...«

»Das Herz eines Kriegers ist rein«, fiel ihr Big Ezoe ins Wort. »Es ist geschmiedet im Feuer des Kampfs, im Schraubstock von *giri* und im Glanz der Ehre. Nur das ist es, was zählt. Dagegen ist Giin nur ein Mensch.«

»Aber ich habe ihn einmal geliebt, und ja, vielleicht ist es tatsächlich so, wie Sie gesagt haben: Vielleicht liebe ich ihn noch immer. Aber ich liebe auch Eikichi. Und vor allem bin ich mit ihm verheiratet.«

»Auch Eikichi ist nur ein Mensch. Dagegen sind die Ideale des Kriegers unveränderlich, vollkommen und rein. Sobad Sie sich diese Ideale einmal zu eigen gemacht haben, kann sie Ihnen niemand mehr nehmen. Dann besteht keine Notwendigkeit mehr, sich von irgend etwas oder irgend jemand abhängig zu machen.«

»Aber ich bin mit Eikichi verheiratet. Ich bin ihm mit meiner Ehre verpflichtet.«

»Männer sind – genauso wie Frauen – unvollkommen. Sie lügen, betrügen, stehlen, verraten. Das ist die menschliche Natur. Sich von einem Mann – oder einer Frau – abhängig zu machen, bringt Unheil. Deshalb versucht das ein Krieger mit allen Mitteln zu vermeiden, und das ist es auch, woraus er – oder sie – seine Kraft gewinnt.«

»Das ist doch alles nur Gerede«, widersprach Honno. »Nichts als leere Worte.«

Big Ezoe sah sie lange an, bevor er schließlich ernst nickte: »Sie haben völlig recht.« Er griff nach der Speisekarte. »Es wird langsam Zeit, daß wir sie in die Tat umsetzen.«

Zuerst der Moosgarten. Das intensive Licht, das vom dichten Laub der Ahorne zurückgeworfen wurde, ließ sein Grün noch üppiger erscheinen. Dann der Teich, tief, dunkel und geheimnisvoll. Nur hin und wieder leuchtete in seinen trüben Tiefen das träge Fächeln eines tiefrot gesprenkelten *koi* auf – eine Bewegung, die in ihrer Flüchtigkeit nicht weniger bedeutungsschwer erschien wie der elegante Schwung des ersten Pinselstrichs auf frischem Reispapier. Tiefschwarze Tinte auf der Leere des weißen Blatts, ein Buch, das erst noch geschrieben, erst noch gelesen werden mußte.

»Mama-san weiß die Zeichen zu deuten«, sagte Big Ezoe, als könnte er Honnos Gedanken lesen. »Die *koi* tanzen und weissagen ihr so die Zukunft; das behauptet sie jedenfalls.«

Sie befanden sich im Norden Tokios, wo es noch viele solcher alter Holzhäuser aus der Vorkriegszeit gab. Das Licht, das in der Dämmerung unter dem schattigen Dach der sorgfältig beschnittenen Ahorne herrschte, war von solch ätherischer Reinheit, daß dadurch alle Grenzen verwischt wurden. Scheinbar übergangslos verflossen das Laub der Bäume und das Wasser des Teichs, das Moos auf den Steinen und die Schmetterlinge in der Luft ineinander. In dieser verzauberten Atmosphäre schien sogar die Zeit stillzustehen.

»Woher kennen Sie diesen Ort?« fragte Honno. »Kommen Sie hierher, wenn Sie Ihren sexuellen Gelüsten frönen wollen?« Diese Frage kam nicht von ungefähr. Denn alles deutete darauf hin, daß es sich hier um eines der Etablissements handelte, in denen die Japaner ihren geheimen Lastern nachgingen.

Lächelnd wandte sich Big Ezoe vom Goldfischteich ab und führte Honno durch den Garten auf das Haus zu. Mama-san erwartete sie bereits an der offenen Tür. Nachdem ihr Big Ezoe Honno vorgestellt hatte, hieß sie sie mit ungekünstelter Herzlichkeit willkommen und führte sie nach drinnen, wo sie als erstes ihre Schuhe auszogen und in einem kunstvoll gearbeiteten

Holzschrank abstellten. Vor lauter Blumen konnte man manchmal kaum die *shunga* an den Wänden sehen, Holzschnitte mit erotischen Themen. Mama-san führte sie in einen Sechs-Tatami-Raum, der von einer massiven, rotlackierten *tansu*-Truhe mit herrlichen Eisenbeschlägen beherrscht wurde. In einer schlichten Porzellanvase steckte inmitten üppig grüner Blätter eine einzige Chrysantheme. Kaum hatte Mama-san den Tee für ihre Gäste bringen lassen, ließ Big Ezoe sie mit Honno allein.

»Kommt er oft hierher?« erkundigte sich Honno bei ihrer Gastgeberin.

»Leider nein«, erwiderte Mama-san nicht ohne Bedauern. Sie hatte ein rundes, sympathisches Gesicht und war im traditionellen Stil gekleidet. Unter ihrem frühlingsgrünen Kimono lugte der Saum eines gelben Unterkimonos hervor. Ihr graues Haar war mit reich verzierten Holzkämmen zu einer kunstvollen Frisur hochgesteckt, und ihr Gesicht war nach traditioneller Manier in den Farben Weiß, Rot und Schwarz geschminkt. »Er gibt uns nur sehr selten die Ehre.«

»Woher kennen Sie ihn?«

Mama-san legte den Kopf auf die Seite und sah Honno mit einem warmen Lächeln an. »Meine Liebe, dieses Etablissement gehört Big Ezoe. Hat er Sie heute mittag auch in seinen Club in der Ginza mitgenommen?«

»Das war *sein* Club?«

»Aber sicher«, sagte Mama-san, und über ihren Zügen lag das Lächeln einer Mutter, die voll Stolz von den Errungenschaften ihres Sohnes berichtet. »Big Ezoe besitzt viele, viele Dinge. Und doch erwirbt er nichts.« Wieder legte sie den Kopf auf die Seite. »Wissen Sie, was ich damit sagen will?«

»Ich bin nicht sicher.«

»Also gut.« Mama-san legte ihre Hände in den Schoß. Das diffuse Licht, das durch die Schiebewände aus Reispapier fiel, ließ ihre Züge fließend und seltsam abstrakt erscheinen. Unwillkürlich fühlte sich Honno dadurch an die auf wenige geometrische Grundformen reduzierte Architektur Tokios erinnert, wie man sie vom Restaurant des Clubs in der Ginza vor Augen hatte. »Was ich damit sagen will, ist folgendes: Ein Mann erwirbt immer mehr Reichtum; aber was nützt ihm all sein Reichtum, wenn es ihm an Weisheit mangelt? Er kann natürlich den größten Mercedes fahren, ausländische Kleider tragen und ein Haus in Kojimachi bewohnen. Doch wenn ihm nicht der Respekt seiner Mitmenschen gewiß ist, ist er ein Nichts, und sein Leben ist nichts weiter als eine Handvoll Münzen, die ihm zwischen den Fingern zerrinnen.«

»Wollen Sie damit auf Big Ezoe anspielen?«

Mama-san schüttelte den Kopf. »Nein, diese Worte waren nicht im geringsten auf ihn gemünzt. Ich habe Ihnen damit lediglich etwas Grundlegendes über die menschliche Natur verständlich machen wollen. Wenn wir unvorbereitet mit unerwarteten und schockierenden Tatbeständen konfrontiert werden, müssen wir uns erst mit der ihnen zugrunde liegenden Logik vertraut machen, um verstehen zu können, was uns auf den ersten Blick vielleicht unfaßlich erscheinen mag.«

In diesem Moment kam Big Ezoe wieder zurück. »Zeit, nach oben zu gehen, Mama-san.«

Die alte Frau verneigte sich. »So sei es also.«

»Halten Sie den Zeitpunkt noch für verfrüht?«

»Das wird er wohl immer sein.« Sie bedachte Big Ezoe mit einem rätselhaften Blick. Die Gitterstrukturen der Schiebetüren, schwarz-weiß-schwarz, warfen ständig sich verändernde Muster über ihr Gesicht.

Über Big Ezoes Züge huschte ein Ausdruck plötzlicher Besorgnis. Er sah Mama-san fragend an, bevor er ihre Verneigung erwiderte und Honno mit einer kurzen Handbewegung aufforderte, ihm zu folgen. Draußen auf dem Flur, am Fuß der Treppe, stand ein Mann. Ganz spontan ging Honno davon aus, daß es sich dabei um einen von Big Ezoes Leuten handeln mußte. Vielleicht lag es an der Art, wie er eine Spur zu betont den Blick abwandte, als sie Big Ezoe nach oben folgte.

»Wohin bringen Sie mich?« fragte sie ungehalten. »Was sollen wir hier?«

Im Obergeschoß war es dunkel. Ihre Füße machten auf den Tatami-Matten keinerlei Geräusch. Die einzelnen Räume waren nur durch Schiebewände aus Reispapier abgeteilt, so daß man in ihnen so gut wie keine Privatsphäre hatte – ein Phänomen, das für die japanische Kultur und ihre Abneigung gegen jede Form von Individualität typisch ist.

»Wir befinden uns hier an einem Ort der Schlaflosigkeit«, flüsterte Big Ezoe kaum hörbar. »Und doch werden hier unzählige Träume geboren.«

Er blieb vor einer Schiebetür am Ende des Gangs stehen, legte seine Hand auf den schlichten Holzrahmen und drehte sich zu Honno um. »Vertrauen, Frau Kansei, wird häufig mißbraucht. Möchten Sie den Beweis für meine Behauptung sehen?«

Ohne ihre Antwort abzuwarten, stieß er die Schiebetür auf, so daß der hinterliegende Raum offen vor ihnen lag. Auf einem Futon lagen eng umschlungen zwei Menschen – ein Mann und eine Frau. Der animalisch drängende Rhythmus ihrer Bewegungen ließ keinen Zweifel daran, womit die beiden beschäftigt waren. Ganz im Taumel seiner Lust gefangen, wurde sich der Mann plötzlich doch bewußt, daß er beobachtet wurde. Mit einer heftigen Bewegung stieß er die Frau von sich. Als diese dabei unter der Bettdecke hervorrollte, sah Honno, daß die Frau in Wirklichkeit ein Mann war. Er setzte sich auf und sah zu Honno auf.

Ihr gefror das Blut in den Adern. Der Mann war Eikichi. Er hatte es mit einem anderen Mann getrieben. Unvorstellbar. Das konnte doch nicht wahr sein, war ihre erste Reaktion. Während sie noch tastend irgendwo Halt suchte, schossen ihr plötzlich wieder Mama-sans Worte durch den Kopf. Sie war vorhin kurz auf Kojimachi zu sprechen gekommen, eine der exklusivsten Wohngegenden von ganz Tokio. Dort war Eikichi aufgewachsen und zur Schule gegangen. Dort lebten seine Eltern, dort war er in die Gesellschaft eingeführt worden. *Wenn einem Mann nicht der Respekt seiner Mitmenschen gewiß ist, ist er ein Nichts, und sein Leben ist nichts weiter als eine Handvoll Münzen, die ihm zwischen den Fingern zerrinnen.* Auf ihre andeutungsvolle Art hatte Mama-san sie also auf diese Szene vorbereiten wollen.

»Honno-san!« entfuhr es Eikichi überrascht. »Was hast du hier zu suchen? Wie konntest du mich so belügen? Mir einfach nachzuspionieren!« Auf seinem Gesicht lag ein Ausdruck strafender Verachtung. »Aber ist das denn ein Wunder? Du bist schließlich eine *hinoeuma*. Jawohl, ich weiß sehr wohl über dich Bescheid!« Obwohl Honno alle Anzeichen tiefer Bestürzung zeigte, schien er keineswegs gewillt, sie mit seinen Beschimpfungen zu verschonen. Wie Lava aus dem Krater eines Vulkans brach plötzlich der Haß aus ihm hervor. »Einen Monat vor unserer Hochzeit hat dein Vater meine Eltern aufgesucht. Er zeigte sich sehr um ihren guten Ruf besorgt, und natürlich erwartete er sich auch eine entsprechende Entschädigung für seinen Hinweis. Da er noch nicht Gelegenheit gehabt hatte, meinen Eltern davon zu erzählen, habe ich ihn selbst ausbezahlt und wieder nach Hause geschickt. Schließlich kam mir sein kleiner Hinweis sehr zupaß, wenn auch nicht so, wie er sich das vermutlich dachte. Ich sah darin vielmehr ein Druckmittel gegen dich, falls du eines Tages trotz aller Fügsamkeit nicht mehr bereit gewesen wärst, dich mit meiner geheimen Veranlagung abzufinden.« Zärtlich zog er den schlanken jungen Mann wieder an sich. »Und nun verschwinde, *hinoeuma*-Frau, damit ich weitermachen kann.«

In ihrer Verzweiflung hätte Honno am liebsten lauthals losgeschrien, aber kein Laut kam über ihre Lippen. Urplötzlich, wie mit einem Donnerschlag, war sie mit der nackten Wirklichkeit konfrontiert worden. Zu tief schockiert, um etwas auf Ekichis Vorhaltungen zu erwidern, drehte sie sich um und zwängte sich an Big Ezoe vorbei auf den Gang hinaus, stürzte die Treppe hinunter und rannte mit bloßen Füßen in das schattige Dunkel unter den Ahornen hinaus, wo sie sich vom leisen Plätschern des Teichs Linderung des entsetzlichen Schmerzes erhoffte, der ihr das Herz zu zerreißen drohte.

Doch auch die Goldfische, die im trüben Wasser des Teichs ihre Bahnen zogen, vermochten ihr keinen Trost zu spenden. Statt dessen mußte sie sich mehrmals übergeben. Leise stöhnend kroch sie dann an den Rand des Teichs und tauchte den Kopf unter Wasser. Von plötzlicher Kühle umgeben, öffnete sie die Augen und starrte in das Dunkel des Teichs.

Als sie, heftig nach Luft schnappend, den Kopf wieder hob, sah sie auf der anderen Seite des Teichs Big Ezoe sitzen. Er reichte ihr die Schuhe. Sie schämte sich so sehr, daß sie ihm nicht in die Augen zu sehen wagte.

»Sie Schwein!« stieß sie aufgebracht hervor. »Sie haben schon die ganze Zeit über Eikichi Bescheid gewußt.« Noch immer heftig keuchend, richtete sie sich auf. »Wie lange kommt er schon hierher?«

»Drei Jahre«, antwortete Big Ezoe gelassen. »Auch seine Heirat mit Ihnen hat nichts an seinen Gepflogenheiten geändert.«

»Und das alles nur, weil ich eine *hinoeuma* bin, geboren im Jahr der Gattenmörderinnen.«

Big Ezoe starrte in das Dunkel hinaus. Lautlos schwebten ein paar Glühwürmchen durch die Luft. Wie friedlich es hier war, am Goldfischteich unter den hohen alten Bäumen . . . Darüber vergaß man fast, daß man sich mitten im Herzen Tokios befand, umgeben von Wolkenkratzern, Korruption und erbittertem Konkurrenzdenken. Doch das alles spielte jetzt keine Rolle mehr. Geblieben war nur das Wesentliche – die Essenz ebenso unbequemer wie unverrückbarer Wahrheiten aus den Zeiten der Krieger, in denen das Leben weitaus unkomplizierter gewesen war.

»Das Ganze hat absolut nichts mit Ihnen zu tun«, begann Big Ezoe nach langem Schweigen. »Sie trifft an alledem nicht die geringste Schuld. Die Gründe dafür sind einzig und allein bei Ihrem Mann zu suchen. Eikichi Kansei ist ein typisches Kind seiner Zeit. Aber das hat Ihnen ja bereits Mama-san zu erklären versucht. Sie kennt Ihren Mann wesentlich besser als Sie.«

Noch einmal hallten Honno dabei Eikichis Worte durch den Kopf. Deutlicher denn je wurde sie sich plötzlich der ständigen Demütigungen bewußt, die sie von klein auf hatte einstecken müssen. Darüber stieg solche Scham in ihr auf, daß sie für einen Moment dachte, sie müßte sich noch einmal übergeben. Solange sie zurückdenken konnte, war sie von den Männern in ihrem Leben immer nur unterdrückt und ausgenutzt worden – erst von ihrem Vater und dann von Eikichi, den sie plötzlich mit ganz anderen Augen zu sehen begann. Wie hatte sie nur für vornehme Zurückhaltung halten können, was in Wirklichkeit nichts anderes war als Berechnung und unmenschliche Kälte?

Dafür konnte es eigentlich nur eine Erklärung geben: Blinder Gehorsam hatte ihr den Blick getrübt.

Und wie sah es mit ihrer beruflichen Stellung als Frau aus? Deutlicher denn je wurde sie sich plötzlich der Rolle bewußt, die ihr im Berufsleben zugedacht war. Sie hatte eine ganz ähnliche Funktion zu erfüllen wie die Einrichtung des Vorzimmers, in dem sie Tag für Tag ihrer Pflicht nachkam: Sie sollte in erster Linie ästhetisch ansprechend sein, dabei aber auch zweckmäßig, und vor allem nie zu sehr in den Vordergrund treten. Dabei verfügte sie über dieselbe Schulbildung und dieselben Fachkenntnisse wie die männlichen Führungskräfte des Unternehmens. Dennoch schenkte ihren Ideen und Verbesserungsvorschlägen niemand Beachtung. Das beste Beispiel dafür war, wie Kunio Michita erst kürzlich ihren Vorschlag, mit dem neuen Färbeverfahren an Tandom Polycarbon heranzutreten, einfach ignoriert hatte. Und wer hatte die Lorbeeren für ihre glänzende Idee schließlich geerntet? Natürlich ein Mann. Noch nie war ihr so deutlich bewußt geworden, wo ihr Platz im Beruf und zu Hause seit jeher war und auch in Zukunft bleiben würde.

Zu Hause? Wann hatte sie überhaupt so etwas wie ein wirkliches Zuhause gehabt? Ihre Kindheit war ein einziger Alptraum gewesen, ihre Ehe vom ersten Augenblick an eine Farce.

Es war, als wäre sie gerade aus einem beklemmenden Alptraum erwacht. Ihr ganzes Leben lang war von ihr erwartet worden, daß sie keine eigene Meinung äußerte und vor allem nicht zu sehr von ihrem Verstand Gebrauch machte; ihre einzige Funktion hatte sich darauf beschränkt, hübsch auszusehen und sich ansonsten ganz dem Willen der Männer unterzuordnen. Sie war diesen Erwartungen pflichtschuldig nachgekommen, ohne sie auch nur ein einziges Mal in Frage zu stellen. Ihrem Vater hatte sie von klein auf als Sündenbock gedient, ihrem Chef Kunio Michita als brave Arbeitsbiene und ihrem Mann Eikichi als Aushängeschild für seine vermeintliche Seriosität.

Es kostete Honno einige Überwindung, Big Ezoe anzuschauen. »Jetzt kann ich plötzlich verstehen, daß es nicht nur eine Welt gibt, sondern unzählige Welten, die alle in gleicher Weise wirklich sind – wie zum Beispiel diese Oase der Ruhe inmitten des hektischen Getriebes einer Millionenstadt. Und selbst innerhalb dieser Welten tun sich immer wieder neue, noch kleinere Welten auf, wie zum Beispiel dieser Goldfischteich. Doch welche davon ist nun die wirkliche Welt?«

Big Ezoe sah sie über das stille Wasser des Teichs hinweg an und erwiderte ruhig: »Sie haben gerade eine wichtige Lektion gelernt, Frau Kansei. Es gibt keine wirkliche Welt. Nur *Ihre* Welt.«

5

Llano negro

Kurz bevor sie in das undurchdringliche Dickicht des *llano negro* aufbrachen, entdeckte Tori in der Rinde eines Baums eine Reihe von seltsamen Ritzzeichnungen, die trotz ihrer ungelenken Primitivität etwas sehr Eindringliches an sich hatten. Sie stellten ein kleines Kind dar, einen gebückten alten Mann, einen Mann ohne Beine, einen Gekreuzigten, einen Mann ohne Augen und einen Toten.

»Was bedeuten diese Zeichen?« fragte Slade.

»Das sind Darstellungen alter Mythen«, antwortete Estilo.

»Ich glaube nicht an Mythen.« Mit einem verächtlichen Brummen wandte sich Slade von den seltsamen Zeichnungen ab und ließ den Blick forschend über den Dschungel gleiten.

Darauf erklärte Estilo: »Jorge Luis Borges, der große Dichter Südamerikas, hat einmal geschrieben, daß ein Mythos nichts anderes ist als eine vereinfachte Darstellung der Wirklichkeit, die auf diese Weise für jeden begreifbar wird.«

Slade sah ihn forschend an. »Und das glauben Sie?«

Tori kam auf Slade zu und sagte leise, aber eindringlich: »Hier draußen, auf Tuchfühlung mit der rauhen Wirklichkeit, ist es wichtig, an Mythen zu glauben. Ganz besonders gilt das für den Dschungel, der unzählige Geheimnisse birgt. Es ist ein verhängnisvoller Trugschluß, zu glauben, die Realität und der Mythos wären zwei Welten für sich. Hier draußen in der Wildnis dienen beide demselben Zweck.«

»Warum mußt du mir eigentlich ständig beweisen, wie überlegen du mir bist?«

»Weil du ein Mann bist«, entgegnete Tori ruhig. »Und ich nicht.«

»Na und?«

»Ist das denn nicht einer der Gründe, weshalb du glaubst, dich nicht hundertprozentig auf mich verlassen zu können?«

»Das ist doch blanker Unsinn.«

»Ist es das wirklich?«

Er sah sie lange an, bevor er sagte: »Es ist schon spät.«

Sie drangen in das dichte Unterholz ein und in wenigen Augenblicken waren sie im Dschungel verschwunden.

Gegen Mittag legten sie eine kurze Rast ein. Es war unerträglich heiß und schwül, und die Kleider klebten ihnen vor Schweiß am ganzen Körper. Sie packten ihren Proviant aus und ließen die Wasserflasche kreisen. »Estilo, was haben diese Zeichen nun eigentlich zu bedeuten?« fing Slade noch einmal an.

»Wir werden geboren«, erwiderte Estilo mürrisch. »Wir altern, wir werden immer gebrechlicher, wir büßen für unsere Sünden und schließlich sterben wir.« Er kaute auf einer Handvoll getrockneter Bohnen herum. »Vermutlich handelt es sich dabei um eine Warnung. Die *campesinos* hier draußen sind ziemlich abergläubisch. Für sie ist der *llano negro* das Ende der Welt, die Grenze zwischen dem Bekannten und dem Unbekannten.«

»Und wer könnte die Zeichnungen in die Rinde des Baums geritzt haben?«

Estilo deutete mit dem Kopf in die Richtung, in der sie unterwegs waren. »Die Leute, die dieses Gebiet kontrollieren.«

»Und haben Sie auch schon eine Idee, wer das sein könnte?«

»Warum sich darüber irgendwelchen Spekulationen hingeben?« Estilo stand auf und klopfte sich den Staub von den Kleidern. »Das werden wir noch früh genug herausfinden.«

Keine zwanzig Minuten, nachdem sie wieder aufgebrochen waren, hatten sie das Ufer des Manacacias erreicht. Träge und schlammig braun zog der Fluß an ihnen vorüber. An ein paar entwurzelten Bäumen, die quer zur Strömung lagen, hangelten sie sich ans andere Ufer hinüber.

Als sie den Fluß überquert hatten, sagte Slade: »Wenn wir den Angaben unseres Piloten trauen dürfen, kann es zu der Kokainfabrik nicht mehr weit sein.«

Plötzlich zischte Tori leise: »Estilo, mach jetzt keine Bewegung. Dreh vor allem den Kopf nicht zu mir herum.« Sie stellte sich vor Estilo, der sie mit entsetzt aufgerissenen Augen anstarrte. »Ich habe einen Steinkäfer an dir entdeckt.«

Estilos Lippen bewegten sich kaum, als er hauchte: »Wo?«

»Genau im Nacken.«

»Mein Gott!« Schaudernd schloß er die Augen.

Tori entging nicht, daß er still zu beten begonnen hatte. Im selben Moment blieb Slade neben ihr stehen und streckte die Hand aus, um den Käfer mit einer lässigen Handbewegung wegzuschnippen. Wortlos packte ihn Tori am Handgelenk. Der Käfer war sehr groß, fast fingerlang, und sein schwarzer Panzer schimmerte metallisch in der Sonne.

»Ich wollte doch nur den Käfer entfernen«, fuhr Slade sie ungehalten an.

»Damit hättest du ihn unweigerlich getötet.« Tori deutete auf das schillernde Insekt. »Siehst du diese Greifer? Sie haben sich bereits tief in Estilos Haut gebohrt. Selbst wenn du den Käfer also töten würdest, würde er in einem letzten Reflex noch sein ganzes tödliches Gift durch sie entweichen lassen.« Sie sah Slade ernst an. »Weißt du zufällig, warum diese Tiere Steinkäfer heißen? Mit ihrem Gift lähmen diese Käfer das zentrale Nervensystem ihrer Beutetiere. Es wirkt so rasch, daß sie wie zu Stein erstarren.«

»Wie der versteinernde Blick der Medusa«, bemerkte Slade dazu. Als Tori nichts darauf erwiderte, fügte er hinzu: »Das ist mir nur eingefallen, weil du vorhin etwas über die fließenden Übergänge von Realität und Mythos gesagt hast.« Er sah sie fragend an. »Und was sollen wir jetzt tun? Ich habe keinerlei Erfahrung mit Steinkäfern.«

»In einem solchen Fall gibt es nur eine Möglichkeit. Du darfst jetzt nicht die leiseste Bewegung und vor allem auch kein Geräusch machen.« Sie wandte sich wieder Estilo zu. Reglos und starr hockte der riesige Käfer in seinem Nacken. Tief hatten sich die Greifer mit dem tödlichen Gift in seine Haut gegraben. Tori brach am ganzen Körper der Schweiß aus.

Sie hob die Hand, spreizte die Finger und ließ die Spitze ihres kleinen Fingers ganz vorsichtig auf den Panzer des Käfers hinabsinken. Als ihr langer Fingernagel nur noch wenige Millimeter davon entfernt war, hielt sie inne. Ein heftiges Zittern durchlief ihren Körper. Sie wußte sehr gut, daß sie nur eine Chance hatte, wenn sie den Käfer durch einen gezielten Stoß zwischen die Glieder seines Panzers zu lähmen versuchte. Verfehlte sie die Stelle oder übte sie zuviel oder zuwenig Druck aus, war es um Estilo geschehen.

Sie schickte ein stilles Stoßgebet zum Himmel empor. Dann begann sie nach der *prana*-Methode zu atmen und aktivierte ihr *wa*, ihre Basisenergie. Wenige Augenblicke später war sie völlig ruhig und ganz auf ihr Vorhaben konzentriert. Und dann, mit einem leisen Ausatmen, stach sie mit der Nagelspitze in den schmalen Spalt im schwarzen Rückenpanzer des Käfers. Als sie einen schwachen Widerstand spürte, verstärkte sie den Druck. In einem Moment heftiger Panik glaubte sie schon, zu fest zugestoßen zu haben. Dann hätte der Käfer in seinen letzten Todeszuckungen sein tödliches Gift ganz automatisch in Estilos Haut entleert. Die Folge wären Lähmung und Tod gewesen. Tori holte noch einmal tief Luft.

Dann sagte sie: »Alles in Ordnung, Estilo?«

»Tu mir das verdammte Ding schon endlich herunter!«

Fast hätte Tori vor Erleichterung losgelacht. Ohne den Fingernagel zu entfernen, packte sie das gelähmte Insekt mit ihrer freien Hand und begann vorsichtig daran zu ziehen. Quälend langsam lösten sich die Greifer aus Estilos Haut. Mit einer blitzschnellen Handbewegung schleuderte Tori das gefährliche Insekt in das dichte Unterholz.

»Geschafft.«

»Gut gemacht.« Anerkennend klopfte ihr Estilo auf die Schulter. Ganz langsam begann wieder Farbe in sein Gesicht zurückzukehren. »Das war aber verdammt knapp.« Erleichtert küßte er Tori auf beide Wangen.

»Wirklich eindrucksvoll«, brummte Slade, als sie ihren Weg fortsetzten.

»Du glaubst doch nicht etwa im Ernst, das hätte ich getan, um auf dich Eindruck zu machen?«

»Jetzt reg dich doch nicht gleich auf, Tori. Was ich damit gemeint habe, war nur, daß du in dieser Situation eine Menge Mut bewiesen hast.«

Slade sah sie eindringlich an und übernahm dann wieder die Führung ihrer kleinen Expedition. Wie es schien, hatte er sich während des Flugs nicht nur anhand der Angaben des Piloten bestens mit den Eigenheiten des Terrains vertraut gemacht, sondern auch die Karte sehr genau studiert. Jedenfalls mußte er sie während des langen Marsches kein einziges Mal zu Rate ziehen.

»Hier geht es weiter«, sagte er bestimmt und deutete in das smaragden funkelnde Grün des Dschungels. Mühsam bahnten sie sich einen Weg durch das dichte Unterholz. Grünlich diffuses Licht wechselte sich mit tiefen, geheimnisvollen Schatten ab. Da sie nicht mehr von ihren Macheten Gebrauch machten, kamen sie nur langsam voran. Sie waren ihrem Ziel inzwischen so nahe, daß sie schon das leiseste Geräusch frühzeitig hätte verraten können.

Nach kurzem erreichten sie einen riesigen Baum, in dessen Rinde wieder eine der rätselhaften Zeichnungen geritzt war. Sie war auffallend groß und stellte einen Mann dar, der mit dem Kopf nach unten in einem Kreis hing.

»Das schwarze Rad des Todes«, murmelte Estilo finster. »Endlose Schmerzen. Ewige Qualen.«

»Noch eine Warnung«, knurrte Slade, zog sein Messer und kreuzte die Zeichnung mit ein paar kräftigen Schnitten durch. »Aber diesmal von uns an sie.«

Zwei Stunden später stießen sie auf das Lager einer Armeepatrouille. Allzu weit konnten sie von ihrem Ziel also nicht mehr entfernt sein. Die rund zwanzig Soldaten lagerten in einer kleinen Lichtung, in der eine primitive *campesino*-Hütte stand. Allerdings war die armselige Behausung mitten im Dschungel mit einem kleinen Stromgenerator, einem Fernsehgerät und einem Videorecorder ausgestattet, mit dem sich die Soldaten eine Videokassette von *Apocalypse Now* ansahen. Wenn zwischendurch ein paar von ihnen, für einen Moment blind wie die Eulen, in das grelle Sonnenlicht herauskamen, führten sie sich auf wie schlechte Colonel-Kilgore-Imitationen.

Slade gab Tori und Estilo ein Zeichen, einen weiten Bogen um das Lager der Soldaten zu schlagen. Wie es schien, hatte Cruz die Gründe für die starke Armeepräsenz im *llano negro* völlig richtig eingeschätzt. Keine fünf Kilometer von dieser Stelle mußte eine große Kokainfabrik liegen, aber die Soldaten waren offensichtlich nicht hier, um sie auszuheben. Was hatte das zu bedeuten? fragte sich Tori im stillen, als sie sich weiter durch den Dschungel vorankämpften.

Nach einer Weile stießen sie auf mehrere Gehege mit Hühnern, Schweinen und Ziegen – genug, um damit eine ganze Armee zu verpflegen. Dann tauchte plötzlich die Fabrik vor ihnen auf. Slade kauerte neben Tori nieder und zischte ihr aufgeregt ins Ohr: »Herr im Himmel, das ist nicht nur eine Fabrik, sondern eine ganze Stadt!« Sie zählten mindestens ein Dutzend länglicher Wellblechbaracken – vermutlich Schlafquartiere. Dahinter war ein großes Stück Dschungel gerodet worden, um Platz für einen kleinen Flugplatz zu schaffen. Auf der Startbahn wurde gerade eine Twin Otter betankt.

Während sie vorsichtig am Rand der Lichtung entlangschlichen, stießen sie auf mehrere Schuppen, in denen Fässer mit Aceton, Flugzeugtreibstoff, Benzin und Äther gelagert waren: also alles, was man brauchte, um aus Roh-Coca Kokain zu gewinnen und es von hier wegzuschaffen. Noch ein Stück weiter, im Schatten einer kleinen Baumgruppe, tuckerten drei riesige Generatoren vor sich hin. Weitere Gebäude beherbergten Waschmaschinen, Duschen und eine Kantine, groß genug, um eine ganze Division darin unterzubringen. Die Abkocherei selbst war in einem langgezogenen Flachbau mit einem Blechdach untergebracht. Sie schlichen immer weiter am Rand der Lichtung entlang, bis sie sich mit sämtlichen Einzelheiten der Anlage vertraut gemacht hatten.

In der Luft hing der erstickend süße Geruch, wie er beim ›Abkochen‹ von Kokain entsteht – eine Mischung aus Äther und Cocahydrochlorid, die sich wie eine Smogwolke ganz besonderer Art über diese seltsame Stadt im Urwald legte.

»Kaum zu glauben«, stieß Estilo atemlos hervor. »Das übersteigt unsere schlimmsten Befürchtungen. Diese Abkocherei ist so groß, daß man mindestens ein paar Regimenter bräuchte, um den Laden hier auffliegen zu lassen.«

»Schon möglich«, nickte Tori nachdenklich. »Vielleicht aber auch nicht.«

Sie führte sie in der Richtung zurück, aus der sie gekommen waren. Zweimal mußten sie dabei im dichten Unterholz Dekkung suchen, als schwerbewaffnete Wachen in einem Jeep vorbeibrausten. Die Männer, die zum Schutz dieser Anlage abgestellt waren, waren zwar offensichtlich keine Soldaten, schienen aber eine militärische Ausbildung genossen zu haben.

Als sie wieder bei den Lagerhäusern ankamen, trennte sich Tori von Slade und Estilo und schlich in einen der Schuppen, um zu sehen, was dort gelagert wurde. Nachdem sie bei ihren Begleitern zurück war, flüsterte sie aufgeregt: »Im Augenblick gibt es hier nichts mehr für uns zu tun. Am besten, wir warten, bis es Abend wird. Die Dunkelheit ist unser bester Verbündeter.«

Nachdem sie im Schutz des Dschungels ihr Lager aufgeschlagen hatten, übernahm Slade die erste Wache. Tori und Estilo saßen gegen den Stamm eines mächtigen Urwaldriesen gelehnt auf dem Boden. Die Luft war vom Summen der Insekten erfüllt, und hin und wieder ertönte das aufgeregte Rufen eines Vogels.

Tori und Estilo ließen eine Feldflasche mit Wasser zwischen sich hin und her gehen und nahmen etwas konzentrierte Nahrung zu sich. Estilo ließ den Kopf in den Nacken sinken und schloß die Augen. »Vor langer, langer Zeit, als ich noch ein kleiner Junge war«, begann er schließlich zu erzählen, »habe ich eine Katze gefunden. Sie war krank und bis auf die Knochen abgemagert; außerdem war sie auf einem Auge fast blind. Aber ich kann dir sagen: Gekämpft hat dieses Vieh vielleicht. Einmal habe ich sie beobachtet, wie sie eine zwei Meter lange Viper, die so giftig war, daß ich mich keine zehn Schritte an sie herangewagt hätte, nach allen Regeln der Kunst fertiggemacht hat. Nachdem sie die Schlange aufgefressen hatte, leckte sie sich die Pfoten und kam miauend auf mich zu. Ich saß ganz still da. Sie sah mich lange und durchdringend an. Ich glaube, wenn ich auch nur die leiseste Bewegung gemacht hätte, hätte sie mich angegriffen. Aber ich habe mich nicht bewegt, und sie hat mich nicht angefallen. Statt dessen sind wir Freunde geworden.« Träge hob Estilo die Schultern. »Für lange Zeit war die Katze mein einziger Freund. Meine Eltern lebten damals mit einer

Reihe anderer deutscher Emigranten zusammen. Ich konnte dieses Pack mit seinem steifen, förmlichen Getue und seiner arroganten Überheblichkeit auf den Tod nicht ausstehen. Die kamen sich als etwas Besseres vor, und das nur, weil sie Deutsche waren. Aber ich wußte ganz genau, was die Argentinier wirklich über sie dachten. Der Respekt, den sie den Deutschen scheinbar entgegenbrachten, war nichts als Heuchelei; in Wirklichkeit hatten sie es nur auf das Geld dieser alten Nazis abgesehen.«

Estilo spuckte aus. »Eines Tages war die Katze verschwunden – einfach so. Noch am selben Abend fand ich sie in einem Hinterhof nicht weit vom Haus meiner Eltern. Jemand hatte ihr den Hals umgedreht und ein Hakenkreuz auf die Stirn gepinselt. Mir war sofort klar, wer sie umgebracht hatte. Im Haus neben dem meiner Eltern lebten Zwillinge. Sie waren weithin gefürchtet. Da sie immer zu zweit auftraten, wagte niemand, etwas gegen sie zu unternehmen.

Ich war ganz sicher, daß nur sie meine Katze umgebracht haben konnten. Aber ich gab ihnen durch nichts zu verstehen, daß ich das wußte. Statt dessen fing ich an, sie erst einmal genau zu beobachten. Dabei stellte ich bald fest, daß sie in Gegenwart anderer Kinder zwar immer wie ein Herz und eine Seele taten; sobald sie aber allein waren – oder sich unbeobachtet glaubten –, war dem keineswegs mehr so. In Wirklichkeit herrschte zwischen den beiden eine erbitterte Rivalität. Für mich stand bald fest, daß das der Punkt war, an dem ich sie packen konnte. Doch wie sollte ich das anstellen?

Wie es der Zufall wollte, hatten sich beide in dasselbe Mädchen verguckt – ein ziemlich ausgekochtes Luder übrigens, das sich einen Spaß daraus machte, sich von beiden den Hof machen zu lassen. Nun gelang es mir, mich im Lauf der nächsten Monate mit diesem Mädchen anzufreunden, ohne daß sonst jemand etwas davon merkte. Sie war nicht sehr gut in Mathematik, und ich half ihr bei den Hausaufgaben.

Bei diesen Gelegenheiten lenkte ich das Gespräch immer wieder unauffällig auf die Zwillinge, um sie über die beiden auszuhorchen. Als ich schließlich genug über sie wußte, brachte ich durch das Mädchen alle möglichen Gerüchte in Umlauf, daß jeder der beiden seinen Bruder hinter dem Rücken des anderen in der Schule, zu Hause und bei dem Mädchen auszustechen versuchte. Daß das reine Erfindungen waren, tat nichts zur Sache. Ihren Zweck erfüllten sie auch so. Im übrigen kam auch keiner der beiden Brüder auf die Idee, diese Geschichten könnten erfunden sein.

Ich hetzte die beiden also so gegeneinander auf, daß ihre versteckte Rivalität in offenen Haß umschlug. Das ging sogar so weit, daß sie sich später, als jeder von ihnen eine eigene Firma gegründet hatte, bis aufs Messer bekämpften und sich gegenseitig mit allen Mitteln zu ruinieren versuchten.«

Darauf schwieg Estilo erst einmal eine Weile, so daß nur noch die Geräusche des Dschungels zu hören waren – das Tropfen des nässetriefenden Laubs, das Summen der Insekten, der ferne Ruf eines Vogels.

Estilos Geschichte hatte Tori nachdenklich gestimmt, und schon bald wurde ihr bewußt, daß es ihm in seiner Geschichte eigentlich nicht um die Katze gegangen war, sondern vielmehr um Dinge wie Treue, Freundschaft und nicht zuletzt auch Liebe. Unwillkürlich mußte sie wieder an das Telefongespräch denken, das sie von der Zentrale in Virginia mit ihm geführt hatte, und mit einem Mal begann sie zu begreifen, daß das wohl seine Art war, zum Ausdruck zu bringen, wie tief ihn der Tod seines Freundes Ariel Solares getroffen hatte.

Mit der Nacht kam undurchdringliches Dunkel über den *llano negro.* Kein Mond drang durch den wolkenverhangenen Himmel, und nur vom Gelände der Kokainfabrik fiel der schwache Schein von ein paar Bogenlampen herüber, in deren gespenstisch fahlem Licht die Welt, plötzlich aller Farben beraubt, auf wenige Schwarzweißtöne reduziert war.

Im Schutz der Dunkelheit schlichen Slade und Tori auf das Gelände der Kokainfabrik, um sich in den Lagerhäusern umzusehen. »Ich weiß nicht recht, ob das eine gute Idee war«, gab er plötzlich zu bedenken, als sie den ersten Schuppen betraten.

»Hättest du dir das nicht früher überlegen können?« zischte Tori ärgerlich und kauerte neben einem Faß Aceton nieder.

»Immerhin bin ich der Leiter dieser Operation«, machte Slade geltend.

»Was du nicht sagst«, schnaubte sie verächtlich. »Dann spiel doch den Chef, wenn du unbedingt meinst. Die Frage ist nur, ob du auch einen Dummen findest, der sich von dir Anweisungen erteilen läßt.«

Ohne darauf etwas zu erwidern, kauerte er neben ihr nieder. Nach einer Weile fing er noch einmal an: »Trotzdem ist unser Vorgehen sehr riskant. Es könnte uns alle das Leben kosten.«

»Wenn der Pilot einen Fehler gemacht hätte, hätten wir auch schon auf dem Flug hierher sterben können«, hielt Tori ihm entgegen. »Es kommt eben darauf an, keinen Fehler zu machen.« Sie reichte ihm ein Knäuel Schnur. »Könntest du das schon einmal abwickeln?«

Als Slade damit fertig war, nahm Tori das eine Ende der Schnur und tauchte es in ein Faß mit Aceton. Dann führte sie die Schnur zu einem Faß mit Äther, tauchte sie ebenfalls hinein und zog sie dann hinter sich her zum Ausgang des Schuppens.

»Fertig?«

»Nicht annähernd«, brummte Slade verdrießlich, während Tori bereits das Schnurende in Brand steckte.

Sie hatten sich kaum in Sicherheit gebracht, als die ersten Detonationen losgingen. In dem dadurch hervorgerufenen Durcheinander stürmten Slade und Tori mit Estilo auf die Abkocherei los. Sie hatten zwar ihre Uzi-Sturmgewehre im Anschlag, mußten aber zum Glück keinen Gebrauch von ihnen machen. In dem Chaos, das wegen des explodierenden Schuppens im Lager ausgebrochen war, schenkte ihnen niemand Beachtung. Aber das würde nicht lange so bleiben. Denn früher oder später würden die Soldaten aus ihrem *Apocalypse-Now*-Traum erwachen und, sobald sie das Feuer einigermaßen unter Kontrolle hatten, das ganze Gelände bis in den hintersten Winkel nach Eindringlingen durchkämmen.

Tori ging davon aus, daß ihnen bestenfalls fünf Minuten Zeit blieben. Bis dahin mußten sie ihr Vorhaben durchgeführt haben.

Ohne lange zu fackeln, brachen sie die Tür der Abkocherei

auf. Das darauf einsetzende Gewehrfeuer beantworteten sie mit ihren Uzis. Sechs Wachposten gingen in ihrem Kugelhagel zu Boden. Die Arbeiter suchten hinter den langen Tischen Dekkung. Obwohl im rückwärtigen Teil des Gebäudes mehrere Fenster offenstanden, lag ein beklemmender Gestank in der Luft.

Während sich Tori und Slade in der Halle umsahen, postierte sich Estilo am Eingang, um die Arbeiter in Schach zu halten. Auf den langen Metalltischen standen zahlreiche Metallkübel mit destilliertem Kokain. Dabei handelte es sich bereits um das fertige Endprodukt. Die großen Behälter, in denen das Abkochen vorgenommen wurde, standen im Freien.

Auf einem anderen Tisch wurde das fertige Kokainpulver in Plastiktüten abgefüllt. »Irgend etwas stimmt hier nicht«, meinte Tori.

Plötzlich kam Estilo auf sie zu. Ohne die Arbeiter aus den Augen zu lassen, sagte er: »Habt ihr euch die Wachen schon näher angesehen?«

Tori schüttelte den Kopf. »Dazu hatten wir noch keine Zeit.«

»Es sind lauter Japaner.«

»Japaner?« Slade ging zu der Stelle, wo zwei Wachen auf dem Boden lagen. Er drehte einen der beiden Männer auf den Rükken und sah ihm ins Gesicht. »Tatsächlich«, nickte er. »Ein Japaner.« Er zog den Ärmel des Mannes hoch. »Yakuza. Was hat das nun wieder zu bedeuten?«

»Wäre es möglich, daß diese Leute zum Schutz der Anlage hier sind?« Estilo sah Tori fragend an.

Doch Tori schüttelte stumm den Kopf und sah sich die *irizumi*, die Tätowierungen des Toten, näher an. Schon ihr Umfang und ihre kunstvolle Ausführung ließen keinen Zweifel, daß der tote Japaner eine wichtige Position eingenommen haben mußte. Das war höchst ungewöhnlich. Gerade ranghöhere Yakuza ließen sich in der Regel nur in Ausnahmefällen ins Ausland abkommandieren. Demzufolge konnten es also nur außerordentlich wichtige Gründe gewesen sein, die diesen Mann mitten in den tiefsten kolumbianischen Dschungel verschlagen hatten. Das Kokain allein reichte dafür jedenfalls als Erklärung nicht aus. Ein Yakuza dieser Rangordnung hätte die Qualität der gelieferten Ware genausogut bei ihrem Eintreffen in Japan überprüfen können, oder wenn er das unbedingt an Ort und Stelle hätte vornehmen wollen, dann hätte es vollauf genügt, einen seiner unteren Chargen hierher zu beordern. Aus welchem Grund hatte es diesen Mann also ausgerechnet hierher, sozusagen ans Ende der Welt, verschlagen? Was war so wichtig ...

Plötzlich stieß Estilo einen Schrei aus und eröffnete mit seiner Uzi das Feuer. Ein Arbeiter hatte heimlich seine Pistole zu ziehen versucht. Aber im selben Moment wurde der Mann auch schon von einer kurzen Feuergarbe gegen den Metalltisch zurückgeschleudert, auf dem er eben noch Kokain in Plastikbeutel abgefüllt hatte. Im Fallen riß er zwei Zehn-Kilo-Säcke mit sich zu Boden. Einer davon platzte auf.

Tori stieß einen überraschten Schrei aus und rannte auf den Beutel zu. In dem weißen Pulver war ein dunkler Gegenstand zum Vorschein gekommen. Vorsichtig machte sie sich daran, das Kokain mit der Klinge ihres Messers beiseite zu schieben.

»Was ist das denn?« fragte Estilo erstaunt.

»Eine weiche Zelle«, brummte Slade.

»Eine was?«

»Dabei handelt es sich um eine besonders raffinierte Schmuggelmethode«, klärte ihn Tori auf. »Nicht sehr gebräuchlich, aber dafür um so wirksamer. Dahinter kann nur ein verdammt kluger Kopf stecken. Hier haben wir es mit Schmuggelglut zu tun, das in anderem Schmuggelgut versteckt ist.« Sie zog eine längliche, mit kleinen schwarzen Klümpchen gefüllte Zellophantüte aus dem Kokain hervor. Offensichtlich handelte es sich dabei um ein stumpfes, fast schwarzes Metall.

»Was ist das?« sagte Slade fast wie zu sich selbst. Er wog die Tüte in seiner Hand. »Ganz schön schwer.«

Währenddessen schlitzte Tori bereits den zweiten Zehn-Kilo-Beutel auf. Auch er enthielt, unter dem Kokain verborgen, eine Tüte mit schwarzen Klümpchen.

»Das muß der Grund sein, weshalb die Japaner hier sind«, sagte sie nachdenklich.

»Hier geht es also gar nicht um Kokain?« Wie gebannt starrte Slade auf die schwarzen metallischen Kügelchen.

»Nein.«

»Aber worum geht es dann?«

In diesem Moment stieß Estilo aufgeregt hervor: »Sie kommen!« Er wirbelte herum und brüllte die Arbeiter an. »Los! Raus hier!« Während sie überstürzt ins Freie rannten, warf er noch einmal einen Blick nach draußen. »Die Soldaten kommen!«

Slade sah Tori vorwurfsvoll an. »Na, das kann ja heiter werden.«

»Los, nimm dieses schwarze Zeug!« zischte Tori. »Und dann nichts wie weg hier!«

Als die ersten Schüsse krachten, sprang Estilo von der Türöffnung zurück und erwiderte das Feuer.

»Hier kommen wir nicht mehr raus«, rief ihm Tori zu. »Am besten, du versuchst durch eines der Fenster zu steigen. Dann sieh zu, daß du uns zum Flugplatz folgst.«

Hastig sprangen sie auf die Arbeitstische und hechteten durch die Fenster ins Freie. Zum Glück wurde ihr Fall auf der anderen Seite durch dichtes Gestrüpp gebremst.

Im selben Augenblick nahmen sie die Soldaten auch schon unter heftigen Beschuß. Estilo stieß einen wüsten Fluch aus, als ihn eine Kugel am Arm streifte. Doch ohne sich weiter darum zu kümmern, packte er Slade am Hemd und zog ihn hinter einen Baum in Deckung.

Aus dem Dunkel ertönten aufgeregte Rufe. Ohne lange zu zögern, rannten Tori, Estilo und Slade los und feuerten im Laufen kurze, gezielte Salven auf die Soldaten ab.

Wenige Augenblicke später hatten sie ihre Umzingelung durchbrochen. Der Weg zur Startbahn war frei. Die im Licht der Bogenlampen matt schimmernde Twin Otter war bereits zum Greifen nahe.

Auf halbem Weg zu der Maschine wurden sie jedoch wieder unter Beschuß genommen. Zwischen den Fabrikationsanlagen kam ein Jeep hervorgeschossen und raste direkt auf sie zu. In fieberhafter Eile machten zwei Soldaten das auf dem Rücksitz befestigte Maschinengewehr feuerfertig.

»Gütiger Gott!« stieß Slade entsetzt hervor.

»Los, weiter!« rief ihm Tori zu. Sie selbst blieb jedoch stehen und eröffnete aus der Hüfte das Feuer auf ihre Verfolger. Der Jeep kam aber nicht, wie sie gehofft hatte, direkt auf sie zu, sondern in einem leicht schrägen Winkel, so daß die zwei Soldaten auf dem Rücksitz das Maschinengewehr ungehindert auf sie richten konnten. Im selben Augenblick begannen sie auch schon zu feuern. Mit ihrer freien Hand zog Tori am Ring der Phosphorgranate, die an ihrem Koppel hing. Dann riß sie die Handgranate los und schleuderte sie auf den heranbrausenden Jeep.

Das sah der Fahrer und riß so abrupt das Steuer herum, daß der Jeep auf dem holprigen Untergrund heftig ins Schleudern geriet. Sein Ausweichmanöver kam jedoch zu spät. Vom rechten vorderen Kotflügel des Jeep stieg eine weißlich-grüne Stichflamme auf, als die Granate die Motorhaube durchschlug.

Wie ein wildgewordenes Pferd stellte sich der Jeep auf die Hinterräder, überschlug sich in der Luft und krachte unter lautem Getöse zu Boden. Keiner der drei Soldaten rührte sich mehr. Überall begannen Flammen hochzuzüngeln, und im nächsten Moment entzündete sich die Munition.

Um nicht von den durch die Luft sausenden Metalltrümmern getroffen zu werden, rannte Tori tief geduckt hinter Slade und Estilo her – und lief genau zwei Soldaten in die Hände, die aus dem dichten Unterholz hinter dem Labor hervorgestürmt kamen, um ihr den Weg abzuschneiden.

Der eine traf sie mit dem Kolben seiner Maschinenpistole direkt am Kinn, der andere schlug ihr die Beine unter dem Körper weg, und als sie darauf zu Boden ging, trat er ihr mit der Stiefelspitze mit aller Kraft in den Bauch. Heftig nach Luft schnappend, überschlug sich Tori und rollte sich seitlich ab. Aber im selben Augenblick wurde sie auch schon von zwei starken Armen wieder auf den Rücken gedreht und unnachsichtig zu Boden gedrückt. Gleichzeitig spürte sie den kalten Lauf einer Pistole an ihrer Schläfe. Der Soldat stank nach Kordit und ungewaschenem Männerkörper, und aus seinem Gesicht tropfte ihr salziger Schweiß in die Augen.

Über seine Lippen legte sich ein zahnlückiges Grinsen, und er knurrte: *»Adios, puta.«*

Ein ohrenbetäubender Knall ließ Tori heftig zusammenzukken. Als sie die Augen wieder aufschlug, starrte ihr der Soldat mit einem Ausdruck dümmlichen Staunens in die Augen, und aus einem kleinen Loch in der Mitte seiner Stirn tropfte warmes Blut in ihr Gesicht. Im selben Moment sackte der Mann zur Seite, so daß ihr Blick auf seinen über ihr stehenden Kameraden fiel, der bereits seine Maschinenpistole hochriß.

Blitzschnell packte Tori ihr Messer und versetzte dem Soldaten einen gezielten Stoß in den Unterleib. Er stieß einen lauten Schrei aus, und sank, blindlings in die Luft feuernd, in die Knie.

Trotzdem hatte er noch genügend Kraft, um wie wild mit seinen Fäusten auf sie einzuschlagen. Verzweifelt stieß ihm Tori das Messer noch tiefer in den Leib. Dadurch ließ er sich jedoch nicht bremsen, und als einer seiner Schläge sie mit voller Wucht in die Niere traf, verließen sie für einen Moment die Kräfte.

Doch da war Slade rechtzeitig zur Stelle und streckte den Soldaten mit einem gezielten Schuß aus seiner 45er nieder.

Er zog Tori vom Boden hoch. »Alles in Ordnung?«

Sie nickte. »Kein schlechter Schuß. Genau zwischen die Augen.«

Seite an Seite rannten sie dann auf das Flugzeug zu. Toris Bauch schmerzte noch so stark, daß Slade sie beim Laufen stützen mußte. Schließlich hatten sie Estilo am Rand der asphaltierten Startbahn eingeholt. Die Twin Otter war inzwischen zum Greifen nahe. Nur noch wenige Schritte, und sie hatten das rettende Flugzeug erreicht.

Geschafft! dachte Tori bereits erleichtert, als ein zweiter Jeep auf sie zugerast kam. Die Soldaten auf dem Rücksitz eröffneten mit ihren Maschinenpistolen das Feuer auf sie.

»Bringt euch hinter dem Flugzeug in Deckung!« brüllte Estilo.

Geduckt rannten sie darauf unter den Tragflächen hindurch auf die andere Seite der Maschine. Im selben Augenblick brach jedoch von dort ein ganzer Trupp Soldaten aus dem Dschungel hervor. Sie saßen in der Falle.

»Jetzt gibt es nur noch eine Rettung!« stieß Estilo hervor. »Wir müssen unbedingt an Bord der Maschine kommen!«

»Aber die Gangway ist auf der anderen Seite«, schrie Slade durch das lauter werdende Gewehrfeuer. »Diese Kerle schießen uns in Fetzen, wenn wir uns aus unserer Deckung wagen.«

»Trotzdem«, schaltete sich Tori ein, »haben wir keine andere Wahl. Wenn wir nicht mit dem Flugzeug wegkommen, können wir einpacken.« Sie checkte ihre Uzi. »Alle nachladen«, forderte sie Estilo und Slade auf. »Seht zu, daß ihr ein volles Magazin habt. Alles klar?« Sie sah ihre Begleiter kurz an. Weiß und starr hoben sich im grellen Licht der Bogenlampen ihre Gesichter gegen das Dunkel ab. »Und jetzt los!«

Noch bevor sie unter dem schimmernden Bauch der Twin Otter hervorkamen, hatten die Soldaten in dem Jeep bereits das Feuer eröffnet. Sie waren schon wesentlich näher, als sie erwartet hatten, und nahmen sie unter massierten Beschuß. Auf dieser Seite war also kein Durchkommen mehr. Inzwischen begannen hinter ihnen auch die Maschinenpistolen der Soldaten loszurattern, die aus dem Dschungel aufgetaucht waren.

»Wie sollen wir unter diesem Trommelfeuer durch die Einstiegsluke kommen?« schrie Slade im ohrenbetäubenden Krachen der Schüsse.

Eine berechtigte Frage. »Schnell!« rief Tori. »Hier rein!« Sie deutete auf die offene Ladeluke im Bauch der Maschine.

Slade hob Estilo hoch und schob ihn durch die schmale Öffnung. Währenddessen feuerte Tori eine kurze Salve auf den Jeep ab. Einer der Soldaten sank getroffen zusammen. Dann gab sie Slade Feuerschutz, als er hinter Estilo in den Bauch der Maschine kletterte. Eine letzte Salve, und auch sie zwängte sich hastig durch die enge Öffnung und warf die Luke hinter sich zu.

Wie dichter Hagel prasselte das Gewehrfeuer der Soldaten gegen den Rumpf des Flugzeugs.

»Ich bekomme dieses verdammte Ding nicht auf!« Verzweifelt zerrte Tori am Griff der Luke, die vom Laderaum in die Kabine des Flugzeugs führte. Kurz entschlossen zog sie ihre 45er und schoß das Schloß einfach auf. Dann zwängte sie sich durch die enge Öffnung. Slade folgte ihr.

Zum Glück befand sich niemand an Bord der Maschine. Mit einem stummen Dankgebet auf den Lippen rannte Tori in das Cockpit, ließ sich in den Pilotensitz sinken und machte sich an den Armaturen zu schaffen. »Ich weiß zwar nicht, ob ich den Vogel in die Luft kriege«, stieß sie atemlos hervor. »Aber wenn wir in der Luft sind, haben wir nichts mehr zu befürchten.«

Slade hatte inzwischen auf dem Sitz des Copiloten Platz genommen und überflog die Checkliste für die Startvorbereitungen. Die Triebwerke liefen an. Das einzige Problem war jetzt nur noch das massierte Sperrfeuer, mit dem sie die Soldaten von allen Seiten belegten.

»Klar zum Start«, gab Slade schließlich das ersehnte Kommando. Erst langsam, dann immer schneller werdend, setzte sich die Maschine in Bewegung, und als die Triebwerke die richtige Drehzahl erreicht hatten, riß Slade den Steuerknüppel bis zum Anschlag zurück. Mit einem gewaltigen Satz hob die Maschine vom Boden ab und stieg steil in den Himmel über dem *llano negro* hoch. Schon wenige Augenblicke später lag die verrückte Kokainstadt mitten im Dschungel tief unter ihnen, und mit ihr ein unbekannter und mächtiger Feind und das Geheimnis der weichen Zelle.

Zweites Buch

DIE HARTE MASCHINE

Perfektion der technischen Möglichkeiten
und zunehmende
Ratlosigkeit hinsichtlich ihres Einsatzes
sind in meinen Augen
kennzeichnend für dieses Jahrhundert.

Albert Einstein

1

Moskau / Sternstädtchen / Archangelskoje / Tokio

Als Irina Natascha Majakowa das nächste Mal sah, war es von Angesicht zu Angesicht. Natascha leitete eine Schauspielschule ausschließlich für Frauen. Sie beschäftigte vier fest angestellte Schauspiellehrerinnen und hielt selbst nur einmal wöchentlich einen Kurs ab. Dafür hatte sich Irina angemeldet.

Um in Natascha Majakowas Klasse aufgenommen zu werden, mußte sie natürlich erst eine Aufnahmeprüfung ablegen. Aber offensichtlich hatte das falsche Spiel, das sie nun schon seit einiger Zeit mit Valeri und Mars trieb, ihre schauspielerischen Fähigkeiten so weit perfektioniert, daß sie damit keinerlei Probleme hatte. Zu ihrem Erstaunen hatte sie auch keinerlei Lampenfieber. Sie las eine Szene aus Tschechows *Drei Schwestern*, was sie insgeheim als den Gipfel der Ironie empfand.

Offensichtlich hatte sie ihre Sache gut gemacht, da sie schon am folgenden Tag eine Mitteilung erhielt, daß sie in Frau Majakowas Klasse Aufnahme gefunden hatte.

Außer ihr nahmen noch sechs andere Frauen an dem Kurs teil. Er wurde in einem muffigen Probenraum des neuen Moskauer Künstlertheaters abgehalten, das in Irinas Augen nicht annährend die Atmosphäre hatte wie das alte Theater, wo Natascha Majakowa an fünf Abenden die Woche in den *Drei Schwestern* auftrat.

Irina hatte sich nicht unter ihrem richtigen Namen für den Kurs angemeldet. Natürlich stand hinter ihrer Teilnahme an dieser Schauspielklasse nur die Absicht, herauszufinden, welcher Natur die Beziehung zwischen Valeri und Natascha tatsächlich war. Mit diesem Wissen wollte sie Valeri anschließend erpressen, um von ihm Informationen über den Weißen Stern zu bekommen. Sie nannte sich Katja Boroskaja. Als sie Mars darum bat, ihr falsche Papiere auf diesen Namen zu beschaffen, hatte er das getan, ohne lange Fragen zu stellen. »Du genießt in dieser Angelegenheit mein vollstes Vertrauen«, hatte er ihr statt dessen versichert. »Du bist mir keinerlei Rechenschaft schuldig.«

Zu Beginn des ersten Abends sprach Natascha Majakowa ein paar einleitende Worte, in denen sie ihre Schülerinnen mit Nachdruck darauf hinwies, daß der Kurs vor der Perestrojka in dieser Form nicht möglich gewesen wäre. Den naiven Stolz, mit dem sie das sagte, fand Irina nicht nur erschreckend blauäugig, sondern auch höchst bedenklich.

»Wir werden uns im Rahmen dieses Kurses vor allem mit dem amerikanischen Dramatiker Edward Albee befassen«, kam Natascha Majakowa schließlich zur Sache. »Meine Wahl ist ganz bewußt auf diesen Autor gefallen, weil sich in Stücken wie *Tiny Alice* oder *A Delicate Balance* unübersehbare Anklänge an Tschechow feststellen lassen. Die Existenzängste von Albees Figuren sind gar nicht so weit entfernt von der zehrenden Verzweiflung, wie wir sie von Tschechows Charakteren aus den *Drei Schwestern* oder dem *Kirschgarten* kennen. Sowohl Tschechow als auch Albee waren sich sehr deutlich der Dynamik der Trägheit bewußt – und ihrer enormen Wirkung auf das Publikum.«

Anschließend machten sie eine Stegreiflesung. »Ich möchte sehen, wie Sie reagieren, wenn Sie ohne Vorwarnung ins kalte Wasser geworfen werden.«

Von den zwei Schülerinnen, die sie auswählte, um eine längere Passage aus Albees *Wer hat Angst vor Virginia Woolf?* zu lesen, war eine Irina. Sie bekam die Rolle der Martha zugeteilt, die in dem gleichnamigen amerikanischen Film von Elizabeth Taylor dargestellt wurde. Irina hatte den Film während ihres Amerikaaufenthalts in einem kleinen Filmkunsttheater in Cambridge gesehen. Ganz deutlich konnte sie sich noch erinnern, wie sie inmitten von Popcorn mampfenden Studenten im Dunkeln gesessen war und sich dabei gefühlt hatte, als schwimme sie splitternackt in einem klaren Bergsee. Sie hatte sich so unbeschreiblich frei gefühlt. Dann war ihr in Großaufnahme das Gesicht von Elizabeth Taylor von der Leinwand entgegengesprungen und hatte sie mit sich fortgerissen – weiter und immer weiter ...

Als Natascha Majakowa nach dem Kurs Irina fragte, ob sie noch einen Moment bleiben könnte, war ihr erster Gedanke, daß Natascha trotz aller Vorsichtsmaßnahmen herausbekommen hatte, wer sie tatsächlich war.

Nachdem alle anderen Kursteilnehmerinnen gegangen waren, fragte Natascha: »Hätten Sie noch Zeit, auf eine Tasse Tee mit mir zu gehen?«

Da es schon ziemlich spät war, gingen sie in die Bar des Metropol-Hotels, eines der wenigen Lokale in Moskau, das auch noch nach Mitternacht geöffnet hatte. In den Augen vieler Moskowiter war das Metropol unter anderem auch deshalb etwas Besonderes, weil Lenin hier oft gesprochen hatte. Aber inzwischen wirkte der barocke Pomp seiner Hallen und Säle eher desolat und hoffnungslos überaltert.

Nachdem sie sich etwas zu trinken bestellt hatten, begann Natascha ohne lange Umschweife: »Ihre Interpretation des Albee-Texts hat mir sehr gut gefallen, Katja. Deshalb wollte ich gern mit Ihnen sprechen.« Sie streute etwas Zucker in ihren Tee und beobachtete versunken, wie sich die winzigen Kristalle langsam auflösten. »Er kommt aus Finnland, dieser Zucker. Wußten Sie das? Ich werde wohl nie begreifen, warum es in diesem Land nie genügend Zucker und überhaupt keine Milch gibt. Wohin verschwinden alle diese Dinge? In letzter Zeit hört man immer wieder, daß Terrorkommandos der Untergrundorganisation Weißer Stern ganze Zug- und Lkw-Ladungen mit Lebensmitteln kapern. Ehrlich gestanden, kann ich das allerdings nicht so recht glauben.«

Da Irina ganz deutlich spürte, daß Natascha eigentlich nur laut nachdachte, ging sie nicht weiter auf diese Frage ein. Statt dessen nutzte sie die Gelegenheit, ihre Rivalin unauffällig zu taxieren. Natascha war in der Tat eine ausgesprochen gutaussehende Frau. Blond, blauäugig, mit einem ausdrucksstarken Gesicht, das ziemlich hart gewirkt hätte, wenn nicht ein weicher, sinnlich lockender Mund gewesen wäre. Jedenfalls konnte Irina dieses Gesicht nicht ausstehen.

»*Wer hat Angst vor Virginia Woolf?* ist gewiß kein leichtes Stück.« Natascha nippte an ihrem Tee und rümpfte die Nase.

»Nicht stark genug. Diese Brühe war wohl für die Touristen gedacht!« Dabei bedachte sie Irina mit einem schüchternen Lächeln, das in seiner natürlichen Offenheit etwas Entwaffnendes hatte.

»Auch die einzelnen Figuren des Stücks sind sehr vielschichtig«, fuhr sie fort, »wenn auch für meinen Geschmack etwas zu amerikanisch.« Sie machte eine kurze Pause, als wüßte sie nicht, wie sie fortfahren sollte. »Aber Sie sind mit der Figur der Martha erstaunlich gut zurechtgekommen. Außergewöhnlich gut sogar, möchte ich sagen.«

»Danke.« Je länger Irina Natascha beobachtete, desto mehr erfüllte sie die Selbstverständlichkeit, mit der sie sprach und sich bewegte, mit wachsendem Neid.

»Wie Sie sich sicher bewußt sind, schwelt in Martha eine lang aufgestaute Wut; sie ist wie ein Topf mit siedendem Wasser, der jeden Augenblick überkochen kann.« Sie sah Irina forschend an und fuhr dann mit dem unnachahmlichen Timing einer begnadeten Schauspielerin fort: »Die Wut, die Sie in Ihrer Rolle zum Ausdruck gebracht haben, schien mir eigentlich gar nicht gespielt, sondern sehr real; es war ihre eigene innere Unzufriedenheit, die sie sich für die Verkörperung der Martha zunutze gemacht haben. Dieses Gefühl war so stark, daß ich mich nicht enthalten konnte, sie daraufhin anzusprechen. Mir ist nämlich nicht klar, ob Sie sich bewußt sind, in welchem Maß diese Verbitterung von Ihrer ganzen Person Besitz ergriffen hat.«

Im ersten Moment wußte Irina nicht, was sie davon halten sollte. Sollte sie diese Bemerkung als einen Affront auffassen? Doch zugleich mußte sie an ihren ständig wiederkehrenden Alptraum denken – von dem Gefängnis, in dem sogar der Mond vergittert war. Manchmal wühlte sie dieser Traum so sehr auf, daß ihr nach dem Aufwachen körperlich übel wurde. War das vielleicht eine Folge dieser lange aufgestauten Wut? Argwöhnisch sah sie Natascha Majakowa an. Selbst ihre engsten Freunde hätten es nicht gewagt, ihr eine so persönliche Frage zu stellen. »Gehört das auch zu Ihrem Perestrojka-Gefasel?« zischte sie deshalb herausfordernd.

Da war es schon wieder, dieses fast schüchterne Lächeln, das

Irinas Erwiderung sofort jede Schärfe nahm. »Ach, das dürfen Sie nicht weiter ernst nehmen. Das ist nur, was meine Schüler von mir erwarten. Vor allen Dingen trägt es aber dazu bei, die unvermeidlichen Spannungen des ersten Kennenlernens abzubauen. Danach ist die allgemeine Stimmung immer gleich viel gelöster und entkrampfter.«

»So harmlos, wie Sie tun, ist dieses Gerede keineswegs«, erwiderte Irina scharf. »Im Gegenteil, es ist sogar außerordentlich gefährlich.«

»Finden Sie? Inwiefern?«

»Weil Sie damit nichts anderes sagen als: Seht doch, wie gut es uns inzwischen geht. Sollten wir nicht zufrieden sein, daß wir zumindest schon soviel erreicht haben? Immerhin dürfen wir schon ohne Maulkorb auf die Straße.«

»Was ist daran auszusetzen?«

»Eine ganze Menge. Weil wir auch ohne Maulkorb noch immer wie die letzten Straßenköter behandelt werden.«

Darauf bestellte Natascha erst einmal für sie beide Wodka und einen Teller mit *zakuski*, einer russischen Vorspeise. Nachdem der Kellner den Schnaps und die Häppchen gebracht hatte, fuhr sie fort: »Olga, Mascha und Irina, Tschechows drei Schwestern, sitzen oft stundenlang nur herum und ergehen sich in endlosen Reden, wie sie eines Tages nach Moskau kommen werden. Das schaffen sie natürlich nie, und erst gegen Ende des Stückes erfahren wir schließlich, daß sie nur wenige Kilometer von der Hauptstadt entfernt wohnen. Und genau das ist es, glaube ich, wovon Sie sprechen.«

Schon wieder mußte Irina gegen einen heftigen Anfall von Eifersucht ankämpfen. Am liebsten hätte sie Natascha angekeift: Was treiben Sie eigentlich mit Valeri Bondasenko? Gehen Sie jeden Nachmittag vor den Proben mit ihm ins Bett? Oder tun Sie das an den Abenden, an denen ich nicht bei ihm bin?

Das war doch lächerlich! Völlig ausgeschlossen! Trotzdem wollte ihr dieser Gedanke nicht mehr aus dem Kopf. Irina stand kurz davor, die Beherrschung zu verlieren. Daher kostete es sie einige Mühe, mit gespielter Verachtung zu erwidern: »Ihr Selbstbewußtsein möchte ich haben. Sie glauben wohl, ganz genau zu wissen, was Sie tun und was Sie wollen. Da leiten Sie also diese kleine Schauspielschule für Frauen und bilden sich ein, etwas für eine Verbesserung unserer Stellung in der Gesellschaft zu tun. Dabei haben Sie nicht die leiseste Ahnung, was eigentlich gespielt wird.

In Wirklichkeit tragen Sie nämlich dazu bei, die Macht des herrschenden Systems noch mehr zu verfestigen. In gewisser Weise sind Sie sogar schlimmer als der KGB. Denn was der KGB macht, weiß jeder. Das ist kein Geheimnis. Dagegen geben Sie vor, sich für Reformen und mehr Freiheit einzusetzen, während Sie damit in Wirklichkeit genau das Gegenteil bewirken. Sie tragen nur noch mehr dazu bei, das herrschende System in seiner unanfechtbaren Machtposition zu bestätigen, indem Sie Ihren Schülerinnen erzählen, wie gut es ihnen doch eigentlich geht und wie dankbar sie der Regierung für ihre neu gewonnenen Freiheiten zu sein haben. Aber was ist es denn wirklich, was Sie damit sagen? Doch nichts anderes als: Seid glücklich, verhaltet euch ruhig und tut, was man von euch verlangt. Seht doch, wie gut es euch geht, welche Freiheiten ihr habt. Und das Schlimmste ist: Alle fallen auf diese Augenwischerei herein.«

»Demnach wollen Sie also meinen Kurs wieder verlassen«, entgegnete Natascha ruhig und trank ihren Tee aus.

»Keineswegs. Solange ich bei Ihnen lerne, wie ich eine gute Schauspielerin werde, werde ich mich mit allem anderen abfinden.«

»Wenn ich mich nicht von Grund auf in Ihnen täusche«, erklärte Natascha, als das Essen aufgetragen wurde, »werden Sie sowieso nicht sehr viele Unterrichtsstunden brauchen.«

Darauf aßen sie eine Weile schweigend. Irina war sich sehr deutlich der Touristen an den umstehenden Tischen bewußt. Wie sie diese Ausländer um ihre elegante Kleidung beneidete! Nur zu gut konnte sie sich noch an den prickelnden erotischen Reiz erinnern, der allein von dem Gefühl der wunderbar zarten Seide auf ihrer Haut ausgegangen war, als sie in einer Lingerie-Boutique in Boston einmal ein Leibchen anprobiert hatte. Sie warf einen verstohlenen Blick auf Natascha. Wie sie sich danach sehnte, diese dekadenten Wünsche und Sehnsüchte mit einem anderen Menschen zu teilen. Alles in ihr drängte danach, endlich einmal jemand ihr Herz ausschütten zu können und sich all die kleinen Geheimnisse, die sie bisher immer so streng gehütet hatte, ohne Hemmungen von der Seele zu reden.

»Einen wirklich guten Schauspieler macht vor allem die Fähigkeit aus«, griff Natascha schließlich den Gesprächsfaden wieder auf, »die feinen Unterschiede zwischen den verschiedenen Persönlichkeiten der Figuren eines Stücks zu erkennen. Wie Sie heute abend eindringlich bewiesen haben, verfügen Sie bereits über diese Gabe.«

Sie sagte das so, daß sich Irina fast gegen ihren Willen entschuldigte: »Es tut mir leid, daß ich eben so ausfallend geworden bin.«

»Dazu besteht keinerlei Grund.« Natascha tupfte sich mit ihrer Serviette die Lippen. »Im Gegenteil, ich glaube sogar, daß ich so eine Standpauke dringend nötig hatte. Jedenfalls hat mich seit der Zeit, als ich selbst noch zur Schauspielschule ging, niemand mehr so gründlich durchschaut und bloßgestellt wie Sie eben. Mein Lehrer war zwar ein fantastischer Schauspieler, aber im Unterricht entpuppte er sich als ein sadistisches Monster. Ich habe ihn geradezu vergöttert und war ganz außer mir vor Freude, als ich in seine Klasse aufgenommen wurde. Doch mit dem ersten Unterrichtstag sollte eine harte Zeit für mich beginnen. Kaum ein Tag verging, an dem ich nicht vor versammelter Klasse in einen Heulkrampf ausbrach. Er ließ kein gutes Haar an mir, und wenn ich nachts nicht einschlafen konnte, vermochte ich an nichts anderes zu denken als an die vernichtende Kritik, mit der er mich Tag für Tag aufs neue überhäufte. Wenn ich irgendwann einschlief, träumte ich davon, wie er mich vor der ganzen Klasse fertigmachte. Das hat mir so zugesetzt, bis ich nur noch einen Wunsch kannte: Ihn dazu zu bringen, seine Meinung über mich zu ändern.«

»Und«, fragte Irina. »Ist Ihnen das gelungen?«

»Ja. Ich wurde eine gute Schauspielerin.« Natascha bestellte noch mehr Wodka. »Und genau das war es, was er von Anfang an aus mir machen wollte. Im Gegensatz zu seinen anderen Schülern hatte er in mir von Anfang an die untrüglichen Anzeichen einer ungewöhnlichen Begabung gesehen, sozusagen das Potential, ein Star zu werden. Das sind übrigens seine Worte, nicht meine. Er hat es als seine Aufgabe betrachtet, dieses Potential in mir zu seiner vollen Entfaltung zu bringen.«

»Indem er Sie vor aller Augen fertiggemacht hat?«

»Indem er mich zwang, einen Blick in mein Innerstes zu werfen – um überhaupt erst einmal Fühlung mit einem Potential aufzunehmen und es schließlich in mühevoller Kleinarbeit zur Entfaltung zu bringen.« Ein Kellner brachte zwei frische Gläser Wodka. Natascha wartete, bis er sich entfernt hatte, bevor sie fortfuhr: »Dazu müssen Sie wissen, daß ich in einem Waisenheim aufgewachsen bin. Schon von klein auf spürte ich eine tiefsitzende Verbitterung in mir, von der ich nicht wußte, gegen wen sie gerichtet war. So ist mir auch heute noch nicht klar, ob sich meine Eltern nicht mehr um mich kümmern konnten, weil sie beide gestorben waren, oder ob sie einfach nichts mehr von mir wissen wollten. Ich habe ihnen jedenfalls nie verziehen, daß sie mich im Stich gelassen haben. Im Lauf der Zeit begann sich die tiefe Verbitterung, die sich für mich mit dem Gedanken an sie verband, immer mehr zu verselbständigen und mich von innen heraus aufzufressen.

Wer war meine Mutter, wer mein Vater? Wer waren meine Großeltern? Für die meisten Menschen ist das etwas so Selbstverständliches, daß sie sich gar keine Vorstellung machen können, wie schmerzhaft es ist, etwas scheinbar so Simples nicht zu wissen. Für mich war das wie eine nie verheilende Wunde, oder als ob mir ein Stück meines Körpers fehlte, das nie mehr nachwachsen würde. Ich war anders als alle anderen, von Anfang an zur Außenseiterin abgestempelt. Unterschwellig war ich mir dessen immer bewußt, aber nie mit so schmerzhafter Deutlichkeit wie an den großen Familienfesten wie Weihnachten oder Ostern, wenn die anderen Kinder Geschenke bekamen und mit ihren Eltern und Geschwistern die Festtage verbrachten.« Nataschas Blick kehrte sich nach innen. Um ihre Augen legte sich ein seltsam düsterer Zug. »Ich kann mich noch gut erinnern . . . Mein Gott, ist es nicht der Fluch eines jeden Schauspielers, sich an alles erinnern zu können?« Gedankenversunken tauchte sie ihren Finger in ihr Glas Wodka. »Als ich größer wurde, habe ich mir nichts sehnlicher gewünscht, als abends von meiner Mutter ins Bett gebracht zu werden und ein Schlaflied von ihr vorgesungen zu bekommen, oder daß mir mein Vater eine Gutenachtgeschichte von verwunschenen Schlössern und Prinzessinnen und Gnomen und Geistern erzählt hätte.«

Plötzlich stieß Natascha ihr Glas so heftig von sich, daß sich der Wodka über den Tisch ergoß. »Nein, wischen Sie ihn nicht weg«, hielt sie Irina zurück, als sie die verschüttete Flüssigkeit mit ihrer Serviette auftupfen wollte. Sie leckte den letzten Rest Schnaps von ihrem Finger. »Es ist ganz wichtig zu wissen, daß er noch da ist – wie die Erinnerung.«

In ihren Augen flammte plötzlich ein mörderisches Leuchten auf. Seltsam, dachte Irina, wie sehr doch der äußere Eindruck oft täuschen kann. An Valeris Seite hatte Natascha so heiter und ausgeglichen gewirkt, auf der Bühne so beherrscht und selbstsicher. Dennoch hatte ihr dieselbe Natascha gerade gestanden, wie einsam und verlassen sie sich im tiefsten Innern ihres Herzens fühlte. Für einen Moment vergaß Irina darüber sogar ihren eigenen Haß, so daß sie sich besorgt vorbeugte und fragte: »Was haben Sie denn?«

»Wieso? Was sollte mit mir sein?« entgegnete Natascha unwirsch.

»Sie sehen aus, als würden Sie am liebsten jemand umbringen.«

»Das finde ich ja hochinteressant. Genauso haben Sie heute abend ausgesehen, als Sie die Martha gespielt haben.«

»Tatsächlich?« Schockiert dachte Irina: Wie ist das möglich? Ich bin in der Absicht hierher gekommen, um mich an dieser Frau zu rächen, und nun sieht es so aus, als könnten wir Freundinnen werden. Sie würde mich bestimmt verstehen, wenn ich ihr von den Eindrücken und Gefühlen erzählte, die ich in Boston hatte. Genauso würde sie verstehen, wie deprimierend ich anschließend die Verhältnisse hier fand. Auf keinen Fall würde sie mich deshalb wegen verräterischer und subversiver Gedanken beim KGB anzeigen. Seltsam, wie eng gerade die Verzweiflung die Menschen manchmal zusammenschweißt, welch seltsame und unerwartete Wendung das Leben manchmal nehmen kann. »Ich glaube, ich brauche auch noch einen Wodka«, sagte Irina leise.

Natascha nickte. »Am besten einen *starka.*« Damit war eine besonders lang gelagerte, hochprozentige Sorte gemeint.

Sie waren bei ihrem zweiten Glas *starka* angelangt und pickten noch an ihren *zakuski* herum, als Natascha sagte: »Um Ihnen die Wahrheit zu gestehen, Katja – als ich Sie heute abend die Martha spielen sah, war das, als hätte ich mich selbst vor mir. Es war, als blickte ich in einen Spiegel, durch den man einen Blick in die Vergangenheit werfen kann. Sie machen sich keine Vorstellung, was für ein Schock das für mich war. Ich kannte nur noch einen Gedanken: Du mußt diese Frau unbedingt näher kennenlernen. Ich habe keine Familie, keine Angehörigen, niemand, der mir nahesteht; ich bin ganz allein. Aber vielleicht werde ich eines Tages mit ihr unter dem Weihnachtsbaum stehen oder ihr frohe Ostern wünschen.«

»Sind Sie denn nicht verheiratet?« Diese Frage stellte Irina keineswegs mit dem Hintergedanken: Was, Sie sind verheiratet und schlafen mit Valeri? Nein, sie brauchte dringend etwas, an dem sie sich festhalten konnte. Denn je länger sie mit Natascha Majakowa sprach, desto mehr hatte sie das beängstigende Gefühl, als würde ihr der Boden unter den Füßen weggezogen, als würde sie von einer gewaltigen Woge erfaßt und aufs offene Meer hinausgespült.

Lächelnd erwiderte Natascha: »Mein Problem war schon immer, daß ich zu gut aussah. Die Männer flogen nur so auf mich. Aber trotz der riesigen Schar meiner Verehrer war mir eigentlich bei keinem von ihnen klar, ob ihn noch mehr an mir anzog als mein Äußeres, die schöne Fassade. Denn zum Glück war mir immer schon klar, daß es nicht mein Gesicht und mein Körper sind, die mich wirklich ausmachen. Die Frage war nur, ob das auch den Männern klar war, die mir den Hof machten. Darauf konnte ich leider nie eine Antwort finden.«

»Aber war es denn nicht gerade für jemanden wie Sie, allein und ohne Angehörige, von größter Wichtigkeit, möglichst bald zu heiraten und selbst eine Familie zu gründen?«

»Ich glaube eher, gerade *weil* ich nie eine Familie hatte, fiel es mir so schwer, mich für einen von den unzähligen Männern, die mir im Lauf meines Lebens begegnet sind, zu entscheiden. Ich war – und bin immer noch – von einem geradezu zwanghaften Perfektionswahn besessen. Für mich muß alles bis ins kleinste Detail stimmen. Was wäre zum Beispiel gewesen, wenn mich mein Mann verlassen hätte? Oder wenn ich mich gezwungen gesehen hätte, ihn zu verlassen? Die Angst, wie meine Eltern zu werden, hat mich vermutlich so gelähmt, daß ich unfähig war, so etwas wie Glück oder Zufriedenheit in einer festen Beziehung zu finden. Wenn ich ganz ehrlich bin, bin ich sogar fest davon überzeugt, daß das in einer Beziehung zwischen einem Mann und einer Frau sogar grundsätzlich nicht möglich ist.«

»Ehrlich gestanden, geht es mir ganz ähnlich«, versicherte ihr Irina. »Die Männer sind solche Schweine.«

»Und doch brauchen wir sie so sehr.« Natascha stieß einen leisen Seufzer aus. »Manchmal frage ich mich allen Ernstes, ob wir sie nicht vielleicht gerade deshalb so sehr brauchen, *weil* sie solche Schweine sind.« Als sie darauf in amüsiertes Gelächter ausbrach, fiel zu ihrer eigenen Überraschung auch Irina mit ein.

Doch schon im selben Augenblick mußte sie wieder an Valeri denken, und mit schmerzhafter Deutlichkeit kam ihr wieder das verliebte Strahlen in Nataschas Augen in Erinnerung, als sie sie vor wenigen Tagen an Valeris Seite die Gorki-Straße hatte hinunterschlendern sehen. Irina hatte es sich nämlich zur Angewohnheit gemacht, den beiden nachzuspionieren. Mehr denn je stand wieder für sie fest, daß die beiden eine Affäre miteinander hatten.

Doch wie sollte sie dann verstehen, was Natascha eben über ihr Verhältnis zu den Männern geäußert hatte? Im Grunde genommen gab es dafür nur zwei Erklärungsmöglichkeiten: Entweder machte ihr Natascha etwas vor, oder Valeri, der alte Fuchs, wußte etwas über sie, womit er sie erpreßte. Irina mußte nicht lange überlegen, welche dieser beiden Möglichkeiten die wahrscheinlichere war.

Zweimal die Woche wurde Mars Wolkow von einem schwarzen

Tschaika-Dienstwagen in seinem Büro abgeholt und nach ›Sternstädtchen‹ gebracht, dem Kosmonautentrainingszentrum Swesdnij Gorodok am Stadtrand von Moskau, wo die russischen Kosmonauten untergebracht und ausgebildet wurden.

An diesen Besuchen war nichts weiter Ungewöhnliches, da Mars im Volksdeputiertenkongreß Moskau vertrat und Sternstädtchen, wie es liebevoll genannt wurde, nicht nur innerhalb seines Moskauer Wahlkreises eine enorm wichtige Rolle spielte, sondern auch für die ganze Sowjetunion.

In Sternstädtchen zog Mars immer seine obligatorische Filmstarnummer ab, mit der er jeden in seinen Bann zu schlagen wußte: die Bürokraten, die hier wirklich das Sagen hatten, die Techniker, die das von sich glaubten, die Wissenschaftler, die glaubten, die Techniker zu kontrollieren, und schließlich die Kosmonauten, die hier lebten und ausgebildet wurden.

Alle Bewohner von Sternstädtchen freuten sich, Mars zu sehen. Mit einer Ausnahme. Und dieser Mann war der Grund, weshalb Mars zweimal in der Woche hierher kam. Mit ihm verbrachte er auch die meiste Zeit. Nach dem Händeschütteln mit den Bürokraten, dem Politikerlächeln für die Techniker, den fundierten, aber nicht zu tief gehenden Fragen für die Wissenschaftler und dem kameradschaftlichen Schulterklopfen für die Kosmonauten begann Mars' eigentliche Arbeit. Das Verhör.

Dem Helden des gescheiterten Marsflugs mit der Odin-Galaktika II stand in Sternstädtchen ein ganzes Gebäude zur Verfügung – eine eigene kleine Welt für sich, bevölkert von unzähligen Wissenschaftlern, Ärzten, Laboranten und Sicherheitsbeamten. Bewacht wurde dieses Gebäude so streng wie eine Festung. Zum einen, weil es der Held so wollte, zum anderen auch auf Mars' ausdrücklichen Wunsch hin, dem die schwierige Aufgabe zugefallen war, die Gründe für die Odin-Galaktika-II-Katastrophe aufzudecken. Denn auch zwanzig Monate nach dem Zwischenfall standen noch alle entscheidenden Fragen offen, was den Hergang und die Ursachen des Unglücks betraf. Zusätzlich erschwerend wirkte sich in diesem Zusammenhang aus, daß die Untersuchungen unter strengster Geheimhaltung durchgeführt werden mußten.

Das Gebäude, in dem der Held, wie er von allen genannt wurde, untergebracht war, hatte vier Etagen. Im Keller waren die mächtigen Generatoren untergebracht, die für die Energieversorgung des gesamten Baus zuständig waren. Die beiden unteren Etagen beherbergten die Labors und Behandlungsräume, wo die Ärzte den Helden zweimal täglich auf Herz und Nieren untersuchten: Blutdruck, Puls, Atmung, EKG, EEG, Streßsyndrome und dergleichen mehr. In den beiden oberen Stockwerken wohnte der Held.

Während Mars die strengen Sicherheitskontrollen über sich ergehen ließ, die er selbst angeordnet hatte, wurde ihm bewußt, daß er inzwischen schon mehr als ein Jahr hierher kam. Dennoch war ihm der Held noch genauso ein Rätsel wie am ersten Tag ihrer Bekanntschaft. Die Gründe dafür blieben Mars nach wie vor unerklärlich. Es lag jedenfalls nicht daran, daß sich der Held ihm gegenüber verstockt oder verschlossen gezeigt hätte. Im Gegenteil, er reagierte auf seine Fragen mit einer Offenheit und Bereitwilligkeit, die keinerlei Grund zu wünschen übrigließen. Trotzdem hatte Mars nicht die leiseste Ahnung, was im Kopf des Helden wirklich vor sich ging. Es war, als hätten sie einen Menschen in den Weltraum hochgeschossen, und zurückgekommen war ein Wesen von einem anderen Stern, fremdartig, undurchschaubar und nicht mit menschlichen Maßstäben zu messen.

Die Veränderungen in der Persönlichkeitsstruktur des Helden waren zum Teil natürlich auch auf den schweren Schock zurückzuführen, den er erlitten hatte. Nicht nur, daß er Zeuge des plötzlichen Todes seines Kollegen geworden war, mit dem er erst während der Ausbildung, dann an Bord der Raumkapsel monatelang auf engstem Raum zusammengelebt hatte und mit dessen Schicksal das seine aufs engste verwoben gewesen war. Nein, da war auch noch der Schock darüber gewesen, daß ihr ehrgeiziges Unternehmen nach der zermürbend langen Vorbereitungszeit abgeblasen werden mußte – ganz zu schweigen von der Ungewißheit, ob es ihm in der schwer beschädigten Raumkapsel überhaupt gelingen würde, wieder wohlbehalten auf die Erde zurückzukehren. Nicht zuletzt galt es auch die Auswirkungen der kosmischen Strahlungen zu berücksichtigen, denen der Held während seines langes Aufenthalts im All ausgesetzt gewesen war.

Diesen und ähnlichen Faktoren mußte Mars also Rechnung tragen, wenn er versuchte, sich anhand der Aussagen des Helden ein Bild davon zu machen, was damals tatsächlich passiert war. Doch trotz aller Mühe und aller Geduld wollte es ihm nicht gelingen, sich einen Reim auf die rätselhaften Antworten des Helden zu machen.

»Wo steckt er?« fragte er Tatjana, eine seiner beiden persönlichen Betreuerinnen, als er im obersten Stock aus dem Lift stieg.

»Im Hallenbad, Genosse Wolkow.«

»Allein?«

»Nein, Lara ist bei ihm.«

Mars nickte. Der Held hatte allergrößten Wert auf die Gesellschaft von Frauen gelegt, und Mars hatte keinen Grund gesehen, ihm eine der wenigen Freuden des Lebens zu versagen, die ihm noch geblieben waren. Helden hatten schließlich einen Anspruch darauf, ihre Wünsche erfüllt zu bekommen.

Im Lauf der Zeit hatte sich abzuzeichnen begonnen, daß sich der Held zunehmend mehr im Wasser aufhielt. Das war nicht weiter verwunderlich. Die Wissenschaftler hatten nämlich die alarmierende Feststellung gemacht, daß der lange Zustand der Schwerelosigkeit nicht nur seine Muskeln empfindlich geschwächt, sondern auch irreparable Knochenschäden hervorgerufen hatte. Obwohl der Held deshalb inzwischen dem buckligen Glöckner von Notre-Dame nicht mehr ganz unähnlich sah, schienen sich jedoch Lara und Tatjana, seine beiden Betreuerinnen, an seinem Äußeren nicht sonderlich zu stören – einer der weiteren unerklärlichen Begleitumstände dieses rätselhaften Falls.

Beim Betreten des Hallenbads fiel Mars' Blick zuerst auf Lara. Nur mit einem enganliegenden Stretchbadeanzug bekleidet, war sie in verführerischer Pose über den Rand des Salzwasserbeckens gebeugt und fütterte den Delphin, der hier vor etwa einem halben Jahr eingesetzt worden war. Anfänglich hatte sich Mars gegen diese ausgefallene Anschaffung gesträubt. Aber dann hatte Lara mit allem Nachdruck darauf hingewiesen, daß sich der Held ganz offensichtlich nach einer Form von Zweisamkeit sehnte, wie sie und Tatjana ihm doch nicht bieten konnten.

Ganz deutlich konnte Mars das seltsame rhythmische Schnattern hören, mit dem sich Delphine mit ihren Artgenossen verständigen. Vor einigen Wochen hatten die Unterwassermikrofone im Pool eines Nachts plötzlich ein zweites solches Schnattern aufgezeichnet, und als man der Sache auf den Grund ging, stellte sich heraus, daß sich der Held offensichtlich auf diese Weise mit dem Delphin zu unterhalten suchte.

Als sie hinter sich Schritte hörte, drehte sich Lara um. Ohne sich beim Füttern des Delphins stören zu lassen, sah sie Mars an und sagte: »Guten Morgen, Genosse.«

Mars erwiderte ihren Gruß. Erst in diesem Augenblick entdeckte er den Helden, der neben dem Delphin auf dem Rücken im Wasser trieb. Je länger er die beiden nun schon beobachtete, desto beunruhigender fand Mars die zahlreichen Gemeinsamkeiten, die sich zwischen dem Helden und dem Delphin im Lauf der Zeit abzuzeichnen begonnen hatten. Aufgrund der kosmischen Strahlung, der der Held im All ausgesetzt gewesen war, waren ihm sämtliche Körperhaare ausgefallen, wodurch seine Haut seltsam glatt und geschmeidig wirkte. Dazu kam, daß er sich mit einer Leichtigkeit im Wasser bewegte, als befände er sich nur hier ganz in seinem Element. Vor einiger Zeit hatte Lara sogar gemeldet, daß er darum gebeten hatte, zwischen Fingern und Zehen Schwimmhäute eingepflanzt zu bekommen.

Mars war sich allerdings nicht sicher, ob er das tatsächlich ernst gemeint hatte. Nicht nur, daß er oft recht ausgefallene und skurrile Wünsche äußerte – der Held machte sich nicht selten auch einen Spaß daraus, seinen Betreuern und Ärzten alle nur erdenklichen Streiche zu spielen. Unter anderem hatte er einmal seinen Herztönemesser dem Delphin angelegt.

Es war zwar nicht auszuschließen, daß der Held infolge des Zwischenfalls im All neben den erwähnten körperlichen Schäden auch geistige Schäden davongetragen hatte; dessenungeachtet stand jedoch seine außergewöhnlich hohe Intelligenz weiterhin völlig außer Zweifel. Deshalb gab sich Mars auch keinerlei Illusionen hin, weshalb sich der Held so gern im Wasser aufhielt; er war sich bewußt, daß er auf Schritt und Tritt beobachtet und medizinisch überwacht wurde. Nur wenn er sich im Wasser aufhielt, hatte er so etwas wie eine Privatsphäre; der Pool war der einzige Ort, wo er sich den unzähligen elektronischen Überwachungsgeräten entziehen konnte, mit denen jede noch so kleine körperliche Regung aufgezeichnet wurde.

»Ich bin wie Odysseus«, äußerte er sich Mars gegenüber immer wieder, »als er auf der Insel des Polyphem strandete.« Beim erstenmal hatte sich Mars, übrigens sehr zur hämischen Freude des Helden, noch erklären lassen müssen, daß Polyphem der Name des Zyklopen war, dem Odysseus schließlich nur durch eine List entkommen war. »Das ist doch kein Grund, sich zu schämen«, hatte der Held Mars getröstet. »Ich hatte in letzter Zeit mehr Zeit zum Lesen als Sie.« Mars wußte nicht recht, was er davon halten sollte. War das nun wirklich nett gemeint oder nur ironisch?

»Guten Morgen, Viktor«, begrüßte Mars den Mann im Wasser. »Wie geht's?«

»Beschissen«, knurrte der Held. »Wie oft soll ich Ihnen außerdem noch sagen, daß Sie mich nicht Viktor nennen sollen! Ich möchte hier keine Namen mehr hören, die mich an den Zwischenfall erinnern.«

»Aber es ist doch Ihr Name.« Mars ließ sich am Beckenrand nieder. Insgeheim dachte er: Alles wie gehabt.

»Dann werde ich Ihnen etwas erzählen, was Sie sicher interessieren wird«, begann der Held. »Ich bin fest entschlossen, mich nicht unterkriegen zu lassen. Glauben Sie mir: Ich habe Dinge erlebt, die kein Mensch mitansehen, geschweige denn am eigenen Leib erfahren sollte. Tatsache bleibt jedoch: Ich habe überlebt. Ich bin noch am Leben. Und ich werde mich auf keinen Fall freiwillig wieder in das hinausbegeben, was Sie Normalität oder Alltag oder wie auch immer nennen. Tut mir leid, aber den Gefallen werde ich Ihnen nicht tun. Meine Kameraden da draußen wissen sehr wohl, daß ich noch am Leben bin. Genau aus diesem Grund können Sie mir nichts anhaben. Krümmen Sie mir auch nur ein Haar, gehen die Kosmonauten auf die Barrikaden.«

»Sie genießen zahlreiche Privilegien«, erwiderte Mars leise. »Lara. Tatjana. Das Salzwasserbecken. Den Delphin. Ja, vor allem den Delphin. Das haben Sie nur mir zu verdanken. Aber genauso steht es in meiner Macht, Ihnen das alles wieder wegzunehmen.«

»Na schön, und ich kann mich einfach weigern, weiter mit Ihnen zu sprechen.« Er sah Mars herausfordernd an. »Und? Wollen Sie es auf einen Versuch ankommen lassen?«

Statt einer Antwort nahm Mars einen kleinen Fisch aus dem Eimer am Beckenrand und hielt ihn über das Wasser. Der Delphin starrte ihn interessiert an und gab dann ein langes Schnattern von sich.

Der Held warf den Kopf in den Nacken und lachte. »Sie hat wesentlich mehr Humor als Sie alle zusammen.«

Verärgert zog Mars die Stirn in Falten. »Was hat der Delphin gerade gesagt?«

»Sie heißt übrigens Arbat«, rief ihm der Held in Erinnerung. »Und sie kann Sie auf den Tod nicht ausstehen.«

Mars biß sich auf die Lippe und sagte so ruhig, wie ihm das möglich war: »Hat sie auch gesagt, warum?«

»Erstens, weil Sie sie nie bei ihrem Namen ansprechen. Und zweitens, weil man Ihnen nicht trauen kann.«

Mars gab ein ärgerliches Schnauben von sich. Einfach lächerlich, sich auf eine Unterhaltung – wenn man diese Farce tatsächlich so nennen wollte – mit einem Delphin einzulassen. Andererseits wußte er, daß er den Helden mit allen Mitteln bei Laune halten mußte, wenn er je etwas Brauchbares aus ihm herausbekommen wollte. Deshalb sagte er: »Woher will Arbat wissen, ob man mir trauen kann oder nicht? Sie nimmt ja nicht einmal etwas zu fressen von mir an.«

Begleitet vom aufgeregten Schnattern des Delphins, erwiderte der Held: »Wenn Sie den Fisch Lara geben, wird ihn Arbat annehmen.«

»Da bin ich aber wirklich beleidigt.« Trotzdem ließ Mars den

Fisch in Laras Handfläche fallen, worauf der Delphin unverzüglich danach schnappte und ihn verschluckte.

»Viktor«, wandte sich Mars darauf wieder an den Helden. »Wir müssen unbedingt miteinander reden.«

»Wenn Sie meinen. Aber warum können Sie nicht endlich aufhören, mich Viktor zu nennen? Ich habe Ihnen doch schon unzählige Male gesagt, Sie sollen diesen Namen nicht mehr in den Mund nehmen.«

Noch immer war ganz deutlich zu erkennen, daß der Held einmal sehr gut ausgesehen haben mußte. Aber was auch immer ihm dort oben, in der unermeßlichen Weite des Alls, zugestoßen war, hatte eine seltsame Veränderung in ihm bewirkt. Mars hatte Fotos von ihm gesehen, bevor er zu seiner Mission an Bord der Odin-Galaktika-II-Kapsel angetreten war. Aber der Mann, den er nun vor sich hatte, war nicht derselbe, der damals zum ersten bemannten Marsflug der Menschheitsgeschichte aufgebrochen war. Der Knochenbau und die Gesichtszüge waren natürlich noch dieselben, aber er war wesentlich schmaler geworden und bewegte sich, wenn er nicht sowieso in seinem Rollstuhl saß, mit der täppischen Ungelenkigkeit eines Greises. So erklärte sich Mars im stillen übrigens auch die seltsame Veränderung, die mit ihm vorgegangen war: Der Held war während des langen Aufenthalts im All einem enorm beschleunigten Alterungsprozeß unterworfen gewesen. Das einzige, was nicht in diese Theorie paßte, war der Umstand, daß er geistig nicht die geringsten Verfallserscheinungen zeigte. Trotz aller seiner Schrullen und Marotten war sein Verstand noch immer so wach und scharf wie eh und je.

»Ich nenne Sie deshalb Viktor«, erklärte Mars, »weil ich dazu verpflichtet bin. Ich habe ausdrückliche Anweisungen von oben, Sie so zu nennen.« Er veränderte seine Haltung, um den im Wasser treibenden Helden nicht aus den Augen zu verlieren. »Wenn Ihnen das ein Trost ist, versichere ich Ihnen hiermit, daß Sie in Gedanken nur der Held für mich sind, nicht Viktor.«

»Das ist doch für Sie auch nur ein Schlagwort, mit dem sie

die Leute in irgendwelche Schubladen stecken«, erwiderte der Held ärgerlich. »Wie diese unzähligen Helden der Arbeit oder der Raumfahrt.«

»Für mich sind Sie aber nicht nur irgendein Held der Raumfahrt.«

»Also, was kann ich heute für Sie tun, Wolkow?« wechselte der Held abrupt das Thema, als hätte er genug von ihrem verbalen Schlagabtausch. Die plötzliche Veränderung seines Tonfalls ließ den Delphin unverzüglich aufhorchen. Wie Mars schon bei mehreren Gelegenheiten festgestellt hatte, hatte Arbat ein extrem feines Gespür für die Stimmungsschwankungen des Helden. Sie tauchte kurz unter und kam aufgeregt schnatternd neben dem Helden wieder an die Oberfläche.

Es kostete Mars einige Mühe, nicht die Beherrschung zu verlieren. Grundvoraussetzung für jedes erfolgreiche Verhör war, den Befragten erst einmal so weit zu bringen, daß er auf die Fragen des Fragestellers antwortete; dabei spielte es im übrigen keine Rolle, wie harmlos und unverfänglich diese Fragen waren – Hauptsache, sie wurden beantwortet. Von da war es dann gar kein so weiter Schritt mehr, auch Antworten auf die Fragen zu bekommen, um die es eigentlich ging.

In diesem Zusammenhang war es natürlich außerordentlich störend, sich nebenbei noch ständig mit einem Tier auseinandersetzen zu müssen. Mars wollte gerade seinem Ärger lautstark Luft machen, als ihm ein kurzer Blick in das ausdruckslose Gesicht des Helden verriet, daß es diesem offensichtlich genau um eine solche Störung des Gesprächsflusses ging. Der Held wußte über die Grundbegriffe der Vernehmungstechnik Bescheid, und es wäre ihm auch durchaus zuzutrauen gewesen, daß er dieses Wissen einsetzte, um nichts von sich preisgeben zu müssen.

»Eigentlich«, sagte Mars schließlich in Beantwortung seiner Frage, »bin ich heute hergekommen, um Ihnen zu sagen, daß ich dieses Spiel, das wir nun schon seit mehr als einem halben Jahr miteinander treiben, langsam satt habe. Was soll dieser Unsinn eigentlich? Na schön, Sie sind hier mehr oder weniger gegen Ihren Willen untergebracht. Aber glauben Sie, mir macht es

Spaß, ständig hier antanzen zu müssen? Ich habe mich keineswegs um diese Aufgabe gerissen. Genauso elend, wie Sie sich Tag für Tag fühlen, ist inzwischen auch mir zumute, wenn ich mitansehen muß, wie Sie hier vor sich hin vegetieren.«

»Sie glauben doch nicht im Ernst, daß ich Ihnen diesen Quatsch abnehme?«

»Dazu müßte ich ganz schön naiv sein.« Mars stand auf und machte sich daran, sämtliche Video- und Abhöranlagen im Raum auszuschalten. Lara beobachtete ihn mit einem Ausdruck unverhohlener Besorgnis. Aber im Gesicht des Helden zeigte sich nicht die leiseste Regung.

Keine dreißig Sekunden später ertönten im Treppenhaus laute Schritte, und mehrere Ärzte und Pfleger, darunter auch zwei bewaffnete Sicherheitsbeamte, stürmten zur Tür herein.

»Kein Grund zur Aufregung«, beruhigte sie Mars. »Ich habe alles abgestellt. Kehren Sie wieder an Ihre Posten zurück.«

»Aber wenn die Überwachungsmonitore ausgeschaltet sind«, gab ihm einer der Wissenschaftler zu bedenken, »haben wir nichts mehr zu tun.«

»Dann gehen Sie schon zum Mittagessen«, schlug Mars vor. »Oder machen Sie einen kleinen Spaziergang. Tun Sie, was Sie noch nie getan haben: Genießen Sie die Sonne und den schönen Frühlingstag und schalten Sie einfach für eine Weile ab.«

»Ich hoffe, dafür haben Sie auch eine Genehmigung«, warf ein anderer Wissenschaftler ein. »Das könnte sonst noch ein unangenehmes Nachspiel geben.«

Mars fuhr sie jedoch nur heftig an: »Machen Sie endlich, daß Sie hier rauskommen!«

Als sie wieder allein waren, sagte der Held: »Ich möchte, daß Lara bleibt.«

»Meinetwegen.«

»Und ich möchte aus dem Wasser kommen.«

Lara wollte ihm bereits zu Hilfe eilen, aber Mars winkte sie zurück. Dann bückte er sich, faßte den Helden unter den Armen und zog ihn aus dem Wasser. Während Lara den Rollstuhl holen ging, machte sich Mars daran, den Helden mit einem großen Badetuch abzutrocknen.

Im Wasser war der Held immer völlig nackt. Aufmerksam studierte Mars seinen Körper. Seine Unbehaartheit hatte etwas Faszinierendes an sich, und obwohl er nach der Landung der Odin-Galaktika II vor Entkräftung halb tot aus dem Innern der Raumkapsel geborgen worden war, hatte sich sein Muskelschwund inzwischen wieder erstaunlich gebessert. Über seiner glatten Haut lag ein matt silberner Schimmer, und zum erstenmal begann Mars zu ahnen, was Lara und Tatjana trotz seines Buckels so anziehend an ihm fanden.

Gemeinsam mit Lara hievte Mars den Helden in den Rollstuhl. Lara schlug ihm ein frisches Handtuch um die Hüften. Gegen Kleider hatte der Held eine ausgeprägte Abneigung; vielleicht lag das daran, daß sie so umständlich an- und auszuziehen waren. Jedenfalls erinnerten sie ihn mehr als alles andere in seiner alltäglichen Umgebung an seine Behinderung

»Wie möchten Sie, daß ich Sie nenne?« setzte Mars die Befragung fort.

»Keine Ahnung. Jedenfalls nicht Viktor. Ich bin nicht Viktor.«

»Ich weiß.«

»Wie wär's mit Odysseus?« Seine Miene war so undurchdringlich wie eh und je. »Und ich verspreche Ihnen, Sie nicht Polyphem zu nennen.«

Für einen Moment überlegte Mars, ob er das nun als ein Entgegenkommen betrachten sollte oder lediglich als einen weiteren Scherz auf seine Kosten. »Na schön, wenn Sie meinen. Also, wie haben Sie geschlafen, Odysseus?«

»Ich schlafe nicht«, kam es wie aus der Pistole geschossen. Offensichtlich war das ein Thema, über das er gern sprach. »Ich träume. Das ist nicht dasselbe. Wenn man unablässig träumt, schläft man nicht; man lebt, wenn auch auf einer anderen Ebene. Man befindet sich in einem anderen Bewußtseinszustand.«

Das kannte Mars bereits zur Genüge. »Wovon träumen Sie?«

»Von den Wundern des Weltraums. Und von den Sternen. Außerdem träume ich von der Farbe, die ich dort oben gesehen habe, von der Farbe in der unermeßlichen Weite zwischen den Sternen.«

»Was ist das für eine Farbe? Rot, Grün, Blau?«

»Das läßt sich nicht in Worte fassen. Im Grunde genommen ist auch die Bezeichnung Farbe für dieses Phänomen nicht ganz richtig.«

»Wie meinen Sie das?«

»Es hat – wie soll ich es sagen? – auch so etwas wie Substanz.«

»In welchem Sinn Substanz? So, wie die Raumkapsel Substanz hatte?«

»Nein, nicht so.«

In der Pause, die darauf eintrat, warf Mars verstohlen einen hilfesuchenden Blick zu Lara hinüber. Sie saß jedoch nur da und sah weiter unverwandt den Helden an. Für einen Moment begann Mars ernsthaft an ihrer Loyalität zu zweifeln. Aber das war völlig ausgeschlossen. Er hatte sie und Tatjana persönlich für diese Aufgabe ausgesucht und sich vorher genauestens über ihre Vorgeschichte informiert. Er durfte jetzt nicht paranoid werden. Auf die beiden Frauen war zu hundert Prozent Verlaß.

Nach langem Schweigen räusperte sich der Held und fuhr fort: »Eigentlich denke ich an nichts anderes mehr, seit ich damals aus dem Koma erwacht bin. Wenn ich ehrlich bin, glaube ich, daß es sich dabei um die Farbe Gottes handelt.«

Das weckte Mars' Interesse. »Wie kommen Sie darauf?«

»Weil mir das meine Träume immer und immer wieder sagen, und zwar auf so unterschiedliche und vielfältige Weise, wie es menschliche Gesichter auf diesem Planeten gibt.«

»Lara«, wandte sich Mars an seine Betreuerin. »Glauben Sie ihm das?«

»Ja.«

Der Held sah die junge Frau an. »Sag Wolkow, was du ihm erzählen würdest, wenn es sich hier um einen deiner wöchentlichen Berichte handeln würde.«

Lara war sichtlich verblüfft. Auf Mars traf das nicht weniger zu. Woher wußte der Held von diesen wöchentlichen Berichten?

Der Held warf Mars einen verschlagenen Blick zu. »Wir wollten uns doch nichts mehr vormachen.«

Das ließ sich Mars kurz durch den Kopf gehen, bevor er Lara auffordernd zunickte. »Also gut, sagen Sie es mir.«

Lara sah erst den Helden an, dann Mars. »Ich glaube ihm«, sagte sie schließlich, und noch lange schien der Klang ihrer Stimme über dem leise plätschernden Wasser des Beckens nachzuhallen, aus dem Arbat sie aufmerksam beäugte.

Mars brauchte eine Weile, bis er das verdaut hatte. Schließlich sagte er: »Könnte es sein, daß Ihnen Ihre Träume auch sagen, daß *Sie* selbst Gott sind?«

Über die Züge des Helden legte sich ein wissendes Lächeln. »Ich bin doch nicht übergeschnappt, Wolkow. Mir Derartiges unterstellen zu wollen, finde ich ganz schön beleidigend.«

»Na gut, ich nehme das sofort wieder zurück«, beeilte sich Mars zu erklären. »Aber diese Frage lag mir in diesem Moment einfach auf der Zunge.«

»Dann sehe ich mich zu der Frage gezwungen, warum das so war.« Er sah Mars lange an. »Auch wenn Sie vielleicht denken, das wäre Ihr großes Geheimnis, Wolkow, weiß ich sehr wohl, daß auch Sie an Gott glauben. Nein, machen Sie sich erst gar nicht die Mühe, es abzustreiten – ich weiß, daß Sie es nur wegen Lara tun. Seien Sie unbesorgt. Zum einen glaubt auch sie an Gott. Und da das auch Arbat tut, sind wir uns in diesem wichtigen Punkt alle einig. Und noch etwas: Denken Sie nicht, ich wüßte nicht, daß Lara ganz Ihnen gehört. Sie ist der Köder, den Sie für mich ausgeworfen haben. Nun frage ich mich allerdings: Ist das nicht der Gipfel der Ironie? Ausgerechnet in einem Land, das angeblich ein für allemal Schluß gemacht hat mit der kapitalistischen Idee von Besitz? Ich sehe schon, wie es in Ihnen arbeitet, Wolkow. Tun Sie sich keinen Zwang an. Sagen Sie schon, was Sie denken! Häresie, Ketzerei – ist es das, was Sie am liebsten brüllen würden? Na schön, dann haben wir eben beide ketzerische Gedanken. Sehen Sie? Sie sind keinen Deut besser als ich, auch wenn ich nicht annehme, daß Sie mir in diesem Punkt recht geben werden.«

Mars sah den Helden an, als versuchte er gewaltsam die rätselhaften Veränderungen zu ergründen, die die unerklärlichen Vorfälle im All in ihm hervorgerufen hatten.

»Die Existenz Gottes«, fuhr der Held unbeirrt fort, »ist etwas, das wir alle spüren können. Das ist es auch, was uns vier miteinander verbindet, obwohl sich kaum vier unterschiedlichere Wesen an einem Ort vorstellen lassen. Oder vielleicht ist es auch Ihr Glaube an Ihn, der uns hier zusammengeführt hat.«

»Ich möchte jetzt nicht über Gott sprechen«, erklärte Mars entschieden.

»Dann werden wir eben das Thema wechseln«, entgegnete der Held mit unverhohlenem Sarkasmus. »Nichts läge mir ferner, als Ihnen zu nahe treten zu wollen.« Er lächelte süffisant. »Eine kurze Bemerkung möchte ich mir jedoch zu diesem Thema trotzdem noch erlauben. Ich weiß jetzt, wo Ihr schwacher Punkt ist.«

Zu seiner Beschämung stellte Mars fest, daß sich sein Mund plötzlich seltsam trocken anfühlte. »Und wo ist der?« versuchte er betont beiläufig zu erwidern.

»Das Ganze läuft doch darauf hinaus: Sie wissen nicht, was dort oben mit mir passiert ist, und ganz gleich, wie abenteuerlich die Geschichten auch sind, die ich Ihnen erzähle, können Sie sie trotzdem nie von vornherein als kompletten Unsinn abtun. Obwohl ich mich selbst keineswegs für Gott halte, bin ich in gewisser Hinsicht doch wie Gott geworden – aus dem einfachen Grund, weil Sie absolut nichts über mich wissen.«

»Sie sind nichts weiter als ein Mensch – genau, wie auch ich ein Mensch bin. Nicht mehr und nicht weniger.« Das klang jedoch nicht sehr überzeugt.

»Wissen Sie, Wolkow, unser Verhältnis erinnert mich ein bißchen an ein Duell zwischen zwei bis aufs Blut verfeindeten Zigeunern, die bei ihrem Zweikampf durch ein Seil aneinandergeknüpft sind. Allerdings stehen uns für diesen Kampf keine Messer oder sonst irgendwelche Waffen zur Verfügung, weshalb wir verzweifelt nach einer anderen Möglichkeit suchen, den anderen zu bezwingen – eine typische Pattsituation also.« Das schneidende Lächeln, das über seinen Lippen lag, wurde breiter. »Oder vielleicht doch nicht? Sollte aus unserem Duell etwa ein erbitterter Zweikampf zweier Geister geworden sein?«

»Wie kommen Sie darauf, ich könnte Ihr Feind sein?«

Statt einer Antwort beobachtete der Held nur eine Weile stumm den Delphin.

»Worüber unterhalten Sie sich eigentlich mit dem Delphin?« fragte Mars unvermutet.

»Mit Arbat«, korrigierte ihn der Held.

»Na schön, mit Arbat.«

»Wir führen lange Gespräche über den Aufbau des Universums«, antwortete der Held, ohne den Blick von dem Säuger im Wasser abzuwenden. »Über die Komplexität des Daseins, die Vielfalt menschlichen Wissens. Natürlich befassen wir uns auch mit dem Wesen des Todes.«

Mars warf Lara einen fragenden Blick zu. Nichts an ihrer Reaktion deutete darauf hin, daß sie dieses Gespräch seltsam oder ungewöhnlich fand. Das trug noch mehr zu Mars' wachsendem Gefühl der Verunsicherung bei. Was geht hier eigentlich vor? fragte er sich. Einer von uns beiden muß eindeutig verrückt sein. Das Seltsame ist nur, daß ich mir keineswegs so sicher bin, daß das nicht ich bin.

»Was ist dort oben passiert, in der Raumkapsel?« fragte er deshalb. »Wir haben jeden Kontakt mit Ihnen verloren. Ich weiß, der Zwischenfall liegt nun schon eine Weile zurück . . .«

»Nicht für mich«, fiel ihm der Held ins Wort. »Für mich ist es erst gestern passiert.«

»Unter gewissen Umständen mag es Ihnen vielleicht *erscheinen*, als wäre es . . .«

»Es *ist* gestern passiert«, erklärte der Held unbeirrt. Dann hob er die Hände und formte eine Kugel mit ihnen. »Genauso, wie Ihr inzwischen imstande seid, Lichtstrahlen zu biegen, habe ich gelernt, die Zeit zu biegen.«

Das war auch eine sprachliche Eigenheit des Helden. Beharrlich sprach er von ›euch‹ anstatt von ›uns‹ – gerade so, als fühlte er sich nicht mehr länger als ein Angehöriger der menschlichen Rasse.

»Wie oft haben Sie mich während der letzten fünfzehn Monate, seit ich aus dem Koma erwacht bin, schon gefragt, was dort oben passiert ist? Und wie oft habe ich Ihnen das zu erklären versucht?«

Zu oft, um es noch zählen zu können, dachte Mars. Das Problem war nur, daß er ihm nicht glauben konnte. Wie hätte er auch?

»Trotzdem wäre ich Ihnen sehr dankbar, wenn Sie es noch einmal versuchen würden.«

»Noch einmal?« fragte der Held. »Oder wieder?«

Die beiden Männer grinsten sich an. Ja, dachte Mars, er hat tatsächlich recht; das ist nichts anderes als ein Duell zweier Geister. Ich darf auf keinen Fall zulassen, daß er als Sieger daraus hervorgeht.

»Wir hatten die einzelnen Bestandteile der Raumkapsel, mit der wir zum Mars weiterfliegen wollten, in der Erdumlaufbahn zusammengesetzt«, begann der Held. »Alles lief nach Plan. Wir waren hervorragend aufeinander eingespielt. Im nachhinein war es sicher eine vernünftige Entscheidung, die Besatzung von den ursprünglich geplanten zehn Mann auf zwei zu reduzieren. Eine so große Kapsel zusammenzubauen, hätten wir nie geschafft. Es war schwierig genug, die Einzelteile der kleineren Kapsel zusammenzusetzen, die ihr uns zu der Raumstation in der Erdumlaufbahn hochgeschickt habt.

Wir sind also von der Raumstation zum Mars gestartet. Damit war unsere Mission in ihre nächste entscheidende Phase eingetreten. Die Gravitation, die der Mond auf uns ausübte, hatten wir schon ein gutes Stück hinter uns gelassen. Was für ein erhebendes Gefühl, den Erdtrabanten aus so großer Nähe an uns vorbeiziehen zu sehen! Das waren Momente, in denen ich mich wieder wie ein kleiner Junge gefühlt habe, der in einer frostklirrenden Winternacht zum Sternenhimmel emporstarrt und sich fragt, wie es dort oben wohl sein mag. Jetzt wußte ich das plötzlich – ein Wissen, das mich schaudern ließ. Ich bekam es regelrecht mit der Angst zu tun, das alles könnte mein Fassungsvermögen übersteigen. So ähnlich muß es wohl auch Moses ergangen sein, als er sich dem brennenden Dornbusch näherte. Und doch war das erst der Anfang. Es sollte noch ganz anders kommen.

Wir näherten uns dem Mars immer mehr. Er winkte uns aus der Ferne wie ein roter Titan entgegen. Ich schlief wie ein Toter.

Man hatte uns genauestens darauf vorbereitet, was während des fast drei Jahre dauernden Flugs auf uns zukommen würde. Irgendwann setzt die Tagesmüdigkeit ein. Da wir in ständigem Kontakt mit der Bodenstation standen, wußtet ihr genau, wann wir wach waren und wann wir schliefen. Das Komische war, daß ich damals kein einziges Mal geträumt habe. Das habe ich auch den Psychiatern immer wieder gesagt. Aber sie glauben mir nicht, weil meine Gehirnstrommessungen dem widersprechen. Sie haben mir die Oszillographenaufzeichnungen gezeigt, denen zufolge ich in jedem Nachtzyklus eine REM-Phase hatte. Sie bestanden darauf, daß ich geträumt hatte und mich nur nicht an meine Träume erinnern konnte. Mag ja sein, daß ich eine REM-Phase hatte. Trotzdem habe ich *nicht* geträumt. Ich konnte mich schon immer sehr genau an meine Träume erinnern; das war schon so, als ich noch ein kleiner Junge war. Inzwischen glaube ich, daß ich während des Flugs vermutlich deshalb nichts mehr geträumt habe, weil ich bereits im Wachzustand ständig das Gefühl hatte zu träumen.

Eine andere Sache ist, daß die Psychologen behaupten, ich würde allgemein zuviel über Träume sprechen. Ihrer Ansicht nach bin ich regelrecht auf Träume fixiert. Aber in Anbetracht der Dinge, die ich dort oben erlebt habe, bin ich inzwischen zu der festen Überzeugung gelangt, daß es sogar von außerordentlicher Wichtigkeit für mich war, daß ich während des Flugs nicht geträumt habe. Sonst wäre ich nämlich nicht hier, und Sie könnten mir keine Fragen mehr stellen. Ich weiß ganz genau, was Sie jetzt denken. Sie können sich einfach nicht mit der Tatsache abfinden, daß es im Leben Dinge gibt, die sich nicht erklären lassen. Statt dessen setzten Sie Himmel und Hölle in Bewegung, um diesen Rätseln des Lebens auf die Spur zu kommen.«

Ganz plötzlich begann der Held zu lachen, und unter Tränen stieß er schließlich hervor: »Himmel und Hölle – wirklich sehr komisch. Was ist nur plötzlich in mich gefahren? Bevor ich zu dem Flug ins All aufgebrochen bin, hatte ich eigentlich nie viel Sinn für Humor. Wer weiß, vielleicht kommt das davon, wenn man so lange zwischen Himmel und Hölle schwebt, wie ich das getan habe.«

Mars war sich ganz deutlich bewußt, daß er das nun eintretende Schweigen unbedingt durchbrechen mußte. »Was ist mit Gregor passiert?« fragte er deshalb.

»Keine Namen!« brüllte der Held, sichtlich aufgewühlt. »Wie oft soll ich Ihnen das noch sagen? Aber Sie können ja nicht hören, Sie bornierter Trottel! Und jetzt verpissen Sie sich! Lassen Sie mich in Ruhe!«

»Entschuldigung. Es tut mir leid. Ich habe es vergessen.«

»Von wegen.« Verärgert wandte sich der Held ab und begann eine schnatternde Unterhaltung mit dem Delphin.

Mars warf Lara einen fragenden Blick zu. Bildete er es sich nur ein oder glaubte er tatsächlich, einen versteckten Tadel in ihrer Miene erkennen zu können?

Er versuchte es noch einmal. »Wie sollen wir Ihren verunglückten Partner nennen? Haben Sie mich gehört, Odysseus?«

»Menelaus«, antwortete der Held, ohne sich von Arbat abzuwenden.

»Also gut. Was ist mit Menelaus passiert?«

»Er ist gestorben«, sagte der Held abrupt. »Er hatte die Kapsel verlassen. Wir waren bereits beide in unseren Raumanzügen, aber ich war noch im Innern der Kapsel. Es war eine typische Routinesache, die wir in unzähligen Simulationsübungen bis ins kleinste geprobt hatten. Der Ausstieg verlief reibungslos. Bis ...« Er fiel in langes Schweigen. »Was dann passiert ist, kann ich mir nur so erklären: Wir gerieten wohl in eine Art Meteoritenschauer. Plötzlich ging ein Regen aus winzig kleinen Partikeln auf uns nieder. Ich hörte ein hohles Prasseln, als hätte jemand eine Handvoll Sand gegen die Außenhaut der Kapsel geschleudert. Und dann hörte ich ihn nach mir rufen. Schon nach wenigen Augenblicken begann ihm die Stimme zu versagen, und mir war sofort klar, daß etwas passiert war. So schnell ich konnte, stülpte ich mir den Helm über und versuchte durch die Druckschleuse nach draußen zu kommen.

Aber was ich dort sah ... Das Visier seines Helms war durch den Meteoritenschauer durchlöchert wie ein Sieb. Wir schwebten im Dunkeln, aber zugleich war überall dieses seltsame Licht. Damit meine ich nicht das Sternenlicht; das ist ganz anders. Ich sah also, was ihm zugestoßen war, im Schein dieses seltsamen Lichts zwischen den Sternen. Das Visier seines Helms war vom Sand des Alls oder einer noch viel ferneren Welt durchlöchert. Wer will das schon mit Sicherheit sagen? Jedenfalls werden wir die Wahrheit darüber nie erfahren.

In der Zeit, die ich brauchte, um ihn zu erreichen, war aller Druck aus seinem Raumanzug entwichen. Wie an einer Nabelschnur hing er an seinem Verbindungskabel im Nichts. Durch den aus seinem defekten Raumanzug entweichenden Druck hatte er sich um seine eigene Achse zu drehen begonnen. Er starrte geradeaus vor sich hin, und er ... Ich weiß nicht, wie ich es erklären soll, es war so grauenhaft ... Ja, er lächelte, und das, obwohl sein Gesicht von unzähligen Quetschungen schrecklich entstellt war. Seltsamerweise wurde ich dadurch an die Krater auf der Mondoberfläche erinnert. Schließlich bekam ich ihn unter Kontrolle. Er hörte auf sich zu drehen, und ich zog ihn ins Innere der Kapsel zurück. Mir war längst klar, daß er tot war. Ich wußte, daß ich nichts mehr für ihn tun konnte.

Dann sah ich mir sein Gesicht näher an. Es war, als wären seine Augen geplatzt. Erst dachte ich, sie wären durch diesen kosmischen Meteoritenstaub verletzt worden. Aber daran konnte es nicht gelegen sein, weil sein übriges Gesicht keinerlei solche Spuren aufwies.«

Darauf trat wieder bedrückendes Schweigen ein. Nach einer Weile mußte Mars wieder etwas sagen. »Was ist mit Menelaus' Augen passiert?«

Der Held ließ den Kopf sinken. »Was soll ich Ihnen noch weiter erzählen? Sie werden mir ja doch nicht glauben, weil Ihre medizinischen Befunde meinen Aussagen widersprechen.«

»Nein. Diese Befunde bestätigen nur nicht, was Sie behauptet haben. Das ist nicht dasselbe. Der Obduktionsbefund von Menelaus steckt voller Widersprüchlichkeiten. Genauer gesagt, die Obduktion hat zu keinerlei schlüssigen Ergebnissen geführt. Es war, als seien alle Beweisspuren gründlich getilgt worden. Wie ist er gestorben? Was hat den Defekt seines Anzugs hervorgerufen? Was ist in den wenigen Minuten mit ihm passiert, als er die Kapsel verließ? Das alles sind Fragen, die völlig offen sind. Als wirklich gesichert kann im Augenblick nur gelten, daß es zu einer interplanetarischen Störung gekommen sein muß. Da für den Zeitraum des Zwischenfalls unsere Telemetrie zusammenbrach, haben wir keine konkreten Aufzeichnungen für den fraglichen Zeitraum. Wir wissen absolut nichts über die Hintergründe des Ganzen.«

Mühsam richtete sich der Held in seinem Rollstuhl auf. »Ich habe Ihnen doch erzählt, was passiert ist.«

»Ja«, nickte Mars bedächtig. »Das haben Sie.«

»Aber niemand glaubt mir.«

»Ehrlich gestanden, es ist nicht ganz einfach zu glauben, was Sie uns erzählt haben.« Mars nickte. »Einige Leute glauben, daß Sie sich das alles nur eingebildet haben oder uns absichtlich etwas vormachen – oder die wahren Vorgänge so sehr verdrängt haben, daß Ihre Erinnerung daran getrübt ist, ohne daß Sie sich dessen bewußt sind.«

Der Held sah Mars in die Augen. »Ist das auch Ihre Ansicht?«

Mars wußte, daß das Gespräch an einem entscheidenden Punkt angelangt war. Bei jeder Vernehmung kommt ein Moment, in dem das Pendel plötzlich in die andere Richtung ausschlagen kann, in dem aus einem Feind ein Freund werden kann. Die Gründe, weshalb es irgendwann zu diesem Punkt kommt, können sehr unterschiedlicher Natur sein: Entweder kann der Verhörte die mit der Verhörsituation verbundene Isolation nicht mehr länger ertragen, oder er kann nicht mehr zwischen Einbildung und Wirklichkeit unterscheiden, oder seine Desorientierung ist schon so weit fortgeschritten, daß er sich über seine eigenen Gefühle nicht mehr im klaren ist. Der Held war allerdings psychisch wesentlich widerstandsfähiger und intelligenter als ein gewöhnlicher Durchschnittsproband. Er hatte diese entscheidende Frage vor allem deshalb gestellt, weil ihm Mars in einem unbedachten Moment sehr tiefe Einblicke gewährt hatte, was tatsächlich in ihm vorging. Mehr denn je sehnte sich der Held nach einer verwandten Seele, weil sowohl Lara als auch Arbat seinen diesbezüglichen Bedürfnissen nur unvollständig gerecht zu werden vermochten.

Mars spürte instinktiv, daß der Held sofort gemerkt hätte,

wenn er ihm etwas vorzumachen versucht hätte. Ungeachtet der Tatsache, daß er sich eben eine Blöße gegeben hatte, war er gerade jetzt gefährlicher denn je. Mars durfte jetzt nicht den Fehler begehen, der in dieser Situation schon so manchem zum Verhängnis geworden war: Verletzlichkeit mit Schwäche zu verwechseln.

»Ehrlich gestanden«, antwortete er deshalb, »weiß ich nicht, was ich glauben soll. Die Mediziner kommen in diesem Fall nicht weiter, und diejenigen von uns, die sich hartnäckig an ihre wissenschaftlichen Prinzipien klammern, werden den in diesem Zusammenhang auftretenden Problemen meiner Meinung nach ebenfalls nicht gerecht.« Zur Unterstreichung des Gesagten breitete er seine Hände aus. »Ich glaube nicht, daß Sie lügen. Welchen Grund sollten Sie dafür haben? Und die Möglichkeit, daß Ihr Erinnerungsvermögen getrübt sein könnte, halte ich für zu wenig begründet, um sie weiter in Betracht zu ziehen.«

»Aber ich könnte das Ganze doch auch nur halluziniert haben.«

»Wie Sie eben selbst gesagt haben: Niemand weiß, was dort oben mit Ihnen geschehen ist. Mir ist inzwischen nur eines klargeworden: Wir können auf keinen Fall von vornherein als Hirngespinste abtun, was Sie uns erzählt haben. Das ist auch der Grund, weshalb ich das Ganze noch einmal von Ihnen hören möchte – nicht von einem Band, das wir vor einem Monat oder einem Jahr aufgenommen haben, sondern jetzt, aus Ihrem Mund.«

Fast glaubte Mars sehen zu können, wie es im Kopf des Helden arbeitete. Schließlich nickte er. »Ich kann mich an alle Einzelheiten bis ins kleinste Detail erinnern. Es waren seine Augen – Menelaus' Augen. Er hatte keine Pupillen mehr. Statt dessen schienen sie nur noch aus der Iris zu bestehen. Sie waren ganz Farbe. Und was für eine Farbe! Es war die Farbe, die auch den Raum zwischen den Sternen ausfüllte. Die Farbe Gottes.«

»Er hat doch mit Ihnen gesprochen?« flocht Mars an dieser Stelle ein. »Der Tote öffnete die Lippen und . . .«

»Nein.« Ungehalten schüttelte der Held den Kopf. »Das war nicht wie in einem dieser lächerlichen Horror- und Fantasy-

Filme, in denen alle möglichen Wesen wieder zum Leben erwachen. So läßt sich das nicht beschreiben; um das glauben zu können, müßten Sie es selbst erlebt haben. Auch ich kann das Ganze letztlich noch immer nicht begreifen, obwohl ich mich in den letzten fünfzehn Monaten mit nichts anderem beschäftigt habe. Ganz gleich, von welchem Gesichtspunkt man es auch betrachtet – ob naturwissenschaftlich, metaphysisch, philosophisch oder religiös –, das Ganze hatte nichts mit Zauberei oder Magie zu tun. Ich bin kein leichtgläubiger Spinner, Wolkow. Ich habe mir das nicht eingebildet.«

Der Held holte tief Luft. »Tatsache ist, der Tote hat weder seine Lippen bewegt noch hat er zu mir gesprochen. Aber er hat mir etwas mitgeteilt. Vor allem durch seine Augen. Natürlich handelte es sich dabei um keine konventionelle Art der Kommunikation, wie sie uns geläufig ist. Nein, es hatte nicht einmal etwas mit Telepathie zu tun.

Trotzdem haben mir seine Augen und vor allem ihre unbeschreibliche Farbe eine ganz unmißverständliche Botschaft übermittelt.«

Mars war sich deutlich bewußt, wie sich Lara vorbeugte und ihre Hand in die des Helden legte. Das faßte Mars als Stichwort für seine Frage auf. »Und was haben Ihnen diese Augen mitgeteilt?«

Abrupt verfinsterten sich darauf die Blicke des Helden. Er stieß einen wüsten Fluch aus und zischte ärgerlich: »Begreifen Sie denn wirklich gar nichts? Genau das habe ich damit gemeint, zwischen Himmel und Hölle zu schweben. Er hat mir etwas mitzuteilen versucht, *aber ich weiß nicht, was.*«

Der Tag war wie geschaffen, um nach Archangelskoje zu fahren: klar, frisch und sonnig. Wenn man aus der Moskauer Innenstadt kam, nahm man am besten den Kutusow-Prospekt in Richtung Minsk, bog dann nach rechts in die Rublewo-Straße, nach links in die Uspenskoje- Straße, überquerte die Moskwa und erreichte schließlich Archangelskoje aus nordöstlicher Richtung.

Diese Route fuhr auch Valeri Bondasenko. Er kam einmal

die Woche hierher, nie am selben Tag und immer zu einer anderen Zeit. Die Anlage von Archangelskoje bestand aus einem alten Landschloß aus dem späten achtzehnten Jahrhundert, das in einem herrlichen Park, umgeben von ausgedehnten Fichten- und Birkenwäldern, lag. Bei schönem Wetter wimmelte es hier von Ausflüglern, die die herrliche Landschaft genossen und ihre Picknickkörbe mitgebracht hatten.

Valeris Besuche in dieser Idylle hatten jedoch andere Gründe. Er ließ das Schloß hinter sich liegen und fuhr auf der schmalen Landstraße, die durch den Wald führte, in nördlicher Richtung weiter.

Am Ende des Waldes lag ein düsterer Steinbau. Valeri fuhr durch das offene Tor und parkte neben einer Reihe von Lieferwagen und schäbigen Wolgas und Schigulis ohne Scheibenwischer.

Im Innern des Gebäudes roch es nach Desinfektionsmittel und Erbrochenem. Durch die kahlen Korridore mit ihren endlosen Reihen eiserner Zellentüren huschten finster dreinblickende Schwestern in weißen Kitteln. Gelegentlich war auch ein Pfleger mit einem Knüppel am Gürtel zu sehen, der einen Blick durch das vergitterte Fenster einer der Zellentüren warf.

Valeri haßte diesen Ort. Mit allzu unerträglicher Deutlichkeit rief er ihm in Erinnerung, was mit der Welt im argen lag. Mochte es in den schwach erleuchteten Fluren noch so sehr nach Chemikalien und menschlichen Ausscheidungen riechen, am schlimmsten war die alles überlagernde Ausdünstung tiefer Hoffnungslosigkeit. Das Personal war davon nicht weniger befallen als die Insassen. Denn auch für die, die hier arbeiteten, bedeutete der Dienst in dieser Anstalt eine Sackgasse, die Endstation ihrer beruflichen Karriere. Dieser Ort war wie ein riesiges Gefängnis, aus dem es für die Wärter ebensowenig ein Entkommen gab wie für die Insassen. Hier gab es nur Lebenslängliche, und der Gestank der Verzweiflung hing in den langen, kahlen Korridoren wie der Fäulnisgeruch über einem Sumpf.

Wenn Valeri von den Besuchen in der psychiatrischen Anstalt wieder nach Moskau zurückkehrte, überkam ihn jedesmal das unwiderstehliche Bedürfnis, sich erst einmal aller seiner Kleider zu entledigen und dann lange unter die eiskalte Dusche zu stellen. Was er dabei so verzweifelt von sich abzuwaschen versuchte, war jedoch kein gewöhnlicher Schmutz. Nein, es war der Staub der Erinnerungen, der sich selbst in den feinsten Poren seiner Haut festgesetzt zu haben schien. Erinnerungen existierten unabhängig vom bewußten Denken, das glaubte zumindest Valeri. Er war ein überzeugter Anhänger der Lehren von C. G. Jung, die immer wieder um das eine große Thema kreisten, daß allen Menschen, ungeachtet ihrer Kultur und Rassenzugehörigkeit, ganz bestimmte archetypische Erfahrungen gemeinsam waren, die sich über alle zeitlichen und räumlichen Grenzen hinwegsetzten. Und was war nun der Kern, das bestimmende Ganze dieser sich über alle kulturellen Unterschiede hinwegsetzenden Gemeinsamkeiten?

Sollte dabei etwa die Fähigkeit oder gar das Bedürfnis der Menschen, ihren Mitmenschen die unvorstellbarsten Grausamkeiten anzutun, eine ganz wesentliche Rolle spielen? War nicht die ganze Menschheitsgeschichte geprägt von Mord und Blutvergießen, und das nicht selten – oder sogar ganz besonders – an den allernächsten Mitmenschen.

War es denn wirklich schon so lange her, daß Valeris Onkel 1918 in den Straßen der ukrainischen Hauptstadt Kiew erschossen worden war, bloß weil er es gewagt hatte, Ukrainisch zu sprechen. Ein Bulgare – man stelle sich vor! – war damals Präsident der Ukraine gewesen, eine Marionette der Herrschenden in Moskau. Dieser Mann hatte damals in aller Öffentlichkeit erklärt, der Gebrauch der ukrainischen Sprache wäre reaktionär und diente nur den Interessen einer Minderheit – der Kulaken, der ukrainischen Landbevölkerung, die sich die Buckel krumm arbeiteten, um mit ihren reichen Weizenernten die gesamte Lebensmittelgrundversorgung der Sowjetunion sicherzustellen. So war also ein russischer Soldat, von denen es damals in Kiew viele gab, auf Valeris Onkel zugegangen und hatte ihm eine Kugel durch den Kopf gejagt. Schuldig laut Anklage, Euer Ehren. Peng!

Und was war aus Valeris Vater geworden? An sein Schicksal

wollte Valeri lieber erst gar nicht denken. Es war ebenso grauenhaft wie typisch russisch gewesen.

Unwillkürlich erschauderte Valeri, als er aus dem Anstaltsgebäude in den schattigen Garten hinaustrat. Sein Blick wanderte über den Rasen zum Rand des Birkenwalds, hinter dem, unsichtbar und in dieser tristen Umgebung so unwirklich wie ein Märchenschloß, das Landschloß von Archangelskoje lag.

»Genosse Koltschew?«

Als Valeri Dr. Kalinins Stimme hörte, drehte er sich um und erwiderte mit einem gezwungenen Lächeln: »Herr Doktor?«

»Schön, daß Sie gekommen sind«, sagte Dr. Kalinin im salbungsvollen Ton eines Bestattungsunternehmers. Valeri war überzeugt, daß Dr. Kalinin diesen Ton nicht mit Absicht anschlug. Aber wenn man Tag und Nacht von lebendigen Toten umgeben war, so ging das an keinem spurlos vorüber.

Dr. Kalinin war ein junger Mann mit dünnem, hellem Haar und tief eingesunkenen Augenhöhlen. Valeri konnte sich nicht vorstellen, was er sich zuschulden hatte kommen lassen, um schon so jung in diese Anstalt strafversetzt worden zu sein; allerdings verspürte er auch keinerlei Bedürfnis, es herauszufinden. Trotzdem tat ihm der Arzt leid.

»Sie brauchen frische Luft«, sagte Valeri und deutete in den strahlenden Sonnenschein hinaus. »Sich immer nur in geschlossenen Räumen aufzuhalten, ist auf Dauer ungesund.«

»Ach, das ist nur der lange Winter«, erwiderte Dr. Kalinin. »Aber jetzt ist der Frühling gekommen; da wird sich das schlagartig ändern.« Sein niedergeschlagener Gesichtsausdruck strafte seine Worte Lügen: Hier würde sich nie etwas ändern.

Valeri steckte die Hände in die Hosentaschen und ging in den Garten hinaus. Über die Rasenfläche verstreut standen Gruppen mit Gartenstühlen herum, auf denen seltsam leblose, in sich zusammengesunkene Gestalten saßen. Valeri kannte nur einen Wunsch: Weg von hier, und zwar so weit wie möglich. Der allgegenwärtige Geruch der Hoffnungslosigkeit, der über den Räumen der Anstalt lag, hatte sich so hartnäckig in seiner Nase festgesetzt, daß ihn auch noch im Freien ein leichter Brechreiz plagte. Das hätte gerade noch gefehlt, dachte er, daß er dem Doktor die Schuhe vollgekotzt hätte.

»Sie ist gerade aufgewacht«, kam Dr. Kalinin schließlich vorsichtig auf den Grund von Valeris Besuch zu sprechen. »Sie wird sich bestimmt sehr freuen, Sie zu sehen.«

Warum konnte er nicht endlich diese Schönfärberei lassen? dachte Valeri ärgerlich. Andererseits brauchte der Doktor diese Illusion von Hoffnung inmitten dieser Öde menschlicher Ausweglosigkeit. Wie sonst hätte er es hier aushalten sollen, ohne früher oder später selbst verrückt zu werden?

Trotzdem war Valeri nicht bereit, dieses Spiel mitzuspielen. »Meine Tochter hat sich ihr ganzes Leben lang nie über etwas gefreut, Doktor. Um so besser weiß sie dagegen, was Verzweiflung ist. Das spüre ich ganz deutlich, sobald ich in ihrer Nähe bin.« So deutlich sogar, dachte er insgeheim, daß es mich bis in meine Träume verfolgt.

»Vielleicht würde sich das ändern, wenn Sie etwas häufiger zu uns herauskommen könnten.«

Die Hände zu Fäusten geballt, blieb Valeri wie angewurzelt stehen. Sind Sie eigentlich wirklich so blöd, Doktor? dachte er, oder wollen Sie einfach nicht begreifen. Es gibt Momente, da würde ich Sie am liebsten erwürgen. Aber davon können Sie natürlich nichts ahnen. Sonst würden Sie mich jetzt auch nicht so herablassend ansehen. Sie haben eine Tochter, die normal und gesund ist. Und die meine . . .

»Ich komme so oft hierher, wie mir das möglich ist.«

»Gewiß. Das war ja auch nicht als Vorwurf gemeint, sondern nur als ärztlicher Rat. Ich wollte Sie damit lediglich darauf hinweisen, daß sich das vermutlich positiv auf den Zustand ihrer Tochter auswirken würde.«

Am liebsten hätte ihn Valeri angebrüllt: Begreifen Sie denn noch immer nicht, daß für meine Tochter jede Hilfe zu spät kommt, Sie Idiot? Aber das tat er natürlich nicht. Hier war er ein ganz gewöhnlicher Durchschnittsbürger, Genosse Koltschew, seines Zeichens Maschinist und ohne jede Beziehungen zu höchsten Regierungskreisen. Von Anfang an hatte Valeri mit allen Mitteln zu verhindern versucht, daß die Tatsache, daß seine Tochter geistig behindert war, an die Öffentlichkeit drang. Nur zu leicht hätten ihm seine zahllosen Feinde daraus einen Strick drehen können. Welcher Grund hätte sonst auch bestanden, sie in diesem Rattenloch unterzubringen?

Ganz ruhig erwiderte Valeri: »Meine Tochter weiß nicht, wer ich bin, Doktor. Für sie macht es keinerlei Unterschied, ob ich sie besuchen komme oder nicht – geschweige denn, wie oft ich sie besuchen komme. Sie nimmt ihre Umgebung überhaupt nicht wahr. Das ist Ihnen doch hoffentlich klar.«

»Es ist natürlich richtig, daß sie keine erkennbare Reaktion zeigt. Trotzdem können wir nicht wissen, was tatsächlich in ihr vorgeht.«

Sie mieser Schleimer, dachte Valeri. Schon allein wegen der herablassenden Art, mit der Sie mich immer ansehen, könnte mir jeden Moment der Kragen platzen. Aber den Gefallen werde ich Ihnen nicht tun. Sie sollen auf keinen Fall merken, was tatsächlich in mir vorgeht. Infolge einer unglücklichen Verstrickung von Umständen sind Sie für meine Tochter zuständig, und ich muß mir deshalb mehr oder weniger alles von Ihnen bieten lassen. Aber das haben Sie nur dem Umstand zu verdanken, daß mir an meiner Tochter trotz allem mehr liegt, als Sie sich vorstellen können.

»Sie haben natürlich völlig recht«, pflichtete Valeri deshalb dem Arzt bei. »Man darf nie die Hoffnung aufgeben.«

Dr. Kalinin lächelte. »Das ist die richtige Einstellung. Wenn Sie also jetzt hier warten würden, Genosse – dann werde ich sie gleich holen.«

»Sehr freundlich von Ihnen«, entgegnete Valeri, obwohl er genau wußte, daß ihm schon beim ersten Blick in das ausdruckslose Gesicht seiner Tochter zum Heulen zumute sein würde. »Vielen Dank.«

»Aber das versteht sich doch von selbst«, erwiderte der Arzt und kehrte wieder in das Anstaltsgebäude zurück.

Valeri schlenderte über den Rasen auf eine hohe Birke zu. Nicht weit davon stand eine Holzbank, auf der sich Valeri neben einem schlanken jungen Mann, der sein Gesicht in die Sonne reckte, niederließ.

»Haben Sie schon das Neueste gehört, Genosse?« sprach ihn der junge Mann an. Er hatte langes glattes Haar und ein rosa Muttermal auf der Wange. »Der Weiße Stern hat durchgesetzt, daß die unterirdischen Atomtests in Semipalatinsk abgebrochen werden.«

»Tatsächlich? Ich dachte, das wäre wegen der anhaltenden Proteste der Umweltschützer in Kasachstan gewesen.«

»Daß ich nicht lache!« schnaubte der junge Mann. »Nichts als Propaganda. In Wirklichkeit steckt der Weiße Stern dahinter, glauben Sie mir.«

Der Weiße Stern. Dieses Pack scheint es wirklich bestens zu verstehen, dachte Valeri ärgerlich, sich in aller Mund zu bringen. Er sah den jungen Mann nicht an, sondern starrte unverwandt auf die Birke vor ihm. Er mochte diesen Platz. Das lag vermutlich vor allem daran, daß ihn der alte Baum an sein Elternhaus in Kiew erinnerte. Doch im selben Augenblick wurden diese glücklichen Erinnerungen von anderen, wesentlich weniger erfreulichen Kindheitseindrücken überlagert – der Gewehrschuß, das Blut seines Onkels auf dem Straßenpflaster, der russische Soldat, der dem Toten hämisch lachend in die Seite trat und knurrte: *Na, Genosse, hast du jetzt deine Lektion gelernt?* Und Valeri öffnete bereits den Mund, um etwas zu sagen. Doch dann wandte er sich nur stumm und mit Tränen in den Augen ab. Sein Vater hatte ihm diese Geschichte so oft erzählt, daß es ihm inzwischen schien, als sei er damals selbst dabeigewesen.

Vater.

Wie konnten sie dir nur so etwas antun?

Nein, er wollte lieber nicht mehr daran denken. Obwohl das Ganze nun schon so viele Jahre zurücklag, war es ihm immer noch, als wäre es erst gestern passiert. Tiefer Schmerz drohte Valeri das Herz zu sprengen – ein Herz, das nicht nur für die Sowjetunion, sondern auch immer noch für die Ukraine schlug.

Fünf Minuten später kam Dr. Kalinin wieder nach draußen. Valeri saß inzwischen allein auf der Bank. Der junge Mann mit dem Muttermal war schon vor einer Weile aufgestanden und weitergegangen. Dr. Kalinin hatte ein blasses junges Mädchen bei sich.

Valeri fand, daß von ihrem ausdruckslosen Gesicht und ihrem mädchenhaften Körper etwas seltsam Zeitloses ausging. Dabei war seine Tochter bereits achtzehn Jahre alt – achtzehn Jahre, die an ihr vorübergegangen waren wie ein Traum, ein Rauschen des Windes, ein Ruf nach Hilfe, ungehört verhallt in der Tiefe des Waldes.

Schon unzählige Male hatte Valeri versucht, sich endlich mit der Tatsache abzufinden, daß er seiner Tochter nicht helfen konnte. Doch wenn er sie dann mit ihrem langen, goldblonden Haar, ihren blauen Augen und ihrer ganzen unschuldigen Schönheit vor sich sah, wünschte er sich nichts mehr, als irgendeine Form des Kontakts mit ihr herzustellen, und sei es auch nur durch ein noch so kurzes Aufleuchten des Wiedererkennens in ihren Augen. Selbst Valeri Denisowitsch Bondasenko, dem unerbittlichen Pragmatiker, wollte es nicht gelingen, die Hoffnung für immer fahren zu lassen.

Dr. Kalinin faßte das Mädchen an den Schultern und drehte es ein Stück zur Seite, so daß es seinen Vater sehen konnte. Valeri sagte nur ein Wort: »*Koschka.*« Liebling. Trotz Dr. Kalinins Anwesenheit traten ihm Tränen in die Augen.

»Es gibt ein altes Sprichwort«, sagte Big Ezoe. »›Die Fremden fangen in der eigenen Familie an.‹ Schreiben Sie sich das hinter die Ohren.«

»In meiner Welt gibt es nur Fremde«, erwiderte Honno. Sie verwendete dabei das Wort *hito*, das eigentlich nur ›Leute‹ bedeutet, aber immer mit einem negativen Beigeschmack. *Hito* standen einem nicht nahe; sie waren immer Außenstehende.

»Ich bin Ihnen sehr dankbar, daß Sie mir beim Auszug aus Eikichis Haus geholfen haben«, fuhr Hanno fort. »Jetzt will ich nur noch eines von meinem Mann: ihn nie wiedersehen müssen.«

Sie befanden sich in einer für japanische Verhältnisse erstaunlich großen Wohnung, die ganz im westlichen Stil eingerichtet war. Honno trug eine lange Jacke und Shorts aus Naturseide, die sie erst an diesem Nachmittag gekauft hatte. Sie kamen gerade von einem ausgiebigen Abendessen in einem verrauchten Restaurant, in dem vorwiegend Sumo-Ringer verkehrten. Draußen zogen dunkle Gewitterwolken auf, hinter denen hin und wieder der Mond hervorlugte.

»Ich hoffe, Sie sind mit Ihrer neuen Unterkunft zufrieden«, sagte Big Ezoe mit einer ausholenden Armbewegung.

»Zufrieden?« Honno stand auf und ging ans Fenster. »Begeistert wäre wohl eher das richtige Wort. Mein Gott, wie oft habe ich schon von einer Wohnung mit Blick auf den Sumida geträumt. Sehen Sie nur! Das Mondlicht auf dem Fluß. Wie auf einem alten Holzschnitt.« Es war, als sähe sie die Stadt plötzlich mit neuen Augen.

Sie wandte sich wieder Big Ezoe zu. »Ich kann das alles immer noch nicht fassen. Wie groß diese Wohnung ist! Sie hat ja geradezu amerikanische Dimensionen.«

Big Ezoe lachte. »Nicht umsonst fühlen sich hier meine amerikanischen Freunde wie zu Hause. Immer wieder bekomme ich von ihnen versichert, wie gut sie sich hier nach der Enge und Hektik in den Straßen der Stadt wieder entspannen können.«

»Keine Sorge«, beeilte sich Honno, ihm zu versichern. »Ich werde nicht lange hier bleiben.«

Big Ezoe hob nur die Hand. »Bleiben Sie ruhig, solange Sie wollen. Das ist weiß Gott nicht die einzige Wohnung, die ich in Tokio habe.«

»Aber wenn ich nur daran denke, was so eine Wohnung kostet.«

»Lassen Sie das ruhig mein Problem sein«, erwiderte Big Ezoe, und als ihn Hanno darauf forschend ansah, fügte er hinzu: »Ich kann richtig sehen, wie es jetzt in Ihrem Kopf arbeitet: Warum tut er das? Was will er von mir, und was ist der Preis für das alles?«

»Nein, ich . . .«

»Es ist völlig normal, daß Sie so etwas denken. Erstens bin ich ein Yakuza. Zweitens können Sie mich nicht ausstehen, wie Sie mir schon mehrere Male versichert haben. Das sind nicht die idealen Voraussetzungen, um einem anderen Menschen zu vertrauen – oder nicht?«

Darauf wußte Honno beim besten Willen nichts zu erwidern.

Noch nie hatte sie einen Menschen kennengelernt, der so offen aussprach, was er dachte.

»Tatsache ist jedenfalls«, fuhr der Yakuza-Boß fort, »daß mich vor allem eine Frage brennend interessiert: Was waren das für dubiose Geschäfte, über die Ihr Freund Kakuei Sakata so ausführlich Buch geführt hat? Ich verfüge über enge Kontakte zu höchsten Wirtschaftskreisen. Ich weiß nicht, was Sakata wußte, aber ich muß es unbedingt herausfinden, bevor das jemand anderer tut und an die Behörden weiterleitet.«

»Aber . . .«

»Keine langen Worte mehr, Kansei-san. Wir haben noch viel zu tun.« Big Ezoe riß das oberste Blatt von seinem Notizblock und reichte es Honno. »Das ist Ihr Terminplan für heute abend. Bitte richten Sie sich danach. Ich kann Ihnen jetzt schon versichern, daß Sie sich nicht langweilen werden. Unten wartet bereits ein Wagen auf Sie.«

»Aber was ist mit Giin und den Büchern?«

»Wir treffen uns morgen früh um sechs in meinem Club in der Ginza. Dort werden wir alles Weitere besprechen.« Big Ezoe stand auf. »Jetzt muß ich Sie leider verlassen. Ich hoffe, Sie werden sich heute abend gut unterhalten.«

Vor dem Eingang wartete tatsächlich ein Wagen. Mit einer tiefen Verneigung hielt ihr der Chauffeur den Schlag des perlgrauen Mercedes 560 SEL auf. In der Ferne zuckten die ersten Blitze auf – Vorboten des nahenden Gewitters. Erst als Honno sich auf dem Rücksitz niederließ, stellte sie fest, daß dort bereits jemand saß.

»Guten Abend, Frau Kansei«, begrüßte sie ein schlanker junger Mann. Er hatte sein dichtes schwarzes Haar glatt nach hinten frisiert und trug eine dunkle Sonnenbrille. Er war mit einem taubengrauen Sommeranzug, einem frisch gestärkten weißen Hemd und einer dunklen Krawatte bekleidet. Dazu trug er goldene Manschettenknöpfe und einen teuren Ring. »Ich bin Fukuda«, stellte sich der junge Mann vor. »Big Ezoe hat mich gebeten, Sie heute abend zu begleiten. Sind Sie damit einverstanden?« Honno fiel auf, daß er am Ende des Satzes nicht fragend die Stimme hob.

Währenddessen glitt der große Mercedes lautlos durch die nächtlichen Straßen. Wie er trotz des dichten Verkehrs so rasch vorankam, blieb Honno ein Rätsel. Es war, als sei sie plötzlich in eine Welt versetzt worden, in der völlig andere Gesetze galten – eine Welt, von deren Existenz die meisten Menschen nichts wußten, geschweige denn, daß sie je mit ihr in Berührung kamen. Genüßlich ließ Honno den Kopf gegen die weiche Lederpolsterung zurücksinken und schloß die Augen.

Erstes Ziel ihres nächtlichen Ausflugs war Shinjuku. Im Expreßlift fuhren Honno und Fukuda zum vierzigsten Stock eines Bürogebäudes hoch und gingen einen langen Gang hinunter, in dem außer dem leisen Summen der Klimaanlage kein Laut zu hören war.

Am Ende des Flurs befand sich eine große Doppeltür mit der Aufschrift KAGA und den Firmenzeichen von Mitsubishi und Panasonic darunter. Fukuda holte einen Schlüssel aus seiner Tasche. Ein leises Schnappen des Türschlosses, und die Tür sprang auf. Lautlos huschten sie durch die weitläufigen Büroräume, die sich dahinter auftaten. Bis auf das leise Summen der Fax-Geräte, die auch nachts, wenn alles schlief, nicht stillstanden, herrschte völlige Stille.

Schließlich blieben sie vor einer Tür stehen. Mit einem eindringlichen Blick auf Honno legte Fukuda seinen Zeigefinger an die Lippen, bevor er am Türknopf drehte. Sie huschten in ein elegant eingerichtetes Vorzimmer und blieben an einer Stelle stehen, von der sie unbemerkt durch die offene Tür des Chefbüros dahinter schauen konnten, ohne selbst gesehen zu werden.

Auf dem Sofa war gerade ein dicker Mann mittleren Alters mit einer Frau beschäftigt, die ihren Rock weit über die Hüften hochgezogen hatte. »Das ist der für das Finanzressort zuständige Vizepräsident von KAGA«, flüsterte Fukuda. »Kommt Ihnen die Frau bekannt vor?«

Bei näherem Hinsehen erkannte Honno zu ihrem Erstaunen Mama-san wieder, die freundliche Dame aus dem Etablissement, in dem sie ihren Mann mit seinem Geliebten ertappt hatte.

Fasziniert beobachtete sie, wie der Vizepräsident von KAGA seiner Lust frönte. Seltsam, dachte sie, wie fade, fast grotesk der

Geschlechtsakt wirkte, wenn er rein mechanisch und ohne jede Liebe vollzogen wurde. Und doch, welche Faszination ging von der elementaren Kraft sexueller Lust aus, die sich wie kein anderer menschlicher Trieb über alle Rassen-, Religions- und Klassenunterschiede hinwegsetzte und schon so manchen großen und mächtigen Mann tief hatte fallen lassen.

Auf einen Wink Fukudas folgte ihm Honno durch das labyrinthische Gewirr von Büroräumen, vorbei an den leise summenden Fax-Geräten, zum Ausgang zurück.

Als sie ins Freie traten, lag ein feuchter Schimmer über den Straßen. Der feine Nieselregen war so stark mit Schadstoffen angereichert, daß er trotz der milden Temperatur wie Eisregen auf der Haut stach. Eines Tages würden die findigen Japaner auch dafür einen eigenen Begriff prägen – genau wie für die nächtlichen Unterhaltungen ihrer Fax-Geräte.

Honno und ihr Begleiter setzten ihre Fahrt durch die nächtliche Stadt fort, wo noch unzählige andere geheime Lüste und Laster auf sie warteten, verborgen in den Schatten der grellen Neonreklamen, die sich in den glasblitzenden Hochhausfassaden und dem naß glänzenden Asphalt der Straßen kaleidoskopartig brachen.

Vor einem *udon*, einem Nudelrestaurant, hielt der Mercedes wieder an. Fukuda und Honno durchquerten das laute, verrauchte Lokal, gingen einen langen, dunklen Gang hinunter und traten durch die Tür an seinem Ende in einen großen Raum, bei dem es sich offensichtlich um eine Yakuza-Spielhölle handelte. Um die niedrigen, länglichen Tische kauerten bunt zusammengewürfelte Gruppen von Männern. Der Raum selbst lag fast völlig im Dunkeln; nur die Spieltische waren von tiefhängenden Lampen in grelles Licht getaucht.

Fukuda und Honno zogen sich in die Schatten entlang der Wände zurück. Von hier konnte Honno ungestört die kunstvoll tätowierten Yakuza beobachten, deren *irizumi* plötzlich wie durch einen geheimen Zauber zum Leben zu erwachen schienen, wenn sie die Einsätze über die Tische schoben.

Das war keine gewöhnliche Spielhölle; nein, hier wurde um extrem hohe Einsätze gespielt. Jetzt erst begann sich Honno auf die Gesichter der Spieler zu konzentrieren – korrekt gekleidete, gepflegte Herren mit ernsten Gesichtern, wie sie in Kunio Michitas Büro Tag für Tag ein und aus gingen.

Unauffällig flüsterte ihr Fukuda nach einer Weile ins Ohr: »Achten Sie bitte auf den dritten Mann von links – den Herrn mit dem dünnen Schnurrbart, der immer besonders hohe Beträge setzt. Das ist der Verwaltungsdirektor von KAGA.«

Wie gebannt beobachtete Honno, wie der Mann in kaum mehr als einer Stunde 6 500 000 Yen verlor; das entsprach einer Summe von 100 000 DM. Sein anfangs noch sauber gescheiteltes Haar war längst wild zerzaust, seine Krawatte verrutscht. Auf seinem bleistiftdünnen Schnurrbart hatten sich dicke Schweißperlen gebildet, als er einen Block hervorzog und hastig einen Schuldschein für noch einmal dieselbe Summe ausstellte. Der Zettel wurde von einem Yakuza zum nächsten weitergereicht, bis er schließlich am Kopfende des Tischs ankam.

Ein kahlköpfiger Mann, auf dessen spiegelblanken Schädel ein Drache tätowiert war, nahm den Zettel entgegen und warf einen kurzen Blick darauf. Dann sah er mit undurchdringlicher Miene auf. Schaudernd wurde Honno bewußt, daß er Fukuda anschaute. Der nickte kaum merklich, worauf der Mann mit der Drachentätowierung den Zettel einsteckte, drei Bündel mit Yen-Noten auf den Tisch warf und an den Verwaltungsdirektor von KAGA weiterreichen ließ.

Als sie wieder in Big Ezoes Mercedes saßen und ihrem nächsten Ziel entgegenfuhren, fragte sich Honno, wie tief Big Ezoe wohl den KAGA-Konzern bereits unterwandert hatte. Als die schwere Limousine wieder anhielt, befanden sie sich in dem Teil Shinjukus, wo es nachts nicht mehr geraten war, sich allein auf die Straßen zu wagen. Honno hatte zwar schon unzählige Schauergeschichten über dieses Viertel gehört, aber sie hatte noch nie einen Fuß in diesen Hexenkessel aus Kriminalität, Prostitution und Gewalt gesetzt.

Als könnte er ihre Gedanken lesen, sagte Fukuda: »Seien Sie unbesorgt, Frau Kansei. In meiner Begleitung haben Sie hier nichts zu befürchten.«

Es war bereits spät nach Mitternacht, als sie aus dem Wagen

stiegen. In der Luft lag ein seltsamer Geruch, den Honno nicht kannte. Es war der typische Gestank der Gestrandeten – der seelisch Verkümmerten, der emotional Verkrüppelten, der Perversen, all jener, die hier ein nächtliches Schattendasein führten.

Der Mercedes hatte an einer verrußten Brücke gehalten, über die eine endlose Schlange von Lkw rollte, die nur nachts Zugang in die Innenbezirke Tokios hatten.

Fukuda führte Honno jedoch nicht über die Brücke, sondern unter ihr hindurch. Leise dümpelte das Wasser des Flusses gegen die uralten Holzpfeiler, und die Luft war erfüllt von einem überwältigenden Verwesungsgestank.

Sie betraten eine *akachochin*, eine jener zwielichtigen Bars, in denen alles käuflich war – natürlich um den entsprechenden Preis.

Im schummrigen Rotlicht des Clubs sah Honno elegant gekleidete Damen Seite an Seite mit schmierigen Vertretertypen sitzen, die sich die teuren Nachtclubs in Nihonbashi oder an der Ginza, wo einem schon der Preis eines Drinks den Atem verschlagen konnte, nicht leisten konnten.

»Der Mann, den Sie direkt vor sich sehen«, sagte Fukuda unerwartet, »der distinguierte Herr mit dem dichten grauen Haar, ist der Vorstandsvorsitzende von KAGA. Er kommt immer hierher, um ungestört seinen etwas ausgefallenen sexuellen Vorlieben frönen zu können. Natürlich tut er das in dem Glauben, daß niemand, der ihn erkennen könnte, je seinen Fuß über die Schwelle eines solchen Bumsladens setzen würde.«

»Aber er hat sich getäuscht«, erwiderte Honno. »Schließlich haben Sie ihn sofort erkannt.«

»Wir täuschen uns immer«, versetzte Fukuda darauf geheimnisvoll. »Diese Bar gehört übrigens Big Ezoe. Sie würden staunen, was für interessante Informationen man gerade in einem derartigen Etablissement bekommen kann. Jetzt passen Sie gut auf, wenn wir an dem Geschöpf vorbeikommen, das unseren Herrn Vorstandsvorsitzenden so nachhaltig in seinen Bann gezogen hat.«

Verstohlen beobachtete Honno die elegant gekleidete Frau an der Seite des distinguierten Herrn. Nur mit Mühe konnte sie einen leisen Aufschrei unterdrücken. Die Frau war in Wirklichkeit ein Mann. Ein Transvestit.

Als sie wieder im Freien war, holte Honno erst einmal tief Luft. Wie angenehm sie den schadstoffverseuchten Regen plötzlich auf ihrer Haut empfand. Sogar die von penetrantem Verwesungsgestank erfüllte Luft erschien ihr nach der erstikkenden Atmosphäre pervertierter Lust, der sie eben entronnen waren, mit einem Mal seltsam frisch und unverdorben.

In der Geborgenheit des Mercedes überquerten sie wenig später den Fluß, von dessen anderem Ufer ihnen bereits die flimmernden Lichter eines gänzlich anderen Tokio entgegenwinkten. Inmitten blitzender Hochhausfassaden hielten sie schließlich vor dem Capitol Tokio Hotel in Akasaka. Im Origami-Café bestellte Fukuda für sie beide die berühmten deutschen Apfelpfannkuchen. Honno war jedoch der Appetit vergangen. Ohne ihren Teller anzurühren, beobachtete sie in betretenem Schweigen, wie ihr Begleiter seine Portion aß.

Er hatte kaum zu Ende gegessen, als er sich wie auf ein geheimes Stichwort zum Eingang umdrehte. Zu ihrem nicht geringen Erstaunen sah Honno ihren Chef Kunio Michita zur Tür hereinkommen. Er wechselte mit der Geschäftsführerin des Lokals ein paar Worte, worauf sie ihn an einen Tisch führte, an dem bereits ein anderer Mann saß, dem Honno bisher noch keine Beachtung geschenkt hatte. Um so mehr tat sie das jetzt. Der Mann war niemand anderer als der japanische Finanzminister.

Die beiden Männer verneigten sich und begannen eine angeregte Unterhaltung. Sie bestellten zwei Tassen Kaffee, die sie aber kaum anrührten. Wenige Minuten später standen sie auf und verließen das Lokal.

Fukuda zahlte und folgte den beiden Männern mit Honno nach draußen. Die hochragenden modernen Bürobauten ringsum hätten nicht eindrucksvoller vom enormen Reichtum des neuen Japan zeugen können.

Bisher hatte Honno an dem Treffen der beiden Männer nichts Ungewöhnliches finden können. Sie hatten sich eben zu einem kurzen persönlichen Gedankenaustausch getroffen. Sie sollte jedoch rasch eines Besseren belehrt werden, als sie den dicken Umschlag sah, den Kunio Michita dem Finanzminister unauffällig zusteckte. Als wäre nichts geschehen, setzten die beiden Männer ihren Spaziergang fort, um sich schließlich zehn Minuten später voneinander zu verabschieden.

Fukuda und Honno schlenderten weiter durch das nächtliche Akasaka. Fast zwangsläufig mußte Honno an die fast unglaubliche Glückssträhne denken, die Kunio Michita im vergangenen Jahr gehabt hatte: die lukrativen Zuschläge für staatlich geförderte Großprojekte, der treffsichere Einstieg in neue, im Kommen begriffene Produktionszweige oder der gerade noch rechtzeitige Ausstieg aus Produktionszweigen, die wenig später von den zuständigen Regierungsstellen als veraltet und nicht mehr förderungswürdig eingestuft wurden. Ihr war inzwischen längst klargeworden, daß das mit Glück herzlich wenig zu tun gehabt hatte. Kein Wunder, daß für sie nichts abgefallen war.

Ringsum ragten gigantische Bürohochbauten in den Nachthimmel empor. Die Wolken hingen so tief, daß sich der bunte Lichterglanz der nächtlichen Stadt an ihren regenschweren Bäuchen brach. Doch mit einem Mal sah Honno diese Farbenpracht, die sie bisher immer so fasziniert hatte, mit ganz anderen Augen.

Wehmütig fiel ihr wieder ein, mit welch kindlicher Freude sie noch vor wenigen Stunden aus dem Fenster ihrer neuen Wohnung auf den mondbeschienenen Fluß hinausgeschaut hatte. In diesem Moment war für sie ein lang gehegter Traum in Erfüllung gegangen. Doch nun hatte sie die Kehrseite dieses Traums kennengelernt – eine Schattenwelt, die beherrscht wurde von Perversion und Korruption. Dennoch waren diese Schattenseiten ebenso Bestandteil Tokios wie die heile Welt, die sie bisher nur gesehen hatte. Mein Gott, schoß es ihr durch den Kopf. Einfach unvorstellbar, mit wieviel Neuem und Erschreckendem ich in diesen wenigen Stunden konfrontiert worden bin. Es ist, als stünde plötzlich die ganze Welt kopf.

Fukuda führte sie in einen kleinen Park. Ganz deutlich konnte Honno im Dunkeln das leise Plätschern eines Bachs hören. Sie setzten sich auf eine einsame Bank, von der man den einzigen Baum des Parks im Blick hatte – eine alte Japanzeder, die, wie vom Sturm gepeitscht, weit zur Seite geneigt stand.

»Ich mag diesen Platz sehr«, sagte Fukuda nach einer Weile, fast wie zu sich selbst. »Manchmal finde ich die geometrische Starre der Stadt einfach unerträglich. Dann komme ich hierher und sehe mir diesen Baum an.«

»Er hat etwas Jämmerliches an sich«, murmelte Honno. »Fast fühlt man sich versucht, tröstend die Hand nach ihm auszustrecken, um ihn wieder aufzurichten.«

»Das empfinde ich eigentlich nicht so«, erwiderte Fukuda bestimmt. »In meinen Augen ist es gerade seine Gequältheit, die die wahre Schönheit dieses Baums ausmacht. Sehen Sie nur – dieser extreme Kontrast zwischen der Rauhheit seiner Rinde und den glatten Fassaden der Stahlbetonbauten im Hintergrund; zwischen den wilden Windungen seines Stamms und den strengen Linien der Großstadtarchitektur. Wer könnte da schon sagen, ob die Natur oder der Mensch dafür verantwortlich ist, daß dieser Baum so und nicht anders gewachsen ist.«

Plötzlich begriff Honno, was Fukuda meinte. Es kam gar nicht darauf an, wer für den seltsamen Wuchs des Baums die Verantwortung trug. Denn an diesem Ort waren Mensch und Natur eins geworden. Das war die Botschaft des Baums – gerade so, als könnte er durch seine geschundene Existenz so etwas wie Sinn stiften im sinnlosen Chaos des modernen Großstadtlebens.

»Ja«, sagte Honno. »Inzwischen kann auch ich mir vorstellen, daß es mich hin und wieder an diesen Ort ziehen könnte.«

Es war fast drei Uhr früh. Das letzte Ziel ihres nächtlichen Streifzugs war ein bunkerartiges Gebäude in Shimabashi – ein unansehnlicher Stahlbetonzweckbau, der ganz deutlich unter den älteren Gebäuden in diesem Straßenzug hervorstach.

Im Innern herrschte ein seltsames Zwielicht. Fukuda deutete auf eine Tür und sagte: »Dort drinnen können Sie sich umziehen.«

Honno betrat den dahinterliegenden Raum, zog sich aus, badete und schlüpfte in einen weißen Baumwoll-*gi*, den traditionellen Kampfanzug. Anschließend suchte sie den *dojo* auf. Er war ganz anders als der Raum, in dem sie gegen Big Ezoe gekämpft hatte. Seine abweisende Strenge erinnerte sie unwillkürlich an das Verlies einer mittelalterlichen Shogun-Festung.

Nach einer Weile erschien Fukuda. Er trug eine Schutzmaske aus Drahtgeflecht und hatte zwei *bokken* bei sich, Holzschwerter, die beim *kenjutsu*-Training anstelle der *katana*-Langschwerter aus Stahl verwendet wurden. Eine zweite Schutzmaske hatte er sich unter den Arm geklemmt.

»Nun, Frau Kansei? Wie sieht es mit Ihren Schwertkampfkünsten aus?« Damit warf er ihr einen *bokken* und die Schutzmaske zu.

Honno konnte sich gerade noch die Maske überstülpen, als er bereits zum Angriff überging. Er attackierte sie mit allen erdenklichen Techniken, angefangen vom Feuerschnitt und den abgefallenen Blättern bis hin zum Meer-Land-Wechsel und dem Überqueren der Furt. Honno hatte sichtlich Mühe, seine Ausfälle zu parieren. Sie war es nicht gewohnt, die ganze Nacht aufzubleiben; außerdem steckten ihr die Erlebnisse der letzten Stunden noch so tief in den Knochen, daß sie nicht ganz bei der Sache war. Sie befand sich also nicht gerade in der idealen Verfassung für einen *kenjutsu*-Kampf.

Aber wann konnte man sich den Zeitpunkt des Kampfs schon aussuchen? Ihr blieb gar nichts anderes übrig, als sich auch unter diesen ungünstigen Voraussetzungen voll und ganz auf die Situation zu konzentrieren. Sie biß also die Zähne zusammen und stürzte sich mit Feuereifer in den Kampf.

Mit dieser neuen Einstellung machte sie eine überraschende Entdeckung: Fukuda spielte nur mit ihr. Von dem Augenblick an, in dem sie sich voll auf den Kampf konzentrierte, konnte sie plötzlich spüren, wie lässig er ihre Attacken parierte und wie willkürlich er von Angriff zu Angriff seine Taktik änderte.

Eine der Grundregeln von Honnos *kenjutsu*-Ausbildung hatte gelautet: Zuerst gilt es, die Taktik des Gegners zu durchschauen. Sobald man sich nämlich darüber im klaren ist, kann man auch seine Schwächen und Stärken erkennen. Dann kristallisiert sich wie von selbst die richtige Gegenstrategie heraus: eine Reihe von genau aufeinander abgestimmten Attacken und

Paraden, die alle nur darauf abzielen, den Gegner in die Enge zu treiben und so weit zu schwächen, daß man zum entscheidenden Gegenangriff übergehen kann.

Was war Fukudas Taktik? Aufgrund seiner willkürlichen Kampftechnik ließen sich seine wahren Absichten nur schwer ergründen. Die entscheidende Frage war jedoch, ob er tatsächlich so nachlässig war oder ob er sie damit nur in eine Falle locken wollte. Hatte er tatsächlich keine Taktik oder versuchte er sie nur vor Honno zu verbergen?

Von ihrem *kenjutsu*-Meister hatte Honno gelernt, daß es immer besser war, den Gegner zu überschätzen als ihn zu unterschätzen. In Berücksichtigung dieses Grundsatzes war Honno also noch mehr auf der Hut und ließ ihr *wa* bis in die äußersten Fasern ihres Körpers vordringen.

Vor allem versuchte sie nicht, die Kontrolle über den Kampf an sich zu reißen. Denn genau dazu, argwöhnte sie, wollte Fukuda sie verleiten, damit sie schließlich, unvorsichtig geworden, in seine Falle tappte. Sie hatte aus ihrer Niederlage gegen Big Ezoe gelernt, und war fest entschlossen, denselben Fehler nicht noch einmal zu machen.

Für den unerfahrenen Beobachter schien sich im Ablauf des Kampfes nicht das geringste geändert zu haben. Fukuda zwang Honno noch immer die ständig wechselnde Folge seiner Attacken auf. Allerdings machte sich inzwischen doch bemerkbar, daß hinter ihren Gegenangriffen mehr Druck war und daß ihre Paraden schneller und effektiver kamen. Außerdem verlagerte sich das Kampfgeschehen mehr und mehr aus dem Zentrum des Rings, und nach einer Weile hatte Honno Fukuda fast an den Rand der Tatami-Matten abgedrängt. Setzte einer der beiden Kämpfer auch nur einen Fuß auf den Parkettboden am Rand des Rings, hatte er den Kampf verloren.

Mit einem Mal ließ Honno ihr *wa* zu voller Entfaltung gelangen. Ihr Körper wurde plötzlich schlaff. Sie ließ den *bokken* fallen, und als Fukudas Holzschwert auf ihren Kopf niedersauste, riß sie die Arme hoch und fing es mit ihren Handflächen ab.

Fukuda hielt sofort inne und verneigte sich vor Honno. »Big Ezoe hat völlig recht. Sie sind beseelt vom wahren Geist des Kriegers.«

»Aber ich bin eine Frau«, entgegnete Honno. »Und die Geschichte kennt nur sehr wenige weibliche Krieger.«

Fukuda nahm die Schutzmaske ab, und der Anblick seines Gesichts ließ Honno den Atem stocken. »Sind Sie das wirklich?« flüsterte Honno und trat auf ihn zu. »Ich meine . . .«

Das Gesicht, das ohne Lippenstift und hinter einer Sonnenbrille so anziehend männlich gewirkt hatte, erschien mit einem Mal als der Inbegriff weiblicher Schönheit. Überdeutlich wurde Honno bewußt, wie willkürlich und irreführend letztlich die gängigen Unterscheidungen zwischen männlicher und weiblicher Schönheit waren, die ihr bisher als etwas Naturgegebenes erschienen waren. Fukuda hatte ihr ein für allemal die Augen geöffnet: Es gab keine objektive Wirklichkeit. Statt dessen sah man die Welt immer nur so, wie man sie von klein auf zu sehen gelernt hatte.

»Auch ich bin eine Frau«, erklärte Fukuda. »Trotzdem habe ich es in sechzehn verschiedenen Kampftechniken zur höchsten Meisterschaft gebracht.« Es war kein Stolz, was dabei in ihren Augen aufblitzte, sondern der Abglanz des plötzlichen Begreifens, das in Honnos Zügen aufleuchtete. »Ich habe schon mehr Männer im Schwertkampf besiegt, als daß ich sie noch zählen könnte. Ich weiß also, wovon ich rede, wenn ich sage, daß in uns beiden der Geist eines Kriegers wohnt.«

Gemeinsam verließen sie darauf den *dojo*, den Ort ihrer Auseinandersetzung *und* ihres Näherkommens, und gemeinsam duschten sie, kleideten sie sich an und traten schließlich in den anbrechenden Tag hinaus. Es war kurz vor fünf Uhr morgens, noch eine Stunde bis zu Honnos Verabredung mit Big Ezoe.

Der Mercedes brachte sie wieder zurück zu den futuristischen Stahlbetonkolossen von Shinjuku. Selbst die nachts sonst allgegenwärtigen Lkw waren inzwischen fast ganz von den Straßen verschwunden. Nur von den Brücken über den Sumida drang noch ein fernes Brummen herüber und hallte scheinbar endlos zwischen den steilen Straßenschluchten der schlafenden Stadt wider.

Keine zwanzig Minuten später hielten sie erneut vor dem *udon*-Lokal, vor dem sie schon zu Beginn ihrer nächtlichen Rundfahrt einmal haltgemacht hatten. Im Hinterzimmer wurde noch immer gespielt. Honno hatte den Eindruck, als hätten sie den Raum erst vor fünf Minuten verlassen und nicht schon vor fünf Stunden. Nur der Zigarettenrauch und der Schweißgestank waren noch penetranter geworden, und die fieberhafte Anspannung, die über dem Raum lag, schien fast ins Unerträgliche angewachsen. Unwillkürlich mußte Honno an ihren Vater denken. Mit einem seltsam beklommenen Gefühl in der Brust fragte sie sich, wieviel Nächte er sich wohl in einer solchen Spielhölle um die Ohren geschlagen hatte. Vermutlich mehr, als es im Wald von Yoshino Bäume gab.

Noch immer knieten dieselben Yakuza vor den Spieltischen auf dem Boden, ihre nackten Oberkörper mit den grotesken Tätowierungen glänzend von Schweiß, und noch immer schoben ihnen dieselben Spieler mit fiebrigen Augen dicke Bündel mit Geldscheinen zu. Obwohl die Nacht sich dem Ende zuneigte, zeigten die Spieler keinerlei Ermüdungserscheinungen. Im Gegenteil, ihre Augen waren leuchtender denn je, und obwohl sie von ihrem großen Glückstreffer noch immer genauso weit entfernt waren wie zu Beginn des Abends, glaubten sie doch, jeden Augenblick den großen Gewinn einzustreichen, der sie über alle ihre bisherigen Verluste hinwegtrösten würde. Diese irrige Hoffnung war es, die sie früher oder später alle in den Ruin trieb. Wann dieser Punkt schließlich kam, spielte dabei keine Rolle; das Ende, das auf jeden von ihnen wartete, war unausweichlich. Ohne daß Fukuda sie diesmal dazu auffordern mußte, konzentrierte sich Honno auf den Verwaltungsdirektor von KAGA. Er hatte gerade wieder eine größere Summe verloren und kramte verzweifelt in seinen Taschen. Schließlich zog er einen Notizblock hervor, schrieb einen Schuldschein aus und unterzeichnete ihn. Wieviel hat er in dieser Nacht wohl schon verloren? dachte Honno. Wie oft kann er sich dieses zweifelhafte Vergnügen wohl leisten?

Der KAGA-Direktor reichte den Schuldschein weiter und verfolgte angespannt, wie er von Yakuza zu Yakuza an das Kopfende des Tischs wanderte, wo ihn der Kahlköpfige mit dem Drachen auf dem blanken Schädel entgegennahm. Statt den Zettel jedoch auch nur eines Blickes zu würdigen, sah er nur kurz Fukuda an.

Fukuda zeigte keine Regung. Statt dessen flüsterte sie Honno ins Ohr: »Was würden Sie an meiner Stelle tun? Den Schuldschein akzeptieren oder ablehnen?«

»Dazu müßte ich erst über die näheren Hintergründe Bescheid wissen.«

»Die sind in diesem Fall völlig unerheblich. Ja oder nein?«

»Ich weiß es nicht.«

»O doch«, nickte Fukuda. »Sie wissen ebensogut wie ich, wie die richtige Entscheidung lautet. Es ist langsam an der Zeit, daß Sie lernen, Verantwortung zu übernehmen. Erst dann kann sich der Geist des Kriegers ungehindert in Ihnen entfalten.«

Honno ließ ihren Blick von dem Drachenköpfigen zu dem KAGA-Direktor wandern. Eigentlich hätte sie in diesem Moment an ihren Vater denken sollen, an das schreckliche Leid, das er durch seine Spielleidenschaft über sich und seine Familie gebracht hatte. Vielleicht tat sie das sogar, aber ganz anders, als sie erwartet hatte. Zu ihrem Erstaunen mußte sie nämlich feststellen, daß sie keinerlei Mitleid mit dem Mann verspürte. Seine Spielleidenschaft war einzig und allein sein Problem, und aus bitterer Erfahrung wußte sie, daß für ihn längst jede Hilfe zu spät kam. Mit einem Mal sah sie das Schicksal ihres Vaters mit ganz anderen Augen, und genauso, wie sich das Mondlicht auf den Wellen des Sumida gebrochen hatte, so splitterte nun auch die fest umrissene Welt, in der sie bisher zu leben geglaubt hatte, in unzählige Facetten der Wirklichkeit auf. In diesem Moment begriff sie plötzlich alles, was sie in dieser Nacht gesehen und erlebt hatte. Nichts mehr davon erschien ihr jetzt noch rätselhaft und unverständlich. Ebenso deutlich lag auch die Antwort auf Fukudas Frage vor ihr. Sie wußte ganz genau, wie sie zu entscheiden hatte.

»Er soll den Schuldschein akzeptieren«, antwortete der Krieger in ihr.

Fukuda nickte. Der Drachenköpfige steckte den Schuldschein ein und warf drei Bündel mit Yen-Noten auf den Tisch. Mit gierigen Blicken beobachtete der KAGA-Direktor, wie sie von Yakuza zu Yakuza zu ihm weitergereicht wurden.

Drei Minuten vor sechs hielt der Mercedes vor dem Eingang von Big Ezoes Club in der Ginza. Von Osten war Wind aufgekommen und hatte die Regenwolken fortgefegt. Die Morgendämmerung tauchte den Horizont über der Skyline Tokios bereits in zartes Grau – die Farbe von Fukudas Anzug.

»Kommen Sie nicht mit in den Club?« fragte Honno.

»Nein«, erwiderte Fukuda. »Ich muß mich jetzt um andere Dinge kümmern.«

»Werde ich Sie wiedersehen?«

»Das hängt ganz von Ihnen ab, Frau Kansei. Sie ganz allein werden von nun an über Ihr weiteres Schicksal bestimmen.«

Und Honno stieg aus dem Fond des Wagens in den anbrechenden Tag hinaus und dachte: Endlich.

»Wir haben ihn gefunden«, sagte Big Ezoe, als Honno das Restaurant des Clubs betrat.

»Soll das heißen, Giin ist noch am Leben?« Honno nahm an seinem Tisch Platz. »Ist ihm etwas zugestoßen?«

Big Ezoe lachte. »Keineswegs. Unser Herr Professor erfreut sich sogar bester Gesundheit, Frau Kansei.« Er hob die Schultern. »Was hätte ihm auch fehlen sollen? Da war niemand, der ihm etwas hätte antun können.«

»Wie soll ich das verstehen?«

Draußen vor den Fenstern brachen sich die ersten Sonnenstrahlen in den schimmernden Fassaden der Bürohochhäuser von Shinjuku. Die nächtlichen Schattengestalten, unter denen sich Honno eben noch bewegt hatte, hatten sich in ihre Höhlen verkrochen, um dort schlafend zu warten, bis es wieder Nacht wurde. Unwillkürlich mußte sie an die einsame Japanzeder in dem nächtlichen Park denken, deren verkrüppelter, schmerzverkrümmter Stamm in so augenfälligem Gegensatz zu den geometrischen Linien der Stadt stand. Zugleich verspürte sie das seltsame Bedürfnis, zu diesem Baum zurückzukehren und ihm ihre Referenz zu erweisen, auf daß sein Leiden nicht sinnlos bleibe.

»Ihr Freund Giin hat es wirklich faustdick hinter den Ohren«, fuhr Big Ezoe fort. »Er hat seine eigene Entführung inszeniert.«

Offensichtlich hatte Big Ezoe bereits bestellt, da in diesem Augenblick sein Frühstück kam: Orangensaft, Spiegeleier mit Speck, Maisbrötchen, schwarzer Kaffee. Honno hatte noch nie soviel Essen auf einem Frühstückstisch gesehen, aber sie war halb verhungert.

Eigentlich hätte sie Big Ezoes Mitteilung überraschen sollen, aber irgendwie schien ihr die Fähigkeit zu staunen abhanden gekommen zu sein. Nachdem er einmal geweckt worden war, entfaltete sich der Geist des Kriegers mit erstaunlicher Schnelligkeit.

»Mit Hilfe seiner vermeintlichen Entführung wollte sich Giin lediglich die Möglichkeit verschaffen, für eine Weile unterzutauchen, ohne sie ständig am Rockzipfel zu haben«, fuhr Big Ezoe fort. »Als er sich über sein weiteres Vorgehen im klaren war und alle nötigen Vorkehrungen getroffen hatte, tauchte er wieder aus der Versenkung auf. Und zwar mitten in meiner Welt. Was nicht weiter schwierig für ihn war, weil er sowieso schon bestens mit ihr vertraut war.«

Big Ezoe sah Honno forschend an. »Sie nehmen diese Nachricht wesentlich gelassener auf, als ich dachte, Frau Kansei. Hat Ihnen denn Giin nicht versichert, daß er mit dem Spielen Schluß gemacht und mit seiner Vergangenheit gebrochen hat?«

»Natürlich hat er das. Aber davon hat auch mein Vater meine Mutter immer wieder zu überzeugen versucht.«

»Vor wenigen Tagen schienen Sie aber noch durchaus gewillt, den Beteuerungen des Herrn Professor zu glauben.«

Das ließ sich Honno kurz durch den Kopf gehen. Bei genauerer Betrachtung erschienen ihr diese paar Tage eher wie ein ganzes Leben. Sie sah Big Ezoe an und sagte: »Er will Geld für die Bücher, die er mir gestohlen hat.«

»Ja«, nickte Big Ezoe. »Ich glaube, er braucht ganz dringend

Geld. Seine Spielschulden sind in letzter Zeit in geradezu astronomische Höhen geschnellt. Wie ich den guten Giin allerdings kenne, dürfte er sich nicht damit zufriedengeben, die Bücher einfach nur gegen die Tilgung seiner Spielschulden herauszurücken. Offensichtlich ist es ihm in der Zwischenzeit gelungen, Sakatas Geheimschrift zu entziffern. Das dürfte auch der Grund sein, weshalb er so lange untergetaucht war. Er weiß inzwischen, was in den Büchern steht, und will sie deshalb nicht so ohne weiteres herausrücken.«

»Was hat er vor?«

»Können Sie sich das nicht selbst denken?«

Honno überlegte kurz. »Er wird versuchen, von uns abzukassieren, ohne uns etwas dafür zu geben.«

Big Ezoe nickte. »Wie alle Amateure bildet sich unser guter Herr Professor ein, einen Profi wie mich austricksen zu können. Dafür gibt es eine ganze Reihe von Anzeichen. Warum sonst sollte er sich nach wie vor Abend für Abend in meinen Spielhöllen herumtreiben? Er hat für heute morgen acht Uhr ein Treffen auf der Nihonbashi-Brücke mit mir vereinbart. Gegen Zahlung einer entsprechenden Summe will er mir dabei den entschlüsselten Text einer Seite aus Sakatas Büchern aushändigen. Wenn ich mich daraufhin von der Bedeutung der darin enthaltenen Informationen überzeugt habe, wird er mir eine Adresse nennen, unter der ich die beiden Bücher und ihren gesamten entschlüsselten Inhalt abholen kann. Nur werden die Bücher nicht an diesem Ort sein, und er wird anfangen, mich nach allen Regeln der Kunst zu erpressen.«

»Aber das ist doch nicht ganz ungefährlich für ihn.«

»Natürlich nicht. Aber das scheint ihm offensichtlich noch nicht klargeworden zu sein. Er will mich lieber ein bißchen melken. Das damit verbundene Risiko geht er natürlich nur ein, weil er glaubt, genauestens über mich Bescheid zu wissen. Was er jedoch nicht ahnen kann, ist, daß er sich damit auf ein gefährliches Spiel eingelassen hat.« Big Ezoe sah Honno forschend an. »Was Ihr Freund Giin bei dem Ganzen nämlich nicht berücksichtigt hat, das sind Sie, Frau Kansei.«

»Sie haben Giin einmal geliebt«, fuhr Big Ezoe nach einer längeren Pause fort. »Aber seit der Geist des Kriegers in Ihnen erweckt wurde, wissen Sie, daß es nicht Giin war, den Sie geliebt haben, sondern nur die Vorstellung, die Sie sich von ihm gemacht haben – ein Idealbild, geformt nach Ihren eigenen Sehnsüchten und Wünschen. Ebensowenig haben Sie übrigens auch Ihren Mann Eikichi Kansei geliebt, sondern nur das Bild, das Sie sich von ihm gemacht haben. Auch in seinem Fall sah die Wirklichkeit ganz anders aus.«

Sie waren in Big Ezoes Wagen nach Nihonbashi unterwegs. Die Stadt schien aus langem, unruhigem Schlaf zu erwachen.

»Was haben Sie vor?« wollte Honno wissen.

»Ich?« Big Ezoe sah sie erstaunt an. »Ich habe gar nichts vor.«

Wenig später hielt der Wagen am Straßenrand. Der Chauffeur öffnete Honno die Tür und reichte ihr einen schmalen Aktenkoffer. Honno nahm ihn an sich und stieg aus.

»Was ist in dem Koffer?« fragte sie, obwohl sie die Antwort bereits wußte. Ganz deutlich konnte sie die Stimme des Kriegers sagen hören: *Was du möchtest, daß er enthält.*

Sie hatte sich bereits zum Gehen gewendet, als ihr Big Ezoe noch hinterherrief: »Ich werde hier auf Sie warten, bis Sie die Sache geklärt haben.« Doch Honno steuerte bereits zielstrebig auf die Mitte der Brücke zu. Vor mehreren hundert Jahren war die Nihonbashi-Brücke der Ausgangspunkt der Tokaido gewesen, der Hauptstraße zwischen der Hauptstadt Tokio, das damals noch Edo hieß, und Kyoto.

Acht Uhr. Honno konnte Giin bereits am Brückengeländer stehen sehen. Im Hintergrund ragte die imposante Skyline von Tokio auf. Als er sie auf sich zukommen sah, wurde er totenbleich. Für einen Moment schien es, als wollte er die Flucht ergreifen, doch dann gewann seine Geldgier die Oberhand. Honno blieb vor ihm stehen. »Warum bist du so plötzlich verschwunden?« fragte sie. »Warum hast du die Bücher gestohlen?«

»Ich brauche Geld«, stieß er gehetzt hervor. »Ganz dringend.«

»Du hättest mich darum bitten können.«

Er lachte. »Wie stellst du dir das vor? Ich brauche wesentlich mehr, als du mir je geben könntest.«

»Woher willst du das wissen?« Sie sah Giin stutzen. »Du hättest mich fragen sollen.«

Giin rang sich ein zaghaftes Lächeln ab und nickte. »Na schön, vielleicht hätte ich das tatsächlich tun sollen. Aber ich war von dem unerwarteten Treffen mit dir noch ziemlich durcheinander, und ... Na ja, ich spürte ganz deutlich, daß du mir noch immer sehr viel bedeutest. Und das, obwohl ich weiß, daß du verheiratet bist. Diesmal wollte ich nicht zulassen, daß wieder etwas zwischen uns kommt. Glaub mir, Honno, ich habe das alles nur für dich getan. Aber wenn aus diesem Geschäft etwas wird, steht unserem Glück nichts mehr im Weg.«

Es schien, als hörte ihm Honno gar nicht zu. »Du spielst also immer noch.«

»Wie kommst du denn darauf? Ich habe dir doch gesagt ...«

»Warum belügst du mich?«

»Ich schwöre dir ...«

»Du hast mich immer schon belogen.«

»Honno, was ist plötzlich in dich gefahren?«

»Nichts«, sagte sie und hob den leeren Aktenkoffer hoch. »Hier hast du dein Geld – damit alles so wird, wie du es dir vorstellst.«

Mit einem unsicheren Nicken reichte ihr Giin einen Zettel. »Wirklich kaum zu glauben, was in diesen Büchern steht. Aber gerade weil es so unfaßlich ist, muß es wohl wahr sein. Alle Eintragungen sind mit genauen Daten versehen – Zeitpunkt, Ort, Anzahl der Treffen, Höhe der transferierten Summen. Diese Unterlagen sind Zeugnis eines gigantischen Falls von Korruption, wie er wohl seinesgleichen suchen dürfte.«

»Und wer steckt dahinter?«

Giins Lächeln wurde breiter. Obwohl Honno plötzlich so seltsam verändert wirkte, bekam er nun wieder das Gefühl, am längeren Hebel zu sitzen. »Tja, das wird mein Geheimnis bleiben, bis ich den Rest der vereinbarten Summe bekommen habe. Erst dann werde ich dir das gesamte entschlüsselte Material aushändigen.«

»Ich will es aber jetzt schon haben.«

»Wie bitte?«

»Ich will alles haben, was du entschlüsselt hast.« Ohne Vorwarnung packte sie Giin am Kragen und zog ihn ganz dicht an sich heran. »Du wirst mir jetzt alles sagen – und zwar ohne Bezahlung; als Gegenleistung dafür, daß du mich belogen und bestohlen hast.«

»Bist du verrückt geworden? Wir haben schließlich eine Abmachung getroffen.«

»Du wirst mir sagen, was ich wissen will«, zischte Honno. »Sonst bringe ich dich um – hier auf der Stelle. Als Warnung für alle, die glauben, ungestraft lügen, stehlen und betrügen zu können.«

»Was . . .«

»Das ist der Punkt, an dem dein ganz spezielles Laster seinen Sitz hat.« Damit stieß sie ihm ihren Zeigefinger in die weiche Stelle unter dem Brustbein. Mit schmerzverzerrtem Gesicht sackte Giin vornüber. Aus seinem weit aufgerissenen Mund tropfte Speichel.

»Du hast zu vielen Menschen zuviel Leid zugefügt«, fuhr sie unnachsichtig fort. Ebenso unnachsichtig bohrte sich ihr Finger immer tiefer in seine Brust. Giin drohten jeden Moment die Augen aus den Höhlen zu treten. »Ich, die brave kleine Honno, die du immer so von oben herab behandelt hast – ich werde dem allen ein Ende machen.«

Noch ein Stück weiter drang der Finger vor. Doch nun krümmte er sich nach oben, seinem Herz entgegen. »Auch deinem eigenen Leiden werde ich ein Ende bereiten, da du offensichtlich nicht imstande bist, dir selbst zu helfen. Du würdest dich nur immer tiefer in das Netz aus Betrug und Selbsttäuschung verstricken, das dir längst zum Verhängnis geworden ist.«

Honno zog Giin so dicht an sich heran, daß sie sein Herz schlagen hörte. Ihr *wa* war zu voller Entfaltung gelangt, und mit einem Gefühl stillen Triumphs mußte sie an Fukuda denken und an das, was aus ihr geworden war. War auch aus ihr selbst durch den Geist des Kriegers bereits ein neuer Mensch geworden? Noch nicht ganz. Aber bald.

»Ich werde dir das Rückgrat brechen«, zischte sie Giin ins Ohr. »Dich zu töten, wäre noch zu früh. Du dachtest wohl, du bräuchtest nur ein bißchen deinen Charme spielen zu lassen, um mich wieder um den Finger zu wickeln. Aber mit der Masche kommst du bei mir nicht mehr an. Ich habe dich von Grund auf durchschaut. Also los, sag schon, was in diesen Büchern steht.«

»Aber das weiß ich doch gar nicht«, stieß Giin mit tränenerstickter Stimme hervor. »Ich bin nicht mehr so gut im Dechiffrieren wie früher. Die fehlende Übung und dann das Alter – du weißt ja, mit der Zeit lassen auch die geistigen Fähigkeiten nach. Deshalb habe ich mich nach einem Fachmann umgesehen, der den Code für mich geknackt hat. Nur – nur er kann dir sagen, was du wissen willst.«

»Name«, sagte Honno eisig, ohne ihren Griff zu lockern. »Und Adresse.«

Mit schlaff nach vorn hängendem Kopf nannte ihr Giin beides. Seine Schwäche und Wehleidigkeit widerten sie genauso an, wie sie damals ihr Vater angewidert hatte. Vor lauter Bemühen, nur ja nirgends anzuecken und den Erwartungen ihrer Eltern gerecht zu werden, hatte sie nie gelernt, sich auch ihre negativen Gefühle einzugestehen. Erst jetzt wurde sie sich plötzlich bewußt, wieviel Haß und Ekel in ihr steckten.

Mit einem lauten Schrei zog sie mit aller Kraft die Arme zusammen, so daß Giins Wirbelsäule ein lautes Knacken von sich gab. Dann warf sie ihn über das Geländer der Brücke, so daß er unter heftigem Spritzen auf das schlammige Wasser des Sumida aufschlug, auf dem sich noch letzte Nacht das Mondlicht so malerisch gespiegelt hatte.

Ohne auch nur einen Blick an ihn zu verschwenden, griff sie nach dem leeren Aktenkoffer und schritt gelassen auf die wartende Limousine zu. Unwillkürlich mußte sie dabei an den einsamen Baum in dem nächtlichen Park denken. Es war, als begriffe sie erst jetzt die volle Bedeutung seiner Botschaft. Nicht nur, daß der gewundene Stamm des Baums den starren geometrischen Formen der Stadt etwas von ihrer Härte nahm – seine Unbeugsamkeit und Stärke verlieh plötzlich auch ihrem langen Leiden einen Sinn. Der Baum war der lebende Beweis, daß man selbst im dichtesten Nebel, in der dunkelsten Nacht und im tiefsten Schmerz ein Ziel finden konnte. Mit dieser Erkenntnis fiel die Last der Vergangenheit ein für allemal von ihr ab, und was blieb, war nur die Zukunft, strahlend und unermeßlich.

Die Stadt – ihr Tokio – umgab sie mit pulsierendem Leben; lockend schienen seine unzähligen Straßen sie aus allen Richtungen zu sich zu winken. Doch der Krieger in ihr hatte längst entschieden, welchen Weg sie einzuschlagen hatte – den Weg, der dorthin führte, wonach sie sich am meisten sehnte: nach der Freiheit.

2

Machine Gun City / Tokio

Als Tori auf dem Rückflug Estilo und Slade von ihrer Abmachung mit Sonia erzählte, war Estilo dafür, gleich bei ihrer Rückkehr nach Medellín kurzen Prozeß mit Cruz zu machen. Aber davon wollte Slade nichts hören. Über dem *llano negro* brach währenddessen der Tag an. Majestätisch ging über den Bergen die Sonne auf und tauchte die Wolken am Horizont in tiefgoldenes Rot.

»Wir sind keine Killer«, erklärte Slade auf seine typisch oberlehrerhafte Art. »Vor allem möchte ich nicht, daß wir noch mehr in die dubiosen Machenschaften dieser Leute verwickelt werden. Warum sollten außerdem ausgerechnet wir den Orolas die Drecksarbeit abnehmen?«

»Mit Verlaub, Señor Slade«, unterbrach in Estilo. »Aber hier handelt es sich nicht um eine geschäftliche Angelegenheit, sondern um eine Ehrensache. Wäre dem nicht so, würde ich Ihnen natürlich zustimmen.«

Tori sah Estilo mit unverhohlenem Erstaunen an. Seit wann befürwortete er plötzlich so rabiate Methoden? Er war doch sonst nicht so. Einen *chanta* wie ihn interessierte doch nur das Geschäft. Jemandem eine Knarre an den Kopf zu halten und abzudrücken, war einfach nicht sein Stil. Vor allem war es nicht gut fürs Geschäft. Dafür war Cruz selbst das beste Beispiel. Was war letzten Endes für ihn dabei herausgesprungen, daß er Ruben Orola aus dem Weg geräumt hatte? Dreimal war er nur mit knapper Not einem Mordanschlag entgangen, sogar seine eigene Frau trachtete ihm nach dem Leben, und nun wollten ihm auch noch diese drei Gringos in dem gekaperten Flugzeug an den Kragen. Nicht, daß er etwas anderes verdient hätte. Aber die Fehler anderer waren auch dazu da, um aus ihnen zu lernen.

»Mir geht es in dieser Sache nicht um Ehrenhändel oder sonstige Privatangelegenheiten«, erklärte Slade. »Ich will nur mit heiler Haut wieder aus diesem Schlamassel herauskommen. Sie sind sich hoffentlich im klaren darüber, daß das Medellín-Kartell nicht nur die Polizei und die kolumbianische Gerichtsbarkeit gekauft hat, sondern vielleicht sogar eine ganze Reihe von maßgeblichen Regierungsmitgliedern sowie Angehörige der von uns Amerikanern ins Leben gerufenen DEA, die seit zwei Jahren in Cruz' Territorium seltsamerweise nichts mehr zu melden hat.«

»Was ist plötzlich aus deinem vielgerühmten Gerechtigkeitssinn geworden?« warf Tori an dieser Stelle ein. »Nur Sonias Hilfe haben wir es zu verdanken, daß wir auf das hier gestoßen sind.« Dabei hielt sie die Zellophantüte mit den schwarzen Metallklümpchen hoch – eine der weichen Zellen, die sie in den Kokainsäcken entdeckt hatten.

»Laß mich bloß mit deiner Gerechtigkeit in Frieden!« schnaubte Slade. »Wir sind hier in Kolumbien. Kein Mensch schert sich hier einen Dreck um die Gerechtigkeit.«

Unwillkürlich mußte Slade bei diesen Worten an seine erste Begegnung mit Bernard Godwin denken. Das war kurz vor seiner Abschlußprüfung in Wharton gewesen. Godwin hatte damals einen Vortrag über das Wesen der Gerechtigkeit gehalten und darin die These geäußert, daß es sich um eine Idealvorstellung handelte, für die es in der Natur keine Entsprechung gab. Demgemäß wurde die Idee der Gerechtigkeit, wie übrigens alle von den Menschen postulierten Ideale, aufs unterschiedlichste ausgelegt und gedeutet. In der Natur dagegen, hatte Godwin weiter argumentiert, gab es keine Gerechtigkeit – nur Leben und Tod.

Noch ganz deutlich konnte sich Slade erinnern, wie tief ihn dieser Vortrag – und Bernard Godwin – beeindruckt hatten. Erst viele Jahre später wurde ihm klar, daß Godwin nur deshalb an die Universität gekommen war, um Mitarbeiter für den Geheimdienst anzuwerben. Aber nicht einmal diese Entdeckung konnte seine Bewunderung für Godwins denkerische Qualitäten schmälern.

Godwin war bestens über Slades persönliche Hintergründe informiert gewesen: Sein außergewöhnliches logisches und mathematisches Talent hatte ihn sogar innerhalb seiner eigenen Familie von klein auf zum Außenseiter abgestempelt. Wie das bei

Wunderkindern meistens der Fall ist, hatte seine überdurchschnittliche Begabung seine Eltern zutiefst verunsichert; seinen Geschwistern hatte sie das Gefühl vermittelt, ihrem Bruder geistig hoffnungslos unterlegen zu sein.

»Wir sind beide Männer, die im Leben ganz allein dastehen«, hatte Godwin damals zu Slade gesagt. »Männer, die wissen, wie sehr man sich auch für etwas Abstraktes wie eine Idee engagieren kann.«

»Wie zum Beispiel die Idee der Gerechtigkeit?« hatte Slade darauf erwidert.

Und Bernard Godwin hatte gelacht und dem jungen Mann seinen Arm um die Schulter gelegt: »Unter anderem.«

Während sich Russell Slade nun auf dem Rückflug aus dem kolumbianischen Dschungel befand, gingen ihm Bernard Godwins Worte noch einmal durch den Kopf. Welche ungeheure Faszination von diesem Mann ausgegangen war . . . Sich in Bernard Godwins Nähe aufzuhalten, war fast so gewesen, als sitze man zur Rechten Gottes. Aber wie tiefgreifend sich das in der Zwischenzeit geändert hatte . . .

Im Cockpit wurde es unangenehm heiß, als sich die Sonne über die Wolkenbank am östlichen Horizont hob und stechend durch die Fenster der Kanzel fiel. Tori brach große Stücke von einer Tafel Schokolade ab und verteilte sie an Slade und Estilo, der am Funkgerät saß und leise ins Mikrofon sprach.

»Hast du schon wieder vergessen«, sagte Tori zu Slade, »daß es Cruz' *sicarios* waren, die uns nach der Ankunft auf dem Flughafen so nett in Empfang genommen haben?«

»Das mag ja alles schön und gut sein«, hielt dem Slade entgegen. »Aber immerhin hat uns Cruz auch seinen Hubschrauber zur Verfügung gestellt. Ohne seine Hilfe wären wir nie so schnell in den *llano negro* gekommen.«

»Mein Gott!« stöhnte Estilo fassungslos.

»Am besten sollten wir auch noch Bruderschaft mit diesem Schwein trinken«, fiel Tori verächtlich ein. »Wie es scheint, hast du noch immer nicht begriffen, worum es hier geht, Russell. Ich habe Sonia ein Versprechen gegeben, und das werde ich auch halten.«

»Kommt gar nicht in Frage«, protestierte Slade. »Du hast bereits einen Fehler gemacht, und ich werde nicht zulassen, daß du noch einen machst. Du hattest nicht das Recht, dieser Frau etwas zu versprechen. Gerade in einer Situation wie dieser können wir es uns unter keinen Umständen leisten, so emotional zu reagieren. Schlag dir diese Flausen also schnellstens aus dem Kopf.«

»Von wegen«, entgegnete Tori unbeeindruckt. »Wenn du uns nicht helfen willst, werden eben Estilo und ich . . .«

»Untersteh dich!« fuhr Slade auf. »Du arbeitest für den Geheimdienst. Somit hast du dich auch an die Vorschriften zu halten. Wir sind hier wieder zurück in der Zivilisation. Mein Wort ist hier Gesetz.«

»Wenn Sie glauben, Machine Gun City wäre die Zivilisation, Señor Slade«, meinte Estilo, »dann sind Sie auf dem Holzweg.«

Estilos Worte sollten sich als wahrer erweisen, als selbst er hätte ahnen können. Auf dem Flughafen von Medellín wurden sie von Cruz und einem Trupp *sicarios* erwartet, die sich erst gar nicht die Mühe machten, ihre MAC-10s zu verbergen.

Die Triebwerke der Twin Otter waren noch nicht zum Stehen gekommen, als Cruz bereits eine Gangway an die Maschine schieben ließ und zur Einstiegsluke hochkletterte. Hinter ihm drängten sofort mehrere *sicarios* ins Innere und machten sich unverzüglich daran, das Flugzeug gründlich zu durchsuchen. Wortlos sah ihnen Cruz dabei zu.

»Kein Kokain?« sagte er schließlich, als der Anführer des Trupps kopfschüttelnd auf ihn zutrat und ihm die Tüte mit den schwarzen Metallklümpchen reichte.

»Uns ging es ja auch nicht in erster Linie um Kokain«, erklärte Slade so beiläufig wie möglich.

»Ach? Haben Sie demnach herausgefunden, wem die Fabrik mitten im Dschungel gehört?«

»Nein. Leider wurden wir nicht sehr zuvorkommend begrüßt.«

»Das muß sicher an Ihnen gelegen haben.« Cruz sah sie mit einem breiten Grinsen an und wog die Tüte in seiner Handfläche. »Aber wie ich sehe, sind Sie nicht mit leeren Händen zurückgekommen.«

»Wie meinen Sie das? Wegen des Flugzeugs?«

Cruz lachte schallend. Doch dann verstummte er und starrte auf das Päckchen in seiner Hand. »Das muß sehr wertvoll sein – zumindest für Sie.« Er schaute wieder auf. »Bekanntlich können sich sogar die scheinbar belanglosesten Dinge von allergrößtem Wert erweisen, wenn man sie nur zum richtigen Zeitpunkt zur Verfügung hat. Nehmen Sie zum Beispiel nur mal Informationen. Während Sie im *llano negro* unterwegs waren, sind mir nämlich ein paar interessante Dinge zu Ohren gekommen. Wie es scheint, war Sonia die Geliebte von Ruben Orola, diesem lächerlichen Wicht, dem ich letztes Jahr den Garaus gemacht habe. Was sagen Sie dazu? Hört sich doch sehr interessant an, oder nicht? Das fand übrigens auch Sonia. Bedauerlicherweise weilt sie jedoch nicht mehr unter uns. Sie wurde Opfer eines bedauerlichen Unfalls. Warum mußte sie auch ausgerechnet in einem der unsichersten Viertel der Stadt einen Spaziergang machen? Sie wurde von einem unbekannten Täter auf offener Straße erschossen. Wie kann man nur so unvorsichtig sein? Sie hätte es eigentlich besser wissen müssen.«

In dem bedrückenden Schweigen, das darauf eintrat, ging Cruz auf Slade zu und starrte ihn durchdringend an. »Ich weiß zwar nicht, weshalb Sie eigentlich hier sind, aber Ihr Aufenthalt in dieser Stadt ist hiermit beendet. Sie haben genau eine Stunde Zeit, um Medellín zu verlassen. Danach kann ich nicht mehr für Ihre Sicherheit garantieren.«

»Uns hält hier sowieso nichts mehr«, entgegnete Slade gelassen. »Wenn Sie uns nur dieses Päckchen da zurückgeben würden . . .«

»Wie haben Sie sich das eigentlich gedacht? Oder glauben Sie, ich hätte Ihnen meinen Hubschrauber gratis zur Verfügung gestellt – ganz zu schweigen von den anderen Unannehmlichkeiten, die mir Ihr Besuch beschert hat.«

»Dieses Päckchen hat für Sie keinerlei Wert.«

»Mag sein.« Der Drogenboß sah Slade forschend an. »Aber um so wichtiger scheint es für Sie zu sein. Diese Tatsache könnte es eines Tages auch für mich ganz erheblich in seinem Wert steigen lassen. Vielleicht werde ich es aber schon in ein paar Tagen einfach wegwerfen. Jedenfalls möchte ich es bis auf weiteres selbst behalten.«

Cruz wandte sich bereits zum Gehen, als Slade sagte: »Das lasse ich mir nicht bieten. Ich fordere Sie heraus.«

Cruz blieb stehen, ohne sich jedoch umzudrehen. »Sie sind ein Gringo. Weshalb sollte ich . . .«

»Eben dieser Gringo war es, der den Maulwurf der Orolas enttarnt hat. Ohne mich wären sie längst ein toter Mann.« Slade grinste. Eine innere Stimme redete zwar verzweifelt auf ihn ein, diesen Blödsinn endlich zu lassen, aber er konnte einfach nicht anders. Er wollte endlich einmal den Beweis erbringen, daß er auch im Feld seinen Mann stehen konnte. Als ihm da draußen im *llano negro* die Kugeln um den Kopf gepfiffen waren, hatte ihm langsam zu dämmern begonnen, daß ihn Bernard Godwin ganz bewußt auf diese Mission geschickt hatte. Das war seine Art der Rache dafür gewesen, daß er sich nicht wie Godwin von klein auf hochgedient hatte. Jedenfalls war Slade fest entschlossen, Godwin – und Tori – nicht die Genugtuung zu lassen, ihn unter den enormen Belastungen eines Außendiensteinsatzes zusammenbrechen zu sehen. Unbeirrt fuhr er deshalb fort: »Was werden außerdem Ihre *sicarios* von Ihnen denken, wenn Sie meine Herausforderung nicht annehmen? Liegt es wirklich nur daran, daß ich ein Gringo bin? Oder haben Sie vielleicht Angst? Sind Sie im Lauf der Zeit etwa nicht nur träge, sondern auch feige und schwach geworden?«

Mit zorngerötetem Gesicht wirbelte Cruz herum. »Als ich erfahren habe, daß Sonia für die Orolas spioniert hat, habe ich sie eigenhändig erschossen. Ich, Castro Cruz. Ich habe ihr den Lauf meines Revolvers in den Mund gesteckt und abgedrückt. Dabei habe ich ihr unverwandt in die Augen geschaut, um zu sehen, wie alles Leben aus ihnen wich und der Tod sich ihrer bemächtigte. Hört sich das etwa wie die Tat eines Schwächlings an?« Er ging wieder auf Slade zu. »Außerdem bin ich mir inzwischen keineswegs mehr sicher, daß Jorge tatsächlich für die Orolas gearbeitet hat. Wenn Sie schon ein großer Maulwurfjäger sind – warum haben Sie dann nicht auch Sonia entlarvt?«

»Weil ich auf Ihre Frau nicht näher geachtet habe.« In Slades Mund breitete sich ein unangenehmer metallischer Geschmack aus. »Nehmen Sie meine Herausforderung nun an oder nicht?«

Cruz ließ seinen Blick durch das Innere der Kabine wandern. Seine *sicarios* sahen ihn erwartungsvoll an. Schließlich zuckte er beiläufig mit den Schultern und sagte: »Damit haben Sie Ihr eigenes Todesurteil unterzeichnet.«

Die Arena war menschenleer. Still und verlassen lag sie in der brütenden Mittagshitze.

Umringt von seinen Männern, stand Cruz mit Tori und Estilo in der untersten Sitzreihe der Tribüne. »Also gut, Señor Slade«, sagte er finster. »Sie haben mich herausgefordert, und ich habe Ihre Herausforderung angenommen.« Grinsend schaute er auf Slade hinab, der ganz allein im Staub der Arena stand. »Sie werden jetzt gleich Gelegenheit haben, mit meinem besten Kampfstier zu kämpfen. Besiegen Sie ihn, bekommen Sie von mir, was Sie wollen. Verlieren Sie den Kampf, wird es nicht mehr länger eine Rolle für Sie spielen, ob Sie dieses Päckchen zurückbekommen. Sie werden dann tot sein.«

Voll Besorgnis fragte sich Tori, was in diesem Augenblick wohl in Slade vorging. Aber seine Miene war unergründlich. »Russell!« Sie versuchte ihn verzweifelt von seinem Vorhaben abzubringen. »Kein Mensch zwingt dich, das zu tun.«

»Da bin ich anderer Meinung«, brummte Cruz und deutete mit einer kurzen Kopfbewegung auf einen seiner *sicarios*, der seine Semiautomatik auf Slade gerichtet hielt. »Ein richtiger Mann nimmt eine Herausforderung nicht zurück. Aber da fällt mir ein: Señor Slade ist ja gar kein Mann; er ist ein Gringo. Für so jemand gelten natürlich andere Gesetze.«

Ohne etwas auf diese Beleidigungen zu erwidern, richtete Slade seine ganze Aufmerksamkeit auf die mächtigen Holztore auf der anderen Seite der Arena.

Cruz hob den Arm.

Knarrend gingen darauf die mächtigen Torflügel auf, und in dem Halbdunkel, das sich dahinter auftat, wurden die Umrisse einer bedrohlichen Gestalt erkennbar. Mit einem wilden Schnauben scharrte der Stier im staubigen Boden der Arena, und als Slade ein paar Schritte auf ihn zu machte, stürmte er ungestüm auf ihn los.

»Bekommt er denn nicht einmal einen Degen?« wandte sich Tori an Cruz.

»Nein. Der Degen steht nur einem Matador zu, nicht einem Gringo.«

»Aber das ist doch glatter Selbstmord. Nur mit seinen bloßen Händen hat er gegen den Stier nicht die leiseste Chance.«

»Das ist doch der Witz bei der Sache«, lachte Cruz und klatschte in die Hände: »Olé, Gringo! Olé!«

Gerade noch um Haaresbreite konnte Slade dem auf ihn zustürmenden Stier ausweichen. Ihm war längst am ganzen Körper der Schweiß ausgebrochen. Er hatte zwar schon mehrere Stierkämpfe gesehen, aber erst jetzt wurde ihm bewußt, wie riesengroß diese Tiere eigentlich waren. Was da auf ihn zustürmte, war ein gigantischer Fleischkoloß, aus dessen blutunterlaufenen Augen ihm die nackte Mordlust entgegenstarrte. Hier gab es keine Kompromisse. Am Ende würde nur einer von ihnen die Arena wieder lebend verlassen. Entweder er oder der Stier.

Und schon wieder setzte das Tier zum Angriff an. Laut donnernd wirbelten seine Hufe den blutgetränkten Staub auf. Er hatte den Kopf gesenkt, und seine langen, spitzen Hörner waren genau auf Slade gerichtet. Fast glaubte er schon spüren zu können, wie sich ihre Spitzen in seinen Bauch bohrten, ihn durch die Luft wirbelten und dann unbarmherzig in den Sand der Arena schmetterten.

Das Problem bei diesem ungleichen Kampf war, daß er dem Stier erst im letzten Moment ausweichen durfte, da er ihm sonst einfach gefolgt wäre. Weil er wesentlich schneller als jeder Mensch war, hätte er ihn in kürzester Zeit eingeholt. Slade hatte nur eine Chance: Wie ein Matador durfte er dem Ansturm des Stiers erst im allerletzten Augenblick ausweichen, so daß dieser immer stärker gereizt wurde und in seiner blinden Wut immer unkontrollierter angriff. Doch was hätte er damit letzten Endes erreicht? Da waren keine Picadores, die den Stier mit Speeren attackierten und seine überschäumende Kraft auf diese Weise so weit zum Erlahmen brachten, daß er schließlich beim Angriff den Kopf senkte und sich dadurch die entscheidende Blöße gab, die es dem Matador erst ermöglichte, seinen Degen durch seinen Nacken in sein Herz zu stoßen.

Slade blieb nichts anderes übrig, als den nächsten Angriff des Stiers abzuwarten. Vor Angst hatten seine Muskeln unkontrolliert zu zittern begonnen. Erneut senkte der Stier den Kopf und stürmte mit atemberaubendem Tempo auf ihn los.

Zwar konnte er gerade noch im letzten Augenblick zur Seite springen, aber diesmal war der Stier so nahe an ihm vorbeigestürmt, daß er seinen heißen Atem auf der Haut spüren konnte. Außerdem hatte ihn einer seiner Hufe mit solcher Wucht am Knöchel gestreift, daß er das Gleichgewicht verlor und zu Boden ging.

Cruz und seine *sicarios* waren inzwischen von ihren Sitzen aufgesprungen. Sie spürten, daß das Ende nicht mehr weit sein konnte. Selbst die Wachen, die an den Zugängen zu den Tribünen postiert waren, hatten nur noch Augen für das grausige Schicksal in der Arena. Niemand mehr feuerte den Gringo mit einem lauten ›Olé!‹ an; längst standen alle auf der Seite des Stiers.

Tori beugte sich zu Estilo hinüber und flüsterte ihm etwas ins Ohr. Er nickte – genau, was sie erwartet hatte. Auf Estilo war eben immer Verlaß. Stumm zählte Tori bis sechs. Dann schwang sie sich über die Abgrenzung der Tribüne und sprang in den Staub der Arena hinab. Im selben Augenblick hatte Estilo dem Drogenboß den Revolver aus dem Gürtel gerissen und gegen die Schläfe gedrückt. »Keine Bewegung!« zischte er die *sicarios* an. »Wenn euch das Leben eures Boß lieb ist, dann laßt schön eure Waffen unten.«

Unten in der Arena schlug der Stier mit den Hufen nach Slades Kopf aus. Der konnte sich gerade noch rechtzeitig zur Seite rollen, so daß ihn der Stoß nur an den Schultern traf.

Vor Schmerzen laut aufstöhnend, versuchte er sich auf allen

vieren in Sicherheit zu bringen. Das war ein Fehler. Unnachsichtig setzte der Stier nach. Mit gesenktem Kopf visierte er sein Ziel an.

Doch mit einem mächtigen Satz war Tori bereits auf den Rücken des Stiers gesprungen. Sie riß ein Messer aus der Scheide an ihrer Wade und stieß es ihm mit aller Kraft in den Nacken. Der Stier brüllte laut auf, und aus der Wunde in seinem Rücken schoß eine gewaltige Blutfontäne hoch. Im selben Moment wurde das Tier am ganzen Körper von so heftigen Zuckungen geschüttelt, daß Tori von seinem Rücken geschleudert wurde und krachend gegen die Holzeinfassung der Arena schlug.

Slade hatte sie jedoch bereits unter den Armen gepackt und hochgerissen, um mit ihr auf die schmale Öffnung zuzulaufen, durch die er die Arena betreten hatte. Sie hatten die Tür gerade erreicht, als das unverkennbare Rattern von vollautomatischem Gewehrfeuer ertönte. Voll Sorge um Estilo blieb Tori einen Moment stehen, um einen kurzen Blick zu den Wachen hinaufzuwerfen, die hoch oben an den Eingängen zu den Tribünen postiert waren. Im selben Augenblick hatte sie Slade jedoch wieder am Arm gepackt und durch die schmale Öffnung aus dem blendend hellen Sonnenlicht der Arena in das Dunkel unter den Tribünen gezerrt.

»Irgend jemand hat Cruz' Wachen erschossen«, rief sie Slade zu, während sie unter den Tribünen auf die andere Seite der Arena rannten. Erst dort wagten sie sich aus ihrer Deckung hervor und stürmten die leeren Sitzreihen hoch. Das Gewehrfeuer war inzwischen verstummt. Cruz' Leute waren alle tot. Statt dessen wurden ihr Boß und Estilo nun von einer anderen Gruppe schwerbewaffneter Männer umringt. Die Orolas?

»Nehmt eure Gewehre ruhig wieder herunter«, sagte Estilo, als die finsteren Gestalten an seiner Seite ihre Waffen auf die zwei verdreckten Gestalten richteten, die zögernd auf sie zukamen. »Das sind Freunde.«

»Alles in Ordnung?« wandte sich Tori mit einem fragenden Blick an Estilo, der grinsend an Cruz' Hemdkragen riß und sagte: »Das siehst du doch, *torero*.«

»Was wird hier eigentlich gespielt?« wollte Slade wissen.

Statt einer Antwort wandte sich Estilo einem seiner Männer zu und forderte ihn auf: »Durchsucht sie gründlich. Gebt mir vor allem auf die Frau acht. Sie ist mit allen Wassern gewaschen.« An Slade gerichtet, fuhr er fort: »Ich wollte auf keinen Fall ein Risiko eingehen. Deshalb habe ich mir auf dem Rückflug aus dem Dschungel die Freiheit genommen, über Funk heimlich meine Leute zu verständigen.«

»Ihre Leute?« brauste Slade auf. »Wer zum Teufel sind Sie eigentlich?«

»Toris Freund«, erwiderte Estilo seelenruhig. »Mehr brauchen Sie nicht zu wissen.«

In diesem Moment trat Tori auf ihn zu. »Früher war das auch alles, was *ich* wissen mußte, Estilo. Aber das scheint sich geändert zu haben.«

»Findest du? Aber es hat sich doch gar nichts geändert – zumindest nicht zwischen uns.«

Ganz deutlich konnte Tori die tiefe Zuneigung spüren, die ihr aus seinen Augen entgegensprang. Aber da war auch noch etwas anderes, Fremdes, das ihr unwillkürlich einen kalten Schauder über den Rücken jagte. Es war ein kurzes Aufflackern von Angst, was sie in seinen Augen zu erkennen glaubte – ein Gefühl, das sie bis dahin noch nie an ihm beobachtet hatte. Gleichzeitig spürte sie, wie er ihr plötzlich seltsam fremd wurde, und sie wußte, daß nichts mehr zwischen ihnen so sein würde, wie es einmal gewesen war.

Estilo nickte finster. »Na schön, wenn ihr es unbedingt wissen wollt. Für mich war es keineswegs eine Überraschung, als wir mitten im Dschungel auf die Kokainfabrik gestoßen sind. Sie gehört nämlich mir.«

»Dir?« Für einen Moment verschlug es Tori buchstäblich die Sprache.

Estilo grinste. »War es nicht ein bißchen zu schön, um wahr zu sein, daß das Flugzeug, fertig betankt und startbereit, auf dem Rollfeld stand?« Er brach in amüsiertes Gelächter aus. »Fast wie in einem James-Bond-Film.«

»Nein, das kann ich einfach nicht glauben.«

»Aber natürlich!« Slade schlug sich an die Stirn. »Daß ich darauf nicht gleich gekommen bin. Unsere Flucht hat so reibungslos geklappt – daran mußte etwas faul sein.«

Ohne weiter auf ihn einzugehen, fuhr Estilo, an Tori gewandt, fort: »Tja, so kann es einem mit Freunden zuweilen ergehen. Aber wenn du ehrlich sein willst, bist du eigentlich gar nicht so sehr überrascht. Du hast von Anfang an gewußt, daß sich meine Geschäfte nicht immer im Rahmen des gesetzlich Erlaubten bewegt haben.«

»Aber doch nicht Kokain . . .«

»Das war in diesem Fall nur von sekundärer Bedeutung. Oder hast du die weiche Zelle schon wieder vergessen? Eigentlich war nicht vorgesehen, daß du davon etwas erfahren solltest. Aber dann mußte sich dieses Schwein Cruz einmischen und sich das Hafnium unter den Nagel reißen. Das konnte ich natürlich nicht zulassen.«

»Das Hafnium kommt von Ihnen?« Slade machte aus seiner Überraschung kein Hehl.

Estilo nickte. »Ausgezeichnet kombiniert, Señor Slade. In Wirklichkeit sind es diese kleinen Metallklümpchen, mit denen ich das ganz große Geschäft mache. Die Japaner beziehen das Hafnium über eine meiner Firmen in Deutschland.«

»Aber weißt du denn nicht, was die Japaner mit dem Kokain machen?« Tori sah Estilo fast flehentlich an. »Sie stellen daraus eine neuartige Superdroge her, die binnen weniger Monate tödlich wirkt.«

»Eigentlich hatte ich gedacht, du würdest mich besser kennen, Tori. Ich bin Geschäftsmann, nicht mehr und nicht weniger. Als solcher verfolge ich keinerlei politische Interessen. Mich interessiert nur das Geschäft. Das mußt du doch von Anfang an gewußt haben.«

Das Schlimme war, daß sich Tori darüber tatsächlich im klaren gewesen war. Trotzdem waren sie Freunde geworden. Das konfrontierte sie nun allerdings mit der berechtigten Frage, was das über sie selbst aussagte.

»Wird Hafnium nicht beim Bau von Kernreaktoren verwendet?« fragte Slade.

»Ich verkaufe Hafnium«, erwiderte Estilo. »Ich stelle keine wissenschaftlichen Untersuchungen über seine Eigenschaften an.«

»An wen verkaufst du das Hafnium?« fuhr ihn Tori wütend an. »Los, sag's schon, du Schwein.«

»Auch ich hätte noch gern etwas gewußt«, schloß sich dem Slade an. »Waren Sie es, der die Beseitigung von Ariel Solares angeordnet hat?«

»Ariel war mein Freund«, entgegnete Estilo in einem Ton, als fühlte er sich durch Slades Frage zutiefst gekränkt. »Sein Tod ist mir sehr nahegegangen.«

»Wenn Sie ihn tatsächlich nicht auf dem Gewissen haben«, drang Slade weiter in ihn. »Wer dann?«

»Sie wissen genau, daß ich Sie eigentlich beide töten sollte«, erwiderte Estilo kalt. »Das wäre für mich das einfachste. Der Geschäftsmann in mir sagt mir, daß ich Sie schleunigst unschädlich machen sollte, bevor Sie noch mehr Schaden anrichten können.« Er sah Tori an. »Aber ich brächte es nie über mich, dir etwas anzutun.«

»Ich verstehe dich einfach nicht«, sagte Tori kopfschüttelnd. »Wie konntest du nur so etwas tun? Oder willst du behaupten, du wärst dir der Konsequenzen deines Tuns nicht bewußt gewesen?«

»Bitte, verzeih mir.«

»Das kann ich nicht.«

»Aber ich verzeihe dir.« Estilo bedachte sie mit einem liebevollen Blick. »Das ist der Unterschied zwischen uns beiden. Ich akzeptiere dich voll und ganz, Tori, ohne alle Vorbehalte, mit allen deinen guten und schlechten Seiten. Ich bin der einzige wirkliche Freund, den du je hattest, aber das kannst du natürlich nicht begreifen. Vielleicht später . . .« Achzelzuckend wandte er sich einem seiner Leute zu. »Das Flugzeug der beiden steht am Flughafen. Schafft sie jetzt dort hin und seht zu, daß sie bei der Paßkontrolle keine Schwierigkeiten bekommen.« Er sah wieder Tori an. »Wenn du demnächst nach Japan kommst, was ich sicher annehme, dann solltest du unbedingt deinen alten Yakuza-Freund Hitasura aufsuchen.«

»Seit wann weißt du von Hitasura?«

»Du solltest die Frage lieber anders stellen«, korrigierte sie Estilo. »Was weiß Hitasura?«

Darauf sah ihn Tori durchdringend an. Sie wußte nicht mehr, was sie von dem Ganzen halten sollte. Fest stand nur eines: Estilo hatte ihr und Slade nicht nur das Leben geschenkt, sondern auch ganz erheblich zum Erfolg ihrer Mission beigetragen. War das nicht Grund genug, ihm zu verzeihen, daß er mit Kokain seine Geschäfte machte? Oder war sie vor allem deshalb so böse auf ihn, weil er sie belogen hatte? Hatte ihre tiefe Gekränktheit vielleicht persönliche Gründe?

Estilo hob die Hand. »Adios, Señor Slade. Auf Wiedersehen, Tori. Mich rufen dringende Geschäfte. Zuerst werde ich mich um unseren Freund Cruz kümmern, und dann werde ich dafür sorgen, daß Sonia ein anständiges Begräbnis erhält.« Er warf Tori einen letzten Blick zu. »Vielleicht wirst auch du ein Gebet für sie sprechen.«

»Für sie, ja«, stieß Tori heftig hervor, als sie und Slade hinausgeleitet wurden. »Aber nicht für dich.«

»Möchtest du lieber allein sein?«

Slade war vor Tori stehengeblieben und sah sie fragend an. Sie befanden sich inzwischen wieder an Bord seiner 727 und waren zu ihrem nächsten Ziel unterwegs.

Tori starrte ihn lange wortlos an, bevor sie schließlich leise sagte: »Ja.« Doch als er sich abwandte, um sich wieder zu entfernen, hielt sie ihn zurück. »Nein, bitte bleib hier.«

Seufzend ließ sie den Kopf zurücksinken. Es tat gut, nicht mehr allein zu sein und die Isolation zu verlassen, in die sie sich seit dem Start in Medellín zurückgezogen hatte.

»Unser nächster Zwischenstop ist also Tokio.« Slade sah sie fragend an. »Ich hoffe, wir kommen nicht aus den Fängen Scyllas in die Klauen der Charybdis.«

»Könntest du dich vielleicht etwas weniger geschwollen ausdrücken?«

Slade hob die Schultern. »Nachdem uns Estilo bereits einen kleinen Vorgeschmack von dem vermittelt hat, womit man bei deinen Freunden rechnen muß, würde es mich nicht wundern, wenn uns dieser Yakuza-*oyabun* gleich zur Begrüßung einen Kopf kürzer machen würde.«

»Wenn das wirklich in Estilos Interesse läge, hätte er das auch selbst tun können.«

»Weil wir gerade bei Estilo sind – warum hat er das eigentlich getan? Er muß doch von dem Augenblick an, in dem du ihn von meinem Büro aus angerufen hast, gewußt haben, daß wir im Grunde genommen nur hinter ihm her waren. Trotzdem hat er uns nicht daran gehindert, seine dubiosen Geschäfte aufzudekken. Im Gegenteil, er hat uns sogar dabei geholfen?«

»Ich weiß es auch nicht«, erwiderte Tori niedergeschlagen. »Jedenfalls kennt mich Estilo sehr gut. Deshalb war ihm auch klar, daß ich auf keinen Fall mehr locker lassen würde, nachdem ich einmal Wind von der Sache bekommen hatte. Vermutlich wollte er auch verhindern, daß mir etwas zustößt. Wenn Estilo vorhin behauptet hat, ihn würde nur das Geschäft interessieren, so nehme ich ihm das nicht ab. Im Grunde seines Herzens ist er einer der letzten großen Abenteurer. Es gibt leider genug Leute, die glauben, die Welt wäre für Männer wie ihn längst zu klein geworden. Aber Estilo macht sich einen Spaß daraus, ihnen das Gegenteil zu beweisen. Ich kenne niemand, der es besser versteht, sich die unzähligen Markt- und Gesetzeslücken auf internationaler Ebene zunutze zu machen, von deren Existenz die bornierten Paragraphenreiter nicht einmal etwas ahnen.« Sie hob die Schultern. »Aber vielleicht täusche ich mich auch. Jedenfalls hat er uns nicht daran gehindert, seine dubiosen Machenschaften aufzudecken. Im Gegenteil, er hat uns sogar dabei geholfen. Was auch immer ich davon halten soll – für mich ist im Moment nur eines sicher: Ich werde wohl aus Estilo nie klug werden.«

»Ganz im Gegenteil«, korrigierte sie Slade. »Ich glaube eher, daß du ihn viel zu gut kennst, und zwar aus dem einfachen Grund, weil ihr beide euch sehr ähnlich seid. Nur in einem Punkt täuschst du dich, Tori. Der letzte große Abenteurer ist nicht Estilo – das bist du.«

Tori wandte den Kopf ab und starrte durch das Flugzeugfenster auf die Wolken hinaus, die unter ihnen vorbeischossen. Nach einer Weile ließ sie ihren Blick nach oben wandern und dachte: Was war es wohl, was Greg dort oben, in der unermeßlichen Weite des Alls, gesehen hat?

»Und da ist noch etwas, was ich nicht verstehe«, fuhr Slade fort. »Warum hat uns Estilo von dem Hafnium erzählt? Was zum Teufel hat er damit bezweckt?«

»Keine Ahnung«, mußte Tori gestehen. »Aber wie ich Estilo kenne, hat er uns davon erzählt, weil er wollte, daß wir darüber Bescheid wissen.«

»Vielleicht hat er uns auch nur etwas vorgemacht. Wer sagt uns, daß es sich bei diesen schwarzen Klümpchen in Wirklichkeit nicht um etwas anderes handelt.«

Energisch schüttelte Tori den Kopf. »Das ist nicht Estilos Art. Er hätte sonst einfach den Mund gehalten. Diese Klümpchen sind Hafnium; darauf kannst du jede Wette eingehen.«

Slade öffnete die Hand. In einer durchsichtigen Plastiktüte verpackt, lag ein metallisch schimmerndes schwarzes Klümpchen in seiner Handfläche. »Erst einmal abwarten, wieviel ich darauf setzen würde«, entgegnete er mit einem zufriedenen Grinsen. »Wozu habe ich schließlich mein eigenes kleines Muster?« Er steckte das Tütchen in seine Hosentasche zurück und fuhr nach einer Weile fort: »Und was ist, wenn es doch Estilo war, der den Anschlag auf Ariel Solares angeordnet hat?«

»Er hat gesagt, daß er damit nichts zu tun hat.«

»Nein, das hat er nicht. Er hat nur gesagt, daß Ariel sein Freund war und daß ihm sein Tod sehr nahegegangen ist. Aber er hat auf deine Frage nicht direkt geantwortet.«

»So etwas ist für Estilo Ehrensache. Ariel war sein Freund. Deshalb hätte er ihn unter keinen Umständen ermorden lassen.«

Slades Schnauben klang zwar nicht sonderlich überzeugt, aber er ließ sich auf keine weiteren Diskussionen ein. »Na schön, dann auf nach Japan. Vielleicht weihst du mich bei dieser Gelegenheit schon mal in die näheren Einzelheiten ein. Wer ist dieser Hitasura?«

»Der jüngste Yakuza-Boß von ganz Tokio. Er hat den alten

oyabun seines Clans ohne jedes Blutvergießen ausgeschaltet. Sein Vorgänger war in einen Skandal verwickelt, dessen Aufdeckung Hitasura dank seiner Kontakte zu den Regierungsstellen gerade noch im letzten Augenblick verhindern konnte. Davon waren die Ältesten des Clans so beeindruckt, daß sie ihn zum Dank dafür als *oyabun* eingesetzt haben – eine Entscheidung, die sie nicht bereuen sollten. Hitasura hat inzwischen die Macht seines Clans ganz erheblich erweitern können. Sein größter Rivale ist ein *oyabun* namens Big Ezoe, ein ausgekochter Halunke.«

»Sind das nicht alle Yakuza?« warf Slade ein.

Tori nickte. »Natürlich trifft das mehr oder weniger auf alle zu. Trotzdem gibt es auch unter den Yakuza gewisse Unterschiede. Sobald man einmal ein Gespür für diese Feinheiten bekommen hat, kann man in diesen Kreisen oft ganz erstaunliche Persönlichkeiten kennenlernen. Dazu gehört auch Hitasura. Im übrigen steht er tief in meiner Schuld. Du brauchst dir seinetwegen also keine Sorgen zu machen. Auf Hitasura ist Verlaß.«

Slade hätte natürlich gern gewußt, wie es dazu gekommen war. Als sich Tori nicht mehr weiter äußerte, sprach er sie direkt darauf an.

»Das geht dich nichts an, Russ«, erwiderte sie ausweichend. »So persönliche Dinge erzählt man nicht jedem.«

Slade entging nicht, daß sie sich mehr und mehr hinter einer Maske rätselhafter Unergründlichkeit zurückzog. Diese ›japanische Tour‹, wie er es immer nannte, hatte ihn immer schon zur Weißglut getrieben. Aber diesmal würde er es nicht so weit kommen lassen. »Ich finde diese Frage keineswegs zu persönlich«, entgegnete er deshalb ruhig, aber bestimmt. »Immerhin steht in diesem Fall auch mein Leben auf dem Spiel. Findest du also nicht, daß ich ein Recht auf eine klare Antwort habe?«

»Nein«, erklärte Tori unbeeindruckt.

Slade beugte sich vor. »Hör mir gut zu, Tori. Wenn Hitasura etwas mit dieser weichen Zelle zu tun hat . . .«

»Russ . . .«

Er starrte sie eindringlich an. »Es ist mir völlig egal, ob und wie dir dieser Hitasura verpflichtet ist. Immerhin besteht die

Möglichkeit, daß *er* für Ariels Tod verantwortlich ist, falls nicht Estilo dahintersteckt.«

Das trug ihm zwar einen vernichtenden Blick von seiten Toris ein, aber im Grunde genommen konnte er es ihr nicht einmal verdenken, daß sie so wütend war. Estilo und Hitasura waren ihre Freunde gewesen. Einer hatte sie bereits hintergangen. Was war, wenn das auch der andere tat?

Tori stand auf. »Entschuldige mich bitte.«

Ratlos sah ihr Slade hinterher, als sie sich in Richtung Toilette entfernte. Warum mußte er eigentlich bei jeder Auseinandersetzung mit Tori den kürzeren ziehen? Erst nach einer Weile wurde ihm bewußt, daß sie keineswegs eine Auseinandersetzung gehabt hatten, sondern nur einen ganz normalen Meinungsaustausch. Mit dieser Feststellung wiederum sah er sich vor die Frage gestellt, warum er ihre Gespräche immer als Wortgefechte betrachtete, aus denen er um jeden Preis als Sieger hervorgehen wollte.

Plötzlich ging in seinem Innern eine seltsame Veränderung vor sich. Mit beängstigender Lebhaftigkeit zogen plötzlich noch einmal die Geschehnisse in der Arena von Medellín an ihm vorbei. Wie nahe er dem Tod in diesem Moment gewesen war ... So nahe, daß er bereits mit dem Leben abgeschlossen hatte. Ganz deutlich sah er plötzlich wieder vor sich, wie der Stier den Kopf senkte, um mit seinen langen, spitzen Hörnern zum Todesstoß anzusetzen. Während er diese schrecklichen Augenblicke in seiner Erinnerung noch einmal durchlebte, wurde ihm plötzlich bewußt, wieviel in seinem Leben nicht stimmte.

Er stand auf, ging den Mittelgang hinunter und klopfte gegen die Toilettentür. »Tori?«

Als keine Antwort kam, drehte er vorsichtig den Türknopf und öffnete die Tür. Von heftigen Krämpfen geschüttelt, war Tori über die Kloschüssel gebeugt. Als sie schließlich den Kopf hob, um ihn anzusehen, standen Tränen in ihren Augen. »Bitte nicht, Russ!« stieß sie mühsam hervor. »Laß mich in Frieden.«

In diesem Moment kam ein Besatzungsmitglied aus dem Cockpit. Slade zwängte sich zu Tori in die enge Kabine und schloß die Tür hinter sich.

»Tori, was hast du denn?«

Er kniete neben ihr nieder und legte ihr tröstend den Arm um die Schultern. Noch immer am ganzen Körper zitternd, ließ sie sich kraftlos gegen ihn sinken. Ohne seinen Arm von ihren Schultern zu nehmen, tastete er mit der freien Hand nach einem Papierhandtuch und befeuchtete es im Waschbecken. Als er ihr damit über Gesicht und Hals wischte, leckte sie begierig das Wasser auf, das über ihre Lippen tropfte.

Plötzlich war sich Slade der Wärme ihres Körpers bewußt. Wie zart und weich er sich anfühlte, und zugleich auch wie fest und stark. Sein Herz begann schneller zu schlagen. Mühsam versuchte er sich wieder unter Kontrolle zu bekommen. Er durfte sich jetzt auf keinen Fall zum Narren machen. Wie schwach und verletzlich sie plötzlich wirkte, wenn sie so in seinen Armen lag. Ausgerechnet die sonst so selbstbewußte Tori Nunn. Da hatte er sie nun genau an dem Punkt, an dem jeder Mann sie gern gehabt hätte. Aber er hatte im Augenblick anderes im Kopf. In ihm regten sich plötzlich Gefühle, wie er sie noch nie gekannt hatte. Während er sich noch darüber klarzuwerden versuchte, was eigentlich in ihm vorging, wußte er mit einem Mal nicht mehr, was er tun sollte.

Überdeutlich nahm er den Duft ihres herrlichen Haars wahr. An verschiedenen Stellen war es noch immer vom Blut des Stiers verklebt. Unwillkürlich rief ihm das wieder den schrecklichen Moment in Erinnerung, als sie todesmutig über die Absperrung der Arena gesprungen war, um ihm zu Hilfe zu kommen.

Fast liebevoll folgte er mit seinen Blicken dem eleganten Schwung ihrer hohen Wangenknochen. Wie ähnlich und doch auch wie anders sie war als ihre Mutter . . .

Ganz zart flatterten ihre Lider über die empfindliche Haut an seinem Hals. Wie nahe er ihren Atem spüren konnte, ihren Herzschlag, ihren warmen Körper . . . Es war, als sehe er noch einmal das plötzliche Aufblitzen ihres Messers, bevor sie sich auf den Rücken des tobenden Stiers schwang und ihm den Todesstoß versetzte. Mein Gott, schoß es ihm durch den Kopf, was hatte er in diesem Moment für eine Angst gehabt!

Bis zu diesem Augenblick hatte er nicht gewußt, was Todesangst war – eine Erfahrung, die eine seltsame Veränderung in ihm bewirkt hatte. In dem Moment, in dem sich das Blut des Stiers über ihn ergossen hatte und er die Gewißheit hatte, daß das Tier sterben und er weiterleben würde, da hatte er eine Erfahrung gemacht, zu der ihm auch zehntausend schlaflose Nächte in der Kommandozentrale des CIA nicht hätten verhelfen können.

Nun endlich wußte er, was es bedeutete, mit dem Kopf in ein schwarzes, bedrohliches Loch gestoßen zu werden und in diesem grauenerregenden Dunkel mit der nackten Wahrheit über sich selbst konfrontiert zu werden. In dieser hautnahen Begegnung mit dem Tod war plötzlich sein wahres Ich zum Vorschein gekommen. Schlagartig war in diesem Moment die mühsam aufgebaute Fassade von ihm abgefallen, hinter der er sich all die Jahre so geschickt zu verbergen gewußt hatte.

Mit einem Mal wurde ihm in aller Deutlichkeit klar, daß es so nicht weitergehen konnte. Er mußte sein Leben von Grund auf ändern. Was war es bisher denn anderes gewesen als ein grausiger *danse macabre*, ein gespenstisches Menuett, das er ganz nach der Pfeife Bernard Godwins tanzte – des Mannes, dem er sich geradezu sklavisch unterordnete.

Und noch etwas Wesentliches begann er im Zug dieser Erkenntnis zu begreifen: Bis zu diesem Moment war er ganz sicher gewesen, daß er Cruz nur deshalb herausgefordert hatte, um Bernard Godwin – und Tori – zu beweisen, daß sie sich in ihm getäuscht hatten; aber in Wirklichkeit hatte er das nur um seiner selbst willen getan: um endlich einmal zu erfahren, was es hieß, dem Tod ins Auge zu blicken. Der Grund dafür war ganz einfach: Er konnte sich selbst nicht mehr ausstehen, den alten Russell Slade, den gelehrigen Schüler und Wunderknaben, der zugleich auch so tief verunsichert war, daß er nicht über die lange Außendiensterfahrung verfügte, auf die sich alle anderen alten Geheimdiensthasen soviel einbildeten. War nicht genau das der Grund gewesen, weshalb er so eifersüchtig auf Tori gewesen war? Bernard Godwin hatte sich seine fehlende praktische Erfahrung zunutze gemacht, um ihn noch mehr nach seiner Pfeife tanzen lassen zu können.

Das war auch der wahre Grund gewesen, weshalb Godwin ihn als Chef des Geheimdienstes eingesetzt hatte: Auf diese Weise hatte der alte Herr weiterhin die Zügel fest in der Hand, während es nach außen hin so aussah, als hätte er sich längst aus dem aktiven Geschehen zurückgezogen und übte nur noch eine rein beratende Funktion aus. Diese schmerzhafte Einsicht erfüllte Slade mit tiefer Scham.

Als er nun spürte, wie sich Toris Arme um seinen Nacken schlangen und ihre Hände sich hilfesuchend an ihn klammerten, gab plötzlich etwas in ihm nach. Mit einem Mal wußte er nicht mehr, was er tat. Wie von einem unwiderstehlichen Sog angezogen, beugte er sich über sie, und blindlings suchten seine Lippen die ihren. Wie weich und zart sie waren, als sie sich dem drängenden Ansturm seiner Zunge öffneten. Doch schon im selben Augenblick riß sie sich wieder von ihm los und hauchte: »Nein. Bitte nicht, Russ.« Erst jetzt entdeckte Slade, wie unbeschreiblich schön ihre Augen waren, und er konnte beim besten Willen nicht mehr verstehen, warum ihm das nicht schon früher aufgefallen war. Sie waren wie Juwelen, durchscheinend, wie von innen heraus leuchtend und von einem tiefen, unergründlichen Blau. Es blieb ihm nur noch ein Wunsch: sich ganz in diesen Augen zu verlieren. Die Farbe ihrer Augen erschien ihm mit einem Mal wie eine Tür, die zu durchschreiten er sich mehr sehnte als alles andere auf der Welt.

»Tori . . .«

»Russell, ich . . .«

Sein Instinkt sagte ihm, daß sie seinem Drängen nachgegeben hätte, wenn er sie weiter mit Zärtlichkeiten bestürmt hätte; nur zu deutlich konnte er sie bereits unter seinen Berührungen dahinschmelzen spüren. Doch wenn sie sich ihm jetzt hingegeben hätte, hätte er nie erfahren, warum sie es tat. War es Verletztheit, Verzweiflung oder einfach nur das Bedürfnis nach menschlicher Nähe; immerhin hatte sie ganz kurz hintereinander zwei Menschen verloren, die ihr nahegestanden waren. Oder sollte auch sie diesen seltsamen Sog spüren, der langsam, aber unaufhaltsam immer stärker wurde?

Eines stand jedenfalls fest: Er wollte auf keinen Fall nur die

Gunst der Stunde nutzen. Im Gegenteil, wenn Tori sich ihm hingab, dann sollte sie das aus einer ganz bewußten Entscheidung heraus tun. Dazu mußte sie erst einmal selbst wissen, was sie eigentlich wollte.

Deshalb richtete er sich wieder auf und zog Tori mit sich hoch. Er sagte nicht, daß es ihm leid täte; statt dessen ließ er sie ohne ein weiteres Wort in der Toilette zurück und ging ins Cockpit, um mit dem Piloten die Flugroute nach Tokio zu besprechen. Er hatte schon immer größten Wert darauf gelegt, genau im Bilde zu sein, wo er sich gerade befand – ein Bedürfnis, das angesichts seines augenblicklichen Gefühlschaos nur um so stärker war.

Als er wieder in die Kabine zurückkehrte, saß Tori wieder auf ihrem Platz. Er ließ für sie beide Kaffee und Sandwiches kommen, und Tori gab ihm eine kurze Einführung in ihr Spezialgebiet – die Widersprüchlichkeiten des modernen Japan.

»Wenn man dieses Land begreifen will«, erklärte sie ihm, »muß man sich vor allem vor Augen führen, daß es letztlich niemand gibt, der im Ernstfall tatsächlich die Verantwortung für das Schicksal der Nation trägt. Diese Tatsache scheint in Amerika niemand begreifen zu können – der Präsident ebensowenig wie sonst jemand im Kapitol, ganz zu schweigen von den Leuten im Pentagon oder in den Kreisen der Hochfinanz. Statt dessen ergehen sie sich ständig in ihren alten, ewig gleichen Klagen, daß sie einfach nicht klug werden aus diesem Land, an dessen Aufbau sie doch ganz maßgeblich beteiligt waren. Um so mehr glauben sie sich natürlich auch zu ihrer tiefen Enttäuschung berechtigt, daß dort nichts so funktioniert, wie sie sich das gedacht haben.

Abgesehen davon, daß sie alle die falschen Fragen stellen, warten sie bei Verhandlungen immer nur darauf, daß endlich jemand auf den Tisch haut und eine klare Entscheidung trifft. So läuft es bei den Japanern nicht. In Japan würde nie jemand die Verantwortung auf sich nehmen, eine wirklich schwerwiegende Entscheidung zu treffen; dazu ist das Risiko des damit verbundenen Gesichtsverlusts viel zu groß.

Die japanische Gesellschaft ist in gewisser Weise einzigartig auf der Welt. Japan ist ein Land, das von einem lose geknüpften, organisch gewachsenen Netz recht unterschiedlicher Gruppierungen regiert wird – ein Begriff übrigens, der dem wahren Sachverhalt nur ungefähr gerecht wird. Dazu gehören der Premierminister und seine Regierungspartei, das Parlament, die Bürokratie, die Banken und Großkonzerne und nicht zuletzt auch die Yakuza. Der Untergang des großen Tokugawa-Shogunats zu Beginn der Meiji-Ära, die massive Einmischung des Westens seit Mitte des neunzehnten Jahrhunderts und nicht zuletzt die von General MacArthur nach dem Zweiten Weltkrieg diktierte Verfassung, das alles hat dazu beigetragen, daß diese unheilige Allianz bis ins einundzwanzigste Jahrhundert Bestand haben wird.«

Slade beobachtete Tori beim Sprechen sehr genau. Nur zu gern hätte er gewußt, was in ihr vorging. Nach außen hin war sie wieder ganz die alte, als wäre nie etwas zwischen ihnen gewesen. War es möglich, daß sie ihre Gefühle so fest im Griff hatte?

Tori Nunn würde ihm wohl immer ein Rätsel bleiben. Mit ihr ging es ihm genau so wie mit einem besonders raffinierten Code: je schwerer er zu knacken war, desto mehr reizte ihn die Sache. Obwohl er im Lauf ihrer gemeinsamen Mission schon mehrere Tage aufs engste mit ihr zusammenlebte und arbeitete, war er noch keinen Deut klüger aus ihr geworden. Sie war ihm noch genauso rätselhaft wie zuvor.

Er durfte auf keinen Fall zulassen, daß die Anziehung, die von ihr ausging, so stark wurde, daß er darüber den eigentlichen Grund ihrer Reise vergaß. Bisher hatte Russell Slade immer nur für eines gelebt: für seine Arbeit und für den Geheimdienst. Noch gut konnte er sich erinnern, wie er nach seiner Ernennung zum leitenden Direktor mit Bernard Godwin essen gegangen war, und wie der alte Herr im Laufe der Unterhaltung zu ihm gesagt hatte: *Jetzt werden auch Sie erfahren, was es heißt, eine Geliebte zu haben, die einen voll und ganz in Anspruch nimmt. Ich hoffe, Sie werden sich den damit verbundenen Anforderungen gewachsen zeigen.*

Eine Weile hatte Slade geglaubt, endlich der ständigen Bevormundung durch Godwin entronnen zu sein. Wenn sich trotzdem noch die Notwendigkeit ergeben hätte, den alten Herrn auf Distanz zu halten, hätte er sich dazu sein Wissen über ein paar dunkle Stellen aus seiner Vergangenheit zunutze gemacht. Er sollte sich jedoch von Grund auf täuschen. Bernard Godwin ließ ihn mehr denn je an den unsichtbaren Fäden tanzen, die noch immer alle in seiner Hand zusammenliefen. Mit Tori machte er es übrigens genauso. Nicht umsonst hatte Bernard Godwin von Anfang an dafür zu sorgen gewußt, daß sie beide in ihm den großen Übervater sahen. Sie waren wie Hunde dazu abgerichtet worden, ihm aufs Wort zu gehorchen.

Als Slade nun Tori verstohlen beobachtete, wie sie ihm den komplexen Aufbau der japanischen Gesellschaft zu erklären versuchte, kannte er nur einen Wunsch: sie ganz nahe bei sich zu spüren. Zugleich wurde ihm geradezu schmerzhaft bewußt, wie sehr sie Godwin noch immer bewunderte. Es war unübersehbar: Sie hätte alles getan, was er von ihr verlangte. Mit einem Gefühl tiefer Zuneigung fragte er sich, ob es ihm wohl je gelingen würde, die Fäden zu kappen, mit denen Godwin sie so geschickt zu dirigieren verstand. Er durfte ihr die Wahrheit nicht mehr länger verschweigen; sie mußte erfahren, daß Bernard Godwin notfalls bereit gewesen wäre, sie zu opfern. Allerdings mußte er dabei behutsam vorgehen. Wenn er einfach mit der Tür ins Haus gefallen wäre, hätte es ihm Tori bestimmt nicht geglaubt. Dazu bewunderte sie Bernard Godwin noch zu uneingeschränkt. Außerdem, dachte Slade nicht ohne ein gewisses Maß an Berechnung, galt es vorher noch ein paar wichtigere Dinge zu erledigen.

Tokio. Fast dreizehntausend Kilometer hatten sie auf der Atlantikroute zurückgelegt – mit kurzen Zwischenstops in Cartagena, Santo Domingo und Frankfurt. Kaum hatten sie die japanische Zollkontrolle passiert, fühlte sich Slade bereits wie ein Wesen von einem anderen Stern. Die Japaner hatten die beängstigende Fähigkeit, Fremde bei aller Höflichkeit und Zuvorkommenheit auf größtmögliche Distanz zu halten. Auf diese Weise gelang es ihnen, Außenstehende von allen wichtigen Vorgängen auszuschließen, ohne verletzend zu wirken. Alles in diesem Land war Form, nichts Substanz – gerade so, als wäre das Leben hier nichts weiter als eine Art endloses Kabuki-Stück.

Verbeugungen ohne Sinn, Lächeln ohne Bedeutung, ein Ja, wenn man nein meinte – und das alles gepaart mit einer geradezu zwanghaften Detailversessenheit: dagegen wich man bei wirklich wichtigen Fragen ebenso gekonnt einer Entscheidung aus. Diese und ähnliche Gedanken gingen Slade auf der langen, von unzähligen Staus behinderten Fahrt vom Narita-Airport in die Stadt durch den Kopf.

»Suchen wir als erstes gleich Hitasura auf?« fragte er.

»Nein. Erst möchte ich noch Genaueres über diese Hafniumlieferungen in Erfahrung bringen. Falls Hitasura tatsächlich mit Estilo Geschäfte macht, möchte ich mich auf keinen Fall mit ihm treffen, ohne mich vorher nicht schon umgehört zu haben.«

Zu seiner Überraschung war Slade ausnahmsweise einmal einer Meinung mit Tori. Das war keineswegs ein unangenehmes Gefühl.

»Dieser Deke ist ein bißchen sonderbar«, bereitete Tori Slade auf ihr erstes Treffen vor.

Er warf ihr einen fragenden Blick zu. »Inwiefern sonderbar?«

»Davon überzeugst du dich am besten gleich selbst.« Damit stieg sie eine schmale Treppe hinunter und betrat einen schmuddeligen Tätowierungssalon. Slade folgte ihr und fand sich umringt von Drachen, Spinnen und Schlangen sowie grimmig dreinblickenden Dämonen und Sagengestalten, zwischen die sich hin und wieder auch eine halbnackte Frauenfigur verirrt hatte. Die erstaunlich detaillierten Zeichnungen waren an den Wänden des Ladens aufgehängt, dessen grell orangefarbene Sodium-Beleuchtung die anheimelnde Atmosphäre einer Autobahnraststätte oder Fabrikhalle verbreitete.

Ein junger Japaner stand über einen auffallend dicken Mann gebeugt, der bäuchlings auf einem Tisch lag. Als die Tür aufging, sah er zwar kurz von seiner Arbeit auf, um sich dann jedoch sofort wieder am nackten Rücken des Mannes zu schaffen zu machen. Der junge Bursche – Slade schätzte ihn auf bestenfalls Anfang Zwanzig – hatte eine punkige Stachelfrisur und tintenfleckige Hände. Er trug Sandalen, eine lange, phosphoreszierende Surferhose und ein über dem Nabel abgeschnittenes T-Shirt mit der Aufschrift PEPPERDINE U. VOLLEYBALL TEAM.

»Auch mal wieder da, Supertuss«, sagte er, ohne aufzuschauen.

»Wie geht's, wie steht's, Deke?«

»Beschissen.« Der junge Bursche tauchte mehrere kreisförmig angeordnete spitze Holzstifte in ein Glas mit farbiger Tinte und stach sie dann vorsichtig in die Rückenhaut des Mannes.

Tori blieb hinter ihm stehen. »Ich hätte da ein kleines Problem für dich zu knacken, Deke.«

»Was hab ich mein Leben lang schon anderes gemacht, Supertuss?«

Tori hielt ihm die Tüte mit dem schwarzen Metallklümpchen unter die Nase. »Die ganze Latte. Von A bis Z.« Deke nickte, und sie steckte es ihm in die Hosentasche.

»In einer Stunde«, brummte er. »Hab' eben erst aufgemacht.« Deke öffnete seinen Laden immer erst am Nachmittag, um dann allerdings bis in die frühen Morgenstunden zu arbeiten. Er nahm die Stifte wieder heraus, tauchte sie in die Tusche und bohrte sie an einer anderen Stelle unter die Haut seines Kunden. »Zieht euch in der Zwischenzeit einen Milchshake oder sonst was rein. Oder seht ihr nicht, daß ihr meinen Kunden nervös macht?«

Als sie eine Stunde später zurückkamen, war der Laden leer.

»Wo ist diese ausgeflippte Type mit dem Hafnium hin?« fragte Slade argwöhnisch.

»Er ist sicher noch im Labor«, beruhigte ihn Tori und deutete auf eine Tür im hinteren Ende des Ladens.

»Ist dieses Jüngelchen nicht noch ein bißchen zu grün hinter den Ohren, um komplizierte chemische Analysen vorzunehmen? Nicht auszudenken, wenn dabei seine Windeln Feuer fangen.«

Lächelnd erwiderte Tori: »Deke ist ein kleines Wunderkind. Laß dich nicht täuschen. Du wirst sehen: In Japan kommt man oft am besten zurecht, wenn man nicht zuviel auf den äußeren Schein gibt.«

Im selben Moment kam Deke aus dem Hinterzimmer. Er hatte sich eine Schürze umgebunden und dicke Gummihandschuhe übergestreift. Von seinem Hals baumelte eine Atemmaske. Zwischen den Kneifern der langen Stahlzange in seiner Hand klemmte ein schwarzer, metallisch schimmernder Klumpen. Er warf Tori einen fragenden Blick zu. »Spielst du noch immer Volleyball? Wir machen heute abend ein kleines Match.«

»Leider habe ich im Moment keine Zeit für Spielchen, Deke. Vielleicht ein andermal.« Sie deutete auf das Metallklümpchen zwischen den Kneifern seiner Zange. »Hast du rausgekriegt, worum es sich bei den weißen Pulverspuren auf der Oberfläche handelt?«

»Kolumbianischer Koks, absolute Topqualität.« Er schnalzte mit den Lippen. »Hm, einsame Klasse.«

»Ist das alles?«

»Was willst du sonst noch wissen?«

Tori warf Slade einen kurzen Blick zu und sagte dann zu Deke: »Los, mach's nicht so spannend.«

»Also, das hier ist ein Klümpchen Hafnium.« Er hob die Zange hoch. »Erstklassige Qualität. Hast du noch mehr davon zu verkaufen?«

»Wir handeln nicht mit diesem Zeug«, warf Slade finster ein.

»Kannst du uns ein paar Hintergrundinformationen über Hafnium geben?« fragte Tori, bevor Slade mit seiner amerikanischen Hauruckmentalität noch alles verpatzte.

»Kein Problem«, nickte Deke und ließ das Klümpchen in Toris Handfläche plumpsen. »Hafnium fällt als Nebenprodukt bei der Zirkoniumgewinnung ab und wird für die Herstellung von Steuerstäben für Kernreaktoren verwendet. Diese Steuerstäbe lassen sich nach Belieben in den Reaktorkern ein- und ausfahren. Da sie enorme Mengen der Neutronen absorbieren, die bei der Kernspaltung freiwerden, läßt sich mit ihrer Hilfe der Energie-Output des Reaktors steuern.

Normalerweise wird für diese Stäbe Boron verwendet, aber Boron nutzt sich mit der Zeit ab, so daß die Stäbe ausgewechselt werden müssen. Hafnium ist nicht nur wesentlich dauerhafter, sondern kann auch mehr Neutronen absorbieren. Durch den ständigen Neutronenbeschuß geht zwar in dem Hafnium eine chemische Veränderung vor sich, aber das neu entstandene Element ist ebenfalls in der Lage, Neutronen zu absorbieren.

Wegen dieser Eigenschaft wird Hafnium vor allem in den Kernreaktoren von Atom-U-Booten eingesetzt. Je länger nämlich die Steuerstäbe halten, desto länger kann das U-Boot unter Wasser bleiben.«

»Mit Zeiträumen welcher Größenordnung haben wir es dabei zu tun?« fragte Tori.

»Bei Boron müßten die Stäbe nach etwa einem halben Jahr ausgewechselt werden. Mit Hafniumstäben kann ein U-Boot dagegen bis zu zwei Jahre unter Wasser bleiben.«

An dieser Stelle schaltete sich Slade ein. »Sie reden hier die ganze Zeit von Steuerstäben. Aber das hier dürfte doch nur ganz gewöhnliches Rohhafnium sein.«

»Eine naheliegende Vermutung«, nickte Deke. »Aber trotzdem falsch. Was Sie mir gegeben haben, ist kein Rohhafnium. Es ist bereits aufbereitet.«

»Trotzdem ist das noch kein Steuerstab. Dazu müßte das Material doch erst weiterverarbeitet werden.«

Deke schüttelte den Kopf. »Im Gegenteil. Was wir hier haben, ist sogar noch besser als ein Steuerstab. Es ist ein fester Bestandteil des Reaktorkerns selbst. Eine tolle Sache, völlig neu.«

»Wozu könnte man diesen neuen Reaktortyp einsetzen?« wollte Slade wissen.

»Schwer zu sagen. Ein U-Boot könnte damit vermutlich für fünf Jahre seine gesamte Energieversorgung decken.«

»Sonstige Einsatzmöglichkeiten?«

Deke dachte kurz nach. »Tja, mit dieser Sorte Hafnium ließen sich vermutlich Minireaktoren mit wesentlich höherer Leistung als die bisher gebräuchlichen Anlagen bauen.«

»Mit wieviel höherer Leistung?« fragte Slade.

Nachdenklich zog Deke die Stirn in Falten. »Wenn Sie die richtigen Leute dafür haben, könnten Sie damit vermutlich einen Reaktor in Rucksackgröße bauen, mit dem Sie mehr oder weniger alles betreiben können. Was sagen Sie dazu, Mann?«

»Herr im Himmel«, seufzte Slade wenig später. »Da dachten wir erst, wir hätten es bloß mit einem internationalen Rauschgiftring zu tun, und nun sind wir auch noch auf eine geheime Organisation gestoßen, die es sich zum Ziel gesetzt hat, eine tragbare Energiequelle mit praktisch unvorstellbarem Potential zu schaffen. Nicht auszudenken! Ein Atomreaktor, den man auf dem Rücken tragen kann! An die daraus erwachsenden Möglichkeiten möchte ich lieber gar nicht denken.«

»Das kann ich gut verstehen«, nickte Tori schaudernd. »Sie sind auch zu gespenstisch.«

»Es gibt übrigens noch eine interessante Neuigkeit«, fuhr Slade fort. »Den Tests zufolge, die Deke durchgeführt hat, handelt es sich bei dem Kokain aus Estilos Abkocherei im Dschungel um ganz gewöhnliches Koks, nicht diese Superdroge, die die Japaner in Umlauf gebracht haben. Mit diesem Teufelszeug hat er also zumindest nichts zu tun.«

»Ein schwacher Trost«, murmelte Tori.

Sie saßen an einem Fenstertisch eines im ersten Stock gelegenen *kissaten*, eines der unzähligen Cafés von Tokio, und sahen auf eine der futuristisch anmutenden Straßen von Roppongi hinaus. Auch die hypermoderne Einrichtung des Lokals war ganz im Trend. Rote Leuchtstoffröhren, verborgen hinter rosa lackierten Wandleuchten, tauchten das ganze Ambiente in grellbuntes Licht. Überall standen blitzende Stahlskulpturen, Darstellungen von Bonsai-Bäumchen, Wellen und fliegenden Kranichen – alte Sujets in modernem Gewand. Es schien, als versuchten die Japaner ihre Vergangenheit um so verzweifelter in die Zukunft hinüberzuretten, je schneller sie mit Riesenschritten dem nächsten Jahrtausend entgegenstürmten.

Ein ähnlich unwirkliches Bild bot sich draußen auf der Straße. Die Passanten waren zum Teil so übertrieben gestylt, als befänden sie sich auf dem Weg zu einem futuristischen Maskenball. Farben fehlten in diesem Bild fast ganz. Vorherrschend waren Schwarz, Weiß und Grautöne aller Schattierungen. Dadurch kamen die fantastischen Schnitte der Kleider, die fast etwas von modernen Skulpturen an sich hatten, besser zur Geltung.

»Warum spielen eigentlich in Japan Symbole eine so große Rolle?« fragte Slade, nachdem er das Treiben auf der Straße eine Weile aufmerksam beobachtet hatte.

»Das läßt sich relativ einfach erklären. In diesem Phänomen spiegelt sich ein grundlegender Wesenszug der japanischen Kultur wider: Sprich so, handle anders. Dafür wiederum gibt es vor allem zwei Gründe. Da ist zum einen die extreme Überbevölkerung mit der daraus erwachsenden Raumnot. Zum anderen wurden die Häuser wegen der ständigen Erdbebengefahr nur aus Holz und Papier gebaut – auf diese Weise ließen sie sich nach einem Beben rasch wiederaufbauen. Nun hatten diese beiden wichtigen Aspekte der japanischen Kultur allerdings zur Folge, daß es in Japan nie so etwas wie eine Privatsphäre gegeben hat. Oder hast du schon einmal versucht, in einem Zimmer mit Papierwänden jemand ein Geheimnis anzuvertrauen?

Ein wichtiger Aspekt des Lebens in Japan ist auch, daß jeder einer Vielzahl von unterschiedlichen gesellschaftlichen Gruppen angehört und verpflichtet ist. Deshalb ist es nicht verwunderlich, daß die Japaner ein ausgeprägtes Gefühl für Umgangsformen und Etikette entwickelt haben. Der große Wert, den sie Symbolen beimessen, ist eine Folge dieser Entwicklung. Ein Symbol ist etwas, mit dem sich alle Mitglieder einer Gruppe, wie groß sie auch ist, vorbehaltlos identifizieren können.«

»Das mag ja alles schön und gut sein«, brummte Slade. »Aber wenn man auch nur einen Blick hinter die Fassade eines solchen Symbols wirft, stellt man unweigerlich fest, daß absolut nichts dahintersteckt.«

»Natürlich. Daran würdest du nicht das geringste auszusetzen finden, sobald du einmal gelernt hättest, wie ein Japaner zu denken. Der Fassade wird zwar große Bedeutung beigemessen, aber man fühlt sich ihr nicht sklavisch verpflichtet. Solange nur nach außen Form und Etikette gewahrt bleiben, spielt es letztlich keine Rolle, was wirklich in einem vorgeht. Deshalb ist es unerläßlich, daß die Symbole ohne jede tiefere Bedeutung sind.

Auf diese Weise ist man nicht gezwungen, sich wirklich für etwas zu engagieren und Verantwortung zu übernehmen. Denn genau an diesem Punkt wird dem Japaner der Boden unter den Füßen zu heiß; dann besteht nämlich die Gefahr, das Gesicht zu verlieren und Schande auf sich zu laden.«

Wie zutiefst japanisch ich bereits geworden bin, mußte Tori unwillkürlich denken. Während ich mich hier in gelehrten Ausführungen über die japanische Kultur ergehe, bin ich gleichzeitig selbst der beste Beweis für die Förmlichkeit und Fassadenhaftigkeit, der die Japaner so große Bedeutung beimessen. Ich rede und rede und höre mir selbst beim Reden zu. Aber es ist natürlich nichts als eine Fassade, eine hohle Maske, die ich Russ dabei offenbare. Ihm tiefere Einblicke zu gewähren, wäre mit einem zu großen Gesichtsverlust verbunden.

Verzweifelt versuchte Tori, wieder Ordnung in das Gefühlschaos zu bringen, das in ihrem Innern herrschte. Seit sie Russell in der Stierkampfarena von Medellín in letzter Sekunde dem sicheren Tod entrissen hatte, war eine seltsame Veränderung in ihr vorgegangen. Tief in sich spürte sie, daß es nicht nur Verantwortungsbewußtsein oder schlechtes Gewissen gewesen war, was sie dazu veranlaßt hatte, ihm zu Hilfe zu eilen.

Wie überraschend menschlich hatte er sich plötzlich gezeigt, als er ihr auf dem Flug nach Tokio auf die Toilette gefolgt war und sie über den Verlust ihrer Freundschaft mit Estilo hinwegzutrösten versucht hatte. Eigentlich hatte sie damit gerechnet, daß er ihr Vorhaltungen machen und sie darauf hinweisen würde, daß sie sich von nun an auf keinen Fall mehr so vorbehaltlos auf das weitverzweigte Netz von Freunden stützen dürfte, das sie sich im Lauf der Jahre auf der ganzen Welt aufgebaut hatte. Was anderes als dieses engmaschige Netz von Beziehungen war es schließlich, das ihr so tiefe Einblicke in das Geschehen hinter den Kulissen der Weltpolitik gewährte?

Doch Russell hatte ganz anders reagiert, als sie erwartet hatte. Die nette und verständnisvolle Art, mit der er sie zu trösten versucht hatte, ließ ihn plötzlich in einem völlig neuen Licht erscheinen.

Wenn sie ehrlich war, hatte sie sich bisher sogar einen Spaß daraus gemacht, Russell mit ihren unberechenbaren Aktionen auf die Palme zu bringen. Sie hatte gehofft, die Tatsache, daß sie mit ihrer unorthodoxen Vorgehensweise solchen Erfolg hatte, würde ihm schließlich vor Augen führen, daß seine Manie, alles unter Kontrolle haben zu wollen, letztlich ein Kampf gegen Windmühlen war. Aber damals war sie sich noch nicht über das wahre Ausmaß seiner Verbohrtheit im klaren gewesen. Erst jetzt wurde ihr bewußt, daß Kontrolle für ihn alles war

Am Tag ihrer Entlassung aus dem Geheimdienst hatte Tori einen Vorsatz gefaßt. Wie bei einem Laborversuch wollte sie eine Situation herbeiführen, in der Russells Wahn, alles unter Kontrolle haben zu müssen, so nachhaltig ad absurdum geführt wurde, daß nicht einmal er sich dieser Einsicht noch länger verschließen konnte.

Mit der gemeinsamen Mission, auf der sie nun unterwegs waren, hatte sich ihr eine solche Gelegenheit geboten, auf die sie schon so lange gewartet hatte. Seit für sie festgestanden hatte, daß Russell und Bernard Godwin sie unter allen Umständen für den Geheimdienst zurückgewinnen wollten, hatte sie beschlossen, sich an Russell zu rächen. Diese Mission war geradezu ideal für ihr Vorhaben. Mit Kontrolle war bei einem so gefährlichen Unternehmen nichts zu erreichen; nirgends mehr als hier war man den Unwägbarkeiten des Lebens ausgesetzt. Das einzige Problem war, daß sie selbst vergessen hatte, welch unerwartete Wendungen das Leben manchmal nehmen konnte. Denn auch sie hatte ein paar Überraschungen erlebt.

Da war zum einen die Tatsache, daß Estilo ihr Vertrauen mißbraucht hatte. Zum anderen hatte sie jedoch auch die erfreuliche Feststellung machen müssen, daß sie Russell erheblich unterschätzt hatte. Sie hatte ihn für diesen Auftrag mit einem Hintergedanken freistellen lassen, nämlich um Godwin zu beweisen, was für ein jämmerlicher Versager Russell in Wirklichkeit war. Aber in diesem Punkt hatten sich die Dinge anders entwickelt, als Tori erwartet hatte.

Zu ihrer Überraschung hatte Russell in einer ganzen Reihe von brenzligen Situationen erstaunliche Tapferkeit und Kaltblütigkeit bewiesen. Damit hatte sie nicht gerechnet. Das hatte ihr auch zu Bewußtsein gebracht, daß sie überhaupt nichts über Russell wußte. Bisher hatte sie immer nur den erbitterten Rivalen um Godwins Gunst in ihm gesehen. Russ war es umgekehrt vermutlich genauso ergangen. Beide hatten die ganze Zeit nichts anderes getan, als mit allen Mitteln um die Gunst ihres geistigen Ziehvaters Bernard Godwin zu buhlen.

Doch mit einem Mal konnte sie in Russ nicht mehr nur den Rivalen sehen. Sie war fest entschlossen gewesen, sich an ihm zu rächen, weil er sie aus dem Geheimdienst entlassen hatte. Außerdem hatte sie ihn noch nie richtig leiden können. Und doch . . .

Plötzlich mußte sie an einen Abend im Haus ihrer Eltern in L.A. denken. Es war kurz vor Sonnenuntergang gewesen, wenn die Schatten immer länger und tiefer werden. Sie hatte gerade ein zweistündiges Training am Dreimeterbrett hinter sich und lag am Beckenrand, um sich auszuruhen. Es war das Jahr, in dem sie die zweite Klasse der Junior High-School besuchte; Greg war über Ostern vom College nach Hause gekommen.

Sie sah zum Himmel hoch. Greg war neben ihr. Ganz deutlich konnte sie auf der glühenden Haut ihres Körpers die wohltuende Kühle spüren, die von ihm ausging. Sie liebte diesen seltsamen Kontrast zwischen Hitze und Kühle; denn manchmal, wenn sie Greg ansah, dann war das, als schaute sie in einen Spiegel, aus dem ihr ihre eigenen Engelsaugen entgegenblickten.

Trotz des harten Trainings hatte ihre innere Unruhe nicht nachgelassen. Sie hatte sogar still in sich hineingeweint, als Greg sich zu ihr gesetzt hatte.

»Was hast du denn, Tor?«

»Ach, nichts.«

»Du wirst doch nicht wegen nichts weinen?«

Fast schüchtern sah sie zu ihm auf. »Ach, weißt du, ich komme einfach mit dem dämlichen Russisch nicht klar. Irgendwie will mir diese Sprache nicht in den Kopf.«

»Ach, stell dich doch nicht so an! Du darfst einfach nicht lokkerlassen. Außerdem weißt du doch, wieviel Dad daran liegt, daß wir Russisch lernen.«

»Komm mir bloß nicht damit!«

Es würde ihr immer ein Rätsel bleiben, wieso ihr Vater so hartnäckig an seinem russischen Erbe festhielt – und das um so mehr, als er sich zugleich die größte Mühe gab, sich so amerikanisch wie nur möglich zu geben. Er war es gewesen, der darauf bestanden hatte, daß sie statt Französisch Russisch lernte, obwohl sie diese Sprache auf den Tod nicht ausstehen konnte.

»Habt ihr heute eine Probearbeit geschrieben?« wollte Greg wissen.

Tori nickte. »Vor lauter Aufregung mußte ich mich vorher übergeben. Vermutlich bekomme ich wieder eine Fünf oder Sechs.«

»Du mußt dich nur ein bißchen anstrengen«, riet ihr Greg und reckte sich im wärmenden Schein der letzten Sonnenstrahlen. »Dann geht alles wie von selbst.«

»Für dich mag das vielleicht zutreffen.«

»Das gilt für dich genauso. Wir sind keineswegs so verschieden, wie du immer denkst.«

»Aber ich verstehe einfach nicht, was dieser ganze Unsinn soll, den wir in der Schule lernen«, stieß Tori verzweifelt hervor. »Ganz gleich, um welches Fach es sich handelt – ich schreibe zwar irgend etwas aufs Papier, aber im Grunde genommen habe ich keine Ahnung, worum es dabei überhaupt geht.«

»Das kann eigentlich nur an deinen Lehrern liegen. Wen hast du denn dieses Jahr in Russisch?«

»Mr. Broker.«

»Na, kein Wunder. Ich werde morgen gleich mal mit Bob Hayes, dem Direktor, sprechen. Hayes weiß genau, was für ein Armleuchter Broker ist. Peter Bocharov ist ein wesentlich besserer Russischlehrer. Ich werde dafür sorgen, daß du in seine Klasse kommst.«

»Trotzdem hasse ich diese Sprache.«

»Das bildest du dir nur ein. In Wirklichkeit ist Russisch ganz simpel. Mit einem guten Lehrer wird es dir sogar Spaß machen – glaube mir.«

»Na, ich weiß nicht.«

»Doch, bestimmt.«

»Na, schön. Wenn du es sagst.« Über Toris Gesicht legte sich plötzlich ein zuversichtliches Strahlen. Greg hatte immer eine Lösung parat, wenn sie Probleme hatte.

Wie friedlich der Abend auf einmal war ... Aber das sollte nicht lange so bleiben. Ganz unvermutet ließ sich Greg vom Beckenrand in den Pool plumpsen und riß sie mit sich ins Wasser. Ohne Vorwarnung packte er sie an den Schultern und tauchte sie unter. Sie versuchte sich zu befreien, aber Greg ließ sie nicht los. In panischer Angst schlug sie immer wilder um sich, bis ihr die Lungen zu platzen drohten. Erst als sie schon glaubte, jeden Moment das Bewußtsein zu verlieren, ließ Greg sie los und zerrte sie an die rettende Oberfläche.

»Bist du verrückt geworden?« stieß sie halb erstickt hervor. »Tu das nie wieder!« Doch während sie noch gierig nach Luft schnappte, sah er sie nur unverwandt an. »Warum starrst du mich so an?« fuhr sie ihn wütend an.

»Um zu sehen, wie sich dein Gesicht verändert.«

»Und wie hat es sich verändert?« Tori wischte sich die Tränen aus den Augen.

»Das kann ich dir nicht beschreiben«, erwiderte Greg. »Aber ich kann es dir zeigen.« Er nahm ihre Hand und legte sie auf seinen Kopf. »Drück mich unter Wasser und laß mich nicht wieder hoch.«

»Was soll der Quatsch, Greg. Weshalb sollte ich dich ...«

»*Los, mach schon, Tor!*« fuhr er sie mit wild leuchtenden Augen an.

Darauf stützte sie sich mit beiden Händen auf seinen Kopf und drückte ihn, mit den Füßen heftig um sich schlagend, unter Wasser. Flimmernd huschte ein letzter Sonnenstrahl über den Pool, bevor die Sonne endgültig hinter den Palmen verschwand und den Garten in bläuliches Zwielicht tauchte. In dem kristallklaren Wasser konnte sie Greg deutlich sehen. Was er wohl damit wieder bezweckte? War das eine neue Methode, um auszuprobieren, wie lange er die Luft anhalten konnte? Jedenfalls erfüllte es sie mit stillem Stolz, daß er sie nie von seinen seltsamen Spielen ausschloß. Angesichts der ständigen Reibereien mit ihren Eltern war ihr der Zusammenhalt mit ihm eine große Stütze.

Und da waren sie nun, ganz allein in Dianas Garten, allein im kühlen Wasser des Pools, und nur sie beide hatten Anteil an diesem seltsamen Ritual. Die Ungewißheit, was Greg damit bezweckte, verstärkte noch den Reiz. Es war, als könnte sie plötzlich einen ersten Blick in die geheimnisvolle Welt der Erwachsenen werfen. Greg war der einzige Mensch, der sie wirklich für voll nahm; er sah keineswegs nur die kleine Schwester in ihr, die man sowieso nicht ernst zu nehmen brauchte. Gerade Momente wie dieser waren es, die die unzähligen anderen Male, wenn er so schrecklich gemein zu ihr war, mehr als tausendfach wettmachten.

Die Zeit verging. Auf der Wasseroberfläche breiteten sich kreisförmige Wellen aus, und aus Gregs Mundwinkeln stiegen kleine Luftbläschen auf. Sie konnte spüren, wie er an die Oberfläche zu kommen versuchte. Aber sie drückte ihn mit aller Kraft weiter unter Wasser.

Dann flog vom Ast eines nahestehenden Baums ein Rotkehlchen auf und streifte für einen Moment die Oberfläche des Pools. Im selben Augenblick schoß es Tori durch den Kopf: Was tue ich da eigentlich? Ich drücke meinen Bruder immer weiter unter Wasser und weiß gar nicht, wie lange er es noch ohne Sauerstoff aushält. Ihren Körper durchfuhr ein angstvoller Schauder.

Im selben Moment ließ sie Gregs Kopf los, um ihn unter den Armen zu packen und an die Oberfläche zu ziehen. Sein Gesicht war sehr blaß, die Augen seltsam verdunkelt. Er wirkte wie ein völlig anderer Mensch, so, als wäre durch die Nähe des Todes eine unerklärliche Veränderung in ihm vorgegangen. Etwas Fremdes und Kaltes kroch durch Toris Adern.

»Da!« keuchte Greg und nahm ihr Gesicht zwischen seine Hände, damit sie ihn auch wirklich ansah. »Siehst du jetzt, was ich meine? Ich konnte es dir nicht beschreiben, aber ich habe es dir gezeigt.«

Während Tori in dem hypermodernen Café in Roppongi Russell Slade gegenübersaß, fragte sie sich, warum sie ausgerechnet jetzt an dieses Erlebnis denken mußte. Vielleicht waren ihre Gefühle im Augenblick so verwirrend, daß sie noch beängstigendere Erinnerungen heraufbeschwor, um sie zu verdrängen. Hatte sich nicht genau in dem Augenblick, in dem sie in Gregs seltsam verändertes Gesicht geblickt hatte, der Weg abzuzeichnen begonnen, den sie zu gehen hatte? War es nicht damals gewesen, daß sie plötzlich gewußt hatte, daß sie nicht eher Ruhe finden würde, als bis sie dem Tod in die Augen geblickt hatte?

Eigentlich wollte Tori diesem beängstigenden Gedanken noch weiter nachgehen, aber statt dessen mußte sie wieder daran denken, welch seltsame Veränderung auch in Russ vorgegangen war, seit er nur mit knapper Not dem Tod entronnen war. Dabei fiel ihr ein, wie anders sie vor zehn Jahren, während ihres ersten Aufenthalts in Japan, noch gewesen war. In ihrer damaligen jugendlichen Unbekümmertheit war für sie die Vorstellung des Scheiterns, der Niederlage und nicht zuletzt des eigenes Todes etwas völlig Undenkbares gewesen.

Einige wenige Male, wenn es seine knapp bemessene Zeit erlaubte, hatte Greg sie in Tokio besucht. Seltsam, in welch unterschiedlichen Welten sie damals gelebt hatten, und doch waren sie sich auch ähnlich gewesen. Beide hatten sich wie die Besessenen in ihre Ausbildung gestürzt, und beiden war dieselbe extreme Zielstrebigkeit zu eigen gewesen, die es ihnen ermöglichte, innerhalb der unzähligen Möglichkeiten, die das Leben bot, ihre ganze Energie auf einen bestimmten Bereich zu konzentrieren – mit dem Ziel, es darin zu höchster Meisterschaft zu bringen. Nicht zuletzt hatten beide seit jeher größten Wert darauf gelegt, ihre geistigen und körperlichen Fähigkeiten in gleicher Weise zu vervollkommnen. Ihnen war schon früh bewußt geworden, daß Körper und Geist erst in ihrer gegenseitigen Ergänzung zu ihrer vollen Entfaltung gelangen konnten.

Obwohl sie sich nur sehr selten sahen, stellte sich bei jedem ihrer Treffen sofort wieder das Gefühl extremer Nähe her. Bei einer der kurzen Stipvisiten Gregs waren sie zu einer ausgiebigen Tour durch die Clubs und Diskotheken Tokios aufgebrochen – ein Vergnügen, zu dem sonst keiner von beiden Zeit und Lust hatte. Angesichts des extrem disziplinierten Lebens, das sie sonst führten, überkam sie hin und wieder das unwiderstehliche

Bedürfnis, einmal so richtig über die Stränge zu schlagen. Außerdem war Tori – ganz in Übereinstimmung mit der gängigen japanischen Meinung – der festen Überzeugung, daß all das, was wirklich Gewicht hatte, was tief empfunden war und aus vollem Herzen kam, nur zum Ausdruck gebracht werden konnte, wenn man betrunken war. In diesem Zustand wurde einem alles verziehen; dann konnte man sich auf jede nur erdenkliche Weise gehen lassen, ohne sein Gesicht zu verlieren.

Sie waren von Bar zu Bar gezogen und dabei in immer zwielichtigere Viertel geraten. Sie fühlten sich von dem damit verbundenen Kitzel der Gefahr unwiderstehlich angezogen. Fast war es, als hätten sie es auf Zoff angelegt. Anfänglich dachte Tori, diese Aura von männlich-herausfordernder Aggressivität, die sie mehr und mehr auszustrahlen begannen, ginge von Greg aus, der damals gerade bei der NASA zum Astronauten ausgebildet wurde. Nach und nach wurde ihr jedoch bewußt, daß dieses herausfordernde Gehabe von ihr ausging und Greg sich nur von ihr hatte anstecken lassen. Das war für sie ein Aha-Erlebnis.

Sonst war immer sie es gewesen, die Greg in allem nachgeeifert hatte: sei es beim Sport, in der Schule oder bei ihren sonstigen Unternehmungen. Ihr Ehrgeiz, es Greg in allem gleichzutun, war von ihrem Vater bewußt geschürt worden. Eine bessere Schule fürs Leben konnte es in seinen Augen gar nicht geben. *Wenn du es mit deinem Bruder aufnehmen kannst*, hatte er ihr einmal erklärt, *dann wirst du mit jedem fertig. Du hast also keinen Grund, dich zu beklagen. Ich wäre damals froh gewesen, wenn es mein Vater mit mir so gemacht hätte.*

Aber natürlich hatte sie nie eine Chance gegen ihren älteren Bruder gehabt. Ganz gleich, ob in der Schule oder im Sport, sie konnte Greg nie das Wasser reichen. Zwar erbrachte auch sie auf allen Gebieten hervorragende Leistungen, aber sie sollte eben nie ganz an Greg herankommen. Während ihn der ständige Druck, den sein Vater auf ihn ausübte, zu beflügeln schien, empfand ihn Tori als eine fast unerträgliche Belastung.

Um sich dem zu entziehen, hatte sie schließlich keine andere Möglichkeit mehr gesehen, als das alles so weit wie nur möglich hinter sich zu lassen. Nicht umsonst war sie nach Japan geflohen, sozusagen ans andere Ende der Welt. Das war jedoch nicht der einzige Grund, weshalb ihre Wahl auf Japan gefallen war. Maßgeblich war ihre Entscheidung vielmehr dadurch beeinflußt worden, daß dieses Land und seine rätselhafte Kultur schon immer eine magische Anziehungskraft auf sie ausgeübt hatten.

Da war zum Beispiel das asketische Leben in der Kampfkunstschule, in die sie kurz nach ihrer Ankunft Aufnahme gefunden hatte. Ein krasserer Gegensatz zu dem Luxus und Überfluß, der in ihrem Elternhaus geherrscht hatte, war kaum denkbar. Wenn Tori nach einem Tag härtester körperlicher und geistiger Schulung auf ihrem schlichten Futon-Bett lag und durch das Fenster zum Mond und den Sternen hinaufsah, war sie von einem inneren Frieden erfüllt, wie sie ihn bis dahin nicht für möglich gehalten hätte.

Und da war auch der *sensei*, ein kleiner, drahtiger Mann. Sie hatte noch nie einen Menschen kennengelernt, der in jeder seiner Handlungen eine solche Bewußtheit ausstrahlte. Auch die kleinste seiner Bewegungen war von einer Beherrschtheit, wie man sie bei anderen, wenn überhaupt, nur in Momenten äußerster Konzentration beobachten konnte. Trotzdem machte er keinen verkrampften und gekünstelten Eindruck. Alles an ihm wirkte locker, spontan und völlig im Einklang mit den Erfordernissen der jeweiligen Situation.

»Diesen Zustand zu erreichen ist wesentlich schwieriger, als sich die meisten Angehörigen westlicher Kulturen vorstellen können«, hatte er Tori erklärt, als sie die vierte Phase des sechsstufigen Ausbildungsgangs erfolgreich abgeschlossen hatte. »Das hat nichts mit rassistischen Vorurteilen zu tun; es ist schlicht und einfach eine Tatsache. Wir Japaner wollen immer alles unter Kontrolle haben; jede Art von Unvorhersehbarkeit ist uns ein Greuel. Deshalb ist uns auch die Natur in ihrer urtümlichen, ungebändigten Form so wenig geheuer.«

»Aber *sensei*«, hatte Tori mit einem Blick auf den herrlichen Garten erwidert. »Du bist doch ständig von der Natur umgeben. Das verstehe ich nicht.«

Der *sensei* hatte nur gelächelt. »Dann sieh dir doch bitte den

Garten, dem ich soviel Liebe und Pflege angedeihen lasse, einmal näher an. Ist das Natur? Nimm zum Beispiel die herrliche Hügellandschaft von Yoshino oder die Berge im Norden der Insel – das ist Natur. Aber dieser Garten? Er ist nichts weiter als ein Produkt der Arbeit meiner Hände und meiner Vorstellungen von einem Garten. Alles, was darin wächst, ist von Menschenhand angepflanzt und zurechtgestutzt; nichts darin ist natürlich. Dieser Garten ist genauso, wie ich ihn haben will. Ganz sicher hat er nichts mit Natur zu tun.

Der perfekte Garten ist ein Ebenbild der Natur, Tori-san. Er gleicht sich ihr so sehr an, daß er schließlich eins mit ihr wird. Aber natürlich gibt es so etwas wie einen perfekten Garten nicht, und es wird ihn auch nie geben. Das Endergebnis, auch wenn wir unser ganzes Leben lang darauf hinarbeiten, wäre viel zu erschreckend; denn wenn es sich je verwirklichen ließe, ergäbe sich daraus zwangsläufig, daß wir die Kontrolle darüber verlieren – und genau das wollen wir mit allen Mitteln vermeiden.«

Die Fassadenhaftigkeit der Welt und das Bedürfnis nach totaler Kontrolle – diese beiden grundlegenden Wesenselemente der japanischen Kultur – spiegelten sich also auch in der japanischen Gartenkunst wider. Von beidem hatte Tori an jenem Abend, als sie mit Greg die Bars von Tokio unsicher machte, die Nase gestrichen voll.

Der Sake war ein probates Mittel gegen die ständige strenge Reglementierung, der ihr Leben nicht weniger als das von Greg unterworfen war. Was war es schließlich anderes als ein bis ins kleinste geregeltes Novizenleben, das sie beide führten – Novizen freilich, die sehr unterschiedliche religiöse Ziele verfolgten. Während sich Tori ganz der Samurai-Religion der Vergangenheit verschrieben hatte, hing Greg einer zutiefst zukunftsorientierten Wissenschaftsgläubigkeit an. Hier, im Lichterglanz des nächtlichen Tokios, im Großstadtdschungel menschlicher Zivilisation, waren diese beiden Pole aufeinandergetroffen – Gefangene einer Gegenwart, die sie sich selbst geschaffen hatten.

Zumindest hatte Tori das geglaubt, bis sie schließlich im Lemon Crush Club landeten – eine riesige Diskothek im falschen Teil von Shinjuku, wo die Preise gesalzen und die *action* gepfeffert war.

Sie hatten inzwischen an die zwei Liter Sake intus, und Tori fühlte sich, als stünde sie unter Strom. Greg konnte kaum mehr geradeaus schauen; sein Gesicht war schweißüberströmt.

»Irre!« lautete sein einziger Kommentar, als sie im Lift zur Tanzfläche hinunterfuhren. Bisher waren sie auf einer der Emporen gesessen, die den weiten, hohen Raum von allen Seiten umgaben. Alles war von blauen und gelben Neonröhren eingefaßt: Fußböden, Tische, Stufen, Geländer. Wie gigantische, sich im Zeitraffertempo entfaltende Blüten wurden ständig sich verändernde *origami* an die Decke projiziert – auch das eine Spielart der japanischen Manie, die Natur unter Kontrolle zu halten.

Obwohl Tori und Greg bereits bei ihrer zweiten Runde Sake angelangt waren, waren sie bisher fast ausschließlich damit beschäftigt gewesen, das faszinierende Treiben um sie herum zu beobachten. Aus den Lautsprechern dröhnte ›Fascist Groove Thang‹ von Heaven 17. Plötzlich spürte Tori, wie sich Gregs Aufmerksamkeit auf einen bestimmten Punkt in dem wilden Treiben konzentrierte. Als sie seinem Blick folgte, entdeckte sie eine auffallend schöne junge Frau; groß, schlank und so exotisch wie die *origami*, die sich über ihrem Kopf entfalteten.

»Mann, o Mann!« murmelte Greg hingerissen und war bereits aufgestanden, bevor Tori ihn noch zurückhalten konnte. Sie waren hier in Japan, und Greg hatte keine Ahnung, was das bedeutete, vor allem nicht in seinem angetrunkenen Zustand.

»Bleib hier, verdammt noch mal!« rief sie ihm hinterher.

Aber er konnte sie nicht mehr hören. Während er sich durch das Gedränge einen Weg auf die schöne junge Frau zu bahnte, wurde Tori noch einmal mit verstärkter Deutlichkeit bewußt, in welcher Art von Club sie hier waren und welches Publikum hier verkehrte. Drogenhändler und Zuhälter waren noch die zahmeren Spielarten des eigenartigen Völkchens, das hier sein Unwesen trieb. Denn wie man immer wieder tuscheln hörte, war das Lemon Crush auch ein beliebter Yakuza-Treff.

Tori hatte bisher noch nichts mit den Yakuza zu tun gehabt, und auch in ihrem Sake-Rausch hatte sie nicht das Gefühl, daß sie das an diesem Abend nachholen wollte. Ein bißchen auf den Putz hauen war eine Sache, Selbstmord zu begehen eine andere. Aber das konnte Greg natürlich nicht wissen. Tori hatte bisher noch nicht die Zeit gefunden, um ihm näher zu erklären, was es mit den Yakuza auf sich hatte.

Inzwischen hatte Greg die junge Frau bereits angesprochen. Ihrem freundlichen Lächeln nach zu schließen, schien sie keineswegs abgeneigt. Greg sah sehr gut aus und hatte noch nie Probleme gehabt, ein Mädchen zu bekommen: Nur zu gut konnte sich Tori erinnern, wie ihm auf der High-School seine unzähligen Verehrerinnen förmlich die Tür eingerannt hatten. Das war so weit gegangen, daß Tori hin und wieder die Rolle der Aufpasserin hatte übernehmen müssen, um zu verhindern, daß ein Mädchen ihren heißumschwärmten Greg mit einer anderen in flagranti ertappte.

Als Tori ihren Bruder nun mit der hübschen Japanerin anbandeln sah, stieg nicht nur wachsende Besorgnis in ihr auf, sondern auch ein Gefühl tiefer Verbitterung. Sie und Greg sahen sich so selten. Wie konnte er sie da einfach so sitzen lassen? Angesichts der unerwarteten Wendung, die der Abend genommen hatte, wurde ihr auch plötzlich klar, was sie sich eigentlich davon erwartet hatte: Sie hatte Greg beweisen wollen, daß sie ihm hier, in ihrer Szene, durchaus ebenbürtig, wenn nicht sogar überlegen war.

Sollte sie auf dieses Mädchen allen Ernstes eifersüchtig sein? Aber natürlich, mußte sie sich eingestehen, während sie sich durch das Gedränge einen Weg zu den beiden bahnte.

Sie war noch ein gutes Stück von ihnen entfernt, als sie den großen, breitschultrigen Japaner bemerkte, der auf ihren Bruder und das Mädchen zusteuerte. Er trug einen modischen Anzug. Sein Haar war noch kürzer als das von Greg. Irgend etwas in seinem Blick ließ sie nichts Gutes ahnen, obwohl er noch zu weit entfernt war, um sein *wa* spüren zu können. Doch als das schließlich der Fall war, packte sie die nackte Panik. Dank ihrer Kampfkunstausbildung hatte sie ein feines Gespür dafür bekommen, wann sie einen extrem gefährlichen Gegner vor sich hatte.

Der junge Mann ließ Greg keine Sekunde aus den Augen, während er schnurgerade auf ihn zusteuerte. Scheinbar völlig ungehindert bahnte er sich einen Weg durch die Menge. Ohne daß er von seinen Ellbogen Gebrauch machen mußte, wichen alle Umstehenden wie auf ein geheimes Zeichen vor ihm zurück. Und dann streckte er rasch den Arm aus. Dabei rutschte sein Ärmel hoch, so daß der Blick auf die Tätowierung eines feuerspeienden Drachens auf seinem Unterarm freigegeben wurde. Entsetzt fuhr Tori zusammen. Greg hatte die Freundin eines Yakuza anzumachen versucht.

Zum Glück hatte sie Greg und das Mädchen fast im selben Moment wie der Yakuza erreicht. Sie hatte gerade noch Zeit, um aufgeregt hervorzustoßen: »Los, Greg! Nichts wie weg hier!«, als der Yakuza ihren Bruder bereits an der Schulter packte.

Greg wirbelte herum und stieß die Hand von sich. Gleichzeitig ging er in die Knie und nahm die typische Grundhaltung für den unbewaffneten Zweikampf an, wie er sie bei der militärischen Grundausbildung gelernt hatte. Gegen den Yakuza hätte er damit nicht die geringste Chance gehabt – es sei denn, er hatte eine Schußwaffe bei sich und schoß ihn einfach über den Haufen.

Mit einem breiten Grinsen richtete sich Greg jedoch schon im selben Augenblick wieder auf. »Hey, Mann, ich will hier keinen Zoff machen.« Dazu hob er beschwichtigend die Hände. »Man wird sich doch wohl noch mit einer hübschen Frau unterhalten dürfen.«

»Die Frau gehört mir.« Der Yakuza wirkte seltsam reglos. Starr hatte er den einen Arm von sich gestreckt; der andere verharrte angewinkelt über dem Revers seines Jacketts.

»Sie haben wohl noch immer nicht mitgekriegt«, konterte Greg, »daß die Sklaverei schon seit hundert Jahren abgeschafft ist?«

»Die Welt gehört nicht den Amerikanern«, entgegnete der Yakuza finster.

»Na schön, aber den Japanern auch nicht.«

Der Yakuza grinste. »Noch nicht.«

»Komm schon, Greg«, drängte Tori. »Wir sind nicht hier, um über die Weltmächte der Zukunft zu diskutieren.«

»Halten Sie sich da raus!« knurrte sie der Yakuza bedrohlich an. »Das geht Sie nichts an.«

»Und ob mich das was angeht!« fauchte Tori zurück. »Lassen Sie meinen Bruder in Ruhe oder Sie bekommen es mit mir zu tun.«

Ganz langsam drehte sich der Yakuza zu ihr herum und sagte betont herablassend: »Sie sehen wirklich gut aus, wissen Sie das?« Er zog eine kurzläufige Automatik aus der Innentasche seines Jacketts. »Aber das ist auch schon alles. Und jetzt . . .«

Bevor er weitersprechen konnte, rammte ihm Tori die Fingerspitzen ihrer rechten Hand mit solcher Wucht in den Bauch, daß er mit weit aufgerissenen Augen einen Schritt zurücktaumelte. Greg reagierte blitzschnell. Er versuchte dem Yakuza die Automatik zu entreißen. Aber der kam ihm zuvor. Bevor Greg die Waffe zu fassen bekam, hatte der Yakuza seinen Arm beiseite gestoßen. Wie in Zeitlupe sah Tori, wie der Yakuza die Automatik auf Greg richtete. Mit aller Kraft ließ sie darauf ihre Handkante auf seinen rechten Unterarm niedersausen und schlug gleichzeitig mit ihrem linken Arm von unten dagegen, so daß ein häßlich knackendes Geräusch entstand.

Doch als könnte ihn das nicht im geringsten beeindrucken, versetzte ihr der Yakuza einen gezielten Tritt in den Unterleib. Mit einem lauten Schmerzensschrei schlug sie noch einmal zu. Fast gleichzeitig hörte sie das Krachen eines Schusses.

Das Gesicht des Yakuza wurde kreidebleich. Er sagte etwas, was jedoch im allgemeinen Lärm unterging, und sackte zu Boden. Im selben Augenblick breitete sich bereits eine tödliche Blume aus Blut um ihn aus.

Hastig kniete Tori neben dem Yakuza nieder und legte kurz

ihre Hand an seinen Hals. Dann sprang sie auf, packte Greg am Arm und zerrte ihn hinter sich her durch die Menge, die sie plötzlich mit feindseligen Gesichtern anstarrte.

Draußen in der neonerhellten Nacht stieß sie atemlos hervor. »Los, nichts wie weg hier!«

Greg zögerte. »Aber dieser Kerl ist schwer verletzt. Vielleicht stirbt er sogar. Wir sollten besser bleiben.«

»Greg, er ist tot. Ich konnte keinen Puls mehr fühlen. Glaub mir, wenn wir noch länger hier bleiben, sind wir geliefert. Dieser Kerl war ein Yakuza, und diese Leute kennen keine Gnade. Sie werden uns umbringen.«

Das schien Greg nicht so recht in den Kopf zu gehen. »Aber wir könnten ihnen doch erklären, wie es dazu gekommen ist ... Sie würden das sicher verstehen ...«

»Das einzige, was diese Leute verstehen, ist *giri*, absolute Treue. Und diese Treue würde sie dazu verpflichten, uns zu töten. Um Himmels willen, komm schon!« Verzweifelt zerrte sie ihn vom Eingang des Lemon Crush fort. »Selbst wenn wir ihnen im Augenblick entkommen können, heißt das noch lange nicht, daß wir sicher vor ihnen sind.«

Wer hatte den Yakuza mit dem feuerspeienden Drachen auf dem Unterarm erschossen? Tori? Greg? Oder hatte er versehentlich selbst den Abzug gedrückt? Mit endgültiger Gewißheit würde sich das vermutlich nie mehr feststellen lassen. Sicher war nur, daß der Mann an der Schußverletzung gestorben war.

»Na, das war vielleicht eine Aufregung!« meinte Greg später kopfschüttelnd. Sie saßen in einer schäbigen Bar irgendwo in Kita-senju. »Das war das erste Mal, daß du mir aus der Klemme geholfen hast, Tori. Bisher war es immer umgekehrt.«

»So was Blödes«, murmelte Tori ärgerlich. »Das hätte auf keinen Fall passieren dürfen.«

»Aber es ist passiert. So ist das Leben eben. Genau aus diesem Grund bin ich doch hierher gekommen, in ein Land, in dem ich noch nie war und das mir so fremd ist wie nur irgend etwas.«

»Trotzdem hätte das auf keinen Fall passieren dürfen. Wenn du nicht ...«

»Nein, nein«, winkte Greg entschieden ab. »Ich habe durch diesen Zwischenfall eine wichtige Erfahrung gemacht.«

»Wovon redest du eigentlich?« Tori war immer noch wütend auf Greg. Der Schock steckte ihr noch tief in den Knochen. Sie hatte schon immer eine ausgeprägte Abneigung gegen Schußwaffen gehabt – eine Abneigung, die jetzt noch stärker wurde. Doch als sie nun ihrem Bruder in die Augen sah, bemerkte sie dort plötzlich ein seltsames Leuchten. Es war dieser gleiche beängstigend dunkle Glanz, der ihr bisher erst ein einziges Mal an ihm aufgefallen war; das war vor vielen Jahren gewesen, als sie ihn um ein Haar im Pool ihrer Eltern ertränkt hätte.

Er wirkte wie hypnotisiert. Nein, das war nicht ganz der richtige Ausdruck. ›Entrückt‹ hätte den Sachverhalt schon eher getroffen. Aber wie war das möglich? fragte sich Tori entsetzt. Ihr Bruder, der beliebte Sonnyboy und gefeierte NASA-Astronaut, konnte doch nicht Genugtuung über einen Mord empfinden. Nein, solcher verwerflichen, zutiefst unmoralischen Gefühle war Greg nicht fähig. Dennoch deutete der verklärte Ausdruck, der über seinen Zügen lag, genau darauf hin.

»Gerade du müßtest das doch am besten verstehen, Tori. Du hattest doch immer schon eine besonders ausgeprägte mystische Ader. Deshalb bist du doch auch nach Japan gegangen, um hier zu lernen, während ich immer ein extremer Pragmatiker war.« Er schaute sie forschend an. »Nein, du scheinst tatsächlich nicht zu verstehen.«

»Allerdings nicht.«

Greg nickte. »Also gut. Nachdem du mir eben so beherzt zu Hilfe gekommen bist, hast du vermutlich ein Anrecht zu erfahren, was ich dir schon lange sagen wollte. Außerdem sind wir längst so betrunken, daß sowieso alles egal ist.« Er holte tief Luft. »Vermutlich hast du bisher immer gedacht, mir hätte das Turmspringen großen Spaß gemacht.«

»Aber klar«, entgegnete Tori verwirrt. »Ich weiß noch ganz genau, mit welchem Feuereifer du immer trainiert hast.«

»Das war aber nicht immer so. Ursprünglich hatte ich fürs Kunstspringen eigentlich nicht viel übrig. Das war einzig und allein Dads Idee. Er hat mir so lange zugeredet, bis ich mich schließlich breitschlagen ließ. Ehrlich gestanden, hatte ich sogar schreckliche Angst, vom Zehnmeterturm zu springen. Eines Nachts nahm er mich deshalb einfach in die Trainingsanlage der UCLA mit. Da er die gesamte Außenbeleuchtung des Campus installiert hatte, hatte er ungehinderten Zugang zu allen Anlagen.

Er packte mich also am Kragen und stieg mit mir den Zehnmeterturm hinauf. Da ich längst ahnte, was er vorhatte, hatte ich zu weinen begonnen. Obwohl das nun schon so lange zurückliegt, schäme ich mich immer noch, das zuzugeben. Ich hatte solche Angst, daß ich fast in die Hose gemacht hätte.

Dad ging mit mir an den Rand der Plattform vor. Dann drückte er meinen Kopf nach unten und zwang mich, in die Tiefe zu schauen. Das Licht der Flutlichtlampen brach sich auf dem Wasser. Es schien so unendlich weit unter uns zu liegen. Ich bekam so weiche Knie, daß er mich stützen mußte.

›Spring!‹ brüllte er mich an. ›Du wirst nur springen lernen, wenn du springst!‹

›Aber ich will doch gar nicht springen!‹ protestierte ich.

›Du bist noch viel zu jung, um zu wissen, was du willst‹, fuhr er mich an. ›Los, tu was ich sage!‹ Und damit stieß er mich in die Tiefe.«

Schaudernd erzählte Greg weiter. »Noch ganz deutlich kann ich mich erinnern, wie der Wind in meinen Ohren pfiff. Ich weiß nicht, ob ich mir das nur einbilde, aber für einen kurzen Augenblick glaubte ich ihn lächelnd am Rand der Plattform stehen zu sehen. Rasend schnell schossen mir die schwarzen Bahnlinien, die auf den blauen Boden des Beckens gepinselt waren, aus der Tiefe entgegen. Ich konnte sie so deutlich sehen, daß ich für einen Moment dachte, es wäre gar kein Wasser im Becken. Als ich dann ins Wasser eintauchte, preßte mir dieser unglaubliche Druck alle Luft aus den Lungen.

Ich war wie erschlagen. Dad mußte mich halb tot aus dem Wasser ziehen. Am Beckenrand schlug er mir nur ein paarmal auf den Rücken, um mir das Wasser aus den Lungen zu klopfen. Sofort nahm er mich wieder mit nach oben. Diesmal biß ich die Zähne zusammen und sprang, ohne daß er nachhelfen mußte.

Nach dem vierten Sprung taten mir alle Knochen weh, aber ich war jetzt so weit, auf seine Anweisungen zu hören und sie zu befolgen.«

Mit ausdruckslosem Blick sah Greg Tori in die Augen. »So habe ich meine Liebe fürs Turmspringen entdeckt.«

»Aber das ist ja grauenhaft! Wie konntest du danach überhaupt noch Spaß daran finden?«

»Tja«, antwortete Greg. »Das frage ich mich schon die ganze Zeit.«

»Tori?« Abrupt wurde sie von Russell Slades Stimme aus ihren Erinnerungen gerissen. Erst jetzt wurde sie sich wieder bewußt, daß sie ja in einem Café in Roppongi saßen. Auf der langen Reihe von Bildschirmen hinter der Bar leuchteten die neuesten Börsenkurse auf. »Woran hast du in den letzten paar Minuten gedacht?«

»Ich . . .« Tori brauchte erst eine Weile, um wieder ganz in die Gegenwart zurückzukommen. »Ich habe mir nur noch einmal durch den Kopf gehen lassen, was Deke über das Hafnium gesagt hat.« Doch insgeheim fragte sie sich: Warum tue ich das? Warum belüge ich ihn? »Nicht auszudenken, wenn es in die falschen Hände geriete.«

»Es hat wohl wenig Sinn, sich langen Spekulationen über derlei Horror-Visionen hinzugeben. Wir sollten besser dafür sorgen, daß sie nicht Wirklichkeit werden. Jetzt gilt es in erster Linie herauszufinden, an wen dieses Hafnium geliefert wird. Glaubst du, dieser Hitasura wird uns dabei helfen?«

»Davon überzeugen wir uns am besten gleich selbst.«

Eine Audienz bei Hitasura zu bekommen, war genauso schwierig, wie die geheime Kammer im Innern der Cheopspyramide zu finden. Der *oyabun* war allgemein für seine Vorsicht bekannt. Es gab sogar Leute, die ihm regelrechten Verfolgungswahn unterstellten; aber das waren vor allem seine Feinde, deren Urteil in dieser Hinsicht nicht ganz unvoreingenommen war. Die Tatsache, daß noch nie ein Mordanschlag auf Hitasura verübt worden war, durfte wohl als eindrucksvollster Beweis für seine Vorsicht und sein taktisches Geschick gelten.

Wie vielleicht zu erwarten gewesen wäre, hatte diese ausgeprägte Vorsicht jedoch keinerlei lähmenden Einfluß auf ihn. Er war vielmehr bekannt dafür, daß er überall, wo Not am Mann war, selbst anpackte. Vielleicht lag das auch daran, daß er noch zu jung war, um zuviel Macht an seine Unterbosse zu delegieren. Immerhin hatte er während der drei Jahre, seit er an der Spitze seines Clans stand, schon zwei von ihnen exekutieren lassen, weil sie dem Gott Mammon treuer ergeben waren als ihm.

Tori hatte Hitasura vor zehn Jahren kennengelernt, als sie und Greg vor dem Yakuza-Clan hatten untertauchen müssen, dem der Mann mit dem feuerspeienden Drachen auf dem Unterarm angehört hatte. Dabei hatte es sich um die erbittertsten Rivalen von Hitasuras Clan gehandelt, weshalb es sich Hitasura, damals noch ein Unterboß, zur Aufgabe gemacht hatte, Tori und ihren Bruder zu beschützen.

Als einige Jahre später Hitasuras Schwester von Angehörigen dieses rivalisierenden Clans entführt wurde, war es Tori gelungen, ihr Versteck ausfindig zu machen und sie zu befreien. Bei dieser Aktion hatte Tori vier ihrer Bewacher getötet und war selbst an der linken Schulter verletzt worden. Daraufhin hatte ihr Hitasura ewige Freundschaft geschworen. Außerdem war er ihr aufgrund der strengen Regeln von *giri* bis an ihr Lebensende verpflichtet.

Nach einem halben Dutzend Anrufen kam Tori schließlich zu Hitasura durch. Zwanzig Minuten später wurden sie in der Ginza von einem roten BMW abgeholt. Sie mußten beide auf dem Vordersitz Platz nehmen, worauf ihnen erst einmal Augenbinden angelegt und Wachspfropfen in die Ohren gestopft wurden. Erst dann durften sie es sich auf dem Rücksitz bequem machen.

Schweigend fuhren sie dann los. Tori hatte Slade bereits zuvor eingeschärft, auf keinen Fall ein unbedachtes Wort fallen zu lassen oder eine unvorsichtige Bewegung zu machen. »Setz dich einfach hin, leg die Hände in den Schoß und überlasse alles andere diesen Leuten. Ganz gleich, was passiert, es hat alles seine Ordnung.« Das hatte Slade stillschweigend akzeptiert – ein weiteres Zeichen der seltsamen Wandlung, die in ihm vor sich gegangen war. So saß er nun mit ungewohnter Gelassenheit auf dem Rücksitz des BMW, während sie durch die Straßen Tokios chauffiert wurden.

Tori achtete genauestens darauf, wie groß die Strecken waren, die der Wagen zurücklegte, bevor er eine Biegung nach rechts oder links machte. Trotzdem mußte sie sich mehr auf ihr Gefühl und ihren Instinkt verlassen, um angesichts des labyrinthischen Kurses, den der Wagen nahm, die Orientierung nicht vollends zu verlieren.

Wo hätte sie sich wohl an Hitasuras Stelle mit ihnen getroffen?

Sicher irgendwo auf der Straße. Sobald dieser Punkt einmal geklärt war, überließ sie alles Weitere ihrer Intuition. Wenn sie herausbekommen konnte, wohin Hitasura sie bringen ließ, wäre das mit enormen Vorteilen für sie verbunden gewesen; das um so mehr, solange ihm nicht bewußt war, daß sie sich über den Ort ihres Treffens im klaren waren.

Das war eine der Grundregeln dieses Geschäfts: immer Bescheid zu wissen, wo man sich gerade befand. Aber es gab dafür auch noch einen anderen Grund – einen Grund, der Tori zutiefst beunruhigte. Nach Estilos Verrat hatte sie das Gefühl, keinem Menschen mehr trauen zu können. Ein hohes Maß an Vorsicht war zwar in ihrem Job immer vonnöten, aber sie durfte auf keinen Fall zulassen, daß ihr Verfolgungswahn solche Ausmaße annahm, daß sie dadurch in ihrer Entscheidungsfähigkeit gelähmt wurde. Man mußte jeden Augenblick wissen, wohin man zu springen hatte; wenn man es nicht wußte, mußte man blind vertrauen können. Wenn man allerdings in einer solchen Situation niemand mehr vertrauen konnte, stand man plötzlich vor einem gähnenden Abgrund, der nur darauf wartete, einen zu verschlingen.

Nach etwa zwanzig Minuten hielt der BMW abrupt an. Die Türen gingen auf, und Tori und Slade wurden aufgefordert, aus dem Wagen zu steigen. Tori konnte sich des Eindrucks nicht erwehren, daß sie die ganze Zeit nur im Kreis gefahren waren. Andererseits wußte sie, daß die Ginza nicht zu Hitasuras Territorium gehörte. Oder sollte sich das in der Zwischenzeit geändert haben?

Sie stiegen ein paar Stufen hinauf, duckten sich durch eine niedrige Öffnung und blieben stehen. Dann wurden sie aufgefordert, ein paar Schritte nach rückwärts zu gehen. Als von hinten etwas Weiches gegen ihre Kniekehlen stieß, setzten sie sich.

Erst jetzt wurden ihnen die Augenbinden und Ohrenstöpsel wieder abgenommen. Sie hörten das leise Brummen eines Dieselmotors, das begleitet wurde von dem Gefühl, sich in Bewegung zu befinden.

Natürlich, schoß es Tori durch den Kopf. Wir befinden uns in einem Fahrzeug! Sie haben uns die ganze Zeit nur im Kreis herumgefahren, damit wir denken sollten, in einem anderen Teil der Stadt zu sein. Aber in Wirklichkeit stand dieser Lieferwagen gleich um die nächste Ecke. Sobald sich Hitasuras Leute vergewissert hatten, daß ihnen niemand folgte, hatten sie über Funk den Lieferwagen angefordert.

Blinzelnd sah sich Tori um. Trotz der Dunkelheit konnte sie die Umrisse eines winzigen Wohnraums erkennen. Sie saßen auf einem Sofa mit einem Bezug in leuchtenden Blau-, Grün- und Gelbtönen. Es war flankiert von zwei Mahagonibeistelltischen mit chinesischen Ingwertöpfen, die zu Lampenfüßen umfunktioniert worden waren. Davor standen ein Couchtisch aus Glas und Messing und zwei dunkelblau bezogene Lehnsessel. An den Wänden hingen ein paar geschmackvolle Drucke mit Landschaftsdarstellungen. Fenster gab es keine. Trotzdem wirkte der Raum ausgesprochen gemütlich.

»Wo sind wir hier?« fragte Slade.

»In einem Lieferwagen«, antwortete eine tiefe Stimme. Als sie darauf beide aufschauten, sahen sie Hitasura den Raum betreten. Er war groß und schlank und hatte ein freundliches Lächeln auf den Lippen. »Übrigens verfüge ich über mehrere dieser praktischen Gefährte. Sie haben mir schon bei unzähligen Gelegenheiten nützliche Dienste erwiesen.«

Hitasura ließ sich in einem der Lehnsessel nieder. »Schön, dich nach so langer Zeit wiederzusehen, Tori.« Wäre da nicht dieser bedrohliche Zug in seinem Gesicht gewesen, hätte man

Hitasura durchaus als gutaussehend bezeichnen können. Aber er hatte auffallend harte Augen, eine scharfe Nase und einen unnachsichtigen Mund. Außerdem war seine linke untere Gesichtshälfte von einem braunen Muttermal entstellt.

»Hitasura-san«, erwiderte Tori förmlich. »Das ist Russell Slade, ein Freund.«

»Mr. Slade.« Hitasura verneigte sich. »Ich hoffe, Sie vergeben mir die etwas theatralischen Begleitumstände, unter denen ich Sie hierher habe bringen lassen. Aber diese kleine Vorsichtsmaßnahme war leider unerläßlich.«

»Was ist passiert?« fragte Tori. Sein Ton hatte sie sofort stutzig gemacht.

Hitasura ließ sich in seinen Sessel zurücksinken und spreizte seine Finger gegeneinander. »Ich weiß kaum, wo ich beginnen soll. Kann sein, daß wir kurz vor dem Ausbruch eines erbitterten Bandenkriegs stehen, Tori-san. Allerdings hoffe ich, daß sich das umgehen läßt.« Er sah sie eindringlich an. »Mein einziger Bruder ist tot.«

»Wie ist es dazu gekommen?«

»Er wurde ermordet. Viel mehr kann ich dazu im Moment selbst noch nicht sagen. Es ist kurz nach Mitternacht passiert. Jemand ist in seine Wohnung eingebrochen. Obwohl die Täter verschiedene Gegenstände entfernt haben, steht jetzt schon fest, daß Raub als Motiv nicht in Frage kommt. Sein Geld und die Wertsachen haben sie nämlich nicht angerührt.«

»Hast du schon einen Verdacht, wer dahinterstecken könnte?«

»Nein.« Hitasura schüttelte den Kopf. »Im Augenblick wissen wir nur, daß gestern früh eine Frau den Lehrer meines Bruders, einen Universitätsprofessor namens Giin, von der Nihonbashi-Brücke gestürzt hat. Giin hatte meinem Bruder beigebracht, wie man Geheimcodes entschlüsselt.«

»Wer hat diesen Giin umgebracht? Fukuda?«

»Das war auch mein erster Gedanke, da Fukuda für meinen Erzrivalen Big Ezoe arbeitet. Aber seltsamerweise hat sich Fukuda zum Zeitpunkt von Giins Tod ganz woanders aufgehalten.«

»Also eine andere Killerin?« sagte Tori nachdenklich. »Wer könnte das sein?«

»Du bist genau zum richtigen Zeitpunkt nach Tokio gekommen, Tori-san.« In Hitasuras Augen glomm ein seltsames Feuer. »Ich habe alles mobilisiert, um das herauszufinden.«

»Einen ersten Anhaltspunkt haben wir bereits«, sagte Hitasura und griff nach dem Funktelefon, das neben ihm lag.

»Aber du hast doch gar keine Personenbeschreibung der Frau, die diesen Giin getötet hat«, gab ihm Tori zu bedenken. »Außerdem deutet nichts darauf hin, daß sie auch deinen Bruder auf dem Gewissen hat.«

»Aber wir wissen, wo Fukuda ist«, entgegnete Hitasura. »Und Fukuda ist sicher genauestens im Bild, was hier gespielt wird. Wir werden sie also dazu bringen müssen, uns alles zu erzählen, was sie weiß.«

»Wer ist diese Fukuda?« schaltete sich an dieser Stelle Slade ein. »Handelt es sich bei dieser Frau um eine Yakuza-Killerin?«

Tori nickte.

Während der Lieferwagen seine Fahrt durch die Straßen Tokios fortsetzte, ließ sich Hitasura über Funktelefon die neuesten Ergebnisse der großangelegten Suchaktion nach den Mördern seines Bruders durchgeben.

»Aber ich dachte, Frauen hätten in Yakuza-Kreisen nichts zu suchen«, hakte Slade nach.

»Im großen und ganzen ist das durchaus richtig«, bestätigte ihm Tori. »Aber Fukuda ist eine Ausnahme.«

»Und das in verschiedener Hinsicht«, fügte Hitasura hinzu. Er hatte das Telefon inzwischen beiseite gelegt. »Über Fukuda – wie soll ich es sagen? – sind jede Menge Geschichten im Umlauf.«

Tori stieß ein ärgerliches Schnauben aus. »Was Hitasura-san damit meint, ist folgendes: Sie hat sich Zugang zu Yakuza-Kreisen verschafft, indem sie einen *oyabun* so weit für sich gewinnen konnte, daß er sie in seinen Clan aufnahm.«

»Das heißt aber nicht, daß sie dort wirklich von allen akzeptiert wird«, warf Hitasura ein. »Es gibt eine ganze Menge Yakuza, die eine Frau unter keinen Umständen als gleichwertig ansehen würden.«

»Auch nicht, wenn sie besser ist als die meisten Männer?« konterte Tori.

Hitasura sah sie einen Moment finster an, bevor er lachte. »Auch Tori-san ist eine Ausnahme. Ich wäre der Letzte, der ihr die Tatsache, daß sie eine Frau ist, zur Last legen würde.« Der beifallheischende Ton, in dem er das sagte, ließ keinen Zweifel daran, daß er sich dabei ausgesprochen tolerant und modern vorkam.

»Wenn ich Hitasura-san recht verstanden habe«, erklärte Tori, an Slade gewandt, »ist er der Überzeugung, daß diese zweite Killerin, falls wir es tatsächlich mit einer solchen zu tun haben, von Fukuda ausgebildet worden sein muß. Fukuda nimmt in dieser Angelegenheit also eindeutig eine Schlüsselfunktion ein.«

»Einen Augenblick bitte.« Slade sah von einem zum anderen. »Angenommen, es gelingt euch, diese Frau in eure Gewalt zu bringen. Woher wollt ihr wissen, daß ihr sie auch zum Sprechen bringen könnt?«

Statt einer Antwort sah Hitasura Tori nur wortlos an.

Das ließ Slade, dem dieser Blick nicht entgangen war, sofort aufmerken. »Gibt es da etwas, was ich nicht weiß?« Er sah Hitasura forschend an, doch der wich seinem Blick aus. »Tori?«

Auch Tori gab ihm keine Antwort. Statt dessen nahm sie ihn am Handgelenk und legte seine Hand auf ihre linke Hüfte. Diese andeutungsvolle Geste weckte sofort ganz bestimmte Erinnerungen in ihm: an das Treffen in der Bibliothek ihrer Eltern in L. A., als er sie wieder für den Geheimdienst zurückzugewinnen versucht hatte. Bei dieser Gelegenheit hatte er seine Hand auf diese Stelle gelegt und sie gefragt: *Was macht deine Hüfte inzwischen?* Zugleich wies diese Geste jedoch auch in die Zukunft; sie war Ausdruck einer Intimität, über deren wahres Ausmaß sich im Augenblick noch keiner von beiden Gedanken machen wollte.

»Hat dir Fukuda die Hüfte gebrochen?«

Diese Frage war kaum mehr als ein Flüstern, und doch zuckte

Tori so heftig zusammen, als spürte sie noch einmal den blendend grellen Lichtblitz, der ihr die Augenbrauen und den Flaum auf den Armen versengt hatte. Es war, als stürzte sie noch einmal in die bodenlose Tiefe des finsteren U-Bahn-Schachts tief unter den Straßen von Tokio. Und dann einen Augenblick lang dieser seltsame Schwebezustand, gefolgt vom schrecklichem Moment des Aufpralls und der alles zerfetzenden Explosion aus unerträglichem Schmerz. Wie seltsam schwer sich ihr Körper mit einem Mal anfühlt, als sie sich mit zerschmetterten Knochen auf den Gleisen wiederfindet, deren schimmernder, blankgewetzter Stahl überzogen ist von einer warmen, klebrigen Flüssigkeit, die unaufhaltsam aus ihr hervorströmt. Und dann ein kurzer Blick in Fukudas Gesicht, die im Halbdunkel des U-Bahn-Schachts triumphierend über ihr steht. *Ich habe dich gewarnt, mir nicht in die Quere zu kommen. Du hast mir etwas genommen, was mir sehr teuer war. Wie teuer, wirst du vielleicht jetzt, wo du mit deinem Leben dafür bezahlen mußt, begreifen.* In den Triumph mischen sich Haß und Wut. *Du hast auf das falsche Pferd gesetzt. Früher oder später werden wir Hitasura genauso aus dem Verkehr ziehen, wie wir dich ausgeschaltet haben. Einfach so.* Ein kurzes Fingerschnippen, und sie ist verschwunden. Statt dessen wird das Rattern eines näherkommenden U-Bahn-Zugs hörbar. Da taucht er auch schon hinter einer Biegung des Schachts auf. Grell leuchten die blanken Gleise unter dem blendenden Licht seiner Scheinwerfer, unaufhaltsam rast der donnernde Zug auf sie zu. Tori liegt auf den Gleisen, unfähig, sich von der Stelle zu bewegen . . .

»Tori! *Tori!*« Russell hatte sie an den Schultern gepackt und heftig zu schütteln begonnen. »Was hast du denn?«

Mit bleichem Gesicht hob Tori den Kopf. »Nichts«, flüsterte sie heiser und sah ihm in die Augen, die voll Besorgnis und Mitgefühl waren. »Der Kreis hat sich geschlossen, Russ. Schon einmal bin ich nur mit knapper Not dem Tod entronnen. Nun geht alles wieder von vorn los.«

3

Archangelskoje / Sternstädtchen / Moskau / Tokio

»Haben Sie schon das Neueste gehört, Genosse? Sie haben wieder zugeschlagen.«

»Wer hat wieder zugeschlagen?« fragte Valeri.

»Der Weiße Stern«, erwiderte der junge Mann mit dem rosa Muttermal. »Das ist nicht mehr nur ein wilder Haufen bunt zusammengewürfelter Guerillakämpfer. Ganz im Gegenteil – die Organisation verfügt inzwischen über eine schlagkräftige Einsatztruppe, die nicht nur bestens ausgebildet ist, sondern auch über modernste Waffen verfügt. Auf ihr Konto geht übrigens auch der jüngste Anschlag auf das Reaktorzentrum Kyschtym, der zur Folge hatte, daß die gesamte Anlage abgeschaltet werden mußte.«

Valeri Bondasenko hatte wieder auf der Bank Platz genommen, von der man die große alleinstehende Birke im Blick hatte. Er saß zwischen dem jungen Mann mit dem rosa Muttermal und seiner Tochter, die wie immer mit ausdruckslosem Gesicht stumm vor sich hin stierte. Hinter ihnen ragte fast drohend der wuchtige Anstaltsbau auf.

»Da habe ich etwas anderes gehört«, entgegnete Valeri. »Soweit ich informiert bin, kam es in Kyschtym nur zu einem kleineren Störfall, der aber längst wieder unter Kontrolle ist.« In Kyschtym befand sich die größte militärische Reaktoranlage der Sowjetunion. Nachdem in der hoffnungslos veralteten Anlage im Zug mehrerer streng geheimgehaltener Störfälle ein Drittel der dort Beschäftigten ums Leben gekommen war, waren vor drei Jahren sämtliche Reaktoren von Grund auf überholt worden.

Lachend schüttelte der junge Mann den Kopf. »Von wem haben Sie sich denn den Bären aufbinden lassen, Genosse?« Er sah Valeri kein einziges Mal an, sondern starrte immer nur geradeaus vor sich hin. »Kaum zu glauben, wie blauäugig manche Leute immer noch sind.«

Danach verlor er sich plötzlich wieder in wirren Selbstgesprächen, weshalb Valeri wieder seinen eigenen Gedanken nachhing. In seinen Augen hatte der Präsident einen schweren Fehler gemacht, als er das Zentralkomitee zunehmend mehr mit seinen eigenen Leuten besetzt hatte. Solche Formen des Personenkults waren höchst gefährlich; das hatte die Geschichte der Sowjetunion schon mehrmals in aller Deutlichkeit gezeigt.

Natürlich war der Präsident auf Hilfe angewiesen gewesen, um seine Macht stabilisieren zu können; nur hatte er sie unglücklicherweise ausgerechnet beim Militär gesucht. Als Gegenleistung hatte er den Generälen immer mehr finanzielle Unterstützung bewilligt – eine Maßnahme, die in anderen Bereichen zu noch drastischeren finanziellen Engpässen geführt hatte. Dafür bekam der Präsident jetzt auch prompt die Rechnung präsentiert, nämlich immer mehr Streiks und lokale Erhebungen, eine zunehmende Verschärfung der wirtschaftlichen Lage, die Herausbildung einer zusehends westlicher anmutenden Klassengesellschaft und nicht zuletzt ein ständiger Machtzuwachs des Weißen Sterns.

Um sich von diesen unerfreulichen Dingen nicht vollends die Stimmung verderben zu lassen, griff Valeri nach der Hand seiner Tochter – als hätte er noch immer die Hoffnung nicht aufgegeben, ihr so zu zeigen, daß er bei ihr war. Wenn sie wenigstens einmal eine Reaktion gezeigt hätte – irgendein kleines Zeichen, daß sie sich seiner Anwesenheit bewußt war.

Plötzlich fing der junge Mann mit dem Muttermal wieder an: »Nein, nein, Genosse. Das war der Weiße Stern. Sie haben das von Zwangsarbeitern gebaute Wasserreservoir gesprengt. Und sie haben aufgedeckt, daß die Reaktorkerne rissig, die Steuerstäbe schadhaft und die Plutoniumabfälle so unsachgemäß gelagert waren, daß davon ganz Sibirien verstrahlt worden wäre. Soviel ich weiß, ist bereits das gesamte Gebiet um Kyschtym evakuiert worden. Inzwischen finden sich nämlich keine Dummen mehr, die für die Fehler und Versäumnisse anderer ihren Kopf hinhalten und den Schaden unter Einsatz ihres Lebens wieder beheben, wie das bei dem Zwischenfall von 1957 noch der Fall war. Binnen zwei Jahren sind damals mehr als tausend

Menschen an den unmittelbaren Folgen der radioaktiven Strahlung gestorben. Nach zehn Jahren waren weitere zweitausendsiebenhundert Menschen an Krebs erkrankt; dabei handelte es sich fast ausschließlich um diejenigen Angehörigen des Reaktorpersonals, die sich gegen Zusicherung eines längeren Urlaubs bereit erklärt hatten, die Schäden an den defekten Reaktoren zu beheben.« Mit einem schneidenden Lachen fuhr der junge Mann fort: »Diese Leute bekamen ihren verlängerten Urlaub. Nur war er noch eine Spur länger, als sie gedacht hatten.«

Unwillkürlich begann Valeri die blasse Hand seiner Tochter fester zu drücken. Die feinen Verästelungen aus bläulichen Adern, die sich auf ihrer weißen Haut so deutlich abzeichneten, erinnerten ihn an kahle Birkenzweige, die sich hart gegen den fahlen ukrainischen Winterhimmel abhoben.

»Die Sterne«, hatte Valeris Vater in einer der letzten Nächte seines Lebens gesagt. »Vielleicht werden wir in den Sternen Erlösung finden. Sie mögen zwar hart und grausam wirken, mein Sohn, aber glaube mir, sie sind es nicht. Hier unten auf der Erde herrscht die wahre Grausamkeit, in Kiew, in der gewaltsam annektierten Ukraine.«

Unermüdlich hatte Valeri am Bett seines schwerkranken Vaters ausgeharrt, bis aus den Tagen erst Stunden, dann Minuten wurden und sich seine Augen schließlich für immer schlossen. Im selben Augenblick war über den schneebedeckten Dächern der Stadt die Sonne aufgegangen und hatte sie in blutiges Rot getaucht.

Und wie das immer der Fall war, wenn Valeri an seinen Vater dachte, stiegen auch noch andere Erinnerungen an die leidvolle Vergangenheit seines Vaters in ihm auf – Erinnerungen, die sich vor allem um Solowezki drehten.

Gegen Ende der zwanziger Jahre zählten die Solowezki-Inseln im Weißen Meer zu den berüchtigtsten sowjetischen Todeslagern. Untergebracht wurden dort sogenannte antisowjetische Elemente, unter denen das Hauptkontingent die Kulaken bildeten, ukrainische Bauern, die sich gegen die Zwangsenteignung ihres Besitz aufgelehnt hatten.

Solche Kulaken waren auch Valeris Vater und Onkel gewesen. Nachdem sein Onkel von einem russischen Soldaten auf offener Straße niedergeschossen worden war, nur weil er es gewagt hatte, Ukrainisch zu sprechen, entschied sich Valeris Vater für eine andere Art des Widerstands gegen die verhaßte Sowjetherrschaft. Er meldete sich freiwillig zum Militär – nicht zu irgendeiner Einheit, sondern zu dem für seinen Unabhängigkeitsgeist berühmten Ersten Sibirischen Kavalleriecorps.

In erster Linie hatte er mit diesem Schritt die Absicht verfolgt, sich an den Russen zu rächen – ein Entschluß, der ihm rasch zum Verhängnis werden sollte. Denn schon sechs Monate nach seinem Beitritt zu der Truppe unternahm im Herbst 1931 eine Einheit russischer ›Loyalisten‹ einen Straffeldzug gegen das Erste Sibirische, um gründlich mit den dort immer mehr überhandnehmenden ›revanchistischen Elementen‹ aufzuräumen.

Valeris Vater wurde inhaftiert und ohne Gerichtsverhandlung auf die Solowezki-Inseln verbannt. Wie eigentlich die Anklage gegen ihn lautete, sollte er nie erfahren. Aber das war für ihn nicht weiter überraschend. Er war Ukrainer und wußte, daß allein das genügte, um von der Sowjetgerichtsbarkeit als potentieller Krimineller eingestuft zu werden.

Die Lebensbedingungen auf Solowezki waren an Unmenschlichkeit kaum mehr zu überbieten. Die Verpflegung der Gefangenen bestand aus einer täglichen Ration schimmeligem Schwarzbrot und einer Schale ›Suppe‹ – heißes Wasser mit einem Stückchen schwarzgefrorener Runkelrübe. Die dünne Häftlingskleidung bot keinerlei Schutz gegen die mörderische Kälte, und wenn sich die Gefangenen gelegentlich an einem offenen Feuer wärmen konnten, war das bereits Luxus.

Eine Woche nach der Einlieferung von Valeris Vater war das Lager bereits hoffnungslos überbelegt. Deshalb wurde ein Teil der Lagerinsassen ausgesondert, um in ein anderes Lager verlegt zu werden. Verständnislos sah Valeris Vater mit an, wie sich seine Mitgefangenen fast die Köpfe einschlugen, um einer solchen Gruppe zugeteilt zu werden. Schlimmer als Solowezki, glaubten alle, konnte es nicht mehr werden. Valeris Vater war einer der wenigen, die lieber im Lager bleiben wollten. Hier wußte er wenigstens, woran er war. Als er trotzdem einer der ausgelagerten Gruppen zugeteilt wurde, legte er sich in dem allgemeinen Durcheinander beim Abmarsch neben eine Frau, die schon über einen Tag mit ihrem Kind erfroren im Schnee lag, und stellte sich tot.

Zwei Monate später begannen im Lager die ersten Gerüchte zu kursieren, wie es ihren deportierten Leidensgenossen ergangen war. Sie waren nach Sibirien gebracht worden, wo man sie in der Eiswüste am Ufer des Wasijuga ohne Nahrung und Kleidung einfach ihrem Schicksal überließ. Keiner von ihnen überlebte.

Valeris Vater verbrachte mehr als drei Jahre auf Solowezki. Obwohl er infolge der Kälte zwei Finger und vier Zehen verloren und fünfundzwanzig Kilo abgenommen hatte, überlebte er. Er durchsuchte die Toten nach Nahrungsresten, aß das Fleisch eines an Entkräftung verendeten Wachhunds und lernte im Lauf der Zeit, im eiskalten Wasser den einen oder anderen Fisch zu fangen.

In einer mondlosen Winternacht gelang ihm schließlich die Flucht. Sechs Wochen später war er wieder in Kiew. Bis dahin hatte er jedoch jedes Gefühl in seinen Beinen verloren. Sie mußten ihm beide amputiert werden. »Nur zu!« hatte er die Ärzte angebrüllt. »So macht schon! Ich habe doch sowieso nur noch sechs Zehen. Was gibt es da schon noch viel wegzusäbeln!«

Aber die Gefangenschaft auf Solowezki hatte ihn nicht nur beide Beine gekostet; er hatte in diesen drei Jahren auch seinen Glauben an die Menschheit verloren. Er hatte inmitten von Toten gelebt, hatte sich von gefrorenem Hundefleisch ernährt, hatte Tag für Tag mitansehen müssen, wie seine Mitgefangenen entweder an den Folgen der Entkräftung starben oder von betrunkenen Wachen aus purer Langeweile erschossen wurden. Diese Erlebnisse hatten tiefe Wunden in seine Seele gerissen – Wunden, die nie mehr verheilen sollten. Genauso heftig, wie er auf die Erschießung seines Bruders reagiert hatte, reagierte er nun auch auf die Jahre der Gefangenschaft auf den Solowezki-Inseln. Nur richteten sich seine Verbitterung und Wut diesmal nicht nach außen, sondern nach innen.

Es war sein Sohn Valeri gewesen, der ihn davon abgehalten

hatte, sich eine Kugel durch den Kopf zu jagen. »Ich möchte von dir lernen, Vater. Ich möchte wissen, was es heißt, ein Ukrainer zu sein. Und der einzige, der mir das beibringen kann, bist du.« Worte wie diese waren es gewesen, die ihn schließlich dazu bewogen, sich nicht das Leben zu nehmen.

Nun bin ich selbst in der Rolle eines Vaters, dachte Valeri Bondasenko, während er an der Seite seiner Tochter im weitläufigen Park der Anstalt saß. Wie gern würde ich dem Mädchen all das weitergeben, was du mir einmal beigebracht hast, Vater. Aber es ist einfach keine Verständigung mit ihr möglich. So sehr ich mich auch bemühe, meine Worte dringen nicht zu ihr durch.

Heißt das, daß sie uns letzten Endes doch kleingekriegt haben, Vater? Jahrelang haben uns die Russen systematisch unterdrückt; sie haben uns unserer Kultur und unserer Vergangenheit beraubt – mit dem Ziel, uns eines Tages endgültig auszulöschen. Nein, nein, Vater, keine Sorge. Ich habe nicht vergessen, was du mich gelehrt hast. Mein Haß ist so tief in meinem Herzen verborgen, daß niemand je herausfinden wird, was tatsächlich in mir vorgeht.

Nein, sie haben noch nicht gewonnen, die Russen. Aber sie haben auch nicht verloren. Noch nicht.

Ein neuer Tag und ein neuer Versuch, etwas Brauchbares aus dem Helden herauszubekommen, dachte Mars Wolkow, als sein Tschaika vor dem festungsartigen Bau im Herzen von Sternstädtchen hielt. Er stieg nicht sofort aus, sondern hörte sich noch einmal die Tonbandaufzeichnung von seiner letzten Unterredung mit dem Helden an.

»Was ist nur plötzlich in mich gefahren? Bevor ich zu dem Flug ins All aufgebrochen bin, hatte ich eigentlich nie viel Sinn für Humor. Wer weiß, vielleicht kommt das davon, wenn man so lange zwischen Himmel und Hölle schwebt, wie ich das getan habe.«

Voll Befriedigung dachte Mars an die theatralischen Umstände zurück, unter denen er die Überwachungsvorrichtungen im Quartier des Helden außer Betrieb gesetzt hatte. Diese Maßnahme hatte ihre Wirkung nicht verfehlt, und die keineswegs nur gespielte Entrüstung der verantwortlichen Ärzte und Wissenschaftler, die er nicht über sein Vorhaben informiert hatte, hatte dem Ganzen noch die Krone aufgesetzt. Es war nicht einfach, dem Helden und besonders diesem idiotischen Delphin etwas vorzumachen. Arbats Anschaffung, mußte sich Mars im nachhinein eingestehen, war bisher sein größter Fehler gewesen. Aber daran ließ sich nun auch nichts mehr ändern.

»Einige Leute glauben, daß Sie sich das alles nur eingebildet haben oder uns absichtlich etwas vormachen – oder die wahren Vorgänge so sehr verdrängt haben, daß ihre Erinnerung daran getrübt ist, ohne daß Sie sich dessen bewußt sind.«

Alles in allem, dachte Mars, war das letzte Gespräch relativ befriedigend verlaufen. Ihm war von Anfang an klar gewesen, daß es keinen Sinn gehabt hätte, den Helden in dieser Phase des Verhörs aufs Glatteis führen zu wollen. Dazu war er viel zu clever. Vor allem durfte er jetzt, nachdem das Zünglein an der Waage langsam in seine Richtung auszuschlagen begann, nicht den verhängnisvollen Fehler begehen, zu vorschnell vorzugehen und den Helden zu unterschätzen. Mars' Ärger über ihre ständigen Wortgefechte war keineswegs nur gespielt gewesen. Aber so entnervt, wie er dem Helden gegenüber getan hatte, war er nun auch wieder nicht gewesen. Jedenfalls hatte sich seine bisherige Taktik als wirkungsvoll erwiesen. Der Held war auf den Trick mit den abgeschalteten Abhöranlagen hereingefallen. Statt dessen hatte Mars jedoch ein Minitonbandgerät und ein Körpermikrofon unter seiner Kleidung versteckt gehabt und damit ihr Gespräch aufgezeichnet. So gerüstet, erschien er auch zu seinem heutigen Treffen mit dem Helden.

»Der Tote öffnete die Lippen und ...«

»Nein. Das war nicht wie in einem dieser lächerlichen Horror- oder Fantasy-Filme, in denen alle möglichen Wesen wieder zum Leben erwachen. So läßt sich das nicht ...«

Mars streckte die Hand aus, um das Band abzuschalten. Was war dort oben im All tatsächlich passiert? Diese Frage begann ihn intensiver denn je zu beschäftigen.

Gedankenversunken blieb er einen Moment sitzen, bevor er ausstieg und auf den Eingang des Gebäudes zuging, um sich den lästigen, aber nötigen Sicherheitskontrollen zu unterziehen.

Diesmal leistete dem Helden Tatjana Gesellschaft – eine kleine, blonde Frau mit einem gesund geröteten Gesicht und weit auseinanderstehenden, offenen grauen Augen. Sie hatte athletisch breite Schultern und schmale Hüften und war auf ihre Art nicht weniger attraktiv als Lara.

»Guten Morgen, Genosse«, begrüßte sie Mars beim Betreten des Hallenbads. Ihr knapper Badeanzug mit den hoch angeschnittenen Beinen versetzte Mars jedesmal einen leichten Schock. Er nahm sich deshalb vor, für die Betreuerinnen etwas züchtigere Badeanzüge zu bestellen.

Er erwiderte ihren Gruß mit einem kurzen Nicken. »Wo steckt Odysseus?«

In diesem Moment tauchte Arbat in der Mitte des Beckens auf, kam auf den Rand zugeschwommen und ließ eine hohe Wasserfontäne auf Mars niedergehen. Tatjana konnte nur mit Mühe ein Lachen unterdrücken. »Unter der Dusche«, antwortete sie, sobald sie sich wieder einigermaßen im Griff hatte. Dann brachte sie Mars ein Handtuch, mit dem er sich mit betont finsterer Miene abtrocknete.

»Wozu muß der Kerl eigentlich noch duschen?« brummte Mars ärgerlich. »Er hält sich doch sowieso die ganze Zeit im Wasser auf.«

»Er duscht immer, bevor er ins Wasser geht.«

Als ein leiser Summton ertönte, ging Tatjana auf eine Milchglastür zu und verschwand dahinter. Gleich darauf verstummte das Rauschen der Dusche, und sie kam mit dem Helden in den Armen wieder nach draußen.

Wortlos beobachtete Mars, wie sie ihn in den Pool gleiten ließ. Er wirkte so glitschig wie ein Aal, und das aufgeregte Schnattern, mit dem Arbat ihn begrüßte, erwiderte der Held mit einem ähnlichen Geräusch, als wäre das für ihn die selbstverständlichste Sache von der Welt.

Dann erst wandte er sich Mars zu. »Sie sind heute früh dran.«

»Guten Morgen«, sagte Mars sichtlich pikiert.

Auf dem Rücken treibend, sah ihn der Held erstaunt an. »Was ist denn mit Ihnen passiert? Sind Sie in eine Pfütze gefallen? Es regnet heute doch gar nicht.«

»Der Delphin . . .« Aus dem Augenwinkel bemerkte Mars, wie Tatjana ein Kichern zu unterdrücken versuchte. »Ihr verdammter Delphin fand das wohl furchtbar witzig.«

»Witzig war das keineswegs gemeint«, korrigierte ihn der Held, nachdem Arbats Schnattern verstummt war. »Das war nur ihre Art zu sagen: Guten Tag, Genosse!«

»Ich würde Ihnen raten, meine Geduld lieber nicht zu sehr auf die Probe zu stellen.«

»Was glauben Sie wohl, daß Sie die ganze Zeit machen?« Er grinste. »Na schön, damit wären wir also quitt. Aber wie ich Sie kenne, sehen Sie das vermutlich etwas anders. Ich möchte wetten, daß Sie sich gerade fragen, warum sich Odysseus eigentlich den ganzen Tag im Pool aufhält.« Bevor Mars etwas erwidern konnte, fuhr der Held bereits fort: »Kommen Sie doch auch ins Wasser. Nutzen Sie die einmalige Gelegenheit, selbst herauszufinden, warum ich mich hier so gern aufhalte. Leisten Sie uns Gesellschaft. Oder sind Sie wasserscheu?«

Mars zögerte, aber der Held ließ nicht locker. »Warum so unentschlossen? Wir werden Ihnen die Entscheidung etwas erleichtern. Arbat.« Schon schnellte der Delphin in hohem Bogen aus dem Wasser und spritzte Mars eine gezielte Fontäne mitten ins Gesicht. Zudem ließ er sich bei der Landung in voller Länge aufs Wasser klatschen, so daß eine hohe Welle über den Beckenrand schwappte und Mars die Schuhe naß machte.

»Jetzt bleibt Ihnen gar nichts anderes mehr übrig, Genosse«, sagte der Held mit unverhohlener Schadenfreude.

Mars kochte zwar innerlich, aber nach außen hin ließ er sich nicht das geringste anmerken. Er sagte nur: »Ich habe keine Badehose dabei.«

»Das ist doch kein Grund«, ließ der Held nicht locker. »Ich brauche doch auch keine Badehose.«

Da Mars darauf keine passende Antwort einfiel, ging er in die Dusche und zog sich aus. Kurz darauf kam er mit einem Handtuch um die Hüften wieder zurück.

»Willkommen, Wolkow«, begrüßte ihn Odysseus theatralisch. »Willkommen auf der Insel Polyphems, des Zyklopen.«

Mit finsterer Miene trat Mars an den Beckenrand, ignorierte Tatjana ganz bewußt, ließ das Handtuch fallen und stieg ins Wasser.

Vor Freude begann sich der Delphin so wild zu gebärden, daß Mars sich unwillkürlich fragte, was für einen Streich er ihm wohl diesmal spielen würde. Fürs erste schien er sich allerdings noch damit zufriedenzugeben, laut schnatternd durchs Wasser zu schnellen, ohne Mars weiter zu behelligen.

»Hier im Wasser ist es einfacher«, sagte der Held, als sich Arbat wieder einigermaßen beruhigt hatte.

»Was ist einfacher?« wollte Mars wissen.

»Das Leben.« Odysseus schien ganz in das Spiel der Lichter vertieft, die das Wasser des Pools an die Decke warf. »Ich dachte, das verstünde sich von selbst.« Als er darauf unvermittelt den Blick senkte, stellte Mars fest, daß seine Augen die Farbe von bläulich schimmerndem Stahl hatten; sie wirkten auch genauso hart. »Aber vielleicht habe ich Sie überschätzt.«

»Das will ich doch nicht hoffen.«

»Das wird sich gleich zeigen.«

»Ich hätte gern an einen Punkt angeknüpft, über den wir das letzte Mal gesprochen haben«, versuchte Mars das Thema ihres letzten Gesprächs wieder aufzugreifen. »Über diese unbeschreibliche Farbe, die Sie in – in Menelaus' Augen gesehen haben.« Um ein Haar wäre Mars der Name für den amerikanischen Kollegen des Helden nicht mehr eingefallen. Menelaus war einer der griechischen Heerführer gewesen, die wie Odysseus gegen Troja zu Feld gezogen waren. »Sie selbst haben dieses Phänomen als die Farbe Gottes bezeichnet. Nun würde ich gern wissen, wie Sie ausgerechnet auf diesen Begriff gekommen sind. Es muß doch auch andere Möglichkeiten geben, dieses Phänomen zu beschreiben.«

»Glauben Sie?« erwiderte der Held mit unüberhörbarer Skepsis. »Und selbst wenn dem so wäre – Sie würden trotzdem nichts begreifen. Sie tappen doch alle im dunkeln. Ich bin das einzige Licht, das Ihnen in dieser Finsternis den Weg weisen kann.«

»Ein Licht ja«, gestand ihm Mars zu. »Aber gleich Gott?«

»Da wären wir wieder bei dem Thema«, seufzte der Held. »Dabei waren doch Sie derjenige, der nicht mehr über Gott sprechen wollte.«

»Ich habe in diesem Punkt meine Meinung geändert.«

»Tatsächlich? Wie außerordentlich anpassungsfähig von Ihnen! Ich bin beeindruckt.« Der Held schloß die Augen. »Also schön, sprechen wir über Gott. Wissen Sie, daß Delphine an Gott glauben? Es mag Sie vielleicht erstaunen, aber Arbats Gottesbegriff ist in meinen Augen wesentlich einleuchtender als die plumpen Deutungsversuche, die bisher von euch Menschen unternommen worden sind.« Da war es wieder. Nicht von ›uns‹ war die Rede, sondern von ›euch Menschen‹. Gerade so, als wäre er selbst kein Mensch mehr.

»Ich bediene mich des Begriffs ›Farbe Gottes‹ aus dem einfachen Grund, weil es der einzige ist, der der Sache halbwegs angemessen ist. Aber wieder zurück zu Arbat – und zu Delphinen im allgemeinen. Ihr Verstand funktioniert nicht wie der menschliche Verstand, Wolkow. Lineares Denken ist ihnen völlig fremd. Die Funktionsweise des Verstands eines Delphins ließe sich eher mit einer sich in konzentrischen Kreisen ausbreitenden Welle vergleichen. Interessant, finden Sie nicht?« Erst jetzt schlug er die Augen wieder auf. »Für Arbat ist Gott Zeit. Nicht Tag und Nacht – in solchen willkürlichen Unterteilungen denken Delphine nicht. Nein, sie sehen Zeit als Bewegung – Bewegung, die schon vor dem Leben beginnt, das Leben durchzieht und sich weiter ausdehnt, wenn das Leben längst zu Ende gegangen ist.«

Mars versuchte sich davon eine Vorstellung zu machen. »Und was hat das mit der Farbe in Menelaus' toten Augen zu tun?«

»Sie waren nicht tot«, korrigierte ihn der Held. »Gewiß, aus Menelaus' Körper war alles Leben gewichen. Aber seine Augen waren zu einem Medium geworden.«

»Was genau haben Sie in ihnen gesehen?«

»Das«, brummte der Held verdrießlich, »ist der grundlegende Fehler, in den Sie alle immer wieder verfallen. Ich habe absolut nichts *in* ihnen gesehen. Ich habe *durch* sie hindurchgesehen – wie durch eine Art Teleskop, das mir den Blick in eine völlig neue Dimension eröffnet hat – räumlich wie zeitlich.«

Nun war es an Mars, die Augen zu schließen. Angestrengt begann er sich die Lider zu massieren. Das Hauptproblem war, daß er selbst nicht wußte, ob er dieses Gespräch für ausgesprochen tiefschürfend oder für schlicht und einfach absurd halten sollte. Hatte er es hier mit einem Verrückten zu tun oder mit einem – ja, was? Was war mit den beiden Astronauten an Bord der Odin-Galaktika II geschehen, als plötzlich der Funkkontakt mit ihnen ausgefallen war? Das herauszufinden, war Mars' Aufgabe.

War mit dem Helden tatsächlich eine seltsame Veränderung vor sich gegangen oder führte er nur alle Welt an der Nase herum, um sich als Gegenleistung für die während des Flugs erlittenen Schäden auf Staatskosten ein schönes Leben machen zu können? Jedenfalls war die Möglichkeit, daß mit dem Helden *tatsächlich* eine unerklärliche Wandlung vor sich gegangen war, nicht grundsätzlich auszuschließen. Das beunruhigte Mars am allermeisten. Wenn das nämlich der Fall war – was war dann aus ihm geworden?

»Könnten Sie mir vielleicht etwas konkreter erklären«, sagte Mars schließlich, »was Sie mit dieser anderen Dimension meinen?«

Odysseus streckte den Arm aus. »Tatjana, würdest du bitte herkommen.«

Nachdem Tatjana seiner Aufforderung nachgekommen war, faßte sie der Held von hinten an den Schultern und schob sie vor sich her auf Mars zu, bis sich ihr Körper so fest gegen den von Mars preßte, daß er ganz deutlich ihre festen Brüste, ihren leicht gewölbten Bauch und ihren Venushügel spüren konnte.

»Was . . .«

»Immer schön dagegenhalten, Genosse«, erklärte der Held bestimmt. »Und nicht zurückweichen. Das alles geschieht nur im Namen der sogenannten Wissenschaft.« Er sah Mars in die Augen. »Nun versuchen Sie sich vorzustellen, daß Sie, obwohl Sie nach wie vor Sie selbst bleiben, Tatjanas Brüste, ihren Körper, ihr Geschlecht so fühlen, als wäre es Ihr eigenes; versuchen Sie sich in Sie hineinzuversetzen, werden Sie eins mit ihr, bis Sie nicht mehr wissen, ob es Ihr Blut ist oder das Tatjanas, das durch Ihre Adern strömt. Können Sie das, Wolkow? Nein, vermutlich nicht.« Er ließ Tatjana los. »Aber genau das ist es, was ich mit einer anderen räumlichen Dimension gemeint habe.«

»Das heißt«, wiederholte Mars bedächtig, als müßte er sich erst Schritt für Schritt in diese neue Gedankenwelt hineinfinden, »daß Sie in Menelaus' toten Augen die Gegenwart eines anderen Wesens gespürt haben?«

»Ja.«

»Und mit diesem Wesen sind Sie eins geworden.«

»Nicht eins geworden«, korrigierte ihn der Held. »Es war eher so, als hätte ich mich für einen Moment in diesem anderen Wesen umsehen dürfen.«

»Damit wir uns nicht mißverstehen«, hakte Mars nach. »Meinen Sie mit diesem ›Wesen‹ so etwas wie einen Außerirdischen?«

»Ich wüßte nicht, was es anderes gewesen sein sollte.«

Wenn man den Kerl so reden hört, dachte Mars, könnte man tatsächlich denken, er sagt die Wahrheit. Oder fange ich etwa selbst schon an, langsam verrückt zu werden? Vielleicht sollte ich nicht mehr so oft hierher kommen. Ob Wahnsinn anstekkend sein kann? Nein. Völlig ausgeschlossen. Wenn allerdings Odysseus verrückt sein sollte, dann hätte man es hier mit einer völlig neuartigen Form von Wahnsinn zu tun.

»Na schön«, sagte Mars schließlich. »Soviel also zum räumlichen Aspekt dieser anderen Dimension. Wie sieht es mit dem zeitlichen aus?«

»Seltsamerweise ist das einfacher zu erklären«, erwiderte der Held. »Es steht nämlich in unmittelbarem Zusammenhang mit der Farbe zwischen den Sternen, der Farbe Gottes. Gott ist Zeit, und was ich gesehen habe, war die Zeit. Allerdings nicht die Gegenwart oder die Vergangenheit oder die Zukunft.«

»Jetzt sprechen Sie in Rätseln«, warf Mars ein. »Einstein hat bewiesen, daß . . .«

»Einstein hat sich getäuscht«, unterbrach ihn Odysseus bestimmt. »Er war zwar zweifellos ein großer Denker, aber trotzdem nur ein Mensch und somit gewissen Beschränkungen unterworfen.«

»Aber es gibt doch nur Vergangenheit, Gegenwart und Zukunft.«

»Keineswegs, Wolkow. Was ich gesehen habe, waren alle drei zeitlichen Dimensionen auf einmal. Allerdings waren Vergangenheit, Gegenwart und Zukunft nicht übergangslos zu einem einzigen großen Ganzen verschmolzen wie etwa das Wasser dreier ineinanderfließender Flüsse; vielmehr bildeten sie ein Kontinuum. Es war, als träte man aus einem dichten Wald hervor und stünde plötzlich am Strand eines unermeßlich weiten Ozeans, von dessen Existenz man bisher nichts geahnt hatte.«

Je länger der Held sprach, desto mehr legte sich ein verklärtes Strahlen über seine Züge. Von Mars ergriff eine seltsame Beklommenheit Besitz.

»Und dann watete ich in dieses Meer hinaus«, fuhr Odysseus fort, »in diesen endlos weiten Ozean, der die Zeit war. Und ich stieß auf die Quelle allen Seins. Ich sah mich in Vergangenheit–Gegenwart–Zukunft gleichzeitig existieren. Es gab kein jünger oder älter, und vor allem auch keinen Tod. Alter und Tod sind nichts als Illusionen. Die Menschen machen sich völlig irrige Vorstellungen über das wahre Wesen der Existenz, Wolkow.« Er strich kurz über seine silbern schimmernde Haut. »Auch der Körper ist eine solche Illusion. Er ist es, der uns einschränkt und begrenzt, der die Illusion des Alterns und des Todes aufrechterhält. Ohne den Körper können wir uns völlig frei und ungehindert im Meer der Zeit bewegen.«

Wieder überkam Mars jenes seltsame Schwindelgefühl, das einen unweigerlich befällt, wenn man einen zu tiefen Blick in die Abgründe der menschlichen Seele wirft. Weniger denn je hätte er in diesem Moment sagen können, wer von ihnen beiden nun eigentlich verrückt war.

Für einen Moment sah ihn Odysseus durchdringend an. »Ich kann Ihnen deutlich ansehen, daß Sie mir nicht glauben.« Er hob die Schultern. »Sie haben mich selbst darum gebeten, ich soll Ihnen zu beschreiben versuchen, was ich dort oben erlebt habe. Machen Sie bitte nicht mir den Vorwurf, daß Sie es nicht begreifen können.« Er bedachte ihn mit einem mitleidigen Blick. »Andererseits kann ich Ihnen das nicht übelnehmen. Sie haben nicht erlebt, was ich erlebt habe. Wie sollten Sie mir also glauben?«

Darüber dachte Mars lange nach, bevor er erwiderte: »Nur eines stört mich bei dem Ganzen.«

»Nur eines?« Über Odysseus Züge legte sich ein sarkastisches Grinsen.

»Nach dem zu schließen, was Sie eben über ihre Erlebnisse im All erzählt haben, könnte man fast meinen, Sie müßten gewissermaßen in einem Zustand der Gnade, erfüllt von tiefem Seelenfrieden, auf die Erde zurückgekehrt sein. Dem widerspricht jedoch die tiefe Verbitterung, die offensichtlich an ihnen zehrt. Zudem haben Sie schon wiederholt darauf hingewiesen, daß Sie sich in einem seltsamen Schwebezustand zwischen Himmel und Hölle befinden. Wie erklären Sie sich diese Widersprüche?«

Statt einer Antwort wandte sich Odysseus seiner Betreuerin zu und sagte: »Ich möchte aus dem Wasser.«

Tatjana stieg aus dem Becken und entfernte sich.

»So bleiben Sie doch«, versuchte ihn Mars zurückzuhalten.

»Nur Geduld, Wolkow«, winkte der Held ab. »Ich bin gleich wieder zurück.«

Arbat hatte ihren Kopf aus dem Wasser gestreckt und warf neugierige Blicke zwischen den beiden Männern hin und her. Wenig später kam Tatjana mit dem Rollstuhl zurück und hievte den Helden unter dem aufgeregten Geschnatter des Delphins aus dem Wasser.

Als Odysseus schließlich mit einem Handtuch um die Hüften in seinem Rollstuhl saß, sagte er zu Mars: »Wenn Sie mich einen Augenblick entschuldigen würden, Genosse. Sie können sich in der Zwischenzeit mit Tatjana unterhalten. Sicher hat sie Ihnen ein paar interessante Dinge mitzuteilen.« Damit stellte er den Motor des Rollstuhls an und entfernte sich.

Mars stützte sich mit überkreuzten Armen auf den Beckenrand und sah Tatjana lange an, bevor er sagte: »Was geht Ihrer Meinung nach hier vor?«

»Sie wollen wahrscheinlich wissen, ob er verrückt ist oder nicht.«

»Ja, darauf dürfte es letzten Endes hinauslaufen«, mußte Mars zugeben. »Ich muß unbedingt wissen, ob er die Wahrheit sagt oder nicht. Hatte er dort oben tatsächlich eine Begegnung mit einem außerirdischen Wesen oder ist durch die kosmische Strahlung sein Gehirn in Mitleidenschaft gezogen worden?«

»Es könnte durchaus sein, daß sich die Dinge für ihn so dargestellt haben, wie er behauptet. Das schließt jedoch nicht aus, daß er verrückt ist.«

Die Art, in der sie das sagte, erinnerte Mars so sehr an die Diktion des Helden, daß es ihm für einen Moment die Sprache verschlug. Kaum hatte er sich von dem Schock wieder etwas erholt, tauchte der Held wieder auf. Er blieb am Beckenrand stehen, sah auf Mars hinab und sagte: »Weil Sie gerade von meiner tiefen Verbitterung und dem Gefühl, zwischen Himmel und Hölle zu schweben, gesprochen haben.« Damit warf er einen Packen Fotokopien auf den gefliesten Boden. »Vielleicht beantwortet das Ihre Frage.«

Mars hatte kaum in den Unterlagen zu blättern begonnen, als sich ein eisiger Druck auf seinen Magen legte. Was er da vor sich hatte, war ein streng vertrauliches Kreml-Dossier, das nur für einen auserwählten Kreis von Politbüromitgliedern zugänglich war und dessen Inhalt auf gar keinen Fall an die Öffentlichkeit hätte dringen dürfen. Mit zitternden Händen fragte sich Mars, wie es möglich war, daß dieses hochbrisante Dokument in die Hände des Helden gelangt war, der doch hier wie in einem Gefängnis von aller Welt abgeschirmt lebte. Dabei fiel ihm wieder ein, daß der Held auch von Laras und Tatjanas wöchentlichen Berichten an ihn Bescheid wußte. Er starrte den Helden an, als sehe er ihn zum erstenmal. Gütiger Gott, dachte er, was kommt da nur auf uns zu?

Sein Mund war so trocken, daß er mehrmals schlucken mußte, bevor er schließlich hervorbrachte: »In diese Unterlagen hätten Sie unter keinen Umständen Einsicht nehmen dürfen.« Natürlich wäre es müßig gewesen, ihn zu fragen, wie er dieses Dokument in seinen Besitz gebracht hatte; das hätte er ihm sicher nicht verraten. Ebensowenig sah er im Augenblick eine Möglichkeit, ihm dieses Geheimnis zu entreißen. Seine einzige Chance war, den Helden so weit zu bringen, daß er es ihm freiwillig sagte.

»Genau das habe ich aber getan«, erwiderte Odysseus. »In diesem Dossier sind bis ins kleinste alle Einzelheiten eines Experiments aufgeführt, dem wir während des Marsflugs unterzogen werden sollten. Das Komische daran ist nur, daß weder Menelaus noch ich etwas davon gewußt haben.«

»Und auch sonst niemand.«

»Denken Sie etwa, das wäre ein Trost für mich? Daß wir nicht die einzigen waren, die von dieser Schweinerei nichts wußten?« Odysseus legte den Kopf auf die Seite, als lauschte er einer Stimme, die nur er zu hören imstande war. »*Aber wir haben dafür unseren Kopf hingehalten!*« Er brüllte unvermutet mit solcher Lautstärke los, daß Tatjana heftig zusammenzuckte.

Mars wurde plötzlich von einem seltsamen Angstgefühl beschlichen. Wie verletzlich und ausgeliefert er sich mit einem Mal im Wasser fühlte, während der Held in seinem Rollstuhl fast drohend über ihm saß.

»Wir sollten als Versuchskaninchen herhalten, damit Sie die Auswirkungen der kosmischen Strahlung testen konnten«, fuhr Odysseus wieder leiser fort. »In unsere Raumanzüge waren spezielle Filter eingebaut, die eine geringe Dosis kosmischer Strahlung durchgelassen haben.«

»Nein«, widersprach ihm Mars. »Das ist so nicht richtig. Diese Maßnahme wurde zwar in Erwägung gezogen; aber sie wurde nie in die Tat umgesetzt.«

»Versuchen Sie nicht, mir ewas vorzumachen, Genosse.«

»Jetzt überlegen Sie doch einmal«, hielt ihm Mars entgegen. »Glauben Sie im Ernst, die Amerikaner hätten einem derartigen Experiment zugestimmt? Wenn Sie während des Flugs mit der Odin-Galaktika geringen Mengen kosmischer Strahlung ausgesetzt worden sind, dann ist das nicht mit Absicht geschehen, sondern weil etwas schiefgegangen ist.«

»Soll ich Ihnen sagen, was schiefgegangen ist!« brauste Odysseus auf. »Es stand von Anfang an nicht in Ihrer Absicht, daß wir den Mars erreichen sollten. In Wirklichkeit diente das ganze Unternehmen nur dem Zweck, die Auswirkungen kosmischer Strahlungen zu untersuchen!«

»Nein, nein!« protestierte Mars mit allem Nachdruck. »Für wen halten Sie uns eigentlich? Wir sind doch keine Unmenschen. Was ist eigentlich mit Ihnen los?«

»Sie wissen ganz genau, was mit mir los ist. Ich bin mit kosmischer Strahlung kontaminiert – und zwar auf Ihre Anordnung hin.« Am liebsten wäre Mars unter den haßverzerrten Blicken des Helden im Boden versunken. Dessen lang aufgestaute Wut brach nun mit voller Wucht aus ihm hervor. »Sie haben mich als Versuchskaninchen benutzt, und das alles nur, weil ein paar Leute dachten, den durch die lange Schwerelosigkeit hervorgerufenen Schäden ließe sich vielleicht durch geringe Dosen kosmischer Strahlung entgegenwirken.« Der Held hatte die Hände zu Fäusten geballt. »Wissen Sie eigentlich, was Sie mir angetan haben?« Er schüttelte den Kopf. »Natürlich nicht. Und selbst wenn Sie es sich vorstellen könnten, wäre es Ihnen egal. Sie sind doch alle nur ein Haufen herzloser Schweine. ›Kein Herz, keine Seele‹, sagt Arbat immer über sie. Wußten Sie das?«

Er öffnete seine rechte Faust. »Wie finden Sie das?« Direkt neben Mars plumpste ein glühender Metallklumpen ins Wasser. »Ein bißchen Plutonium.«

»Sind Sie verrückt geworden!« Mars schoß aus dem Wasser. »Oder wollen Sie mich umbringen!« Am ganzen Körper zitternd stand er am Beckenrand. Niemand machte irgendwelche Anstalten, ihm ein Handtuch zu reichen. Sein Herz schlug wie verrückt, und er merkte, daß er vor Schreck uriniert hatte. Kein Wunder, er war über die Folgen radioaktiver Strahlungsschäden bestens im Bild.

»Jetzt beruhigen Sie sich schon wieder.« Odysseus sah in Mars' kreidebleiches Gesicht. »Das war nur ein ganz gewöhnlicher Stein, den ich mit Radiumfarbe angemalt habe.« Seine Wut schien inzwischen wieder verraucht, und als Arbat etwas zu schnattern begann, legte sich sogar der Anflug eines Lächelns über seine Lippen. »Arbat sagt gerade, daß Sie vor Angst ins Wasser gemacht haben. Da habe ich Ihnen aber einen ordentlichen Schreck eingejagt, was? Vielleicht können Sie sich jetzt ein wenig vorstellen, was Sie mir angetan haben.«

»Aber wir . . .«

»Sparen Sie sich das lieber für das nächste Mal auf.« Damit drehte er sich abrupt auf seinem Rollstuhl herum und fuhr davon.

Ende des Verhörs.

Nachdem Honno ihrer lang aufgestauten Wut endlich freien Lauf gelassen und Giin ermordet hatte, hatte sie einen Traum. In einem seltsamen Schwebezustand zwischen Wachen und Träumen beschritt sie noch einmal den Pfad ihres Erwachens.

Im Alter von acht Jahren hatte Honno zufällig eine Unterhaltung zwischen ihren Eltern belauscht. Es war nachts. Sie war den ganzen Tag mit hohem Fieber im Bett gelegen und konnte nicht mehr schlafen.

Sie hatte lange aus dem Fenster gesehen, wo in der Ferne die Berge, die sie so liebte, im matten Schein des Vollmonds silbern schimmerten. Plötzlich entdeckte sie mehrere verstreute Lichter auf diesen Bergen. Diese Lichter bewegten sich. Da sie einmal gehört hatte, daß in den Bergen die Götter hausten, ging sie davon aus, daß sie diese Lichter waren. Wie oft sie schon zu ihnen gebetet hatte, daß sie doch den schrecklichen Fluch, der auf ihr lag, von ihr nehmen möchten.

Es war Sommer, und die Schiebetür, die vom Schlafzimmer ihrer Eltern in den Garten führte, stand offen, so daß das Mondlicht in ihr Zimmer fiel und ihre scherenschnittartigen Silhouetten gegen die dünnen Reispapierwände warf.

»Ich hatte einen schrecklichen Traum«, begann Honnos Mutter. »Von unserer Tochter.«

»Hör mir bloß mit Honno auf«, brummte ihr Vater Noboru. »Ich will nichts mehr von ihr hören.«

»Das solltest du dir aber anhören!« Die Hand einer Silhouette packte die andere am Ärmel. »Außerdem war das kein gewöhnlicher Traum. Es war mitten im tiefsten Winter. Alles war tief verschneit. Nur die Bäume waren so kahl und schwarz, als wären sie bei einem gewaltigen Brand verkohlt.

Es war also Winter. Wir lebten an einem gottverlassenen Ort. Wo genau, kann ich nicht sagen. Honno wachte auf. Sie war krank – wie jetzt – und mußte aufs Klo. Ich weiß auch nicht warum, aber ich nahm sie mit nach draußen in den Schnee. Sie hockte sich hin und ich paßte währenddessen auf sie auf.

Plötzlich bemerkte ich aus dem Augenwinkel ein flüchtiges Huschen. Ein Wiesel starrte mich aus geröteten Augen an. Es war genauso schwarz wie die verkohlten Bäume und auch genauso dürr. Es war ein Weibchen und hatte noch keinen Winterpelz, so daß ich seine geschwollenen Zitzen von seinem schlaffen Bauch hängen sehen konnte.

Aber das war es nicht, was mir solche Angst gemacht hat. Es war sein Gesicht. Sein Maul war rot von Blut, und ich wußte instinktiv, daß das Weibchen das Männchen gerissen hatte, damit seine Jungen etwas zu fressen hatten. Und jetzt starrte es mit gierigen Blicken Honno an.

In diesem Moment stellte ich zu meinem Entsetzen fest, daß es kein Kot war, von dem sich der Schnee unter ihr dunkel verfärbte, sondern Blut. Und der rote Fleck wurde immer größer.«

»Da hast du es wieder«, brummte Noboru. »Sie ist eben eine *hinoeuma*, im Jahr der Gattenmörderinnen geboren. Das alles haben wir dir zu verdanken, weil du damals nicht die entsprechenden Verhütungsmaßnahmen getroffen hast.«

»Wir müssen unbedingt etwas unternehmen.« Honnos Mutter ließ nicht locker. »Dieser Traum war ein böses Omen, eine Warnung vor drohendem Unheil.«

»Und was sollte ich deiner Meinung nach tun?«

»Bring sie zum Mann vom einen Baum.«

Der Mann vom einen Baum lebte auf einem einsamen Felsen an der Südküste Japans, auf dem nur eine einzige mächtige Kiefer wuchs. Dorthin brach Noboru also mit Honno auf und setzte mit einem kleinen Boot zu der winzigen Felseninsel über. Der Mann vom einen Baum hatte einen mächtigen Buckel und einen Kopf, der viel zu groß für seinen affenartigen Körper war. Honno, der sein unheimliches Äußeres schreckliche Angst einjagte, versteckte sich hinter ihrem Vater und lugte verstohlen zwischen seinen Beinen hervor, als er den Mann vom einen

Baum mit folgenden Worten ansprach: »Meine Tochter ist eine *hinoeuma.* Infolge eines bedauerlichen Mißgeschicks wurde sie im sechzehnten Jahr des Pferdes geboren. Nun fürchten meine Frau und ich, daß sie einmal ihren Mann töten wird.«

Darauf sah der Mann vom einen Baum Honno aus tiefschwarzen Augen lange an. Es hieß, daß er vor vielen Jahren aus Indonesien auf diese einsame Insel gekommen war. Schließlich holte er fünf halbverkohlte Schildkrötenpanzer hervor und warf sie vor sich auf den Boden. Dann kauerte er nieder, um die Risse auf der Innenseite der Schildkrötenpanzer zu studieren.

Nachdem er diese Prozedur zweimal wiederholt hatte, sah er zu Noboru auf. Die Art, wie er dabei die Hände auf seine Knie stützte, ließ ihn noch mehr wie einen Affen aussehen. »Sie könnten sie töten«, sagte er schließlich mit einer seltsam hohen, zitternden Stimme.

Honno fuhr so heftig zusammen, daß ihr Vater sofort schützend seinen Arm um sie legte. »Wie können Sie so etwas sagen?« fuhr er den Mann vom einen Baum an. »Die Kleine ist mein eigen Fleisch und Blut. Was auch immer sie sonst sein mag – sie ist mein Kind. Nie im Leben würde ich dem Mädchen etwas zuleide tun.«

Der Mann vom einen Baum nickte weise, als hätte er eben die Antwort zu hören bekommen, die er hören wollte. »Aber Sie könnten sie auch hier bei mir lassen.«

»Wie lange?« wollte Noboru wissen.

Der Mann vom einen Baum stand auf. »Wenn sie so weit ist, wird sie zu Ihnen zurückkommen.«

»Aber was wird meine Frau dazu sagen? Bestimmt wird sie wissen wollen, wann Honno wieder zu uns zurück –«

»Sagen Sie Ihrer Frau«, unterbrach ihn der Mann vom einen Baum, »sie soll vergessen, daß sie eine Tochter hat. Statt dessen soll sie sich lieber mit anderen Dingen beschäftigen. Sonst wird sie den Trennungsschmerz nicht ertragen.«

Honno weinte bitterlich, als ihr Vater sie beim Mann vom einen Baum zurückließ. In Tränen aufgelöst, rannte sie zum steinigen Strand der winzigen Insel hinunter, um dem Boot hinterherzusehen, das ihren Vater aufs Festland zurückbrachte.

»Vater!« schluchzte sie verzweifelt. »Vater!«

Aber Noboru drehte sich nicht mehr nach ihr um.

Haltlos schluchzend brach Honno auf den spitzen Steinen am Strand zusammen. Doch plötzlich wurde sie von starken Armen hochgehoben, und als sie erstaunt die Augen aufschlug, stellte sie zu ihrer Überraschung fest, daß es der Mann vom einen Baum war, der sie anscheinend völlig mühelos zu seiner Behausung trug.

»Warum weinst du, meine Kleine?« redete er beruhigend auf sie ein. »Du brauchst keine Angst vor mir zu haben.«

»Ich will nach Hause!« heulte Honno nur.

»Das kann ich gut verstehen«, meinte der Mann vom einen Baum. »Zu Hause ist dort, wohin ich dich jetzt bringe.«

Honno brauchte nicht einmal ein Jahr, um die Insel als ihr neues Zuhause zu akzeptieren. Das lag natürlich auch daran, daß Kinder wesentlich anpassungsfähiger sind als Erwachsene. Zugleich übte der Mann vom einen Baum auch eine seltsame Faszination auf sie aus. Obwohl Honno das meiste von dem, was er zu ihr sagte, nicht so recht verstehen konnte, prägte sie sich dennoch jedes seiner rätselhaften Worte ein. Wenn sie dann nachts auf ihrem ärmlichen Lager lag und durch die Äste des einzigen Baums auf der Insel zu den Sternen hochsah, dachte sie noch einmal in aller Ruhe darüber nach.

Und da war noch etwas. Zu ihrer Verwunderung stellte sie fest, daß es ihr von Tag zu Tag mehr Spaß machte, allein zu sein und nichts anderes zu tun, als den unzähligen Geräuschen ihrer Umgebung zu lauschen – dem Rauschen der Brandung, den heiseren Rufen der Möwen, dem Flüstern des Windes in den Zweigen des einen Baumes und dem Arbeiten ihres eigenen Verstands.

»Nachdenken braucht Zeit«, hatte ihr der Mann vom einen Baum gleich zu Beginn ihres Aufenthalts auf der Insel erklärt. »Und es ist auch mit Anstrengungen verbunden. Du allein mußt entscheiden, welche Gedanken dir gut tun und welche dir schaden. Am besten, du stellst dir deinen Verstand als einen Garten vor, der ständiger Pflege bedarf. Um die Pflanzen darin zum Wachsen zu bringen, mußt du zunächst einmal eifrig studieren;

zugleich mußt du immer wieder in dich gehen, um alles Unkraut, das sich in der Zwischenzeit darin angesammelt hat, wieder zu entfernen.«

Honno richtete die ganze Kraft ihrer Konzentration auf die Sterne am Himmel. Sie waren so weit entfernt, daß sie sogar für ihr *wa*, das sie mit Hilfe des Manns vom einen Baum immer mehr zur Entfaltung zu bringen gelernt hatte, unerreichbar blieben. Gerade in den Stunden, in denen sie nachts nicht schlief, ließ sich Honno noch einmal in aller Ruhe durch den Kopf gehen, was der Mann vom einen Baum den ganzen Tag über gesagt hatte. Wie kostbare Juwelen, deren Facetten sie genau studieren wollte, drehte und wendete sie dann jedes einzelne seiner weisen Worte vor ihrem geistigen Auge, um sich keine noch so feine Bedeutungsnuance entgehen zu lassen.

Das trug dazu bei, daß sie sich alles, was ihr der Mann vom einen Baum beibrachte, gründlich aneignete. Sie erwies sich als eine außerordentlich gelehrige Schülerin. Ihr Gedächtnis hatte ein erstaunliches Fassungsvermögen, und solange ein Gegenstand ihr Interesse zu wecken vermochte, war ihre Wißbegierde unerschöpflich.

Da der Mann vom einen Baum in der Religion die wichtigste Grundlage jeder Erziehung sah, führte er sie schon bald in die Grundbegriffe des Zen und des Schintoismus ein. Von dort ging er, wie er es sah, in spiralenförmigen Kreisbewegungen zum Taoismus und den Lehren des Lao-tse weiter, und von dort schließlich zu den wesentlich weltlicheren Theorien des großen Feldherrn Sun Tzu und des gefeierten Schwertkämpfers Miyamoto Musashi. Diese geistigen Studien gingen mit einer gründlichen Unterweisung in den verschiedenen Kampfkünsten einher: Tai Chi, Jiu-Jitsu, Aikido, Karate und Kenjutsu.

Für einen Jungen, der in den Kampfkünsten ausgebildet werden sollte, war das der gängige Ausbildungsgang; für ein Mädchen war er dagegen völlig unüblich. Zudem unterwies der Mann vom einen Baum Honno auch noch in einigen esoterischen Praktiken, die er sich während seines langen Aufenthalts in Indonesien angeeignet hatte.

»Du wirst nie eine Frau im üblichen Sinn werden«, erklärte er ihr eines Abends. Inzwischen lebte sie nun schon sechs Jahre bei ihm. Sie hatte Brüste bekommen, und zwischen ihren Schenkeln sproßte ein feiner schwarzer Flaum. Es war der Abend des Tages, an dem sie ihre erste Monatsblutung gehabt hatte. Am westlichen Horizont war die Sonne gerade majestätisch im stürmischen Meer versunken.

Sie wußte, woher dieses Blut kam und was es bedeutete. Dennoch weckte es unwillkürlich Erinnerungen an den schrecklichen Traum ihrer Mutter, in dem sie unter den Blicken eines halbverhungerten Wiesels am Boden gekauert war und sich im Schnee zwischen ihren Füßen plötzlich ein blutroter Fleck auszubreiten begonnen hatte.

»Ich bin immer noch eine *hinoeuma*«, hatte sie in ihrer Verzweiflung hervorgestoßen. »Ich bin noch immer unrein.«

Darauf hatte der Mann vom einen Baum erwidert: »Du wirst nie eine Frau im üblichen Sinn werden.« Anschließend führte er sie zum einen Baum der Insel und forderte sie auf, unter seiner mächtigen Krone Platz zu nehmen. »Und das ist gut so«, fuhr er schließlich fort. »Dein Geist ist jetzt geläutert. Du mußt dich vor den Lockungen deines Körpers hüten; er wird dich nur betrügen.«

»Wie sollte mein Körper mich je betrügen?« entgegnete Honno voll jugendlicher Naivität.

Der Mann vom einen Baum breitete seine Arme aus. »Wenn du aufs Festland zurückkehrst, wird alles, was du hier erlebt und erfahren hast, rasch wieder verblassen.«

»Nein, nein!«

»Es wird dir im nachhinein nur noch wie ein Traum erscheinen. Aber das ist völlig natürlich; so ist das Leben. Du wirst zu einer Frau heranwachsen und auf die Lockungen deines Körpers hereinfallen; du wirst dir wünschen, was alle Frauen haben wollen: einen Mann, ein Heim, eine Familie.

Aber dein Weg führt in eine ganz andere Richtung. Wenn du versuchst, in das normale Alltagsleben zurückzukehren, wärst du nur wieder in verstärktem Maß mit deinen alten *hinoeuma*-Problemen konfrontiert. Das möchtest du doch sicher unter allen Umständen vermeiden. Deshalb solltest du dir immer vor

Augen halten, daß dieser Weg für dich nicht gangbar ist. Solltest du das Bedürfnis verspüren, dich zu verlieben und zu heiraten, so besinne dich wieder auf all das, was du bei mir gelernt hast; denn nur diese Werte werden dir zu der inneren Kraft verhelfen, dein Schicksal als *hinoeuma* zu meistern.«

Während sie langsam aus ihren Erinnerungen auftauchte, schlug Honno blinzelnd die Augen auf. Mit einem Mal hatte sich noch ein anderes Bild in ihr Bewußtsein geschlichen. Deutlich sah sie wieder die Leiche des jungen Mannes vor sich liegen, den sie mit einem gezielten Schlag gegen den Kehlkopf getötet hatte. Sollte das tatsächlich erst ein paar Stunden zurückliegen? Ihr erschien es eher wie Jahre.

Aber natürlich, es mußte erst vor wenigen Stunden gewesen sein. Es war, als könnte sie noch immer sein Blut an ihren Händen kleben sehen. Noch immer hallten Big Ezoes Worte in ihren Ohren wider: »Frau Kansei, wir haben Sakatas Bücher und den dechiffrierten Text. Gehen wir.«

Nach ihrem ersten gemeinsamen Abend trafen sich Irina und Natascha Majakowa fast täglich. An den Tagen, an denen kein Kurs war, holte Irina Natascha nach der Vorstellung im Theater ab. Meistens gingen sie dann jedoch nicht essen, sondern unternahmen lange Spaziergänge, um zwischendurch an einem Imbißstand eine Kohlsuppe oder sonst eine einfache Mahlzeit zu sich zu nehmen. Wichtig bei diesen Treffen waren vor allem die endlosen Gespräche, die sie auf ihren langen Wanderungen durch das nächtliche Moskau führten.

Je besser Irina Natascha auf diese Weise kennenlernte, desto unklarer wurde ihr, was für eine Beziehung sie eigentlich mit Valeri verband. Abends konnte sie sich jedenfalls nicht mit ihm treffen; es sei denn, sie hätte ihn erst spät nachts aufgesucht. Das wiederum hielt Irina jedoch für ziemlich ausgeschlossen, da sie inzwischen wußte, daß es sich eine Schauspielerin, die ihre Arbeit so ernst nahm wie Natascha, nicht leisten konnte, sich die Nächte um die Ohren zu schlagen.

Zugleich bekam Irina jedoch ein immer schlechteres Gewissen, daß sie Natascha noch immer nicht ihren richtigen Namen genannt hatte. Andererseits wußte sie aber nicht, wie sie ihr die Gründe für ihren kleinen Schwindel erklären sollte, ohne dadurch ihre zunehmend engere Freundschaft zu gefährden – abgesehen davon, daß sie noch immer herausfinden wollte, welcher Natur ihre Beziehung zu Valeri Bondasenko eigentlich war. Das alles änderte jedoch nichts an der Tatsache, daß Irina das doppelte Spiel, das sie mit Natascha trieb, zusehends mehr belastete. Immer häufiger gab es während ihrer langen Spaziergänge Phasen, in denen sie völlig vergaß, weshalb sie ursprünglich Nataschas Nähe gesucht hatte. Diese Momente, in denen sie ganz im Glücksgefühl ihrer neu aufkeimenden Freundschaft schwelgte, waren jedoch nur von kurzer Dauer. Schon nach kurzem verschaffte sich unnachsichtig wieder die rauhe Wirklichkeit Gehör. Indem sie die plötzlich in ihr aufwallenden Gefühle tiefer Zuneigung gewaltsam unterdrückte, zog sich Irina deprimiert wieder in ihr Schneckenhaus zurück. Eines Nachts, als sie allein in ihrem Bett lag, dachte Irina lange über ihre Beziehung zu Natascha nach. Was sie in diesem Zusammenhang am meisten bedrückte, war der Umstand, daß sie durch ihr doppeltes Spiel ausgerechnet ihre einzige wirkliche Freundschaft zu zerstören drohte.

Die Nächte mit Valeri wurden immer mehr von einer fieberhaften Leidenschaftlichkeit geprägt, die von einer Verzweiflung gespeist wurde, die tief aus Irinas Innerem kam. Wenn sie sich liebten, dann taten sie das mit einer animalischen Besessenheit, die Irina anschließend immer in erschöpften Schlaf fallen ließ, aus dem sie Valeri am nächsten Morgen gewaltsam wieder hochreißen mußte. Dennoch bestürmte sie ihn dann trotz seiner abwehrenden Haltung wieder mit ihren Zärtlichkeiten, um ihn schließlich, rittlings auf ihm sitzend, so lange zu bearbeiten, bis er sich in wilder Lust unter ihr aufbäumte.

Schon lange konnte Irina nicht mehr zwischen sexueller Gier und Liebe unterscheiden. Valeris ekstatisches Stöhnen sollte sie den ganzen Tag verfolgen, und das besonders, wenn sie ihn bei einem seiner Tête-à-têtes mit Natascha Majakowa beobachtete.

Irina, Irina, Irina, pflegte sie dann mit Tränen in den Augen zu murmeln, als könnte sie sich nur noch so ihrer wahren Identität vergewissern. Je mehr sie sich in das falsche Spiel verstrickte, das sie mit Valeri, Mars und Natascha trieb, desto mehr hatte sie das Gefühl, selbst nicht mehr zu wissen, wer sie eigentlich war.

Wenn sie nachts an Mars' Seite im Bett lag, wenn er nach einem eher unbefriedigenden Liebesakt eingeschlafen war, starrte sie oft lange an die Decke und nahm sich fest vor, am nächsten Tag Natascha alles zu gestehen. Doch wenn sie dann am nächsten Morgen aufwachte, war ihre Entschlossenheit auf einmal wieder dahin. Was geschehen war, war geschehen. Es war nicht mehr rückgängig zu machen. Sie konnten nicht noch einmal von vorn anfangen, als ob nichts gewesen wäre. Wie hätte Natascha wohl reagiert, wenn sie ihr alles gestanden hätte? Hätte sie ihr verziehen oder hätte sie sich enttäuscht von ihr zurückgezogen? Irina hatte das dumpfe Gefühl, daß sie besser nicht versuchen sollte, das herauszufinden. Die Freundschaft mit Natascha war ihr längst viel zu wichtig geworden, als daß sie sie noch aufs Spiel hätte setzen wollen.

Zugleich war ihr jedoch bewußt, daß sie genau das auch tat, wenn sie sich mit Natascha traf. Dann bestand nämlich die Gefahr, daß sie sich durch ein unbedachtes Wort verriet oder daß ihnen jemand begegnete, der sie kannte und sie mit ihrem richtigen Namen ansprach. Und was noch schlimmer war: Sie konnte sich des Verdachts nicht erwehren, daß sie trotz aller Freundschaft noch immer Vorbehalte gegen Natascha hatte. Die ständige Ungewißheit, was nun eigentlich zwischen ihr und Valeri war, ließ ihr keine Ruhe.

Was Irina in dieser schwierigen Phase durchlebte, ließ sich am ehesten als ein Prozeß zunehmender Persönlichkeitsspaltung beschreiben. Je stärker sie sich des damit einhergehenden Identitätsverlusts bewußt wurde, desto deutlicher wurde ihr auch klar, daß in ihrem Leben etwas Entscheidendes und Elementares fehlte – etwas, das sie in Ansätzen zum erstenmal während ihres Aufenthalts in Amerika gespürt hatte.

Unwillkürlich wurde sie dadurch an einen Abend erinnert, an dem sie überraschend zu einer Party eingeladen worden war. Nachdem sie die Einladung nur zögernd angenommen hatte, hätte sie wegen des Trubels, der auf dem Fest herrschte, am Lebsten auf der Stelle wieder kehrtgemacht. Der Geräuschpegel lag weit über der Schmerzgrenze, und doch mußte sie schon bald feststellen, daß dieses Chaos auf seine Weise etwas genauso wunderbar Befreiendes an sich hatte wie der Abend, an dem sie *Wer hat Angst vor Virginia Woolf?* mit Elizabeth Taylor gesehen hatte. Nur anders, ganz anders.

Die Atmosphäre war völlig spontan und ungezwungen, angefangen von dem ausgelassenen Gelächter bis hin zu dem breiten Spektrum von Themen, über das man sich unterhielt: Kierkegaard und die Bedeutung des Todes; Woody Allen und die Bedeutung des Lebens; Tom Cruise und die Bedeutung von Sex. Es war atemberaubend, schwindelerregend, faszinierend. Irina konnte nicht genug davon kriegen.

Da war auch ein junger Mann gewesen. Er war ihr dadurch aufgefallen, daß er sich ständig sein braunes Haar aus der Stirn strich; es war oben lang und an den Seiten extrem kurz geschnitten. Außerdem hatte das verhaltene Interesse, mit dem er sie schon den ganzen Abend beobachtet hatte, eine Saite in Irina zum Schwingen gebracht.

Der Abend war schon ziemlich vorgerückt, als er mit einem blonden Mädchen tanzte und dabei versehentlich gegen Irina stieß, so daß sie sich ihr Glas über das Kleid schüttete.

»Das tut mir schrecklich leid«, entschuldigte er sich. »Warten Sie, ich bringe Ihnen gleich etwas zum Saubermachen.«

»Das ist nicht weiter schlimm«, beruhigte ihn Irina. »Es war sowieso nur Mineralwasser.« Nach einer Weile, als er sie noch immer wie gebannt anstarrte, fragte sie ihn mit einem spöttischen Lächeln: »Wollen Sie denn nicht weitertanzen?«

Später begegneten sie sich in der Küche wieder. Es war schon spät, und die Zahl der Gäste hatte sich merklich zu lichten begonnen. Irina wollte gerade eine Schnitte Pizza in den Mikrowellenherd schieben, als er sie energisch zurückhielt. »Wissen Sie denn nicht, daß Sie dazu keine Alufolie verwenden dürfen? Sonst fliegt Ihnen gleich der ganze Salat um die Ohren.« Er legte die Pizza auf einen Pappteller und schob sie in die Mikrowelle.

Anschließend teilten sie sich die Pizza.

»Dann sind Sie wohl die Russin?« fragte er nach einer Weile.

»Ja.«

»Ihr Englisch ist ganz hervorragend. Wenn ich das auch von meinem Russisch behaupten könnte . . .«

»Wie gut ist es denn wirklich?« fragte ihn Irina in ihrer Muttersprache.

»Leider nicht besonders«, erwiderte er, ebenfalls auf Russisch.

»Sie brauchen nur mehr Übung«, versicherte sie ihm, wieder auf Englisch. Sie hatte nämlich die erstaunliche Feststellung gemacht, daß sie in letzter Zeit immer weniger das Bedürfnis verspürte, an ihre Heimat erinnert zu werden.

Plötzlich beugte sich der junge Mann vor und küßte sie auf die Lippen. »Das wollte ich schon den ganzen Abend tun«, gestand er ihr mit einem verlegenen Blick.

»Und warum haben Sie es nicht schon früher getan? Hatten Sie Angst, ich könnte etwas dagegen haben?«

»Woher hätte ich das denn wissen sollen?«

Dieser eine kurze Satz sollte all das zusammenfassen, was Irina seit Beginn ihres Amerikaaufenthalts so nachhaltig beschäftigte. Weshalb fühlte sie sich in dieser ebenso neuen wie fremden Umgebung so wohl? Warum hatte sie keinerlei Heimweh nach Moskau? Woher hätte sie das denn wissen sollen? Zu Hause in Moskau hatte es keine Möglichkeit gegeben, sich ein Bild vom Leben in Amerika und insbesondere hier in Boston zu machen, das einerseits konservativ und auf eine sympathische Art altmodisch war, zugleich aber auch modern, um nicht zu sagen avantgardistisch. Eine völlig neue Welt hatte sich für sie aufgetan. Ihre Regierung hatte nichts unversucht gelassen, das alles vor ihr verborgen zu halten.

Als sie schließlich in jener Nacht in ihrem Bett lag, weinte sie lange still vor sich hin. Ihre bisherige Einstellung zur Sowjetunion war bis auf die Grundfesten erschüttert worden. Mit einem Schlag war ihr bisheriges Leben in Frage gestellt worden. Das Schlimmste daran war, daß sie genau wußte: Nachdem sich diese Zweifel einmal in ihr Bewußtsein eingeschlichen hatten, würde sie sie wohl nie wieder loswerden.

Worunter sie nach ihrer Rückkehr nach Moskau am meisten litt, war der Umstand, daß ihr im nachhinein alles nur noch wie ein schöner Traum erschien. Der prickelnde erotische Reiz, als sie die teure Seidenunterwäsche anprobiert hatte; Elizabeth Taylor in der Rolle der Martha; die endlosen Pizzas und Cokes; die für alles offenen Menschen; die schockierende Musik und die noch schockierendere Kleidung; der junge Mann, der sie auf dieser verrückten Party mit seinen Blicken verfolgt und schließlich geküßt hatte – all diese Eindrücke von Amerika waren unter der erdrückenden Eintönigkeit des trostlosen Moskauer Alltags binnen weniger Tage völlig verblaßt. Sie erschienen ihr im nachhinein nur noch wie ein schöner Traum. Über die tiefe Leere, die dieser schmerzliche Verlust in ihr hinterließ, konnten sie weder ihre Gefühle für Mars noch der leidenschaftliche Sex mit Valeri hinwegtrösten. Deshalb suchte sie wieder einmal dort Linderung von ihren Seelenqualen, wo sie auch bisher immer Trost gefunden hatte – in der Stille der Erzengel-Gabriel-Kirche. Stundenlang kniete sie im Dunkel des verlassenen Gotteshauses, um zu beten. Doch je inbrünstiger sie dabei um ihren inneren Frieden flehte, desto mehr gelangte sie zu der Überzeugung, daß sie ihn für immer verloren hatte.

Eines Abends – plötzlich einsetzender Schneeregen hatte sie auf einem ihrer nächtlichen Spaziergänge mit Natascha von den nassen Moskauer Straßen verscheucht – geschah etwas, wovon sie schon immer geträumt und was sie dennoch nie zu erhoffen gewagt hatte. Unvermutet sagte Natascha: »Weißt du übrigens, daß ich meinen beglückendsten Moment auf der Bühne nicht in Moskau oder sonst irgendwo in Rußland hatte, sondern in Amerika? Ich hatte einmal eine Einladung ans Lincoln Center in New York. Hast du davon schon gehört?«

»Ich war nie in New York.« Irina schlug das Herz bis zum Hals. Obwohl sie deutlich spürte, daß nun der lang ersehnte Augenblick gekommen war, endlich einmal jemand von ihren Erfahrungen in Boston erzählen zu können, brachte sie kein Wort über die Lippen.

Sie saßen im Praga, einem Restaurant am Arbat-Platz. Da hier viele Ausländer verkehrten, war das Essen gut, und da die

Besitzer Natascha kannten, auch der Service. Gedankenversunken sah Irina auf die Straße hinaus, wo die Menschen mit hochgeschlagenen Mantelkrägen durch den Regen hasteten. Zu ihrer Bestürzung wurde ihr plötzlich bewußt, daß sie keinerlei Gefühl der Verbundenheit mit diesen Leuten verspürte. Es war, als wäre sie durch die Glasscheibe, hinter der sie saß, für immer von ihnen getrennt – gerade so, als sitze sie hier behaglich im Warmen und Trockenen, während die da draußen durch die Kälte und den Regen stapften.

Aber wenn diese Menschen hier in Moskau waren, fragte sich Irina, wo befand sich dann sie selbst? In einer Art Vorhölle, in einem Gefängnis, in dem sogar der Mond vergittert war?

»Katja?« Besorgt hatte Natascha ihre Hand ergriffen. »Was hast du denn? Du bist ja ganz blaß geworden.«

In ihrer tiefen Niedergeschlagenheit wußte Irina für einen Moment nicht mehr, wer mit Katja gemeint war. Sie starrte Natascha so verständnislos an, daß diese noch einmal fragte: »Katja, was ist denn mit dir?«

»Ach, nichts.« Nur ganz allmählich kam sie wieder zu sich. »Es ist schon wieder in Ordnung.« Genau das Gegenteil war jedoch der Fall. »Ich – ich weiß nicht, was plötzlich über mich gekommen ist. Für einen Moment war ich wie weggetreten. Aber jetzt ist es wieder vorbei.«

»Trotzdem kannst du ein Glas *starka* vertragen«, redete ihr Natascha zu. »Vor allem solltest du endlich etwas essen. Du hast deinen Teller noch gar nicht angerührt.«

Nach dem Essen, als der Tee gebracht wurde, fuhr Natascha fort: »Amerika ist ein ungewöhnliches Land. Schade, daß du noch nicht dort warst. Was es dort alles zu sehen und zu erleben gibt! Richtig verrückt und auch ein bißchen verrucht.« Sie kicherte. »Du hättest mal das ausgeflippte französische Negligé sehen sollen, das ich an dem Abend, als ich mit diesem texanischen Finanzier . . .« Sie hielt abrupt inne. »Ich glaube, ich habe dich heute schon genug geschockt.«

»Ich glaube nicht, daß ich leicht zu schockieren bin.«

Natascha lachte. »Und ob du das bist! Du bist so unglaublich naiv, Katja. Wenn man sein Leben lang keinen Fuß über die

Grenzen dieses Landes gesetzt hat, ist das kein Wunder. In gewisser Weise sind wir vermutlich noch genauso rückständig wie Dritte-Welt-Länder, denen wir so großspurig unsere Hilfe aufdrängen. Manchmal glaube ich, daß in Wirklichkeit wir es sind, die dringend Entwicklungshilfe nötig hätten.«

Natascha nippte an ihrem Tee. »Stell dir vor: In New York habe ich Edward Albee kennengelernt. Er kam eigens in die Vorstellung, um mich spielen zu sehen. Was für eine Chance! Und weißt du was? Ich habe sie bestens genutzt. Ich hatte keine Lust, mich mit einem der brillantesten Theaterleute dieses Jahrhunderts zu unterhalten, während meine KGB-Babysitter um mich herumschlichen, um sich nur ja keine subversive Äußerung entgehen zu lassen.

Deshalb habe ich mir Albee kurzentschlossen geschnappt und bin einfach mit ihm verschwunden. Was ich von ihm in diesen wenigen Stunden gelernt habe, hätte ich von meinen russischen Lehrern in dreißig Jahren nicht lernen können. Alles, was er sagte, hatte Hand und Fuß. Wie begierig ich jedes seiner Worte aufgesaugt habe! Noch nie zuvor hatte ich das Gefühl, so lebendig und voll Energie zu sein; erst jetzt wußte ich mit einem Mal, was es heißt, völlig in einer anderen Person aufzugehen, sobald man auf die Bühne hinaustritt. Er hat mir nicht nur gezeigt, wie ich seine Rollen zu spielen hatte, sondern jede Rolle überhaupt.«

Über Nataschas Augen lag ein seltsam verklärtes Strahlen, als sie sich Tee nachschenkte und gedankenversunken in ihrer Tasse zu rühren begann. »Wir haben uns die ganze Nacht unterhalten. Für mich war das natürlich nicht ganz ungefährlich. Aber was hätte ich sonst tun sollen? Sie haben es mich natürlich spüren lassen, als ich ins Hotel zurückkam. Aber das war mir die Sache wert. Außerdem habe ich einen Schutzengel, der über mich wacht.« Ganz spontan fragte sich Irina an dieser Stelle, ob dieser Schutzengel wohl Valeri war.

»Worauf ich damit aber hinauswill«, fuhr Natascha fort, »ist deine Verbitterung. Die Unterrichtsmethode meines Lehrers stützte sich auf die Annahme, daß Verbitterung nichts anderes ist als verdrängte Frustration. Je älter ich werde, desto mehr schließe ich mich seiner Meinung an.« Sie ergriff Irinas Hand. »Deine Verbitterung sitzt so tief, daß du früher oder später die Kontrolle darüber verlieren wirst. Und wenn der Topf eines Tages am Überkochen ist – wer weiß, was dabei herauskommen wird.

An diesem Abend in New York hat mir Albee klargemacht, wozu ich eigentlich bestimmt bin. Diese Erfahrung hat mich von Grund auf verändert. Danach war ich wie ein neuer Mensch. Er hat mir eine neue und unbekannte Welt gezeigt – eine Welt, die nicht nur die seine war, sondern auch die meine.

Kannst du dir vorstellen, was ich damit sagen will?« Sie sah Irina forschend in die Augen. »Eines Tages wirst auch du deinen Edward Albee kennenlernen, der dein Leben von Grund auf verändern wird. Dann hängt alles davon ab, ob du deine Chance zu nutzen weißt. Vor allem darfst du dir in diesem entscheidenden Augenblick keine Gedanken über die möglichen Konsequenzen machen; du mußt dich dann einfach fallen lassen. Es gibt nämlich Momente im Leben, in denen muß man aufs Ganze gehen – und zwar ohne Rücksicht auf Verluste. Verstehst du, was ich meine, Katja?«

»Du machst dir keine Vorstellung, wie frustrierend das auf die Dauer für mich ist«, sagte Mars zwei Abende später zu Irina. »Ich weiß, daß der Weiße Stern immer mehr an Macht und Einfluß gewinnt – und trotzdem ist es mir unmöglich, mit den führenden Köpfen der Organisation Kontakt aufzunehmen.« Er sah sie fragend an. »Hast du inzwischen schon irgendwelche Anhaltspunkte?«

»Leider nein.« Irina schüttelte den Kopf.

Sie befanden sich in Mars' Wohnung am Wosstanija-Platz. Es war schon spät. Die Straßen waren menschenleer. Nur ab und zu rumpelte ein Militärfahrzeug vorbei.

Sogar den Verkehrslärm von Cambridge vermisse ich, dachte Irina insgeheim, die ohrenbetäubende Rockmusik und die hüftenwackelnden Jugendlichen. In letzter Zeit ertappte sie sich immer häufiger dabei, wie sie sehnsüchtig ihren Erinnerungen an die Zeit in Boston nachhing. Je unzufriedener sie deshalb mit ihren momentanen Lebensumständen wurde, desto mehr belastete sie der damit verbundene innere Zwiespalt, dieses Hin-und-her-Gerissensein zwischen zwei Welten. Dazu kamen noch die heftigen Schuldgefühle, die sie wegen des doppelten Spiels plagten, das sie mit Natascha Majakowa trieb. Ganz zu schweigen von ihrer zunehmenden Verunsicherung, was ihre Gefühle für Mars und Valeri betraf. Selbst beim besten Willen hätte sie nicht mehr sagen können, was sie eigentlich für die beiden empfand. Sie hatte das Gefühl, ohne sie – und ohne Natascha – nicht mehr existieren zu können. Denn auf keinen Fall wollte sie wieder in den grauen Alltagstrott zurück, dem sie dank ihnen entronnen war. Fest stand nur eines: Die Situation war ihr längst über den Kopf gewachsen. Je mehr sie sich aus dem verworrenen Dickicht ihrer Gefühle zu befreien versuchte, desto tiefer wurde sie darin verstrickt.

»Vielleicht habe ich dich doch überschätzt«, brummte Mars verdrossen.

»Wie kannst du so etwas sagen!«

»Aber stimmt es denn nicht? Ich habe dir alles beschafft, was du von mir wolltest: falsche Papiere, einen eigenen Wagen und eine Sondergenehmigung, dich nach Belieben von deinem Arbeitsplatz entfernen zu dürfen. Und wozu das Ganze? Hast du bisher etwas Brauchbares vorzuweisen?«

Das alles habe ich auch von Valeri bekommen, dachte Irina insgeheim. Aber das durfte Mars auf keinen Fall erfahren. Sie war nicht bereit, auch nur einen Fingerbreit von ihrer geheimen Macht über die beiden Männer aufzugeben. So gern sie Mars geholfen hätte, um sein in sie gesetztes Vertrauen nicht zu enttäuschen, scheute sie noch immer davor zurück, ihm die ganze Wahrheit über Valeri zu sagen. Zu groß war ihre Angst vor den damit verbundenen Konsequenzen.

Mars sah sie lange forschend an, bevor er sagte: »Genau, wie ich mir gedacht habe. Langsam komme ich doch zu der Überzeugung, daß du in deinem alten Job im Erziehungsministerium wesentlich besser aufgehoben wärst.« Enttäuscht zuckte er mit den Schultern. »Schade. Du hättest mir wirklich enorm helfen können, wenn du in dieser Sache etwas herausbekommen hättest. Dabei lief das Ganze so vielversprechend an. Inzwischen wird die Sache noch dadurch erschwert, daß ich unter enormem Zeitdruck stehe. Ich muß unbedingt so bald wie möglich Kontakt mit den Führern des Weißen Sterns aufnehmen.«

»Warum plötzlich diese Eile?«

Das warme Licht der Stehlampe warf tiefe Schatten über Mars' Gesicht. »Ich habe erfahren, daß der KGB einen vernichtenden Schlag gegen den Weißen Stern plant, um die Organisation zu zerschlagen.«

»Was für eine Art von Schlag?«

»Keine Ahnung. Die diesbezüglichen Informationen sind streng geheim – selbst für mich. Wenn ich anfinge, zu viele Fragen zu stellen oder jemand um einen kleinen Gefallen zu bitten, würde das nur unnötige Aufmerksamkeit auf mich lenken. Wenn zum Beispiel Valeri Bondasenko erführe . . .«

»Was hat Bondasenko mit einer KGB-Operation zu tun?« unterbrach ihn Irina.

»Valeri Denisowitsch ist vom KGB.«

»Das kann doch nicht dein Ernst sein!« Für einen Moment dachte Irina, sie müßte sich auf der Stelle übergeben. Valeri ein KGB-Mann? Nein! Das durfte nicht wahr sein. »Jeder weiß doch, daß Valeri Denisowitsch ein integrer Mann ist und daß es in seiner politischen Laufbahn keine dunklen Punkte gibt. Seine Vergangenheit liegt für jeden offen da – und das ganz bewußt!«

»Vielleicht ein bißchen *zu* bewußt sogar«, entgegnete Mars sarkastisch. »Seltsam, daß dir an seiner Geschichte noch nie etwas faul vorgekommen ist. Da hat zum Beispiel vor zwei Jahren der Leiter des KGB im Volksdeputiertenkongreß den Vorschlag gemacht, unser Geheimdienst sollte nach dem Modell des amerikanischen CIA der Kontrolle des Kongresses unterstellt werden. Das wäre für den KGB natürlich mit einschneidenden Veränderungen verbunden gewesen. Inzwischen hat man diesem Antrag zugestimmt, und der KGB ist infolgedessen, zumindest dem Schein nach, einer stärkeren politischen Kontrolle unterworfen. Aber in Wirklichkeit hat sich überhaupt nichts geändert.

Der KGB kann noch immer schalten und walten, wie es ihm

in den Kram paßt, und die Politiker haben nach wie vor nur sehr begrenzte Einflußnahmemöglichkeiten auf seine Aktivitäten. Letzten Endes hat die Umstrukturierung im Sinn der Perestrojka dazu geführt, daß die wahren Machtstrukturen undurchschaubarer geworden sind und die führenden Köpfe besser im Dunkeln operieren können – wie zum Beispiel Valeri Denisowitsch Bondasenko.«

Irina jagte ein kalter Schauder den Rücken hinunter. Mit einem Mal waren ihre schlimmsten Befürchtungen Wirklichkeit geworden. Die Eiseskälte von Sibirien, der vergitterte Mond und das ganze Land ein gigantisches Gefängnis . . .

Mars blätterte in den Unterlagen, die er vor sich liegen hatte. Als er das Dokument, das er gesucht hatte, gefunden hatte, nahm er es aus dem Ordner und streckte es Irina entgegen. »Da, lies selbst.«

Gleich als erstes sprangen ihr die leuchtend roten kyrillischen Buchstaben in die Augen, die quer über die Seite gestempelt waren. So waren alle streng vertraulichen Politbüro-Akten gekennzeichnet, wie sie sie schon des öfteren auf Mars' Schreibtisch hatte herumliegen sehen. Mit angehaltenem Atem begann sie zu lesen:

»Valeri Denisowitsch Bondasenko, Oberst, Zweites Hauptdirektorat, Komitet Gosudarstwennoi Besopasnosti, wird hiermit ermächtigt, eine seiner Leitung unterstehende Abteilung zu schaffen oder seinen Wünschen entsprechend umzugestalten.

Diese Abteilung, im weiteren als Abteilung N bezeichnet (Budget siehe Anhang B, Sonderbewilligungen), wird circa 1600 Mitarbeiter umfassen, darunter auch Verwaltungspersonal.

Der Leiter von Abteilung N ist direkt dem Direktor des KGB unterstellt. Der Leiter von Abteilung N ist ermächtigt, Personal von anderen Abteilungen des Zweiten Hauptdirektorats anzufordern; er hat direkten Zugang zu allen KGB-Dokumenten, einschließlich der geheimen Unterlagen anderer Direktorate; er kann für besondere Aufgaben Mitarbeiter sämtlicher anderer Direktorate hinzuziehen, sei es in beratender oder aktiver Funktion; außerdem kann er nötigenfalls über den Einsatz der Grenztruppen bestimmen ...«

Weiter kam Irina nicht. Die Zeilen verschwammen ihr vor den Augen. Gleichzeitig hallten aus den Tiefen ihres Gedächtnisses die schrecklichen Worte empor: *KGB. Ruhig verhalten.*

»Hierbei handelt es sich um den Freibrief für Valeris massive Initiative gegen den Weißen Stern.« Mit finsterer Miene nahm ihr Mars das Schriftstück aus der Hand und heftete es mit betonter Sorgfalt wieder in den Ordner ein. »Zum Glück ist aber auch Valeris Abteilung auf finanzielle Mittel angewiesen. Als es bei der Budgetdebatte im Volksdeputiertenkongreß um die Bewilligung der erforderlichen Gelder ging, sollte uns das Ganze zwar unter der schönfärberischen Devise einer ›Wiederanbindung des Baltikums‹ untergeschoben werden, aber durch einen Zufall bekam ich dann dieses Geheimdokument in die Hand «

KGB. Ruhig verhalten.

Mit zugeschnürter Kehle stand Irina auf. Ihre Knie waren so weich, daß sie sich kaum auf den Beinen halten konnte, als sie ans Fenster ging und es öffnete. Die feuchtkalte Nachtluft, die in den Raum strömte, ließ sie erschaudern. Doch plötzlich stand Mars hinter ihr. Er strahlte etwas Warmes und Verläßliches aus. »Wie du siehst, *koschka*, ist die Zeitbombe bereits am Ticken. Da ich jedoch nicht weiß, wie ich an die Führer des Weißen Sterns herankommen könnte, kann ich sie auch nicht vor diesem drohenden Vernichtungsschlag warnen. Im Gegensatz dazu scheint Valeri Denisowitsch sehr genau zu wissen, wo er diese Leute finden kann. Wie läßt sich sonst erklären, daß der KGB bereits eine große Operation gegen den Weißen Stern plant?«

Er drehte Irina zu sich herum und schloß sie in die Arme. »Du zitterst ja.« Zärtlich strich er ihr das Haar aus dem Gesicht. »Was hast du denn?«

»Das ist eine lange Geschichte.« Irina holte tief Luft. Ganz deutlich konnte sie wieder das Trampeln schwerer Stiefel hören, das Klopfen an der Wohnungstür, das aufgeregte Tuscheln ihrer Eltern.

»Ich kann mich noch genau erinnern«, begann sie. »Der Mond war hinter den Wolken verschwunden – verrückt, an welche belanglose Einzelheiten man sich in so einem Fall erinnert. Ich sehe die ganze Szene so deutlich vor mir, als hätte sie sich erst gestern abgespielt. Die Stimme meiner Mutter ist seltsam schrill und vor Angst halb am Überschnappen. Als ich darauf verstohlen durch die offene Tür meines Zimmers luge, sehe ich einen Mann in einem schwarzen Ledermantel im Flur stehen. Sein Gesicht ist unter der breiten Krempe seines Hutes verborgen.

KGB. Ruhig verhalten.

Unter den verzweifelten Schreien meiner Mutter beginnen die uniformierten Begleiter des Mannes im schwarzen Ledermantel meinen Vater aus dem Schlafzimmer zu zerren.

›Was wollt ihr von ihm?‹ jammert meine Mutter. ›Er hat doch nichts getan!‹

KGB. Ruhig verhalten.

Als sich mein Vater zur Wehr setzt, schlagen die Uniformierten auf ihn ein.

›Hier muß bestimmt eine Verwechslung vorliegen!‹ Meine Mutter hat am ganzen Körper zu zittern begonnen. ›Sie haben sich bestimmt geirrt!‹

KGB. Ruhig verhalten.

Immer wieder sausen die Gummiknüppel auf Kopf und Rükken meines Vaters herab. Es ist, als könnte ich ihr dumpfes Klatschen jetzt noch hören. Wortlos läßt mein Vater alles über sich ergehen. Nur ein leises Ächzen entfährt ihm unter jedem ihrer unbarmherzigen Schläge.

Dann zerren die Uniformierten meinen Vater zur Tür. Aber meine Mutter stellt sich ihnen mit entsetzt aufgerissenen Augen in den Weg. ›Ihr könnt ihn doch nicht einfach so mitnehmen!‹ schluchzt sie verzweifelt. ›Das lasse ich nicht zu!‹

Doch der KGB-Mann holt nur kurz aus und schlägt meiner Mutter mit dem Handrücken ins Gesicht. Taumelnd weicht sie zurück. Dabei knickt ihr ein Bein ein, und sie fällt gegen den Tisch. Eine Lampe stürzt zu Boden, und sie schreit laut auf. Noch ganz deutlich kann ich die verbitterte Wut in ihrer Stimme hören. Ihr Gesicht ist tränenüberströmt.

KGB. Ruhig verhalten.

Der Mann im schwarzen Ledermantel zerrt sie beiseite, um seinen Leuten den Weg freizumachen. Dann bringen sie meinen Vater weg. Meine Mutter leistet keinen Widerstand mehr. Nicht einmal einen letzten Blick wirft sie meinem Vater hinterher, als er durch das Treppenhaus abgeführt wird. In ihren Augen ist nur noch ein leeres Starren.

Der KGB-Mann will gerade gehen. Aber plötzlich dreht er den Kopf herum. Er hat etwas gehört. Mich. Ich kann seine Schritte im Flur hören. Er sucht mein Zimmer. Und dann, die Tür geht auf, und er kommt herein.

Ich liege zusammengekrümmt im Bett, die Arme um mein Kissen geschlungen. Mit einem Schritt hat er mich erreicht und reißt die Decke zurück. ›Irina‹, sagt er. ›Kleine Irina.‹

Woher weiß der fremde Mann meinen Namen? Ich habe solche Angst, daß ich nicht weiß, was ich tun oder sagen soll. In seinem langen, weiten Ledermantel sieht er aus wie eine riesige Fledermaus. Mein Herz klopft so heftig, daß es jeden Augenblick zu zerspringen droht. Er packt mich am Knöchel und zieht daran, bis ich ausgestreckt auf dem Bett liege. ›Wie alt bist du, kleine Irina?‹ flüstert er. Sein Gesicht bleibt unter der breiten Krempe seines Hutes verborgen, so daß er für mich nichts weiter als ein Schatten ist – ein Schatten, der mich unnachsichtig festhält.

›Acht.‹ Nur mit allergrößter Mühe bringe ich dieses eine Wort hervor.

Seine Hand gleitet mein Bein hoch. Dann berührt er mich zwischen den Schenkeln. ›Paß gut auf deine Mutter auf, kleine Irina. Sie wird dich jetzt sehr brauchen.‹

›Was – was haben Sie mit meinem Vater gemacht?‹ will ich von ihm wissen.

›Vergiß deinen Vater‹, antwortet der KGB-Mann und richtet sich auf. ›Er ist bereits tot.‹«

Bisher hatte Irina mit völlig ausdrucksloser Stimme gesprochen. Doch bei den Worten ›Er ist bereits tot‹ ließ sie sich haltlos schluchzend gegen Mars' Brust sinken. Er hielt sie so lange tröstend in seinen Armen, bis die heftigen Zuckungen, von denen sie am ganzen Körper geschüttelt wurde, allmählich nachzulassen begannen. »Irina«, sagte er dann leise. »Sag mir nur noch eines. Hat sich der KGB-Mann an dir vergangen?«

»Meinst du sexuell?« Obwohl sich Irina verzweifelt wieder unter Kontrolle zu bekommen versuchte, brach ihr fast die Stimme.

»Ja.«

Sie schüttelte den Kopf, um jedoch nach kurzem Nachdenken hinzuzufügen: »Aber in gewisser Weise war das, was er getan hat, genauso schlimm. Jedesmal wenn ich an diesen Moment dachte, bekam ich eine Gänsehaut, und als mich dann Jahre später mein erster Freund zum erstenmal berührte, entfuhr mir ein entsetzter Schrei, als hätte er mir ein Messer in den Leib gestoßen.«

»Mein Gott«, hauchte Mars. »Das ist ja schlimmer als jeder Alptraum.«

Wie recht er hat, dachte Irina. Nur konnte er nicht wissen, daß dieser Alptraum sie noch bis in die unmittelbare Gegenwart verfolgte. Ihr erster Gedanke war, mit Valeri Schluß zu machen. Doch fast im selben Augenblick wurde ihr klar, daß sie gerade das am allerwenigsten tun durfte. Wenn sie jetzt plötzlich wie aus heiterem Himmel die Beziehung mit ihm abgebrochen hätte, würde er sofort Verdacht schöpfen, daß sie ihm nachspioniert und dabei herausgefunden hatte, wer er wirklich war.

Aber es gab noch einen anderen Grund, weshalb sie jetzt nicht einfach in einem Anfall von Panik vor Valeri weglaufen durfte. Das wäre für sie dem Eingeständnis gleichgekommen, daß sie gegen den KGB tatsächlich keine Chance hatte. Das wollte sie auf keinen Fall. Sie war fest entschlossen, diesmal nicht einfach klein beizugeben, sondern dem KGB trotz seiner Macht die Stirn zu bieten. Darin sah sie inzwischen die einzige Möglichkeit, sich endlich von dem schrecklichen Alptraum zu befreien, der sie seit ihrer Kindheit Nacht für Nacht verfolgte.

Ihr Entschluß stand längst fest: Sie würde Mars alles über Valeri erzählen – selbst auf die Gefahr hin, daß dadurch Natascha in etwas hineingezogen wurde, wofür sie gar nichts konnte. Aber was sollte Mars andererseits schon von Natascha wollen? Ihm ging es doch in erster Linie um Valeri.

»Vielleicht habe ich bereits eine Möglichkeit gefunden, an die maßgebenden Leute beim Weißen Stern heranzukommen«, erklärte sie abrupt. »Allerdings ist davon Valeri Bondasenko betroffen.«

»Was?« Mars sah sie erstaunt an. »Sag bloß, du hast ihm hinterherspioniert!« Seine Stirn legte sich besorgt in Falten. »Ich habe dir gegenüber zwar erwähnt, daß auch Valeri Denisowitsch hinter dem Weißen Stern her ist. Aber dieser Mann ist gefährlich, viel zu gefährlich, um sich . . .«

»Da ist eine Frau, mit der sich Valeri Bondasenko heimlich trifft.«

»Was du nicht sagst?« Das ließ Mars aufhorchen. »Es gibt also doch einen wunden Punkt in seiner scheinbar undurchdringlichen Rüstung.«

»Jedenfalls scheint ihm an dieser Frau viel zu liegen«, fuhr Irina fort. »Dieser Umstand ließe sich möglicherweise als Druckmittel einsetzen, um aus ihm herauszubekommen, was er über den Weißen Stern weiß.«

Da Mars jedoch keinen überzeugten Eindruck machte, beeilte sich Irina hinzuzufügen: »Keine Sorge, ich weiß sehr wohl, wovon ich spreche.«

»Nein, Irina. Das kommt überhaupt nicht in Frage. Ich kann nicht zulassen, daß du Valeri Denisowitsch noch länger observierst – vor allem jetzt nicht, nachdem ich über deine Vergangenheit Bescheid weiß.«

»Wenn du glaubst, es würde mir an der nötigen Courage fehlen, täuschst du dich. Mir ist längst klargeworden, daß ich keine andere Wahl mehr habe. Nur wenn ich lerne, mich meiner Angst vor dem KGB zu stellen, wird es mir eines Tages vielleicht gelingen, sie zu überwinden. Wenn du denkst, ich wäre dieser Aufgabe nicht gewachsen, Mars . . .«

»Nein, das glaube ich keineswegs«, versicherte er ihr lächelnd. »Sonst hätte ich doch gar nicht zugelassen, daß du dich auf die Suche nach dem Weißen Stern machst.« Er nickte, und die Bewunderung, die dabei aus seinen Zügen sprach, erfüllte

Irina mit stillem Stolz. »Also gut, mein Täubchen«, sagte er schließlich in Anspielung auf die gängige russische Bezeichnung für eine Spionin und drückte ihr einen Kuß auf die Lippen. »Dann also an die Arbeit.«

»Du hast dich hoffentlich nicht in Mars verliebt?« sagte Valeri.

»Wie kommst du darauf?«

»Findest du diesen Gedanken denn so abwegig?« Er sah sie forschend an. »Immerhin hat er dich bereits seinen Eltern vorgestellt.«

»Soll das heißen, du läßt mich überwachen?«

»Nur, wenn du mit Mars zusammen bist«, beruhigte er sie. »Und nur, um sicherzugehen, daß dir nichts zustößt.«

»Was sollte mir schon zustoßen?«

Valeri bereitete gerade am Herd das Frühstück zu. Irina sah ihm dabei zu. Seit sie wußte, daß er die schier unbegrenzte Macht des KGB hinter sich hatte, erschien er ihr mit seiner bärenhaften Statur noch bedrohlicher. »Was Frauen anbelangt«, murmelte Valeri, »kann Mars sehr gefährlich werden.«

Mars und gefährlich? Fast hätte Irina laut losgelacht. Mein Gott, wie es dieser Satan verstand, die wahren Tatsachen zu verdrehen . . .

»Stell dir vor«, wechselte Valeri plötzlich das Thema. »Gestern konnte nicht einmal ich Zucchini oder Paprika bekommen. Deshalb habe ich ein paar Gurken genommen; sonderlich frisch sehen die Dinger allerdings nicht mehr aus.« Er leerte den Inhalt der Pfanne in eine Schüssel und warf dabei einen Blick auf den Bildschirm seines Laptops, den er beim Kochen immer wieder konsultierte.

»Wie findest du nur immer die Zeit, diese vielen Rezepte in den Computer einzugeben?« fragte ihn Irina, um nicht wieder auf das Thema Mars zurückzukommen.

»Ich habe jemand, der mir dabei hilft«, erwiderte Valeri lachend. »Ein kleiner dienstbarer Geist in der Maschine.«

Irina kannte sich mit Computern aus; das war mit ein Grund gewesen, warum sie nach Boston geschickt worden war. Nun war sie für die Einrichtung der neuen EDV-Anlage im Erziehungsministerium zuständig. Wenn diese auch, nach amerikanischen Maßstäben gemessen, noch ziemlich primitiv war, stellte sie trotzdem eine enorme Arbeitserleichterung dar.

»Ich hoffe, dein Appetit ist besser als dein Schlaf«, sagte Valeri unvermittelt.

Tatsächlich hatte Irina zum erstenmal, seit sie die Nacht bei ihm verbrachte, schlecht geschlafen. Als sie am Abend zuvor zu Bett gegangen waren und Valeri zärtlich seinen Arm um sie gelegt hatte, war sie sofort am ganzen Körper erstarrt. Wie hätte sie auch unter diesen Umständen noch mit ihm schlafen sollen? Dennoch war sie schon nach kurzem unter der leidenschaftlichen Glut seines schweren, gedrungenen Körpers dahingeschmolzen. In ihr tobte ein heftiger Zwiespalt der Gefühle: Einerseits hatte sie entsetzliche Angst vor Valeri; zugleich fühlte sie sich jedoch auf unerklärliche Weise noch immer stark zu ihm hingezogen. Wie unbeschreiblich zärtlich seine Lippen sein konnten, wenn sie von ihrem Mund über ihren Hals zu ihren Brüsten wanderten. Bis sie dann das behaarte Dreieck zwischen ihren Schenkeln erreicht hatten, hatte sie längst vor Erregung am ganzen Körper zu zittern begonnen. Laut stöhnend krallte sie sich mit den Händen an den Stangen des altmodischen Bettgestells fest und warf ekstatisch den Kopf von einer Seite auf die andere. Als sie glaubte, das unbeschreibliche Drängen und Ziehen nicht mehr länger aushalten zu können, vergrub sie ihre Finger in seinem dichten Haar und zog ihn auf sich, um ihn ganz in sich zu spüren.

Als sich die Wogen ihrer Erregung wieder zu glätten begannen, hätte sie nicht mehr sagen können, wieviel Zeit inzwischen vergangen war. Ihr war es jedenfalls wie eine Ewigkeit vorgekommen, ein restlos erfüllter Augenblick, herausgerissen aus dem Gewebe der Zeit, durch die Wonnen der Lust ins Endlose gesteigert.

Als sie danach eng umschlungen beisammenlagen, mußte Irina unwillkürlich an Mars denken, den attraktiven, gutaussehenden Mars. Sie fragte sich, warum Sex mit ihm so wenig erfüllend, ja geradezu enttäuschend war.

Irgendwann war sie in Valeris Armen eingeschlafen, und als

sie bei Tagesanbruch erwachte und ihr Verstand allmählich wieder die Oberhand über ihre Gefühle gewann, machte sie sich im stillen schwere Vorhaltungen über die Schwäche ihres Fleisches.

Als Valeri nun das Frühstück auftrug, mußte sie feststellen, daß sie keinen Appetit hatte. Valeri entging nicht, daß sie nur lustlos auf ihrem Teller herumstocherte, und plötzlich sagte er wie aus heiterem Himmel: »Ich möchte, daß du mit Mars Schluß machst.«

Für einen Moment glaubte Irina, das Herz würde ihr stillstehen. »Das geht nicht.«

»Das geht sehr wohl.« Valeri brach ein Stück Schwarzbrot ab und biß hinein. »Das ist ein Befehl.«

Irina sah ihn an. »Und warum?«

»Ganz einfach«, erwiderte Valeri. »Ich habe es mir anders überlegt. Mir ist inzwischen klargeworden, daß ich einen Fehler gemacht habe.«

»Da mußt du dir schon eine bessere Begründung einfallen lassen.«

Statt etwas zu erwidern, legte er nur eine gedünstete Gurkenscheibe auf sein Brot und tunkte das Ganze in eine gelbliche Joghurtsoße.

»Wenn ich mit Mars Wolkow Schluß machen soll«, fuhr Irina fort, »möchte ich dafür zumindest eine Begründung von dir haben. So einfach, wie du mir weiszumachen versuchst, ist die Sache jedenfalls nicht. Ich weiß zwar nicht, was du damit eigentlich bezweckst – das habe ich noch nie gewußt –, aber mit Sicherheit hast du dabei irgendwelche Hintergedanken.«

»Ich möchte nur nicht, daß du noch tiefer in die Sache verwickelt wirst. Genügt dir das nicht als Erklärung? Und dabei habe ich keinerlei Hintergedanken im Kopf.«

»Du hast doch selbst gewollt, daß ich mich auf Mars einlasse . . .«

»Das habe ich nicht getan!« unterbrach er sie so heftig, daß Irina zusammenzuckte. »Begreifst du denn gar nichts?« fuhr er jedoch sofort wieder in ruhigerem Ton fort. »Ich wollte, daß *er* sich in dich verliebt, nicht umgekehrt. Jedenfalls bin ich inzwischen zu der Überzeugung gelangt, daß es ein schwerwiegender

Fehler war, dich auf ihn anzusetzen. Nicht er ist dir verfallen, sondern du ihm.«

»Werde jetzt bitte nicht ungerecht. Für wen hältst du mich eigentlich? Wenn man dich so reden hört, könnte man denken, mit mir könnte jeder machen, was er will . . .«

»Mars Wolkow ist nicht irgend jemand!« donnerte Valeri los.

Irina brachte es nicht über sich, ihm in die Augen zu schauen. Sie wußte immer weniger, was sie von dem Ganzen eigentlich halten sollte. Valeri ihr Beschützer? Völlig ausgeschlossen! Er war vom KGB. Er log; alles, was er je gekonnt hatte, war lügen, lügen, nur lügen.

»Ich kann allein auf mich aufpassen«, erklärte sie deshalb trotzig.

»Du würdest anders reden, wenn du wüßtest, was ich weiß.«

»Für wie blöd hältst du mich eigentlich?« fuhr Irina heftig auf. »Du denkst wohl, ich wäre ein willfähriges Betthäschen, das gerade gut genug ist, um Mars Wolkow ein bißchen für dich auszuhorchen, aber ansonsten immer brav zu kuschen hat, wenn du etwas sagst.«

»Davon kann gar keine Rede sein.« Er schob sich das restliche Stück Brot in den Mund und wischte sich die Finger ab. »Gerade weil dem nicht so ist, möchte ich dich Mars' verhängnisvollem Einfluß entziehen. Du kannst mir nichts vormachen, Irina; für mich steht fest, daß du seinem Charme erlegen bist.«

»So etwas kann nur ein Mann sagen. Frauen verlieben sich nicht in einen Mann, bloß weil er charmant ist und gut aussieht.«

»Charme«, entgegnete Valeri, »geht tiefer, als du denkst. Glaub mir, ich weiß, wovon ich rede.«

»Du magst meinetwegen denken, was du willst. Jedenfalls bin ich nicht in Mars Wolkow verliebt.«

»Was hast du dann die ganze Zeit mit ihm getrieben? Dich dumm und dämlich mit ihm gevögelt und sonst nichts?«

Irina stand auf. »Wie kannst du . . .« Sie zitterte vor Wut, aber sie fand nicht die passenden Worte, um ihm zu kontern.

»Setz dich wieder, Irina«, forderte sie Valeri, wieder in sanfterem Tonfall, auf. »Ich habe nicht gesagt, daß du eine Hure bist.«

»Das hätte gerade noch gefehlt.«

Valeri sah sie eindringlich an. »Es scheint dir großen Spaß zu machen, mit mir zu schlafen.«

Irina nahm wieder Platz. »Allerdings«, mußte sie zugeben, obwohl dieses Eingeständnis heftige Schuldgefühle in ihr weckte.

»Irina, ich möchte nicht mit dir streiten.«

»So? Und was willst du dann?«

»Siehst du denn nicht, daß ich dich beschützen will?«

»Mich beschützen?« Wenn sie nicht solche Angst vor ihm gehabt hätte, hätte sie ihm lauthals ins Gesicht gelacht. »Vor wem?«

»Mars Wolkow ist mein Feind. Er möchte mich vernichten. Wie es scheint, hast du das völlig vergessen.«

»Das habe ich keineswegs.«

»Irina, was ist eigentlich mit dir los?«

»Nichts, es ist nur . . .« Schaudernd wurde ihr plötzlich bewußt, wie tückisch Valeri sein konnte. Wenn sie nicht auf der Hut war, verriet sie sich noch durch ein unbedachtes Wort selbst. »Ich habe dieses Doppelspiel einfach satt. Das ist alles. Es ist ganz schön anstrengend, mich Mars gegenüber ständig verstellen zu müssen und dabei nicht versehentlich einmal aus der Rolle zu fallen. Das geht so weit, daß ich manchmal das Gefühl habe, selbst nicht mehr zu wissen, wer ich eigentlich bin.«

»Siehst du?« Valeri nickte. »Da hast du es eben selbst gesagt. Du hast nicht das Zeug zur Spionin – Grund genug, um deine Beziehung mit Mars Wolkow zu beenden. Und zwar sofort. Hast du mich verstanden, Irina? Mir ist inzwischen klargeworden, daß ich dich mit dieser Aufgabe überfordert habe. Das tut mir aufrichtig leid und deshalb möchte ich auch, daß du mit Mars Wolkow Schluß machst. Ich muß eben eine andere Möglichkeit finden, an ihn heranzukommen. Jedenfalls ist es mir die Sache mit Wolkow nicht wert, darüber dich zu verlieren.«

Jetzt konnte Irina nicht mehr anders, als ihn anzusehen. Sie war völlig durcheinander. »Was hast du da eben gesagt?«

Valeri schob seinen Teller beiseite. »Dir ist doch hoffentlich klar, wieviel du mir bedeutest, Irina. Habe ich dir das denn nicht in aller Deutlichkeit zu verstehen gegeben, wenn wir uns geliebt haben?«

»Valeri, ich . . .«

»Mir liegt sehr viel an dir, Irina.« Seine Hand schloß sich um die ihre. »Ich hätte dich nie dazu benutzen dürfen, Wolkow für mich auszuspionieren. Aber ich war so versessen darauf, ihn unschädlich zu machen, daß ich darüber völlig aus den Augen verloren habe, wie sehr ich dadurch dich in Gefahr gebracht habe. Deshalb möchte ich mit allen Mitteln verhindern, daß du noch tiefer in die Sache hineingezogen wirst; sonst könnte es irgendwann kein Zurück mehr für dich geben.«

Der liebevolle Ton, in dem er das sagte, weckte höchst widersprüchliche Gefühle in Irina. Nur zu deutlich wurde ihr wieder bewußt, daß die Anziehungskraft, die von ihm ausging, nichts von ihrer Intensität eingebüßt hatte. Sie war so stark, daß sie darüber fast vergessen hätte, wer sich hinter dieser verführerischen Maske in Wirklichkeit verbarg. Indem sie verzweifelt gegen ihre übermächtigen Gefühle ankämpfte, versuchte sie sich mit letzter Willenskraft auf die eine Frage zu konzentrieren: Wie kann ich Mars helfen, Valeri zu vernichten?

Ich habe Mars gegenüber mit keinem Wort erwähnt, wer Natascha ist und wie sie heißt, versuchte Irina ihr Gewissen zu beruhigen; demnach kann auch gar keine Rede davon sein, daß ich sie verraten habe.

Es war am späten Vormittag desselben Tages. Von einem dunklen Hauseingang gegenüber dem alten Moskauer Künstlertheater beobachtete sie Valeri und Natascha, die sich im Foyer des Theaters unterhielten.

Nichts mehr war plötzlich von der heftigen Eifersucht zu spüren, die sie früher bei den heimlichen Treffen der beiden befallen hatte. Alles, was sie für Valeri Bondasenko jetzt noch empfand, war Haß und Abscheu.

Oder machte sie sich in diesem Punkt nur etwas vor? Wie kam es dann zum Beispiel, daß sie noch immer so gern mit ihm ins Bett ging?

Schon den ganzen Vormittag hatte Irina eine Antwort auf diese Frage zu finden versucht. Seltsamerweise war es nicht nur ihre Beziehung zu Valeri, die von extrem widersprüchlichen Gefühlen geprägt war. Das traf auf ihr Verhältnis zu Mars und Natascha genauso zu. Die Tatsache, daß ihr die Gründe dafür noch immer völlig unklar waren, ließ ihr keine Ruhe. Ständig kreisten ihre Gedanken um dieses Problem. Nur soviel hatte sie inzwischen vage zu begreifen begonnen: Sie hatte die Fähigkeit verloren, zwischen richtig und falsch, gut und böse zu unterscheiden. Es war eindeutig nicht richtig, weiter mit Valeri zu schlafen, nachdem sie erfahren hatte, wer er wirklich war. Noch kurz zuvor hatte sie sich feierlich geschworen, sich auf keinen Fall mehr von ihm herumkriegen zu lassen. Und was hatte sie getan, kaum daß er seinen Arm um sie gelegt und ihr ein paar Zärtlichkeiten ins Ohr geflüstert hatte?

Allein von dem Gedanken daran bekam sie so heftige Schuldgefühle, daß sie Valeri plötzlich in einem schwarzen Ledermantel vor sich sah – eine Vorstellung, die sie sofort in Panik versetzte. Zugleich begann sie sich immer mehr Sorgen um Nataschas Schicksal zu machen. Wußte sie denn überhaupt, wer Valeri tatsächlich war? Ob ihr wohl klar war, daß sie einen Oberst des KGB küßte, wenn sie sich einmal die Woche heimlich mit ihm traf?

Als Irina nun beobachtete, wie Valeri sich von Natascha verabschiedete, mußte sie unwillkürlich wieder daran denken, was er noch vor wenigen Stunden zu ihr gesagt hatte. *Mir liegt sehr viel an dir, Irina. Ich hätte dich nie dazu benützen dürfen, Wolkow für mich auszuspionieren.* Alles Lügen, nichts als Lügen.

Wenn sie ganz ehrlich war, mußte sie sich eingestehen, daß sie aus Valeri einfach nicht klug wurde. Was empfand er wirklich für sie? Warum hatte er sie verführt? Was wollte er von ihr? Lag ihm etwas an ihr? Wie dem auch sein mochte – sein Verhalten ihr gegenüber war voll von Widersprüchen. Wenn er sie ursprünglich nur verführt hatte, um sie auf Mars ansetzen zu können, warum hatte er ihr dann plötzlich befohlen, Schluß mit ihm zu machen? War in der Zwischenzeit etwas passiert, wovon sie nichts wußte? Für Irina stand nur eines fest: Sie war fest entschlossen, sich dafür zu rächen, was der KGB ihrem Vater angetan hatte.

Bis vor kurzem hätte sich Irina nicht im Traum einfallen lassen, sie könnte je in die Lage kommen, dieses Vorhaben in die Tat umzusetzen. Doch seit sie von Mars erfahren hatte, wer Valeri tatsächlich war, sah sie plötzlich eine konkrete Möglichkeit, ihn zu ruinieren. Bei diesem Gedanken meldete sich jedoch sofort eine andere Stimme zu Wort – eine Stimme, gespeist von emotionalen, fast animalischen Bedürfnissen. Willst du das alles für immer verlieren? redete diese Stimme eindringlich auf sie ein. Bist du denn völlig verrückt geworden?

Blinzelnd schlug Irina die Augen auf. Wie lange stand sie nun schon hier? Sie wollte gerade ihr Versteck verlassen, als auf der anderen Straßenseite Natascha aus dem Eingang des Theaters kam.

Irina sah auf ihre Uhr. Seltsam, dachte sie, sie müßte doch jetzt noch Probe haben. Unauffällig folgte sie Natascha die Gorki-Straße hinauf, bis sie in der Druschba, der Freiheits-Buchhandlung, verschwand. Irina wartete eine Weile, bevor sie ihr in den Laden folgte.

In der Buchhandlung wimmelte es von Ausländern, aber von Natascha keine Spur. Als Irina darauf den Laden durch den Hintereingang wieder verließ, sah sie Natascha gerade noch um die nächste Ecke verschwinden. Sie folgte ihr und stellte fest, daß sie wieder zum Theater zurückging und in einen schwarzen Zil stieg, der vor dem Eingang wartete. Der Wagen fuhr sofort los, worauf Irina zu dem blauen Wolga lief, den ihr Mars besorgt hatte. Ärgerlich stellte sie fest, daß ihr in der Zwischenzeit jemand die Scheibenwischer gestohlen hatte. Wegen der enormen Versorgungsengpässe herrschte danach unter den Moskauern Autofahrern so rege Nachfrage, daß es nicht ratsam war, sie am Wagen zu lassen, wenn man ihn irgendwo abstellte.

Unauffällig folgte Irina dem Zil durch die Stadt, bis er schließlich vierzig Minuten später vor einem Gebäude in Swesdnij Gorodok, Sternstädtchen, hielt.

Als Mars den blauen Wolga, den er Irina zur Verfügung gestellt hatte, vor dem Gebäude des Helden stehen sah, ließ er den Fahrer seines Dienstwagens sofort anhalten, um den Wagen durch die dunkel getönten Scheiben seines Tschaika aufmerksam zu beobachten. Bei dieser Gelegenheit erregte auch ein schwarzer Zil seine Aufmerksamkeit, der auf der anderen Straßenseite, direkt gegenüber von Irinas Wagen, stand. Nach einer Weile kam Natascha Majakowa aus dem Gebäude und stieg auf den Rücksitz des schwarzen Zil.

Nachdem das Auto losgefahren war, stieg Mars aus und ging auf den blauen Wolga zu. Als er mit einem heftigen Ruck die Hintertür aufriß, starrte ihm vom Rücksitz mit schreckensbleichem Gesicht Irina entgegen. »Was treibst du denn hier?« entfuhr es ihm überrascht.

»Mars!« Entsetzt riß Irina die Hand an den Mund. »Hast du mich eben erschreckt!«

»Das wollte ich nicht, *koschka*«, erwiderte er lächelnd. »Ich habe mich nur gewundert, als ich zufällig deinen Wagen hier stehen sah. Hast du seit neuestem auch ein Faible für Kosmonauten?«

Irina stieg aus dem Wagen. »Man bekommt zwar in ganz Moskau keine Zucchini und keinen Paprika, aber um zum Mond zu fliegen, fehlt es nie am nötigen Geld.«

»Zum Mars«, korrigierte er sie. »Auf dem Mond waren wir bereits.« Achselzuckend fuhr er fort: »Das kommunistische System besteht nun zwar schon seit über siebzig Jahren, aber das heißt nicht, daß in verschiedenen Bereichen nicht noch gewisse Verbesserungen nötig sind. Aber keine Angst, früher oder später kriegen wir auch das hin.«

»Alles nur schöne Worte«, entgegnete Irina schneidend. »Brot oder Raketen, so heißt doch die Alternative?« Als er auf diesen sarkastischen Einwurf nicht einging, wechselte sie abrupt das Thema. »Im übrigen gehe ich gerade meiner Arbeit nach.«

Mars' Stirn legte sich noch tiefer in Falten. »Inwiefern?«

»Ich bin dem schwarzen Zil, der eben weggefahren ist, aus der Innenstadt hierher gefolgt.«

»Das ist Natascha Majakowas Wagen. Wieso?«

»Du kennst sie?«

»Natürlich«, nickte Mars. »Ich kenne jeden, der Zutritt zu diesem Gebäude hat.«

»Ist hier nicht der Held untergebracht?« Als Mars nickte, fügte sie hinzu: »Was hat Natascha mit ihm zu tun?«

»Die Frage sollte wohl eher lauten: Warum bist du Natascha Majakowa gefolgt?« Er schnippte mit den Fingern. »Sie ist doch nicht etwa die Frau, mit der sich Valeri Denisowitsch heimlich trifft?«

Irina nickte.

»Na, großartig«, seufzte Mars. »Das eröffnet höchst interessante Perspektiven.«

»Wolltest du gerade den Helden besuchen?« fragte Irina. »Ich wollte ihn schon immer einmal kennenlernen.«

»Ich fürchte, das ist leider nicht . . .« Mars verstummte mitten im Satz und sah Irina nachdenklich an. Warum eigentlich nicht? dachte er. Irina war intelligent und sah gut aus, und der Held hatte schon immer eine ausgesprochene Schwäche für schöne Frauen gehabt. Und da er, seit ihm das Dossier über die geplanten Strahlenexperimente in die Hand gefallen war, nicht mehr gut auf Mars zu sprechen war, ließ er sich dadurch möglicherweise wieder gnädiger stimmen. Vielleicht war Irina sogar genau die einmalige Chance, auf die er schon so lange wartete, um in dieser leidigen Geschichte endlich einmal ein Stück voranzukommen.

»Also schön«, nickte er und faßte sie am Ellbogen. »Wenn du willst, läßt sich vielleicht etwas arrangieren.«

Erst hörte Irina das leise Plätschern des Wassers, dann den Sirenengesang des Delphins. »Mein Gott«, rief sie aus, »was für ein herrliches Tier!«

Sie kniete am Beckenrand nieder und streckte die Hand nach der Schnauze des Delphins aus. »Wie heißt du denn, mein Schönes?« säuselte sie und stieß einen überraschten Schrei aus, als neben dem Delphin plötzlich der Kopf des Helden aus dem Wasser schoß. Mit einem amüsierten Schmunzeln sagte er: »Sie heißt Arbat. Und Sie?«

Mit einem Mal hatte Irina keine Augen mehr für den Delphin. Wie gebannt blieb ihr Blick statt dessen auf den markanten Gesichtszügen des Helden haften, auf seiner blassen, fast phosphoreszierenden Haut, und vor allem auf seinen seltsam durchdringenden Augen.

Was das für Augen waren! In ihren unergründlichen Tiefen glaubte sie plötzlich Farben zu erkennen, die alle Farben des Spektrums in sich zu vereinigen schienen und doch mit keiner von ihnen zu vergleichen waren. Vor allem schienen sie von innen heraus zu leuchten. Das Licht, das ihr aus ihnen entgegenstrahlte, schien halb zu enthüllen, halb zu verbergen, was hinter ihnen vorging.

Wie hypnotisiert starrte Irina den Helden an. Es war, als wollte sie ihn geradezu mit ihren Blicken verschlingen. Noch nie hatte sie ganz spontan eine solche Nähe zu einem anderen Menschen verspürt, noch nie das Gefühl gehabt, auf derselben Wellenlänge mit jemand zu liegen – und das, obwohl sie noch kein Wort mit ihm gewechselt hatte.

Außer den langen Wimpern hatte er keinerlei Gesichtshaare. Obwohl er nicht den Anflug eines Bartes auf den Wangen oder der Oberlippe hatte, wurde durch die Glätte seiner Haut die männliche Ausstrahlung seines Gesicht eher noch verstärkt. Für Irina war es, als hätte sie eine seltsame Meeresgottheit vor sich, ein mythisches Fabelwesen, halb Mensch, halb Delphin.

Obwohl er auch etwas von der Verspieltheit des Delphins an sich hatte, konnte Irina noch andere, düsterere Wesenszüge an ihm spüren. Aber gerade dieses tiefe Dunkel in der strahlenden Helle des Mittags, dieses schwarze Loch in der Unendlichkeit seiner leuchtenden Augen war es, das sie mit einer Unwiderstehlichkeit anzog, der sie nichts entgegenzusetzen hatte. Es war nur eine Frage von Momenten, und sie war völlig von ihm gefangen.

Unwillkürlich mußte sie an Nataschas Worte denken: *Eines Tages wirst auch du deinen Edward Albee kennenlernen, der dein Leben von Grund auf verändern wird. Dann hängt alles davon ab, ob du deine Chance zu nutzen weißt. Vor allem darfst du dir in diesem entscheidenden Augenblick keine Gedanken über die möglichen Konsequenzen machen; du mußt dich dann einfach fallen lassen.*

»Irina. Ich heiße Irina«, hörte sie ihre eigene Stimme leise von den Wänden des Hallenbads widerhallen.

»Willkommen, Irina«, sagte der Held. Als er sie behutsam zu sich ins Wasser zog, war es, als sei sie mit einem Mal von der Sonne, vom Mond und den Sternen umgeben. In ihrem Innern begann eine nie gehörte Musik zu erklingen, die ihren ganzen Körper in seltsam lustvolle Schwingungen versetzte, wie sie sie noch nie in ihrem Leben verspürt hatte. »Nenn mich Odysseus.«

Gedankenversunken blickte Honno auf das Schachbrettmuster der Stadt hinaus. Nur die Spitzen dieses Waldes aus stahl- und glasschimmernden Hochbauten waren von der Sonne beschienen, und je tiefer man den Blick in die bodenlos wirkenden Straßenschluchten sinken ließ, desto mehr hatte man den Eindruck, in eine geheimnisvolle Unterwasserwelt hinabzutauchen.

Welch erstaunliche Entwicklung sie in den letzten paar Tagen durchgemacht hatte! Ihr ganzes früheres Leben schien mit einem Mal unendlich weit zurückzuliegen, nichts weiter mehr als ein paar vergilbte Fotos, in einer Kiste auf dem Dachboden weggepackt und halb vergessen, verblassende Erinnerungsstücke aus dem Leben eines anderen Menschen, einer anderen Frau.

»Frau Kansei.«

Wer ist Frau Kansei? dachte Honno, ohne den Blick von einer im Sonnenlicht blitzenden 747-SP loszureißen, die gerade zur Landung auf den Narita-Airport ansetzte. Erst als das Flugzeug hinter den gigantischen Bürohochbauten verschwunden war, wandte sie sich vom Fenster ab und sagte unvermutet: »Ich möchte einen anderen Namen. Ist es denn nicht üblich, daß man als Yakuza einen neuen Namen annimmt?«

Big Ezoe nickte. »Zumindest manchmal.« Er war sich der tiefgreifenden Veränderungen, die in ihr vorgingen, deutlich bewußt.

»Koi«, sagte Honno nach einer Weile. »Koi gefällt mir gut. Was halten Sie davon?« Koi war nicht nur die Bezeichnung für die japanischen Karpfen, sondern hatte noch eine Vielzahl anderer Bedeutungen; es bedeutete auch vielfältig, dunkel, mächtig, letzteres häufig in Zusammenhang mit der Macht des Kaiserthrones oder als Verb ›die Kleider wechseln‹ – lauter Bedeutungen, die in Honnos Augen hervorragend zu ihrem neuen Ich paßten.

»Koi«, wiederholte Big Ezoe, der hinter seinem wuchtigen schwarzen Rosenholzschreibtisch saß. »Ihr Samurai-Freund Kakuei Sakata hatte allen Grund, rituellen Selbstmord zu begehen.« Er blätterte in den Unterlagen mit dem entschlüsselten Text von Sakatas Geschäftsbüchern, die er aus der Wohnung von Giins Schüler Asaku Hitasura entwendet hatte. »Er war ein sehr gewissenhafter Mann und hat in seinen Aufzeichnungen alles bis ins kleinste Detail festgehalten: Bestechungsgelder, Erpressungsmaßnahmen und Kungeleien auf höchster politischer Ebene. Eine eindrucksvolle Liste all jener Schandtaten, zu denen sich Menschen um des schnöden Mammons willen hinreißen lassen. Verwickelt sind in diese dunklen Machenschaften eine Reihe hochstehender Persönlichkeiten aus Politik, Wirtschaft und Hochfinanz – angefangen von Ihrem ehemaligen Chef Kunio Michita bis zu einer Reihe von Leuten aus dem Wirtschaftsministerium. Doch das Interessanteste kommt erst noch. Auch wenn nach außen hin genau dieser Anschein erweckt werden sollte, hatte die Funktion des Drahtziehers in diesem weitverzweigten Netz aus Korruption und Vetternwirtschaft nicht Ihr Freund Sakata inne, sondern mein alter Rivale Hitasura.«

»Hitasura?« Nachdenklich strich Koi über den abgegriffenen Einband von Kakuei Sakatas Geschäftsbüchern. »Ist das nicht der Mann, den ich gestern abend getötet habe?«

Der sachlich nüchterne Ton, in dem sie das sagte, ließ Big Ezoe unwillkürlich aufhorchen. Es war, als hätte sie die Ermordung von Asaku Hitasura völlig kalt gelassen. Einerseits war das natürlich genau die richtige Einstellung für einen professionellen Killer, aber zugleich warnte ihn eine innere Stimme, vor dieser Frau künftig auf der Hut zu sein.

Diese Frau ist wie eine Süchtige, dachte er. Wie andere ohne Alkohol nicht mehr leben können, braucht sie die Macht. Für so jemand haben Werte wie Ehre oder *giri* keinerlei Bedeutung mehr. Alles, was diese Menschen antreibt, ist das Streben nach immer mehr Macht. Wehe dem, der sich ihnen dabei in den Weg stellt!

»Das war Asaku, der jüngere Bruder des *oyabun* Hitasura«, erwiderte Big Ezoe auf Kois Frage. »Seine Leute suchen bereits fieberhaft nach Hinweisen auf Asakus Mörder.«

»Sollen sie ruhig suchen. Außer Ihnen, Fukuda und mir weiß niemand, wer hinter der Sache steckt.«

»Eines muß man Asaku lassen«, sagte Big Ezoe. »Vom Dechiffrieren hat er etwas verstanden.«

»Er war ein arrogantes Schwein«, zischte Koi. »Bloß weil ich eine Frau bin, dachte er, er bräuchte mich nicht für voll zu nehmen. Er hat mir einfach ins Gesicht gelacht.«

»Damit wollte er nur seine Bestürzung vertuschen, daß Sie so problemlos in seine Wohnung eingedrungen sind. Sie haben ihm einen gewaltigen Schreck eingejagt.«

»Und nicht nur das«, fügte Koi eisig hinzu.

Unwillkürlich mußte Big Ezoe noch einmal daran denken, wie Honno, beziehungsweise Koi, Asaku Hitasura den Kehlkopf zertrümmert hatte. Der Gesichtsausdruck, den sie in diesem Moment aufgesetzt hatte, hatte ihn an die Maske eines Gottes aus einem Bunraku-Puppenspiel erinnert, in dessen Zügen sich gleichzeitig Ekstase und tiefe Verzweiflung widerspiegelten. Nun hatte er diesen ungewöhnlichen Ausdruck im Gesicht eines leibhaftigen Menschen wiederentdeckt. Welch außergewöhnliches Zusammentreffen! Big Ezoe, der schon immer eine ausgesprochene Vorliebe für das Außergewöhnliche gehabt hatte, war längst zu der Überzeugung gelangt, daß er in Koi etwas ganz Besonderes an Land gezogen hatte. Er hatte diese Frau ganz nach seinen eigenen Vorstellungen umgemodelt und sie wie Fukuda zu einem perfekten Werkzeug seiner Macht gemacht.

Genau wie Koi war auch Fukuda in einem Zustand tiefster seelischer Not und Verwirrung an ihn geraten. Denn eines war Big Ezoe schon vor langem klar geworden: Menschen, insbesondere Frauen, waren vor allem dann besonders leicht beeinflußbar und formbar, wenn sie an einer tiefen und nie verheilten seelischen Verletzung litten.

Bis zum gestrigen Abend, bevor er diesen gottgleichen Ausdruck in Kois Gesicht beobachtet hatte, hatte er noch Fukuda als das vollkommenste Stück in seiner Sammlung betrachtet. Danach war er jedoch rasch zu der Überzeugung gelangt, daß Koi ihre Lehrmeisterin noch übertreffen würde.

Nachdem er Koi unmittelbar nach der Ermordung von Akasu Hitasura in ihre Wohnung gebracht hatte, war sie als erstes ins Bad gegangen. Voll Bewunderung hatte Big Ezoe seine Blicke über ihren schlanken, durchtrainierten Körper wandern lassen, als er ihr beim Einseifen behilflich war. Anschließend, nachdem sie sich gründlich abgespült und das Wasser hatte ablaufen lassen, säuberte sie die Wanne mit dem Schlauch von den letzten Schmutz- und Schaumresten; sie füllte sie wieder mit dampfend heißem Wasser und ließ sich genüßlich hineingleiten. Das war der Moment, in dem sie seit dem Verlassen von Akasu Hitasuras Wohnung zum erstenmal etwas sagte. »Mir ist von klein auf eingeimpft worden, daß Frauen schon bei ihrer Geburt eine Schuld auf sich laden, von der sie sich nie wieder ganz befreien können. Wir sind unrein. Bestes Beispiel dafür ist das Blut, das unser Körper jeden Monat ausstößt. Es ist der Ausdruck all unserer dunklen Triebe und Begierden, die wir nicht zu zähmen imstande sind.« Sie sah Big Ezoe finster an. »Wieviel mehr gilt das alles für mich, die *hinoeuma*-Frau, geboren im Jahr der Gattenmörderinnen.«

Big Ezoe sah sie nur schweigend an. Wie damals, bei der Aufführung des Bunraku-Puppenspiels, gab er sich ganz damit zufrieden, sie wortlos zu betrachten und mit gebannter Aufmerksamkeit jeder noch so kleinen Veränderung ihres Mienenspiels zu folgen.

Plötzlich hob Koi die Arme, so daß ihre Hände aus dem Wasser ragten. Ihre nasse, glatte Haut schimmerte im Licht der Badezimmerbeleuchtung, und erst jetzt fiel Big Ezoe auf, daß ihre Nägel blutrot lackiert waren.

»Doch jetzt«, fuhr Koi fort, »jetzt weiß ich, daß ich über die Macht verfüge, mich meiner Triebe und Begierden nach Belieben zu bedienen. Ich kann sie mir, wie heute abend, für meine Zwecke zunutze machen; aber ich kann sie auch wie einen abgerichteten Hund still an meiner Seite liegen und auf meine Befehle warten lassen.«

Sie legte den Kopf in den Nacken, schloß die Augen und ließ sich tiefer in die Wanne gleiten, so daß die Umrisse ihres Körpers im Wasser mehr und mehr zu verschwimmen begannen. »Das alles ist ganz meiner Entscheidung überlassen.«

Am nächsten Tag hatte sie ihren neuen Namen gewählt: Koi. Es war, als hätte sie ihre alten Kleider abgelegt, um sich völlig neu einzukleiden. Dunkel. Tiefe. Macht.

»Niemand weiß, wer dahintersteckt«, sagte Koi noch einmal leise.

Big Ezoe kam hinter seinem Schreibtisch hervor und blieb neben ihr stehen, um mit ihr aus dem Fenster zu schauen. Über die Stadt hatte sich eine schmutzig-graue Dunstschicht aus Abgasen gelegt, hinter der das jungfräuliche Tiefblau des Morgenhimmels ebenso verschwand wie die vertraute Silhouette des Fujiyama, das Symbol Japans schlechthin.

»Früher oder später wird Hitasura zwangsläufig zu dem Schluß gelangen, daß eigentlich nur ich hinter der Ermordung seines Bruders stecken kann.« So nahe neben Koi stehend, konnte Big Ezoe plötzlich deutlich das enorme *wa* spüren, das von ihr ausging. Das erfüllte ihn mit derselben Befriedigung, wie sie vielleicht ein Künstler beim Anblick eines eben vollendeten Meisterwerks empfand. »Was liegt schließlich auch näher? Ich muß auf jeden Fall damit rechnen, daß er versuchen wird, sich an mir zu rächen.«

»Soll er's doch versuchen!« Wieder legte sich über Kois Züge diese seltsame Mischung aus Ekstase und Verzweiflung, diesmal allerdings noch begleitet von einem Ausdruck gespannter Erwartung.

Wie vor einem aufziehenden Gewitter lag plötzlich ein seltsames Knistern in der Luft. »Ich werde Hitasura mit offenen Armen in Empfang nehmen.«

Mit einem Gefühl tiefer Befriedigung ließ Big Ezoe seinen Blick auf seinem Geschöpf ruhen. In Koi hatte er sich eine Kampfmaschine geschaffen, in deren Herz im Gegensatz zu Fukuda kein Platz mehr war für Gefühle wie Mitleid, Zuneigung oder gar Liebe. Mit einem wohligen Schaudern dachte Big Ezoe: Ja, Hitasura, komm nur. Ich habe eine nette kleine Überraschung für dich bereit. Du mußt unbedingt meine neueste Kreation kennenlernen. Meine stählerne Kampfmaschine.

4

Tokio

Wieder einmal betrachtete Tori das Foto von Ariel Solares, das in einem kleinen Park nicht weit von seinem Haus aufgenommen worden war. Ihr Augenmerk galt jedoch weniger Ariel als dem Paar und dem einzelnen Mann, die im Hintergrund zu sehen waren – als hoffte sie aus ihren Mienen ergründen zu können, was diesem Schnappschuß in Ariels Augen solche Bedeutung verliehen hatte. Aber die Personen auf dem Foto weigerten sich beharrlich, ihr Geheimnis preiszugeben. Nach einer Weile drehte sie den Schnappschuß auf die Rückseite, wo das Entwicklungsdatum aufgestempelt war. Der 21. März dieses Jahres. War vielleicht dieses Datum von besonderer Bedeutung?

Tori rekapitulierte noch einmal die Kette von Ereignissen, die dazu geführt hatten, daß sie mit dieser Mission betraut worden war. Angefangen hatte das Ganze damit, daß Ariel herausgefunden hatte, daß ein neues Superkokain von den Japanern hergestellt und verbreitet wurde. Darauf war sie von Godwin losgeschickt worden, um der Sache auf den Grund zu gehen. Schon bald hatte sich jedoch bei ihren Ermittlungen herausgestellt, daß die neuartige Superdroge unmittelbar mit den illegalen Hafnium-Lieferungen zu tun haben mußte, die wie das Rohkokain für die neue Wunderdroge der Japaner aus der Abkocherei im kolumbianischen Dschungel kamen. Nun war die Frage allerdings: Wer steckte hinter diesen Hafnium-Lieferungen und was geschah mit der weichen Zelle, wenn die weiße Ware Japan erreichte?

Eine Analyse des kolumbianischen Rohkokains hatte ergeben, daß es sich dabei um Stoff von allerbester Qualität handelte. Wenn also stimmte, was Estilo behauptet hatte, und die weichen Zellen tatsächlich an Hitasura geliefert wurden, dann waren Ariels Informationen richtig gewesen: Das neuartige Superkokain wurde in Japan hergestellt. Und Hitasura mußte wissen, wo und warum.

Tori schloß die Augen und konzentrierte sich auf ihre *prana-*

Atmung. Sofort wurde ihr Atem tiefer, ihr Puls ruhiger. Als sie dann in sich ging, wurde ihr bewußt, daß im Moment ihre größte Sorge war, daß tatsächlich Hitasura hinter dem in Geheimdienstkreisen als ›Eiscreme‹ bezeichneten Superkokain steckte. Nachdem schon Estilo ihr Vertrauen so sträflich mißbraucht hatte, hätte es einen schweren Schock für sie bedeutet, wenn sie hätte feststellen müssen, daß sie sich auch in Hitasura getäuscht hatte. Außerdem hätte das bedeutet, daß noch ein weiteres wichtiges Glied ihres weltweiten Informationsnetzes sich als unzuverlässig erweisen würde.

Sie wußte natürlich, daß es Russell kaum mehr erwarten konnte, daß sie Hitasura endlich auf den Zahn fühlte, um herauszufinden, was es mit dem Superkokain auf sich hatte. Zum Glück boten ihr der drohende Bandenkrieg mit Big Ezoes Clan und das unerwartete Auftauchen Fukudas hinreichend Grund, ihn in diesem Punkt noch eine Weile zu vertrösten.

Eigentlich hätte auch sie nichts lieber getan, als Hitasura kurz beiseite zu nehmen und ihn ganz direkt zu fragen, was nun tatsächlich an der Sache war. Was sie daran hinderte, war nicht nur ihre Angst, die Wahrheit zu erfahren. Eine wesentliche Rolle spielte dabei auch, daß sie sich hier in Japan befanden; ein so brisantes Thema direkt anzusprechen, wäre für einen Japaner völlig undenkbar gewesen. Tori wußte, daß sie geduldig einen geeigneten Zeitpunkt abwarten mußte, um das Thema anschneiden zu können.

Während sich Hitasura gerade wieder einmal am Telefon über den neuesten Stand der Suchaktion nach den Mördern seines Bruders informierte, kam Slade auf Tori zu und sagte: »Glaubst du nicht, es ist langsam an der Zeit, daß du mir erzählst, wie es zu dieser erbitterten Fehde zwischen dir und dieser Killerin Fukuda gekommen ist?«

»Ganz einfach – sie hat mich zu töten versucht«, erwiderte Tori knapp. Als Slade sie jedoch nur wortlos ansah, fuhr sie nach einigem Zögern fort: »Weißt du noch, in welcher Mission ich für dich unterwegs war, als ich mir die Hüfte gebrochen habe?« Sie war nun doch zu der Überzeugung gelangt, daß er ein Recht hatte, alles zu erfahren.

Slade nickte. »Natürlich weiß ich das noch. Dir waren damals eine Reihe von höchst unwahrscheinlichen Gerüchten über ein Joint Venture von Russen und Japanern zu Ohren gekommen, über das nicht einmal der nahezu allwissenden japanischen Bürokratie konkrete Anhaltspunkte vorlagen. Ich hielt das Ganze damals für reichlich unwahrscheinlich, aber Bernard bestand darauf, daß du der Sache nachgehen solltest. Du weißt ja, wie hartnäckig er ist, wenn es um seine Sowjets geht.« Er sah sie aus seinen blauen Augen durchdringend an. »Im nachhinein bedaure ich zutiefst, daß ich mich in diesem Punkt schließlich doch noch habe umstimmen lassen. Anderenfalls hättest du jetzt noch zwei gesunde Hüftgelenke.«

Tori sah ihn lange forschend an, bevor sie erwiderte: »Nett von dir, daß du das sagst. Tatsache ist allerdings, daß ich zu bestimmten Dingen erst dank dieser japanischen Prothese fähig bin. Ich sehe mich durch sie in meiner körperlichen Bewegungsfreiheit in keiner Weise beeinträchtigt. Im Gegenteil: in gewisser Weise hast du mir damit einen Gefallen getan.« Sie bedachte ihn mit einem zaghaften Lächeln, als ob sie Angst hätte, ihm – und auch sich selbst – einzugestehen, was wirklich in ihr vorging.

»Wie dem auch sei«, fuhr sie fort. »Ich hatte das untrügliche Gefühl, daß an den Gerüchten von dem japanisch-russischen Joint Venture etwas Wahres sein mußte. Bevor ich der Sache allerdings auf den Grund gehen konnte, ist mir Fukuda in die Quere gekommen.«

»Wie ist das passiert?«

»Angefangen hat das Ganze mit einem Mann«, begann Tori. »Eigentlich sah er fast noch wie ein halbes Kind aus – vielleicht wie knapp über zwanzig. Aber trotz seines jugendlichen Aussehens war er in bestimmten Kreisen schon so etwas wie eine Berühmtheit. Er war ein sogenannter *tsukuro-hito,* ein ›Macher‹. Damit ist im gängigen japanischen Sprachgebrauch eine Person mit großem Durchsetzungsvermögen gemeint, also mit viel *hara,* innerer Energie, was die Japaner bekanntlich besonders hoch schätzen.«

»War dieser Bursche ein Yakuza?«

»Das war ja gerade das Ungewöhnliche an ihm«, erwiderte

Tori. »Er war kein Yakuza – obwohl viele Yakuza seinen Rat suchten, und zwar vor allem in Fällen, in denen es um Fragen des internationalen Handelsrechts ging; darauf hatte er sich nämlich spezialisiert. Er hieß übrigens Yen Yasuwara, wobei ich nicht glaube, daß er tatsächlich Yen hieß; eher dürfte er sich diesen Vornamen selbst zugelegt haben. Jedenfalls hätte das genau zu seiner Art von Humor gepaßt. Er machte sich über alles lustig. Und was besonders für einen Japaner ungewöhnlich war: er machte sich nichts aus Konventionen. Nichts war ihm mehr verhaßt, als sich an die unzähligen Anstandsregeln zu halten, die in Japan von so enormer Wichtigkeit sind und ohne die ein Überleben in der japanischen Gesellschaft so gut wie unmöglich ist.

Allerdings ging es Yen nicht in erster Linie ums Überleben. Er wollte vor allem Erfolg haben. Es war von Anfang sein Traum, als Anwalt groß herauszukommen und einmal auf höchster internationaler Ebene einen so gigantischen Deal abzuwickeln, daß darüber ganz Japan kopfstehen würde.«

»Wie zum Beispiel dieses japanisch-russische Joint Venture?«

Tori nickte. »Aus diesem Grund habe ich ihn damals auch aufgesucht. ›Was dieses Land am dringendsten benötigt, ist ein kräftiger Tritt in den Arsch‹, äußerte er sich mir gegenüber einmal, als wir uns schon näher kannten.«

»Wie gut genau habt ihr euch gekannt?« wollte Slade an dieser Stelle wissen.

»Immer mit der Ruhe«, bremste Tori seinen Wissensdurst. »Dazu werden wir noch früh genug kommen. Yen arbeitete für die renommierte Tokioter Anwaltskanzlei Budoko; sie war zwar nicht groß, aber um so besser war ihr Ruf. Yen brachte dafür die entsprechenden familiären Voraussetzungen mit – sein Vater und der Seniorchef von Budoko stammten aus demselben Dorf in Honshu; außerdem hatte Yen die richtigen Schulen besucht und die richtigen Abschlüsse gemacht. Bis zu dem Moment, als er bei Budoko anfing, war Yen der Inbegriff eines strebsamen und angepaßten japanischen Anwalts.

›Sobald ich allerdings einmal die entsprechende berufliche

Ausgangsposition hatte‹, gestand er mir einmal, ›begann ich mich voll und ganz auf die systematische Unterwanderung der herrschenden Verhältnisse zu konzentrieren.‹«

»Was hat er denn damit gemeint?« wollte Slade wissen.

»Genau kann ich das auch nicht sagen. Aber ich nehme an, daß er es auf nichts weniger abgesehen hatte, als die japanische Gesellschaft in ihrer bestehenden Form von Grund auf zu revolutionieren. Ganz ähnlich wie der Schriftsteller Yukio Mishima, der mit seinem Freitod gegen den zunehmenden Verfall der traditionellen Werte protestieren wollte, sah auch Yen die Hauptursache der wachsenden gesellschaftlichen Probleme in den Folgen des enormen wirtschaftlichen Aufschwungs, den das Land seit Ende des Zweiten Weltkriegs genommen hat. Ich glaube, daß das moderne Japan in seinen Augen orientierungslos und ausschließlich nach Profitinteressen ausgerichtet war. Deshalb konnte er vermutlich auch nicht mehr mitansehen, wie seine Landsleute auf der ganzen Welt wahllos die renommiertesten Traditionsfirmen wie Tiffany, Fred, Cartier oder Ungaro aufkauften, sich weltweit immer mehr Grundbesitz aneigneten und vor allem auf Hawaii eine ganze Reihe von Tokios im Kleinformat hochzogen – kurzum, wie sie alles aufkauften, was ihnen gerade in den Weg kam. ›Die Japaner‹, äußerte er sich mir gegenüber einmal, ›haben die Häßlichen Amerikaner der fünfziger Jahre und die Ölscheichs der siebziger Jahre abgelöst. Nun sind wir keinen Deut besser als die Bonzen irgendeiner anderen Nation. Der unaufhaltsame wirtschaftliche Fortschritt ist auf dem besten Weg, auch noch unsere letzten Ideale zu zerstören.‹«

»Und was für einen großen Coup wollte dieser verhinderte Philosoph landen?« fragte Slade.

»Wie ich sehe, beginnst du dir bereits ein recht zutreffendes Bild davon zu machen, was für eine schillernde Persönlichkeit Yen war«, meinte Tori. »Aber das ist noch keineswegs alles. Er verfügte nämlich auch über enormes Charisma – ein Charakterzug, den ich ihm nie zugetraut hätte, als ich seine Bekanntschaft machte.

Den Kontakt mit ihm habe ich ganz nach Schema F hergestellt. Während er übers Wochenende nach Kyoto fuhr, inszenierte ich im Zug ein scheinbar zufälliges Kennenlernen. Er entpuppte sich als ein außergewöhnlich charmanter, vielseitig gebildeter Mann, der jedoch keineswegs nur in endlosen Monologen seine Brillanz unter Beweis zu stellen suchte, sondern auch ein hervorragender Zuhörer war.

Er erzählte mir, daß er zum Kokedara, dem Moos-Tempel, unterwegs war, dessen Garten für seine vierzig verschiedenen Moosarten berühmt ist. Man muß das mit eigenen Augen gesehen haben, um sich den tiefen Frieden vorstellen zu können, den diese Anlage ausstrahlt – der zarte Dunstschleier über dem klaren Teich, das Sonnenlicht, das zwischen den Ästen der Japanzedern und Schwarzkiefern hindurchfällt und die unglaublichsten Farbnuancen auf das zarte Moos zaubert. Ohne Übertreibung ein himmlischer Ort, und ein heiliger noch dazu. In Kokedera scheint die Zeit stillzustehen – gerade so, als könnte die ungeheure Ausstrahlung des Tempels das Rad der Zeit zum Stillstand bringen.

Mit Worten läßt sich der Zauber dieses Orts nicht annähernd beschreiben. Aber ich bin in der Zwischenzeit zu der Überzeugung gelangt, daß er maßgeblich dazu beigetragen hat, mich so schnell von Yen und seiner Sicht der Dinge einnehmen zu lassen. Damit du dir übrigens keine falschen Vorstellungen von ihm machst – abgesehen von seinem Äußeren hatte er absolut nichts Jungenhaftes an sich.

Jedenfalls erschien mir Yen in diesem speziellen Augenblick und an diesem speziellen Ort wie der Inbegriff aller Vollkommenheit – genauso, wie auch der Moosgarten des Tempels etwas Vollkommenes an sich hatte. Es war sozusagen, als hätte in ihm der Geist, der diesen Ort durchwehte, Gestalt angenommen. Er war einfach unwiderstehlich.«

»Tori . . .«

»Jetzt erzähl mir bloß nicht, so etwas wäre dir noch nie passiert, Russ. Hast du noch nie eine Frau unwiderstehlich gefunden?«

»Nicht, solange ich beim Geheimdienst bin.«

»Du meinst, seit du dich hinter deinem Schreibtisch verkrochen hast? Dann wundert mich allerdings nichts mehr.«

»Vielen Dank.«

»Tut mir leid. So habe ich das nicht gemeint. Aber der alte Russell Slade – so, wie ich ihn noch bis vor kurzem kannte – war ungeheuer von sich selbst überzeugt. Man hätte denken können, er hätte sich für die Vollkommenheit in Person gehalten.«

»Mein Gott, für vollkommen habe ich mich nie gehalten.«

»Aber genau den Anschein hast du mir immer gegeben.«

»Tatsächlich?« Slade machte aus seiner Überraschung keinen Hehl. »Ehrlich gestanden, habe ich das Gefühl, du sprichst von einem völlig anderen Menschen.«

Tori sah ihn forschend an. »In gewisser Weise ist das auch tatsächlich der Fall.«

»Der alte Russell Slade ist wohl irgendwo in Medellín gestorben. Im Staub der Arena.«

Tori nickte. »Vielleicht sollte ich dir bei dieser Gelegenheit auch einmal sagen, wie überrascht ich damals in Cruz' Wohnung war, als du plötzlich die Initiative ergriffen und dich als der große Maulwurfjäger aufgespielt hast.« Als Slade darauf in amüsiertes Gelächter ausbrach, fiel auch Tori mit ein. Zum erstenmal wurde ihr bewußt, wie wohl sie sich in seiner Anwesenheit fühlte. »Und dann im Dschungel und bei der Corrida. Eigentlich hatte ich ständig damit gerechnet, du würdest jeden Moment das Handtuch werfen – das war auch der Grund, weshalb ich mir von Bernard ausbedungen habe, daß du mich auf dieser Mission begleiten solltest. Dahinter steckte nichts anderes als die Absicht, dich einmal nach allen Regeln der Kunst vorzuführen.«

Slades blaue Augen hatten sich merklich verdüstert. »Genauso, wie ich mich damals an dir rächen wollte, als ich dich, aus recht persönlichen Gründen übrigens, aus dem Geheimdienst entlassen habe.«

»Fast könnte man denken, Bernard hat uns absichtlich gegeneinander aufgehetzt.« Unwillkürlich mußte Tori an Estilos Geschichte von den deutschen Zwillingen denken, die er systematisch gegeneinander ausgespielt hatte. Aber das konnte man nicht miteinander vergleichen. In Bernards Fall war sicher keine böse Absicht dahintergesteckt. Trotzdem berührte es Tori seltsam, daß sich ihr ausgerechnet diese Parallele aufgedrängt hatte.

Nach langem Schweigen setzte Slade an, um etwas zu erwidern. Dann schien er es sich allerdings anders zu überlegen und murmelte statt dessen nur: »Seltsam, was für komische Wendungen das Leben manchmal nimmt. Ganz gleich, wie sehr man sich auf alle möglichen Eventualitäten vorbereitet zu haben glaubt, kommt es meistens ganz anders, als man denkt.«

»Ja«, nickte Tori. »Genauso ging es mir mit Yen.« Als Slade dazu nichts weiter sagte, fuhr sie fort: »Wir verbrachten einen wundervollen Nachmittag miteinander, und als wir uns anschließend trennten, folgte ich ihm heimlich. Schließlich hatte ich noch keineswegs vergessen, weshalb ich ursprünglich seine Bekanntschaft machen wollte.

Es war kurz vor Einbruch der Dunkelheit. Yen fuhr in ein Restaurant. Dort wartete bereits jemand auf ihn.«

»Jetzt laß mich einmal raten. Das war vermutlich Fukuda.«

»Richtig. Yen hatte eine Affäre mit ihr.«

»Das wird ja immer schöner.«

»Ich beobachtete die beiden eine Weile. Sobald ich Gewißheit hatte, daß die beiden ein Verhältnis hatten und Yen nur ihretwegen nach Kyoto gekommen war, zog ich mich zurück, um jedoch am nächsten Tag nähere Erkundigungen über Fukuda einzuziehen. Was ich dabei herausfand, stimmte mich doch nachdenklich. Je mehr ich über diese Frau in Erfahrung brachte, desto beängstigendere Ausmaße nahm das Ganze an. Über Yen war ich bereits gut genug im Bild, um zu wissen, daß ich ihm auf jeden Fall auf den Fersen bleiben mußte. Wenn es dieses japanisch-russische Joint Venture tatsächlich gab, dann hatte dabei mit Sicherheit er seine Finger mit im Spiel. Nachdem ich in Tokio zurück war, suchte ich Yen noch einmal auf – diesmal unter dem Vorwand, seinen Rat als Anwalt einholen zu wollen. Sicher kannst du dich noch an diese getürkten Vertragsabschlüsse erinnern, um die ich dich damals gebeten habe?«

Slade nickte. »Sie brachten unsere Urkundenabteilung ganz schön ins Schwitzen. Deinetwegen haben die Jungs damals das ganze Vierter-Juli-Wochenende durchgearbeitet.«

»Ich gab mir zwar alle Mühe, auf einer strikt geschäftlichen Ebene mit ihm zu verbleiben«, fuhr Tori fort. »Aber davon wollte Yen nichts wissen. Er erzählte mir sogar von seinem Verhältnis mit Fukuda, um mir jedoch im gleichen Atemzug zu versichern, daß das keine Bedeutung mehr für ihn hätte. Alles, was ihn ab sofort noch interessierte, war ich. Er wollte sich von nichts davon abhalten lassen, mich zu bekommen.«

»Wie ausgesprochen sensibel und zurückhaltend . . .«

»So verrückt es klingen mag, Yen konnte ungewöhnlich einfühlsam sein. Allerdings nur, wenn er wollte. In gewisser Weise war er wie ein Punktscheinwerfer. Alles, was in den extrem eingeschränkten Einzugsbereich seines Strahls fiel, wurde mit der allergrößten Aufmerksamkeit bedacht. Aber wenn dieser Strahl weiterwanderte, blieb das, was er eben noch so strahlend hervorgehoben hatte, unbeachtet im Dunkeln zurück.«

»Wie zum Beispiel Fukuda.«

Tori nickte. »Mir gegenüber hat Yen damals erklärt, ihre Beziehung hätte sich sowieso schon totgelaufen – zumindest, was ihn betraf. Ihm machte das Ganze sowieso nur Spaß, solange der Reiz des Unbekannten noch nicht verflogen war. Sobald die Sache jedoch einmal ins Alltägliche und Vertraute abzurutschen begann, war für ihn sofort die Luft draußen. Vielleicht war das auch als Warnung gedacht, was auch mich in näherer Zukunft erwarten würde.«

»Mit anderen Worten«, warf Slade ein. »Eine Zukunft hätte es nicht gegeben.«

»Nicht unbedingt. Ich glaube, er wollte damit eher zum Ausdruck bringen, daß es eine Zukunft nur gegeben hätte, wenn er das gewollt hätte.«

»Wie rücksichtsvoll von ihm.«

»Aber sind denn nicht alle Männer so?«

»Fang doch nicht damit an, Tori. Die meisten Frauen wissen inzwischen genau, was sie wollen.«

»Na, ich weiß nicht. Die meisten Frauen haben doch ihr ganzes Leben lang immer nur eingetrichtert bekommen, was sie zu wollen haben.« Sie zuckte mit den Schultern. »Wie dem auch sei, Yen wollte genau da weitermachen, wo wir an unserem gemeinsamen Nachmittag in Kokedera aufgehört hatten. Allerdings habe ich ihm mit allem Nachdruck klarzumachen versucht, daß ich das für keine gute Idee hielt.«

»Das kann ich mir denken.«

»Wenn du es unbedingt wissen willst: Zum Teil fühlte ich mich tatsächlich stark von ihm angezogen. Ich habe nie behauptet, eine Heilige zu sein. Warum auch? Ich bin schließlich auch nur ein Mensch.«

»Darf ich das als ein Geständnis auffassen, daß du eine Affäre mit ihm hattest?«

Nach längerem Schweigen antwortete Tori: »In gewisser Weise ja.«

»Da mußt du dich schon genauer ausdrücken«, hakte Slade nach. Tori rechnete es ihm hoch an, daß nichts Forderndes oder Vorwurfsvolles aus seiner Stimme klang.

»Also schön«, seufzte Tori. »Ich hatte ein Verhältnis mit ihm. Allerdings habe ich mir gleich von Anfang an ein paar Dinge ausbedungen. Ich wollte auf keinen Fall in der Öffentlichkeit mit ihm gesehen werden, und ich erklärte mich nicht bereit, mich in seinem Haus mit ihm zu treffen. Eine Weile hat das auch gut funktioniert. Natürlich blieb ich währenddessen auch weiterhin geschäftlich in Kontakt mit ihm, um eines Tages bei einer passenden Gelegenheit einfließen lassen zu können, ob er mir nicht ein paar vielversprechende, nicht unbedingt ganz konventionelle Deals auf multinationaler Ebene empfehlen könnte, in die ich ein paar gewinnbringende Investitionen machen könnte.

Dazu sollte ich allerdings keine Gelegenheit mehr finden, da zwischen Hitasuras und Big Ezoes Yakuza-Clans ein blutiger Bandenkrieg entbrannte. Fukuda wurde aus Kyoto zurückbeordert, wo sie in Big Ezoes Auftrag verschiedene Waffengeschäfte größeren Stils abgewickelt hatte. Und das sollte der Anfang vom Ende sein.

Sie war keine vierundzwanzig Stunden in Tokio, als sie bereits Bescheid wußte, daß Yen eine andere hatte. Weitere vierundzwanzig Stunden später hatte sie herausbekommen, daß diese andere ich war.«

»Ganz schön auf Draht, dieses Luder«, brummte Slade.

»Das ist noch lange nicht alles. Sie hat mich ganz methodisch ausfindig gemacht. Nicht nur, daß sie über ein wesentlich besseres Informationsnetz verfügte als ich, sie sann auch auf erbitterte Rache. Deke konnte mich zwar noch warnen, aber es war zu diesem Zeitpunkt bereits zu spät. Fukuda wollte mir an den Kragen und ließ mir auch keine Möglichkeit mehr, mich elegant aus der Affäre zu ziehen.«

»Und wie ging die Sache weiter?« fragte Slade mit unverhohlener Neugier.

Nachdem ihm Tori den Hergang ihres erbitterten Zweikampfs in dem U-Bahn-Schacht geschildert hatte, schloß sie mit den Worten: »Ich lag also mit gebrochener Hüfte auf den Gleisen. Fukuda wußte, daß ich mich keinen Zentimeter mehr von der Stelle bewegen konnte. Als sie den U-Bahn-Zug kommen hörte, verschwand sie einfach und überließ mich meinem Schicksal.«

»Das hätte sie lieber nicht tun sollen.«

»Ja. Hitasura konnte mich gerade noch rechtzeitig von den Gleisen zerren, bevor mich der Zug erfaßte.«

»Pech für Fukuda«, sagte Slade. Nach einer Weile fügte er, wieder in ernsterem Ton, hinzu: »Warum hast du mir davon nichts erzählt – ganz abgesehen davon, daß du dazu verpflichtet gewesen wärst?«

»Weil du sowieso nicht auf mich gehört hättest. Zu diesem Zeitpunkt hat dich doch meine Meinung nicht mehr interessiert.«

»Das zu beurteilen, wäre dir eigentlich nicht zugestanden.«

»Das ändert nichts an der Tatsache, daß es so war.«

»Trotzdem hättest du dich an die Vorschriften halten sollen«, beharrte Slade. »Deine persönlichen Eindrücke standen in diesem Fall überhaupt nicht zur Debatte.«

Damit hatte er natürlich vollkommen recht. Trotzdem, Tori war nicht bereit, das zuzugeben.

»Da kommt Hitasura«, drang Big Ezoes Stimme aus Fukudas Kopfhörer.

»Ich kann seinen Wagen jetzt sehen«, hauchte sie in das Mikrofon.

»Wo bist du jetzt?«

»Vor dem Kinji-to.«

»Gut.« Big Ezoes Stimme tönte so klar und deutlich aus ihrem Kopfhörer, als sitze er direkt neben ihr und nicht mehrere Kilometer entfernt in seinem Wagen. »Alles klar. Es kann losgehen.«

»Ja.« Als der Kombi näher kam, zog sich Fukuda hinter die gläsernen Eingangstüren des Kinji-to zurück.

»Hitasura ist übrigens nicht allein.«

»Deinem Tonfall nach zu schließen«, sagte Fukuda, »hat er jemand bei sich, den ich kenne.«

»Ja, es ist Tori Nunn.«

Leise ließ Fukuda den Atem entweichen. »In diesem Fall würde ich dich bitten, Koi nicht zu früh ins Spiel zu bringen. Diese Chance möchte ich mir auf keinen Fall entgehen lassen.«

»Es ist deine letzte«, entgegnete Big Ezoe.

»Nicht meine. Die von Tori.«

Hitasura sagte: »Wir sind hier.«

»Wo ist hier?« wollte Slade wissen.

Der Kombi hatte am Straßenrand gehalten, und Hitasura forderte sie auf auszusteigen. Nachdem sie durch die Hecktür geklettert waren, deutete er nach oben. Sie standen vor einem pyramidenförmigen Bau, einem postmodernen Koloß aus Chrom, Stahl, rostigem Eisen und grüngetönten Fensterflächen. Nachts wirkten diese Glasflächen wie ein gigantischer Spiegel, in dem sich, kaleidoskopartig gebrochen, die neonerhellte Skyline der Stadt reflektierte.

»Das ist das Kambata-Museum«, erklärte Hitasura seinen Begleitern. »Aber wegen seiner ungewöhnlichen Architektur wird es von allen nur das Kinji-to genannt – die Pyramide.« Er ging auf den Eingang zu. »Das Museum gab es zu deiner Zeit noch nicht, Tori. Es beherbergt eine umfangreiche Sammlung von kostbaren alten Kampfkunstgegenständen.« Er warf einen kurzen Blick auf den Eingang. »Heute ist Montag. Da ist das Museum für den Publikumsverkehr geschlossen.«

»Und hier wurde Fukuda zum letztenmal gesehen?« frage Slade.

»Sie ist immer noch hier«, erwiderte Hitasura.

»Das hat sicher einen bestimmten Grund«, warf Tori ein.

Hitasura nickte. »Du kennst Fukuda schließlich am besten von uns allen.«

Darauf wollte Slade wissen: »Besteht Ihrer Meinung nach die Möglichkeit, daß sie bereits weiß, daß wir hinter ihr her sind?« Während Hitasura die Schultern hob, begann Tori bereits die Treppe zum Eingang des Museums hinaufzusteigen. »Das dürfte wohl keinen allzu großen Unterschied machen. Los, wir gehen jetzt hinein und schnappen sie uns.«

Doch Slade packte sie von hinten an den Schultern und drehte sie heftig herum. »Wie hast du dir das eigentlich gedacht, Tori? Es macht sehr wohl einen Unterschied, ob sie weiß, ob wir hinter ihr her sind oder nicht. Davon hängt unser ganzes weiteres Vorgehen ab.«

»Was du nicht sagst«, entgegnete Tori schneidend. »Was sollte das an unserem Vorgehen ändern?«

»In ersterem Fall müßten wir Verstärkung anfordern.«

Tori schüttelte den Kopf. »Wir müssen so unauffällig wie möglich vorgehen. Je mehr von Hitasuras Leuten hier anrücken, desto größer ist die Gefahr, daß die Polizei Wind von der Sache bekommt.«

Das ließ sich Slade kurz durch den Kopf gehen, bevor er so leise, daß nur Tori es hören konnte, sagte: »Ehrlich gesagt, bin ich kein großer Freund solcher Privatfehden. So etwas nimmt fast immer ein böses Ende.«

Tori nickte finster. »Aha.« Doch dann erhellte sich plötzlich ihre Miene wieder, und sie fügte hinzu: »Weißt du eigentlich, was es für ein Gefühl ist, Russ, wenn man eine schrecklich juckende Stelle hat, an die man aber nicht drankommt? Was würdest du tun, wenn du plötzlich die Gelegenheit bekämst, dich genau an der Stelle zu kratzen?«

Slade nahm seine Hände von ihren Schultern und seufzte: »Na schön. Aber du wirst dir doch zumindest beim Kratzen ein bißchen helfen lassen?«

Tori mußte grinsen, und zu dritt stiegen sie die Treppe hinauf. Die Eingangstür war zu, aber nicht abgesperrt. Slade untersuchte kurz das Schloß, um zu sehen, ob es aufgebrochen worden war. Es waren jedoch keinerlei Spuren von Gewaltanwendung zu erkennen.

Verstohlen checkte Slade seine Waffen: ein 32er Colt, ein leichtes Messer in einer Wadenscheide und ein Würgedraht mit Holzgriffen. Allzuviel versprach er sich davon allerdings nicht. Nach allem, was er über diese Fukuda gehört hatte, war mit ihr offensichtlich nicht zu spaßen. Außerdem wurden seine Befürchtungen noch dadurch verstärkt, daß er auch Hitasuras und Toris Angst deutlich spüren konnte.

Beim Betreten des Kinji-to mußte Tori unwillkürlich an eine Stelle aus Sun Tzu denken. *Wenn es sich nicht vermeiden läßt, daß dir der Gegner den Ort des Kampfes aufzwingt, dann sieh zu, daß du zumindest über den Zeitpunkt bestimmen kannst.* Tori hatte jedoch Bedenken, ob ihr Fukuda diese Wahl lassen würde.

Sie durchquerten den großen Hauptsaal des Museums. Hoch über ihren Köpfen hingen riesige grüngefärbte Glasplatten – futuristische Versionen der alten Kriegsbanner, wie sie in den Audienzhallen mittelalterlicher Burgen aufgehängt waren. Der Mittelgang war gesäumt von Vitrinen mit kunstvoll gearbeiteten Rüstungen aus der Zeit vom zehnten Jahrhundert bis ins frühe neunzehnte.

Ein leises Geräusch ließ Tori innehalten. Erst hörte es sich an wie das Heulen eines Sturms. Doch bei näherem Hinhören entpuppte es sich als ein tiefes, kehliges Fauchen – wie von einem gefährlichen Raubtier, das sich jeden Augenblick mit gefletschten Zähnen auf sein Opfer stürzen würde.

»Was ist das?« fragte Slade schaudernd.

»Sie muß hier irgendwo sein«, flüsterte Hitasura.

»*Yo-ibuki*«, erklärte Tori für Slade. »Beim Karate gibt es zwei verschiedene Atemtechniken. Und *Yo-ibuki* ist die harte, aggressive Atmung, deren man sich bedient, wenn man zum Angriff übergeht.«

»Davon haben sie uns bei der Karateausbildung in Virginia aber nie etwas erzählt«, meinte Slade.

»Wie hätten sie auch?« Aufmerksam behielt Tori den langen Mittelgang zwischen den Vitrinen im Auge. »Deshalb solltest du mich ja auf dieser Mission begleiten.«

Der Raum war durch die von der Decke hängenden Glasplatten in grünlich irisierendes Licht getaucht. Gerade in Verbindung mit den martialischen Rüstungen rief das eine düster-bedrohliche Stimmung hervor. Dann fiel Toris Blick plötzlich auf die *hiodoshi*-Rüstung der Kaiserin Jingo, deren einzelne Panzerteile von lauter dunkelroten Bändern zusammengehalten waren. Bei genauerem Hinsehen stellte sie fest, daß sich das Visier kaum merklich bewegte. Ganz langsam begann es sich unter dem hohen, mit Hörnern versehenen Helm, dessen Lederbespannung sich vom Blut unzähliger erschlagener Feinde dunkel verfärbt hatte, zu heben. Und dann schritt die Rüstung der Kaiserin Jingo von ihrem Sockel herab. Die weite Halle war erfüllt vom heiseren Fauchen der *yo-ibuki*-Atmung.

Slade war bereits an Toris Seite in die Hocke gegangen, und in seiner rechten Hand blitzte ein Colt auf. Mit einem energischen »Nein!« versuchte ihn Tori zurückzuhalten. Aber offensichtlich hatte Slade seine eigenen Vorstellungen, wie Fukuda unschädlich gemacht werden sollte. Er drückte ab.

Tori sah noch, wie die Rüstung durch die Wucht des Aufpralls hintenüber geschleudert wurde, und dann durchzuckte auch schon ein greller Lichtblitz die weite Halle. Im selben Augenblick wurde sie von einer gewaltigen Druckwelle zu Boden gerissen, und als der ohrenbetäubende Knall der Explosion erst einmal verhallt war, konnte sie eine Weile außer dem schmerzhaften Rauschen in ihren Ohren nichts mehr hören.

Fukuda kannte sich hervorragend mit Sprengstoffen aus. Eigentlich war Tori davon ausgegangen, daß Slade das aus ihren Erzählungen klargeworden war. Anscheinend war das jedoch nicht der Fall gewesen.

Noch während sich Tori von dem Schock erholte, hatte ihr Verstand bereits fieberhaft zu arbeiten begonnen. Ihr war von Anfang an klar gewesen, daß Fukuda unmöglich selbst in der Rüstung gesteckt haben konnte. Auf keinen Fall wäre sie das Risiko eingegangen, sie so direkt und vor allem auch ungeschützt anzugreifen. Zugleich ließ der Trick mit der Rüstung eine ganze Reihe von interessanten Rückschlüssen zu. Um die dafür nötigen Vorbereitungen treffen zu können, mußte Fukuda schon länger über Toris Anwesenheit in Tokio Bescheid gewußt haben; ihr Nachrichtennetz war also besser ausgebaut denn je zuvor. Zudem wurde daraus ersichtlich, daß Fukuda bewußt das Kinji-to als Ort ihrer entscheidenden Auseinandersetzung gewählt hatte. Es war also äußerste Vorsicht geboten. Wie viele andere solcher netten Überraschungen hatte Fukuda wohl noch für sie parat?

Aus Erfahrung wußte Tori genauestens über Fukudas taktische Vorlieben Bescheid. Sie tendierte vor allem dazu, den Gegner erst in die Irre zu führen und dann aus dem Hinterhalt anzugreifen. Simple Frontalangriffe waren dagegen nicht ihre Sache.

Als sich Tori vom Boden aufrichten wollte, hörte sie neben sich ein leises Stöhnen.

»Russ?«

Statt einer Antwort nur noch einmal ein gequältes Stöhnen. Vorsichtig faßte Tori Slade unter den Armen und setzte ihn auf. »Alles in Ordnung?«

Er nickte zwar, aber über seinen Augen lag ein glasiger Schimmer.

Als sich Tori darauf nach Hitasura umsah, konnte sie ihn in dem Chaos ringsum nirgendwo entdecken. Mein Gott, zuckte es ihr durch den Kopf, er kann sich doch nicht in Luft aufgelöst haben.

In diesem Moment sagte Slade neben ihr: »So etwas Blödes!«

»Was?«

»Ich sollte vielleicht in Zukunft nicht mehr so blindlings in der Gegend herumballern.«

»Das hättest du dir früher überlegen sollen.«

Obwohl sie überall nach Hitasura suchten, konnten sie ihn nirgendwo finden. Slade sah Tori fassungslos an.

»Bitte, sag jetzt lieber nicht, was du denkst«, zischte sie ärgerlich. »Ich kann einfach nicht glauben, daß auch er mich verraten hat.«

»Ich kann nur hoffen, daß du recht hast – auch wenn alles darauf hindeutet, daß er uns in eine Falle gelockt hat.«

Vorsichtig setzten sie ihren Weg durch das Museum fort. Am Ende des Hauptsaals erreichten sie einen dunklen Gang. Wortlos drückte Slade Tori eine Taschenlampe in die Hand. Sie hatte sie noch kaum angeknipst, als er spürte, wie sie am ganzen Körper erstarrte.

Im Lichtschein der Taschenlampe wurde ein blitzender Draht sichtbar, der in Bauchhöhe quer über den Gang gespannt war. Mit einem vielsagenden Blick stieß Tori Slade in die Seite.

Selbst wenn sie ganz langsam gegangen wären, hätte sie sich an dem hauchdünnen Draht ernsthaft verletzen können.

Tori legte sich auf den Boden, drehte sich auf den Rücken und schob sich vorsichtig unter dem Draht durch. Auf halber Strecke spürte sie plötzlich, wie etwas in ihre Schulter schnitt. Ihr brach am ganzen Körper der Schweiß aus, und als sie ganz vorsichtig den Kopf herumzudrehen versuchte, gelang ihr das nicht.

»Russ!« rief sie deshalb leise. »Ich stecke fest und kann nicht sehen, warum. Komm her!«

Als er sich darauf neben ihr unter dem Draht durchschieben wollte, hielt ihn Tori zurück. »Leg dich auf mich!« flüsterte sie heiser. »Ich weiß nicht, woran ich hänge; aber es verläuft quer über meine Schulterblätter.«

Vorsichtig kroch Slade auf sie.

Trotz der Gefährlichkeit der Situation entging Tori nicht, wie gut sich sein Körper anfühlte. Sie sah ihm fragend in die Augen. »Kannst du etwas erkennen?«

»Ja, da ist noch ein Draht. Er ist in Knöchelhöhe gespannt. Soll ich dich einfach wieder zurückziehen?«

»Auf keinen Fall!« zischte Tori. »Auf dem zweiten Draht liegt eine eigenartige Spannung. Wenn mich nicht alles täuscht, wird irgendein Mechanismus ausgelöst, sobald die Spannung, die auf dem Draht liegt, nachläßt.«

»Wie du meinst.« Vorsichtig kroch Slade über Tori hinweg unter dem oberen Draht durch. Als er jedoch seine Hand nach dem zweiten Draht ausstrecken wollte, warnte ihn Tori: »Nicht anfassen. Der Draht ist so scharf, daß du dir bei der leisesten Berührung die Hände zerschneidest.«

»Okay.« Slade ließ sich auf den Bauch nieder, zog sein Messer und schob die Klinge in den schmalen Zwischenraum zwischen dem zweiten Draht und der Wölbung zwischen Toris Schulterblättern. Ganz vorsichtig drückte er dann die Klinge nach unten, so daß die Spannung des Drahts nicht nachließ, wenn Tori keinen Druck mehr auf ihn ausübte. »Jetzt kannst du dich wieder bewegen«, sagte er.

Kaum hatte sich Tori vorsichtig zur Seite gewälzt, konnte er eine eigenartige Spannung in den Armen spüren. Es war, als stünde er unter Strom. Tori kauerte neben ihm nieder und flüsterte ihm ins Ohr: »Ich gehe jetzt hinter dir in Deckung. Wenn ich dir ein Zeichen gebe, läßt du den Draht los.«

»Und was passiert dann?«

»Das wirst du gleich sehen.«

Slade fiel es zusehends schwerer, immer den gleichen Druck auf den Draht auszuüben. Der Schweiß lief ihm in Strömen übers Gesicht und brannte in seinen Augen. Es schien ihm wie eine Ewigkeit, bis Tori ihn schließlich von hinten an den Knöcheln packte.

»Ich zähle jetzt bis drei. Fertig?«

»Ja.«

»Eins. Zwei. Drei. Los!«

Mit einem kurzen Stoßgebet ließ Slade den Draht hochschnellen. Gleichzeitig wurde er ruckartig nach hinten gerissen. Im selben Augenblick sauste etwas mit einem leisen Pfeifen an seinem Gesicht vorbei, gefolgt von einem dumpfen Krachen. Als gleich darauf der Strahl von Toris Taschenlampe über die Wand huschte, fiel sein Blick auf einen *shuriken*, einen winzigen Stahlpfeil, dessen dunkel verfärbte Spitze sich tief in den Putz gegraben hatte.

»Diese Frau ist tatsächlich mit allen Wassern gewaschen«, hauchte Slade und wischte sich den Schweiß von der Stirn.

»Ja«, nickte Tori. »Bei Fukuda muß man auf alles gefaßt sein.«

Slade stand auf. »Kein Wunder, daß sich Hitasura aus dem

Staub gemacht hat. Mit einem derart ausgekochten Luder nimmt es niemand gern auf.«

»*Karma.* Ich muß wohl in einem meiner früheren Leben einiges verbrochen haben.«

Slade grinste. »Dann hast du ja noch einiges abzubüßen.«

In Toris Augen lag ein eigenartiges Leuchten, als sie auf Slade zukam. »Du bleibst jetzt besser hier. Eigentlich hätte ich dich sowieso schon längst zurückschicken sollen. Alles Weitere machen nur noch Fukuda und ich unter uns aus.«

»Von wegen.«

»Jetzt vergiß einmal für fünf Minuten deinen blöden Männerstolz. Es hätte keinen Sinn . . .«

»Kommt überhaupt nicht in Frage«, unterbrach er sie schroff. »Wie willst du außerdem hier ohne mich wieder herauskommen?«

»Das wird sich zeigen, sobald es soweit ist.«

Er packte sie an den Schultern. »Tori, eigentlich dachte ich, ich hätte dir deutlich genug klargemacht, was ich von solchen Privatfehden halte. So etwas zieht doch immer nur sinnloses Blutvergießen nach sich.«

»Unter anderen Umständen könntest du durchaus recht haben. Aber ich kenne Fukuda besser als du. Nimm mir das bitte nicht übel, aber von nun an wärst du nur noch hinderlich.«

»Na schön«, lenkte er seufzend ein. »Wenn du unbedingt meinst. Aber paß gut auf dich auf.«

»Danke.« Tori drückte ihm einen flüchtigen Kuß auf die Lippen, und im nächsten Augenblick war sie bereits im Dunkel verschwunden.

Für einen Moment stand Slade völlig reglos da. »Von wegen«, zischte er schließlich. »Ich werde dich beschützen, ob es dir paßt oder nicht.«

Nachdem sich Tori von Slade getrennt hatte, zog sie als erstes ihre Schuhe aus und befestigte sie an ihrem Gürtel. Dann huschte sie lautlos den Gang hinunter. Ihre Sohlen schienen den kühlen Marmorboden kaum zu berühren.

Am Ende des Ganges befanden sich die Zugänge zu den Liften, von denen keiner in Betrieb war. Rechts davon führte eine elegant geschwungene Marmortreppe, die in diesem hypermodernen Ambiente seltsam fehl am Platz wirkte, nach oben.

Während Tori, mit dem Rücken gegen die Wand gepreßt, lautlos die Stufen hinaufhuschte, versuchte sie sich in Fukuda hineinzuversetzen. Sie hatte nur dann eine Chance gegen ihre gefährliche Kontrahentin, wenn es ihr gelang, ihren jeweils nächsten Schritt früh genug vorherzusehen, um ihn noch rechtzeitig parieren zu können.

Auf halbem Weg nach oben blieb sie stehen. Die spiegelglatten Stufen fühlten sich plötzlich seltsam rauh unter ihren Sohlen an. Tori kauerte nieder. Noch ein *shuriken!* Ganz deutlich konnte sie ihn trotz der schwachen Beleuchtung zwischen zwei Platten der marmornen Wandvertäfelung stecken sehen. Auch seine Spitze war dunkel verfärbt; offensichtlich war sie in eine giftige Flüssigkeit getaucht worden.

Vorsichtig befühlte Tori den Boden unter den Füßen. Die feinen Splitter hatten sich aus der Wand gelöst, als Fukuda den Stahlpfeil zwischen zwei marmornen Wandplatten festgeklemmt hatte. Sorgsam darauf achtend, daß sie nicht die dunkel verfärbten Stellen berührte, zog sie den Pfeil aus der Wand und steckte ihn ein.

Nachdem sie eine Weile angespannt in das Dunkel vor ihr gespäht hatte, rannte sie schließlich geduckt weiter die Treppe hinauf. Kurz bevor sie die Galerie im Obergeschoß erreichte, schoß wie aus dem Nichts plötzlich ein dunkles Knäuel auf sie zu und schlug mit solcher Wucht gegen ihre Brust, daß sie mit dem Rücken gegen die Wand des Treppenhauses geschleudert wurde. Im selben Augenblick hechelte heißer Atem in ihr Gesicht, und etwas Spitzes grub sich in ihre Schultern. Sie starrte in die blutunterlaufenen Augen eines Akita. Offensichtlich war der Hund zum Töten abgerichtet. Ohne einen Laut von sich zu geben, versuchte er sie an der Kehle zu packen. Wenn sie ihn nicht rasch unschädlich machte, würde ihm das auch bald gelingen. Und dann ...

Kurzentschlossen rammte sie dem Kampfhund den Ellbogen in den Rachen, und als er darauf einen Moment von ihr ließ, griff sie nach dem vergifteten Pfeil in ihrer Tasche und stieß ihn ihm mit aller Kraft in den Bauch. Eine Weile blieb er mit seinen spitzen Klauen noch immer in sie verkrallt, aber dann begannen seine Kräfte merklich nachzulassen. Mit einer heftigen Bewegung schleuderte Tori das sterbende Tier von sich und stürmte die letzten paar Stufen zur Galerie hinauf.

Kein Laut war zu hören.

Und dann – ein leises melodisches Summen, als hätte ein Lufthauch ein straff gespanntes Tau zum Schwingen gebracht. Hastig sah sich Tori nach allen Seiten um. Das Geräusch schien aus einem der Lifte zu kommen. Und tatsächlich – eine der Lifttüren stand offen. Als Tori näherschlich und einen vorsichtigen Blick in die gähnende Tiefe des dunklen Schachts warf, konnte sie erkennen, wie sich das Zugkabel am Sicherungsseil rieb. Als sie darauf den Blick weiter nach unten gleiten ließ, sah sie gerade noch, wie sich Fukuda an den dicken Stahltrossen in die Tiefe hangelte.

Rasch griff auch Tori nach dem Zugkabel, schlang ihre Beine darum und ließ sich in die Tiefe gleiten. Das war leichter gesagt als getan. Die Stahltrossen waren mit einer dicken Ölschicht überzogen. Tori hatte sich gerade bis ins Erdgeschoß hinuntergehangelt, als sie spürte, wie sich die Trossen spannten. Das Zugseil neben ihr begann sich zu bewegen, und das Gegengewicht schoß an ihr vorbei nach oben. Sie mußte nicht lange überlegen, um zu wissen, was das zu bedeuten hatte. Fukuda hatte den Lift in Betrieb gesetzt. Er kam nach unten.

Während Tori nun hilflos zwischen Erdgeschoß und Keller an der schmierigen Trosse hing, senkte sich von oben die Liftkabine unaufhaltsam auf sie herab. Die Haltetrosse, an der sie hing, begann unter ihrem Gewicht immer stärker zu vibrieren.

Jetzt hatte sie nur noch eine Chance. Ohne lange zu überlegen, löste sie den Klammergriff ihrer Schenkel und Füße und schoß, sich nur noch mit den Händen am Kabel festhaltend, in die Tiefe. Ohne die dicke Ölschicht wäre ihr von der enormen Reibung die Haut von den Handflächen geschält worden. Auch so war die Hitzeentwicklung jedoch noch stark genug. Zu allem Überfluß sah sie gerade in dem Augenblick, in dem sie am Kellerausgang vorbeikam, nach oben, um sich zu vergewissern, wie weit die Liftkabine noch von ihr entfernt war. Deshalb rutschte sie noch einige Etagen tiefer. Aber am Fuß des Schachts, im Unterkellergeschoß, gab es keinen Ausgang. Sie saß in der Falle.

Immer tiefer senkte sich der bedrohliche Schatten über ihrem Kopf auf sie herab; beängstigend nahe blies ihr bereits ein heißer Lufthauch in den Nacken. Sie hatte nur noch eine Chance. Mit dem Mut der Verzweiflung ließ sie das Kabel einfach los und stürzte etwa fünf Meter in die Tiefe. Die Wucht des Aufpralls fing sie geschickt ab, indem sie sich auf dem ölverschmierten Betonboden blitzartig abrollte, und im selben Moment setzte auch schon der Lift dicht neben ihr auf.

In der Stille, die darauf eintrat, konnte Tori rasche Schritte von den kahlen Wänden des weitläufigen Unterkellergeschosses hallen hören. Sie sprang auf und rannte in der Richtung los, in der sich das Geräusch entfernte. Die einzige Lichtquelle waren ein paar nackte Glühbirnen an den kahlen Wänden. Das Unterkellergeschoß war erst im Rohbau fertig. Zum Teil war noch nicht einmal die Verschalung entfernt worden, und an die nackten Betonwände waren alle möglichen Anweisungen für die Installateure und Elektriker gekritzelt.

Hastig schlüpfte Tori wieder in ihre Schuhe. Der ölverschmierte Betonboden war mit Bauschutt übersät, und dazwischen taten sich immer wieder tiefe Gräben für Strom- und Wasserleitungen auf. Den Abschluß des riesigen Untergeschosses bildete keine Wand, sondern eine Art riesiger Paternoster für Autos – eine der unzähligen Möglichkeiten, wie man in Tokio das leidige Parkplatzproblem zu lösen versuchte. Die einzelnen Wagen wurden einfach der Reihe nach in den Abteilen des Aufzugs abgestellt, und wenn man sein Fahrzeug wieder abholte, brauchte man nur den Paternoster in Bewegung zu setzen, bis sich das Abteil, in dem man seinen Wagen geparkt hatte, wieder auf Höhe der Ausfahrtrampe befand.

Tori warf einen kurzen Blick über ihre Schulter zurück. Von Fukuda keine Spur. Als sie darauf ein Abteil des Paternosters betrat, setzte sich der Lift sofort in Bewegung. Als er das Erdgeschoß erreichte, wurde durch die gläserne Rückwand des Aufzugabteils die Skyline von Tokio sichtbar – ein Anblick, durch den sich Tori unwillkürlich an eine glitzernde Miniaturstadt in einer Glaskugel erinnert fühlte.

Um Fukuda möglichst wenig Angriffsfläche zu bieten, begann Tori von einer Kabine zur nächsten zu klettern. Das war nicht weiter schwierig, da die Gitterwände der einzelnen Abteile hinreichend Griff- und Trittflächen boten.

Um die Oberhand über den Gegner behalten zu können, heißt es bei Sun Tzu, gilt es, so unsichtbar und lautlos wie möglich vorzugehen.

Diesen Grundsatz hat Fukuda wirklich gründlich beherzigt, dachte Tori. Ständig führt sie mich an der Nase herum. Hinauf und hinunter und wieder hinauf. Doch was bezweckt sie damit? Durch das filigrane Gitterwerk der Aufzugkabinen warf sie einen kurzen Blick in das Unterkellergeschoß des Kinji-to hinunter, und mit einem Mal hatte sie die Antwort auf ihre Frage: hinauf, hinunter, hinauf, *hinunter.*

Wumm! Ein dumpfer Knall ließ ihren Kopf herumzucken. Tori erhaschte gerade noch einen flüchtigen Blick auf Fukuda, bevor sie hinter dem massigen Maschinengehäuse in der Mitte des Parkaufzugs verschwand. Gleichzeitig sah sie einen immer größer werdenden schwarzen Ball auf sich zuschießen. Dabei handelte es sich um ein gasgefülltes und -betriebenes Projektil, das die Kabine zu dem Zeitpunkt, zu dem es sie erreichte, vollständig ausfüllen würde. Um in das nächsthöhere Abteil zu klettern, war nicht mehr genug Zeit. Deshalb sprang Tori in das darunterliegende. Da der Lift jedoch nach oben fuhr, befand sie sich plötzlich wieder auf gleicher Höhe mit Fukuda.

Wumm! explodierte der nächste Ball und dehnte sich blitzartig aus.

Ein mächtiger Satz, und Tori landete auf dem Boden des nächsten Abteils.

Wumm! explodierte der nächste Ball und dehnte sich aus.

Noch einmal ein mächtiger Satz, und sie landete wieder ein Abteil tiefer. Um diesem Teufelskreis zu entrinnen, bevor sie schließlich doch eines der gefährlichen Geschosse erwischte, rollte sich Tori diesmal blitzartig zusammen und sprang mit den

Füßen voran durch die gläserne Rückwand des Abteils. Gleichzeitig riß sie die Hände hoch und krallte sich an einer der Stahlstreben an der Außenfassade des Parkturms fest. Obwohl sie sich an den spitzen Glassplittern die Hände blutig gerissen hatte, biß sie die Zähne zusammen und hielt sich mit aller Kraft fest. In schwindelnder Höhe hing sie an der schrägen Außenfassade des pyramidenförmigen Museums. Eisig kalt strich der Nachtwind über ihr schweißüberströmtes Gesicht, und wie aus einem bodenlosen Abgrund schien das Rauschen des Verkehrs aus den Straßenschluchten tief unter ihr heraufzudringen.

Wenigstens war sie dem verhängnisvollen Teufelskreis entronnen, in den Fukuda sie gelockt hatte.

Alles in Tori sträubte sich dagegen, einen Blick nach unten zu werfen. Besser, sie wußte nicht, wie hoch sie über dem Abgrund hing. Immer schwerer wurden ihre Arme, immer schmerzhafter der Zug auf ihren Schultergelenken.

Vorsichtig suchte sie mit den Zehen irgendwo Tritt zu finden; aber alles, was sie ertasten konnte, war spiegelblankes Glas. Ihr blieb nur eine Wahl. Sie mußte versuchen, sich mit einem mächtigen Satz über die Querstrebe zu schwingen, an der sie hing. Aber sie mußte sich beeilen, bevor sie die Kräfte vollends verließen. Ein paarmal zügig durchgeatmet, einmal kräftig Schwung geholt, dann blitzartig die Beine hochgerissen, und schon sauste sie durch die Öffnung in der Fassade des Gebäudes und landete in einem Liftabteil. Da der Aufzug inzwischen wieder stand, konnte sie mühelos zur Plattform mit dem Antriebsmotor hinaufklettern, auf der sie Fukuda zuletzt gesehen hatte. Sie setzte den Lift wieder in Bewegung und fuhr in einer der Kabinen nach unten.

Mit der Klinge des vergifteten Wurfpfeils, mit dem sie den Hund getötet hatte, schnitt sie ein paar Stoffstreifen von ihrer Bluse und verband sich damit ihre blutenden Hände. Dabei wurde sie auf einen winzigen Schnitt am Mittelfinger ihrer rechten Hand aufmerksam. Er war ihr vor allem deshalb unter den vielen anderen Schnitten und Abschürfungen aufgefallen, weil die Haut im Umkreis der Wunde dunkel angeschwollen war. Als sie den Finger zu beugen versuchte, stellte sie fest, daß sie dazu nur mit Mühe imstande war. Als sie dann die Stelle vorsichtig betastete, spürte sie keinen Schmerz.

Sie hatte inzwischen fast das Unterkellergeschoß erreicht und warf einen Blick nach unten. Zu ihrer Überraschung stand Russell neben der Einfahrt zum Lift und sah zu ihr hoch.

»Tori!« stieß er aufgeregt hervor.

»Spring!« rief sie ihm zu, als sie sich auf gleicher Höhe mit ihm befand.

»He! Was soll . . .«

»Spring schon!«

Mit einem mächtigen Satz landete Slade in ihrem Abteil, und im nächsten Moment glitt der Paternoster auch schon unter das Bodenniveau des Unterkellergeschosses. Tori war längst klar, wohin die Fahrt nun ging; das hatte sie von dem Augenblick an gewußt, als sie zum erstenmal einen Blick in das Dunkel unter dem Liftschacht geworfen hatte; er führte direkt in einen der unzähligen unterirdischen Tunnels der Tokioter U-Bahn hinunter.

Als der Lift den tiefsten Punkt erreicht hatte und wieder nach oben zu schweben begann, sprangen Tori und Slade aus dem Abteil. Jetzt sind wir also wieder hier, schoß es Tori durch den Kopf; wo sie mich schon einmal töten wollte. Noch einmal wird sie sich diese Chance nicht entgehen lassen wollen.

»Wie ist denn das passiert?« sagte Slade mit einem besorgten Blick auf Toris notdürftig bandagierte Hände.

»Ach, nichts«, erwiderte Tori betont beiläufig. Aber sie mußte ständig an ihren betäubten Mittelfinger denken, und wie ihr die Hand auf die Klinge des *shuriken* gerutscht war, als sie dem Hund den vergifteten Pfeil in den Bauch gestoßen hatte.

»Fukuda muß irgendwo hier unten sein«, flüsterte Slade aufgeregt. »Ich habe sie kurz vor dir im Lift nach unten kommen sehen.«

»Ich weiß, wo sie ist«, nickte Tori ernst und tastete sich in das Dunkel des U-Bahn-Schachts hinein. »Nicht weit von dieser Stelle hat sie mich damals liegen gelassen.«

»Auf den U-Bahn-Gleisen?« Slade sah sich um. »Aber dieser Tunnel ist doch schon lange nicht mehr in Betrieb.« Im selben

Moment ertönte ein tiefes Rumpeln, und der Boden unter ihren Füßen begann heftig zu vibrieren. Russell deutete nach unten. »Noch eine Etage tiefer?«

Tori nickte.

»Das ist doch Wahnsinn.«

»Ich habe dich gewarnt. Außerdem hast du mir versprochen, mir nicht weiter zu folgen.«

»Aber das alles hat doch nicht das geringste damit zu tun, weshalb wir eigentlich hier sind . . .«

»Und ob es damit etwas zu tun hat!« fiel ihm Tori schroff ins Wort. »Fukuda wird nicht eher ruhen, als bis sie mich endgültig unschädlich gemacht hat. Du glaubst doch nicht im Ernst, sie würde einfach tatenlos zusehen, wie wir weiter unseren Nachforschungen nachgehen?« Ihre Augen waren plötzlich so undurchdringlich wie das Dunkel des Schachts, durch den sie sich vorantasteten. »Eines steht jedenfalls jetzt schon fest. Diesen Ort wird nur einer von uns lebend verlassen. *Karma.*«

»Du mit deinem komischen *Karma*«, schnaubte Slade. »Diesen Quatsch bildest du dir doch nur ein.«

»Glaubst du? Ich habe dir doch bereits gesagt, daß du hier nur eine Chance zu überleben hast, wenn du ganz offen und ohne Vorurteile an die Dinge herangehst. Das gilt jetzt mehr denn je.«

»Und was ist, wenn ich dich einfach niederschlage und hier herausschaffe, bevor du noch mehr Unsinn anstellen kannst?«

»Dann versuch's doch.«

»Nimm doch endlich wieder Vernunft an, Tori. Du reagierst völlig emotional. Darauf zählt Fukuda natürlich.«

»Halte dich da heraus, Russ. Ich bin fest entschlossen, diese Sache zu Ende zu bringen.«

In hilfloser Wut ballte Slade die Fäuste. Wenn er nur gewußt hätte, wie er Tori von ihrem Vorhaben abbringen konnte. Er wußte genau, daß er mit seiner Wut nur seine Angst um Tori zu kompensieren versuchte. *Eines steht jedenfalls jetzt schon fest: Diesen Ort wird nur einer von uns lebend wieder verlassen.*

Schließlich nickte er und murmelte: »Also schön, *Karma.*« Insgeheim dachte er: Wenn dir diese Begegnung mit Fukuda tatsächlich vom Schicksal vorherbestimmt ist, Tori, dann trifft das auch darauf zu, daß ich dir dabei zur Seite stehe. Mein *Karma* und das deine sind längst unauflöslich ineinander verwoben.

Als sie sich darauf weiter durch den dunklen Schacht vorantasteten, erreichten sie nach kurzem einen Durchstieg in den darunterliegenden U-Bahn-Schacht, der mit ein paar Brettern provisorisch abgedeckt war. Slade ließ sich auf die Knie nieder und spähte zwischen den Planken hindurch in die Tiefe. Mit einem leisen Pfiff sah er wieder zu Tori auf und sagte: »Da geht es ganz schön weit hinunter.«

»Aber da unten ist sie.«

»Na schön.« Slade sah Tori entschlossen an. »Aber ich gehe als erster.« Damit schob er die Bretter beiseite, holte den Würgedraht hervor und klemmte ihn mit einem der Holzgriffe zwischen zwei Brettern fest. Dann ließ er sich daran in die Tiefe, bis er mit den Händen an dem anderen Holzgriff hing.

Tori folgte ihm und kletterte auch noch an ihm hinab, bis sie an seinen Füßen zu hängen kam. Dann ließ sie los und landete auf den U-Bahn-Gleisen. Aus einem angrenzenden Schacht drang das Rumpeln eines vorbeifahrenden U-Bahn- Zugs herüber.

Sie reckte die Arme in die Höhe, um Slades Fall zu bremsen, als er losließ. »In welche Richtung?« fragte er, sobald er sich aufgerichtet hatte.

»Das wird uns gleich Fukuda sagen. Je mehr sie ihre Strategie zu erkennen gibt, desto mehr erfahre ich über sie.«

»Dein *Karma*-Spleen gefällt mir immer weniger«, brummte Slade.

Tori bedachte ihn mit einem schmallippigen Lächeln. »So darfst du an die Sache auf keinen Fall herangehen. Beim *Karma* hat man nicht die Wahl, ob es einem gefällt oder nicht. Man kann es nur akzeptieren.«

»Die Frage ist nur: Ist das nun esoterische Spinnerei oder Pragmatismus in Reinkultur?«

»Kannst du dich zufällig noch an das Gespräch erinnern, das wir über das Verfließen der Grenzen zwischen Realität und Mythos geführt haben?«

»Ja, aber was hat das damit zu tun?«

»Wenn du das begriffen hast«, erwiderte Tori, »dann hast du alles verstanden.«

»Soll das etwa eines dieser Zen-Rätsel sein?«

»Du meinst, ein *koan?*« Gegen ihren Willen mußte Tori lachen. »In gewisser Weise, ja.«

Ein dumpfes Rumpeln ließ den Tunnel erbeben.

»Kommt der Zug auf diesem Gleis?« fragte Slade.

»Nein, auf dem nebenan.«

Das beruhigte ihn nur geringfügig. »Es kann aber nicht mehr lange dauern, bis auch auf diesem Gleis ein Zug kommt.«

»Über den Fahrplan soll sich lieber Fukuda Gedanken machen«, murmelte Tori, als sie sich weiter durch den Tunnel vorantasteten.

Slade fand, daß Toris Vorgehen völlig verkehrt war. Sie hätte schon längst die Initiative ergreifen sollen. Nicht umsonst hatte er bei seiner Ausbildung vom ersten Tag an immer wieder eingebleut bekommen, bei jeder sich bietenden Gelegenheit anzugreifen. Toris esoterische Theorien über die richtige Technik schienen ihm reichlich weltfremd. Höchste Zeit, daß er etwas unternahm, um diesem Spuk endlich ein Ende zu machen.

Plötzlich sah er ein Licht auf sie zukommen.

»Ein Zug?«

Tori schüttelte den Kopf. Sie hatte den rechten Fuß auf eine Schiene gestellt. Es waren keinerlei Vibrationen zu spüren. »Fukuda«, hauchte sie kaum hörbar. Sie waren am Ort der Entscheidung angekommen.

»Du rührst dich jetzt nicht mehr von der Stelle!« zischte Slade so unvermutet, daß Tori keinerlei Widerstand leistete, als er sie mit dem Rücken gegen die feuchte Wand des Tunnels drückte. Dann rannte er mit gezogener Waffe auf das Licht zu.

Warum muß sich Russ, dieser Idiot, ständig als mein Beschützer aufspielen? dachte Tori, als sie ihm nachsetzte. Dabei hätte ihm der Zwischenfall mit der explodierten Rüstung doch Lehre genug sein müssen.

Im selben Augenblick hörte sie auch schon ein lautes Knakken, gefolgt von einem mühsam unterdrückten Aufschrei Slades. Er war in ein geschickt getarntes Loch neben den Schienen getreten und hatte sich bei dem Sturz den rechten Fuß in einer Weiche eingeklemmt.

Tori wollte sich eben zu ihm hinabbücken, als sie eine schneidende Stimme wie angewurzelt stehen bleiben ließ. »Rühr ihn nicht an!« Keine fünfzig Meter vor ihr stand Fukuda neben den Gleisen und hielt mit einer Hand eine massive Eisenstange umklammert.

»Das ist der Stellhebel für die Weiche«, hallte Fukudas Stimme durch den dunklen U-Bahn-Schacht. »Eine falsche Bewegung – und ich zerquetsche ihm den Fuß.«

»Soll sie's doch versuchen«, stieß Slade heiser hervor und tastete dabei verzweifelt nach seiner Pistole, die er bei dem Sturz verloren hatte. Als er sie nicht finden konnte, setzte er sich auf und versuchte, seinen Fuß freizubekommen. Mein Gott, tat das weh!

»Was willst du von mir?« rief Tori.

»Das weißt du genau.« Noch immer hielt Fukuda drohend den Weichenhebel umklammert. »Deinen Tod.« Sie winkte Tori mit der freien Hand zu sich heran. »Komm.«

Vorsichtig ging Tori auf sie zu.

»Halt!« befahl Fukuda.

Aha, dachte Tori, sie hat immer noch Angst vor mir. Sie will nicht, daß ich ihr zu nahe komme. Gut, das zu wissen.

Tori hatte zwar ein paar Waffen einstecken, aber wie sie Fukuda kannte, würde sie ihr keine Gelegenheit lassen, von ihnen Gebrauch zu machen. Verstohlen versuchte sie, die Finger ihrer rechten Hand zu beugen. In den drei mittleren hatte sie jedoch kein Gefühl. Gütiger Gott, durchzuckte es sie, das ist vielleicht schon der Anfang vom Ende.

»Man erhält nicht allzu oft eine zweite Chance.« Aus funkelnden schwarzen Augen starrte Fukuda Tori haßerfüllt an. »Ich kann dir gar nicht sagen, was für ein unbeschreibliches Gefühl es ist, dir noch einmal hier unten zu begegnen. Daß du durch die Pfeile und den Hund nicht zu bremsen sein würdest, war mir von Anfang an klar. Wie du allerdings dem Parkaufzug entkommen bist, ist mir ein Rätsel.« Sie lachte. »Aber letzten Endes tut das nichts zur Sache. Denn jetzt bist du hier, und hier wirst du sterben. Und zwar genauso, wie ich das will.«

Wie siegessicher sie ist, dachte Tori, wie sie bereits über mich triumphiert. Sie hat also doch menschliche Züge. Tori begann tief durchzuatmen. Es hätte jetzt keinen Sinn gehabt, sich eine Taktik zurechtzulegen; sie würde ihr vom Ort, vom Zeitpunkt und von den Umständen diktiert. *Karma.* Als sie sich im selben Moment mit einem mächtigen Satz auf Fukuda stürzte, schoß ihr durch den Kopf, ob Russell wenigstens jetzt begreifen würde, was es hieß, sein Schicksal hinzunehmen.

Dann schien sich plötzlich alles auf einmal zu ereignen: Entsetzt riß Fukuda die Augen auf, ihre linke Hand spannte sich fester um den Hebel, die schwere Eisenstange senkte sich und wie in Vorankündigung der Schmerzen, die Russell gleich zu erdulden haben würde, gaben die Gleise ein durchdringendes Quietschen von sich. Doch Tori hatte Fukuda längst erreicht, und mit einem mörderischen *atemi* schmetterte ihre Handkante auf Fukudas Unterarm nieder. Im selben Augenblick wälzten sich die beiden Frauen auch schon in einer tödlichen Umarmung auf den Gleisen. Plötzlich riß Fukuda beide Arme hoch und drückte mit überkreuzten Handgelenken gegen Toris Kehle. Verzweifelt nach Atem ringend winkelte Tori ihr Bein ab und streckte es mit aller Kraft durch. Obwohl sie Fukuda mit dem Fuß am Oberschenkel erwischte, ließ der Druck auf ihren Hals keinen Deut nach. Im Gegenteil, mit schmerzverzerrtem Gesicht drückte Fukuda nur noch fester zu.

Tori bekam keine Luft mehr. In ihrer rechten Hand hatte sie kein Gefühl mehr, und das Handgelenk war stark angeschwollen. Auch ihren rechten Arm konnte sie vor Schmerzen kaum mehr bewegen. Unter Aufbietung ihrer letzten Kräfte trat sie deshalb noch einmal mit ihrem rechten Fuß gegen Fukudas Oberschenkel. Ein häßliches Schnalzen verriet ihr, daß durch die Wucht des Tritts Fukudas Hüftgelenk aus der Gelenkpfanne gesprungen war. Um die unmenschlichen Schmerzen wenigstens etwas einzudämmen, verfiel Fukuda sofort in die kehlige *yo-ibuki*-Atmung. Das war für Tori das Signal, daß es nur noch eine Möglichkeit gab, Fukuda dazu zu bringen, endlich diesen tödlichen Druck von ihrer Kehle zu nehmen: Sie mußte sie töten.

Tori wurde bereits schwarz vor den Augen. Nur noch mit größter Willensanstrengung gelang es ihr, sich auf den Kampf zu konzentrieren. *Du darfst dich jetzt nicht unterkriegen lassen!* spornte sie sich verzweifelt an. *Wenn du jetzt aufgibst, bist du verloren!*

Und dann, erst ganz schwach, dann immer stärker, begannen die Schienen unter ihren Füßen zu vibrieren. Ein Zug kam.

Slade stieß einen lauten Schrei aus, als sich plötzlich der Druck auf seinen eingeklemmten Knöchel verstärkte. Schweißüberströmt versuchte er sein Bein freizubekommen. Plötzlich stach ihm ein mattes metallisches Schimmern in die Augen. Seine Pistole. Sie lag nur ein paar Meter von ihm entfernt. Dennoch war sie so unerreichbar, als wären es Hunderte von Kilometern gewesen. Das brachte ihm seine Hilflosigkeit noch stärker zu Bewußtsein. In seiner Verzweiflung versuchte er die Weiche mit seinem Messer auseinanderzustemmen. Aber die Schienen gaben keinen Millimeter nach.

Ein Stück weiter lagen Tori und Fukuda eng ineinander verkrallt auf den Gleisen. Sie wirkten seltsam reglos, als wären sie beide zu Stein erstarrt. Doch plötzlich lenkte etwas anderes seine Aufmerksamkeit auf sich. Hinter den beiden Frauen wurde ein schwacher Lichtschein sichtbar, der erst langsam, dann immer schneller heller wurde. Der Zug kam.

Gütiger Gott, durchzuckte es Slade. Das ist das Ende!

Die Grenzen zwischen Mythos und Realität verschwammen zusehends mehr. Wie die fernen Blitze eines abziehenden Gewitters flackerten nur noch sporadische Gedanken durch Toris Bewußtsein. Immer länger wurden die Momente, in denen sie aufgrund des akuten Sauerstoffmangels in einen halbbewußten Dämmerzustand hinüberglitt. Ihr Körper, dessen Reaktionen längst nur noch durch das vegetative Nervensystem gesteuert wurden, kämpfte zwar weiterhin erbittert ums nackte Überleben, aber lange würde er diesen aussichtslosen Kampf nicht mehr durchhalten. Denn zugleich wurde auch das Bedürfnis immer stärker, sich einfach fallen zu lassen und für immer in diesem Meer wohliger Stille zu versinken, dessen lockender Sog von Sekunde zu Sekunde unwiderstehlicher wurde.

Aufwachen!

Tiefe Stille und tröstendes Dunkel umhüllten sie wie eine wärmende Decke.

Das Dunkel ist der Tod ...

Na, und?

»TORI!«

Sie schreckte aus ihrer Ohnmacht hoch und starrte plötzlich wieder in Fukudas schmerzverzerrtes Gesicht, das keinen Zweifel daran ließ, daß auch Fukuda einen verzweifelten Kampf gegen die Zeit focht. Ihr war längst klargeworden, daß sie Tori unbedingt töten mußte, bevor sie infolge der furchtbaren Schmerzen, die ihr das ausgekugelte Hüftgelenk bereitete, selbst das Bewußtsein verlor.

Sich einfach fallen lassen ...

»TORI!«

Unbarmherzig wurde sie wieder in die grausame Wirklichkeit zurückgerissen. Nur Russells Rufe hinderten sie noch daran, sich vollends diesem lockenden Dunkel anheimzugeben. Irgend etwas war mit Fukudas Gesicht. Aber was? Wenn ihr das Denken nur nicht so unsäglich schwer gefallen wäre. Und vor allem schien es die Mühe nicht wert.

Einfach loslassen. Sich nur noch fallen lassen ...

»TORI!«

Fukuda. Was war nur mit ihr los? Wie nahe ihr Gesicht plötzlich war! Und welch abgrundtiefe Verzweiflung ihr daraus entgegenstarrte! Fukuda war mit ihren Kräften genauso am Ende wie sie selbst.

Genauso oder sogar noch mehr?

Das hängt ganz von mir ab, schoß es Tori durch den Kopf, und unwillkürlich begannen sich ihre Lebensgeister wieder zu regen. Mit letzter Kraft trat sie noch einmal nach Fukudas Oberschenkel. Ein gellender Schrei, und der mörderische Druck auf ihre Kehle ließ nach. Dieser kurze Augenblick genügte ihr, um die Arme hochzureißen und mit der rechten Hand Fukudas Handgelenk zu packen.

Doch damit stellte sich bereits ein neues Problem. Sie hatte keine Kraft mehr in ihrer rechten Hand. Deshalb schlug sie mit der linken Handkante blitzschnell gegen Fukudas Ellbogen und stieß ihn mit aller Kraft nach oben.

Vor Schmerzen traten Fukuda die Tränen in die Augen. Aber mit zusammengebissenen Zähnen ging sie sofort zum Gegenangriff über. Ihre linke Hand versuchte an Toris Deckung vorbeizukommen. Doch sofort ließ Tori im Gegenzug eine Serie von blitzschnellen *kites* gegen ihre Rippen los. Danach legte sie, noch immer heftig nach Luft schnappend, ihre ganze Kraft in einen gezielten *atemi* gegen Fukudas Unterleib. Das gab ihrer Gegnerin endgültig den Rest. Sie verlor das Bewußtsein.

Tori konnte gerade noch ihr Ohr gegen Fukudas Brust pressen, bevor sie sich mit letzter Kraft von den Gleisen wälzte und aufsprang. Der Tunnel war inzwischen in gleißendes Licht getaucht. Donnernd kam der U-Bahn-Zug auf sie zugerast. Verzweifelt rannte Tori auf den Stellhebel zu, aber da sich die Weiche inzwischen auf Automatik geschaltet hatte, ließ sie sich nicht mehr mechanisch bedienen. Zum Glück war dadurch allerdings der Hebel in die Position zurückgesprungen, in der er sich ursprünglich befunden hatte, bevor Fukuda ihn umgelegt hatte.

Mit letzter Kraft stürzte Tori auf die Stelle zu, wo Slade mit schmerzverzerrtem Gesicht am Boden lag. Vor Erschöpfung konnte sie sich kaum mehr auf den Beinen halten. Slade hatte inzwischen seinen Fuß freibekommen. Indem sie sich gegenseitig stützten, humpelten sie auf eine der Nischen zu, die den Gleisarbeitern als Rückzug dienten, wenn ein Zug vorbeikam.

Kaum war der U-Bahn-Zug mit einem lauten Pfeifen an ihnen vorbeigeschossen, rannte Tori zu der Stelle zurück, wo sie Fukuda auf den Gleisen zurückgelassen hatte. Von ihrer erbitterten Rivalin war keine Spur zu sehen. Doch plötzlich klammerte sich eine Hand um ihr Bein. Erst jetzt sah Tori Fukuda auf dem Schotterbett neben den Gleisen liegen. Während sie noch wie gebannt in das totenbleiche, von schwarzen Rußstreifen durchkreuzte Gesicht ihrer Todfeindin starrte, tat sich in dieser schreckenerregenden Maske aus Schmerz und Haß der Mund auf, und entsetzt blickte Tori ihrem eigenen Tod in die Augen – in Form eines winzigen vergifteten Pfeils, der ihr gleich aus dem kurzen Blasrohr zwischen Fukudas Lippen entgegenschießen würde.

Verzweifelt versuchte sich Tori loszureißen, aber mit übermenschlich scheinender Kraft hielt ihre Gegnerin sie unbarmherzig fest. Mit hilflosem Entsetzen mußte sie mitansehen, wie sich Fukudas Wangen nach innen zu wölben begannen – bereit, jeden Augenblick den letzten todbringenden Atemzug zu tun.

Ein ohrenbetäubendes Krachen, durch die Enge des Tunnels ins Unerträgliche gesteigert, ließ Tori heftig zusammenzucken. Mit einem Schnappen schlossen sich Fukudas Lippen, ihr Körper verkrampfte sich, und aus einer Schußwunde direkt über ihrem Herzen quoll Blut.

Im selben Augenblick begann Tori am ganzen Körper so unkontrolliert zu zittern, daß sie sich auf die Gleise niedersetzen mußte. Währenddessen kam bereits Slade auf sie zugehumpelt. Als könnte er noch immer nicht glauben, daß Fukuda tot war, hielt er dabei seine Pistole auf die leblos neben den Gleisen liegende Gestalt gerichtet. »Los! Steh auf!« brüllte er Tori an. »Da kommt schon wieder ein Zug.«

Doch Tori rührte sich nicht von der Stelle. Wie gebannt starrte sie in Fukudas ausdrucksloses Gesicht. Es war, als sehe sie darin ihre eigene Zukunft widergespiegelt. Das also war es, was sie am Ende des Weges erwartete, den auch sie eingeschlagen hatte.

»Tori, steh endlich auf, verdammt noch mal!« Als sie keine Reaktion zeigte, kniete Slade neben ihr nieder, hob sie hoch und brachte sie in Sicherheit. Im selben Moment begannen die Wände des Tunnels so heftig zu vibrieren, als drohten sie jeden Augenblick einzustürzen.

»Begreif doch endlich«, stieß Slade heiser hervor. »Sie ist tot.« Nachdem er sie, so gut das im Dunkeln möglich war, nach Verletzungen abgesucht hatte, fügte er besorgt hinzu: »Hat es dich schlimm erwischt?«

»Wenn du nicht immer wieder meinen Namen gerufen hättest«, flüsterte Tori, »läge ich jetzt tot auf den Gleisen.« Erschöpft ließ sie den Kopf gegen seine Schulter sinken. Als er darauf tröstend die Arme um sie legte, schloß sie die Augen. Doch davon wurde das heftige Schwindelgefühl nur noch stärker. Sie fühlte sich todelend.

»Russell, dein Bein . . .«

Plötzlich wurde der Tunnel in blendend helles Licht getaucht, und unter ohrenbetäubendem Getöse schoß der Zug an ihnen vorbei. Als das laute Donnern wieder leiser wurde, sagte Slade: »Keine Sorge, mir ist nichts passiert. Aber jetzt nichts wie weg von hier.«

Als er sie jedoch auf die Beine ziehen wollte, sank sie sofort wieder zu Boden. Bestürzt stieß er hervor: »Tori, was hast du?«

»Russ, mir ist so sterbenselend.« Wieder mußte Tori daran denken, wie ihre Hand auf die Klinge des Wurfpfeils gerutscht war, als sie ihn dem Hund in den Bauch gestoßen hatte. »Ich kann mich nicht mehr bewegen.« Sie deutete auf den dunkel angeschwollenen Mittelfinger ihrer rechten Hand. »Etwas von Fukudas Pfeilgift ist in meinen Blutkreislauf geraten.«

Drittes Buch

DER ZEN-POLIZIST

Auch das Schlimmste geschieht
immer nur
mit den besten Absichten.

Oscar Wilde

1

Tokio / Sternstädtchen / Moskau / Archangelskoje

»Das haben wir alles nur Hitasura zu verdanken.«

Finster starrte Big Ezoe auf Fukudas gräßlich entstellte Leiche. Das kurze Blasrohr stak noch immer zwischen ihren Zähnen. Doch so sehr es Big Ezoe bedauerte, daß es ihr nicht mehr gelungen war, den winzigen Giftpfeil abzuschießen, erfüllte ihn Fukudas wildentschlossener Gesichtsausdruck doch mit stiller Genugtuung. Sie hatte nicht nur wie eine wahre Kriegerin gelebt, sondern war auch wie eine gestorben. Einen um so schmerzlicheren Verlust bedeutete es nun für ihn, künftig auf ihre Dienste verzichten zu müssen.

»Dieses Schwein Hitasura«, zischte er haßerfüllt. »Das können nur seine Leute gewesen sein.«

Koi kniete neben Fukudas Leiche nieder und strich mit den Fingern über ihr rußgeschwärztes Gesicht. »Das waren nicht Hitasuras Männer.« Ihre Stimme klang nüchtern. »Fukuda ist zwar erschossen worden, aber zuvor hat sie sich mit jemand einen erbitterten Zweikampf geliefert – mit jemand, der besser war als sie.«

»Tori Nunn.« Fast spuckte Big Ezoe den Namen aus. »Deshalb also hatte es Hitasura so eilig, aus dem Kinji-to zu verschwinden. Er schöpfte Verdacht, daß es sich um eine Falle handeln könnte. Da hatte er nichts Besseres zu tun, als auf schnellstem Weg Verstärkung anzufordern und Tori Nunn mit seinen Leuten zu Hilfe zu kommen. Diese Amerikanerin hat sich also wieder mit Hitasura zusammengetan. Das kann nichts Gutes bedeuten.«

»Nicht für uns«, murmelte Koi mit finsterem Gesicht und stand auf. »Nur für sie.«

Durch die dunklen Wolken am östlichen Horizont drangen die ersten Sonnenstrahlen. Das schmutzigbraune Wasser des Sumida blitzte wie geschmolzenes Blei. Nachdenklich stand Koi am Fenster von Big Ezoes Wohnung und sah auf das flimmernde Lichterspiel über dem Fluß hinab, das von der keilförmigen Heckwelle eines Fischerboots auf dem Weg zum Tsukiji-Fischmarkt durchschnitten wurde.

»Im Augenblick wartet eine ganze Reihe von wichtigen Aufgaben auf uns«, riß sie Big Ezoe aus ihren Gedanken. »Vor allem würde ich Hitasura gern dieses lukrative Geschäft mit Kunio Michita verderben. Michita zahlt Hitasura sicher ein Vermögen für seine Vermittlerdienste. Das Ausmaß an Korruption, das Sakata in seinen Büchern festgehalten hat, sucht seinesgleichen; mit ein Grund, warum seine verschlüsselten Aufzeichnungen nicht mit Gold aufzuwiegen sind. Nun frage ich mich allerdings: Warum sollen nicht auch wir ein Stück von diesem Kuchen abbekommen?

Hitasura auszubooten dürfte jedoch nicht ganz einfach werden. Wie Sie wissen, hat Sakata in seinen Büchern einen wichtigen Punkt ausgespart: Der Mittelsmann zwischen Hitasura und Michita wird darin kein einziges Mal erwähnt. Nun stellt sich folgende Frage: Hat er das ganz bewußt getan, oder hat er es einfach nicht gewußt?

Punkt zwei: Fukudas Tod darf nicht ungesühnt bleiben. Zur Vergeltung werden wir Hitasuras Clan einen vernichtenden Schlag beibringen. Und schließlich drittens: Tori Nunn muß ein für allemal unschädlich gemacht werden, bevor sie noch mehr Unheil anrichten kann.«

Ohne ihren Blick von einer Möwe abzuwenden, die über dem Fluß ihre Kreise zog, sagte Koi: »Schade, daß Fukuda schon so früh von uns gehen mußte. Ich hätte gern noch mehr von ihr gelernt.« Als sie sich darauf umdrehte, wurde ihr Kopf durch die schräg einfallende Morgensonne von einem gloriolenartigen Lichterkranz umgeben, während ihr regloses Gesicht selbst in geheimnisvolles Dunkel getaucht blieb. Das verlieh ihren starren Zügen etwas seltsam Unwirkliches, und stärker denn je fühlte sich Big Ezoe wieder an die Maske des Gottes aus dem Bunraku-Puppenspiel erinnert. Doch dann drehte sie den Kopf ein Stück zur Seite, und die rotgoldene Morgensonne streifte ihre Wange, erwärmte ihre Haut und zauberte ein leuchtendes

Funkeln über ihre dunklen Augen. Das war der Moment, in dem Big Ezoe zum erstenmal auch einen Anflug von Wahnsinn in ihnen aufblitzen zu sehen glaubte. Ja, von dieser Frau ging ein dunkler Sog aus, ähnlich dem eines allesverschlingenden Mahlstroms, noch fern zwar, aber dennoch so deutlich spürbar, daß Big Ezoe sich schaudernd fragte, wie lange sich wohl die finsteren Kräfte, die er da geweckt hatte, noch unter Kontrolle würde halten lassen.

Indem er sich gewaltsam von diesen beängstigenden Gedanken losriß, sagte Big Ezoe in seinem sachlichsten Ton: »Sie haben doch mehrere Jahre als Kunio Michitas Sekretärin gearbeitet. Demnach müßten Sie also auch wissen, mit wem er während dieser Zeit regelmäßige geschäftliche Kontakte hatte.«

»Natürlich«, sagte Koi und zählte eine Liste von etwa einem halben Dutzend Namen auf. »Dazu kommen dann noch die Leute bei Kaga, die an dem Joint Venture mit Michita beteiligt waren.«

»Was war das für ein Joint Venture?«

»Die beiden Konzerne wollten gemeinsam ein großes Forschungs- und Entwicklungslabor aufbauen. Aber was soll das damit zu tun haben?«

Big Ezoe sah auf seine Uhr und griff nach dem Telefon. Nachdem er wieder eingehängt hatte, sagte er: »Ich glaube, jetzt haben wir uns erst einmal ein anständiges Frühstück verdient.«

»Erst möchte ich noch, daß Sie mich baden«, entgegnete Koi. In ihren Augen blitzte ein gieriges Flackern auf. »Und dann werden wir tun, was getan werden muß.«

Big Ezoe war es nicht gewohnt, sich von anderen Befehle erteilen zu lassen, und wollte bereits heftig protestieren. Aber dann überlegte er es sich doch anders. Er konnte es sich im Augenblick nicht leisten, Koi zu verstimmen. Dazu brauchte er sie im Moment zu dringend. Wenn es ihm nicht bald gelang, Fukudas Tod zu rächen, hätte er vor seinen Leuten endgültig das Gesicht verloren.

Ohne ein Wort des Widerspruchs folgte er also Koi in das hypermodern eingerichtete Bad. Da der Raum über kein Fenster verfügte und alles Licht durch eine S-förmig geschwungene

Wand aus Glasbausteinen fiel, herrschte eine seltsam unwirkliche Unterwasseratmosphäre. In auffallendem Gegensatz zu dieser modernistischen Strenge standen die kostbaren alten Ainu-Fetische an der gegenüberliegenden Wand, Göttermasken von archaischer Schlichtheit, in deren unbarmherzig starren Gesichtern Koi die Kraft der Wolken, des Windes und des Regens personifiziert sah, die dem Land im Lauf der Jahrtausende seine jetzige Gestalt verliehen hatten.

Nachdem sich Koi entkleidet hatte, stieg sie in die dampfende Wanne und ließ sich im Lotussitz direkt unter dem Hahn nieder, so daß das heiße Wasser direkt über ihren Kopf sprudelte. So blieb sie eine Weile schweigend sitzen, bevor sie, geistesabwesend ins Unendliche starrend, begann:

»Jetzt endlich sind mir die Augen geöffnet worden. Als *hinoeuma* geboren zu werden, war kein Fluch, sondern ein Segen. Denn nur weil ich eine *hinoeuma* war, wurde ich von meinem Vater zum Mann vom einen Baum gebracht und im Weg des Kriegers unterwiesen. Um mich jedoch nach der Rückkehr zu meiner Familie wieder in das normale Alltagsleben einfügen zu können, mußte ich vieles von dem, was mir der Mann vom einen Baum beigebracht hatte, wieder vergessen. Ich lernte rasch, mich wieder anzupassen. Solange ich noch bei meinen Eltern lebte, war ich die brave Tochter, und nach meiner Heirat ging ich ganz in der Rolle der treusorgenden Ehefrau auf. Aber wenigstens litt ich nicht mehr so stark darunter, daß ich eine *hinoeuma* war; der Mann vom einen Baum hatte mir zu der nötigen inneren Stärke verholfen, um mit diesem Makel leben zu können. Zum Abschied hat er mir sogar versichert, daß ich nun stark genug wäre, um ganz allein selbst zu entscheiden, ob ich eine *hinoeuma* sein wollte oder nicht.

Aber dem war nicht so – oder vielleicht hat er mir auch nur etwas vorzumachen versucht. Jedenfalls ist mir inzwischen klargeworden, daß ich eine *hinoeuma* bin und immer sein werde – ein Wissen, das mir eine Kraft von ungeahnten Dimensionen verleiht. All die Schattenseiten meines Wesens, meine dunklen Triebe und Leidenschaften, all das ist in Wirklichkeit eine göttliche Gabe.«

Schimmernd perlte das Wasser über ihre straffe Haut, als sie sich aus der Wanne erhob – wie ein allesverschlingender Leviathan, der den Tiefen des Meeres entstieg.

Der dichte Nebel über dem Sumida begann sich allmählich zu lichten. Die morgendliche Hauptauktion am Tsukiji-Fischmarkt war zwar bereits vorbei, aber an den Ständen, wo die Einkäufer der Tokioter Restaurants ihre Tagesvorräte einkauften, herrschte noch reger Betrieb.

Big Ezoe und Koi stiegen aus dem grauen gepanzerten Mercedes. Über den triefend nassen Beton, den gerade ein paar Arbeiter von Blut und Fischinnereien gesäubert hatten, schritten sie auf eine kleine Imbißbude zwischen den Marktständen zu. An der langen Theke saß nur ein einziger Gast, ein Geschäftsmann mittleren Alters mit einem dünnen Oberlippenbärtchen und einem konservativen grauen Dreiteiler. Zu ihrer Überraschung erkannte Koi in dem Mann den Verwaltungschef des Kaga-Konzerns wieder, den sie erst vor kurzem in Big Ezoes Spielhölle beobachtet hatte.

Statt eines Grußes nickten sich die beiden Männer nur wortlos zu. Big Ezoe machte keine Anstalten, Koi vorzustellen. Unwillkürlich fühlte sie sich dadurch wieder in Kunio Michitas Büro zurückversetzt; es war, als hätte sie für die beiden Männer einfach zu existieren aufgehört.

Big Ezoe bestellte *asari*, eine suppenähnliche Brühe mit frischen Muscheln. Koi entschied sich für *oyako-ni*, in Eiern angebratene Zwiebeln mit drei Scheiben *toro sashimi*.

Big Ezoe sagte: »Sie schulden mir eine Menge Geld.«

»Im Augenblick bin ich nicht in der Lage, es Ihnen zurückzuzahlen«, erwiderte der Kaga-Direktor.

Big Ezoe nickte. »Na schön. Aber ich erwarte zumindest, daß Sie für die Zinsen geradestehen.«

Dieser Wortwechsel hörte sich an, als hätte er sich schon unzählige Male zwischen den beiden Männern abgespielt. Trotzdem schien es Koi, als ließe der Kaga-Direktor, dessen Gesicht sie nicht sehen konnte, plötzlich resigniert die Schultern hängen.

»Ihr Konzern hat sich mit Kunio Michita zu einem Joint Venture zusammengeschlossen«, fuhr Big Ezoe fort. »Worum geht es dabei?«

Nach kurzem Nachdenken antwortete der Mann: »Unsere Forschungsabteilung hat vor zwei Jahren eine höchst interessante Entdeckung gemacht. Erst sah es allerdings so aus, als ließe sich damit in der Praxis nicht viel anfangen – bis Kunio Michita ins Spiel kam.«

»Woher wußte Michita überhaupt von dieser Erfindung?« wollte Koi wissen.

Das Oberlippenbärtchen zuckte. »Eine berechtigte Frage, auf die ich Ihnen leider die Antwort schuldig bleiben muß. Uns ist bis heute unklar, wie Michita Wind von der Sache bekommen hat. Das Naheliegenste wäre, daß er einen Spion in unser Unternehmen eingeschleust hat. Jedenfalls zeigte er sich außerordentlich interessiert an unserer Erfindung. Da es sich dabei jedoch um eine wichtige Neuentwicklung im nuklearen Bereich handelte, konnten wir Michita keinerlei Informationen über Detailfragen des Projekts zukommen lassen. Um trotzdem eine vernünftige Form der Zusammenarbeit zu finden, erschien es uns daher als die beste Lösung, daß sich Michita und Kaga zu einem Joint Venture zusammentaten, um dieses neue Projekt in Fertigung gehen lassen zu können.«

»Aha.« Big Ezoe saugte erst lange an einer Muschel herum, bevor er sie ausspuckte. »Demnach ist das Projekt also schon längst über die Forschungs- und Entwicklungsphase hinaus gediehen.«

Der Kaga-Direktor nickte. »Wir gehen damit bereits in die Produktion.«

»Und was genau stellen Sie nun her?«

»Das weiß ich nicht. Mir ist in diesem Zusammenhang nur zu Ohren gekommen, daß wir für die Fertigung relativ umfangreiche illegale Hafnium-Lieferungen benötigen.«

»Was ist Hafnium?« brummte Big Ezoe.

Nachdem ihm das der Kaga-Direktor in groben Zügen erklärt hatte, schloß er mit den Worten: »Alle diese Indizien deuten darauf hin, daß es bei diesem Projekt um die Produktion eines völlig neuartigen Reaktortyps geht.«

»Sie meinen Atomreaktoren?« Sichtlich erstaunt schüttelte Big Ezoe den Kopf. »Aber bisher war doch Michita auf dem nuklearen Sektor noch gar nicht tätig.«

»Das dürfte sich inzwischen geändert haben.«

»Von wem bezieht er das Hafnium?«

»Von einer westdeutschen Firma, die einem Argentinier namens Estilo gehört.«

»Stellt diese deutsche Firma das Hafnium her?« schaltete sich an dieser Stelle Koi ein.

»Das entzieht sich leider meiner Kenntnis.«

Big Ezoe warf seiner Begleiterin einen kurzen Blick zu. »Von dieser deutschen Firma habe ich bereits gehört. Sie hat schon mehrere größere Geschäfte mit Michita abgewickelt.«

Koi dachte kurz nach. Dann sah sie den Kaga-Direktor an. »Von wem bezieht dieser Estilo das Hafnium?«

»Keine Ahnung. Vermutlich weiß das nicht einmal Ten-san selbst.« Damit war Fumida Ten gemeint, der Konzernchef von Kaga. Achselzuckend fuhr der Verwaltungsdirektor fort: »Auch über diese deutsche Firma weiß ich nur, daß sie in Japan durch die Anwaltskanzlei Budoko repräsentiert wird.«

»Wer ist dafür bei Budoko der zuständige Mann?«

»Keine Ahnung. Eigentlich dürfte ich nicht einmal wissen, daß Budoko überhaupt in die Sache verwickelt ist. Normalerweise müssen mir alle eingehenden Rechnungen vorgelegt werden, bevor sie zur Bearbeitung an die Buchhaltung weitergehen. In diesem Fall wurden sie jedoch an mir vorbeigeleitet. Wenn ich nicht zufällig auf eine davon gestoßen wäre, wüßte ich gar nichts von dieser Geschichte.«

Zungenschnalzend aß Big Ezoe sein *asari* zu Ende. »Wissen Sie noch etwas, was für mich von Interesse sein könnte?«

»Nicht daß ich wüßte.« Der Kaga-Direktor hatte sein Frühstück nicht angerührt. Fast wehmütig sah er auf seinen Teller, als denke er an Zeiten zurück, in denen ihm der Appetit noch nicht vergangen war. »Höchstens das noch: Ich glaube nicht, daß die Idee für dieses Joint Venture von Michita stammt. Als er mit diesem Vorschlag an uns herantrat, befand er sich in Begleitung eines Amerikaners.«

»Ein Geschäftsmann?«

»Den Eindruck hat er eigentlich nicht gemacht. Er wurde uns mit Mr. Smith vorgestellt, falls Ihnen das etwas sagt.«

Big Ezoe nickte, warf ein paar Yen-Scheine auf die Theke und verließ mit Koi das Lokal. Dann schlenderten sie erst einmal eine Weile zwischen den Auktionsständen des Fischmarktes auf und ab – ein idealer Platz, um sich ungestört zu unterhalten.

»Da hätten wir es also plötzlich mit ein paar interessanten neuen Mitspielern zu tun«, begann Big Ezoe nach einer Weile. »Bei diesem Geschäft mischen nicht nur Michita und Hitasura mit, sondern auch der Vorstand von Kaga und ein Anwalt aus einer der renommiertesten Kanzleien von Tokio. Nun stellt sich allerdings die Frage, was eigentlich Hitasura in diesem elitären Verein zu suchen hat. Was die Identität dieses geheimnisvollen Mittelsmanns zwischen ihm und Michita betrifft, sind wir jedenfalls noch keinen Schritt weitergekommen – ganz zu schweigen von diesem mysteriösen Amerikaner. Können Sie sich vielleicht an einen Mr. Smith oder sonst einen Amerikaner erinnern, der zum fraglichen Zeitpunkt häufiger mit Michita zu tun hatte und nicht wie ein typischer Geschäftsmann aussah?«

»Nein.«

»Na schön, dann lassen wir das vorerst. Warum wollten Sie übrigens wissen, woher das Hafnium kommt?«

»Ich weiß auch nicht«, erwiderte Koi. »Jedenfalls kam mir das Ganze merkwürdig vor.«

»Glauben Sie, er hat uns etwas vorgemacht?«

»Nein, dazu hatte er zuviel Angst. Im Grunde genommen weiß er genausowenig wie wir, worum es bei diesem Geschäft eigentlich geht. Vorläufig ergeben die Fakten, die uns vorliegen, noch keinen rechten Sinn.«

Darauf gingen sie erst einmal eine Weile schweigend weiter, bevor Big Ezoe sagte: »Gibt es sonst noch etwas, was Ihnen dazu einfällt?«

»Ja. Was halten Sie davon, wenn wir mit Kakuei Sakatas Aufzeichnungen etwas Druck auf Hitasura ausüben? Vielleicht können wir dann von ihm selbst erfahren, was hier eigentlich gespielt wird.«

Doch Big Ezoe schüttelte den Kopf. »Es ist leider nicht auszuschließen, daß Hitasura längst weiß, was in diesen Aufzeichnungen steht. Immerhin war es sein Bruder, der den Text entschlüsselt hat. In der augenblicklichen Situation kann ich es mir auf keinen Fall leisten, das Gesicht zu verlieren.«

»Dann erpressen Sie eben Kunio Michita mit Sakatas Büchern.«

»Vielleicht später. Im Augenblick sind diese Bücher alles, was wir in den Händen haben. Ich spiele nicht gern meinen letzten Trumpf aus, wenn ich das gleiche auch einfacher erreichen kann.«

Das ließ sich Koi kurz durch den Kopf gehen, bevor sie nickte. »Als vorhin die Rede auf die Anwaltskanzlei Budoko kam, ist mir noch jemand eingefallen, der sich ziemlich häufig mit Michita getroffen hat. Ich weiß nicht, ob Ihnen der Name Yen Yasuwara etwas sagt; das ist ein erfolgreicher junger Anwalt, der für Budoko arbeitet.«

»Und ob ich den Burschen kenne!« In Big Ezoes Kopf hatte es bereits fieberhaft zu arbeiten begonnen. Niemand anderer als Yen Yasuwara war es gewesen, dessentwegen sich Fukuda und Tori Nunn in die Haare geraten waren. Ursprünglich hatte sich Fukuda deshalb an Yen Yasuwara herangemacht, weil Big Ezoe zu Ohren gekommen war, daß Yasuwara seine Finger in Geschäften hatte, bei denen er auch selbst gern mitgemischt hätte. Um also herauszufinden, worum es dabei ging, hatte er Fukuda auf den jungen Anwalt angesetzt. Daß sie auch mit ihm ins Bett gegangen war, hatte Big Ezoe nicht weiter gestört; weniger erfreut war er allerdings gewesen, daß sie trotzdem nicht herausgefunden hatte, was Yasuwara vorhatte. Dann war zu allem Überfluß auch noch Tori Nunn auf der Bildfläche erschienen, so daß Fukuda erst recht nichts mehr aus ihm herausbekommen hatte. Und nun deutete Verschiedenes darauf hin, daß Yen Yasuwara mit Kunio Michita unter einer Decke steckte. Sollte er vielleicht dieser Mittelsmann sein, der in Sakatas Aufzeichnungen so gewissenhaft ausgespart geblieben war?

»Was waren das für Geschäfte, die Yasuwara mit Michita gemacht hat?« wollte Big Ezoe von Koi wissen.

»Das weiß ich nicht. Yasuwara hat Michita nie in seinem Büro aufgesucht. Ich kann mich auch nicht erinnern, je einen Termin für die beiden vereinbart zu haben. Vermutlich hätte ich auch nie etwas von der Existenz Yasuwaras oder der Kanzlei Budoko erfahren, wenn Michita während der langwierigen Verhandlungen über das Joint Venture nicht fast täglich um eine bestimmte Zeit das Büro verlassen hätte. Um ihn während seiner Abwesenheit notfalls erreichen zu können, hinterließ er mir immer eine bestimmte Telefonnummer.

Er war damals fast jeden Tag zwischen zwei und drei Uhr nachmittags außer Haus. Natürlich habe ich ihn nie gefragt, was er in dieser Zeit gemacht hat. Aber als die Verhandlungen mit Kaga in die entscheidende Phase eintraten, mußte ich ihn des öfteren unter dieser Nummer anrufen.«

»Und das war die Nummer von Budoko?«

»Nein, eben nicht. Jedesmal, wenn ich unter dieser Nummer anrief, meldete sich eine Frauenstimme. Ihrem selbstbewußten Ton nach zu schließen, kann es sich dabei um keine gewöhnliche Sekretärin gehandelt haben; zudem kam sie sofort an den Apparat, also mußte der Anruf nicht erst durchgestellt werden. Deshalb ging ich davon aus, daß es sich um die Nummer einer Privatwohnung gehandelt hat. Dem war jedoch nicht so. Als Michita eines Tages wieder außer Haus war, brachte ein Bote von Kaga eine Reihe von Unterlagen vorbei, die offensichtlich so wichtig waren, daß sie sie nicht über Fax schicken wollten. Ich kann mich noch genau erinnern: Der Umschlag war mit rotem Wachs versiegelt, das einen Stempel mit dem Firmenzeichen von Kaga trug.

Ich rief also Michita unter dieser Nummer an und teilte ihm mit, daß die Unterlagen eingegangen wären. Darauf bat er mich, sie ihm sofort zu bringen. Dazu sollte ich allerdings keinen Firmenwagen nehmen, sondern die U-Bahn.«

Koi machte eine kurze Pause. »Erst dachte ich, er hätte Angst, ich könnte mit dem Wagen im Stau steckenbleiben; mit der U-Bahn kommt man ja in der Stadt meistens schneller voran. Aber inzwischen bin ich zu der Überzeugung gelangt, daß es sich dabei um eine Sicherheitsvorkehrung gehandelt haben muß. Die Adresse, die mir Michita genannt hatte, war ein exklusiver Club in Shinjuku, in dem er für sich und Yen Yasuwara ein eigenes Zimmer reserviert hatte. Die Geschäftsführerin des Clubs war die Frau, die sich immer am Telefon gemeldet hatte; sie hatte sich darauf spezialisiert, kurzfristig Räumlichkeiten an Kunden zu vermieten, die vor allem Wert auf absolute Diskretion legten.«

»Das wird ja immer schöner«, brummte Big Ezoe kopfschüttelnd. »Was Michita und Yasuwara zu besprechen hatten, war also so geheim, daß ihnen dafür nicht einmal ihre eigenen Büros sicher genug erschienen.« Er dachte kurz nach. »Wie kommt es dann allerdings, daß Michita Ihnen verraten hat, wo diese geheimen Treffen stattfanden?«

»Vermutlich hat er mich nicht für voll genommen und kam deshalb nicht auf die Idee, ich könnte ihm in irgendeiner Weise gefährlich werden. Er sah in mir nichts anderes als einen perfekt funktionierenden Roboter – jedenfalls kein vollwertiges menschliches Wesen mit eigenen Gedanken und Gefühlen.«

»Welch ein verhängnisvoller Irrtum«, brummte Big Ezoe.

Yen Yasuwara lebte in einem hypermodernen Haus in Minato-ku. Die Tatsache, daß sich dieses horrend teure und exklusive Viertel vor allem bei neureichen Ausländern immer größerer Beliebtheit erfreute, schien ihn offensichtlich nicht weiter zu stören. Das paßt zu diesem jungen Schnösel, dachte Big Ezoe, als er die von hohen Bäumen gesäumte Straße entlangfuhr. Gerade die Leute, die erst kurz zu Geld gekommen sind, müssen am meisten mit ihrem Reichtum angeben. Reine Minderwertigkeitskomplexe. Aber Big Ezoe sollte das nur recht sein. Er verdiente sehr gut an den Minderwertigkeitskomplexen anderer Leute.

Nachdem er am Straßenrand angehalten hatte, drehte er sich zu Koi herum und sah sie fragend an. »Werden Sie ihn denn auch wiedererkennen?«

»Natürlich.«

Er hatte keinen Grund, an ihren Worten zu zweifeln. Wenn man sie etwas fragte, antwortete sie immer offen und direkt und griff im Gegensatz zu den meisten anderen Menschen nie auf Ausflüchte oder Notlügen zurück. Offensichtlich war es ihr völlig gleichgültig, was andere über sie dachten. Einerseits stellte das natürlich ein großes Plus dar; andererseits begann diese Geradlinigkeit Big Ezoe aber auch immer mehr zu beunruhigen. Koi war wie ein Wasserhahn, der sich nicht abstellen ließ. Solange man ständig Wasser brauchte, war daran nichts auszusetzen. Aber was war, wenn man einmal keines mehr brauchte und den Hahn abdrehen wollte?

Es war kurz nach acht Uhr abends. Die Nacht war fast taghell erleuchtet. Big Ezoe und Koi hatten den ganzen Tag damit verbracht, Hitasura und Tori Nunn aufzuspüren, aber trotz Big Ezoes weitverzweigtem Informantennetz war es ihnen nicht gelungen, eine Spur von den beiden zu entdecken. Dabei hatte der Tag so vielversprechend begonnen. Zumindest hatte Big Ezoe von seinen Leuten die Zusicherung erhalten, daß sie spätestens bis Mitternacht Näheres über den Verbleib von Hitasura und Tori Nunn in Erfahrung bringen würden.

Wortlos glitt Koi plötzlich aus dem Wagen und steuerte auf einen jungen Mann in einem korrekten dreiteiligen Anzug zu, der auf das Eingangstor von Yen Yasuwaras Haus zuging. Sie hatte nicht gesagt: ›Das ist er‹, sondern hatte sofort gehandelt – gerade so, als hielte sie es nicht mehr für nötig, ihr Vorgehen mit Big Ezoe abzusprechen. Er beobachtete, wie sich Koi dem jungen Anwalt energisch in den Weg stellte und ihn am Weitergehen hinderte. Als er sich dagegen verwahren wollte, sagte Koi etwas, und abrupt wich jede Farbe aus Yen Yasuwaras Gesicht. Im selben Augenblick kam Koi auch schon mit ihm auf den Mercedes zugegangen. Als sie den Wagen erreicht hatten, hielt sie dem jungen Anwalt wortlos die Tür auf und glitt neben ihm auf den Rücksitz.

»Sie sind ein auffallend gutaussehender junger Mann, Herr Yasuwara«, sagte Big Ezoe im Losfahren. »Sicher können Sie sich vor Frauen kaum noch retten.«

»Wer sind Sie eigentlich?« stieß Yasuwara mit gepreßter Stimme hervor. »Was wollen Sie von mir?«

Big Ezoe entging nicht, daß der Anwalt Koi während ihres

kurzen Wortwechsels kaum aus den Augen gelassen hatte. Das war ihm nur recht. Je weniger Aufmerksamkeit ihm Yasuwara schenkte, desto besser. Auf diese Weise würde in erster Linie Koi die Konsequenzen zu tragen haben, falls dieses Gespräch ein Nachspiel haben sollte.

Ohne auf Yasuwaras Frage zu antworten, fuhr Big Ezoe fort: »Sie können sich für Ihr gutes Aussehen wirklich glücklich schätzen und sollten es nicht für selbstverständlich nehmen.«

»Was soll dieser Unsinn?« Yen Yasuwara gab sich zwar redlich Mühe, wütend und aufgebracht zu klingen, aber seine Angst war unüberhörbar.

Ohne Vorwarnung stieß ihm Koi plötzlich einen blutroten Fingernagel in die Wange. Mit einem lauten Aufschrei wollte Yasuwara vor ihr zurückweichen. Aber unerbittlich hielt ihn Koi mit der anderen Hand an der Schulter fest und bohrte ihren spitzen Fingernagel nur noch tiefer in seine Haut.

»He! Was soll das?« versuchte Yasuwara zu protestieren.

»Wir möchten nur eine kleine Fahrt ins Blaue mit Ihnen machen, Yasuwara«, erwiderte Big Ezoe gut gelaunt. »Nur zum Spaß – zumindest für uns.«

Kois Fingernagel hatte inzwischen die Haut des Anwalts so tief aufgeschlitzt, daß etwas Blut über seinen weißen Hemdkragen auf seine teure Seidenkrawatte tropfte.

»Sind Sie verrückt geworden?« stieß Yasuwara hervor.

»Vielleicht ist das genau der richtige Zeitpunkt, um mit unserer kleinen Unterredung zu beginnen«, sagte Big Ezoe.

»Sie wollen also mit mir reden? Wenn es nur das ist, warum haben Sie das nicht gleich gesagt?«

»Wir wollten Ihnen vorher nur noch unmißverständlich klarmachen, wieviel uns am Ausgang dieses Gesprächs gelegen ist«, erklärte Big Ezoe ruhig. »Wissen Sie, Yasuwara, ich verdiene mein Geld mit Informationen. Sie werden mich heute noch reich machen.«

»Da muß bestimmt eine Verwechslung vorliegen.«

Ohne darauf einzugehen, kam Big Ezoe sofort zur Sache: »Ist es richtig, daß Sie zusammen mit Kunio Michita und Fumida Ten, dem Vorstandsvorsitzenden von Kaga, ein Geschäft im ganz großen Stil abgewickelt haben?«

»Sie sind ein Yakuza, nicht wahr?« Wie gebannt starrte Yasuwara auf den blutigen Fingernagel, den ihm Koi unter die Nase hielt. Er war gekrümmt wie eine Falkenklaue.

»Wer wir sind, tut hier nichts zur Sache«, erwiderte Big Ezoe. »Vor allem nicht für Sie. Ich habe Ihnen eine Frage gestellt. Und ich erwarte eine Antwort.«

»Lassen Sie mich in Ruhe«, entgegnete Yen Yasuwara. »Ich kenne diese beiden Männer nicht.«

Im selben Moment grub sich Kois Fingernagel bereits wieder in seine Wange, so daß sich eine zweite blutrote Linie über sein Gesicht zu ziehen begann. Sein keuchender Atem erfüllte das Wageninnere.

»Michita und Ten sind Ihre Klienten«, sagte Big Ezoe ruhig.

»Ja«, kam Yasuwaras Antwort diesmal wie aus der Pistole geschossen. Sein Blick war so fest auf Kois blutige Kralle geheftet, daß er zu schielen begonnen hatte.

»Was wissen Sie über eine westdeutsche Firma, die einem Argentinier namens Estilo gehört?«

»Wenn ich Ihnen das sage«, erwiderte Yasuwara, »könnte ich ernsthafte Schwierigkeiten bekommen.«

Big Ezoe lachte. »Noch mehr Schwierigkeiten, als Sie bereits haben, können Sie kaum noch bekommen.«

»Aber können Sie denn nicht begreifen ...« Als sich Kois Fingernagel darauf direkt unter seinem rechten Auge in seine Haut bohrte, stieß er einen gellenden Schrei aus. Er versuchte seinen Kopf zurückzuziehen, aber sie hielt ihn unerbittlich fest.

»Halt! Aufhören!« wimmerte er verzweifelt. Sein rechtes Auge hatte heftig zu tränen begonnen. »Also gut. Ich habe im Auftrag von Estilos Firma dafür zu sorgen, daß wichtige Lieferungen ordnungsgemäß ihr Ziel erreichen.«

»Im Klartext soll das doch heißen, daß Sie heiße Ware am Zoll vorbei ins Land schaffen sollen.«

Yen Yasuwara sagte so lange nichts, bis Koi ihre Fingerspitze in sein Blut tauchte und ihm damit über die Lippen strich. Erst dann stieß er heiser hervor: »Ja.«

»Woher bezieht Estilo das Hafnium?« Kois Frage ließ ihn ebenso heftig zusammenzucken, als hätte sie ihn wieder mit ihrem Fingernagel traktiert. Vermutlich hatte er nicht damit gerechnet, daß bei diesem Verhör auch sie eine Frage stellen würde.

»Bitte«, flehte er mit zitternder Stimme, »ich werde Ihnen alles sagen, was Sie wissen möchten. Estilo bezieht das Hafnium über die französische Firma La Lumière d'Or, die bei einem amerikanischen Unternehmen unter Lizenz steht.«

Darauf wollte Koi sofort wissen: »Ist der Amerikaner, der mit Kunio Michita an den Verhandlungen mit Kaga teilgenommen hat, der Besitzer dieser französischen Firma?«

»Das weiß ich nicht.«

»Aber es wäre möglich?«

»Das halte ich für unwahrscheinlich.« Yen Yasuwara schüttelte den Kopf. »Mir war sofort klar, daß in Wirklichkeit dieser Amerikaner das Sagen hatte, auch wenn die beiden anderen sich bemüht haben, das nicht durchscheinen zu lassen. Mit solchen Dingen kenne ich mich zu gut aus, um mich hinters Licht führen zu lassen. Nein, die französische Firma La Lumière d'Or hatte bei diesen Hafnium-Lieferungen nur die Funktion eines Zwischenlieferanten. Der Amerikaner war kein Geschäftsmann.«

Koi war nicht entgangen, daß Yasuwara schon der zweite war, der behauptet hatte, daß der mysteriöse Amerikaner nicht wie ein Geschäftsmann gewirkt hatte. Dieselbe Beobachtung hatte auch der Verwaltungsdirektor von Kaga gemacht. Deshalb fragte sie als nächstes: »Kauft Kaga das Hafnium direkt von diesem Estilo?«

»Nein. Das ist auch einer der Gründe, weshalb ich hinzugezogen wurde. Michita bezieht das Hafnium von der deutschen Firma, und die Zahlungen erfolgen über ein Nummernkonto bei einer Bank auf der Karibikinsel Monserrat. Meine Aufgabe bestand darin, eine Möglichkeit zu finden, das Geschäft so abzuwickeln, daß Michita auf keinen Fall mit diesen Zahlungen in Verbindung gebracht werden konnte.«

»Aber jemand muß doch die Einzahlungen auf dieses Konto vornehmen«, warf Big Ezoe ein.

»Natürlich«, sagte Yasuwara. »Nur nimmt diese Überweisungen nicht Michita vor, sondern ein dritter Beteiligter.«

»Ach?« Big Ezoe sah ihn fragend an. »Und wer ist das?«

Yen Yasuwara zögerte nur so lange, bis Koi wieder ihre Krallen zückte. »Hitasura«, stieß er dann hastig hervor.

Da haben wir's, dachte Big Ezoe. Das also ist der mysteriöse Drahtzieher, dessen Namen Kakuei Sakata in seinen geheimen Aufzeichnungen so beharrlich ausgespart hat. Er beobachtete Yen Yasuwara im Rückspiegel. Sein angstverzerrtes Gesicht glänzte vor Schweiß. »Kaum zu glauben«, sagte er schließlich, an Koi gewandt. »Da haben sich also die beiden Großkonzerne Michita und Kaga mit dem Gangster Hitasura zusammengetan, um einen großen Coup zu landen.« Sein Blick wanderte wieder zu Yasuwara zurück. »Warum wickeln Michita und Hitasura den gesamten Zahlungsverkehr in Zusammenhang mit diesem Reaktorgeschäft über geheime Nummernkonten ab?«

»Weil es in Japan strenge Gesetze gegen die Produktion von Kernreaktoren gibt. Außerdem sind diese neuen Reaktortypen für den Export bestimmt.«

»Sie verkaufen ihre Erfindung also an den Meistbietenden?«

»Nein. Für die Reaktoren hat sich bereits ein Abnehmer gefunden.« In Yasuwaras Stimme hatte sich ein seltsam resignierter Unterton geschlichen – als hätte er gerade einen Blick in die Zukunft geworfen und dabei festgestellt, daß er keine mehr hatte. »Da ich für die vertragliche Regelung dieses Millionengeschäfts persönlich verantwortlich war, weiß ich, wovon ich rede. Die Reaktoren werden in die Sowjetunion geliefert, allerdings nicht an die Regierung, sondern an eine separatistische Untergrundorganisation, die sich Weißer Stern nennt.«

Über dem Pool gingen die Lichter aus. Aber Irina konnte Odysseus auch im Dunkeln deutlich sehen. Es war, als hätte sein ganzer Körper von innen heraus zu leuchten begonnen. Gemächlich schwamm Irina im warmen Wasser des Salzwasserbeckens auf ihn zu.

»Kommen Sie mir lieber nicht zu nahe«, warnte sie Odysseus. »Während des Marsfluges war ich so starken kosmischen Strahlungen ausgesetzt, daß ich noch immer leicht radioaktiv bin.«

»Soll das heißen, daß es auch im Himmel kein ungetrübtes Glück gibt?«

Über die Lippen des Helden legte sich ein amüsiertes Grinsen. »Macht Ihnen denn das nichts aus?«

»Warum sollte es das?« erwiderte Irina. »Lara und Tatjana scheinen sich ja auch nicht daran zu stören.«

»Es ist ihr Job, sich um mich zu kümmern«, erklärte Odysseus ernst. »Für sie gehört das zum Berufsrisiko.«

In einer versöhnlichen Geste strich Irina kurz über seinen Arm. »Tut mir leid, daß ich das Ganze nicht ernstgenommen habe.«

»Ach was!« Das Lächeln, das sich plötzlich über seine Lippen legte, war wie die aufgehende Sonne. »Es gibt hier sowieso kaum mehr jemand, der noch nicht allen Sinn für Humor verloren hat.«

»Daran dürfte Mars nicht ganz unschuldig sein.« Kaum hatte sie das gesagt, tauchte der Delphin zwischen ihren Beinen durch. Das ließ sie einen unterdrückten Schrei ausstoßen.

»Arbat scheint sie sehr zu mögen«, bemerkte Odysseus dazu. »Ehrlich gestanden, überrascht mich das etwas. Ich hatte eigentlich damit gerechnet, sie würde eifersüchtig auf sie sein.«

In diesem Moment tauchte Arbat direkt neben Irina auf und begann aufgeregt zu schnattern. Irina legte ihr die Hand auf die Schnauze. »Arbat spürt eben, daß ich Sie ihr nicht wegnehmen will.«

»Ja«, nickte Odysseus ernst. »Das weiß sie genau.«

Während sich Irina wohlig im lauwarmen Wasser des Pools treiben ließ, spürte sie deutlich, welch enormen Einfluß der Held allein durch seine Gegenwart auf ihr ganzes Fühlen und Denken ausübte. Es war, als hätte sie ihr Leben lang in einer dunklen Höhle gelebt und trete nun zum erstenmal ins volle Tageslicht hinaus.

»Was weiß Arbat sonst noch alles?«

In Odysseus' Augen lag ein übernatürliches Strahlen. »Fragen Sie das, weil Wolkow Sie darum gebeten hat?«

»Nein. Wie kommen Sie denn darauf?«

Darauf trat erst längeres Schweigen ein, bevor Odysseus schließlich ausweichend antwortete: »Ach, nur so.«

»Sie scheinen Mars nicht sonderlich zu mögen.«

»Ich möchte jetzt nicht über Genosse Wolkow sprechen. Das würde mir nur die Stimmung verderben.«

»Dann verraten Sie mir wenigstens, woher sie Natascha Majakowa kennen«, drang Irina weiter in ihn.

»Als ich unmittelbar nach meiner Rückkehr aus dem All in diesem Gebäude untergebracht wurde, gab es hier noch kein Salzwasserbecken und keinen Delphin. Da ich mich damals schrecklich langweilte, hat man den einen oder anderen Theaterbesuch für mich arrangiert. Bei einer dieser Gelegenheiten habe ich Natascha in einer Aufführung von Tschechows *Möwe* gesehen. Ich war von ihrer enormen Bühnenpräsenz sehr beeindruckt und bat deshalb darum, sie nach der Aufführung in ihrer Garderobe besuchen zu dürfen. Sie hatte etwas an sich, was mich vom ersten Moment an fasziniert hat.«

»Ich weiß«, sagte Irina. »Manche Leute haben diese Gabe, andere schon auf den ersten Blick völlig in ihren Bann zu ziehen.« Irina schwamm näher auf ihn zu. »Ist außer uns sonst noch jemand hier?«

»Wolkow ist schon vor einiger Zeit gegangen. Lara und Tatjana schlafen. Nein, im Augenblick sind wir ganz allein – wenn man einmal von den Monitoren absieht. Aber außer den Geräuschen, die Arbat macht, registrieren sie nichts von dem, was im Pool sonst noch vor sich geht.«

»Ich finde es schrecklich, daß Sie auf Schritt und Tritt überwacht werden.«

»Wem sagen Sie das?«

»Ich werde Mars fragen, ob sich das nicht ändern läßt.«

Odysseus warf den Kopf in den Nacken und brach in schallendes Gelächter aus. »Tun Sie das«, prustete er schließlich los, nachdem er sich wieder beruhigt hatte. »Allerdings würde ich gern hören, was er Ihnen darauf antworten wird.«

»Was soll daran so lächerlich sein? Mars verfügt über enormen Einfluß.«

»Gewiß, gewiß. Ich wäre Ihnen auch sehr dankbar, wenn Sie ihn dazu überreden könnten, diese blöden Monitore abschalten zu lassen.«

»Haben Sie es denn nicht langsam satt, sich ständig im Pool aufzuhalten?«

»Haben Sie es denn nicht langsam satt, in diesem Land zu leben?«

»Soll das ein Witz sein?« Irina sah ihn fragend an.

»Natürlich nicht. Über die Freiheit macht man keine Witze.«

»Ja«, meinte Irina schließlich nachdenklich. »Ich bekomme das Leben hier immer mehr satt.«

»Das ist immerhin schon ein Schritt in die richtige Richtung.«

Plötzlich überkam Irina ein fast unwiderstehliches Bedürfnis, ihm alles über ihre Erfahrungen in Amerika zu erzählen, über das freie und ungezwungene Leben in diesem Land. Aber aus irgendeinem Grund brachte sie kein Wort über die Lippen.

Darauf starrte Odysseus lange wortlos an die Decke, als könnte er dort die Sterne leuchten sehen.

Irina hatte sich rasch an diese Phasen langen Schweigens gewöhnt. Anfangs sah sie darin nichts weiter als ein Zeichen tiefer Konzentration. Im Lauf der Zeit wurde ihr jedoch immer deutlicher bewußt, daß dieses Schweigen keineswegs nur eine Unterbrechung im Gesprächsfluß war, sondern vielmehr eine eigene Art der Kommunikation darstellte, mit der sich oft mehr ausdrücken ließ als mit Worten.

»Was war es eigentlich«, brach Irina schließlich das Schweigen, »das Sie dort oben im All zurückgelassen haben?«

Odysseus trieb reglos auf dem Wasser. In seinen Augen brachen sich die bunten Lichter der Monitorkontrollämpchen. »Wie kommen Sie darauf, mir ausgerechnet diese Frage zu stellen?« fragte er mit unverhohlenem Erstaunen.

»Keine Ahnung. Es kam mir einfach so in den Sinn.« Irina wirkte kaum weniger verdutzt als er. »Ich habe etwas aus Ihrem Schweigen herausgehört. Oder vielleicht war es auch ein Bild, das ich gesehen habe.«

»Ich habe vorhin ganz intensiv an den Teil von mir gedacht, der nicht auf die Erde zurückgekehrt ist.«

»Und was ist das für ein Teil?« wollte Irina wissen.

»Das läßt sich nicht so ohne weiteres umschreiben.« Odysseus dachte eine Weile nach, als suchte er nach den richtigen Worten. »Ein Teil der Person, die ich einmal war, wurde während des Zwischenfalls einfach ausgelöscht, und zwar ein für allemal. Dafür kam jedoch etwas Neues hinzu. Aber auch davon wurde mir wieder ein Stück genommen. Mit dem Wissen um diesen Verlust leben zu müssen, ist viel schlimmer. Das hört sich vermutlich verworren an. Oder ergibt es doch einen Sinn für Sie?«

»Nicht mehr und nicht weniger als sonst etwas auf dieser Welt.«

Eindringlich fuhr Odysseus fort: »Ich spreche hier von Dingen, die nichts mit dieser Welt zu tun haben – oder mit sonst einer Welt, die Sie sich vorstellen könnten.«

Ohne darauf etwas zu erwidern, trieb Irina wie schwerelos im phosphoreszierenden Wasser des Pools. Es war, als sei sie plötzlich in eine fremde Welt versetzt worden.

»Lassen Sie mich trotzdem versuchen, Ihnen dieses Phänomen zu erklären«, fuhr Odysseus nach einer Weile fort. »Sie machen sich keine Vorstellung, wieviel mir daran liegt, diese Erfahrungen mit jemand anderem teilen zu können als mit Arbat. Genosse Wolkow fehlt es für derlei Dinge jedenfalls eindeutig am nötigen Verständnis.« Er fuhr sich mit der Zunge über die Lippen. »Angenommen, ich würde zu Ihnen sagen: ›Da ist eine Flamme. Halten Sie Ihre Hand hinein.‹ Natürlich würden Sie davon ausgehen, sich die Finger zu verbrennen. Doch angenommen, das wäre nicht der Fall? Oder: Ich nehme Sie mit aufs Dach eines Hochhauses und fordere Sie auf: ›Springen Sie runter.‹ Sie würden natürlich davon ausgehen, in der Tiefe zu zerschmettern. Doch angenommen, das wäre nicht der Fall? Oder es ist sechs Uhr morgens, kurz vor Sonnenaufgang; doch wenn Sie vor die Tür treten, ist nirgendwo die Sonne zu sehen.

Das alles sind Umschreibungen für das, was ich dort oben im All verloren habe. Aber natürlich treffen sie den wahren Sachverhalt nur andeutungsweise.« Behutsam begann er mit Armen und Beinen im Wasser zu rudern. »Das Universum ist unvorstellbar groß. Unendlich ist jedoch nur die Realität. Denn sie schließt nicht nur den Raum, sondern auch die Zeit in sich ein. Die Realität ist so unermeßlich groß, so allgegenwärtig, daß sie sich selbst über die Gesetze der Zeit hinwegsetzt.«

Darüber dachte Irina angestrengt nach, bevor sie sagte: »Ganz gleich, was da oben mit Ihnen geschehen ist – Sie haben dabei, und sei es auch nur für Momente, Einblick in eine völlig neue und andersartige Wirklichkeit bekommen. Nun haben Sie das Gefühl, nicht mehr hierher zu gehören.«

»Genau so ist es!« Über das Gesicht des Helden legte sich plötzlich ein Zug, der Irina bisher verborgen geblieben war. Alles Finster-Einschüchternde war daraus gewichen, und statt dessen strahlte es mit einem Mal etwas zutiefst Mitfühlendes und Menschliches aus. Für einen Außenstehenden muß sich das alles wie irres Geschwätz anhören, schoß es Irina durch den Kopf. Dennoch verstehe ich ganz genau, was er meint. Ist das vielleicht der Grund für meine wachsende innere Unrast und Verbitterung? Habe ich schon die ganze Zeit, wenn auch unbewußt, etwas von dieser anderen Wirklichkeit geahnt? Bin ich, wie Odysseus, eine Ver-rückte, die zwar nach außen hin in derselben Welt zu leben scheint wie alle anderen auch; in Wirklichkeit machen sich jedoch in meinem Innern immer stärker die ersten Anzeichen einer andersgearteten Realität bemerkbar. Das hört sich eigentlich ganz logisch und einleuchtend an; allerdings bezweifle ich, daß ich diesen Sachverhalt auch einem anderen Menschen plausibel machen könnte. Im selben Augenblick kam ihr ein schrecklicher Gedanke: Hoffentlich sind wir hier tatsächlich allein. Nicht auszudenken, wenn jemand anderer unser Gespräch mit anhören würde. Vermutlich würden sie uns für total verrückt erklären.

Mit Tränen in den Augen sagte Odysseus: »Wenn du wüßtest, wie sehr ich mich schon die ganze Zeit nach einem Menschen gesehnt habe, der das alles verstehen könnte.« Überschwenglich küßte er sie auf Wangen, Augen, Lippen, um dann lachend hinzuzufügen: »Und welche Ironie des Schicksals, daß mich ausgerechnet Wolkow mit diesem Menschen zusammengeführt hat.«

Wohlig unter seinen zärtlichen Küssen erschaudernd, hatte Irina das Gefühl, als würden ihre Seelen plötzlich unauflöslich ineinander verschmelzen.

»Das All ist eine grausame Geliebe«, fuhr Odysseus fort, und Irina konnte jedes seiner Worte nicht mehr nur hören, sondern auch fühlen. »Die Anziehungskraft, die von ihm ausgeht, ist so unwiderstehlich wie der verführerische Gesang der Sirenen. Irgendwann hast du gar keine andere Wahl mehr, als dich ihm ganz hinzugeben. Doch dann . . .« Er legte den Kopf in den Nacken. »Mit einem Mal findest du dich in dunklen Gewässern wieder – in der Stille zwischen den Sternen – und du stellst fest, daß du den Boden unter den Füßen verloren hast und nirgendwo mehr auf Grund stößt. Du versinkst in einem Meer aus Stille. Doch schon bald entpuppt sich diese vermeintliche Stille als das genaue Gegenteil. In Wirklichkeit ist sie nämlich eine Überfülle von Mitteilungen, die du wegen ihrer unendlichen Vielfalt bisher nur nicht zu begreifen imstande warst.«

Irina nahm seine Lippen auf ihrer Haut mit derselben Intensität wahr wie seine Worte in ihren Ohren. »Sobald du einmal von diesem überwältigenden Strudel aus Mitteilungen erfaßt worden bist, verliert alles, was dir bisher im Leben wichtig erschien, jede Bedeutung; alles, was bisher deine Individualität ausgemacht hat, schrumpft plötzlich zu einem unbedeutenden kleinen Punkt an einem neuen, unermeßlich weiten Horizont. Verstehen ist jetzt alles, was noch zählt – Verstehen und Verstandenwerden. Das allein ist das Ende der Isolation, der Zustand, in dem du plötzlich eins mit den Engeln wirst.«

Fortgerissen von diesem Schwall neuer Eindrücke und Wahrnehmungen, die plötzlich auf sie einstürmten, begann sich alles vor ihren Augen zu drehen. Noch nie hatte sie ein solches Gefühl geistiger und zugleich körperlicher Nähe verspürt, und mit einem Mal schienen alle Grenzen zu zerfließen. Nicht nur mit ihm fühlte sie sich völlig eins, sondern auch mit dem Wasser, in dem sie schwamm, und mit der Luft, die sie atmete. Das Blut sang in ihren Adern und erfüllte sie mit einem Gefühl unbeschreiblichen Glücks.

Es war, als hätte die Welt ringsum zu existieren aufgehört.

So allein wie ein Stern in der unendlichen Weite des Alls schwebte sie am Himmel. Nur noch Odysseus war bei ihr – neben ihr, über ihr, in ihr.

Während er noch mit einer Selbstverständlichkeit in sie eindrang, als könnte es für ihre beiden Körper gar keine andere Form des Zusammenseins geben, spürte Irina, wie sich die undurchdringliche Wand aus Glas, durch die sie sich zusehends mehr von ihrer Umwelt und ihren Mitmenschen isoliert fühlte, auf einmal in nichts auflöste. *Das Ende der Isolation, der Zustand, in dem man eins mit den Engeln wird.* Das war es, was in diesem Moment mit ihr passierte. Nun endlich hatte sie etwas gefunden, das sie mit jeder Faser ihres Körpers zu bejahen bereit war, uneingeschränkt und ohne Wenn und Aber. Denn im selben Moment, in dem sie Odysseus mit all seinen guten und schlechten Seiten bedingungslos akzeptierte, war schlagartig auch die tiefsitzende Angst vor den dunklen Seiten ihres eigenen Wesens verflogen. Zum erstenmal in ihrem Leben war sie imstande, sich selbst so anzunehmen, wie sie war.

Sehnsüchtig drängte sie sich ihm entgegen, streifte mit ihren vor Erregung steifen Brustwarzen über seine wundervoll glatte Haut, umfing ihn mit ihren Armen und strich tastend über die Wölbung seines Buckels, ohne sich im geringsten daran zu stören. Als sie die Augen aufschlug, um ihn liebevoll anzublicken, erschrak sie im ersten Moment fast vor der Deutlichkeit, mit der sie in den unergründlichen Tiefen seiner Augen all jene unbeschreiblichen Erfahrungen widergespiegelt sah, an denen er seit seiner Rückkehr auf die Erde so schwer zu tragen hatte. Irina sah, was er sah; fühlte, was er fühlte. Ihre Herzen schlugen in vollkommener Harmonie – das Ticken einer kosmischen Uhr im dunklen Meer von Realität und Zeit und Energie.

Wie von selbst begann sich ihr Unterleib zu bewegen, und ihr Atem ging in immer hastigeren Zügen. Ihre Knochen waren plötzlich seltsam weich und biegsam. Alles Starre und Unnachgiebige war von ihnen gewichen, und scheinbar mühelos paßte sich ihr Körper den Rundungen und Vertiefungen des seinen an. In dem überwältigenden Moment, in dem ihre Hüften in immer rasenderen Bewegungen zu eigenständigem Leben zu erwachen schienen, sah, wußte, spürte Irina plötzlich, was Odysseus dort oben im All erlebt hatte. Sie glaubte es mit eigenen Augen zu sehen, dieses seltsame außerirdische Wesen, das ihn einen Blick in seine Wirklichkeit hatte werfen lassen – ein Herz mit zwei Pumpen, unendlich anschmiegsame ›Knochen‹ unter Muskeln, so hart wie Stahl, der Kopf ein Konglomerat von sternförmig angeordneten Sinnesorganen und der Körper selbst ein ständiges Hin-und-her-Pulsieren zwischen der zweiten und dritten Dimension.

Odysseus war nicht verrückt. Wenn er es war, dann war sie es auch. Aber das störte sie nicht mehr. Denn diese Verrücktheit war ein Zustand der Gnade, dessen teilhaftig zu werden Irina mit tiefer Dankbarkeit erfüllte. Als Odysseus so tief in ihr explodierte, daß davon ihr Innerstes angerührt wurde, wurde sie von einem nie gekannten Taumel der Lust erfaßt, der sie wie eine Besessene mit Händen, Armen und Beinen auf ihn einschlagen ließ.

Von einem Gefühl tiefer Geborgenheit erfüllt, schwebten sie danach in der sternlosen Finsternis, die sie von allen Seiten schützend umhüllte. Wie ein letzter Nachhall ihrer Lust breiteten sich im Wasser in konzentrischen Kreisen die Wellen aus, die ihre stürmische Vereinigung geschlagen hatte; wahrgenommen nur von Arbat, dem Delphinweibchen, das friedlich am anderen Ende des Pools im Wasser schwamm – zufrieden, daß der Held zufrieden war; glücklich, daß er glücklich war.

Keiner von beiden hätte sagen können, wieviel Zeit verstrichen war, als Odysseus sich schließlich wieder von Irina löste. Zu ihrem Erstaunen ergriff diesmal nicht dieses schmerzliche Gefühl der Leere von ihr Besitz, das sie sonst in diesem Moment überkam. Statt dessen erfüllte sie noch immer ein Gefühl tiefer Zufriedenheit über das, was sie eben erlebt hatte und was dadurch aus ihr geworden war. Liebevoll streckte sie die Hand nach ihm aus und strich zärtlich über seine glatte Haut.

»Nicht schon wieder«, lachte Odysseus, der genau wußte, was in ihr vorging. »Aber vielleicht ein andermal.«

Irinas Körper stand noch immer wie unter Strom. Aber selbst die zutiefst beglückenden Gefühle, deren Nachhall noch immer nicht verklungen war, konnten den bitteren Beigeschmack nicht überdecken, der sich in ihrem Mund festgesetzt hatte. Überdeutlich wurde ihr plötzlich bewußt, daß sie alle belogen hatte – Valeri und Mars nicht weniger als Natascha. Nur ihn konnte sie nicht belügen. Das spürte sie deutlich. Deshalb konnte auch die panikartig in ihr aufsteigende Angst sie nicht daran hindern, ihm zu gestehen: »Mars wollte übrigens tatsächlich, daß ich etwas aus dir herauszubekommen versuche.«

Wortlos sah der Held sie an. Auch Arbat schwamm näher und starrte Irina mit so beunruhigender Eindringlichkeit an, daß sie unwillkürlich schlucken mußte. Gleichzeitig überkam sie der verzweifelte Wunsch, das Rad der Zeit noch einmal zurückdrehen zu können und alles wieder ungeschehen zu machen. Aber zugleich spürte sie deutlich, daß sie keine andere Wahl mehr hatte, als den ihr vorgezeichneten Weg weiter zu beschreiten. »Er wollte wissen, woher du die geheimen Unterlagen hast, die du ihm kürzlich gezeigt hast.« Mit angehaltenem Atem sah sie Odysseus an. »Bist du jetzt böse auf mich?«

»Ganz im Gegenteil. Ich bin froh, daß du es mir erzählt hast.«

Vorsichtig legte Irina ihre Hand auf seinen Arm. »Aber es war nicht richtig, dir nicht gleich davon zu erzählen.«

»Findest du?«

»Ich möchte dir nie mehr etwas vormachen.«

Er lächelte. »Was für ein wundervoller Vorsatz!« Das sagte er in einem Ton, als hätte er statt wundervoll eigentlich unmöglich gemeint.

»Ich möchte . . .« Sie verstummte mitten im Satz. »Wenn du wüßtest, wie sehr ich mich nach einem Menschen sehne, dem ich ganz vertrauen kann und mit dem ich über meine geheimsten Gedanken und Wünsche sprechen kann.«

»Soll das heißen, daß du das mit Genosse Wolkow nicht kannst?«

Genau das ist der Punkt, dachte Irina. Ich will – ich *muß* ihm alles erzählen. Er wird es bestimmt verstehen. Sie holte noch einmal tief Luft, bevor sie ihr bisheriges Leben endgültig hinter sich ließ und sich Hals über Kopf in eine neue Dimension der Wirklichkeit fallen ließ.

»Ich habe längere Zeit in Amerika verbracht«, begann sie. »Gerade in Cambridge, dem Teil von Boston, in dem ich die meiste Zeit verbracht habe, leben viele Studenten. Du machst dir keine Vorstellung, wie anders das Leben dort ist – so frei und ungezwungen. Es war, als hätte ich plötzlich genau das entdeckt, wonach ich mich insgeheim immer schon gesehnt hatte. Um so größer war meine Ernüchterung, als ich wieder in die Heimat zurückkehrte. Denn nachdem ich plötzlich meine Liebe für Amerika entdeckt hatte, fiel es mir noch schwerer, mich mit den Zuständen hier abzufinden. Am schmerzlichsten war für mich das Wissen, daß dieser Traum von einem Leben in Glück und Freiheit, wie ich ihn in Amerika zum erstenmal verwirklicht gefunden hatte, für mich immer unerreichbar bleiben würde.« Als ob sie aufmerksam zuhörte, schwamm auch Arbat ein Stück näher. »Jetzt weiß ich, wie Shakespeares Julia zumute gewesen sein muß. Liebe und Leid sind manchmal untrennbar miteinander verbunden.«

»Ja«, stimmte Odysseus zu. »Manchmal können Erinnerungen sehr schmerzlich sein. Erinnerungen an Wege, die man nicht beschritten hat. Erinnerungen an das, was hätte sein können.«

Irina beobachtete, wie das Licht, das sich auf den Wellen des Pools brach, über sein Gesicht spielte. Fast glaubte sie, die tiefe Traurigkeit, die plötzlich von ihm ausging, körperlich spüren zu können. Deshalb faßte sie sich schließlich ein Herz und fragte ihn: »Bist du freiwillig hier?«

»Das hört sich an wie eine höchst komplizierte metaphysische Frage. Deshalb weiß ich auch nicht, ob ich sie befriedigend beantworten kann.«

Fragend legte Irina den Kopf auf die Seite. Auch sie lernte langsam, das Schweigen als Mittel der Verständigung einzusetzen.

»Mit dem freien Willen ist das so eine Sache«, begann Odysseus nach einigem Überlegen. »Auch wenn die meisten Menschen offensichtlich glauben, daß es so etwas wie einen freien

Willen gibt, bezweifle ich das. Wir sind alle nur Produkte unserer Erziehung. Wir sind, wozu wir gemacht worden sind. Schon von klein auf ist uns eingeimpft worden, wie wir uns zu verhalten haben, ohne daß wir uns dessen je bewußt geworden wären. Wie wir also als Erwachsene auf andere Menschen und Situationen reagieren, ist keineswegs unserer individuellen Willensentscheidung unterworfen, sondern nur eine Folge dieser sublimen Konditionierung.«

Schaudernd versuchte Irina die beängstigende Erkenntnis zu verdrängen, die bei diesen Worten in ihr aufstieg. Sie konnte spüren, wie wieder die alte Irina die Oberhand zu gewinnen versuchte.

»Ist es mit mir eigentlich genauso wie mit deinen anderen Männern?« fragte Odysseus unvermutet.

»Bist du eifersüchtig auf Mars?« erwiderte Irina mit gezwungener Leichtigkeit, um der Unterhaltung etwas von ihrer Schwere zu nehmen.

»Mit Eifersucht hat das nichts zu tun«, meinte Odysseus nur.

»Natürlich nicht. Einer meiner Liebhaber ist vom KGB.«

»Hm.«

»Das weißt du?« Irina machte aus ihrer Bestürzung keinen Hehl.

»Der KGB weiß vieles«, erklärte Odysseus rätselhaft. »Aber ich weiß mehr.« Seine Augen schienen von innen heraus zu leuchten. »Ich bin mir bewußt, wie nahe wir uns sind. Bei soviel Offenheit kann es keine Verstellung geben; ebensowenig ist eine solche Nähe mit jedem x-beliebigen Menschen möglich. Nein, Irina, ich bin nicht eifersüchtig. Aber deine Abhängigkeit von den Männern macht mir Sorgen.«

»Wie meinst du das?« fragte sie, obwohl ihr abrupt beschleunigter Puls ihr längst zu verstehen gegeben hatte, daß sie sehr wohl wußte, was er damit sagen wollte.

»Ach, nichts.« Die tiefe Traurigkeit, mit der er das sagte, brach Irina fast das Herz.

»Willst du denn nicht weiter darüber sprechen?«

»Nein.« Odysseus schüttelte den Kopf. »Ich werde lieber über das Wesen des Raums mit dir sprechen, über die letzte

Grenze.« Er lachte. Aber die seltsame Verkrampftheit, mit der er das tat, beunruhigte Irina zutiefst. Auch Arbat schwamm mit einem Mal nervös neben ihnen auf und ab.

»Habe ich etwas gesagt, womit ich dich gekränkt habe?«

»Nein, nein, absolut nicht.«

»Warum fühle ich mich dann plötzlich so – so isoliert und abgeschnitten von dir?«

»Du bist nur von dir selbst abgeschnitten.«

»Kannst du mir denn nicht helfen, wieder zu mir zu finden?«

»Wenn ich das versuchen würde, würde ich dich nur noch tiefer in das Dunkel stoßen, in das du dich verirrt hast.«

Den Tränen nahe stieß Irina hervor: »Das verstehe ich nicht.«

In diesem Moment kam Arbat auf sie zugeschwommen. Als wollte sie Irina trösten, rieb sie zärtlich ihren Kopf an ihrer Hand.

Ohne den Blick von Odysseus abzuwenden, stieß Irina verzweifelt hervor: »Arbat, kannst du mir sagen, was ich tun soll?« Als der Delphin darauf aufgeregt zu schnattern begann, murmelte Irina niedergeschlagen: »Wenn ich nur verstehen könnte, was du sagen willst.«

»Ich werde es dir übersetzen«, kam ihr Odysseus zu Hilfe. »Sie sagt, das Leben ist kurz, aber man lernt nur langsam.«

»Trifft das denn auch für Delphine zu?«

Odysseus sah sie eindringlich an. »Delphine brauchen nichts zu lernen – außer was den Umgang mit Menschen betrifft.«

»Das wär's, Yasuwara«, sagte Big Ezoe. »Wir sind mit Ihnen fertig.«

»Einfach so?«

»Einfach so«, wiederholte Big Ezoe.

»Und Sie lassen mich wieder laufen?«

»Aber nein. Davon kann gar keine Rede sein. Schließlich haben Sie mir von Anfang an etwas vorzumachen versucht.«

»Aber . . .«

»Sie wollten mir weismachen, daß sich Hitasura, Kunio Michita und Fumida Ten zusammengetan haben, um einen völlig neuartigen Reaktortyp herzustellen und anschließend in die Sowjetunion zu verkaufen – in ein Land also, das so arm ist, daß es von den Amerikanern Weizen kaufen muß, um die Nahrungsmittelversorgung seiner Bevölkerung sicherzustellen. Für wie blöd halten Sie mich eigentlich? Ihre Story entbehrt jeder Logik.«

»Trotzdem ist sie wahr. Glauben Sie mir!« Yen Yasuwaras Hände hatten unkontrolliert zu zittern begonnen.

»Aus welchem Grund sollte Hitasura auch nur einen Yen in solch ein hirnrissiges Projekt investieren?«

»Fragen Sie das Hitasura oder Michita. Ich weiß es nicht.«

»Von wegen!« Big Ezoe warf Koi einen kurzen Blick zu. »Jetzt sind Sie dran.«

»Halt!« Mit totenbleichem Gesicht schloß Yen Yasuwara die Augen und flüsterte verzweifelt: »O mein Gott!« Als er die Augen wieder aufschlug, fuhr er sich erst ein paarmal mit der Zunge über die trockenen Lippen, bevor er sagte: »Ich kann Ihnen beweisen, daß ich die Wahrheit sage.«

Doch Big Ezoe schnaubte nur verächtlich: »Sie glauben doch nicht im Ernst, daß ich Ihnen das abnehme.« Währenddessen rutschte Koi ein Stück näher an Yasuwara heran.

»Bitte nicht!« Das heisere Krächzen von Yasuwaras Stimme und der verzweifelte Blick in seinen Augen verrieten mehr als tausend Worte.

Trotzdem ließ ihn Big Ezoe erst noch eine Weile in seinem eigenen Saft schmoren, bevor er schließlich nickte. »Sie haben noch eine Chance, Yasuwara. Ich hoffe, Sie wissen sie zu nutzen.«

Die Holzjalousie war heruntergelassen, und der stechende Geruch von Jod und Krankheit erfüllte den Raum wie der Duft verwelkter Blumen. Irina stand in der Tür einer ärmlichen Einzimmerwohnung, wie es sie in den häßlichen Nachkriegswohnblöcken von Sadowo-Tschernogrijaskaja zu Tausenden gab. Einen Moment lang herrschte völlige Leere in ihrem Kopf. Sie wußte nicht einmal mehr, wie spät es war oder warum sie hiergekommen war.

Zögernd betrat sie den Raum. Trotz des Halbdunkels konnte

sie die reglose Gestalt erkennen, die in dem alten Schaukelstuhl saß, der einmal ihrer *Babuschka* gehört hatte. In schmalen, brüchigen Streifen fiel das schwache Licht über die schemenhafte Gestalt, hob hier eine altersgebeugte Schulter, da einen gichtigen Finger aus dem Dunkel hervor.

Irina holte tief Luft und sagte: »Guten Tag, Mutter.«

»Bist du's, Jewgenij?«

»Nein, ich bin's, Irina.« Sie kniete neben ihrer Mutter nieder.

»Jewgenij, warum warst du so lange fort?« klagte die alte Frau. »Du böser Junge, wo hast du dich bloß diesmal wieder herumgetrieben?«

»Mutter, ich bin's. Irina, deine Tochter.«

»Meine Tochter?« Der schmale Kopf bewegte sich, und Streifen von Sonnenlicht fielen auf das ausgemergelte Gesicht, in das die Zeit und nie verblassende Erinnerungen tiefe Furchen gegraben hatten. »Habe ich denn auch eine Tochter?« Langsam bewegte sich der Kopf hin und her. »Daran kann ich mich nicht mehr erinnern.«

Irina nahm die Dose mit dem Puder, den ihre Mutter so gern mochte, vom Fensterbrett und betupfte ihr mit der Quaste behutsam das Gesicht.

»Wie gut das riecht, Jewgenij! Dieser Geruch erinnert mich immer an meine Mutter. Sie roch immer nur nach Kohl und Kartoffeln. Sogar wenn sie frisch gebadet war, roch sie nach Kohl und Kartoffeln. So wollte ich nie riechen. Nie.« Flatternd schlossen sich ihre trüben Augen. »Wie das duftet.«

Plötzlich flogen ihre Lider wieder auf, und ihr Gebiß klapperte leise. »Herr im Himmel, Jewgenij, was ist passiert? Der Schnee ist ganz rot vor Blut!« Ihre Stimme wurde lauter. »Jewgenij, laß mich nicht allein! Du darfst mich nicht verlassen!«

»Ich bin doch da, Mutter«, flüsterte Irina eindringlich und strich ihrer Mutter zärtlich über die Stirn. »Ich werde immer bei dir bleiben.«

»Ja.« Die alte Frau beruhigte sich wieder. »Ja, genau so sollte es sein. Ein Junge braucht seine Mutter, damit sie sich um ihn kümmert und dafür sorgt, daß ihm nichts Böses zustößt. Jewgenij, mein Bester.« Ihre trüben Augen schlossen sich wieder, und im nächsten Moment war sie auch schon eingeschlafen. Warm und weich sank ihr Kopf in Irinas Handfläche.

Wie friedlich sie wirkte, wenn sie schlief – fast so sorglos wie ein Kind. Aber wurde sie denn auch nicht mit zunehmendem Alter einem Kind immer ähnlicher? Der Kreis schloß sich.

Lange ließ Irina ihren Blick auf dem entspannten Gesicht ihrer Mutter ruhen. Wie oftmals zuvor erkannte sie im Schwung ihrer Lippen, in der eleganten Linie ihrer Nase und Brauen all die Züge wieder, die sie auch an ihrem eigenen Gesicht mochte. Aber nicht wie sonst sah sie in diesen Zügen auch ihr eigenes Schicksal vorgezeichnet, den Weg, den auch ihr Leben unweigerlich nehmen würde. Zum erstenmal wurde ihr in aller Deutlichkeit bewußt, daß ihr Leben nicht dazu bestimmt war, das ihrer Mutter zu wiederholen. Der Weg, den sie eingeschlagen hatte, war ein anderer. Mochten sich die Gesichtszüge von Mutter und Tochter dem äußeren Anschein nach auch noch so ähnlich sein, die Wünsche und Sehnsüchte, die ihre Gesichter von innen heraus beseelten, hätten nicht unterschiedlicher sein können.

Unwillkürlich fühlte sich Irina an Nataschas Worte erinnert: *Woher komme ich? Wer ist meine Mutter, wer mein Vater? Meine Großeltern? Die meisten Menschen wissen das.* Auch ich weiß es, dachte Irina, und doch geht es mir nicht anders als Natascha. Auch ich bin jetzt eine Waise. Meine Mutter weiß nicht mehr, wer ich bin. Ich habe für sie schon lange zu existieren aufgehört – nein, schlimmer noch: Ich habe nie für sie existiert.

Unwillkürlich mußte Irina an ihre Großmutter denken. Als wäre es erst gestern gewesen, sah sie plötzlich ihre Küche wieder vor sich. Welche Wärme und Geborgenheit dieser Raum immer ausgestrahlt hatte ... Bei *Babuschka* hatte es immer etwas zu naschen gegeben, und wenn Irina um mehr bat, tauchte *Babuschka* den Finger einfach noch einmal in einen der Töpfe auf dem Herd, blies ein paarmal darauf, um den süßen Brei zu kühlen, und steckte ihn ihr dann lachend in den Mund.

Irina hatte ihre Großmutter genauso in Erinnerung, wie man sich eine typische russische Bäuerin vorstellte – dick und rundlich, mit rosigen Wangen, festen, schwieligen Händen und einem verschmitzten Leuchten in den Augen.

Vor allem aber roch sie in Irinas Erinnerung nicht nach Kohl und Kartoffeln. Das hatte sie nicht einmal getan, wenn sie Irina ganz fest an ihren üppigen Busen gedrückt und in den Schlaf gesungen hatte.

Zur Sommerzeit hatte immer eine leuchtendgrüne Heuschrecke hinter dem Küchenherd gehaust. Irinas Vater drohte zwar ständig damit, sie umzubringen, aber *Babuschka* gelang es immer wieder, ihn davon abzubringen.

»Heuschrecken bringen Glück«, hatte sie Irina einmal erklärt. »Vor allem in der Küche. Außerdem kann man sich mit ihnen unterhalten. Ja, glaub mir, mein Schatz. Die Heuschrekken sagen dir, wann es Zeit zu säen und zu ernten ist. Heuschrecken sind sehr nützliche Tiere.«

Mit *Babuschkas* Tod ging eine einschneidende Veränderung in Irinas Leben vor sich. Ihr Vater wurde in ein neu fertiggestelltes Kernkraftwerk versetzt, so daß die ganze Familie nach Moskau umziehen mußte. Da die Heuschrecke hinter dem Herd inzwischen auch für Irina nicht mehr aus ihrem Leben wegzudenken war, wollte sie sie unbedingt in die Stadt mitnehmen. Das arme Tier sollte den Umzug jedoch nicht überleben. Wozu hätte es auch in Moskau gut sein sollen? In der Stadt gab es nichts zu säen und zu ernten.

Tiefrot zwängte sich das Abendlicht durch die Spalten der Jalousie. Die Studentin, die Irina angestellt hatte, um sich um ihre Mutter zu kümmern, kam vom Einkaufen nach Hause.

»Die Schlangen vor den Geschäften sind so lang, daß man am besten gleich auf offener Straße kampieren sollte«, stöhnte sie, als sie ihre mageren Einkäufe auf die Anrichte stellte. »Wenn man endlich an die Reihe kommt, sind die Regale leer.« Sie schüttelte den Kopf. »Manchmal frage ich mich, warum ich überhaupt noch einkaufen gehe.«

»Ihr Zustand hat sich deutlich verschlechtert«, sagte Irina.

»Das ist aber nicht meine Schuld«, erwiderte die Studentin und verstaute die wenigen Lebensmittel im Kühlschrank. »Ihre Medizin ist im Augenblick auch nur schwer zu bekommen.« Sie setzte Teewasser auf. »Ehrlich gestanden, glaube ich auch gar nicht, daß die Pillen etwas nützen. Sie bekommt doch überhaupt nicht mehr mit, was um sie herum vorgeht. Wenn sie mich fragen, wäre sie besser dran, wenn sie tot wäre.«

»Es hat sie aber niemand gefragt«, fuhr sie Irina wütend an.

»Damit wollte ich doch nur sagen, daß das kein Leben für einen Menschen ist«, versuchte sich das Mädchen zu rechtfertigen. Sie goß das kochende Wasser in eine Kanne mit russischem Tee.

»Haben Sie schon mal eine Pizza gegessen?« fragte Irina unvermittelt.

»Eine was?«

Angestrengt in das abgestumpfte Gesicht der Studentin starrend, versuchte Irina darin wenigstens einen Funken von dem zu entdecken, was sie in den Straßen von Cambridge in so vielen Gesichtern hatte aufleuchten sehen. »Ach, nichts«, sagte sie schließlich. »Trinken Sie jetzt Ihren Tee. Ich mache Ihnen doch keinen Vorwurf. Es geht ihr nur schlechter; das ist alles.«

»Alles wird immer schlimmer«, maulte die Studentin.

Als sich Irina darauf wieder ihrer Mutter zuwandte, die in ihrem Schaukelstuhl friedlich vor sich hin döste, mußte sie unwillkürlich an die Heuschrecke hinter dem Herd ihrer Großmutter denken. Wenn sich in meinem Leben nicht bald etwas ändert, dachte sie verzweifelt, dann wird auch noch der letzte Lebensfunke in mir zum Ersticken kommen; dann wird es auch für mich keine Zeit zum Säen und Ernten mehr geben.

Diese Erkenntnis traf sie wie ein Schlag ins Gesicht. Zugleich wurde ihr bewußt, weshalb es für sie so wichtig war, daß sie endlich dem Weißen Stern auf die Spur kam. Der eigentliche Grund dafür war nämlich nicht, daß sie Mars helfen oder sich an Valeri rächen wollte – auch wenn das natürlich immer noch eine gewisse Rolle spielte. Nein, dahinter steckten Motive, die ganz allein sie selbst betrafen. Sie spürte ganz genau, daß sie das bis ins kleinste reglementierte Leben in der Sowjetunion und das damit verbundene Gefühl des Eingesperrtseins nicht mehr viel länger würde ertragen können.

Im Moment sah sie nur einen Ausweg aus dieser unerträglichen Situation: den Weißen Stern. Nur diese Untergrundorganisation konnte ihr dabei helfen, ihren amerikanischen Traum zu verwirklichen – den Traum von einem Leben, in dem jeder nach seiner Fasson glücklich werden konnte. Der Weiße Stern war ihre einzige Chance, das verlorene Paradies wiederzufinden.

»Da ist sie.« Mars Wolkow saß in seinem schwarzen Tschaika und sprach in sein Fungerät: »Nehmen Sie sie fest.«

Kaum hatte er den Befehl erteilt, kamen drei Männer in Zivil aus einem dunklen Hauseingang. Zwei von ihnen nahmen Natascha Majakowa in die Mitte und packten sie an den Handgelenken. Der dritte ging hinter ihnen her.

»Was soll das?« protestierte Natascha. »Was wollen Sie von mir?«

»KGB«, sagte der Mann hinter ihr. »Ruhig verhalten.«

Mit sichtlicher Befriedigung beobachtete Mars, wie Natascha bei diesen Worten entsetzt die Augen aufriß.

Ehe sich Natascha noch weiter zur Wehr setzen konnte, führten die drei Männer sie zu dem wartenden Tschaika, rissen die Tür auf und stießen sie unsanft auf den Rücksitz. Einer der Männer zwängte sich hinter ihr in den Wagen, so daß sie zwischen ihm und Mars eingeklemmt war. Der Mann, der hinter ihr hergegangen war, nahm auf dem Beifahrersitz Platz. Der dritte setzte sich ans Steuer und fuhr unverzüglich los.

»Mars!« entfuhr es Natascha halb erleichtert, halb vorwurfsvoll. »Wozu dieses Theater? Wohin bringst du mich?«

»In die Lubjanka.«

Mit perverser Faszination beobachtete Mars die Veränderungen, die sich dabei in ihrem Mienenspiel vollzogen. Obwohl seine Opfer in einem derartigen Moment alle ein anderes Gesicht machten, gab es doch einen ganz bestimmten Grundzug, der ihnen allen gemeinsam war.

»Du hast mir Kummer gemacht, meine unartige kleine Natascha. Ich habe allen Grund, böse mit dir zu sein.«

»Woher nimmst du das Recht, mit mir zu reden, als wärst du mein Vater?«

»Das gibt mir das Recht.« Damit schlug er ihr mit solcher Wucht ins Gesicht, daß Nataschas Kopf gegen die Rückenlehne zurückzuckte.

»Mein Gott!« stieß sie atemlos hervor. »Du Tier!«

»Wir sind beide Tiere, Natascha. Du nicht weniger als ich.« Fast genüßlich beobachtete er, wie das Blut aus der Platzwunde unter ihrem rechten Auge über ihre Wange floß. Das bißchen Farbe stand ihr richtig gut zu Gesicht, fand er. »Leider scheinst du es darauf angelegt zu haben, die Macht des Staates zu unterhöhlen. Aber das läßt sich Vater Staat nicht so ohne weiteres gefallen. Er verlangt von allen seinen Bürgern strikten Gehorsam – von mir nicht weniger als von dir. Sollte auch ich eines Tages beschließen, mich nicht mehr an die Gesetze zu halten, würde ich genau wie du in der Lubjanka landen.«

»Den Quatsch kannst du jemand anderem erzählen«, schnaubte Natascha verächtlich. »Größere Gegensätze als du und ich sind gar nicht vorstellbar. Wir sind wie Tag und Nacht. Nicht umsonst arbeitest du für den KGB. Du wunderst dich, daß ich das weiß? Ganz einfach: Der Held hat es mir gesagt. Woher er es allerdings weiß, entzieht sich meiner Kenntnis. Du hast es ihm bestimmt nicht erzählt, Mars. Vermutlich denkst du immer noch, du könntest mit deiner Netter-Onkel-Tour eines Tages vielleicht doch noch bei ihm ankommen ›Nun haben Sie sich doch nicht so, alter Junge. Erzählen Sie mir einfach frisch von der Leber weg, wo Sie der Schuh drückt.‹ Das ist doch deine altbewährte Masche. Bloß hast du den Helden damit nicht hinters Licht führen können – ebensowenig wie mich. Auch wenn du deinen Charme noch so weit heraushängen läßt – du stinkst trotzdem zehn Meter gegen den Wind nach KGB.«

»Du scheinst offensichtlich zu glauben«, meinte Mars, mehr zu sich selbst, »daß dir der Schutzengel, der dir damals nach deiner kleinen Eskapade in New York zu Hilfe gekommen ist, auch diesmal wieder beistehen wird. Aber das schlag dir lieber aus dem Kopf, Natascha. Ich bin nämlich gerade dabei, auch deinem Schutzengel ein für allemal das Handwerk zu legen. Der Gute weiß zwar noch nichts von seinem Glück, aber sein Sturz ist nur noch eine Frage der Zeit. Glaube mir: Er wird sich noch wundern, wie tief und schmerzhaft man aus solchen Höhen der Macht fallen kann.«

Der schwarze Tschaika überquerte den Dscherschinski-Platz. Das letzte, was Natascha von der Außenwelt sah, war der Platz an der Ecke der Kirow-Straße, wo einmal die Kirche Unserer Lieben Frau von Grebwew gestanden war, die wie viele andere Gotteshäuser beim Wiederaufbau Moskaus von den Kommunisten zerstört worden war.

In der Lubjanka, dem festungsartigen KGB-Gefängnis am Dscherschinski-Platz, das gegenüber vom Deski Mir, dem größten Spielwarengeschäft der Welt, lag, nahm man Natascha Majakowa alles ab, was sie bei sich trug. Dann mußte sie sich ausziehen, und nachdem man sie gründlich gefilzt hatte, wurde sie in eine schäbige Gefängniskluft gesteckt und in eine knapp sechs Quadratmeter große Zelle gebracht. Der Raum war fensterlos; nur von der Decke starrte eine vergitterte Lampe wie ein riesiges Auge drohend auf sie herab. Zu dem Zeitpunkt, als Natascha in die Zelle gebracht wurde, war die Lampe aus. Doch wenig später – sie hatte sich gerade auf die harte Pritsche gelegt, die ihr als Bett diente – ging sie plötzlich an. Natascha drehte sich mit dem Gesicht zur Wand und hielt sich die Hände vor die Augen. Aber das Licht war so hell, daß es ihr trotzdem unnachsichtig in die Augen stach.

Die Zelle war nicht geheizt, und schon nach kurzem begann Natascha vor Kälte am ganzen Körper zu zittern. Obwohl sie schon länger nichts mehr gegessen hatte, verspürte sie keinen Hunger. Die Kälte machte sie müde, aber unnachsichtig drang das grelle Licht sogar durch ihre geschlossenen Lider. Zudem jagten sich in ihrem Kopf die Gedanken, so daß an Schlaf nicht zu denken war. Sobald sie sich jedoch aufsetzte, befiel sie auf der Stelle ein so starkes Schwindelgefühl, daß sie sich mit beiden Händen am Pritschenrand festhalten mußte, um nicht kopfüber auf den Steinfußboden zu fallen.

Erschöpft ließ sie den Kopf gegen die nackte Wand zurücksinken und schloß die Augen. Ganz deutlich konnte sie den beschleunigten Schlag ihres Herzens hören; sie spürte, wie das Blut durch ihre Adern raste. Um sich warm zu halten, zog sie die

Beine an ihren Körper hoch und schlang ihre Arme um die Knie. Als irgendwann das Licht ausging, fiel sie in unruhigen Schlaf. Doch schon wenige Augenblicke später – zumindest schien es ihr so – ging das Licht wieder an. Ohne ganz wach zu werden, dämmerte sie in einer Art Halbschlaf dahin, der noch mehr an ihren Kräften zehrte.

Eine Weile später – wieviel Zeit genau vergangen war, wußte sie nicht – wurde sie aus ihrer Zelle geholt. Da sie kamen, als das Licht aus war, hatte sie gerade geschlafen. Sie wurde drei Stockwerke nach oben gebracht und in einen Vernehmungsraum geführt. Hinter einem alten Holztisch saß Mars Wolkow, eine Akte vor sich. Es gab zwei Stühle im Raum. Auf einem saß Mars. Auf dem anderen nahm Natascha Platz.

»Aufstehen«, herrschte Mars sie an.

»Was?«

»Aufstehen, habe ich gesagt!« brüllte er so laut, daß sie erschreckt aufsprang. »Du setzt dich erst, wenn ich es sage.«

»Das wäre ja noch schöner.« Allmählich gewann Natascha ihre Fassung wieder. Sie setzte sich. Doch im selben Augenblick ließ sie auch schon ein heftiger Stromschlag wie von der Tarantel gestochen wieder hochschießen. Erst jetzt bemerkte sie das Stromkabel, das zwischen den Bodenbrettern hervorkam und sich an einem Stuhlbein hochschlang.

»Sieht fast so aus, als hättest du dich versehentlich auf den falschen Stuhl gesetzt«, sagte Natascha schneidend.

»Setz dich«, erwiderte Mars, »wenn du unbedingt meinst.«

Natascha blieb stehen.

»Siehst du nun«, sagte er mit einem wölfischen Grinsen, »wie einfach ich dich dazu bringen kann, nur noch das zu tun, was ich will? Das geht auch ohne Stromschläge und Gummiknüppel.«

Natascha setzte sich. »Es ist mir unbegreiflich, wie es Menschen wie dich geben kann.«

»Hast du Hunger?« fragte Mars, ohne weiter von ihr Notiz zu nehmen. Er schien ganz in die Akte vertieft, die er vor sich liegen hatte. Der Umstand, daß er sie beim Sprechen nicht ansah, gab ihr das Gefühl, sie hätte plötzlich keinen eigenen Willen mehr.

»Wo haben Sie denn Ihre Uniform gelassen, Oberst Wolkow?« fuhr Natascha fort, ihn zu reizen. Wenn sie ihn jetzt nicht weiter mit ihren Unverschämtheiten bombardiert hätte, wäre das in ihren Augen bereits einem Eingeständnis ihrer Niederlage gleichgekommen.

Mars schenkte ihr jedoch keine Beachtung. »Da du nicht antwortest, nehme ich an, daß du nichts zu essen willst.«

»Bist du auch ganz sicher, daß du dich mit deinen KGB-Abzeichen am Ärmel nicht wesentlich stärker fühlen würdest?«

»Also nichts zu essen.« Mars kreuzte ein Kästchen auf der ersten Seite der Akte durch und blätterte weiter. »Welcher Art ist deine Beziehung zu Valeri Denisowitsch Bondasenko?«

»Valeri ist mein Bruder.«

Mars sah auf. Er schien ehrlich überrascht. »Dein Bruder?«

»Sagte ich Bruder? Ich habe natürlich Geliebter gemeint.«

Mars runzelte die Stirn. »Was nun? Bruder oder Geliebter?«

»Beides.«

Mars legte seinen Stift beiseite und verschränkte die Hände. Mit dem geschärften Wahrnehmungsvermögen, wie man es in solchen lebensbedrohlichen Situationen häufig bekommt, wurde sich Natascha voll Ekel zum erstenmal bewußt, daß er mit seinen kleinen Ohren eigentlich mehr wie ein Ungeheuer aussah als wie ein Filmstar.

»Natascha«, sagte Mars ernst. »Bitte, glaub mir, daß ich noch ganz andere Saiten aufziehen kann, um dich zum Reden zu bringen.«

»Ich habe doch sowieso nur eine Wahl«, erwiderte Natascha trotzig. »Die zwischen Leben oder Tod.«

Das entlockte Mars ein Lächeln. »Das mag vielleicht draußen auf den Straßen Moskaus, im normalen Alltag, gelten. Aber nicht hier, meine Liebe, wo du dich in meiner Gewalt befindest. Du solltest mir besser glauben, wenn ich dir sage, daß ich auch über andere Mittel verfüge, um dich zum Sprechen zu bringen; es versteht sich natürlich von selbst, daß diese Methoden alle sehr, sehr unangenehm sind.«

»Unangenehm bedeutet im KGB-Jargon vermutlich soviel wie schmerzhaft.«

»Warum machst du es dir unnötig schwer? Ich kann es dir doch ansehen, welche Angst du hast, Natascha.«

»Natürlich habe ich Angst. Aber das ändert nichts an meinem Entschluß.«

Mars starrte sie eine Weile durchdringend an. »Welcher Art ist deine Beziehung zu Valeri Denisowitsch Bondasenko?«

»Valeri ist mein Bruder oder Geliebter oder beides.«

Mars blätterte weiter. »Und deine Beziehung zum Helden?«

»In diesem Punkt ist der Sachverhalt völlig klar. Wir vögeln, daß sich die Balken biegen.«

»Diese vulgäre Ausdrucksweise steht dir schlecht zu Gesicht, Natascha.«

»Aber, aber, Mars. Seit wann denn so prüde?«

»Beschaffst du dem Helden streng vertrauliche Regierungsunterlagen?«

»Ich bin Schauspielerin, Mars. Keine Spionin.«

»Natascha, weißt du, welche Strafe auf Spionage steht?«

»Wenn ich für den Rest meines Lebens in diesem Rattenloch versauern muß, sterbe ich lieber – vielen Dank.«

Mars nickte. »Na schön. Ich habe getan, was ich konnte.«

»Und ob du das hast.«

Mars drückte auf einen Knopf an der Unterseite der Tischplatte. »Zeit für den Metzger«, sagte er, an niemand speziellen gewandt.

Natascha hatte solche Angst, daß sie das ganze Verhör über kurz davor gestanden war, sich zu übergeben. Daran hatte auch die Tatsache nichts ändern können, daß sie sich der möglichen Konsequenzen ihres Tuns von Anfang an im klaren gewesen war und deshalb gedacht hatte, auf alles gefaßt zu sein. Aber ähnlich wie beim plötzlichen Tod eines geliebten Menschen konnte man sich letztlich nie gegen einen solchen Schock wappnen.

Eine völlig neue Erfahrung war es auch für sie, wie tief man durch den Verlust jeglichen Zeitgefühls verunsichert wurde. Ohne eine Uhr und ohne ein Fenster, um wenigstens sehen zu können, ob es Tag oder Nacht war, hatte sie jedes Empfinden dafür verloren, wie spät es eigentlich war – ein Effekt, der noch zusätzlich durch das willkürliche Ein- und Ausschalten der Deckenlampe verstärkt wurde. Es schien, als lebte sie plötzlich in einer fremden Welt, in der es keine Zeit mehr gab. War sie erst vor einer Stunde in die Lubjanka gebracht worden oder lag das inzwischen schon einen Tag zurück? Die Tatsache, daß sie das nicht wußte, machte ihr fast noch mehr angst als alles andere. Trotzdem war sie fest entschlossen, sich ihre Angst nicht anmerken zu lassen. Wenn Mars gemerkt hätte, wie ihr tatsächlich zumute war, hätte er sie in kürzester Zeit kleingekriegt.

»Ich habe dich gewarnt, aber du wolltest es nicht anders.«

Entsetzt zuckte Nataschas Kopf hoch, als ein häßlicher, dunkelhaariger Mann mit einer Spritze den Raum betrat und auf sie zukam.

»Nein!« schrie sie verzweifelt auf.

Aber die Nadel hatte sich bereits in die Haut ihres Unterarms gebohrt, der Kolben wurde nach unten gedrückt, und im selben Augenblick glaubte sie auch schon einen eisigen Schauder in ihren Adern zu spüren. In ohnmächtiger Verzweiflung bäumte sich ihr Körper auf, als würde er bereits den gräßlichsten Foltern unterzogen.

»Kunio Michita ist nicht zu Hause.« Yen Yasuwara war einer Panik nahe, als er den Hörer des Autotelefons auflegte.

»Wer sagt mir, daß Sie das nicht vorher so abgesprochen haben?« brummte Big Ezoe finster.

»Nein, das haben wir sicher nicht.« Ängstlich schielte Yen Yasuwara zu Koi hinüber. »Keine Sorge, ich werde ihn schon finden.« Und nach kurzem Nachdenken: »Warum versuchen wir es nicht im Kaijin?«

Das Kaijin war eines der bekanntesten und exklusivsten Teehäuser von Tokio. Obwohl es bis spät in die Nacht hinein geöffnet hatte, hielt man dort im Gegensatz zu ähnlichen Etablissements noch mehr auf die alten Traditionen, so daß zumindest ein gewisser Anschein von Respektabilität gewahrt blieb. Dem widersprach allerdings sein vollständiger Name Kaijin ni Kisuru, was soviel wie »zu Asche verbrennen« bedeutete. Das waren eigentlich keine Assoziationen, die man gemeinhin mit dem unschuldigen Vorgang des Teetrinkens verband.

Ohne ein Wort fuhr Big Ezoe in Richtung Shimbashi los, wo das Teehaus lag.

Wie die meisten exklusiven japanischen Clubs wirkte auch das Kaijin von außen eher unscheinbar. Das einzig Auffällige daran war die Eingangstür aus schweren Kyoki-Planken, die durch wuchtige, handgeschmiedete Eisenbeschläge zusammengehalten wurden. Trotz seines hohen Alters lag ein tiefer Glanz über dem dunklen Holz der Tür, die angeblich aus dem Verlies der Burg des ersten Shoguns Ieyasu Tokugawa stammte. Was daran nun historische Wahrheit oder Legende war, ließ sich gerade in einem Land wie Japan, dessen Geschichte vorwiegend auf mündlicher Überlieferung basierte, nur noch schwer feststellen.

Die steinerne Eingangstreppe war von zwei knorrigen Hinoki-Zypressen flankiert, deren Kronen in Form zweier grotesker Fabelwesen zurechtgestutzt waren. Wenn man auf die Türglocke neben dem Eingang drückte, mußte man oft mehrere Minuten warten, bis einem geöffnet wurde. Auch dann fand man nur Einlaß, wenn einen der Türsteher kannte oder man sich in Begleitung eines Clubmitgliedes befand. So schirmten sich die elitären Kreise Japans gegen unerwünschte Emporkömmlinge ab.

Ein Handtuch gegen seine Backe gepreßt, drückte Yen Yasuwara auf den Klingelknopf und wartete ungeduldig, daß jemand öffnete. Als die schwere Eingangstür schließlich aufging, ertönte aus dem Dunkel dahinter eine tiefe Stimme: »Willkommen, Herr Yasuwara. Gleich zwei Gäste heute abend?«

Yen Yasuwara nickte, etwas Unverständliches murmelnd, und trat ein.

Im Innern herrschte feierliche Stille. Dezent war auch die Beleuchtung. Nur vereinzelt wurde das Dunkel von ein paar Punktstrahlern erhellt, die auf die kostbaren Bildrollen an den weißgetünchten Wänden gerichtet waren. Die Landschaftsdarstellungen waren so alt, daß sie nicht aus Japan, sondern aus China stammten.

Das karge, fast abweisende Ambiente stand in auffälligem

Gegensatz zu der gemütlichen Einrichtung der einzelnen Räume. Schwere Ledersofas mit weichen, einladenden Formen, komfortable Lehnsessel, in denen auch zwei Personen Platz gefunden hätten, gemütliche Chaiselongues mit Tierfellüberwürfen – all das verstärkte noch die bizarre, fast schizophrene Atmosphäre des Teehauses.

»Mr. Michita erwartet uns bereits«, sagte Yen Yasuwara zum Türsteher, einem untersetzten Mann mit einer häßlichen Narbe am Ohr. Darauf musterte dieser erst einmal eingehend seine beiden Begleiter, bevor er nickte. »Wenn Sie mir bitte folgen würden. Herr Michita nimmt seinen Tee im Grünen Zimmer.«

Jeder Raum im Kaijin war nach einer anderen Farbe benannt, die sich entweder auf seine Einrichtung oder auf seine Lage bezog. So war das Grüne Zimmer einem traditionellen Teehaus nachempfunden und verfügte über einen winzigen, sehr kunstvoll gestalteten Innengarten. Obwohl die kleine Grünanlage von allen vier Seiten von Mauern umgeben war, war sie so raffiniert angelegt, daß man den Eindruck hatte, sich in einem *ryokan* irgendwo auf dem Land zu befinden und auf dichtbewaldete Hügel hinauszublicken.

Auf dem Weg zum Grünen Zimmer führte sie der Türsteher einen langen Flur hinunter. Die Wände waren in subtilen Beige- und Zinntönen gespachtelt und weckten Anklänge an den rissigen Putz einer antiken Villa. Koi blieb an jeder der Reispapier-Schiebetüren, an denen sie vorüberkamen, kurz stehen und befühlte sie mit den Fingerspitzen, um sich zu vergewissern, ob sich in den dahinter liegenden Räumen jemand aufhielt. Schon die geringste Bewegung oder das leiseste Wort hätten das straff gespannte Reispapier in leichte Schwingungen versetzt. Doch Koi spürte nichts.

Trotzdem fiel sie immer weiter hinter den anderen zurück. Einmal warf sie sogar einen vorsichtigen Blick über ihre Schulter zurück. Was hatte ihren Argwohn erregt? Lag es vielleicht daran, daß der Mann mit der Narbe am Ohr keinerlei Notiz von Yen Yasuwaras zerkratztem Gesicht genommen hatte? Oder weil er sich mit keinem Wort erkundigt hatte, wer der Mann und die Frau in Yasuwaras Begleitung waren? Natürlich war auch nicht auszuschließen, daß er Big Ezoe bereits kannte obwohl Koi diese Möglichkeit eigentlich ausschließen zu können glaubte.

Inzwischen waren die drei Männer vor der Schiebetür des Grünen Zimmers stehengeblieben. Der Türsteher wollte sie gerade öffnen, aber Koi, die sie inzwischen eingeholt hatte, hielt ihn energisch zurück. »Lassen Sie das lieber mich machen.« Bevor der Mann mit der Narbe am Ohr etwas erwidern konnte, riß sie die Tür auf und versetzte Yen Yasuwara einen kräftigen Stoß in den Rücken, so daß er in den Raum stolperte.

Nichts geschah.

Der Mann mit der Narbe am Ohr starrte Koi nur erstaunt an, und auch Yen Yasuwara drehte sich mit einem fragenden Blick nach ihr um. Big Ezoe schenkte ihr jedoch keine Beachtung. Er hatte nur Augen für Kunio Michita, der mit dem Rücken zur Tür auf dem Boden saß und auf den plötzlichen Lärm hin den Kopf herumgedreht hatte.

»Was soll das?« fragte Michita schneidend.

»Das werden Sie gleich sehen«, knurrte Big Ezoe und machte einen Schritt auf ihn zu.

Im selben Augenblick ertönte ein leises *Pft!*, und Big Ezoe taumelte rückwärts durch die Tür. Auf dem Flur sank er in die Knie, verdrehte die Augen und begann aus einem häßlichen kleinen Loch in seiner Brust heftig zu bluten.

Eine Falle! schoß es Koi durch den Kopf. Da für Big Ezoe sowieso jede Hilfe zu spät kam, stieß sie den Mann mit der Narbe am Ohr in das Grüne Zimmer und rannte den Flur hinunter. Im selben Moment erschien auch schon Hitasura in der Tür des Raumes und blieb mit einem zufriedenen Grinsen über Big Ezoes Leiche stehen. Er hielt eine schallgedämpfte Beretta in der Hand.

»Nur eine Kugel«, murmelte er. »Damit bringt man jeden zum Schweigen.«

In diesem Augenblick tauchte Russell Slade an seiner Seite auf und stieß hastig hervor: »Ich muß gleich wieder zu Tori zurück.« Hitasura nickte.

Drei von Hitasuras Männern stürzten aus dem Raum und

nahmen Kois Verfolgung auf. »Gut so«, murmelte Hitasura, ohne seinen Blick von Big Ezoes Leiche abzuwenden. »Schnappt sie euch, und zwar lieber tot als lebendig.«

Genosse Wolkow fehlt es für derlei Dinge eindeutig am nötigen Verständnis. Was hatte Odysseus damit gemeint? Mit einem Mal verspürte Irina das unwiderstehliche Bedürfnis, das herauszufinden.

Mit dem Schlüssel, den Valeri ihr gegeben hatte, schloß sie die Tür zu seiner Wohnung in der Kirow-Straße auf. Kein Laut war zu hören. Wegen des penetranten Kohlgeruchs im Flur schloß Irina schleunigst die Tür wieder hinter sich.

Nachdem sie sich vergewissert hatte, daß die Wohnung tatsächlich leer war, machte sie sich methodisch daran, die einzelnen Räume zu durchsuchen. Vor dem Schlafzimmerfenster, durch das man auf die Gabrielskirche hinausblickte, machte sie eine Kniebeuge und schlug mit gesenktem Kopf das Kreuzzeichen. Nach einem kurzen Gebet richtete sie sich wieder auf und machte weiter.

Ich mache mir wegen deiner Abhängigkeit von den Männern Sorgen.

Unwillkürlich mußte Irina an die verhängnisvollen Folgen denken, die es für ihre Familie gehabt hatte, als ihr Vater vom KGB abgeholt worden war. *Wie soll ich ohne ihn die Kinder ernähren?* hatte ihre Mutter gejammert. *Heilige Mutter Gottes, steh uns bei!*

Irinas Mutter war jedoch nicht lange untätig zu Hause herumgesessen. Eine Woche nachdem ihr Mann abgeholt worden war, zog sie sich ihre besten Sachen an, verließ am Morgen die Wohnung und kam erst am Abend wieder nach Hause zurück. So machte sie das von nun an jeden Tag. Erst dachte Irina, daß sie auf allen möglichen Ämtern vorsprach, um die Freilassung ihres Vaters zu erwirken. Als ihr Vater jedoch auch nach mehreren Wochen noch nicht zurückkam, nahm sie an, ihre Mutter hätte eine Stellung gefunden.

Wie sich herausstellte, war ihre Mutter jedoch wesentlich lebenstüchtiger, als sie gedacht hatte. Denn eines Tages brachte sie einen Mann mit nach Hause. Pawel war Hilfsarbeiter am Bau und ein halber Litauer. Wegen seiner breiten, gedrungenen Statur und seines verschlossenen Gesichtes hatte Irina von Anfang an ein wenig Angst vor ihm.

Pawels Frau war erst vor kurzem gestorben, erzählte Irinas Mutter ihren Kindern. Da er sich seitdem sehr allein fühlte, hätte sie beschlossen, Pawel ein neues Zuhause zu bieten.

Obwohl ihre Mutter das mit keinem Wort erwähnte, war Irina sofort klar, daß sie von den Kindern erwartete, daß sie nett zu Pawel waren, damit er sich bei ihnen wohl fühlte und sie nicht wieder verließ.

Irinas vier Jahre älterer Bruder Jewgenij war nicht gerade begeistert, daß plötzlich ein anderer Mann den Platz seines Vaters einnehmen sollte. Er war damals gerade zwölf, also in einem besonders schwierigen Alter. Dazu kam noch, daß Jewgenij schon von klein auf ein ausgesprochen rebellisches Wesen gehabt hatte – ein Charakterzug, der durch Pawels Anwesenheit noch verstärkt wurde. Es dauerte nicht lange, und Jewgenij fing an, ganze Nächte lang von zu Hause wegzubleiben.

Anfangs schickte Irinas Mutter bei diesen Gelegenheiten noch Pawel los, um nach Jewgenij zu suchen und ihn wieder nach Hause zu bringen. Doch als Jewgenij eines Tages Pawels Schuhe anzündete und um ein Haar die ganze Wohnung in Flammen hätte aufgehen lassen, gab Pawel auf.

»Er ist schließlich nicht mein Sohn«, erklärte er achselzukkend. »Warum sollte er deshalb auf mich hören?«

»Aber wenn das so weitergeht«, jammerte Irinas Mutter händeringend, »wird er eines Tages noch auf die schiefe Bahn geraten.«

»Das ist er doch längst«, brummte Pawel. »Außerdem kannst du ihn nicht den ganzen Tag zu Hause einsperren.«

»Mein Gott, wie dringend der Junge gerade jetzt seinen Vater bräuchte.«

Darauf stand Pawel auf und verließ wortlos das Zimmer.

Ein paar Wochen später heirateten Pawel und Irinas Mutter. Was die Probleme mit Jewgenij betraf, änderte das nicht viel. Der Junge erschien nicht einmal zur Hochzeitsfeier, und Irinas

Mutter begann von da an immer häufiger in die Kirche zu gehen, um für ihren mißratenen Sohn zu beten.

Irina fand Pawel ganz nett, aber ein bißchen stumpf und unbedarft. Er hatte keinerlei Ehrgeiz, etwas aus seinem Leben zu machen, und es schien, als sei für ihn die Welt am Stadtrand von Moskau zu Ende. Noch deutlich konnte sich Irina erinnern, wie er jeden Abend nach der Arbeit schmutzig und verstaubt nach Hause kam und sich als erstes in der Spüle die Hände wusch, während sie am Herd das Abendessen kochte.

Er hatte riesige Pranken, und seine schwieligen Handflächen waren so hart, daß sich Irina fragte, ob er überhaupt noch etwas mit ihnen fühlen konnte. Obwohl er wenig sprach, war er immer nett zu ihr. Bestenfalls murmelte er ein paar unverständliche Worte, wenn sie ihm das Abendessen auf den Tisch stellte.

Wenn Irina ihm dann beim Essen zusah, wünschte sie sich, er würde etwas sagen oder sie wenigstens ansehen. Aber er schien sich nur für sein Essen zu interessieren, das er so hastig in sich hineinschaufelte, als hätte er Angst, jemand könnte es ihm wegnehmen.

Eines Abends kam Irina zufällig am Schlafzimmer vorbei, als Pawel sich gerade auszog. Da er ihr den Rücken zugekehrt hatte, bemerkte er nicht, daß sie an der halboffenen Tür stehengeblieben war. Doch als er sich das Hemd über den Kopf streifte, entfuhr Irina ein leiser Schrei. Sein breiter Rücken war von unzähligen häßlichen Narben entstellt.

Pawel wirbelte herum und starrte sie so finster an, daß Irina vor Angst das Herz in die Hose rutschte. Aber im selben Moment erhellte sich seine Miene wieder. Wortlos setzte er sich aufs Bett und streckte ihr auffordernd seine Hand entgegen.

Zögern betrat Irina das Schlafzimmer. Nur um ihn nicht ansehen zu müssen, ließ sie ihren Blick über die ärmliche Einrichtung des Raums wandern, über die Ikone an der Wand über dem Bett, über die billigen Landschaftsdrucke, die ihr Vater so geliebt hatte, und über *Babuschkas* alten Schaukelstuhl.

Pawels schwielige Hand schloß sich um Irinas zarte Kinderhand. »Hast du dich erschreckt, *koschka?* Das tut mir leid. Ich bin eben keine Schönheit und kann von Glück reden, daß ich deine Mutter gekriegt habe. Die meisten Frauen hätten mich nicht einmal angeschaut. Meine erste Frau hat sich immer über mich lustig gemacht, weil ich so häßlich bin; aber geliebt hat sie mich, glaube ich, trotzdem.« Er runzelte die Stirn. »Verstehst du das? Nein, vermutlich nicht.« Er hob die Schultern. »Es hat jedenfalls nichts mit den Narben auf meinem Rücken zu tun, obwohl mein Vater, wenn er mich geschlagen hat, immer getobt hat: ›Du verfluchter Lausebengel! Du ungeratenes Miststück! Du kannst unmöglich von mir sein!‹«

»Das ist ja schrecklich!« stieß Irina entsetzt hervor.

»Ja, in gewisser Weise war es das«, sagte Pawel. »Aber zugleich auch nicht. Irgendwie war ich auch froh darüber, daß sich der ganze Zorn meines Vaters an mir entladen hat; auf diese Weise ließ er wenigstens meine Mutter in Frieden. Wenn er nämlich abends betrunken nach Hause kam und ich gerade nirgendwo zu finden war, hat er sich statt dessen meine Mutter vorgenommen. Noch heute kann ich ihre verzweifelten Schreie hören. Einfach furchtbar! Nicht auszuhalten. Da sich meine Brüder vor Angst immer nur in die hinterste Ecke verdrückt haben, blieb es an mir hängen, in ihr Zimmer zu gehen. Einer mußte ihr schließlich helfen.« Pawels Blick kehrte sich nach innen, und mit einem Mal wirkten seine Augen nicht mehr so abgestumpft wie sonst. »Eines Nachts hielt ich es einfach nicht mehr aus. Ich rannte in die Küche, griff mir das Brotmesser und . . .«

»Du hast ihn umgebracht?« stieß Irina fassungslos hervor.

Pawels Gedanken kehrten wieder in die Gegenwart zurück. Er sah Irina liebevoll an. »Nein, nein, keine Sorge, *koschka*. Mein Vater hat mir das Messer aus der Hand gerissen und mich fürchterlich verprügelt. Mein Gott, hat er zugelangt. Aber wenigstens hat er aufgehört, meine Mutter zu schlagen. Ich kann dir nicht sagen, was für ein herrliches Gefühl das für mich war.«

»Was ist aus ihnen geworden?«

»Aus meinen Eltern? Mein Vater starb an einem Leberschaden – vom vielen Trinken. Aber da war meine Mutter schon drei Jahre tot.«

»Das war sicher eine schlimme Zeit für dich.«

»Das kann man wohl sagen.« Pawel sah sie lange an und drückte sie dann zärtlich an sich. »Aber jetzt mach dir keine Sorgen, mein Kleines. Ich bin doch hier, um auf dich und deine Mutter aufzupassen.«

Und das tat Pawel auch. Allerdings hatte er nicht mehr lange zu leben. Von den immensen Mengen Staub, die er Tag für Tag bei der Arbeit einatmete, bekam er ein Lungenemphysem. Jewgenij war zu diesem Zeitpunkt bereits tot, und Irinas Mutter zeigte sich von der Aufgabe, sich um ihren kranken Mann zu kümmern, schlichtweg überfordert – sie war nicht einmal mit den Kindern zurechtgekommen.

Fast gewaltsam mußte sich Irina von diesen wehmütigen Kindheitserinnerungen losreißen. Schließlich war sie in Valeris Wohnung gekommen, um nach den geheimen Informationen über den Weißen Stern zu suchen, die er hier irgendwo versteckt haben mußte. Sie durchsuchte jeden Schrank, jede Kommode, jede Schublade, vergaß auch nicht, in sämtlichen Jacken- und Hosentaschen nachzusehen, kramte in herumstehenden Schachteln und Behältern, sah zwischen seinen Hemden und unter seiner Bettwäsche nach, blätterte in seinen alten Fotoalben und nahm sich seinen Schreibtisch vor. Nichts.

Sie sah hinter den Bildern an den Wänden nach – das hatte sie in Amerika in einem James-Bond-Film gesehen –, öffnete die Reißverschlüsse der Polsterbezüge und tastete, auf allen vieren am Boden kriechend, die Unterseiten der Couch und der Sessel ab.

Nachdem sie auch noch die ganze Küche auf den Kopf gestellt hatte, ließ sie sich erschöpft am Eßtisch niedersinken und starrte geistesabwesend auf den Bildschirm des Laptop. Eineinhalb Stunden hatte sie nun Valeris Wohnung bis in die hintersten Ecken und Winkel durchsucht, ohne auch nur auf den leisesten Hinweis zu stoßen, wo er seine Informationen über den Weißen Stern versteckt haben könnte. Während sie niedergeschlagen am Küchentisch saß, mußte sie unwillkürlich an die vielen schönen Stunden denken, die sie hier mit Valeri verbracht hatte. Wie oft war sie genau an diesem Platz am Küchentisch gesessen und hatte Valeri beim Zubereiten des Frühstücks zugesehen ... Vor allem im Winter war es immer so gemütlich warm hier gewesen, fast wie in *Babuschkas* Küche; es hatte auch immer genauso verlockend nach Essen gerochen. Irina mußte feststellen, daß sie all diese schönen Erinnerungen an die Zeit mit Valeri nur sehr schwer mit der Tatsache in Einklang bringen konnte, daß er KGB-Oberst war. Bei dieser Gelegenheit fielen ihr auch wieder seine Äußerungen ein, daß die Tatsache, daß der KGB inzwischen der Kontrolle des Volksdeputiertenkongresses unterstellt war, nicht das geringste an den alten Machtverhältnissen geändert hatte und daß vielmehr dadurch die maßgeblichen Geheimdienstorgane noch mehr jeder staatlichen Kontrolle entzogen waren. Schaudernd schrak Irina aus ihren Gedanken hoch.

Der Computerbildschirm, Hüter aller Geheimnisse, starrte sie stumm und leblos an, als wollte er sich über sie lustig machen.

Plötzlich mußte Irina an den Film *Charade* denken, den sie in einem kleinen Filmkunsttheater in Cambridge gesehen hatte Im selben Augenblick begann sie auch schon ihre Umgebung nach einem Gegenstand abzusuchen, der so alltäglich und vertraut war, daß kein Mensch ihm irgendwelche Beachtung geschenkt hätte.

Schon nach kurzem Suchen blieb ihr Blick auf einem solchen Gegenstand haften. »Mein Gott!« hauchte Irina kopfschüttelnd. »Daß ich nicht gleich darauf gekommen bin!«

Entschlossen schaltete sie den Computer ein. Da sie schon des öfteren damit gearbeitet hatte, hatte sie keine Probleme, die einzelnen Dateien abzufragen. Außer einer Unmenge von Rezepten war jedoch nichts in ihnen gespeichert. Darauf versuchte sie es mit sogenannten Macros, verdeckten Befehlen, die durch das gleichzeitige Drücken zweier Tasten eingegeben wurden. Wieder nichts. Ihre anfängliche Begeisterung wich wachsender Enttäuschung. Na ja, dachte sie niedergeschlagen, im Kino ist so etwas meistens doch anders als im wirklichen Leben. Sicher hatte Valeri das Material über den Weißen Stern auf Disketten gespeichert. Aber sie hatte nirgendwo in der Wohnung irgendwelche Disketten gefunden.

Plötzlich fiel ihr wieder eine Unterhaltung ein, die sie erst vor kurzem mit Valeri geführt hatte. *Woher nimmst du nur die Zeit, all diese Rezepte zu speichern?* hatte sie ihn gefragt. Und er: *Zum Glück hilft mir dabei jemand – ein kleiner dienstbarer Geist in meinem Computer.*

Irina machte sich also noch einmal am Computer zu schaffen. Diesmal versuchte sie es mit der Reveal-Codes-Taste. Nichts. Dabei war sie ganz sicher gewesen, daß Valeris dienstbarer Geist bei den Reveal Codes zu finden hätte sein müssen; hierbei handelte es sich um eine ›unsichtbare‹ Markierung mitten im Text einer der Dateien.

Text!

Mein Gott, daß sie darauf nicht gleich gekommen war! Sie rief die erste Textdatei des Directory auf. Auf dem Bildschirm erschien ein Rezept für ›Southern Fried Chicken‹. Irina drückte auf die Reveal-Codes- Taste. Und tatsächlich, am linken oberen Bildschirmrand tauchten drei Unterstreichungsstriche auf, die hier eigentlich nichts zu suchen hatten.

Sie kehrte wieder zum Text zurück und drückte mit angehaltenem Atem dreimal hintereinander auf die Unterstreichungstaste. Nichts! Was nun? Irgend etwas mußten diese drei Unterstreichungsstriche doch zu bedeuten haben.

Sie kehrte zum Reveal-Codes-Fenster zurück und drückte dreimal auf die Unterstreichungstaste. Am linken unteren Bildschirmrand leuchtete die Aufforderung auf: Bitte warten! Das hieß, der Computer rief eine ungewöhnlich umfangreiche Datei von der Festplatte auf. Irinas Herz begann schneller zu schlagen.

Kurz darauf begann sich auf dem Bildschirm eine endlose Folge von Rezepten abzuspulen. Um sie anzuhalten, drückte Irina auf die Scroll-Lock-Taste. Darauf blieb das Bild unverzüglich stehen.

Irina las den Text sorgfältig durch, konnte jedoch nichts Ungewöhnliches daran entdecken. Es war genau das, was es auch zu sein schien: ein Rezept für ein Dessert. Ärgerlich drückte sie wieder auf die Scroll-Lock-Taste. Statt den Inhalt der Datei jedoch weiter abzurollen, wurde der Bildschirm schwarz, und gleich darauf erschien wieder die Aufforderung: Bitte warten.

Ein kurzes Flimmern und eine lange Reihe von Daten, Orten und Namen erschien. Für einen Moment blieb Irina das Herz stehen. Was vor ihr auf dem Bildschirm aufleuchtete, waren die geheimen Informationen über den Weißen Stern, nach denen sie schon die ganze Zeit gesucht hatte.

»Solange Hitasuras Leute in der ganzen Stadt nach uns suchen, wäre ein Treffen unter vier Augen auf jeden Fall zu riskant«, hatte Big Ezoe noch am Morgen zu Koi gesagt. »Außerdem kann ich an die gewünschten Informationen genausogut durch mein weitverzweigtes Netz von Spitzeln herankommen. Das ist nicht nur sicherer, sondern auch unauffälliger.«

Inzwischen befand sich Koi in Shibuya. Es war kurz nach elf Uhr nachts. Noch immer wälzten sich dichte Menschenmassen durch die hell erleuchteten Straßen. Der Himmel war von einem gelblichen Grau, die Luft so trüb wie Miso-Suppe. Infolgedessen leuchteten an der Abgasmeßstelle am NHK-Gebäude – einer von fünfzehn in ganz Tokio – so hohe Kohlenmonoxid-, Nitrogen- und Stickoxidwerte auf, daß Smogalarm ausgegeben wurde.

»Ich habe keine Lust, untätig in meinem Büro oder Wagen herumzusitzen und darauf zu warten, daß mich einer von Hitasuras Killertrupps in die Luft jagt«, hatte Big Ezoe gesagt. »Leider ist Hitasura nicht so altmodisch, daß er mich nur eigenhändig mit seinem Schwert töten würde. So war das vielleicht in den guten alten Zeiten, wobei ich mir auch da nicht sicher bin, ob es so etwas nicht nur im Kino gibt.«

Nein, dachte Koi. Hitasura hat tatsächlich nicht sein Schwert benutzt, sondern seine Pistole. Was war das nur für eine Welt? Welchen Sinn sollte das Leben in einer solchen Welt noch haben, wenn den Menschen jedes Gefühl für Ehre abhanden gekommen war?

Koi war vor den Bildschirmen der öffentlichen Nachrichtenübermittlungsstelle am Seed-Gebäude stehengeblieben. Es war schon das dritte Mal, daß sie an diesem Tag hier vorbeikam. Um Hitasuras Killerkommandos abzuschütteln, war sie mit der U-Bahn kreuz und quer durch die Stadt gefahren und war zwischendurch immer wieder ein Stück durch besonders menschenreiche Straßen gegangen.

Die moderne Nachrichtenübermittlungsstelle bestand aus sechs Bildschirmen, die an ein kompliziertes Computernetz angeschlossen waren. Mit einem elektronischen Stift tippte Koi auf das Feld mit der Aufschrift LESEN. Daraufhin leuchtete auf dem Bildschirm eine Liste mit vier Wahlmöglichkeiten auf. Sie tippte auf Nummer zwei: NACHRICHT AN FREUNDE MIT CODEWORT. Als nächstes erschien auf dem Bildschirm die Aufforderung: CODEWORT EINGEBEN. Wenn sie das die beiden Male zuvor getan hatte, war nichts passiert. Noch einmal schrieb sie mit dem elektronischen Stift das mit Big Ezoe vereinbarte Codewort KAMI, worauf auf dem Monitor sofort eine handgeschriebene Nachricht folgenden Inhalts aufleuchtete: »Deke, der Tätowierer, Shinjuku.«

Koi drückte auf die Löschtaste, und der Text verschwand im elektronischen Gedächtnis des Computers. Wenige Momente später war auch Koi verschwunden – im elektronischen Herz der Stadt.

»Bist du allein hier?« fragte der Held, als Irina zu ihm in den Pool stieg. »Oder bist du mit Wolkow gekommen?« Gemeinsam schwammen sie in die Mitte des Beckens hinaus, wo sie sich außerhalb der Reichweite der elektronischen Abhörvorrichtungen befanden.

»Diesmal bin ich allein gekommen«, antwortete Irina und sah ihm tief in die Augen.

»Weißt du, wo Wolkow ist?«

»Nein.«

Darauf sah sie der Held forschend an.

»Was ist denn?« fragte Irina schließlich. Ihr war unter seinem durchdringenden Blick unbehaglich geworden.

»Ich frage mich nur, was du eigentlich an ihm findest.«

»An Mars?«

»Ja.«

Irina entging nicht, daß Arbat am anderen Ende des Pools

rastlos auf und ab zu schwimmen begonnen hatte; sie machte keinerlei Anstalten, zu ihnen zu kommen.

»Ich habe dir doch gesagt, daß ich dir nichts vormachen will«, begann Irina ernst. »Dazu stehe ich nach wie vor. Ich selbst habe keine Angehörigen mehr. Mars schon. Erst kürzlich hat er mich in seine Familie eingeführt, und das fand ich sehr nett von ihm. Dadurch hat er mir ein starkes Gefühl von Geborgenheit vermittelt.«

»Das verstehe ich nicht.«

»Habe ich mich denn nicht klar genug ausgedrückt?«

Der Held schüttelte den Kopf. »Nein, ich kann nicht verstehen, wie dir der KGB ein Gefühl der Geborgenheit vermitteln kann.«

»Ach, du meinst Valeri?«

»Welchen Valeri?«

Irina lachte. »Valeri Denisowitsch Bondasenko, Oberst des Zweiten KGB-Hauptdirektorats, Leiter von Abteilung N, zuständig für die Zerschlagung der Untergrundorganisation Weißer Stern.«

Einen atemlosen Augenblick lang schien alles um sie herum stillzustehen. Nichts bewegte sich mehr – nicht Arbat, nicht der Held und nicht einmal das Wasser, in dem sie trieben. In dem lastenden Schweigen, das sich plötzlich über den Raum legte, hatte Irina das Gefühl, als öffne sich ein gähnender schwarzer Abgrund unter ihr, in dem sie jeden Moment ins Bodenlose stürzen würde.

»Was ist denn plötzlich in dich gefahren?« stieß Irina verunsichert hervor. Doch das einzige, was sie hörte, war ihr Herz, das unbeirrt weiterschlug, während sonst alles um sie herum zu völliger Leblosigkeit erstarrt schien.

Als die Stille schier unerträglich zu werden drohte, brach der Held endlich sein langes Schweigen und sagte: »Wer hat dir von Abteilung N erzählt?«

»Mars natürlich.«

»Und er hat behauptet, ihr Leiter wäre Genosse Bondasenko?«

»Nein. Mars hat mir ein Dokument gezeigt – eine Art KGBinternen Freibrief, glaube ich. Darin war Valeri als der Leiter dieser Abteilung angegeben.«

»Herr im Himmel!« Der Held schloß die Augen. »Wenn du wüßtest!« Arbat, die seine innere Unruhe offensichtlich spürte, kam an seine Seite geschwommen, und der Blick, mit dem sie Irina dabei bedachte, konnte nur als ein Ausdruck tiefen Erstaunens beschrieben werden.

»Was ist denn plötzlich in euch gefahren?« stieß Irina mit tränenerstickter Stimme hervor. Als sie der Held darauf nur stumm ansah, wußte sie nicht, ob es Wut oder Mitleid war, was ihr aus seinen Augen entgegensprang. Vielleicht auch beides oder nichts von beidem, sondern ein Gefühl, das es vielleicht nur da oben, in der unermeßlichen Weite des Alls, gab. »Ich weiß nicht, wie ich es dir am besten beibringen soll«, begann er schließlich nachdenklich. »Aber das beste ist wohl, ganz offen zu dir zu sein.« Als Arbat darauf ein kurzes Schnattern von sich gab, nickte er und fuhr fort: »Irina, wenn ich hier abgehört werde, so dient das in erster Linie wissenschaftlichen Zwecken. Zugleich werden jedoch auch alle meine Äußerungen vom KGB überprüft. Ebenso arbeiten Lara und Tatjana für den KGB. Sie sind nicht nur für meine Betreuung zuständig, sondern auch für meine Überwachung. Außerdem werde ich zweimal wöchentlich von einem hohen KGB-Offizier verhört.«

»Möchtest du, daß ich dagegen etwas unternehme? Ich könnte Mars bitten . . .«

»Irina, Mars *ist* vom KGB.«

Erst glaubte Irina, nicht richtig gehört zu haben. Dann dachte sie, daß er sich über sie lustig machen wollte. Aber in seinen ernsten Zügen zeigte sich nicht der leiseste Anflug eines Lächelns.

»Das soll wohl ein Witz sein«, stammelte sie verunsichert. »Mars hat mir doch selbst die Unterlagen gezeigt, aus denen hervorgeht . . .«

»Sie waren gefälscht«, unterbrach sie der Held. »In Wirklichkeit ist dieses Papier auf den Namen Mars Petrowitsch Wolkow ausgestellt, Oberst beim Zweiten Hauptdirektorat.«

»Nein! Nicht möglich!«

»Soll ich Lara und Tatjana rufen? Sie können dir bestätigen, daß . . .«

»Nein!« Die Wahrheit brach plötzlich mit solcher Gewalt über sie herein, daß sie den Boden unter den Füßen zu verlieren drohte. »Bitte nicht! Tu das auf keinen Fall!«

Irina mußte an den Abend denken, an dem sie mit Mars im alten Moskauer Künstlertheater eine Aufführung von Tschechows *Drei Schwestern* besucht hatte. Als sie damals von ihm herausbekommen wollte, wie er Natascha Majakowa fand, hatte er so getan, als würde er sie nicht kennen. Doch wenig später, als sie Natascha zum Gebäude des Helden gefolgt war und Mars sie in ihrem Wagen überrascht hatte, hatte er als erstes von ihr wissen wollen, warum sie Natascha gefolgt war. Als Irina darauf erwidert hatte: *Du kennst sie?* hatte Mars darauf erwidert: *Natürlich. Ich kenne jeden, der dieses Gebäude betritt.*

Irina hatte ein Gefühl, in einem Abgrund zu versinken. Sie begann am ganzen Körper zu zittern. Als sie plötzlich heftig zu würgen begann, konnte sie der Held gerade noch rechtzeitig über den Rand des Pools heben, damit sie sich nicht ins Wasser übergab. Auf seinen gellenden Pfiff hin kam wenige Augenblicke später Lara ins Hallenbad gestürzt. »Da!« knurrte er mit einem finsteren Blick auf Irina. »Wolkows neuestes Opfer.«

Lara zog Irina vollends aus dem Wasser, legte sie an den Beckenrand und entfernte sich, um etwas zum Saubermachen zu holen.

»Fühlst du dich wieder besser?« fragte der Held Irina.

Arbat streckte den Kopf aus dem Wasser und drückte ihre Schnauze gegen Irinas Schulter.

»Nein«, hauchte Irina. »Ich fühle mich schrecklich.« Als Lara neben ihr niederkniete, setzte sie sich auf. Sie wollte etwas sagen, aber der Held legte seinen Zeigefinger an die Lippen und deutete an sein Ohr, als wollte er sagen: Vergiß die Abhörgeräte nicht.

Lara stellte einen Naßsauger an, in dessen Lärm alle anderen Geräusch untergingen.

»Wie lange arbeiten Sie schon für den KGB?« fragte Irina die junge Betreuerin des Helden.

»Mein ganzes Leben lang«, antwortete Lara. »Tatjana übrigens auch. Wir sind beide in einem staatlichen Waisenheim aufgewachsen und wurden dort schon von klein auf für unsere spätere KGB-Tätigkeit erzogen.«

»Wie lange arbeiten Sie schon für Mars?«

»Tatjana und ich wurden dem Team zugeteilt, das Genosse Wolkow zur Aufdeckung der Hintergründe des gescheiterten Marsflugs zusammengestellt hat. Vor einiger Zeit ist es Odysseus gelungen, in den Besitz unserer KGB-Personalakten zu gelangen. Seitdem wissen Tatjana und ich, wer wir tatsächlich sind und wer unsere Eltern waren. Tatjana stammt aus Estland. Ihre Eltern kamen bei einem Zwischenfall in einem Kernkraftwerk um, dessen Ursachen nie befriedigend geklärt wurden. In der KGB-Akte ist nur von menschlichem Versagen die Rede. Jedenfalls wurde der ganze Vorfall schleunigst unter den Teppich gekehrt.« Sie schüttete mehr Putzwasser auf den Beckenrand und ging noch einmal mit dem Naßsauger darüber. »Ich selbst stamme aus der Ukraine. Meine Eltern wurden in ein Arbeitslager im Ural deportiert.«

»Weswegen?« wollte Irina wissen.

»Keine Ahnung. In ihren Akten stand nur, daß sie wegen Spionage festgenommen worden waren. Angeblich hatten sie unerlaubte Kontakte zu Angehörigen der amerikanischen Botschaft unterhalten. Aber das ist eine Standardanklage, die nichts zu bedeuten hat. Möglicherweise wußten meine Eltern gar nicht, weshalb sie verhaftet wurden. Vielleicht lag es nur daran, daß mein Vater Politologieprofessor war und seine Äußerungen nicht immer konform mit der offiziellen Parteilinie gingen. Oder sie haben einfach wieder ein paar Waisen gebraucht, um sie schon von klein auf zu loyalen und obrigkeitshörigen Staatsdienern heranzuziehen. Aus welchen Gründen also unsere Eltern ins Lager kamen, wird sich wohl nie mehr mit Sicherheit feststellen lassen. Deshalb versuche ich auch, mir darüber gar nicht lange das Gehirn zu zermartern. Es würde sowieso zu nichts führen.«

»Wissen Sie denn wenigstens, ob ihre Eltern noch am Leben sind?«

»Nein. Das weiß kein Mensch.«

»Aber jemand muß es doch wissen.«

»Ich bin ziemlich sicher, daß es Genosse Wolkow weiß«, schaltete sich an dieser Stelle der Held ein. »Aber er würde sich hüten, euch die Wahrheit zu sagen.«

Irina sah Lara bewundernd an. »Daß Sie so offen darüber sprechen können.«

»Das tue ich keineswegs mit jedem.« Sie war inzwischen mit dem Saubermachen fertig, ließ aber den Naßsauger trotzdem weiterlaufen.

»Ich glaube, daß sich Lara und Tatjana während der Zeit mit mir sehr verändert haben«, warf der Held ein.

Lara nickte. »Bei unseren wöchentlichen Berichten melden wir schon lange nicht mehr alles, was wir tatsächlich wissen.«

Irina wandte sich wieder dem Helden zu. »Wie es scheint, hast du dir ein eigenes Team aufgebaut.«

»In gewisser Weise ja«, stimmte er zu. »Als Wolkow neulich alle Abhöranlagen hier drinnen abgeschaltet hat, dachte er wohl, er könnte sich mit diesem plumpen Trick mein Vertrauen erschleichen. In Wirklichkeit hatte er unter seiner Anzugjacke ein kleines Tonbandgerät bei sich, mit dem er unser Gespräch aufgezeichnet hat. Als er das nächste Mal wieder herkam, habe ich ihn unter einem Vorwand in den Pool gelockt, und während er dann bei mir im Wasser war, hat Lara eine Kopie von der Kassette gemacht, die er bei sich hatte. Möchtest du sie vielleicht einmal hören? Sie enthält alle möglichen . . .«

Plötzlich wich alle Farbe aus Irinas Gesicht, und sie starrte den Helden so entsetzt an, daß er mitten im Satz verstummte und sie besorgt fragte: »Irina, was hast du denn?«

Sie sah ihn lange an, bevor sie schließlich mit einem verzweifelten Kopfschütteln sagte: »Mein Gott, was habe ich nur getan! Ich habe Natascha Majakowa heimlich beobachtet und Mars alles über sie erzählt – angefangen von ihren geheimen Treffen mit Valeri bis hin zu ihrem Besuch bei dir.«

Darauf war eine Weile nur das laute Summen des Naßsaugers zu hören. Schließlich wandte sich der Held Lara zu und sagte: »Es ist soweit. Mach jetzt den Anruf.«

Lara sah ihn aus schreckgeweiteten Augen an. »Bist du auch sicher?«

Er nickte.

Und Lara gehorchte.

Als Natascha zu ihrem nächsten Treffen nicht erschien, fuhr Valeri unverzüglich nach Archangelskoje. Allerdings nahm er diesmal eine andere Route und vergewisserte sich außerdem immer wieder, daß ihm niemand folgte. Es hatte ihm einen ziemlichen Schock versetzt, als Natascha nicht zu ihrer Verabredung im Foyer des alten Künstlertheaters erschienen war, und seine Besorgnis hatte seitdem noch zugenommen.

Auf Natascha war sonst unbedingter Verlaß. Wenn sie einmal nicht zu einem ihrer Treffen hatte erscheinen können, hatte sie ihn davon über ihren toten Briefkasten im Internationalen Postamt am Komsomolskaja-Platz rechtzeitig benachrichtigt. Deshalb sah Valeri vor jedem Treffen in diesem Postfach nach, um sich zu vergewissern, ob sich dort vielleicht eine schriftliche Nachricht von Natascha befand. Das war diesmal nicht der Fall gewesen, und trotzdem war sie nicht zu dem Treffen erschienen. Da er sich im Theater unmöglich nach ihr hätte erkundigen können, ohne unnötigen Verdacht zu erregen, hatte er schließlich von einer Telefonzelle aus in ihrer Wohnung anzurufen versucht. Als sich dort jedoch eine unbekannte Männerstimme meldete, hatte er ohne ein Wort wieder eingehängt.

Während er nach Archangelskoje hinausfuhr, ging er noch einmal in allen Einzelheiten sämtliche Schritte seines Plans durch. Eines stand jedenfalls schon fest: Mit Natascha war nicht mehr zu rechnen. Nun ging es um wichtigere Dinge als um ihre Sicherheit. Dessen war sich Natascha auch bewußt gewesen, als sie sich auf dieses gefährliche Spiel eingelassen hatte. Trotz allen Engagements für ihre gemeinsame Sache war aber auch sie nur ein Mensch.

Alles war jetzt nur noch eine Frage der Zeit.

Falls sie tatsächlich dem KGB in die Hände gefallen war – was die einzige mögliche Erklärung für ihr unangekündigtes Fernbleiben war –, dann würden sie sie früher oder später zum

Sprechen bringen. Die Frage war nur, wie lange sie brauchten, um ihren Widerstand zu brechen. Natascha war nicht der leiseste Vorwurf zu machen. Nur zu gut wußte Valeri, daß auch er ihnen irgendwann alles erzählt hätte, was sie von ihm wissen wollten. Das war keine Schande. Gegen die Verhörmethoden des KGB hatte auf Dauer keiner eine Chance. In dieser Situation konnte man nur noch versuchen, für seine Gesinnungsgenossen Zeit zu gewinnen, indem man möglichst lange aushielt, bevor man schließlich sein belastendes Wissen preisgab.

Als Valeri die Nervenheilanstalt erreichte, stellte er den Wagen nicht wie gewohnt auf dem Anstaltsparkplatz ab, sondern bog in einen schmalen Forstweg und hielt dort nach etwa hundert Metern an. Eine Weile blieb er noch im Wagen sitzen und lauschte dem Ticken des heißen Motors. Die würzige Waldluft war erfüllt vom Zwitschern der Vögel, das unterlegt war vom trägen Summen der Insekten. Hier draußen, in der Natur, ging alles seinen gewohnten Gang. Alles war so, wie es gestern gewesen war und morgen sein würde. Wenn das nur auch auf sein Leben zugetroffen wäre . . .

Nach einer Weile öffnete er das Handschuhfach, nahm eine Pistole heraus und steckte sie in seinen Hosenbund. Obwohl sie dort sperrig gegen seinen Bauch drückte, war es doch ein beruhigendes Gefühl, sie so nahe an seinem Körper zu spüren. Schließlich holte er tief Luft, stieg aus dem Wagen und machte sich auf den Weg zur Anstalt zurück – ein Weg, der ihm plötzlich endlos lang vorkam. Alles, woran er jetzt noch denken konnte, war das, was nun auf ihn zukommen würde.

Er holte ein Stilett mit einer langen, scharfen Klinge aus seiner Tasche. Nachdem er den Sprungmechanismus mehrere Male getestet hatte, befestigte er das Stilett mit einer Lederbandage an der Innenseite seines Unterarms.

Entgegen seiner Befürchtungen war die Anstalt noch nicht von KGB-Grenztruppen umstellt. Vielleicht war es ihnen tatsächlich noch nicht gelungen, Nataschas Widerstand zu brechen. Mit einem stummen Stoßgebet auf den Lippen umrundete er das Gebäude und betrat es durch einen Lieferanteneingang auf der Rückseite.

Kaum hatte er die Tür geöffnet, schlug ihm der vertraute Anstaltsgeruch entgegen. Zielstrebig stieg er die Südtreppe in den zweiten Stock hinauf. Gerade als er vor der Tür, die vom Treppenhaus auf den langen Korridor führte, stehenblieb und durch die vergitterte Scheibe spähte, sah er einen Mann in Zivil den Gang herunterkommen. Hastig zog sich Valeri ins Treppenhaus zurück. Ohne ihn zu bemerken, ging der Mann an der Tür vorbei und betrat das Zimmer von Valeris Tochter.

Valeri stockte der Atem. Demnach war Natascha bereits so gut wie tot. Sie hatte ihnen alles erzählt, was sie wußte. Arme Natascha.

Das einzig Erfreuliche war, daß es ihnen offensichtlich erst in diesem Moment gelungen war, sie zum Sprechen zu bringen; andernfalls wären längst alle Eingänge der Anstalt bewacht und das Gebäude selbst umstellt gewesen. In jedem Fall blieb ihm nicht mehr viel Zeit. Die Grenztruppen konnten jeden Augenblick eintreffen

Vorsichtig öffnete Valeri die Tür und sah in der Richtung, aus der der KGB-Mann gekommen war, den Gang hinunter. Von dort war zwar nichts mehr zu befürchten, aber vor dem Zimmer seiner Tochter stand ein zweiter KGB-Mann.

Valeris Herz drohte vor Aufregung fast zu zerspringen, als er schnurstracks auf den KGB-Mann zuging und sagte: »Ich suche Dr. Kalinin. Können Sie mir vielleicht sagen, wo ich ihn finde?«

Der KGB-Mann wollte gerade etwas erwidern, aber Valeri hatte bereits auf den Sicherungsknopf seines Stiletts gedrückt und dem Mann die Klinge schräg von unten ins Herz gestoßen. Mit einem dumpfen Ächzen sackte der Mann leblos gegen Valeris Schulter, worauf er ihn über den Flur schleifte und ihn im gegenüberliegenden Zimmer, in dem eine im Koma liegende achtzigjährige Frau lag, zu Boden sinken ließ. Nachdem er in aller Eile die Taschen des Toten durchsucht und seinen Ausweis und seine Waffen an sich genommen hatte, verließ er den Raum wieder und betrat, ohne anzuklopfen, das Zimmer seiner Tochter. Der Kopf des zweiten KGB-Mannes fuhr erstaunt in Richtung Tür herum. Er konnte gerade noch sagen: »Halt, stehenbleiben!«, um schon in nächsten Augenblick verdutzt auf den

Griff des Messer hinabzustieren, das plötzlich in seiner Brust steckte. Obwohl er bereits in die Knie sank, schaffte er es aber noch, seine Pistole zu ziehen. Valeri stieß sie ihm mit einem gezielten Tritt aus der Hand. Dabei bekam der KGB-Mann seinen Fuß zu fassen und drehte ihn mit letzter Kraft so heftig herum, daß Valeri das Gleichgewicht verlor und zu Boden ging. Im selben Augenblick war der schwerverletzte KGB-Mann auch schon über ihm. Aus der Wunde in seiner Brust floß zwar reichlich Blut, aber da Valeri sein Herz verfehlt hatte, hatte er ihm nur eine tiefe Fleischwunde beigebracht. Verzweifelt krallten sich seine Finger um Valeris Hals, doch der stieß ihm mit solcher Wucht das Knie in den Unterleib, daß seine Augen fast aus ihren Höhlen zu quellen drohten. Aber noch immer ließ er Valeris Kehle nicht los. Unbarmherzig drückten seine beiden Daumen weiter gegen seine Luftröhre.

Darauf ließ Valeri drei gezielte *kites* gegen den Brustkorb des KGB- Mannes los, bis schließlich nach dem dritten Schlag der Mann seitlich an ihm zu Boden sackte. Valeri richtete sich auf und ging ans Bett seiner Tochter. Noch nie hatte er sich so gefreut, in ihr friedliches Gesicht zu blicken. Über seine Züge huschte sogar der Anflug eines Lächelns, als er sie vom Bett hochhob und mit ihr auf den Armen über den KGB-Mann stieg.

Vorsichtig warf er einen Blick auf den Korridor hinaus. Es war niemand zu sehen. So schnell er konnte, rannte er darauf in Richtung Treppenhaus los.

Als er schließlich mit seiner Tochter den im Wald versteckten Wagen erreichte, waren genau sieben Minuten verstrichen. Doch er mußte noch einmal in die Anstalt zurück. Es galt dort noch mehr zu erledigen.

Er ging um das Anstaltsgebäude herum und überquerte die weite Rasenfläche vor dem Eingang. Als er dabei einen kurzen Blick durch die Glastüren des Foyers warf, ging dort alles seinen gewohnten Gang. Patienten in schäbigen Bademänteln wurden von Schwestern und Pflegern behutsam an der Hand geführt oder im Rollstuhl geschoben. In einer Ecke stand eine Gruppe von Ärzten beisammen, die sich angeregt unterhielten. Fast im selben Moment, in dem Valeri Dr. Kalinin unter den Ärzten entdeckte, wurde dieser auch auf ihn aufmerksam. Valeri sah, wie alle Farbe aus seinem Gesicht wich und wie er sich unauffällig von der Gruppe seiner Kollegen entfernte.

Das war für Valeri das Zeichen, zu der einsamen Bank loszulaufen, auf der er mit seiner Tochter immer gesessen war. Sie war leer. Als er jedoch einen kurzen Blick zum Wald hinüberwarf, sah er zu seinem Entsetzen den jungen Mann mit dem rosa Muttermal auf die Birken zurennen. Er wurde verfolgt von zwei Männern in Zivil, die ihn schon fast eingeholt hatten.

Ohne lange zu überlegen, zog Valeri seine Pistole, ging in die Knie, zielte und drückte zweimal kurz hintereinander ab. Beide KGB-Männer gingen zu Boden.

»Genosse!«

Dr. Kalinins Stimme ließ ihn herumwirbeln. Der Arzt hatte das Anstaltsgebäude durch den Hintereingang verlassen und kam wild gestikulierend auf Valeri zugerannt. Ohne Vorwarnung riß Valeri die Pistole hoch und feuerte. Mit hoch in die Luft geworfenen Armen stürzte der Arzt zu Boden. Doch Valeri war bereits wieder herumgewirbelt und rannte auf den Birkenwald zu.

Unter lautem Blätterrascheln und Zweigeknacken brach er in vollem Lauf durch das dichte Unterholz, wo ihn schattiges Zwielicht umgab. Die Luft war erfüllt vom Geruch nach Moos und feuchter Erde.

»Halt!«

Wie angewurzelt blieb Valeri stehen.

»Hände hoch!«

Er hob die Hände.

»Keine Bewegung oder ich schieße!«

Im selben Moment tauchte aus dem dichten Unterholz der junge Mann mit dem rosa Muttermal vor ihm auf. »Valeri!«

Valeri ließ die Arme sinken. »Hast du mir einen Schrecken eingejagt, Sergej!« seufzte er erleichtert. »Was treibst du noch hier?«

»Ich wollte sichergehen, daß sie dich nicht erwischt haben. Das waren vielleicht zwei Schüsse! Und aus der Entfernung!«

Sie klopften sich gegenseitig auf die Schultern, aber schon im nächsten Moment fragte Sergej sehr ernst: »Was ist passiert?«

Statt einer Antwort zog ihn Valeri noch tiefer in den Wald hinein. »Der KGB hat Natascha geschnappt.«

»Aber wie ist das möglich? Wie können sie gewußt haben, daß sie für uns arbeitet? Wenn sie bereits so gut über uns informiert sind, sind wir geliefert.«

Inzwischen hatten sie den Forstweg erreicht, auf dem Valeri seinen Wagen abgestellt hatte. »Male nicht gleich den Teufel an die Wand«, stieß er atemlos hervor, um Sergej zu beruhigen. Dem war jedoch die tiefe Besorgnis in seiner Miene keineswegs entgangen.

»Das haben wir alles nur Wolkow zu verdanken«, zischte Sergej. »Mein Gott, wie viele Leute seinem verteufelten Charme wohl noch auf den Leim gehen werden!«

Bei diesen Worten mußte Valeri unwillkürlich an Irina denken.

Mit Deke hatte Koi leichtes Spiel. Er war ein Tüftler, kein Held. Als sie ihn schließlich, an den Füßen von der Decke hängend, im Hinterzimmer seines Tätowierungssalons zurückließ, war sein Gesicht zur Unkenntlichkeit entstellt; trotzdem sah es noch besser aus als der Rest von ihm.

Genau zweiundzwanzig Minuten, seit ich den Laden betreten habe, dachte Koi, als sie sich wieder in das bunte nächtliche Treiben auf den Straßen von Shinjuku mischte. Die Gerüche, die ihr aus Dekes Labor entgegengeschlagen waren, hatten sich außerordentlich beflügelnd auf ihre Fantasie ausgewirkt – eine Mischung aus Formaldehyd, Schwefelsäure und Aceton. Mit diesen Substanzen hatte sie Deke am ganzen Körper eingerieben, als wollte sie ihn einbalsamieren.

Während der U-Bahn-Fahrt wurde Koi von allen Seiten mit Werbung bombardiert. Jedes freie Fleckchen war damit bepflastert: Decken und Wände waren mit langen schmalen Plakatstreifen beklebt; von der Decke hingen unzählige kleiner Fähnchen auf Augenhöhe herab, und selbst die Haltegriffe mußten als Werbefläche herhalten. Obwohl es völlig unmöglich war, sich diesem Bombardement mit visuellen Eindrücken zu entziehen, blieb es dennoch ohne jede Wirkung auf Koi. Sie befand sich längst in einer anderen Welt – auf dem Weg in eine dunkle Zukunft. Ihr Kopf war frei von allen Gedanken, und ihr Gesichtsausdruck ähnelte immer mehr dem der Bunraku-Maske, die Big Ezoe so sehr beeindruckt hatte – eine Mischung aus Ekstase und Verzweiflung.

An der U-Bahn-Station Hammacho stieg Koi aus und fuhr mit dem Lift nach oben. Zeit für neues Blutvergießen.

Wie fernes Donnergrollen hallten Big Ezoes Worte noch einmal durch ihren Kopf: *Fukudas Tod darf nicht ungesühnt bleiben. Wir werden Hitasuras Clan einen vernichtenden Schlag beibringen. Außerdem muß Tori Nunn ein für allemal unschädlich gemacht werden, bevor sie noch mehr Unheil anrichten kann.*

Unter anderem hatte sie von Deke erfahren, daß Tori Nunn in Begleitung eines Mannes namens Russell Slade zu ihm gekommen war und ihm ein Metall zur Analyse gebracht hatte, bei dem es sich um Hafnium gehandelt hatte. Ein paar Tage später hatten ihn die beiden wegen einer schweren Vergiftung, die sich Tori zugezogen hatte, noch einmal aufgesucht. Bei dem Gift, das durch eine Fingerverletzung in Toris Körper eingedrungen war, hatte es sich um eine komplizierte Zusammensetzung verschiedener natürlicher Giftstoffe gehandelt, darunter Eisenhut und Kugelfischextrakt.

Nur ihrer enormen körperlichen Widerstandsfähigkeit und der Tatsache, daß nur eine verschwindend geringe Menge des normalerweise absolut tödlichen Giftes in ihren Blutkreislauf geraten war, hatte es Tori zu verdanken gehabt, daß sie nicht an den Vergiftungserscheinungen gestorben war, bevor ihr Deke ein entsprechendes Gegengift hatte verabreichen können. Inzwischen erholte sie sich in einem von Hitasuras Häusern nicht weit von der Hammacho-Station von den Folgen ihrer Vergiftung. Erst hatte Deke die genaue Adresse nicht herausrücken wollen, aber schließlich hatte ihn Koi doch zum Sprechen gebracht. Allerdings mit ihren eigenen Mitteln.

Koi fand das Haus ohne Probleme. Es handelte sich dabei um einen jener postmodernen Stahlbetonbauten, mehr hoch als breit und mit Fenstern wie die Schießscharten einer mittelalterlichen Burg. Den winzigen Vorgarten mit dem massiven Eisentor zierten eine schlanke Japanzeder und ein Zwergwacholder sowie eine kleine Felsgruppe, die so raffiniert angeordnet war, daß dadurch die winzige Fläche wesentlich größer erschien, als sie tatsächlich war.

Die ersten fünfundvierzig Minuten verbrachte Koi ausschließlich damit, sich mit den baulichen Besonderheiten des Hauses vertraut zu machen und alle Personen, die daran vorbeikamen, genau in Augenschein zu nehmen. Da in der schmalen Straße striktes Parkverbot herrschte, stand nirgendwo ein Wagen am Straßenrand, und auch sonst fiel Koi in der näheren Umgebung des Hauses niemand auf, der sich verdächtig machte. Dennoch stand für sie völlig außer Zweifel, daß sich irgendwo ein paar von Hitasuras Leuten versteckt halten mußten. Bevor sie jedoch nicht wußte, wo sie waren, konnte sie nicht zu ihrem eigentlichen Vorhaben übergehen – nämlich Tori Nunn umzubringen.

Nach einer Stunde hatte Koi den ersten von Hitasuras Leuten entdeckt. Er hatte sich für seine Runde um den Block ziemlich Zeit gelassen – was nur bedeuten konnte, daß er nicht der einzige war, der vor dem Haus auf und ab patrouillierte.

Nachdem Koi den Mann eine Weile beobachtet hatte, stand für sie fest, daß von ihm keine ernsthafte Gefahr drohte. Ihr war eigentlich schon von Anfang an klar gewesen, daß sie am ehesten übers Dach in das Haus kommen würde, und darin war sie durch die Beobachtungen, die sie in der Zwischenzeit gemacht hatte, nur bestärkt worden. Den Vordereingang zu nehmen, kam jedenfalls nicht in Frage. Als sie deshalb zur Rückseite des Hauses schlich, entdeckte sie am Hintereingang zwei weitere von Hitasuras Männern. Ansonsten glaubte sie davon ausgehen zu dürfen, daß Tori Nunn aus Sicherheitsgründen in einem der oberen Stockwerke untergebracht war.

Zwei weitere von Hitasuras Männern waren auf dem Dach postiert. Sie wurden erst auf sie aufmerksam, als es bereits zu spät war. Dem einen brach sie mit einem blitzschnellen Handkantenschlag das Genick; mit dem anderen, einem muskelbepackten Riesen mit blankrasiertem Schädel und einem bösen Leuchten in den Augen, hatte sie allerdings mehr Mühe. Durch den Tod seines Kameraden scheinbar völlig unbeeindruckt, winkte er sie mit einem herausfordernden Grinsen zu sich heran.

Doch Koi zog sich in den Schatten eines der zahlreichen Dachaufbauten zurück. Darauf holte der Glatzkopf einen *kyotetsu-shoge* hervor, eine gefährliche mittelalterliche Waffe, die aus einer schweren Eisenkette bestand, an deren Enden eine mit spitzen Stacheln versehene Kugel und eine zweischneidige Klinge befestigt waren. Vorsichtig tastete sich der Glatzkopf auf die Stelle zu, wo Koi in Deckung gegangen war, und ließ dabei die schwere Eisenkugel langsam kreisen.

Bis er jedoch die Stelle erreicht hatte, hatte sich Koi im Dunkeln bereits von hinten an ihn herangeschlichen. Sich blitzartig auf ihn stürzend, rammte sie ihm mit aller Kraft die Ellbogen in die Seite und schlang ihm von hinten den Arm um den Hals.

Das war ein Fehler.

Denn der Glatzkopf biß sie mit solcher Kraft in den Unterarm, daß seine Zähne bis auf den Knochen durchdrangen. Mit einem unterdrückten Aufschrei ließ Koi los. Sie stürzte zu Boden und konnte sich gerade noch rechtzeitig zur Seite rollen, bevor die schwere Eisenkugel haarscharf an ihrem Kopf vorbeisauste und mit einem dumpfen Knall auf das Dach krachte. Im selben Augenblick schleuderte der glatzköpfige Riese auch schon die zweischneidige Klinge nach ihr, so daß Koi nur im letzten Moment den Kopf zur Seite reißen konnte. Im nächsten Atemzug trat sie ihm mit dem rechten Fuß gegen das Bein und traf ihn genau unterhalb der Kniescheibe. Dadurch verlor er das Gleichgewicht, und als er darauf die Eisenkette losließ, um seinen Fall mit den Händen abzufangen, griff Koi blitzschnell danach und schnitt ihm mit der messerscharfen Klinge die Kehle durch.

Nun war sie ganz allein auf dem Dach. Die dichten Abgasschwaden ließen die Lichter der Stadt wie in dichtem Nebel verschwimmen und zauberten subtile Perlmuttschattierungen über den nächtlichen Himmel. Nachdem Koi einen schmalen Streifen aus dem Hemd des Kahlköpfigen gerissen hatte, um sich damit die Bißwunde in ihrem Unterarm zu verbinden, machte sie sich daran, ihre Umgebung näher in Augenschein zu nehmen. Dabei entdeckte sie schon nach kurzem eine schwere Eisentür, die ins Treppenhaus führte. Sie zu benützen, wäre jedoch zu riskant gewesen. Wenn sie nämlich im Treppenhaus entdeckt worden wäre, hätte ihr nur ein einziger Fluchtweg offengestanden: zurück aufs Dach. Das hätte sich schnell als eine tödliche Falle erweisen können.

Da die Fenster im Obergeschoß von der Straße ungehindert einzusehen waren, wäre es zu riskant gewesen, durch eines von ihnen einzusteigen. Aber zum Glück hatte sie gleich zu Beginn eine dritte Möglichkeit entdeckt, um ins Haus zu kommen ein kleines Milchglasfenster auf der Rückseite des Gebäudes, das vermutlich in ein Bad führte und von der Straße nur schwer einzusehen war. Für einen Mann wäre die schmale Öffnung vermutlich zu klein gewesen, aber für Kois zierliche Figur würde sie keine großen Probleme darstellen.

Sie nahm den *kyotetsu-shoge* an sich und schlich damit an den hinteren Rand des Dachs. Nachdem sie ein Stück Nylonseil, das sie immer bei sich hatte, um die Mitte der Kette geknotet hatte, befestigte sie diese an einem Lüftungsrohr. Dann schlang sie sich das andere Ende des Nylonseils um die Hüften und ließ sich daran vorsichtig an der Rückwand des Hauses hinab.

Auf der Höhe des kleinen Milchglasfensters stemmte sie sich mit gespreizten Beinen gegen die Wand. Das Fenster war zwar gekippt, aber um sich durch die enge Öffnung zwängen zu können, mußte sie es erst abschrauben. Das war zwar nicht ganz einfach, aber wenige Minuten später stand Koi in einem kleinen Badezimmer.

Nachdem sie das Nylonseil wieder abgenommen hatte, stand sie erst einmal zehn Minuten lang reglos im Dunkeln. Während sich ihre Augen an das schwache Licht gewöhnten, machten sich ihre Ohren mit den unzähligen Geräuschen im Innern des Hauses vertraut – dem Öffnen und Schließen von Türen, den leisen Schritten in den Zimmern und Fluren, den gedämpften Stimmen. Kein Fernseher, kein Radio, keine Stereoanlage lief. Jedes laute Geräusch wurde vermieden – offenbar aus Rücksicht auf den kranken Gast.

Als Koi alle Laute so weit identifiziert und gespeichert hatte, daß ihr auch die geringfügigste Veränderung in der Geräuschkulisse des Hauses sofort aufgefallen wäre, öffnete sie die Badezimmertür einen Spalt breit. Wieder wartete sie zehn Minuten, um sich erst einmal mit den Gerüchen auf dem Flur vertraut zu machen.

Sie befand sich im obersten Stock. Es war anzunehmen, daß Hitasura Tori Nunn aus Sicherheitsgründen so weit oben wie möglich untergebracht hatte – und vermutlich auch in unmittelbarer Nähe eines Badezimmers.

Vorsichtig trat Koi auf den Flur hinaus. An ihrer rechten Seite befand sich eine eiserne Wendeltreppe, die ein Stockwerk tiefer führte. Dahinter befanden sich zwei Räume. Ihre Türen standen offen, und in keinem davon brannte Licht. Auf der anderen Seite gab es nur eine Tür. Sie war geschlossen. Aber durch einen schmalen Spalt an ihrer Unterseite fiel ein schwacher Lichtschein nach draußen.

Noch immer hatte sich Koi nicht von der Stelle gerührt. Plötzlich bemerkte sie aus dem Augenwinkel einen Schatten, der sich im Treppenhaus bewegte. Jemand kam die Wendeltreppe herauf.

Unverzüglich kontrahierte Koi ihr *wa* und reduzierte ihre Atmung auf das absolute Minimum. Völlig reglos stand sie im Dunkeln und beobachtete, wie über dem Treppenabsatz der Kopf eines Mannes sichtbar wurde. Doch zum Glück blieb der Mann stehen und kam nicht mehr weiter nach oben. Statt dessen wurden zwei leise Männerstimmen hörbar. Als sich Koi darauf auf die Zehenspitzen stellte, erhaschte sie einen Blick auf den Kopf eines zweiten, kleineren Mannes, der offensichtlich den Zugang zur Treppe bewacht hatte, den sie aber von ihrem Standort bisher nicht hatte sehen können.

Nach einer Weile verstummten die Stimmen, und der Schatten entfernte sich wieder die Treppe hinunter. Der kleinere Mann blieb jedoch weiter auf seinem Posten. Allem Anschein nach achtete er nur darauf, daß niemand die Treppe heraufkam.

Lautlos huschte Koi auf die geschlossene Tür am Ende des Flurs zu und blieb lange davor stehen. Kein Laut drang aus dem Innern. Behutsam legte Koi die Hand um den Türgriff, drückte ihn ohne das leiseste Geräusch nach unten und huschte hinein.

Der Raum war ganz im westlichen Stil eingerichtet: Mahagonibett, Einbauschrank, Kommode und auf dem Boden ein rotschwarz gemusterter Teppich. Neben mehreren modernen Drucken hing auch ein Spiegel an der Wand. Eine Nachttischlampe tauchte den Raum in gedämpftes Licht.

Beim Anblick der schlafenden Frau, die auf dem Bett lag, legte sich wieder jene seltsame Mischung aus Ekstase und Verzweiflung über Kois Züge. Mit fast lüsterner Gier glitten ihre Blicke über die seltsam wächsernen Züge des ebenmäßigen Gesichts und über die Umrisse des schlanken Körpers, der sich auffallend deutlich unter der dünnen Decke abzeichnete. Ruhig und regelmäßig hoben sich die sanft gerundeten Brüste zum Takt des Atems. Das lange, zimtfarbene Haar lag fächerartig über das weiche Kopfkissen gebreitet. Sehr exotisch und sehr amerikanisch.

Tori Nunn.

2
Tokio

Tori Nunn lag bewußtlos in ihrem großen Bett in Hitasuras Haus und träumte von einem Vorfall, der sich vor neun Jahren während ihres ersten Japanaufenthalts ereignet hatte. Es war kurz nach dem tödlichen Zwischenfall zwischen dem jungen Yakuza und ihrem Bruder Greg gewesen, dessenthalben sie erst einmal für eine Weile untergetaucht war, und drei Monate nachdem Bernard Godwin sie für den Geheimdienst angeworben hatte.

Der damalige stellvertretende Direktor des CIA – und Godwins rechte Hand – war ein gewisser Tom Royce gewesen, ein schlaksiger Texaner, den man sich mit seinem rollenden Gang und seiner Vorliebe für Zigarillos unwillkürlich in Cowboykluft vorstellte, wie er lassoschwingend hinter einem Longhorn-Rind hergaloppierte. Royce war von Bernard Godwin nach Japan geschickt worden, um Tori in die Geheimdienstarbeit einzuweisen.

Schon nach wenigen Tagen war Tori klargeworden, daß Godwin keinen ungeeigneteren Mann für diese Aufgabe hätte auswählen können. Das gab sie ihm auch ohne Umschweife zu verstehen. Seine lapidare Antwort darauf lautete jedoch nur: »Halten Sie sich gefälligst an Ihre Anweisungen.«

Tori sollte mit ihrer Einschätzung der Lage recht behalten. Japan wurde Tom Royce tatsächlich zum Verhängnis.

Da sich Royce zusehends mehr wie eine Art moderner Wyatt Earp aufzuspielen begann, war sie nicht einmal sonderlich überrascht, als er eines Tages mit einer Kugel im Kopf im Hinterhof ihres Hauses lag. Zugleich war sie über den Vorfall zutiefst betroffen. Immerhin hatte sie sich hier in Tokio, ›ihrer Stadt‹, in gewisser Weise persönlich für Royce verantwortlich gefühlt. Da der Mord auch noch direkt vor ihrer Haustür passiert war, war sie fest entschlossen, die Hintergründe der Tat aufzuklären.

Bestürzt kniete sie also neben Tom Royces Leiche nieder und zog ihm den Lauf des Colts aus dem Mund. Ihr war sofort klar, daß dahinter nur Yakuza stecken konnten. Deshalb suchte sie als erstes Hitasura auf.

Der Yakuza-*oyabun* konnte ihr jedoch nicht weiterhelfen. »Ich weiß nicht, wer den Amerikaner getötet hat«, erklärte er, nachdem sie erst einmal nach japanischer Sitte Tee getrunken und sich über alle möglichen Belanglosigkeiten unterhalten hatten. »Abgesehen davon finde ich, daß es um den Kerl nicht schade ist – da dürften wir doch einer Meinung sein?«

»Meine persönliche Meinung über Royce tut nichts zur Sache«, erklärte Tori steif. »Für mich zählt nur, daß ich für ihn verantwortlich war. Das hat sein Mörder gewußt, weshalb ich auch annehme, daß er mich mit dieser Tat bewußt zu provozieren versucht hat.«

»Dieser Amerikaner hatte einfach keine Manieren«, sagte Hitasura, als hätte er Tori gar nicht zugehört. »Er war besserwisserisch, vorlaut und unverschämt; er hat unsere Frauen belästigt und unsere Männer beleidigt. Folglich dürfte für die Tat ein ziemlich weiter Personenkreis in Frage kommen.«

»Aber nur eine Person hat ihn umgebracht«, erwiderte Tori und stand auf. »Und diese Person wird für ihre Tat geradestehen.«

Hitasura schenkte ihr Tee nach und sah sie an. »Wenn ich Ihnen einen guten Rat geben darf, Tori-san, dann lassen Sie die Sache lieber auf sich beruhen.«

»Ausgeschlossen. Hier geht es um meine Ehre. Wenn ich jetzt einen Rückzieher mache, verliere ich mein Gesicht – vor meinen Auftraggebern nicht weniger als vor mir selbst.«

Als Hitasura darauf nichts erwiderte, drehte sie sich wortlos um und ließ ihn mit seinem Tee allein zurück.

Obwohl Tori in den folgenden Wochen ausgedehnte Streifzüge durch die Tokioter Unterwelt unternahm und dabei unzählige Personen befragte, kam sie bei ihrer Suche nach Tom Royces Mörder keinen Schritt weiter. Entweder wußte niemand etwas über den Mord oder niemand wollte riskieren, darüber zu sprechen. Das kam hin und wieder vor. Obwohl sich Tori in den einschlägigen Unterweltkreisen längst einen Namen gemacht hatte und allgemein respektiert wurde, blieb sie dennoch eine *gaijin*, eine Fremde. Im Lauf ihrer Suche nach Tom Royces Mörder wurde ihr zum erstenmal in aller Deutlichkeit bewußt, daß Japan noch keineswegs ihr neues Zuhause geworden war und das auch nie werden würde. Sie war gebürtige Amerikanerin und würde deshalb in diesem Land immer eine Fremde bleiben – und nichts, was sie tat, hätte daran etwas ändern können.

Zu ihrer Überraschung verspürte sie deshalb fast Erleichterung, als sie in die Staaten zurückbeordert wurde, um dort zehn Tage in der CIA-Zentrale in Virginia zu verbringen und anschließend ihre Eltern in Los Angeles aufzusuchen.

Zur Begrüßung sagte ihr Vater allerdings nicht: Wo zum Teufel kommst du denn her? Er sagte gar nichts, da er sich auf Geschäftsreise in Europa befand. Ihr Bruder Greg war in einer streng geheimen NASA-Mission unterwegs. Damit blieb also nur ihre Mutter.

Schon nach einer Woche hielt es Tori nicht mehr zu Hause aus. Sie packte ihre Sachen und flog nach Japan zurück.

Es war schön, wieder in Tokio zu sein. Wie neu und aufregend ihr die Stadt mit einem Mal wieder erschien . . . Daran konnte auch die Tatsache nichts ändern, daß in der kurzen Zeit ihrer Abwesenheit eine Reihe von Gebäuden abgerissen und an ihrer Stelle noch höhere, noch modernere hochgezogen worden waren. Aber so etwas machte gerade Tokios besonderen Reiz aus. Jedenfalls fühlte sie sich sofort wieder wie zu Hause.

Obwohl sie sich mit Feuereifer in ihre neuen Aufgaben stürzte, ließ ihr der unaufgeklärte Mord an Tom Royce keine Ruhe. Vor allem wollte ihr die Unterredung mit Hitasura nicht aus dem Kopf. Hatte womöglich einer seiner Leute Royce ermordet, wenn nicht sogar er selbst?«

Tori war sich nicht recht im klaren darüber, wie sie sich verhalten sollte, falls sich genau das herausstellen sollte. Sollte sie versuchen, Hitasura zur Rechenschaft zu ziehen, oder sollte sie seinen Rat befolgen und die Sache einfach auf sich beruhen lassen?

Eines Abends – es war schon ziemlich spät – war Tori auf einem ihrer nächtlichen Streifzüge durch die Stadt im Neon

Starfish gelandet. Das war ein Nachtclub in der Ginza, dessen Hauptattraktion der gläserne Fußboden war, unter dem sich ein gigantisches Aquarium mit farbenprächtigen tropischen Fischen befand. Am Nebentisch saßen zwei betrunkene japanische Geschäftsleute, die schon eine ganze Weile Toris Aufmerksamkeit erregt hatten. Abgesehen davon, daß der eine etwas größer als der andere war, sahen sich die beiden zum Verwechseln ähnlich. Sie hatten ihre Anzugjacken ausgezogen und über die Stuhllehne gehängt. Offensichtlich waren die beiden auf Aufreißtour. Allerdings waren sie längst zu betrunken, um es noch bis zum nächsten *akachochin* zu schaffen und dort für ein Monatsgehalt ein Mädchen aufzugabeln.

Statt dessen ergingen sie sich in langen Klagen über ihr Eheleben. Tori konnte ihr frauenfeindliches Gerede kaum mehr anhören, als die beiden, wie das bei Betrunkenen häufig der Fall ist, abrupt das Thema wechselten und mit ihren beruflichen Erfolgen anzugeben begannen. Das war zwar nicht mehr ganz so ärgerlich, aber dafür um so nervtötender, so daß Tori schon in Erwägung zog, den Tisch zu wechseln, um sich dieses Gewäsch nicht noch länger mit anhören zu müssen. Gerade als sie nach ihrer Handtasche greifen wollte, sagte der kleinere der beiden zu seinem Begleiter: »Das ist noch gar nichts. Mein Chef hat einen Mord begangen.« Als ihn der andere darauf nur ungläubig ansah, fuhr er eindringlich fort: »Ja, ohne Übertreibung. Er hat es mir selbst gesagt, als wir letzte Woche einen trinken waren. ›Ich habe einen Amerikaner umgebracht‹, hat er wortwörtlich gesagt. Ich wußte erst nicht recht, was ich darauf erwidern sollte, und habe das Ganze mehr auf die leichte Schulter zu nehmen versucht. Ich sage also etwas in dem Stil wie: ›Da hat sich wohl eine kleine Meinungsverschiedenheit nicht mehr anders klären lassen.‹ Aber du kennst ja meinen Boß – traditionsbewußt und konservativ, ein direkter Abkömmling der Muraschitos; seine Ahnen, heißt es, dienten am Hof des ersten Shogun Ieyasu Tokugawa als Samurai. Er erzählt mir, dieser Amerikaner hätte seine Tochter vergewaltigt. Als ich ihn frage, ob er denn nicht zur Polizei gegangen wäre, hält er mir aufgebracht entgegen: ›Hätte ich meine Tochter noch tiefer in den Schmutz ziehen und ihr Schicksal in aller Öffentlichkeit breittreten lassen sollen? Nein, das wäre überhaupt nicht in Frage gekommen.‹ So etwas müßte schon anders bereinigt werden: auf eigene Faust, diskret und endgültig. Dem konnte ich nur zustimmen.«

Tori rückte näher an die beiden Männer heran, und nach einer Weile beugte sie sich ein Stück zur Seite, als suchte sie etwas in ihrer Handtasche. Statt dessen zog sie jedoch dem größeren der beiden Männer die Brieftasche aus der Innentasche seines Jacketts. Sie nahm eine Visitenkarte heraus und steckte die Brieftasche wieder an ihren alten Platz zurück.

Am nächsten Morgen suchte sie das Direktionsbüro von Tandom Polycarbon auf, das im obersten Stock eines Bürohochhauses in Shinjuku lag. Als Tori Tok Murashito zu sprechen verlangte, beschied sie die Vorzimmerdame damit, der Konzernchef wäre gerade in einer wichtigen Besprechung und hätte an diesem Tag keine Termine mehr frei. Sie hielt es nicht für nötig, sich bei Tori zu erkundigen, ob sie vielleicht für einen der nächsten Tage einen Termin vereinbaren wollte.

»Bitte bestellen Sie Herrn Murashito«, sagte Tori deshalb in ihrem zuckersüßesten Ton, »daß ihn Tom Royces Schwester zu sprechen wünscht.«

»Bedaure, aber Murashito-san hat ausdrücklich darum gebeten, während der Sitzung nicht gestört zu werden.« Darauf beugte sich Tori über den Schreibtisch der Sekretärin, starrte ihr aus nächster Nähe in die Augen und zischte bedrohlich: »Sagen Sie Ihrem Chef, daß ich hier bin.« Die Sekretärin sah sie einen Moment erschrocken an und griff dann zitternd nach dem Telefon. Sie wählte eine dreistellige Nummer und sprach kurz mit ihrem Chef. Als sie wieder eingehängt hatte, stand sie mit einem ängstlichen Blick auf Tori auf und sagte: »Murashito-san erwartet Sie in seinem Büro. Wenn Sie mir bitte folgen würden.«

An den Wänden des langen Flurs, den sie Tori entlangführte, hingen farbige Großaufnahmen von Mikroskopproben verschiedener Tandom-Polycarbon-Fasern, die so aufwendig gerahmt waren, als handelte es sich dabei um kostbare Kunstwerke.

Von Tok Murashitos Büro hatte man einen überwältigenden

Blick auf die Stadt. Tori fand gerade noch genug Zeit, um ihn gebührend zu würdigen, als Murashito durch eine Seitentür den Raum betrat. Er war ziemlich klein, aber auffallend kräftig gebaut. Mit seinen breiten Schultern und den muskulösen Oberarmen hätte er besser in einen *dojo* oder ein Fitneß-Center gepaßt als in die Vorstandsetage eines Konzerns. Seinem Anzug sah man an, daß er maßgefertigt war.

»Was wollen Sie?« kam Murashito ohne Umschweife zur Sache.

»Sie haben einen Amerikaner namens Tom Royce ermordet.«

Ohne mit der Wimper zu zucken, erwiderte Murashito: »Aus berechtigtem Grund.«

»Ich weiß nicht, ob diese Meinung auch die Polizei teilen würde.«

»Die Polizei wird sich mit dieser Angelegenheit nicht befassen.«

»Woher wollen Sie das so sicher wissen?«

Tok Murashito ging ans Fenster und sah hinaus. Hier oben, im vierzigsten Stock, war die Aussicht in der Tat überwältigend.

Murashito verschränkte die Hände hinter dem Rücken. »Aus welchem Grund sollte sich die Polizei für diese Angelegenheit interessieren?«

»Weil das immer der Fall ist, wenn ein Mord begangen wird.«

Er nickte. »Das ist richtig. Sie ermitteln ja auch schon in dem Fall.« Er lächelte. »Überrascht es Sie, daß ich das weiß, Miß Royce? Die Polizei war nämlich in dieser Angelegenheit bereits bei mir. Ich kannte Royce. Wir hatten geschäftlich miteinander zu tun.«

Bei dieser Gelegenheit fiel Tori wieder ein, daß Royce zur Tarnung als Textilimporteur aufgetreten war. »Sie haben ihn also gekannt«, entgegnete sie eisig. »Weiß die Polizei auch, daß Sie ein Motiv für die Tat hatten?«

Erst jetzt wandte sich Murashito wieder vom Fenster ab und sah Tori durchdringend an. »Wer sind Sie?«

Ohne auf seine Frage einzugehen, fuhr Tori fort: »Sie haben wegen der Vergewaltigung Ihrer Tochter keine Anzeige erstattet. Ist das richtig?«

Plötzlich ging in Murashitos Miene eine seltsame Veränderung vor sich – gerade so, als sei ihm vor Erleichterung ein Stein vom Herzen gefallen. Doch im selben Augenblick wandte er schon wieder das Gesicht ab, als wäre es ihm zutiefst peinlich, über dieses Thema zu sprechen. »Ich wollte nicht, daß ihr noch mehr Leid und Schande angetan werden.«

Tori ging wortlos auf ihn zu und blieb direkt hinter ihm stehen. »Ich bin nicht die Schwester von Tom Royce. Mein Name ist Tori Nunn. Sagt Ihnen das etwas?«

Tok Murashito schüttelte den Kopf.

»Ich bin das Wilde Kind. Wenn ich wollte, könnte ich Sie jetzt töten.«

Erst nach langem Schweigen erwiderte Murashito ruhig: »Sie sind nichts weiter als ein dummes junges Ding, unerfahren und voller jugendlichem Ungestüm. Gehen Sie lieber wieder nach Hause.« Als sie sich jedoch nicht von der Stelle rührte, sah er sie eine Weile durchdringend an, bevor er sagte: »Eines Tages werden auch Sie feststellen, daß Gewalt nicht die einzige Lösung ist.«

»Das müssen ausgerechnet Sie sagen.«

»*Giri.* Ich tat, was ich tun mußte.«

Tori sah ihm in die Augen. »Genau wie ich.«

Unverwandt hielt Murashito ihrem Blick stand. Schließlich schüttelte er den Kopf. »Die Zeit macht uns alle zu Narren, Miß Nunn. So sehr ich mich auch bemühe, mir das immer vor Augen zu halten, vergesse ich es doch immer wieder.« Als sie darauf nichts erwiderte, fuhr er fort: »Werden Sie mich jetzt töten?«

»Wenn ich das täte, hätte ich für immer die Schande Ihrer Tochter auf dem Gewissen.«

»Ja«, seufzte Murashito. »Vielleicht gibt es auf dieser Welt doch so etwas wie Gerechtigkeit.« Er ließ Tori beim Sprechen nicht eine Sekunde aus den Augen. »Warum sind Sie eigentlich hergekommen, Miß Nunn?«

»Um Sie wissen zu lassen, daß es mich gibt. Und um zu sehen, wie Sie reagieren würden.«

»Sie wollten mich also auf die Probe stellen?«

»In gewisser Weise.«

Er strich sich mit der Hand übers Gesicht. »Das ist das erste Mal, daß mich eine Frau auf die Probe stellt.«

»Und was ist das für ein Gefühl?«

»Ehrlich gesagt, es verunsichert mich ziemlich.«

Tori nickte. »Weil plötzlich die Rollen vertauscht sind.«

»Das habe ich damit nicht gemeint. Was mich beunruhigt, ist eher die Tatsache, mit welcher Selbstverständlichkeit Sie bereit wären, Gewalt anzuwenden.«

»Sie denken, weil ich eine Frau bin, sollte ich jede Form von Gewalt verabscheuen?«

»Das hat mich die Erfahrung bisher gelehrt.« Er hob die Schultern. »Irgend jemand muß schließlich ein Überhandnehmen der Gewalt verhindern. Wo kämen wir hin, wenn die Frauen plötzlich ihre traditionelle Vermittlerfunktion aufgeben und selbst Gewalt anwenden, anstatt in einer Konfliktsituation schlichtend einzugreifen?«

»Herr Murashito«, erklärte Tori darauf. »Sie sind mir ein Rätsel.«

»Ich nehme doch an, daß ich das als ein Kompliment auffassen darf, junge Dame.«

Toris Stirn legte sich in Falten. »Sie sind der erste, der mich eine junge Dame nennt.«

»Dann wurde es aber langsam Zeit.«

Die Erinnerungen an diesen weit zurückliegenden Vorfall begannen sich langsam aufzulösen wie das Mondlicht auf einem stillen Teich, dessen Oberfläche sich unter einem plötzlichen Windstoß zu kräuseln beginnt. Gleichzeitig spürte Tori, wie sich etwas dunkel Metallisches Zutritt zu ihrem Bewußtsein verschaffte und sie aus den tiefer liegenden Schichten ihres Unterbewußten hochscheuchte.

Mit flatternden Lidern schlug sie die Augen auf, und ihr Blick fiel auf eine schemenhafte Gestalt, die am Fußende des Betts stand. Im ersten Moment wußte Tori nicht, wo sie war. Was war passiert? Allmählich begannen schließlich die ersten Erinnerungen an die dramatische Auseinandersetzung mit Fukuda aus ihrem Gedächtnis aufzusteigen.

Doch kaum hatte sie die ersten klaren Gedanken zu fassen

begonnen, wurde sie bereits wieder durch ein seltsames metallisches Klirren in ihrer Konzentration gestört. Erst jetzt wurde ihr bewußt, daß dieses Geräusch vom *wa* der Gestalt am Fußende des Betts herrührte. Nun spürte sie auch ganz deutlich, welch ungeheure Bedrohung von ihr ausging.

»Wer sind Sie?« fragte sie mit brüchiger Stimme. »Was wollen Sie?«

Koi kam näher. »Ich bin gekommen, um Fukudas Tod zu rächen. Sie war wie eine Schwester für mich.«

Unwillkürlich wurde Tori dadurch an ihre Begegnung mit Tok Murashito erinnert. Nur spielte sich dieselbe Szene diesmal mit vertauschten Rollen ab. Sie war Tok Murashito, und diese Frau war in die Rolle des ungebärdigen jungen Mädchens geschlüpft, das sie einmal gewesen war.

Tori hatte eine zierliche junge Frau mit breiten Schultern, schmalen Hüften und tiefschwarzem Haar vor sich. Ihre dunklen Augen schienen von innen heraus zu leuchten, und ihr *wa* war so stark entwickelt, daß es durch nichts zu bändigen war, nicht einmal durch die Kraft ihres eigenen Willens. Instinktiv spürte Tori die unbezähmbare Energie, die Big Ezoe mit einem Wasserhahn verglichen hatte, der sich nicht mehr abstellen ließ.

»Wie heißen Sie?« wollte Tori wissen.

»Ich habe mir den Namen Koi gegeben.«

»Sie sind ein dummes junges Ding, unerfahren und voll jugendlichem Ungestüm. Gehen Sie lieber wieder nach Hause.«

»Das werde ich erst tun, wenn Sie tot sind.«

»Sehen Sie denn nicht, daß Ihnen diese ständige Gewalt eines Tages selbst zum Verhängnis werden wird?«

»Nein.«

»Wie sollten Sie auch? Schließlich war ich einmal genauso blind. Ich bin nicht einmal sicher, ob ich das nicht sogar jetzt noch bin.«

»Was wollen Sie damit sagen?«

Tori sah Koi forschend an. »Was Fukudas Tod betrifft, habe ich nur getan, was ich tun mußte. *Giri.* Sie hat mich in eine Falle gelockt. Es war ihre Idee, nicht meine, daß nur einer von uns den U-Bahn-Schacht lebend wieder verlassen sollte.«

»Das interessiert mich alles nicht. Auch ich muß tun, was ich tun muß.«

Mit einem Mal begriff Tori, was Tok Murashito damals gemeint hatte. »Jetzt hören Sie mir einmal zu, Koi«, sagte sie deshalb ernst. »Es ist ein gewaltiger Unterschied, ob man etwas tut, weil man selbst zu der Überzeugung gelangt ist, daß man es tun muß, oder ob es einem jemand anderer eingeredet hat.«

»Da kann ich keinen Unterschied sehen.«

»Tatsächlich nicht? Das hieße doch, daß es so etwas wie ein Ich oder einen freien Willen nicht gibt; es wäre gleichbedeutend mit der totalen Verneinung des Individuums. Sie wären dann nichts weiter als das willenlose Werkzeug eines anderen. Und wer könnte das sein? Big Ezoe vielleicht? Natürlich, wer denn sonst. Es gibt demnach also keine Koi, sondern nur einen willenlosen Roboter, der jeden von Big Ezoes Befehlen ohne Widerrede ausführt.« Sie sah die junge Frau am Fußende des Betts durchdringend an. »Sagen Sie mir eines, Koi: Wer sind Sie?«

»Ich bin die harte Maschine.«

»Das mag vielleicht beantworten, *was* Sie sind; aber nicht, *wer* Sie sind.« Nach längerem Schweigen fügte sie hinzu: »Sie können mir diese Frage deshalb nicht beantworten, weil Sie die Antwort darauf selbst nicht wissen. Es würde mich nicht wundern, wenn Sie in Ihrem bisherigen Leben noch keinen einzigen Augenblick wirklich ganz Sie selbst gewesen sind – ohne daß Ihnen jemand einzureden versucht hat, was Sie zu tun haben und wer Sie angeblich sind.«

Darauf erwiderte Koi lange nichts. Ihre Augen schienen auf einen Punkt im Unendlichen fixiert. Schließlich sagte sie: »Mein *sensei* war der Mann vom einen Baum. Als meine Eltern nichts mehr von mir wissen wollten, hat er mich an Kindes Statt angenommen. Auf mir liegt ein Fluch. Ich wurde als *hinoeuma* geboren, im Jahr der Gattenmörderinnen.«

Obwohl sich ihr Kopf leicht bewegte, blieb ihr Blick weiterhin auf denselben Punkt gerichtet: »Der Mann vom einen Baum hat mir beigebracht, mit der Last dieses Fluches zu leben. Er hat mir gezeigt, daß mir mein Schicksal keineswegs so unausweichlich vorgezeichnet war, wie ich ursprünglich gedacht hatte, und daß ich nur den festen Willen haben müßte, es zu ändern. Weil ich nichts anderes hatte, woran ich mich hätte klammern können, habe ich ihm geglaubt.

Ganz allein und fern von meiner Familie habe ich viele Jahre auf seiner einsamen Insel mit ihm verbracht. Im Lauf der Zeit wurde er mehr und mehr wie ein Vater für mich. Ich glaubte auch, daß ich wie eine Tochter für ihn war. Das verlieh mir ein Gefühl tiefer Geborgenheit. Mein richtiger Vater hatte immer solche Angst vor mir, daß er alles, was er vielleicht an Vaterliebe für mich empfand, meinen Brüdern und Schwestern zukommen ließ.

Doch dann nahm mich der Mann vom einen Baum eines Tages aufs Festland mit, um an der Hochzeit seiner Tochter teilzunehmen. Welche Liebe und Zuneigung ich plötzlich aus seinen Blicken sprechen sah, wenn er seine Tochter nur anschaute! Das öffnete mir schlagartig die Augen, daß ich mir all die Jahre nur etwas vorgemacht hatte. Mir wurde klar, daß ich ihm in Wirklichkeit nichts bedeutete. Ich war nicht einmal wie eine entfernte Verwandte für ihn, geschweige denn wie eine Tochter. Ich war ein Nichts. Aber ich ließ mir meine Enttäuschung nicht anmerken. Wieso hätte er mich auch wie seine eigene Tochter lieben sollen? Ich war eine *hinoeuma* und damit seiner Liebe nicht würdig.

Davon erzählte ich dem Mann vom einen Baum jedoch kein Wort. Schließlich brauchte ich ihn noch genauso sehr wie zuvor – wenn nicht sogar noch mehr. Seit ich wußte, daß ich keineswegs wie eine Tochter für ihn war, blieb mir noch weniger, woran ich mich klammern konnte. Dabei sehnte ich mich so sehr nach Zuwendung; ich hatte das Gefühl, einzugehen wie eine Pflanze ohne Licht und Wasser, wenn ich nicht bald so etwas wie menschliche Zuneigung und Liebe bekam.«

Von der Macht ihrer Erinnerungen wie gelähmt, stand Koi reglos an Toris Bett. Obwohl Tori ganz deutlich spüren konnte, wie sich ihr *wa* nach allen Richtungen ausbreitete und den ganzen Raum zu füllen begann, unternahm sie nichts dagegen. Statt dessen sagte sie nur: »Können Sie mir eigentlich sagen, warum für Sie die Gewalt die einzige Alternative ist?«

»Weil ich von Geburt an nur Gewalt und Blut gekannt habe. Ich bin unrein.«

»Aber ich bekomme doch genau wie Sie jeden Monat meine Regelblutung.«

»Sie sind der Gewalt auch keinen Deut weniger verfallen als ich.«

»Nein.« Tori schüttelte den Kopf. »Das ist nicht wahr.«

»Machen Sie sich doch nichts vor«, entgegnete Koi. »Ich kann doch das Feuer, das in Ihnen brennt, deutlich spüren. Glauben Sie mir, ich weiß, wovon ich rede; es ist dasselbe Feuer, das auch mich verzehrt.«

»Wir sind beide Frauen«, erwiderte Tori. »Um so mehr sollten wir versuchen, unsere Probleme auf anderem Weg zu lösen als immer nur mit Gewalt.«

»Warum?«

»Weil dieses alles verzehrende Feuer in uns schnell in den Wahnsinn führen kann, wenn es kein Wasser gibt, mit dem es sich löschen läßt.« Allmählich begann Tori zu dämmern, daß ihr nicht Tok Murashito ein Rätsel gewesen war, sondern sie selbst. »In der Natur kann nichts, was zu sehr aus dem Gleichgewicht geraten ist, für längere Zeit Bestand haben. Yin ohne Yang kann auf Dauer nicht überleben.«

»Dann werde ich eben kometengleich im Dunkel der Nacht verglühen.«

»Wollen Sie das wirklich?« Tori sah sie eindringlich an. »Ist Ihr Wunsch zu sterben tatsächlich so groß?«

»In einer Welt, die keine Ehre mehr kennt, ist der Tod die einzig ehrenhafte Lösung.«

»Nein, Sie täuschen sich. Es gibt sehr wohl eine Alternative. Sie heißt, Wasser auf das Feuer zu gießen.«

»Das Feuer in mir zu löschen ist unmöglich.«

»Für Menschen wie uns ist nichts unmöglich«, erwiderte Tori.

Koi legte ihre Hand auf Toris Arm. »Sie können nicht einmal das Feuer löschen, das in Ihnen brennt. Trotzdem wollen Sie mich dazu überreden, genau das zu versuchen?«

»Ohne vorheriges Scheitern ist kein Gelingen möglich. Wenn ich bisher auch trotz aller Bemühungen immer wieder versagt habe, so heißt das keineswegs, daß ich nicht weiter versuchen werde, mein Ziel zu erreichen.«

»Um immer wieder dieselben Fehler zu machen?«

»Nein.« Tori versuchte sich aufzusetzen, aber Koi drückte sie unnachsichtig auf das Bett nieder. »Es kommt vor allem darauf an, daß es uns irgendwann gelingt, den scheinbar endlosen Kreislauf des Scheiterns zu durchbrechen. Allerdings kann ich Ihnen nicht sagen, wie Sie das bewerkstelligen und Ihrem Leben eine andere Richtung geben können. Zu viele Menschen haben das bisher schon getan – und sehen Sie doch selbst, was dabei herausgekommen ist.«

»Ich kann meinem Leben keine neue Richtung geben. Ich bin eine *hinoeuma.* Der Weg, der mir vorgezeichnet ist, ist unabänderlich.«

»Reiner Aberglaube. Sie sind keinen Deut besser oder schlechter als ich; Ihr Problem war bisher nur, daß Sie zu viele Lehrer und wohlmeinende Ratgeber hatten, aber niemand, dem Sie wirklich vertrauen konnten. Es ist schrecklich, so ganz auf sich allein gestellt zu sein und keinen Menschen zu haben, der einem nahesteht. Das einzige, was einem dann noch bleibt, ist die nackte Verzweiflung. Aber damit kann auf Dauer kein Mensch leben. Sie frißt einen von innen heraus auf.« Tori fing Kois Blick auf. »Sie müssen nur Vertrauen in mich haben, dann kann ich Ihnen vielleicht helfen. Möglicherweise können wir uns sogar gegenseitig helfen.«

»Ausgeschlossen«, zischte Koi und drückte Tori noch fester auf das Bett nieder. »Durch *giri* bin ich verpflichtet, Big Ezoes Tod zu rächen. Mir bleibt gar keine andere Wahl, als Sie zu töten.«

»Dann gibt es tatsächlich keine Rettung mehr für Sie«, sagte Tori, ohne ihren Blick von Koi abzuwenden.

Obwohl sie ganz in ihr Duell der Worte verstrickt waren, hörten die zwei Frauen das Geräusch im selben Augenblick.

»Es ist jemand von Big Ezoes Leuten. Schießen Sie!«

Das war Hitasuras Stimme, und im selben Moment kam auch schon Slade in den Raum gestürzt. Seine Pistole war genau auf Kois Hinterkopf gerichtet.

»Schießen Sie meinetwegen«, sagte Koi ruhig. »Aber wenn ich sterbe, wird mir Tori Nunn in den Tod folgen.«

»Hinaus!« herrschte Tori die beiden Männer an. »Und keine Widerrede, Russ!«

»Sie ist hier, um dich zu töten, Tori«, protestierte Slade. »Wir können dich unmöglich mit ihr allein lassen.«

»Ich habe genug von euch Männern und eurer Art, Probleme zu lösen!« stieß sie auf japanisch hervor. »Los, verschwindet endlich!«

Slade ließ seinen Arm sinken. »Tori . . .«

Als Tori nichts weiter sagte, zogen sich die beiden Männer schweigend zurück.

»Warum haben Sie das getan?« fragte Koi.

»Weil das hier nur uns beide angeht.«

»Sie haben mich überrumpelt. Vermutlich wäre ich gar nicht mehr dazu gekommen, Ihnen noch etwas anzutun, bevor er abgedrückt hätte.«

»Das ist durchaus möglich.«

»Dennoch haben Sie die beiden aufgefordert, sich wieder zurückzuziehen.« Koi schüttelte den Kopf. »Warum?«

»Ich habe Ihnen doch bereits gesagt: Das ist eine Sache des Vertrauens.«

»Ich könnte Sie jetzt töten.«

»Ich weiß.«

»Genau das wollte Big Ezoe von mir.«

»Woher nimmt sich eigentlich dieser Big Ezoe das Recht, Ihnen zu sagen, was Sie zu tun und zu lassen haben?«

Für einen Augenblick zeigte Koi keine Reaktion. Dann fing sie plötzlich wie aus heiterem Himmel so schallend zu lachen an, daß ihr die Tränen kamen. Noch während sie, sich vor Lachen den Bauch haltend, auf Toris Bett niedersank, brach mit einem Mal auch die lange aufgestaute Wut und Verbitterung aus ihr hervor, die sie ihr ganzes Leben lang zurückgehalten hatte. Haltlos schluchzend vergrub sie ihr Gesicht an Toris Brust, die ihr wie einem weinenden Kind zärtlich übers Haar strich.

»Es wird alles wieder gut«, flüsterte sie ihr ins Ohr.

Doch Koi schüttelte den Kopf. »Nein«, schluchzte sie. »Ich kann mir nicht vorstellen, daß ich jemals wieder einem anderen Menschen werde vertrauen können.«

»Aber genau das versuchst du doch gerade.«

Schluchzend nickte Koi. Ja.

»Außerdem«, flüsterte Tori, »wenn schon nicht alles wieder gut wird, dann wird es zumindest besser.«

»Es könnte mir gar nicht besser gehen.«

»Aber du siehst aus wie der leibhaftige Tod.«

»Du hast vielleicht eine Art, einen aufzumuntern.«

Russell Slade saß an Toris Bett. Seit dem Zwischenfall mit Koi waren sechsunddreißig Stunden vergangen. Tori konnte inzwischen wieder aufstehen und hatte auch schon zwei Mahlzeiten zu sich genommen.

»Ich wollte dich damit nur an etwas Bestimmtes erinnern«, rechtfertigte sich Slade.

»Und woran?«

»Daß du keine weibliche Version von Superman bist.«

»Keine Sorge«, seufzte Tori. »Im Augenblick fühle ich mich noch zu schwach, um bloß über einen Feuerhydranten zu springen, geschweige denn über ein Hochhaus. Trotzdem muß ich unbedingt ein paar wichtige Dinge erledigen. Wo steckt übrigens Koi? Hast du sie vor Hitasura in Sicherheit gebracht?«

»Ja. Auch wenn es alles andere als einfach war. Das hier ist schließlich sein Revier. Worüber hast du mit Koi eigentlich die ganze Zeit gesprochen? Ihr wart doch mehr als eine Stunde allein hier drinnen.«

»Bevor ich dir das erzähle, muß ich noch verschiedene Dinge erledigen. Zuerst brauche ich eine Direktschaltung in das Datennetz der Zentrale in Virginia. Ist das möglich?«

»Kein Problem. Ich werde gleich anrufen. Seit einem Jahr haben wir im Sumitomo Building ein paar Büroräume gemietet.«

»Sehr gut. Als nächstes werde ich mit Hitasura ein ernstes Wörtchen reden. Das ist schon lange überfällig.«

»Allerdings«, nickte Slade. »Ich hätte auch ein paar Fragen an den Herrn.«

»Nein, Russ. Du hältst dich da heraus. Das geht nur mich allein an.«

Doch Slade schüttelte bereits den Kopf. »Kommt gar nicht in Frage. Zum einen hast du dich noch nicht annähernd von den Folgen der Vergiftung erholt...«

»Möchtest du vielleicht im Armdrücken gegen mich antreten?«

»Zum andern können wir in der augenblicklichen Situation nicht absehen, wie sich die Dinge weiter entwickeln. Einem solchen Risiko kann ich dich auf keinen Fall aussetzen.«

»Keine Sorge«, beruhigte ihn Tori. »Was auch immer passieren wird – Hitasura wird mich nicht umbringen.«

»Da wäre ich mir an deiner Stelle nicht so sicher. Nein. Wenn du unbedingt mit Hitasura sprechen willst, dann nur in meiner Anwesenheit.«

»Nimm doch endlich Vernunft an, Russ. Wenn du dabei wärst, bekäme ich kein einziges Wort aus Hitasura heraus.«

»Das mag ja alles schön und gut sein. Trotzdem möchte ich nicht, daß du dich allein mit ihm triffst.«

Davon wollte Tori jedoch nichts wissen. »Wenn er tatsächlich in dieses Kokaingeschäft verwickelt ist«, stieß sie ärgerlich hervor, »wird er vielleicht nicht einmal mit mir reden.«

»Aber ist er dazu denn durch *giri* nicht ausdrücklich verpflichtet?«

»Wenn es nur so einfach wäre«, seufzte Tori. »Ganz unabhängig davon, wie tief sich Hitasura mir gegenüber auch verpflichtet fühlen mag, bin ich für ihn nach wie vor eine *gaijin*, eine Fremde. Diese Tatsache wiegt schwerer als alles andere, schwerer sogar als *giri*. Wenn sich zum Beispiel ein Ausländer einem Japaner gegenüber durch *giri* für verpflichtet erklärt, besteht für den Japaner nie eine hundertprozentige Garantie, daß er sich dadurch auch gebunden fühlt. Umgekehrt verleiht es ihm das Recht, sich einem Ausländer gegenüber ebensowenig durch *giri* verpflichtet zu fühlen, wenn es einmal hart auf hart geht.«

»Na, großartig. Im Klartext heißt das doch nichts anderes, als daß er dir überhaupt nicht verpflichtet ist. Wie willst du da auch nur ein Sterbenswörtchen aus dem Kerl herausbekommen, falls er tatsächlich in dunkle Geschäfte verwickelt ist?«

»Ehrlich gestanden, ich weiß das im Moment selbst noch nicht«, mußte Tori zugeben.

Darauf setzte sich Slade zu ihr aufs Bett und schloß sie zärtlich in die Arme. »Mein Gott, hast du mir vielleicht einen Schrecken eingejagt.«

»Aber Russ!« witzelte Tori. »Das von dir als Geheimdienstchef! Was ist denn das für eine Einstellung?«

»Laß doch endlich den Geheimdienstchef beiseite. Im Augenblick bin ich nichts anderes als ein gewöhnlicher Agent.«

Sie lächelte. »Du bist doch nicht etwa degradiert worden?«

»Wenn du es so siehst, meinetwegen. In meinen Augen stellt sich die Sache inzwischen allerdings etwas anders dar. Je höher man auf der dienstlichen Stufenleiter des Geheimdiensts steigt, desto mehr verliert man dabei aus den Augen, wie der Laden in der Praxis läuft. Willst du auch wissen, warum das so ist?« Er beugte sich vor, um ihr verschwörerisch ins Ohr zu flüstern. »Weil du nämlich gezwungenermaßen jedes Verständnis für die konkreten Sorgen und Nöte deiner Mitarbeiter verlierst, je mehr du dich mit den zuständigen Leuten von der Regierung herumzuschlagen hast, die letztlich über das Schicksal des Diensts entscheiden.«

»Das kann auf Dauer aber gefährlich werden.«

Slade nickte. »Noch vor einem Monat hätte ich dir mit den rigorosesten Disziplinarmaßnahmen gedroht, um dich zum Spuren zu bringen. Aber zum Glück haben mir die Außendiensterfahrungen der letzten Tage endlich die Augen dafür geöffnet, welche verhängnisvollen Folgen die Isolation haben kann, in der Bernard und ich uns immer mehr zurückgezogen haben. Wir haben jeden Realitätsbezug verloren und entwerfen am grünen Tisch unsere tollen Einsatzpläne, die ihr dann unter Einsatz eures Lebens in die Tat umzusetzen habt. Mir wird immer mehr klar, daß Bernard und ich jedes Gespür dafür verloren haben, wie die rauhe Wirklichkeit des Agentenlebens aussieht. Die Erfordernisse der Politik und das wirkliche Leben sind zwei verschiedene Paar Stiefel; das hat mir dieser kurze Ausflug in das harte Außendienstdasein in aller Deutlichkeit gezeigt.«

Tori drückte ihm einen Kuß auf die Stirn. »Natürlich machen wir uns alle bestimmte Vorstellungen von den Dingen, die wir nicht kennen, seien es nun Menschen, Orte, Situationen. Aber die Wirklichkeit sieht meistens anders aus. Kennst du übrigens die Geschichte von Bernards Begegnung mit seinem Vater?«

»Meinst du, als er nach Chicago fuhr, um seinen Vater aufzusuchen, der dann allerdings nichts von ihm wissen wollte?«

Tori sah Slade ungläubig an. »Das hat er dir auch erzählt?«

Aha, schoß es Slade durch den Kopf. Das ist die Gelegenheit, auf die ich schon die ganze Zeit gewartet habe. »Diese Geschichte erzählt Bernard jedem, der sie hören will. Aber sie ist erstunken und erlogen. Mich hat er damit übrigens auch hinters Licht zu führen versucht. Nur ist ihm das nicht gelungen. Ich bin der Sache nämlich nachgegangen. Dabei habe ich herausgefunden, daß er aus einer wohlhabenden und angesehenen Familie stammt. Sein Vater war ein renommierter Anwalt mit einer florierenden Kanzlei. Er war mit seiner Frau – Bernards Mutter – mehr als fünfzig Jahre glücklich verheiratet.«

»Du machst wohl Witze. So zynisch kann Bernard unmöglich sein.«

»So würde er das nicht sehen. In seinen Augen heiligt der Zweck jedes Mittel.«

»Das kann doch nicht dein Ernst sein, Russ.«

»Dann wirst du mir vermutlich auch nicht glauben, wenn ich dir sage, was mir Bernard aufgetragen hat, falls du bei der Durchführung unseres gemeinsamen Auftrags wieder einmal deine eigenen Wege gehen solltest.« Er sah sie eindringlich an, bevor er fortfuhr: »Ich sollte dich umgehend liquidieren.«

Als Tori das CIA-Büro im Sumitomo Building wieder verließ, war es Abend geworden, und es hatte zu regnen begonnen. Die Straßen glänzten vor Nässe, über die Gehsteige flutete ein Meer von Regenschirmen, und die Nacht war durch die grellen Neonreklamen taghell erleuchtet. Slade war im Büro geblieben, um an die Zentrale in Virginia einen Lagebericht durchzugeben und den inzwischen angefallenen Schreibtischkram aufzuarbeiten.

Tori hatte der kurze Abstecher in das Datennetz der CIA-Computer einen tiefen Schock versetzt. Er hatte ihre schlimmsten Befürchtungen bestätigt. Alles, was Koi ihr über die unheilige Allianz zwischen den beiden Wirtschaftsbossen Kunio Michita und Fumida Ten und Toris Yakuza-Freund Hitasura erzählt hatte, hatte sich bis ins kleinste bestätigt – einschließlich der überaus zweifelhaften Mittlerrolle, die Estilo bei diesen dubiosen Machenschaften spielte.

Ganz besonders hatten Tori jedoch Kois wiederholte Hinweise auf den geheimnisvollen Amerikaner alarmiert, der so gar nicht wie ein Geschäftsmann gewirkt hatte. Zudem erschien ihr angesichts der jüngsten Ereignisse auch die Frage plötzlich wieder in einem anderen Licht, weshalb Estilo nicht zu verhindern versucht hatte, daß sie seinen dunklen Geschäften auf die Spur kam. Nicht nur, daß er damit sich selbst belastet und seine lukrativen Geschäfte mit dem Hafnium aufs Spiel gesetzt hatte, er hatte sie auch noch mit der Nase auf den Mann gestoßen, der ihr in Japan in dieser Angelegenheit als einziger weiterhelfen konnte, nämlich Hitasura. Vieles deutete darauf hin, daß Estilo sie hatte warnen wollen. In diesem Fall hätte er damit seinen schweren Vertrauensbruch mehr als wettgemacht. Natürlich hätte er ihr auch klipp und klar sagen können, worum es bei diesem Geschäft eigentlich ging; andererseits kannte er sie jedoch gut genug, um zu wissen, daß sie ihm nie geglaubt hätte. Ihm mußte von Anfang an klargewesen sein, daß sie seinen Worten erst dann Glauben geschenkt hätte, wenn sie sich mit eigenen Augen von ihrer Richtigkeit überzeugen konnte.

Aus den im Hauptcomputer der CIA-Zentrale gespeicherten Daten ging eindeutig hervor, daß Bernard Godwin zu dem Zeitpunkt, zu dem die ersten Kontakte zwischen Michita und Ten geknüpft wurden, außer Landes gewesen war. Zugleich hatte sie das dumpfe Gefühl, daß dieser Zeitpunkt auch noch in einem anderen Zusammenhang von entscheidender Bedeutung gewesen sein mußte. Aber so sehr sie sich auch den Kopf zermarterte, kam sie nicht darauf, in welchem Zusammenhang das gewesen sein könnte.

Um sich nicht zu sehr in dieses Problem zu verbeißen und damit unnötige Zeit und Energie zu vergeuden, wandte sie sich einer anderen, dringenderen Frage zu. Wo war Bernard Godwin während des fraglichen Zeitraums gewesen? Eine Überprüfung der Benutzerliste für die Transportmittel des CIA ergab nur, daß er weder einen Wagen noch ein Flugzeug in Anspruch genommen hatte.

Um so aufschlußreicher sollte sich dagegen ein kurzes Abfragen der Passagierlisten sämtlicher amerikanischen Fluggesellschaften erweisen. Eine Woche bevor die Verhandlungen zwischen Kaga und Michita in ihre entscheidende Phase eingetreten waren, hatte Bernard Godwin einen Flug nach San Francisco gebucht. Nach einem kurzen nächtlichen Aufenthalt war er am nächsten Tag nach Tokio weitergeflogen, um erst drei Wochen später wieder in die Staaten zurückzukehren.

Tori hatte noch nie an Zufälle geglaubt. Kein anderer als Bernard Godwin war also der mysteriöse Amerikaner gewesen, der den Kontakt zwischen Kunio Michita und Fumida Ten von Kaga hergestellt hatte.

Bernard Godwin.

Das war eigentlich unmöglich. Zum einen wollte Tori nicht glauben, daß ein Mann wie Bernard in dunkle Kokaingeschäfte verwickelt sein sollte. Falls dem doch so sein sollte – wie hätte sich dann erklären lassen, warum sie Godwin vor allem deshalb wieder für den Geheimdienst zu gewinnen versucht hatte, um gerade diesen Drogenring auffliegen zu lassen? Nur allzu deutlich konnte sie sich noch an Bernards tiefe Bestürzung erinnern, als Slade ihm die Wirkung der neuen Superdroge geschildert hatte. War es möglich, daß Bernard diese Betroffenheit nur gespielt hatte und in Wirklichkeit maßgeblich an der Verbreitung dieses tödlichen Gifts beteiligt war?

Bestehen blieb jedenfalls die Tatsache, daß Hitasura ein wesentlicher Bestandteil der unheiligen Allianz war, deren Zustandekommen Bernard wohl deshalb eingefädelt hatte, um die sowjetischen Untergrundorganisationen, für deren Unterstützung er sich schon seit Jahren nachhaltig eingesetzt hatte, mit diesen völlig neuartigen Atomwaffen beliefern zu können. Außerdem wußte Tori von Estilo, daß Hitasura auch der Abnehmer des Kokains war, das zusammen mit dem Hafnium nach Japan geschmuggelt wurde. Irgendwie ergab das Ganze keinen Sinn. Irgendein wichtiges Glied in der Beweiskette fehlte noch. Allerdings war Tori längst klargeworden, wo dieses fehlende Glied zu finden war: bei Hitasura.

Der Pachinko-Salon in der Ginza war riesig; er war nur eine unter vielen ähnlichen Spielhallen, die Hitasuras Yakuza-Clan gehörten. Allein die Einkünfte aus diesen Spielsalons waren astronomisch hoch.

Wie gebannt standen Männer und Frauen – vor allem Frauen – vor den endlos langen Reihen lichterflimmernder Spielautomaten und ließen unermüdlich die kleine Stahlkugel in die labyrinthischen Verzweigungen des Spielfelds schnellen. Besonders hartgesottene Spieler hatten sich die begehrten Automaten mit einem winzigen Farbfernseher in der Mitte des Spielfelds ergattert, um auch noch ihre Lieblingsserie ansehen zu können, während sie ihr ganzes Geld verloren.

Hitasura saß hoch über der weiten Halle in einem ringsum verglasten Abteil, von dem man das Geschehen zwei Etagen tiefer im Blick hatte. Die Rückwand nahmen etwa zwanzig Monitore ein, auf denen man die endlosen Reihen von Spielautomaten überwachen konnte, falls jemand auf die Idee kommen sollte, seinem Glück ein wenig nachzuhelfen.

»Erst letzten Monat hatten wir einen jungen Burschen hier«, sagte Hitasura, als Tori ihren tropfenden Regenschirm in die Ecke stellte und neben ihm Platz nahm. »Der Junge hatte ein selbstentwickeltes elektronisches Gerät bei sich, mit dem er die Schaltung der Automaten manipulieren konnte. Erst hat er sich zurückgehalten und damit nur jedes zweite Spiel gewonnen. Als er dann aber anfing, bei jedem Spiel abzukassieren, mußten wir leider einschreiten. Man kann sich schließlich nicht alles gefallen lassen – findest du nicht auch?«

Ohne darauf etwas zu erwidern, starrte Tori nur wortlos vor sich hin. Sie hatte sich in den CIA-Büros in Shinjuku umgezogen. Zu einer schokoladenbraunen Lederhose trug sie eine cremefarbene Bluse, die wie ein Männerhemd geschnitten war, und darüber eine hüftlange braune Steppjacke.

»Wie geht es dir?« erkundigte sich Hitasura. Er trug einen teuren, aber stark zerknitterten Kammgarnanzug, der noch deutliche Spuren des starken Regens aufwies. »Als mir Mr. Slade von deiner Vergiftung erzählt hat, habe ich Himmel und Hölle in Bewegung gesetzt, ein entsprechendes Gegengift aufzutreiben.«

»Deke ist tot«, erwiderte Tori. »Und Yen Yasuwara wurde das Gesicht verunstaltet.«

Hitasura begann in seinem Stuhl hin und her zu schaukeln, als sei das seine Art, seine Betroffenheit zum Ausdruck zu bringen. »Tut mir leid, daß du bereits von Dekes Tod weißt. Eigentlich wollte ich dir die traurige Nachricht persönlich überbringen.«

»Unter den gegebenen Umständen hätte es sich vermutlich so gehört«, entgegnete Tori vorsichtig. Ihr war nicht entgangen, daß sich Hitasura im Hinblick auf Yen noch mit keinem Wort geäußert hatte.

Hitasura sah sie an. »Vielleicht solltest du ein ernstes Wörtchen mit deiner neuen Freundin reden – mit dieser Killerin, die sich Koi nennt. Sie hat Deke auf dem Gewissen.«

»Ich habe bereits mit ihr gesprochen«, erwiderte Tori knapp.

Hitasura wandte sich ab und ließ seinen Blick über die Wand von Monitoren wandern. Plötzlich zuckte er heftig zusammen. »Sie ist hier«, hauchte er.

Tori warf einen kurzen Blick auf den Monitor, auf den Hitasura starrte. Tatsächlich war auf dem Bildschirm Koi zu sehen, die an einer Reihe von Pachinko-Automaten entlangging.

»Was will sie hier?«

»Ich habe sie gebeten, hierherzukommen«, sagte Tori.

»Du?« Hitasuras Kopf zuckte herum.

»Es ist langsam an der Zeit, eine alte Schuld zu begleichen.«

Hitasuras Miene war völlig ausdruckslos. Seine Augen schienen plötzlich wie hinter einem dichten Schleier verborgen. Er griff kurz hinter sich, zog eine Pistole aus einem Rückenhalfter und stützte die Hand, in der er die Waffe hielt, lässig auf seinem rechten Knie auf.

»Ist das nötig?« fragte Tori kopfschüttelnd.

»Man kann nie vorsichtig genug sein«, erwiderte Hitasura lächelnd. »Vor allem dann nicht, wenn sich alte Freunde als Feinde entpuppen.«

»Wie kommst du darauf, ich könnte dein Feind sein?«

Mit einer kurzen Kopfbewegung deutete Hitasura auf den Bildschirm, auf dem Koi zu sehen war. »Du läßt Big Ezoes Killerin hier antanzen, und was noch schlimmer ist: Du hast dich mit diesem Monster auch noch angefreundet, obwohl sie dich kaltblütig ermorden wollte, während du krank und wehrlos im Bett lagst. In *meinem* Bett, wohlgemerkt. Wie anders sollte ich das Ganze also auffassen?«

»Das darfst du mich nicht fragen«, erwiderte Tori eisig. »Ich bin schließlich nicht diejenige, die von einem schlechten Gewissen geplagt wird.«

Hitasura stieß ein ärgerliches Schnauben aus.

Auf den Monitoren beobachtete Tori, wie Koi auf die Treppe zuging, die zu Hitasuras Büro heraufführte. »Weil du schon mit Begriffen wie Monster um dich wirfst – welche Bezeichnung wäre deiner Meinung nach für einen Menschen angebracht, der eine neuartige Superdroge unter die Leute bringt, die binnen weniger Monate absolut tödlich wirkt?«

Hitasura starrte sie wortlos an. Dennoch verriet das Tori mehr als tausend Worte. Estilo hatte also die Wahrheit gesagt.

Ganz ruhig sagte Hitasura schließlich: »Wenn diese Frau auch nur einen Fuß auf die Treppe setzt, lasse ich sie von meinen Leuten abknallen.«

»Dann erschießt du auch noch mich, und alle deine Probleme sind aus der Welt geschafft. Nur eines hast du dabei vergessen.« Tori sah ihn kopfschüttelnd an. »Da ist auch noch Russ. Hast du dir schon überlegt, wie du ihn zum Schweigen bringen kannst? Indem du auch ihn umbringst? Das hätte allerdings zur Folge, daß du noch mehr Geheimdienstleute am Hals hättest, die seinen Tod zu rächen versuchen würden – von meinem ganz zu schweigen. Glaub mir, du hast ausgespielt.«

Um Hitasuras Lippen legte sich ein mitleidiges Lächeln. »Wenn das wirklich so ist, dann habe ich nicht das geringste zu befürchten.« Es schien, als könnte er nur mit Mühe ein schadenfrohes Grinsen unterdrücken. Doch im selben Moment fuhr er wieder ernst fort: »Tut mir leid, daß ich eben grinsen mußte. Aber das Ganze ist einfach zu grotesk. Wenn du wüßtest, wie falsch du die Lage einschätzt . . .«

»Was soll daran so komisch sein?«

»Sicher kannst du dich an diese Geschichte mit Tom Royce und Tok Murashito erinnern«, begann Hitasura darauf mit geduldiger Herablassung. »Wirklich eindrucksvoll, wie du Murashito damals deine Meinung gesagt hast. Tori Nunn, der finstere Racheengel, der Murashito für den Mord an diesem Trottel Royce zur Rechenschaft ziehen wollte.«

Tori machte aus ihrer Verblüffung kein Hehl. »Woher weißt du von meinem Besuch bei Murashito?«

»Von dir jedenfalls nicht.« Hitasura legte den Kopf auf die Seite. »Denk doch nach. So schwer kann das eigentlich nicht sein. Nein? Dann werde ich dir eben auf die Sprünge helfen. Royce wurde von Murashito umgebracht, soviel steht jedenfalls fest. Aber der Grund dafür war nicht, weil er seine Tochter vergewaltigt hat. Damit will ich nicht sagen, daß Royce so etwas nicht zuzutrauen gewesen wäre; aber Murashito ist viel zu clever, als daß er einen Kerl wie Royce auch nur in die Nähe seiner Tochter gelassen hätte.

Nein, Murashito hat Royce getötet, weil er dazu beauftragt war. Von wem? wirst du nun sicher wissen wollen. Von Bernard Godwin natürlich. Royce hatte nämlich begonnen, sich zu sehr für Godwins Geschäfte in Japan zu interessieren, und was er dabei herausfand, dürfte ihm vermutlich nicht gefallen haben. Das war übrigens auch der Grund, weshalb er sich ausdrücklich um den Auftrag bemüht hat, dich in die Geheimdienstarbeit einzuweisen. Natürlich hat Godwin ihn auch mit dieser Mission betraut; bis dahin war er nämlich nicht sicher, ob tatsächlich Royce der Mann war, der hinter seinem Rücken Nachforschungen über ihn anstellte. Sobald er in diesem Punkt jedoch Gewißheit hatte, war Royces Todesurteil bereits gesprochen. Begreifst du nun, wie lächerlich deine Drohungen gegen mich sind? Kein Mensch wird sich beim Geheimdienst auch nur einen Dreck um deinen – oder Mr. Slades – Tod scheren. Was natürlich nicht heißen soll, daß in dieser Angelegenheit nicht intensive Nachforschungen angestellt würden. Allerdings wird die Ergebnisse kein anderer als Godwin selbst auswerten. Oder hättest du vielleicht etwas anderes erwartet?« Mit einem schadenfrohen Grinsen über Toris verdutztes Gesicht fuhr Hitasura fort: »Was sagst du nun? Oder habe ich mich vielleicht nicht klar genug ausgedrückt? Soll ich dir noch einmal schön der Reihe nach auseinanderbuchstabieren, worum es eigentlich geht?«

Tori konnte es noch immer nicht fassen. Bernard Godwin, dem sie vertraut hatte wie einem Vater, sollte sie so schamlos hintergangen haben? Plötzlich fielen ihr wieder Russells Worte ein: *Weißt du, was Bernard mir aufgetragen hat, falls du wieder einmal zu sehr deine eigenen Wege gehen solltest. Er hat mich beauftragt, dich unverzüglich zu liquidieren.* Wie recht Russell mit seiner Einschätzung Godwins gehabt hatte . . .

»Sprich ruhig weiter«, forderte sie Hitasura auf, nachdem sie sich wieder von dem Schock erholt hatte. »Du arbeitest also schon die ganze Zeit für den CIA.«

»Nein, nicht für den CIA. Nur für Bernard Godwin«, korrigierte sie Hitasura mit einem süffisanten Lächeln. »Für eine Privatperson zu arbeiten, das ist wesentlich lohnender, als sich für eine Organisation abzurackern. Das müßtest doch eigentlich du am besten wissen, Tori-san.« Er schüttelte den Kopf. »Ehrlich gestanden, konnte ich nie so recht verstehen, wieso du dich hast breitschlagen lassen, wieder für diesen Verein zu arbeiten. Warum hast du das getan?«

»Weil ich keine andere Wahl hatte.«

Hitasura sah sie mit gespieltem Bedauern an. »Du Arme. Wenn ich das gewußt hätte . . .«

»Die Mühe hättest du dir gern sparen können. Ein solches Angebot hätte ich nie angenommen.« Sie faßte sich mit der

Hand an den Kopf. »Wie konnte ich mich in Bernard nur so täuschen? Er steckt also hinter dieser neuen Superdroge.«

»Von wegen!« Hitasura bedachte sie mit einem verschlagenen Grinsen. »Er würde mir eigenhändig das Fell über die Ohren ziehen, wenn er davon wüßte.«

»Was soll das heißen?«

»Wie du vielleicht weißt, ist Bernard in mancher Hinsicht ein wenig hinter dem Mond. Vermutlich ist das vor allem auf seine ausgeprägte altruistische Ader zurückzuführen. Für einen Mann in einem so pragmatischen Beruf finde ich diesen Charakterzug, ehrlich gesagt, fehl am Platz. Aber die meisten Menschen haben ein wesentlich vielschichtigeres Wesen, als man im ersten Moment denkt.«

»Du hast also bei diesem Auftrag noch zusätzlich einen lukrativen Nebenverdienst für dich herausgeschlagen.«

Hitasura nickte. »So könnte man es auch ausdrücken. In mancher Hinsicht ist Bernard wirklich auf Draht; da läßt er sich absolut nichts vormachen. In anderen Dingen ist er allerdings von einer Blauäugigkeit, die einem die Haare zu Berge stehen lassen könnte. Seine fixe Idee, die separatistischen Gruppen in der Sowjetunion zu unterstützen, hat ihn für vieles andere blind gemacht; auch dafür, wie ich das Hafnium am japanischen Zoll vorbei ins Land schaffe. Er hat mich jedenfalls nie danach gefragt, und ich habe es ihm natürlich auch nicht gesagt. Dazu war er viel zu sehr beschäftigt, um die nötigen Schritte einzuleiten, daß diese neuen Hafnium-Reaktoren in Produktion gehen konnten.«

Gütiger Gott, dachte Tori entsetzt, damit haben sich meine schlimmsten Befürchtungen bewahrheitet.

Entweder war sich Hitasura der Konsequenzen seines Tuns nicht bewußt, oder sie waren ihm egal. Jedenfalls fuhr er lachend fort: »Während Godwin also die Welt verbessern wollte, habe ich mir hinter seinem Rücken eine goldene Nase verdient. Doch dann bist du aufgetaucht. Warum mußtest du bloß deine Nase in Dinge stecken, die dich nichts angehen? Ich muß sagen, du hast mich schwer enttäuscht.«

Tori hatte ein Gefühl, als würde ihr plötzlich der Boden unter den Füßen weggezogen. Aber sie wußte, daß sie jetzt nicht auf halbem Weg haltmachen durfte. So schmerzhaft die Wahrheit auch sein mochte, sie mußte ihr dennoch auf den Grund gehen. »Und was war mit Ariel Solares?« fragte sie stockend.

»Ach, diese Geschichte.« Betont gelangweilt hob Hitasura die Schultern. »Wie Royce ist auch Solares auf ein paar Ungereimtheiten gestoßen und hat deshalb in dieser Sache auf eigene Faust Nachforschungen anzustellen begonnen, bis er für Bernard Godwin – und mich – ein solches Sicherheitsrisiko wurde, daß ich ihn zum Schweigen bringen mußte.«

Mit zugeschnürter Kehle stieß Tori hervor: »Bernard selbst hat Ariels Liquidierung angeordnet?«

Hitasura lachte. »Natürlich nicht. Dazu fehlt es Godwin doch an der nötigen Kaltschnäuzigkeit – was nicht heißt, daß wir diese Möglichkeit nicht in Erwägung gezogen haben. Aber dann hatte Godwin wegen Solares' Freundschaft mit Estilo Bedenken. Für mich war das allerdings kein Hinderungsgrund. Zudem wußte ich, daß Solares bereits besser über unsere Geschäfte im Bild war, als Bernard ahnte. Deshalb habe ich getan, was für uns alle das beste war.«

Fassungslos ließ sich Tori in ihren Stuhl zurücksinken. Zugleich begann sie jedoch zu begreifen, weshalb Estilo sie gewarnt hatte. Der Grund dafür war nicht allein ihre langjährige enge Freundschaft gewesen; vielmehr hatte er sich dadurch auch für Ariel Solares' Tod rächen wollen. Tori fiel wieder die Geschichte von den deutschen Zwillingen ein, die Estilo so lange gegeneinander aufgehetzt hatte, bis sie sich bis aufs Blut bekämpften. Estilo hatte eine ganz eigene Auffassung von Gerechtigkeit. Von einer Kugel in den Kopf hielt er nicht viel; das wäre eine zu milde und kurze Strafe gewesen.

Inzwischen deutete alles darauf hin, daß Ariel Estilo von seinem Verdacht gegenüber Godwin erzählt hatte. Deshalb war Estilo nach Ariels Ermordung davon ausgegangen, daß dahinter nur Godwin stecken konnte. Um sich an ihm zu rächen, hatte er dafür gesorgt, daß Tori Godwins Machenschaften auf die Schliche kam und ihm schließlich das Handwerk legen würde.

Es kostete Tori einige Mühe, sich von ihren Gedanken loszureißen und sich wieder auf das gegenwärtige Geschehen zu konzentrieren. »*Du* also warst es, der für Bernard spioniert hat; *du* hast ihn so genau über die Vorgänge bei Kaga auf dem laufenden gehalten.«

Hitasura nickte. »Ich habe eine ganze Reihe von meinen Leuten in höchsten Wirtschafts- und Regierungskreisen sitzen. Da bin ich natürlich immer auf dem laufenden über die neuesten Entwicklungen und kann auch hin und wieder einen kleinen Anstoß in die eine oder andere Richtung geben, wenn das in meinem Interesse liegt.«

»Welche Rolle kam eigentlich mir bei dem Ganzen zu? Warum hat mich Bernard damals angeworben? Er hatte doch dich und Murashito. Wozu hat er da noch mich gebraucht?«

»Das mußt du ihn schon selbst fragen«, erwiderte Hitasura. »Aber wie ich Bernard kenne, wollte er vermutlich, daß du mir ein bißchen auf die Finger siehst.«

»Was mir nicht besonders gut gelungen ist.«

Er hob die Schultern. »Immerhin weißt du jetzt über meine heimlichen Geschäfte Bescheid – was man von Bernard nicht gerade behaupten könnte.«

»Dann würde mich jetzt nur noch eines interessieren: Was wäre mit mir passiert, wenn ich Murashito die Geschichte von der Vergewaltigung seiner Tochter nicht abgenommen hätte und ihn tatsächlich getötet hätte?«

»Vermutlich nichts«, meinte Hitasura achselzuckend. »In gewisser Weise hast du Murashito allein dadurch ausgeschaltet, daß du ihm auf die Schliche gekommen bist. Er war danach für Bernard nicht mehr zu gebrauchen.«

»Ihr mußtet also einen Ersatz für ihn finden. An diesem Punkt kam Kunio Michita ins Spiel.«

»Ganz richtig. Eigentlich hast du uns einen Gefallen getan. Kunio Michita war für diese Aufgabe nämlich wesentlich besser geeignet als Murashito. Einflußreicher war er außerdem.«

»Mein Gott, wie blauäugig ich damals war!«

»In der amerikanischen Geschichte«, tröstete sie Hitasura, »gibt es genug Fälle, in denen Narren zu Helden wurden.« Seine

Hand schloß sich fester um den Griff seiner Pistole. Er richtete den Lauf direkt auf Toris Brust. »Wirklich ein Jammer, daß du deine Heimat nie wiedersehen wirst.«

Als Tori aufstand, konnte sie ganz deutlich die Anspannung spüren, die plötzlich von ihm Besitz ergriff.

»Halt!« warnte er sie eindringlich und folgte ihr mit dem Lauf der Pistole.

»Kannst du mir einen Grund nennen, warum ich nicht tun sollte, was ich vorhabe«, erwiderte Tori ruhig. »Du wirst mich doch in jedem Fall erschießen.«

»Davon kann gar keine Rede sein. So etwas würde ich nur tun, wenn du mir keine andere Wahl läßt.«

Tori schüttelte den Kopf. »Deine Reue kommt leider zu spät.«

»Wer redet hier von Reue? Bedauern wäre wohl eher das richtige Wort. Unsere Freundschaft war wirklich erfreulich – solange sie gehalten hat.«

»Du meinst wohl, solange sie dir in den Kram gepaßt hat.«

»Derlei sprachliche Feinheiten sind mir etwas zu hoch.«

»Damit kann man ja auch kein Geld verdienen«, konterte Tori schneidend.

»Wirklich komisch«, sagte Hitasura mit unverhohlenem Respekt. »Du bist in vieler Hinsicht keine *gaijin*, keine Fremde.« Er zuckte mit den Schultern. »Das Leben ist eben immer wieder für eine Überraschung gut.«

»Eines hätte ich noch gern gewußt«, sagte Tori. »An wen lieferst du die neuen Hafnium-Reaktoren? Wer ist Bernards Kontaktmann in der Sowjetunion?«

»Ein letzter Wunsch?« Hitasura bedachte Tori mit einem milden Lächeln. »Meinetwegen, er sei dir gewährt. Wem solltest du es schließlich noch verraten?« Er lachte. »Bernard hat sich mit einem gewissen Valeri Denisowitsch Bondasenko angefreundet, einem gebürtigen Ukrainer, der sich als Politiker vor allem durch seine gnadenlose Niederschlagung aller separatistischen Bestrebungen einen Namen gemacht hat, während er in Wirklichkeit jedoch auf den Zusammenschluß aller nationalistischen Gruppen auf Landesebene hingearbeitet hat. Ein Mann ganz nach meinem Geschmack, wenn man das so hört. Aber bei diesen Russen kann man ja nie wissen. Bernard behauptet zwar, daß auf ihn völlig Verlaß ist, aber genausogut könnte er auch vom KGB sein. Es wäre keineswegs das erste Mal, daß so etwas passiert. Ich persönlich traue keinem von diesen Rußkis. Aus den Kerlen werde ich einfach nicht schlau. Was wollen sie außerdem nun wirklich? Den Westen und das kapitalistische System in die Knie zwingen oder Geld verdienen? Ich für meinen Geschmack finde es ziemlich riskant, sein ganzes Vertrauen in einen Schizophrenen zu setzen. Aber genau das hat Bernard offensichtlich getan.

Nun kann er gleich sehen, was er sich da eingebrockt hat. Wir haben nämlich soeben einen Notruf bekommen, daß in Moskau etwas passiert und die Lage außer Kontrolle geraten ist. Offensichtlich sind wichtige Einzelheiten über Bondasenkos Organisation Weißer Stern bekannt geworden. Du kannst dir gar nicht vorstellen, wie schnell ich daraufhin alle Verbindungen zu Bernard gekappt habe. Es gibt im Hotel Rossija in Moskau einen toten Briefkasten auf den Namen einer Genossin Kubischewa. Davon würde ich für alles Geld der Welt keinen Gebrauch mehr machen. Ich bringe mich nicht gern unnötig in Schwierigkeiten. Aber genau das ist unweigerlich der Fall, wenn man den Retter der Menschheit spielen will. Man sieht immer wieder, was dabei herauskommt.«

Hitasura sah Tori forschend an. »Ist damit dein letzter Wunsch erfüllt? Können wir es jetzt hinter uns bringen?«

»Ja.« Tori nickte.

Und Hitasura drückte ab.

Ohrenbetäubend laut hallte der Schuß von den Wänden des engen Büroabteils wider, aber in der lärmenden Pachinko-Halle unter ihnen nahm niemand davon Notiz. Die Glasscheiben waren nicht nur kugelsicher, sondern auch schalldicht.

Von der Wucht des Geschosses wurde Tori gegen das Fenster hinter ihr geschleudert. Direkt über ihrem Herz zeichnete sich ein verkohltes Loch im Stoff ihrer Jacke ab. Sie war noch kaum zu Boden gesunken, als Hitasura bereits aufsprang und auf sie zugestürzt kam. Triumphierend stand er über ihr – genauso, wie er auf dem Flur des Teehauses über Big Ezoes Leiche gestanden war.

Als er mit der Schuhspitze gegen Toris Oberschenkel stieß und sie keine Reaktion zeigte, kauerte er neben ihr nieder und drückte ihr den Lauf der Pistole gegen die Stirn, um ihr den Fangschuß zu geben.

In dieser Sekunde kam Koi in den Raum gestürmt. Ganz automatisch riß Hitasura seine Waffe herum, und dieser kurze Moment genügte Tori, um ihm einen gezielten Handkantenschlag gegen das Nasenbein zu versetzen. Über Hitasuras Züge legte sich ein Ausdruck ungläubigen Staunens, doch im selben Augenblick stürzte er auch schon rücklings zu Boden und schlug mit dem Hinterkopf gegen ein Stuhlbein.

Mit einem flüchtigen Blick auf Hitasura kam Koi auf Tori zugestürzt und kniete neben ihr nieder.

»Alles in Ordnung?« fragte sie besorgt.

»Er ist tot, nicht wahr?« Toris Stimme schien von weit her zu kommen.

»Ja.«

»Noch ein Teil von mir, den ich für immer verloren habe.« Tori schloß die Augen und lauschte für einen Moment dem wilden Pochen ihres Herzens. »Ich wollte ihn nicht töten.« Sie sah zu Koi auf. »Dieses Morden muß endlich ein Ende haben.«

Mit einem ernsten Nicken half Koi Tori vom Boden hoch und betastete vorsichtig ihre Brust. »Trotz der kugelsicheren Weste war dein Plan ziemlich riskant. Was wäre gewesen, wenn er auf deinen Kopf gezielt hätte?«

Tori stieg über Hitasuras Leiche. »Dann läge ich jetzt hier.« Im selben Moment bekam sie weiche Knie, daß Koi sie stützen mußte.

»Auch ich muß dich jetzt um einen Gefallen bitten«, sagte Koi ernst. »Da ist etwas, was ich unbedingt hinter mich bringen muß. Ich fürchte aber, daß ich dazu allein nicht in der Lage sein werde.«

Sengakuji. Die letzte Ruhestätte der siebenundvierzig Ronin, die zu den meistverehrten Helden der japanischen Geschichte zählen. Der Ort, an dem Kakuei Sakata seine Seele geläutert und seine verlorene Ehre zurückgewonnen hatte, indem er *seppuku*, rituellen Selbstmord, beging.

Wortlos überreichte Koi Tori den entschlüsselten Text von Sakatas geheimen Aufzeichnungen und kniete dann auf dem Rasen nieder. Ihr weißes Gewand hob sich scharf vom farbenprächtigen Blumenschmuck des Grabes ab. Sie hoffte, daß dieser kleine Fleck Reinheit sich ebenso in Toris Gedächtnis einbrennen würde, wie das damals, am Tag von Kakuei Sakatas Tod, bei ihr der Fall gewesen war. Ganz deutlich konnte sie sich noch erinnern, wie der Wind in die Beine seiner weiten Baumwollhose gefahren war und wie für einen Moment das Sonnenlicht in der Klinge seines Schwerts aufgeblitzt war, bevor er es sich in den Unterleib gestoßen hatte.

Tori beugte sich über Koi und ergriff ihre Hand, die sich bereits um den Griff des todbringenden Schwerts geschlossen hatte. »Bitte, tu's nicht«, versuchte sie sie zum letztenmal von ihrem Vorhaben abzubringen. »Ich flehe dich an. Es gibt doch noch andere Möglichkeiten.«

»Für dich vielleicht«, erwiderte Koi ruhig. »Aber nicht für mich. Ich habe keine andere Wahl. Der Weg, den ich mein ganzes Leben lang beschritten habe, kann nur ins Verhängnis führen.«

»Aber in deinem Leben haben sich doch bereits die ersten Veränderungen abzuzeichnen begonnen«, hielt ihr Tori vor Augen. »Unter anderem hast du etwas, was du vorher nie hattest: eine Freundin.«

Doch Koi schüttelte den Kopf. »Das ist lediglich eine Illusion – eine tröstliche zwar, aber auch eine trügerische. Denn ganz gleich, wie sehr ich auch gegen den Hang zur Gewalt in mir ankämpfe, werde ich ihm eines Tages doch wieder erliegen. Wenn nicht heute, dann morgen. Ich habe in meinem Leben bereits zuviel Schuld auf mich geladen. Alles in mir sehnt sich danach, endlich Erlösung zu finden.«

Als sie dabei Tori ansah, standen Tränen in ihren Augen.

»Ich flehe dich an«, flüsterte Tori eindringlich. »Tu's nicht.«

Die Tränen strömten über Kois Gesicht. »Ich denke dabei

nicht an mich, sondern an andere, denen ich kein Leid zufügen möchte. An dich zum Beispiel.«

Mit diesen Worten stieß sich Koi die Klinge bis zum Heft in den Leib.

»Koi!«

Über ihre blutleeren Lippen kam ein schwaches »Oh!« Dann preßte sie ihre Ellbogen gegen die Seiten und begann am ganzen Körper zu zittern. Mit einer Kraft, von der Tori sich nicht vorstellen konnte, woher sie sie nahm, riß sie die Klinge von links nach rechts und schlitzte sich den Bauch auf.

Die blutüberströmten Hände noch immer fest um den Griff des Schwerts geklammert, sank sie vornüber auf den Rasen. In roten Rinnsalen floß das Blut über ihre Schenkel und versickerte im Boden.

»Es wird so dunkel«, hauchte Koi. »Laß mich jetzt nicht allein.«

»Ich bin doch bei dir«, flüsterte Tori in hilfloser Verzweiflung.

»Es wird immer dunkler. Aber die Berge . . . die Berge erstrahlen in hellem Licht . . .«

Der Tod überkam Koi wie eine Wolke, die den Mond verdunkelt, und ein letztes Mal schauten ihre erstarrenden Augen die fernen Berge, die in einem nur für sie sichtbaren Licht erstrahlten.

Es dauerte einige Zeit, bis Tori Russell Slade alles über die jüngsten Ereignisse und deren Hintergründe erzählt hatte. Da nach dem Vorfall in Hitasuras Pachinko-Salon kein Grund mehr bestand, noch länger in Tokio zu bleiben, hatten sie sich unverzüglich an Bord von Slades 727 begeben. Während sie nun bereits ihrem nächsten Ziel entgegenflogen, nutzte Tori die Zeit, um mit Slade noch einmal Schritt für Schritt durchzugehen, was sie in der Zwischenzeit in Erfahrung gebracht hatte.

Eine wesentliche Rolle spielten dabei die Hintergründe der seltsamen Allianz zwischen Michita, Ten und Hitasura, die in erster Linie auf Bernard Godwins Betreiben zustande gekommen war. Auch der Tod von Ariel Solares war inzwischen aufgeklärt; er war von Hitasura ohne Godwins Wissen angeordnet worden, da Ariel, wie vor ihm bereits Tom Royce, Godwins dunklen Machenschaften auf die Spur zu kommen drohte. Nicht zuletzt gab es auch noch den Anteil, den Tori selbst, wenn auch unwissentlich, an dem Ganzen gehabt hatte; indem sie nämlich Tok Murashito auf die Schliche gekommen war, war dieser für Bernard nicht mehr für eine weitere Zusammenarbeit zu gebrauchen gewesen, worauf Bernard schließlich in Kunio Michita einen neuen Partner für sein Projekt gefunden hatte, der sich für sein Vorhaben sogar als noch geeigneter erwiesen hatte als Tok Murashito zuvor.

Gerade nach den zutiefst schockierenden Erfahrungen der letzten Tage und Wochen war es Tori ein ausgesprochenes Bedürfnis, endlich einmal jemand ihr Herz ausschütten zu können und in aller Offenheit über die jüngsten Ereignisse und die daraus erwachsenden Konsequenzen zu sprechen. Am meisten überraschte sie dabei, wie gelassen Russell ihre Enthüllungen aufnahm.

»Du hast Bernard völlig richtig eingeschätzt«, mußte sie ihm gestehen. »Ich kann noch immer nicht fassen, daß er unser Vertrauen tatsächlich so schamlos mißbraucht hat. Wie kann ein Mensch nur so etwas tun!«

Nach langem Schweigen sagte Slade: »Wenn du nur endlich lernen würdest, auch von deinem Verstand Gebrauch zu machen und nicht immer nur emotional zu reagieren. Jetzt wäre eigentlich der Zeitpunkt gekommen, die jüngsten Vorfälle ganz objektiv und in aller Ruhe zu überdenken.« Er beugte sich vor. »Überleg doch mal, Tori. Bernard hat Michita, Ten und Hitasura nicht ohne Grund zusammengebracht, um die Durchführung seines Vorhabens zu ermöglichen. Er hat als einziger die einmalige Chance gewittert, den separatistischen Gruppierungen in der Sowjetunion mit Hilfe dieser völlig neuartigen Hafnium-Reaktoren endgültig zum Erfolg zu verhelfen.«

Toris Gesicht war auffallend blaß. »Mein Gott, wenn ich das geahnt hätte! In Wirklichkeit hat sich Bernard also nie aus dem aktiven Dienst zurückgezogen. Er saß weiter an den

Schalthebeln der Macht, ohne daß selbst du, der neue Geheimdienstchef, etwas von seinen geheimen Machenschaften wußtest.«

»Wie du eben richtig bemerkt hast«, bestätigte ihr Slade, »waren solche verdeckten Winkelzüge schon immer Bernards Spezialität.«

Tori starrte ihn durchdringend an. »Wie lange wußtest du darüber schon Bescheid?«

Über Slades Lippen legte sich ein bedauerndes Lächeln. »Nicht lange genug.«

»Ich kann es gar nicht erwarten, ihm das heimzuzahlen.«

»Es hat keinen Sinn, Tori, sich über Bernard aufzuregen. Er ist, wie er ist: besessen von der Idee, den unterdrückten Völkern zu helfen.«

»Auch ich täte nichts lieber, als den Nationalisten in der Sowjetunion zu helfen«, entgegnete Tori. »Daran ist nicht das geringste auszusetzen. Es sind nicht Bernards Ziele, die ich nicht gutheißen kann; es sind seine Methoden.«

»Das ist ein Problem, mit dem wir in der Geheimdienstarbeit ständig konfrontiert werden.« Slade hielt sie beim Sprechen noch immer eng an sich gedrückt. »Aber was beweist das schon anderes, als daß auch Bernard nur ein Mensch ist? Gewiß, ihm sind Fehler unterlaufen – schwere Fehler sogar, so hätte er es nie so weit kommen lassen dürfen, daß die Geschäfte, die Hitasura mit der neuen Superdroge gemacht hat, praktisch durch den CIA gedeckt wurden.«

Tori sah auf die Wolken hinaus, die unter dem Flugzeugfenster vorbeizogen. »Sag bloß, du willst Bernard auch noch in Schutz nehmen – und das, obwohl er uns all die Jahre aufs schamloseste hintergangen hat. Wir haben ihn geliebt und bewundert, und er hat unser Vertrauen bedenkenlos für seine Zwecke mißbraucht.«

»Ich will dir etwas sagen, Tori. Bernard hat weiß Gott zur Genüge bewiesen, daß er zur Erreichung seiner Ziele vor nichts zurückschreckt. Erst dachte ich, daß das auch auf diesen Fall zutrifft. Inzwischen bin ich mir dessen nicht mehr so sicher. Du hast doch selbst gesehen, wie tief bestürzt er über Ariels Ermordung war – vor allem auch über die Brutalität, mit der die Gegenseite dabei vorging. Ich kann mich noch genau erinnern, wie er in diesem Zusammenhang gesagt hat, daß sie uns damit offensichtlich einzuschüchtern versucht und uns deshalb keine andere Wahl gelassen hätten, als darauf mit der größten Schärfe zu reagieren.« Slade sah Tori forschend an, ob sie ihm auch tatsächlich zuhörte. »In Wirklichkeit wußte Bernard bereits genau, daß hinter Ariels Ermordung Hitasura steckte. Deshalb lag ihm soviel daran, daß ich dich wieder für den Geheimdienst zu gewinnen versuchen würde. Mir war schon damals klar, daß er mich in dieser Angelegenheit zu manipulieren versuchte, aber ich konnte zu diesem Zeitpunkt noch nicht wissen, was er damit bezweckte. Inzwischen habe ich auch das begriffen: Für Bernard stand von Anfang an fest, daß du die einzige bist, die mit Hitasura fertig geworden wäre.«

»Sprich ruhig weiter.«

»Allerdings muß Bernard auch geahnt haben, daß du deinen alten Freund Hitasura sicher nicht so ohne weiteres liquidiert hättest, wenn du dich nicht vorher mit eigenen Augen vom Ausmaß der Schweinereien überzeugt hättest, die er sich in dieser Sache hat zuschulden kommen lassen. Von daher war dein Einsatz also nicht unproblematisch. Du warst zwar unsere einzige Agentin, die imstande gewesen wäre, Hitasura unschädlich zu machen. Andererseits hättest du aber, um deine Mission erfolgreich durchführen zu können, Dinge herausfinden müssen, die auch Bernard schwer belastet hätten.«

»Also deshalb hat Bernard dich beauftragt, mich zu liquidieren!«

Slade schüttelte den Kopf. »Du läßt dich schon wieder von deinen Gefühlen leiten. Denk doch nach: Wie ich dir bereits gesagt habe, hat mich Bernard nur ermächtigt, dich unter ganz bestimmten Umständen zu liquidieren. Er hat mich keineswegs damit beauftragt. Außerdem weiß er ganz genau, daß ich das nie über mich gebracht hätte. Bernard kennt die Schwächen anderer Menschen wie kein zweiter; deshalb wußte er auch schon vor mir, daß ich in dich verliebt bin.«

Darauf sagte Tori lange nichts. Schließlich stützte sie den

Kopf in ihre Hände und murmelte: »Ich kann das alles noch immer nicht fassen. Da ist so vieles . . .«

Slade nahm sie an den Händen. »Die Entscheidung, die jetzt auf dich zukommt, mußt du allein fällen. Dabei kann dir niemand helfen – auch nicht ich. Entscheide dich so, wie du es für richtig hältst – nicht so, wie vielleicht Bernard es von dir erwartet.«

Tori wußte, daß Russell in allem, was er bisher gesagt hatte, recht hatte. Dennoch weigerte sich ein Teil von ihr beharrlich, Bernard Godwin zu verzeihen, daß er ihr Vertrauen mißbraucht hatte. Deshalb erwiderte sie: »Für mich macht es nicht den geringsten Unterschied, ob er dich nun gebeten oder aufgefordert hat, mich zu liquidieren. Für mich zählt nur, daß er notfalls sogar meinen Tod in Kauf genommen hätte, um die Aufdeckung seiner dubiosen Machenschaften zu verhindern.«

»So darfst du das nicht sehen, Tori. Wenn Bernard wirklich deinen Tod gewollt hätte, würde er damit wohl schwerlich mich beauftragt haben. Abgesehen davon, daß ich als typischer Schreibtischhengst der denkbar ungeeignetste Mann dafür gewesen wäre, wußte er außerdem genau, wieviel mir persönlich an dir liegt.«

»Das hört sich zwar einleuchtend an«, meinte Tori. »Aber warum hat er dir dann trotzdem aufgetragen, mich notfalls zu liquidieren?«

»Darüber habe ich mir auch schon Gedanken gemacht, zumal sein Ansinnen so ungeheuerlich war, daß ich mir das Ganze von Anfang an nur so erklären konnte, daß er mir damit eigentlich etwas anderes zu verstehen geben wollte – sozusagen in Form eines Rätsels, das ich lösen sollte. Es dauerte allerdings eine Weile, bis ich auf die Lösung kam.

Als sich herausstellte, daß Hitasura eigenmächtig die Ermordung von Ariel Solares angeordnet hatte, war Bernard natürlich sofort klar, daß er dringend etwas gegen ihn unternehmen mußte. Wenn Bernard vielleicht auch nichts von der Geschichte mit dem Superkokain wußte, war auch das schon Grund genug, Hitasura das Handwerk zu legen – und das um so mehr, als er allein Bernard unterstellt war.

Nun muß ihm allerdings von Anfang an klar gewesen sein, daß du ihm nicht geglaubt hättest, wenn er dir ganz unverblümt die Wahrheit über Hitasura gesagt hätte. Mir wollte er in diesem Punkt auch keinen reinen Wein einschenken, weil er vermutlich fürchtete, ich könnte es dir weitererzählen. Es gab also nur eine Möglichkeit: Du mußtest die Wahrheit über Hitasura selbst herausfinden. Da er dir wegen deiner Unberechenbarkeit nicht recht über den Weg getraut hat, hat er dir mich als Aufpasser mitgegeben. Genauso, wie du damals Hitasura auf die Finger sehen solltest, sollte ich nun für dich den Wachhund spielen.«

Tori starrte eine Weile nachdenklich vor sich hin, bevor sie schließlich mit einem bitteren Lächeln sagte: »Und nun hat mir Bernard selbst die Möglichkeit in die Hände gespielt, mich für seinen schamlosen Vertrauensbruch an ihm zu rächen.«

Slade nickte: »Wie du siehst, muß sich Bernard dieses Risikos bewußt gewesen sein, als er mich beauftragte, dich wieder für eine Zusammenarbeit mit uns zu gewinnen. Wenn du mich fragst, sagt das eine ganze Menge über das Vertrauen aus, das er in uns hat. Ihm muß von Anfang an klar gewesen sein, daß er uns früher oder später auf Gedeih und Verderben ausgeliefert sein würde.«

Das ließ sich Tori eine Weile durch den Kopf gehen, bevor sie nickte. »Vermutlich kann ich noch immer nicht fassen, daß ich mich in Hitasura so getäuscht habe. Er hat Bernard genauso benutzt, wie Bernard uns benutzt hat. Im übrigen hat mir Hitasura selbst bestätigt, daß Bernard Ariels Liquidierung auf keinen Fall zugestimmt hätte. Genauso ist es richtig, daß Bernard nichts von Hitasuras Geschäften mit dem Superkokain wußte. Es dürfte einen ziemlichen Schock für ihn bedeuten, wenn er erfährt, in was er da verwickelt ist.«

Als Slade darauf nichts erwiderte, fuhr Tori mit einem tiefen Seufzer fort: »Es gibt da ein altes argentinisches Sprichwort: Der Teufel kann in schwärzester Nacht sehen, aber die Rache ist sogar am hellichten Tag blind.«

Slade verstand sofort, was sie damit sagen wollte. Sie befand sich auf dem besten Weg, die jugendlich unbekümmerte Impulsivität, die Godwin sich so gut zunutze zu machen verstanden hatte, in geregeltere Bahnen zu leiten – eine Entwicklung, die sie nur um so effizienter machen würde.

»Aber trotzdem rechtfertigt das in keiner Weise Bernards Verhalten«, fügte Tori nach einer Weile hinzu.

»Das mußt du allein entscheiden«, erklärte Slade. »Ich möchte dich in diesem Zusammenhang nur daran erinnern, daß du vor wenigen Minuten selbst gesagt hast, daß auch du diese nationalistischen Bewegungen in der Sowjetunion unterstützen würdest. Wie das möglich ist, hat dir Bernard eben in aller Deutlichkeit gezeigt.«

»Willst du damit sagen, wir sollten ihn dabei unterstützen?« Tori sah ihn fassungslos an. »Immerhin hat Bernard dem Weißen Stern gefährliche Atomwaffen zukommen lassen – und das ohne die geringsten Garantien, ob diese Untergrundorganisation nicht in Wirklichkeit vom KGB selbst ins Leben gerufen worden ist.«

»Damit hast du doch eben selbst den triftigsten Grund genannt, warum wir Bernard auf jeden Fall unterstützen sollten«, wandte Slade ein. »Diese neuen Hafnium-Reaktoren könnten ebenso zum endgültigen Zusammenbruch des Sowjetimperiums führen wie zum Ausbruch des dritten Weltkriegs. So oder so, dem Weißen Stern käme in beiden Fällen eine wichtige Schlüsselfunktion zu. Um so mehr Grund also, endlich herauszufinden, was es mit dieser Organisation auf sich hat. Dann wird sich auch zeigen, ob Bernard ein Narr oder ein Heiliger ist.«

»Na, großartig«, konnte Tori dazu nur noch sagen.

Slade deutete aus dem Fenster. »Willkommen in der Gefahrenzone, Tori. Eben sind wir in den sowjetischen Luftraum eingedrungen.«

3

Moskau / Sternstädtchen

»Wir haben ihn aus den Augen verloren.«

»Was?« Wütend ballte Mars Wolkow die Fäuste. »Dieser Mann – dieser *Verräter* – hat vier meiner Leute auf dem Gewissen. Er hat eine wehrlose Geisteskranke aus ihrem Anstaltszimmer entführt, und da wagen Sie es, mit der Nachricht vor mich zu treten, daß er Ihnen entkommen ist. Dafür erwarte ich eine Erklärung, Hauptmann.«

Anatoli Nikolew, Hauptmann der elften Division der KGB-Grenztruppen und vorübergehend dem Kommando des Leiters von Abteilung N unterstellt, rutschte unbehaglich auf seinem Sitz herum. Er und Mars Wolkow saßen auf der leeren Tribüne des Baseballstadions der Moskauer Staatsuniversität, auf dessen Spielfeld gerade das sowjetische Nationalteam beim Training war. Hinter dem Stadion erstreckten sich die grünen Kuppen der Lenin-Hügel, wo neben den bekannten Mosfilm-Studios auch einige der schönsten alten Villen der Stadt lagen, von denen eine Mars gehörte. Auf der anderen Seite waren die häßlichen Renommierbauten des Universitätsgeländes zu sehen, steingewordener Ausdruck der stalinistischen Unterdrückung und ihrer noch immer nicht aus dem Bild der sowjetischen Gesellschaft wegzudenkenden Nachwirkungen.

In seiner grauen Uniform mit den roten Besätzen gab Hauptmann Nikolew eine recht beeindruckende Erscheinung ab. Trotz der zahlreichen Orden an der Brust seiner Uniformjacke gab sich der Hauptmann jedoch keinerlei Illusionen hin, daß sich Mars Wolkow von diesen Beweisen vergangener Leistungen in irgendeiner Weise würde beeindrucken lassen. Für diesen Mann zählte nur die unmittelbare Gegenwart.

Hauptmann Nikolew hatte eine ausgesprochene Vorliebe für diesen Ort, insbesondere für den herrlichen Aussichtspunkt keine hundert Meter weiter, von dem am 14. September 1812 Napoleon auf Moskau hinabgeblickt haben soll, bevor er in die Stadt einmarschierte.

»Immer wenn ich hierherkomme«, riß Mars Wolkow den Hauptmann aus seinen Gedanken, »muß ich an Nikolai Iwanowitsch Lobatschewski denken. Ein wahrhaft großer Mann. Der Anblick seiner Büste vor der Universität erfüllt mich jedesmal von neuem mit Stolz, ein Russe zu sein.«

Das sieht ihm ähnlich, dachte Hauptmann Nikolew sarkastisch. Während mich dieser geschichtsträchtige Ort an die leidvolle und bewegte Vergangenheit unseres Landes erinnert, inspiriert er Genosse Wolkow zu hymnischen Lobreden auf einen Mathematiker.

»Wenn ich richtig informiert bin«, wechselte Mars abrupt das Thema, »sind inzwischen auch die letzten Panzereinheiten an der Grenze zu Lettland und Litauen aufgerückt.«

»Ganz richtig«, nickte Hauptmann Nikolew. »Ein ziemlich riskanter Plan, der sich allerdings, wie die Geschichte zeigt, schon mehrere Male bestens bewährt hat. Warum sollte diesmal also nicht klappen, was damals in Polen so hervorragend funktioniert hat?«

»Haben Sie denn, was das Gelingen dieser Militäraktion betrifft, irgendwelche Bedenken, Hauptmann?«

»Da ich kein Stratege bin«, entgegnete Nikolew ausweichend, »tut meine Meinung in diesem Punkt nichts zur Sache.«

»Aber Sie sind immerhin Soldat.« Mars sah den Hauptmann mit unverhohlener Verblüffung an. »Eigentlich möchte man doch meinen, daß so etwas das Herz eines jeden Militärs schneller schlagen lassen müßte.«

»Die Glanzzeiten des Militärs«, schnaubte Nikolew, »sind längst vorbei.«

»Ich weiß«, erwiderte Mars mit einem Anflug von Spott. »Ein Posten als römischer Legionärsführer wäre sicher wesentlich mehr nach Ihrem Geschmack.«

Beim Anblick der hart trainierenden Baseballspieler konnte sich Nikolew den Gedanken nicht verkneifen, daß man sich beim Militär an diesen spartanischen Drillmethoden ruhig mal ein Beispiel hätte nehmen können.

»Wir haben auch Bondasenkos Kontaktmann in der Anstalt von Archangelskoje aus den Augen verloren.« Es hatte keinen

Sinn, das Unvermeidliche noch länger hinauszuschieben. »Bedauerlicherweise tauchte Bondasenko genau in dem Augenblick auf, als wir den Mann festnehmen wollten. Offensichtlich diente die Anstalt den Mitgliedern des Weißen Sterns als geheimer Treffpunkt.«

»Ganz schön gerissen«, knurrte Mars. »Ich darf auf keinen Fall vergessen, Bondasenko das zu sagen, bevor ich ihm eine Kugel durch den Kopf jage.«

»Immerhin haben wir durch unsere Ermittlungen schon mal soviel in Erfahrung bringen können, daß er der führende Kopf des Weißen Sterns ist. Das ist immerhin schon etwas.«

»Na schön«, mußte ihm Mars zugestehen, um dann mißmutig fortzufahren: »Bondasenko ist also untergetaucht. Aber er kann sich nicht ewig versteckt halten. Irgendwann wird er wieder auftauchen müssen, und dann darf er uns auf keinen Fall ein zweites Mal entwischen. Ist das klar, Hauptmann?«

»Jawohl, Genosse.«

Darauf trat erst einmal eine längere Pause ein, während deren die beiden Männer wortlos die schwitzenden Baseballspieler beobachteten, die sich auf dem Spielfeld unter ihnen abmühten.

»Haben Sie Frau Ponomarewa inzwischen ausfindig machen können?« brach Mars schließlich das Schweigen.

»Nein.«

Wo kann Irina nur stecken? fragte sich Mars insgeheim. Sie ist weder zu Hause noch im Ministerium. Bei Valeri oder beim Helden war sie auch nicht. Davon hat sich Nikolew persönlich überzeugt. Dabei könnte mir Irina gerade jetzt von großem Nutzen sein. Immerhin ist sie die Person, die während der letzten paar Monate am engsten mit Valeri Denisowitsch in Kontakt stand. Wenn jemand weiß, wo er sich verkrochen haben könnte, dann sie.

Tja, dachte Mars, vielleicht wird es langsam Zeit, daß ich mich selbst der Frage annehme, wo Irina steckt.

Als Mars das Gebäude des Helden betrat, war es dort ungewohnt still. Zuerst begegnete er Tatjana. Sie war dabei, die frisch gebügelten Hemden des Helden zusammenzulegen. Es lag der unverkennbare Geruch von Waschpulver und Kleiderstärke in der Luft.

»Guten Tag, Genosse«, begrüßte sie Mars, ohne in ihrer Arbeit innezuhalten.

»Ist er allein?« fragte Mars barsch.

»Lara ist bei ihm«, erwiderte Tatjana. »Sie haben doch selbst angeordnet, daß wir ihn ab sofort keine Sekunde mehr aus den Augen lassen sollen.«

»Ich weiß«, bestätigte Mars.

Er setzte sich auf einen Klappstuhl und sah ihr mißmutig beim Zusammenlegen der Wäsche zu.

Nach einer Weile sah ihn Tatjana fragend an. »Sie machen den Eindruck, als könnten Sie etwas zu trinken brauchen, Genosse. Darf ich Ihnen etwas bringen?«

»Haben Sie Wodka hier?«

»Ich gehe nachsehen.« Sie verließ den Raum und kam wenig später mit einer Flasche und zwei klobigen Wassergläsern zurück. Grinsend hob sie die Flasche hoch. »Für den Fall, daß Ihnen ein Glas nicht genügt.«

Mars nahm einen kräftigen Schluck. Das tat gut. Ohne Zögern reckte er Tatjana sein leeres Glas entgegen. »Wissen Sie was, Tatjana? Ich glaube fast, daß der Held gewonnen hat.«

»Was soll er gewonnen haben, Genosse?«

»Na, unser kleines Duell mit Worten.« Mars leerte auch das zweite Glas in einem Zug. »Ich muß gestehen, daß er mir noch immer ein Rätsel ist. Ist der Kerl nun komplett verrückt oder wesentlich vernünftiger als wir alle zusammen? Ist er dort oben tatsächlich einem außerirdischen Wesen begegnet, oder führt er uns aus Rache für das, was wir ihm angetan haben, nur ständig an der Nase herum?«

»Wenn Sie meine Meinung hören wollen . . .«

»Aber sicher. Sie interessiert mich sogar sehr.«

»Na schön.« Sie nahm einen kräftigen Schluck von ihrem Glas, als müßte sie sich erst Mut antrinken. »Wenn Sie mich fragen, ist der Held komplett verrückt. Was auch immer ihm dort oben zugestoßen ist – es hat in seinem Denken eine Reihe von einschneidenden Veränderungen hervorgerufen. Allerdings ist er meiner Ansicht nach nicht im gängigen Sinn verrückt. Ganz sicher ist er nicht schizophren oder psychopathisch oder sonst etwas in der Art. Nein. Der Held ist einfach nur anders als Sie und ich.«

»Wie sollte es auch anders sein. Aber dennoch ist er . . .«

»Nein, Sie verstehen mich nicht richtig«, unterbrach ihn Tatjana und starrte dabei nachdenklich in ihr Glas.

»Sie wollen doch nicht etwa behaupten, daß er nicht mehr länger ein Mensch im üblichen Sinn ist? Jetzt machen Sie aber einen Punkt, Tatjana. Sonst fange ich tatsächlich noch zu denken an, daß Sie und Lara vielleicht ein bißchen zu lange seiner Nähe ausgesetzt waren.«

»Aber genau das ist doch der springende Punkt. Wir kennen ihn besser als jeder andere. Glauben Sie mir: Auch wenn er sich rein körperlich nicht im geringsten von uns unterscheidet, so trifft das auf den geistigen Bereich ganz sicher nicht zu. In seinem Bewußtsein oder in seinem Verstand – je nachdem, wie Sie es nennen wollen – sind einige gravierende Veränderungen vor sich gegangen.«

Darauf sah Mars sie erst einmal lange schweigend an. Wie kommt es, fragte er sich schließlich, daß ich jedesmal, wenn ich hierherkomme, das Gefühl habe, in eine völlig fremde Welt verschlagen zu werden? Hat der Held nun alle in seiner Umgebung mit seiner Verrücktheit angesteckt, oder sollte tatsächlich etwas Wahres an dem sein, was Tatjana eben behauptet hat?

Abrupt stand er auf und stellte sein Glas beiseite. Er hatte bereits mehr als genug getrunken. »Ich werde jetzt zu ihm hineinschauen.«

Er ließ Tatjana zurück, wie er sie angetroffen hatte – Hemden zusammenlegend.

Im Hallenbad war es seltsam still. Selbst das leise Plätschern des Wassers schien verstummt. Da kein Licht brannte, begann Mars im Dunkeln nach dem Lichtschalter zu tappen.

»Halt!« hielt ihn Laras Stimme zurück. »Die Augen des Helden sind in den letzten Tagen noch lichtempfindlicher geworden.«

Vorsichtig tastete sich Mars durch das Dunkel an den Bekkenrand. »Haben Sie davon die Ärzte schon in Kenntnis gesetzt?« Im Näherkommen konnte er das Salzwasser ganz schwach phosphoreszieren sehen.

»Ja«, erwiderte Lara. »Sie haben ihn auch schon auf Herz und Nieren überprüft. Aber bisher können sie sich die Ursachen dafür noch nicht erklären.«

»Typisch!« schnaubte Mars. »Gibt es überhaupt noch etwas, wofür die Herren Doktoren mit einer Erklärung aufwarten können? Wozu sind die Kerle eigentlich überhaupt noch gut?« Er hatte inzwischen den Beckenrand erreicht und ließ sich auf die Hacken nieder.

Als Lara auf ihn zugeschwommen kam, konnte er ihre Augen im Dunkel ganz schwach leuchten sehen. Da ihr das Haar von Nässe eng am Kopf klebte, war ganz deutlich zu erkennen, daß ihr Gesicht ein perfektes Oval bildete. Mit Erstaunen nahm Mars zur Kenntnis, daß ihm das bis zu diesem Moment noch nie aufgefallen war.

»Irgend etwas stimmt nicht mit ihm.«

Bei dem Ton, in dem sie das sagte, stellten sich Mars unwillkürlich die Nackenhaare auf. »Wie meinen Sie das?«

»Ich wollte damit nur sagen, daß diese erhöhte Lichtempfindlichkeit kein isoliertes Einzelphänomen darstellt, sondern eher Teil eines einschneidenden Veränderungsprozesses ist, der im Augenblick in ihm vorgeht.«

»Unsinn«, versuchte Mars ihre Behauptung mit einer schroffen Geste abzutun. Doch ein kurzer Blick in ihr ernstes Gesicht ließ ihn rasch hinzufügen: »Zeigen sich denn die Auswirkungen der kosmischen Strahlung schon so schnell?«

»Nach Meinung der Ärzte ist das nicht der Grund dieser seltsamen Veränderung.«

»Was wissen die denn schon? Gar nichts.« Trotzdem mußte Mars mit einem seltsamen Kribbeln im Bauch an eine Äußerung Tatjanas denken, derzufolge im Bewußtsein des Helden eine tiefgreifende Veränderung vor sich gegangen war. Plötzlich konnte er die Angst, die in ihm aufstieg, nicht mehr länger unterdrücken. »Was genau ist nun eigentlich passiert, Lara?«

»Das kann ich leider auch nicht sagen. Jedenfalls sieht es so aus, als befände er sich im Anfangsstadium eines tiefgreifenden Veränderungsprozesses.«

»Wollen Sie damit etwa sagen . . .«

»Er mutiert.«

Für einen Moment verschlug es Mars die Sprache, und es dauerte eine Weile, bis er schließlich heiser hervorbrachte: »Zu was?«

Statt einer Antwort sah ihn Lara jedoch nur mit besorgtem Schweigen an.

»Wo ist er?« fragte er nach einer Weile.

»Im Wasser.« Sie deutete in das Dunkel. »Auf der anderen Seite des Pools. Arbat ist bei ihm.«

Mars stand auf und ging um das Becken herum zu der Stelle, wo der Held mit dem Delphin im Wasser trieb.

»Odysseus?«

Überdeutlich konnte Mars seine Stimme von den Wänden des Hallenbads widerhallen hören. Das Dunkel schien plötzlich von pulsierendem Leben erfüllt. Doch was war das für eine Form von Leben? Schaudernd straffte Mars die Schultern und rief noch einmal nach dem Helden.

»Hier bin ich, Genosse«, kam die Antwort aus dem Pool.

Ein leises Plätschern, gefolgt von einem kurzen Schwappen, und im selben Augenblick tauchte zu Mars' Füßen das fahle Gesicht des Helden am Beckenrand auf. Bildete sich Mars das nur ein, oder war der mattsilberne Schimmer seiner Haut noch intensiver und fremdartiger als sonst?

Plötzlich spürte er, wie sich eine nasse Hand um seinen Knöchel schloß.

»Kommen Sie näher, Genosse.«

Der Griff wurde fester. »He, was soll das?« protestierte Mars. »Warum denn plötzlich so auf Distanz?«

Ein heftiger Ruck und Mars verlor das Gleichgewicht. Er spürte noch, wie er mit dem Rücken gegen den Beckenrand schlug, und im selben Augenblick wurde er auch schon unnachsichtig ins Wasser gezogen.

Bleiern schwer zerrten die nassen Kleider an seinen Gliedern, und obwohl er mit Armen und Beinen wie wild um sich schlug, zog ihn das Gewicht seiner Schuhe unaufhaltsam nach unten, bis das Wasser über seinem Kopf zusammenschlug. Im selben Moment wurde er jedoch von einer kräftigen Hand am Hemd gepackt und wieder nach oben gezogen. Er begann heftig nach Luft zu schnappen. Das Salzwasser brannte so schmerzhaft in seinen Augen, daß er sie erst eine Weile krampfhaft zusammenkneifen mußte. Als er sie schließlich wieder aufschlug, starrte er direkt dem Helden ins Gesicht.

»Wir leben in einer verrückten Welt«, sagte Odysseus. »Finden Sie nicht auch, Genosse?«

»In einer sehr verrückten sogar.« Es kostete Mars alle Mühe, seine Angst unter Kontrolle zu halten. Hier im Pool war er dem Helden auf Gedeih und Verderben ausgeliefert. Kein Mensch wußte, welche seltsamen Veränderungen gerade in ihm vorgingen.

Odysseus schleppte ihn an den Beckenrand. »Vielen Dank, daß Sie das Licht nicht angemacht haben.«

»Keine Ursache.« Noch während er das sagte, wurde Mars bewußt, daß das der freundlichste Wortwechsel war, den sie seit langem geführt hatten. An seiner Seite wurde ein leises Plätschern hörbar.

»Inzwischen brauche ich immer weniger Licht zum Sehen.« Es war die Stimme des Helden – kein Zweifel. Aber was hatte er da eben gesagt? »Außerdem kann ich jetzt Dinge sehen, die ich vorher nicht gesehen habe.«

Mars wollte schon fragen: Was für Dinge? Aber seltsamerweise brachte er kein Wort über die Lippen. Schaudernd wurde ihm bewußt, daß er die Antwort darauf auch gar nicht wissen wollte, und es kostete ihn alle Überwindung, nicht in einem plötzlichen Anfall von Panik aus dem Hallenbad zu fliehen.

»Ich kann jetzt unter Wasser sehen, ohne daß ich dazu die Augen öffnen muß.« Mit wachsendem Entsetzen wurde Mars bewußt, daß es ihm der Held trotzdem sagen würde – ob er es nun wissen wollte oder nicht. »Arbat meint, daß ich inzwischen eine Art von natürlicher Sonarortung entwickelt habe, ganz ähnlich der, der auch sie sich zur Orientierung bedient.«

»Das hört sich aber reichlich verrückt an, Odysseus«, erwiderte Mars mit gezwungener Leichtigkeit, die sich aber selbst für ihn nicht sehr überzeugend anhörte. »Glauben Sie nicht, Sie bilden sich diese Veränderungen nur ein?«

»Genauso, wie ich mir Ihrer Meinung nach auch die Farbe zwischen den Sternen nur einbilde?« Der Held war inzwischen ganz dicht an Mars herangeschwommen. In der Luft lag plötzlich ein nelkenähnlicher Geruch. »Die Farbe Gottes?« Hart und glänzend wie Stahlkugeln leuchteten seine Augen durch das Dunkel. »Sollte ich vielleicht alles nur geträumt haben, Genosse? Die lange Ausbildung, den Start der Odin-Galaktika II, den Zwischenfall und Menelaus' Tod?« Er breitete die Arme aus. »Und auch das hier. Dieses Gebäude, den Pool, Arbat. Sie . . .

Wenn ich Solipsist wäre, Wolkow, würde ich vielleicht zu dieser Überzeugung gelangen. Nur bin ich aufgrund meiner jüngsten Erlebnisse so weit davon entfernt, Solipsist zu sein, wie nur irgend vorstellbar. Ich bin nicht allein und isoliert. Niemand ist das, auch wenn viele das fälschlicherweise denken.«

Obwohl der Held ganz leise sprach, haftete seiner Stimme etwas von der alles durchdringenden Resonanz einer gigantischen Glocke an, die den Raum auch dann noch mit ihren Schwingungen erfüllte, wenn er längst zu sprechen aufgehört hatte.

Langsam hatte Mars genug von diesem Theater. Höchste Zeit, daß er die Situation wieder unter Kontrolle bekam. Auf keinen Fall durfte er sich vom Helden die Initiative entreißen lassen. Sobald die ursprünglichen Machtverhältnisse wiederhergestellt waren, würde er sich auch bestimmt wieder besser fühlen. Deshalb begann er in seinem schneidensten Tonfall: »Zu meinem Bedauern muß ich Sie darauf hinweisen, Odysseus, daß die Zeiten, in denen Sie ungehindert Informationen einholen konnten, ein für allemal vorüber sind.« Angespannt beobachtete Mars, ob sich in der Miene des Helden irgendeine Reaktion zeigte. Das erinnerte ihn unwillkürlich an Natascha Majakowas Gesichtsausdruck, als er ihr eröffnet hatte, daß er sie in die Lubjanka bringen würde. Nur schade, daß er mit dem Helden nicht genauso verfahren konnte; aber dann wären die Kosmonauten in Sternstädtchen auf die Barrikaden gegangen. Gerade angesichts der wachsenden Unruhen in den nichtrussischen Teilrepubliken galt es unter allen Umständen zu vermeiden, daß sich diese Welle der Unzufriedenheit bis nach Moskau, das Zentrum der Macht, ausbreitete und hier auch noch ausgerechnet von den Kosmonauten geschürt wurde, die der Stolz der ganzen Nation waren.

Dem Helden konnte er also nicht mit den üblichen Drohungen kommen. In seinem Fall mußte er sich etwas anderes einfallen lassen. »Das haben Sie wirklich verdammt schlau angestellt«, fuhr er deshalb fort. »Trotzdem bin ich Ihnen einen Schritt voraus. Ich habe nämlich herausgefunden, von wem Sie bisher Ihre Informationen bezogen haben.«

»Wollen Sie mich jetzt also vollends von der Außenwelt abschneiden?«

Dieser hintertriebene Kerl, dachte Mars wütend. Er läßt sich durch nichts anmerken, was in ihm vorgeht. »Zumindest für eine Weile«, entgegnete er, nach außen hin ganz ruhig. »Das müßte eigentlich Strafe genug sein, daß Sie hinter meinem Rükken versucht haben, sich streng geheime Informationen zu besorgen. Im übrigen können Sie von Glück reden, daß ich sie deswegen nicht wegen Spionage angezeigt habe, was angesichts des vorliegenden Tatbestands mehr als gerechtfertigt gewesen wäre.« Er schüttelte den Kopf. »Diese KGB-Akten unterlagen strengster Geheimhaltung.«

»Wenn ich recht informiert bin, hätten nicht einmal alle Kreml-Mitglieder in sie Einsicht nehmen dürfen.«

»Wir sind nicht hier, um über politische Feinheiten zu diskutieren!« donnerte Mars los, um seinen unbeherrschten Ausbruch jedoch sofort wieder zu bereuen.

»Es ist doch schon lange ein offenes Geheimnis«, erklärte Odysseus ganz ruhig, »daß sich der KGB ganz bewußt jeder politischen Einflußnahme zu entziehen versucht, um ungestört seine eigenen Wege gehen zu können.«

»Das geschieht nur zum Wohl des Staates«, entgegnete Mars steif. Ein weiterer Fehler.

»Genau wie die Arbeitslager. Auch sie dienen nur dem Wohl des Staates.«

Angespannt starrte Mars in das undurchdringliche Gesicht des Helden. Na schön, dachte er. Wäre doch gelacht, wenn ich dich nicht kleinkriege, Freundchen. »Wir haben Natascha Majakowa gefaßt«, erklärte er ohne Umschweife.

»Und jetzt quetschen Sie sie nach allen Regeln der Kunst aus.«

»Inzwischen wissen wir auch, von wem sie ihre Informationen hatte«, fuhr Mars unerbittlich fort. »Von keinem Geringeren als Valeri Denisowitsch Bondasenko. Es steht also zu befürchten, daß Sie, was Ihren weiteren Informationsfluß betrifft, ein Weilchen auf dem trockenen sitzen werden.«

»Aha, so ist das also.«

»Ja. Genau so.«

»Demnach dürfte ab sofort auch Schluß mit Ihrer bisherigen sanften Tour sein. Jetzt werden Sie eine härtere Gangart einschlagen, um aus mir herauszubekommen, was Sie von mir wissen möchten.«

»Das haben Sie alles nur dem Verräter Bondasenko zu verdanken. Es steht völlig außer Zweifel . . .«

Entsetzt hielt er mitten im Satz inne. Wie aus heiterem Himmel sackten die Gesichtszüge des Helden plötzlich nach unten, er verdrehte die Augen, und sein Kopf sank schlaff auf seine linke Schulter. Zugleich spürte Mars, wie etwas Rauhes, Kaltes seine Beine streifte. Heftig mit den Beinen strampelnd, hielt er nach Arbat Ausschau. Der Delphin befand sich jedoch auf der anderen Seite des Pools und sah mit einem Ausdruck unverhohlener Feindseligkeit zu ihm herüber.

Als er sich darauf wieder dem Helden zuwandte, wirkte dieser plötzlich wieder völlig normal. »Was ist denn eben in Sie gefahren?« wollte Mars wissen.

Darauf öffnete der Held den Mund und gab eine Reihe von unverständlichen Lauten von sich.

Mit einer jähen Gänsehaut mußte Mars an Laras Worte denken: *Er mutiert.*

»Odysseus«, stieß er deshalb besorgt hervor, »können Sie mich überhaupt noch verstehen?«

Als der Held darauf nichts erwiderte, rief Mars nach Lara.

»Hören Sie sich das einmal an«, herrschte Mars sie an, sobald sie an seiner Seite auftauchte. »Ich habe ihm eine Frage gestellt, und er hat mit einem absolut wirren Kauderwelsch darauf geantwortet. Hat er das bei Ihnen oder Tatjana auch schon gemacht?«

»Nein«, versicherte ihm Lara ernst und wandte sich dann mit einem besorgten Blick dem Helden zu. »Ich finde, er sieht irgendwie verändert aus.«

»Inwiefern verändert?« Mars lief ein kalter Schauer den Rükken hinunter.

»Seine Augen sind plötzlich so eigenartig.« Sie schwamm näher auf den Helden zu.

Doch Mars zog sie heftig wieder an seine Seite zurück und fuhr sie an: »Was ist mit seinen Augen?« Nur zu offensichtlich reagierte er die Wut über seine Angst an Lara ab.

»Ich kann durch sie hindurchsehen.«

»Erzählen Sie doch keinen Unsinn«, knurrte Mars. »Eben noch waren sie so trüb wie die eines Toten.« Trotzdem starrte er aufmerksam in das Gesicht des Helden. Wegen des schwachen Lichts konnte er allerdings nicht erkennen, ob eine Veränderung in ihnen vorgegangen war. Dazu hätte er noch näher an den Helden heranschwimmen müssen. Aber das wollte er lieber nicht riskieren.

Statt dessen schwamm er an den Beckenrand und kletterte aus dem Wasser. Dort stand er dann in seinen nassen Kleidern und untersuchte die Stelle an seinen Beinen, wo ihn vorhin im Wasser etwas gestreift hatte.

»Lara«, sagte er unvermutet. »Wo ist Irina Ponomarewa?«

»Das weiß ich nicht, Genosse«, antwortete Lara, ohne den Blick vom Gesicht des Helden abzuwenden. »Sie ist schon vor einiger Zeit gegangen.«

»War sie zu Fuß hier?«

»Soweit ich mich erinnere, hat sie gesagt, sie wäre mit dem Wagen hier.«

Mars nickte. In den Wagen, den er Irina zur Verfügung gestellt hatte, war ein versteckter Sender eingebaut, mit dessen Hilfe sich jederzeit feststellen ließ, wo er sich gerade befand. Genau das würde er jetzt tun.

»Bringen Sie mir etwas zum Anziehen«, herrschte er Lara an.

»Sofort, Genosse.« Lara schwamm an den Beckenrand, kletterte aus dem Wasser und verschwand in einer Umkleidekabine.

Währenddessen beobachtete Mars den Helden, der reglos im Wasser trieb. Schaudernd dachte er an dieses seltsame Etwas, das seine Beine gestreift hatte. Was sind das wohl für unerklärliche Veränderungen, die in ihm vorgehen? dachte er insgeheim. Was wird aus ihm? Vermutlich wußte das der Held nicht einmal selbst.

Wenn man am Ende des Roten Platzes auf der Moskworetzkij-Brücke die Moskwa überquert, scheint man auf der anderen Seite des Flusses vor einer Wahl zu stehen, die jedoch in Wirklichkeit keine ist. Denn die zwei Straßen, die sich unmittelbar hinter der Brücke gabeln, führen beide zum Dobrininskaja-Platz, der in dem Teil der Moskauer Innenstadt liegt, der als Samoskworetschje bekannt ist; das heißt soviel wie Bezirk jenseits der Moskwa.

Früher befanden sich in Samoskworetschje nicht nur die Unterkünfte der Bediensteten des Zarenhofs, sondern auch die Werkstätten und Quartiere der Hoflieferanten und -handwerker. Im Zuge der rapiden Modernisierung Moskaus ist davon jedoch inzwischen so gut wie nichts mehr zu sehen. Dennoch gibt es in diesem Teil der Stadt noch eine ganze Reihe von historischen Sehenswürdigkeiten wie zum Beispiel die Kirche des Hl. Gregor von Neocaesarea. Man erreicht dieses Schmuckstück gotischer Architektur über eine der beiden Kamennij-Brücken auf halbem Weg die Bolschaja-Poljanka-Straße hinunter. In auffälligem Kontrast zu den fünf Kuppeln und dem hohen Glockenturm der Kirche, die hoch über die modernen Wohnhäuser in ihrer unmittelbaren Umgebung aufragen, stehen die modernen Verwaltungsbauten des Geographischen Instituts und der Atomenergie-Behörde.

Valeri Bondasenko hätte wohl in ganz Moskau kein besseres Versteck finden können als die Kirche des Hl. Gregor von Neocaesarea. Obwohl die prunkvolle Innenausstattung der Kirche mit ihren herrlichen Fresken nach der Oktoberrevolution vom

Staat konfisziert worden war, besuchten noch immer viele ausländische Touristen das Gotteshaus. Der Platz vor der Kirche stand voll mit Bussen, und das Innere der Kirche hallte wider von den Stimmen der Fremdenführer, die mit gelangweilten Gesichtern ihre Erklärungen herunterleierten.

Valeri hielt sich mit Sergej und seiner Tochter in der Krypta unter dem Altarraum versteckt. Das Mädchen schlief auf einem notdürftigen Lager in einer Ecke der dunklen und feuchten Gruft.

»Gott will uns wohl ein bißchen auf die Probe stellen, Genosse?« sagte Sergej mit einem bitteren Lachen. »Oder kannst du dir vielleicht erklären, weshalb ich mir immer mehr wie Hiob vorkomme.«

»Zumindest wird er uns nicht mehr sehr lange auf die Probe stellen«, erwiderte Valeri ernst. »Ganz gleich, wie die Sache ausgeht.«

Das ernüchterte auch Sergej wieder. »Bedeutet das das Ende des Weißen Sterns?«

»Das läßt sich so noch nicht sagen«, entgegnete Valeri. »Genosse Wolkow . . .«

»Hör mir bloß mit diesem Dreckskerl auf!«

»Genosse Wolkow hat sicher alles aus Natascha Majakowa herausbekommen, was sie wußte; aber zum Glück war das nicht sehr viel. Wir sind zwar schwer angeschlagen, aber noch keineswegs endgültig verloren. Solange sie nicht an meine Aufzeichnungen über den Weißen Stern herankommen, kann uns nicht allzuviel passieren.«

»Das hört sich aber nicht sehr überzeugend an. Es hat doch keinen Sinn, mir jetzt etwas vorzumachen. Also, wo drückt der Schuh?«

»Ich mache mir wegen meines Computers Sorgen. Er steht immer noch in meiner Wohnung.«

»Sind dort die Daten gespeichert?«

Valeri nickte. »Allerdings so, daß sie nicht so ohne weiteres abzurufen sind. Trotzdem . . .«

»Tja«, nickte Sergej ernst. »Aber die Gefahr besteht natürlich trotzdem.« Er hob die Schultern. »Eines steht jedenfalls fest:

Wir beide können auf keinen Fall in deine Wohnung und den Computer da herausholen. Wolkows Leute suchen in ganz Moskau nach uns. Außerdem wird die Wohnung sicher rund um die Uhr überwacht. Demnach können wir nicht mal jemand anderen hinschicken.«

»Zumindest niemand, der zum Weißen Stern gehört.«

»Das auf keinen Fall. Aber wer käme noch in Frage?«

»Ich wüßte da jemand . . .«

»Wen?«

»Eine Frau.«

»Nicht schon wieder eine Frau«, stöhnte Sergej. »Sieh doch nur, was aus Natascha Majakowa geworden ist. Es kann dich doch nicht völlig kalt lassen, daß sie diesen KGB-Henkern in die Hände gefallen ist.«

»Natürlich nicht. Mir lag sogar sehr viel an Natascha . . .«

»Genau das ist dein Problem, wenn ich das so direkt sagen darf. Deine emotionale Verstrickung . . .«

». . . stellt eine ernsthafte Gefährdung unserer Ziele dar«, sprach Valeri den Satz für ihn zu Ende. »Dessen bin ich mir sehr wohl bewußt, Sergej. Trotzdem möchte ich es mir nicht nehmen lassen, die Menschen, mit denen ich zusammenarbeite, weiterhin als solche zu betrachten und nicht nur als Schachfiguren in einem gefährlichen Spiel.«

»Was dich aber nicht daran hindern wird, wieder eine Frau für unsere Zwecke einzuspannen.«

»Ich werde ihr nur sagen, was sie tun soll. Die Entscheidung, ob sie dazu bereit ist, werde ich ganz ihr überlassen.«

»Daß ich nicht lache«, schnaubte Sergej. »Sobald du nur ein bißchen deinen Charme spielen läßt, würde die Arme sogar von der Moskworetzkij-Brücke springen, wenn du sie darum bitten würdest.«

»Sie ist keine von diesen Frauen, die alles mit sich machen lassen, wenn man ihnen nur ein bißchen schöntut«, entgegnete Valeri bestimmt.

»Das war auch Natascha Majakowa nicht. Dennoch hast du sie herumgekriegt, für uns zu arbeiten. Natürlich zum Nutzen unserer guten Sache.«

»Es war nicht richtig, Natascha für unsere Zwecke einzuspannen.«

»Versteh mich bitte nicht falsch. Das war keineswegs als Vorwurf gedacht.« In einer besänftigenden Geste legte ihm Sergej die Hand auf den Arm. »Du hast nur getan, was getan werden mußte. Es mag vielleicht nicht ganz sauber gewesen sein, aber zu schämen brauchst du dich deswegen keineswegs. Es war schlicht und einfach notwendig.«

»Dessen bin ich mir manchmal gar nicht mehr so sicher, Sergej.«

»Denk doch nur mal an Wolkow! Wenn du nicht so geschickt taktiert hättest, hätte uns dieses Schwein doch schon längst einkassiert.«

»Vielleicht hast du recht.«

»Zeiten der Revolution sind immer leidvolle Zeiten. Sie erfordern große Opfer.«

»In meinen Augen sind Revolutionen längst passé. Sieh doch nur einmal an, was aus unserer glorreichen Revolution geworden ist. Sollen wir etwa noch einmal die gleichen Fehler machen wie unsere Vorfahren?« Er schüttelte den Kopf. »Nein. Das mögen vielleicht leidvolle und verzweifelte Zeiten gewesen sein, aber trotzdem ist das noch lange kein Grund, auch zu verzweifelten Mitteln zu greifen. Dieser ewige Kreislauf aus sinnloser Gewalt muß endlich durchbrochen werden, und zwar ein für allemal. Ich will die alte Tyrannei nicht durch eine neue ersetzen. Sind wir uns da einig?«

Sergej nickte. »Du weißt doch, daß ich voll hinter dir stehe.«

Aufmunternd klopfte ihm Valeri auf die Schultern, um jedoch schon im nächsten Augenblick mit einem geistesabwesenden Blick in das Dunkel der modrigen Krypta zu murmeln: »Ach, Natascha, wenn du nur wüßtest, wie sehr du durch dein Leiden dem Weißen Stern gedient hast. Wolkow hat zwar deinen Widerstand gebrochen, aber nun glaubt er, daß du nichts weiter getan hast, als dem Helden geheime KGB-Dossiers zuzuschmuggeln. Hinter unser kleines Geheimnis ist er dagegen noch nicht gekommen.« Sein Blick richtete sich wieder auf Sergej. »Was sagst du nun? Wir haben also nichts zu befürchten.«

»Ist er weg?«

»Ja.«

Irina kam aus der Dusche, in der Lara sie versteckt hatte, sobald Tatjana Mars Wolkows Kommen gemeldet hatte.

»Du brauchst wegen der Dinge, die du eben vielleicht gehört hast, keine Angst zu haben.«

Irina glitt zu Odysseus in den Pool. »Nichts, was mit dir zu tun hat, kann mir angst machen.«

Zärtlich strich der Held über ihr Gesicht, bevor sie gemeinsam in die Mitte des Beckens hinausschwammen. »Übrigens, Mars hat nach dir gesucht«, sagte er nach einer Weile.

»Hat er auch gesagt, warum?«

»Er darf Sie auf keinen Fall finden«, schaltete sich Lara ein.

»Aber warum sucht er nach mir?«

»Weil er denkt, daß du weißt, wo Valeri ist.«

Und Lara fügte hinzu: »Er wird Valeri bei der ersten sich bietenden Gelegenheit töten.«

Irina schauderte. »Jetzt bekomme ich es aber doch mit der Angst zu tun.«

»Völlig zu Recht«, nickte der Held. Als er jedoch zärtlich seine Hand auf ihre Schulter legte, faßte sie wieder neuen Mut. »Trotzdem brauchst du dir keine Sorgen zu machen. Du hast ja einen Schutzengel, der auf dich aufpaßt.«

»Das hat auch Natascha gesagt.« Irina schloß die Augen. »Wird denn dieses ewige Morden und Blutvergießen nie ein Ende nehmen?«

»Die Gewalt ist nun einmal nicht aus der Welt wegzudenken.«

»Das ist nicht wahr«, stieß Irina verzweifelt hervor. »Es *darf* nicht wahr sein.«

»Im Gegenteil, dieser Hang zur Gewalttätigkeit ist sogar tief in der menschlichen Natur verwurzelt.« Der Held sah sie eindringlich an. »Er ist eine unausweichliche Folge der unersättlichen Gier nach immer mehr – sei es nun Macht oder Geld oder was auch immer.«

»Nichts ist unabänderlich«, entgegnete Irina. »Jetzt redest du wie ein Gott, der unendlich weit über allem steht und mit einem nachsichtigen Lächeln auf die Menschheit herabsieht.«

»Auch Mars hat mir schon vorgeworfen, ich würde mir gottähnliche Züge anmaßen. Allerdings muß ich sagen, daß mir nichts ferner liegt.«

Irina sah ihn forschend an. »Und woran liegt dir dann etwas?«

»Mir geht es vor allem um die Freiheit, nicht mehr und nicht weniger. Aber mit der Freiheit ist es bekanntlich so eine Sache. Wir sehnen uns zwar unser ganzes Leben lang danach, endlich frei zu sein; aber erreichen werden wir dieses Ziel nie.«

Darauf wollte Irina gerade etwas entgegnen, als Tatjana in den Pool stieg und auf den Helden zuschwamm. Mit einem Blick auf Irina flüsterte sie ihm aufgeregt zu: »Sie muß sofort weg von hier.«

»Jetzt gleich?« fragte der Held.

»Ja, sofort. Es ist sehr wichtig.«

»Aber wo soll ich hin?« begehrte Irina auf. »Ich will nicht weg von hier.«

Ohne sie zu beachten, sagte der Held zu Lara: »Sieh zu, daß niemand sie bemerkt, wenn sie das Gebäude verläßt.«

Lara nickte und kletterte, gefolgt von Tatjana, aus dem Pool.

»Muß ich wirklich fort?« fragte Irina noch einmal.

»Es ist sehr wichtig«, versicherte ihr der Held. »Sonst hätten wir diese Anweisung nicht erhalten.«

»Aber ich will nicht. Ich habe es satt, mich herumkommandieren zu lassen.«

»Du willst also endlich frei von allen Bevormundungen von oben sein?«

»Ja.«

»Das will ich auch«, versicherte ihr der Held. »Genau wie alle anderen. Sogar Arbat will nichts anderes.« Er sah Irina an. »Wenn du jetzt gehst, wirst du dazu beitragen, daß wir eines Tages alle frei sein werden.«

»Wenn das so ist, bleibt mir wohl keine andere Wahl«, lenkte Irina ein. Aber sie spürte ganz deutlich, wie ihr die Angst die Kehle zuschnürte.

Der Held lächelte. »Das nenne ich die richtige Einstellung.«

»Und wohin soll ich gehen?«

»Das weiß ich nicht. Aber glaub mir: Es ist auf jeden Fall besser so.«

Als ihn Irina darauf lange ansah, gelang es ihr nur mit Mühe, ihre Tränen zurückzuhalten. Nach einer Weile schwamm der Held auf sie zu, nahm sie in die Arme und küßte sie leidenschaftlich. »Komm wieder zurück zu mir, Irina«, flüsterte er ihr ins Ohr. »Ich wüßte nicht, wie ich ohne dich noch leben sollte.« Irinas Herz schlug so laut, daß sie ihn kaum hören konnte. Aber sie waren längst an dem Punkt, wo sie sich auch ohne Worte verstanden.

Inzwischen waren Lara und Tatjana wieder ins Hallenbad zurückgekommen.

»Es ist soweit«, flüsterte der Held.

Die beiden Betreuerinnen bückten sich und zogen Irina aus dem Wasser.

»Was ist für Sie das Allerwichtigste?« sagte Mars zu Hauptmann Nikolew.

»Die Sicherheit und Unantastbarkeit der Sowjetunion.«

»Das kam ja wie aus der Pistole geschossen.«

»Da brauche ich nicht lange zu überlegen, Genosse.«

Mars nickte. Sie befanden sich in der Kommandozentrale von Abteilung N. An einem kleinen Schreibtisch überflog Mars die Aufzeichnungen der Gespräche zwischen mutmaßlichen Angehörigen des Weißen Sterns, die während der letzten zwölf Stunden abgehört worden waren. Hauptmann Nikolew saß vor der hochmodernen Funkkonsole. »Es ist ein beruhigendes Gefühl, wenn man sich seiner Sache so sicher ist, wie Sie das offensichtlich sind, Hauptmann«, griff Mars nach einer Weile den Gesprächsfaden wieder auf. »Allerdings beginnt sich das mit wachsendem Alter mehr und mehr zu legen.« Er sah Nikolew kurz an. »Wie alt sind Sie eigentlich? Fünfunddreißig?«

»Zweiunddreißig.«

»Da, sehen Sie's«, sagte Mars fast wehmütig. »Gebt der Jugend eine Chance.« Und mit einem rätselhaften Lächeln fügte er hinzu: »Wie der Perestrojka.« Doch schon im selben Augenblick verzog er das Gesicht, als hätte er in einen sauren Apfel gebissen. »Noch eine Frage, Hauptmann. Was halten Sie von der zunehmenden Amerikanisierung der Sowjetunion?«

»Wie bitte?«

»Kommen Sie mir bloß nicht auf die Tour«, fuhr ihn Mars ärgerlich an. »Oder glauben Sie im Ernst, ich nehme Ihnen die Rolle des bedingungslos ergebenen, aber leicht beschränkten Soldaten ab, der brav seine Befehle erfüllt? Damit mögen Sie vielleicht Ihre Vorgesetzten beim Militär hinters Licht führen, aber mir können Sie nichts vormachen. Mir ist schon lange klar, daß in Ihrem Kopf ein verdammt heller Verstand steckt. Und denken Sie nicht, ich wüßte nicht auch genauestens über Ihre außerdienstlichen Aktivitäten Bescheid: Ihr ausgeprägtes Interesse für die Geschichte dieses Landes und insbesondere für die unzähligen Fälle von staatlich angeordneter Geschichtsklitterung, wie sie im Lauf der letzten Jahrzehnte leider immer wieder nötig waren.«

»Genosse . . .«

»Keine Sorge, Hauptmann. Ihr kleines Geheimnis ist bei mir in besten Händen. Aber versuchen Sie mir bitte nicht weiszumachen, Sie wären sich der zunehmenden Amerikanisierung dieses Landes nicht bewußt. Vor jeder noch so unbedeutenden Entscheidung, und sei es nur eine Verlegung der Mannschaftslatrinen, muß das Militär inzwischen die Genehmigung eines vom Volksdeputiertenkongreß eigens zu diesem Zweck ins Leben gerufenen Ausschusses einholen. Irgendwelche Erhöhungen der Militärausgaben? Die entsprechenden Anträge müssen erst des langen und breiten von einem Inspektionsausschuß geprüft werden, der absolut nichts von den Erfordernissen der nationalen Sicherheit versteht.

Dann sind da seit neuestem diese privaten Landwirte, die in offenen Wettbewerb zu den landwirtschaftlichen Kollektiven treten und sich in *ausländischer* Währung bezahlen lassen.«

Achselzuckend fuhr Mars fort: »Und mit dem KGB sieht es auch nicht viel besser aus. Einerseits müssen wir über alle unsere Aktivitäten genauestens Rechenschaft ablegen, während wir gleichzeitig tatenlos mit ansehen müssen, wie uns subversive Elemente in aller Öffentlichkeit wegen begangener Überschreitungen unserer Machtbefugnisse an den Pranger stellen.« Er schnaubte ärgerlich. »Das hat nichts mit Perestrojka zu tun; das sind amerikanische Verhältnisse.«

»In meinen Augen«, erklärte Nikolew, »ist die Perestrojka nichts weiter als ein Experiment.«

»Ein Experiment, das freilich längst sein ursprüngliches Ziel aus den Augen verloren hat.« Als Nikolew darauf nichts erwiderte, fuhr Mars aufgebracht fort: »Anstatt gemeinsam am Aufbau eines idealen Staates zu arbeiten, sind wir dazu übergegangen, ein Muster an Korruption zu schaffen. Das ist in etwa das gleiche, als hätten sich die Briten des Altertums die Zustände im Rom eines Nero oder Caligula zum Vorbild genommen. Ich finde das ebenso unbegreiflich wie unverantwortlich. Was ist nur plötzlich in uns gefahren, Hauptmann? Verlieren wir langsam vollends aus den Augen, was die Sowjetunion so vollkommen einzigartig auf der ganzen Welt dastehen läßt? Inzwischen sind wir bereits so weit, daß alles, was uns bisher heilig war, sogar von denen unterwandert wird, die die Macht im Staat haben. Der CIA könnte Radio Free America schon längst einstellen; unser eigener Präsident steht diesem amerikanischen Propagandasender an Subversivität in nichts mehr nach.«

»Meiner Meinung ist das alles nur eine Frage des Blickwinkels«, entgegnete Nikolew diplomatisch. »Letzten Endes haben wir es doch nur mit einem geradezu klassischen Fall zu tun, wie ein durchaus gutgemeintes Vorhaben durch die falsche Wahl der Mittel ins genaue Gegenteil verkehrt wird.«

»Anstatt zum Militär zu gehen, hätten Sie lieber Diplomat werden sollen, Hauptmann«, erklärte Mars lachend, um jedoch gleich wieder ernster fortzufahren: »Es ist mir völlig unverständlich, wie gerade Sie sich so sehr für die Geschichte begeistern können, Hauptmann; das um so mehr, als Sie doch am besten wissen müßten, wie sie von unseren sogenannten Gelehrten immer wieder ganz im Sinn der jeweils herrschenden Mächte umgeschrieben wird.«

»Eigentlich hätte ich gedacht, daß gerade Sie als erster die Notwendigkeit eines solchen Revisionismus einsehen müßten.«

»Langsam fangen Sie wirklich an, mich zu interessieren,

Hauptmann. Wie es scheint, sind auch Sie sich sehr deutlich bewußt, was für eine trügerische und schwer faßbare Sache die Wahrheit ist.«

»Ehrlich gestanden, Genosse, bin ich mir nicht einmal sicher, ob ich überhaupt weiß, was Wahrheit eigentlich ist.«

Mars lachte. »Habe ich mich also doch nicht in Ihnen getäuscht! Sie sind keineswegs so harmlos, wie Sie auf den ersten Blick erscheinen.« Mit einer kurzen Kopfbewegung deutete er auf die Funkkonsole. »Etwas Neues?«

»Alles wie gehabt«, erwiderte Nikolew. »Irina Ponomarewas Wagen steht noch immer, wo wir ihn vor kurzem entdeckt haben. Ich lasse ihn rund um die Uhr überwachen.«

»Was Sie nicht sagen?« Mars sah auf. »Wer hat Sie dazu beauftragt?«

»Niemand, Genosse. Ich hielt es für . . .«

»Sind Sie verrückt geworden, Mann«, fuhr ihn Mars wütend an. »Ziehen Sie Ihre Leute sofort wieder ab. Nicht auszudenken, wenn Irina auf einen von ihnen aufmerksam würde. Sie weiß bisher nicht, daß ich vom KGB bin. Aber wenn sie zufällig einen Ihrer Leute entdeckt, würde sie bestimmt Verdacht schöpfen und den Wagen nicht mehr benutzen.«

»Zu Befehl, Genosse.«

Während Nikolew darauf unverzüglich die entsprechenden Anweisungen erteilte, mußte Mars schon fast wieder über seine heftige Reaktion lachen. Andererseits war natürlich auch nicht von der Hand zu weisen, daß in Hinblick auf Irina äußerste Vorsicht geboten war. Wie oft hatte er sich in den letzten Wochen und Monaten nicht gefragt, ob sie während ihres Amerikaaufenthalts nicht vielleicht doch geheime Kontakte mit Sympathisanten des Weißen Sterns geknüpft hatte. Schließlich war sie vom KGB nicht annähernd so lückenlos überwacht worden wie zum Beispiel Natascha Majakowa während ihres Aufenthalts in New York.

Sein Argwohn war also keineswegs unbegründet, zumal Irina auch einige recht eigenwillige Meinungen zu der leidigen Minderheitenfrage geäußert hatte – Meinungen, die Mars, gelinde gesagt, einiges zu denken gegeben hatten. Andererseits hatte er sich jedoch auch gerade diese fragwürdigen Überzeugungen Irinas geschickt zunutze zu machen verstanden, als er sie auf Valeri Denisowitsch angesetzt hatte.

Nicht zuletzt hatte ihm Irina auch durch die Überführung von Natascha Majakowa einen großen Dienst erwiesen, auch wenn zu vermuten stand, daß sie das versehentlich getan hatte.

Das änderte jedoch alles nichts an der Tatsache, daß Valeri Denisowitsch noch immer auf freiem Fuß war.

Wütend drosch Mars mit der Faust auf die Tischplatte, so daß Hauptmann Nikolew erschrocken herumfuhr.

»Genosse?«

Doch Mars war bereits wieder dazu übergegangen, die vor ihm liegenden Unterlagen zu studieren. »Wie es scheint, haben sie in einem verschlüsselten Notruf um westliche Hilfe ersucht.« Er rieb sich das Gesicht. »Ganz ist es uns zwar noch nicht gelungen, ihren Code zu knacken; aber trotzdem wissen wir bereits genug, um uns einen Reim auf das Ganze machen zu können.« Er sah zu Nikolew auf. »Glauben Sie, die Lage des Weißen Sterns ist schon so verzweifelt, daß sie nicht einmal mehr davor zurückschrecken, sich an den Westen um Hilfe zu wenden?«

»Und wenn schon! Wer würde dort schon auf ein solches Hilfegesuch eingehen?«

»Hm.« Nachdenklich starrte Mars eine Weile auf die vor ihm liegenden Gesprächsaufzeichnungen, bevor er nach einem Zettel mit einer abteilungsinternen Notiz griff und davon ablas: »Eine diplomatische Mission der Amerikaner hat am Moskauer Flughafen um Landeerlaubnis ersucht.«

»Das ist doch nicht weiter ungewöhnlich.«

Mit einer energischen Handbewegung streckte Mars dem Hauptmann den Zettel entgegen. »Dann sehen Sie doch einmal, woher diese diplomatische Mission kommt.«

»Aus Tokio?«

»Ganz richtig.« Mars nickte. »Nach Tokio ging auch der abgefangene Notruf des Weißen Sterns.«

Nikolew zuckte mit den Schultern. »Das könnte ein Zufall sein.«

Wortlos nahm Mars die Notiz wieder an sich und heftete sie

sorgfältig in den Ordner mit den Gesprächsaufzeichnungen. Dann sah er wieder auf. »Stehen die mobilen Einsatzkommandos bereit?«

»Jawohl, Genosse.«

»Sobald sich Irina Ponomarewas Wagen von der Stelle bewegt, möchte ich unverzüglich informiert werden. Wenn ich gerade schlafen sollte, wecken Sie mich. Wenn ich beim Essen bin, nehmen Sie mir die Gabel aus der Hand. Ist das klar?«

»Absolut, Genosse.«

Das Hotel Rossija, ein häßlicher zwanzigstöckiger Betonklotz, lag in der Rasin-Straße, die nach einem Kosakenführer benannt war, der einst den Zaren schwer zu schaffen gemacht hatte. Irina betrat das Hotel durch den Vordereingang und erkundigte sich an der Rezeption, ob jemand eine Nachricht für Genossin Kubischewa hinterlassen hatte.

Das war der Fall.

Der Portier händigte Irina einen weißen Umschlag aus, mit dem sie sich in eines der verschiedenen Restaurants des Hotels begab, um dort unverzüglich die Toilette aufzusuchen und sich in einer Kabine einzuschließen. Erst dann riß sie mit zitternden Händen den Umschlag auf und las die darin enthaltene Nachricht zweimal aufmerksam durch. Nachdem sie sich die Anweisungen genauestens eingeprägt hatte, riß sie Zettel und Umschlag in winzige Stücke und spülte das Ganze die Toilette hinunter. Um ganz sicherzugehen, daß nichts zurückblieb, wartete sie, bis genug Wasser nachgelaufen war, und drückte die Spülung ein zweites Mal. Als sie sich anschließend die Hände wusch, ertappte sie sich dabei, wie sie es ganz bewußt vermied, sich in dem goldgerahmten Spiegel anzusehen.

Anschließend verließ sie das Hotel durch einen Seiteneingang. Ein Stück weiter waren die bunten Zwiebeltürme der Basilius-Kathedrale zu sehen. Das Wissen, daß sie sich in unmittelbarer Nähe des Kreml befand, ließ sie frösteln, als wäre es mitten im tiefsten Winter.

Irina hatte genaue Anweisungen, wohin sie gehen und welche Verkehrsmittel sie dazu benutzen sollte. Als sie sich zur nächsten Bushaltestelle auf den Weg machte, kostete es sie alle Überwindung, sich im Gehen nicht ständig umzusehen. Wenn sie allerdings an einem Geschäft vorbeikam, warf sie jedesmal einen verstohlenen Blick in das Schaufenster, um sich zu vergewissern, daß ihr niemand folgte.

Nachdem sie eine Weile kreuz und quer durch die Stadt gefahren war, kam sie mehr oder weniger wieder am Ausgangspunkt an. Sie ging ans Ende des Roten Platzes und über die Moskworetzkij-Brücke. Hinter dem Dobrininskaja-Platz erreichte sie schließlich den Samoskworetschje, den Bezirk jenseits der Moskwa. Auf dem Vorplatz der Gregorskirche standen mehrere Reihen von Intourist-Bussen. Nachdem Irina durch das mächtige Hauptportal eingetreten war, sprach sie erst einmal ein Gebet – für Valeri, für sich und ganz besonders für Odysseus. In der Kirche wimmelte es von Touristengruppen, die den geschichtsverfälschenden Ausführungen der Fremdenführer andächtig lauschten.

Schon längst kreisten Irinas Gedanken um nichts anderes mehr als um Tod und Gewalt. Je mehr sie jedes Gefühl für Gut und Böse verlor, desto stärker wurde auch ihre Angst. Wohin führte dieser Weg ins Ungewisse, von dem es längst kein Abweichen mehr gab?

Nachdem sie zu Ende gebetet hatte, richtete sie sich wieder auf und betrat die Sakristei. Der Raum war in tiefes Dunkel getaucht, das unablässige Geleier der Fremdenführer zu einem schwachen Raunen verstummt. Plötzlich legte sich eine Hand auf Irinas Arm. Heftig zusammenzuckend, wirbelte sie herum. Vor ihr stand ein Mönch, dessen Gesicht unter der Kapuze seiner Kutte verborgen war. Als sie etwas sagen wollte, legte er wortlos den Zeigefinger an die Lippen und gab ihr durch eine kurze Handbewegung zu verstehen, ihm zu folgen. Sie verließen die Sakristei durch eine massive alte Holztür, hinter der eine schmale Steintreppe nach unten führte. Je weiter sie die ausgetretenen Stufen hinabstiegen, desto stärker wurde der Modergeruch, und die Luft war so klamm und kalt, daß Irina niesen mußte.

Am Fuß der Treppe schlug der Mönch seine Kapuze zurück,

so daß Irina zum erstenmal sein Gesicht sehen konnte. Er hatte ein auffälliges rosa Muttermal auf der linken Wange.

»Bitte folgen Sie mir«, forderte Sergej sie auf, ohne sich vorzustellen. Irina fragte ihn nicht nach seinem Namen.

Nachdem sie sich eine Weile durch das Dunkel getastet hatten, blieben sie schließlich vor einer verborgenen Nische in der Wand der Krypta stehen. Als Irina einen neugierigen Blick auf die reglose Gestalt warf, die dort auf einem Strohsack lag, trat unvermutet Valeri Bondasenko aus dem Dunkel und sagte: »Das Mädchen ist meine Tochter. Ich habe dich bisher in dem Glauben gelassen, ich hätte keine Kinder. Tut mir leid, daß ich zu dieser Notlüge greifen mußte, Irina. Aber ich durfte nicht riskieren, daß jemand von der Existenz meiner Tochter erfährt. Meine politischen Gegner wären sonst sicher nicht davor zurückgeschreckt, ihre Krankheit gegen mich zu verwenden.«

»Warum ist sie jetzt hier?«

»Der KGB hat von ihrer Existenz erfahren. Deshalb mußte ich sie dringend aus der Anstalt fortschaffen.«

Irina sah ihn an. »Sie haben Natascha also zum Sprechen gebracht.«

Valeri nickte.

»Mein Gott, ist sie denn überhaupt noch am Leben?«

»Das weiß ich nicht.«

»Vielleicht bin ich schuld an ihrem Tod. Mein Gott, Valeri, wie konnte ich nur so dumm sein!«

»Aber nicht doch, *koschka*. Das war nicht deine Schuld. Du bist nur so lange von allen Seiten belogen worden, daß du irgendwann nicht mehr zwischen Lüge und Wahrheit unterscheiden konntest.« Er bedachte sie mit einem mitfühlenden Lächeln. »Du hast dir absolut nichts vorzuwerfen. Gegen die Leute, mit denen du zu tun hattest, hätte niemand eine Chance gehabt.«

»Du meinst, gegen dich und Mars?«

Valeri kam näher. »Ja.«

»Aber warum auch du?« Sie sah ihn forschend an. »Warum mußtest auch du mir etwas vormachen?«

»Weil ich dachte, das wäre nur zu deinem Besten. Ich hatte

deine Personalunterlagen sorgfältig studiert und war deshalb genauestens über deine Vorgeschichte informiert. Da ich also wußte, wieviel du bereits durch den KGB zu leiden hattest, hielt ich es für besser, dir zu verheimlichen, daß Mars vom KGB ist. Ich dachte, auf diese Weise könntest du dich ihm unverkrampfter nähern.«

Mit einem bedauernden Kopfschütteln fuhr Valeri fort: »Wie du siehst, ist mir das Lügen schon so sehr in Fleisch und Blut übergegangen, daß ich mir sogar selbst etwas vorgemacht habe, ohne es zu merken. Es ist mir tatsächlich gelungen, mich die ganze Zeit darüber hinwegzutäuschen, daß ich mich in dich verliebt hatte und dich trotzdem Tag für Tag Dinge tun ließ, die dich sehr wohl das Leben hätten kosten können. Was Natascha zugestoßen ist, hätte ohne weiteres auch dir passieren können, wenn Mars Verdacht geschöpft hätte, daß du ihm in meinem Auftrag hinterherspioniert hast. Aber ich war so versessen darauf, Mars unschädlich zu machen, daß ich das einfach verdrängt habe. Erst als es längst zu spät war, wurde mir plötzlich klar, welcher Gefahr ich dich damit ausgesetzt habe.«

»Bitte nicht«, stieß Irina heftig hervor, als Valeri noch einen Schritt näher kam. »Ich weiß nicht, ob ich im Augenblick deine Nähe noch ertragen könnte. Du hast mich tief verletzt, Valeri.«

»Das wollte ich nicht. Bitte, glaub mir.« Als Irina darauf nichts erwiderte, fuhr er fort: »Aber im stillen mußt du mir doch bereits verziehen haben, Irina. Sonst wärst du wohl kaum hierhergekommen.«

»Ich bin gekommen, weil Odysseus mich darum gebeten hat«, erwiderte Irina kalt. »Und weil er mir glaubhaft versichert hat, daß ich dadurch der Freiheit einen großen Dienst erweisen könnte.«

»Damit hatte er völlig recht.«

Irina starrte ihn finster an. »Ich würde eher sagen, daß er sich in diesem einen Punkt ausnahmsweise einmal gründlich getäuscht hat.«

»Findest du? Wir verfolgen beide dasselbe Ziel.«

»Vielleicht sind es ja nur deine Methoden, mit denen ich nicht einverstanden bin. Ehrlich gestanden, kann ich eigentlich gar keinen so großen Unterschied zwischen dir und Mars sehen.«

»Seit Odysseus aus dem Koma erwacht ist, hat Mars Wolkow ihn systematisch verhört. Mars Wolkow hat Natascha Majakowa festnehmen lassen und einem strengen Verhör unterzogen; das heißt in diesem Fall, daß sie gefoltert wurde, angefangen bei Schlägen, Nahrungs- und Schlafentzug bis hin zu Elektroschockbehandlung, Injektion von Dro . . .«

»Bitte, hör auf!« Irina hielt sich die Ohren zu.

»Ich wollte das nur klarstellen.«

Irina ließ die Schultern sinken. »Und ich habe es zur Kenntnis genommen.«

»Danke«, sagte Valeri steif, und bevor das darauf eintretende Schweigen allzu spannungsgeladen wurde, fügte er fast flehentlich hinzu: »Wie konnten wir es nur so weit kommen lassen, *koschka*?«

»Das mußt ausgerechnet du sagen.«

»Möchtest du, daß ich sage, daß alles nur meine Schuld war? Na schön, es war alles nur meine Schuld. Ich hätte dir von Anfang an nichts vormachen sollen. Aber woher hätte ich denn wissen sollen, daß ich dir auch wirklich hätte vertrauen können?«

»Du hast tatsächlich noch immer nichts begriffen.« Traurig schüttelte Irina den Kopf. »Genau das ist doch dein Problem, Valeri. Begreifst du denn noch immer nicht, was deine politische Arbeit aus dir gemacht hat? Du bist unfähig, noch irgendeinem Menschen zu trauen, weil du in ständiger Angst lebst, er könnte sich als dein Feind entpuppen.«

»Das stimmt nicht. Natascha Majakowa hat mir sehr viel bedeutet. Es bricht mir fast das Herz, wenn ich nur daran denke, was ihr zugestoßen ist. Und was dich betrifft, Irina – ich liebe dich.«

»Nein, Valeri. Ich glaube nicht, daß du dir der Bedeutung des Wortes Liebe wirklich bewußt bist. Aber das will ich dir gar nicht weiter zum Vorwurf machen. An erster Stelle steht für dich deine Arbeit; das ist schon immer so gewesen und wird auch immer so bleiben. Im übrigen finde ich daran auch nicht das geringste auszusetzen. Was allerdings meine Gefühle für dich betrifft, so bin ich mir darüber noch nicht so recht im klaren, und ich weiß auch nicht, ob ich mir darüber wirklich klar werden möchte. Doch was halte ich hier lange Reden – laß uns lieber zur Sache kommen.«

»Du willst uns also helfen?«

»Du solltest einmal deine Augen leuchten sehen, Valeri«, sagte Irina lächelnd. »Wie ein kleines Kind an Weihnachten. Ich habe völlig vergessen, wie schön dein Gesicht sein kann, wenn du glücklich bist.«

Valeri faßte sie an den Armen. »Irina, ich kann gar nicht genug betonen, wie riskant die Sache ist, auf die du dich da einläßt. Mars will mir an den Kragen. Er hat sogar die KGB-Grenztruppen eingeschaltet, um mich in der ganzen Stadt suchen zu lassen.«

»Wenn du mir damit angst machen wolltest, dann ist dir das bestens gelungen.«

»Wenn du Angst hast, wirst du vorsichtiger sein. Jetzt hör mir gut zu, Irina. Du kannst dich doch sicher noch an meinen Laptop erinnern? Du mußt versuchen, ihn unbemerkt aus meiner Wohnung zu schaffen.«

Fast hätte ihm Irina gestanden, daß sie seinem dienstbaren Geist in der Maschine bereits auf die Spur gekommen war und genauestens über den Aufbau des Weißen Sterns Bescheid wußte. Aber dann hätte er sie diesen Auftrag auf keinen Fall mehr durchführen lassen. Wenn sie nämlich mit ihrem belastenden Wissen Mars in die Hände gefallen wäre, hätte das für den Weißen Stern verheerende Folgen nach sich gezogen.

»Und was ist, sobald ich den Computer aus deiner Wohnung geschafft habe?« fragte sie statt dessen. »Ich kann doch nicht einfach durch die Stadt damit laufen.«

»Natürlich nicht. Hast du einen Wagen?«

»Ja.«

»Gut«, seufzte Valeri erleichtert. »Endlich scheint das Glück auf unserer Seite zu stehen.«

»Hassen Sie denn die Amerikaner nicht?« fragte Mars.

»Ich habe einmal einen Amerikaner kennengelernt«, erwiderte Nikolew. »Natürlich außerdienstlich. Schließlich sollen Besucher aus dem Ausland von der Existenz der Grenztruppen möglichst nichts mitbekommen. Wir sind zufällig am Eingang zum Kreml ins Gespräch gekommen, und ich muß sagen, er hat wirklich einen sympathischen Eindruck gemacht. Er zeigte sich außerordentlich interessiert und wollte gern wissen, wie das Leben in unserem Land wirklich aussieht. Dabei wurde mir allerdings schon bald klar, daß er sich davon völlig falsche Vorstellungen gemacht hatte.«

»Genau das ist der Punkt!« nickte Mars mit Nachdruck. »Die Amerikaner haben nicht die leiseste Ahnung von den tatsächlichen politischen, wirtschaftlichen oder gesellschaftlichen Zusammenhängen – von den gesellschaftlichen übrigens am allerwenigsten. Sie sind viel zu sehr damit beschäftigt, bei Bloomingdale's oder Tiffany's einkaufen zu gehen, als daß sie auch noch die Zeit fänden, sich um das Wohl ihrer Mitmenschen Gedanken zu machen.«

»Sie wollen die Amerikaner wohl wie Chruschtschow einfach einkassieren.«

»Nein, Hauptmann«, korrigierte ihn Mars. »Ich will sie nicht einkassieren. Ich will sie vernichten.«

»Das dürfte nicht ganz einfach werden.«

»Glauben Sie? Seltsam, daß ausgerechnet Sie als Historiker so etwas sagen. Rom war genauso dem Untergang geweiht wie Byzanz. Warum nicht auch Amerika?«

»Um es ganz offen zu sagen, Genosse: Weil die Geschichte längst den Beweis erbracht hat, daß die Demokratie im Vergleich zur kommunistischen Diktatur des Proletariats die bessere Regierungsform ist. Die Lehren von Marx und Engels haben sich in der Praxis als nicht durchführbar erwiesen. So traurig das auch sein mag, ist es doch eine unumstößliche Tatsache. Nehmen Sie doch nur Polen, Ungarn, Rumänien, die Tschechoslowakei und die DDR. Wir müssen unsere Kolonien genauso aufgeben, wie das früher die westlichen Kolonialmächte mußten.

Und warum schließlich auch nicht? Verzweifelte Zeiten erfordern verzweifelte Maßnahmen. Unsere Wirtschaft steht kurz vor dem endgültigen Zusammenbruch; wir sind nicht mehr imstande, die Nahrungsmittelversorgung unserer eigenen Bevölkerung zu gewährleisten, und dazu ist der riesige Wasserkopf unserer selbstherrlichen Bürokratie zersetzt von Alkoholismus und Korruption. Wir dürfen die Augen nicht mehr länger vor diesen Tatsachen verschließen. Der Weg, den wir eingeschlagen haben, führt in eine Sackgasse.«

»Welchen Weg sollen wir dann einschlagen?« entgegnete Mars aufbrausend. »Wozu soll das Ganze vor allem führen? Daß wir eines Tages ein Bloomingdale's und ein Tiffany's in der Gorki-Straße haben? Und unsere Frauen in Designer-Jeans und Glitzerjäckchen herumlaufen?« Seine Augen sprühten vor Zorn. »Es ist keine Lösung, diesem Amerikanisierungswahn zu verfallen. Allein diese Möglichkeit in Erwägung zu ziehen, finde ich verhängnisvoll.«

»Nehmen Sie doch nur einmal die früher erwähnten Briten des Altertums«, entgegnete Nikolew ruhig. »Trotz all seiner Korruption und Dekadenz hat das antike Rom eine unwiderstehliche Anziehungskraft auf sie ausgeübt.«

»Man braucht ja nur zu sehen, was dabei herausgekommen ist.«

»Wenn wir das nur auch endlich begreifen würden«, konterte Nikolew mit unverhohlenem Sarkasmus, als plötzlich eine der elektronischen Anzeigen vor ihm aufleuchtete und seine ganze Aufmerksamkeit auf sich lenkte.

»Was ist passiert, Hauptmann?« wollte Mars wissen.

»Irina Ponomarewas Wagen«, murmelte Nikolew. »Er ist gerade losgefahren.«

Vor Valeris Wohnung angekommen, fuhr Irina erst ein paarmal um den Block, um sich zu vergewissern, daß das Gebäude nicht vom KGB überwacht wurde.

»Falls sie für die Überwachung meiner Wohnung überhaupt jemand erübrigen können, dann bestenfalls einen Mann«, hatte ihr Valeri versichert, bevor sie zu ihrer gefährlichen Mission aufgebrochen war. »Schließlich wissen die beim KGB ganz genau, daß ich nie so unvorsichtig wäre, jetzt noch einmal in meine Wohnung zurückzukommen.«

Trotzdem ging Irina keinerlei Risiken ein. Nachdem sie den Wagen abgestellt hatte, verschaffte sie sich durch den Hintereingang Zutritt zum angrenzenden Haus und ging in den Keller, wo es eine Verbindungstür zum Keller von Valeris Haus gab.

Als sie zehn Minuten später auf Valeris Stockwerk in der Tür zum Treppenhaus stand, lauschte sie erst einmal eine Weile angespannt nach irgendwelchen verdächtigen Geräuschen. Als ein Stück den Flur hinunter eine Wohnungstür aufging, zog sich Irina sofort wieder ins Dunkel des Treppenhauses zurück. Es roch nach Kohl und kaltem Rauch. Die Tür schloß sich wieder, ein Schlüssel wurde im Schloß umgedreht, und schwere Schritte kamen den Flur herunter. Darauf trat kurze Stille ein, gefolgt vom leisen Summen des Lifts. Die Lifttür ging auf, schloß sich wieder, und dann setzte wieder dieses leise Summen ein. Der Lift fuhr nach unten.

Lautlos wie die langen Schatten der Abendsonne legte sich wieder tiefe Stille über das verlassene Treppenhaus.

Zum Glück gab es in dem Haus keine *deschurnaja* mehr; das war eine Art Concierge, die über alle Vorgänge im Haus genauestens Bescheid wußte und in den meisten Fällen inoffiziell mit dem KGB zusammenarbeitete. Etwas hatte sich in Moskau also doch geändert.

Verstohlen spähte Irina den Flur hinunter. Nichts an Valeris Wohnungstür wirkte irgendwie ungewöhnlich oder verändert. Trotzdem mußte sie davon ausgehen, daß Mars' Leute die Wohnung gründlichst durchsucht hatten, um dort irgendwelche Hinweise auf sein Versteck zu finden.

KGB. Ruhig verhalten.

Unwillkürlich jagte Irina ein kalter Schauder den Rücken hinunter, und für einen Moment spielte sie sogar mit dem Gedanken, einfach umzukehren und das Gebäude auf demselben Weg, auf dem sie gekommen war, wieder zu verlassen. Kein Mensch hätte je erfahren, daß sie überhaupt hiergewesen war.

Nur war es keineswegs so einfach. Seit ihrer Rückkehr aus Amerika hatte sie sich nach nichts mehr gesehnt als nach einem Leben in Freiheit. Doch zugleich war ihr auch immer deutlicher bewußt geworden, daß sie dafür auch würde kämpfen müssen. Wie hätte sie es also vor sich verantworten sollen, wenn sie gerade jetzt, wo es ernst wurde, einen Rückzieher gemacht hätte?

Wie hätte es außerdem danach weitergehen sollen? Hätte sie einfach in ihre Wohnung zurückkehren und dort warten sollen, bis Mars Wolkow kam und sie über den Inhalt ihrer Gespräche mit Odysseus ausquetschte? Und was hätte sie tun sollen, wenn Mars plötzlich keine Verwendung mehr für sie hatte? Etwa wieder in ihre alte Stelle im Erziehungsministerium zurückkehren? Nein, das kam überhaupt nicht in Frage. Schon längst gab es für sie kein Zurück mehr. Nachdem sie diesen Weg einmal eingeschlagen hatte, war sie fest entschlossen, ihn auch bis zum bitteren Ende zu beschreiten. Das war sie sich selbst schuldig.

Zitternd vor Angst spähte Irina den Flur hinunter. Leise summend hielt der Lift in einem anderen Stockwerk an. Ganz schwach war das Schreien eines Babys zu hören. Ein Radio spielte Marschmusik.

Schließlich faßte sich Irina ein Herz, steuerte zielstrebig auf Valeris Wohnungstür zu und schloß sie auf. Als sie schließlich ihre Hand auf den Türgriff legte, zögerte sie einen Moment, bevor sie ihn nach unten drückte und lautlos in die Wohnung huschte.

Sie spürte sofort, daß jemand hiergewesen war. Die Stille war noch dieselbe, aber in der Luft hingen noch Spuren ungewohnter Gerüche – die Ausdünstungen eines fremden Körpers im stickigen Flur, ein letzter Hauch von kaltem Rauch im Schlafzimmer.

Allerdings konnte sie nirgendwo eine Kippe herumliegen sehen, und auch sonst deutete nichts darauf hin, daß die Wohnung durchsucht worden war.

Mit angehaltenem Atem betrat sie die Küche. Und da stand er, der Laptop, an seinem gewohnten Platz auf dem Küchentisch. Zielstrebig ging Irina darauf zu, klappte den Deckel zu, zog das Kabel und den Stromkonverter heraus und packte beides zusammen mit dem Computer in den Koffer.

Sie hatte gerade die beiden Verschlüsse zuschnappen lassen, als von der Wohnungstür ein leises Geräusch ertönte. Ihr stockte der Atem.

KGB. Ruhig verhalten.

Herr im Himmel, steh mir bei!

Verzweifelt sah sich Irina in der Küche um. Sie saß in der Falle. Doch halt! Das Fenster!

Hastig riß sie das Küchenfenster auf und kletterte auf die Feuerleiter hinaus. Nachdem sie es wieder hinter sich geschlossen hatte, drückte sie sich mit dem Rücken gegen die rissige Betonfassade des Gebäudes und blieb wie erstarrt stehen. Unter ihr lag die Telegraphenamtstraße. Irina schloß die Augen und versuchte sich vorzustellen, sie kniete im Dunkel der nahen Gabrielskirche. Und tatsächlich glaubte sie plötzlich wieder den vertrauten Duft des Weihrauchs riechen zu können, und wie in ihrer Kindheit, als sie dort mit ihrer Mutter gebetet hatte, war der Raum erfüllt vom leisen Murmeln der anderen Betenden. Wenn sie doch das Rad der Zeit noch einmal hätte zurückdrehen können ...

Eine barsche Männerstimme riß sie aus ihren Gedanken. »Irgendwelche Anzeichen, daß sie hier war?«

»Die Eingangstür war nicht abgeschlossen, Hauptmann.«

»Wohnung durchsuchen!«

Vorsichtig drehte Irina den Kopf zur Seite und spähte durch das Fenster in die Wohnung. Ihr Blick fiel auf einen gutaussehenden Offizier in einer grauen Uniform mit roten Kragenspiegeln. Das rief ihr unwillkürlich Valeris Worte in Erinnerung. *Mars will meinen Kopf. Er hat die KGB-Grenztruppen eingeschaltet, um mich in der ganzen Stadt suchen zu lassen.*

Wie haben sie mich bloß entdeckt? schoß es ihr durch den Kopf. Sind sie mir gefolgt, oder haben sie die Wohnung überwacht? Dabei war ich doch so vorsichtig. Mein Gott, wie konnte ich mich nur breitschlagen lassen, hierherzukommen!

»Sie ist bereits wieder weg, Hauptmann.«

»Was wollte sie wohl hier?«

Schweigen.

»Fehlt irgend etwas?«

»Nur der Computer, Hauptmann.«

»Aha. Der Computer also.« Er wandte sich vom Fenster ab. »Wir müssen sie unbedingt finden. Wenn sie uns entwischt, läßt uns Genosse Wolkow in die Mongolei versetzen.

KGB. Ruhig verhalten.

Die ganze Stadt scheint von KGB-Leuten voll zu sein, dachte Irina verzweifelt. Wie soll ich ihnen da nur entkommen?

Als nach einer Weile kein Laut mehr aus der Wohnung zu hören war, machte sich Irina daran, die rostige Feuerleiter hinunterzuklettern. Dabei rechnete sie jeden Augenblick damit, daß von unten laute Rufe ertönten – das Zeichen, daß man sie entdeckt hatte. Aber nichts geschah.

Unten angekommen, klemmte sie sich den Computer unter den Arm und machte sich auf den Weg zu ihrem Wagen. Sie war noch kaum losgegangen, als es zu regnen begann. Anstatt ihren Weg fortzusetzen, zog sie sich in einen dunklen Hauseingang zurück und spähte nervös die Straße hinauf und hinunter. Sie hatte das Gefühl, als hätte sich bereits eine Schlinge um ihren Hals gelegt und zöge sich nun immer enger zusammen. Schaudernd glaubte sie bereits die eisige Kälte der arktischen Winter spüren zu können, eine Gefangene in der endlosen Eiswüste der sibirischen Tundra, auf die das eintönige Grau des Polarhimmels herabdrückte wie ein alles erstickendes Leichentuch. Ihr schlimmster Alptraum war auf dem besten Weg, grausame Wirklichkeit zu werden.

Aufmerksam studierte Irina die Gesichter der vorübergehenden Passanten. Jeder, der jetzt in ihre Nähe kam, war ein potentieller Feind. Jetzt geht es mir schon genauso wie Valeri, wurde ihr mit Entsetzen bewußt. Es gibt nichts und niemanden mehr, dem ich noch trauen könnte. Ist das der Preis der Freiheit? Führt wirklich kein anderer Weg dorthin?

Tiefes Donnergrollen rollte über die Stadt hinweg, und es wurde schlagartig dunkel. Das grelle Flackern der Blitze, das die Straße für Momente in gespenstisch fahles Licht tauchte, ließ

Irina jedesmal von neuem heftig zusammenzucken. Und dann ging ein heftiger Wolkenbruch nieder. Die KGB-Leute mußten in unmittelbarer Nähe sein. Sie mußte unbedingt weg von hier. Denn jede Minute, die sie noch länger hier blieb, wuchs die Gefahr, daß sie entdeckt wurde. Ihren Weg auf offener Straße zu Fuß fortzusetzen, wäre zu riskant gewesen. Sie mußte unter allen Umständen versuchen, den Wagen zu erreichen. Er war ihre einzige Rettung.

Sie klemmte sich den Computer wieder unter den Arm, zog den Kopf ein und machte sich im strömenden Regen auf den Weg zu ihrem Wagen. Wegen der verstopften Gullys standen die Straßen längst knöcheltief unter Wasser, so daß sie nur langsam vorankam. Hin und wieder überholte sie ein paar alte Frauen, die ihre Einkäufe nach Hause schleppten. Eine Straßenverkäuferin, die ein paar unansehnliche rote Beete und Runkelrüben vor sich liegen hatte, hüpfte mit einer durchweichten Zeitung über dem Kopf von einem Bein aufs andere, um halbwegs trockene Füße zu behalten.

Plötzlich hatte Irina das Gefühl, daß ihr jemand folgte. Ohne lange zu überlegen, drückte sie sich in den nächsten Hauseingang. Die Tür war offen, und kurz entschlossen huschte sie durch den Hausflur zum Hintereingang. Doch als sie dort noch einmal einen ängstlichen Blick hinter sich warf, sah sie zu ihrem Entsetzen die verräterischen Spuren, die ihre nassen Schuhe auf dem blanken Steinboden hinterlassen hatten.

Mein Gott, dachte sie verzweifelt. Wie soll das nur gutgehen. Trotzdem war es dem KGB noch immer nicht gelungen, sie zu fassen. Das war immerhin schon ein schwacher Trost. Mit neuer Zuversicht öffnete sie den Hinterausgang und trat auf einen schmutzigen Hinterhof hinaus. Jemand hatte vergessen, vor dem Gewitter die Wäsche ins Haus zu holen. Schwer und naß flatterten über ihrem Kopf ein paar Bettücher im Wind. Einen Augenblick lang hatte sie die Orientierung verloren. Doch als ihr Blick auf die Rückseite der Erzengel-Gabriel-Kirche fiel, wußte sie wieder, wo sie war.

Sie setzte ihren Weg fort. Mit jedem Schritt schien der Laptop schwerer zu werden. Doch im Augenblick gab es wichtigere

Dinge. Vor allem mußte sie unbedingt zu ihrem Wagen kommen, wenn sie dem Netz entschlüpfen wollte, das sich immer enger um Valeris Wohnung zusammenzog.

Sie hatte gerade die Einfahrt des Hinterhofs erreicht, als ein schwarzer Zil um die Ecke bog und ganz langsam die Straße herunterkam – gerade so, als suchten seine Insassen nach jemand Bestimmtem.

Blitzschnell zog sich Irina wieder in die Einfahrt des Hinterhofs zurück und beobachtete mit angehaltenem Atem, wie der Zil langsam näher kam. Mit dem Rücken gegen die Wand gepreßt, suchte sie hinter einem schmalen Mauervorsprung Dekkung. Als der Wagen direkt vor der Einfahrt anhielt, glaubte sie ihr Schicksal bereits besiegelt. Das Herz schlug ihr bis zum Hals. Scheinbar eine Ewigkeit blieb der Zil vor der Einfahrt stehen, ohne daß sich etwas rührte. Wegen der dunkel getönten Scheiben war es nicht möglich, einen Blick ins Innere des Wagens zu werfen. Hatten sie sie bereits entdeckt? Aber warum unternahmen sie dann nichts? Oder wollten sie nur noch ein bißchen Katz und Maus mit ihr spielen?

Schließlich setzte sich der Wagen wieder in Bewegung. Mit einem erleichterten Seufzer sah ihm Irina hinterher, wie er um die nächste Ecke bog und verschwand.

Darauf machte sie sich wieder auf den Weg und ging in der anderen Richtung die Straße hinunter. Am liebsten wäre sie für einen Moment in die Gabrielskirche geschlüpft, um dort für Valeri, den Helden und sich selbst zu beten. Aber dazu war jetzt keine Zeit. Trotzdem war sie noch immer in ein stummes Zwiegespräch mit Gott vertieft, als sie schließlich die Straße erreichte, in der sie ihren Wagen abgestellt hatte.

Einem geheimen Instinkt folgend, blieb sie jedoch erst einmal stehen, bevor sie um die Ecke bog. Obwohl die Straße menschenleer war und der Wagen noch genau an derselben Stelle stand, überkamen sie plötzlich ernste Bedenken. Sollte sie den Wagen wirklich benutzen? Immerhin war es Mars gewesen, der ihn ihr zur Verfügung gestellt hatte. Was war, wenn sie ihn bereits entdeckt hatten? Oder noch schlimmer: wenn er mit einem Peilsender ausgestattet war?

Nervös sah sich Irina nach allen Seiten um. Was sollte sie jetzt nur tun? Eines stand jedenfalls fest: Sie mußte den Computer auf jeden Fall zu Valeri bringen. Zu Fuß oder mit den öffentlichen Verkehrsmitteln wäre sie allerdings nicht weit gekommen; dazu waren längst zu viele KGB-Leute unterwegs. Falls in den Wagen tatsächlich ein Peilsender eingebaut war, hätte sie Mars' Leute damit direkt zu Valeris Versteck geführt.

Wenn sie nur etwas mehr Zeit gehabt hätte. In ihrem Kopf hatte es fieberhaft zu arbeiten begonnen. Einen Ausweg mußte es doch geben. Währenddessen behielt sie fortwährend den Wagen im Auge. Manchmal schien es ihr, als wollte er ihr auffordernd zuwinken. Plötzlich ertönte hinter ihr das leise Rauschen von Autoreifen auf nassem Asphalt. Ihr erster Gedanke war: der schwarze Zil. Als sie jedoch herumwirbelte, fiel ihr Blick auf einen anderen Wagen, der, ohne Notiz von ihr zu nehmen, an ihr vorbeirauschte.

Inzwischen war Irina zu einer Entscheidung gekommen. Sie würde doch den Wagen nehmen, ihn aber ein gutes Stück von der Kirche entfernt abstellen. Sobald sie es einmal auf die andere Seite des Kreml geschafft hatte, konnte nicht mehr viel passieren. Die letzten paar hundert Meter konnte sie dann auch noch zu Fuß zurücklegen.

Aufgeregt rannte sie auf ihren Wagen zu und ließ vor lauter Aufregung erst einmal die Schlüssel fallen, bevor sie die Tür aufbekam. Sie legte den Laptop auf den Beifahrersitz, setzte sich hinters Steuer und ließ den Wagen an. Bevor sie jedoch losfuhr, wischte sie mit dem Ärmel die stark beschlagene Windschutzscheibe sauber. Sie wollte gerade den Gang einlegen, als sie plötzlich stutzte. Wie war es möglich, daß die Scheiben so rasch beschlagen hatten?

Im selben Moment hörte sie hinter sich auch schon ein leises Rascheln, und eine Hand legte sich auf ihre Schulter. Irina stieß einen leisen Aufschrei aus.

»Hab' ich dich erschreckt, Irina? Das wollte ich nicht.«

Als darauf im Rückspiegel Mars' vertrautes Filmstargesicht erschien, blieb ihr für einen Moment fast das Herz stehen, bevor sie erleichtert hervorstieß: »Mars! Was machst du denn hier?«

4

Moskau / Sternstädtchen

Als Slade sie weckte, träumte Tori gerade von Koi, von dem blitzenden Schwert in ihrer Hand und von der Reinheit ihres blutgefleckten weißen Gewands.

»Wir sind gerade in Nowossibirsk zwischengelandet«, teilte er ihr mit. »Nach dem Auftanken fliegen wir unverzüglich weiter nach Moskau.«

Obwohl sie sich auf dem Zivilflughafen befanden und ordnungsgemäß um eine Landegenehmigung ersucht hatten, ließ es sich der Kommandant des nahe gelegenen Luftwaffenstützpunkts nicht nehmen, seinen Adjutanten vorbeizuschicken. Er befand sich in Begleitung eines wieselgesichtigen Manns in Zivil, bei dem es sich ganz offensichtlich um einen KGB-Mann handelte. Er litt an schwerer Akne und trug einen zerknitterten Anzug, der ihm mehrere Nummern zu klein war.

Genau wie ihre Kollegen in Ulan Bator, ihrem ersten Zwischenstopp, nahmen sich die zwei Männer erst einmal in aller Gründlichkeit die gefälschten Diplomatenpässe und Reisepapiere vor, die sich Tori und Slade noch kurz vor dem Abflug in der Tokioter CIA-Zweigstelle hatten anfertigen lassen. Immer wieder leise miteinander tuschelnd, machten sie sich wichtigtuerisch Notizen und bedachten zwischendurch Slade mit finsteren Blicken. Trotz dieses bewußt auf Einschüchterung abzielenden Gehabes ließen sie es sich aber auch nicht nehmen, immer wieder verstohlen auf Toris Beine zu starren, so daß Tori, als sie eine halbe Stunde später unverrichteterdinge wieder abzogen, ihrem Ärger mit einem wütenden Schnauben Luft machte: »Diese geilen Böcke!«

»Du darfst das nicht so eng sehen«, sagte Slade schmunzelnd. »Dir würde es kaum anders gehen, wenn du die ganze Zeit am Arsch der Welt herumhocken müßtest und nichts hättest als eine Kalaschnikow, um dich ein bißchen bei Laune zu halten.«

Kaum hatte sich die Flugzeugtür jedoch endgültig hinter den beiden Russen geschlossen, fuhr Slade plötzlich wieder ernst fort: »Da ist nur noch eines, was mir bei diesem Deal mit den neuen Hafnium-Reaktoren nicht ganz klar ist. Falls Bernard tatsächlich nichts von Hitasuras Geschäften mit dem Superkokain weiß, woher nimmt er dann das Geld, um das alles zu finanzieren? Von seinen drei japanischen Geschäftspartnern hat er es jedenfalls ganz bestimmt nicht bekommen. Und ebenso sicher hat er dafür auch nicht auf irgendwelche Geheimdienstressourcen zurückgegriffen. Auch wenn Bernard diese Möglichkeit ziemlich sicher in Erwägung gezogen haben dürfte, muß ihm dennoch von Anfang an klargewesen sein, daß er unmöglich solche Summen hätte abzweigen können, ohne daß ich etwas davon erfahren hätte.«

Tori nickte nachdenklich. »Eine durchaus berechtigte Frage, auf die ich, ehrlich gesagt, bisher noch gar nicht gekommen bin. Das ist allerdings insofern nicht weiter schlimm, als ich nicht glaube, daß mir Koi oder Hitasura in diesem Punkt hätten weiterhelfen können. Hitasura dürfte ebensowenig über Bernards Geldquellen gewußt haben, wie Bernard umgekehrt über die seinen.«

Slade sah Tori fragend an: »Eines werde ich wohl nie begreifen: Wie ist es eigentlich dazu gekommen, daß du dich ausgerechnet mit dieser Koi angefreundet hast? Zwei unterschiedlichere Naturen als ihr beide sind doch kaum vorstellbar. Und wenn ich ehrlich bin, macht es mir sogar ein wenig angst, daß du mit dieser eiskalten Killerin so eng befreundet warst.«

»Ach, weißt du, Russ«, erwiderte Tori lächelnd. »Koi hatte auch ganz andere Seiten, die du nur leider nie kennengelernt hast.«

»Diese Frau war eine eiskalte Killerin.«

»Bin ich denn etwas anderes?«

»Sie hat sich regelrecht einen Spaß daraus gemacht, Deke zu foltern.«

»In diesem Punkt täuschst du dich. Was sie mit Deke tun mußte, hat sie nur mit dem äußersten Widerwillen getan. Bestimmt hat sie dabei genauso gelitten wie er. Aber sie war nun einmal der festen Überzeugung, daß ein Fluch auf ihr lag. Sie hielt es für ihr Schicksal, von allen verabscheut zu werden – sogar von sich selbst. Es steht uns nicht zu, auf einen Menschen wie sie mit Verachtung herabzublicken. Im Gegenteil, sie hat unser tiefstes Mitleid verdient.«

»Aber kein Mensch hätte mit gutem Gewissen zulassen können, daß sie noch einmal jemandem etwas so Entsetzliches antun würde wie Deke.«

»Das habe ich ja auch mit Erfolg zu verhindern gewußt«, gab ihm Tori zu bedenken. »Du machst dir keine Vorstellung, was für ein Erfolgserlebnis es für mich war, daß ich dabei zum erstenmal keine Gewalt anwenden mußte.«

Slade nickte. »Das mag ja alles schön und gut sein. Trotzdem ...«

»Dazu mußt du wissen, daß Koi von einem Dämon besessen war. Dieser Dämon war es, der sie zu den schrecklichen Dingen getrieben hat, die sie zweifellos getan hat. In gewisser Hinsicht war sie darin Bernard gar nicht einmal so unähnlich. Denn auch er ist ein Besessener. Der einzige Unterschied zwischen ihm und Koi besteht in meinen Augen darin, daß Bernard gelernt hat, seinen Dämon unter Kontrolle zu halten.«

»Aber begreifst du denn nicht, daß Koi früher oder später eine zweite Fukuda geworden wäre?«

»Und was ist aus Bernard Godwin geworden, Russ? Ist er nicht ein genauso eiskalter und berechnender Killer, wie Koi das gewesen ist?«

»Dabei läßt du nur völlig außer acht, daß er dafür gänzlich andere Motive hat ...«

»So kann nur jemand denken, der sein ganzes Leben lang hinter einem Schreibtisch verbracht hat«, fiel ihm Tori heftig ins Wort. »Die Motive spielen dabei absolut keine Rolle. Koi hatte wenigstens die menschliche Größe, sich einzugestehen, was aus ihr geworden war ...«

»Dann sieh doch nur, was für sie die Konsequenz dieser Einsicht war.« Energisch schüttelte Slade den Kopf. »Sie wußte keinen anderen Ausweg mehr, als sich das Leben zu nehmen. Ich kann einfach nicht verstehen, wie ein Mensch freiwillig den Tod wählen kann.«

»Für Koi war das keine Frage der Wahl, was sie nun lieber

mochte«, entgegnete Tori finster. »Für sie war der Tod die einzige Möglichkeit, für ihre Sünden zu büßen. Indem sie *seppuku* beging, hat sie ihre Seele geläutert. Wenn ich mir dagegen Bernard ansehe, finde ich, daß sie vollkommen richtig gehandelt hat.«

Slade stand auf. »Tut mir leid, Tori, aber dieses Gerede über den Tod wird mir langsam ein wenig zuviel.« Damit entfernte er sich in Richtung Cockpit.

Tori sah eine Weile geistesabwesend aus dem Fenster, bevor sie kopfschüttelnd murmelte: »Wie kann ein intelligenter Mensch wie Russ nur zugleich auch so begriffsstutzig sein.«

Dann stand sie auf und folgte ihm nach vorn. Ihr lag sehr viel daran, daß er wenigstens in groben Zügen zu begreifen begann, was sie meinte, auch wenn es sich nicht mit den gängigen Kategorien von Vernunft und Logik erklären ließ.

»Russell.«

Die Luft zwischen ihnen schien förmlich zu knistern vor Spannung, als sie sich darauf lange wortlos anstarrten. Doch dann packte er sie an den Armen und zog sie stürmisch an sich. »Diesmal wirst du mir nicht mehr entkommen«, stieß er heiser hervor, bevor sich seine Lippen über den ihren schlossen.

»Ich will dir doch gar nicht entkommen«, hauchte sie atemlos.

Im selben Augenblick teilten sich auch schon ihre Lippen, um ihre Zunge gierig nach der seinen tasten zu lassen. Von einem seltsamen Taumel ergriffen, drängte sie sich ganz fest an ihn. Während sich ihre Brüste sehnsüchtig an seinem Oberkörper rieben, begann zwischen ihren Schenkeln ein Feuer aufzulodern, das sie von innen heraus zu verzehren drohte.

Mit wenigen raschen Handgriffen hatte Russell ihre Bluse aufgeknöpft. Seine Hände tasteten über ihre Brüste, und als sie über ihre vor Erregung steifen Brustwarzen streiften, entfuhr Tori ein wohliges Seufzen. In blinder Hast begannen sich ihre Finger an seinem Gürtel zu schaffen zu machen, und kaum hatte sie ihm die Hose nach unten gestreift, spürte sie auch schon, wie er rasch größer wurde, sich unter ihren Slip schob und in voller Länge in sie eindrang.

Laut stöhnend vor Lust, ließen sie ihre Körper gewähren, ohne auch nur einen Gedanken darauf zu verschwenden, ob sie vielleicht die anderen Besatzungsmitglieder hören konnten. Alles, was jetzt noch für sie zählte, war dieser unbeschreibliche Taumel der Lust, der von ihnen Besitz ergriffen hatte. In wildem Überschwang schlang Tori die Arme um Russells Kopf und vergrub die Finger in seinem dichten Haar.

»Russ, ach, Russ!« stöhnte sie leidenschaftlich.

Seine Lippen tanzten über ihre Kehle, ihre Wangen, ihre Ohren, ihre Stirn. Knetend schlossen sich seine Hände um ihre vor Erregung zitternden Brüste, während er sie immer stürmischer bedrängte, bis Tori vor Lust fast die Besinnung verlor. Während sie ihr Gesicht an seinen rauhen Wangen rieb, schien es, als würde ihr zitternder Körper von immer heftigeren Stromstößen durchzuckt, und gleichzeitig konnte sie spüren, wie sich seine Erregung ins schier Unerträgliche steigerte, jenem Moment entgegen, in dem es zum erlösenden Loslassen kam, gefolgt von einem seligen Ertrinken in unbeschreiblicher Lust. Als er dann heftig zu stöhnen begann, waren dies Laute, die aus seinem tiefsten Innern zu kommen schienen, während sich sein Körper in immer wilderen Zuckungen so heftig gegen den ihren drängte, daß sie fast keine Luft mehr bekam. Das wiederum versetzte ihr den letzten entscheidenden Anstoß. Mit weit aufgerissenen Augen nach Luft schnappend überließ sie sich ganz dem unwiderstehlichen Sog, der von ihr Besitz ergriff und sie unaufhaltsam mit sich fortriß.

Und dann, viel zu schnell, begann er bereits wieder aus ihr zu gleiten.

»Nein«, hauchte sie. »Bitte nicht.«

Doch er hatte sich bereits vor ihr auf die Knie niedergelassen und begann sie mit dem Mund zu liebkosen. Tief grub sich seine Zunge in ihr zartes Fleisch, bis sie vor Lust laut aufschrie. Mit kreisenden Hüften, ihre Finger wild in seinem Haar vergraben, sank sie unkontrolliert zuckend über ihn, fortgerissen von einem wilden Taumel, der ihr fast die Besinnung raubte.

»Oh, mein Gott . . .«

Als Tori sich nicht mehr länger auf den Beinen halten konnte, sanken sie beide in seliger Erschöpfung zu Boden. Doch schon im nächsten Augenblick begann ihre Hand bereits wieder zärtlich nach ihm zu tasten, und atemlos flüsterte sie ihm ins Ohr: »Ich will dich noch einmal in mir spüren. Jetzt sofort.«

»Wenn du auch eine Superfrau bist«, erwiderte Slade lachend, »so heißt das noch lange nicht, daß ich auch ein Supermann bin. Wie wär's also, wenn du mir eine kleine Verschnaufpause gönnen würdest?«

Doch Tori behielt ihn weiter in der Hand, und wie sich herausstellte, dauerte die kleine Verschnaufpause tatsächlich nicht lange.

Von einem Gefühl unbeschreiblicher Befriedigung erfüllt, ließ sie schließlich ihren Kopf auf seine Brust sinken, restlos damit zufrieden, nur dem Schlag seines Herzens zu lauschen, der ihr alles zu verraten schien, was sie über ihn wissen wollte. Natürlich schaltete sich an dieser Stelle sofort ihr Verstand ein, daß das alles nur Einbildung wäre; die Gefühle eines Menschen waren schließlich viel zu komplex, um sie auf so einfache Weise erspüren zu können. Dennoch war es schön, sich in diesem Glauben zu wiegen.

»Da stehen wir kurz vor der Landung in Moskau«, sagte Tori schmunzelnd, nachdem sie wieder zu ihren Sitzen zurückgekehrt waren, »und alles, woran wir denken können, ist Sex.«

»Das ist nichts als der pure Überlebenstrieb«, erwiderte Slade nüchtern. »Schließlich wissen wir beide nur zu gut, was uns nach der Landung in Moskau erwartet. Was wir vorhaben, ist eigentlich glatter Selbstmord. Da ist es nur verständlich, daß auch unsere Körper ihr Recht fordern – damit wir nicht ganz vergessen, daß wir überhaupt noch am Leben sind.«

»Das kann doch nicht dein Ernst sein!« fuhr Tori schockiert auf. »Glaubst du tatsächlich, daß alles, was eben zwischen uns passiert ist, nichts anderes war als eine Folge irgendwelcher animalischer Instinkte?«

»Habe ich etwa schon wieder etwas Falsches gesagt?«

»Und ob!« Wutentbrannt riß sich Tori von ihm los.

»Jetzt reg dich doch nicht gleich so auf.«

Aber das versetzte Tori nur noch mehr in Rage. »Woher

nimmst du eigentlich das Recht, mir zu sagen, was ich zu tun und zu lassen habe?«

»Das tue ich doch gar nicht.«

»Kannst du mir dann vielleicht mal sagen, wie ich eben anders hätte reagieren sollen? Wir haben uns gerade zum erstenmal geliebt, und du weißt mir darauf nichts Besseres zu erzählen, als daß das alles nur eine Sache des Fortpflanzungstriebs wäre! Hat dir das tatsächlich nicht mehr bedeutet?«

»Du hast mich völlig falsch verstanden!« protestierte Slade mit Nachdruck. »Habe ich dir nicht schon mehrere Male versichert, daß ich dich liebe? Und was habe ich bisher von dir als Antwort zu hören bekommen?«

In dem spannungsgeladenen Schweigen, das darauf eintrat, starrten sie sich eine Weile herausfordernd an.

»Manchmal wünsche ich mir tatsächlich, ich würde dich nicht lieben«, fuhr Slade nach einer Weile leise fort. »Wir sind so verschieden. Du bist mir ein Rätsel. Manchmal nimmt das geradezu beängstigende Züge an. Wenn ich zum Beispiel bloß daran denke, über welche außergewöhnliche Fähigkeiten du verfügst – ehrlich gestanden, du bist mir manchmal sogar ein bißchen unheimlich. Ich habe keine Ahnung, worauf ich mich da eigentlich einlasse.«

»Das weiß man nie«, erwiderte Tori ernst. »Aber ist es denn nicht gerade das, was den besonderen Reiz der Liebe ausmacht – diese Ungewißheit, dieses gemeinsame Zukunfterforschen?«

Slade sah sie eindringlich an. »Liebst du mich?«

»Ach, Russ.« Sie küßte ihn auf die Lippen. Und als sie sich wieder von ihm löste, murmelte sie: »Ich habe auch Angst.«

»Wovor?«

»Mich fallen und von dir auffangen zu lassen.«

»Ich bin nicht dein Vater.«

Sie sah ihn erstaunt an. »Was soll das nun wieder heißen?«

»Ist es denn nicht genau das, wonach du dich insgeheim dein ganzes Leben lang gesehnt hast? Du hast dir letztlich immer nur gewünscht, dich ganz fallenlassen zu können und von deinem Vater aufgefangen zu werden. Als du feststellen mußtest, daß dein Vater dazu nicht bereit war, hast du es an seiner Stelle mit Bernard Godwin versucht.«

»Wie kannst du nur so etwas sagen?«

»Weil es die Wahrheit ist.« Slade hielt sie in seinen Armen. »Das ist es, was Bernard in dir gesehen hat, Tori – das Wilde Kind in Tokio. Glaubst du etwa, er wäre rein zufällig auf dich gestoßen und hätte dich nicht schon Monate vorher beobachten lassen? Nur weil er genau wußte, was in dir vorging, konnte er dich so problemlos für die Geheimdienstarbeit gewinnen. Vor allem deshalb hat er es auch so geschickt zu bewerkstelligen verstanden, daß du ihm bedingungslos vertraut hast. Das ist nämlich Bernards Spezialität.«

Das mußte Tori erst einmal verdauen. Geistesabwesend starrte sie auf die Regentropfen, die über die Fensterscheibe perlten, bevor sie schließlich leise murmelte: »Im Grund meines Herzens bin ich noch immer ein Kind, das sich beharrlich weigert, erwachsen zu werden.« Als Slade ihr nur mit einem liebevollen Blick zärtlich übers Haar strich, fügte sie nach einer Weile hinzu: »Kannst du dir das eigentlich erklären?«

»Ich glaube schon«, nickte er. »Du hast einfach Angst davor, ganz allein auf dich gestellt zu sein und niemanden mehr zu haben, der dir zur Seite steht.«

»Aber das ist doch gar nicht wahr!« In ihren Augen standen plötzlich Tränen. »Ich liebe dich, Russ.«

Darauf hielten sie sich lange schweigend in den Armen, bevor Slade sagte: »Ist dir eigentlich klar, daß wir laut Vorschrift auf der Stelle umkehren müßten; die Liebe hat im Leben eines Agenten keinen Platz.«

»Dafür ist es jetzt zu spät.«

»Findest du?«

»Immer erst die Pflicht. Du hast dich wirklich keinen Deut geändert, Russ.«

»Dann warte erst einmal ab.« Lächelnd streckte er die Hand nach ihr aus. »Du sollst mich noch kennenlernen.«

Die 727 flog weiter nach Moskau.

Hauptmann Nikolew saß gerade an seinem Schreibtisch im

Hauptquartier von Abteilung N, als über Funk die Meldung hereinkam, daß am Scheremetjewo-Flughafen eine diplomatische Mission der Amerikaner aus Tokio eingetroffen war und dort von den Behörden erst einmal festgehalten wurde. Nikolew zögerte nicht lange. Dabei konnte es sich nur um die ›diplomatische Mission‹ handeln, von der Wolkow ihm erzählt hatte und die vermutlich wesentlich mehr mit dem Weißen Stern zu tun hatte als mit internationaler Diplomatie. Er forderte per Telefon einen Wagen mit Fahrer an, griff nach seiner Mütze und rannte zum Ausgang, wo bereits ein schwarzer Zil auf ihn wartete.

Wegen des strömenden Regens und des dichten Verkehrs erteilte er dem Fahrer Anweisung, die nur Regierungsfahrzeugen vorbehaltene Schnellspur zu nehmen. Er mußte unbedingt am Flughafen sein, bevor jemand von der amerikanischen Botschaft auftauchte, um die Mitglieder dieser ›diplomatischen Mission‹ aus den Mühlen der Bürokratie zu befreien.

Zum Glück waren die beiden Amerikaner noch da, als er am Flughafen ankam; sie waren umringt von einer Gruppe argwöhnischer Beamter der Einwanderungsbehörde. Beim Anblick der atemberaubenden Blondine verschlug es Nikolew für einen Moment buchstäblich die Sprache. Sie trug einen kurzen Rock und eine ärmellose Bluse. Fasziniert beobachtete Nikolew das Spiel ihrer ausgeprägten Muskeln, die sich auffallend deutlich unter der Haut ihrer Oberarme abzeichneten. Und erst ihre Beine! Er konnte kaum den Blick von ihnen losreißen. Aber es waren vor allem ihre hypnotischen Augen, die ihn geradezu magisch anzogen. Es ging ein unwiderstehlicher Sog von ihnen aus, von dem er sich gut vorstellen konnte, daß man sich für immer darin verlieren konnte.

Das alles hinderte ihn jedoch nicht daran, fieberhaft zu überlegen, was es mit diesen beiden Amerikanern wohl auf sich hatte. Eines stand für ihn jedenfalls jetzt schon fest: Diplomaten waren das keine. Vor allem beschäftigte ihn die Frage, wer diese außergewöhnliche Frau war.

Ohne sich von all dem etwas anmerken zu lassen, schritt er mit selbstverständlicher Autorität auf die kleine Gruppe zu.

Nachdem ihm die Beamten der Einwanderungsbehörde wortlos Platz gemacht hatten, nahm er sich als erstes die Papiere der beiden Amerikaner vor. Obwohl er keinen Augenblick daran gezweifelt hätte, daß sie gefälscht waren, konnte er dennoch nichts feststellen, wodurch sich dieser Verdacht konkret hätte erhärten lassen. Vermutlich hätte es nicht einmal etwas genützt, wenn er die Papiere in einem der dafür spezialisierten KGB-Labors hätte überprüfen lassen. Wozu also dieser sinnlose Aufwand? In solchen Dingen mußte man sich in erster Linie auf seinen Instinkt verlassen und nicht unnötige Zeit damit vergeuden, in dem man krampfhaft nach konkreten Beweisen suchte. Zudem wußte Nikolew aus jahrelanger Diensterfahrung, daß das ganz besonders dann keinen Sinn hatte, wenn man es mit echten Profis zu tun hatte.

»Herr Slade, Frau Nunn«, sagte Nikolew auf Russisch, nachdem er sich vorgestellt hatte. »Spricht einer von Ihnen Russisch?«

»Ja«, sagte Tori. »Allerdings muß ich gestehen, daß ich momentan aus der Übung bin.«

Lächelnd sah sie Hauptmann Nikolew an. »Ihr Akzent ist jedenfalls nicht übel. Und wie steht es mit Ihrem Wortschatz?«

»Das wird sich zeigen.«

Ja, dachte Nikolew, das wird sich zeigen. Er händigte ihnen ihre Papiere wieder aus und sagte: »Alles in Ordnung.«

»Tatsächlich?« Tori machte aus ihrer Überraschung kein Hehl. »Können Sie mir dann vielleicht erklären, warum wir hier über eine Stunde von den Einwanderungsbehörden festgehalten worden sind?«

Nikolew zuckte mit den Schultern. »Wie Sie vielleicht wissen, mahlen die Mühlen der Bürokratie langsam. Das ist bei uns nicht anders als sonst irgendwo auf der Welt.« Er lächelte. »Vermutlich hat sich einfach nur jemand Sorgen gemacht, Ihre Maschine könnte den Luftwaffenstützpunkt Nowossibirsk überflogen haben.«

»Um den haben wir ganz bewußt einen weiten Bogen geschlagen.«

»Natürlich. Die örtlichen Sicherheitsbehörden außerhalb

Moskaus arbeiten zwar sehr gründlich, aber trotzdem ...« Er lächelte wieder. »Ich hoffe, Ihnen nicht allzu große Unannehmlichkeiten zu bereiten, wenn ich Ihre Maschine noch einmal von einem meiner Leute durchsuchen lasse.«

»Leider fürchte ich, daß das nicht möglich ist«, entgegnete Tori bestimmt. »Wir sind in einer diplomatischen Mission unterwegs. Unser Flugzeug ist Eigentum der Regierung der Vereinigten Staaten. Demnach verfügt es – genauso wie wir – über strikte Immunität.«

»Ich versichere Ihnen, daß bei dieser Routineüberprüfung nichts von ihren persönlichen Dingen angetastet wird. Meine Vorgesetzten machen sich nur Sorgen, es könnten sich vielleicht irgendwelche Kameras mit Teleobjektiven in Ihrem Gepäck befinden ...«

»Dann versichere ich Ihnen hiermit«, erklärte Tori, »daß sich nichts dergleichen an Bord der Maschine befindet.«

»Ich möchte damit keineswegs an Ihrer Ehrlichkeit zweifeln, Frau Nunn, aber nach gängigem ...«

»Sie rühren unsere Maschine nicht an, Hauptmann«, fiel ihm Tori schroff ins Wort. »Es sei denn, Sie wollen einen ernsthaften internationalen Konflikt heraufbeschwören. Unsere Regierung ist nicht gewillt, eine solche Verletzung unserer diplomatischen Rechte zu dulden.«

Nach kurzem Zögern legte sich ein gewinnendes Lächeln über Hauptmann Nikolews Züge. »Natürlich, Sie haben völlig recht. Lassen wir das also.« Er winkte sie durch die Paßkontrolle. »Wenn Sie mir bitte folgen würden. Ich werde Sie gleich mit meinem Wagen in die Tschaikowsky-Straße bringen lassen – als Entschädigung für die lästige Verzögerung.«

Tori waren seine lauernden Blicke keineswegs entgangen. Ihr war rasch klargeworden, daß er sie auf die Probe stellen wollte. Vor allem konnte sie sich des Gefühls nicht erwehren, daß er ihnen von Anfang an nicht abgenommen hatte, daß sie Diplomaten waren. Einen Augenblick lang hatte sie sogar das zutiefst beunruhigende Gefühl, daß er schon die ganze Zeit darauf gewartet hatte, daß sie in Moskau landen würden. Aber wie war das möglich? Bloß die Tatsache, daß sie um eine offizielle

Landeerlaubnis ersucht hatten, konnte doch unmöglich Anlaß genug gewesen sein, gleich den KGB auf den Plan zu rufen. Soviel stand auf jeden Fall fest: Der Umstand, daß ihre Flugroute fast den Luftwaffenstützpunkt Nowossibirsk gestreift hatte, konnte unmöglich der Grund für diese scharfe Kontrolle gewesen sein. Hätten sich die übervorsichtigen sowjetischen Behörden deswegen tatsächlich Sorgen gemacht, hätten sie ihnen von Anfang eine andere Flugroute vorgeschlagen. Was war also der wirkliche Grund für diese scharfe Kontrolle?

Genau das wollte auch Russell wissen, als sie schließlich in Nikolews Begleitung zum Ausgang gingen: »Was zum Teufel soll dieses Theater?«

Tori bedachte ihn jedoch nur mit ihrem süßesten Unschuldslächeln und sagte: »Dieser sympathische KGB-Hauptmann hat uns angeboten, uns in seinem Wagen in die Stadt zu bringen.«

»Wirklich zu freundlich von ihm.« Slade ging auf ihr Spiel ein und warf ihr gleichzeitig einen kurzen Blick zu, als wollte er sagen: Man kann ja nie wissen, wie gut der Kerl Englisch versteht.

»Ganz meine Meinung.«

Vor dem Eingang wartete bereits ein schwarzer Zil auf sie. Nachdem sie eingestiegen und losgefahren waren, schlug Nikolew vor: »Was halten Sie von einer kleinen Stadtrundfahrt, bevor ich Sie in der Botschaft abliefere?«

»Eine großartige Idee«, erklärte Tori, nachdem sie für Slade gedolmetscht hatte. »Wir sind beide zum erstenmal in Moskau.«

»Um so mehr Grund, dafür zu sorgen, daß Sie diesen Besuch in bleibender Erinnerung behalten werden.«

Obwohl sie sich nach außen hin nichts anmerken ließ, fühlte sich Tori gar nicht wohl in ihrer Haut. Woran lag es wohl, daß alles, was dieser KGB-Hauptmann sagte, einen zutiefst bedrohlichen Unterton zu haben schien, als meinte er damit in Wirklichkeit genau das Gegenteil?

Auf dem Weg in die Stadt passierten sie unter anderem auch die Lenin-Hügel und das umfangreiche Gelände der Staatsuniversität, wo sich der Hauptmann am Tag zuvor mit Mars Wolkow getroffen hatte. Als sie schließlich die Moskwa entlang und durch den Gorki-Park fuhren, der sich in seinem üppigsten Sommergrün präsentierte, kurbelte Hauptmann Nikolew das Seitenfenster nach unten und streckte den Kopf hinaus. Fast glaubte er den Geschmack von Erdbeereis auf der Zunge spüren zu können, als sie an einem fahrbaren Eisstand vorbeikamen, vor dem eine lange Reihe Kinder mit ihren Müttern Schlange standen.

»Sie hätten sich gar keine bessere Jahreszeit aussuchen können, um nach Moskau zu kommen«, wandte sich Nikolew wieder an Tori. »Um diese Zeit ist die Stadt am allerschönsten.«

»Die Wahl des Zeitpunkts für unsere Reise war allerdings nicht unserer Entscheidung überlassen«, erwiderte sie. »Wir sind auf Anweisung des State Departments hier.«

»Natürlich.« Nikolew kurbelte das Fenster wieder hoch. Er war es nicht gewohnt, mit einer Frau zu verhandeln. Das hätte er lieber mit ihrem Begleiter getan. Aber der sprach offensichtlich kein Russisch.

»Nach dem langen Flug sind Sie doch sicher halb verhungert«, erklärte er plötzlich. »Würden Sie mir die Freude machen, mit mir zu Mittag zu essen? Selbstverständlich sind Sie meine Gäste.«

»So gern ich diese Einladung annehmen würde«, erwiderte Tori, »ist uns das terminlich leider nicht möglich.«

Aber so leicht ließ sich der Hauptmann nicht abwimmeln. »Wegen der ärgerlichen Verzögerung am Flughafen dürften Sie doch sowieso schon so weit in Verzug geraten sein, daß Sie Ihren ersten Termin sicher gar nicht mehr wahrnehmen können. Wenn ich Ihnen nicht zu Hilfe gekommen wäre, würden Sie und Mr. Slade vermutlich immer noch am Flughafen festsitzen. Jetzt ist doch gerade Essenszeit, und ich verspreche Ihnen, daß ich Sie in das beste Restaurant von ganz Moskau führen werde.«

Da Tori und Russell in der Tat halb verhungert waren, ließen sie sich schließlich breitschlagen. Doch kaum war der Wagen in die Krasnokursantzki-Straße gebogen, verging ihnen schlagartig wieder der Appetit. Denn vor ihnen tauchte das Lefortowo-Gefängnis der staatlichen Sicherheitspolizei auf, das sie von unzähligen Fotos her nur allzu gut kannten.

»Was soll das nun wieder?« fuhr Slade heftig auf.

Doch Hauptmann Nikolew schüttelte nur lachend den Kopf. »Sie denken doch nicht etwa, ich würde Sie *dahin* bringen? *Das* Lefortowo ist nur für Spione und Kriminelle.« Der Zil hielt auf der anderen Straßenseite. »Ich wollte mit Ihnen im *Restaurant* Lefortowo essen gehen.«

»Wie reizend«, murmelte Tori, als sie auf die regennasse Straße hinausstiegen.

»Aber nicht doch«, erwiderte der Hauptmann, der sich der darin mitschwingenden Ironie scheinbar nicht bewußt war. »Ehrlich gestanden, läßt die Atmosphäre des Lokals tatsächlich einiges zu wünschen übrig. Aber um so besser ist dafür das Essen und vor allem auch der Service – was in Moskau übrigens nicht hoch genug geschätzt werden kann. Ganz abgesehen davon, ist es auch billig. Mit meinem Sold kann ich mir finanziell keine allzu großen Sprünge erlauben.« Sie betraten das Restaurant. »Auf Sie dürfte das vermutlich nicht weniger zutreffen.«

»Wie kommen Sie denn darauf?« wollte Tori wissen.

Statt darauf zu antworten, nahm der Hauptmann jedoch seine Uniformmütze ab, klemmte sie sich unter den linken Arm und sprach einen Moment mit dem Geschäftsführer des Lokals, worauf sie unverzüglich an einen Ecktisch geführt wurden.

Nachdem sie Platz genommen hatten, nahm Nikolew Tori lange und ausgiebig in Augenschein, bevor er auf ihre Frage zurückkam und sagte: »Stimmt es etwa nicht, daß auch in den Vereinigten Staaten alle Staatsbediensteten drastisch unterbezahlt sind?«

Anstatt darauf weiter einzugehen, sagte Tori: »Hauptmann Nikolew, warum haben Sie uns eigentlich ausgerechnet in dieses Lokal geführt? Ihnen muß doch klargewesen sein, daß seine Lage – ganz zu schweigen von seinem Namen – ziemlich unerfreuliche Assoziationen in uns wecken würde.«

»Dessen war ich mir selbstverständlich bewußt«, entgegnete Nikolew, um dann aber erst einmal eine Runde Wodka zu bestellen. Erst nachdem sich der Kellner wieder entfernt hatte, fuhr er fort: »Aber wir haben schließlich Wichtiges zu besprechen, und gerade in Moskau kann man bei der Wahl des Verhandlungsorts nicht vorsichtig genug sein.«

»Sie wollen mit uns verhandeln?«

»Was will der Kerl eigentlich?« fragte Slade, der dem auf russisch geführten Wortwechsel der beiden nicht folgen konnte, dafür aber Toris ratlosen Gesichtsausdruck wahrnahm. Als sie ihm daraufhin Nikolews Vorschlag übersetzte, geriet er erst recht ins Toben. »Was bildet sich dieser Hanswurst eigentlich ein!«

»Dieser Hanswurst«, erwiderte darauf Nikolew in fast akzentfreiem Englisch, »möchte nichts weiter, als Ihnen einen Vorschlag unterbreiten.«

Schlagartig legte sich betretenes Schweigen über die Runde. Tori warf Slade einen vernichtenden Blick zu. Nikolew räusperte sich verlegen; offensichtlich war ihm das Ganze nicht weniger peinlich als Tori und Slade. Zum Glück brachte in diesem Moment der Kellner den Wodka. Der Hauptmann hob sein Glas. »Worauf sollen wir trinken?«

»Daß das Lefortowo-Gefängnis endlich abgerissen wird«, schlug Tori vor.

»Daß endlich mit den unsäglichen Praktiken, die dort herrschen, Schluß gemacht wird«, schlug Nikolew vor.

Trotzdem war Tori alles andere als wohl bei der Sache, als sie darauf alle drei miteinander anstießen. Immerhin war dieser Nikolew Hauptmann bei den gefürchteten Grenztruppen des KGB. Es stand völlig außer Zweifel, daß er etwas von ihnen wollte. Die Frage war nur noch, was das war. Bisher war Tori jedenfalls noch völlig unklar, ob er ihnen nun eigentlich freundlich oder feindlich gesinnt war.

Aber genau das war das Grundproblem jeder Spionagetätigkeit: Wie bekam man heraus, ob man es mit Freund oder Feind zu tun hatte? Denn nur darauf kam es letzten Endes an. Allerdings konnte man sich bei der Lösung dieser alles entscheidenden Frage auf keinen Computer, keinen Lügendetektor oder sonst irgendein technisches Hilfsmittel stützen. Wenn man in der trügerischen Welt der Geheimdienste in Schwierigkeiten geriet, dann lag das meistens daran, daß man den falschen Leuten vertraut hatte.

Auch wenn Tori noch immer nicht klar war, was sie nun von Hauptmann Nikolew halten sollte, konnte sie um so deutlicher seine nur mühsam unterdrückte Nervosität spüren. Was war es wohl, wovor er solche Angst hatte?

»Vielleicht lassen Sie mich an dieser Stelle kurz erklären, warum ich Sie ausgerechnet in dieses Lokal gebracht habe«, riß sie Nikolew aus ihren Gedanken. »Wie Sie sehen, verkehren hier vorwiegend Angehörige des Militärs und der Geheimpolizei, die in dem Gebäude auf der anderen Straßenseite Dienst tun. Eine ganze Reihe von ihnen kenne ich persönlich – allerdings nicht sehr gut. Unsere Kontakte beschränken sich auf das Dienstliche. Aber Sie wissen natürlich ganz genau, wer ich bin. Deshalb habe ich hier auch nichts zu befürchten. Wenn ich jemand in das Lefortowo mitbringe, ist das kein Anlaß zu Gerede, da die Anwesenden ganz selbstverständlich davon ausgehen, daß es sich bei meinen Begleitern um persönliche Bekannte, Gäste oder dienstliche Kontakte handeln muß.« Er sah Tori fragend an. »Verstehen Sie jetzt, was ich meine?«

»Zumindest glaube ich allmählich zu begreifen, worauf Sie hinaus wollen«, erwiderte Tori. »Aber wie ich Mr. Slade kenne, wird er sich mit solchen vagen Andeutungen schwerlich zufriedengeben. Wenn Sie sich also vielleicht noch etwas deutlicher ausdrücken könnten . . .«

»Das kann ich selbstverständlich versuchen«, wandte sich der Hauptmann daraufhin an Slade. »Aber ich weiß nicht, ob mir das mit meinen begrenzten Englischkenntnissen möglich ist.«

»Ihre Aussprache läßt nicht das geringste zu wünschen übrig«, versicherte ihm Tori. »Aber wahrscheinlich möchte sich Mr. Slade auch noch vergewissern, wie es um Ihren Wortschatz bestellt ist.«

Mit einem leisen Lachen erwiderte Nikolew: »Ich mag Leute mit Sinn für Humor – vor allem Frauen. Das hat etwas sehr Tröstendes, finden Sie nicht auch?«

»Sie meinen wohl Tröstliches«, korrigierte ihn Tori. »Allerdings würde ich sagen, das hängt ganz davon ab, um was für eine Art von Humor es sich dabei handelt.«

»Vielleicht lerne ich durch Sie noch ganz neue Nuancen von Humor kennen«, erwiderte Nikolew sichtlich amüsiert. »Übrigens sollen die Römer zu Augustus' Zeiten sehr viel Humor gehabt haben.« Da ihm der kurze Blickwechsel zwischen Tori und Slade nicht entgangen war, fügte er dem rasch hinzu: »Sicher denken Sie jetzt wieder, was will dieser Hanswurst von uns. Übrigens, was ist eigentlich ein Hanswurst?«

»Wissen Sie, was ein Dummkopf ist?« sagte Slade. »Ein Trottel?«

»Ach so.« Nikolews Stirn legte sich kaum merklich in Falten. Doch dann wurde die Suppe gebracht, und seine Miene erhellte sich wieder. »Es gibt hier immer nur ein festes Menü. Ich hoffe, es macht Ihnen nichts aus, keine Wahl zu haben.«

»Daran beginnen wir uns bereits zu gewöhnen.«

Sie aßen mehr oder weniger schweigend. Als nach dem letzten Gang die Teller abgetragen wurden, erkundigte sich Nikolew: »Und? Habe ich zuviel versprochen?«

»Das Lutèce ist es jedenfalls nicht gerade«, brummte Slade und gab etwas Zucker in seinen starken russischen Tee.

»Das ist vermutlich ein Restaurant in Paris«, mutmaßte Nikolew.

»Fast«, bestätigte ihm Slade.

Nikolew nickte zufrieden. »Zumindest dürften durch dieses gemeinsame Essen die unvermeidlichen Anfangsspannungen unseres gegenseitigen Kennenlernens etwas abgebaut worden sein. Oder sollte ich mich da getäuscht haben?«

»Zumindest auf einen unter uns trifft das vermutlich zu«, warf Slade sarkastisch ein.

»Mr. Slade will damit sagen«, beeilte sich Tori erklärend hinzuzufügen, »daß wir noch immer nicht recht wissen, was Sie eigentlich von uns wollen. Denn daß Sie etwas von uns wollen, steht für uns inzwischen völlig außer Frage.«

»Für den Anfang ist das immerhin schon etwas«, erklärte Nikolew zufrieden. »Würden Sie mir demnach also zustimmen, daß wir zumindest bereits eine Basis für einen – wie soll ich es sagen? – gemeinsamen Gedankenaustausch gefunden haben?«

»Das hängt ganz davon ab, worüber der stattfinden soll«, maulte Slade.

Darauf sah ihn Nikolew eine Weile forschend an, als versuchte er, sich zu einer wichtigen Entscheidung durchzuringen. »Letztlich ist und bleibt das Ganze eine Frage des Vertrauens«, sagte er schließlich und wischte sich mit dem Taschentuch den Schweiß von der Stirn. »Ich weiß leider noch immer nicht, ob ich Ihnen nun tatsächlich trauen kann.«

Slade, der gerade von seinem Tee getrunken hatte, war so überrascht, daß er sich fast verschluckt hätte. Er begann so heftig zu husten, daß ihm die Tränen in die Augen traten. Tori saß nur da und starrte Nikolew fassungslos an.

»Habe ich gerade etwas Komisches gesagt?«

»Allerdings«, nickte Tori.

Slade fügte hinzu: »Eines steht jedenfalls fest, Hauptmann. Sie sind der verrückteste Russe, der mir je begegnet ist.«

»Tatsächlich? Vielleicht ist das sogar etwas, worauf ich stolz sein kann.«

»Sie haben vorhin gesagt, Sie wollten uns einen Vorschlag machen«, versuchte Tori endlich zur Sache zu kommen.

»Werden Sie mir auch versprechen, daß Sie sich anhören werden, was ich Ihnen zu sagen habe?«

»Was für ein Vorschlag?« wollte Slade wissen.

»Ich hätte Ihnen einen kleinen Austausch von Informationen anzubieten.«

»Dann fangen Sie schon an, Iwan.«

»Russell!« wies ihn Tori scharf zurecht.

»Aber wieso denn?« konterte Slade. »Oder hast du etwa schon wieder vergessen, wo wir hier sind, Tori? In einem Land, in dem wir von vornherein als schuldig gelten. Alles, was wir von jetzt an tun oder sagen, wird früher oder später in einem Gebäude, nicht unähnlich dem auf der anderen Straßenseite, gegen uns verwendet werden. Wie willst du denn mit diesem Kerl auch nur ein halbwegs vernünftiges Wort wechseln? Gegen den ist doch sogar Donald Duck ein Genie.«

»Entschuldigung«, schaltete sich an dieser Stelle Nikolew ein. »Ist Donald Duck auch so etwas wie ein Hanswurst?«

Tori schlug die Hände vors Gesicht, und Slade sagte trocken: »Ja.« Dann wandte er sich mit einem hilflosen Achselzucken Tori zu. »Das darf doch nicht wahr sein!«

»Aber was soll daran falsch sein?« fragte Nikolew sichtlich verwirrt.

»Wo sind eigentlich die Jungs in den schlottrigen Hosen, die uns gleich mit Alka-Seltzer vollstopfen werden?«

»Sie haben hier Seltzer«, erklärte Nikolew und winkte dienstbeflissen nach einem Kellner.

»Nein, nein, so hat er das nicht gemeint«, versuchte Tori zu vermitteln und erklärte dem Ober auf russisch, daß es sich um ein Mißverständnis gehandelt habe. Dann beugte sie sich über den Tisch und erklärte mit Nachdruck: »Damit wir uns von Anfang an über eines klar sind, Hauptmann: Wir haben nichts zu verbergen.«

Als Nikolew nickte, fuhr sie fort: »Umgekehrt wissen Mr. Slade und ich nicht, ob wir Ihnen vertrauen können.«

»Tori, ich bitte dich . . .«

»Ich verstehe.« In Nikolews Zügen spiegelte sich fast so etwas wie Erleichterung wider. »Wir befinden uns sozusagen in einer Mattsituation.«

»In einer Pattsituation«, korrigierte ihn Slade.

Nikolew nickte ernst. »Gut, daß Sie mich darauf aufmerksam machen. Das werde ich mir merken. Gerade mit idiomatischen Redewendungen habe ich manchmal noch meine Probleme.«

»Was Sie nicht sagen.«

»Wie bitte? Das habe ich doch gerade gesagt.«

»Laß uns doch nicht schon wieder damit anfangen«, stieß Tori flehentlich hervor und breitete die Hände aus. »Also, Hauptmann, wie haben Sie sich unseren Gedankenaustausch im weiteren vorgestellt?«

»Ich würde Ihnen gern einen Vorschlag unterbreiten – aber nicht hier.«

»Wo dann?« wollte Slade wissen.

»In einer Villa. In den Lenin-Hügeln.«

Tori lächelte. »Bitte, versuchen Sie sich doch auch einmal in unsere Lage zu versetzen, Hauptmann. Wir haben bisher keinerlei Garantien von Ihnen erhalten . . .«

»Ich habe englisch mit Ihnen gesprochen«, unterbrach sie Nikolew. »KGB-Agenten dürfen normalerweise nicht zu erkennen geben, daß sie eine Fremdsprache beherrschen. Wir haben strikte Anweisungen, so zu tun, als verstünden wir kein Englisch – um auf diese Weise mehr zu erfahren.«

»Unter einer Garantie stelle ich mir eigentlich etwas anderes vor«, knurrte Slade ärgerlich.

»Fairerweise müssen wir allerdings auch zugeben«, schaltete sich Tori wieder ein, »daß wir ihm auch nicht gerade große Sicherheiten geboten haben.« Und an Nikolew gewandt: »Also gut, Hauptmann, wir werden uns Ihren Vorschlag anhören. Aber das ist alles, was wir Ihnen zusichern können.«

Hauptmann Nikolew nickte.

»Na, großartig«, stöhnte Slade. »Nächstens führen wir auch noch Verhandlungen mit dem Weihnachtsmann.«

Mars Wolkow war auf den Vordersitz geklettert und hatte Irina beruhigend in die Arme geschlossen. Nach einer Weile löste er sich wieder von ihr und hielt sie mit ausgestreckten Armen von sich, um ihr tief in die Augen zu sehen. »Ich habe mir solche Sorgen um dich gemacht«, begann er. »Bisher hatte ich mir nicht allzuviel dabei gedacht, wenn du für mich die Spionin gespielt hast – immerhin hast du dabei auch einige höchst interessante Dinge herausgefunden. Aber als mir zu Ohren gekommen ist, daß Valeri seine KGB-Spürhunde losgelassen hat und du plötzlich spurlos verschwunden warst, habe ich es ganz schön mit der Angst zu tun bekommen. Ehrlich gesagt, wollte ich schon fast die Polizei verständigen. Aber dann bist du ja zum Glück doch noch aufgetaucht.«

»Deine Sorge war übrigens gar nicht mal so unberechtigt.« *KGB. Ruhig verhalten.* Irina gab sich die allergrößte Mühe, sich nichts von ihrer panischen Angst anmerken zu lassen. Eines stand jedenfalls fest: Mars war noch nicht bereit, seine Maske endgültig fallenzulassen. Demnach wollte er also noch etwas von ihr. Aber was? »Offensichtlich überwacht der KGB Valeris Wohnung. Um ein Haar hätten sie mich geschnappt.«

»Um so besser, daß ich bei dir bin.«

Laut prasselte der Regen gegen die Windschutzscheibe des Wagens. Die Welt war auf einen Blechkasten von der Größe einer Gefängniszelle zusammengeschrumpft. In einem Anfall von Panik dachte sie plötzlich, der Laptop wäre verschwunden. Es kostete sie alle Beherrschung, weiter durch die Windschutzscheibe in den strömenden Regen hinauszustarren und nicht ihren Blick suchend durch das Wageninnere wandern zu lassen.

»Du hast ja keine Scheibenwischer«, sagte Mars.

»Sie wurden mir gestohlen. Es war meine Schuld. Ich habe vergessen, sie abzunehmen.«

Er zuckte mit den Schultern. »Im Kofferraum müßte noch ein Ersatzpaar sein. Ich werde sie gleich holen.«

Während Irina beobachtete, wie er ausstieg und nach hinten ging, hatte sich ihre linke Hand bereits um das Lenkrad geschlossen; die rechte tastete vorsichtig nach dem Schalthebel. Im Rückspiegel sah sie, wie Mars den Kofferraum öffnete und sich bückte.

Sie brauchte jetzt nur die Handbremse zu lösen, den ersten Gang einzulegen und loszubrausen, um Mars zu entkommen. So einfach wäre das gewesen. Irinas Muskeln begannen sich bereits zu spannen. Aber war es wirklich so einfach? Wo waren die Grenztruppen, die Valeris Wohnung umstellt hatten? Sicher waren sie nicht einfach abgezogen und hatten Mars ganz allein hier zurückgelassen.

Ihre Hände zitterten so heftig, daß sie sich nicht vorstellen konnte, in dieser Verfassung überhaupt fahren zu können, vor allem nicht bei dem Regen und ohne Scheibenwischer.

Im selben Augenblick hörte sie auch schon, wie der Kofferraum wieder zugeschlagen wurde. Mit stockendem Atem beobachtete sie, wie Mars nach vorn kam und die Scheibenwischer anbrachte – übrigens nur mit einer Hand. Als er fertig war, glitt er neben ihr auf den Beifahrersitz und klemmte sich Valeris Computer zwischen die Beine.

Als Irina einen flüchtigen Blick zu ihm hinüberwarf, blitzte in seiner rechten Hand eine Pistole auf. Ihr Lauf war zu Boden gerichtet.

»Ich habe mir eingebildet, eben einen von Valeris KGB-Männern gesehen zu haben«, versuchte Mars sie zu beruhigen, als er ihren entsetzten Blick bemerkte. »Zwischen uns ist es nun endgültig zum offenen Krieg gekommen.« Er steckte die Pistole weg. »Und dir wäre es um ein Haar zum Verhängnis geworden, daß du zwischen die Fronten geraten bist.«

»Ich habe nur getan, worum du mich gebeten hast.« Insgeheim hoffte Irina, ihre Stimme würde nicht ganz so gepreßt klingen, wie sie das in ihren Ohren tat. »Schließlich war ich es, die die Verbindung zwischen Natascha und Valeri aufgedeckt hat.«

»Das allerdings«, nickte Mars. »Dafür bin ich dir sehr dankbar. Valeri und ich hatten uns in eine Art Pattsituation manövriert. Es war praktisch nicht mehr möglich, uns gegenseitig zu überwachen. Dazu kannte jeder von uns die Leute des anderen längst viel zu gut.« Er grinste. »Doch dann kamst du. Du warst für mich ein Geschenk des Himmels.«

Die Wagenfenster waren so stark beschlagen, daß er das Seitenfenster ein wenig nach unten kurbelte. Aber durch den schmalen Spalt regnete es so stark herein, daß schon nach kurzem seine ganze rechte Schulter durchnäßt war. Er nahm jedoch keine Notiz davon. »Trotzdem werde ich in letzter Zeit nicht mehr recht klug aus deinem Verhalten. Was hattest du eigentlich in Valeris Wohnung zu suchen?«

»Ich war dem Rätsel des Weißen Sterns auf der Spur.« Als sie sich darauf zu ihm herumdrehte und ihm in die Augen sah, fragte sie sich unwillkürlich, ob wohl er selbst Natascha gefoltert hatte, bis sie ihm schließlich das Geheimnis von Valeris Tochter verriet. Und ob er sie anschließend getötet hatte, als sie von keinerlei Nutzen mehr für ihn war? »Darum hast du mich doch ausdrücklich gebeten.«

»Und was hast du inzwischen herausgefunden?«

Sie war sich der Waffe in seiner Tasche deutlich bewußt. »Ich habe seine ganze Wohnung durchsucht, aber nichts gefunden.«

»Außer dem da.« Mars deutete auf den Koffer zwischen seinen Füßen. »Was ist das?«

»Valeris Computer.«

»Ein illegaler Computer«, schnaubte Mars. »Das sieht Valeri Denisowitsch ähnlich.« Er starrte Irina durchdringend an. »Warum hast du ihn mitgenommen?«

KGB. Ruhig verhalten. Irinas Verstand begann fieberhaft zu arbeiten. Sie mußte sich unbedingt etwas einfallen lassen – eine einleuchtende Erklärung, um ihn von dem Computer abzulenken ...

»Darf ich die Frage für dich beantworten«, kam ihr Mars jedoch zuvor. »Du dachtest, in dem Computer könnten geheime Informationen über den Weißen Stern gespeichert sein.«

Ihr Gehirn war mit einem Mal wie leergeblasen. »Ja«, hauchte sie. Was hätte sie auch anderes sagen sollen?

Darauf schwieg Mars eine Weile, bevor er seinen Kopf in den Nacken legte und die Augen schloß. Schließlich sagte er lächelnd: »Warum lassen wir es nicht auf einen Versuch ankommen?«

Zu spät wurde es Irina bewußt, daß sie den Computer lieber auf der Stelle hätte wegwerfen sollen; auch wenn die darin gespeicherten Daten dann für Valeri für immer verloren gewesen wären, würden sie zumindest vor dem KGB sicher gewesen sein. Außerdem wurde ihr plötzlich auch klar, was Mars von ihr wollte.

Niedergeschlagen schaltete sie die Scheibenwischer ein und hauchte mit gepreßter Stimme: »Wohin sollen wir fahren? In deine Wohnung?«

»Nein.« Mars schüttelte den Kopf. »Nach Sternstädtchen.«

Arbat war schon eine ganze Weile unaufhörlich im Kreis geschwommen.

»Was ist denn plötzlich in sie gefahren?« fragte Lara besorgt.

»Keine Ahnung«, mußte der Held zugeben. Als er dann jedoch mit diesen seltsamen schnatternden Lauten auf den Delphin einzureden begann, reckte der unverzüglich seine Schnauze aus dem Wasser, um mit einer Reihe ähnlicher Laute darauf zu erwidern.

»Irgend etwas ist nicht in Ordnung«, sagte der Held, als Arbat wieder verstummt war.

»Und was ist nicht in Ordnung?«

»Das weiß ich nicht. Arbat übrigens auch nicht. Jedenfalls muß etwas Schlimmes passiert sein.«

»Wolkow?«

»Vermutlich.« Der Held schwamm auf Arbat zu und schlang die Arme um ihren Nacken, worauf das Delphinweibchen zärtlich sein Gesicht zu liebkosen begann. »Mach dir keine Sorgen«, flüsterte er ihr ins Ohr und wiederholte es dann noch einmal in ihrer Sprache.

Erst an diesem Punkt wurde Lara klar, wie beunruhigt er tatsächlich war. Sie schwamm auf ihn zu und versuchte tröstend auf ihn einzureden: »Vielleicht haben wir von Genosse Wolkow vorläufig gar nichts zu befürchten. Ich glaube nämlich, er denkt tatsächlich, daß in dir irgendeine Veränderung vor sich geht.«

Der Held grinste. »Es hat ihm wohl endgültig den Rest gegeben, als du unter ihm durchgetaucht bist und ihn am Bein gekratzt hast, während ich meinen ›Anfall‹ hatte. Das hat dem Ganzen noch die Krone aufgesetzt.«

»Du hast deine Rolle perfekt gespielt.«

»Zum Glück hat mir Genosse Wolkow genug Zeit gelassen, sie einzustudieren.«

Doch Laras Miene wurde sofort wieder ernst, als sie fortfuhr: »Auch wenn dieser Anfall nur Theater war, mache ich mir wegen der möglichen Auswirkungen der kosmischen Strahlung, der du ausgesetzt warst, trotzdem ernste Sorgen. Was ist zum Beispiel, wenn sich plötzlich doch noch irgendwelche Folgeerscheinungen bemerkbar machen?«

»Was wird erst sein, wenn wir sterben müssen? Es wäre sicher höchst interessant, sich mit dieser Frage näher zu beschäftigen, wobei das Ganze selbstverständlich nie über den Bereich des rein Spekulativen hinauskäme.« Er bedachte Lara mit einem aufmunternden Lächeln. »Es wird uns wohl nichts anderes übrigbleiben, als einfach abzuwarten und zu sehen, was passiert.«

»Glaubst du, Irina hat den Mut, an deiner Seite auszuharren?«

»Das weiß ich nicht.« Der Held hob die Schultern. »Ich habe ihr, so gut es ging, klarzumachen versucht, worauf sie sich da einläßt. Aber du weißt natürlich genauso gut wie ich, daß es nicht möglich ist, das Unerklärliche zu erklären.«

»Du liebst sie, nicht wahr?«

Lange trieb der Held schweigend im Salzwasser des Pools, bevor er antwortete: »Meine Liebe gehört der Farbe zwischen den Sternen. Ich kann schon die ganze Zeit kaum mehr etwas anderes denken. Nur dort erfährt man, worauf es im Leben wirklich ankommt.«

»Du brauchst keine Angst zu haben, ich könnte eifersüchtig werden«, versicherte ihm Lara. »Nach allem, was du für uns getan hast, würden Tatjana und ich dich nie verraten. Nur dir haben wir es zu verdanken, daß endlich Licht in unsere Vergangenheit gekommen ist; das hat uns auch unser jetziges Leben mit ganz anderen Augen sehen lassen. Seit wir unseren Eltern weggenommen wurden, bist du der einzige Mensch, der uns nicht ausgenutzt und für seine Zwecke eingespannt hat.«

Der Held ergriff ihre Hand und schob seine Finger zwischen die ihren. »Falls ich Irina tatsächlich liebe, dann auf eine Weise, die ich selbst beim besten Willen keinem anderen Menschen erklären könnte.«

»Du kannst dich mit ihr verständigen, ohne auch nur ein einziges Wort zu sprechen.«

»Das ist richtig.«

»Genauso wie mit diesem Wesen, dem du im All begegnet bist?«

»Ja.«

»Was war das für eine Art von Kommunikation?«

Der Held lächelte. »Das habe ich dir doch schon so oft zu erklären versucht.«

»Trotzdem könnte ich es immer wieder hören – wie eine schöne Gutenachtgeschichte.«

»Na schön.« In tiefer Konzentration runzelte der Held die Stirn. »Es ist, als würdest du auf einem Nagelbett liegen, als würdest du mit bloßen Füßen über zerbrochenes Glas laufen, als würdest du so viel Schokolade in dich hineinschlingen, daß dir speiübel wird, als würdest du völlig schwerelos in einem Samadhi-Tank schweben, so daß du nur noch auf die Vorgänge in deinem Kopf konzentriert bist und ganz vergißt, daß du einen Körper hast.« Als Odysseus an dieser Stelle die Augen schloß, war es, als wäre plötzlich die ganze Welt ausgeknipst worden. Um sie herum herrschte völliges Dunkel. »Es ist, als würden alle diese Dinge gleichzeitig passieren. Aber natürlich sind das alles nur Umschreibungen für das, was man in diesem Zustand tatsächlich empfindet. In Wirklichkeit ist es nämlich ganz anders.«

»Und wie ist es denn tatsächlich?« drang Lara weiter in ihn.

»Na schön. Dann werde ich es eben mit einem anderen Vergleich zu beschreiben versuchen. Ich bin weiter ins All vorgedrungen als irgendein Mensch vor mir. Doch als dieser Gedankenaustausch mit diesem seltsamen Wesen begann, wußte ich sofort, daß ich diesen weiten Weg nur auf mich genommen hatte, um ins Herz der Dinge vorzudringen und dort eine völlig neue Form der Existenz kennenzulernen.«

»Aber wo warst du nun eigentlich in diesem Moment wirklich?«

»Das weiß ich nicht«, mußte der Held zugeben. »Vielleicht im Herz der Zeit selbst.«

Lara war inzwischen ganz dicht neben ihm. »Wenn ich das nur verstehen könnte!«

»Ja, das wäre schön.«

»Arbat versteht es.«

»Arbat ist auch etwas Besonderes.«

»Und Irina? Sie versteht es doch auch – oder nicht?«

Die Augen des Helden waren wie zwei Sterne in der unermeßlichen Weite des Alls. Sie strahlten Wärme und Licht aus. »Irina weiß, wie dieses Wesen mit mir kommuniziert hat.«

»Wie ich sie darum beneide.«

In diesem Moment stieß Arbat mit ihrer Schnauze mehrere

Male heftig gegen die Hand des Helden, und wenig später kam auch schon Tatjana ins Hallenbad und stieg zu ihnen in den Pool.

»Wolkow ist zurück«, flüsterte sie aufgeregt. »Er hat Irina dabei. Und Valeris Computer.«

»Gütiger Gott.« Die Stimme des Helden ließ sie alle erschaudern.

Am Eingang der Villa drehte sich Nikolew zu Tori und Slade um und sagte: »Dieses Haus gehört dem Mann, dessen Befehl ich im Moment unterstellt bin.«

Slade sah ihn fragend an. »Sie meinen, Ihrem Vorgesetzten bei den Grenztruppen?«

»Nein. Meine Truppe ist bis auf weiteres der Abteilung N des KGB unterstellt worden. Mein Vorgesetzter ist Mars Wolkow, der Leiter dieser Abteilung.«

»Demnach scheint dieser Mann über enorme Macht zu verfügen«, warf Tori ein.

Nikolew sah sie einen Moment eindringlich an. »Sie verlangen zwar ständig Garantien von mir, aber wird Ihnen allmählich auch klar, welches Risiko ich bei dieser Geschichte eingehe?« Damit drehte er sich um und schloß die Tür auf.

In der Eingangshalle zeigte er ihnen als erstes, wo die Abhörmikrofone versteckt waren. Dann öffnete er die Hausbar im Wohnzimmer. Hinter der verspiegelten Rückwand befand sich ein Geheimfach mit einem Tonbandgerät. Um Tori und Slade deutlich zu machen, daß ihr Gespräch nicht aufgezeichnet würde, nahm er die Tonbandspulen ab.

»Es besteht natürlich auch noch die Möglichkeit, daß einer von uns ein Körpermikrofon trägt«, meldete Slade seine Bedenken an. »Deshalb schlage ich vor, daß erst einmal jeder von uns seine Kleider ablegt.«

Nikolew lachte und warf einen vielsagenden Blick auf Tori. »Das finde ich großartig. Nichts dagegen einzuwenden.«

Als ihn Tori und Slade darauf etwas eigenartig ansahen, fragte er: »Habe ich mich schon wieder in der Wortwahl vergriffen?«

»An Ihrer Stelle würde ich jedenfalls nicht versuchen, sich als Amerikaner auszugeben«, riet ihm Slade.

»Ihre Ausdrucksweise ist schon wieder ein bißchen aus der Mode«, versuchte ihn Tori zu trösten.

Nachdem sie sich vergewissert hatten, daß keiner von ihnen ein Mikrofon unter seiner Kleidung versteckt hatte, ließen sich Tori und Slade auf der Couch im Wohnzimmer nieder. Hauptmann Nikolew machte sich währenddessen an der Hausbar zu schaffen und brachte ihnen etwas zu trinken. Er war sichtlich nervös und brauchte vermutlich etwas, um seine Hände zu beschäftigen. Allerdings rührten weder Tori noch Slade das Glas an, das er vor ihnen auf den Couchtisch stellte. Nikolew dagegen stürzte das seine in einem Satz hinunter und schenkte sich gleich noch einmal kräftig nach.

Als er schließlich nervös vor ihnen auf und ab zu gehen begann, konnte Tori seine Anspannung fast körperlich spüren. Plötzlich blieb Nikolew stehen und sagte: »Wie können wir in einer Welt voll Lügen die Wahrheit erkennen?«

»Die wichtigste Vorbedingung dafür dürfte eine Atmosphäre gegenseitigen Vertrauens sein«, erwiderte Tori.

»Von der hier bisher nicht allzuviel zu spüren ist«, warf Slade beißend ein.

Darauf trat erst einmal wieder längeres Schweigen ein.

Nikolew nickte. »Die Abteilung N des KGB ist einzig und allein zu dem Zweck ins Leben gerufen worden, den Weißen Stern zu zerschlagen.«

»Das nenne ich eine klare und eindeutige Aussage«, bemerkte Slade mit unverhohlenem Sarkasmus.

Verzweifelt die Hände ringend, fuhr Nikolew darauf fort: »Ich versuche hier doch nichts anderes, als die Voraussetzungen für ein gegenseitiges Vertrauensverhältnis zu schaffen.« Er holte tief Luft. »Jedenfalls hat es keinen Sinn, noch weiter zu verhandeln, solange ich nicht weiß, ob Sie tatsächlich hier sind, um die Mitglieder des Weißen Sterns zu unterstützen.«

»Soll das der Vorschlag sein, den Sie uns unterbreiten wollten?« fragte Slade schneidend.

»Es ist der Anfang unseres Informationsaustauschs«, erwiderte Nikolew mit gequältem Gesichtsausdruck. »Mir steht das Wasser längst bis zum Hals, Mr. Slade, und leider machen Sie mir die Sache nicht gerade leichter, indem Sie mir ständig nur unterstellen, ich wollte Ihnen etwas vormachen.«

»Uns steht das Wasser allen bis zum Hals«, erklärte Tori.

Darauf stand Slade auf und flüsterte ihr ins Ohr: »Ich werde mir das Haus ein bißchen näher ansehen. Du bleibst solange hier.«

Als er den Raum verlassen hatte, sahen sich Nikolew und Tori lange schweigend an, als versuchten sie zu einer Entscheidung zu kommen, wie es nun weitergehen sollte. Schließlich brach Nikolew das Schweigen. »Ihr Begleiter ist wirklich sehr mißtrauisch.«

»Dafür wird er bezahlt.«

»Und wofür werden Sie bezahlt, Miß Nunn?«

Tori stand auf und sah sich eine Weile aufmerksam im Raum um. Schließlich wandte sie sich wieder Nikolew zu und sagte mit schneidender Stimme: »Ich werde dafür bezahlt, daß ich herausfinde, wer unsere Freunde sind.«

»Und was passiert mit denen, auf die das nicht zutrifft?«

»Die bringe ich um«, erwiderte Tori kaltblütig.

»Ich meine es wirklich gut mit Ihnen, Miß Nunn. Warum wollen Sie mir denn das nicht glauben?«

Darauf gab ihm Tori keine Antwort.

Als nach einer Weile Slade wieder ins Wohnzimmer zurückkam, fragte ihn Nikolew: »Wonach haben Sie gesucht?«

»Ob sich hier KGB-Leute versteckt halten«, antwortete Slade. »Aber vermutlich habe ich hier sowieso einen vor mir – oder nicht?«

Ohne auf diese Spitze weiter einzugehen, erklärte Nikolew: »Bevor wir hier weitermachen, müssen Sie mir erst meine Frage beantworten. Sind Sie wegen des Weißen Sterns hier?«

»Ja«, versicherte ihm Tori.

»Bist du des Wahnsinns«, brauste Slade auf. »Willst du uns ans Messer liefern?«

»Warum?« erwiderte Tori, ohne den Blick von Nikolew abzuwenden. »Der Hauptmann kann schließlich nicht wissen, ob wir nicht gemeinsame Sache mit Mars Wolkow machen. Ich könnte diese Verbindung zum Weißen Stern doch auch nur vortäuschen, um ihn besser aushorchen zu können und anschließend des Hochverrats zu überführen.« Sie bedachte Nikolew mit einem Lächeln. »Ist es nicht so, Hauptmann?«

Nervös fuhr sich Nikolew über die Lippen. »Ja. Diese Möglichkeit läßt sich leider nicht von vornherein ausschließen.«

»Inzwischen gibt es doch für Sie ebensowenig noch ein Zurück wie für uns. Wir sind einander auf Gedeih und Verderben ausgeliefert.«

Nikolew senkte den Blick und starrte eine Weile nachdenklich in sein Glas. »Ich bin gekommen, um Cäsar zu begraben; nicht um ihn zu preisen.«

»Wie bitte?« fuhr Slade dazwischen.

Nikolew sah ihn forschend an. »Meine Situation ist der des Brutus nicht ganz unähnlich, Mr. Slade. Ich hoffe also, Sie bringen etwas Verständnis dafür auf, wenn ich für diese schwere Entscheidung etwas Zeit brauche.«

Tori war sich des heftigen Widerstreits der Gefühle, der nun in Nikolew entbrannte, deutlich bewußt. Wenn das alles nur Theater gewesen wäre, hätte er ein exzellenter Schauspieler sein müssen.

Schließlich hielt es Nikolew nicht mehr länger aus. Nervös ging er ans Fenster, von dem man einen herrlichen Blick auf die Stadt hatte. Tori entging nicht, wie er die Schultern hochzog, als rechnete er jeden Moment mit einem Schlag ins Genick.

Nach einer Weile sagte er: »Der KGB und das Militär haben sich zusammengetan, um eine großangelegte militärische Aktion gegen Lettland und Litauen zu planen. Es ist nur noch eine Frage der Zeit, bis das Militär in den beiden baltischen Teilrepubliken einmarschieren wird, um sie wieder voll in die Sowjetunion einzugliedern und die im Zug der Perestrojka immer stärker werdenden Unabhängigkeitsbestrebungen ein für allemal zu zerschlagen.«

Leise vor sich hin pfeifend, begann Slade auf den Fersen zu wippen. Tori sagte nichts.

Nikolew wandte sich vom Fenster ab und sah sie an. In dem

Licht, das durchs Fenster fiel, wirkte sein Gesicht plötzlich wie von einem Heiligenschein umgeben. »Was ich Ihnen eben gesagt habe, ist natürlich Hochverrat«, fuhr er fort. »Aber das tut jetzt nichts mehr zur Sache. Diese Invasion soll bereits in dreizehn Stunden starten. Morgen früh bei Tagesanbruch. Es wird eine Menge Blutvergießen geben. Als offizielle Begründung für das Eingreifen des Militärs wird angegeben werden, daß die noch unstabilen Regierungen der abgefallenen baltischen Teilrepubliken von gefährlichen westlichen Elementen unterwandert worden seien und daher eine zunehmend ernstere Bedrohung für die Sicherheit der Sowjetunion dargestellt hätten.«

In das angespannte Schweigen hinein, das darauf eintrat, sagte Tori: »Und wie steht der Präsident zu diesem Plan?«

»Nach Meinung der an diesem Coup beteiligten Reaktionäre ist der Präsident genau wie sein Vorgänger Jurij Andropow den Lockungen eines höchst gefährlichen Personenkults erlegen. Exakt zu dem Zeitpunkt, zu dem die Invasion der baltischen Teilrepubliken beginnt, wird der Präsident der Sowjetunion von seinen eigenen Leibwächtern ermordet werden. Wie Sie sehen, herrschen hier inzwischen wieder Verhältnisse wie im alten Rom.«

»Das ist doch völlig absurd«, erklärte Slade mit einer wegwerfenden Handbewegung. »Sie glauben doch nicht im Ernst, daß wir Ihnen einen solchen Unsinn . . .«

Bevor er jedoch zu Ende sprechen konnte, hatte ihn Tori energisch am Arm gepackt. »Weshalb erzählen Sie das alles eigentlich ausgerechnet uns, Hauptmann? Wir können diesen Coup doch noch weniger verhindern als Sie.«

»Das ist zum Glück nicht der Fall«, erklärte Nikolew mit Nachdruck. »Nicht wenn Sie mir endlich ein gewisses Maß an Vertrauen entgegenbringen. Uns liegen schon seit einiger Zeit zuverlässige Informationen vor, daß der Weiße Stern aus dem Westen umfangreiche Waffenlieferungen erhalten hat. Wenn Sie also tatsächlich wegen des Weißen Sterns hier sind, sind Sie genau die richtigen Leute für mein Vorhaben. Valeri Bondasenko, der Führer des Weißen Sterns, wurde vom KGB enttarnt und mußte untertauchen. Deshalb können wir ihn im Moment nicht finden. Aber als westliche Repräsentanten der Hilfsaktion für den Weißen Stern verfügen Sie sicher über die entsprechenden Mittel und Wege, um mit ihm in Kontakt zu treten.

Deshalb möchte ich Sie bitten, sich auf schnellstem Weg mit ihm in Verbindung zu setzen und ihm mitzuteilen, was ich Ihnen eben gesagt habe. Nur dann haben wir noch eine Chance, das Schlimmste zu verhindern. Der Weiße Stern ist bei dieser entscheidenden Machtprobe das Zünglein an der Waage. Das ist auch der Grund, weshalb Mars Wolkow mit all diesen Sondervollmachten ausgestattet worden ist, um diese Organisation zu zerschlagen.

Wenn jemand also diesem Wahnsinn noch rechtzeitig ein Ende machen kann, dann einzig und allein der Weiße Stern. Nicht umsonst erfreut sich die Organisation in der Bevölkerung immer breiterer Unterstützung. Alles, woran es dem Weißen Stern bisher gefehlt hat, sind die nötigen Waffen. Aber inzwischen glauben wir . . .«

»Sprechen Sie ruhig weiter, Hauptmann«, forderte ihn Tori auf. »Wollten Sie gerade sagen, daß der Weiße Stern inzwischen über diese Waffen verfügt?«

»Ja.« Nikolew nickte. »Wir haben zwar keine Ahnung, um welche Waffen es sich dabei handelt. Aber wir müssen davon ausgehen, daß die Organisation inzwischen durchaus über die erforderliche militärische Schlagkraft verfügt, um im Konfliktfall wirkungsvoll eingreifen zu können.« Er ballte die Fäuste. »Und genau dieser Fall ist nun eingetreten. Sie müssen Valeri Bondasenko mit allem Nachdruck klarmachen, in welcher Gefahr das Land in diesem Moment schwebt. Denn nur durch den sofortigen Einsatz dieser neuen Waffen läßt sich die Machtergreifung durch die alten reaktionären Kräfte noch verhindern.«

»Und was werden Sie tun, während wir für Sie den Anführer des Weißen Sterns zu finden versuchen?« wollte Slade wissen.

»Was Sie tun, tun sie nicht für mich oder für den KGB«, erwiderte Nikolew. Zum erstenmal hatte sich so etwas wie Ungeduld in seine Stimme geschlichen. »Sie tun es für das Wohl der ganzen Sowjetunion.«

Slade wandte sich Tori zu. »Dieser Kerl will uns doch nur für seine Zwecke einspannen. Nur weil er diesen Bondasenko nicht finden kann, sollen wir für ihn den Spürhund spielen. Sobald wir Bondasenko gefunden haben, rückt er mit seinen Leuten an und ...«

»Nein!« fuhr Nikolew auf. »So etwas würde ich nie tun! Was ich Ihnen gesagt habe, ist die Wahrheit!«

»Ich muß gestehen«, kam ihm Tori zu Hilfe, »daß ich Ihnen langsam tatsächlich zu glauben beginne.«

Doch Slade schnitt ihr mit einer schroffen Handbewegung das Wort ab und schnauzte Nikolew an: »Dann beweisen Sie es!«

»Aber wie sollte ich ...?« Nikolew dachte kurz nach und nickte. »Also gut, ich mache Ihnen einen Vorschlag. Mars Wolkow hat Valeri Bondasenkos Computer in seinen Besitz gebracht. Es steht zu vermuten, daß darin wichtige Informationen über den organisatorischen Aufbau des Weißen Sterns gespeichert sind. Wolkow darf also auf keinen Fall Zugang zu diesen Daten erhalten. Sonst hätte er binnen drei Tagen die ganze Organisation so gründlich zerschlagen, daß nichts mehr davon übrigbliebe.

Eigentlich hatte ich vor, Wolkow diesen Computer wieder abzujagen, während Sie nach Bondasenko suchen. Aber inzwischen habe ich eine bessere Idee. Sie kommen mit mir und überzeugen sich selbst, daß ich die Wahrheit sage. Indem ich Wolkows Pläne sabotiere, setze ich nicht nur mein Leben, sondern auch das meiner Männer aufs Spiel. Als Ausländer können Sie vermutlich nicht ermessen, was für ein enormes Risiko ich damit eingehe. Im Fall unserer Entdeckung droht uns allen die sofortige Exekution – und zwar ohne vorherige gerichtliche Untersuchung, ohne Prozeß und ohne jeglichen Anspruch auf Entschädigung für unsere Familien. Wir werden einfach von der Bildfläche verschwinden, als hätten wir nie existiert.«

»Wenn wir erst mit Ihnen kommen«, warf Tori ein, »vergeuden wir nur kostbare Zeit. Schließlich müssen wir Bondasenko schon ein paar Stunden vor dem Losschlagen des Militärs aufspüren, damit er noch rechtzeitig die entsprechenden Gegenmaßnahmen einleiten kann.«

»Ganz recht«, stimmte ihr Nikolew zu. »Wir werden also alle erhebliche Risiken eingehen müssen. Außerdem wird die Gefahr, daß wir nicht mehr rechtzeitig mit Bondasenko Kontakt aufnehmen können, von Minute zu Minute größer. Deshalb wäre ich auch nur im äußersten Notfall bereit gewesen, Sie mitzunehmen. Schließlich steht hier das Schicksal der ganzen Nation auf dem Spiel. Aber wenn Mr. Slade weiter auf seiner Forderung besteht, bliebe mir natürlich gar keine andere Wahl, als auch noch diese Verzögerung in Kauf zu nehmen.«

»Russell?« Tori sah Slade fragend an.

»Denk bloß nicht, ich würde jetzt einen Rückzieher machen.«

Darauf begann sie Nikolew fast flehentlich zu bestürmen. »Sie müssen mir helfen. Wenn es tatsächlich zu der Invasion und zur Ermordung des Präsidenten kommt, bedeutet das für den bisherigen Demokratisierungsprozeß das endgültige Aus. Dann kehren hier wieder Zustände ein wie in den Zeiten des schlimmsten stalinistischen Terrors.«

»Wir sind verloren«, sagte der Held, gerade in dem Moment, als Mars Wolkow mit Irina das Hallenbad betrat.

Tatjana war bereits aus dem Pool geklettert und hatte sich ein Badetuch um den Körper geschlungen.

»Guten Abend«, begrüßte sie die beiden Neuankömmlinge.

»Guten Abend, Tatjana«, erwiderte Mars ihren Gruß. »Sehen Sie einmal, was ich da habe.« Er hob den Laptop hoch. »Würden Sie Irina bitte helfen, den Computer auf dem Tisch dort drüben aufzubauen? Sehen Sie vor allem zu, daß das Kabel nicht naß wird!«

Während sich Tatjana an die Arbeit machte, warf sie Irina einen verstohlenen Blick zu. Irinas größte Angst war im Augenblick, irgend etwas zu tun oder zu sagen, woraus Mars hätte schließen können, daß sie zur Gegenseite übergelaufen war. Bisher war noch immer nicht ganz auszuschließen, daß er glaubte, daß sie weiterhin für ihn arbeitete. Solange das noch der Fall war, mußte sie versuchen, das Beste daraus zu machen.

Irina öffnete also den Koffer, nahm den Computer heraus und reichte das Stromkabel mit dem Adapter Tatjana. Währenddessen war Mars am Beckenrand stehengeblieben und starrte auf den Helden hinab, der auf dem Rücken im Wasser trieb.

»Geht es Ihnen inzwischen wieder besser, Odysseus?« erkundigte er sich.

»Ist es mir denn in letzter Zeit schlechtgegangen?«

Mars ging in die Hocke. »Sie hatten einen Anfall. Können Sie sich daran nicht mehr erinnern?«

»Nein.«

»Während dieses Anfalls haben Sie eine Menge wirres Zeug geredet.«

»Ach, Sie meinen, von der Farbe zwischen den Sternen. Jetzt kann ich mich wieder erinnern, in ihrer Sprache gesprochen zu haben.«

Mars mußte unwillkürlich schlucken. »In was für einer Sprache?«

»Nicht in Ihrer jedenfalls, Genosse.«

Brüskiert stand Mars auf und ging zu dem Tisch, auf dem der Computer stand. Er wollte gerade daran Platz nehmen, als Lara ihn ans Telefon rief. Gleich neben dem Eingang zur Dusche gab es einen Wandapparat. Mars nahm Lara den Hörer aus der Hand, sprach kurz hinein und hörte dann lange schweigend zu. Irina, die ihn dabei aus den Augenwinkeln verstohlen beobachtete, konnte ganz deutlich sehen, wie seine Miene zusehends mehr versteinerte. Schließlich sagte Mars noch einmal ein paar Worte und hängte ein.

Irina machte sich wieder an die Arbeit. Ihre Finger huschten über die Tastatur, und eine Reihe von Rezepten leuchtete auf dem Bildschirm auf.

Mars blieb hinter ihr stehen. »Und?« fragte er ungeduldig.

»Bisher habe ich nichts gefunden als ein Rezept für gedeckten Ananaskuchen.« Insgeheim fragte sich Irina, weshalb Mars durch den Anruf in so schlechte Stimmung versetzt worden war. Bedeutete das für sie gute oder schlechte Neuigkeiten?

»So etwas Blödes«, knurrte Mars. »Wo sollte man denn hier eine Ananas bekommen?«

»Vielleicht hat Valeri sie aus Kuba einfliegen lassen«, meinte Irina.

Und Tatjana sagte: »Ich glaube nicht, daß es in Kuba Ananasbäume gibt.«

»Was ist sonst noch in dem Computer gespeichert?« wollte Mars wissen.

»Wie es scheint, noch mehr Rezepte.«

»Quatsch. Valeri Denisowitsch würde sich nie einen illegalen Computer zulegen, bloß um irgendwelche idiotischen Rezepte zu speichern.« Mars schüttelte den Kopf. »Wie kann sich ein Mann bloß für solchen Weiberkram interessieren!«

»Trotzdem scheint er Manns genug zu sein, sich der Festnahme durch Sie wirksam zu entziehen.«

Die Worte des Helden ließen alle erstarren.

Es schien eine Ewigkeit, bis Mars endlich aufstand und steifbeinig an den Beckenrand ging. Finster starrte er auf den Helden im Wasser. »Wer hat Ihnen das gesagt?«

Ohne darauf etwas zu erwidern, trieb der Held gemächlich im Wasser.

»Ich habe Sie etwas gefragt«, herrschte ihn Mars an. »Wer hat Ihnen das gesagt?«

Arbat brach in aufgeregtes Schnattern aus.

Mars zog seine Pistole und richtete sie auf den Kopf des Helden.

»Wenn Sie nicht sofort auf meine Frage antworten, Odysseus, drücke ich ab.«

Irina stand auf und legte Mars beschwichtigend die Hand auf den Arm. »Nicht«, flüsterte sie beschwörend. »Tu's nicht.«

»Niemand hat es mir gesagt, Genosse«, sagte der Held unvermutet. »Oder haben Sie schon wieder vergessen, daß Sie alle meine Verbindungen zur Außenwelt gekappt haben? Im übrigen bestand keinerlei Notwendigkeit, mir das von jemand sagen zu lassen. Ich kann Ihre Gedanken lesen.«

»Wie bitte?«

»Jetzt ist der große Augenblick der Abrechnung mit Ihrem Erzfeind also endlich gekommen, Wolkow. Sie sind fest entschlossen, Bondasenko ein für allemal unschädlich zu machen. Sie fragen sich, woher ich das weiß. Ganz einfach, ich kann es genauso deutlich aus Ihren Blicken ablesen, wie ich den haßverzerrten Ausdruck sehen kann, der gerade Ihr Gesicht entstellt. Sie wollten mit allen Mitteln die Entscheidung herbeiführen. Aber was ist bisher dabei herausgekommen? Absolut nichts! Das Ganze hat sich als ein Schlag ins Wasser erwiesen. Bondasenko ist untergetaucht, und obwohl Sie ihn in der ganzen Stadt fieberhaft suchen lassen, können Sie ihn nirgendwo finden.«

»Halten Sie den Mund!« fuhr ihn Mars heftig an. Diese Reaktion verriet Irina in aller Deutlichkeit, daß er Angst hatte, Odysseus könnte ihr verraten, daß er vom KGB war. Schließlich konnte er nicht wissen, daß ihr das Odysseus schon längst gesagt hatte.

Irina kniete am Beckenrand nieder und sah dem Helden in die Augen. Nachdem sie auf diese Weise kurz stumme Zwiesprache gehalten hatten, sagte sie: »Jetzt lassen Sie es aber gut sein, Odysseus. Sie haben ihn schon genügend provoziert.«

Darauf tauchte der Held wortlos unter und schwamm, gefolgt von Arbat, ans andere Ende des Pools.

Mars starrte ihm lange hinterher, bevor er geistesabwesend murmelte. »Wie macht er das eigentlich? Wie schafft er es, so lange unter Wasser zu bleiben?«

»Vielleicht ist er selbst schon ein halber Delphin«, versuchte Irina das Ganze zu verharmlosen, aber der gequälte Ausdruck in Mars' Gesicht verriet ihr, daß er im Moment für derlei Späße nicht viel übrig hatte. »Komm jetzt endlich«, forderte sie ihn deshalb auf und faßte ihn zärtlich an der Hand, in der er noch immer die Pistole hielt. »Was stehst du denn hier und starrst ins Wasser? Wir haben schließlich wichtigere Dinge zu tun.« Damit führte sie ihn zu Valeris Computer zurück. Bisher war es Mars noch nicht gelungen, ihm sein streng gehütetes Geheimnis zu entlocken. Aber lange konnte es nicht mehr dauern, bis er es endgültig lüften würde.

»Es ist dieses endlose Warten, das ich am meisten hasse«, brummte Slade verdrießlich.

»Die Sache mit Nikolew läßt dir wohl keine Ruhe«, versuchte ihn Tori zu beschwichtigen. »Du denkst immer noch, er hat uns nur was vorgemacht.«

»Wenn ich mir, was diesen Kerl betrifft, nur auch so sicher wäre wie du.«

»Tja, was soll ich dazu schon sagen? Immerhin habe ich auch bei Estilo und Hitasura gedacht, ich könnte mich hundertprozentig auf sie verlassen.«

Sie saßen an einem Fenstertisch im Dachrestaurant des Hotels Rossija, von wo man einen herrlichen Ausblick auf den Kreml und die goldenen Kuppeln der Basiliuskathedrale hatte. Obwohl sie bereits über eine halbe Stunde hier waren, warteten sie noch immer auf ihre Getränke. Aber da sie es nicht eilig hatten, war das nicht weiter schlimm.

Bei ihrer Ankunft im Hotel hatte Tori an der Rezeption eine Nachricht für Genossin Kubischewa hinterlegt. Nachdem der Portier einen kurzen Blick auf den Namen auf dem Umschlag geworfen hatte, hatte er ihr in passablem Englisch vorgeschlagen: »Hätten Sie vielleicht Lust, im Aussichtsrestaurant des Hotels zu essen; von dort hat man einen herrlichen Blick auf die Stadt.«

Nachdem Tori und Slade im Lift nach oben gefahren waren, suchte Tori erst einmal die Toilette auf, während Slade einen Tisch für sie besorgte. Es war ihr ein Rätsel, wie er es in dem gutbesuchten Lokal geschafft hatte, einen der begehrten Fensterplätze zu ergattern; aber sie hatte in letzter Zeit ja schon bei mehreren Gelegenheiten neue und unerwartete Seiten an ihm kennengelernt.

»Auf Hitasura sind wir schließlich alle hereingefallen«, murmelte Slade, ohne den Blick vom Fenster abzuwenden. »Und was Estilo betrifft, hast du dich in ihm möglicherweise gar nicht so sehr getäuscht, wie du vielleicht denkst. Zumindest wären wir ohne seine Hilfe nie so weit gekommen.«

»Damit ist aber noch immer nicht die Tatsache von Ariels Ermordung aus der Welt geschaffen.«

»Das ist allerdings richtig«, mußte ihr Slade mit einem ernsten Nicken zustimmen. »Ariel hat Lunte gerochen und wollte der Sache mit der Superdroge auf den Grund gehen. Das hat ihn das Leben gekostet.«

An dieser Stelle zog Tori das Foto, das Ariel ihr gegeben hatte, aus der Tasche und legte es auf den Tisch. »Bisher habe ich dir von der Existenz dieses Fotos noch nichts erzählt. Ariel hat es mir, kurz bevor er starb, in die Hand gedrückt. Offensichtlich war es sehr wichtig.«

Nachdem Slade den Schnappschuß eine Weile aufmerksam studiert hatte, sagte er: »Der Mann auf dem Foto ist eindeutig Ariel. Es ist in San Francisco aufgenommen worden, nicht wahr?«

»Ja. In einem Park nicht weit von seinem Haus.«

Er drehte die Aufnahme herum und warf einen Blick auf das Datum. Der 21. März.

»Mein Gott!« Tori entriß ihm das Foto und starrte wie gebannt auf das Datum auf seiner Rückseite. Jetzt wußte sie plötzlich, warum sie der Zeitpunkt von Bernard Godwins Japanaufenthalt hatte stutzen lassen, ohne daß sie jedoch hätte sagen können, was ihr daran seltsam vorgekommen war. Bernard war nämlich genau an dem Tag, an dem diese Aufnahme gemacht wurde, von San Francisco nach Tokio geflogen.

Aufmerksam begann Tori die Personen im Hintergrund zu studieren. Tatsächlich: Der Mann, der in der äußersten linken Ecke neben dem Paar zu erkennen war, war eindeutig Bernard Godwin.

Das mußte auch Slade bestätigen, nachdem er sich die Aufnahme noch einmal genau angesehen hatte.

»Ariel muß ihm also schon dicht auf den Fersen gewesen sein«, murmelte Tori fassungslos.

Slade nickte. »Darauf deutet zumindest einiges hin.«

»Und dafür mußte er mit dem Leben bezahlen.«

»Na, ich weiß nicht.« Slade schien nicht überzeugt. »Meiner Meinung nach muß es schon noch einen anderen Grund geben, warum dieses Foto so enorm wichtig ist. Schließlich gibt es doch noch unzählige andere mögliche Erklärungen dafür, weshalb

Bernard zu diesem Zeitpunkt in San Francisco war – zum Beispiel, um ein paar Tage Urlaub zu machen, um jemand zu besuchen oder sonst irgend etwas.« Nachdem er das Foto noch einmal eine Weile aufmerksam studiert hatte, gab er es Tori wieder zurück. »Kannst du den Mann und die Frau erkennen, die von hinten auf ihn zugehen?«

Tori schüttelte den Kopf. »Sie sind noch weiter entfernt als Bernard. Allerdings scheinen sie direkt auf ihn zuzugehen.«

»Wir bräuchten dringend eine Dunkelkammer«, meinte Slade. »Wenn wir die Aufnahme noch stärker vergrößern könnten, ließen sich vielleicht auch die beiden Personen im Hintergrund erkennen.«

»Dazu bräuchten wir uns nur an den KGB zu wenden. Die haben sicher jede Menge Dunkelkammern.«

»Wirklich sehr komisch«, brummte Slade mürrisch. »So leid es mir tut, Tori, aber ich werde einfach den Verdacht nicht los, daß dieser Nikolew ein falsches Spiel mit uns treibt.«

»Und ich glaube, daß du dich in ihm täuschst, Russ. Meiner Meinung nach hat er sich uns gegenüber genügend Blößen gegeben, um ihm guten Gewissens vertrauen zu können.«

»Tut mir leid, aber da bin ich anderer Meinung.«

In diesem Moment kam endlich eine Bedienung an ihren Tisch, um ihre Bestellung aufzunehmen.

»Mach dir lieber noch keine allzu großen Hoffnungen, daß wir jetzt auch in absehbarer Zeit was zu essen bekommen«, brummte Slade, nachdem die Bedienung wieder gegangen war. »Das wird sicher noch einmal eine ganze Weile dauern.«

»Es wird schon bald dunkel.« Besorgt beobachtete Tori, wie auf dem Roten Platz die Lichter angingen und die goldenen Kuppeln der Basiliuskathedrale in helles Scheinwerferlicht getaucht wurden. »Und wie kalt es hier ist – sogar im Sommer.«

»Die Kälte ist in Moskau weniger eine Frage des Wetters als der Atmosphäre, die hier herrscht.« Slade warf einen nervösen Blick aus dem Fenster. »Wie mir dieses Warten auf die Nerven geht . . .«

»Dummerweise können wir aber nichts anderes tun, solange sich diese Genossin Kubischewa nicht bei uns meldet.«

»Falls das überhaupt je der Fall ist. Da Bondasenko untergetaucht ist, werden seine Leute keine allzu großen Risiken mehr eingehen.«

»Ich glaube eher, daß genau das Gegenteil der Fall sein dürfte. Immerhin scheint die Lage so ernst zu sein, daß sie nicht davor zurückgeschreckt sind, sich an Hitasura um Hilfe zu wenden. Und deshalb werden sie sich auch bei uns melden, sobald sie erfahren haben, daß wir hier sind.«

»Wenn man Nikolew glauben darf, sind wir nicht die einzigen, die von diesem Hilferuf an Hitasura wissen. Offensichtlich ist es dem KGB gelungen, den Funkspruch aufzufangen und zu entschlüsseln. Die Frage ist jetzt nur, was man beim KGB mittlerweile sonst noch in Erfahrung gebracht hat.«

»Ich glaube, Nikolew hat uns alles gesagt, was er uns sagen konnte – wobei ich annehmen möchte, daß das, von seinem Standpunkt aus betrachtet, bereits viel zuviel war.«

»Aber der Kerl ist doch vom KGB, Tori.«

»Das heißt nicht notgedrungen, daß er deswegen gleich ein skrupelloser Unmensch ist. Offensichtlich sind ihm, was den moralischen Stellenwert seiner Tätigkeit betrifft, gewisse Bedenken gekommen. Im Grunde genommen ist Nikolew gar nicht viel anders als wir, Russ. Er hat sich in einem Netz aus List und Intrigen verstrickt, aus dem er sich nun wieder mit allen Mitteln zu befreien versucht.«

»Ich hoffe nur, daß du dich in dem Kerl nicht täuschst.«

In dem drückenden Schweigen, das darauf eintrat, sah Tori lange auf die Zwiebeltürme der Basiliuskathedrale hinaus. Wie fremd, fast unwirklich ihr diese Stadt erschien. Das brachte ihr unwillkürlich wieder die unzähligen Geschichten in Erinnerung, die ihr Vater ihr erzählt hatte – Geschichten von den bitterkalten Wintern im Ural, vom Kampf der tapferen Bauern in der Gluthitze der georgischen Sommer und von den unmenschlichen Strapazen der Pioniere in den Eiswüsten Sibiriens. Wie kalt und nüchtern Moskau im Vergleich zu den exotisch-fremden Eindrücken wirkte, die diese Erzählungen in ihr geweckt hatten.

Tori hatte nie so recht verstehen können, warum ihr Vater

immer in seiner russischen Muttersprache mit ihr gesprochen hatte. Wie alles, was mit seiner alten Heimat zu tun hatte, hatte auch das heftige Abwehrreaktionen bei ihr ausgelöst. Warum hatte ihr Vater nicht auch englisch mit ihr sprechen können, wie das die Väter ihrer Freundinnen taten? Doch jetzt ertappte sie sich plötzlich bei dem Wunsch, ihr Vater möchte hier bei ihr sein und sich auf russisch mit ihr unterhalten, damit er in dieser fremden und abweisenden Welt ihren Führer und Wegbegleiter spielen konnte.

Wie es ihm wohl in Moskau gefallen hätte? Wenn sie sich nicht von Grund auf in ihm täuschte, hätte er dem heutigen Rußland vermutlich genausowenig abgewinnen können wie sie. Perestrojka hin oder her, die Sowjetunion war noch genauso rückständig wie irgendein Entwicklungsland.

Als sie schließlich mit dem Essen fertig waren, war es zehn Uhr abends geworden.

»Die Sache kannst du als gestorben betrachten«, brummte Slade. »Und an Nikolew kommen wir jetzt auch nicht mehr heran. Er ist in einem Teil von Moskau, das sich Swesdnij Gorodok nennt.«

»In Sternstädtchen«, nickte Tori. »Dort sind die Wohnungen und Ausbildungsstätten der sowjetischen Kosmonauten.«

»Wir hätten ihn auf keinen Fall allein losziehen lassen dürfen.«

»Diese Einsicht kommt dir aber etwas spät.«

Kurz darauf wurde ihnen auf einem kleinen Tablett die Rechnung gebracht. Als Tori danach griff, sah sie, daß darunter ein zweiter Zettel lag. Sie hatte seinen Inhalt noch kaum überflogen, als sie Slade bereits einen aufmunternden Blick zuwarf und sagte: »Es kann losgehen.«

»Irina«, sagte Mars, »komm bitte her.«

Erleichtert brach sie ihre Suche nach den Geheimdateien in Valeris Laptop ab und ging zu der Stelle, wo Mars auf sie wartete.

»Hier herein.« Er öffnete eine Tür.

Nachdem er ihr in den dahinterliegenden Raum gefolgt war,

sagte er: »Odysseus schläft gerade. Diese Gelegenheit wollte ich nutzen, um einen Moment ungestört mit dir reden zu können.«

Irina nickte und versuchte sich ihre Aufregung nicht anmerken zu lassen.

»Was hat er dir über seine Informationsquellen erzählt?«

Irina sah ihn verdutzt an. »Hatte er denn außer Natascha Majakowa noch andere Zuträger?«

»Natürlich«, nickte Mars. »Sie kann unmöglich seine einzige Informantin gewesen sein. Dazu war er viel zu gut über den jeweils neuesten Stand der Dinge auf dem laufenden. Und da sich Natascha nur einmal die Woche mit ihm getroffen hat, muß er außer ihr auch noch über andere Informationsquellen verfügt haben, da ich wesentlich öfter hierherkam als Natascha.«

»Leider hat er mir gegenüber nichts in dieser Richtung angedeutet, und ich hielt es auch nicht angeraten, ihn allzu direkt danach zu fragen.«

»Hat er vielleicht einmal eine Bemerkung fallenlassen, daß etwa Lara oder Tatjana Kurierdienste für ihn übernommen haben?«

Irina stockte der Atem. »Nein.«

»Hat er denn Verdacht geschöpft, als du ihn gefragt hast, ob er noch über andere Informationsquellen verfügt?«

»Nein.« Irina schüttelte den Kopf. »So direkt habe ich ihn das auch gar nicht gefragt. Außerdem schien er ganz andere Dinge im Kopf zu haben.«

»Was zum Beispiel?«

Irina senkte den Blick. »Er ist sexuell – ziemlich aktiv.«

»Ach so.«

»Bist du jetzt böse auf mich?«

»Frag mich das in einer halben Stunde noch mal.«

Irina hob den Kopf und starrte ihn durchdringend an. »Wieso? Was wird dann passieren?«

»Dann werde ich Gewißheit haben, ob du mich an Valeri Denisowitsch verraten hast.«

Irina wurde so flau im Magen, daß sie dachte, sie müßte jeden Moment in Ohnmacht fallen. Trotzdem hielt sie weiter an ihrer alten Rolle fest. »Was soll das nun wieder heißen?« spielte sie die Entrüstete. »Du hast mir doch selbst gesagt, daß Valeri vom KGB ist. Du weißt auch ganz genau, daß ich nie mit dem KGB zusammenarbeiten würde.«

»Dazu kann ich nur sagen, daß ich nicht annähernd so gut über dich Bescheid weiß, wie ich das gern möchte.«

»Komisch, du bist hier immer so anders als sonst.« Es kostete sie zusehends mehr Mühe, diesen vertrauten Ton mit ihm anzuschlagen.

»Das hat nichts mit diesem speziellen Ort zu tun«, entgegnete Mars, »sondern mit der veränderten Situation. Valeri hat mir ganz offen den Krieg erklärt.« Er hob die Schultern. »Nun kommen auf uns alle schwere Zeiten zu.« Er bewegte sich auch jetzt noch mit seiner gewohnten Nonchalance, doch Irina entging nicht, daß er sie keine Sekunde aus den Augen ließ und sich immer zwischen ihr und der Tür hielt. »Ich sage dir das nur, um dich zu warnen.«

»Was ist denn plötzlich in dich gefahren?« fragte Irina mit gespieltem Erstaunen. »Wieso fängst du auf einmal an, mich zu verdächtigen. Immerhin war ich es, die Natascha Majakowa überführt hat.«

Mars nickte. »Aber das könnte auch ein Versehen gewesen sein.«

»Ein Versehen? Wie kommst du denn darauf? Ich wußte genau, was ich tat.«

»Na, dessen wäre ich mir an deiner Stelle lieber nicht so sicher.« Er sah sie durchdringend an. »Eine Tätigkeit wie die deine ist selbst für den hartgesottensten Profi mit enormen psychischen Belastungen verbunden – und du bist in diesem Geschäft eine blutige Anfängerin. Man muß emotional verdammt abgebrüht sein, um sich mit einem anderen Menschen anzufreunden und ihn dann auf Befehl von oben zu verraten.

Du hast dich während der vergangenen Wochen und Monate als eine ganz andere Frau ausgegeben, als du wirklich bist. Du hast deine Sache übrigens sehr gut gemacht. Aber um deine Rolle wirklich überzeugend verkörpern zu können, mußtest du dich geradezu notgedrungen so sehr mit dieser anderen Person identifizieren, daß du irgendwann selbst nicht mehr wußtest, wer du nun eigentlich bist. Daraus ist dir übrigens nicht der geringste Vorwurf zu machen, Irina. Das passiert sogar unseren erfahrensten Agenten immer wieder. Die Grenzen zwischen Schein und Wirklichkeit beginnen sich ab einem bestimmten Punkt ganz zwangsläufig so sehr zu verwischen, daß man selbst nicht mehr zwischen ihnen unterscheiden kann. Im Grunde genommen ist das ja auch die optimale Tarnung. Je mehr man nämlich selbst an seine falsche Identität glaubt, um so überzeugender kann man seine Rolle verkörpern. Andererseits birgt dieses totale Aufgehen in seiner Rolle natürlich auch gewisse Gefahren in sich. Es ist wissenschaftlich zweifelsfrei erwiesen, daß das früher oder später ganz zwangsläufig zu einem massiven Identitätsverlust führt.«

»Das mag ja alles schön und gut sein«, erwiderte Irina. »Trotzdem trifft es auf mich nicht zu.«

»Tatsächlich nicht?« Er stand jetzt so dicht vor ihr, daß Irina schon fürchtete, er könnte das laute Pochen ihres Herzens hören. »Wer bist du eigentlich wirklich? Die sympathische Irina Ponomarewa, die ich meiner Familie vorgestellt habe? Oder die hintertriebene Katja Boroskaja, die sich Natascha Majakowas Vertrauen erschlichen hat? Oder die couragierte Irina Ponomarewa, die sich an Valeri Denisowitsch herangemacht hat?« Weise lächelnd legte er den Kopf auf die Seite und sah sie forschend an. »Allmählich habe sogar ich Schwierigkeiten, diese verschiedenen Persönlichkeiten auseinanderzuhalten. Wäre es da ein Wunder, wenn es dir genauso ginge?«

»Ich verstehe beim besten Willen nicht, worauf du eigentlich hinauswillst. Ständig versuchst du, mir etwas zu unterstellen.«

Mars breitete beschwichtigend die Hände aus. »Ich versuche nur, zwischen Sein und Schein zu unterscheiden, zwischen Illusion und Wirklichkeit. Und glaub mir, Irina, es hängt sehr viel davon ab, daß mir das auch tatsächlich gelingt.«

»Könntest du dich vielleicht klarer ausdrücken?«

»Eigentlich ist das Ganze nur meine Schuld, Irina. Schließlich hast du dich nur deshalb auf dieses gefährliche Doppelspiel eingelassen, weil ich dich darum gebeten habe. Inzwischen ist mir zwar längst klar, wie unverantwortlich ich dabei gehandelt habe, aber leider hatte ich zum gegebenen Zeitpunkt gar keine andere Wahl. Valeri Denisowitsch hat mich praktisch dazu gezwungen, auf derlei fragwürdige Methoden zurückzugreifen. Das soll allerdings keineswegs als Rechtfertigung für mein Verhalten dienen. Trotzdem habe ich dich nur seinetwegen zu diesem gefährlichen Doppelspiel angestiftet, und dementsprechend habe ich nun auch die Konsequenzen zu tragen. Auch wenn du es nicht wahrhaben willst, Irina: Die Sache ist dir längst über den Kopf gewachsen. Du hast jedes Identitätsgefühl verloren und weißt selbst nicht mehr, wer du bist und auf wessen Seite du eigentlich stehst.

Wie ich vorhin bereits gesagt habe, ist dir daraus nicht der geringste Vorwurf zu machen. Schon gar nicht hast du dich irgendeiner kriminellen Handlung schuldig gemacht, deretwegen du gerichtlich belangt werden könntest – und zwar ganz gleich, was du in der Zwischenzeit alles getan haben magst. Dafür würde ich persönlich Sorge tragen.« Er streckte in einer beruhigenden Geste die Hand nach ihr aus. »Du kannst voll auf mich zählen, Irina. Ich bin dein Schutzengel.«

Das Beängstigende daran war, daß ihm Irina fast geglaubt hätte. Da er in vielem, was er sagte, unleugbar recht hatte, hätte sie ihm um ein Haar alles in Bausch und Bogen abgenommen: daß sie nichts zu befürchten hatte, daß sie nicht gerichtlich belangt werden würde und daß er sich in jedem Fall schützend vor sie stellen würde. Also doch keine sibirischen Winter, keine Gitterstangen vor dem Mond. Sie brauchte nur die Gelegenheit zu ergreifen und ihre Chance zu nutzen.

Wie geschickt er es verstand, die grausame Wirklichkeit mit schönen Worten zu vertuschen. Aber eben doch nicht geschickt genug, daß sie ihm auf den Leim gegangen wäre.

Mit wachsender Verzweiflung wurde Irina bewußt, daß sie nicht mehr viel Zeit hatte. Es war längst klar, daß Mars dieses Katz-und-Maus-Spiel nicht mehr lange mitmachen würde. Die Frage war jetzt nur, ob sie gegen dieses Ungeheuer in Menschengestalt überhaupt noch eine Chance hatte. Aber ihr blieb keine andere Wahl: Sie mußte den Kampf gegen ihn aufnehmen, auch wenn er noch so aussichtslos schien. Unwillkürlich mußte sie dabei an Odysseus denken, der nun schon mehr als achtzehn Monate Mars' Gefangener war und sich dennoch nicht von ihm hatte unterkriegen lassen. Und wie hatte er das geschafft? Indem er Mars mit seinen eigenen Waffen bekämpft hatte. Auf den ersten Blick mochte Mars vielleicht unverwundbar erscheinen; aber Odysseus hatte längst bewiesen, daß dem keineswegs so war.

Inzwischen hatte sich nämlich in diesem ungleichen Kampf das Blatt sogar zu Odysseus' Gunsten zu wenden begonnen. Der Trick mit den seltsamen Veränderungen, die angeblich in ihm vorgingen, hatte seine Wirkung auf Mars keineswegs verfehlt. Die Frage war allerdings, ob ihm Odysseus dabei wirklich nur etwas vorgemacht hatte. Irina konnte sich des Eindrucks nicht erwehren, daß das nicht einmal Odysseus selbst wußte. Immerhin war er während des Flugs zum Mars ohne sein Wissen erheblichen Dosen kosmischer Strahlung ausgesetzt worden, um deren Auswirkungen auf den menschlichen Organismus zu erforschen. Es war nun einmal nicht zu leugnen, daß er seitdem über die Gabe verfügte, sich ohne Worte zu verständigen; er hatte die Farbe zwischen den Sternen geschaut, die Farbe Gottes. Wer hätte also schon mit Sicherheit sagen können, ob die Erlebnisse im All nicht doch gravierende Veränderungen in ihm hervorgerufen hatten und ob dieser seltsame Mutationsprozeß tatsächlich schon abgeschlossen war? Mit Sicherheit nicht Mars.

Demnach war der Kampf gegen diesen scheinbar übermächtigen Gegner doch nicht aussichtslos. Irina war fest entschlossen, ihn aufzunehmen.

Als Mars sie deshalb am Handgelenk packte, ließ sie sich widerstandslos gegen ihn sinken.

»Ich weiß gar nicht, was du eigentlich noch von mir willst«, hauchte sie. »Du hast doch schon alles von mir bekommen, was ich dir geben kann.«

»Ich will endlich die Wahrheit von dir wissen, Irina. Nichts als die Wahrheit.«

Sie ließ ihren Kopf gegen seine Schulter sinken und schmiegte sich zärtlich an ihn – nicht wie eine verführerische Sirene, sondern ganz das schwache Weibchen, das bei ihrem starken Beschützer Hilfe suchte.

»Irina«, säuselte er ihr zärtlich ins Ohr. »Erzähl mir einfach alles, was passiert ist. Glaub mir, es wird alles wieder gut. Das verspreche ich dir.«

»Ach, Mars.« Als sie dabei an Natascha dachte, an deren schrecklichem Schicksal sie nicht ganz unschuldig war, traten ihr sogar ein paar Tränen in die Augen. »Odysseus hat mich damals im Pool richtiggehend überrumpelt. Bitte, glaub mir. Ich war für einen Moment so überrascht, daß ich einfach nicht mehr wußte, wie ich mich zur Wehr setzen sollte.«

»Kein Mensch macht dir daraus einen Vorwurf, *koschka.* Ich habe doch selbst gesehen, welch eigenartige Anziehungskraft er auch auf Lara und Tatjana ausgeübt hat.«

»Dummerweise ist das Ganze auch noch genau zu dem Zeitpunkt passiert, als ich meinen Eisprung hatte.«

Als er darauf heftig zusammenzuckte, schmiegte sie sich nur noch enger an ihn.

»Nach so kurzer Zeit läßt sich natürlich noch nicht mit Sicherheit feststellen, ob ich tatsächlich schwanger bin«, fuhr sie erbarmungslos fort. »Aber als Frau hat man für solche Dinge oft ein sehr feines Gespür. Jetzt habe ich natürlich schreckliche Angst. Ich weiß doch gar nicht, was für seltsame Veränderungen in Odysseus noch vor sich gehen werden. Vermutlich weiß er das nicht einmal selbst, obwohl er sich natürlich nichts von seinen Ängsten anmerken läßt. Es ist jedenfalls ein ziemlich beunruhigendes Gefühl, nicht zu wissen, was für ein Wesen da nun in mir heranwächst. Was wäre zum Beispiel, wenn – nein, diese Vorstellung ist einfach zu grauenhaft. So könnte ich auf keinen Fall weiterleben. Ich würde mich . . .«

Abrupt verstummte sie mitten im Satz, als Mars sie plötzlich heftig von sich stieß und für einen Moment durchdringend anstarrte.

»Bist du denn völlig verrückt geworden?« fuhr er sie wütend an. »Warum mußtest du dich ausgerechnet zu diesem Zeitpunkt mit ihm einlassen?«

»Ich habe dir doch bereits gesagt, daß er mich überrumpelt

hat.« Irina tat, als erschauderte sie. *Wer bin ich?* hörte sie dabei in ihrem Innern eine schwache Stimme rufen. »Er hat mir doch gar keine Zeit gelassen, um lange zu überlegen. Irgendwie wußte ich selbst nicht, wie mir geschah.«

»Ich . . .«

In diesem Moment wurden sie durch ein lautes Klopfen unterbrochen.

»Was ist?« brüllte Mars in Richtung Tür – ein untrügliches Zeichen dafür, wie tief ihm Irinas Mitteilung unter die Haut gegangen war.

»Hauptmann Nikolew ist hier«, ertönte von draußen Tatjanas Stimme.

»Sagen Sie ihm, ich habe zu tun. Ich werde ihn . . .«

»Er sagt, es wäre dringend. Er will Sie unbedingt sprechen.«

»Verdammt!« zischte Mars und sah Irina an. »Geh jetzt zurück an den Computer. Du mußt unbedingt herausfinden, wo die Daten über den Weißen Stern gespeichert sind. Und zwar so schnell wie möglich!«

Ohne Irina noch weitere Beachtung zu schenken, verließ er den Raum und ging ins Hallenbad hinaus.

»Was gibt's?« herrschte er Nikolew ärgerlich an.

Ohne darauf etwas zu erwidern, nahm ihn der Hauptmann mit einem argwöhnischen Blick auf Tatjana und Lara erst einmal beiseite.

»Wir haben Valeri Bondasenko gefunden«, flüsterte er Mars hinter vorgehaltener Hand zu.

»Großartig.« Für einen Moment vergaß Mars darüber sogar den Schrecken, den ihm Irina eingejagt hatte. »Schaffen Sie ihn mir auf der Stelle her.«

»Das ist leider nicht möglich, Genosse.«

»Was heißt hier nicht möglich? Bringen Sie den Kerl her, Hauptmann. Und zwar auf der Stelle. Das ist ein Befehl. Ich muß unbedingt an die Geheiminformationen über den Weißen Stern herankommen, die Valeri Denisowitsch in seinem Computer gespeichert hat.«

»Dazu werden wir uns aber leider zu ihm bequemen müssen«, erwiderte Nikolew.

»Ich werde diesen Raum nicht verlassen«, erklärte Mars kurz und bündig. »Ich will den Helden auf keinen Fall mehr mit Lara und Tatjana allein lassen.«

»Dann lassen Sie eben so lange einen Ihrer Leute auf sie aufpassen.«

»Nein.« Mars schüttelte den Kopf. »Das wäre zu offensichtlich und würde alles zunichte machen, was ich bisher in mühevoller Arbeit erreicht habe. Um das in Kauf zu nehmen, ist der Held viel zu wichtig für uns.«

»Dann nehmen Sie doch den Computer einfach mit. Sie müssen jedenfalls unbedingt mit mir kommen.«

»Sie halten sich gefälligst an Ihren Befehl, Hauptmann!«

»So begreifen Sie doch endlich, Genosse. Es gab nur eine Möglichkeit, an Bondasenko heranzukommen. Können Sie sich noch an die diplomatische Mission aus Tokio erinnern? Ich habe sie gleich am Flughafen abgefangen. In Wirklichkeit sind diese beiden Amerikaner allerdings nur hier, um dem Weißen Stern zu Hilfe zu kommen.«

Nikolew beugte sich vor und fuhr flüsternd fort: »Es ist mir gelungen, sie davon zu überzeugen, daß ich auf ihrer Seite stehe. Daraufhin haben sie mir unter anderem auch verraten, daß sie wissen, wie man an Bondasenko herankommen kann. Genau das versuchen sie gerade. Sie sind im Hotel Rossija.«

»Dort ist Valeri Denisowitsch untergetaucht?«

»Nein. Das Hotel dient den Mitgliedern des Weißen Sterns nur als geheimer Treffpunkt.« Aufmerksam beobachtete Nikolew den raschen Wechsel der Gefühle, die sich in Mars' Miene widerspiegelten. »Wir müssen so tun, als stünden auch wir auf der Seite des Weißen Sterns. Nur die beiden Amerikaner können Bondasenko dazu überreden, die geheimen Daten über die Organisation herauszurücken. Aber natürlich werden sie Bondasenko keine Sekunde aus den Augen lassen; deshalb halte ich es für das Beste, wenn Sie ins Hotel Rossija mitkommen.«

»Valeri Denisowitsch und seine Leute würden nie zulassen, daß ich ihm in die Nähe komme.«

»Das ist allerdings richtig«, pflichtete ihm Nikolew bei. »Deshalb müssen Sie sich erst im Hintergrund halten. Ich würde folgendes vorschlagen: Damit Bondasenko nicht Verdacht schöpft, werde ich ihn mit den Amerikanern allein aufsuchen und ihm den Computer überbringen. Sobald ihn die Amerikaner dazu überredet haben, die fraglichen Daten abzurufen, werde ich Ihnen über Funk ein Zeichen geben. Dann rücken Sie mit meinen Leuten an und schnappen ihn sich.«

Das ließ sich Mars erst eine Weile durch den Kopf gehen. »Scheint nichts daran auszusetzen sein«, stimmte er schließlich zu. »Bis auf einen Punkt. Wie wollen die Amerikaner Valeri Denisowitsch dazu bringen, die Daten über den Weißen Stern herauszurücken?«

»Ich habe ihnen von der geplanten Militäraktion gegen die baltischen Teilrepubliken erzählt.«

»*Was?* Sind Sie verrückt geworden?«

Für einen Moment dachte Nikolew, Mars würde einen Schlaganfall bekommen. »Das war die einzige Möglichkeit sie an die Leine zu bekommen. Haben Sie nicht selbst immer wieder betont, daß sich der Feind mit der Wahrheit immer wesentlich besser ködern läßt als mit irgendwelchen fadenscheinigen Vorwänden? Glauben Sie mir, das sind keine gewöhnlichen Diplomaten. Auf irgendeine plumpe Lüge wären die sicher nicht hereingefallen. Wenn man sich zu sehr in der Wahrheit verstrickt, kommt meistens nichts Gutes heraus – das haben Sie doch selbst immer wieder gesagt, Genosse, oder nicht?«

Mars überlegte kurz. Dann nickte er. »Kommen Sie. Und nehmen Sie den Computer mit.«

Nikolews schwarzer Zil stand gleich am Eingang. Der Hauptmann setzte sich ans Steuer. Mars nahm mit dem Laptop auf dem Beifahrersitz Platz. »Wo ist Ihr Fahrer?« wollte Mars wissen.

»Ich bin selbst gefahren.« Nikolew drehte den Zündschlüssel herum. Er wollte gerade den ersten Gang einlegen, als Mars seine Hand auf seinen Arm legte.

»Einen Augenblick noch, Hauptmann. Laut Vorschrift ist es doch so . . .«

»Ich habe alle meine Leute für die Überwachung der Amerikaner abkommandiert«, fiel ihm Nikolew ins Wort und fuhr los. »Selbstverständlich habe ich ihnen mit allem Nachdruck klargemacht, daß die Amerikaner auf keinen Fall etwas von ihrer Anwesenheit merken dürfen. Deshalb waren dafür auch so viele Leute nötig. Ich habe das Hotel von allen Seiten umstellen lassen. Niemand kann das Rossija ohne mein Wissen verlassen.«

Mars lachte. »Gute Arbeit, Hauptmann. Ich glaube, Sie sind für eine Beförderung fällig.«

Auf der Schnellstraße herrschte kaum Verkehr, und sie kamen zügig voran. Nach ein paar Kilometern fuhr Nikolew plötzlich an den Straßenrand und stellte den Motor ab.

»Was ist denn, Hauptmann?«

Als Nikolew sich darauf Mars zuwandte, hatte er eine Pistole in der Hand. Sie war genau auf seine Brust gerichtet. »Geben Sie mir bitte den Computer, Genosse.«

Mars zuckte mit keiner Wimper. »Ich muß sagen, Sie enttäuschen mich, Hauptmann.«

»Das ist mir herzlich egal«, fuhr ihn Nikolew an. »Geben Sie schon den Computer her.«

»Ich hoffe, er ist diesen Einsatz auch wert. Es wäre doch zu schade, wenn einer von uns dafür mit seinem Leben bezahlen würde.«

»Das wird sich noch zeigen.«

»Was haben Sie sich dabei eigentlich gedacht, Hauptmann? Haben Sie sich etwa von den Amerikanern beschwatzen lassen, gemeinsame Sache mit ihnen zu machen? Aber eigentlich hätte ich mir das ja gleich denken können. Ein begeisterter Amateurhistoriker und ein linientreuer Marxist – das verträgt sich einfach nicht miteinander.«

»In welcher Zeit leben Sie eigentlich, Genosse? Ihre sogenannten linientreuen Marxisten gibt es doch schon lange nicht mehr. Wann werden Sie endlich begreifen, daß Sie der Letzte einer im Aussterben begriffenen Rasse sind – eine Art Dinosaurier in einem neuen Zeitalter der Freiheit und Demokratie?«

»Selbst wenn dem wirklich so sein sollte«, erwiderte Mars ungerührt, »habe ich trotzdem noch sehr scharfe Zähne. Was ist, wenn ich damit zubeiße?«

Ein kurzes Zucken des Pistolenlaufs. »Geben Sie schon her!«

»Und wenn ich das nicht tue, was dann?« Mars sah Nikolew durchdringend an. »Ach, so ist das also. Sie würden tatsächlich nicht davor zurückschrecken, mich niederzuschießen.«

»Sie sind ein gefährlicher Mann, Genosse.«

»Das will ich doch meinen«, zischte Mars und feuerte die kleine Pistole ab, die er unter dem Computerkoffer in seinem Schoß verborgen gehalten hatte.

Der Knall war ohrenbetäubend. Mit verdutztem Gesicht starrte Nikolew auf das Blut, das unter seiner Uniformjacke hervorquoll. Da die Kugel durch den Computer etwas abgelenkt worden war, hatte ihn Mars nicht ins Herz getroffen, sondern in den Bauch.

Bevor sich Nikolew von dem Schock erholen konnte, hatte ihm Mars die Pistole aus der Hand geschlagen. Der Schuß, der sich dabei aus ihr löste, durchschlug nur das Wagendach. Im selben Moment setzte jedoch Nikolew zu einem gezielten Handkantenschlag gegen Mars' Kehle an und riß ihm seinerseits die Pistole aus der Hand.

Mars ließ den Computer fallen und versetzte Nikolew einen heftigen Schlag in den Bauch, so daß er vor Schmerzen laut aufschrie. Als sich Mars darauf bückte, um nach seiner Pistole zu greifen, versuchte Nikolew zu einem Griff anzusetzen, mit dem er ihm den Arm hätte brechen können. Aber Mars kam ihm zuvor und versetzte ihm einen fürchterlichen Kinnhaken.

In dem Glauben, das hätte Nikolew den Rest gegeben, ließ er ihn los. Aber das war ein Fehler. Nikolew ließ zwei gezielte Schläge gegen Mars' Solarplexus los, so daß ihm für einen Moment schwarz vor den Augen wurde. Während er noch verzweifelt nach Luft schnappte, traf ihn ein dritter Schlag in den Bauch. Unter Aufbietung seiner letzten Kräfte versuchte er Nikolew mit einem Handkantenschlag zu erledigen, aber da er keine Luft mehr bekam, lag keine Kraft mehr hinter seinem Schlag.

Währenddessen attackierte ihn Nikolew weiter mit einer Reihe gezielter Schläge. Davon war Mars' rechte Körperhälfte inzwischen völlig taub geworden. In seiner Panik sah er deshalb keine andere Möglichkeit mehr, als mit dem Kopf nach Nikolews Nase zu stoßen. Als das dessen wütende Attacken noch immer nicht bremsen konnte, stieß er in blinder Verzweiflung noch einmal zu; diesmal wurde Nikolews Kopf von der Wucht des Stoßes so heftig nach hinten gerissen, daß er die Windschutzscheibe des Zil durchschlug. Wie betäubt lag Nikolew einen Moment rücklings über das Armaturenbrett gebeugt. Diesen kurzen Augenblick der Wehrlosigkeit nutzte Mars, um Nikolews Brustkorb so lange zu bearbeiten, bis er seitlich zu Boden sackte. Der Blick des Hauptmanns war starr nach oben gerichtet.

Um nicht vor Erschöpfung in Ohnmacht zu fallen, ließ Mars seinen Kopf auf die Knie sinken. Erst als er einigermaßen zu Atem gekommen war, richtete er sich wieder auf und stieß haßerfüllt hervor: »Das hättest du dir so gedacht, du Schwein. Nur hast du nicht damit gerechnet, daß ich schon längst einen meiner Leute in deine Truppe eingeschleust hatte, bevor ich dich für Abteilung N angefordert habe. Das war übrigens mit ein Grund, warum meine Wahl ausgerechnet auf die elfte Division der Grenztruppen gefallen ist.«

Er spuckte Nikolew ins Gesicht. Obwohl der Hauptmann längst tot war, bereitete es Mars sichtliche Genugtuung. Dann öffnete er die Beifahrertür und zerrte Nikolews Leiche aus dem Wagen. »Einer von uns beiden hat also tatsächlich mit seinem Leben bezahlen müssen, Hauptmann«, zischte er haßerfüllt. »Zumindest in diesem Punkt hatten Sie recht.«

Dann griff er nach dem Computerkoffer und klappte ihn auf. Doch schon im selben Augenblick stieß er einen wüsten Fluch aus. Die Kugel, die er auf Nikolew abgefeuert hatte, hatte die Festplatte durchschlagen. Damit waren alle Daten über den Weißen Stern, die im Computer gespeichert waren, unwiederbringlich gelöscht. Jetzt gab es nur noch eine Möglichkeit, an sie heranzukommen: Valeri Denisowitsch mußte sie ihm selbst verraten.

Wütend warf Mars den Computer in den Straßengraben und griff nach dem Autotelefon. Nachdem er sich zu erkennen gegeben hatte, verlangte er nach Leutnant Pokow. Ungeduldig trommelte er mit den Fingern auf das Armaturenbrett, während er wartete, daß er durchgestellt wurde. So mach doch endlich! dachte er ungeduldig. Mach schon!

Plötzlich ein lautes Rauschen. »Hier Pokow.«

»Hier Wolkow«, meldete sich Mars. »Ab sofort kommandieren Sie die elfte Division. Ist das klar, Leutnant?«

»Jawohl, Genosse.«

»Haben Sie die Amerikaner im Auge?«

»Jawohl. Wir haben die Lage fest im Griff.«

»Sehr gut. Sie werden Sie zu Bondasenko führen. Nehmen Sie so viele Leute mit, wie Sie für nötig halten. Ich erteile Ihnen hiermit die entsprechende Vollmacht. Und noch etwas, Pokow. Ich muß Bondasenko unbedingt lebend haben. Das gilt natürlich auch für die Amerikaner. Aber falls sie nur die geringsten Schwierigkeiten machen, töten Sie sie. Je weniger Zeugen, desto besser. Ist das klar, Leutnant?«

»Jawohl, Genosse.«

»Ende.«

Mars legte den Hörer auf, rutschte auf den Fahrersitz und fuhr nach Sternstädtchen zurück. Da er durch die gebrochene Windschutzscheibe kaum etwas sehen konnte, hielt er schon nach wenigen Metern noch einmal am Straßenrand an und schlug mit dem Kolben seiner Pistole die Scheibe ganz heraus.

Als er schließlich vor dem Gebäude des Helden hielt und blutverschmiert auf den Eingang zuschritt, bedachten ihn die Wachen mit neugierigen Blicken. Aber er hatte jetzt keine Zeit für lange Erklärungen. Statt dessen ließ er noch einmal mit stiller Genugtuung Revue passieren, wie er Nikolew eben unschädlich gemacht hatte. Dieser Idiot von Hauptmann hatte doch tatsächlich geglaubt, er könnte es gegen ihn, den gefürchteten Mars Wolkow, aufnehmen. Aber das war ihm rasch zum Verhängnis geworden. Und ganz ähnlich würde es jetzt auch Irina ergehen. Sicher dachte sie inzwischen, sie hätte ihn davon überzeugen können, daß sie noch immer auf seiner Seite stand. Aber so leicht ließ er sich nicht hinters Licht führen. Ihm war längst klargeworden, daß sie inzwischen wußte, daß in Wirklichkeit nicht Valeri, sondern er für den KGB arbeitete. Zu unübersehbar war in letzter Zeit die Angst gewesen, die ihm aus ihren Augen entgegengesprungen war, wenn er sie angesehen hatte.

Ob sie wohl tatsächlich gerade den Eisprung gehabt hatte, als sie mit Odysseus geschlafen hatte? Ihm war nicht recht klar, ob sie einer so infamen Lüge fähig gewesen wäre. Aber warum eigentlich nicht? dachte er, als er die Treppe zum Quartier des Helden hinaufhastete. Schließlich hatte sie schon eine ganze Reihe von Dingen getan, die er ihr nicht zugetraut hätte. Dafür bewunderte er sie ebenso, wie er sie dafür haßte.

Und jetzt wird sich zeigen, dachte Mars beim Betreten des Hallenbads, wie Irina die Konsequenzen ihres gefährlichen Doppelspiels tragen wird. Er konnte es kaum erwarten, endlich herauszufinden, ob sie sich auch noch im Angesicht des Todes weigern würde, ihre Maske abzulegen und ihr wahres Gesicht zu zeigen.

Nachdem Tori und Slade die Moskwa und den kleinen Kanal am Ende des Roten Platzes überquert und über den Sadowaja-Ring den Dobrininskaja-Platz erreicht hatten, lag der Samoskworetschje, der Bezirk jenseits der Moskwa, vor ihnen. In einigem Abstand folgten ihnen die vier Männer, die Hauptmann Nikolew zu ihrem Schutz abbeordert hatte. Ursprünglich hatten sich Tori und Slade zwar mit allem Nachdruck gegen diesen Begleitschutz verwahrt, aber schließlich hatte sie Nikolew doch umstimmen können. »Angesichts der Tatsache, daß Mars Wolkow die ganze elfte Division nach Valeri Bondasenko suchen läßt, kämen Sie ohne Unterstützung meiner Leute nie zu ihm durch.«

Leutnant Pokow, der Anführer des kleinen Trupps, stieg aus seinem klapprigen Schiguli und kam auf sie zu. »Wir haben ganz in der Nähe ein paar von Wolkows Patrouillen entdeckt«, warnte er sie. »Ist es noch weit zu Bondasenkos Versteck?«

»Lassen Sie uns in Ruhe«, herrschte ihn Slade jedoch ungehalten an.

Pokow bedachte ihn mit einem gekränkten Blick. Er war ein stämmiger, dunkelhaariger Russe, der trotz seiner beachtlichen Körperfülle erstaunlich flink und behend wirkte. »Ich möchte den Wagen lieber hier stehenlassen. Wir würden nur unnötige Aufmerksamkeit auf uns lenken, wenn wir damit noch weiterfahren.«

Mit einem ärgerlichen Blick auf Pokow zog Slade Tori ein Stück beiseite und zischte ihr besorgt ins Ohr: »Diese Sache gefällt mir immer weniger. Wir haben uns da auf ein verdammt gefährliches Abenteuer eingelassen und wissen nicht einmal, wer auf unserer Seite steht und wer nicht. So etwas kann einen schnell das Leben kosten.«

»Du denkst also immer noch, Nikolew hat uns etwas vorgemacht?«

»Ich würde mich natürlich nur zu gern glauben machen, daß er die Wahrheit gesagt hat, Tori. Aber ehrlich gestanden, halte ich das für ziemlich unwahrscheinlich. Und wenn es doch so sein sollte, könnte er es auch aus einem falschen Grund getan haben.«

»Das wäre aber nicht dasselbe.«

Slade sah sie lange an. »Bist du dir eigentlich des Ernsts der Lage noch immer nicht bewußt? Wir sind diesen Leuten auf Gedeih und Verderben ausgeliefert, und trotzdem wissen wir noch immer nicht, ob wir ihnen überhaupt trauen können. Das kann einem gerade in Moskau sehr schnell zum Verhängnis werden.«

»Das mag durchaus richtig sein«, erwiderte Tori ruhig. »Trotzdem müssen wir versuchen, so schnell wie möglich mit Valeri Bondasenko in Verbindung zu treten. Inzwischen ist es bereits ein Uhr nachts; in vier Stunden wird die Rote Armee im Baltikum einmarschieren.«

»Falls uns Nikolew nicht einen gigantischen Bären aufgebunden hat.«

Sie verstummten abrupt. Leutnant Pokow kam auf sie zu und sagte: »Entschuldigen Sie bitte, aber wir müssen uns beeilen. Es ist schon sehr spät. Die Straßen sind inzwischen fast menschenleer; da wird man schnell auf uns aufmerksam. Wenn Sie jetzt einer von Wolkows Patrouillen in die Hände laufen, sind Sie geliefert. Ich könnte dann nichts mehr für Sie tun. Meine Leute und ich können Sie nur vor den Patrouillen der Grenztruppen schützen.«

»Er hat recht«, nickte Tori. »Wir sollten uns besser beeilen.«

»Worauf haben wir uns da nur eingelassen«, stöhnte Slade. Aber er folgte ihr trotzdem, als sie zielstrebig die Bolschaja-Poljanka-Straße hinunterging.

Als die Kirche des Hl. Gregor von Neocaesarea vor ihnen auftauchte, sagte Slade zu Pokow: »Sie bleiben hier zurück, verstanden?«

»Hält sich Bondasenko dort versteckt?« fragte der Leutnant. »In der Kirche?«

Irgend etwas in seiner Stimme ließ Slade stutzen. Hastig packte er Tori am Arm und führte sie zum Eingang der Kirche. Vor dem mächtigen Hauptportal zog er ein kleines Instrument aus seiner Tasche und schob es in das Türschloß. Ein kurzer Druck, und die massive Tür ging auf.

Slade nickte Tori kurz zu, und dann huschten beide nach drinnen. In der Kirche herrschte undurchdringliches Dunkel. Deshalb blieben sie erst einen Moment stehen und lauschten, ob draußen Geräusche zu hören waren. Aber keine lauten Rufe, kein Geräusch rascher Schritte deutete darauf hin, daß sie entdeckt worden waren.

Im Innern der Kirche herrschte vollkommene Stille.

»Was ist los?« flüsterte Tori.

»Vielleicht haben wir es doch geschafft«, erwiderte Slade.

Im selben Moment sah er einen von Nikolews Männern durch den Eingang huschen. Einen Augenblick lang zeichneten sich seine Umrisse ganz deutlich gegen das bläuliche Licht ab, das durch die herrlichen Glasfenster fiel. Als Slade jedoch Tori auf den Mann aufmerksam machen wollte, war er bereits im dunklen Innern der Kirche verschwunden. Doch auch Tori hatte ihn bereits bemerkt. Lautlos huschte sie davon und blieb hinter einem Pfeiler stehen, um einen Moment aufmerksam zu lauschen. Wegen der Dunkelheit war von dem Grenzsoldaten zwar keine Spur zu sehen, aber um so besser war er zu hören. Obwohl er sich große Mühe gab, kein Geräusch zu machen, konnte Tori genau ausmachen, in welche Richtung er sich bewegte.

Mit einigen wenigen Handgriffen hatte sie sich die Schuhe ausgezogen und an den Schnürsenkeln um den Hals gehängt.

Nachdem sie sich noch einmal kurz vergewissert hatte, wo der Mann gerade war, folgte sie ihm. Er kroch eine Kirchenbank entlang. Tori kletterte auf die Lehne der Bank und balancierte darauf wie eine Seiltänzerin hinter ihm her. Als sie ganz dicht hinter ihm war, ließ sie sich lautlos wie eine Fledermaus auf ihn fallen. Doch der Grenzsoldat hatte bereits sein Messer in der Hand. Blitzartig wirbelte er herum und stieß damit nach Toris Bauch. Doch Tori wehrte den Angriff mit einer Aikido-Technik ab, packte den Mann mit beiden Händen am Kopf und riß ihn so ruckartig herum, daß der Soldat ohne einen Laut zu Boden sank und reglos liegenblieb.

In der Zwischenzeit hatte sich Slade hinter der Kirchentür postiert, um dort dem nächsten Grenzsoldaten aufzulauern. Doch plötzlich spürte er einen Pistolenlauf in seinem Rücken.

»*Stoi!*« zischte eine Stimme.

Slade, der kein Russisch verstand, bewegte sich trotzdem. Als er sich umdrehte, stand ein Mann in einer Mönchskutte vor ihm. »Sind in Moskau alle Mönche bewaffnet?« fragte er.

»Nur wenn sie verfolgt werden«, antwortete die Gestalt in stockendem Englisch.

»Sind Sie Valeri Bondasenko?«

»Ja.«

Angestrengt versuchte Slade einen Blick auf das Gesicht unter der Kapuze des Mönchsgewands zu erhaschen, aber das Dunkel im Innern der Kirche war undurchdringlich. »Ich komme im Auftrag Bernard Godwins. Meine Begleiterin . . .«

»Warum haben Sie dann die KGB-Grenzsoldaten dabei?«

»Das ist eine lange Geschichte«, seufzte Slade. »Ihnen das zu erklären, fehlt jetzt leider die Zeit. Helfen Sie uns lieber, die Kerle loszuwerden.«

»Wie viele sind es?«

»Drei Soldaten und ein Offizier. Leutnant Pokow.«

»Nur so wenige? Normalerweise rücken sie immer in wesentlich größerer Stärke an.«

Doch Slade hörte ihm schon lange nicht mehr zu. Er starrte in das schwarze Mündungsloch einer Kalaschnikow.

Nachdem Tori das Messer des toten Grenzsoldaten eingesteckt hatte, wollte sie auch noch seine Pistole an sich nehmen. Dann überlegte sie es sich aber doch anders. Sie hielt nicht viel von Schußwaffen. Außerdem hätte ein Schuß genügt, um die übrigen Suchtrupps auf sie aufmerksam zu machen. Deshalb steckte sie nur die Munition ein, damit die Waffe nicht mehr zu gebrauchen war, wenn sie zufällig jemand anderer fand.

Lautlos schlich sie durch das Kirchenschiff auf den Altar zu. Das Dunkel war undurchdringlich. Unwillkürlich wurde sie dadurch an jenen Winter in Hokkaido erinnert, in dem sie sich um einen Platz in der Schule ihres *sensei* beworben hatte. Die Aufnahmeprüfung bestand darin, daß sie den Meister in dem dichten Wald, in dem er damals lebte, finden mußte. Sie brauchte dafür fast zehn Tage – in ihren Augen eine sehr lange Zeit. Doch wie ihr der *sensei* anschließend versicherte, hatte sie den bisherigen Rekord nur um achtzehn Stunden verfehlt. Die meisten Anwärter fanden ihn nämlich überhaupt nicht.

Da! Ein kurzes Aufblitzen von Metall. Es rührte von einem langen Schlagstock aus Stahl her. Im selben Augenblick erhaschte sie auch schon einen Blick auf das Gesicht des Grenzsoldaten, der ihn in der Hand hielt. Sein seltsam starrer Blick ließ keinen Zweifel: Er hatte Slade im Dunkeln entdeckt. Lautlos schlich sie auf den Mann zu. Doch kurz bevor sie ihn erreichte, merkte sie, daß jemand hinter ihr war.

Sie konnte gerade noch von der Lehne der Kirchenbank springen, als auch schon ein zweiter Stahlknüppel ganz dicht an ihr vorbeisauste. Da sie bereits in der Luft herumgewirbelt war, konnte sie gleich nach dem Aufsprung zu einem gezielten Tritt ansetzen. Ihr Fuß traf Muskeln und Knochen, sie hörte ein scharfes Einatmen, und im selben Moment hatte sie auch schon mit beiden Händen zu einer mörderischen Schlagfolge angesetzt.

Plötzlich reckten sich ihr aus dem Dunkel zwei steif durchgestreckte Arme mit einer Schußwaffe entgegen. Ganz deutlich konnte sie sehen, wie sich der Finger bereits um den Abzug krümmte. Ein Schuß hätte genügt, um ihnen den KGB auf den Hals zu hetzen. Blitzschnell ließ sie deshalb ihre Handkante auf das Handgelenk des Angreifers niedersausen. Der konterte diese Attacke mit einem Tritt gegen die Innenseite ihres Oberschenkels. Dadurch geriet Tori einen Moment aus dem Gleichgewicht, und diese Gelegenheit nutzte der Grenzsoldat, um noch einmal seine Pistole hochzureißen. Ihr Lauf war genau auf ihren Kopf gerichtet.

Als sich Tori darauf blitzschnell duckte, schlug sie heftig gegen die Rückenlehne der Kirchenbank. Der Grenzsoldat bekam sie an der Bluse zu fassen und zog sie zu sich heran. Obwohl ihm Tori das rechte Handgelenk gebrochen hatte, war der Mann nicht zu bremsen. Bevor sie noch einmal zuschlagen konnte, rammte er ihr mit solcher Wucht den Kolben seiner Pistole zwischen die Rippen, daß sie keine Luft mehr bekam und in die Knie ging. Dann hatte er ihr auch schon den Lauf gegen die Stirn gedrückt.

»Da swedanje, suka«, zischte er haßerfüllt. Trotz seiner Schmerzen legte sich ein hämisches Grinsen über seine Züge. Fahr zur Hölle, du Dreckstück.

Mit dem Mut der Verzweiflung schlug ihm Tori mit den Handflächen gegen die Ohren und packte dann mit der einen Hand sein rechtes Handgelenk, mit der anderen den Lauf der Pistole. Aber er setzte sich erbittert zur Wehr. Wie Seile traten ihm am Hals die Adern hervor, als er mit der linken Hand verzweifelt auf sie einschlug.

Da Tori rittlings auf seinen Oberschenkeln saß, konnte er nicht nach ihr treten. Jetzt ging es nur noch darum, wer von beiden als erster an die Pistole herankam. Tori verfügte in ihrer Position über die bessere Hebelwirkung, er über die größere Kraft. Eine Weile sah es in diesem erbitterten Zweikampf ganz nach einem Unentschieden aus, bis sich Tori eines alten Aikido-Tricks bediente und abrupt ihren Widerstand aufgab. Darauf war der Soldat nicht gefaßt, und mit ungehinderter Kraft sauste sein Arm an ihrem Gesicht und ihrem Körper vorbei ins Leere. Dieser kurze Moment genügte ihr, um einen gezielten *kite* gegen seinen Hals loszulassen. Der Soldat verdrehte die Augen und ließ kraftlos den Arm sinken.

Ohne sich noch weiter um ihn zu kümmern, sprang Tori auf

und hielt nach dem dritten Grenzsoldaten Ausschau. Er war jedoch spurlos verschwunden.

»Lassen Sie Ihre Pistole fallen«, befahl der Grenzsoldat dem Mann im Mönchsgewand. Nachdem dieser seiner Aufforderung nachgekommen war, fügte er hinzu: »Und jetzt stoßen Sie sie mit dem Fuß zu mir herüber.«

Als Slade sah, wie der Grenzsoldat für einen Moment mit seinen Blicken der über den Boden schlitternden Schußwaffe folgte, machte er kurz entschlossen einen Schritt nach vorn und hieb mit der Handkante mit solcher Wucht auf die Schulter des Grenzsoldaten nieder, daß dieser mit einem lauten Aufschrei in die Knie sank. Trotzdem versuchte er noch mit letzter Kraft seine Kalaschnikow hochzureißen. Aber Slade kam ihm mit einem gezielten Schlag gegen den Ellbogen zuvor. Sein Arm sank schlaff nach unten. Blitzschnell entriß ihm Slade darauf die Maschinenpistole und schlug ihn damit nieder.

Mit schmerzenden Rippen schlich Tori auf die Stelle zu, wo sie im Dunkeln ganz schwach Slades Umrisse erkennen konnte. Zusammen mit einem Mann in einer Mönchskutte stand er über einen reglos am Boden liegenden Grenzsoldaten gebeugt. Ob der Mönch wohl Bondasenko war?

»Russell«, zischte sie leise, als sie die beiden erreicht hatte. »Hast du Pokow irgendwo gesehen?«

»Nein. Und was ist mit seinen anderen beiden Männern?«

»Die habe ich erledigt.«

Als sie sich dabei unwillkürlich an die Rippen faßte, fragte Slade besorgt: »Alles in Ordnung?«

Tori nickte. Darauf machte er sie mit dem Mann in der Mönchskutte bekannt: »Das ist übrigens Valeri Bondasenko. Valeri, Tori Nunn.«

»Wir müssen dringend mit Ihnen sprechen«, sagte Tori.

Der Mann im Mönchsgewand nickte. »Bitte folgen Sie mir.«

»Aber, aber, Genosse. Warum so eilig?« Plötzlich stand Leutnant Pokow vor ihnen. Er hatte sich so lautlos an sie herangeschlichen, daß nicht einmal Tori ihn bemerkt hatte.

Mit einem spöttischen Grinsen fuhr Pokow fort: »Es ist mir ein ausgesprochenes Vergnügen, Ihre Bekanntschaft zu machen, Genosse Bondasenko. Oder sollte ich lieber sagen: Verräter Bondasenko.«

»Ich habe doch gleich gesagt, daß uns dieser Nikolew hereinlegen wollte«, zischte Slade wütend.

»Ach, der gute Nikolew«, lachte Pokow. »Diese arme irregeleitete Seele. Bedauerlicherweise war er tatsächlich so blöd, Ihnen die Wahrheit zu sagen. Was allerdings nicht heißt, daß Ihnen das jetzt noch etwas nützen wird. Sie werden mich nämlich gleich in die Lubjanka begleiten, wo Sie die Ehre haben werden, von Mars Wolkow persönlich verhört zu werden. Nur um Ihnen schon einen kleinen Vorgeschmack auf das Kommende zu vermitteln: Genosse Wolkow ist berühmt-berüchtigt für seine Verhöre. Sie sind wirklich nicht zu beneiden.« Er machte eine kurze Bewegung mit seiner Waffe. »Dort ist der Ausgang, meine Damen und Herren. Bitte nach Ihnen.«

Als sie auf dem Weg zur Tür an dem Mann vorbeikamen, den Tori zuletzt ausgeschaltet hatte, zischte Pokow mit einem finsteren Grinsen: »Nur damit Sie sich keinen Illusionen hingeben – wenn Genosse Wolkow mit Ihnen fertig ist und dann noch etwas von Ihnen übrig sein sollte, werde ich Sie mir persönlich vorknöpfen. Niemand vergreift sich ungestraft an meinen Männern.«

Ein Stück weiter sah Tori den ersten Mann, mit dem sie gekämpft hatte, am Boden liegen. Seine Pistole befand sich noch immer an der Stelle, wo er sie fallen gelassen hatte. Unauffällig ließ sie die Hand in die Hosentasche gleiten.

»Sie haben also die Fronten gewechselt, Pokow«, sagte Slade.

Der Leutnant lachte. »Davon kann gar keine Rede sein Der gute Nikolew hat den unverzeihlichen Fehler begangen, sich für schlauer zu halten als Wolkow. Aber das ist bisher noch keinem gut bekommen. Ich persönlich hänge viel zu sehr am Leben, um mich auf so etwas einzulassen.«

Während dieses Wortwechsels hatte Tori den am Boden liegenden Grenzsoldaten erreicht. Als sie sich blitzschnell bückte, fuhr sie Pokow an: »He, was soll das?«

Tori wirbelte herum. Sie hatte die Pistole des Grenzsoldaten in der Hand.

Bei ihrem Anblick brach Pokow jedoch nur in schallendes Gelächter aus. »Drücken Sie doch ab!« forderte er sie auf. »Dann werden Sie nämlich feststellen, daß sie gar nicht geladen ist. Glauben Sie im Ernst, ich hätte die Waffe hier herumliegen lassen, wenn sie geladen gewesen wäre?« Verächtlich verzog er den Mund. »Das sieht diesen blöden Amerikanern ähnlich: ausgerechnet eine Frau herzuschicken. Einem Mann wäre so etwas nicht passiert.«

»Glauben Sie?« erwiderte Tori ruhig und drückte ab.

Pokow schlug rücklings gegen eine Kirchenbank und sackte mit verdutztem Gesicht zu Boden. »Aber sie war nicht geladen«, hauchte er fassungslos. »Davon habe ich mich doch selbst überzeugt.«

Darauf ging Tori auf ihn zu und reckte ihm wortlos ihre Faust entgegen. Als sie sie öffnete, befanden sich fünf Patronen in ihrer Handfläche.

Pokows Lider begannen zu flattern, sein Kopf sank auf seine Brust, und dann sackte er in voller Länge auf den kalten Steinboden der Kirche.

»Da swedanje, Pokow«, murmelte Tori und warf die Pistole auf seinen reglosen Körper.

Sergej, der junge Mann mit dem rosa Muttermal, zog seine Kapuze zurück und erklärte mit einem anerkennenden Nicken: »Das haben Sie wirklich gut gemacht. Ich glaube, wir können jetzt . . .«

»Nein.« Aus dem Dunkel kam plötzlich ein großer, kräftiger Mann auf sie zu und sagte: »Ich bin Valeri Bondasenko.« Er klopfte Sergej auf die Schulter. »Du hast lange genug den Kopf für mich hingehalten, mein Junge.«

Nachdem sich Tori und Slade vorgestellt hatten, fuhr Valeri fort: »Leider blieb uns keine andere Wahl mehr, als Sie hierherkommen zu lassen. Aber das wird uns jetzt vielleicht zum Verhängnis werden. Ich war nämlich keineswegs untätig, während Sie sich hier so tapfer geschlagen haben.« Er deutete auf die toten Grenzsoldaten. »So sehr ich Ihren Mut und Ihren beherzten

Einsatz bewundere, fürchte ich doch, daß er umsonst war. Diese vier Männer sind nämlich nicht allein gekommen. Die ganze Kirche ist von Soldaten der Grenztruppen umstellt.«

»Dieses Schwein Pokow«, knurrte Slade. »Er muß also die ganze Zeit mit Wolkow in Funkkontakt gestanden sein.«

»Darauf können Sie Gift nehmen«, sagte Valeri. »Und nun sitzen wir in der Falle.«

»Das wird sich erst noch zeigen«, warf Sergej ein. »Warum versuchen wir nicht, durch den Geheimgang in der Krypta aus der Kirche zu kommen?«

Valeri nickte finster. »Trotzdem ist die ganze Stadt voll von Wolkows Leuten. Zu Fuß hätten sie uns so spät nachts in kürzester Zeit entdeckt. Wir hätten nicht die leiseste Chance, ihnen zu entkommen.«

»Vielleicht ist das im Augenblick auch gar nicht mehr so wichtig«, schaltete sich an dieser Stelle Slade ein, um ihnen dann von der drohenden Invasion im Baltikum und der geplanten Ermordung des Präsidenten zu erzählen.

Mutlos ließ Valeri die Schultern sinken. »Etwas in der Art habe ich bereits befürchtet – wenn auch nicht schon so bald.«

»Hauptmann Nikolew hat gemeint, dem Weißen Stern könnte bei dieser Machtprobe möglicherweise die Funktion des Züngleins an der Waage zukommen; deshalb hat er uns nachdrücklich darum gebeten, mit Ihnen Kontakt aufzunehmen, damit Sie als Führer des Weißen Sterns Ihre Leute mobilisieren und den Coup auf diese Weise vielleicht noch vereiteln können.« Slade sah Valeri eindringlich an. »Wir wissen auch über die Atomwaffen Bescheid, die Ihnen Bernard Godwin verkauft hat. Ich glaube, jetzt ist der Zeitpunkt gekommen, sie zum Einsatz zu bringen.«

Doch Valeri schüttelte den Kopf. »Er hat sie uns kostenlos zur Verfügung gestellt, Mr. Slade, nicht verkauft. Wir sind Mr. Godwin dafür tief verpflichtet. Er steht bei den Mitgliedern unserer Organisation in hohem Ansehen.«

»Wer hätte das gedacht«, meinte Slade.

»Aber leider wird uns das jetzt alles nicht mehr viel nützen«, murmelte Valeri niedergeschlagen. »Wir sind hier mehr oder weniger völlig von der Außenwelt abgeschnitten. Die Reichweite unseres Funkgeräts ist sehr begrenzt. Deshalb konnten wir auch Ihren Funkspruch, obwohl er nur aus wenigen Kilometern Entfernung kam, nur mit Mühe auffangen. Das war übrigens auch der Grund, weshalb Sie so lange auf unsere Antwort warten mußten. Nein, wir müssen unbedingt hier heraus.«

»Wir sollten versuchen, uns nach Sternstädtchen durchzuschlagen«, schaltete sich an dieser Stelle Tori ein. »Mars Wolkow hat inzwischen Ihren Computer. Ist es wahr, daß darin alle Daten über den Weißen Stern gespeichert sind?«

»Und Irina?« fragte Valeri besorgt.

Tori nickte ernst. »Auch sie befindet sich in seiner Gewalt.«

»Gütiger Gott«, hauchte Valeri. »Mars hat sie also in meiner Wohnung abgefangen. Demnach weiß er inzwischen vermutlich auch, daß sie für mich gearbeitet hat.«

»Der Computer enthält also tatsächlich die Geheiminformationen über den Weißen Stern?« hakte Tori noch einmal nach.

Valeri nickte. »Ja. Ich habe dort alle Daten über den Aufbau der Organisation gespeichert – selbstverständlich in einer geheimen Datei, meinem kleinen dienstbaren Geist.« Im selben Moment wich plötzlich alle Farbe aus seinem Gesicht. »Mein Gott! Ich habe das Irina gegenüber einmal andeutungsweise erwähnt. Sie kennt sich gut genug mit Computern aus, um daraus die entsprechenden Rückschlüsse zu ziehen. Sie weiß also Bescheid. Wenn Mars sie zwingt – mein Gott, nicht auszudenken!« Er sah auf seine Uhr und wandte sich dann an Tori. »Schon fast drei Uhr früh. Sie haben recht. Wir müssen unbedingt nach Sternstädtchen.«

»Aber wie?« wollte Sergej wissen. »Durch den Geheimgang kommen wir vielleicht aus der Kirche. Aber was dann?«

»Wir haben doch einen Wagen«, warf Slade an dieser Stelle ein. Fast hätte er lachen müssen, wenn die Lage nicht so ernst gewesen wäre. »Pokows Wagen.« Er kniete nieder, wühlte kurz in Pokows Taschen und richtete sich mit dem Wagenschlüssel in der Hand wieder auf.

In diesem Moment wurde die Kirchentür aufgebrochen.

»KGB. Ruhig verhalten!«

»Schnell!« zischte Valeri. »Dort hinüber!«

Lautlos huschten sie hinter Sergej durch die dunkle Kirche davon. Valeri bildete die Nachhut. Um ihre Verfolger, so gut es ging, aufzuhalten, verriegelte er sämtliche Türen, die sie auf ihrer Flucht passierten. Als sie schließlich die enge Treppe zur Krypta hinunterhasteten, blieb Valeri zurück. Nachdem er sie wenig später wieder eingeholt hatte, stieß er atemlos hervor: »Ich habe das Fenster in der Sakristei eingeschlagen. Jetzt werden sie denken, daß wir dort ins Freie geklettert sind.«

In der Krypta wandte sich Valeri an den jungen Mann mit dem Muttermal. »Sergej, du bleibst vorerst bei meiner Tochter zurück. Im Wagen ist leider nicht für uns alle Platz.«

»Geht in Ordnung.«

»Paß gut auf sie auf.«

»Wie auf meinen Augapfel.«

Die zwei Männer umarmten sich kurz.

»Gott steh dir bei, Valeri.«

»Ich werde dich hier herausholen, Sergej. Verlaß dich drauf.«

Die beiden Männer trennten sich, und Valeri führte Tori und Slade in den dunklen Geheimgang. Nun war jede Minute kostbar, wenn sie das Land noch rechtzeitig vor dem drohenden Untergang retten wollten.

Blutverschmiert stürzte Mars in das Hallenbad. Als Lara und Tatjana besorgt auf ihn zueilten, fuhr er sie mit einem mörderischen Leuchten in den Augen an: »Na, wartet! Das werdet ihr mir büßen!« Unter den entsetzten Blicken der beiden Frauen ging er schnurstracks auf den Pool zu und blieb am Beckenrand stehen. Mit einem finsteren Blick auf den Helden, der auf dem Rücken im Wasser trieb, knurrte er gehässig: »Da! Ich habe ein Geschenk für Sie«, und warf den Computer in hohem Bogen zu ihm ins Wasser.

»Wie Sie sehen, Odysseus, ist mit dem blöden Kasten nichts mehr anzufangen. Soll ich Ihnen auch sagen, warum? Aber vermutlich wissen Sie das ja bereits. Sie können doch meine Gedanken lesen, oder nicht?« Seine Augen leuchteten bedrohlich auf. »Ich brauche den Computer nicht mehr, weil sich die Person, die weiß, was darin gespeichert war, in meiner Gewalt befindet.« Über seine Lippen legte sich ein wölfisches Grinsen. »Meine Männer haben Valeri Bondasenko gefaßt und sind bereits hierher mit ihm unterwegs. Na, was sagen Sie nun?«

»Sie können einem wirklich leid tun«, erwiderte der Held scheinbar ungerührt. Als Mars darauf wütend die Fäuste ballte, stichelte er weiter: »Tun Sie sich keinen Zwang an. Warum tragen wir unsere kleine Meinungsverschiedenheit nicht gleich von Mann zu Mann aus? Das ist es doch, was Sie wollen, oder nicht? Aber was wäre, wenn es gar kein Kampf Mann gegen Mann wäre, sondern Mann gegen – ja, gegen was wohl, Genosse Wolkow? Wer könnte schon mit Sicherheit sagen, was eigentlich aus mir geworden ist oder was ich Ihnen alles antun könnte? Also, was ist? Kommen Sie doch herein ins Wasser, wenn Sie den Mut dazu haben.«

Mars beugte sich über den Beckenrand. »Sie kommen sich wohl ganz besonders schlau vor? Aber nun wird es sich gleich zeigen, ob Sie sich nicht doch gewaltig überschätzt haben, Odysseus!«

Damit ging Mars auf Irina zu und riß sie so heftig an den Haaren, daß sie einen lauten Schrei ausstieß und auf die Knie sank.

»Wolkow!«

Mit finsterem Gesicht starrte Mars Lara und Tatjana an. »Haltet euch da heraus! Sonst bringe ich euch beide um.« Damit schlug er Irina mit dem Handrücken mit aller Kraft ins Gesicht.

»Wolkow!«

»Für Sie immer noch *Genosse* Wolkow, Odysseus!«

»Genosse Wolkow«, sagte der Held. »Hören Sie sofort auf mit diesem Unsinn.«

»O nein«, erwiderte Mars mit einem haßerfüllten Grinsen. »Dazu ist es längst zu spät.« Er riß noch einmal an Irinas Haaren. »Damit wir uns hier vor allem über eines klar sind, Odysseus: Ich werde Irina jetzt gleich sehr weh tun, und Sie werden schön brav dabei zusehen.«

»Sie ist doch nur eine Frau, Genosse. Lassen Sie sie gefälligst in Ruhe.«

»Das hätten Sie sich wohl so gedacht«, erwiderte Mars, inzwischen wieder ruhiger. »Alles, was von jetzt an mit ihr geschieht, hat sie sich ausschließlich selbst zuzuschreiben. Sie wollte es ja nicht anders. Von dem Augenblick an, in dem sie mich verführt hat, hat sie sich bereit erklärt, das Spiel nach meinen Regeln mitzuspielen.«

»Aber sie konnte doch gar nicht wissen, was da auf sie zukommen würde.«

»Das hat sie sehr wohl gewußt, Odysseus. Sie hat mich verführt und dann in meinem Auftrag Valeri Denisowitsch bespitzelt. Sie hat sich mit Natascha Majakowa angefreundet und sie dann, ohne mit der Wimper zu zucken, verraten. Zu guter Letzt hat sie auch noch mich verraten. Nein, das Verhalten dieser Frau zeugt von einer Kaltblütigkeit, die ihresgleichen sucht. Sie hat ganz bewußt den Weg der Gewalt beschritten, und nun muß sie notgedrungen auch lernen, daß Gewalt immer Gewalt gebiert. Das ist nur gerecht.«

»Das hat nichts mit Gerechtigkeit zu tun«, widersprach ihm Odysseus heftig. »Das ist nichts anderes als plumpes Rachedenken, Genosse.«

»Nein!« schrie Mars fast. »Das hat sehr wohl etwas mit Gerechtigkeit zu tun.«

»Vielleicht mit Ihrer Vorstellung von Gerechtigkeit, Wolkow. Aber Sie biegen sich sowieso alles so zurecht, wie es Ihnen in den Kram paßt.« Der Held gab ein verächtliches Schnauben von sich. »Diese Welt funktioniert ausschließlich nach Ihren Gesetzen. Mein Pech, daß meine Vorstellung von Gerechtigkeit darin keinen Platz hat. Ich bin voll und ganz Ihrer Willkür ausgeliefert. Welch eine Ironie. Wer von uns beiden maßt sich nun eigentlich an, Gott zu sein? Sicher nicht ich, Genosse.«

»Wie Sie es verstehen, einem die Worte im Mund zu verdrehen«, knurrte Mars. »Von wem haben Sie eigentlich so gut gelernt, die Sprache als Waffe einzusetzen?«

»Von keinem Geringeren als Ihnen selbst, Genosse. Die Sprache ist die einzige Waffe, die Sie mir noch gelassen haben, um mich gegen Sie zur Wehr zu setzen.«

»Von wegen. Ich habe Ihnen bisher viel zu viele Freiheiten

gelassen, Odysseus. Mir ist inzwischen klargeworden, daß ich Ihnen gegenüber viel zu nachsichtig gewesen bin. Ihretwegen habe ich sogar gegen die Vorschriften verstoßen – da machen Sie große Augen, was? Aber das habe ich nun von meinem Entgegenkommen. Sie sind wie ein verwöhntes Kind – eigensinnig, trotzig und undankbar. Aber damit ist jetzt ein für allemal Schluß.« Sein Kopf zuckte herum. »Tatjana, kommen Sie her.«

Tatjana kam seiner Aufforderung nach.

Arbat streckte den Kopf aus dem Wasser und begann aufgeregt zu schnattern.

»Wolkow«, stieß der Held alarmiert hervor. »Was haben Sie vor?«

»Langsam habe ich dieses Theater satt, Odysseus. Ab sofort werden Sie gefälligst antworten, wenn ich Sie etwas frage – und zwar klar und deutlich und ohne irgendwelche dummen Ausflüchte.«

»Wolkow . . .«

»Halten Sie den Mund!« Wutentbrannt riß Mars seine Pistole hoch und drückte ab. Tatjana taumelte rückwärts in den Pool. Irina schrie entsetzt auf. Noch lange hallte der Knall von den Wänden des Hallenbads wider.

Mit entsetzt aufgerissenen Augen starrte Lara auf Tatjanas Leiche, die erst im Wasser versank, dann aber wieder an die Oberfläche stieg und sanft schaukelnd an den Beckenrand trieb. Arbats aufgeregtes Schnattern war abrupt verstummt. Lautlos schwamm das Delphinweibchen auf Tatjanas Leiche zu und stieß sie mit der Schnauze ein paarmal behutsam in die Seite, als wollte sie sie wieder ins Leben zurückholen. Als sie jedoch keine Reaktion zeigte, tauchte Arbat plötzlich auf den Grund des Bekkens.

»Sie mieses, dreckiges Schwein!« stieß Odysseus wutentbrannt hervor.

»Mehr können Sie wohl nicht, als mit lächerlichen Beschimpfungen um sich zu werfen«, stichelte Mars. »Kommen Sie doch raus aus dem Wasser und versuchen Sie mich daran zu hindern, so weiterzumachen. Aber dazu sind Sie wohl nicht Manns genug, was?«

»Mein Gott, Wolkow«, entgegnete der Held mit seltsamer Gelassenheit. »Wie kann man nur so borniert sein! Aber wie alle Möchtegern-Götter haben natürlich auch Sie nichts anderes im Kopf als die Macht. Etwas anderes interessiert Sie nicht, ja, es scheint nicht einmal für Sie zu existieren. Allerdings werden Sie schon bald feststellen müssen, daß es wesentlich einfacher ist, die Macht an sich zu reißen, als sie anschließend zu behalten.«

Mars schwenkte ein paarmal mit seiner Pistole hin und her. »Ich weiß nicht, ob Sie im Moment in der Position sind, mir gute Ratschläge zu erteilen.« Plötzlich zuckte sein Kopf herum. Aus dem Augenwinkel hatte er beobachtet, daß Lara auf einen Schrank im hinteren Teil des Hallenbads zuging.

Odysseus, der sofort ahnte, was sie vorhatte, rief ihr hinterher: »Nein, Lara! Tu's nicht!«

Über Mars' Züge legte sich ein triumphierendes Grinsen. »Hatte ich also doch recht, Ihren beiden Betreuerinnen nicht mehr zu trauen.«

Inzwischen hatte Lara den Schrank erreicht. Sie holte einen Schlüsselbund aus der Tasche und schloß damit die Tür auf.

»Wirklich erstaunlich, wie Sie die beiden herumgekriegt haben. Bis Tatjana und Lara mit Ihnen in Berührung kamen, galten sie als absolut zuverlässige KGB-Agentinnen.«

Odysseus, der bereits ahnte, was Mars vorhatte, schrie aus Leibeskräften: »Nein, Wolkow! Jetzt ist aber genug!«

»Sie müssen erst noch Ihre Lektion lernen, Freundchen. Und glauben Sie mir, das wird nicht leicht für Sie werden. Aber das haben Sie alles nur sich selbst zuzuschreiben.«

Mars wartete, bis Lara die Schranktür öffnete. Dann schoß er sie zweimal in den Rücken. Sie sank seitlich zu Boden und riß im Fallen die Schranktür auf, so daß dahinter ein stattliches Arsenal von Kalaschnikows zum Vorschein kam.

»O mein Gott!«

Über Mars' Lippen legte sich fast so etwas wie ein väterlich-wohlwollendes Lächeln, als er sich wieder dem Helden zuwandte, der verzweifelt den Kopf sinken ließ. »Sehr gut«, bemerkte er süffisant. »Wie ich sehe, fangen Sie bereits an, die Grundbegriffe wahrer Macht kennenzulernen. Dabei geht es jetzt erst richtig los.« Mit aller Kraft riß er noch einmal an Irinas Haaren.

Als der Held auf Irinas gellenden Schrei hin wieder aufsah, lag über seinen Augen ein seltsam stumpfer Glanz. »Was wollen Sie, Wolkow?«

»Wenn Sie das noch immer nicht kapiert haben, müssen Sie noch sehr viel lernen, mein Freund.« Damit schob er Irina den Lauf seiner Pistole zwischen die Zähne. »Es ist nur noch eine Frage der Zeit, bis Sie mir alles sagen werden, was ich von Ihnen wissen will.«

»Das können Sie auch jetzt gleich erfahren«, murmelte der Held niedergeschlagen. »Aber lassen Sie bitte Irina am Leben.«

»Ich hatte nie die Absicht, sie umzubringen. Dazu ist sie viel zu wichtig. Wie Sie noch sehen werden, kann ich auch ein sehr milder Herrscher sein. Nein, ich werde jetzt nichts weiter tun, als Ihnen ein paar Fragen zu stellen. Und jedesmal, wenn Sie mir eine falsche oder unzufriedenstellende Antwort geben, werde ich ihr ein bißchen weh tun – und das jedesmal ein bißchen mehr. Sie machen sich übrigens keine Vorstellung, wie lange sich so eine kleine Fragestunde hinziehen kann.«

»Bitte nicht!«

»Sieh einer an! Jetzt versuchen Sie's plötzlich auf die sanfte Tour. Sie widern mich an, Odysseus. Sie sind ja noch schlimmer als Valeri Denisowitsch.«

»Tatsächlich?« ertönte plötzlich eine Stimme.

Mars und der Held wirbelten herum.

»Wo kommen Sie denn her, Genosse!« entfuhr es Mars erstaunt.

Es war Valeri, der in der Tür des Hallenbads stand. »Tut mir leid, daß ich nicht früher kommen konnte, Mars Petrowitsch. Aber ich wurde aufgehalten.«

Gehetzt zuckten Mars' Blicke durch den Raum. »Wo ist Pokow? Wo sind meine Männer?«

»Sie konnten leider nicht mehr kommen.«

Mars ließ Irina los und starrte Valeri fassungslos an. »Sie sind ganz allein hier? Wie sind Sie an den Wachen vorbeigekommen?«

»Dafür gibt es ein altbewährtes Mittel.« Erst jetzt bemerkte Valeri die Leichen der beiden Frauen. »Mein Gott, was haben Sie mit Lara und Tatjana gemacht?«

»Sie kennen die beiden?«

»Ich weiß mehr, als Sie denken, Genosse. Aber ich fürchte, es ist längst zu spät, um Ihnen das noch zu erklären; außerdem bezweifle ich, daß Sie es verstehen würden.«

Erst jetzt begann Mars zu dämmern, was das zu bedeuten hatte. Fassungslos sah er erst Valeri an, dann den Helden. »Mein Gott, daß ich darauf nicht gleich gekommen bin«, murmelte er schließlich kopfschüttelnd. »Natascha hat Odysseus nicht nur die geheimen KGB-Akten gebracht, die Sie entwendet haben, Valeri; sie war auch seine Verbindung zum Weißen Stern. Odysseus hat Ihnen von hier aus beim Aufbau der Organisation geholfen.«

»Sie haben es fast erraten«, entgegnete Valeri sarkastisch. »Die Wahrheit ist allerdings noch fantastischer, als Sie sich das je hätten träumen lassen.«

Während dieses Wortwechsels hatte sich Irina unauffällig von den beiden Gegnern zu entfernen begonnen. Die Luft knisterte förmlich vor Spannung. Die Atmosphäre war zum Zerreißen gespannt. Es konnte jeden Augenblick zu einem neuen unkontrollierten Ausbruch von Gewalt kommen.

Erst jetzt war Irina mit Entsetzen das wahre Ausmaß von Mars' Hinterhältigkeit bewußt geworden. Und diese Bestie in Menschengestalt hatte sie tatsächlich zu lieben geglaubt! Schon allein bei dem Gedanken daran hätte sie sich beinahe übergeben müssen.

Aber das Entsetzen, das von ihr Besitz ergriffen hatte, galt nicht nur allein Mars. Mit schockierender Deutlichkeit wurde ihr plötzlich auch bewußt, daß Valeri sie auf seine Art nicht weniger schamlos für seine Zwecke eingespannt hatte. War er wirklich soviel besser als Mars? War ihm denn nicht auch jedes Mittel recht gewesen, wenn es darum ging, seine Ziele durchzusetzen?

Noch ganz unter dem Eindruck dieser Einsicht sah Irina die beiden Männer plötzlich in einem ganz anderen Licht. Sollen sie sich meinetwegen ruhig gegenseitig umbringen, dachte sie bitter; das wäre vermutlich für alle Beteiligten das Beste.

Im selben Moment riß Mars seine Pistole hoch und drückte ab. Taumelnd wich Valeri ein paar Schritte zurück, während sich auf seiner rechten Schulter bereits ein blutroter Fleck auszubreiten begann.

»Nein!« schrie Irina verzweifelt auf und brach in haltloses Schluchzen aus. Noch vor einem Moment hatte sie sich gewünscht, die beiden möchten sich gegenseitig umbringen. Aber das durfte sie auf keinen Fall zulassen.

Ohne zu wissen, was sie eigentlich tat, stand sie plötzlich neben dem Waffenschrank und griff nach einer Kalaschnikow. Den Zeigefinger um den Abzug gekrümmt, ging sie entschlossen auf die beiden Männer zu.

Mars hielt seine Waffe noch immer auf Valeri gerichtet. Aus dem Augenwinkel sah Irina, daß sich inzwischen noch ein paar andere Männer in das Hallenbad geschlichen hatten. Vermutlich Grenzsoldaten.

KGB. Ruhig verhalten.

»Schluß jetzt!« fuhr sie Mars an.

»Halt den Mund!« schnauzte er zurück.

»Halte du dich heraus, Irina«, schaltete sich auch Valeri ein.

Um den Bruchteil einer Sekunde, bevor Mars abdrücken konnte, eröffnete Irina das Feuer.

Irina und Mars schrien fast gleichzeitig auf. Aber ihre Schreie gingen im ohrenbetäubenden Krachen der Schüsse unter. Mars sank zu Boden und blieb direkt vor Irinas Füßen liegen.

Mit tränenüberströmtem Gesicht ließ Irina die Kalaschnikow fallen und sank heftig würgend neben Mars' durchlöchertem Körper nieder.

»Odysseus«, hauchte sie verzweifelt. »Bitte, hilf mir.«

Wortlos streckte der Held seine Hand nach ihr aus und zog sie zu sich in den Pool. Im selben Moment tauchte auch Arbat wieder vom Grund des Beckens auf und rieb tröstend ihre Schnauze gegen Irinas Seite.

»Ach, Arbat!« seufzte Irina, halb lachend, halb weinend.

»Alles in Ordnung?« fragte Tori.

Valeri kniete am Boden und hielt sich die Schulter. »Das muß sich erst zeigen. Sie machen sich keine Vorstellung, wie oft ich mir diesen Augenblick schon auszumalen versucht habe. Ich dachte immer, daß ich ein Gefühl tiefer Genugtuung empfinden würde, wenn es endlich soweit wäre. Das Eigenartige ist nur, daß in Wirklichkeit genau das Gegenteil der Fall ist. Ich fühle mich entsetzlich leer und ausgelaugt.« Flüchtig strich er mit der Hand über Mars' Kopf. »Fast ist es, als wäre mit ihm ein Teil von mir selbst gestorben.«

»Was haben Sie sich eigentlich dabei gedacht, ohne Vorwarnung hier hereinzuschneien?« machte ihm Slade heftige Vorhaltungen. »Sie können von Glück reden, daß Wolkow Sie nicht schon mit dem ersten Schuß erledigt hat.«

»Leider hatte ich keine andere Wahl«, erwiderte Valeri matt und wischte sich den Schweiß von der Stirn. »Wenn Mars Sie gesehen hätte, hätte er Sie auf der Stelle erschossen. Der Versuch, uns unbemerkt hier hereinzuschleichen, wäre zu riskant gewesen. Wenn Mars uns zu früh entdeckt hätte, hätte er nur den Helden und Irina als Geiseln zu nehmen brauchen. Dann wären wir ihm wehrlos ausgeliefert gewesen.«

»Unsinn«, fuhr ihm Slade über den Mund. »Wir hätten durchaus genügend Zeit gehabt . . .«

»Da kennen Sie Mars nicht. Er war ein hervorragender Schütze.« Als würde ihm erst jetzt bewußt, wie knapp er eben dem Tod entronnen war, fügte er mit einem tiefen Seufzer hinzu: »Ganz abgesehen davon, hat er mich ja auch nicht mit dem ersten Schuß erledigt.«

»Komm.« Tröstend streckte der Held seine Hand nach Irina aus. »Mein Gott, was soll jetzt nur aus mir werden«, hauchte Irina und ließ mutlos den Kopf auf seine Schulter sinken. »Bitte, halt mich ganz fest.« Als er sie darauf zärtlich in die Arme schloß, fuhr sie fort: »Mars hatte völlig recht. Gewalt gebiert immer nur neue Gewalt. Alles, was er gesagt hat, ist wahr. Ich habe ihn verführt und ihm die ganze Zeit etwas vorgemacht. Und was das Schlimmste ist: Ich habe dieses falsche Spiel auch noch genossen. Irgendwann hatte ich mich allerdings so tief in die ganze Geschichte verstrickt, daß ich, ohne es zu wollen, Natascha und Valeri an ihn verraten habe. Zwar wußte ich zu dem Zeitpunkt noch nicht, daß Mars für den KGB arbeitet, aber das entschuldigt mein Verhalten keineswegs. Ich hätte Nataschas Vertrauen nicht mißbrauchen dürfen. Sie war meine Freundin, und es war meine Schuld, daß sie gefoltert wurde. Und nun auch noch das. Ich habe mit eigenen Händen einen Menschen getötet. Jetzt bin ich genauso geworden wie Mars; jetzt bin auch ich ein Teil dieser Welt, die ganz von der Gewalt regiert wird.«

»Wenn du davon wirklich überzeugt bist«, erwiderte Odysseus, »dann kann ich dir tatsächlich nicht helfen.«

Entsetzt löste sich Irina von ihm und schaute ihm lange in die Augen. Als er jedoch nur mit ausdrucksloser Miene zurückstarrte, stieß sie verzweifelt hervor: »Das kann doch nicht dein Ernst sein! Du mußt mir helfen. Ich dachte, ich könnte mich auf dich verlassen.«

»Nein, Irina. Es wird langsam Zeit, daß du lernst, auf deinen eigenen Beinen zu stehen. Ich kann dir natürlich in vielen Dingen helfen, aber nur du allein kannst dich von dieser Welt der Gewalt lossagen, von der eine so tiefe Faszination auf dich auszugehen scheint. Der erste Schritt in diese Richtung ist, daß du das auch wirklich willst.«

Plötzlich überkam Irina wieder panische Angst vor den endlosen sibirischen Wintern, den Gitterstäben vor dem Mond, dem Gefühl, daß ihr eigenes Land nichts als ein gigantisches Gefängnis war. Eine innere Stimme flüsterte ihr zu: *Jetzt stehst du vollends allein da. Du bist verloren – und zwar endgültig.*

Aber diesmal konnte Irina die Tränen, die ihr bereits in die Augen traten, noch rechtzeitig zurückhalten – genauso, wie sie auch die Stimme in ihrem Innern zum Verstummen brachte. Es war nicht wahr, daß sie endgültig verloren war; ihr Schicksal war noch keineswegs besiegelt. Sie hatte sehr wohl die Möglichkeit, selbst darüber zu entscheiden. Genau das wollte sie jetzt auch tun.

Im Licht dieser Erkenntnis wurde ihr auch zum erstenmal bewußt, daß ihre Zukunft nicht in Amerika lag. Das war nichts als eine verhängnisvolle Illusion. Wenn sie in ihrem Leben wirklich etwas ändern wollte, dann durfte sie ihr Glück nicht mehr länger woanders suchen; nein, sie mußte sich endlich ihrer Verantwortung stellen; und das konnte sie nur hier, in ihrem Land. Denn wenn sie etwas vom Helden gelernt hatte, dann war es die Einsicht, daß man für sein Schicksal ganz allein die Verantwortung übernehmen mußte.

Als sie Odysseus darauf lange in die Augen sah, verriet ihm ihr Blick deutlicher als tausend Worte, daß sie dazu nun endlich bereit war.

Während sich Slade um Valeris Verletzung kümmerte, kniete Tori neben Lara nieder, um sich zu vergewissern, ob sie noch am Leben war. Das war nicht der Fall. Darauf beugte sie sich über den Beckenrand und zog Tatjana aus dem Wasser. Auch sie war tot.

Wird dieses Morden denn nie ein Ende nehmen? dachte sie niedergeschlagen. Seit sie hatte mit ansehen müssen, wie Koi *seppuku* beging, um sich von aller Schuld zu läutern, ließ sie diese Frage nicht mehr los. Es war, als hätte sich dieser Moment unauslöschlich in ihr Gedächtnis eingebrannt: der strahlendblaue Himmel, Kois weißes Gewand und das Rot ihres Blutes.

Nachdem Tori ein stummes Gebet für Koi gesprochen hatte, ging sie auf den Helden zu, der noch immer im Pool schwamm. Das also war der russische Kosmonaut, der mit ihrem Bruder Greg zum Mars geflogen war; der Mann, der Greg als letzter lebend gesehen hatte. Welch seltsamer Fügung des Schicksals hatte sie wohl dieses glückliche Zusammentreffen zu verdanken?

Und doch ertappte sich Tori dabei, daß sie diesem lange ersehnten Augenblick mit banger Erwartung entgegensah. Sie hörte das seltsame Schnattern des Delphins, untermalt vom leisen Plätschern des Wassers, sah das Spiel der Lichter über dem Pool, das der Atmosphäre etwas Unwirkliches, fast Überirdisches verlieh.

Plötzlich kam der Delphin aus dem Dunkel in der Mitte des

Pools direkt auf sie zugeschwommen, schnellte mit einem mächtigen Satz aus dem Wasser, streifte mit der Schnauze ganz leicht über ihre Wange und war im nächsten Moment bereits wieder unter heftigem Spritzen untergetaucht.

Als sich Tori darauf mit einem perplexen Blick Odysseus und Irina zuwandte, kam Irina auf sie zugeschwommen und stellte sich ihr vor.

»Ich bin Tori Nunn«, erwiderte Tori und ließ sich am Bekkenrand nieder. »Wir sind hier, um Valeri und dem Weißen Stern zu helfen.«

Die beiden Frauen schüttelten sich die Hände und sahen sich dabei tief in die Augen. Dieser kurze Blick genügte, um ganz spontan ein Gefühl von Nähe und Vertrauen zwischen ihnen herzustellen, wie sie es bisher beide nicht gekannt hatten.

»Entschuldigen Sie bitte«, brach Tori schließlich das lange Schweigen, das darauf eintrat, »aber die Begrüßung durch den Delphin hat mir eben für einen Moment buchstäblich die Sprache verschlagen.«

Irina lächelte. »Arbat mag sie offensichtlich sehr.« Sie drehte sich um. »Odysseus? Komm doch einmal her. Das ist Tori. Sie ist hier, um . . .« Ein Blick in Odysseus' Gesicht ließ sie mitten im Satz verstummen. »Was ist denn?«

Langsam schwamm der Held an den Beckenrand. Als seine Züge in dem Dunkel über dem Pool allmählich Konturen annahmen, begann Toris Herz so wild zu schlagen, daß sie schon dachte, es müßte jeden Augenblick zerspringen. Das erste, was ihr an ihm auffiel, war seine silbern schimmernde Haut, die genauso glatt war wie die des Delphins. Erst dann wanderte ihr Blick zu seinem völlig unbehaarten Gesicht weiter.

Tori öffnete den Mund, wollte etwas sagen, schluckte, setzte noch einmal an.

Kein Zweifel, es waren seine Engelsaugen.

»Greg?«

»Tori«, hauchte der Held nicht weniger fassungslos.

Im selben Augenblick stürzte sich Tori auch schon in voller

Kleidung in den Pool und schwamm mit Tränen in den Augen auf ihren Bruder zu.

»Weine doch nicht!« Der Held strich ihr tröstend übers Haar. »Das ist doch kein Grund zum Weinen.«

»Ach, Greg.«

Überschwenglich schlang Tori ihrem Bruder die Arme um den Hals und überhäufte ihn mit zärtlichen Küssen. Als sie sich schließlich wieder von ihm löste, stieß sie atemlos hervor: »Ich habe die ganze Zeit gedacht, du wärst tot. Was ist passiert? Wie kommt es, daß du . . .«

»Die Russen«, stieß Greg Nunn mit einem ärgerlichen Schnauben hervor. »Sie haben ohne unser Wissen ein Experiment mit uns durchgeführt; sie wollten testen, wie unser Organismus reagiert, wenn wir geringen Dosen kosmischer Strahlung ausgesetzt werden. Als Viktor, mein russischer Partner, bei dem Zwischenfall ums Leben kam, wurde die ganze Aktion abgeblasen. Ich schaffte es zwar gerade noch, auf die Erde zurückzukehren, lag aber nach der Landung erst einmal mehrere Monate im Koma. Als ich wieder zu Bewußtsein kam, wollten mich die Russen aber nicht herausrücken; offensichtlich erhofften sie sich von mir wichtige Aufschlüsse über den Verlauf unserer Mission.

Ich habe keine Ahnung, wie sie es geschafft haben, unsere Leute davon zu überzeugen, daß nicht Viktor, sondern ich bei dem Unfall ums Leben gekommen ist. Jedenfalls ist es ihnen irgendwie gelungen. Dann fingen sie an, mich Viktor zu nennen – vermutlich so eine Art Gehirnwäsche, um mich so weit zu bringen, daß ich mich irgendwann selbst für meinen russischen Kollegen Viktor halten würde.«

»Tori!« Slades Stimme ließ sie plötzlich herumfahren. »Die Zeit drängt.«

»Russ, stell dir vor, das ist mein Bruder Greg! In Wirklichkeit ist gar nicht *er* im All umgekommen, sondern der russische Kosmonaut. Die Russen haben ihn seitdem die ganze Zeit hier festgehalten.«

»Herr im Himmel.« Slade kauerte neben ihnen nieder. »Was haben sie denn mit Ihnen angestellt?«

»Das ist eine lange Geschichte.«

»Das kann ich mir denken.« Slade runzelte die Stirn. »Sonst alles in Ordnung?«

»Schwer zu sagen.«

»Eines steht jedenfalls fest: Wir müssen Sie unbedingt hier herausholen. Zu Hause gibt es sicher eine ganze Menge Leute, die es gar nicht erwarten können, mit Ihnen zu reden.«

»In diesem Punkt dürften sie sich wohl nicht sehr von den Russen unterscheiden.«

Gregs zynischer Ton ließ Slade unwillkürlich stutzen. »Wie bitte?«

»Immer mit der Ruhe, Russ«, schaltete sich an dieser Stelle Tori ein.

Aber Slade starrte weiter unverwandt ihren Bruder an. »Also schön, Greg. Ich würde natürlich gern wissen, was hier eigentlich gespielt wird, aber im Augenblick . . .«

»Odysseus«, unterbrach ihn Valeri, der inzwischen ebenfalls zu der Gruppe gestoßen war. »Der KGB und das Militär machen gemeinsame Sache – genau, wie wir befürchtet haben.« Seine rechte Schulter war inzwischen notdürftig verbunden. »Für heute früh ist eine großangelegte militärische Aktion gegen Lettland und Litauen geplant. Außerdem soll der Präsident von seinen eigenen Leibwächtern ermordet werden.«

»So früh schon«, stieß Greg entsetzt hervor. »Wir sind doch noch lange nicht soweit, um zuschlagen zu können.«

»Aber wir können doch nicht tatenlos zusehen, wie alles, wofür wir bisher gekämpft haben, mit einem Schlag zunichte gemacht wird.« Valeri sah ihn verzweifelt an. »Wir haben keine andere Wahl, als die MKWs zum Einsatz zu bringen.«

»Was für MKWs?« wollte Slade wissen.

»Das sind die Mobilen Kernwaffen, mit denen uns Bernard Godwin beliefert hat«, erklärte ihm Greg, um sich gleich wieder Valeri zuzuwenden. »Also schön. Das ist im Augenblick tatsächlich die einzige Möglichkeit, die drohende Katastrophe zu verhindern.« Er schwamm an den Beckenrand. »Helft mir bitte aus dem Wasser.«

Als Valeri und Slade sich bückten, um ihm unter die Arme zu

greifen, zuckte Valeri im ersten Moment vor Schmerzen heftig zusammen. Der besorgte Blick, den ihm Greg daraufhin zuwarf, entlockte ihm jedoch nur ein Grinsen. »Nur eine Fleischwunde. Nichts Tragisches.«

»Ein glatter Durchschuß«, warf Slade mit einem Blick auf Greg Nunn bestätigend ein. »Ich habe die Wunde zwar schon notdürftig verbunden, aber er sollte trotzdem unbedingt einen Arzt aufsuchen.«

»Das hat Zeit bis später«, winkte Valeri ab.

Währenddessen war Irina aus dem Pool geklettert, um den Rollstuhl des Helden zu holen. Nachdem ihn Slade und Valeri hineingesetzt hatten, schlang sie ihm ein großes Badetuch um die Hüften, wie das auch Lara und Tatjana immer getan hatten. Als die beiden Männer darauf Greg zum Funkgerät schoben, sagte Valeri zu Slade:

»Mars Wolkow war der Wahrheit schon verdammt nahe. Aber er konnte natürlich nicht ahnen, wie weit wir die Organisation bereits ausgebaut haben. Ursprünglich haben wir den Weißen Stern vor allem zu dem Zweck ins Leben gerufen, um der Zentralregierung in Moskau den Kampf anzusagen. Aber unsere Ideen fanden schon bald in der ganzen Sowjetunion begeisterte Anhänger – in Georgien, im Baltikum, in der Ukraine und in einer Reihe anderer Teilrepubliken. Nachdem dank unserer Aktivitäten der Widerstand gegen die Unterdrückung von seiten Moskaus immer weitere Kreise zog, galt es vor allem, die verschiedenen nationalistischen Bewegungen miteinander zu koordinieren, damit sich die Georgier nicht nur für die Belange Georgiens, die Ukrainer nur für die der Ukraine einsetzen würden. Denn nur vereint hatten alle diese sezessionistischen Bestrebungen Aussicht auf Erfolg.«

Als Valeri an dieser Stelle eine Pause machte, war ganz deutlich sein schwerer Atem zu hören. Offensichtlich machte ihm die Schußwunde ziemlich zu schaffen.

»Dann stieß vor achtzehn Monaten Greg zu uns«, fuhr er schließlich fort. »Für uns war das wie ein Geschenk des Himmels. Er wurde seit seiner Rückkehr aus dem All hier festgehalten und fast täglich durch den KGB verhört. Er wurde sozusagen zur zentralen Integrationsfigur, die es uns ermöglichte, die verschiedenen nationalistischen Strömungen mit ihren zum Teil recht unterschiedlichen Zielen unter einen Hut zu bringen und somit der drohenden Zersplitterung der Bewegung entgegenzuwirken. Greg bot sich also ganz zwangsläufig als die zentrale Führerfigur des Weißen Sterns an.«

Währenddessen hatte Greg bereits in kurzen, abgehackten Sätzen in das Mikrofon des Funkgeräts zu sprechen begonnen. Dabei änderte er nach einem vorher vereinbarten Schema alle zwanzig Sekunden die Frequenz.

Valeri machte eine kurze Kopfbewegung in Richtung Greg und sagte zu Slade: »Er ist gerade dabei, den Einsatz der MKWs anzuordnen.«

»Aber dazu ist es doch längst zu spät«, gab ihm Slade zu bedenken. »Es ist schon fast fünf Uhr früh, und die Grenze zu Lettland und Litauen, wo die Invasion stattfinden soll, ist mehrere hundert Kilometer von hier entfernt.«

»Zu dieser Invasion wird es aber nur kommen, wenn auch ein entsprechender Befehl erteilt wird«, erwiderte Valeri mit einem finsteren Grinsen. »Die MKWs sind hier in Moskau versteckt, und zwar ganz in der Nähe der Kirche, in der Sie mich gefunden haben. Sie sind im Keller der Zentralen Atomenergie-Verwaltung in der Staromonetnij-Straße.«

Er nickte. »Odysseus – Verzeihung, Gregor – sorgt gerade dafür, daß unsere Einsatzkommandos unverzüglich mit diesen MKWs bewaffnet werden. Damit werden sie dann die Militärs und Geheimdienstleute ausschalten, die maßgeblich an der Planung und Durchführung des Putschs beteiligt sind. Es ist also gar nicht nötig, die Waffen erst an die Grenze zu den baltischen Staaten zu schaffen.«

Er bückte sich und hob die Kalaschnikow auf, die Irina fallen gelassen hatte. »Ganz so einfach wird die Sache allerdings trotzdem nicht werden. Wann ist im Leben schon etwas einfach? Selbst wenn alles relativ reibungslos über die Bühne gehen sollte, werden einige von uns mit dem Leben bezahlen müssen. Deshalb will ich mich jetzt auch nicht mehr länger hier aufhalten. Ich muß dafür sorgen, daß uns keiner der Generale durch die Lappen geht. Anschließend werde ich mich unverzüglich mit dem Präsidenten in Verbindung setzen, um ihn über die Hintergründe des gescheiterten Putschversuchs zu informieren.«

»Gibt es denn nichts, was wir noch für Sie tun könnten?« fragte Slade.

Valeri lächelte. »Sie und Miß Nunn haben uns bereits mehr als genug geholfen. Überlassen Sie von nun an alles Weitere ruhig uns. Zudem wäre es sicher nicht förderlich für unsere Sache, wenn der Eindruck entstünde, an der Niederschlagung des Putschs wäre auch der amerikanische Geheimdienst beteiligt gewesen.«

»Und wie soll es danach weitergehen?« fragte Tori.

»Keine Ahnung«, mußte Valeri zugeben. »Zumindest so viel steht allerdings jetzt schon fest: Es muß auf jeden Fall zu irgendeiner Form von Kompromiß zwischen der Zentralregierung in Moskau und den Vertretern der nationalen Minderheiten kommen. Ein gewisses Maß an Autonomie wird Moskau den nichtrussischen Teilrepubliken auf jeden Fall zugestehen müssen, auch wenn es natürlich keineswegs in unserer Absicht steht, die Sowjetunion gänzlich aufzulösen. Wir wollen nur, daß endlich einmal mit den ständigen Repressionen gegen die nationalen Minderheiten Schluß gemacht wird.«

Nachdem Greg am Funkgerät fertig war, gab Slade über Berlin eine verschlüsselte Durchsage an die CIA-Zentrale in Virginia durch. Irina führte Tori in den Umkleideraum und zeigte ihr, wo Tatjanas und Laras Sachen waren.

Tori war gerade beim Anziehen, als Greg in die Umkleidekabine kam.

»Mein Gott, Tori! Wenn du wüßtest, wie ich mich freue, dich wiederzusehen!«

Tori kniete neben seinem Rollstuhl nieder und strich ihm zärtlich übers Gesicht. »Was ist eigentlich mit dir passiert, Greg? Mom und Dad werden sicher entsetzt sein, wenn sie sehen, was aus dir geworden ist.«

Er sah ihr tief in die Augen und sagte: »Das glaube ich nicht.«

»Und wieso nicht?«

Greg legte seine Hand auf ihre Schulter. »Weil sie bereits Bescheid wissen.«

»Mom und Dad wissen bereits, daß du noch am Leben bist?« Sie sah ihn fassungslos an. »Aber woher?«

Doch noch während sie ihn das fragte, glaubte sie die Antwort bereits zu wissen. Unwillkürlich mußte sie wieder an Russells Worte denken: *Woher nimmt Bernard nur das Geld für diese Atomwaffen?* Mit zitternden Fingern holte sie das Foto hervor, das ihr Ariel im Augenblick seines Todes in die Hand gedrückt hatte. *Was kann an dieser Aufnahme nur so wichtig gewesen sein?* hatte Russell weiter gesagt. Und dann: *Es gibt unzählige Gründe, weshalb Bernard nach San Francisco geflogen sein könnte.* Von Ariels lächelndem Gesicht glitt Toris Blick weiter zu Bernard, der im Hintergrund gerade noch zu erkennen war. Und dann weiter zu dem Mann und der Frau, *die auf ihn zugingen.*

Lange starrte sie die beiden nur verschwommen erkennbaren Gestalten an. Sollte es sich dabei tatsächlich um ihren Vater und ihre Mutter handeln? Hatten sie sich damals heimlich mit Bernard getroffen, um über die finanzielle Unterstützung des Weißen Sterns zu verhandeln? Hatte Bernard diese neuartigen japanischen MKWs mit *ihrem* Geld gekauft?

Und dann fiel es ihr plötzlich wie Schuppen von den Augen. »Valeri hat sich also mit Bernard in Verbindung gesetzt und ihm von dir erzählt. Dann ist Bernard an Dad herangetreten und hat ihm zu verstehen gegeben, daß du noch am Leben bist. Zugleich hat er ihm klargemacht, daß das eine einmalige Chance wäre, den Freiheitskampf der unterdrückten Minderheiten in der Sowjetunion zu unterstützen.«

Gregs Blick waren ihr Bestätigung genug. »Mein Gott«, fuhr sie deshalb fort. »Ich finde es schon schlimm genug, daß Bernard mich in diese Sache hineingezogen hat – aber auch noch Mom und Dad!«

»Da tust du Bernard unrecht«, entgegnete Greg kopfschüttelnd. »Mom und Dad haben sich sicher aus freien Stücken entschlossen, bei dieser Sache . . .«

»Auf keinen Fall«, unterbrach ihn Tori hitzig. »Da kennst du Bernard nicht. Sicher hat er sie erpreßt – wenn auch nicht unbedingt so direkt, daß ihnen das überhaupt bewußt geworden wäre. Schließlich ist Dad nicht der Typ, der sich so leicht erpressen läßt. Aber da es in diesem Fall um dich ging, konnte er schwerlich nein sagen, als ihn Bernard für diese Sache zu gewinnen versucht hat.«

»Da überschätzt du Bernard, glaube ich, ebenso wie Mom und Dad.«

»Diesmal ist Bernard endgültig zu weit gegangen«, stieß Tori finster hervor.

»Und selbst wenn es so wäre – begreifst du denn nicht, wieviel Bernard dadurch erreicht hat? Zum erstenmal seit Jahrzehnten beginnt sich hier in der Sowjetunion wieder so etwas wie eine Veränderung zum Besseren abzuzeichnen.«

»Aber um welchen Preis?« hielt dem Tori entgegen. »Du machst dir keine Vorstellung, wieviel Blut deswegen schon geflossen ist.«

»Ich weiß sehr gut, wieviel Blut während der letzten achtzehn Monate hier vergossen wurde und noch vergossen worden wäre, wenn Bernard nicht gewesen wäre – und du.«

Obwohl sich Tori längst eingestehen mußte, daß Greg recht hatte, war sie dennoch fest entschlossen, Bernard einen Denkzettel zu verpassen. Es ging einfach nicht an, daß er andere Menschen für seine Zwecke einspannte, wie es ihm gerade in den Kram paßte.

»Sprich wenigstens erst mit Dad, bevor du irgend etwas unternimmst«, versuchte Greg sie zu beschwichtigen.

»Das werden wir gemeinsam tun«, erklärte Tori entschlossen. »Ich nehme dich mit nach Hause.«

»Nein.« In die knisternde Stille hinein, die darauf eintrat, sagte Greg: »Ich kann mich jetzt nicht meiner Verantwortung entziehen und einfach nach Amerika zurückkehren, als wäre nichts geschehen. Dazu werde ich hier im Augenblick viel zu sehr gebraucht.«

»Das kann doch nicht dein Ernst sein, Greg!«

»Und ob.« Und als ihn Tori darauf nur verständnislos ansah,

fügte er hinzu: »Ich weiß auch nicht, wie ich es dir erklären soll.« Er dachte kurz nach. »Hat dir Dad eigentlich mal die Geschichte vom Zen-Polizisten erzählt?«

»Ja«, hauchte Tori kaum hörbar.

»Dieser Zen-Polizist bin ich. Genau wie er befinde ich mich in einem fremden Land, fern der Heimat, und sitze hier in diesem seltsamen Gebäude genau im Schnittpunkt der Ereignisse – genau an der Stelle also, wo ich optimal auf die Geschehnisse in meiner Umgebung Einfluß nehmen kann. Es hat mich nicht ohne Grund hierher verschlagen – um mir darüber klarzuwerden, hatte ich ja auch weiß Gott genügend Zeit zum Nachdenken. Aber was das Entscheidende ist: Der Grund, weshalb ich hier bin, ist von wesentlich universellerer Bedeutung als alle meine individuellen Wünsche und Bedürfnisse.«

»Aber bedeutet dir denn unsere Familie, unser gemeinsames Zuhause gar nichts?«

»So Gott will, wird mich meine Familie eines Tages hier besuchen kommen. Was unser gemeinsames Zuhause betrifft, so existiert es schon lange nicht mehr für mich. Ich habe längst eine neue Heimat gefunden – eine Heimat, die nur in mir selbst existiert.«

Gegen ihren Willen kamen Tori die Tränen. »Greg, ach Greg. Ich habe dich doch eben erst wiedergefunden. Da will ich dich nicht gleich wieder verlieren.«

»Aber Tori! Wem gelten eigentlich diese Tränen? Mir oder dir?« Damit nahm er sie zärtlich am Kinn und hob ihren Kopf hoch. »Begreifst du denn nicht, daß du endlich damit aufhören mußt, dich immer nur an mich zu klammern?«

Tori mußte gleichzeitig weinen und lachen. »Aber wer soll mir in Zukunft helfen, mit Mom und Dad zurechtzukommen? Du weißt doch, daß ich ohne dich auf verlorenem Posten gegen sie stehe.«

»Das glaubst du doch nicht wirklich, Tori. In Wirklichkeit warst du noch nie auf meine Hilfe angewiesen, um dich gegen Mom und Dad behaupten zu können; das hast du dir nur eingebildet. Anstatt dich ihnen gegenüber einfach so zu verhalten, wie du es für richtig fandest, wolltest du ständig genauso ein

Verhältnis zu ihnen haben, wie ich es hatte.« Er drückte ihr einen Kuß auf die Stirn. »Du mußt endlich lernen, dein eigenes Leben zu leben, Tori.«

In diesem Moment streckte Slade den Kopf zur Tür herein. »Was habt ihr beide eigentlich so lange zu bereden? Eben ist eine Nachricht von Bernard reingekommen. Wir sollen unverzüglich in die Staaten zurückkehren.«

In ein Badetuch gehüllt, kam Irina aus der Dusche. Als ihr Blick auf Toris tränenüberströmtes Gesicht fiel, fragte sie besorgt: »Irgend etwas nicht in Ordnung?«

»Nur der Abschiedsschmerz«, hauchte Tori und wischte sich die Tränen aus dem Gesicht.

Dann ergriff sie Russells Hand und sah ein letztes Mal in Gregs Engelsaugen.

»Grüß zu Hause alle schön von mir«, sagte Greg, während ihm Irina den Arm um die Schulter legte. Dann fügte er mit Nachdruck hinzu: »Und versprich mir, daß du mit Dad sprichst.«

»Ich werde Mom und Dad von dir grüßen«, erwiderte Tori.

Gerade als sie sich zum Gehen wenden wollte, rief ihr Greg noch hinterher: »Und vergiß den Zen-Polizisten nicht.«

Das rätselhafte Lächeln, das dabei um seine Züge spielte, sollte Tori den ganzen Flug zurück in die Staaten nicht mehr aus dem Kopf gehen.

Los Angeles / Sternstädtchen

Bei Toris Rückkehr hatte die Hitzewelle, die Los Angeles schon seit einer Woche heimsuchte, ihren absoluten Höhepunkt erreicht. Lastend schwer lag die smogverseuchte Luft über der Stadt und verwandelte sie in einen brodelnden Hexenkessel. Die Gluthitze, die Tori also in Los Angeles erwartete, unterschied sich kaum von der, die sie in Tokio gerade glücklich hinter sich gelassen hatte.

Nach der Landung eröffnete ihr Slade, daß er gleich am Flughafen warten wollte, bis Bernards Maschine von der Ostküste eintraf. Dazu hatte Tori jedoch keine Lust. Darauf saßen sie sich im schwach erleuchteten Innern der 727 erst einmal eine Weile in apathischem Schweigen gegenüber. Jetzt, nachdem alles vorüber war, machten sich die Strapazen der letzten Tage und Wochen nun doch bemerkbar. Von beiden hatte eine tiefe körperliche wie psychische Erschöpfung Besitz ergriffen, die sie in einen seltsamen Schwebezustand versetzte.

Es war schließlich Russell, der das Schweigen brach. »Kurz vor der Landung ist ein Fax von Bernard reingekommen. Er gratuliert uns zu unserem Erfolg.«

»Ehrlich gestanden, weiß ich nicht, ob ich das nun zum Lachen oder zum Weinen finden soll.«

»Ich auch nicht«.«

»Das verstehe ich nicht.« Tori sah ihn forschend an. »Wie kannst du nach allem, was passiert ist, einfach hier auf ihn warten, als ob nichts gewesen wäre?«

»Nach allem, was wir in Moskau in Erfahrung gebracht haben, ist diese Angelegenheit für mich noch keineswegs erledigt.« Er nahm einen Schluck von seinem Kaffee und fuhr dann bedächtig fort: »Hat sich Bernard nun schuldig gemacht oder nicht? Und wenn dem tatsächlich so sein sollte, müßten wir uns weiter fragen: Wessen genau hat er sich schuldig gemacht, und sind wir dann nicht genauso schuldig geworden wie er? Nichts läge mir ferner, als mich in dieser Angelegenheit zum Richter aufspielen zu wollen, Tori. Dazu ist der Sachverhalt viel zu kompliziert. Haben wir es hier nur mit einem Fall von selbstlosem Sendungsbewußtsein zu tun oder nur mit fanatischem Sektierertum – oder mit beidem. Wo ließen sich da schon so genau die Grenzen ziehen? Jedenfalls werde ich in dieser Sache mit Bernard zu einer einvernehmlichen Lösung kommen müssen. Und sollte mir das nicht gelingen, sähe ich keine andere Wahl, als den Dienst zu quittieren.«

Tori lächelte. »Demnach geht dir deine Karriere also doch nicht über alles, wie ich ursprünglich dachte.«

»Du hast mich eben vielleicht doch etwas falsch eingeschätzt.« Er sah sie ernst an. »Trotzdem solltest du noch warten, bis Bernard kommt. Seine Maschine muß jeden Augenblick hier eintreffen.«

»Bernard kann warten«, entgegnete sie schnippisch und gab Russell einen Kuß. »Auch wenn ich laut Vorschrift eigentlich dazu verpflichtet wäre, habe ich im Moment einfach keine Lust, ihm zu begegnen. Außerdem ist mir meine Familie wichtiger. Und vor allem muß ich die Ereignisse der letzten Tage und Wochen erst noch einmal in Ruhe überdenken und verarbeiten, um mir ein objektives Urteil darüber bilden zu können. Solange ich mir nämlich selbst nicht im klaren darüber bin, was ich nun eigentlich von Bernards Methoden halten soll, kann bei dieser Abschlußbesprechung nichts Vernünftiges herauskommen.«

Dem schien Slade zwar mit einem bestätigenden Nicken zuzustimmen, aber irgend etwas in seinem Blick ließ sie trotzdem stutzen.

»Was ist, Russ?«

Er faßte sie an den Schultern und sah sie eindringlich an. »Du wirst doch nicht wieder eine von deinen altbekannten Wahnsinnsnummern abziehen und einfach von der Bildfläche verschwinden?«

»Keine Sorge«, versicherte sie ihm kopfschüttelnd. »Dazu besteht jetzt kein Grund mehr.«

Trotzdem ließ er sie nicht los. »Wir haben uns noch so viel zu sagen.«

Sie strich ihm über die Wange. »Hast du Angst, dazu könnte uns keine Zeit mehr bleiben?«

Slade schenkte sich etwas Kaffee nach. »Als ich im College war, hatte ich immer wieder ein und denselben Traum. Ich stand am Rand einer endlos weiten Ebene, die ich nach langer, mühevoller Wanderung durchquert hatte. Ich war ganz allein in dieser verlassenen Öde, und direkt vor meinen Füßen tat sich ein gähnender Abgrund auf. An diesem Punkt wachte ich dann jedesmal auf, weil ich schreckliche Angst hatte, noch einen Schritt weiter zu machen.« Er sah sie an. »Inzwischen würde ich mich lieber in diesen Abgrund stürzen, als noch länger auf dieser schrecklich einsamen Ebene zu bleiben.«

»Warum wagen wir diesen Sprung in den Abgrund nicht gemeinsam?« Zärtlich schlang ihm Tori die Arme um den Nacken, um ihn zum Abschied zu küssen. »Eines kann ich dir jedenfalls jetzt schon versprechen: An der nötigen Zeit soll es uns ganz bestimmt nicht fehlen.«

Damit drehte sie sich um und ging auf den Ausgang zu. Gleich beim Öffnen der Flugzeugtür schlug ihr ätzender Brandgeruch entgegen, als stünde ganz Los Angeles in Flammen. Mit ihrem Diplomatenpaß war sie in kürzester Zeit durch die Zollkontrolle. Bevor sie das Flughafengebäude verließ, suchte sie erst noch das Geheimdienstbüro auf. Russell hatte nämlich in allen größeren Flughäfen wie Washington, New York, Los Angeles und San Francisco feste CIA-Dienststellen einrichten lassen.

Im Vorzimmer lief Tori niemand anderem als Bernard Godwin in die Arme. Für eine Weile standen sie nur wie angewurzelt da und starrten sich wortlos an.

»Ach, die verlorene Tochter ist wieder zurück«, sagte Bernard schließlich. Seltsamerweise wirkte er kleiner, als Tori ihn in Erinnerung hatte. Aber seine aristokratischen Züge waren noch dieselben. »Wie wär's mit einer Tasse Kaffee?«

»Nein danke.«

»Ich hätte gern mit dir gesprochen.«

»Russell wartet auf dich«, erklärte Tori abweisend.

»Ihr beide habt wirklich fantastische Arbeit geleistet«, setzte Bernard noch einmal an.

»Für dich«, sagte Tori schließlich. »Nur für dich, Bernard.«

»Du weißt genauso gut wie ich, daß das nicht stimmt.«

Als Tori darauf nichts erwiderte, fügte er hinzu: »Was ist eigentlich mit dir los? Ich habe dir alles gegeben, was du wolltest: einen Job, eine wichtige Mission, Russell. Sogar deinen Bruder habe ich dir zurückgegeben.«

Dieses arrogante Schwein, dachte Tori verbittert. Das sollte er ihr büßen. Und dann erzählte sie ihm ohne Umschweife, wie Hitasura sich seiner bedient hatte, um ganz ungestört ein gigantisches Vertriebsnetz für seine neue Superdroge aufbauen zu können. Sie konnte förmlich dabei zusehen, wie alle Farbe aus Bernards Gesicht wich. Für einen Moment schien es sogar, als streckte er tastend die Hand aus, um Halt zu suchen. Tori machte jedoch keine Anstalten, ihm zu Hilfe zu kommen.

Schließlich schloß sie ihre schockierenden Enthüllungen mit den Worten: »Vergiß deshalb nie, daß alles seinen Preis hat, Bernard. Sogar die Freiheit.«

Damit machte sie auf dem Absatz kehrt und ließ ihn wie vom Donner gerührt stehen. Wenn sie allerdings gedacht hatte, sie würde sich, nachdem sie ihrer Wut Luft gemacht hatte, besser fühlen, so hatte sie sich getäuscht.

Als Tori gegen sieben Uhr früh vor dem Haus ihrer Eltern aus dem Taxi stieg, war ihre Mutter bereits zu Dreharbeiten in den Universal-Studios. Sie spielte in einem Agententhriller mit dem Titel *Das Black Fox-Dossier* die Mutter des Helden. Wie passend, fand Tori.

Da sonst im Haus noch alles schlief, schloß sich Tori selbst auf, stellte ihr Gepäck in der Eingangshalle ab, schlich auf ihr Zimmer und legte sich schlafen. Obwohl sie ihren Eltern ihren Besuch nicht angekündigt hatte, war in ihrem Zimmer alles für sie bereit, so daß sie nichts weiter mehr zu tun brauchte, als sich erschöpft auf das breite Bett fallen zu lassen und sich die Decke über den Kopf zu ziehen.

Nach dem Aufwachen ging sie ans Fenster und warf einen Blick auf den Garten hinaus, wo ihr Vater gemächlich am Pool auf und ab schlenderte. Als er plötzlich stehenblieb und zu ihrem Fenster hochsah, wurde Tori zum erstenmal bewußt, wie typisch russisch sein Gesicht war. Die markanten, kantigen Züge wirkten trotz ihrer herb-männlichen Ausstrahlung in keiner Weise hart oder abweisend. Aus seinen Augen, die denen seiner Kinder so ähnlich waren, sprach eine tiefe menschliche Wärme.

Als sie nach dem Ankleiden ins Eßzimmer ging, wo ein reichhaltiges Frühstücksbüfett für sie angerichtet war, wartete ihr Vater bereits auf sie. Wie gewohnt küßte er sie zur Begrüßung auf beide Wangen und sagte auf russisch: »*Dobro pojalowaz.* Willkommen zu Hause.« Er deutete auf das Frühstücksbüfett. »Du bist sicher halb tot vor Hunger. Das dachte zumindest deine Mutter. Sie hat Maria schon in aller Herrgottsfrühe aus dem Bett gescheucht, um alles Nötige vorzubereiten.«

»Mom war doch schon längst weg, als ich nach Hause gekommen bin. Sie ist bei Dreharbeiten. Maria hat mir bereits alles erzählt, als ich ihr vorhin auf der Treppe begegnet bin.«

»Ach so. Dann hat Maria wohl dein Gepäck in der Halle stehen sehen und ist freiwillig aufgestanden. Na ja, sie hatte ja schon immer eine kleine Schwäche für dich.«

An diesem Punkt holte Tori die Vergrößerung heraus, die sie sich in der CIA-Dienststelle am Flughafen hatte machen lassen. Ellis Nunn nahm das Ganze ziemlich gelassen hin. »Schau einer an«, murmelte er nur. »Da haben sie also Bernard und mich in flagranti ertappt.« Er beugte sich über die 40 × 60-Vergrößerung von Ariel Solares' Foto. »Tatsächlich. In der linken oberen Ecke bin ich mit deiner Mutter zu sehen, wie wir auf Bernard zugehen. Schon ein komisches Gefühl, diesen Augenblick auf einem Foto festgehalten zu sehen.«

»Nur gut, daß die Aufnahme einer von Bernards eigenen Leuten gemacht hat.«

Ellis Nunn nickte. »Da hast du vermutlich recht.«

Als sich herausstellte, daß eigentlich keiner von ihnen etwas essen wollte, gingen sie nach draußen und brachen zu einem kleinen Spaziergang durch den Garten auf. Die frische Morgenluft war erfüllt vom süßen Duft der Linden.

Nach einer Weile fragte Tori ihren Vater ganz direkt:

»Warum hast du mir eigentlich nie etwas von Lumière d'Or erzählt?« Das war die französische Tochtergesellschaft der Firma ihres Vaters, über die die illegalen Hafnium-Lieferungen an Hitasura erfolgt waren.

»Was hätte es da schon groß zu erzählen gegeben? Wir haben solche Tochtergesellschaften auch in Italien, Spanien und Hongkong. Von denen habe ich dir doch auch nie etwas erzählt. Zudem bin ich ganz automatisch davon ausgegangen, daß es dich sowieso nicht interessieren würde.«

Tori stieß ein ärgerliches Schnauben aus. »Für die außerplanmäßigen Aktivitäten von Lumière d'Or hätte ich mich ganz bestimmt interessiert.«

»Die gingen dich aber nichts an.« Er sah sie forschend an. »Jetzt mach bloß nicht ein solches Gesicht. Genau das gleiche hätte ich übrigens auch deiner Mutter geantwortet, wenn sie mich je danach gefragt hätte – was nicht der Fall war.«

»Aber sie war doch an diesem Projekt beteiligt, das du mit Bernard ...«

»Dazu hat Bernard sie ganz unabhängig von mir überredet. Was geschäftliche Entscheidungen betrifft, war deine Mutter schon immer sehr selbständig, zumal sie finanziell in keiner Weise von mir abhängig ist und auch von geschäftlichen Dingen eine Menge versteht. Durch diese Regelung haben wir uns übrigens in unserer langen Ehe eine Menge Reibereien erspart.«

»Wie ist es Bernard eigentlich gelungen, dich breitzuschlagen, daß du für die Produktion dieser neuartigen Atomwaffen Geld lockergemacht hast? Ich nehme doch an, er hat dir von Greg erzählt.«

»Um erst einmal eines klarzustellen, Tori: Bernard hat weder mir noch deiner Mutter in irgendeiner Weise etwas vorgemacht. Wir waren uns beide sehr wohl bewußt, worauf wir uns da eingelassen haben. Bernard hat uns über die damit verbundenen Risiken in aller Offenheit aufgeklärt.«

Unwillkürlich mußte Tori an Bernards Worte denken: *Ganz gleich, was wir auch tun, werden wir deswegen nie vor ein reguläres Gericht gestellt werden.*

»Das müssen ja tolle Risiken gewesen sein«, schnaubte sie deshalb verächtlich.

Ellis Nunn blieb stehen und sah sie an. »Eigentlich hatte ich damit die Risiken gemeint, die für dich und Greg mit dieser Sache verbunden waren; nicht für mich und deine Mutter.«

»Ach so.« Für einen Moment wußte Tori nicht, was sie darauf sagen sollte.

Als sie ihren Spaziergang an der in voller Sommerblüte stehenden Pergola entlang fortsetzten, mußte Tori unwillkürlich an die unzähligen Geschichten denken, die ihr Vater ihr über seine Kindheit in Rußland erzählt hatte.

»Wie war es eigentlich drüben?«

Tori wußte sofort, daß er damit Rußland meinte. »Ziemlich anders als hier. Vor allem Moskau fand ich ziemlich – ja, eigenartig. Jedenfalls ganz anders, als ich es mir vorgestellt hatte.«

»Hat es dir gefallen?«

Da ihm offensichtlich viel daran lag, was sie darauf antwortete, dachte Tori erst eine Weile nach, bevor sie schließlich ausweichend erwiderte: »Zumindest fand ich es sehr interessant – auch wenn ich zugeben muß, daß ich mich ein bißchen unbehaglich gefühlt habe. Aber das kann auch an den Umständen gelegen haben. Trotzdem hatte Moskau durchaus auch seinen Reiz.«

Als Ellis Nunn darauf nur nickte, konnte Tori ganz deutlich spüren, wie plötzlich wieder alte Kindheitserinnerungen in ihm hochstiegen. Nach einer Weile sagte sie: »Du hast mir noch immer nicht beantwortet, wie Bernard dich und Mom für dieses Projekt gewinnen konnte.«

»Ich weiß.«

Darauf gingen sie erst einmal eine Weile schweigend weiter. In der Mitte der Pergola blieb Ellis Nunn plötzlich stehen. Über ihren Köpfen rankte sich eine Glyzinie.

»Was hat Greg für einen Eindruck auf dich gemacht?«

»Er wirkte ziemlich verändert.« Tori entging nicht, wie ihr Vater zusammenzuckte. »Aber nach allem, was er durchgemacht hat, ist das kein Wunder.«

»Und inwiefern wirkte er verändert? Nicht einmal Bernard

wußte, was die Russen eigentlich mit ihm angestellt haben oder weshalb sie ihn festgehalten haben.«

»Wie es scheint, wurden er und sein sowjetischer Kollege einem streng geheimgehaltenen Experiment unterzogen, bei dem die Wirkung kosmischer Strahlung auf den menschlichen Organismus untersucht werden sollte.«

»Gütiger Gott«, hauchte Ellis Nunn sichtlich schockiert, um jedoch gleich darauf, wieder wesentlich gefaßter, hinzuzufügen: »Du mußt mir unbedingt versprechen, daß du deiner Mutter kein Wort davon erzählst, Tori. Sie darf auf keinen Fall etwas davon erfahren.«

»Aber Greg hat mir erzählt, ihr wüßtet bereits, wie sehr er sich verändert hat.«

»Dann ist er vielleicht falsch informiert worden. Deine Mutter weiß jedenfalls von nichts.«

»Dann wäre es vielleicht tatsächlich besser, wenn sie ihn nicht zu sehen bekommt. Seine Haut ist so glatt und glänzend wie die eines Delphins; außerdem sind ihm am ganzen Körper die Haare ausgegangen. Aber das Schlimmste ist, daß keineswegs auszuschließen ist, daß die seltsamen Veränderungen, denen sein Organismus unterworfen ist, noch keineswegs endgültig abgeschlossen sind. Die Ärzte tappen jedenfalls, was ihre möglichen Folgen betrifft, noch völlig im dunkeln.«

Geistesabwesend vor sich hin starrend, ließ sich Ellis Nunn auf die Steinbank in der Mitte der Pergola nieder. »Mein Gott«, murmelte er nach einer Weile. »Was ist das nur für eine schreckliche Welt, in der wir leben.«

So saßen sie lange schweigend da – Vater und Tochter, einander einerseits sehr nahe, aber zugleich auch sehr fremd.

Eigentlich hätte Tori in diesem Moment so etwas wie Zuneigung oder wenigstens Mitgefühl für ihren Vater verspüren sollen. Aber sie empfand absolut nichts. Ihr Verhältnis zu ihm war noch immer genauso distanziert wie eh und je. Schmerzlicher denn je wurde ihr wieder einmal bewußt, daß sie nicht die leiseste Vorstellung hatte, was in diesem Augenblick in ihm vorging.

Unwillkürlich mußte sie wieder an Koi und die dramatischen Momente kurz vor ihrem Tod denken – an das fast übernatürliche Leuchten der Farben, das kurze Aufblitzen der Klinge, das intensive Rot ihres Bluts, und nicht zuletzt an die Berge, die in der Ferne in überirdischem Licht erglühten. Man mußte nur die Tür öffnen, um das Licht hereinzulassen. War das nicht etwas, was Greg einmal gesagt hatte? Unwillkürlich fragte sich Tori, ob wohl ein Mensch durch seinen Tod bewirken konnte, daß diese Tür geöffnet wurde und das Licht hereinfiel.

Dabei mußte sie feststellen, daß sie mehr und mehr zu der Überzeugung gelangte, daß das möglich war. Kois letzte Augenblicke hatten sie nicht weniger verändert, als sie Koi selbst verändert hatten. Auch ich habe an besagtem Nachmittag Weiß getragen, dachte Tori. Auch ich wurde von ihrem Blut bespritzt. Koi war genauso der Gewalt verfallen, wie ich das einmal war. Aber durch die Begegnung mit ihr wurde es mir möglich, einen Blick in mein eigenes Inneres zu werfen und mir endlich einzugestehen, wovor ich so lange die Augen verschlossen hatte.

Auch ich war rettungslos der Gewalt verfallen, und vor allem auch der Macht, die sie mir in einer von Männern beherrschten Welt verlieh. Doch Kois Beispiel hat mir schließlich die Augen dafür geöffnet, wie tief die Gewalt letztlich jeden korrumpiert – eine Erfahrung, die auch Koi selbst machen mußte, wenn auch um einen sehr hohen Preis. Denn sie sah keine andere Möglichkeit mehr, sich von ihrer Schuld zu befreien, als den Tod; im Gegensatz zu mir hatte sie nicht mehr die nötige Kraft und Zuversicht, ihrem Leben eine neue Richtung zu geben.

Fast schien es, als müßte sich Ellis Nunn gewaltsam von seinen Gedanken losreißen. Als er sich Toris Anwesenheit wieder bewußt wurde, sah er sie lange an. Er setzte zum Sprechen an, verstummte aber gleich wieder.

Tiefes Schweigen umhüllte sie wie die Glyzinienranken, die an der Pergola emporwucherten.

Es war schon kurz vor Mitternacht, als Laura Nunn nach Hause kam. Sie hatte schon immer ein untrügliches Gespür dafür gehabt, wo sich Tori in dem riesigen Haus gerade aufhielt. So steuerte sie auch diesmal gleich als erstes zielsicher auf die geräumige Bibliothek zu, wo Tori gerade in Stanley Karnows *Vietnam: Eine Geschichte* vertieft war.

»Liebling! Wie schön, daß du wieder zu Hause bist!«

»Hallo, Mutter.« Tori klappte das Buch zu.

Stirnrunzelnd ließ sich Laura Nunn im Lotussitz vor Toris Sessel nieder. »Mit Yoga hält man den Körper jung und geschmeidig.« Diese Binsenweisheit entlockte sogar ihr selbst ein ironisches Grinsen.

Tori konnte ganz deutlich spüren, wie angespannt ihre Mutter war. Das beunruhigte sie. Es war das erste Mal, daß sie sie so nervös erlebte.

Nach einer Weile begann Laura Nunn schließlich: »Du hast also Greg gesehen.«

»Warum habt ihr mir nicht erzählt, daß er noch am Leben ist? Warum habt ihr mich einfach weiter meinem Schmerz überlassen?«

»Ach, mein Schatz, glaubst du etwa, dein Vater und ich hätten nicht mindestens genauso unter dem Wissen gelitten, wieviel Schreckliches er dort drüben durchmachen mußte?«

»Tut mir leid, aber damit hast du noch immer nicht meine Frage beantwortet.«

»Mit solchen polizeiähnlichen Verhörmethoden wirst du bei mir nicht weit kommen.«

»Jetzt mach aber einen Punkt, Mutter. Wenn ich dir eine Frage stelle, sind das noch lange keine polizeiähnlichen Verhörmethoden.«

»Es geht hier nicht um den Inhalt der Fragen, sondern um den Ton, in dem sie gestellt werden.«

»Na schön, tut mir leid.« Tori spürte ganz genau, daß sie so nicht weiterkommen würde.

Tatsächlich begann Laura Nunn wenig später von sich aus: »Ich durfte dir nichts davon erzählen.«

»Und wer hat es dir verboten?«

»Dein Vater natürlich.«

Tori sah ihre Mutter eine Weile schweigend an, bevor sie sagte: »War es seine Idee, mir nichts davon zu erzählen?«

»Eigentlich nicht«, rückte Laura Nunn mit der Sprache heraus. »Wenn ich mich recht entsinne, hat ihm das Bernard Godwin ans Herz gelegt.«

»Weißt du auch, warum er ihm das ans Herz gelegt haben könnte?« Tori konnte sich nur noch mit Mühe beherrschen.

»Natürlich«, erwiderte ihre Mutter, ebenfalls zusehends ärgerlicher. »Er wollte dich schonen.« Sie nickte. »Ja, genau das waren seine Worte. ›Ich möchte Tori ersparen, daß sie sich unnötige Sorgen macht.‹«

»Da mußt du dir schon eine bessere Erklärung einfallen lassen.«

»Dann frag doch deinen Vater.«

Tori beugte sich vor. »Ich frage aber *dich*.«

»Bitte, Tori. Es steht mir nicht zu . . .«

»Und ob es dir zusteht«, brauste Tori auf. »Immerhin bist du meine Mutter.«

Schluchzend schlug Laura Nunn die Hände vors Gesicht. Unsicher, ob dieser Gefühlsausbruch nun echt oder nur perfekt gespielt war, sah Tori ihre Mutter an.

Nachdem sich Laura Nunn wieder einigermaßen im Griff hatte, setzte sie stockend an: »Vermutlich hältst du mich für eine eitle und oberflächliche Frau, die nichts anderes im Kopf hat als Mode und den neuesten Gesellschaftsklatsch. Nein, mach dir erst gar nicht die Mühe, das abzustreiten.« Sie wischte sich die Tränen aus den Augen. »In Wirklichkeit ist mir das alles jedoch zutiefst zuwider. Im Grund meines Herzens bin ich noch immer das schüchterne Mädchen vom Land, das auch jetzt noch nicht den Mut gefunden hat, einfach sie selbst zu sein.«

Schniefend warf sie den Kopf herum. »Ganz abgesehen davon, bin ich dazu auch in der falschen Stadt und im falschen Beruf. Hier interessiert es keinen Menschen, was sich eigentlich hinter der sorgfältig aufrechterhaltenen Fassade verbirgt. Wenn hier tatsächlich jemand an der Oberfläche zu kratzen anfängt, dann bestenfalls, um jemandem weh zu tun, aber nicht um herauszufinden, was für ein Mensch hinter dieser Maske steckt.«

»Fast wie in meinem Job«, murmelte Tori, der diese Parallele in diesem Moment zum erstenmal bewußt wurde.

Nachdenklich legte Laura Nunn den Kopf auf die Seite. »Jetzt, wo du das sagst, scheint mir das durchaus zutreffend – aber nur in einer Hinsicht.« Vorsichtig, fast scheu streckte sie die Hand aus und legte sie auf Toris Knie. »Was du tust, beschränkt sich keineswegs nur darauf. Du bist doch der Zen-Polizist, oder nicht?«

Toris Herz begann plötzlich wie wild zu schlagen, und ganz deutlich hatte sie mit einem Mal wieder Gregs rätselhaftes Lächeln vor Augen, als er sich von ihr mit den Worten verabschiedet hatte: *Vergiß den Zen-Polizisten nicht.*

»Wie meinst du das?«

»Eigentlich sollte ich dir das gar nicht sagen, aber ... Na ja, so sieht dich dein Vater jedenfalls – als den Zen-Polizisten.« Sie drückte Toris Hand. »Ich weiß, du denkst, er wäre dir gegenüber kalt und abweisend. Mir ist auch klar, daß du glaubst, er würde nur Greg lieben. Aber in diesem Punkt täuschst du dich so gewaltig, daß es schon fast wieder zum Lachen ist. In Wirklichkeit war nämlich immer Greg das Problemkind. Er war es, der deinem Vater von klein auf Sorgen gemacht hat. Er war ein schwächliches Kind und hatte vor allem möglichen Angst: vor dem Dunkel, vor dem Alleinsein und ganz besonders vor dem Wasser. Ich habe ständig versucht, ihn vor deinem Vater in Schutz zu nehmen. Aber das hat Ellis nur noch mehr gegen ihn aufgebracht. ›Ein Junge sollte sich vor allem an seinem Vater orientieren‹, hielt er mir einmal ernsthaft vor, ›nicht an seiner Mutter.‹ Wie dem auch sei – bei dir war das ganz anders. Dein Vater hatte schon von deiner Geburt an einen Narren an dir gefressen. Du warst so ein glückliches und zufriedenes Baby. Und vor allem warst du auch in allem schon so weit. Wenn du wüßtest, wieviel Freude dein Vater mit dir hatte. Du warst sozusagen die Erfüllung all seiner Träume.

Und als du dann eines Tages ohne ein Wort der Erklärung von zu Hause weggelaufen bist, kam das für ihn so überraschend, daß er die Welt nicht mehr verstand. Aber was noch schlimmer war: Der Schmerz darüber hat ihm fast das Herz gebrochen.«

Wieder einmal mußte Tori an Bernard Godwins Worte denken: *Wenn ich in meinem Leben etwas gelernt habe, dann das: Mit der Wahrheit ist das so eine Sache. Jedesmal wenn du denkst, du hättest sie endlich am Schwanz gepackt, entwischt sie dir wieder und beißt dich in den Arsch.*

»Aber was soll an der Tatsache, daß ich von zu Hause weggegangen bin, so unerwartet und unverständlich gewesen sein«, warf Tori ein.

»Auch mir hat das damals sehr weh getan. Aber ich konnte zumindest ein wenig nachvollziehen, was dich zu diesem Entschluß bewogen hat. Deinem Vater dagegen wollte es einfach nicht in den Kopf. Du warst sein ein und alles, und ausgerechnet du wolltest plötzlich nichts mehr von ihm wissen. Das konnte – oder wollte – er einfach nicht verstehen.«

»Und das versucht er mir nun schon die ganze Zeit heimzuzahlen.«

»Nein, keineswegs.« Mit allem Nachdruck schüttelte ihre Mutter den Kopf. »Wie kannst du so etwas auch nur von ihm denken? Wer, glaubst du wohl, hat heute morgen Maria aus dem Bett gescheucht, damit sie dir deine Lieblingsgerichte zum Frühstück macht? Aber natürlich würde er das nie im Leben zugeben.

Nein, wenn Ellis wegen dieser Geschichte gegen jemand hart gewesen ist, dann nur gegen sich selbst. Er ist der festen Überzeugung, daß er etwas falsch gemacht hat. Denn wie sonst, war für ihn die einzig mögliche Schlußfolgerung, hättest du dich so plötzlich und vor allem auch so radikal von ihm abwenden können.«

Damit stand Toris Mutter auf und küßte sie liebevoll auf den Mund. »Wenn du wüßtest, wie stolz wir auf dich sind.« Über ihre Lippen legte sich ein zaghaftes Lächeln. »Begreifst du nun endlich, warum er auf Bernards Vorschlag eingegangen ist? Dabei haben Greg und seine russische Abstammung nur zum Teil eine Rolle gespielt, zumal uns Bernard keinerlei Zusagen machen konnte, daß unsere Hilfe auch tatsächlich Greg zugute kommen würde. Was deinen Vater also zu diesem Schritt bewogen hat, war unter anderem auch, daß er darin eine Möglichkeit sah, endlich wieder, wenn auch nur sehr peripher, an deinem

Leben teilhaben zu können. Mir gegenüber hat er das natürlich nie zugegeben; aber ich kann dir trotzdem versichern, Tori, daß das für ihn letztlich der ausschlaggebende Grund war, auf Bernards Angebot einzugehen.«

Lächelnd strich Laura Nunn ihrer Tochter übers Haar und wischte ihr die Tränen aus dem Gesicht. »Wie gesagt, Bernard konnte uns nicht garantieren, daß wir dadurch auch wirklich Greg helfen könnten. Dazu war dein Bruder zu stark von der Außenwelt abgeschirmt, und außerdem verfügte Bernard nicht über die entsprechenden Agenten, denen er die Durchführung einer so schwierigen Operation hätte anvertrauen können. Und nun rate mal, was dein Vater darauf gesagt hat? ›Aber Bernard, Sie haben doch den Zen-Polizisten.‹«

Es war am Nachmittag des nächsten Tages. Toris Vater war früher als gewohnt aus der Firma nach Hause gekommen und war gleich als erstes in den Pool geklettert, um sein tägliches Schwimmpensum zu absolvieren. Dabei fand ihn Tori vor, als sie von ihrem Zimmer nach unten kam. Das Abendlicht fiel fast waagrecht zwischen den Palmen und Norfolk-Fichten hindurch und brach sich auf dem Wasser des Pools, wo Ellis Nunn seine Bahnen zog.

Wortlos glitt auch Tori ins Wasser. Die Erinnerungen an Greg, die das in ihr weckte, erfüllten sie gleichzeitig mit Freude und Trauer.

Da ihr Vater offensichtlich erst sein tägliches Pensum hinter sich bringen wollte, schwamm Tori ein paar Bahnen wortlos neben ihm her, bis er schließlich haltmachte und sich ihr lächelnd zuwandte. »Schön, wieder einmal mit dir zu schwimmen.«

Die kalifornische Abendsonne zauberte einen tiefen Bronzeton über ihre Gesichter. Eine leichte Brise kräuselte die Oberfläche des Pools und entlockte den Palmen ein leises Rauschen.

»Dad«, begann Tori stockend. »Es tut mir leid, daß ich dich damals einfach ohne ein Wort der Erklärung verlassen habe.« Als sich ihr Vater darauf von ihr abwandte, schwamm Tori um ihn herum, so daß er sie ansehen mußte. »Aber dir ist doch hoffentlich klar, daß früher oder später auf jeden Fall der Punkt gekommen wäre, an dem ich mich von euch hätte lösen müssen.« Lange ließ sie den Blick forschend auf seinem Gesicht ruhen. »Dad?« Sie holte tief Luft. »Das hatte übrigens absolut nichts mit dir zu tun.«

»Du hast also mit Mutter gesprochen.«

»Du darfst ihr deswegen auf keinen Fall böse sein. Ich finde, es wurde wirklich langsam Zeit, daß ich darüber Bescheid wußte. Nur deshalb hat sie mir alles erzählt.«

»Davon solltest du eigentlich nie etwas erfahren.«

Tori schwamm näher auf ihren Vater zu. »Und warum nicht?«

»Weil du jetzt vermutlich denkst, ich wäre weich und schwach.« Als er bei diesen Worten den Kopf hob, brachte das Sonnenlicht seine Augen zum Leuchten. »Aber das bin ich nicht.«

»Das weiß ich doch, Dad.« Dabei sah sie ihn lange schweigend an. »Aber findest du denn nicht, daß ich langsam ein Recht darauf habe, dich so kennenzulernen, wie du wirklich bist?«

Erst jetzt brachte es ihr Vater über sich, ihr in die Augen zu schauen. »Warum hast du das getan? Warum hast du uns damals verlassen?«

Nach längerem Schweigen begann Tori: »Weil ich es zu Hause nicht mehr länger ausgehalten habe. Es war, als müßte ich ersticken. Das Ganze wurde von Tag zu Tag unwirklicher für mich – die rauschenden Feste, das viele Geld, die ganzen Berühmtheiten. Irgendwann kam der Punkt, an dem ich vor lauter Glanz und Glamour selbst nicht mehr wußte, wer ich eigentlich war. Deshalb blieb mir auch keine andere Wahl, als das alles so weit wie möglich hinter mir zu lassen, um endlich wieder einen unverstellten Blick auf die Dinge zu bekommen.«

»So wenig haben wir dir also bedeutet?«

»Nein.« Energisch schüttelte Tori den Kopf. »Das darfst du nicht denken, Dad. Ich war nur so schrecklich durcheinander, daß ich selbst nicht mehr wußte, was ich eigentlich wollte. Kannst du das denn nicht verstehen?«

Lange sah Ellis Nunn in die Engelsaugen seiner Tochter. »Mein Gott, ich werde nie vergessen, was für ein entzückendes

Baby du warst. Wie du immer auf mir herumgekrabbelt bist und lachend mit deinen kleinen Fäustchen auf mich eingeschlagen hast.« Es schien also außer der Kindheit in seiner russischen Heimat auch noch andere Dinge zu geben, an die er sich gerne erinnerte. Schniefend rieb er sich die Nase. »Warum haben wir uns eigentlich immer davor gescheut, uns unsere wahren Gefühle zu zeigen? Hast du eine Ahnung, warum wir dazu nie den Mut aufgebracht haben?«

»Vielleicht, weil wir uns zu ähnlich waren – und weil wir beide so hochgesteckte Erwartungen an den anderen hatten, daß keiner sie hätte erfüllen können.«

Darüber dachte Ellis Nunn eine Weile nach, bevor er nickte. »Du warst schon immer ein ausgesprochen intelligentes Mädchen.«

»Das habe ich nur dir zu verdanken, Dad.«

Ellis Nunn streckte die Arme nach seiner Tochter aus und drückte sie ganz fest an sich.

»Dobro pojolowaz, Papa«, sagte Tori. Willkommen zu Hause.

Gregory Nunn schlief auf Arbats Rücken. Irina trieb neben ihm im Wasser. Das Schlimmste war überstanden. Gerade noch im letzten Moment hatte Valeri mit seinen Leuten den Staatsstreich verhindern können.

Dank des gezielten Einsatzes der neuen MKWs waren dabei zum Glück nur wenige Opfer zu beklagen gewesen. Ein Mann war bei der Erstürmung des Lefortowo von einem KGB-Oberst erschossen worden. Ein weiterer war bei der Überwältigung eines Generals der Roten Armee verletzt worden. Valeri führte inzwischen erste Verhandlungen mit dem Ministerpräsidenten, um die Richtlinien für die künftige Politik der Regierung in Moskau zu besprechen.

Liebevoll beobachtete Irina das Spiel der Lichter auf den Zügen des Helden. Wie sehr sie sich gerade jetzt nach seiner Nähe sehnte. Aber da er einen sehr erschöpften Eindruck gemacht hatte, wollte sie ihn nicht um seine wohlverdiente Ruhe bringen. Doch als könnte er sogar im Schlaf ihre Gedanken lesen, schlug er plötzlich die Augen auf und sah sie liebevoll an. Wie das wärmende Licht der Sonne konnte Irina seine Blicke über ihre Haut gleiten spüren, als er sie fragte: »Hast du denn auch ein wenig geschlafen?«

»Nur ganz kurz. Die meiste Zeit habe ich dich im Schlaf beobachtet.« Sie war sich seiner Nähe mit fast schmerzlicher Intensität bewußt. »Vermißt du deine Schwester sehr?«

»Ja. Aber es gibt ein paar Dinge, die mir noch viel mehr fehlen.«

Irina nickte. »Ich weiß.« Nach einer nachdenklichen Pause fügte sie hinzu: »Glaubst du, sie werden mich mit dir ins All fliegen lassen?«

»Das werden sie mir wohl schwerlich abschlagen können, wenn ich sie darum bitte.«

»Aber ich verfüge doch über keinerlei Ausbildung.«

»Dann werde eben ich dich ausbilden.« Er lachte. »Du leidest doch hoffentlich nicht an Platzangst?«

Damit schienen Irinas Bedenken jedoch noch keineswegs ausgeräumt. »Woher willst du so sicher wissen, daß sie auch tatsächlich keine Kosten scheuen werden, noch einmal solch ein aufwendiges Raumfahrtunternehmen zu starten?«

Gregory Nunn zuckte mit den Schultern. »Du weißt doch, wie die Menschen sind. Wenn einmal etwas ihre Neugier geweckt hat, scheuen sie keine Mühen und Kosten, dem Rätsel auf die Spur zu kommen. Deshalb werden sie auch mit allen Mitteln herauszufinden versuchen, ob nun wirklich etwas Wahres an dem ist, was ich ihnen über meine Erlebnisse im All erzählen werde. Das ist nun mal der menschliche Forscherdrang.«

In diesem Moment begann sich Arbat neben ihnen zu regen. Sie sah die beiden aus seltsam verständigen Augen eine Weile an und gab dann ein kurzes Schnattern von sich. Nachdem Greg mit einer ähnlichen Folge von Lauten darauf geantwortet hatte, rollte sie sich wieder auf die Seite und schlief weiter.

»Was werden wir dort oben wohl für seltsame Entdeckungen machen?« fragte Irina nach einer Weile.

»Willst du das wirklich schon wissen, bevor wir überhaupt da sind?«

»Ja.«

Darauf sahen sie sich erst einmal eine Weile wortlos in die Augen, und in der bedeutungsschweren Stille, die darauf eintrat, legte sich ein Leuchten über Gregs Züge, als ginge über der Wüste die Sonne auf. Das Licht, das von ihm ausstrahlte, war von einer Helle und Klarheit, vor der sich nichts verbergen ließ. So deutlich wie nie zuvor wurde sich Irina plötzlich der Liebe bewußt, die sie für ihn empfand – für ihn und für jenes unergründliche Geheimnis der menschlichen Existenz, das er ihr erschlossen hatte und das sie nun beide umhüllte wie der schützende Mantel des Universums. Sie spürte ganz deutlich, daß er dieselbe unbeschreibliche Freude empfand, die sie in diesem Moment erfüllte, und sie wußte längst, was er sagen würde, bevor er antwortete:

»Wir werden uns die nötige Zeit dafür nehmen.« Über seine Züge legte sich wieder dieses rätselhafte Lächeln. »Zeit genug für die Geduld von Engeln.«

Danksagung

Für ihre Unterstützung bei der Entstehung dieses Buchs möchte ich vor allem den folgenden Personen danken:

Jeff Arbital für seine Einführung in Nukleartechnik und -theorie,

Bob Immerman von der Columbia University,

Uri Lubin vom Russischen Forschungszentrum der Boston University für wertvolle Hintergrundinformationen über ethnische Minderheiten in der Sowjetunion,

Roman Koropeckyi vom Ukrainischen Institut des Russischen Forschungszentrums der Harvard University für die detaillierten Ausführungen über ukrainische Besonderheiten,

Constanza Collazos für Hintergrundinformationen über Kolumbien und insbesondere über Medellín und Cali,

Bob Holkan, Leiter des Astronautenausbildungsprogramms,

und Theresa Gomez, Mitarbeiterin der Astronautenauswahlkommission, beide vom Johnson Space Center der NASA in Houston,

Bob Kunikoff für treue Dienste bei der Reisekoordination und Flugzeitenabstimmung,

Richard Koerner für Übersetzungen aus dem Russischen,

meinem Vater für die Durchsicht der Druckfahnen.

Geistiger Begleiter auf meiner Südamerikareise: Jorge Luis Borges

Delphinberaterin: Mandy

HEYNE BÜCHER

Marc Olden

Cool, rasant und unglaublich spannend – Marc Olden ist ein Meister des Fernost-Thrillers.

Giri
01/6806

Dai-Sho
01/6864

Gaijin
01/6957

Oni
01/7776

TE
01/7997

Do-Jo
01/8099

Dan tranh
01/8459

Wilhelm Heyne Verlag
München